François-Marie Voltaire (eigentlich François-Marie Arouet), geboren am 21. 11. 1694 in Paris, ist am 30. 5. 1778 dort gestorben.

[illegible]

[illegible]

François-Marie Voltaire (eigentlich François-Marie Arouet), geboren am 21. 2. 1694 in Paris, ist am 30. 5. 1778 dort gestorben.

Solange es Freunde unabhängigen, weltoffenen Geistes und funkelnden Witzes gibt, werden Voltaires Romane und Erzählungen als literarische Kostbarkeiten ersten Ranges unsterblich sein. Sie entzükken immer neu durch ihren weltkundigen Verstand und die unnachahmliche Brillanz ihres Stils, vor denen sich die menschlichen Vorurteile in Lachen auflösen und die wahre Menschlichkeit sichtbar wird. In dieser Ausgabe sind sie sämtlich vereinigt: die bekannteren Romane wie *Candide oder Der Optimismus, Zadig oder Das Schicksal, Die Prinzessin von Babylon* mit einer Fülle weniger bekannter, doch nicht weniger witziger, glänzender Meisterstücke. Die neugestaltete Ausgabe ist durch »Potpourri, die Denkwürdigkeiten aus dem Leben des Herrn de Voltaire. Aufgezeichnet von ihm selbst« und durch sorgfältige Erläuterungen bereichert.

»Voltaire«, sagte ich, »hat auch nach deutschen Begriffen dasjenige, was wir Geist nennen. Und da nun das französische Esprit nicht hinreicht, was sagen nun die Franzosen?« »In diesem hohen Falle«, sagte Goethe, »drücken sie es durch Genie aus.« *Eckermann im Gespräch mit Goethe am 22. März 1831.*

insel taschenbuch 209

Voltaire

Sämtliche Romane und Erzählungen

VOLTAIRE

SÄMTLICHE ROMANE UND ERZÄHLUNGEN

MIT EINER EINLEITUNG VON

VICTOR KLEMPERER

UND STICHEN VON

MOREAU LE JEUNE

INSEL

insel taschenbuch 209
Erste Auflage 1976
Insel Verlag Frankfurt am Main
Lizenzausgabe der Dieterich'schen Verlagsbuchhandlung Leipzig

Hinweise zu dieser Ausgabe am Schluß des Bandes
Vertrieb durch den Suhrkamp Taschenbuch Verlag
Umschlag nach Entwürfen von Willy Fleckhaus
Satz: LibroSatz, Kriftel
Druck: Nomos Verlagsgesellschaft, Baden-Baden
Printed in Germany

5 6 7 8 9 10 – 93 92 91 90 89 88

INHALT

VOLTAIRE
UND SEINE KLEINEN ROMANE

VON VICTOR KLEMPERER

I

Voltaire wurde am 21. November 1694 in Paris geboren und ist in Paris am 30. Mai 1778 gestorben, beinahe buchstäblich erstickt unter dem Übermaß der auf ihn gehäuften Ehrungen. Fast sein ganzes letztes Vierteljahrhundert hindurch war er nicht dort gewesen, nicht einmal heimlich und gelegentlich; mit solchen verstohlenen Abstechern hatte er sich lange Jahre seiner Reifezeit begnügen müssen, entscheidende Jugendeindrücke hatte ihm das rund dreijährige englische Exil eingetragen. Dennoch ist er immer, in seinem ganzen Wesen und bis zum letzten Atem- und Federzug, Pariser gewesen, Sohn einer Kapitale also, die noch heute, ungeachtet aller regionalistischen und sonstigen Entwicklungen entschiedener als alle anderen Hauptstädte der Welt, das Leben ihres gesamten Landes repräsentiert und die zu Voltaires Zeit den kaum bestrittenen Anspruch erhob und erheben durfte, die geistige Hauptstadt der zivilisierten Welt zu sein. (Seit dem Westfälischen Frieden war anstelle des früheren Latein das von der Pariser *Académie Française* genormte Französisch zur Sprache der internationalen Verträge geworden.) Seine Kindheitseindrücke waren noch bestrahlt vom Glanz des Sonnenkönigtums, dessen Trübung eben erst begann. Man könnte Voltaires gesamtes ungeheures Lebenswerk auf den einen Nenner bringen, daß es auf die fundamentale Zerstörung dieses Königtums gerichtet war; aber mit kaum geringerem Recht kann man sagen, daß niemand das Jahrhundert Ludwigs XIV. bedeutsamer verherrlicht hat als gerade Voltaire. Er glaubte als Siebziger (im

›Mann mit den vierzig Talern‹) feststellen zu müssen, »daß die meisten literarischen Arbeiten des gegenwärtigen Jahrhunderts sich . . . mit den Meisterwerken aus dem vergangenen Jahrhundert beschäftigten. Unser Verdienst ist es, über das Verdienst dieser Werke zu sprechen, und wir gleichen darin den enterbten Kindern, die den Besitz ihrer Väter überschlagen.« Gleich darauf – es ist die Wiedergabe eines Gesprächs – »wurde allgemein zugegeben, daß die Philosophie große Fortschritte gemacht hat, daß aber Sprache und Stil etwas gelitten hätten«. Da im Auf und Ab der gleichen Abendunterhaltung mit Nachdruck darauf hingewiesen wird, daß Rom und Byzanz, »diese beiden großen Reiche zerstört wurden, während die Werke Vergils, Horaz' und Ovids noch heute bestehen«, so ist es klar, mit einem wie großen Teil seiner Seele Voltaire, der sich selber als Dichter fühlt und von seinen Zeitgenossen als Dichter bewundert wird, an eben der Epoche und der Gesellschaft hängt, auf deren Überwindung sein gesamtes Schaffen, bald bewußt, bald unbewußt, abzielt. Das Widersprüchliche seiner Natur tritt keineswegs nur auf ästhetischem Gebiet zutage; immer wieder ist er zugleich oder in Stimmungswechsel konservativ, ja beinahe reaktionär und fortschrittlich, ja beinahe revolutionär. Voltaire ist listenreich verschlagen, er kann, meist augenzwinkernd, aber mit eiserner Stirn, lügen, wo es um die Sicherung seiner immer exponierten Person und die Schmuggelware seiner Schriften geht; aber im Ausdruck seiner Gedanken und Gefühle ist er durchweg erstaunlich ehrlich; den Leser und, vor allem, sich selber belügt er nie, er kokettiert nie mit einem Mehr an Edelmut oder an Verworfenheit, als ihm wirklich zu eigen ist, nie mit einer ungebrochenen Einheitlichkeit seines Wesens, er ist immer, im Allzumenschlichen und Menschlichen, in Eitelkeit und Bescheidenheit, in Glauben und Zweifel, durchaus offenherzig, er spielt bis zuletzt gern und glänzend Komödie, aber er ist niemals Komödiant. Das unterscheidet ihn wohltuend von seinem großen Gegenspieler J.-J. Rousseau.

François Marie Arouet – den Autornamen Voltaire legte er sich 1718 zu – war der Sohn eines angesehenen bürgerlichen Notars, der die Interessen hochgestellter Adelsfamilien vertrat, und einer adligen Mutter, die er schon mit sieben Jahren verlor. Er kam in das aristokratische Jesuitengymnasium *Louis le Grand*. Daß bedeutende und begüterte Bürgerliche in den Adel aufstiegen und hohe Verwaltungsposten erhielten, war üblich; aber der Feudaladel war ihnen an Ansehen weit überlegen, sie erkannten das durchaus an, bemühten sich, feudale Lebensformen (als Gutsbesitzer) anzunehmen, und waren weitaus mehr darauf bedacht, sich der Aristokratie anzugleichen als ihre Herkunft vom Bürgertum zu betonen. Schon der Knabe Arouet wußte genau, daß er mit den adligen Klassenkameraden keineswegs gleichberechtigt war, daß er irgendwie Besonderes leisten mußte, wenn er geachtet sein wollte. Seine Sonderleistung bestand vorläufig aus Witz und geistreicher Frechheit. Es war die Zeit des ludovizischen Niedergangs; auf allen lastete die wirtschaftliche Zerrüttung des Staates, auf der privilegierten Gesellschaft die engherzige Frömmelei des alten Königs. Gleich nach Ludwigs Tod trat eine weitreichende Zügellosigkeit ans Licht. In den frühesten Versen des Gymnasiasten Arouet ist die Gesinnung der Régence gewissermaßen antizipiert.

Bei den Jesuiten, in deren Händen damals fast der gesamte höhere Schulunterricht Frankreichs lag, lernte Voltaire viel Latein, weniger Griechisch, noch weniger Französisch – das war ihm eingeboren und wurde durch den Lateinunterricht eher diszipliniert als geschädigt –, am wenigsten Naturwissenschaftliches und moderne Geschichte, vor allem Weltläufigkeit und selbstverständliche Hinnahme des gesellschaftlichen Vorrangs der Aristokratie. Man kann den Kampf gegen alle kirchlichen Institutionen und Fesseln geradezu als den Hauptinhalt seines Lebenswerkes bezeichnen, und so fehlt es darin auch nicht an reichlicher Verhöhnung der Jesuiten; aber einigen seiner Lehrer hat er durchaus Freundschaft bewahrt, und alles in allem waren ihm, eben um jener weltzugekehrten Geschmeidigkeit willen, die Jesuiten lieber als ihre sittenreineren, intransigenteren Feinde, die Jansenisten. Als der Orden 1764 in Frankreich verboten wurde, schrieb er ihm ein fragwürdiges Kompliment. Man werde, heißt es im ›Potpourri‹, wenig durch dieses Verbot gewinnen, da ja die Jansenisten, diese »blindwütigen, unerbittlichen Schwärmer«, im Lande blieben und Halunken nicht so gefährlich seien wie Fanatiker. »On ne peut jamais faire entendre raison à un énergumène; les fripons l'entendent: Halunken kann man zur Vernunft bringen, einen Rasenden nie.«

Als Gymnasiast fand er schon Zugang zum Temple-Kreis. Das war eine adlige Gesellschaft – man kann nicht oft genug betonen, wie sehr es Voltaire zeitlebens zur Aristokratie zog –, deren Auflehnung gegen die offizielle Moral teils in Freigeistigkeit, teils auch nur in materialistischem, mehr oder minder zynischem Lebensgenuß bestand. Der Regent sympathisierte in Gesinnung wie auch Lebensführung stark mit diesen *libertins,* in denen beginnendes Rokoko und beginnende Aufklärung vorhanden ist, aber er hielt naturgemäß streng darauf, daß seiner Person nichts Anstößiges nachgesagt würde. Voltaire, den sein Vater gern in einem ernsthaften Beruf gesehen hätte und so einmal für kurze Zeit bei der französischen Gesandtschaft in Holland, danach in einem Anwaltsbüro unterbrachte, glänzte mit allerhand Versen und Anzüglichkeiten literaten- und bohemehaft im Temple und verbrannte sich mehrfach den Mund. Zuerst kam er mit einer Verbannung nach Sully-sur-Loire davon; gut aufgenommen in der Gesellschaft des Herzogs von Sully, vertrug er diese Strafe leicht. Dann aber, wahrscheinlich schuldlos, einiger böser Verleumdungen des Regenten bezichtigt, kam er 1718 für volle elf Monate in die Bastille. Es war keine schwere Haft, er konnte für sich arbeiten – aber er saß doch gefangen, und ohne daß ihm ein Prozeß gemacht war; Gedanken über die Rechtlosigkeit des französischen Untertans und gar des bürgerlichen mußten ihm kommen und kamen ihm vorderhand nur merkwürdig wenig quälend. Er war um diese Zeit über das bloß Spielerische und winzig Nichtige seiner »flüchtigen Poesien«, der *poésies fugitives,* mit ihren Komplimenten und Sticheleien hinaus und von seinem Lebensthema erfaßt. Seine erste Tragödie, der ›Ödipus‹, lag nach mehrjährigem Tasten fertig vor und wurde noch im selben Jahre gleich nach seiner Haftentlassung aufgeführt; er arbeitete an seiner ›Henriade‹, dem Epos, das fast das ganze Jahrhundert hindurch beinahe als seine größte dichterische Leistung angesehen wurde, um dann mit halbem Recht als sein unselbständigstes und langweiligstes Werk beiseite gelassen zu werden und zu verstauben.

Es war ein echter Dramatiker, auch ein wirklicher auf Bühnenwirkung bedachter Theatraliker, er hat sechzig Jahre lang Stück um Stück geschrieben, hat sich als Regisseur, wiederholt auch als Mitspieler um die einzelnen, meist erfolgreichen, häufig international erfolgreichen, bemüht, und gleich im ersten, dem ›Ödipus‹ eben, liegt ihre Bedeutung, ihre Größe wie ihre Schwäche, klar am Tage. Ödipus, das antike Schicksalsdrama, ist im 17. Jahrhundert von dem alternden, nach neuen Formen tastenden Corneille interessant, aber nicht sonderlich glücklich nachgedichtet worden. Voltaire, der den höchsten Ausdruck französischer Klassik in Racines Werken findet und mit Corneille selten ganz zufrieden ist, sucht sich sowohl dem antiken Vorbild wie der reinsten Form französischer Klassik eng anzuschmiegen. Er ist in allem Sprachlichen wie technisch Dramatischen durchaus Epigone. Eine Tragödie hat in allem Wesentlichen genauso auszusehen, wie sie in den Meisterwerken Corneilles und Racines aussieht. Es mußten also ihre Helden, wenn nicht selber Könige, so doch altadliger, vielleicht gar göttlicher Herkunft sein und im Staat die höchsten Posten militärischer und ziviler Gewalt bekleiden. Sie mußten ihrer Würde gemäß eine gehobene Sprache führen, in ihrem *stile noble* war jedes konkrete Alltagswort verboten, beispielsweise ein Pferd immer nur ein Roß oder Renner, nie ein bloßes Pferd oder gar ein Gaul; sie mußten sich im Vers, dem regelmäßigen Alexandriner, ausdrücken. Die Handlung mußte im Lauf eines Tages und an einem mehr oder minder weitherzig und abstrakt angenommenen unveränderten Bühnenort ablaufen.

Die theatergeschichtliche Entwicklung besteht für Frankreich im 18. Jahrhundert darin, daß bürgerliche Menschen und Konflikte, für die vordem nur der Schwank und das Lustspiel Bühnenraum gewährten, allmählich, auf dem Weg über die *Comédie larmoyante,* die in Deutschland »weinerliches Lustspiel« genannt wurde, sich in ernster und tragischer Dramatik und in der realistischen Prosa der Umgangssprache entfalteten. Voltaire, dem, wie gesagt, die spezifisch dramatische Begabung im Blut lag, hat sich auch auf diesem Gebiet betätigt, so mit der ›Nanine‹, einem sanften Rührstück in anmutigen Kurzversen, hinter dem Richardsons Romankunst überdeutlich steht, so in dem kräftigeren Prosastück ›L'Écossaise‹, das durch die Polemik gegen Fréron, Voltaires erbittertsten und ebenso erbittert bekämpften publizistischen Gegner, ein Sonderinteresse behalten hat. Aber diese und ähnliche Theaterproduktion hat Voltaire doch immer nur als ein leichteres Nebenbei seiner Kunst betrachtet. Zu seinen eigentlichen Ruhmestaten als Dichter zählte er nur die klassisch gebauten Tragödien, auch stand es ihm, genau wie den Ästhetikern des 17. Jahrhunderts, unverbrüchlich fest, daß die Tragödie als Gattung jeder Art von Komödie überlegen sei.

Sofort im ›Ödipus‹, ja krasser als später, offenbarte sich nun seine Eigenart den klassischen Vorbildern gegenüber: er folgte ihnen, aber er machte aus der Bühne die Kanzel der Aufklärung, er predigte ihre Lehrsätze, vor allem die ihm wichtigste Tendenz der Befreiung von kirchlichen Fesseln. Im ›Ödipus‹ trat dies schülerhaft hervor: ein Schicksalstück, das ganz auf dem antiken Götterglauben, auf dem Glauben an die Heiligkeit ihrer Priester und ihrer dunklen Orakel beruht, und da mitten hineingestellt, in schneidenden Versen hervorbrechend, der Zweifel an der Ehrlichkeit der Kultträger, an der Wahrheit ihrer für göttlich ausgegebenen Offenbarungen! Mit einem

Schlage machte dies Wagnis den vordem kaum bekannten Literaten berühmt und berüchtigt.

Die neue Tendenz in der Form der klassisch französischen Tragödie verabreicht: das ist die Formel, die für buchstäblich alle Trauerspiele Voltaires gilt, und da das ganze 18. Jahrhundert hindurch eben diese klassische Form neben und über allen Theaterneuerungen in Frankreich selbst und international höchste Geltung besaß, so ist ein kaum hoch genug einzuschätzender Anteil sowohl an Voltaires persönlicher Berühmtheit wie an der Ausbreitung der Aufklärungsideen gerade seinen heute so achselzuckend beurteilten Tragödien zuzuweisen.

Diese wenig berechtigte Geringschätzung hat doppelten Grund.

Einmal wirkt der von Voltaire selber heraufbeschworene Vergleich mit Shakespeare. Voltaire lernt dessen Werk in England kennen, er bringt den ihm Wesensfremden mit scheuer Bewunderung und ohne tiefgreifendes Verständnis als erster und einigermaßen warnend seinen Landsleuten zur Kenntnis und wendet sich später gegen eine um sich greifende Shakespearomanie, die seinen klassischen Geschmack verletzt. Für sich selber gewinnt er auch eine gewisse Freiheit den klassisch französischen Vorschriften der Orts- und Zeiteinheit und der Bühnenleere gegenüber, aber sonderlich weit geht diese Freiheit nicht; Voltaire braucht sie auch durchaus nicht erst von Shakespeare zu erlernen, die französische Oper des 17. Jahrhunderts gibt ihm genügende Anregung dazu. Thematisch berührt sich sein innigstes Drama, die ›Zaïre‹, mit dem ›Othello‹. Aber im ›Othello‹ geht es allein um die eifersüchtige Leidenschaft eines ungebrochen fühlenden naiven Menschen, um die Tragödie der Liebe allein, während man es in der ›Zaïre‹ mit zwei höchst intellektuellen und keineswegs nur von ihrer wechselseitigen Liebe bewegten Naturen zu tun hat: auf dem Mann lastet die Verantwortung des Herrschers und Reformators, auf dem Mädchen religiöser Zweifel. Da wird ein simplistischer Vergleich der beiden Dramen nach Sprache, Denkart und Fühlweise zum Unfug. In einem anderen Stück, der ›Semiramis‹, ließ es sich Voltaire einfallen, Hamlets Vatergespenst auf die taghelle französische Bühne zu stellen. Das wurde ihm besonders in Deutschland zum Verderben: Lessings ›Hamburgische Dramaturgie‹ hat es in ihrem Kampf gegen das regelhafte französische Theater für viele Generationen deutscher Gymnasiasten prachtvoll lächerlich gemacht, worüber dann vergessen wurde, daß Semiramis selber eine wirkliche und bedeutende Persönlichkeit ist, die sich auf dichterischem Gebiet in nicht allzu großem Abstand neben Corneilles Cléopatra und Racines Athalie sehen lassen kann und in der Realität ein wenig die russische Katharina antizipiert.

Und dies ist das zweite allgemeinere Moment, worunter der Ruhm des Tragikers Voltaire leidet. Immer wieder ist ihm vorgeworfen worden, er habe keine Menschen gestaltet, seine Helden seien Figuren ohne Eigenleben, seien durchweg nur Sprachrohr seiner Aufklärungspredigten. Das aber trifft nur, und auch da nicht gänzlich, auf seine Altersschöpfungen zu. In seinen vielen reifen dramatischen Dichtungen – ich nenne aus der Fülle beinahe aufs Geratewohl die ›Alzire‹, den ›Orphelin de Chine‹, die ›Mérope‹ – kommen die Charaktere, das Menschliche und Privatmenschliche kaum überwuchert von der nie fehlenden Humanitäts- und Toleranzpredigt zu ihrem Recht. Eine merkwürdige düstere Sonderstellung nimmt der ›Mahomet‹ ein; hier soll nicht wie sonst Sympathie für den Helden, sondern Abscheu vor ihm erregt werden. Mahomet, der Religionsstifter, ist für Voltaire der absolute Menschheitsfeind, der bewußte Betrüger und Verbrecher aus äußerster Herrschsucht. In seinem Haß gegen klerikalen Fanatismus wird Voltaire unweigerlich und auf jedem Schaffensgebiet selber zum blinden Fanatiker, wo er unmittelbar oder verschleiert Offenbarungsreligion und Priestertum bekämpft. Dabei bleibt er zeitlebens Deist, in dieser unverbindlichen Gottgläubigkeit mit Rousseau und dessen Bekenntnis des savoyischen Vikars durchaus einig.

Entschiedener noch als seiner gesamten Dramatik gegenüber macht sich der Umschwung von zeitgenössischer Ergriffenheit zu kalter Ablehnung durch die Nachwelt im Punkte der ›Henriade‹, des in der Bastille entstandenen, danach in England umgearbeiteten Heldengedichts, bemerkbar. Die Nachwelt ermüdet hier ein Allzuviel an Überaltertem und Nachgeahmtem, die Zeitgenossen (bis in das 19. Jahrhundert hinein) bewunderten ein erregend Neues. Es war seit der Renaissance ein unerfüllter Wunsch der Franzosen, ein *grand poème,* ein Nationalepos in der Art der Virgilischen ›Äneis‹ zu besitzen. Voltaire übertrug Zug um Zug das heidnisch römische Vorbild ins christlich Französische. Ganz wie Äneas hatte Heinrich von Navarra auf seinem Weg zum Königsthron Seesturm und Liebesnot zu erleiden, in der Fremde seine Vorgeschichte zu berichten, mit dem Jenseits in Berührung zu kommen usw. usw. Es war ein ständiges Transponieren, das längst erkältend und bisweilen, so etwa mit seinen allegorischen Gestalten anstelle der alten Gottheiten, ungewollt parodistisch wirkt. Aber es war doch bei alledem, auf zwanglos pathetischen Versen wohltönend hinrollend, das Epos vom Aufstieg des geliebtesten französischen Königs, des ritterlichen Kriegshelden und Galans, der sich nicht hochmütig vom Volk absonderte, der nur kämpfte, um den Frieden zu gewinnen, der sein Hugenottentum aufgab und sich vom Katholizismus seiner Ahnen und der überwiegenden Mehrheit seiner Nation erleuchten ließ, um den grauenvollen Bürger- und Religionskrieg zu beenden und ganz und gar Friedensfürst und Kulturbringer zu sein. Und da sich in diese Darstellung mischten oder unter ihr sichtbar wurden die Ideen der Humanität und der konfessionslos »natürlichen« Religion, da sich gelegentlich auch, anachronistisch und kunstvoll, Anspielungen auf den neuesten Fortschritt der naturwissenschaftlichen Erkenntnis hinzufanden, so ist es begreiflich, daß das Publikum ungleich mehr die ausgeströmte Wärme als den Frost des Werkes empfand. –

Kaum erschüttert durch die lange Haft und gestützt auf sein

literarisches Ansehen, setzte Voltaire sein gesellschaftliches Leben eine Zeitlang fort. Dann, 1725, kam es zu einer Katastrophe, die ungemeine Folgen für Voltaires Leben und, man kann beinahe sagen, für die allgemeine Geschichte des Jahrhunderts hatte. Ein Aristokrat aus großer Familie fühlte sich von dem bürgerlichen Literaten beleidigt, ließ ihn von seinen Dienern auf offener Straße verprügeln und sorgte dafür, daß der Genugtuung Fordernde erst in die Bastille gesperrt und dann ausgewiesen wurde. Voltaire ging für drei Jahre nach England, und die in französischer Sprache 1734 erschienenen ›Lettres anglaises‹ sind das hauptsächliche literarische Ergebnis seines Aufenthalts.

Die Bemerkung von der jahrhundertverändernden Bedeutung dieses Exils oder dieses einen Buches bedarf gleichermaßen der Einschränkung und der entschiedenen Unterstreichung. Geistige und persönliche Kontakte zwischen Frankreich und England, einen Austausch von angesehenen Emigranten gab es schon vor Voltaires Verbannung; ein paar gebildete Leute der obersten Pariser Gesellschaftsschicht wußten einiges von den politischen Zuständen, von der Naturwissenschaft und Philosophie der Engländer. Voltaire wurde nicht etwa als hilfloser Robinson an eine gänzlich fremde Küste gespült; er konnte ein wenig Englisch, er war mit Empfehlungen versehen, die ihn mit der besten englischen Gesellschaft, Menschen des Hofes, Adligen, kommerziellen und agrarischen Großbürgern, in Verbindung brachten. Es war eine stark französisierte Gesellschaft; unvermischtes unpoliertes Engländertum war in tieferen Sozialschichten zu Hause, und dorthin ist er kaum gelangt. Dies zur Einschränkung; Voltaire ist nicht der erste Englandentdecker für seine Zeitgenossen, und er entdeckt auch nicht das ganze, das spezifisch englische England – wie er denn mit Shakespeare nicht allzuviel anzufangen weiß. Und dennoch muß man seine ›Briefe‹ als ein europäisches Fanal im Sinn des Bastillesturmes, als den Anfang einer neuen Epoche bewerten. Die »englischen« Briefe heißen auch die »philosophischen« (›Lettres anglaises ou philosophiques‹). In ihrem Zentrum steht die klare und eindringliche Darstellung des englischen Sensualismus und Empirismus, wonach alle Erkenntnis auf der Sinneserfahrung beruht, der Gedankenwelt Bacons, Lockes und Newtons. Indem dies realistische Denken mit dem abstrahierenden und konstruierenden Rationalismus des Franzosen Descartes zusammenstößt, entsteht das geistige Explosivgemisch, das sich fünfzig Jahre später in der Französischen Revolution entladen wird. Voltaire ist Philosoph genau in jenem Spezialsinn, den das Französische des 18. Jahrhunderts mit dem Titel eines *philosophe* verbindet. Danach ist man Philosoph, nur wenn man zur sensualistischen Richtung gehört, aber man ist es auch dann, wenn man auf dem philosophischen Fachgebiet selber nicht schöpferisch tätig ist, sondern dieser Gesinnung auf irgendeinem Gebiet der Wissenschaft oder der Kunst oder der Politik oder der Technik Ausdruck verleiht. Voltaire ist nirgends fachlicher Weiterbildner der Aufklärungsphilosophie, die heute als ein englisch-französisches Gemeinschaftswerk vor uns liegt; aber er ist auf allen kulturellen Gebieten *philosophe.* Die um den eigentlich philosophischen Kern gelagerten Kapitel zeigen die Erweiterung seines Blickes und seiner Interessen.

Da ist diese merkwürdig und manchmal unheimlich andere Literatur der Engländer. Gewiß, es geht nichts über die französische Klassik – aber immerhin existieren auch andere Dichtungsmöglichkeiten, und die Ahnung vom vielfältigen Wesen der Weltliteratur taucht in ihm auf; da ist der englische Welthandel, die englische Verfassung, die unbehinderte Betätigung mannigfacher religiöser Sekten. Sein Interesse an der Historie vertieft sich. Wenn die ›Geschichte Karls XII.‹ noch ein abenteuerliches Einzelschicksal malt, so wird Voltaire später als Historiker den Nachdruck auf die Geistes-, die Kultur- und Wirtschaftsgeschichte der Völker legen. Daß er für seine Person zum politischen Liberalen wird, ist selbstverständlich; weniger begreiflich ist, daß er trotz der erlittenen Mißhandlungen keineswegs eine wirkliche innere Auflehnung gegen das französische Herrschafts- und Gesellschaftssystem kennt. Bis in sein Alter wird es ihm so gehen: ein König, ein Hof, eine glänzende Adelsgesellschaft – er kann das alles nicht entbehren, er kritisiert und verspottet es, aber es bleibt seine immer wieder ersehnte Welt.

Voltaire ist ein glänzender Feuilletonist, jeder Gebildete kann ihn lesen (in Deutschland hat er an Lessing einen sehr großen, nicht sehr dankbaren Schüler). Seine ›Briefe‹ erregten sofort starkes Aufsehen und wurden als staatsgefährlich verboten. Man hatte ihm die Rückkehr aus der Verbannung erlaubt; jetzt drohte neue Verhaftung. Da fand er Sicherheit und Betreuung bei Emilie du Châtelet auf Schloß Cirey an der lothringischen Grenze. Man muß sich erinnern, daß das 18. Jahrhundert in Frankreich immer beides ist: das Jahrhundert des Rokokos und der Aufklärung. Die *belle Emilie* war eine große Dame, dem Erotischen sehr und unbedenklich geneigt, dabei geistig hochtalentiert, mit gründlicher Bildung und eigenen Leistungen auf dem Felde der Mathematik und Physik. Sie hatte aus kühler Ehe zwei Kinder, sie war 1733 beim Beginn ihres Bündnisses mit Voltaire siebenundzwanzig Jahre alt. Erst war es ein Liebesverhältnis, dann wurde es für lange Zeit ein enges und herzliches Freundschafts- und auch Arbeitsbündnis. Man lebte auf Cirey in gutem Einverständnis zu dritt, Voltaire, schon recht begütert, hatte eigene Wohnung und steuerte zum allgemeinen Haushalt bei. Seine Stellung zur französischen Öffentlichkeit war prekär; bei ununterbrochener ruhmvoller Produktion konnten ihm große Ehrungen nicht vorenthalten werden, er wurde Mitglied der Akademie, er wurde Hofhistoriograph und königlicher Kammerherr; auf der andern Seite war er immer wieder in Gefahr, als Religions- und Staatsfeind neue Verfolgung zu erleiden. Dann war es gut, wenn er sich in Cirey verborgen hielt, bis das Unwetter vorüber oder von Emilie abgelenkt war. In diesen glücklichen vollen sechzehn Jahren entstand eine Reihe seiner besten Theaterwerke, er schrieb, von Emilie auf dem ihm fremden Felde unterstützt, eingehend über den Physiker Newton, er arbeitete an seinen bedeutendsten Geschichtswerken, dem ›Jahrhundert Ludwigs XIV.‹ und dem als eine Universalkulturgeschichte geplanten ›Essai sur les mœurs‹, er spann in getragenen lehrhaften Versen seine ethischen und religiösen Grundmeinungen aus und verspottete in den glänzenden und witzigen, nur allzu vielen und den Witz schließlich zu Tode hetzenden Strophen der ›Pucelle‹ weniger die Persönlichkeit der Jungfrau von Orléans als seine Feindin, die Kirche.

Voltaires glücklichste Zeit fand ein tragikomisches Ende: Ein neuer, jugendlicher Liebhaber der Marquise, Offizier und Dichter, tauchte auf; sie brachte ein Kind von ihm zur Welt und starb im Wochenbett. Voltaire hat in der Folgezeit Saint-Lambert warme Freundschaft gehalten, von Emilie bis zu seinem Tod immer nur mit größter Liebe und Verehrung gesprochen.

Innerlich vereinsamt, nahm er ein Jahr nach ihrem Tode die wiederholte Einladung Friedrichs II. nach Berlin an. Schon als Kronprinz hatte Friedrich ihn verehrt, man stand im Briefwechsel, kannte sich längst persönlich; jetzt sollte Voltaire ein besonderes Schmuckstück des jungen Kulturzentrums werden. Diese preußische Episode in Voltaires Leben, festlich und freundschaftlich im Sommer 1750 beginnend, böse endend im Frühjahr 1753 mit einer Flucht des in Ungnade Gefallenen, die noch dramatisiert wird durch seine mehrwöchige widerrechtliche Gefangenhaltung in Frankfurt am Main, ist peinlich nicht nur für Voltaire und Friedrich, sondern auch für viele Historiker und Literarhistoriker, die sich seitdem bis in die jüngste Vergangenheit hinein damit befaßt haben. Denn immer, je nach der nationalen oder weltanschaulichen Position des Schreibenden, werden Licht und Schatten ohne Gerechtigkeit auf die beiden großen Widersacher verteilt. Bald ist Voltaire nur ein eitler, überheblicher und gehässiger Mensch, bald Friedrich nur ein Tyrann und mittelmäßig begabter Duodezfürst, wie sie im Deutschland des 18. Jahrhunderts häufig vorkommen. In Wahrheit haben Voltaire und Friedrich vor und auch bald nach dem Zusammenstoß ihre geistige Verbundenheit und Kongenialität durchaus richtig empfunden – nur im engen Beisammensein gab es Reibungen, die sich durch höfische Zwischenträgereien ständig verschärften. Geldgeschäfte, wie sie Voltaire mit ruhiger Selbstverständlichkeit von jeher machte, um zu wirtschaftlicher Unabhängigkeit zu gelangen, mehr noch die Spottschrift gegen Maupertuis, den Präsidenten der Berliner Akademie, auf die Friedrich stolz war und der von Voltaires fürchterlichem Witz übel zugerichtet wurde: dies waren die äußeren Anlässe des Zerwürfnisses, das aus der eigenwilligen Reizbarkeit der beiden Charaktere entsprang.

Voltaire hatte von Jugend an nach höfischer Position gestrebt. Freiheit hatte er immer nur auf kirchlichem Gebiet verlangt, monarchische Regierungsform war ihm nicht eigentlich zuwider. Er war am katholischen Hofe Frankreichs nie zu vollem Erfolg und völliger Sicherheit gekommen. Daß es ihm nun auch bei dem Ketzer Friedrich nicht glückte, bedeutete ihm bitterste Enttäuschung.

Trotzdem versucht er noch einmal, in Versailles festen Fuß zu fassen oder in anderer höfischer Umgebung unterzukommen. Es gelingt ihm nicht. Er ist jetzt der berühmteste, international berühmte Autor Frankreichs, er verfügt über ein großes Vermögen; aber eine wirkliche Sicherheit für seine Person gibt es nicht. Da entschließt er sich, sozusagen ein eigenes kleines Fürstentum zu gründen, er wird Gutsbesitzer, halb auf Schweizer, halb auf französischem Boden; wenn man ihn verfolgt, kann er sich über die Grenze retten »von Fuchsloch zu Fuchsloch, vor Königen und Armeen«. Der Besitzerwerb beginnt in der Mitte der fünfziger Jahre; seit 1760 residiert er endgültig auf Schloß Ferney, unmittelbar an der Genfer Grenze. Er ist jetzt Mitte der Sechzig und nicht sonderlich gesund; man könnte meinen, dies sei nun sein Ruhesitz, er werde den Grandseigneur und Landesvater seiner Bauern und sonstigen Untertanen spielen – das hat er auch sehr ernstlich und mit Erfolg getan –, dazu allenfalls sich in seinem Ruhm sonnen, sich der Unterhaltung der zahlreichen Gäste widmen, oft sehr erlauchter Gäste, die förmlich zu ihm pilgern – und auch damit hat er sich ausgiebig beschäftigt. Aber dies alles ist doch nur das Nebenbei. Nie in seinem ganzen Leben hat dieser immer Unermüdliche eine so rastlose Tätigkeit entfaltet wie in den letzten zwei Jahrzehnten, eine so fieberhafte und eigentlich im Kern veränderte.

Man muß diese Veränderung richtig verstehen. Voltaire hat sich immer in erster Linie als Dichter empfunden. Er hat Verse und Versdramen geschrieben, lange bevor er als Prosaist hervortrat. Vom Verseschreiben und Dramenschreiben wird er nie ablassen, bis zu seinem Tode nicht, aber in den Jahren der Cirey-Zeit und auch der Berliner ist er in sehr hohem Maße Historiker gewesen. Und jetzt tritt an die Stelle der Historie eine ununterbrochen strömende Journalistik im buchstäblichen Wortsinn, das heißt eine Produktion, die sich unmittelbar auf den Tag richtet, unmittelbar aktuell wirken will. Die Kirche hat er immer bekämpft; aber jetzt führt er diesen Kampf mit einer haßerfüllten Leidenschaft sondergleichen. In Paris hat sich seit dem Erscheinen der Enzyklopädie und um dieses Sammelunternehmen herum eine förmliche Partei der *philosophes* gebildet, Stabsquartier des Unternehmens ist Diderots Haus. Aber Voltaire ist nicht nur, wie wir heute sagen würden, »Korrespondierendes Mitglied« von besonderem Ansehen, auch nicht nur eine Art väterlichen Oberhaupts. Sondern als das Erscheinen des Riesenwerkes Jahre hindurch verboten ist und nur im geheimen, im Manuskript fortgesetzt wird, wirft Voltaire von sich aus ganze Bände in die Lücke, und weiterhin begleitet er die Enzyklopädie mit vielbändigen ›Fragen zur Enzyklopädie‹. Und dann: Das große Lexikon ist nicht nur Angriffswaffe gegen die bestehende Staats- und Gesellschaftsordnung, es muß auch notwendigerweise aus verlegerischen Gründen ein wirkliches allgemeines Konversationslexikon sein. So liegt hier der Sprengstoff, auf den es ankommt, sorgfältig in einer Menge unschuldiger Materie eingebettet. Voltaire dagegen ist unabhängig, wirtschaftlich und in seiner Person: So kann er unverhüllt und konzentriert von der Sache der Aufklärung handeln. Und endlich und entscheidend: Die Sache der Aufklärung hat sich für ihn mehr und mehr in einen einzigen Punkt zusammengedrängt. Immer ist ihm der Kampf gegen die Kirche ungleich wichtiger gewesen als jede andere Auflehnung; jetzt führt er ihn mit einer furchtbaren, fanatischen Einseitigkeit. Das *Écr. l'inf. (écrasons l'infâme,* rotten wir die schmachvolle aus!) ist die Geheimparole unter seinen Briefen an die Freunde. Die *Infâme* ist nicht die Religion an sich, er selber ist niemals Atheist gewesen, sondern die Kirche als weltliche Institution und weltliche Macht, die sich dem Patriarchen von Ferney unmittelbar in der französischen Gesetzgebung vor Augen stellt.

Früher hat er gern die Greuel der Inquisition, die Bluttaten der Konquistadoren in Historie und Dichtung behandelt. Jetzt ergreift es ihn, mit welcher Grausamkeit in seinem Vaterland, in seinem aufgeklärten Jahrhundert nach gültigem Strafrecht gefoltert, verstümmelt, gemordet wird, vor allem dort, wo ein Vergehen gegen die Kirche vorliegt oder auch nur von weitem in Frage kommt. Zu der Fülle der rein literarischen und philosophischen Artikel, die zu *Dictionnaires* gesammelt oder als Broschüren erscheinen, treten jetzt sozusagen Schriftsätze eines leidenschaftlichen Advokaten. Voltaire nimmt sich einzelner Fälle an, er läßt es nicht bei bloßen Publikationen bewenden, sondern bemüht sich auf jede Weise, läßt alle seine Verbindungen spielen, um Hilfe zu schaffen.

Und hier ergibt sich eine schöne Erweiterung seines Alterswerkes: er wird zum aktiven Verteidiger aller Bedrängten. Gewiß, im Fall Calas, dem berühmtesten, geht es um einen Justizmord aus religiöser Verhetztheit; ein Protestant wurde aufs Rad geflochten: Der völlig haltlosen Anklage zufolge sollte er seinen Sohn eigenhändig erhängt haben, um ihn am Übertritt zum Katholizismus zu hindern. Voltaire erreichte nach mehrjähriger Anstrengung Ehrenrettung des Toten und Rehabilitierung der Familie. Auch mehrere andere Fälle, deren er sich annahm, wurzeln in religiösem Fanatismus; er trat aber auch gegen einige Fehlurteile französischer Gerichte und grausame Härten französischer Gesetzgebung auf, die nichts mit der *Infâme* zu tun hatten. Und vor allem: Er und Diderot verhalfen kommentierend und rühmend dem reformatorischen Werk des Mailänders Beccaria: ›Dei delitti e delle pene‹ (›Über Verbrechen und Strafen‹) zu jener Weltwirkung, die sich damals nur über das Französische erlangen ließ. Wenn Voltaire bei seiner Triumph- und Todesfahrt durch Paris als *l'homme aux Calas* gegrüßt wurde, so schwang in diesem einen Namen all die Dankbarkeit mit, die man dem alten Vorkämpfer größerer Humanität entgegenbrachte.

2

All dies hier Skizzierte, in fünf Bänden der Molandschen Gesamtausgabe neben vielem andern (so der gewaltigen Korrespondenz) aufgehäuft, gehört heute der Geschichte, der Literatur-, Kultur- und Philosophiegeschichte, an; der Fachgelehrte muß darum Bescheid wissen, der Allgemeingebildete, auch außerhalb Frankreichs, einiges davon, meist aus zweiter oder dritter Hand, kennen. Aber Voltaires wissenschaftliche Werke sind längst überholt, und seine Dichtungen, die Tragödien, die ›Henriade‹, die philosophischen Lehrgedichte und die zierlichen Gesellschaftsverse, haben kein freiwilliges Publikum mehr. Gelesen wie eine moderne Lektüre, von großer Leserschaft mit unmittelbarem Genuß gelesen aufgenommen, dem höchstens gelegentlich eine Erläuterung über irgendeinen Zeitbezug hinweghelfen muß, aber das Ganze ist so lebendig, als wäre es gestern geschrieben, und in seinem Ideengehalt paßt es zeitlos in jede Zeit – derart gelesen werden von Voltaires Schöpfungen nur noch die sogenannten »kleinen Romane«. Aber der Autor brauchte eigentlich über das Versinken seiner anderen Werke nicht übermäßig betrübt zu sein, denn wer diese Geschichten kennt, kennt den ganzen Voltaire, die Persönlichkeit und alle ihre Gedanken. Höchst beliebt waren die Romane schon bei den Zeitgenossen – der allersprühendste unter ihnen, ›Candide‹, fand in schnellster Folge Auflage über Auflage –, aber sie galten ihnen doch nur als das, was der Italiener den *cacio su i maccheroni,* den Käse auf den Nudeln, nennt. Die Nudeln, Voltaires große Werke in den damals privilegierten literarischen Gattungen, sind heute, wie gesagt, keine allgemein verbreiteten Gerichte mehr; dafür aber ist es längst deutlich geworden, daß in dem leicht darübergestreuten Parmesan der volle Nährwert der ganzen Speise steckt.

›Potpourri‹, wie einer der kleinen Romane heißt, wäre der zutreffende Titel für beinahe alle Stücke der Sammlung, nur die allerkürzesten darunter sind einzellig. Sodann: Das ›Potpourri‹ ist zuerst 1765 in einem Sammelband philosophischer, kritischer, historischer Essays oder Artikel, den ›Nouveaux Mélanges‹, erschienen. Ebenso hat Voltaire andere der jetzt als Erzählungen zusammengefaßten Stücke in Bänden veröffentlicht, die ihrem Hauptinhalt nach keineswegs als erzählende, vielmehr als wissenschaftliche und philosophische Werke zu deklarieren sind. Solche Zusammenstellungen sind für ihn nichts Gewaltsames, weil ihm die wissenschaftliche Erörterung selber oft genug in Kunstform übergeht, in Plauderton, in Dialog und mehrstimmiges Gespräch, in anekdotische oder novellistisch ausgebreitete Exemplifizierung des Gedankens. Da haben denn die Herausgeber Voltairescher *contes* wiederholt von sich aus entscheiden müssen, was sie als »wirkliche« Novellistik anzusehen (auch welchen Titel sie für dies oder jenes herausgelöste Stück zu wählen) haben. Auch Voltaire selber schon schiebt unter verändertem Titel den ›Memnon‹ in die ›Fragen zur Enzyklopädie‹ hinüber. Die Auflockerung wissenschaftlicher Thematik ins salonhaft Gefällige, ins spannend Erzählende ist seit Fontenelle literarisches Gemeingut der Epoche, in der sich Aufklärung und Rokoko ineinanderschlingen; auf dem Gebiet der Erzählung steht in solchem Vermischen Voltaire hoch über allen andern Erzählern seiner Zeit, betreibt aber doch die gleiche Kunstübung wie sie.

Die kleinen Romane und die ganz kleinen unter ihnen – ›Platons Traum‹ füllt keine vier, der ›Candide‹ weit über hundert Seiten – sind im Stil, in Gesinnung und Inhalt, oft einander ergänzend, ebensooft Lieblingsthemen variierend, aber niemals langweilig wiederholend, durchaus miteinander verwandt. Der Roman als literarische Ausdrucksform besaß seit seinem mittelalterlichen Neubeginn den Vorteil, von den Ästhetikern nicht für voll genommen, ja, als im Sinne der Literatur für nichtexistent gehalten zu werden. Boileau gab sich nicht mit ihm ab, und auch im 18. Jahrhundert noch rangierte er in der Schulmeinung weit unter Tragödie und epischer Versdichtung. Der Vorteil solcher Nichtachtung bestand in einem Freibleiben von hemmenden Kunstregeln. Im Roman konnte man sich frei bewegen, Ernst und Komik, abenteuerliches, wunderbares Geschehen mit wissenschaftlichen Ausführungen und philosophischen Betrachtungen im gleichen Buch wechseln lassen, war an keine Orts- und Zeiteinheit gebunden, auf keinen *stile noble* beschränkt. Von alledem machten die großen Erzähler unter Voltaires Zeitgenossen, die Marivaux, Lesage, Diderot, Rousseau, genauso Gebrauch wie er selber.

In einem Punkt nur unterscheidet er sich von ihnen, ja wohl von allen Romanschreibern der Weltliteratur, und gerade darin liegt seine volle Orginalität und sein höchster Reiz. Alle andern Romanerzähler verlangen, daß man an ihre Gestalten als an körperhaft lebendige, fühlende und denkende Wesen glaubt. Ihre Helden können Märchenschicksale haben, Verzauberungen erleiden, selber Dämonen oder Gottheiten sein: Sie sollen doch immer als Persönlichkeiten angesehen werden. Das gleiche gilt von den Menschen allegorischer Romane. Jeder Leser soll wissen, daß hinter ihren Erlebnissen ein zweiter, verborgener (vielmehr unverborgen durchscheinender) Sinn steckt; dennoch hat er an die menschliche Existenz der handelnden Personen zu glauben, und der Roman ist in genau dem Maße ein wirklicher Roman, als er diesen Glauben dem Leser aufzuzwingen weiß. Johannes Barclays lateinisch geschriebene, vielfach übersetzte ›Argenis‹ aus dem Jahre 1621 tat europäische Wirkung; überall wurde die politische, staatsrechtliche und historische Aussage des Romans gewürdigt, aber überall nahm man doch auch menschlichen Anteil an den Geschicken der Prinzessin Argenis und ihrer königlichen Bewerber.

Es steht anders um die Handlungsträger in Voltaires »kleinen Romanen«, die er selber gern »philosophische« und »allegorische« nennt. Er schöpft, ohne die eigene Phantasie anders zu bemühen als im Kombinieren, hierin aber erstaunlich, aus vielen Quellen: aus demselben ›Amadis‹ wie Barclay, aus Ariost und Tasso, aus dem spanischen Schelmenroman, aus Swift, natürlich auch aus der Antike, aus Geschichte und Gegenwart, mit sehr großer Vorliebe aus dem orientalischen Märchenschatz. Diese Vorliebe teilt er mit allen Aufklärern, die mit den heimischen (lange vor den Brüdern Grimm von Perrault entdeckten) Haus- und Kindermärchen wenig anzufangen wissen, den mohammedanischen Orient aber gern gegen das christliche Abendland ausspielen. Die Helden des bunten Romangeschehens aber sind bei Voltaire häufig und jedesmal die längste Zeit ganz offenkundig keine beseelten Wesen, an denen man Herzensanteil nimmt, sondern Marionetten, deren drollige Bewegungen im Leiden und Sterben nicht anders als im heiteren Genießen allein den Intellekt unterhalten. Doch dann geschieht es unvermutet, daß sich die Puppen mit einemmal in Menschen verwandeln und wirklich rühren; man erwärmt sich für sie, und schon sind sie wieder zu Marionetten zurückverwandelt. In solchem ständigen Wechsel von Puppe zu Mensch und Mensch zu Puppe, von Kälte zu Wärme und neuer Kälte, in diesem ständigen Wechselbad aus Spiel und Ernst liegt die absolute Eigenart der kleinen Romane beschlossen. –

Es mag mit jener Geringschätzung des Prosaromans durch die klassische Ästhetik zusammenhängen, daß Voltaire, der sein Leben lang auf Boileau schwor und selber mit ungemeiner Leichtigkeit die flüssigsten Verse schrieb, erst mit reichlich fünfzig Jahren auf das Erzählen in Prosa verfiel.

Den Anfang macht nach biographischen Angaben ein sehr witzig-frivoler, aber durchaus im allgemeinen Rokokogeschmack gehaltener *conte:* ›Cosi-Sancta‹. Einer streng tugendhaften jungen Braut prophezeit der seherische Priester, sie werde durch ihre Tugend viel Unheil anrichten, dagegen durch drei Ehebrüche mit drei verschiedenen Partnern so viel Gutes stiften, daß es ihr die Heiligsprechung eintragen solle, was denn auch komisch in Erfüllung geht. Der Voltaire-Stempel der typischen Bagatelle besteht höchstens in einem harmlosen Sonderspott über die sittenstrengen Jansenisten.

Wichtiger ist der gleichfalls am Beginn stehende ›Einäugige Lastträger‹. Er hat auf dem Straßenpflaster so schön geschlafen und geträumt, wie er die Prinzessin gewann und selber ein großer Herr wurde, und nun wacht er auf, durchnäßt und zerlumpt im alten Elend. Ist er sehr unglücklich? Keineswegs! Er war vorher durchaus zufrieden mit seiner Existenz und ist jetzt nach hinzugewonnener Erfahrung noch glücklicher. Der Traum steht in Zusammenhang mit Mesrurs gestrigem Schnapsgenuß – also braucht er sich nur öfter zu betrinken. Der Mann ist von Geburt an unabänderlich glücklich. Er hat ja nur das eine Auge, mit dem man alles rosig sieht; das für die dunklen Farben empfängliche andere fehlt ihm. Voltaire erzählt auch diese Geschichte als rein witzigen *conte*; genau wie in ›Cosi-Sancta‹ ist reichliche Sexualkomik vorhanden und ein bißchen antiklerikaler Spott. Dagegen fehlt jede Spur einer Gemütsbewegung, sowohl soziales Mitleid mit dem armen Teufel wie Neid des zerrissenen Intellektuellen auf die glückliche Einfalt. Er selber, Voltaire, weiß sich ja im Besitz beider Augen, des für die guten und des für die schlechten Seiten der Dinge bestimmten; im allgemeinen kompensieren sie sich, doch hat das optimistische etwas geringere Sehschärfe, und manchmal drückt er es ganz zu. Im ›Indischen Abenteuer‹ klagt alle Kreatur dem Philosophen Pythagoras ihr Leid: das Gras wird vom Schaf gefressen, die Tiere fressen sich untereinander, der Mensch nährt sich von ihnen, sofern er nicht Vegetarier und Philosoph ist. Immerhin, bei den Menschen muß Philosophie anzutreffen und Humanität zu lehren sein. Er kommt in die Stadt, und auf dem Marktplatz ist ein Scheiterhaufen angezündet: tugendhafte Leute sollen verbrannt werden, weil sie dem *Être suprême,* dem höchsten Wesen, durch ihre Tugend allein und ohne den Kult ihrer Richter dienen wollen. Pythagoras predigt Toleranz und hat auch Erfolg mit seiner Lehre, in diesem einzigen Fall – die *Écr.-l'inf.*-Parole darf nie fehlen – sogar bei den Betschwestern *(même aux dévotes),* die die Sache vor das geistliche Gericht gebracht haben. Er zieht dann als Wanderprediger der Toleranz weiter, aber schließlich legt ihm ein Unduldsamer Feuer ans Haus, und er kommt in den Flammen um. »Rette sich, wer kann!« steht als unvermittelter Ausruf am Schluß der Erzählung.

Aber Voltaire hat durchaus nicht die Absicht, sich zu retten, er fühlt sich in Wahrheit in seiner Eigenschaft als predigender Philosoph ganz und gar nicht unglücklich. Er erzählt die ›Geschichte eines guten Brahmanen‹, der »um so unglücklicher war, je durchdringender sein Verstand und je empfindsamer sein Herz wurde«. Der Mann hat eine alte Nachbarin, sie könnte die Mutter des einäugigen Lastträgers sein, sie macht sich gar keine Gedanken und ist geradeso vollkommen zufrieden wie er. Hundertmal, sagt der Brahmane, habe er sich gefragt, ob er nicht mit der in ihrer Dummheit glücklichen Nachbarin tauschen wollte, und immer wieder auf solch einen Tausch verzichtet. Und Voltaire, im Ich-Ton erzählend, unterstreicht, daß auch er »unter der Bedingung, dumm zu sein, nicht hätte glücklich sein mögen«. Er legt die Frage seinen Parteifreunden (»anderen *philosophes*«) vor, und auch sie entscheiden sich wie der gute Brahmane. Es ist wie ein Manifest der Aufklärer gegen Rousseaus vernunftfeindliche Sehnsucht nach Einfalt.

Dabei ist es um Voltaires Glauben an die Freiheit und Macht der Vernunft nicht sonderlich gut bestellt. Er ist Sensualist, alles Denken beruht ihm auf der Erfahrung der Sinne. Wenn der Speicher der Erfahrung, wenn das Gedächtnis versagte, so ergäbe sich ein allgemeines gesellschaftliches Chaos. Die ›Aventure de la Mémoire‹, der Streik der Göttin des Gedächtnisses, die sich durch Descartes' Lehre von den angeborenen Ideen beleidigt fühlt, ist ein ausgelassener Schwank, ›Memnon oder Die menschliche Weisheit‹ eine melancholische Tragikomödie. Die Sinne sind nicht nur Basis der Vernunft, sondern auch ihre feindlichen Herrinnen. Memnon beschließt, als Weiser zu leben, dann sei er gegen alles Entgleisen gesichert, und im Lauf eines Tages bringt ihn törichte Leidenschaft um seine gesellschaftliche Stellung, um sein Vermögen, um ein Auge. Auch das orientalisch bunte Abenteuermärchen ›Der Weiße und der Schwarze‹ (die Grundlage für Grillparzers ›Der Traum ein Leben‹) lehrt das Ausgeliefertsein des Menschen; ein dunkler und ein heller Genius streiten um ihn; seine Erkenntnis reicht nicht weit genug, und wenn sie ausreicht, fehlt es ihr an Kraft, sich gegen die Leidenschaft zu behaupten. Dennoch ist es nur ein *dépit amoureux,* der Streit eines Liebenden, den Voltaire mit der Vernunft führt. Im ›Mikromegas‹ ist es zwar der ungeheuer große Siriusmann, der Herr Kleingroß heißt – aber der Name trifft im Grunde auf die ameisenartige Besatzung des Nußschälchens zu, über das sich die beiden von Saturn und Sirius herabgestiegenen Besucher so sehr amüsieren. Die winzigen Kreaturen auf ihrem winzigen Planeten glauben, das Weltall sei um ihretwillen geschaffen. Welch überheblich großmäulige kleine Geschöpfe! Aber einige dieser kleinen Leute auf diesem Expeditionsschiff haben doch recht interessante Gedanken, und insbesondere der sensualistische Philosoph beweist, gerade in seiner spekulationslosen Bescheidenheit, einige Geistesgröße. Die Dame Vernunft, sagte der Voltairianer des 19. Jahrhunderts, Anatole France, habe zwar manche Schwächen, aber es ließe sich doch mit ihr leben, und das ist bei allem Mäkeln die im Gefühl wurzelnde Grundmeinung Voltaires. Ganz spät noch schreibt er ihr ein Loblied, den ›Éloge historique de la Raison‹, ihr und seiner eigenen Epoche, worin sie sich nach langem Verfolgtsein endlich wieder frei bewegen dürfe. Natürlich geht es auch hier nicht ganz ohne Skepsis ab: Ob nun das Zeitalter der Aufklärung Dauer haben werde, sei nicht verbürgt, immerhin »wollen wir uns dieser schönen Tage freuen«.

Es ist bisweilen für die kleinen Romane eine chronologische Entwicklung von Optimismus zu Pessimismus hin angenommen worden. ›Zadig oder das Schicksal‹, der ganz und gar im Stil der Tausendundeine-Nacht-Märchen ausgesponnene Roman vom Jahre 47, hat ein glorreiches Ende, und zwölf Jahre danach ist ›Candide ou l'Optimisme‹ eigens zu dem Zweck geschrieben, in jedem Absatz die Leibniz-Lehre von der besten aller Welten wieder und wieder lächerlich zu machen. Aber Zadig ist ganz und gar von der Vorsehung geführt, die sich ihm zuletzt als geflügelter Cherub entschleiert und in fragwürdigen Taten legitimiert; daß er nach all den vielen Wechselfällen von Glück und Unglück schließlich doch seine geliebte Königin und ihr Königtum dazu gewinnt, ist weder durch seine Schuld verzögert noch durch seine Tapferkeit, Tugend und Weisheit herbeigeführt; ja, diese drei Eigenschaften erweisen sich ihm häufig als Hindernisse auf seinem Wege. Erst muß er die himmlische Führung als gütig selbst in ihren scheinbaren Tükken und Grausamkeiten erkennen und anbeten, eh' ihm das faustdicke Happy-End zuteil wird. Das ist so völlig aus der rosig-kindlichen einäugigen Sicht des bei Arbeit und Schnaps zufriedenen Lastträgers und der dummfrommen Nachbarin des guten Brahmanen fabuliert, daß niemand daran zweifeln kann, mit welchem Behagen der Märchenerzähler zur eigenen Belustigung und zu der des Lesers sein anderes Auge zukneift.

Demgegenüber bedeutet der ›Candide‹ mit seinem Angriff auf die prästabilierte Harmonie die Revanche des anderen Auges. Schon zehn Jahre zuvor hat Voltaire im ›Memnon‹ die Ansicht gewisser Dichter und Philosophen (Popes und Shaftesburys) zurückgewiesen, man müsse sich damit begnügen, daß in der Gesamtheit der Schöpfung die Vollkommenheit stufenweise von Welt zu Welt erreicht werde, und in dieser Reihe sei nun einmal tief unten die kleine Erde nicht ganz, aber doch beinahe das Irrenhaus des Universums. (Paul Heyses geistreiche Mutter sagte einmal, als man ihr eine Sache »an und für sich gut« nannte: »An und für sich vielleicht, aber an und für mich?«) Kann man diese Revanche realistischer nennen als das sonnige Märchen? Doch nur halbwegs. Gewiß, der ›Candide‹ spielt nicht im östlichen Wunderland, sondern mitten in Europa zu Voltaires eigener Zeit auf einem Schlachtfeld des Siebenjährigen Krieges, in Lissabon im Augenblick des Erdbebens, in Venedig während des Karnevals usw. usw. Aber doch ist alles Spiel, so gut und so heiter wie im ›Zadig‹. Denn gerade im ›Candide‹ ist jene Marionettenkunst Voltaires aufs großartigste entfaltet. Der philosophisch unbelastete Candide, sein optimistischer, sein pessimistischer Freund, seine Geliebte, ihr adelsstolzer Bruder: alle sind sie Puppen, sie können das gräßlichste Unheil erleiden, die scheußlichsten Verstümmelungen, sie können zu Tode kommen, und doch stehen sie immer wieder auf, einigermaßen ramponiert, aber immerhin imstande weiterzuleben, und sogar – darauf kommt es an – mit einem gewissen Lebensgenuß. Der ist nur einmal am Erliegen, da nämlich, wo sie in endlicher Sicherheit nach all dem Umgetriebensein und Leiden in die Klauen der Langeweile geraten. Sobald sie eine bescheidene Tätigkeit gefunden haben, als kleine Gemüsebauern vor den Toren der lärmvollen Großstadt, sind sie einigermaßen mit ihrem Schicksal ausgesöhnt. Das Schlußwort: *il faut cultiver notre jardin,* wird dem alten Voltaire fast ebenso lieb wie sein *Écrasons l'infâme.*

Ob man nun den Pechvogelmarionetten des ›Candide‹ einen höheren Grad von Realismus zuerkennen will als dem glücklichen Märchenpaar im ›Zadig‹, darüber läßt sich streiten. Aber ein anderes, worauf der Herausgeber der neuesten deutschen ›Candide‹-Ausgabe den Nachdruck legt, ist ungleich wichtiger. Der demütige Glaube an eine liebevolle Vorsehung, das Einverständnis auch mit den Übeln auf der besten aller Welten führt zur demütigen Hinnahme aller Mißstände, zu sklavischer Untertänigkeit, wohingegen die bittere Empfindung des maßlos aufgehäuften irdischen Elends und Unrechts zur Auflehnung drängt; die Vernunft mag Unabwendbarkeit des Leidens predigen, das beleidigte Gefühl wird dennoch versuchen, das scheinbar Unabänderliche zu ändern. So daß also die Trostlosigkeit des ›Candide‹ optimistischere Elemente enthält als der ›Zadig‹ in seiner Heiterkeit.

Freilich darf man dem aktivistischen *Cultivons* nicht eigentlich revolutionäre Gesinnung beilegen. Den »Garten bestellen«, wie metaphorisch man das auch auswerten mag, bedeutet eine aufbauende, keine zerstörende Tätigkeit. Der Satiriker Voltaire ist sich der Fehler des Bestehenden voll bewußt. Aber auf eine Vernichtung des gegenwärtigen Gesellschaftszustandes zielt er nicht ab, dazu liebt er ihn viel zu sehr trotz und manchmal sogar wegen der Sündhaftigkeit dieses Zustandes. Das Märchen ›Die Welt, wie sie ist‹ zeigt den unverdorbenen Beauftragten der Gottheit bei der Vorbereitung seines Gutachtens zur Frage der eventuellen Zerstörung des Sündenbabels Persepolis. Persepolis ist Paris, und Babuk, der Skythe, findet dort vieles so schlimm, daß er viele Male die Vernichtung für notwendig hält; aber manches wiederum gefällt ihm doch gar zu gut und stimmt ihn versöhnlich. Worauf denn die Gottheit nicht nur von der Zerstörung der Stadt, sondern von jedem Besserungsversuch absieht und beschließt, die Welt so zu lassen, wie sie ist. (Das Märchen hat weiten Spielraum in seinen Bezügen, weil das französische Wort *monde* gleichzeitig die Welt schlechthin und »die gute Gesellschaft« bedeutet.)

Die gleiche Frage nach Wert und Unwert der bestehenden Kultur wird in dem Roman ›L'Ingénu‹ abgehandelt, wo das Naturkind, von keiner göttlichen Vollmacht geschützt wie der Skythe Babuk, sehr schweres Leid in Persepolis-Frankreich erfährt. Der ›Ingénu‹ ist in ästhetischer Hinsicht das kongeniale

Gegenstück zum ›Candide‹. Im ›Candide‹ wiegt das Marionettenspiel vor, ohne daß die momentane Verwandlung von Puppe zu Mensch fehlt; im ›Ingénu‹ fehlt es nicht am Marionettenspiel, denn das Naturkind beträgt sich in seiner Natürlichkeit überwältigend komisch. Auf dem Gipfelpunkt des Romans aber dominiert rein menschliche Tragik: Der Hurone sitzt schuldlos in der Bastille gefangen, und seine Braut stirbt aus Kummer über den Preis, den sie seine Befreiung kostet. Es ist sehr selten, daß Voltaire mit solcher Innigkeit von Frauenreinheit handelt; im allgemeinen liebt er durchaus den Cosi-Sancta-Ton, und die erotischen Sünden verzeiht er der guten Gesellschaft am ehesten. Aber, und dies ist entscheidend, bei aller Kulturkritik wird er doch der wahren Größe ebendieser von Rousseau so einseitig verdammten Kultur ebenso gerecht wie ihrer Verderbtheit. In eine kleine pathetische Szene, ja eigentlich in einen einzigen Satz preßt der Hurone das Ja und Nein zusammen. In Frankreich erst ist er vom animalischen Geschöpf zum denkenden und wissenden Menschen geworden, sein Zellengenosse, der weise und gütige Jansenist, hat ihn über Ethik und Naturwissenschaft belehrt, so auch über die Grundlagen der Astronomie. Da klagte der Ingénu: »Wie hart ist es . . . daß ich erst jetzt den Himmel kennenlerne, da man mich des Rechtes beraubt hat, ihn zu betrachten!« Freiheit und Fesseln in einem kennzeichnet seinen neuen Zustand.

Freiheit bedeutet ihm vor allem Freiheit des Denkens und Forschens; Fessel ist ihm, im weitesten Abstand vor jeder anderen, die klerikale Behinderung. Einige dieser kleinen Romane scheinen oder sind auch wirklich aus reinem Vergnügen am Fabulieren, genauer am Nachahmen und überraschenden Kombinieren antiker und mittelalterlicher Märchen und Mythen und Reiseabenteuer in allen Erdteilen geschrieben – man braucht nicht nach philosophischem Bedeuten jeder Einzelheit zu suchen; aber immer wieder stecken im farbigen Knäuel der Erzählung die Nadelspitzen kulturkritischer Anzüglichkeiten, und die überwiegende Mehrzahl dieser Spitzen gilt den biblischen Wundern, der Kirchenlehre und allem, was die Sprache der Aufklärer unter »Priestertrug« versteht. Wenn die Geschichte ›Der weiße Stier‹ behaglich-komisch davon erzählt, wie die ägyptische Prinzessin ihren zum schönsten Prinzen verwandelten Apis endlich heiraten darf, dann ist auch die Hexe von Endor im Spiel und der ganze biblische Tierpark zugegen, der Sündenbock und der Fisch, der den Jonas verschlang, und Geflügel aus der Arche Noah und – »vielleicht das wichtigste Geschöpf« – die Schlange aus dem Paradies. Voltaires satirische Anspielungen richten sich gegen sehr viele andere Objekte: gegen königliche Willkür und Verschwendung, gegen Vorrechte des Adels und des Reichtums (die ihm für die eigene Person unentbehrlich sind), gegen den Krieg und den Ämterkauf, gegen das Intrigenspiel und die Mätressenwirtschaft am Hofe – gegen alles das –, aber alles das wiegt weniger schwer, ist weniger markant im Zeitbezug der Fabeleien als ihr antikirchlicher Spott.

Dem eigenen religiösen Standpunkt des Deismus gilt unter Voltaires Romanen ›Jennis Geschichte‹, die den Untertitel ›oder Der Weise und der Atheist‹ trägt. Sie zählt zu den ausgedehntesten unter den kleinen Romanen und ist vom künstlerischen Standpunkt aus die wenigst geglückte. Denn während sonst überall die beiden Elemente des philosophisch Didaktischen und des unterhaltsam Erzählenden gut aufeinander abgestimmt oder miteinander verschmolzen sind, bildet hier ein moralisches Puppenspiel den Rahmen um eine sehr lange Predigt. Jenni, der in eine Gottlosengesellschaft geratene Sohn des englischen Feldkaplans, wird unter Verbrechern zum Verbrecher, bis ihn sein ehrwürdiger Vater der Tugend und dem Glauben zurückgewinnt. Die Handlung, in Spanien, in England und unter den Wilden Amerikas spielend, ist so kraß, daß sie durchaus parodistisch wirkt: Die Bösartigkeit der Atheisten geht bis zum Giftmord, und die Schlimmste unter ihnen wird gerechterweise von Kannibalen gefressen, während dem verlorenen Sohn für seine Reue die unwahrscheinlichste himmlische

Vergebung zuteil wird – das Opfer des Giftmordes ist vom Tode auferstanden. Wie gesagt, man könnte das als Parodie im ›Candide‹-Stil auffassen – aber der ehrwürdige Herr Freind hält seine Bekehrungspredigt im Sinne der natürlichen Religion mit unerbittlichem Ernst, und ihr entscheidendes Argument ist das platt utilitaristische, daß man ohne Religion zum Verbrecher werde.

Oder wäre endlich unter ästhetischem Gesichtspunkt ›Der Mann mit den vierzig Talern‹ eine Stufe tiefer einzuschätzen, weil hier nämlich jede Romanhandlung wegfällt und nur eine Fülle ernsthafter Gespräche über eine große Menge von rasch wechselnden Themen geboten wird? Aber ich muß noch einmal darauf hinweisen, daß das, was Voltaire selber als Roman bezeichnet oder was spätere Herausgeber dieser Gruppe hinzufügen, nichts einheitlich und gegen andere literarische Gebilde abgegrenzt Zusammengehörendes ist. Ich habe in meiner umfassenderen Voltaire-Darstellung einen Teil seiner Werke als »dichterischen Journalismus« bezeichnet. In dieser Rubrik haben Gespräch, Essay und Erzählung sehr liquide Grenzen untereinander; ja es gibt auch dramatische Prosastücke wie den ›Sokrates‹ und den ›Saul‹, die eigentlich dahinein gehören.

Der anonym für sich erschienene ›Vierzigtalermann‹, den Voltaire selber scherzhaft als »kleines Werk eines Angestellten der Finanzverwaltung« ausgibt, nimmt eine besondere und wesentliche Stellung unter den Romanen ein: ideologische Probleme fehlen nicht, treten aber hinter wirtschaftlichen zurück, die durchweg mit der ganzen geistvollen Flüssigkeit wirklicher Konversation besprochen werden. Ausgangspunkt ist die physiokratische Doktrin, daß alle echte staatliche Kraft im Grundbesitz wurzelt und daß der Steuerertrag gerade aus ihm gewonnen werden müsse. Der Vierzigtalermann ist ein armer ausgebeuteter und in seiner Armut unkultivierter Mensch. Er kommt zu einigem Geld und damit zu Verstand und Bildungsinteressen, und nun kann er sich mit allerlei Leuten über mancherlei unterhalten und aufklären lassen. (Voltaire hat den Armen, besonders in seiner fürstlichen Machtstellung in Ferney, jede Hilfe erwiesen; aber wirkliches Interesse als Autor nimmt er doch nur an Menschen, die schon in der sozialen Lage sind, geistigen Interessen nachzugehen.) Man berührt in diesen Unterhaltungen das Wesen der Seele und ähnliches, aber die Steuern, die Volkshygiene, die Pockenimpfung usw. nehmen doch entschieden größeren Raum ein. Wie sehr hier Voltaire auf die realen Dinge der Volkswirtschaft gerichtet ist, wie sehr sich dieser Roman von all den andern im Grundton unterscheidet, das zeigt sich am erstaunlichsten da, wo man von den Klöstern redet. Welch eine Gelegenheit, in den Ton der saftigsten *contes* zu verfallen! Nichts von alledem, vielmehr statistische Überlegung, wieviel Arbeitskraft dem Staat verlorengeht, welche Einbuße die Bevölkerungsziffer erfährt; der Staat braucht Soldaten, und »die Mönche sind Vatermörder, die eine ganze Nachkommenschaft ersticken«. Selten, daß der ruhige Ernst dieser Gespräche für bloß witzig Geistreiches Raum findet. Einmal wird scherzhaft vorgeschlagen, da die Franzosen eine so heitere Nation seien, Lachen und Lieder zu besteuern, worauf die Antwort lautet, dann würde den Franzosen das Lachen vergehen. Aber in der Gesellschaft des Vierzigtalermanns ist das noch keine ernsthafte Befürchtung; das gute Souper am Schluß des Ganzen endet mit einer *Chansons très jolie,* einer sehr hübschen *Chanson,* für die Damen, und Voltaire erklärt, er sei von diesem Abendessen so befriedigt aufgestanden, als wäre es das Symposion des Platon gewesen.

Das Buch mit seiner heiteren Gelassenheit erschien 1768. Anderthalb Jahrzehnte später heißt es am Schluß des ›Figaro‹ ganz ähnlich: *tout finit par des Chansons,* aber der Dichter und alle seine Hörer wissen genau, daß es nicht mehr lange bei fröhlichen Liedern sein Bewenden haben könne.

Wüßte Voltaire, welch ungeheurer Anteil ihm an der Vorbereitung der Revolution zukommt, so wäre er aufs tiefste erschrocken: Er selber hat Persepolis viel zu sehr geliebt, als daß er es hätte zerstören wollen.

DENKWÜRDIGKEITEN AUS DEM LEBEN DES HERRN DE VOLTAIRE

AUFGEZEICHNET VON IHM SELBST

Als ich des müßigen und turbulenten Lebens in Paris, der vielen Stutzer, der schlechten Bücher, die mit Erlaubnis und Billigung des Königs gedruckt wurden, der Ränke der Literaten, der Niederträchtigkeiten und Erpressungen jener Elenden, die der Literatur Schande bereiten, müde geworden war, begegnete ich 1733 einer jungen Dame, die ungefähr so dachte wie ich und den Entschluß gefaßt hatte, mehrere Jahre auf dem Lande zu verbringen, um dort, fern von der großen Welt, ihren Geist zu bilden – der Marquise du Châtelet, der Frau Frankreichs, die die besten Anlagen für alle Wissenschaften hatte.

Ihr Vater, der Baron de Breteuil, hatte sie Latein lernen lassen, das sie ebenso beherrschte wie Madame Dacier. Sie konnte die schönsten Stücke von Horaz, Vergil und Lukrez auswendig, und alle philosophischen Werke Ciceros waren ihr vertraut. Am meisten Gefallen fand sie an Mathematik und Metaphysik. Selten ist mehr Geistesschärfe und mehr Geschmack mit mehr Bildungseifer vereint gewesen, und trotzdem liebte sie die große Welt und alle Vergnügungen ihres Alters und ihres Geschlechts deshalb nicht weniger. Aber alles das gab sie auf, um sich in einem verfallenen Schloß zu vergraben, das in einer unangenehmen und garstigen Gegend an der Grenze zwischen der Champagne und Lothringen lag. Sie ließ Verschönerungen an diesem Schloß vornehmen und es mit recht freundlichen Gärten zieren. Ich baute dort eine Galerie und richtete ein Physikalienkabinett ein. Wir verfügten über eine viele Bände umfassende Bibliothek. Mehrere Gelehrte besuchten uns, um in unserer Abgeschiedenheit zu philosophieren. Zwei ganze Jahre weilte der berühmte König bei uns, der später in Den Haag als Bibliothekar der Prinzessin von Oranien und Professor gestorben ist. Maupertuis kam mit Jean Bernoulli; und seitdem war ich für Maupertuis – von Geburt an der neidischste aller Menschen – Gegenstand jener Leidenschaft, die ihm stets teuer gewesen ist.

Ich lehrte Madame du Châtelet Englisch, und schon nach Ablauf von drei Monaten beherrschte sie diese Sprache ebensogut wie ich und war in der Lage, einen wie den anderen, Lokke, Newton und Pope zu lesen. Auch Italienisch lernte sie schnell, und wir lasen gemeinsam den gesamten Tasso und den gesamten Ariost. Als Algarotti nach Cirey kam, wo er seinen ›Newtonianismo per le dame‹ vollendete, war sie in seiner Sprache so bewandert, daß sie ihm sehr gute Ratschläge geben konnte, die ihm recht nützlich waren. Algarotti, ein äußerst liebenswürdiger Venezianer und Sohn eines steinreichen Kaufherrn, bereiste damals ganz Europa, wußte über alles etwas Bescheid und verlieh allem Reiz.

Wir trachteten in diesem köstlichen Schlupfwinkel nur danach, uns zu bilden, ohne uns um das zu kümmern, was in der übrigen Welt geschah. Lange wandten wir unsere größte Aufmerksamkeit Leibniz und Newton zu. Madame du Châtelet war anfangs sehr angetan von Leibniz und erläuterte einen Teil seines Systems in einem sehr gut geschriebenen Buch mit dem Titel ›Einrichtungen der Physik‹. Sie suchte dabei keineswegs diese Philosophie mit nicht Dazugehörigem zu schmücken; solche Affektiertheit war ihrem männlichen und wahrhaften Charakter fremd. Ihr Stil war klar, genau und elegant. Wenn jemals den Ideen von Leibniz irgendwelche Wahrscheinlichkeit verliehen worden ist, so muß man sie in diesem Buch suchen. Aber heute beginnt man, sich nicht mehr um die Ideen von Leibniz zu kümmern.

Von Natur aus zur Wahrheit veranlagt, ließ sie bald von den philosophischen Systemen ab und wurde von den Entdeckungen des großen Newton gefesselt. Sie übersetzte das ganze Buch der mathematischen Prinzipien ins Französische; und dann, als sie ihre Kenntnisse gefestigt hatte, fügte sie diesem

Buch, das so wenige Leute verstehen, eine algebraische Erläuterung bei, die ebensowenig in der Reichweite der Durchschnittsleser liegt. Herr Clairaut, einer unserer besten Mathematiker, hat diesen Kommentar genau durchgesehen. Es sind Anstalten gemacht worden, ihn herauszugeben, und es gereicht unserem Jahrhundert nicht gerade zur Ehre, daß dieses Vorhaben unausgeführt blieb.

Wir widmeten uns in Cirey der Pflege aller Künste. Ich verfaßte ›Alzire‹, ›Merope‹, den ›Verlorenen Sohn‹ und ›Mahomet‹. Für Madame du Châtelet arbeitete ich an einer Abhandlung über die Weltgeschichte von Karl dem Großen bis zu unseren Tagen. Ich wählte die Epoche von Karl dem Großen, weil bei ihr Bossuet stehengeblieben ist und ich nicht das zu berühren wagte, was dieser große Mann schon behandelt hatte. Madame du Châtelet indessen war nicht zufrieden mit der Weltgeschichte dieses Prälaten. Sie fand sie flüssig und beredt geschrieben, war aber ungehalten darüber, daß fast das ganze Werk von den Juden handelte.

Nachdem wir sechs Jahre in dieser Abgeschiedenheit, mit Künsten und Wissenschaften beschäftigt, verbracht hatten, mußten wir uns nach Brüssel begeben, wo die Familie du Châtelet einen Prozeß gegen die Familie de Honsbrouck führte, bei dem es um bedeutende Summen ging. Ich hatte das Glück, dort einen Enkelsohn des berühmten und unglücklichen holländischen Premierministers de Witt zu treffen, der Erster Präsident der Rechnungskammer war. Er besaß eine der schönsten Bibliotheken Europas, die mir für meine Weltgeschichte sehr nützlich war; aber ich hatte in Brüssel ein noch selteneres Glück, das sich für mich fühlbarer auswirkte: ich war in der Lage, den Prozeß beizulegen, dessen Kosten die beiden Familien seit sechzig Jahren zugrunde richteten. Ich erreichte, daß der Marquis du Châtelet zweihundertzwanzigtausend Pfund bares Geld erhielt, womit dann die ganze Angelegenheit beendet war.

Während ich mich noch in Brüssel aufhielt, starb in Berlin

der dicke König Friedrich Wilhelm von Preußen, der unausstehlichste aller Könige und unstreitig derjenige, der am sparsamsten war und über das meiste bare Geld verfügte. Sein Sohn, der auf eine so sonderbare Weise von sich reden machte, stand mit mir seit vier Jahren in einem ziemlich regelmäßigen Briefwechsel. Es hat vielleicht niemals auf der Welt Vater und Sohn gegeben, die sich weniger ähnelten als diese beiden Monarchen. Der Vater war ein richtiger Vandale, der während seiner ganzen Regierungszeit nur daran dachte, Geld zusammenzuraffen und sich mit so geringen Kosten wie nur möglich die besten Truppen Europas zu halten. Niemals waren Untertanen ärmer als die seinen, und niemals war ein König reicher als er. Zu einem Spottpreis kaufte er große Ländereien seinem Adel ab, der sehr schnell das bißchen Geld verzehrte, das er daraus zog; und die Hälfte dieses Geldes kehrte obendrein auf dem Umweg über die Verbrauchssteuern wieder in die Truhen des Königs zurück. Sein gesamter Landbesitz war an Steuereinnehmer verpachtet, die Geldeintreiber und Richter zu gleicher Zeit waren; und wenn ein Bauer dem Steuereinnehmer zum festgesetzten Tag nicht zahlte, was er zu entrichten hatte, so legte dieser Steuereinnehmer seine Richterrobe an und verurteilte den Missetäter zum Doppelten.

Hierbei muß man berücksichtigen, daß ebendieser Richter am Ersten des neuen Monats selber mit dem Doppelten veranlagt wurde, wenn er am letzten Tage des Vormonats dem König die fälligen Zahlungen nicht geleistet hatte.

Wenn jemand einen Hasen tötete, die Äste eines Baumes beschnitt, der in der Nähe königlicher Ländereien stand, oder sonst irgend etwas beging, mußte er Strafe zahlen. Gebar ein unverheiratetes Mädchen ein Kind, so mußte die Mutter oder der Vater oder die Verwandten der Umstände wegen Geld an den König zahlen.

Die Baronin von Knyphausen, die reichste Witwe Berlins – sie besaß nämlich ein Vermögen, das ihr sieben- bis achttausend Pfund Zinsen im Jahr einbrachte –, wurde beschuldigt, einen Untertan des Königs zur Welt gebracht zu haben, obwohl sie bereits seit zwei Jahren Witwe war. Der König schrieb ihr eigenhändig, sie möge, um ihre Ehre zu retten, sofort seinem Schatzamt dreißigtausend Pfund übersenden. Sie mußte sich das Geld leihen und war ruiniert.

Der König hatte in Den Haag einen Gesandten mit Namen Luiscius. Von allen Gesandten gekrönter Häupter war er sicher der am schlechtesten bezahlte. Um seine Zimmer zu heizen, ließ der arme Mann einige Bäume im Park Hons-Lardik fällen, der damals dem preußischen Herrscherhaus gehörte. Bald darauf bekam er Depeschen, in denen ihm sein Herr, der König, mitteilte, daß deswegen sein Gehalt für die Dauer eines Jahres einbehalten werde. Der verzweifelte Luiscius schnitt sich mit dem einzigen Rasiermesser, das er besaß, die Kehle durch. Ein alter Diener kam ihm zu Hilfe und rettete ihm unglücklicherweise das Leben. Ich habe inzwischen Seine Exzellenz in Den Haag wiedergetroffen und ihm an der Tür des Palais, das Alter Hof heißt, ein Almosen gegeben. Es war das Palais, das dem König von Preußen gehört und in dem der arme Gesandte zwölf Jahre zugebracht hatte.

Man muß zugeben, daß die Türkei eine freie Republik ist im Vergleich zu dem Despotismus, den Friedrich Wilhelm ausübte. Mit diesen Mitteln gelang es ihm, während der achtundzwanzig Jahre seiner Herrschaft in den Kellern seines Berliner Schlosses ungefähr zwanzig Millionen Taler anzuhäufen, die er in mit eisernen Ringen versehenen Tonnen wohl verwahrte. Er machte sich das Vergnügen, die ganze große Flucht von Gemächern des Schlosses mit schweren Gerätschaften aus massivem Silber auszustatten, deren kunstvolle Ausfertigung dem wertvollen Material angemessen war. Auch seiner Frau, der Königin, stellte er ein Arbeitszimmer zur Verfügung, dessen ganze Einrichtung bis herab zu den Schaufelgriffen, Feuerzangen und Kaffeekannen aus Gold war.

Der Monarch pflegte zu Fuß auszugehen, gekleidet in einen schäbigen blauen Tuchrock mit Kupferknöpfen, der ihm halb bis zu den Schenkeln reichte; und wenn er sich einen neuen Rock kaufte, so ließ er seine alten Knöpfe wieder verwenden. In dieser Aufmachung und mit einem dicken Feldwebelstock bewaffnet, besichtigte er jeden Tag sein Riesenregiment. Dieses Regiment war seine Liebhaberei und kostete ihn das meiste Geld. Männer, von denen der kleinste sieben Fuß groß war und die er in den entlegensten Gegenden Europas und Asiens kaufen ließ, bildeten das erste Glied seiner Kompanie. Nach seinem Tode habe ich noch einige von ihnen gesehen. Sein Sohn, der König, der die hübschen Kerls liebte und nicht die langen Kerls, hatte sie seiner Frau, der Königin, als Heiducken zugeteilt. Ich erinnere mich, daß sie eine alte Staatskarosse begleiteten, die man dem Marquis de Beauvau entgegenschickte, als dieser im November 1740 den neuen König beglückwünschen kam. Der verstorbene König Friedrich Wilhelm, der einst alle prächtigen Gerätschaften seines Vaters verkaufen ließ, hatte sich von dieser riesigen vergoldeten Karosse nicht trennen können. Die Heiducken, die an den Wagenschlägen standen und die Karosse stützen sollten, falls sie umzukippen drohte, konnten sich über das Verdeck hinweg die Hände reichen.

Wenn Friedrich Wilhelm sein Regiment besichtigt hatte, ging er durch die Stadt spazieren. Jedermann floh vor ihm, so schnell er konnte. Traf er eine Frau, so fragte er sie, warum sie ihre Zeit auf der Straße vertrödele, schrie sie an: »Scher dich nach Hause, Schlampe! Eine anständige Frau gehört in ihren Haushalt!«, und er begleitete diese Ermahnung entweder mit einer kräftigen Ohrfeige, einem Fußtritt in den Bauch oder einigen Stockschlägen. In dieser Weise behandelte er auch die protestantischen Geistlichen, wenn sie Lust bekamen, sich die Wachtparade anzusehen.

Man kann sich vorstellen, wie sehr sich dieser Vandale darüber wunderte und ärgerte, daß er einen geistvollen, liebenswürdigen und höflichen Sohn hatte, der Gefallen erregen wollte und danach trachtete, sich zu bilden, der musizierte und dichtete. Sah der König ein Buch in den Händen des Kronprinzen, so warf er es ins Feuer. Spielte der Prinz Flöte, so zerbrach der Vater die Flöte und ließ mitunter seiner Königlichen Hoheit die gleiche Behandlungsweise angedeihen wie den Damen und den Pastoren bei der Wachtparade.

1730 entschloß sich der Prinz, der der Aufmerksamkeiten, mit denen ihn sein Vater bedachte, überdrüssig geworden war, eines schönen Tages zu fliehen, ohne noch recht zu wissen, ob er nach England oder Frankreich gehen solle. Die Sparsamkeit seines Vaters gestattete ihm nicht einmal, so zu reisen wie der Sohn eines Steuerpächters oder eines englischen Kaufmanns. Er mußte sich ein paar hundert Dukaten dazu leihen.

Katte und Keith, zwei sehr liebenswürdige junge Leute, sollten ihn begleiten. Katte war der einzige Sohn eines tapferen Stabsoffiziers. Keith war der Schwiegersohn jener Baronin von Knyphausen, der es zehntausend Taler gekostet hatte, ein Kind zur Welt zu bringen. Tag und Stunde waren bereits festgesetzt, da hinterbrachte man alles dem Vater. Der Prinz und seine beiden Reisebegleiter wurden gleichzeitig verhaftet. Der König glaubte anfangs, seine Tochter, Prinzessin Wilhelmine, die inzwischen den Markgrafen von Bayreuth geheiratet hat, gehöre mit zum Komplott; und da er schnellstens ein Strafgericht über sie ergehen lassen wollte, beförderte er sie mit Fußtritten beinahe durch ein Fenster, das bis zum Fußboden herabreichte. Kaum daß ihre Mutter, die Königin, die sich bei dieser Abfertigung gerade in dem Augenblick einfand, als Wilhelmine hinausspringen wollte, sie gerade noch an den Röcken festhalten konnte. Die Prinzessin behielt von dieser Behandlung eine Quetschung unterhalb der linken Brust zurück, die sie als Zeichen väterlicher Gefühle ihr ganzes Leben bewahrte und die mir zu zeigen sie mir die Ehre erwies.

Der Prinz hatte so etwas wie eine Geliebte, die Tochter eines Schulmeisters aus der Stadt Brandenburg, die sich in Potsdam niedergelassen hatte. Sie spielte recht und schlecht Clavicembalo, und der Kronprinz begleitete sie dabei auf der Flöte. Er bildete sich ein, in sie verliebt zu sein, aber er täuschte sich, sein

Hang ging nicht zum schönen Geschlecht. Da er jedoch den Anschein erweckt hatte, als liebe er sie, ließ der Vater dieses Fräulein vom Henker um den Marktplatz von Potsdam führen und unter den Augen seines Sohnes auspeitschen.

Nachdem der König seinem Sohn dieses Schauspiel verschafft hatte, ordnete er dessen Überführung nach der inmitten von Sümpfen gelegenen Festung Küstrin an. Dort wurde der Kronprinz sechs Monate lang ohne Diener in eine Art Kerker gesperrt; und nach Ablauf dieser sechs Monate bewilligte man ihm einen Soldaten zu seiner Bedienung. Dieser Soldat, der jung, hübsch und gut gebaut war und Flöte spielen konnte, war dem Gefangenen auf mancherlei Weise gefällig, um ihn zu erfreuen. So viele gute Eigenschaften haben ihn dann auch sein Glück machen lassen. Ich habe ihn gesehen, als er Kammerdiener und Premierminister zugleich war und über die ganze Unverschämtheit verfügte, die diese beiden Posten nur eingeben können.

Der Prinz befand sich seit einigen Wochen in der Festung Küstrin, als ein alter Offizier, dem vier Grenadiere folgten, in sein Zimmer trat und in Tränen ausbrach. Friedrich zweifelte nicht daran, daß man gekommen sei, ihm den Kopf abzuschlagen. Aber der Offizier, der immer noch weinte, befahl den vier Grenadieren, den Prinzen zu ergreifen, ihn ans Fenster zu stellen und ihm den Kopf festzuhalten, während man seinem Freunde Katte den Kopf auf einem unmittelbar unter seinem Fenster errichteten Schafott abschlug. Friedrich streckte die Hand nach Katte aus und fiel in Ohnmacht. Wie bei der Auspeitschung des Fräuleins war der Vater auch bei diesem Schauspiel zugegen.

Keith, der andere Mitwisser, war nach Holland geflohen. Der König entsandte Soldaten, die ihn fassen sollten. Keith konnte gerade noch entwischen und schiffte sich nach Portugal ein, wo er bis zum Tode des huldreichen Friedrich Wilhelm verblieb.

Der König wollte es jedoch damit nicht bewenden lassen. Er

hegte die Absicht, seinem Sohn den Kopf abschlagen zu lassen, und zog dabei in Erwägung, daß er noch drei Jungen habe, von denen keiner dichtete, und daß die für Preußens Größe ausreichend seien. Die erforderlichen Maßnahmen waren schon getroffen, um den Kronprinzen so wie den Zarewitsch, den ältesten Sohn Zar Peters I., zum Tode zu verurteilen.

Wenn es auch durch die göttlichen und menschlichen Gesetze nicht klar bestimmt zu sein schien, daß ein junger Mann geköpft werden müsse, weil er hatte auf Reisen gehen wollen, so hätte der König in Berlin doch ebenso wendige Richter wie die in Rußland gefunden. Auf jeden Fall hätte seine väterliche Autorität dazu ausgereicht. Kaiser Karl VI. behauptete, der Kronprinz könne als Reichsfürst nur auf einem Reichstag zum Tode verurteilt werden, und schickte Graf Seckendorff zum Vater, um diesem die ernstesten Vorstellungen zu machen. Graf Seckendorff, den ich später in Sachsen, wohin er sich zurückgezogen hatte, gesehen habe, beteuerte mir, er habe viel Mühe aufwenden müssen, um zu erreichen, daß man dem Prinzen nicht den Kopf abschlug. Es handelt sich hier um denselben Seckendorff, der das bayrische Heer befehligte und von dem der Prinz, als er König von Preußen geworden war, in der Geschichte seines Vaters, auf die er in einigen dreißig Exemplaren der ›Denkwürdigkeiten des Hauses Brandenburg‹* mit einging, ein so furchtbares Bild entwarf. Da diene noch einer den Fürsten und verhindere, daß sie geköpft werden!

Nach achtzehn Monaten gelang es den Vorstellungen des Kaisers und den Tränen der Königin von Preußen, zu erreichen, daß der Kronprinz seine Freiheit zurückerhielt, der nun begann, mehr denn je zu musizieren und zu dichten. Er las Leibniz und sogar Wolff, den er als einen Schwulstsammler bezeichnete, und widmete sich, soviel er konnte, allen Wissenschaften auf einmal.

* Ich habe dem Kurfürsten von der Pfalz das Exemplar gegeben, das mir der König geschenkt hatte.

Da ihn sein Vater wenig an den Staatsgeschäften beteiligte und es in diesem Land, in dem alles aus Paraden bestand, eigentlich überhaupt keine Staatsgeschäfte gab, verwendete er seine Muße dazu, an die Literaten Frankreichs, die etwas in der Welt bekannt waren, Briefe zu schreiben. Die Hauptlast entfiel auf mich. Es waren Briefe in Versen, Abhandlungen über Metaphysik, Geschichte und Politik. Er nannte mich einen göttlichen Menschen und ich ihn einen Salomo. Die Benennungen kosteten uns nichts. Man hat einige dieser Albernheiten in meinen Gesammelten Werken abgedruckt; und glücklicherweise hat man nicht den dreißigsten Teil davon gedruckt. Ich erlaubte mir, ihm ein sehr schönes Schreibzeug von Martin zu schicken, und er machte mir einige Bernsteinspielereien zum Geschenk. Und die Schöngeister der Pariser Kaffees bildeten sich voller Entsetzen ein, mein Glück sei gemacht.

Einen jungen Kurländer namens Keyserling, der ebenfalls schlecht und recht französische Gedichte schrieb und infolgedessen beim Kronprinzen in besonderer Gunst stand, sandte er eilends von den Grenzen Pommerns zu uns nach Cirey. Wir gaben ihm ein Fest, und ich stellte eine schöne Illumination zusammen, deren Lichter die Initialen und den Namen des Kronprinzen bildeten und von dem Wahlspruch »Hoffnung des Menschengeschlechts« umgeben waren. Falls es meine Absicht gewesen wäre, mir Hoffnungen zu machen, so hätte ich wohl Veranlassung dazu gehabt, denn der Prinz redete mich in seinen Briefen mit »Mein lieber Freund!« an und erwähnte darin häufig handfeste Beweise seiner Freundschaft, die er mir, wenn er erst auf dem Thron sei, zugedacht habe. Er bestieg schließlich den Thron, als ich mich in Brüssel aufhielt; und er begann seine Tätigkeit damit, daß er einen Einarmigen mit Namen Camas, einst französischer Flüchtling und jetzt Offizier in des Königs Armee, in außerordentlichem Auftrag nach Frankreich schickte. Friedrich sagte, Frankreich habe in Berlin einen Gesandten, dem eine Hand fehle, und er sende, um allem nachzukommen, was er dem König von Frankreich schulde, diesem einen Botschafter, der nur einen Arm habe. Als Camas im Gasthof abgestiegen war, schickte er einen jungen Mann, den er zu seinem Pagen gemacht hatte, zu mir und ließ mir ausrichten, er sei zu erschöpft, um selbst zu mir zu kommen, bäte mich aber, ich möge mich sogleich zu ihm begeben; er habe mir das größte und prächtigste Geschenk seines Herrn, des Königs, zu übergeben. »Eilen Sie!« sagte Madame du Châtelet. »Man sendet Ihnen sicherlich die Kronjuwelen.« Ich eilte hin und traf den Botschafter an, hinter dessen Stuhl als ganzes Handgepäck ein Vierteltönnchen Wein aus dem Keller des verstorbenen Königs stand, das zu trinken mir der regierende König verordnete. Ich erschöpfte mich in feierlichen Versicherungen meiner Überraschung und Dankbarkeit über die flüssigen Beweise der Güte Seiner Majestät, die er mir statt der handfesteren, auf die er mir einst Hoffnung gemacht hatte, zukommen ließ, und teilte das Vierteltönnchen mit Camas.

Mein Salomo weilte damals in Straßburg. Während er seine langgezogenen, schmalen Staaten bereiste, die von Geldern bis zur Ostsee reichten, war ihm der Einfall gekommen, sich inkognito auch die Grenzen und die Truppen Frankreichs anzusehen.

Er verschaffte sich dieses Vergnügen in Straßburg unter dem Namen eines Grafen du Four, eines reichen Edelmanns aus Böhmen. Sein Bruder, der königliche Prinz, der ihn begleitete, hatte sich ebenfalls einen anderen Namen zugelegt; und Algarotti, der sich Friedrich bereits angeschlossen hatte, war der einzige, der keine Maske trug.

Der König schickte mir nach Brüssel einen Bericht über seine Reise, der halb in Prosa, halb in Versen abgefaßt war und im Stil Bachaumont und Chapelle ähnelte, das heißt, insoweit als ein König von Preußen diesen beiden ähneln kann. Hier sind einige Stellen aus seinem Brief:

»Nach schrecklichen Wegen haben wir noch schrecklichere Herbergen angetroffen.

Als die Wirte sahen, daß wir Hunger litten,

haben sie, auf ihren Vorteil bedacht,
uns in ihren höllischen Hütten
mehr als bescheidenes Essen gebracht.
Sie vergifteten uns fast und steckten unsere Taler ein.
Des Lucullus Zeit muß anders als dies Jahrhundert
gewesen sein!

Schreckliche Wege, schlechtes Essen und Trinken – das war noch nicht alles. Wir hatten noch manche Mißhelligkeiten zu erdulden; und sicherlich muß unser Aufzug einen sonderbaren Eindruck gemacht haben, denn in jedem Ort, durch den wir kamen, hielt man uns für etwas anderes.

Die einen glaubten, Könige nahen;
geriebenes Gaunergesindel in uns sahen
andere und noch andere gar Spione.
Mancherorts lief das Volk zusammen,
blickte mißtrauisch auf uns, die da kamen,
und stand neugierig gaffend und frech in der Sonne.

Da uns der Postmeister von Kehl versichert hatte, ohne Paß sei jeder Versuch, in die Stadt zu gelangen, vergeblich, und wir uns so vor die unumgängliche Notwendigkeit gestellt sahen, entweder selber Pässe für uns auszustellen oder überhaupt nicht nach Straßburg zu kommen, mußten wir uns zu ersterem entschließen, und hierzu half uns wunderbar das preußische Wappen auf meinem Siegelring.

Wir trafen in Straßburg ein, und der Räuber vom Zoll und der Grenzaufseher schienen mit unseren Zeugnissen zufrieden.

Das Schurkenpaar, das uns mit Blicken maß,
mit einem Auge las es den Paß,
zur Börse schielte es mit dem zweiten.
Das Gold, die Rettung zu allen Zeiten,
um dessentwillen Danaë sank
in Jupiters Arm, der sie umschlang;
das Gold, mit welchem Cäsar den Gang
der Welt, die glücklich war unter ihm, lenkte;
das Gold, ein Gott, mehr als Amor und Mars:

was Einlaß uns, als die Sonne sich senkte,
in Straßburg verschaffte, dies Gold nur war's.«

Wie aus diesem Brief ersichtlich, war er noch nicht der beste unserer Dichter geworden, und seine Philosophie betrachtete das Metall, das sein Vater gehortet hatte, durchaus nicht mit Gleichgültigkeit.

Von Straßburg aus unternahm er eine Besichtigungsreise durch seine Staaten in Niederdeutschland und tat mir zu wissen, daß er mich inkognito in Brüssel besuchen werde. Wir richteten ein schönes Haus für ihn her; aber da er in dem kleinen Schloß von Meuse, zwei Meilen von Kleve, krank geworden war, schrieb er mir, er rechne damit, daß ich zuerst zu ihm kommen würde. Ich begab mich also zu ihm, um ihm meine ergebenen Huldigungen anzubieten. Maupertuis, der bereits seine Pläne hatte und von der Sucht besessen war, Akademiepräsident zu werden, hatte sich selber beim König eingeführt und wohnte mit Algarotti und Keyserling in einer Dachstube dieses Schlosses. An der Hoftür fand ich einen Soldaten; das war die ganze Wache. Der Geheime Rat und Staatsminister Rambonet erging sich im Hof und blies sich in die Finger. Er trug große schmutzige leinene Handkrausen, einen zerlöcherten Hut und eine alte Beamtenperücke, deren eine Seite in einer seiner Rocktaschen steckte, während ihm die andere kaum bis zur Schulter reichte. Man verriet mir, daß dieser Mann mit wichtigen Staatsgeschäften betraut sei; und das stimmte auch.

Ich wurde in das Gemach Seiner Majestät geführt. Kahle vier Mauern, sonst nichts. In einem Nebengelaß bemerkte ich beim Schein einer Kerze ein elendes, zwei und einen halben Fuß breites Bett, auf dem ein kleiner Mann lag, in einen Schlafrock aus grobem blauem Tuch gehüllt. Das war der König; er schwitzte und zitterte in einem Anfall von heftigem Fieber unter einer schäbigen Decke. Ich machte ihm meine Reverenz und begann unsere Bekanntschaft damit, daß ich ihm den Puls fühlte, als sei ich sein Leibarzt. Als der Anfall vorüber war, kleidete sich der König an und setzte sich zu Tisch. Algarotti, Keyserling, Maupertuis und der Gesandte des Königs bei den Generalstaaten soupierten mit uns, und man besprach eingehend die Unsterblichkeit der Seele, die Freiheit und die Androgynen Platons.

Währenddessen hatte der Geheime Rat Rambonet ein Mietpferd bestiegen: Er ritt die ganze Nacht und traf am nächsten Morgen vor den Toren Lüttichs ein, wo er im Namen seines Herrn, des Königs, die Aufstellung machte, nach der zweitausend Mann Soldaten aus Wesel die Kontribution der Stadt Lüttich einzogen. Als Vorwand für dieses schöne Unternehmen dienten irgendwelche Rechtsansprüche, die der König auf eine Vorstadt zu haben behauptete. Er beauftragte mich sogar mit der Ausarbeitung eines Manifestes, und recht und schlecht verfaßte ich eines, weil ich nicht daran zweifelte, daß ein König, mit dem ich soupierte und der mich seinen Freund nannte, stets recht haben müsse. Mittels einer Million, die der König in vollgewichtigen Dukaten forderte und die dazu diente, die Kosten seiner Straßburger Reise, über die er in seinem poetischen Brief Klage geführt hatte, wieder einzubringen, wurde die Angelegenheit bald beigelegt.

Ich fühlte mich ihm jedoch noch immer zugetan, denn er besaß Geist und Anstand, und außerdem war er König, was in Anbetracht der menschlichen Schwäche stets einen großen Zauber ausübt. Gewöhnlich sind wir Literaten es, die den Königen schmeicheln, aber dieser König hier pries mich vom Scheitel bis zur Sohle, während mich in Paris Abbé Desfontaines und andere Lumpen mindestens einmal in der Woche schlechtmachten.

Einige Zeit vor dem Tode seines Vaters war der König von Preußen darauf verfallen, etwas gegen die Lehren Machiavellis zu schreiben. Wenn Machiavelli einen Prinzen zum Schüler gehabt hätte, so hätte er ihm als erstes empfohlen, etwas gegen ihn selber zu schreiben. Aber der Kronprinz hatte an so etwas Arges dabei nicht gedacht. Er schrieb damals in ehrlicher Absicht, als er noch nicht Herrscher war und als noch sein Vater dafür sorgte, daß er despotische Macht nicht liebte. Er pries also Mäßigung und Gerechtigkeit von ganzem Herzen, und in seiner Begeisterung sah er jede Usurpation als ein Verbrechen an. Er hatte mir sein Manuskript zur Korrektur und Veröffentlichung nach Brüssel geschickt; und ich hatte es schon einem holländischen Verleger übersandt, einem gewissen van Duren, dem größten Erzschelm seiner Gattung. Am Ende regte sich mein Gewissen, daß ich den ›Antimachiavell‹ drucken ließ, während doch der König, der in seinen Kisten hundert Millionen besaß, durch seinen Geheimen Rat Rambonet den armen Lüttichern eine Million wegnahm. Ich glaubte, daß meinem Salomo jetzt nichts mehr daran liegen würde, denn sein Vater hatte ihm ein Heer von sechsundsechzigtausendvierhundert ausgezeichneten Soldaten hinterlassen; er vergrößerte seine Stärke und schien Lust zu haben, sich seiner bei der ersten Gelegenheit zu bedienen.

Ich führte ihm vor Augen, daß es vielleicht nicht ratsam sei, sein Buch gerade zu einem Zeitpunkt zu drucken, da man ihm vorwerfen könne, seine eigenen Gebote zu verletzen. Er erlaubte mir, die Herausgabe aufzuhalten. Ich reiste nach Holland, einzig und allein, um ihm diesen kleinen Dienst zu erweisen; aber der Verleger verlangte so viel Geld, daß der König, dem es übrigens im Grunde seines Herzens nicht leid tat, gedruckt zu werden, es vorzog, lieber umsonst gedruckt zu werden, als noch dafür zu zahlen, damit er nicht gedruckt wurde.

Als ich in Holland mit dieser Angelegenheit beschäftigt war, starb im Oktober 1740 Kaiser Karl VI. am Schlagfluß, weil er sich an Pilzen den Magen verdorben hatte; und dieses Pilzgericht wandelte die Geschicke Europas. Es zeigte sich bald, daß Friedrich II., König von Preußen, nicht so ein Gegner Machiavellis war, wie er es als Kronprinz gewesen zu sein schien. Obwohl er sich bereits mit dem Plan trug, in Schlesien einzufallen, rief er mich nichtsdestoweniger an seinen Hof.

Ich hatte ihm bereits ausdrücklich zu verstehen gegeben, es sei mir nicht möglich, mich in seiner Nähe niederzulassen, ich müsse die Freundschaft dem Ehrgeiz vorziehen, ich fühle mich an Madame du Châtelet gebunden, und bei der Wahl zwischen zwei Philosophen stehe eine Dame meinem Herzen näher als ein König.

Er lobte diese Freimütigkeit, obwohl er Frauen nicht mochte. Im Oktober reiste ich zu ihm, um ihm meine Aufwartung zu machen. Der Kardinal de Fleury schrieb mir einen langen Brief voller Lobeserhebungen über den ›Antimachiavell‹ und seinen Verfasser; und ich verfehlte nicht, dem König diesen Brief zu zeigen. Er zog damals bereits seine Truppen zusammen, ohne daß auch nur einer seiner Generäle oder Minister seine Absichten zu durchschauen vermochte. Der Marquis de Beauvau, den man zu ihm geschickt hatte, um ihm Glückwünsche zu überbringen, nahm an, er werde gegen Frankreich und zugunsten von Maria Theresia, der Königin von Ungarn und Böhmen und Tochter Karls VI., auftreten, er wolle die Wahl Franz' von Lothringen, Großherzog von Toskana und Gemahl jener Königin, zum Kaiser unterstützen, was ihm große Vorteile eintragen könne.

Ich mußte mehr als sonst jemand glauben, daß der neue König von Preußen tatsächlich diesen Entschluß fassen werde, denn er hatte mir drei Monate vorher ein politisches Schreiben geschickt, in dem er seine Auffassung darlegte, nach der er Frankreich als den natürlichen Feind und den Ausplünderer Deutschlands ansah. Aber es lag in seinem Wesen, stets das Gegenteil von dem zu tun, was er sagte und schrieb; nicht etwa aus geschickter Verstellung, sondern weil er sich, wenn er schrieb oder sprach, für das eine, und wenn er handelte, für etwas ganz anderes begeisterte.

Er litt an einem jeden dritten Tag wiederkehrenden Fieber, als er am 15. Dezember an der Spitze von dreißigtausend gut mit allem ausgerüsteten und gutdisziplinierten Kriegern zur Eroberung Schlesiens auszog. Während er sein Pferd bestieg, sagte er zum Marquis de Beauvau: »Ich spiele Ihr Spiel. Falls mir die Asse dabei zufallen, werden wir miteinander teilen.«

Inzwischen hat er die Geschichte dieser Eroberung geschrieben; er hat sie mir ganz und gar gezeigt. Einige bemerkenswerte Absätze, die am Anfang dieser Annalen stehen und die ich wegen ihrer einzigartigen Bedeutung vorsorglicherweise abgeschrieben habe, seien hier angeführt.

»Zu jenen Erwägungen füge man meine stets einsatzbereiten Truppen, meinen wohlgefüllten Schatz und die Beweglichkeit meines Charakters hinzu; das waren die Gründe für mich, mit Maria Theresia, Königin von Böhmen und Ungarn, Krieg zu führen.«

Und einige Zeilen weiter steht wörtlich: »Ehrgeiz, Eigennutz und der Wunsch, von mir reden zu machen, rissen mich hin; und der Krieg ward beschlossen.«

Seit es Eroberer gibt oder glühende Geister, die gern Eroberer geworden wären, ist er meines Erachtens der erste, der in dieser Weise über sich selbst Rechenschaft ablegt. Kaum dürfte je ein Mensch mehr Verstand in sich gespürt und zur gleichen Zeit mehr seinen Leidenschaften gehorcht haben als er. Sein Charakter setzte sich stets aus dieser Mischung von Philosophie und ausschweifender Phantasie zusammen.

Es ist schade, daß ich ihn, als ich später seine sämtlichen Werke durchsah, veranlaßte, diesen Absatz herauszunehmen. Ein so seltenes Bekenntnis sollte der Nachwelt erhalten bleiben und dazu dienen, den Menschen zu zeigen, worauf fast alle Kriege beruhen. Wir Literaten, Poeten, Historiker und Akademieredner rühmen jene schönen Heldentaten: Und hier ist ein König, der sie vollbringt und sie verdammt.

Seine Truppen befanden sich schon in Schlesien, als Baron von Gotter, sein Gesandter in Wien, Maria Theresia den unhöflichen Vorschlag unterbreitete, sie solle seinem Herrn, dem König und Kurfürsten, drei Viertel dieser Provinz gutwillig überlassen. Dieses vorausgesetzt, sei der König von Preußen bereit, ihr drei Millionen Taler zu leihen und ihren Gemahl zum Kaiser zu machen.

Maria Theresia verfügte damals weder über Truppen noch über Geld oder Kredit, und dennoch beugte sie sich nicht. Lieber wollte sie sich der Gefahr aussetzen, alles zu verlieren, als sich einem Fürsten beugen, den sie nur als einen Vasallen ihrer Vorfahren betrachtete und dem ihr Vater, der Kaiser, das Leben gerettet hatte. Ihre Generäle brachten kaum zwanzigtausend Soldaten zusammen. Ihr Marschall Neipperg, der sie befehligte, zwang den König von Preußen, unter den Mauern von Neiße bei Mollwitz die Schlacht anzunehmen. Die preußische Kavallerie wurde zu Anfang von der österreichischen Kavallerie in die Flucht geschlagen; und beim ersten Zusammenstoß floh der König von Preußen, der noch nicht daran gewöhnt war, Schlachten zu sehen, bis nach Oppeln, das zwölf gute Meilen vom Schlachtfeld entfernt lag. Maupertuis hatte sich in der Hoffnung, zu Gelde zu kommen, in diesem Feldzug dem Gefolge des Königs angeschlossen, weil er sich einbildete, dieser werde ihn wenigstens mit einem Pferde ausrüsten. Das entsprach aber durchaus nicht den Gepflogenheiten des Königs. Maupertuis kaufte sich also am Tage des Gefechts für zwei Dukaten einen Esel und machte sich daran, Seiner Majestät auf seinem Esel zu folgen, so gut er nur konnte. Sein Reittier konnte das Rennen nicht durchhalten; Maupertuis wurde ergriffen und von den Husaren ausgeplündert.

Auf einem elenden Bett liegend, verbrachte Friedrich die Nacht in einer Dorfschenke bei Ratibor an der polnischen Grenze. Er war verzweifelt und glaubte schon, er werde quer durch halb Polen reisen müssen, um in den Norden seiner Staaten zurückzukehren, als einer seiner Jäger vom Schlachtfeld von Mollwitz eintraf und ihm meldete, er habe die Schlacht gewonnen. Diese Nachricht wurde ihm eine Viertelstunde später durch einen Adjutanten bestätigt. Sie entsprach der Wahrheit. Wenn auch die preußische Kavallerie schlecht war, die preußische Infanterie war die beste Europas. Dreißig Jahre hindurch hatte ihr der alte Fürst von Anhalt Manneszucht beigebracht. Der Marschall von Schwerin, der sie befehligte, war ein Schüler Karls XII.; er hatte die Schlacht gewonnen, gleich nachdem der König geflohen war. Der Monarch, bei dem der siegreiche General einigermaßen in Ungnade fiel, kam am nächsten Tage wieder.

Ich kehrte zum Philosophieren an meinen Zufluchtsort Cirey zurück. Die Winter verbrachte ich in Paris, wo ich eine Menge Feinde hatte; denn selbstverständlich fielen alle diejenigen, die sich um Prosa und Poesie kümmerten, über mich her, weil ich mir schon vor geraumer Zeit hatte einfallen lassen, die Geschichte Karls XII. zu schreiben, mehrere Theaterstücke zu liefern und sogar eine epische Dichtung zu verfassen. Und da ich meine Dreistigkeit so weit getrieben hatte, sogar über Philosophie zu schreiben, gehörte es sich wohl, daß mich die Leute, die man als Mucker bezeichnet, nach altem Brauch als Atheisten hinstellten.

Ich war der erste gewesen, der gewagt hatte, die Entdeckungen Newtons meiner Nation in verständlicher Sprache zu erläutern. Die cartesianischen Vorurteile, die in Frankreich auf die aristotelischen Vorurteile folgten, waren damals dermaßen eingewurzelt, daß der Kanzler d'Aguesseau jeden als Staatsfeind und Vernunftgegner ansah, der die in England gemachten Entdeckungen übernahm. Niemals war er gewillt, die Erlaubnis zum Druck der ›Grundlagen der Philosophie Newtons‹ zu erteilen.

Ich war ein großer Bewunderer Lockes. In ihm sah ich den einzigen vernünftigen Metaphysiker und pries besonders jene so neuartige, so weise und gleichzeitig so kühne Zurückhaltung, mit der er aussprach, daß wir durch das Licht unserer Vernunft niemals genug erkennen werden, um zu behaupten, daß Gott die Gabe des Fühlens und Denkens jenem Materie genannten Wesen nicht gewähren könne.

Es ist nicht zu fassen, mit welcher Verbissenheit und dreisten Unwissenheit man deswegen gegen mich loszog. Lockes Meinung hatte bisher in Frankreich keinerlei Aufsehen erregt, denn die Doktoren pflegten Thomas von Aquin und Quesnel zu lesen und die meisten Leute Romane. Als ich nun Locke rühmte, da zeterte man gegen ihn und gegen mich. Die armen Leute, die sich in diesem Streit ereiferten, wußten sicherlich weder, was Materie noch was Geist ist. Tatsache ist, daß wir nichts über uns selbst wissen, daß wir uns bewegen, daß wir leben, fühlen und denken, ohne zu wissen wie, daß uns die Elemente der Materie ebenso unbekannt sind wie alles übrige, daß wir Blinden gleichen, die gehen und reden, während sie im Finstern tappen, und daß Locke sehr weise handelte, als er eingestand, daß es nicht uns zukommt, darüber zu entscheiden, was der Allmächtige zu tun nicht in der Lage ist.

Dieses alles, wozu sich noch einiger Erfolg meiner Theaterstücke gesellte, verschaffte mir eine riesige Bibliothek von Broschüren, in denen man mir nachwies, daß ich ein schlechter Dichter, ein Atheist und der Sohn eines Bauern sei.

Man ließ die Geschichte meines Lebens drucken, in der man mir diese schöne Genealogie anhing. Ein Deutscher hat nichts versäumt, alle Märchen dieser Art, mit denen die gegen mich veröffentlichten Schmähschriften geradezu gespickt waren, aufzulesen. Man schrieb mir Abenteuer mit Leuten zu, die ich nie gekannt habe, und mit noch andern, die nie existiert haben.

Während ich dieses niederschreibe, finde ich einen Brief des Herrn Marschalls de Richelieu, der mich von einer groben Schmähschrift unterrichtet, in der nachgewiesen wurde, daß seine Frau mir eine schöne Karosse und noch etwas anderes geschenkt habe, und das zu einer Zeit, als er überhaupt keine Frau hatte. Anfangs machte ich mir das Vergnügen, diese Gemeinheiten zu sammeln, aber es wurden ihrer so viele, daß ich darauf verzichtete.

Das waren die Früchte, die mir meine Mühen eintrugen. Ich tröstete mich leicht darüber hinweg, bald in der Geborgenheit von Cirey, bald bei guten Freunden in Paris.

Während der Auswurf der Literatur auf diese Weise gegen mich Krieg führte, führte Frankreich Krieg gegen die Königin von Ungarn; und es muß zugegeben werden, daß dieser Krieg nicht gerechter war; denn es scheint nicht gerade sehr dem Völkerrecht zu entsprechen, nach feierlicher vertraglicher Billigung und Garantie der Pragmatischen Sanktion Kaiser Karls VI., nach eidlicher Zusicherung, Maria Theresia könne das Erbe ihres Vaters antreten, und nach Erhalt Lothringens als Preis für diese Zusagen sich einer solchen Verpflichtung zu entziehen. Man bewog Kardinal de Fleury, sie nicht einzuhalten, aus seiner Mäßigung. Er konnte nicht wie der König von Preußen sagen, sein rasch bewegliches Temperament habe ihn veranlaßt, zu den Waffen zu greifen. Dieser glückliche Priester führte im Alter von sechsundachtzig Jahren die Regierung und hielt die Zügel des Staates in sehr schwachen Händen. Zu der Zeit, als sich der König von Preußen Schlesien aneignete, taten wir uns mit ihm zusammen und schickten zwei Armeen nach Deutschland, während Maria Theresia gar keine hatte. Eine dieser Armeen drang bis auf fünf Meilen vor Wien in Österreich ein, ohne auf Feinde zu stoßen. Man hatte Böhmen dem Kurfürsten von Bayern gegeben, der zum Kaiser erwählt wurde, nachdem er zum Generalleutnant der Armeen des Königs von Frankreich ernannt worden war. Aber man beging bald alle Fehler, die nötig waren, um alles wieder zu verlieren.

Der König von Preußen, dessen Mut inzwischen herangereift war und der Schlachten gewonnen hatte, schloß Frieden mit den Österreichern. Maria Theresia mußte ihm zu ihrem sehr großen Leidwesen die Grafschaft Glatz mit Schlesien überlassen. Als er sich unter diesen Bedingungen im Juni 1742 rücksichtslos von Frankreich losgesagt hatte, teilte er mir mit, daß er sich in Heilbehandlung begeben habe und daß er den anderen Kranken ebenfalls rate, sich auszukurieren.

Dieser Fürst sah sich damals auf der Höhe seiner Macht; denn er verfügte über hundertdreißigtausend siegreiche Soldaten, aus denen er seine Kavallerie zusammengestellt hatte, zog doppelt soviel Einnahmen aus Schlesien als das Haus Österreich, hatte sich in seiner neuen Eroberung festgesetzt und war um so glücklicher, als alle anderen Mächte zu leiden hatten. Während sich die Fürsten heutzutage durch Kriegführen zugrunde richten, hatte er sich dabei bereichert.

Seine Sorge richtete er nun darauf, die Stadt Berlin auszugestalten, eines der schönsten Opernhäuser Europas zu bauen und Künstler aller Art kommen zu lassen; denn er wollte sich mit allen Mitteln und so billig wie möglich Ruhm erwerben.

Sein Vater hatte in Potsdam ein schäbiges Haus bewohnt; Friedrich machte daraus ein Palais. Potsdam wurde zu einer hübschen Stadt. Berlin vergrößerte sich; man begann dort die Annehmlichkeiten des Lebens kennenzulernen, denen der verstorbene König sehr wenig Beachtung geschenkt hatte. Einige Leute besaßen Möbel, und die meisten trugen sogar Hemden, während man unter dem vorigen Herrscher kaum etwas anderes als Vorhemden kannte, die mit Schnüren befestigt wurden; und der jetzt regierende König war nicht anders aufgewachsen. Die Dinge änderten sich zusehends: Sparta ward zu Athen. Ödland wurde urbar gemacht, und hundertunddrei Dörfer entstanden in trockengelegten Sümpfen. Nichtsdestoweniger beschäftigte sich der König mit Musik und Büchern; folglich brauchte man es mir auch nicht zu verübeln, daß ich ihn den Salomo des Nordens nannte. Ich gab ihm diesen Beinamen, den er lange behielt, in meinen Briefen.

Mit Frankreichs Angelegenheiten stand es damals nicht so gut wie mit den seinen. Er genoß das heimliche Vergnügen, zuzusehen, wie die Franzosen, nachdem ihm ihr Seitenangriff Schlesien eingetragen hatte, in Deutschland zugrunde gingen. Der französische Hof verlor seine Soldaten, sein Geld, seinen Ruhm und sein Ansehen, weil er Karl VII. zum Kaiser gemacht hatte; und dieser Kaiser verlor alles, weil er glaubte, die Franzosen würden ihn unterstützen.

Der Kardinal de Fleury starb am 29. Januar 1743 im Alter von neunzig Jahren. Noch nie hat es jemand so spät zum Minister gebracht wie er, und nie hatte ein Minister sein Amt länger inne als er. Er machte sein Glück im Alter von dreiundsiebzig Jahren, als er der wirkliche König von Frankreich wurde, und er war das ohne Widerspruch bis zu seinem Tode, weil er stets größte Bescheidenheit heuchelte, kein Vermögen anhäufte, keinen Prunk entfaltete und sich allein aufs Regieren beschränkte. Er hinterließ eher den Ruf eines feinsinnigen und liebenswürdigen Geistes als den eines Genies, und man nahm an, er habe den Hof besser gekannt als Europa.

Ich hatte die Ehre, ihn oft bei der Marschallin de Villars zu sehen, als er noch nichts weiter war als ehemaliger Bischof der kleinen häßlichen Stadt Fréjus, als der er sich stets »Bischof von Gottes Ungnaden« titulierte, wie man es in einigen seiner Briefe sehen kann. Fréjus war ihm eine sehr häßliche Frau, die er verstieß, sobald er nur dazu in der Lage war. Der Marschall de Villeroi, der nicht wußte, daß der Bischof lange Zeit hindurch der Geliebte der Marschallin, seiner Frau, gewesen war, veranlaßte Ludwig XIV., ihn zum Erzieher Ludwigs XV. zu ernennen. Vom Erzieher brachte er es zum Premierminister und verfehlte nicht, das Seine dazu beizutragen, daß sein Wohltäter, der Marschall, ins Exil gehen mußte. Er war, wenn man von seiner Undankbarkeit absieht, ein recht gutmütiger Mensch. Da er jedoch keinerlei Talent besaß, schob er alle die beiseite, die welches besaßen, auf welchem Gebiet es auch immer sein mochte.

Mehrere Mitglieder der Akademie wollten, daß ich seinen Platz in der Académie française bekäme. Beim Souper des Königs erkundigte man sich, wer die Trauerrede für den Kardinal in der Akademie halten solle. Der König antwortete, ich möge das tun. Seine Geliebte, die Herzogin von Châteauroux, wünschte es; aber der Staatssekretär Graf de Maurepas wünschte es keineswegs, denn er hatte die Manie, sich mit allen Mätressen seines Herrn zu überwerfen, und das ist ihm schlecht bekommen.

Ein alter Trottel namens Boyer, der Erzieher des Dauphins, vordem Theatinermönch und später Bischof von Mirepoix, nahm es aus Gewissensgründen auf sich, die Laune des Herrn de Maurepas zu unterstützen. Dieser Boyer verwaltete die Pfründenliste. Der König überließ ihm alle Angelegenheiten der Geistlichkeit, und Boyer behandelte den Fall, als gehöre er zur kirchlichen Ordnung. Er betonte, es hieße Gott beleidigen, wenn ein Laie wie ich auf einen Kardinal folge. Da ich wußte, daß ihn Herr de Maurepas dazu veranlaßte, suchte ich diesen Minister auf und sagte ihm: »Ein Platz in der Akademie ist keine sehr bedeutende Würde, aber es ist betrüblich, davon ausgeschlossen zu werden, nachdem man bereits dafür vorgeschlagen war. Sie haben sich mit Madame de Châteauroux, die der König liebt, und mit dem Herzog von Richelieu, der sie beherrscht, überworfen. Ich bitte Sie, was haben Ihre Zwistigkeiten mit einem jämmerlichen Platz in der Académie française zu tun? Ich bitte Sie dringend, mir offen heraus zu antworten, ob Sie sich dem auch widersetzen würden, gesetzt den Fall, Madame de Châteauroux hat mehr Einfluß als der Bischof von Mirepoix?«

Er dachte einen Augenblick nach und sagte zu mir: »Ja, und ich werde Sie vernichten.«

Der Priester hatte mehr Einfluß als die Mätresse, und ich erhielt diesen Platz, an dem mir kaum etwas lag, keineswegs. Ich erinnere mich gern dieses Erlebnisses, weil es die Kleinlichkeit jener zeigt, die als bedeutend hingestellt werden, und weil daraus zu ersehen ist, welch große Wichtigkeit solche Leute mitunter Kleinigkeiten beimessen.

Um die Staatsangelegenheiten war es allerdings nach dem Tode des Kardinals auch nicht besser bestellt als während seiner letzten beiden Lebensjahre. Das Haus Österreich erstand wieder aus seiner Asche. Frankreich wurde von Österreich und England bedrängt. Unsere einzige Rettung lag beim König von Preußen, der uns in diesen Krieg hineingezogen und dann in der Not im Stich gelassen hatte.

Man kam auf den Einfall, mich heimlich zu diesem Monarchen zu schicken, um seine Absichten zu ergründen und um zu prüfen, ob er nicht Lust habe, dem Unheil zuvorzukommen, das früher oder später von Wien aus über ihn hereinbrechen mußte, nachdem er über uns bereits hereingebrochen war, und ob er uns nicht, um sein Schlesien besser zu sichern, bei Gelegenheit mit hunderttausend Soldaten beistehen wolle. Auf diesen Einfall waren Herr de Richelieu und Madame de Châteauroux gekommen. Der König machte ihn sich zu eigen; und Herr Amelot, der Außenminister, der aber als Minister nicht viel zu sagen hatte, wurde lediglich damit beauftragt, meine Abreise zu beschleunigen.

Ein Vorwand war nötig; ich benutzte dazu meine Scherereien mit dem ehemaligen Bischof von Mirepoix. Der König billigte diesen Ausweg. Ich schrieb also an den König von Preußen, daß ich die Verfolgungen jenes Theatinermönches nicht mehr aushalten könne und fern von den Schikanen eines Betbruders bei einem philosophischen König Zuflucht finden möchte. Da dieser Prälat stets mit »Ehemaliger Bischof von Mirepoix« zu unterzeichnen pflegte, was er abgekürzt »Ehem. B. von Mirepoix« schrieb, und seine Handschrift obendrein ziemlich undeutlich war, las man statt ehemaliger Bischof von Mirepoix »Esel von Mirepoix«, was Anlaß zu Witzen gab; und niemals wurde eine Unterhandlung lustiger geführt.

Der König von Preußen, der nicht schlecht zuschlug, wenn es galt, den Mönchen und Hofprälaten eins zu versetzen, antwortete mir mit einer wahren Sintflut von Spöttereien über den Esel von Mirepoix und drängte mich, zu ihm zu kommen. Ich legte großen Wert darauf, daß auch andere meine Briefe und seine Antworten lasen. Der Bischof erfuhr davon. Er beschwerte sich bei Ludwig XV. darüber, daß ich ihn, wie er sagte, bei ausländischen Höfen als einen Dummkopf hinstellte. Der König antwortete ihm, er sei mit diesem Briefwechsel einverstanden und der Bischof brauche sich nicht darum zu kümmern.

Diese Erwiderung Ludwigs XV. entsprach kaum seinem Charakter und ist mir stets ungewöhnlich vorgekommen. Ich hatte also das Vergnügen, mich an dem Bischof zu rächen, der mich nicht zur Akademie zugelassen hatte, eine sehr angenehme Reise zu machen und zu gleicher Zeit in der Lage zu sein, meinem König und dem Staat einen Dienst zu erweisen.

Herr de Maurepas beteiligte sich sogar sehr eifrig an diesem Unternehmen, da er damals Herrn Amelot beherrschte und selber Außenminister zu sein glaubte.

Das sonderbarste war, daß man Madame du Châtelet ins Vertrauen ziehen mußte. Sie war keineswegs damit einverstanden, daß ich sie, um welchen Preis auch immer, des Königs von Preußen wegen verließ. Daß man sich von einer Frau trennen könnte, um einen Monarchen aufzusuchen, erschien ihr als das Feigste und Erbärmlichste auf dieser Welt. Sie hätte einen schrecklichen Lärm geschlagen. Um sie zu beruhigen, kam man überein, sie in das Geheimnis einzuweihen und die Briefe durch ihre Hände gehen zu lassen.

Gegen einfache Empfangsbestätigung erhielt ich von Herrn de Montmartel so viel Geld für meine Reise, wie ich wollte. Ich mißbrauchte dieses Vertrauen nicht. Während der König von Preußen von einem Ende seiner Staaten zum andern reiste, um Besichtigungen abzuhalten, weilte ich für einige Zeit in Holland. Mein Aufenthalt in Den Haag war nicht fruchtlos. Ich wohnte im Palais Alter Hof, das infolge von Erbvergleichsvereinbarungen mit dem Haus Oranien damals dem König von Preußen gehörte. Sein Gesandter, der junge Graf von Podewils, der in die Frau eines der wichtigsten Mitglieder des Staates verliebt war und von ihr wiedergeliebt wurde, verschaffte sich durch die Liebenswürdigkeiten dieser Dame die Abschriften aller geheimen Entschließungen der höchsten Würdenträger des Staates, die sehr schlechte Absichten gegen uns hegten. Ich schickte diese Abschriften an den französischen Hof, der meine Gefälligkeit als sehr angenehm empfand.

Als ich in Berlin eintraf, gab mir der König Wohnung in seinem Schloß, wie er es bei meinen vorhergehenden Reisen getan hatte. Er führte in Potsdam das Leben, das er seit seiner Thronbesteigung stets geführt hat, und dieses Leben verdient, daß man auf seine Einzelheiten ein wenig näher eingeht.

Im Sommer pflegte er um fünf Uhr morgens aufzustehen und im Winter um sechs Uhr. Wenn man mich fragen sollte, wie sich die Zeremonien der Morgenaufwartung beim König vollzogen, wer dabei zugegen war und welche Verrichtungen bei diesem Anlaß seinem Großalmosenpfleger, seinem Ersten Kammerherrn, seinem Ersten Kammerjunker und seinen Türhütern zufielen, so würde ich antworten: Es kam lediglich ein Lakai, um beim König Feuer anzumachen, ihn anzukleiden und zu rasieren; überdies kleidete er sich fast ganz allein an. Sein Zimmer war recht hübsch; ein kostbares Geländer aus silbernen, mit sehr gut geschnitzten kleinen Amoretten verzierten Säulen umgab eine Estrade, hinter deren Vorhängen ein Bett zu stehen schien; aber hinter den Vorhängen stand statt eines Bettes ein Bücherschrank, denn der König schlief auf einem hinter einem Wandschirm verborgenen Feldbett mit dünner Matratze. Marcus Aurelius und Julianus, seine beiden Apostel und die bedeutendsten Männer des Stoizismus, haben nachts nicht härter gelegen als er.

Wenn Seine Majestät angekleidet war und die Stiefel angezogen hatte, widmete der Stoiker einige Augenblicke den Anhängern Epikurs. Er ließ zwei oder drei Günstlinge kommen, Leutnants seines Regiments, Pagen, Heiducken oder junge Kadetten, und nahm mit ihnen den Kaffee. Derjenige, dem er ein Taschentuch zuwarf, blieb ein kleines Viertelstündchen mit ihm allein. In Anbetracht dessen, daß er als Prinz zu Lebzeiten seines Vaters bei seinen flüchtigen Liebesabenteuern sehr schlecht gefahren war und nicht weniger schlecht geheilt wurde, kam es dabei nicht zum Alleräußersten. Er konnte nicht die erste Rolle spielen und mußte sich mit der zweiten begnügen.

Waren diese Schuljungenvergnügen beendet, so kamen die Staatsgeschäfte an die Reihe. Sein Premierminister kam mit einem dicken Aktenbündel unter dem Arm über eine Geheimtreppe. Dieser Premierminister war ein Schreiber, der im zweiten Stockwerk von Fredersdorfs Haus wohnte, dem Hause jenes Soldaten, der Kammerdiener und Günstling geworden war und einst den König als Gefangenen auf der Festung Küstrin bedient hatte. Die Staatssekretäre übersandten alle ihre Zuschriften dem Schreiber des Königs. Er brachte Auszüge davon mit, und der König ließ in zwei Worten am Rande vermerken, was zu antworten sei. Alle Angelegenheiten des Königreiches ließen sich so in einer Stunde erledigen. Selten trugen ihm die Staatssekretäre oder die verantwortlichen Minister etwas vor. Ja, es hat sogar welche unter ihnen gegeben, mit denen er nie gesprochen hat. Sein Vater, der König, hatte eine solche Ordnung im Finanzwesen geschaffen, alles wurde so militärisch ausgeführt, und es herrschte so blinder Gehorsam, daß vierhundert Meilen Land verwaltet wurden wie eine Abtei.

Gegen elf Uhr nahm der König in Stiefeln die Besichtigung seines Garderegiments in seinem Park vor, und zur gleichen Stunde taten alle Obersten in allen Provinzen das gleiche. Nach der Parade speisten dann bei der Hauptmahlzeit seine Brüder, die Prinzen, die Generäle und ein oder zwei Kammerherren an seiner Tafel, die so gut bestellt war, wie sie es in einer Gegend sein konnte, wo es weder Wildbret noch leidliches Schlachtvieh, noch Masthühner gab und wo man den Weizen aus Magdeburg beziehen mußte.

Nach der Mahlzeit zog er sich in sein Arbeitszimmer zurück und verfaßte Verse bis fünf oder sechs Uhr. Dann kam ein junger Mann namens d'Arget, der Vorleser des Königs und vormals Sekretär bei Valori, dem französischen Gesandten. Um sieben Uhr begann ein kleines Konzert; der König spielte dabei die Flöte ebensogut wie der beste Künstler. Oft trugen die Musizierenden seine eigenen Kompositionen vor, denn es gab keine Kunst, die er nicht betrieb; und bei den Griechen hätte er nicht die Kränkung hinzunehmen brauchen, die Epaminondas einzustecken hatte, als er zugeben mußte, daß er nichts von Musik verstehe.

Das Souper wurde in einem kleinen Saal eingenommen, dessen sonderbarster Schmuck aus einem Bild bestand, zu dem er seinem Maler Pesne, einem unserer besten Koloristen, die Anregung gegeben hatte. Es war ein schönes priapeisches Gemälde. Darauf war zu sehen, wie junge Männer Frauen umarmten,

Satyrn auf Nymphen lagen, Amoretten das Spiel des Enkolpios und des Giton spielten, etliche Leute beim Anblick dieser Kämpfe vor Wonne vergingen, Turteltauben schnäbelten, Böcke die Ziegen und Widder die Mutterschafe besprangen.

Die Mahlzeiten waren oft nicht weniger philosophisch. Wenn jemand unvermutet dazugekommen wäre, unseren Gesprächen gelauscht und dabei diese Gemälde gesehen hätte, so würde der geglaubt haben, die Sieben Weisen Griechenlands im Freudenhaus zu hören. An keinem Ort der Welt ist wohl je so frei über allen Aberglauben der Menschen gesprochen und dieser mit mehr Spott und Verachtung abgetan worden. Gott selbst wurde nicht angetastet, aber allen denjenigen, die in seinem Namen die Menschen betrogen hatten, ließ man keine Schonung widerfahren.

Weder Frauen noch Priester betraten jemals das Schloß. Mit einem Wort, Friedrich lebte ohne Hof, ohne Ministerrat und ohne Gottesdienst.

Einige Provinzrichter wollten irgendeinen armen Bauern, den ein Pastor beschuldigte, er habe ein galantes Abenteuer mit seiner Eselin gehabt, auf den Scheiterhaufen bringen. Es durfte jedoch niemand hingerichtet werden, bevor nicht der König das Urteil bestätigt hatte, eine sehr menschliche Gepflogenheit, die auch in England und anderen Ländern üblich ist. Friedrich schrieb unter das Urteil, in seinen Staaten herrsche Gewissens- und F . . . freiheit.

Ein Pastor aus der Umgegend von Stettin, der sehr entrüstet war über diese Nachsicht, ließ in einer Predigt über Herodes einige Andeutungen fallen, die sich auf seinen Herrn, den König, beziehen konnten. Dieser befahl den Dorfgeistlichen nach Potsdam, indem er ihn vor das Konsistorium zitierte, obwohl es an seinem Hofe ebensowenig ein Konsistorium gab, wie dort ein Gottesdienst abgehalten wurde. Als der arme Mann vorgeführt werden sollte, legte der König Talar und Beffchen eines Predigers an, und d'Argens, der Verfasser der ›Jüdischen Briefe‹, und ein Freiherr von Pöllnitz, der drei- oder viermal die

Religion gewechselt hatte, kleideten sich in das gleiche Gewand. Statt des Evangeliums wurde ein Band des ›Wörterbuches‹ von Bayle auf einen Tisch gelegt, und dann brachten zwei Grenadiere den Schuldigen herein und vor diese drei Diener des Herrn.

»Mein Bruder«, sprach der König zu ihm, »ich frage Euch im Namen Gottes, über welchen Herodes habt Ihr gepredigt?«

»Über Herodes, der die Kindlein umbringen ließ«, antwortete der gute Mann.

»Ich frage Euch«, fuhr der König fort, »ob Herodes I. gemeint war, denn Ihr dürftet wissen, daß es mehrere Leute dieses Namens gab.«

Der Dorfpastor wußte nicht, was er antworten sollte.

»Wie«, sagte der König, »könnt Ihr wagen, über einen Herodes zu predigen, wenn Ihr nicht wißt, wie es in seiner Familie aussah! Ihr seid des geistlichen Amtes unwürdig. Wir wollen Euch dieses Mal noch vergeben, aber Ihr mögt wissen, daß wir Euch aus der Kirche ausschließen, falls Ihr jemals wieder über jemand predigt, den Ihr nicht kennt.«

Dann händigte man dem Pastor sein Urteil und seine Begnadigung aus und unterzeichnete mit drei lächerlichen, spaßeshalber erfundenen Namen.

»Wir fahren morgen nach Berlin«, fügt der König hinzu. »Wir werden bei unseren Brüdern um Gnade für Euch bitten. Versäumt nicht, zu uns zu kommen und mit uns zu sprechen.«

Der Pastor wanderte durch Berlin, um die drei Geistlichen zu suchen, und war vielen Spöttereien ausgesetzt. Der König aber, der mehr für Späße als für Freigebigkeit zu haben war, kümmerte sich nicht darum, ihm die Reise zu bezahlen.

Friedrich beherrschte die Kirche ebenso despotisch wie seinen Staat. Er sprach die Scheidung aus, wenn ein Ehemann oder eine Ehefrau jemand anders heiraten wollte. Aus Anlaß einer solchen Scheidung zitierte ihm ein Minister einmal das Alte Testament. »Moses«, erwiderte Friedrich, »führte die Juden so, wie er wollte, und ich, ich regiere meine Preußen so, wie es mir behagt.«

Diese merkwürdige Regierung, diese noch sonderbarere Lebensweise, dieser Gegensatz von Stoizismus und Epikureertum, von unerbitterlicher Strenge in Fragen der militärischen Disziplin und Verweichlichung daheim in seinem Schloß, von Pagen, mit denen er sich in seinem Kabinett vergnügte, und Soldaten, die beim Spießrutenlaufen sechsunddreißigmal unter den Fenstern des Königs, der dabei zusah, durch die Gasse getrieben wurden, von Abhandlungen über Moral und einer zügellosen Ausgelassenheit – das alles zusammen schuf ein bizarres Bild, das damals erst wenige kannten und von dem inzwischen ganz Europa erfahren hat.

Größte Sparsamkeit war in Potsdam der leitende Gedanke bei allen Neigungen des Königs. Für seine Tafel und die seiner Offiziere und seiner Dienerschaft wurden, abgesehen vom Wein, dreiunddreißig Taler pro Tag bezahlt. Während sich bei den anderen Königen Kronbeamte um diese Ausgaben kümmern, tat das bei ihm sein Kammerdiener Fredersdorf, der zugleich sein Oberhofmeister, sein Obermundschenk und sein Hofbrotmeister war.

Sei es aus Sparsamkeit, sei es aus Politik, er gewährte seinen ehemaligen Günstlingen nicht die geringsten Vergünstigungen und besonders denen nicht, die ihr Leben für ihn gewagt hatten, als er noch Kronprinz war. Er zahlte nicht einmal das Geld zurück, das er sich einst geliehen hatte; und so wie sich Ludwig XII. nicht für die Beleidigungen rächte, die ihm einst als Herzog von Orleans zugefügt worden waren, so vergaß der König von Preußen die Schulden, die er als Kronprinz gemacht hatte.

Jene bedauernswerte Geliebte, die der Henker seinetwegen ausgepeitscht hatte, war damals in Berlin mit einem Schreiber der Mietskutschenkanzlei verheiratet – es gab zu jener Zeit achtzehn Mietskutschen in Berlin –, und ihr ehemaliger Liebhaber setzte ihr eine Pension von zweiundsechzig Talern aus, die ihr auch stets richtig ausgezahlt wurden. Sie hieß nun Frau

Schommers, war eine große hagere Frau, die an eine Sibylle erinnerte, und sah keineswegs so aus, als habe sie es verdient, wegen eines Prinzen ausgepeitscht zu werden.

Allerdings entfaltete er, wenn er sich zu den Tagen großer Veranstaltungen nach Berlin begab, dort einen ungeheuren Prunk. Für oberflächliche Leute, das heißt also für fast alle Welt, war ein sehr schönes Schauspiel, zu sehen, wie ihn bei der Tafel zwanzig Reichsfürsten umgaben, wie ihm auf dem schönsten Goldgeschirr von Europa die Speisen gereicht wurden und dreißig schöne Pagen und ebenso viele junge prächtig herausgeputzte Heiducken große Schüsseln aus massivem Gold herbeitrugen. Die Großwürdenträger erschienen dann, aber sonst kannte er sie überhaupt nicht.

Nach dem Diner begab man sich in die Oper, in diesen großen Saal von dreihundert Fuß Länge, den einer seiner Kammerherrn namens Knobelsdorff ohne Architekt gebaut hatte. Die schönsten Stimmen, die besten Tänzer wurden von ihm bezahlt. Die Barberina tanzte damals auf seiner Bühne; inzwischen hat sie den Sohn seines Kanzlers geheiratet. Der König hatte diese Tänzerin durch Soldaten aus Venedig entführen lassen, die sie sogar über Wien bis nach Berlin brachten. Er war ein bißchen in sie verliebt, weil sie Beine wie ein Mann hatte. Unbegreiflich aber war, daß er ihr eine Gage von zweiunddreißigtausend Pfund zahlte.

Sein italienischer Dichter, von dem er die Opern, für die er ständig Pläne entwarf, in Verse setzen ließ, bezog nicht mehr als zwölfhundert Pfund Gehalt; aber man muß auch berücksichtigen, daß er sehr häßlich war und nicht tanzen konnte. Kurz gesagt, die Barberina allein bekam mehr Geld als drei Staatsminister zusammen. Was den italienischen Dichter betrifft, so machte er sich eines Tages auf eigene Hand bezahlt. Er trennte in einer Kapelle des ersten Königs von Preußen die alten Goldborten ab, mit denen sie geschmückt war. Der König, der nie in die Kirche ging, meinte, das sei kein Verlust für ihn. Außerdem hatte der König gerade eine Abhandlung zugunsten der Diebe verfaßt, die in den Sammlungen seiner Akademie gedruckt wurde; und er hielt es diemal nicht für ratsam, seinen Schriften durch seine Taten zu widersprechen.

Diese Nachsicht erstreckte sich jedoch nicht auf das Militär. In den Spandauer Gefängnissen lebte ein alter Edelmann aus Franche-Comté, der sechs Fuß groß war und den der verstorbene König seines guten Wuchses wegen hatte entführen lassen. Man hatte ihm erst den Posten eines Kammerherrn versprochen und ihm dann den eines Soldaten gegeben. Der arme Mann desertierte bald mit einigen seiner Kameraden. Er wurde gefaßt, zurückgebracht und vor den König geführt, dem zu sagen er die Einfältigkeit besaß, er bereue nur, daß er einen solchen Tyrannen wie ihn nicht getötet habe. Als Antwort darauf schnitt man ihm Nase und Ohren ab; er mußte sechsunddreißigmal Spießruten laufen und danach in Spandau Karren schieben. Er schob immer noch Karren, als mich Herr de Valori dringend aufforderte, den sehr mildtätigen Sohn des sehr gestrengen Friedrich Wilhelm für diesen Unglücklichen um Gnade zu bitten. Seine Majestät gefiel sich darin, zu behaupten, er lasse mir zuliebe ›La Clemenza di Tito‹ aufführen, eine reizvolle Oper von dem berühmten Metastasio, die der König selbst unter Mithilfe seines Komponisten vertont hatte. Ich nahm den günstigen Zeitpunkt wahr, um jenen armen Mann ohne Ohren und Nase aus Franche-Comté der Güte des Monarchen anzuempfehlen; und ich entriß mir diese feierliche Ermahnung für ihn:

Allumfassender Genius, feinfühlige, standhafte Seele,
unglückliche gibt es in deiner Herrschaft Reich.
Den Qualen eines Schuldigen ein Ende befehle
und setze sie nimmermehr deinem Edelsinn gleich.
Sieh, wie um dich her die ängstlichen Gebete,
die Töchter der Reue, die rühren der Großmütigen Herz,
verwundert sind, daß ohnmächtig ihre Träne anflehte
die Hände, die von der Erde getilgt haben sollten
den Schmerz.

Ah, warum willst du voller Pracht vor mir entfalten
dieses glänzende Schauspiel, in dem Titus sieget hehr?
Um das Fest vollauf zu krönen, laß wie er nun Milde walten,
ahme ihm in allem nach oder preise ihn nicht mehr.

Das Ansuchen war allerdings etwas stark; aber wenn man etwas in Versen ausdrückt, dann genießt man den Vorzug, sagen zu können, was man will. Der König versprach einige Erleichterungen; und mehrere Monate später hatte er sogar die Güte, den Edelmann, um den es sich handelte, für sechs Sous täglich ins Hospital zu stecken. Diese Gnade hatte er der Königin, seiner Mutter, abgeschlagen, die ihn allem Anschein nach nur in Prosa darum gebeten hatte.

Inmitten von Festen, Opern, Soupers kamen meine geheimen Verhandlungen weiter voran. Der König fand es gut, daß ich über alles mit ihm sprach, und ich flocht häufig Fragen über Frankreich und Österreich ein, wenn sich bei unsern Gesprächen über die ›Äneis‹ oder Titus Livius Gelegenheit dazu bot. Unsere Unterhaltung wurde mitunter lebhaft. Der König geriet in Hitze und sagte mir, sosehr auch unser Hof an alle Pforten poche, um Frieden zu erlangen, es falle ihm nicht ein, sich für unsern Hof zu schlagen. Meine Betrachtungen darüber schrieb ich auf einen Bogen Papier, von dem die Hälfte als Rand frei gelassen war, und sandte sie ihm von meinem Zimmer aus in seine Gemächer. In der leeren Spalte entgegnete er auf meine Kühnheiten. Ich besitze dieses Blatt noch, auf dem ich ihn fragte: »Zweifeln Sie daran, daß das Haus Österreich bei der ersten Gelegenheit Schlesien von Ihnen zurückfordern wird?«

Als Antwort machte er folgende Randbemerkung:

Hasard, mein Freund, wir werden wissen,
auf Barbarenart sie zu begrüßen.

Diese auf eine neue Weise geführte Verhandlung beendete er durch eine Rede, die er mir in einer seiner Anwandlungen von Heftigkeit gegen den König von England, seinen lieben Onkel, hielt. Diese beiden Könige mochten einander nicht. Der König von Preußen pflegte zu bemerken: »Georg ist zwar der Onkel von Friedrich, aber er ist nicht der Onkel des Königs von Preußen.« Endlich sagte er mir: »Wenn Frankreich England den Krieg erklärt, dann marschiere ich.«

Mehr wollte ich ja nicht. Ich kehrte schleunigst zum französischen Hof zurück und erstattete Bericht über meine Reise. Die Hoffnung, die man in Berlin in mir erweckt hatte, gab ich weiter. Sie erwies sich keineswegs als trügerisch, denn im folgenden Frühjahr schloß der König von Preußen tatsächlich ein neues Abkommen mit dem König von Frankreich und rückte mit hunderttausend Soldaten in Böhmen ein, während die Österreicher im Elsaß waren.

Wenn ich irgendeinem braven Pariser von meinem Abenteuer und dem Dienst, den ich damit unserem Hof erwies, erzählt hätte, so würde er nicht daran gezweifelt haben, daß ich dafür auf irgendeinen guten Posten aufgerückt wäre. Man sehe, womit ich belohnt wurde.

Die Herzogin von Châteauroux war gekränkt, daß die Verhandlungen nicht unmittelbar durch sie geführt worden waren. Sie hatte schon Lust gehabt, Herrn Amelot davonzujagen, weil er stotterte und ihr dieses unbedeutende Gebrechen mißfiel. Außerdem haßte sie diesen Amelot noch, weil Herr de Maurepas ihn beherrschte; er wurde innerhalb von acht Tagen entlassen, und ich wurde in die Ungnade, in die er gefallen war, mit hineingezogen.

Als es sich einige Zeit später ereignete, daß Ludwig XV. erkrankte und in der Stadt Metz in den letzten Zügen zu liegen schien, nutzten Herr de Maurepas und sein Anhang diese Zeit, um Madame de Châteauroux zu vernichten. Der Bischof von Soissons Fitz-James, der als ein Heiliger angesehen wurde, obwohl er der Sohn des Bastards Jakobs II. war, wollte in seiner Eigenschaft als oberster Almosenpfleger den König bekehren und erklärte ihm, er werde ihm weder Absolution erteilen noch die Kommunion reichen, falls Ludwig nicht seine Geliebte und ihre Schwester, die Herzogin von Lauraguais, und ihre Freunde wegjage. Die beiden Schwestern reisten ab, überschüttet mit den Verwünschungen der Metzer Bevölkerung. Für diese Handlung gab die Pariser Bevölkerung, die ebenso dumm war wie die von Metz, Ludwig XV. den Beinamen »der Vielgeliebte«. Ein Possenreißer namens Vadé erfand diesen Titel, den die Almanache hinausposaunten. Als es dem König wieder gut ging, wollte er nur der Vielgeliebte seiner Mätresse sein. Sie liebten einander mehr als zuvor. Madame de Châteauroux sollte in ihr Amt zurückkehren und war gerade im Begriff, von Paris nach Versailles abzureisen, als sie plötzlich infolge der Aufregung starb, die ihr ihre Entlassung verursacht hatte. Sie wurde bald vergessen.

Er brauchte also eine neue Mätresse, und die Wahl fiel auf Fräulein Poisson, die Tochter einer ausgehaltenen Frau und eines Bauern aus La Ferté-sous-Jouarre, der beim Verkauf von Getreide an die Lebensmittelhändler einigen Besitz zusammengebracht hatte. Dieser arme Mann war damals flüchtig, weil er wegen irgendeiner Veruntreuung verurteilt worden war. Seine Tochter war mit dem Untersteuereinnehmer Lenormand Seigneur d'Étioles verheiratet worden, einem Neffen des Generalsteuereinnehmers Lenormand de Tournehem, der ihre Mutter aushielt. Die Tochter war gut erzogen, klug, liebenswürdig, voller Anmut und Talent; sie besaß von Natur aus gesunden Menschenverstand und ein gutes Herz. Ich kannte sie recht gut und war sogar der Vertraute ihrer Liebe. Sie gestand mir, sie habe schon immer eine geheime Vorahnung gehabt, daß der König sie einmal lieben werde, und habe eine heftige Zuneigung für ihn empfunden, ohne sich darüber richtig klar zu sein.

In ihrer Lage hätte einem diese Idee als Hirngespinst erscheinen können, gründete sich aber darauf, daß man sie häufig die Jagden des Königs im Wald von Sénart hatte sehen lassen. Tournehem, der Geliebte ihrer Mutter, besaß in der Nähe ein Landhaus. Madame d'Étioles fuhr dort in einer schönen Kutsche spazieren. Der König wurde aufmerksam auf sie und sandte ihr des öfteren Rehbraten. Ihre Mutter sagte ihr unaufhörlich, sie sei hübscher als Madame de Châteauroux; und der gutmütige Tournehem rief häufig aus: »Man muß zugeben, die Tochter der Madame Poisson wäre ein Bissen für den König.« Als sie schließlich den König in ihren Armen gehalten hatte, sagte sie zu mir, daß sie fest an das Schicksal glaube; und sie hatte recht. Ich verbrachte mehrere Monate mit ihr in Étioles, während der König den Feldzug von 1746 führte.

Das trug mir Belohnungen ein, die man mir weder für mein Werk noch für meine Dienste je hat zukommen lassen. Ich wurde für würdig erachtet, eines der vierzig unnützen Mitglieder der Akademie zu werden. Ich wurde zum Historiographen von Frankreich ernannt, und der König verlieh mir den Rang eines ordentlichen Kammerherrn. Ich schloß daraus, daß es mehr wert ist, vier Worte zur Geliebten des Königs zu sagen, als hundert Bände zu schreiben, wenn man sich auch nur das kleinste Ansehen erwerben will.

Seit ich den Anschein erweckte, ein glücklicher Mensch zu sein, zogen alle meine Kollegen, die Schöngeister von Paris, gegen mich los, mit all der Heftigkeit und Hartnäckigkeit, die sie gegen irgend jemand hegen mußten, dem man alle von ihnen verdienten Belohnungen gab.

Die unveränderlichste Freundschaft und die Neigung zum Studium verbanden mich noch immer mit der Marquise du Châtelet. Wir lebten miteinander in Paris und auf dem Lande. Cirey liegt an den Grenzen Lothringens, dessen König Stanislaus damals seinen kleinen liebenswürdigen Hof in Lunéville hielt. So alt und fromm er auch war, er hatte eine Geliebte, die Frau Marquise de Boufflers. Er teilte seine Seele zwischen ihr und einem Jesuiten namens Menoux, dem verschlagensten und unverschämtesten Priester, den ich je gekannt habe. Dieser Mensch hat den König durch die Zudringlichkeiten seiner Frau, die er beherrschte, ungefähr um eine Million geschröpft, von der ein Teil dazu verwandt wurde, ein prächtiges Haus für ihn und einige andere Jesuiten in der Stadt Nancy zu bauen.

Dieses Haus war dotiert mit vierundzwanzigtausend Pfund Rente, zwölftausend davon für die Haushaltung Menoux' und zwölftausend für wen er wollte.

Die Geliebte wurde nicht annähernd so gut behandelt. Sie erhielt vom König von Polen kaum die nötigen Mittel, sich richtig zu kleiden. Der Jesuit indessen neidete ihr ihren Anteil und hegte einen eifersüchtigen Zorn auf die Marquise. Sie waren offen miteinander verfeindet. Der arme König hatte alle Tage reichlich Mühe, nach Schluß der Messe seine Geliebte mit seinem Beichtvater wieder auszusöhnen.

Kurzum, da unser Jesuit hatte sagen hören, daß Madame du Châtelet sehr gut gebaut und noch recht schön sei, gedachte er sie an die Stelle von Madame de Boufflers zu setzen. Stanislaus beschäftigte sich manchmal damit, ziemlich schlechte Werkchen zu verfassen, und Menoux glaubte, eine Frau, die selber Schriftstellerin war, werde beim König mehr Erfolg haben als eine andere. Und siehe da, er kam nach Cirey, um dieses kleine Komplott einzufädeln. Er schmeichelte Madame du Châtelet und sagte uns, König Stanislaus würde entzückt sein, uns zu sehen. Er reiste zurück, um dem König zu erklären, wir brennten vor Verlangen, zu ihm zu kommen und ihm unsere Aufwartung zu machen. Stanislaus bat Madame de Boufflers, uns zu ihm zu bringen.

Und tatsächlich sollten wir das ganze Jahr 1749 in Lunéville verbringen. Es trat genau ganz das Gegenteil von dem ein, was der ehrwürdige Pater wollte. Wir schlossen uns an Madame de Boufflers an. Und der Jesuit hatte nun gegen zwei Frauen anzukämpfen.

Das Leben am lothringischen Hof war recht angenehm, obwohl es dort ebenso wie anderswo Intrigen und Klatschereien gab. Poncet, der Bischof von Troyes, der bis über die Ohren in Schulden steckte und keinerlei Ansehen mehr genoß, wollte gegen Ende des Jahres unseren Hof und unsere Klatschereien vermehren. Wenn ich sage, daß er keinerlei Ansehen mehr genoß, so verstehe man das auch in bezug auf seine Grabreden und seine Predigten. Durch unsere Damen erreichte er es, Großalmosenpfleger des Königs zu werden, der sich geschmeichelt fühlte, einen Bischof in seinem Dienst, und zwar in einem sehr schlecht bezahlten Dienst zu haben.

Dieser Bischof kam erst 1750. Er führte sich damit ein, daß er sich in Madame de Boufflers verliebte, und wurde davongejagt. Sein Zorn fiel auf Ludwig XV. zurück, den Schwiegersohn König Stanislaus'; denn, nach Troyes zurückgekehrt, wollte der Bischof eine Rolle in der lächerlichen Angelegenheit mit den Beichtzeugnissen spielen, die sich Beaumont, der Erzbischof von Paris, ausgedacht hatte; er leistete dem Parlament Widerstand und trotzte dem König. Das war nicht gerade das geeignete Mittel, seine Schulden zu bezahlen, sondern eher das, sich selber hinter Schloß und Riegel zu bringen. Der König von Frankreich steckte ihn als Gefangenen in ein elsässisches Kloster dicker deutscher Mönche. Aber ich muß auf das, was mich betraf, zurückkommen.

Madame du Châtelet starb in Stanislaus' Palais nach zwei Tagen Krankheit. Wir waren dermaßen verstört, daß niemand von uns daran dachte, einen Pfarrer noch einen Jesuiten, noch die Sakramente kommen zu lassen. Die Schrecken des Todes blieben ihr ganz fern, nur wir empfanden sie. Schmerzlichste Betrübnis bemächtigte sich meiner. Der gute König Stanislaus kam in mein Zimmer, um mich zu trösten und mit mir zu weinen. Wenige seiner Standesgenossen pflegen bei ähnlichen Anlässen so zu handeln. Er wollte mich zurückhalten, aber ich konnte Lunéville nicht mehr ertragen und ging nach Paris zurück.

Obwohl ich meine Freiheit abgöttisch liebte, war es mein Geschick, von König zu König zu eilen. Der König von Preußen, dem ich oft zu verstehen gegeben hatte, daß ich seinetwegen Madame du Châtelet niemals verlassen würde, wollte mich, als er seine Rivalin losgeworden war, mit aller Gewalt zu sich ziehen. Er lebte damals im Genuß eines Friedens, den er durch seine Siege errungen hatte, und seine Mußestunden verwandte er noch immer dazu, Verse zu machen oder die Geschichte seines Landes oder seiner Feldzüge zu schreiben. In Wahrheit war er ganz davon überzeugt, seine Verse und seine Prosa stünden, was den Kern der Dinge anging, weit über meinen Versen und meiner Prosa, aber er glaubte wohl, daß ich in meiner Eigenschaft als Mitglied der Akademie der äußeren Form seiner Schriften einen gewissen Anstrich verleihen könnte; und es gibt keinerlei schmeichlerische Verlockung, die er nicht angewandt hätte, um mich zum Kommen zu veranlassen.

Wie sollte ich einem siegreichen König, einem Dichter, Musiker und Philosophen, der so tat, als liebe er mich, widerstehen! Ich glaubte ihn ebenfalls zu lieben. Schließlich machte ich mich im Monat Juni des Jahres 1750 abermals auf den Weg nach Potsdam. Astolph wurde in Alcinas Palast nicht besser aufgenommen als ich bei Friedrich. Daß ich in den Gemächern, die der Marschall von Sachsen bewohnt hatte, untergebracht war, daß mir, falls ich zu Hause zu speisen wünschte, die Köche des Königs zur Verfügung standen und die Kutscher, wenn ich ausfahren wollte, das waren noch die geringsten Gunstbezeigungen, die er mir erwies. Die Tafelrunden waren sehr angenehm. Ich weiß nicht, ob ich mich täusche; aber es scheint mir, daß es sehr geistvoll dabei zuging; denn der König hatte Geist und regte zu Geist an; und das erstaunlichste ist, daß ich niemals sonst an so freien Mahlzeiten teilgenommen habe. Zwei Stunden arbeitete ich täglich mit Seiner Majestät; ich sah seine sämtlichen Werke durch und verfehlte niemals, was darin gut war, sehr zu loben, während ich alles Wertlose strich. Ich legte ihm für alles schriftlich meine Gründe dar und stellte so eine Rhetorik und Poetik zu seinem Privatgebrauch zusammen; er profitierte davon, und sein Geist war ihm dabei mehr von Nutzen als meine Unterrichtsstunden. Ich brauchte keinerlei Aufwartung zu machen, keinerlei Besuche zu erwidern und keinerlei Pflichten zu erfüllen. Ich hatte mir ein freies Leben gestaltet und konnte mir keinen angenehmeren Zustand als diesen vorstellen.

Alcina-Friedrich, der sah, daß er mir bereits ein wenig den Kopf verdreht hatte, verabreichte mir seinen Zaubertrank in doppelten Dosen, um mich vollends zu berauschen. Die stärkste Verlockung enthielt ein Brief, den er mir von seinen Gemächern aus schrieb und in die meinen hinübersandte. Eine Geliebte drückte sich nicht zärtlicher aus. Er gab sich in diesem Brief große Mühe, die Befürchtung zu zerstreuen, die mir sein Rang und sein Charakter einflößten. Der Brief enthielt folgende sonderbare Worte:

»Wie könnte ich jemals das Unglück eines Menschen verursachen, den ich schätze, den ich liebe und der mir sein Vaterland opfert und alles, was der Menschheit am teuersten ist? – Ich verehre Sie als meinen Lehrer der Beredsamkeit. Ich liebe Sie als einen tugendhaften Freund. Welche Abhängigkeit, welches Unheil, welche Veränderung gibt es in einem Land zu befürchten, in dem man Sie ebensosehr schätzt wie in Ihrem Vaterland, und bei einem Freund, der ein dankbares Herz hat? Ich habe die Freundschaft respektiert, die Sie mit Madame du Châtelet verband, aber nach ihr war ich einer Ihrer ältesten Freunde. Ich verspreche Ihnen, daß Sie, solange ich lebe, hier glücklich sein werden.«

Das ist ein Brief, wie ihn wenige Majestäten schreiben. Er war für mich das Glas, das gerade noch fehlte, um mich zu berauschen. Die mündlichen Zusicherungen waren noch stärker als die schriftlichen. Der König war es gewohnt, Beweise einer sonderbaren Zärtlichkeit bei seinen Günstlingen, die jünger waren als ich, an den Tag zu legen, und indem er einen Augenblick vergaß, daß ich nicht mehr in ihrem Alter war und keine schönen Hände hatte, ergriff er meine Hand, um sie zu küssen. Ich meinerseits küßte ihm die seine und machte mich so zu seinem Sklaven. Um zwei Herren anzugehören, bedurfte es einer Genehmigung des Königs von Frankreich. Der König von Preußen erledigte das alles.

Er wandte sich an meinen Herrn und König, um mich zu bitten. Ich dachte mir nicht, daß man in Versailles Anstoß daran nehmen könnte, wenn aus einem ordentlichen Kammerjunker, der dort bei Hofe der unnützeste Mensch ist, ein unnützer Kammerherr in Berlin wird. Man gewährte mir vollen Urlaub. Aber man war sehr pikiert und verzieh es mir keineswegs. Ich erregte beim König von Frankreich großes Mißfallen, ohne deshalb dem König von Preußen mehr zu gefallen, der sich im Grunde seines Herzens über mich lustig machte.

So hing mir denn ein vergoldeter Silberschlüssel an meinem Anzug, ein Kreuz am Hals, und ich bezog zwanzigtausend Francs Jahresgehalt. Maupertuis wurde krank darüber, was ich nicht einmal bemerkte. Es gab damals in Berlin einen Arzt namens La Mettrie, der unverhohlenste Atheist aller medizinischen Fakultäten Europas, ein Mann, der übrigens lustig, liebenswürdig und leichtsinnig war, in der Theorie ebenso bewandert wie nur irgendeiner seiner Kollegen und in der Praxis unstreitig der schlechteste Mediziner auf der ganzen Erde. Deshalb übte er Gott sei Dank seinen Beruf überhaupt nicht aus. Er hatte sich über die ganze medizinische Fakultät von Paris lustig gemacht und sogar viele Anzüglichkeiten, die man ihm durchaus nicht verzieh, gegen die Ärzte geschrieben. Sie erwirkten einen Haftbefehl gegen ihn. La Mettrie floh also nach Berlin, wo er durch seine Heiterkeit recht amüsant wirkte; er schrieb übrigens das Unverschämteste über die Moral, das man sich vorstellen kann, und ließ es drucken. Seine Bücher gefielen dem König, der ihn zwar nicht zu seinem Arzt, aber zu seinem Vorleser machte.

Eines Tages nach der Vorlesung sagte ihm La Mettrie, der dem König alles zu erzählen pflegte, was ihm in den Kopf kam, daß man auf die Gunst, die ich genoß, und auf mein Glück sehr eifersüchtig sei.

»Lassen Sie's gut sein«, entgegnete ihm der König. »Man quetscht die Orange aus und wirft sie weg, wenn man den Saft hinuntergeschluckt hat.« La Mettrie verfehlte nicht, mir diesen schönen Sinnspruch, der eines Dionysios von Syrakus würdig gewesen wäre, zu hinterbringen.

Infolgedessen entschloß ich mich, die Schalen der Orange in Sicherheit zu schaffen. Ich hatte ungefähr dreihunderttausend Pfund anzulegen. Ich hütete mich wohl, dieses Kapital in den Staaten meiner Alcina unterzubringen, sondern legte es vorteilhaft auf den Ländereien an, die der Herzog von Württemberg in Frankreich besitzt. Der König, der alle meine Briefe öffnete, ahnte sehr wohl, daß ich nicht beabsichtigte, bei ihm zu bleiben. Er war jedoch wie Dionysios von dem Wahn besessen, Verse zu schmieden. Ich mußte also ständig feilen und verbessern und außerdem noch seine ›Geschichte Brandenburgs‹ durchsehen und alles übrige, was er verfaßte.

La Mettrie starb, nachdem er bei Mylord Tyrconnel, dem französischen Gesandten, nach einem sehr ausgiebigen Diner noch eine ganze, mit Trüffeln gefüllte Pastete gegessen hatte. Es wurde behauptet, er habe vor seinem Tode gebeichtet. Der König, der darüber ungehalten war, zog genaue Erkundigungen ein, ob die Sache stimme, und man versicherte ihm, das sei eine schreckliche Verleumdung und La Mettrie sei gestorben, wie er gelebt habe, indem er Gott und die Mediziner verleugnete.

Seine Majestät war zufriedengestellt und verfaßte auf der Stelle eine Leichenrede, die er in seinem Namen bei der öffentlichen Sitzung der Akademie von d'Arget, seinem Sekretär, verlesen ließ, und er setzte sechshundert Pfund Pension für ein Freudenmädchen aus, das La Mettrie aus Paris mitgebracht, als er seine Frau und seine Kinder im Stich gelassen hatte.

Maupertuis, der die Anekdote von der ausgequetschten Orange kannte, nutzte den günstigen Augenblick, um das Gerücht zu verbreiten, ich hätte gesagt, das Amt des königlichen Leibatheisten sei frei. Diese Verleumdung hatte keinen Erfolg; aber er fügte dann hinzu, daß ich die Verse des Königs schlecht fände, und das hatte Erfolg.

Ich wurde gewahr, daß es seit dieser Zeit bei den Tafelrunden des Königs nicht mehr so lustig zuging. Er gab mir weniger Verse zu verbessern; ich war vollends in Ungnade gefallen.

Algarotti, d'Arget und ein anderer Franzose, Chasot mit Namen, der einer seiner besten Offiziere war, verließen ihn alle auf einmal. Ich schickte mich an, es ebenso zu machen. Aber zuvor wollte ich mir noch das Vergnügen bereiten, mich über ein Buch lustig zu machen, das Maupertuis gerade hatte druk-ken lassen. Die Gelegenheit war schön; denn niemals zuvor ist etwas so Lächerliches und so Unsinniges geschrieben worden. Der gute Mann schlug ganz ernsthaft vor, eine Reise direkt zu beiden Polen zu unternehmen, Köpfe von Riesen kunstgerecht zu zerlegen, um aus ihrem Gehirn die Beschaffenheit der Seele kennenzulernen, eine Stadt zu erbauen, in der nur Latein gesprochen werden sollte, ein Loch bis zum Erdkern zu bohren, Krankheiten zu heilen, indem man die Kranken mit Pechharz einreibt, und schließlich durch Seelenekstase die Zukunft vorauszusagen.

Der König lachte über das Buch, ich lachte darüber, alle Welt lachte darüber. Anläßlich ich weiß nicht welcher mathematischen Albernheit, die Maupertuis als eine Entdeckung hinstellen wollte, trat jedoch ein ernsteres Ereignis ein. Ein gelehrterer Mathematiker mit Namen König, Bibliothekar der Prinzessin von Oranien in Den Haag, gab zu verstehen, daß Maupertuis sich irre und daß Leibniz längst diese alte Idee einer Prüfung unterzogen und deren Falschheit in mehreren seiner Briefe dargelegt habe, von denen er ihm die Abschriften zeigte.

Maupertuis, der Präsident der Berliner Akademie, war ungehalten darüber, daß ihm ein ausländisches korrespondierendes Mitglied seine Schnitzer nachwies, und redete nun Friedrich ein, König sei, weil in Holland ansässig, ein Feind Friedrichs und habe viel Schlechtes über Seiner Majestät Prosa und Poesie zur Prinzessin von Oranien geäußert.

Nachdem Maupertuis diese wichtige Vorsichtsmaßnahme getroffen hatte, brachte er einige arme Leute, die von der Akademie ein Jahresgehalt bezogen und also von ihm abhängig waren, auf die Beine und ließ über König den Spruch fällen, daß er wegen Fälschung von der Liste der Akademiemitglieder gestrichen werde. Der holländische Mathematiker war ihm jedoch zuvorgekommen und hatte seine Urkunde über die Berliner Akademikerwürde zurückgeschickt.

Alle Literaten Europas waren über Maupertuis' Machenschaften ebenso entrüstet wie von seinem Buch gelangweilt. Er brachte es zuwege, den Haß und die Verachtung sowohl derer, die sich auf Philosophie etwas zugute halten, als auch derer, die nichts davon verstehen, auf sich zu ziehen. In Berlin begnügte man sich, die Achseln zu zucken, denn der König hatte in dieser unglückseligen Angelegenheit Partei ergriffen, und niemand wagte zu sprechen. Ich war der einzige, der seine Stimme erhob. König war mein Freund; ich hatte also die Freude, mit der Freiheit des Schrifttums zugleich die Sache meines Freundes zu verteidigen, und genoß dabei noch das Vergnügen, einen Feind zu kränken, der mir ebenso abhold war wie jeder Bescheidenheit. Ich hatte keineswegs die Absicht, in Berlin zu bleiben; denn ich habe stets die Freiheit allem andern vorgezogen. Wenige Schriftsteller verhalten sich so. Die meisten von ihnen sind arm; Armut aber schwächt den Mut; und bei Hofe wird alle Philosophie ebenso sklavisch wie der erste Kronoffizier. Ich fühlte, wie sehr meine Unabhängigkeit einem König mißfallen mußte, der selbstherrlicher war als der Großtürke. Im Innern seines Schlosses war er ein liebenswürdiger König, das muß man zugeben. Er nahm Maupertuis in Schutz und machte sich mehr über ihn lustig als irgend jemand sonst. Er begann gegen ihn zu schreiben und sandte mir durch einen der Diener seiner heimlichen Vergnügungen namens Marwitz sein Manuskript in mein Zimmer. Das Loch im Zentrum der Erde, das Verfahren, durch Einreibungen mit Pechharz Heilungen zu erwirken, die Reise zum Südpol, die lateinisch sprechende Stadt – alles das zog er ebensosehr ins Lächerliche wie die Feigheit seiner Akademie, die einen solchen an dem armen König verübten Willkürakt hingenommen hatte. Aber getreu seinem Wahlspruch »Kein Lärm, wenn nicht ich ihn mache!« ließ er alles, was über diesen Gegenstand geschrieben worden war, verbrennen, mit Ausnahme seines Werkes.

Ich sandte ihm seinen Orden, seinen Kammerherrnschlüssel und seine Pensionen zurück. Er tat nun alles, was er nur konnte, um mich zu halten, und ich alles, was ich konnte, um ihn zu verlassen. Er stellte mir sein Kreuz und seinen Schlüssel wieder zu und wünschte, daß ich mit ihm soupiere. Ich nahm also noch an einem Damoklesmahl teil, und danach reiste ich ab mit dem Versprechen wiederzukehren und in der festen Absicht, ihn nie im Leben wiederzusehen.

So waren wir vier, die ihm während kurzer Zeit davonliefen: Chasot, d'Arget, Algarotti und ich. Es war wirklich nicht bei ihm auszuhalten. Man weiß sehr wohl, daß man in der Nähe von Königen viel erdulden muß; aber Friedrich mißbrauchte sein Vorrecht etwas zu sehr. Das Zusammenleben hat seine Gesetze, wenigstens dann, wenn es sich nicht um das Zusammenleben des Löwen mit der Ziege handelt. Friedrich verstieß ständig gegen das erste Gesetz innerhalb der Gesellschaft, nämlich niemals jemandem etwas Unfreundliches zu sagen. Häufig fragte er seinen Kammernherrn Pöllnitz, ob er nicht ein viertes Mal zu einer anderen Religion übertreten wolle, und erbot sich, ihm für seine Bekehrung hundert Taler in bar zu zahlen. »Ach, mein Gott, mein lieber Pöllnitz«, pflegte er zu ihm zu sagen, »ich habe den Namen des Mannes vergessen, den Sie in Den Haag betrogen, als Sie ihm unreines Silber als reines verkauften. Helfen Sie doch meinem Gedächtnis ein bißchen auf, ich bitte Sie.« Ungefähr ebenso behandelte er den armen d'Argens. Die beiden Opfer blieben jedoch. Um zu leben, war Pöllnitz, der seinen gesamten Besitz durchgebracht hatte, gezwungen, diese Kränkungen hinunterzuschlucken; er hatte keinen anderen Broterwerb; und d'Argens besaß als ganzes Vermögen in der Welt nur seine ›Jüdischen Briefe‹ und seine Frau namens Cochois, eine schlechte Provinzschauspielerin, die so häßlich war, daß sie bei keinem Beruf etwas verdiente, obwohl sie deren mehrere ausübte. Maupertuis, der ziemlich schlecht beraten worden war, sein Vermögen in Berlin anzulegen, weil er nicht bedachte, daß es besser ist, hundert Pistolen in einem freien Land zu besitzen als tausend in einem despotisch beherrschten, mußte wohl in den Ketten bleiben, die er sich geschmiedet hatte.

Als ich aus meinem Alcina-Schloß auszog, verbrachte ich zunächst einen Monat bei der Herzogin von Sachsen-Gotha, der besten, mildesten, klügsten und ausgeglichensten Fürstin der Welt, die Gott sei Dank gar keine Verse verfaßte. Von da begab ich mich für einige Tage auf den Landsitz des Landgrafen von Hessen, der der Dichtkunst noch weit ferner stand als die Fürstin von Gotha. Ich atmete auf und setzte langsam meinen Weg über Frankfurt fort. Dort war es, wo mich mein sehr seltsames Geschick erwartete.

In Frankfurt wurde ich krank. Eine meiner Nichten, die Witwe eines Hauptmanns im Regiment Champagne, eine höchst talentvolle, sehr liebenswürdige Frau, die im übrigen in Paris als salonfähig galt, brachte es über sich, Paris zu verlassen, um mich am Main aufzusuchen; aber sie fand mich als Kriegsgefangenen wieder. Dieses schöne Abenteuer trug sich folgendermaßen zu:

In Frankfurt lebte ein gewisser Freytag, der aus Dresden ausgewiesen war, nachdem man ihn dort an den Pranger gestellt und zum Karrenschieben verurteilt hatte, und der inzwischen Bevollmächtigter des Königs von Preußen in Frankfurt geworden war, der sich gern solcher Gesandten zu bedienen pflegte, weil sie kein anderes Gehalt empfingen als das, was sie den Durchreisenden abzugaunern vermochten.

Dieser Geschäftsträger und ein Kaufmann namens Schmid, der vorher wegen Falschmünzerei zu einer Geldstrafe verurteilt worden war, gaben mir im Namen Seiner Majestät des Königs von Preußen ausdrücklich zu verstehen, daß ich Frankfurt keinesfalls verlassen dürfe, ehe ich nicht die kostbaren Gepäckstücke zurückgegeben hätte, die ich Seiner Majestät entführt haben sollte.

»Aber, meine Herren, ich habe nichts aus jenem Lande mitgenommen, das schwöre ich Ihnen, nicht einmal die geringste Sehnsucht. Um was für Juwelen der brandenburgischen Krone handelt es sich denn, die Sie zurückfordern?«

»Es handelt sich, mein Herr«, antwortete Freytag in greulichem Französisch, »um die Dichtungen meines gnädigen Herrn, des Königs.«

»Oh, ich werde ihm seine Prosa und seine Verse von Herzen gern zurückgeben«, erwiderte ich ihm, »obwohl ich nach allem mehr als ein Recht auf dieses Werk hätte. Er hat mir ein schönes, auf seine Kosten gedrucktes Exemplar zum Geschenk gemacht. Unglücklicherweise ist dieses Exemplar nebst meinen anderen Gepäckstücken noch in Leipzig.«

Darauf schlug mir Freytag vor, ich sollte so lange in Frankfurt bleiben, bis dieser noch in Leipzig befindliche Schatz einträfe; und er fertigte mir folgendes schöne Schreiben aus:

»Sehr geehrter Herr! Sobald Ihr großes Gepäck, in dem sich die Dichtungen meines Herrn, des Königs, befinden, die Seine Majestät zurückfordert, aus Leipzig hier eingetroffen ist und mir diese Gedichte ausgehändigt worden sind, können Sie reisen, wohin es Ihnen beliebt.
Frankfurt, am 1. Juni 1753,

Freytag
Resident meines Herrn, des Königs.«

Ich setzte unter dieses Schreiben: »Als Anweisung für den Gedichtband Ihres Herrn, des Königs«, worüber der Resident sehr befriedigt war.

Am 17. Juni traf der große Packen Gedichte ein. Ich gab getreulich dieses mir anvertraute geheiligte Gut wieder heraus und glaubte mich nun von hinnen begeben zu können, ohne mich gegen ein gekröntes Haupt zu vergehen; aber im Augenblick der Abreise arretierte man mich, meinen Sekretär und meine Leute. Auch meine Nichte wurde arretiert. Vier Soldaten schleppten sie mitten durch den Straßenschmutz zu dem Kaufmann Schmid, der ich weiß nicht welchen Titel eines königlich preußischen Geheimen Rates innehatte. Dieser Frankfurter Kaufmann fühlte sich nun als preußischer General und befehligte in der bedeutenden Affäre mit aller gebührenden Wichtigkeit und Würde zwölf Stadtsoldaten. Meine Nichte besaß einen Paß des Königs von Frankreich und hatte außerdem niemals die Gedichte des Königs von Preußen durchgesehen. Im allgemeinen pflegt man in den Schrecken des Krieges auf Damen Rücksicht zu nehmen; aber als der Geheime Rat Schmid und der Resident Freytag im Auftrage Friedrichs handelten, glaubten sie bei ihm Hofdienst zu tun, indem sie das arme schöne Geschlecht durch den Schmutz schleiften.

Man steckte uns beide in eine Art Gasthaus, vor dessen Tür zwölf Soldaten postiert wurden; vier weitere steckte man mir ins Zimmer, vier auf den Boden, wohin man meine Nichte gebracht hatte, vier in eine Dachkammer, in der es von allen Seiten zog und wo man meinen Sekretär auf Stroh schlafen ließ. Meiner Nichte stand tatsächlich ein kleines Bett zur Verfügung. Vorhang und Kammerfrauen jedoch ersetzten ihr ihre vier Soldaten mit aufgepflanztem Bajonett.

Wir mochten noch so sehr betonen, daß wir an den Kaiser appellieren würden, daß der Kaiser in Frankfurt gewählt worden sei, daß mein Sekretär Florentiner und somit Untertan Seiner Kaiserlichen Majestät sei, daß meine Nichte und ich Untertanen des Allerchristlichsten Königs seien und daß wir nichts mit dem Markgrafen von Brandenburg zu schaffen hätten – man entgegnete uns, der Markgraf habe in Frankfurt mehr Einfluß als der Kaiser. Zwölf Tage waren wir Kriegsgefangene und mußten hundertvierzig Taler pro Tag dafür bezahlen.

Der Kaufmann Schmid hatte sich meines gesamten Gepäcks bemächtigt, das mir um die Hälfte leichter zurückgegeben wurde. Teurer konnte man die Dichtungen des Königs von Preußen nun wirklich nicht bezahlen. Ich büßte bei alledem ungefähr die gleiche Summe ein, die er ausgegeben hatte, um mich zu sich kommen zu lassen und bei mir Stunden zu nehmen. Mithin waren wir quitt.

Um das Abenteuer vollständig zu machen, hatte sich damals ein gewisser van Duren, Verlagsbuchhändler in Den Haag, berufsmäßiger Gauner und Gewohnheitsbankrotteur, nach Frankfurt zurückgezogen. Es war derselbe Mann, dem ich dreizehn Jahre vorher Friedrichs Manuskript des ›Antimachiavell‹ geschenkt hatte. Seine Freunde trifft man im richtigen Augenblick wieder. Er behauptete nun, Seine Majestät schulde ihm noch einige zwanzig Dukaten, für die ich haftbar sei, und berechnete Zinsen und Zinseszinsen. Der edle Herr Fischard, Bürgermeister von Frankfurt, der sogar regierender Bürgermeister war, wie sich das nannte, fand in seiner Eigenschaft als Bürgermeister diese Berechnung durchaus gerechtfertigt, und in seiner Eigenschaft als regierender Bürgermeister ließ er mich dreißig Dukaten aus meiner Börse ziehen, von denen er sechsundzwanzig für sich behielt und nur vier diesem Gauner von einem Verlagsbuchhändler aushändigte.

Nachdem diese ganze Ostgoten- und Vandalenaffäre beendet war, umarmte ich meine Gastgeber und dankte ihnen für die liebevolle Aufnahme.

Einige Zeit darauf begab ich mich nach Plombières, um Brunnen zu trinken. Vor allem trank ich Lethe, fest davon überzeugt, daß Unglück, ganz gleich, welcher Art es auch immer sei, zu nichts anderem taugt, als vergessen zu werden. Meine Nichte, Madame Denis, die den Trost meines Lebens ausmachte und die sich mir aus Neigung zur Literatur und aus zärtlichster Freundschaft angeschlossen hatte, begleitete mich von Plombières nach Lyon. Dort wurde ich von der ganzen Stadt mit Jubel empfangen und recht schlecht von Kardinal de Tencin, dem Erzbischof von Lyon, der besonders bekannt ist wegen der Art und Weise, wie er sein Glück machte, indem er nämlich jenen gewissen Law oder Laß zum Katholizismus bekehrte, den Urheber des Systems, das Frankreich um und um wälzte. Sein Konzil zu Embrun stellt den Höhepunkt des Glücks dar, das mit Laws Konversion begann. Das System machte ihn so reich, daß er über die nötigen Mittel verfügte, sich einen Kardinalshut zu kaufen. Er wurde Staatsminister, und in seiner Eigenschaft als Minister gestand er mir im Vertrauen, er könne mir öffentlich kein Diner geben, denn der König von Frankreich sei sehr ungehalten über mich, weil ich ihn um des Königs von Preußen willen verlassen hatte. Ich sagte ihm, daß ich niemals zum Diner zu gehen pflege, und was die Könige anbelangt, so fände sich kein Mensch auf der Welt leichter mit ihnen ab als ich, ganz ebenso wie mit den Kardinälen.

Man hatte mir die Quellen von Aix in Savoyen empfohlen, und obwohl sie der Herrschaft eines Königs unterstanden, machte ich mich zur Trinkkur dorthin auf den Weg. Ich mußte über Genf reisen. Der berühmte Arzt Tronchin, der sich vor kurzem in Genf niedergelassen hatte, erklärte mir, die Quellen von Aix würden meinen Tod bedeuten, während er mich am Leben erhalten werde.

Ich ging auf seinen Vorschlag ein. Weder in Genf noch in den protestantischen Kantonen der Schweiz ist es Katholiken gestattet, sich niederzulassen. Es kam mir spaßig vor, in den einzigen Ländern der Erde Landbesitz zu erwerben, wo mir das nicht erlaubt war.

Durch einen sonderbaren Kauf, für den es im Lande überhaupt kein Beispiel gibt, erwarb ich ein kleines, ungefähr sechzig Morgen großes Anwesen, für das ich das Doppelte von dem bezahlen mußte, was es mich in der Nähe von Paris gekostet hätte. Aber was einem Freude macht, ist einem niemals zu teuer. Das Haus ist hübsch und bequem, hat einen reizenden Ausblick, der einen immer wieder in Erstaunen setzt und dessen man nie überdrüssig wird. Auf einer Seite liegt der Genfer See und die Stadt auf der anderen. Sprudelnd fließt die Rhone aus ihm heraus, die sich unterhalb meines Gartens ihr Bett geschaffen hat. Die Arve, die aus Savoyen herunterkommt, ergießt sich in die Rhone. Weiter hinten sieht man noch einen anderen Fluß. Hundert Landhäuser, hundert liebliche Gärten schmücken die Ufer des Sees und der Flüsse. In der Ferne ragen die Alpen empor, und zwischen ihren Gipfeln erblickt man zwanzig Meilen weit Berg an Berg, in ewigen Schnee gehüllt. In Lausanne besitze ich noch ein schöneres Haus mit ausgedehnterem Fernblick; aber mein Haus bei Genf ist mir bedeutend lieber. In diesen beiden Häusern habe ich das, was einem Könige keineswegs zu geben vermögen, oder vielmehr ich habe hier das, worum sie einen bringen, nämlich Ruhe und Freiheit; und außerdem habe ich noch das, was sie manchmal geben, was ich aber nicht von ihnen bekommen hatte; ich setzte also das in Praxis um, was ich im ›Weltkind‹ gesagt hatte.

Oh, welch schöne Zeit ist dieses eiserne Jahrhundert!

Alle Bequemlichkeiten, die das Leben an Möbeln, Kutschen, gutem Essen bietet, finden sich in meinen beiden Häusern. Eine angenehme Gesellschaft geistreicher Leute füllt die Stunden aus, die mir meine Studien und die Rücksicht auf meine Gesundheit lassen. Es ist da also genug Grund vorhanden, daß mehr als einer meiner lieben Kollegen Schriftsteller vor Gram platzt. Ich bin indessen nicht reich zur Welt gekommen, es hat noch viel daran gefehlt. Man fragt mich mitunter, durch welche Kunstgriffe ich es so weit gebracht habe, daß ich mir leisten kann, wie ein Generalsteuereinnehmer zu leben. Es ist sicher gut, es einmal offen auszusprechen, damit mein Beispiel anderen diene: Ich habe so viele arme und verachtete Literaten gesehen, daß ich seit langem beschlossen habe, ihre Zahl nicht noch zu vermehren.

In Frankreich muß man Amboß oder Hammer sein. Ich wurde als Amboß geboren. Ein kleines Erbteil wird von Tag zu Tag kleiner, weil auf die Dauer alles teurer wird und die Regierung häufig Wertpapiere und Geldeswert angetastet hat. Man muß achtgeben auf alle Machenschaften, die das stets verschuldete und immer unbeständige Ministerium mit den Staatsfinanzen anstellt. Es ist stets irgendein Unternehmen dabei, aus dem ein Privatmann Nutzen ziehen kann, ohne gegen irgend jemand Verpflichtungen einzugehen. Und nichts ist so wohltuend, wie sich sein Glück selber zu schaffen. Der erste

Schritt kostet einige Mühen; die weiteren sind leicht. Man muß in seiner Jugend sparen, dann besitzt man im Alter ein Vermögen, über das man erstaunt ist. Das ist die Zeit, da es auf ein Vermögen ankommt; das ist die Zeit, da ich genieße; und nachdem ich bei Königen gelebt, habe ich mich trotz ungeheurer Verluste bei mir zu Hause zum König gemacht.

Seit ich in diesem friedlichen Überfluß und in äußerster Unabhängigkeit lebe, ist der König von Preußen auf mich zurückgekommen; 1755 übersandte er mir eine Oper, die er nach meiner Tragödie ›Merope‹ geschrieben hatte und die unstreitig das Schlechteste war, was er je geschrieben. Seit jener Zeit hat er mir weiterhin geschrieben. Mit seiner Schwester, der Markgräfin von Bayreuth, die mir ihr unveränderliches Wohlwollen bewahrt hat, habe ich stets in Briefwechsel gestanden.

Während ich mich in meiner Zurückgezogenheit des angenehmsten Lebens erfreute, das man sich vorstellen kann, hatte ich das kleine philosophische Vergnügen, zu sehen, daß die Könige Europas nicht diese glückliche Ruhe genossen, und zu dem Schluß zu kommen, daß oft – wie man sehen wird – die Stellung eines Privatmannes der der größten Monarchen vorzuziehen ist.

England führte 1756 einen Seeräuberkrieg gegen Frankreich um einige Morgen Schnee; zur gleichen Zeit schien die Kaiserin-Königin von Ungarn irgendwelche Lust zu verspüren, ihr geliebtes Schlesien, das ihr der König von Preußen entrissen hatte, zurückzuholen, falls sie dazu in der Lage sei. Sie verhandelte zu diesem Zweck mit der Kaiserin von Rußland und mit dem König von Polen, jedoch nur in seiner Eigenschaft als Kurfürst von Sachsen; denn mit den Polen verhandelt man überhaupt nicht. Der König von Frankreich wollte sich seinerseits an den hannoverschen Landen für das Leid rächen, das ihm der Kurfürst von Hannover als König von England auf dem Meere zufügte. Friedrich, der damals mit Frankreich verbündet war, aber eine tiefe Verachtung für unsere Regierung hegte, zog das Bündnis mit England dem mit Frankreich vor und tat sich mit dem Haus Hannover zusammen, weil er darauf rechnete, mit der einen Hand die Russen daran zu hindern, in sein Preußen einzurücken, und mit der anderen die Franzosen, nach Deutschland zu kommen. Er täuschte sich in diesen beiden Vorstellungen, aber er hatte eine dritte, in der er sich keineswegs täuschte; und das war, in Sachsen unter dem Vorwand der Freundschaft einzufallen und mit dem Geld, das er den Sachsen raubte, gegen die Kaiserin-Königin von Ungarn Krieg zu führen.

Durch dieses seltsame Manöver veränderte der Markgraf von Brandenburg allein das gesamte System Europas. Der König von Frankreich, der ihn bei seinem Bündnis festhalten wollte, hatte den Herzog von Nivernais zu ihm entsandt, einen geistvollen Mann, der sehr hübsche Verse schrieb. Die Entsendung eines Herzogs und Pairs und Dichters schien der Eitelkeit und dem Geschmack Friedrichs schmeicheln zu müssen; er machte sich jedoch über den König von Frankreich lustig und unterzeichnete seinen Vertrag mit England an dem gleichen Tage, an dem der Botschafter in Berlin eintraf. Er trieb sehr höflich sein Spiel mit dem Herzog und Pair und verfaßte ein Epigramm gegen den Dichter.

Es war damals das Vorrecht der Dichtkunst, die Staaten zu regieren. In Paris gab es noch einen anderen Dichter, einen Mann vom Stande, der sehr arm, aber sehr liebenswürdig war, mit einem Wort, den Abbé de Bernis, den späteren Kardinal. Er hatte mit Versen gegen mich debütiert und war in der Folge mein Freund geworden, was ihm zu nichts nützlich war; aber er war auch der Freund der Madame de Pompadour geworden, und das war ihm nützlicher. Man hatte ihn vom Parnaß weg in diplomatischem Auftrag nach Venedig gesandt, und er stand damals in Paris in sehr hohem Ansehen.

Der König von Preußen hatte in jenen schönen Gedichtband, den jener Herr Freytag mit so viel Nachdruck in Frankfurt von mir zurückverlangte, einen Vers gegen den Abbé de Bernis mit hineingebracht:

Vermeidet das hohle Wortgeklingel von Bernis!

Ich glaube nicht, daß dieses Buch und dieser Vers bis zu dem Abbé gelangt sind; aber da Gott gerecht ist, bediente sich Gott seiner, um für Frankreich am König von Preußen Rache zu nehmen. Dem damaligen Außenminister Rouillé zum Trotz schloß der Abbé ein Offensiv- und Defensivbündnis mit Herrn von Starhemberg, dem österreichischen Botschafter. Madame de Pompadour führte den Vorsitz bei diesen Verhandlungen: Rouillé wurde gezwungen, diesen Vertrag zusammen mit dem Abbé de Bernis zu unterzeichnen, was beispiellos war. Dieser Minister Rouillé, das muß zugegeben werden, war der ungeschickteste Staatssekretär, den jemals ein König von Frankreich gehabt hat, und der unwissendste Pedant in Amtstracht. Eines Tages hatte er sich erkundigt, ob die Wetterau in Italien liege. Solange es keine heiklen Angelegenheiten zu behandeln gab, ertrug man ihn, aber sobald es um größere Dinge ging, spürte man seine Unzulänglichkeit. Man entließ ihn, und der Abbé de Bernis rückte an seinen Platz.

Fräulein Poisson, Dame Lenormand, Marquise de Pompadour war in Wirklichkeit der Erste Staatsminister. Gewisse beleidigende Äußerungen über sie, die Friedrich, der weder Frauen noch Dichter verschonte, entschlüpft waren, hatten die Marquise zutiefst verletzt und trugen nicht wenig zu diesem Umschwung der Dinge bei, der nach mehr als zweihundert Jahren Haß, den man für unsterblich hielt, in einem Augenblick die Herrscherhäuser Frankreichs und Österreichs zusammenführte. Der französische Hof, der 1741 danach getrachtet hatte, Österreich zu vernichten, lieh ihm 1756 seine Unterstützung, und schließlich sah man Frankreich, Rußland, Schweden, Ungarn, die Hälfte Deutschlands und alles, was zum Fiskus des Reiches gehörte, im Kriegsbund gegen den allein dastehenden Markgrafen von Brandenburg.

Dieser Fürst, dessen Ahnherr kaum zwanzigtausend Soldaten unterhalten konnte, verfügte über eine gut zusammengesetzte, noch besser gedrillte und mit allem versehene Armee von hunderttausend Mann Fußvolk und vierzigtausend Reitern. Aber schließlich standen gegen Brandenburg mehr als vierhunderttausend Mann unter Waffen.

Es geschah in diesem Krieg, daß sich jede Partei zunächst einmal das nahm, was in ihrer Reichweite lag. Friedrich nahm sich Sachsen, Frankreich nahm sich die Lande Friedrichs von der Stadt Geldern bis Minden an der Weser und bemächtigte sich für eine Zeit des ganzen Kurfürstentums Hannover und Hessens, das mit Preußen verbündet war. Die Kaiserin von Rußland nahm sich ganz Preußen; dessen anfangs von den Russen geschlagener König schlug die Österreicher und wurde darauf am 18. Juni 1757 in Böhmen geschlagen.

Der Verlust einer Schlacht schien diesen Monarchen vernichten zu müssen. Von allen Seiten von den Russen, den Österreichern und den Franzosen bedrängt, hielt er sich selber für verloren. Der Marschall de Richelieu hatte gerade in der Nähe von Stade einen Vertrag mit den Hannoveranern und den Hessen geschlossen, der an das Abkommen von den Kaudinischen Pässen erinnerte. Ihre Armee durfte keine Kriegsdienste mehr leisten. Der Marschall war im Begriff, mit sechzigtausend Mann in Sachsen einzurücken. Der Fürst von Soubise sollte mit mehr als dreißigtausend Mann von einer anderen Seite her ebenfalls in Sachsen einfallen; und ihm stand die Reichsarmee bei. Von da marschierte man auf Berlin. Die Österreicher hatten ein zweites Treffen gewonnen und befanden sich schon in Breslau. Einer ihrer Generäle hatte einen Zug nach Berlin unternommen und der Stadt eine Kontribution auferlegt; der Schatz des Königs von Preußen war fast erschöpft, und bald sollte ihm kein Dorf mehr bleiben. Man schickte sich an, die Reichsacht über ihn zu verhängen. Sein Prozeß hatte begonnen. Er war zum Rebellen erklärt worden; und wenn man ihn gefangen hätte, so wäre er allem Anschein nach zum Tode verurteilt worden.

In dieser verzweifelten Lage trug er sich mit dem Gedanken, sich das Leben zu nehmen. Er schrieb seiner Schwester, der

Markgräfin von Bayreuth, daß er seinem Leben ein Ende setzen werde. Er wollte jedoch keineswegs das Stück ohne einige Verse beenden; die Leidenschaft für die Dichtkunst war in ihm noch stärker als der Haß gegen das Leben. Er schrieb also dem Marquis d'Argens eine lange Epistel in Versen, in der er ihm seinen Entschluß mitteilte und ihm Lebewohl sagte. So seltsam diese Epistel wegen ihres Inhalts, wegen ihres Verfassers und wegen ihres Empfängers auch sein mag, es ist nicht möglich, sie hier im ganzen wiederzugeben, so viele Wiederholungen sind in ihr enthalten; aber man findet einige Stellen darin, die für einen König aus dem Norden recht gut gefeilt sind; hier sind einige Absätze daraus:

Freund, es ist gefaßt der Entschluß:
Müde, im Unglück zu beugen mich noch
unter des Mißgeschickes Joch,
will ich die mir zugemessene Zeit
verkürzen, die unsere Mutter, die Natur,
verschwendet hat aus Freigebigkeit
an meine Tage, die erfüllt von Elend nur.
Mit gefaßtem Herzen und festen Auges Glühen,
ohne Furchtsamkeit, und ohne mich zu mühen,
nähere ich mich der glücklichen Frist,
die mir Schutz gegen die Schläge des Schicksals ist.
Fahre hin, o Größe, fahre hin, o Trug!
Eurer flüchtigen Feuerfunken Flug
blendet meine Augen nicht mehr.
Wenn aus meiner jungen Morgenröte euer falscher Glanz
zu unklug hervorbrechen ließ das Heer
unbescheidener Wünsche, die längst vergangen ganz,
so hat mich Zenon, geborgen unter dem Baum
der Philosophie, dieser Schule der Wahrheit,
aus dem Irrtum der Leichtfertigkeit befreit,
die in seinem Wahn hervorrief der Lebenstraum.
Fahr hin, o göttliche Lust der Sinne; fahrt hin,

o reizende Wonnen, die ihr die Schlaffheit schmeichelnd
bettet,
und deren bezaubernde Schar in
Blütenbanden die Fröhlichkeit kettet.
Oh, was tu ich, großer Gott! Kann ich, den Traurigkeit
niederdrückt, noch sprechen von Wonnen und jubelnder
Freud?
Wer kann, gepackt von des Geiers Klauen,
die girrende Turteltaube noch schauen
und das Schluchzen der Philomele hören,
Deren Lieder liebende Herzen betören?
Für mich bescheint das Gestirn des Lichts
nur Tage, gezeichnet von Kummer;
seit langem geizt Morpheus mit dem Schlummer,
und gönnt davon meinen traurigen Lidern nichts.
Das Aug voller Tränen, sprach ich heute morgen:
»Der Tag, der bald zu grauen
beginnt, kündet mir neue Sorgen.«
Zur Nacht sprach ich: »Bald wirst du wiederkehren,
um meine Schmerzen zu verewigen, zu mehren.«
Ihr Helden der Freiheit, die wir verehren,
o Manen des Cato, o Manen des Brutus, ihr
leuchtet mit eurem hehren
Vorbild inmitten von Irren und Fehlen mir.
Eurer Totenfackel Schein
weist mir den Weg, den der Gemeine kaum ahnt
und den uns die Mannestugend der Alten gebahnt ...
Ich lasse ab von Romanen und hochtrabenden Mären,
die aus ihrem Schoß den Aberglauben gebären.
Um der Menschen Wesen zu ergründen,
um, was wir sind, herauszufinden,
kann mir die Religion nicht Richtschnur sein.
Ich habe bei Epikur, meinem Meister, gelesen,
daß der grausame Zahn der Zeit
zerreißt die zusammengesetzten Wesen;

daß dieser Hauch, dieses Funkenbeben;
diese Feuer, die die organischen Körper beleben,
keineswegs ihrem Wesen nach unsterblich sind.
Sie werden geboren mit dem Leib, pflanzen sich fort
im Kind,
ertragen grausamer Schmerzen Leid:
Sie gehn in die Irre, verdüstern sich, nehmen ab
mit den Jahren. Ohn Zweifel enden sie, wenn die ewige
Nacht
naht, um uns vom Leben zu reißen ins Grab.
Ein Flüchtling in der Welt, verfolgt, besiegt,
von falschen Freunden verraten,
hab ich in meinem tiefen Schmerz mehr durchgemacht
an Leid durch der Menschen Taten,
als in der erfindungsreichen Sage
die Hölle jemals Prometheus hat zugefügt.
So will ich denn, um nun ein End zu setzen meiner Plage,
gleich jenen Unglücklichen, die in ihrer Verliese Schlund,
müde des grausamen Geschicks, die Henker täuschen und
in edler Wucht sich ihrer Ketten entladen,
ohne mich um die Mittel zu scheren,
zerreißen das düstere Band,
durch dessen hauchdünnen Faden
dieser Leib, den Kummer und Leid verheeren,
sich schon zu lange an meine Seele gefesselt fand.
Dir zeigt, o Freund, dieses grausame Bild,
warum zu sterben ich bin gewillt.
Vor allem nimm nicht an, ich begehre,
daß göttlich mich das Nichts der Gruft verkläre.
Doch jedes Jahr, wenn der Lenz wiederkehrt
Und dir sein fruchtbarer Schoß Tausende Blüten beschert,
dann binde aus Myrten und Rosen einen Strauß
und trag ihn zu meinem Grabe hinaus.

Er übersandte mir diese von seiner Hand geschriebene Epistel. Es sind darin mehrere Halbverse enthalten, die von Abbé de Chaulieu oder von mir gestohlen sind. Die Gedanken sind unzusammenhängend, die Verse im allgemeinen schlecht gemacht, aber es sind einige gute darunter; und es ist immerhin viel für einen König in dem Zustand, in dem er sich befand, zweihundert schlechte Verse zu verfassen. Er wollte, man solle sagen, er habe sich alle Geistesgegenwart und Unabhängigkeit in einem Augenblick bewahrt, da die Menschen kaum mehr darüber verfügen.

Aus dem Brief, den er mir schrieb, sprachen dieselben Gefühle, aber es war darin weniger viel von Myrten und Rosen und Ixions und tiefen Schmerzen die Rede. Ich ging in Prosa gegen seinen Entschluß, aus dem Leben zu scheiden, an, den gefaßt zu haben er behauptete; und es kostete mich nicht viel Mühe, ihn zum Weiterleben zu bewegen. Ich riet ihm, eine Unterredung mit dem Marschall de Richelieu anzubahnen und es wie der Herzog von Cumberland zu machen; ich nahm mir schließlich alle Freiheiten heraus, die man sich bei einem verzweifelten Poeten herausnehmen kann, der kurz davor steht, nicht mehr König zu sein. Er schrieb tatsächlich an den Marschall de Richelieu; da er aber keine Antwort erhielt, beschloß er, uns zu schlagen. Er schrieb mir, daß er sich in Bälde mit dem Prinzen de Soubise schlagen werde. Sein Brief schloß mit den Versen, die seiner Lage, seiner Würde, seines Mutes und seines Geistes würdig waren.

Wenn man kurz vor dem Schiffbruch steht,
muß man trotzen dem Sturm, der weht,
und denken, leben und sterben als König.

Während er gegen die Franzosen und die Kaiserlichen marschierte, schrieb er seiner Schwester, der Markgräfin von Bayreuth, daß er sich töten lassen werde; aber er hatte mehr Glück, als er verlauten ließ und als er glaubte. Am 5. November 1757 erwartete er die französische und die kaiserliche Armee in einer recht vorteilhaften Stellung bei Roßbach an der sächsischen

Grenze; und da er stets davon gesprochen hatte, sich töten zu lassen, wollte er, daß sein Bruder, Prinz Heinrich, dieses Versprechen an der Spitze der fünf preußischen Bataillone einlöse, die den ersten Ansturm der feindlichen Armeen auszuhalten hatten, während seine Artillerie in sie hineinschoß und seine Kavallerie die ihre attackierte.

Tatsächlich wurde Prinz Heinrich durch einen Gewehrschuß leicht am Hals verwundet; und das war, glaube ich, der einzige Preuße, der an diesem Tage verwundet wurde. Die Franzosen und die Österreicher flohen bei der ersten Salve. Es war die unerhörteste und vollständigste Niederlage, von der in der Geschichte je die Rede gewesen ist. Diese Schlacht bei Roßbach wird noch lange berühmt bleiben. Man sah dreißigtausend Franzosen und zwanzigtausend Kaiserliche vor fünf Bataillonen und einigen Schwadronen eine schändliche und überstürzte Flucht ergreifen. Die Niederlagen bei Azincourt, Crécy und Poitiers waren nicht so beschämend.

Die Disziplin und das militärische Exerzieren, die sein Vater eingeführt und die der Sohn noch verstärkt hatte, waren der wahre Grund für diesen erstaunlichen Sieg. Das preußische Exerzieren war während fünfzig Jahren vervollkommnet worden. Man hat es in Frankreich ebenso wie auch in anderen Staaten nachahmen wollen, aber man hat in drei oder vier Jahren bei den wenig gehorsamen Franzosen nicht das nachholen können, was bei den Preußen im Laufe von fünfzig Jahren erreicht wurde; man hatte in Frankreich sogar fast zu jeder Parade das Exerzierreglement geändert, so daß die Offiziere und Soldaten, die das neue Exerzierreglement schlecht gelernt hatten und alle das eine mit dem anderen durcheinanderbrachten, überhaupt nichts gelernt haben und tatsächlich weder über Disziplin noch Exerzierreglements verfügten. Kurz gesagt, beim bloßen Anblick der Preußen befand sich schon alles in heilloser Flucht, und das Glück ließ Friedrich innerhalb einer Viertelstunde vom Gipfel der Verzweiflung zum Gipfel des Glückes und des Triumphes hinüberwechseln.

Aber er fürchtete, sein Glück werde rasch vorübergehen. Er fürchtete noch, das gesamte Gewicht der Macht Frankreichs, Rußlands und Österreichs zu tragen zu haben, und er hätte sehr gern Ludwig XV. und Maria Theresia miteinander entzweit.

Der düstere Tag von Roßbach bewirkte, daß ganz Frankreich gegen den Vertrag des Abbés de Bernis mit dem Wiener Hof murrte. Der Kardinal de Tencin, der Erzbischof von Lyon, hatte noch immer seinen Rang als Staatsminister inne und stand mit dem König von Frankreich in privatem Briefwechsel; mehr als sonst jemand war er gegen das Bündnis mit dem österreichischen Hof. Er hatte mir in Lyon einen Empfang bereitet, von dem er wohl annehmen konnte, daß ich wenig erfreut darüber war; jedoch die Lust, sich in Intrigen zu mischen, die ihm in seine Zurückgezogenheit folgte und die, wie behauptet wird, den hohen Staatsbeamten niemals vergeht, brachte ihn dazu, sich mit mir zusammenzutun, um die Markgräfin von Bayreuth zu bewegen, sich ihm anzuvertrauen und die Wahrung der Interessen ihres Bruders, des Königs, in seine Hände zu legen. Er wollte den König von Preußen wieder mit dem König von Frankreich aussöhnen und glaubte so den Frieden herbeizuführen. Es war nicht sehr schwierig, die Markgräfin von Bayreuth und ihren Bruder, den König, zu dieser Unterhandlung zu veranlassen. Ich nahm das mit um so größerem Vergnügen auf mich, als ich sehr wohl sah, daß sie keinen Erfolg haben werde.

Die Markgräfin von Bayreuth schrieb im Namen ihres Bruders, des Königs. Die Briefe dieser Fürstin und des Kardinals gingen durch meine Hände. Ich hatte im geheimen die Befriedigung, Unterhändler in dieser großen Sache zu sein, und vielleicht noch ein anderes Vergnügen, nämlich das, zu spüren, wie sich mein Kardinal großen Verdruß bereitete. Er schrieb einen schönen Brief an den König, als er ihm den der Markgräfin übersandte; er war jedoch ganz erstaunt, daß ihm der König ziemlich trocken antwortete, der Staatssekretär für Auswärtige Angelegenheiten würde ihn über seine Absichten unterrichten.

In Wirklichkeit schrieb Abbé de Bernis dem Kardinal vor, welche Antwort er verfassen sollte: Diese Antwort war eine glatte Ablehnung, in Unterhandlungen einzutreten. Er mußte das Muster des Briefes, den ihm der Abbé de Bernis übersandte, unterzeichnen. Er schickte mir diesen traurigen Brief, der allem ein Ende bereitete; und nach vierzehn Tagen starb er vor Kummer darüber.

Ich habe niemals recht begriffen, wieso man vor Kummer sterben kann und wie Minister und alte Kardinäle, die doch hartgesotten sind, dennoch so viel Empfindsamkeit besitzen, daß ein kleiner Verdruß sie auf den Tod treffen kann. Meine Absicht war es gewesen, mich über ihn lustig zu machen, ihn zu kränken, aber nicht, ihn in den Tod zu treiben.

Es lag eine gewisse Größe darin, wie die Regierung Frankreichs dem König von Preußen den Frieden verweigerte, nachdem sie von ihm geschlagen und gedemütigt worden war. Es lag darin Treue und ein gut Teil Opferbereitschaft für das Haus Österreich. Diese Tugenden wurden vom Schicksal lange Zeit hindurch schlecht belohnt.

Die Hannoveraner, die Braunschweiger und die Hessen standen weniger treu zu ihren Verträgen und fuhren besser dabei. Sie hatten sich dem Marschall de Richelieu gegenüber verpflichtet, nicht mehr gegen uns Kriegsdienste zu leisten und wieder über die Elbe zurückzugehen, auf deren anderes Ufer man sie entsandt hatte. Sobald sie erfuhren, daß wir bei Roßbach geschlagen worden waren, brachen sie ihr Abkommen von den Kaudinischen Pässen. Disziplinlosigkeit, Fahnenflucht und Krankheiten zerstörten unsere Armee, und das Ergebnis all unserer Unternehmungen war, daß wir im Frühjahr 1758 dreihundert Millionen und fünfzigtausend Mann in Deutschland für Maria Theresia verloren hatten, genau wie im Kriege von 1741, als wir gegen sie kämpften.

Der König von Preußen, der unsere Armee in Thüringen bei Roßbach geschlagen hatte, zog ab, um sechzig Meilen entfernt die österreichische Armee zu bekämpfen. Die Franzosen hätten noch in Sachsen einziehen können; denn die Sieger marschierten in anderer Richtung, und nichts hätte die Franzosen aufgehalten; aber sie hatten ihre Waffen fortgeworfen, ihre Kanonen, ihre Munition, ihre Lebensmittel und vor allem den Kopf verloren. Sie liefen auseinander. Unter großen Schwierigkeiten wurden die Reste gesammelt. Einen Monat danach, am gleichen Tage, errang Friedrich einen noch hervorragenderen und heißer umstrittenen Sieg über die Österreicher bei Breslau. Er nahm Breslau wieder und machte fünfzehntausend Gefangene. Das übrige Schlesien kam wieder unter seine Herrschaft. Gustav Adolf hatte nicht so große Dinge vollbracht. Man mußte ihm nun wohl seine Verse, seine Spötteleien, seine kleinen Gehässigkeiten und sogar seine Sünden gegen das weibliche Geschlecht vergeben. Alle Fehler des Menschen verschwanden vor dem Ruhm des Helden.

Les Délices, den 6. November 1759

Ich habe meine Denkwürdigkeiten liegenlassen, weil ich sie für ebenso unnütz hielt wie die ›Briefe‹ von Bayle an seine liebe Mutter und das ›Leben von Saint-Évremond‹, das Desmaiseaux verfaßt hat, und wie das des Abbés de Montgon, das dieser selbst beschreibt; aber viele Dinge, die mir neu oder belustigend erscheinen, führen mich wieder zurück zu der lächerlichen Beschäftigung, mit mir selber über mich zu sprechen.

Von meinen Fenstern aus sehe ich die Stadt, in der der Pikarde Jean Cauvin, Calvin genannt, herrschte, und den Platz, auf dem er Servet um seines Seelenheiles willen verbrennen ließ. Fast alle Geistlichen dieses Landes hier denken heute wie Servet und gehen sogar viel weiter als er. Sie glauben keineswegs, daß Jesus Christus Gott ist; und jene Herren, die einst das Fegefeuer abschafften, sind um so vieles menschlicher geworden, daß sie die Seelen begnadigen, die in der Hölle sind. Sie behaupten, daß ihre Qualen keineswegs ewig dauern würden, daß Theseus nicht immer in seinem Sessel sitzen wird, daß Sisyphus nicht für immer seinen Felsen wälzen wird; auf diese

Weise haben sie aus der Hölle, an die sie nicht mehr glauben, das Fegefeuer gemacht, an das sie einst nicht glaubten. Das ist eine recht hübsche Umwälzung in der Geschichte des menschlichen Geistes. Das genügte einmal, einander die Kehle durchzuschneiden, Scheiterhaufen anzuzünden und Bartholomäusnächte zu veranstalten; indessen sagt man sich deswegen nicht einmal Beleidigungen, so sehr haben sich die Sitten gewandelt. Nur mir hat einer dieser Prediger welche gesagt, weil ich gewagt hatte zu behaupten, der Pikarde Calvin sei ein Starrkopf gewesen, der Servet höchst unangebrachterweise habe verbrennen lassen. Man bewundere bitte die Widersprüche dieser Welt. Da gibt es Leute, die fast offene Anhänger Servets sind und mich beleidigen, weil ich es schlecht gefunden habe, daß ihn Calvin bei langsamem Feuer grüner Reisigbündel verbrennen ließ.

Sie haben mir in aller Form beweisen wollen, daß Calvin ein Biedermann war. Sie haben den Genfer Rat gebeten, ihnen die Akten des Prozesses gegen Servet auszuhändigen. Der Rat, der klüger war als sie, hat ihnen das abgeschlagen. Er gestattete ihnen nicht, in Genf gegen mich zu schreiben. Ich sehe diesen kleinen Triumph als das schönste Beispiel für den Fortschritt der Vernunft in diesem Jahrhundert an.

Die Philosophie hat einen noch größeren Sieg über ihre Feinde in Lausanne davongetragen. Einige Geistliche in diesem Ort hatten sich einfallen lassen, ich weiß nicht was für ein schlechtes Buch gegen mich zusammenzustoppeln, um der Ehre der christlichen Religion willen, wie sie sagten. Ich habe ohne Schwierigkeit die Möglichkeit gefunden, die Exemplare beschlagnahmen und durch das Gericht verbieten zu lassen; das war vielleicht das erstemal, daß man Theologen gezwungen hat, zu schweigen und einen Philosophen zu achten. Man urteile selbst, ob ich dieses Land nicht leidenschaftlich lieben muß. Denkende Wesen, ich sage euch, es ist sehr angenehm, in einer Republik zu leben, zu deren Oberhäuptern man sagen kann: »Kommen Sie doch bitte morgen zum Essen zu mir!«

Doch ich fühlte mich noch nicht frei genug; und was nach meiner Ansicht einige Aufmerksamkeit verdient, ist die Tatsache, daß ich, um völlig frei zu sein, Grundstücke in Frankreich kaufte. Zwei davon waren mir sehr bequem gelegen, eine Meile von Genf, und hatten einst alle Vorrechte dieser Stadt genossen. Ich habe das Glück gehabt, vom König ein Patent zu erlangen, durch das mir diese Vorrechte erhalten blieben. Schließlich habe ich mein Geschick so eingerichtet, daß ich in der Schweiz, auf Genfer Gebiet, und zugleich in Frankreich unabhängig bin.

Ich höre viel von Freiheit reden, aber ich glaube nicht, daß es in Europa einen Privatmann gegeben hat, der sich eine solche Freiheit verschafft hat wie ich. Wer da will und kann, der folge meinem Beispiel.

Ich konnte gewiß keinen günstigeren Zeitpunkt wahrnehmen, diese Freiheit und die Ruhe fern von Paris zu suchen. Man war dort damals ebenso verrückt und ebenso versessen auf kindische Streitereien wie zur Zeit der Fronde. Es fehlte dazu nur der Bürgerkrieg; aber da Paris weder einen Markthallenkönig wie den Herzog von Beaufort noch einen Weihbischof hatte, der den Segen mit einem Dolch erteilt, gab es lediglich gesittete Zankereien: Sie hatten durch die Banknoten für das Jenseits begonnen, die, wie ich bereits gesagt habe, der Erzbischof von Paris, Beaumont, erfunden hatte, ein hartnäckiger Mann, der von ganzem Herzen und mit Übereifer Schlechtes tat, ein gefährlich Irrer, ein wahrer Heiliger im Sinne des Thomas von Canterbury. Der Streit erhitzte sich wegen eines Postens am Hospital, den zu besetzen das Parlement von Paris Ansprüche geltend machte und den der Erzbischof von Paris als ein allein von der Kirche abhängiges geistliches Amt ansah. Ganz Paris nahm Partei. Die kleinen jansenistischen und molinistischen Gruppen schonten einander nicht. Der König wollte sie behandeln, wie man es manchmal mit Leuten tut, die sich auf der Straße prügeln: man schüttet Eimer voll Wasser über sie aus, um sie auseinanderzubringen. Er gab beiden Parteien unrecht, wie es auch recht und billig war; sie wurden jedoch dadurch nur noch giftiger. Er verbannte den Erzbischof, er verbannte das Parlement; aber ein Herr soll nur dann seine Diener davonjagen, wenn er sicher ist, andere als Ersatz für sie zu finden. Der Hof wurde schließlich gezwungen, das Parlement zurückkehren zu lassen, weil eine sogenannte königliche Kammer, die sich aus Staatsräten und Bittschriftenreferenten zusammensetzte und mit der Führung von Prozessen betraut war, keine praktische Verwendung zu finden vermocht hatte. Die Pariser hatten es sich in den Kopf gesetzt, nur vor jenem Gerichtshof zu plädieren, den man Parlement nennt. Alle seine Mitglieder wurden also zurückgerufen und glaubten einen bedeutenden Sieg über den König davongetragen zu haben. Sie gaben ihm in einer ihrer Vorstellungen väterlich zu verstehen, er dürfe sein Parlement nicht noch einmal verbannen, weil das, wie sie sagten, ein schlechtes Beispiel gebe. Sie gaben schließlich nicht eher Ruhe, bis der König beschloß, wenigstens eine ihrer Kammern aufzuheben und die andere zu reformieren. Da reichten nun mit Ausnahme der Oberkammer diese Herren alle ihren Rücktritt ein. Murren erhob sich; im Schloß zog man offen über den König her. Das Feuer, das allen Mündern entfuhr, griff unglücklicherweise auf das Gehirn eines Lakaien namens Damiens über, der oft in den Audienzsaal kam. Der Prozeß gegen diesen fanatischen Parteigänger des Richterstandes hat erwiesen, daß er nicht die Absicht hatte, den König zu töten, sondern lediglich die, ihm einen kleinen Denkzettel zu verabreichen. Es gibt nichts, was den Menschen nicht durch den Kopf geht. Dieser Elende war Schuldiener im Jesuitenkolleg gewesen, einem Kolleg, in dem ich mehrmals gesehen habe, wie die Schüler mit dem Federmesser stachen und die Schuldiener es ihnen ebenso heimzahlten. Dazu entschlossen, ging Damiens also nach Versailles und verwundete den König inmitten seiner Garden und Höflinge mit einem jener Messerchen, mit denen man Federn anspitzt.

Im ersten Schrecken über diesen Unglücksfall verfehlte man

nicht, den Messerstich den Jesuiten zuzuschreiben, die, wie man sagte, aus alter Gewohnheit mit so etwas vertraut seien. Ich habe einen Brief eines Paters Griffet gelesen, in dem er sagte: »Dieses Mal sind wir es nicht gewesen, gegenwärtig sind die großen Herren an der Reihe.« Da das Verbrechen im Bereiche des königlichen Schlosses begangen worden war, hatte selbstverständlich der Oberhofrichter den Attentäter abzuurteilen. Der Unglückliche begann damit, Beschuldigungen gegen sieben Mitglieder der Parlementskammer zu erheben; man brauchte lediglich diese Beschuldigungen fortbestehen und den Verbrecher hinrichten zu lassen; dadurch hätte der König das Parlement für immer verhaßt gemacht und sich ihm gegenüber einen Vorteil verschafft, ebenso dauerhaft wie die Monarchie selber. Man nimmt an, Herr d'Argenson habe es dem König nahegelegt, seinem Parlement die Erlaubnis zu erteilen, in der Angelegenheit Recht zu sprechen. Er wurde gut dafür belohnt, denn acht Tage später wurde er enteignet und verbannt.

Der König hatte die Schwäche, für die Räte, die den Prozeß gegen Damiens anstrengten, umfangreiche Pensionen auszusetzen, als hätten sie ihm damit irgendeinen bedeutenden und schwierigen Dienst erwiesen. Dieses Verhalten flößte den Herren der Parlementskammer vollends neues Vertrauen ein. Sie hielten sich für bedeutende Persönlichkeiten, und ihre Hirngespinste, Vertreter der Nation und Beschützer der Könige zu sein, erwachten wieder. Nachdem dieser Auftritt vorbei war und sie nichts mehr zu tun hatten, vergnügten sie sich damit, die Philosophen zu verfolgen.

Omer Joly de Fleury, Staatsanwalt beim Pariser Parlement, entfaltete vor den versammelten Kammern den vollständigsten Triumph, den Unwissenheit, Falschheit und Heuchelei jemals errungen haben. Mehrere wegen ihres Wissens und ihrer Lebensweise sehr achtenswerte Schriftsteller hatten sich zusammengetan, um ein gewaltiges Nachschlagewerk über alles das zusammenzustellen, was den menschlichen Geist zu erleuchten vermag; das war ein sehr bedeutendes Handelsobjekt für Frankreichs Buchhandel. Der Kanzler und die Minister förderten ein so schönes Unternehmen. Sieben Bände waren bereits erschienen. Sie wurden ins Italienische, ins Englische, ins Deutsche, ins Holländische übersetzt; und dieser Schatz, den die Franzosen allen Nationen auftaten, konnte als das angesehen werden, was uns am meisten Ehre machte, so sehr wogen die ausgezeichneten Artikel des ›Enzyklopädischen Wörterbuchs‹ die schlechten auf, die trotzdem in genügend großer Anzahl vorhanden sind. Man konnte diesem Werk nichts weiter vorwerfen als zuviel kindisches Gerede, das die Herausgeber der Sammlung zur Aufschwellung des Werkes unglücklicherweise mit vollen Händen übernommen hatten; aber alles, was von den Herausgebern selbst stammt, ist ausgezeichnet.

Da beschuldigt Omer Joly de Fleury diese bedauernswerten Leute am 23. Februar 1759, sie seien Atheisten, Deisten, Verderber der Jugend, Rebellen wider den König und so weiter. Um seine Beschuldigungen zu beweisen, zitiert Omer den heiligen Paulus, den Prozeß gegen Théophile und Abraham Chaumeix*. Nur hatte er es unterlassen, das Buch zu lesen, gegen das er sprach, oder falls er es gelesen hatte, dann war er ein seltsamer Dummkopf. Er verlangte, der Gerichtshof solle gegen den Artikel »Seele« einschreiten, der nach seiner Ansicht reinsten Materialismus enthält. Man vermerke, daß dieser Artikel »Seele« einer der schlechtesten des Buches, das Werk eines armseligen Sorbonnedoktors ist, der sich abmüht, die Kreuz und die Quer gegen den Materialismus zu deklamieren. Die ganze Rede Omer Joly de Fleurys war eine Kette ähnlicher Schnitzer. Er bringt also das Buch, das er gar nicht gelesen oder gar nicht verstanden hat, vor Gericht; und auf Omers Ersuchen verurteilt das gesamte Parlement dieses Werk, nicht nur ohne

* Abraham Chaumeix, vormals Essigbrauer, war damals, da er Jansenist und Schwärmer geworden war, das Orakel des Pariser Parlements. Omer Fleury zitierte ihn wie einen Kirchenvater. Chaumeix ist später Schulmeister in Moskau gewesen.

jede Nachprüfung, sondern ohne auch nur eine Seite davon gelesen zu haben. Diese Art und Weise, Recht zu sprechen, steht noch weit unter der von Bridoie, denn Bridoie war wenigstens imstande, das Richtige zu treffen.

Die Verleger verfügten über ein Privileg des Königs. Das Parlement hat bestimmt nicht das Recht, die von Seiner Majestät gewährten Privilegien abzuändern; es steht ihm weder zu, über einen Ratsbeschluß noch über das, was in der Kanzlei gesiegelt wurde, zu urteilen. Indessen gab es sich selber das Recht, das zu verdammen, was der Kanzler gebilligt hatte. Es ernannte Räte, um über Gegenstände der Geometrie und Mathematik zu entscheiden, die in der ›Enzyklopädie‹ enthalten sind. Ein etwas standhafter Kanzler hätte das Urteil des Parlements als durchaus unzuständiger Behörde aufgehoben: Der Kanzler de Lamoignon begnügte sich, das Privileg zu widerrufen, um nicht die Schande zu erfahren, daß das, was er mit dem Siegel der obersten Gewalt versehen hatte, verurteilt und verdammt werde. Man könnte glauben, diese Begebenheit habe sich zur Zeit des Paters Garasse und der Urteile gegen das Brechmittel zugetragen; das ist jedoch im einzigen aufgeklärten Jahrhundert geschehen, das Frankreich je gehabt hat: So sehr trifft es zu, daß ein Dummer genügt, um eine ganze Nation um ihre Ehre zu bringen. Man wird ohne weiteres zugeben, daß unter solchen Umständen Paris nicht der geeignete Aufenthalt für einen Philosophen sein konnte und daß Aristoteles sehr weise handelte, sich nach Chalkis zurückzuziehen, als der Fanatismus in Athen herrschte. Übrigens steht der Rang eines Schriftstellers in Paris gleich über dem eines Possenschreibers; der Rang eines Kammerherrn Seiner Majestät, den mir der König belassen hatte, ist nicht viel wert. Die Menschen sind recht dumm, und ich bin der Ansicht, es ist besser, sich ein schönes Schloß zu bauen, wie ich es gemacht habe, dort Komödie zu spielen und eine gute Tafel zu führen als wie Helvétius in Paris von Leuten, die im Parlementshof wie im Sorbonnestall sitzen, gleich einem Hasen verfolgt zu werden. Da ich es wirklich nicht vermochte, die Menschen vernünftiger oder das Parlement weniger pedantisch noch die Theologen weniger lächerlich zu machen, fuhr ich fort, fern von ihnen glücklich zu sein.

Ich schäme mich fast, es zu sein, wenn ich vom sicheren Hafen aus all die Stürme betrachte: Ich sehe Deutschland von Blut überschwemmt, Frankreich gänzlich zugrunde gerichtet, unsere Armeen, unsere Flotten geschlagen, unsere Minister einen nach dem anderen entlassen, ohne daß es deshalb besser um unsere Angelegenheiten stünde, den König von Portugal ermordet, nicht von einem Lakaien, sondern von den Großen des Landes, und dieses Mal können die Jesuiten nicht sagen: »Wir sind es nicht gewesen!« Sie hatten ihr Recht behauptet, und es ist inzwischen wohl erwiesen worden, daß die guten Patres den Königsmördern frommerweise das Messer in die Hände drückten. Sie führen zu ihrer Rechtfertigung an, sie seien souverän in Paraguay und wären mit dem König von Portugal verfahren wie ein gekröntes Haupt mit dem anderen.

Hier eine kleine Begebenheit, so seltsam, wie man sie je gesehen hat, seit es Könige und Dichter auf der Erde gibt: Friedrich, der eine recht lange Zeit damit verbrachte, über die Grenzen Schlesiens in einem uneinnehmbaren Lager zu wachen, langweilte sich dort, und um sich die Zeit zu vertreiben, hat er eine Ode gegen Frankreich und seinen König verfaßt. Anfang Mai 1759 sandte er mir seine mit »Friedrich« unterzeichnete Ode zusammen mit einem riesigen Paket Versen und Prosa. Ich öffne das Paket und gewahre, daß ich nicht der erste bin, der es geöffnet hat: Sichtlich waren die Siegel unterwegs erbrochen worden. Schrecken durchfuhr mich, als ich in der Ode die folgenden Strophen las:

O irre und eitle Nation,
sind das noch jene Krieger,
die unter Luxembourg und Turenne schon
den unsterblichen Lorbeer der Sieger
errangen, die wirkliche Freunde des Ruhmes waren
und, wenn es zu siegen galt,

trotzten dem Tode und den Gefahren?
Ich sehe ihren verächtlichen Haufen,
der mutig beim Plündern kennt keinen Halt
und beim Kampf, wenn es heißt, feige zu laufen.
Und euer Monarch, dieser Schwächling,
dies Spielzeug der Pompadour,
der mehr als einmal das Schandmal der Liebe empfing,
dem die Brandmarkung widerfuhr,
er, der die Mühen verachtet
und dem Zufall überläßt sein Reich,
das im Todeskampfe schmachtet,
dieser Sklave gebärdet sich herrengleich!
Dieser Seladon gibt sich dem Glauben hin,
der Könige Schicksal vollziehe sich durch ihn.

Ich zitterte also, als ich diese Verse sah, unter denen einige sehr gute waren oder wenigstens welche, die man dafür durchgehen lassen konnte. Ich stehe unglücklicherweise verdientermaßen in dem Ruf, bis dahin die Verse des Königs von Preußen durchgesehen zu haben. Das Paket war unterwegs geöffnet worden, die Verse werden in der Öffentlichkeit ruchbar werden, der König von Frankreich wird annehmen, sie seien von mir, und schon werde ich mich des Majestätsverbrechens schuldig gemacht haben und, was noch schlimmer ist, schuldig gegen Madame de Pompadour.

In dieser Bestürzung bat ich den Residenten Frankreichs in Genf, zu mir zu kommen. Ich zeigte ihm das Paket; auch ihm leuchtete ein, daß die Siegel erbrochen wurden, bevor es mich erreichte. Nach seiner Ansicht war in dieser Angelegenheit, bei der es um meinen Kopf gehen konnte, nichts weiter zu unternehmen, als das Paket an den Herrn Herzog von Choiseul, den Minister Frankreichs, zu senden. Unter allen anderen Umständen hätte ich keineswegs diesen Schritt getan, aber ich war gezwungen, meinem Untergang vorzubeugen. Ich ließ den Hof den Charakter seines Feindes bis auf den Grund erkennen. Ich wußte wohl, daß der Herzog von Choiseul keinen Mißbrauch damit treiben und sich darauf beschränken würde, den König von Frankreich davon zu überzeugen, daß der König von Preußen ein unversöhnlicher Feind sei, den man vernichten müsse, falls man das vermöchte. Der Herzog von Choiseul beschränkte sich nicht darauf – er ist ein sehr geistreicher Mann, er macht Verse und hat Freunde, die Verse machen –, er zahlte es dem König von Preußen in der gleichen Münze heim und übersandte mir eine Ode gegen Friedrich, die ebenso bissig und ebenso schrecklich war wie die Friedrichs gegen uns. Hier sind einige unzusammenhängende Proben daraus:

Das ist des Glückes Genius nicht mehr,
der die Fackel der Künste hehr
in Deutschland entzünden sollte;
als Gatte, Sohn und Bruder ist er schuldbeladen
und sein gerecht denkender Vater war gut beraten,
der ihn in der Wiege ersticken wollte.

In seiner Dreistigkeit aber meint
er, daß er in sich vereint,
was den Musen und dem Gott von Thrakien eigen,
er, der bei Mars wie auch auf dem Parnaß
niemals auf einem anderen Platze saß
als dort, wo sich Zoilos und Mävius zeigen.

Sieh, auch die römische Garde
Nero nicht davor bewahrte,
daß ihn traf die Verachtung von Legionen;
sieh, wie der, der Syrakus unterjochte,
seine Muse fruchtlos schänden mochte,
indem er beleidigte die Nationen.

Da du ein weniger strenger Sittenrichter bis jetzt
gewesen, ertrage das harmlose Geschwätz
von Menschennatur und Liebesspiel.
Vermagst du, der du einzig trunken

gewesen im Arm deiner Trommlerjungen,
zu verdammen das zarte Gefühl?

Als mir der Herzog von Choiseul diese Antwort zukommen ließ, versicherte er mir, er werde sie drucken lassen, falls der König von Preußen sein Werk veröffentliche, und man werde Friedrich mit der Feder schlagen, wie man ihn mit dem Schwert zu schlagen hoffe. Es hing also nur von mir ab – wenn ich mich hätte ergötzen wollen –, zu sehen, wie der König von Frankreich und der König von Preußen in Versen Krieg führen: Das wäre ein neues Schauspiel für die Welt gewesen. Ich verschaffte mir ein anderes Vergnügen, nämlich das, klüger zu sein als Friedrich: Ich schrieb ihm, seine Ode sei sehr schön, aber er solle sie nicht veröffentlichen, er habe diesen Ruhm nicht nötig, er solle sich nicht alle Wege zu einer Wiederaussöhnung mit dem König von Frankreich verbauen, solle ihn nicht für immer verärgern und ihn nicht zwingen, die äußersten Anstrengungen zu machen, um gerechte Rache an ihm zu nehmen. Ich fügte hinzu, meine Nichte habe in ihrer Sterbensangst, seine Ode könne mir zugeschrieben werden, das Gedicht verbrannt. Er glaubte mir und bedankte sich bei mir nicht ohne einige Vorwürfe, weil ich die schönsten Verse verbrannt hatte, die er in seinem ganzen Leben verfaßt habe. Der Herzog von Choiseul seinerseits hielt Wort und war verschwiegen.

Um den Scherz vollständig zu machen, bildete ich mir ein, die ersten Fundamente des europäischen Friedens mit diesen beiden Schriftstücken gelegt zu haben, die den Krieg verewigen sollten, bis Friedrich vernichtet sei. Mein Briefwechsel mit dem Herzog von Choiseul ließ in mir diesen Gedanken entstehen. Er erschien mir so lächerlich, so würdig alles dessen, was damals geschah, daß ich ihn aufgriff; und ich verschaffte mir die Befriedigung, durch mich selber zu beweisen, auf welch kleinen und schwachen Achsen die Geschicke der Königreiche rollen. Herr de Choiseul schrieb mir mehrere Briefe, die offensichtlich so gehalten waren, daß der König von Preußen einige

Friedensangebote wagen konnte, ohne daß Österreich Verdacht gegen das Ministerium Frankreichs zu schöpfen vermochte, und Friedrich schrieb mir ähnliche Briefe, in denen er nicht Gefahr lief, dem Londoner Hof zu mißfallen. Dieser sehr heikle Handel dauert noch an; er ähnelt dem Gebaren zweier Katzen, die einerseits Sammetpfötchen und andererseits Krallen zeigen. Der König von Preußen, der von den Russen geschlagen worden ist und Dresden verloren hat, braucht Frieden; Frankreich, das zu Lande von den Hannoveranern und auf dem Meer von den Engländern geschlagen worden ist und sein Geld zu einem sehr ungünstigen Zeitpunkt verloren hat, ist gezwungen, diesen ruinösen Krieg zu beenden.

Soweit, schöne Emilie, ist es mit uns gekommen.

Les Délices, am 27. November 1759

Ich fahre fort, und es sind immer wieder außerordentliche Dinge. Der König von Preußen schreibt mir am 17. Dezember: »Ich werde Ihnen darüber weiter aus Dresden berichten, wo ich in drei Tagen sein werde.« Und drei Tage darauf wird er von Marschall Daun geschlagen und verliert achtzehntausend Mann. Es scheint mir, daß alles, was ich sehe, die Fabel vom Milchtopf ist. Unser großer Seefahrer Berryer, der vormals Polizeistatthalter zu Paris war und von diesem Posten zu dem des Staatssekretärs und Marineministers übergewechselt hat, ohne jemals eine andere Flotte als die Galeote von Saint-Cloud und das Marktschiff von Auxerre gesehen zu haben, unser Berryer, sage ich, hatte es sich in den Kopf gesetzt, eine schöne Seemacht auszurüsten, um eine Landung in England zu bewerkstelligen; aber kaum hat unsere Flotte die Nase aus Brest herausgesteckt, da ist sie auch schon von den Engländern geschlagen, an den Felsen zerschellt, von den Winden zerstört oder vom Meere verschlungen.

Als Generalkontrolleur der Finanzen hatten wir einen gewissen Silhouette, den wir nur kennen, weil er einige Verse von Pope in Prosa übertragen hat. Er galt für einen Adler, aber in weniger als vier Monaten hatte sich der Adler in ein Gänschen verwandelt. Er hat das Geheimnis entdeckt, den Kredit so sehr zu vernichten, daß dem Staat plötzlich das Geld fehlte, die Soldaten zu bezahlen. Der König war gezwungen, sein Geschirr zur Münze zu schicken; ein guter Teil des Königreiches ist seinem Beispiel gefolgt.

12. Februar 1760

Nach einigen Treulosigkeiten des Königs von Preußen – so hatte er zum Beispiel Briefe, die ich ihm anvertraut hatte, nach London geschickt und damit Zwietracht zwischen uns und unseren Verbündeten säen wollen; alles Treulosigkeiten, die einem großen König, besonders in Kriegszeiten, sehr wohl erlaubt sind – erhalte ich vom König von Preußen Friedensangebote, nicht ohne einige Verse; die muß er immer machen. Ich sende sie nach Versailles und bezweifle, daß man sie annimmt. Er will nichts abtreten und schlägt vor, um den Kurfürsten von Sachsen zu entschädigen, solle man ihm Erfurt geben, das dem Kurfürsten von Mainz gehört: Er muß stets jemand ausplündern; das ist so seine Art. Wir werden sehen, was bei diesen Ideen herauskommt und besonders bei dem Feldzug, den zu führen man sich anschickt.

Da diese große und schreckliche Tragödie stets mit Komik verbunden ist, hat man soeben in Paris die »Gedichte meines Herrn, des Königs«, wie Freytag sagte, gedruckt. Es befindet sich darunter ein Brief in Versen an den Marschall Keith, in dem sich Friedrich sehr über die Unsterblichkeit der Seele und über die Christen lustig macht. Die Frommen sind nicht erfreut darüber, die kalvinistischen Geistlichen murren. Diese Superklugen betrachteten ihn als die Stütze der guten Sache; sie bewunderten ihn, als er die Mitglieder des Leipziger Magistrats ins Gefängnis warf und ihre Betten verkaufte, um sich ihr Geld anzueignen. Aber seit er sich hat einfallen lassen, einige Abschnitte aus Seneca, Lukrez und Cicero zu übersetzen, betrachten sie ihn als ein Ungeheuer. Die Geistlichen würden einen frommen Cartouche heiligsprechen.

VOLTAIRE
SÄMTLICHE ROMANE
UND ERZÄHLUNGEN

COSI-SANCTA

EIN KLEINER FEHLTRITT BRINGT VIEL GUTES

Zu Unrecht besteht der Grundsatz, es sei nicht erlaubt, einen kleinen Fehltritt zu begehen, auch wenn sich etwas wirklich Gutes daraus ergeben könnte. Der heilige Augustinus war ganz und gar dieser Meinung, was eindeutig aus seiner Erzählung über ein kleines Abenteuer hervorgeht, das sich in seiner Diözese unter dem Prokonsulat des Septimius Acindynus zugetragen hat und in seinem Buch ›Über den Gottesstaat‹ beschrieben worden ist.

In Hippo lebte ein alter, als Gründer zahlreicher Ordensgemeinschaften wohlbekannter Priester, der Beichtvater aller jungen Mädchen seines Stadtviertels war und für einen von Gott inspirierten Mann gehalten wurde, weil er Prophezeiungen von sich gab – ein Geschäft, auf das er sich leidlich verstand.

Eines Tages brachte man ein junges Mädchen, Cosi-Sancta genannt, zu ihm – das schönste Wesen der ganzen Provinz. Ihre Eltern, die Jansenisten waren, hatten sie nach den Grundsätzen unbedingter Tugendhaftigkeit erzogen, und von all ihren Verehrern vermochte nicht ein einziger sie auch nur einen Augenblick abzulenken, wenn sie betend ihr Gemüt zu Gott erhob. Vor einigen Tagen hatte sie sich mit einem kleinen, verrunzelten Greis namens Capito, einem Gerichtsrat am Oberlandesgericht von Hippo, verlobt. Er war ein brummiger, griesgrämiger Mann, nicht ohne Geist, aber sehr bissig in der Unterhaltung. Überdies war er ein Spötter und ein wenig angenehmer Witzbold, dazu noch eifersüchtig wie ein Venezianer. Um nichts in der Welt hätte er sich dazu verstanden, mit den Liebhabern seiner Frau gut Freund zu sein. Das junge Ding tat alles, was sie konnte, um ihn liebzugewinnen, denn er sollte ja ihr Mann werden. Sie gab sich die aufrichtigste Mühe und hatte doch herzlich wenig Erfolg.

Cosi-Sancta ging zu dem Priester, um zu erfahren, ob ihre Ehe glücklich sein würde. Der gute Alte verkündete ihr im Ton eines Propheten: »Meine Tochter, deine Tugend wird viel Unheil anrichten, aber du wirst eines Tages heiliggesprochen werden, weil du dreimal die Ehe gebrochen hast.« Diese Prophezeiung verwirrte das hübsche junge Mädchen und brachte sie in Verlegenheit. Sie fing an zu weinen und bat um eine Erklärung, denn sie glaubte, hinter diesen Worten könnte sich ein geheimer Sinn verbergen. Aber die ganze Aufklärung, die sie erhielt, war, daß die drei Ehebrüche nicht durch drei Rendezvous mit ein und demselben Geliebten, sondern durch drei verschiedene Abenteuer entstehen würden.

Cosi-Sancta brach in ein lautes Geschrei aus. Sie beschimpfte sogar den Priester und schwor, daß sie nie und nimmer heiliggesprochen werden würde. Es geschah aber doch, wie wir sogleich sehen werden.

Cosi-Sancta verheiratete sich bald darauf, und die Hochzeit war sehr festlich. Ziemlich gleichmütig ließ sie all die dummen Reden, die abgeschmackten Anspielungen und schlecht verhüllten Zweideutigkeiten, mit denen man gewöhnlich das Schamgefühl der Neuvermählten verletzt, über sich ergehen. Sie tanzte bereitwillig mit einigen gutgewachsenen, hübschen jungen Leuten, die ihr Mann ganz abscheulich fand.

Mit leisem Widerwillen legte sie sich zu dem kleinen Capito ins Bett. Sie schlief fast die ganze Nacht über und war noch von Träumen erfüllt, als sie aufwachte. Jedoch war weniger ihr Gatte der Gegenstand ihrer Träume als ein gewisser Ribaldos, der ihr im Kopf herumspukte, ohne daß sie sich darüber im klaren war. Diesen jungen Mann mußte Amor höchst eigenhändig geformt haben, denn in ihm vereinigten sich Anmut, Kühnheit und Schelmerei. Er war allerdings etwas indiskret, aber nur gegenüber solchen Damen, die das mochten. In ganz Hippo war er Hahn im Korbe. Sämtliche Frauen der Stadt hatte er gegeneinander aufgehetzt, und er selbst hatte sich dabei mit allen Ehemännern und Müttern entzweit. Er verliebte sich gewöhnlich aus Flatterhaftigkeit und ein wenig aus Eitelkeit, Cosi-Sancta aber liebte er aus Neigung, und er liebte sie um so inniger, je schwieriger sie zu erobern war. Als Mann von Geist versuchte er zunächst, ihrem Gatten zu gefallen. Er kam ihm in jeder Weise entgegen, lobte sein gutes Aussehen und seinen sprühenden Witz. Im Spiel verlor er Geld an ihn und machte ihm jeden Tag vertrauliche Mitteilungen über nichtssagende Dinge. Cosi-Sancta fand, daß er der liebenswürdigste Mann der Welt sei, und sie liebte ihn bereits mehr, als sie ahnte. Sie machte sich keinerlei Gedanken darüber, aber ihr Mann machte sich Gedanken über sie. Obwohl er so selbstgefällig war, wie es bei kleinen Leuten möglich ist, zweifelte er nicht daran, daß die Besuche Ribaldos nicht ihm allein galten. Unter irgendeinem lächerlichen Vorwand brach er mit ihm und verbot ihm sein Haus.

Cosi-Sancta war darüber sehr betrübt, wagte aber nicht, etwas zu sagen. Und Ribaldos, den die Schwierigkeiten noch verliebter machten, verbrachte nun seine ganze Zeit damit, Gelegenheiten für ein Wiedersehen ausfindig zu machen. Er verkleidete sich als Mönch, als Kleiderhändler und als Marionettenspieler. Doch das genügte nicht, um seine Angebetete zu erobern, und es war andererseits zuviel, als daß ihr Mann ihn nicht wiedererkannt hätte. Wenn Cosi-Sancta sich mit ihrem Verehrer einig gewesen wäre, so hätten die notwendigen Maßnahmen getroffen werden können, daß ihr Mann keinen Verdacht schöpfte. Da sie aber gegen ihre Neigung ankämpfte und sich nichts vorzuwerfen hatte, kümmerte sie sich um alles andere als darum, den Schein zu wahren, und ihr Mann hielt sie daraufhin für sehr schuldig.

Der kleine Mann, der ganz aufgebracht war, bildete sich ein, seine Ehre hinge von der Treue seiner Frau ab. Er überschüttete sie mit groben Beleidigungen und strafte sie dafür, daß man sie schön fand. Cosi-Sancta war in die schrecklichste Lage versetzt worden, in der sich jemals eine Frau befinden kann: Sie mußte unberechtigte Vorwürfe auf sich nehmen und wurde von einem Mann mißhandelt, dem sie treu geblieben war. Und zugleich war sie von einer lodernden Leidenschaft erfüllt, die sie mit allen Mitteln niederzukämpfen suchte.

Sie glaubte, wenn ihr Liebhaber sie in Ruhe ließe, würde auch ihr Mann ihr nicht mehr Unrecht tun, und sie war davon überzeugt, daß sie sich leicht von einer Liebe, der jede Hoffnung genommen war, befreien könnte. Auf Grund dieser Überzeugung schrieb sie unverzüglich folgenden Brief an Ribaldos:

»Wenn Sie ein gutes Gewissen haben, so hören Sie auf, mich unglücklich zu machen. Sie lieben mich, aber Ihre Liebe setzt mich dem Argwohn und den Gewalttätigkeiten meines Herrn und Gebieters aus, dem ich für den Rest meines Lebens angehöre. Wollte Gott, daß dies die einzige Gefahr wäre, der ich mich aussetze. Haben Sie Erbarmen mit mir und stellen Sie Ihre Verfolgungen ein. Ich beschwöre Sie im Namen der Liebe, die Sie und mich unglücklich macht und durch die Sie niemals glücklich werden können.«

Die arme Cosi-Sancta hatte nicht vorausgesehen, daß ein so rührender, wenn auch tugendhafter Brief gerade die entgegengesetzte Wirkung erzielen würde, als sie erhofft hatte. Er entflammte die Leidenschaft ihres Anbeters mehr denn je, und Ribaldos beschloß, sein Leben aufs Spiel zu setzen, nur um seine Geliebte wiedersehen zu können.

Capito, der einfältig genug war, um sogar den Ereignissen vorzugreifen, hatte gute Spione und wurde von ihnen unterrichtet, daß Ribaldos, als Karmelitermönch verkleidet, seine Frau um Almosen bitten wollte. Er hielt sich für verloren, da er sich einbildete, das Gewand eines Karmelitermönches sei für die Ehre eines Ehemannes weit gefährlicher als alles andere. Er stellte Leute auf die Lauer, die den Bruder Ribaldos ordentlich verprügeln sollten, und wurde nur zu gut bedient. Als der junge Mann das Haus betrat, wurde er von den erwähnten Herren in Empfang genommen. Er mochte schreien, soviel er wollte, daß er ein ehrenwerter Karmelitermönch sei und daß man arme Mönche nicht so behandeln dürfe – er wurde niedergehauen und starb vierzehn Tage darauf infolge eines Schlages, den er auf den Kopf bekommen hatte. Alle Frauen der Stadt beweinten ihn. Cosi-Sancta war untröstlich, und selbst Capito war wütend, aber aus einem ganz anderen Grunde, und zwar weil er sich eine üble Affäre aufgehalst hatte.

Ribaldos war mit dem Prokonsul Acindynus verwandt. Dieser Römer wollte den Meuchelmord exemplarisch bestrafen, und da er bereits früher mit dem Landgerichtsrat von Hippo ein Hühnchen zu rupfen gehabt hatte, nahm er gern die Gelegenheit wahr, den Gerichtsrat an den Galgen zu bringen. Er war recht froh darüber, daß das Schicksal Capito ereilt hatte, der der eitelste und unerträglichste Rechtsverdreher im ganzen Lande war.

Cosi-Sancta hatte also erleben müssen, daß ihr Anbeter erschlagen wurde, und nun sollte sie auch noch mit ansehen, daß man ihren Mann hängte, und all das nur, weil sie tugendhaft war. Denn hätte sie, wie ich bereits erwähnte, Ribaldos ihre Gunst geschenkt, hätte ihr Mann leicht getäuscht werden können.

So hatte sich die Weissagung des Priesters bereits zur Hälfte erfüllt. Als Cosi-Sancta sich daran erinnerte, bekam sie Angst, daß auch der übrige Teil in Erfüllung gehen könnte. Da sie aber eingesehen hatte, daß man seinem Schicksal nicht entgehen kann, überließ sie sich der Vorsehung, die sie auf dem alleranständigsten Wege der Welt dem Endziel zuführte.

Prokonsul Acindynus war eher ein Schwelger als ein Lüstling. Er machte nie viel Federlesen, war brutal, zudringlich, ein richtiger Garnisonsheld, der von der ganzen Bevölkerung gefürchtet wurde. Alle Frauen von Hippo hatten schon etwas mit ihm gehabt, einzig und allein, um sich nicht mit ihm zu verfeinden. Er ließ Frau Cosi-Sancta zu sich kommen. Sie erschien in Tränen gebadet, wirkte aber dadurch noch reizender. »Gnädige Frau, Ihr Gatte soll gehängt werden«, sagte er zu ihr, »und Sie allein können ihn retten.« – »Ich würde mein Leben für das seine geben«, antwortete die Dame. – »Das wird von Ihnen nicht verlangt«, entgegnete der Prokonsul. – »Was sollte ich sonst tun?« fragte sie. – »Ich will Sie nur eine Nacht für mich haben«, sagte der Prokonsul. – »Meine Nächte gehören nicht mir, sondern meinem Mann«, antwortete Cosi-Sancta. »Ich würde mein Blut hingeben, um ihn zu retten, aber ich kann nicht meine Ehre opfern.« – »Und wenn Ihr Mann einwilligt?« fragte der Prokonsul. – »Er ist der Herr«, gab die Dame zur Antwort, »jeder verfügt ganz nach seinem Willen über seinen Besitz. Doch ich kenne meinen Mann: Er würde das nie tun. Er ist ein ziemlicher Starrkopf und würde sich eher hängen lassen, als zu dulden, daß man mich auch nur mit den Fingerspitzen berührt.« – »Das werden wir sehen«, meinte der Richter wütend.

Er ließ den Angeklagten sofort holen und stellte ihn vor die Wahl, gehängt zu werden oder Hörner zu bekommen. Es gab keine Ausflucht, aber der kleine Mann ließ sich dennoch lange nötigen. Schließlich tat er das, was jeder andere an seiner Stelle auch getan hätte. Seine Frau rettete ihm mitleidig das Leben – das war der erste der drei Fälle.

Am selben Tage wurde Cosi-Sanctas Sohn von einer ganz merkwürdigen Krankheit befallen, die allen Ärzten von Hippo unbekannt war. Es gab nur einen einzigen Arzt, der das Geheimnis besaß, diese Krankheit zu heilen, aber er wohnte in Aquila, einige Meilen von Hippo entfernt, und es war damals jedem Arzt verboten, seine Praxis in einer anderen Stadt auszuüben als in der, wo er sich niedergelassen hatte. Cosi-Sancta mußte ihn also persönlich aufsuchen und ging mit einem ihrer Brüder, den sie zärtlich liebte, nach Aquila. Unterwegs wurden sie von Straßenräubern angehalten. Das Oberhaupt dieser Bande fand Cosi-Sancta sehr hübsch, und als man daranging, ihren Bruder umzubringen, trat er an sie heran und sagte ihr, man würde ihren Bruder nicht töten, wenn sie etwas gefällig wäre, was ihr ja nichts kosten sollte. Die Sache eilte. Cosi-Sancta hatte gerade ihrem Mann, den sie eigentlich gar nicht liebte, das Leben gerettet und sollte nun einen Bruder verlieren, den sie sehr liebte. Überdies beunruhigte sie die Gefahr, in der ihr Sohn schwebte, und so durfte keine Zeit verloren werden. Sie empfahl sich Gott dem Allmächtigen und tat alles, was man von ihr verlangte. Das war der zweite von den drei Fällen.

Noch am selben Tage kam sie in Aquila an und ging zum Arzt. Er war einer der Modeärzte, den die Frauen holen lassen, wenn sie Launen haben und ihnen sonst absolut nichts fehlt. Von einigen Frauen war er der vertraute Freund und von anderen der Liebhaber. Er war ein höflicher und gefälliger Mann, der jedoch mit der Fakultät, der er gelegentlich ein Schnippchen geschlagen hatte, auf gespanntem Fuß stand.

Cosi-Sancta schilderte ihm die Krankheit ihres Sohnes und bot ihm einen hohen Sesterzbetrag an (wohlgemerkt: eine Sesterz hat in der französischen Valuta einen Wert von mehr als tausend Talern). »Nicht mit dieser Summe will ich bezahlt werden, gnädige Frau«, sagte der galante Arzt zu ihr. »Ich würde Ihnen mein ganzes Vermögen opfern, wenn Sie bereit wären, sich für ein Heilverfahren, das Sie selbst anwenden könnten, bezahlen zu lassen. Heilen Sie mich von der Krankheit, die Sie in mir erregt haben, und ich werde Ihrem Sohn die Gesundheit wiedergeben.«

Der Vorschlag erschien der Dame ungewöhnlich, aber das Schicksal hatte sie ja schon an sonderbare Dinge gewöhnt. Der Arzt war halsstarrig und wollte für seine Medizin keine andere Bezahlung haben. Mit ihrem Mann konnte sich Cosi-Sancta nicht beraten, und sie durfte ihren Sohn, den sie über alles liebte, doch nicht sterben lassen, nur weil sie ihm die winzigste Hilfeleistung der Welt nicht gewähren wollte. Sie war nicht nur eine gute Schwester, sondern auch eine liebevolle Mutter. Sie kaufte die Medizin zu dem gewünschten Preis – und das war der letzte der drei Fälle.

Cosi-Sancta kehrte mit ihrem Bruder nach Hippo zurück. Er dankte ihr unterwegs in einem fort dafür, daß sie ihm so beherzt das Leben gerettet hatte.

So hatte Cosi-Sancta, weil sie sehr sittsam gewesen war, ihren Anbeter umkommen und ihren Mann zum Tode verurteilen lassen; weil sie aber gefällig gewesen war, bewahrte sie ihrem Bruder, ihrem Sohn und ihrem Mann das Leben. Man fand, daß eine solche Frau für eine Familie dringend nötig sei, und nach ihrem Tode wurde sie dafür, daß sie ihren Angehörigen durch ihre Selbstlosigkeit viel Gutes getan hatte, heiliggesprochen, und man schrieb auf ihren Grabstein:

EIN KLEINER FEHLTRITT BRINGT VIEL GUTES.

ZADIG
ODER DAS SCHICKSAL
EINE ORIENTALISCHE ERZÄHLUNG

Saadîs Widmungsbrief an die Sultanin Scheraa

Am 18. des Pferdemonats im Jahre der Hedschra 837

O Entzücken der Augen, Qual des Herzens, Licht des Geistes – ich kann den Staub Eurer Füße nicht küssen, weil Ihr kaum je einmal zu Fuß geht oder aber auf Rosenblättern oder Perserteppichen wandelt. Ich bringe Euch die Übersetzung eines Buches dar, das ein alter Weiser geschrieben hat. Er war in der glücklichen Lage, nichts zu tun zu haben, und so konnte er die Freude genießen, zum Zeitvertreib Zadigs Geschichte zu schreiben – ein Werk, das mehr bedeutet, als es den Anschein hat. Ich bitte Euch, die Erzählung zu lesen und Euer Urteil darüber abzugeben; denn obwohl Ihr erst im Frühling Eures Lebens steht und Euch alle Freuden zuteil werden, obwohl Ihr schön seid und viele gute Anlagen Eure Schönheit erhöhen, obwohl Ihr vom Morgen bis zum Abend gepriesen werdet und Ihr aus all diesen Gründen mit Recht Euren gesunden Menschenverstand hättet einbüßen können, habt Ihr Euch doch Euren überlegenen Geist und Euren erlesenen Geschmack bewahrt, und die Reden und Begründungen, die ich aus Eurem Munde hörte, waren einleuchtender als die der alten Derwische mit langem Bart und spitzer Mütze. Ihr seid zurückhaltend, aber nicht argwöhnisch; Ihr seid sanft, ohne schwach zu sein; Ihr tut Gutes, aber mit Überlegung; Ihr liebt Eure Freunde und schafft Euch keine Feinde. Euer Geist verdankt seine Wirkung niemals der üblen Nachrede. Ihr sagt nichts Böses und tut es auch nicht, obwohl Ihr unendlich viele Gelegenheiten dazu hättet. Und Eure Seele? Sie erschien mir stets ebenso lauter wie Eure Schönheit! Ihr besitzt gar einen kleinen Schatz an Weltweisheit, und das hat mich in dem Glauben bestärkt, Ihr würdet diesem Werk eines Weisen mehr Geschmack abgewinnen als andere Frauen.

Zadigs Geschichte wurde zunächst in altchaldäischer Sprache geschrieben, die wir beide nicht verstehen. Zur Unterhaltung des berühmten Sultans Ulugh-Beg wurde sie dann ins Arabische übersetzt, und zwar geschah das zu der Zeit, da die Araber und Perser ›Tausendundeine Nacht‹, ›Tausendundein Tag‹ und dergleichen mehr zu schreiben begannen. Ulugh las mit Vorliebe ›Zadig‹, während die Sultaninnen ›Tausendundeine Nacht‹ bevorzugten. »Wie könnt Ihr nur Geschichten den Vorzug geben, die ganz unbedeutend sind und keinen Sinn haben«, sprach der weise Ulugh zu ihnen. »Eben deshalb haben wir sie ja gern!« erwiderten die Sultaninnen.

Ich gebe mich der Hoffnung hin, daß Ihr nicht den Sultaninnen gleicht, sondern ein wahrer Ulugh seid. Und wenn Ihr der üblichen Gespräche müde seid, die viel Ähnlichkeit mit »Tausendundeine Nacht« haben und nur weniger ergötzlich sind, so hoffe ich, daß Ihr mir für kurze Zeit die Ehre gewähren werdet, mit Euch eine sinnvolle Unterhaltung zu führen.

Wäret Ihr Thalestris gewesen, die zur Zeit Iskanders, des Sohnes Philipps, lebte, oder die Königin von Saba aus der Zeit Salomos, so hätten sich wohl diese Könige zu Euch auf den Weg gemacht.

Ich flehe die himmlischen Mächte an, daß Eure Freuden ungetrübt sein mögen, Eure Schönheit unvergänglich und Euer Glück ohne Ende. *Saadî.*

ERSTES KAPITEL
Der Einäugige

Zur Zeit König Moabdars lebte in Babylon ein Jüngling namens Zadig, dessen angeborene reiche Begabungen durch seine Erziehung gestärkt und günstig weiterentwickelt worden waren. Obgleich er wohlhabend und noch jung war, wußte er seine Leidenschaften zu zügeln. Er tat sich niemals hervor, war nicht rechthaberisch und nahm Rücksicht auf die Schwächen seiner Mitmenschen. Mit Erstaunen gewahrte man, daß dieser geistreiche Jüngling niemals das sinnlose, prahlerische Gerede, die frechen Verleumdungen, die törichten Urteile, die groben Unflätigkeiten und den ganzen nichtssagenden Wortschwall, den man in Babylon als »Unterhaltung« bezeichnete, mit seinem Spott geißelte. Aus dem ersten Buch Zarathustras hatte er gelernt, daß Eigenliebe ein windgefüllter Schlauch ist, dem Stürme entweichen, wenn man auch nur mit einer Nadel hineinsticht. Zadig brüstete sich vor allem niemals damit, die Frauen zu verachten und sie unterjochen zu wollen. Er war großmütig und scheute sich nicht, auch undankbare Menschen zu Dank zu verpflichten, indem er den Leitsatz Zarathustras befolgte: Wenn du issest, gib auch den Hunden zu essen, selbst wenn sie dich beißen. Er war wahrhaft weise, denn er suchte den Umgang mit weisen Menschen. Er war in den Wissenschaften der alten Chaldäer unterrichtet worden und war auch mit den physikalischen Grundgesetzen der Natur, soweit man sie damals kannte, vorzüglich vertraut. Von der Metaphysik wußte er soviel, wie man zu allen Zeiten davon gewußt hat, das heißt: herzlich wenig. Entgegen der neuen Philosophie seiner Zeit war er fest davon überzeugt, daß das Jahr 365 Tage und 6 Stunden hätte und daß die Sonne im Mittelpunkt des Weltraumes stände. Und wenn ihm die Obermagier mit verletzender Herablassung zu verstehen gaben, er hätte eine schlechte Gesinnung und derjenige gelte als Feind des Staates, der glaube, die Sonne drehe sich um ihre Achse und das Jahr hätte zwölf Monate, so schwieg er, ohne in Zorn zu geraten oder seine Verachtung zu bekunden.

Zadig besaß große Reichtümer und folglich auch viele Freunde; und da er überdies gesund war, ein sympathisches Äußeres, einen aufrichtigen, ausgeglichenen Charakter hatte und ein lauteres, mitfühlendes Herz, so glaubte er, daß er glücklich werden könnte. Er stand im Begriff, Semira zu heiraten, die wegen ihrer Schönheit, ihrer Abstammung und ihres Vermögens die beste Partie in Babylon war. Er hegte für sie eine tiefe und reine Zuneigung, und Semira liebte ihn leidenschaftlich. Schon nahte die glückliche Stunde ihrer Vereinigung, als plötzlich auf einem Spaziergang vor einem der Tore Babylons eine Schar mit Säbeln und Pfeilen Bewaffneter unter den Uferpalmen am Euphrat auf sie eindrang. Es waren Männer aus dem Gefolge des jungen Orkan, des Neffen eines Ministers, dem die Hofschranzen seines Onkels eingeredet hatten, ihm wäre alles erlaubt.

Weder die Reize noch die Tugenden Zadigs zierten ihn, aber da er sich für viel bedeutender hielt als Zadig, war er verzweifelt über dessen Bevorzugung. Seine Eifersucht, die einzig seiner Eitelkeit entsprang, bestärkte ihn in dem Glauben, er liebe Semira über alles, und so faßte er den Entschluß, sie zu entführen. Seine Leute bemächtigten sich nun Semiras. In der Hitze des Überfalls wurde sie verletzt, und so wurde das Blut eines Menschen vergossen, dessen Anblick selbst die Tiger auf dem Berge Imaus gerührt hätte. Semiras Schmerzensschreie gellten durch die Luft. »Mein teurer Gatte«, rief sie aus, »oh, man entreißt mich dem Mann, den ich von Herzen liebe.« Sie dachte nicht an die Gefahr, die ihr drohte, sie dachte nur an ihren geliebten Zadig. Er verteidigte sie mit der ganzen Kraft, die ihm sein Mut und seine Liebe zu Semira verliehen. Obgleich ihm nur zwei Sklaven zur Seite standen, gelang es ihm, die Entführer in die Flucht zu schlagen und die blutende, von tiefer Ohnmacht umfangene Semira nach Hause zurückzubringen. Als Semira die Augen aufschlug und ihren Befreier sah, rief sie: »O Zadig, ich liebte Euch wie meinen Gatten, jetzt liebe ich in Euch den Mann, dem ich Leben und Ehre verdanke.« Niemals war das Herz eines Menschen dankerfüllter als das Semiras, und niemals zuvor äußerte ein so lieblicher Mund rührendere Gefühle in jenen feurigen Worten, die allein das Erleben einer großen Wohltat und die Glut zärtlichster und aufrichtigster

Liebe eingeben können. Semiras Verwundung war leicht und heilte schnell, Zadigs Verletzung dagegen war gefährlich, denn ein Pfeilschuß hatte dicht am Auge eine tiefe Wunde gerissen. Semira erflehte von den Göttern immer wieder die Heilung ihres Geliebten. Ihre Augen waren Tag und Nacht in Tränen gebadet, und sie sehnte den Augenblick herbei, da Zadigs Blicke sich wieder voll Entzücken in die ihren senken konnten. Ein Abszeß, der sich an dem gefährdeten Auge gebildet hatte, gab zu den schlimmsten Befürchtungen Anlaß. Der berühmte Arzt Hermes wurde aus Memphis herbeigeholt und kam mit einem zahlreichen Gefolge an. Er untersuchte den Kranken und erklärte, daß er das Auge verlieren würde; er sagte sogar Tag und Stunde dieses traurigen Ereignisses voraus. »Wenn es das rechte Auge gewesen wäre«, erklärte er, »hätte ich es erhalten können, aber Wunden am linken Auge sind unheilbar.«

Ganz Babylon bedauerte das Schicksal Zadigs und bewunderte das umfassende Wissen des Hermes. Zwei Tage später ging der Abszeß von selbst auf, und Zadig wurde völlig geheilt. Hermes schrieb ein Buch, in dem er nachwies, daß Zadig nicht hätte genesen dürfen. Zadig las es gar nicht. Sobald er ausgehen konnte, wollte er die Frau besuchen, die für ihn der Inbegriff allen Glückes war und um deretwillen allein er seine beiden Augen hatte behalten wollen. Semira weilte seit drei Tagen auf dem Lande. Auf dem Wege dorthin erfuhr Zadig, daß die Schöne sich gerade in der letztvergangenen Nacht, nachdem sie ihre unüberwindliche Abneigung gegen Einäugige laut verkündet, mit Orkan vermählt hatte. Bei dieser Nachricht brach Zadig ohnmächtig zusammen. Sein Gram brachte ihn fast an den Rand des Grabes. Lange lag er krank darnieder, endlich aber siegte seine Vernunft über seinen Kummer, und sein grausames Erlebnis trug sogar dazu bei, ihn zu trösten. »Da mich die Launenhaftigkeit eines bei Hofe erzogenen Mädchens so bitter enttäuscht hat, will ich ein Mädchen aus dem Bürgerstande heiraten«, sagte sich Zadig. Seine Wahl fiel auf Azora, das klügste Mädchen aus der besten Familie der

Stadt. Er heiratete sie und durchlebte mit ihr einen Monat lang alle Wonnen der zärtlichsten Gemeinsamkeit, nur bemerkte er bei ihr einen gewissen Leichtsinn und die ausgesprochene Neigung, sehr gut aussehende junge Männer stets auch für die geistreichsten und tugendhaftesten zu halten.

ZWEITES KAPITEL
Die Nase

Eines Tages kam Azora ganz aufgeregt von einem Spaziergang zurück und machte ihrer Empörung in lauten Ausrufen Luft. »Was hast du, liebe Frau?« fragte sie Zadig. »Warum bist du so aufgebracht?« – »Ach«, antwortete sie, »es würde dir auch so ergehen, wenn du das mit angesehen hättest, was ich eben erlebt habe. Ich wollte die junge Witwe Kosru trösten, die vor zwei Tagen an dem Bach, der ihre Wiese begrenzt, ihrem Gatten ein Grabmal setzen ließ. In ihrem Schmerz hatte sie den Göttern gelobt, so lange an dem Grabmal zu verweilen, als der Bach daran vorbeifließt.« – »Sieh an!« sagte Zadig. »Das ist ja eine ehrenwerte Frau, die ihren Mann aufrichtig geliebt haben muß!« – »Pah«, entgegnete Azora, »wenn du wüßtest, womit sie beschäftigt war, als ich zu ihr kam!« – »Womit denn, schöne Azora?« – »Sie ließ den Bach ableiten!« Azora erging sich in so endlosen Schmähungen und heftigen Vorwürfen gegen die junge Witwe, daß diese übertriebene Tugendliebe Zadig nicht recht gefallen wollte.

Er hatte einen Freund namens Cador, und dieser gehörte zu den jungen Leuten, die in den Augen seiner Frau talentvoller und rechtschaffener waren als alle anderen. Er zog ihn ins Vertrauen und versicherte sich seiner Zuverlässigkeit, soweit das eben möglich war, durch ein ansehnliches Geschenk. Als Azora einmal zwei Tage bei einer Freundin auf dem Lande verbracht hatte und am dritten nach Hause zurückkehrte, verkündeten ihr die Diener mit Tränen in den Augen, daß ihr Gatte ganz plötzlich in der vorhergehenden Nacht gestorben sei. Niemand

habe gewagt, ihr diese schmerzliche Nachricht zu überbringen, und Zadig sei bereits in der Familiengruft ganz hinten im Garten beigesetzt worden. Azora weinte, raufte sich die Haare und schwur, ihrem Leben ein Ende zu machen. Abends bat Cador um die Erlaubnis, mit ihr sprechen zu dürfen, und sie weinten zusammen. Am nächsten Tage weinten sie schon weniger lange und speisten dann zusammen. Cador vertraute ihr an, sein Freund hätte ihm den größten Teil seines Besitzes vermacht, und ließ durchblicken, daß er sich glücklich schätzen würde, sein Vermögen mit ihr teilen zu können. Azora weinte, regte sich von neuem auf, beruhigte sich jedoch wieder. Das Abendessen dauerte länger als das Mittagessen, und die Unterhaltung wurde schon vertrauter. Azora lobte den Verstorbenen, gestand aber, daß er Fehler gehabt hätte, von denen Cador frei sei.

Während des Abendessens klagte Cador über heftige Milzschmerzen. Azora war sehr besorgt und ließ sogleich alle Essenzen, mit denen sie sich einzureiben pflegte, herbeibringen, um zu erproben, ob nicht eine davon das Milzleiden beheben könnte. Sie bedauerte sehr, daß der berühmte Hermes nicht mehr in Babylon war. Sie ließ sich sogar herbei, die Stelle zu befühlen, wo Cador so heftige Schmerzen empfand. »Leidet Ihr an diesem schrecklichen Übel?« fragte Azora mitleidig. – »Es bringt mich zuzeiten fast ins Grab«, antwortete Cador, »und es gibt nur ein einziges Mittel, das mir Linderung bringen kann: Man muß mir auf die schmerzende Stelle die Nase eines Menschen legen, der am Tage vorher gestorben ist.« – »Welch ein sonderbares Mittel!« rief Azora. »Es ist nicht sonderbarer als Herrn Arnoults* Beutelchen gegen den Schlagfluß.« Dieser Einwand und der Gedanke an die außerordentlichen Fähigkeiten des jungen Mannes ließen in Azora einen Entschluß reifen. »Wenn mein Mann bei seiner Wanderung aus der Welt von gestern in die Welt von morgen an die Brücke Tschinavat

* Zu jener Zeit kündete ein Babylonier namens Arnoult an, daß er Schlaganfälle mit einem um den Hals gehängten Beutelchen verhindere und heile.

kommt«, überlegte sie, »so wird ihm der Engel Asrael schließlich nicht den Übergang verwehren, nur weil seine Nase im zweiten Leben etwas kürzer ist, als sie im ersten war.« Sie nahm also ein Schermesser, ging zum Grabe ihres Gatten, vergoß heiße Tränen und schickte sich an, Zadig, der ausgestreckt im Sarge lag, die Nase abzuschneiden. Zadig hielt schützend eine Hand vor seine Nase, wehrte mit der anderen das Schermesser ab und richtete sich auf. »Madame«, sagte er zu Azora, »schmäht die junge Kosru nicht mehr so sehr. Die Absicht, mir die Nase abschneiden zu wollen, wiegt wohl den Entschluß auf, einen Bach abzuleiten.«

DRITTES KAPITEL
Der Hund und das Pferd

Zadig sollte bald erfahren, daß der erste Ehemonat der Honigmond, der zweite jedoch der Wermutmond ist, wie es im Buche Zend heißt. Nach kurzer Zeit mußte er Azora fortschicken, da das Zusammenleben mit ihr unerträglich geworden war. Er suchte fortan sein Glück im Studium der Natur. »Niemand ist glücklicher zu preisen als ein Philosoph, der in diesem großen Buch zu lesen weiß, das Gott vor unseren Augen aufgeschlagen hat«, sagte er sich. »Die Erkenntnisse, die er erringt, sind sein Eigentum, und er bildet und entwickelt dadurch seinen Geist. Er führt ein ruhiges Leben; er hat von den Menschen nichts zu fürchten, und keine zärtliche Ehefrau will ihm die Nase abschneiden.«

Diese Überlegungen bewogen ihn, sich in ein Landhaus am Euphratufer zurückzuziehen. Dort befaßte er sich nicht etwa damit, zu berechnen, wieviel Wasser in einer Sekunde unter einem Brückenbogen hindurchfließt oder ob im Mäusemonat ein Kubikzentimeter Regen mehr fällt als im Schafmonat. Er kam nicht auf den Einfall, Seide aus Spinnweben oder Porzellan aus zerbrochenen Flaschen herstellen zu wollen; nein, er studierte die Eigenschaften von Tieren und Pflanzen, und er schulte seinen Scharfsinn bald so weit, daß es ihm möglich war, unzählige Verschiedenheiten da herauszufinden, wo andere nichts als Gleichförmigkeit sahen.

Als er eines Tages am Rande eines Wäldchens spazierenging, sah er einen Eunuchen der Königin mit mehreren Offizieren auf sich zukommen. Sie waren alle ganz verstört und liefen aufgeregt bald hier-, bald dorthin, wie Menschen, die etwas Kostbares verloren haben. »Junger Mann«, rief ihm der Obereunuch zu, »habt Ihr nicht den Hund der Königin gesehen?« – »Es ist eine Hündin und kein Hund«, erwiderte Zadig bescheiden. »Ihr habt recht«, entgegnete der Obereunuch. »Es ist eine ganz kleine spanische Wachtelhündin«, fügte Zadig hinzu. »Sie hat erst vor kurzem geworfen, sie hinkt auf dem linken Vorderfuß und hat sehr lange Ohren.« – »Ihr habt sie also gesehen?« fragte der Obereunuch atemlos. – »Nein«, gab Zadig zur Antwort, »ich habe sie nicht gesehen und habe überhaupt nicht gewußt, daß die Königin eine Hündin hat.«

Durch eine Laune des Zufalls hatte sich just zu derselben Zeit das schönste Pferd aus dem Gestüt des Königs von seinem Stallknecht, der es hielt, losgerissen und war in die Ebene von Babylon entwichen. Der Oberstallmeister und alle anderen Gestütsbeamten liefen ebenso aufgeregt hinter ihm her wie der Obereunuch hinter der Hündin. Der Oberstallmeister wandte sich an Zadig mit der Frage, ob er das Pferd des Königs nicht gesehen hätte. »Es ist ein Pferd, das ausgezeichnet Galopp läuft«, erwiderte Zadig, »es ist fünf Fuß hoch, hat auffallend kleine Hufe und einen dreieinhalb Fuß langen Schweif. Die Buckel seines Zaumzeuges sind aus dreiundzwanzigkarätigem Gold, seine Hufeisen aus elflötigem Silber.« – »In welcher Richtung ist es gelaufen? Wo ist es?« wollte der Oberstallmeister wissen. – »Ich habe es nicht gesehen«, erwiderte Zadig, »und ich habe noch nie etwas von ihm gehört.«

Der Oberstallmeister und der Obereunuch zweifelten nicht daran, daß Zadig das Pferd des Königs und die Hündin der Königin gestohlen hätte. Sie ließen ihn vor den Großen Desturham laden, der ihn zur Knute und zu lebenslänglicher Verbannung nach Sibirien verurteilte. Kurz nachdem das Urteil verkündet worden war, fand man das Pferd und die Hündin wieder. Die Richter sahen sich vor die unangenehme Notwendigkeit gestellt, ihr Urteil zu widerrufen, doch wurde Zadig eine Geldstrafe von 400 Unzen Gold auferlegt für die unwahre Behauptung, nichts gesehen zu haben. Er mußte erst einmal diese Strafe bezahlen, worauf ihm zugestanden wurde, seine Sache vor dem Rat des Großen Desturham zu vertreten. Er sprach folgendermaßen:

»Sterne der Gerechtigkeit, Abgründe an Weisheit, Spiegel der Wahrheit, die Ihr die Schwere des Bleis, die Härte des Eisens, den Glanz des Edelsteins und viel Ähnlichkeit mit dem Golde habt – da es mir erlaubt ist, vor dieser erlauchten Versammlung zu sprechen, schwöre ich bei Ormuzd, daß ich weder die hochachtbare Hündin der Königin noch das geweihte Pferd des Königs jemals gesehen habe. Hört, was sich zugetragen hat: Ich machte einen Spaziergang nach dem Wäldchen, wo ich später dem verehrungswürdigen Eunuchen und dem erlauchten Oberstallmeister begegnete. Ich bemerkte im Sande die Spuren eines Tieres, und ich konnte ohne Schwierigkeiten feststellen, daß sie von einem kleinen Hund herrührten. Leichte, längliche Furchen, die sich zwischen den von den Pfoten herrührenden Spuren auf den kleinen Sanderhöhungen zeigten, brachten mich zu der Erkenntnis, daß es eine Hündin mit lang herabhängenden Zitzen war, die also erst wenige Tage vorher geworfen haben mußte. An ganz andersartigen Spuren, die, wie es schien, nur von einem leichten Streifen der Sandoberfläche zu beiden Seiten der Vorderpfoten herrührten, erkannte ich, daß die Hündin sehr lange Ohren haben mußte. Und da ich feststellte, daß der Sand von einer Pfote stets weniger niedergedrückt war als von den drei anderen, wurde mir klar, daß die Hündin unserer erlauchten Königin leicht hinkte – wenn ich so sagen darf.

Was das Pferd des Königs der Könige anbetrifft, so wisset,

daß ich bei meinem Spaziergang auf den Waldwegen die Spur von Pferdehufen bemerkte, die jeweils gleich weit voneinander entfernt waren. Schau, schau – ein Pferd, das ausgezeichnet Galopp läuft, sagte ich zu mir selber. Zu beiden Seiten eines schmalen, nur sieben Fuß breiten Weges war in einer Entfernung von dreieinhalb Fuß von der Mitte des Weges der Staub auf dem Laub der Bäume etwas fortgewischt. Das Pferd muß einen dreieinhalb Fuß langen Schweif haben, überlegte ich, und es hat damit durch das Hinundherbewegen den Staub gewissermaßen weggefegt. Unter den Bäumen, deren Zweige fünf Fuß hohe Bögen bildeten, sah ich frisch gefallene Blätter liegen: Das Pferd hatte also diese Bögen berührt und mußte demnach fünf Fuß hoch sein. Was das Zaumzeug des Pferdes betrifft, so mußte es aus dreiundzwanzigkarätigem Gold sein, denn es hatte seine Bügel an einem Stein gerieben, der mir nun als Prüfstein diente. Aus den Abschürfungen, die seine Eisen auf Kieselsteinen hinterlassen hatten, schloß ich, daß seine Hufe mit elflötigem Silber beschlagen waren.«

Alle Richter bewunderten die gründliche und scharfe Beobachtungsgabe Zadigs, und die Kunde davon drang bis zum König und zur Königin. In den Vorzimmern der Majestäten, in ihren Gemächern und Arbeitskabinetten wurde nur noch von Zadig gesprochen. Und obgleich einige Magier hartnäckig behaupteten, er wäre ein Hexenmeister und müßte verbrannt werden, befahl der König, ihm die vierhundert Unzen Gold, zu deren Zahlung er verurteilt war, zurückzuerstatten. Der Gerichtsschreiber, die Gerichtsdiener und die Anwälte kamen in großer Aufmachung zu ihm, um ihm seine vierhundert Unzen zurückzubringen. Sie behielten davon nur dreihundertachtundneunzig Unzen als Gerichtskosten zurück, und ihre Diener verlangten obendrein noch Trinkgelder!

Zadig sah ein, wie gefährlich Klugheit sein kann, und er nahm sich vor, das nächste Mal kein Wort über das, was er gesehen hatte, zu verlieren.

Diese Gelegenheit bot sich sehr bald. Aus dem Staatsgefängnis war ein Häftling entflohen und kam an Zadigs Fenster vorbei. Zadig wurde verhört, sagte aber nichts darüber aus. Man wies ihm jedoch nach, daß er gerade aus dem Fenster gesehen hatte, und verurteilte ihn wegen dieses Verbrechens zu einer Buße von fünfhundert Unzen Gold. Zadig mußte, wie es in Babylon Brauch war, den Richtern noch für ihre Nachsicht danken. »Großer Gott«, dachte er bei sich, »wie ist man zu bedauern, wenn man in einem Wald spazierengeht, durch den die Hündin der Königin und das Pferd des Königs gelaufen sind, wie gefährlich ist es, am Fenster zu sitzen! Und wie schwer ist es, auf dieser Erde glücklich zu sein.«

VIERTES KAPITEL
Der Neidische

Philosophie und Freundschaft sollten Zadig über die Schläge, die ihm das Schicksal erteilt hatte, hinwegtrösten. Er besaß in einem Vorort Babylons ein geschmackvoll eingerichtetes Haus, das eine Pflegestätte aller Künste und Vergnügungen war, die den Wünschen eines ehrenwerten Mannes entsprachen. Morgens stand seine Bibliothek allen Gelehrten offen, abends seine Tafel der guten Gesellschaft. Aber er sollte bald erfahren, wie gefährlich Wissenschaftler sind. Ein heftiger Streit war um ein Gebot Zarathustras entstanden, wonach der Genuß von Greifenfleisch verboten war. »Wie kann man verbieten, das Fleisch von Greifen zu essen, wenn dieses Tier überhaupt nicht existiert«, sagten die einen. »Da Zarathustra nicht will, daß man ihr Fleisch ißt, muß es solche Tiere geben«, meinten die anderen. Zadig legte sich ins Mittel und sagte beschwichtigend: »Wenn es Greife gibt, wollen wir ihr Fleisch nicht essen; gibt es aber keine, können wir gar kein Greifenfleisch essen, und so befolgen wir alle Zarathustras Gebot.«

Ein Gelehrter, der dreizehn Bände über die besonderen Eigenschaften der Greife geschrieben hatte und der überdies ein bedeutender Götterbeschwörer war, hatte nichts Eiligeres zu tun, als Zadig bei dem Erzmagier namens Yebor, dem dümmsten und mithin fanatischsten aller Chaldäer, anzuzeigen. Dieser Mann hätte Zadig zum allerhöchsten Ruhm der Sonne am liebsten pfählen lassen, um dann Zarathustras Brevier mit um so größerer Selbstzufriedenheit vortragen zu können. Zadigs Freund Cador – ein Freund ist mehr wert als hundert Priester – suchte den alten Yebor auf und sprach zu ihm: »Es lebe die Sonne und der Greif! Hütet Euch, Zadig zu strafen: er ist ein Heiliger! Er hält Greife in seinem Geflügelhof, aber er ißt kein Greifenfleisch. Dagegen ist der, der ihn anklagt, ein Ketzer. Er wagt es, zu behaupten, daß die Kaninchen Spaltfüße hätten und keine unreinen Tiere wären.« – »Nun ja«, sagte Yebor, während er seinen Kahlkopf hin und her wiegte, »Zadig muß wegen seiner schlechten Meinung von den Greifen gepfählt werden und der andere wegen seiner unrichtigen Äußerungen über die Kaninchen.« Cador brachte die Angelegenheit mit Hilfe eines Hoffräuleins, das von ihm ein Kind hatte und im Magierkollegium großes Ansehen genoß, in Ordnung. Niemand wurde gepfählt – eine Tatsache, über die verschiedene Doktoren murrten und auf Grund deren sie sogar den Verfall Babylons voraussagten.

»Von wie vielen Dingen hängt doch das Glück ab!« rief Zadig aus. »Alles verfolgt mich auf dieser Welt, sogar Geschöpfe, die überhaupt nicht existieren.« Er verwünschte die Gelehrten und wollte nur noch den Verkehr mit der guten Gesellschaft pflegen.

Zadig lud die angesehensten Männer und liebenswürdigsten Frauen von Babylon ein. Er gab erlesene Soupers, die oftmals durch ein Konzert eingeleitet und durch reizvolle Unterhaltungen gewürzt wurden. Zadig verstand nämlich, die Sucht, geistreich zu erscheinen, davon fernzuhalten, da sie ein sicheres Zeichen für den Mangel jeglichen Geistes ist und auch die glänzendste Gesellschaft verderben kann. Weder die Wahl seiner Freunde noch die der Speisen wurden von seiner Eitelkeit bestimmt, denn in allem zog er das Sein dem Scheinen vor, und gerade dadurch erwarb er sich jene aufrichtige Hochachtung, auf die er gar keinen Anspruch erhob.

Gegenüber von Zadig wohnte Arimazes, ein Mensch, dessen schlechter Charakter sich schon in seinen groben Zügen ausdrückte. Er war launisch, aufgeblasen und hochmütig und überdies ein langweiliger Schöngeist. Da er in der Gesellschaft niemals Erfolg gehabt hatte, rächte er sich an ihr durch üble Nachreden. Obgleich er sehr reich war, gelang es ihm nur mit Mühe, ein paar Speichellecker in sein Haus zu ziehen. Das Gerassel der Wagen, die abends bei Zadig vorfuhren, störte ihn, und die Lobpreisungen, die Zadig galten, quälten ihn noch mehr. Ab und zu kam er zu Zadig und setzte sich, ohne eingeladen zu sein, an den Tisch. Er verdarb der ganzen Gesellschaft die Stimmung, so wie man von den Harpyien sagt, daß jedes Stück Fleisch durch ihre Berührung giftig wird. Als er eines Tages zu Ehren einer Dame ein Fest veranstalten wollte, mußte er erleben, daß sie ihm eine Absage schickte und zu Zadig zum Abendessen ging. Ein andermal zogen Zadig und Arimazes bei einer Unterhaltung im Palast einen Minister ins Gespräch, der dann Zadig zum Abendessen zu sich bat, ohne jedoch Arimazes mit einzuladen. Wie oft hat der unerbittlichste Haß die geringfügigsten Ursachen! Dieser Mann, der in Babylon allgemein der »Neidische« hieß, wollte Zadig zugrunde richten, nur weil man ihn den »Glücklichen« nannte. Gelegenheit, Böses zu tun, bietet sich hundertmal am Tage, Gutes zu tun dagegen nur einmal im Jahre, wie Zarathustra sagt.

Eines Tages kam der Neidische zu Zadig, als dieser gerade mit zwei Freunden und einer Dame in seinem Garten spazierenging. Zadig machte der Dame gegenüber des öfteren galante Bemerkungen, jedoch ohne jede Nebenabsicht. Das Gespräch drehte sich um den Krieg, den der König gegen seinen Vasallen, den Fürsten von Hyrkanien, gerade siegreich beendet hatte. Zadig, der sich im Laufe dieses kurzen Krieges durch große Tapferkeit ausgezeichnet hatte, erging sich in Lobreden über den König, pries aber noch mehr die Dame. Er nahm sein

Schreibtäfelchen, schrieb aus dem Stegreif vier Verse darauf und gab sie der Schönen zu lesen. Seine Freunde baten ihn, die Verse ebenfalls lesen zu dürfen, was er jedoch aus Bescheidenheit oder vielmehr aus verständlicher Eigenliebe ablehnte, da er gar wohl wußte, daß Stegreifverse nur denen gefallen, für die sie bestimmt sind. Er zerbrach das Schreibtäfelchen und warf die beiden Hälften in einen Rosenstrauch, wo man sie vergeblich suchte. Ein feiner Regen setzte ein, und Zadig und seine Gäste kehrten ins Haus zurück. Der Neidische, der im Garten geblieben war, suchte so lange, bis er die eine Hälfte der Tafel gefunden hatte. Die Tafel war so gebrochen, daß jede Zeilenhälfte einen besonderen Sinn ergab und die ganze Vershälfte geradezu einen selbständigen Vers bildete. Aber ein merkwürdiger Zufall wollte es, daß dieser kleine Vers die abscheulichsten Verunglimpfungen des Königs enthielt:

Durch manchen Schurkenstreich
nimmt er den Thron fest ein,
Wo Friede herrscht im Reich,
ist er der Feind allein.

Zum ersten Mal in seinem Leben war der Neidische glücklich. Jetzt hatte er etwas in Händen, das ihm dazu verhelfen sollte, einen aufrechten und liebenswerten Menschen ins Verderben zu stürzen. Voller Schadenfreude sorgte er dafür, daß dieses von Zadig eigenhändig geschriebene Schmähgedicht bis zum König gelangte. Zadig, seine beiden Freunde und die Dame wurden ins Gefängnis geworfen und sein Prozeß gar schnell entschieden, ohne daß man ihn auch nur anzuhören geruhte. Als man Zadig zur Urteilsverkündung führte, kreuzte der Neidische seinen Weg und erklärte ihm laut und deutlich, seine Verse seien nichts wert. Zadig hatte sich niemals eingebildet, ein großer Dichter zu sein, aber er war verzweifelt darüber, daß er wegen Majestätsbeleidigung verurteilt werden sollte und daß eine schöne Dame und zwei Freunde wegen eines Verbrechens gefangengehalten wurden, das er nicht begangen hatte. Man hatte ihm nicht erlaubt zu reden, da sein Täfelchen deutlich genug sprach; so waren nun einmal die Gesetze in Babylon. Durch eine dichte Menge Neugieriger wurde er zum Richtplatz geführt, und keiner wagte es, ihn zu bedauern. Alle drängten sich heran, um den Ausdruck seines Gesichtes zu beobachten und um zu sehen, ob er mit Haltung und Würde den Tod erlitt. Nur seine Verwandten waren betrübt, weil sie nichts erbten. Drei Viertel seines Besitzes wurde zugunsten des Königs, ein Viertel zugunsten des Neidischen konfisziert.

Während Zadig sich zum Sterben bereitmachte, flog der Papagei des Königs von einem Balkon herunter auf einen Rosenstrauch in Zadigs Garten. Unter diesen Busch hatte der Wind einen Pfirsich von einem in der Nähe stehenden Pfirsichbaum geweht. Er war gerade auf ein Stück Schreibtafel gefallen und war daran festgeklebt. Der Papagei hob den Pfirsich mitsamt der Tafel auf und ließ sich damit auf dem Schoß des Königs nieder. Voller Neugier las der Monarch die völlig sinnlosen Worte, die anscheinend jedesmal den Schluß einer Verszeile bildeten. Er war ein eifriger Verehrer der Dichtkunst, und Fürsten, die Verse lieben, sind oft rettende Engel: Das Abenteuer mit seinem Papageien stimmte ihn nachdenklich. Die Königin wußte noch, was auf der einen Hälfte von Zadigs Täfelchen gestanden hatte, und ließ es sich bringen. Die beiden Stücke, die genau zueinander paßten, wurden zusammengesetzt, und nun las man die Verse so, wie Zadig sie geschrieben hatte:

Durch manchen Schurkenstreich sah ich die Erde wanken,
nimmt er den Thron fest ein, so weiß der König Rat.
Wo Friede herrscht im Reich, tritt Amor in die Schranken,
ist er der Feind allein, den man zu fürchten hat.

Der König befahl sogleich, Zadig zu ihm zu führen und seine beiden Freunde und die schöne Dame freizulassen. Zadig warf sich dem König und der Königin zu Füßen, berührte mit seiner Stirn den Boden und bat untertänigst um Verzeihung für seine schlechten Verse. Er sprach mit so viel Anmut, Geist und Vernunft, daß die Majestäten den Wunsch hatten, ihn baldigst wiederzusehen. Er kam und gefiel ihnen noch mehr. Man sprach ihm den gesamten Besitz des Neidischen zu, der ihn zu Unrecht beschuldigt hatte. Zadig gab ihm alles zurück, und doch empfand der Neidische lediglich darüber große Freude, daß ihm sein Hab und Gut nicht verlorengegangen war. Der König schätzte Zadig von Tag zu Tag mehr, er zog ihn zu allen Geselligkeiten heran und befragte ihn in allen Angelegenheiten um Rat. Die Königin betrachtete ihn fortan mit einem Wohlwollen, das nicht nur für sie selbst, sondern auch für den König, ihren erlauchten Gemahl, für Zadig und für das ganze Reich gefährlich werden konnte. Zadig begann zu glauben, daß es doch nicht allzu schwer wäre, glücklich zu sein.

FÜNFTES KAPITEL
Die Großmütigen

Es kam die Zeit, da man in Babylon ein großes, alle fünf Jahre wiederkehrendes Fest feierte. Nach altem Brauch wurde jedesmal nach Ablauf dieser Zeitspanne der Name desjenigen Bürgers feierlich verkündet, der inzwischen die hochherzigste Tat vollbracht hatte. Richter waren die Großen des Reiches und die Magier. Der Obersatrap, der die Stadt verwaltete, erstattete über die edelsten Handlungen, die sich während seiner Verwaltungszeit zugetragen hatten, Bericht. Darauf wurde abgestimmt, und der König verkündete das Ergebnis. Aus allen Teilen der Welt strömte das Volk zu dieser feierlichen Veranstaltung herbei. Der Preisgekrönte empfing aus den Händen des Monarchen einen goldenen, mit Edelsteinen verzierten Pokal, wobei der König folgende Worte sprach: »Nimm diesen Preis der Großmut entgegen. Mögen mir die Götter viele Untertanen schenken, die dir gleich sind.«

Dieser denkwürdige Tag war gekommen. Der König erschien auf seinem Thron, umgeben von den Großen des Reiches, den Magiern und den Abgesandten aller Nationen, die an dem Fest teilnahmen, bei welchem der Lorbeer nicht durch die Schnelligkeit der Pferde oder die Kraft des Körpers, sondern durch Tugendhaftigkeit erworben wurde. Mit lauter Stimme verkündete der Obersatrap die Taten, die wert waren, mit diesem unschätzbaren Preis belohnt zu werden. Er sprach jedoch nicht von der Hochherzigkeit, mit der Zadig dem Neidischen das gesamte Vermögen zurückgegeben hatte: Das war keine Tat, die einen solchen Preis verdiente.

Als ersten führte der Obersatrap einen Richter an, der einem Bürger seinen gesamten Besitz abgetreten hatte, weil dieser durch ein Versehen, für das der Richter nicht einmal verantwortlich war, einen bedeutenden Prozeß verloren hatte.

Sodann berichtete er von einem jungen Mann, der seine zukünftige Braut, die er über alles liebte, seinem Freund abgetreten hatte, weil diesen die Liebe zu dem jungen Mädchen fast in den Tod trieb. Obendrein hatte er seiner früheren Braut noch eine ansehnliche Mitgift ausgesetzt.

Schließlich ließ er einen Soldaten vortreten, der im Hyrkanischen Krieg ein wahrhaft leuchtendes Beispiel der Großmut gegeben hatte. Feindliche Soldaten wollten seine Mätresse entführen, was er mit aller Kraft zu verhindern suchte. Plötzlich wurde ihm zugerufen, daß ganz in der Nähe andere Hyrkanier seine Mutter fortschleppten. Weinend ließ er seine Geliebte im Stich, um seine Mutter zu befreien. Als er wieder zurückkehrte, lag seine Geliebte bereits im Sterben. Er wollte sich das Leben nehmen, aber seine Mutter erinnerte ihn daran, daß er ihre einzige Stütze sei, und das gab ihm den Mut, das Leben weiter zu ertragen.

Die Richter schienen sehr für den Soldaten eingenommen zu sein. Da ergriff der König das Wort und sprach: »Die Tat dieses Soldaten und auch die der anderen sind lobenswert, aber ich habe mich nicht darüber gewundert. Zadig dagegen hat mich gestern abend durch eine Tat in Erstaunen versetzt. Vor einigen Tagen habe ich meinen Minister und Günstling Koreb in Ungnaden entlassen, und als ich mich heftig über ihn beklagte, versicherten mir meine Höflinge, ich sei zu nachsichtig gewesen, und einer suchte den anderen in Schmähungen gegen Koreb zu übertreffen. Ich fragte Zadig, wie er über ihn dächte, und er wagte es, Gutes über Koreb zu sagen. Ich gebe zu: Es gibt in unserer Geschichte Beispiele dafür, daß jemand einen Irrtum mit seinem Vermögen bezahlt, seine Geliebte einem anderen überlassen oder seine Mutter der Geliebten vorgezogen hat. Aber ich habe noch nie gehört, daß ein Höfling einem in Ungnade gefallenen Minister, über den sein König sehr erzürnt war, Gutes nachgesagt hat! Ich bewillige jedem der Angeführten für seine großmütige Tat zwanzigtausend Goldstücke, den Pokal aber spreche ich Zadig zu.«

»Sire«, sagte Zadig, »Eurer Majestät allein gebührt der Pokal. Ihr habt die außergewöhnlichste Tat vollbracht, denn Ihr als König seid nicht über einen Sklaven, der Eurer Meinung widersprach, in Zorn geraten.«

Man bewunderte beide, den König und Zadig. Den Richter, der sein Vermögen geopfert, den Bräutigam, der seine Braut mit seinem Freund vermählt hatte, und den Soldaten, dem das Wohl seiner Mutter höher stand als das seiner Geliebten – sie alle bedachte der König mit Geschenken, und ihre Namen wurden in das Buch der Großmütigen eingetragen. Zadig aber erhielt den Pokal. Der König erwarb sich den Ruf, ein guter Fürst zu sein, jedoch nicht für lange Zeit. Jener Tag wurde durch sehr ausgedehnte Festlichkeiten gefeiert, die die im Gesetz vorgeschriebene Dauer weit überschritten, und noch heute lebt die Erinnerung daran in Asien fort. Zadig dachte bei sich: »Nun bin ich doch glücklich.« Aber er täuschte sich.

SECHSTES KAPITEL
Der Minister

Der König hatte seinen ersten Minister verloren, und es war sein Wunsch, daß Zadig diesen Posten übernahm. Alle Schönen in Babylon waren begeistert von dieser Wahl, denn seit der Gründung des Reiches hatte es noch niemals einen so jungen Minister gegeben; alle Höflinge dagegen waren wütend. Der

Neidische spie sogar Blut, und seine Nase schwoll gewaltig an. Nachdem Zadig dem König und der Königin gedankt hatte, ging er zum Papageien, um sich auch bei ihm zu bedanken. »Schöner Vogel«, sprach er zu ihm, »dir allein schulde ich mein Leben und meine Ministerwürde. Die Hündin und das Pferd der Majestäten haben mir viel Böses zugefügt, du aber hast mir Gutes getan. Wovon hängt doch oft das Schicksal eines Menschen ab! Aber«, fügte er hinzu, »ein so außergewöhnliches Glück ist vielleicht nicht von langer Dauer.« »Nein«, antwortete der Papagei. Dieses Wort befremdete Zadig. Da er jedoch ein zu guter Naturkenner war, als daß er den Papagei für einen Propheten gehalten hätte, beruhigte er sich schnell wieder und bemühte sich, nach besten Kräften seines Amtes zu walten. Er ließ jedermann die Macht und Heiligkeit der Gesetze fühlen, niemanden hingegen das Gewicht seiner eigenen Würde. Niemals suchte er bei einer Abstimmung im Diwan seinen Einfluß geltend zu machen, und jeder Wesir durfte unumwunden seine Meinung äußern. Wenn er über eine Sache zu richten hatte, so war nicht seine Ansicht entscheidend, sondern das Gesetz. Waren die gesetzlichen Bestimmungen zu hart, so milderte er sie, versagte jedoch das Gesetz, so schuf sein Gerechtigkeitssinn eines, das man für ein Gebot Zarathustras hätte halten können.

Von Zadig stammt auch der bedeutsame Grundsatz, der noch heute bei allen Völkern Gültigkeit hat: Lieber sich der Gefahr aussetzen, einen Schuldigen freizusprechen, als einen Unschuldigen verurteilen. Er war der Ansicht, daß die Gesetze nicht nur dazu da seien, die Menschen einzuschüchtern, sondern auch um sie zu schützen. Er hatte ein besonderes Talent, die Wahrheit, die von allen Menschen so gern bemäntelt wird, ans Licht zu bringen.

Vom ersten Tage seiner Amtstätigkeit an machte er von dieser großen Gabe Gebrauch. Ein angesehener Handelsherr aus Babylon war in Indien gestorben. Er hatte seine beiden Söhne zu gleichen Teilen als Erben eingesetzt, unter der Bedingung, daß sie ihre Schwester angemessen ausstatteten. Außerdem vermachte er demjenigen seiner Söhne dreißigtausend Goldstücke, der bewies, daß er mit größerer Liebe an seinem Vater hing. Der Ältere errichtete ihm ein Grabmal, der zweite erhöhte durch einen Teil seines Erbes die Mitgift seiner Schwester. »Der Ältere liebt seinen Vater am meisten«, sagten alle, »der jüngere ist der Schwester mehr zugetan; dem Älteren stehen also die dreißigtausend Goldstücke zu.«

Zadig ließ einen nach dem anderen zu sich kommen. »Euer Vater ist gar nicht tot«, sagte er zu dem Älteren, »er ist von seiner Krankheit genesen und kehrt nach Babylon zurück.« »Gott sei Lob und Dank«, erwiderte der junge Mann. »Was wird nun aber aus dem Grabmal, das mich so viel Geld gekostet hat?« Zadig sagte darauf dem jüngeren Bruder das gleiche. »Gott sei gelobt«, antwortete er, »ich will meinem Vater alles, was er mir vermacht hat, zurückgeben, ich möchte nur, daß meine Schwester das, was ich ihr gegeben habe, behalten darf.« – »Nichts braucht Ihr zurückzugeben«, sagte Zadig, »und Ihr sollt überdies die dreißigtausend Goldstücke bekommen, denn Ihr liebt Euren Vater am meisten.«

Ein sehr reiches junges Mädchen hatte zwei Magiern die Ehe versprochen, und nachdem ihr beide einige Monate lang Unterricht erteilt hatten, sah sie sich in guter Hoffnung. Alle beide wollten sie heiraten. »Ich will denjenigen zum Mann nehmen, dem ich es verdanke, daß ich dem Staat einen Bürger schenken kann.« – »Ich habe dieses gute Werk vollbracht«, sagte der eine. »Mir gebührt der Vorzug«, sagte der andere. »Nun wohl«, entgegnete sie, »ich erkenne denjenigen als Vater meines Kindes an, der ihm die beste Erziehung zuteil werden läßt.« Sie schenkte einem Knaben das Leben, und jeder der Magier wollte seine Erziehung übernehmen. Der Fall wurde Zadig vorgetragen, und dieser beschied die beiden Magier zu sich. »Was willst du den Knaben lehren?« fragte er den ersten. »Ich werde ihn die acht Redeteile lehren«, erwiderte der Doktor, »ferner in der Dialektik, der Astrologie und der Dämonomanie unterrichten. Ich will ihn des weiteren über die Begriffe Substanz und Akzidens aufklären, über das Konkrete und Abstrakte, über die Monaden und die ewige prästabilierte Harmonie.« – »Ich dagegen«, sagte der zweite, »will versuchen, ihn zu einem aufrechten Menschen zu erziehen, der es wert ist, Freunde zu haben.« Zadig entschied: »Ob du der Vater des Kindes bist oder nicht – du sollst seine Mutter heiraten.«

SIEBENTES KAPITEL
Streitigkeiten und Audienzen

So offenbarte sich tagtäglich Zadigs durchdringender Verstand und seine Herzensgüte. Man bewunderte ihn – und liebte ihn trotzdem, und man hielt ihn für den glücklichsten Menschen unter der Sonne. Sein Name war in aller Munde, seine Gerechtigkeit wurde von allen Bürgern gepriesen, und alle Frauen liebäugelten mit ihm. Die Gelehrten hielten sein Urteil für schlechthin unfehlbar, und sogar die Priester gaben zu, daß er mehr wisse als der alte Erzmagier Yebor. Kein Mensch dachte mehr daran, ihm wegen des Greifes den Prozeß zu machen. Man glaubte nur noch das, was ihm glaubhaft erschien.

Seit fünfzehn Jahrhunderten gab es in Babylon einen hartnäckigen Streit, der die Staatsbürger in zwei feindliche Gruppen teilte. Die einen behaupteten, man dürfe den Tempel des Mithra nur mit dem linken Fuß zuerst betreten, die anderen hielten diesen Brauch für einen Frevel und traten nur mit dem rechten Fuß zuerst ein. Das hohe Fest des Heiligen Feuers wurde mit Spannung erwartet, da man wissen wollte, zu welcher Sekte sich Zadig bekannte. Die Augen der Welt waren auf Zadigs Füße gerichtet, und in der ganzen Stadt herrschte Aufregung und Spannung. Zadig sprang mit beiden Füßen in den Tempel hinein und setzte dann in einer glänzenden Rede auseinander, daß der Herrscher über Himmel und Erde, bei dem kein Ansehen der Person gelte, weder das rechte Bein höher bewerte als das linke, noch umgekehrt.

Der Neidische und seine Frau behaupteten, daß Zadigs Rede

zu arm an schönen, bilderreichen Wendungen gewesen sei und nicht dazu angetan, das Weltall zu erschüttern. »Er ist trocken und geistlos«, sagten sie, »die Macht seines Wortes vermag nicht das Meer zurückzudämmen, die Sterne vom Himmel zu holen und die Sonne wie Wachs schmelzen zu lassen. Der gute orientalische Stil fehlt ihm ganz und gar.« Zadig begnügte sich damit, einen vernünftigen Stil zu haben. Alle standen auf seiner Seite, aber nicht, weil er auf dem rechten Wege oder weil er vernünftig und liebenswürdig war, sondern weil er der erste Wesir war!

Den großen Prozeß der weißen Magier gegen die schwarzen brachte Zadig ebenfalls zu einem glücklichen Ende. Die weißen behaupteten, es sei Sünde, beim Gebet das Antlitz nach Nordosten zu wenden. Die schwarzen dagegen versicherten, daß die Gebete der Menschen, die sich nach Südwesten wendeten, von Gott mit dem größten Widerwillen aufgenommen würden. Zadig ließ bekanntgeben, daß sich jeder kehren und wenden könne, wohin er wolle.

Dank seines Organisationstalentes wußte er es so einzurichten, daß er vormittags alle privaten und öffentlichen Angelegenheiten erledigte; für den Rest des Tages widmete er sich der Verschönerung von Babylon. Er ließ Trauerspiele aufführen, bei denen die Zuschauer zu Tränen gerührt wurden, oder Lustspiele, über die man herzlich lachte. Seit langem waren solche Aufführungen aus der Mode gekommen, Zadig aber führte sie wieder ein, denn er hatte Geschmack. Er behauptete nicht, daß er von der Kunst mehr verstände als die Künstler selbst. Er belohnte sie durch Geschenke und Auszeichnungen und war auch im Grunde nicht eifersüchtig auf ihr Talent. Abends pflegte er den König und besonders die Königin zu unterhalten. Der König sagte: »Der *große* Minister«, die Königin: »Der *liebenswürdige* Minister.« Und beide fügten hinzu: »Es wäre jammerschade gewesen, wenn man ihn gehängt hätte.«

Niemals mußte ein Mann in seinem Amt den Damen so viele Audienzen gewähren wie Zadig. Die meisten sprachen von

Geschäften, die sie gar nicht hatten, nur um welche mit ihm zu haben. Die Frau des Neidischen kam als eine der ersten. Sie schwor bei Mithra, beim Zend-Avesta und beim Heiligen Feuer, daß sie die Handlungsweise ihres Mannes verabscheut hätte. Sie vertraute ihm noch an, daß ihr Mann ein eifersüchtiger und brutaler Patron wäre, und gab Zadig zu verstehen, daß die Götter ihn straften, indem sie ihm die wohltätigen Wirkungen des Heiligen Feuers versagten, durch die allein ein Mensch sich zu den Unsterblichen erhebt – und schließlich ließ sie ihr Strumpfband fallen. Zadig hob es mit gewohnter Höflichkeit auf, legte es aber nicht wieder um das Knie der Dame. Diese kleine Verfehlung – wenn man hier überhaupt von einer solchen sprechen kann – wurde die Ursache schrecklicher Mißhelligkeiten. Zadig hatte den Vorfall schnell vergessen; um so mehr aber dachte die Frau des Neidischen daran.

Es gab verschiedene Damen, die tagtäglich bei Zadig erschienen. In der Geheimchronik Babylons ist verzeichnet, daß er einmal den Reizen einer Frau erlag, jedoch genoß er die Freuden der Liebe ohne jegliche Wollust, und das Erlebnis ließ ihn zu seinem eigenen Erstaunen völlig kalt. Die Frau, der er seine Gunst bezeigte, fast ohne sich dessen recht bewußt zu werden, war eine Kammerzofe der Königin Astarte. Diese zärtliche Babylonierin suchte sich selbst zu trösten, indem sie sich sagte: »Dieser Mann muß wohl seinen Kopf schrecklich voll haben, wenn nicht einmal die Liebe ihn von seinen Staatsgeschäften abzulenken vermag.« In einem Augenblick, da ein Mensch gewöhnlich sich dem Schweigen überläßt oder nur heilige Worte stammelt, entschlüpfte Zadig der Ausruf: »O Königin!« Die Babylonierin glaubte, daß er sich endlich wieder auf sich selbst besonnen hätte und sie »Meine Königin« nannte. Aber Zadig sprach in seiner Zerstreutheit auch noch den Namen »Astarte« aus. Die Dame, die in ihrer Verzückung alles zu ihren Gunsten auslegte, bildete sich ein, Zadig habe sagen wollen, sie sei schöner als die Königin Astarte.

Reich beschenkt verließ sie Zadigs Serail und erzählte ihrer intimsten Freundin, der Neidischen, sogleich ihr Erlebnis, Diese war aufs tiefste beleidigt, daß Zadig einer anderen den Vorzug gegeben hatte. »Er hat sich nicht einmal herabgelassen, mir das Strumpfband wieder anzulegen«, rief sie, »ich mag es gar nicht mehr tragen.« – »Ei, ei«, sagte die Beglückte zur Neidischen, »du trägst ja dieselben Strumpfbänder wie die Königin, kaufst du sie denn bei derselben Putzmacherin?« Die Neidische gab keine Antwort, versank lange in tiefes Sinnen und eilte dann zu ihrem Mann, dem Neidischen, um sich Rat zu holen.

Inzwischen bemerkte Zadig, daß er stets zerstreut war, wenn er Audienzen erteilte oder seines Richteramtes waltete. Er wußte nicht, welchem Umstand er das zuschreiben sollte, und das war sein einziger Kummer.

Zadig hatte einen Traum: Es war ihm, als läge er anfangs auf dürrem Gras, wobei ihn einige spitze Halme belästigten. Dann aber ruhte er plötzlich herrlich weich auf einem Lager von Rosenblättern, doch eine Schlange kroch daraus hervor und bohrte ihm ihren spitzen Giftzahn mitten ins Herz. »Ach«, rief er, »lange habe ich auf hartem, dürrem Gras gelegen, und jetzt bin ich auf Rosen gebettet. Wer aber wird die Schlange sein?«

ACHTES KAPITEL
Die Eifersucht

Zadigs Glück und vor allem seine Fähigkeiten wurden die Ursache seines Mißgeschickes. Täglich hatte er Unterredungen mit dem König und seiner hohen Gemahlin, und seine Unterhaltungskunst gewann immer mehr an Reiz durch seinen Wunsch, den Majestäten zu gefallen – ein Bestreben, das die Wirkung des Geistes ebenso erhöht wie ein Schmuckstück die Schönheit. Seine Jugend und Anmut machten auf Astarte unmerklich einen tiefen Eindruck, dessen sie sich anfangs nicht bewußt wurde, und in ihrer Unschuld nährte sie selbst ihre Leidenschaft. Ohne Bedenken und ohne Furcht genoß sie voller Freude die Gegenwart und die Gespräche eines Mannes, den ihr Gemahl sehr hoch schätzte und der dem Staat wertvolle Dienste leistete. Sie konnte ihn dem König gegenüber nicht genug loben. Ihre Hofdamen, denen sie von Zadig erzählte, übertrafen sie sogar noch in ihren Lobpreisungen, und so wurde Zadig ihrem Herzen immer teurer, ohne daß sie sich Rechenschaft darüber ablegte. Die Geschenke, die sie Zadig machte, zeigten ihr Wohlwollen deutlicher, als es in ihrer Absicht lag. Sie war in dem Glauben, daß ihre Art, mit ihm zu reden, lediglich die einer Königin wäre, die mit den Diensten ihres Ministers zufrieden ist; zuweilen aber verrieten ihre Worte nur allzu deutlich ihre Gefühle.

Astarte war viel schöner als jene Semira, die so großen Abscheu vor Einäugigen empfand, und auch schöner als seine zweite Frau, Azora, die ihrem Gatten die Nase abschneiden wollte. Astartes Vertraulichkeit, ihre zärtlichen Worte, die ihr selbst das Blut in die Wangen trieben, ihre Blicke, die sie abzuwenden suchte und die doch immer wieder an den seinen hafteten – all das entzündete in Zadigs Herzen ein verzehrendes Feuer, worüber er selbst ganz bestürzt war. Mit aller Kraft kämpfte er gegen seine Leidenschaft und flüchtete sich in die Philosophie, die ihm bisher stets geholfen hatte. Wohl kamen ihm durch sie neue Erkenntnisse, aber keinerlei Erleichterung oder Trost. Die verletzte Schuldigkeit, Dankbarkeit und Herrscherwürde standen als rächende Götter vor seinem geistigen Auge. Er wehrte sich gegen seine Gefühle und ging als Sieger aus dem Kampf hervor. Aber dieser Sieg, den er immer wieder neu erringen mußte, kostete ihn Seufzer und Tränen. Er wagte nicht mehr, mit jener entzückenden Unbefangenheit zu der Königin zu sprechen, die für beide so viel Reiz gehabt hatte. Seine Blicke verdüsterten sich, seine Worte klangen gezwungen und zusammenhanglos. Er senkte die Augen, und wenn seine Blicke einmal ungewollt auf Astarte ruhten, so begegneten sie den tränenumflorten Blicken der Königin, doch unter den Tränen loderten ihm Flammen entgegen. »Wir beten uns

an«, schienen sie zu sagen, »aber wir fürchten uns vor unserer Liebe. Uns beide verzehrt eine Glut, die wir selbst verdammen.«

Jedesmal, wenn Zadig die Königin verließ, war er verwirrt und bestürzt, und sein Herz war bedrückt von einer Last, die es nicht mehr zu tragen vermochte. In seiner ungeheuren Aufregung offenbarte er sein Geheimnis seinem Freunde Cador, so wie ein Mensch, der lange Zeit die größten Qualen still ertragen hat, nun bei einem neuen Anfall seine Leiden durch einen gellenden Schrei und die Schweißtropfen, die seine Stirn bedecken, verrät.

»Ich habe die Gefühle, die du mir selbst verhehlen wolltest, längst erraten«, sagte Cador zu ihm. »Die Liebe verrät sich durch untrügliche Zeichen. Und da sogar ich den Zustand deines Herzens erkannt habe, glaubst du nicht, lieber Zadig, daß auch der König die Gefühle entdeckt hat, die für ihn eine Beleidigung und Herausforderung bedeuten? Der einzige Fehler, den der König hat, ist seine unbändige Eifersucht. Du widerstehst deiner Leidenschaft leichter als die Königin der ihren – denn du bist ein Philosoph, du bist Zadig. Astarte aber ist eine Frau. Sie läßt ihre Augen mit um so größerer Unvorsichtigkeit sprechen, je unschuldiger sie sich wähnt. Ihre Unschuld wiegt sie in Sicherheit, und so wahrt sie leider den äußeren Schein nur sehr unvollkommen. Ich zittere für sie, solange sie sich nichts vorzuwerfen hat. Wäret ihr euch einig, so könntet ihr alle anderen leicht täuschen. Eine wachsende, zurückgedämmte Leidenschaft verrät sich, eine Neigung aber, die ihre Erfüllung gefunden hat, weiß sich zu verbergen.« Zadig erschauerte bei dem Gedanken, den König, seinen Wohltäter, zu hintergehen. Niemals war seine Ergebenheit dem König gegenüber größer gewesen als in dem Augenblick, da er sich eines ungewollten Vergehens an ihm schuldig fühlte. Die Königin erwähnte jedoch so häufig den Namen Zadig, und ihre Wangen röteten sich lebhaft dabei, sie war zuweilen so angeregt, aber dann wieder verwirrt, wenn sie in des Königs Gegenwart mit Zadig sprach, und sie versank in so tiefe Versonnenheit, wenn er fortging, daß der König unruhig wurde. Er glaubte alles, was er sah, und malte sich all das aus, was seinen Blicken entging. Vor allem fiel ihm auf, daß seine Frau blaue Pantoffeln trug und daß Zadigs Pantoffeln von der gleichen Farbe waren, daß die Bänder, mit denen die Königin sich schmückte, gelb waren und daß auch Zadig ein gelbes Barett trug: Das waren erschrekkende Verdachtsmomente für einen empfindlichen Fürsten! Seine Vermutungen wurden in seinem verbitterten Gemüt bald zur Gewißheit.

Alle Sklaven, die Könige und Königinnen umgeben, sind zugleich Spione, die jede Regung ihrer Herzen belauern. Nur allzubald hatten sie herausgefunden, daß Astarte verliebt und Moabdar eifersüchtig war. Der Neidische hatte seine Frau veranlaßt, dem König ihr Strumpfband zu übersenden, das dem der Königin glich und zu allem Unglück auch noch blau war. Der König sann nur noch darüber nach, wie er sich rächen könnte. Eines Nachts beschloß er, beim Morgengrauen die Königin vergiften und Zadig erdrosseln zu lassen, und erteilte den Befehl einem erbarmungslosen Eunuchen, der der Vollstrecker aller königlichen Rachegelüste war. Zufällig befand sich ein Zwerg im Gemach des Königs, der zwar stumm, aber nicht taub war. Man duldete ihn überall wie eine Art Haustier, und so wurde er Zeuge der geheimsten Dinge.

Dieser kleine Stumme war der Königin und Zadig tief ergeben. Ganz bestürzt und voller Entsetzen vernahm er das über sie verhängte Todesurteil. Was war zu tun, um diesem schauerlichen Befehl, der innerhalb weniger Stunden ausgeführt werden sollte, zuvorzukommen? Schreiben konnte er nicht, aber man hatte ihn malen gelehrt, und er traf vor allem ganz erstaunlich die Ähnlichkeit der Gegenstände. Fast die ganze Nacht hindurch zeichnete er alles auf, wovon er die Königin benachrichtigen wollte. In seiner Zeichnung war in der Ecke der wutentbrannte König dargestellt, wie er seinem Eunuchen einen Befehl erteilt. Auf dem Tisch sah man neben einer Vase eine blaue Schnur, blaue Strumpfbänder und gelbe Schleifen. In der Mitte des Bildes lag die sterbende Königin in den Armen ihrer Frauen und Zadig erdrosselt zu ihren Füßen. Am Horizont ging die Sonne auf, um anzudeuten, daß diese grauenvolle Urteilsvollstreckung beim Morgengrauen stattfinden sollte. Kaum hatte er sein Werk vollendet, so eilte der Zwerg zu einer Kammerfrau Astartes, weckte sie und gab ihr zu verstehen, daß das Bild unverzüglich der Königin überbracht werden müßte.

Unterdessen wurde um Mitternacht an Zadigs Tür geklopft. Man weckte Zadig und übergab ihm ein Briefchen der Königin. Er glaubte zu träumen und öffnete das Schreiben mit zitternden Händen. Wie groß war seine Bestürzung und seine Verzweiflung, als er folgende Worte las: »Fliehet augenblicklich, sonst kostet es Euch das Leben. Fliehet, Zadig, ich befehle es Euch im Namen unserer Liebe und meiner gelben Bänder. Ich habe keine Schuld auf mich geladen, aber ich fühle, daß ich bald wie eine Schuldige sterben muß.«

Zadig hatte kaum die Kraft zu sprechen. Er ließ Cador herbeiholen und übergab ihm ohne ein Wort der Erklärung den Brief. Cador drang in Zadig, den Befehl der Königin zu befolgen und sofort nach Memphis zu entfliehen. »Wenn du es wagst, die Königin aufzusuchen«, sagte er zu Zadig, »so beschleunigst du nur ihren Tod. Wendest du dich an den König, so verlierst du sie ebenfalls. Ich will die Sorge um ihr Geschick auf mich nehmen, kümmere du dich um dein eigenes. Ich verbreite das Gerücht, du wärest nach Indien gereist. Ich folge dir bald und werde dir berichten, was in Babylon geschehen ist.«

Cador ordnete sogleich an, die zwei schnellsten Kamele an eine Geheimpforte des Palastes zu führen, und ließ Zadig, der am Ende seiner Kräfte war, aufsitzen. Ein einziger Diener begleitete ihn, und bald hatte Cador, der Zadig verwundert und tieftraurig nachblickte, seinen Freund aus den Augen verloren.

Als der erlauchte Flüchtling den Kamm eines Berges erreicht hatte, von dem aus Babylon zu übersehen war, wandte er seine Blicke dem Palast der Königin zu und sank ohnmächtig zusammen. Sobald er wieder zum Bewußtsein gekommen war, weinte er bitterlich und hatte nur den einen Wunsch: zu sterben. Als er aber an das beklagenswerte Geschick der liebenswertesten aller Frauen, die zugleich die erste Königin der Welt war, dachte, besann er sich und rief: »Was ist das menschliche Leben! O Tugend, was hast du mir genützt? Zwei Frauen haben mich schändlich betrogen, die dritte, die schöner als die anderen und ohne Fehl ist, soll sterben! Alles Gute, was ich getan habe, ist mir zum Verhängnis geworden, und ich habe den Gipfel der Größe nur erreicht, um desto tiefer ins Unglück zu stürzen. Wäre ich so schlecht gewesen wie andere, wäre ich so glücklich geworden wie sie.« In trübe Gedanken versunken, mit blutendem, von tiefer Verzweiflung zerrissenem Herzen, trauerumflorten Augen und totenblassem Antlitz setzte Zadig seine Reise nach Ägypten fort.

NEUNTES KAPITEL
Die mißhandelte Frau

Zadig richtete seinen Weg nach dem Stand der Gestirne: Der Orion und der strahlende Sirius wiesen ihn nach dem Hafen von Kanopos. Voller Bewunderung schaute er zu den riesigen Lichtkugeln auf, die unseren Augen nur wie schwache Lichter erscheinen, während die Erde, die in Wirklichkeit nur ein unscheinbarer Punkt im Weltall ist, uns überhebliche Wesen so groß und herrlich dünkt. Er stellte sich die Menschen so vor, wie sie tatsächlich sind, nämlich als Würmchen, die sich auf einem winzigen Häufchen Schmutz gegenseitig verschlingen. Diese lebendige Vorstellung ließ ihn sein Mißgeschick vergessen, weil sie ihn die Nichtigkeit der eigenen Existenz und der Babylons erkennen ließ. Seine Seele erhob sich ins Unendliche, wo sich ihr, die nun losgelöst von allem Körperlichen war, die unwandelbare Ordnung des Weltalls erschloß. Als er sich aber wieder auf sich selbst besann, den Schlag seines Herzens fühlte und daran dachte, daß Astarte vielleicht um seinetwillen hatte sterben müssen – da versank das Weltall vor seinen Augen; er sah nichts mehr von der Natur, die ihn umgab, er sah nur Astarte, die ihr Leben aushauchte, und einen unglücklichen Zadig.

Während er sich bald tiefgründigen philosophischen Betrachtungen hingab, bald vom bittersten Schmerz übermannt wurde, kam er der ägyptischen Grenze immer näher. Sein treuer Diener war bereits in den ersten Marktflecken vorausgeeilt, um Unterkunft für sie zu suchen. Zadig machte unterdessen einen Spaziergang durch die Gärten, die den Ort umsäumten. In der Nähe der Landstraße sah er plötzlich eine bitterlich weinende Frau, die Himmel und Erde um Hilfe anflehte, während ein wutentbrannter Mann hinter ihr her lief. Als er sie eingeholt hatte, warf sie sich vor ihm nieder und umklammerte seine Knie; der Mann aber überhäufte sie mit Vorwürfen und versetzte ihr heftige Schläge. Zadig schloß aus der Wut des Ägypters und den flehentlichen Bitten der Frau, ihr Verzeihung zu gewähren, daß er eifersüchtig und sie untreu war. Als er jedoch die Frau, die von rührender Schönheit war und der unglücklichen Astarte etwas ähnelte, näher betrachtete, empfand er großes Mitgleid mit ihr und Abscheu gegen den Ägypter: »Helft mir«, rief sie Zadig schluchzend zu, »rettet mich aus den Händen des rohesten aller Männer, rettet mein Leben!« Auf diese Rufe hin eilte Zadig herzu und warf sich zwischen die Frau und den wütenden Barbaren. Zadig sprach etwas Ägyptisch und redete den Mann in dieser Sprache an: »Wenn Ihr nur das geringste Gefühl für Menschlichkeit habt, so beschwöre ich Euch, nehmt Rücksicht auf die Schönheit und Schwäche der Frau. Wie könnt Ihr ein Wunderwerk der Natur so schmähen, das vor Euch auf den Knien liegt und sich mit nichts anderem als mit Tränen verteidigen kann.« – »Ha«, schrie ihn der Rasende an, »du liebst sie also auch? Dafür muß ich mich an dir rächen.« Während er so sprach, ließ er die Frau, die er an den Haaren gehalten hatte, los und ergriff seine Lanze, um den Fremden zu durchbohren. Zadig, der seine Kaltblütigkeit bewahrte, wehrte den Stoß des wütenden Mannes geschickt ab und faßte die Lanze am oberen Ende. So versucht einer dem andern die Lanze mit aller Kraft zu entreißen, bis die Waffe schließlich zerbricht. Der Ägypter zieht sein Schwert, Zadig ergreift das seine, und beide stürzen aufeinander los. Der Ägypter teilt hundert unüberlegte Schläge aus, die Zadig gewandt pariert. Die Frau hat sich unterdessen auf dem Rasen niedergelassen, bringt ihr Haar in Ordnung und sieht den beiden zu. Der Ägypter ist stärker, aber nicht so gewandt wie sein Gegner. Zadigs Stöße sind wohlüberlegt. Der andere dagegen, der ein Hitzkopf ist, läßt sich von seinem blinden Zorn leiten und schlägt einfach darauf los. Zadig übermannt ihn schließlich und entwindet ihm das Schwert. Und während der immer rasender werdende Ägypter sich auf Zadig stürzen will, packt ihn dieser, umklammert ihn, wirft ihn zu Boden und setzt ihm das Schwert auf die Brust. Zadig ist bereit, ihm das Leben zu schenken, wenn er sich ergibt. Der Ägypter aber, der völlig außer sich ist, zieht seinen Dolch und verwundet den Sieger gerade in dem Augenblick, da dieser ihm vergeben will. Zadig, der aufs höchste empört ist, bohrt ihm sein Schwert ins Herz. Der Ägypter stößt einen gräßlichen Schrei aus, schlägt um sich und stirbt.

Darauf näherte sich Zadig der Frau und sprach in demütigem Ton: »Er hat mich gezwungen, ihn zu töten; nun habe ich Euch gerächt. Ihr seid von dem gewalttätigsten Menschen, den ich je gesehen habe, befreit. Was wünscht Ihr noch, Madame?« – »Daß du tot wärest, du Schuft«, antwortete sie, »daß du tot wärest! Du hast meinen Geliebten umgebracht, dafür möchte ich dir das Herz aus der Brust reißen.« – »Wahrhaftig, Verehrteste, Ihr habt da einen merkwürdigen Liebhaber gehabt«, entgegnete Zadig, »er hat Euch aus Leibeskräften verprügelt, und mir wollte er ans Leben, weil Ihr mich um Hilfe batet.« – »Ich wollte, er schlüge mich noch«, fuhr die Dame fort, während sie laut aufweinte, »ich habe es wohl verdient, ich habe ihm Grund genug zur Eifersucht gegeben. Wollte der Himmel, er schlüge mich noch, und Ihr wäret statt seiner tot!« Nie in seinem Leben war Zadig so überrascht und so zornig gewesen. »Madame«, rief er, »so schön Ihr auch seid, Ihr verdientet auch von mir noch Prügel, weil Ihr so unberechenbar seid. Doch ich werde mir die Mühe sparen.« Damit bestieg er sein Kamel und ritt dem Marktflecken zu. Kaum hatte er sich jedoch einige Schritte entfernt, als ihn ein ungeheurer Lärm, der von vier babylonischen Kurieren herrührte, veranlaßte, sich umzuwenden. Sie galoppierten heran, und als einer von ihnen die Frau erblickte, rief er: »Das ist sie. Sie sieht geradeso aus, wie man sie uns beschrieben hat.« Und ohne sich um den Toten zu kümmern, bemächtigten sie sich gewaltsam der Dame, die nun unaufhörlich Zadig anflehte: »Helft mir noch einmal, hochherziger Fremder. Verzeiht mir, daß ich Euch geschmäht habe. Helft mir, und ich will Euch bis ans Ende meiner Tage gehören.« Zadig war die Lust vergangen, sich noch einmal für sie einzusetzen. »Sucht Euch einen anderen«, erwiderte er, »mich könnt Ihr nicht noch einmal anführen.«

Zadig war übrigens verwundet, das Blut rann ihm herab, und er brauchte Hilfe. Der Anblick der vier Babylonier, die wahrscheinlich Boten König Moabdars waren, hatte ihn mit Besorgnis erfüllt. Er eilte dem Dorfe zu, ohne sich darüber klarzuwerden, warum die vier Babylonier die Ägypterin entführt hatten. Was ihn aber noch mehr in Erstaunen setzte, war der Charakter ebendieser Dame.

ZEHNTES KAPITEL
Zur Sklaverei verurteilt

Als Zadig in den ägyptischen Marktflecken eintritt, umringten ihn die Einwohner. »Das ist er, der die schöne Missuf entführte und Kletofis ermordet hat!« schrien sie. »Ihr Herren«, sagte Zadig, »Gott bewahre mich davor, jemals Eure schöne Missuf zu entführen, sie ist mir viel zu launenhaft. Und was Kletofis betrifft, so habe ich ihn keineswegs ermordet, ich habe mich lediglich verteidigt. Er wollte mich erdolchen, weil ich ihn ganz bescheiden um Gnade für die schöne Missuf bat, die er unbarmherzig verprügelte. Ich bin ein Fremdling und suche hier in Ägypten Zuflucht, und es ist wohl höchst unwahrscheinlich, daß jemand, der bei Euch Schutz sucht, als Einführung eine Frau entführt und einen Mann ermordet.«

Zu jener Zeit hatten die Ägypter Gerechtigkeitssinn und menschliches Empfinden. Sie führten Zadig zum Haus des Ortsältesten, wo man zuerst seine Wunde verband. Dann unterzog man ihn und seinen Diener einem Verhör, jedoch jeden für sich allein, um die Wahrheit zu erfahren. Es stellte sich heraus, daß Zadig kein Mörder war. Aber er hatte das Blut eines Menschen vergossen, und so wurde er nach dem Gesetz zur Sklavenfron verurteilt. Seine beiden Kamele wurden zugunsten der Stadt verkauft, und das gesamte Gold, das er mit sich führte, wurde unter die Einwohner verteilt; er selbst und sein Gefährte wurden auf dem Marktplatz zum Kauf feilgeboten. Ein arabischer Kaufmann namens Setok ersteigerte beide; da aber der Diener widerstandsfähiger war als sein Herr, erzielte er ein weit höheres Kaufgebot. Zwischen beiden wurde keinerlei Unterschied gemacht, und Zadig stand daher als Sklave unter seinem Diener. Ihre Füße wurden aneinander gekettet, und beide wurden so in das Haus des Arabers geführt. Unterwegs tröstete Zadig seinen Diener und ermahnte ihn, nicht die Geduld zu verlieren. Seiner Gewohnheit gemäß stellte er Betrachtungen über das menschliche Leben an. »Wie ich sehe«, sagte er zu seinem Diener, »wirkt sich mein unglückseliges Schicksal auch auf dein Leben aus. Alles hat bei mir bis jetzt eine recht seltsame Wendung genommen Ich wurde zu einer Geldbuße verurteilt, weil ich gesehen haben sollte, daß eine Hündin vorbeilief, und wegen eines Greifen wäre ich beinahe gepfählt worden. Aufs Schafott wurde ich geschickt, weil ich in meinen Versen das Lob des Königs sang, und beinahe wäre ich erdrosselt worden, weil die Königin gelbe Bänder trug. Jetzt sind wir beide Sklaven, weil ein Grobian seine Mätresse verprügelt hat. Trotzdem wollen wir den Mut nicht verlieren; das alles wird einmal ein Ende haben. Die arabischen Kaufleute brauchen eben Sklaven, und warum soll ich das nicht auch werden, da ich ja nur ein Mensch wie jeder andere bin. Der Kaufmann ist sicher kein Unmensch, er muß seine Sklaven schon gut behandeln, wenn er Nutzen von ihnen haben will.« Während er so sprach, war sein Herz erfüllt von der Sorge um das Schicksal der Königin von Babylon.

Zwei Tage später reiste der Kaufmann Setok mit seinen Sklaven und seinen Kamelen in die Arabische Wüste. Sein Stamm wohnte am Rande der Wüste Horeb, und der Weg dorthin war lang und mühselig. Setok kümmerte sich unterwegs mehr um den Diener als um dessen Herrn, denn der erstere verstand sich besser aufs Beladen der Kamele, und so wurde nur er mit kleinen Auszeichnungen bedacht.

Zwei Tagereisen vor Horeb verendete eins der Kamele, und seine Traglast wurde auf die Rücken der Diener verteilt; auch Zadig erhielt seinen Anteil. Setok mußte lachen, als er alle seine Sklaven so gebückt dahinziehen sah. Zadig erlaubte sich, ihm den Grund für das Gebücktgehen auseinanderzusetzen und ihm das Gleichgewichtsgesetz zu erklären. Setok war ganz erstaunt und sah Zadig fortan mit anderen Augen an. Es entging Zadig nicht, daß er die Wißbegierde des Kaufmanns geweckt hatte, und er regte sie immer von neuem dadurch an, daß er ihn viele Dinge lehrte, deren Kenntnis bei Handelsgeschäften von Nutzen ist; zum Beispiel die spezifischen Gewichte der Metalle und Spezereiwaren bei gleichem Volumen, die Eigenschaften verschiedener nützlicher Tiere und die Methoden, sich auch solche nutzbar zu machen, die von Natur keine Nutztiere sind. Setok sah in Zadig schließlich einen Weisen und gab ihm und nicht mehr seinem Diener, den er bisher so geschätzt hatte, den Vorzug. Er behandelte Zadig gut und hatte keinen Grund, es zu bereuen.

Als Setok bei seinem Stamm angelangt war, nahm er seine Geschäfte wieder auf und forderte als erstes von einem Hebräer fünfhundert Unzen Silber zurück, die er ihm in Gegenwart von zwei Zeugen geliehen hatte. Aber die beiden Zeugen waren inzwischen gestorben, und der Hebräer, der nicht überführt werden konnte, behielt das Geld des Kaufmanns und dankte Gott, daß er ihm Gelegenheit gegeben hatte, einen Araber zu prellen. Setok vertraute Zadig, der sein Ratgeber geworden war, seine Nöte an. »Wo habt Ihr diesem Wortbrüchigen die fünfhundert Unzen geliehen?« fragte Zadig. – »Auf einem großen Stein am Berge Horeb«, erwiderte der Kaufmann. – »Was für ein Mensch ist Euer Schuldner?« wollte Zadig wissen. – »Ein Gauner ist er«, war Setoks Antwort. – »Nein, ich wollte wissen, ob er temperamentvoll oder phlegmatisch ist, klug oder unvorsichtig.« – »Von allen säumigen Zahlern ist er der temperamentvollste.« – »Gut, dann gestattet mir, Eure Sache vor dem Richter zu vertreten«, bat Zadig. Er ließ tatsächlich den Hebräer vor Gericht laden und wandte sich mit folgenden Worten an den Richter: »Stütze des Thrones der Gerechtigkeit, ich fordere im Namen meines Herrn von diesem Mann fünfhundert Unzen Silber, die er nicht zurückgeben will.« – »Habt Ihr Zeugen?« fragte der Richter. – »Nein, sie sind tot, aber der Stein, auf dem das Geld gezählt worden ist, existiert noch, und wenn Euer Gnaden befehlen wollen, den Stein herbeizuschaffen, so hoffe ich, in ihm einen Zeugen zu haben. Wir beide, der Hebräer und ich, bleiben hier und warten, bis der Stein da ist. Ich lasse ihn auf Kosten Setoks, meines Herrn, holen.« – »Ich bin einverstanden«, erwiderte der Richter und ging zu anderen Fällen über. Am Schluß der Sitzung fragte der Richter Zadig: »Ist Euer Stein noch nicht da?« Der Hebräer lachte und antwortete: »Selbst wenn Euer Gnaden bis morgen warteten, könnte der Stein noch nicht dasein. Er liegt ja mindestens sechs Meilen von hier entfernt, und man braucht fünfzehn Leute, um ihn von der Stelle zu rücken.« – »Hört Ihr's«, rief Zadig, »ich hatte ja gesagt, daß der Stein als Beweismittel dienen könnte. Da der Hebräer weiß, wo er liegt, gibt er zu, daß das Geld darauf gezählt worden ist.« Der Hebräer verlor völlig die Fassung und mußte schließlich ein Geständnis ablegen. Der Richter befahl, ihn so lange an den Stein zu binden und ihm nichts zu essen und zu trinken zu geben, bis er das Geld zurückgezahlt hätte – was denn auch sehr bald geschah.

Der Sklave Zadig und der Stein gewannen großes Ansehen in ganz Arabien.

ELFTES KAPITEL
Der Scheiterhaufen

Setok war begeistert von Zadig, und der Sklave wurde sein vertrautester Freund. Bald konnte er ihn ebensowenig entbehren wie einst der König von Babylon. Zadig war von Herzen froh, daß Setok keine Frau hatte. Er entdeckte, daß sein Herr einen guten, redlichen Charakter hatte und einen gesunden Menschenverstand, aber es verdroß ihn, daß er nach altem arabischem Brauch Sonne, Mond und Sterne anbetete. Er sprach sehr vorsichtig mit ihm darüber und erklärte ihm, daß diese Gestirne auch nur Körper wären und daher ebensowenig Gegenstände der Anbetung sein könnten wie ein Baum oder ein Felsen. »Aber es sind doch unvergängliche Gebilde, von denen uns alles Heil kommt«, sagte Setok, »sie beleben die Natur, sie regeln die Jahreszeiten, und überdies sind sie so weit von uns entfernt, daß man sie schon darum verehren muß.« – »Die Fluten des Roten Meeres, die Eure Waren nach Indien tragen, nützen Euch viel mehr«, gab Zadig zur Antwort, »warum sollen sie nicht ebenso alt sein wie die Gestirne? Und wenn Euch etwas, das weit entfernt ist, anbetungswürdig erscheint, so müßtet Ihr auch das Land der Gangariden, das am anderen Ende der Welt liegt, anbeten.« – »Nein«, sprach Setok, »aber die Gestirne muß ich schon um ihres wunderbaren Glanzes willen anbeten.« Als es Abend wurde, zündete Zadig in dem Zelt, in dem er mit Setok speisen sollte, eine ganze Anzahl Wachsfakkeln an. Sobald Setok erschien, warf er sich vor den brennenden Leuchten auf die Knie und sprach: »Ewiges, strahlendes

Licht, sei mir immer gnädig.« Nach diesen Worten setzte er sich an den Tisch, ohne Setok zu beachten. »Was tust du denn«, fragte ihn dieser erstaunt. »Ich mache es wie Ihr«, erwiderte Zadig, »ich bete diese Lichter an und nicht ihren und meinen Herrn.« Setok verstand den tiefen Sinn dieses Gleichnisses, und sein Geist nahm die Weisheit seines Sklaven auf. Fortan ließ er nicht mehr zu Ehren der Geschöpfe Weihrauch streuen, sondern er betete das ewige Wesen, den Schöpfer aller Dinge, an.

Damals herrschte in Arabien ein schrecklicher, ursprünglich von den Skythen stammender Brauch, der sich durch den Einfluß der Brahmanen in Indien eingebürgert hatte und im ganzen Orient Fuß zu fassen drohte. Wenn ein verheirateter Mann starb und seine vielgeliebte Frau heiliggesprochen werden wollte, so ließ sie sich öffentlich mit dem Leichnam ihres Gatten verbrennen. Diese feierliche Handlung wurde »Scheiterhaufen der Witwen« genannt, und der Stamm, der die meisten verbrannten Witwen aufwies, genoß besondere Achtung. Ein Araber aus Setoks Stamm war gestorben, und seine Witwe Almona, die überaus fromm war, ließ Tag und Stunde verkünden, da sie sich beim Klange der Trommeln und Trompeten ins Feuer stürzen würde. Zadig belehrte Setok darüber, wie sehr diese entsetzliche Sitte dem Wohl der Menschheit schadete. Tagtäglich ließ man junge Witwen verbrennen, die dem Staat noch viele Kinder schenken oder wenigstens ihre eigenen hätten erziehen können. Setok mußte zugeben, daß solch ein barbarischer Brauch, wenn irgend möglich, abgeschafft werden müßte. »Aber«, fügte er hinzu, »seit mehr als tausend Jahren ist es üblich, daß sich Witwen verbrennen lassen. Wer von uns könnte es wagen, ein durch seine lange Gültigkeit geheiligtes Gesetz zu ändern! Gibt es überhaupt etwas Ehrwürdigeres als einen alten Mißbrauch?« – »Die Vernunft ist bedeutend älter«, versetzte Zadig. »Sprecht mit den Häuptlingen der Stämme, ich will indessen die junge Witwe aufsuchen.«

Zadig ließ sich bei ihr melden, und nachdem er sich ihr Zutrauen durch schmeichelhafte Äußerungen über ihre Schönheit erworben und ihr gesagt hatte, wie schade es wäre, so viele Reize dem Feuer zu überantworten, erging er sich in Lobpreisungen über ihre Treue und ihren Mut. »Ihr habt wohl Euren Gatten über alle Maßen geliebt?« erkundigte sich Zadig. »Ich? Nicht im geringsten«, erwiderte die Araberin, »er war ein roher Patron, ein eifersüchtiger, unerträglicher Kerl, aber ich bin trotzdem fest entschlossen, mich auf seinem Leichnam verbrennen zu lassen.« – »Dann muß es ein ganz besonderes Vergnügen sein, bei lebendigem Leibe verbrannt zu werden.« – »O nein, die ganze Natur erzittert bei diesem Schauspiel, doch da hilft eben nichts«, sagte die Frau. »Ich bin fromm, und ich würde meinen guten Ruf einbüßen und von allen verspottet werden, wenn ich mich nicht verbrennen lassen würde.« Nachdem sie schließlich zugegeben hatte, daß sie sich nur den anderen zuliebe und nur aus Eitelkeit verbrennen lassen wollte, redete Zadig lange und eindringlich auf sie ein, um ihre Lebenslust zu wecken, und es gelang ihm sogar, in ihr einiges Wohlwollen für den Sprecher wachzurufen. »Was würdet Ihr denn tun, wenn Euch nicht die Eitelkeit dazu triebe, Euch zu verbrennen?« – »Ach«, entgegnete sie, »ich glaube, ich würde Euch bitten, mich zu heiraten.«

Zadigs Herz war viel zu sehr von der Sehnsucht nach Astarte erfüllt, und so wich er dieser Erklärung geschickt aus. Er suchte aber sogleich die Stammesältesten auf und berichtete ihnen, was sich zugetragen hatte. Er riet ihnen, ein Gesetz zu erlassen, wonach sich keine Witwe mehr verbrennen lassen durfte, bevor sie sich nicht eine volle Stunde lang mit einem jungen Mann unter vier Augen unterhalten hatte. Seit dieser Zeit verbrannte sich in Arabien keine Witwe mehr. Zadig allein gebührte der Dank dafür, daß an einem einzigen Tage ein grausamer, seit Jahrhunderten geübter Brauch abgeschafft wurde. Zadig war also zum Wohltäter Arabiens geworden.

ZWÖLFTES KAPITEL
Das Nachtmahl

Setok konnte sich von diesem Mann, der die Weisheit selber war, nicht mehr trennen, und so nahm er ihn auch mit auf den großen Jahrmarkt zu Basra, der von den bedeutendsten Handelsherren der Welt besucht wurde. Für Zadig war es ein fühlbarer Trost, so viele Menschen aus aller Herren Ländern beisammen zu sehen. Die ganze Menschheit erschien ihm wie eine große Familie, die in Basra zusammengekommen war.

Am zweiten Tage traf er bei Tisch mit einem Ägypter, einem Inder vom Ganges, einem Einwohner von Cathay, einem Griechen, einem Kelten und einigen anderen Fremden zusammen, die durch ihre häufigen Reisen nach dem Roten Meer so weit das Arabische beherrschten, daß sie sich verständigen konnten. Der Ägypter schien sehr aufgebracht zu sein. »Welch eine scheußliche Gegend ist dieses Basra. Niemand will mir hier tausend Unzen Gold für eins der wertvollsten Objekte, das auf der Welt zu finden ist, leihen.« – »Wie? Auf welches Pfand verweigert man euch diese Summe?« fragte Setok. – »Auf den Leichnam meiner Tante, die die bravste Frau von ganz Ägypten war. Sie hat mich stets begleitet und ist nun unterwegs gestorben. Ich habe aus ihr die schönste Mumie, die man sich vorstellen kann, gemacht, und in Ägypten würde man mir jede Summe, die ich verlange, darauf leihen. Es ist recht merkwürdig, daß man hier nicht einmal tausend Unzen Gold auf solch ein sicheres Pfand geben will!« Während er immer mehr in Zorn geriet, schickte er sich an, ein Stück von einem delikaten Kochhuhn abzuschneiden, als der Inder seine Hand festhielt und bekümmert ausrief: »Oh, was wollt Ihr tun?« – »Von diesem Huhn essen«, erwiderte der Mann mit der Mumie. »Tut es ja nicht«, sagte der Mann vom Ganges, »es könnte doch sein, daß die Seele der Verstorbenen in den Körper dieses Huhnes übergegangen ist, und Ihr wollt doch nicht etwa Eure Tante verspeisen! Hühner zu kochen ist eine grobe Beleidigung der

Natur.« – »Was soll das bedeuten, was Ihr da von Euren Hühnern und Eurer Natur sagt«, fuhr ihn der wütende Ägypter an. »Wir beten einen Ochsen an, essen aber trotzdem Ochsenfleisch.« – »Was? Ihr betet einen Ochsen an? Nicht möglich!« rief der Mann vom Ganges. – »Und ob es möglich ist!« erwiderte der Ägypter. »Seit hundertfünfunddreißigtausend Jahren üben wir diesen Brauch, und niemand hat bei uns etwas daran auszusetzen.« – »Pah – hundertfünfunddreißigtausend Jahre«, rief der Inder, »das ist etwas übertrieben, Indien ist erst seit achtzigtausend Jahren bevölkert, und wir sind ja Eure Vorfahren. Brahma hatte uns den Genuß von Ochsenfleisch verboten, lange bevor Ihr darauf gekommen seid, Ochsen auf die Opferaltäre zu legen oder am Spieß zu braten.« – »Ein komisches Tier ist Euer Brahma im Vergleich zu unserem Apis«, sagte der Ägypter, »was hat denn Euer Brahma Großes geleistet?« – »Er hat die Menschen lesen und schreiben gelehrt«, antwortete der Brahmane, »und ihm verdankt die Welt das Schachspiel.« – »Oho, Ihr irrt Euch«, rief ein Chaldäer, der neben ihm saß, »diese Wohltaten verdanken wir dem Fisch Oannes, und darum ist es wohl gerechtfertigt, wenn wir ihn allein anbeten. Jeder wird Euch bestätigen, daß er ein göttliches Wesen war, einen goldenen Schwanz und einen schönen Menschenkopf hatte und täglich dem Wasser entstieg, um drei Stunden lang auf dem Lande zu predigen. Er hatte mehrere Söhne, die bekanntlich Könige geworden sind. Ich habe in meinem Hause ein Bild von ihm, das ich gebührend verehre. Ochsenfleisch darf man essen, soviel man will, aber es ist bestimmt eine große Sünde, Fische zu kochen. Im übrigen seid Ihr beide von zu geringer und zu junger Abstammung, als daß ich mich in einen Streit mit Euch einlasse. Das ägyptische Volk zählt erst hundertfünfunddreißigtausend Jahre, und das indische kann gar nur achtzigtausend Jahre aufweisen, während wir einen vierhunderttausend Jahre alten Kalender haben. Ich rate Euch, laßt ab von Euren Narrheiten, und jeder bekommt dann von mir ein schönes Bildnis des Oannes.«

Der Mann aus Cambaluc ergriff das Wort: »Ich habe gewiß die größte Achtung vor den Ägyptern, Chaldäern, Griechen, Kelten, vor Brahma, dem Stier Apis und dem schönen Fisch Oannes«, sagte er, »aber vielleicht wiegt Li oder Tien, wenn man es so nennen will, doch alle Ochsen und Fische auf. Von meinem Lande will ich gar nicht sprechen. Es ist so groß wie Ägypten, Chaldäa und Indien zusammengenommen. Ich will auch nicht über das Alter streiten, weil es mir genügt, glücklich zu sein, und weil ich die Zahl der Jahre für unwichtig halte. Wenn allerdings von Kalendern die Rede ist, so möchte ich erwähnen, daß ganz Asien den Kalender von uns hat. Bei uns gab es schon ausgezeichnete Kalender, bevor man in Chaldäa überhaupt rechnen konnte.«

»Ihr seid allesamt unwissende Tröpfe«, schrie der Grieche. »Wißt ihr denn nicht, daß das Chaos der Ursprung alles Seins ist und daß Form und Materie die Welt in ihren jetzigen Zustand versetzt haben?« Der Grieche redete eine ganze Weile, bis er von dem Kelten unterbrochen wurde, der während des allgemeinen Disputes viel getrunken hatte und sich nun für klüger hielt als alle anderen. Er fluchte und schrie, daß es lediglich der Mühe wert wäre, von Teutates und der Eichenmistel zu sprechen. Er trüge stets einen Mistelzweig in der Tasche herum, und seine Vorfahren, die Skythen, seien überhaupt die einzigen anständigen Leute auf Erden gewesen. Sie hätten zwar hie und da Menschen gefressen, aber das dürfte niemanden hindern, die größte Ehrfurcht vor seinem Volk zu haben. Und wenn jemand es wagen sollte, Teutatis durch Worte zu beleidigen, so würde er ihm beibringen, was sich gehörte. Der Streit wurde immer hitziger, und Setok sah bereits ein blutiges Ende voraus.

Zadig, der während der ganzen Auseinandersetzung geschwiegen hatte, erhob sich schließlich und wandte sich zunächst an den Kelten, der der Aufgeregteste war. Er gab ihm recht und erbat sich ein Stück Mistelzweig von ihm. Darauf lobte er die Rednergabe des Griechen und beschwichtigte so all die erregten Gemüter. Zu dem Mann aus Cathay sagte er nur wenig, weil er der Vernünftigste von allen war. »Meine Freunde«, sprach er dann zu ihnen, »Ihr habt Euch unnötigerweise gestritten, denn Ihr seid ja alle einer Meinung.« Bei diesen Worten erhob sich lauter Protest. »Nicht wahr, Ihr betet doch nicht die Mistel selbst an«, wandte er sich an den Kelten, »sondern den, der die Mistel und die Eiche geschaffen hat?« »Gewiß«, antwortete der Kelte. »Und Ihr, mein Herr Ägypter, Ihr huldigt aller Wahrscheinlichkeit nach in einem bestimmten Ochsen dem Schöpfer dieses Tieres?« – »Ja«, gab der Ägypter zu. »Der Fisch Oannes«, fuhr Zadig fort, »muß hinter dem zurückstehen, der Meer und Fische erschaffen hat.« – »Das ist richtig«, sagte der Chaldäer. »Auch der Inder und der Mann aus Cathay erkennen gleich Euch ein höchstes Urwesen an. Die wunderbaren Dinge, von denen der Grieche sprach, habe ich nicht recht verstanden, aber ich bin überzeugt, daß auch er ein höheres Wesen gelten läßt, das Form und Materie bestimmt.« Der Grieche, der allgemein bewundert wurde, sagte, daß Zadig seine Gedanken richtig erfaßt hätte. »Ihr seid also einer Meinung«, wiederholte Zadig, »und es liegt durchaus kein Grund vor, sich zu streiten.« Und alle kamen und umarmten Zadig.

Nachdem Setok seine Ware zu sehr guten Preisen verkauft hatte, kehrte er mit seinem Freund Zadig zu seinem Stamm zurück. Bei seiner Ankunft erfuhr Zadig, daß man während seiner Abwesenheit einen Prozeß gegen ihn angestrengt hatte und daß er verurteilt worden war, auf kleinem Feuer langsam verbrannt zu werden.

DREIZEHNTES KAPITEL
Das Stelldichein

Während sich Zadig auf der Reise nach Basra befand, hatten die Priester der Gestirne beschlossen, eine Strafe über ihn zu verhängen. Die Edelsteine und anderen Schmuckstücke der jungen Witwen, die sie auf den Scheiterhaufen geschickt hatten, kamen ihnen von Rechts wegen zu, und es war wohl das mindeste, Zadig für den schlechten Streich, den er ihnen gespielt hatte, verbrennen zu lassen. Sie beschuldigten Zadig irriger Anschauungen über die himmlischen Heerscharen. Sie brachten Beweise vor und schwuren, mit eigenen Ohren gehört zu haben, wie er behauptete, die Sterne gingen nicht im Meer unter. Diese furchtbare Gotteslästerung ließ die Richter schaudern. Sie hätten am liebsten ihre Gewänder zerrissen, als sie diese frevelhaften Reden hörten, und sie hätten es sicherlich auch getan, wenn Zadig in der Lage gewesen wäre, sie ihnen zu ersetzen. Voller Entrüstung und Kummer begnügten sie sich damit, ihn zu einem langsamen Feuertod zu verurteilen. Setok versuchte verzweifelt, seinen Einfluß geltend zu machen, um seinen Freund zu retten, sah sich aber sehr bald zum Stillschweigen verdammt. Die junge Witwe Almona jedoch, die wieder Gefallen am Leben gefunden hatte und sich dafür Zadig verpflichtet fühlte, beschloß, ihn vor dem Scheiterhaufen, dessen Mißbrauch er ihr vor Augen geführt hatte, zu bewahren. Sie schmiedete ihren Plan, ohne zu jemand darüber zu sprechen. Da das Urteil schon am nächsten Morgen an Zadig vollstreckt werden sollte, blieb ihr nur die eine Nacht zu seiner Rettung. Hört, wie diese geschickte und mitfühlende Frau die Sache angriff: Sie wählte ein besonders feines Parfüm, legte den üppigsten und verführerischsten Putz an, was ihre Schönheit noch erhöhte, und begab sich zum Oberpriester der Gestirne, den sie um eine geheime Audienz bitten ließ. Als sie dem ehrwürdigen Greis gegenüberstand, sprach sie zu ihm: »Erstgeborener Sohn des Großen Bären, Bruder des Stiers, Vetter des Großen Hundes (das waren die Titel des Oberpriesters), ich komme, um Euch meine Gewissensbisse zu beichten. Ich fürchte, es war eine ungeheure Sünde von mir, mich nicht beim Tode meines Mannes zu verbrennen. Was wollte ich mir denn erhalten? Ein vergängliches Fleisch, das schon ganz welk ist?« Während sie so sprach, zog sie aus den langen, seidenen Ärmeln ihre wundervoll geformten, blendendweißen Arme hervor.

»Seht, wie wenig das noch wert ist«, sagte sie. Der Priester fand im Grunde seines Herzens, daß das noch sehr viel wert sei. Seine Augen verrieten seine Gedanken, und sein Mund bestätigte sie: Er schwur, nie in seinem Leben so schöne Arme gesehen zu haben. »Nun ja«, sagte die Witwe, »die Arme sind vielleicht nicht ganz so übel wie der übrige Körper. Aber Ihr werdet zugeben, daß mein Busen nicht mehr gepflegt zu werden braucht.« Dabei enthüllte sie ungeniert den reizendsten Busen, den die Natur je erschaffen hat. Selbst eine Rosenknospe auf einem elfenbeinfarbenen Apfel hätte daneben wie eine Krappblüte auf einem Buchsbaumstrauch gewirkt, und nicht einmal ein frischgewaschenes Lämmchen hätte so schneeweiß ausgesehen. Dieser Busen und ihre großen dunklen Augen, die ihn schmachtend und sanft in zärtlicher Glut anstrahlten, ihre zartgeröteten Wangen, die die Reinheit ihrer milchweißen Haut unterstrichen, ihre feinmodellierte Nase, ihre Lippen, die wie zwei Korallenreihen die schönsten Perlen des Arabischen Meeres umsäumten – all das versetzte den Greis in den Glauben, er sei erst zwanzig Jahre alt. Stammelnd machte er ihr eine Liebeserklärung. Als Almona ihn so entflammt sah, bat sie um Gnade für Zadig. »Ach, meine Schöne«, sagte er, »die Gnadenbewilligung von mir allein würde nichts nützen, denn sie muß noch von drei anderen meiner Amtsbrüder unterzeichnet sein.« – »Unterschreibt nur immer«, bat Almona. – »Gern«, antwortete der Priester, »unter der Bedingung, daß Ihr mein Entgegenkommen durch Eure Gunst belohnt.« – »Ihr erweist mir zu viel Ehre«, sagte Almona, »habt nur die Freundlichkeit, heute nach Sonnenuntergang, sobald der leuchtende Stern Scheat aufgegangen ist, zu mir zu kommen. Ich werde Euch auf einem rosafarbenen Sofa erwarten, und Ihr könnt nach Eurem Belieben mit Eurer Dienerin verfahren.« Darauf entfernte sich Almona und nahm das unterzeichnete Schriftstück mit. Ein Greis blieb zurück, den Liebe beseelte, aber schwere Zweifel an seinen Kräften bedrückten. Den Rest des Tages verbrachte er im Bade. Er trank einen aus Ceylon-Zimt und anderen köstlichen

Tidore- und Ternate-Gewürzen gemischten Saft und erwartete ungeduldig das Erscheinen des Sternes Scheat.

Unterdessen suchte die schöne Almona den zweiten Oberpriester auf. Er versicherte ihr, daß Sonne, Mond und alle anderen Gestirne am Firmament im Vergleich zu ihren Reizen nur wie Irrlichter wirkten. Sie bat ihn ebenfalls um Gnade für Zadig, worauf der Priester seine Wünsche um Gegenleistung vorbrachte. Almona gab nach und verabredete mit dem zweiten Priester ein Stelldichein beim Aufgang des Sternes Algenib. Von dort ging sie zum dritten und schließlich zum vierten Priester, wobei sie jedesmal für eine Unterschrift ein Stelldichein von Stern zu Stern zusagte. Dann ließ sie die Richter in einer sehr wichtigen Angelegenheit zu sich bitten. Als sie zu ihr kamen, zeigte sie ihnen die vier Unterschriften und berichtete, um welchen Preis sie die Begnadigung Zadigs erkauft hatte. Die Priester stellten sich zur vereinbarten Stunde ein. Jeder war höchst erstaunt, mit seinen Amtsbrüdern zusammenzutreffen, aber noch mehr darüber, daß auch die Richter anwesend waren, die nun Zeugen ihres schamlosen Verhaltens geworden waren. Zadig war gerettet! Und Setok war so begeistert von Almonas Geschicklichkeit, daß er sie zur Frau nahm.

VIERZEHNTES KAPITEL
Der Tanz

Setok mußte in geschäftlichen Angelegenheiten nach der Insel Serendib fahren, aber da der erste Ehemonat bekanntlich der Honigmond ist, so brachte er es nicht über sich, seine Frau zu verlassen, und er konnte sich auch nicht vorstellen, daß er es jemals tun würde. Er bat daher seinen Freund Zadig, die Reise für ihn zu unternehmen. »Ach«, seufzte Zadig, »soll eine noch größere Entfernung zwischen der schönen Astarte und mir liegen? Aber was hilft's, ich muß meinem Wohltäter den Gefallen tun.« Er sprach's, weinte und brach auf.

Schon nach kurzer Zeit betrachtete man ihn auf der Insel Serendib als einen außergewöhnlichen Menschen. Er wurde Schiedsrichter bei allen Streitigkeiten der Kaufleute, der Freund der Weisen und Ratgeber der wenigen Menschen, die von anderen Rat annehmen. Der König wünschte ihn zu sehen und sich mit ihm zu unterhalten, und er erkannte sehr bald den Wert Zadigs. Er gewann großes Zutrauen zu seiner Klugheit und machte ihn zu seinem Freunde, doch die Vertraulichkeit und Wertschätzung des Königs beunruhigten Zadig, denn noch peinigte ihn Tag und Nacht der Gedanke an das Ungemach, das ihm die Zuneigung Moabdars eingebracht hatte. »Der König ist mir zugetan«, sprach er bei sich, »wird mir das nicht zum Verhängnis werden?« Er konnte sich jedoch den Gunstbezeigungen des Königs nicht entziehen, und man muß zugeben, daß Nabussan, König von Serendib, der Sohn Nussanabs, der ein Sohn Nabassuns war und dieser wiederum ein Sohn Sanbusnas, einer der besten Fürsten Asiens war, und es war fast unmöglich, mit ihm zu sprechen, ohne ihn gern zu haben.

Dieser gute Fürst wurde unausgesetzt gepriesen, betrogen und bestohlen. Seine Beamten plünderten um die Wette seine Schatzkammer aus: Der Obersteuereinnehmer der Insel Serendib ging beständig mit gutem Beispiel voran, das von den anderen getreulich befolgt wurde. Dem König war das bekannt. Er hatte schon mehrmals den Schatzmeister gewechselt, aber niemals war es ihm gelungen, den eingebürgerten Brauch zu ändern, wonach die Einnahme des Königs in zwei ungleiche Hälften geteilt wurde: Die kleinere floß Seiner Majestät zu, die größere den Verwaltungsbeamten.

König Nabussan vertraute dem weisen Zadig seine Sorgen an. »Ihr wißt viel«, sagte er zu ihm, »wißt Ihr nicht auch ein Mittel, einen Schatzmeister zu finden, der mich nicht bestiehlt?« – »Gewiß«, erwiderte Zadig, »ich kenne ein unfehlbares Mittel, um für Euch einen Mann herauszufinden, der keine langen Finger macht.« Der König war begeistert, umarmte ihn und fragte, wie er das anstellen wollte. »Man braucht nur alle, die sich um das Amt des Schatzmeisters bewerben, eine Runde tanzen zu lassen. Derjenige, der ganz unbeschwert tanzt, ist auch bestimmt der ehrlichste von allen.« – »Ihr macht Euch über mich lustig«, sagte der König, »das wäre ja eine drollige Art, einen Steuerverwalter zu erproben. Wollt Ihr wirklich behaupten, daß derjenige, der am geschicktesten einen Luftsprung machen kann, der ehrlichste und beste Schatzmeister sein soll?« – »Ich sage nicht, daß er der beste ist«, gab Zadig zur Antwort, »aber ich versichere Euch, daß er unzweifelhaft der ehrlichste ist.« Zadig sprach mit so viel Überzeugung, daß der König schließlich glaubte, er hätte eine übernatürliche Gabe, Steuerverwalter auszuwählen. »Ich halte nichts von übernatürlichen Dingen«, sagte Zadig, »Wunderbücher und Wundermänner haben mir stets mißfallen. Wenn Eure Majestät mir gestatten will, den vorgeschlagenen Versuch zu machen, so wird Sie bald zu der Überzeugung kommen, daß mein Geheimnis die einfachste und leichteste Sache von der Welt ist.« Nabussan, der König von Serendib, war nun noch erstaunter, als er hörte, daß das Mittel höchst einfach wäre und daß es sich durchaus nicht um ein Wunderding handle. »Also gut«, sagte er, »tut, was Ihr für richtig haltet.« – »Laßt mich nur machen«, sagte Zadig, »Ihr werdet bei dieser Probe mehr gewinnen, als Ihr glaubt.« Noch am gleichen Tage ließ er im Namen des Königs bekanntgeben, daß alle, die sich um den Posten des Obersteuereinnehmers Seiner allergnädigsten Majestät Nabussan, des Sohnes Nussanabs, bewerben wollten, sich am ersten Tage des Krokodilmonats im Vorzimmer des Königs in leichten Seidengewändern einzufinden hätten. Vierundsechzig an der Zahl erschienen. In einem angrenzenden Salon hatte man eine Musikkapelle aufgestellt, und alle Vorbereitungen für einen Ball waren getroffen. Aber die Tür zum Tanzsaal war verschlossen, und die Bewerber mußten, um dorthin zu gelangen, durch einen schmalen, ziemlich dunklen Gang gehen. Jeder Kandidat wurde einzeln von einem Türhüter abgeholt und bis zu dem Verbindungsgang geleitet, wo er einige Minuten allein gelassen wurde. Verabredungsgemäß hatte der König in diesem Gang alle seine Schätze aufgestellt. Als endlich alle Anwärter im Saal versammelt waren, gab Seine Majestät das Zeichen zum Beginn des Tanzes. Niemals hatte man plumpere und ungraziösere Tänzer gesehen! Sie tanzten alle mit gesenktem Kopf, den Rücken gekrümmt und die Arme fest an die Seiten gepreßt. »Diese Lumpen«, murmelte Zadig vor sich hin. Nur ein einziger von ihnen tanzte flott mit erhobenem Haupt und freiem Blick; er hielt sich gerade und wiegte seine Arme im Rhythmus der Klänge. »Ah, ein ehrlicher braver Mann«, sagte Zadig. Der König umarmte den guten Tänzer und ernannte ihn zum Schatzmeister, während alle anderen zu hohen Geldbußen verurteilt wurden, was nur zu gerechtfertigt war, denn jeder hatte sich in der Zeit, da er allein im Gang war, seine Taschen so vollgestopft, daß er kaum gehen konnte. Der König schämte sich für die gesamte Menschheit, weil von vierundsechzig Tänzern dreiundsechzig Spitzbuben waren. Der dunkle Gang wurde fortan der »Korridor der Versuchung« genannt. In Persien hätte man diese dreiundsechzig Herren gepfählt, in anderen Ländern wäre der Fall einem Gerichtshof übertragen worden, der das Dreifache des gestohlenen Geldes an Gerichtskosten verschlungen hätte, ohne etwas in die Schatulle des Königs zurückzubringen; und wieder in einem anderen Reiche hätten es die Herren glänzend verstanden, sich zu rechtfertigen und den leichtfüßigen Tänzer in Ungnade zu stürzen; in Serendib dagegen wurden sie lediglich dazu verurteilt, einen bestimmten Betrag an die Staatskasse zu entrichten, denn Nabussan war ein äußerst nachsichtiger Herrscher.

Der König war überdies ein sehr dankbarer Mensch: Er schenkte Zadig eine weit größere Geldsumme, als jemals ein Schatzmeister seinem königlichen Herrn gestohlen hatte. Zadig benutzte das Geld, um Eilboten nach Babylon zu entsenden, die Erkundigungen über das Schicksal Astartes einholen sollten. Seine Stimme zitterte, als er diesen Auftrag erteilte, das Blut in seinem Herzen stockte, ihm wurde schwarz vor Augen, und er war nahe daran, die Besinnung zu verlieren. Der Kurier brach auf. Zadig sah zu, wie er sich einschiffte, und begab sich dann zum König. Da er niemanden bemerkte, glaubte er, er wäre allein in seinem Zimmer, und sprach laut das Wort »Liebe« vor sich hin. »Ach, die Liebe«, rief der König, »gerade darum handelt es sich. Ihr habt erraten, was mich bedrückt, Ihr seid doch wirklich ein großer Mann. Ich hoffe, Ihr werdet mir auch helfen, eine wirklich treue Frau zu finden, so wie Ihr mir einen uneigennützigen Schatzmeister beschafft habt.« Zadig hatte inzwischen seine Fassung wiedergewonnen und versprach, ihm ebenso wie in seinen Geldsachen in seinen Liebesangelegenheiten behilflich zu sein, obwohl die Dinge hier weit schwieriger zu liegen schienen.

FÜNFZEHNTES KAPITEL
Die blauen Augen

»Körper und Herz«, sprach der König zu Zadig . . . Bei diesen Worten konnte der Babylonier nicht umhin, Seine Majestät zu unterbrechen: »Wie dankbar bin ich Euch, daß Ihr nicht *Geist und Herz* sagtet, denn in Babylon hört man bei jeder Unterhaltung nur immer diese beiden Worte. Man sieht nur Bücher, in denen von Herz und Geist die Rede ist, obwohl ihre Verfasser weder das eine noch das andere haben. Aber, mit Verlaub, Majestät, fahrt fort.« – »Körper und Herz sind bei mir zum Lieben geschaffen«, sprach der König, »das erste dieser beiden hat allen Grund, befriedigt zu sein: Ich habe hier hundert Frauen zu meiner Verfügung. Alle sind schön, gefällig, zuvorkommend, ja sogar wollüstig, oder sie täuschen es jedenfalls vor, wenn sie mit mir zusammen sind. Mein Herz dagegen ist bei weitem nicht so glücklich. Ich habe nur zu oft erfahren, daß alle Zärtlichkeiten allein dem König von Serendib gelten, während man sich um Nabussan herzlich wenig kümmert. Nicht etwa, daß ich meine Frauen für untreu halte, aber ich möchte ein Herz herausfinden, das ganz mir gehört! Die Reize aller hundert

Schönheiten, die ich besitze, würde ich für einen solchen Schatz opfern. Versucht doch, ob Ihr unter den hundert Sultaninnen eine findet, die mich wirklich liebt.«

Ebenso wie vor der Wahl des Schatzmeisters lautete Zadigs Antwort: »Laßt mich nur machen, Sire. Nur erlaubt mir, über alle Schätze, die Ihr in dem *Korridor der Versuchung* aufgestapelt hattet, zu verfügen. Ich werde Euch Rechenschaft darüber ablegen, und Ihr sollt nichts einbüßen.« Der König ließ ihm vollkommen freie Hand. Zadig suchte in Serendib die dreiunddreißig häßlichsten Buckligen zusammen, die er auftreiben konnte, dann die dreiunddreißig schönsten Pagen und die dreiunddreißig zungenfertigsten und kräftigsten Bonzen. Sie alle durften ungehindert die Gemächer der Sultaninnen betreten. Jeder kleine Bucklige erhielt viertausend Goldstücke zum Verschenken – und schon am ersten Tage wurden sie alle beglückt. Die Pagen, die nur sich selbst zu verschenken hatten, konnten erst nach zwei oder drei Tagen triumphieren. Die Bonzen mußten noch etwas mehr Mühe aufwenden, aber schließlich ergaben sich auch ihnen dreiunddreißig fromme Seelen. Der König, der durch Guckfensterchen die Gemächer der Sultaninnen überblicken konnte, sah alle diese Vorgänge mit an und war aufs höchste verwundert: Vor seinen Augen erlagen neunundneunzig von seinen hundert Frauen der Versuchung.

Nur eine einzige blieb übrig, eine ganz junge, der sich Seine Majestät noch nie genähert hatte. Man schickte ein, zwei, drei Bucklige zu ihr, die ihr bis zu zwanzigtausend Dukaten boten. Sie blieb unbestechlich und lachte darüber, daß diese Zwerge sich einbildeten, mit Hilfe von Geld begehrenswerter zu werden. Darauf sandte man zwei der schönsten Pagen zu ihr, aber sie sagte, sie fände den König noch viel schöner. Dann versuchte man es mit dem beredsamsten und später auch mit dem verwegensten Bonzen, doch sie nannte den ersten einen Schwätzer, und den zweiten würdigte sie nicht einmal eines Blickes. »Auf das Herz allein kommt es an«, sagte sie, »ich werde mich weder von dem Gold eines Buckligen noch von den Reizen eines jungen Mannes noch von den Redereien eines Bonzen verführen lassen. Ich liebe einzig und allein Nabussan, den Sohn Nussanabs, und ich warte, bis er mich seiner Liebe würdigt.« Der König war außer sich vor Freude, Überraschung und Glück. Er nahm alles Geld zurück, das den Buckligen zu ihrem Erfolg verholfen hatte, und schenkte es der schönen Falida – so hieß das junge Weib. Er schenkte ihr auch sein Herz, und sie hatte es wohl verdient: Niemals hatte sich die Blüte der Jugend so strahlend erschlossen, niemals waren die Reize der Schönheit so verführerisch gewesen. Als wahrheitsliebender Geschichtsschreiber darf ich nicht verschweigen, daß Falidas Verbeugungen recht linkisch waren, aber sie tanzte wie eine Fee, sang wie eine Sirene und sprach wie eine der Grazien: Tugenden und gute Gaben zierten sie in reichem Maße.

Nabussan, der sich endlich geliebt wußte, betete sie an; aber sie hatte blaue Augen, und das wurde die Ursache des größten Unglücks. Nach einem uralten Gesetz war es den Königen verboten, eine jener Frauen zu lieben, die die Griechen boopes nannten. Vor mehr als fünftausend Jahren hatte das Oberhaupt der Bonzen dieses Gesetz erlassen. Nur um die Mätresse des ersten Königs von Serendib für sich zu haben, hatte dieser Oberbonze den Bannfluch gegen blaue Augen zu einem Grundgesetz der Staatsverfassung erhoben. Alle Stände des Reiches erschienen bei Nabussan und machten ihm Vorhaltungen, und in aller Öffentlichkeit wurde davon gesprochen, daß die letzten Tage des Königreiches angebrochen wären, daß die Ruchlosigkeit ihren Gipfel erreicht hätte und daß die ganze Natur von einem unheilvollen Ereignis bedroht sei, mit einem Wort: Nabussan, der Sohn Nussanabs, liebte ein paar große, blaue Augen. Die Buckligen, die Schatzmeister, die Bonzen und die Braunäugigen erfüllten das Reich mit ihren Klagen.

Die wilden Völkerstämme, die den nördlichen Teil von Serendib bewohnten, machten sich diese allgemeine Unzufriedenheit zunutze und drangen in die Staaten des Königs Nabussan ein. Der König forderte von seinen Untertanen Kriegsgelder. Die Bonzen jedoch, denen die Hälfte der Staatseinnahmen zufloß, begnügten sich damit, die Hände zum Himmel zu erheben, weigerten sich aber, sie in ihre Geldsäcke zu stecken, um dem König zu helfen. Sie sangen die schönsten Gebete und gaben den Staat den Barbaren preis.

»Oh, teurer Zadig«, rief Nabussan bekümmert, »wirst du mich auch aus dieser schrecklichen Lage befreien?« – »Von Herzen gern«, erwiderte Zadig, »Ihr sollt von den Bonzen Geld bekommen, und zwar soviel Ihr wollt. Gebt die Gebiete preis, in denen ihre Schlösser liegen, und verteidigt nur Eure eigenen Ländereien.« Nabussan befolgte Zadigs Rat, und die Bonzen kamen eilends zum König und flehten ihn auf den Knien um Beistand an. Der König antwortete ihnen mit schönem Singsang, dessen Text Bitten an den Himmel waren, ihren Besitz zu erhalten. Endlich rückten die Bonzen das Geld heraus, und der König konnte den Krieg siegreich beenden. So hatte sich Zadig durch seine weisen und glücklichen Ratschläge und durch die großen Dienste, die er dem König erwiesen, den unversöhnlichsten Haß der mächtigsten Staatsmänner zugezogen: Bonzen und Braunäugige schwuren, ihn ins Verderben zu stürzen, Schatzmeister und Bucklige hatten kein Erbarmen mit ihm, und alle versuchten, ihn beim König zu verdächtigen. Über geleistete Dienste spricht man oft nur im Vorzimmer, wogegen Verdächtigungen bis in das Gemach selbst dringen, lautet ein Ausspruch Zarathustras. Tagtäglich wurden neue Anschuldigungen vorgebracht: Die erste wird verworfen, die zweite kränkt ein wenig, die dritte verwundet und die vierte wirkt tödlich!

Zadig erkannte die drohende Gefahr und war nur noch darauf bedacht, die Insel so schnell wie möglich zu verlassen. Da er die Geschäfte seines Freundes zufriedenstellend erledigt und ihm auch sein Geld zugestellt hatte, beschloß er, selbst Erkundigungen über Astarte einzuholen. »Denn wenn ich in Serendib bleibe«, dachte er bei sich, »lassen mich die Bonzen pfählen. Aber wohin soll ich gehen? In Ägypten würde man mich als

Sklaven verkaufen, in Arabien würde man mich höchstwahrscheinlich verbrennen und in Babylon erdrosseln. Trotzdem muß ich wissen, was aus Astarte geworden ist. Ich will mich also auf den Weg machen und sehen, was mir mein trauriges Schicksal noch beschieden hat.«

SECHZEHNTES KAPITEL
Der Räuber

Als Zadig die Grenze zwischen Syrien und dem Peträischen Arabien erreicht hatte und an einer stark befestigten Burg vorbeikam, stürzten plötzlich bewaffnete Araber auf ihn zu. Sie umringten ihn und schrien: »Alles, was Ihr besitzt, gehört uns, und Ihr selbst gehört unserem Herrn.« Statt jeder Antwort zog Zadig sein Schwert, und sein Diener, der sehr mutig war, tat das gleiche. Die ersten Araber, die sie angriffen, brachen tot unter ihren Streichen zusammen. Die Zahl der Angreifer verdoppelte sich, doch Zadig und sein Diener ließen sich nicht entmutigen und beschlossen, kämpfend zu sterben, und so sah man denn diese beiden Männer sich gegen eine vielfache Übermacht verteidigen. Ein solcher Kampf konnte nicht lange währen. Der Burgherr Arbogad, der vom Fenster aus die Wunder an Tapferkeit, die Zadig vollbrachte, mit angesehen hatte, empfand große Hochachtung vor dem Fremden. Er kam eilends herab, drängte seine Leute zur Seite und befreite die beiden Reisenden. »Alles, was auf meinem Gebiet angetroffen wird, gehört mir«, sagte er, »ebenso wie alles, was mir auf fremdem Besitztum in die Hände fällt. Aber Ihr scheint mir ein so tapferer Mann zu sein, daß ich dieses allgemeingültige Gesetz nicht auf Euch anwenden möchte.« Arbogad lud Zadig in seine Burg ein, befahl seinen Leuten, ihn gut zu behandeln, und als es Abend geworden war, wollte er mit Zadig zusammen das Nachtmahl einnehmen.

Der Burgherr war einer jener Araber, die man als *Räuber* bezeichnete. Hin und wieder aber beging er neben unzähligen bösen Taten auch eine gute. Er stahl in unersättlicher Habgier und schenkte andererseits mit vollen Händen. Dabei war er unerschrocken bei seinen Unternehmungen, ziemlich sanft im Umgang mit anderen, bei Tisch ein Schlemmer und bei seinen Schwelgereien vergnügt und vor allem sehr offenherzig. Zadig gefiel ihm außerordentlich, und durch ihre angeregte Unterhaltung zog sich das Abendessen sehr in die Länge. Schließlich sagte Arbogad zu ihm: »Ich rate Euch, tretet in meine Dienste, es ist das Gescheiteste, was Ihr tun könnt. Das Handwerk ist keineswegs übel, und eines Tages könnt Ihr es soweit bringen wie ich.« – »Darf ich fragen«, unterbrach ihn Zadig, »seit wann Ihr diesen edlen Beruf ausübt?« – »Seit meiner frühesten Jugend«, antwortete der Burgherr. »Ich war Hausdiener bei einem ziemlich schlauen Araber. Meine Stellung wurde mir jedoch unerträglich, und voller Verzweiflung stellte ich fest, daß mir das Schicksal auf dieser Erde, die doch allen Menschen gemeinsam gehört, keinen Anteil zugedacht hatte. Ich vertraute einem alten Araber meinen Kummer an. ›Verzage nicht, mein Sohn‹, sprach er zu mir. ›Es war einmal ein Sandkorn, das sich beklagte, nur ein unbeachtetes Stäubchen in der Wüste zu sein. Jahre später war ein Diamant aus ihm geworden, und dieser ist jetzt die größte Zierde in der Krone des Königs von Indien.‹ Diese Worte machten großen Eindruck auf mich. Ich hielt mich für das Sandkorn und wollte ein Diamant werden. Ich begann damit, zwei Pferde zu stehlen, tat mich dann mit einigen Kumpanen zusammen und war bald imstande, kleine Karawanen auszurauben. Auf diese Weise glich ich nach und nach die ungleichen Besitzverhältnisse aus, die vordem zwischen mir und den anderen Menschen bestanden hatten. Nun hatte ich meinen Anteil an den Gütern dieser Welt, ja, ich wurde sogar reichlich entschädigt durch die Achtung, die man mir entgegenbrachte. Schließlich wurde ich ein Raubritter und eignete mir gewaltsam diese Burg an. Der Satrap von Syrien wollte mir den Besitz streitig machen, aber ich war schon zu reich, als daß ich etwas zu fürchten hatte. Ich gab dem Satrapen Geld, behielt dadurch mein Schloß und konnte meine Besitzungen noch vergrößern. Der Satrap ernannte mich sogar zum Schatzmeister der Abgaben, die das Peträische Arabien an den König der Könige zu entrichten hatte. Das Eintreiben der Gelder besorge ich schon, denke aber gar nicht daran, sie abzuführen!

Der Große Desturham von Babylon sandte im Namen König Moabdars einen kleinen Satrapen zu mir, der mich erdrosseln sollte. Als der Satrap zur Ausführung seines Auftrages hier eintraf, war ich bereits von allem unterrichtet. Ich ließ die vier Männer seines Gefolges, die ihm bei meiner Erdrosselung behilflich sein sollten, in seiner Gegenwart umbringen und fragte ihn darauf, was ihm der Auftrag, mich zu erdrosseln, eingebracht haben würde. Er antwortete mir, seine Belohnung würde etwa dreihundert Goldstücke betragen haben, worauf ich ihm klarmachte, daß bei mir mehr zu verdienen sei. Er trat als Unterräuber in meine Dienste, und heute ist er einer meiner besten Hauptleute und zugleich einer der reichsten. Glaubt mir, Ihr könnt ebensogut vorwärtskommen wie er. Niemals hat es günstigere Gelegenheiten zum Rauben gegeben als jetzt, da Moabdar tot ist und in Babylon alles drunter und drüber geht«. – »Moabdar ist tot?« rief Zadig. »Und was ist aus der Königin Astarte geworden?« – »Das weiß ich nicht«, entgegnete Arbogad. »Ich habe nur gehört, daß Moabdar den Verstand verloren hat und ermordet wurde, daß Babylon jetzt ein großes Räubernest und das ganze Reich aus den Fugen ist, daß man noch schöne Stückchen ausführen kann, und daß ich selber schon etliche fabelhafte Handstreiche vollbracht habe.« – »Aber die Königin?« beharrte Zadig. »Um Gottes willen, sagt mir, wißt Ihr nichts über das Schicksal der Königin?« – »Es war da von einem Prinzen von Hyrkanien die Rede«, antwortete er. »Wahrscheinlich ist sie eine seiner Haremsfrauen geworden, wenn sie nicht bei dem Aufruhr in Babylon ums Leben gekommen ist. Aber ich bin auf Beute erpichter als auf Neuigkeiten. Bei meinen Streifzügen sind mir mehrere Frauen in die

Hände gefallen, von denen ich keine einzige behalte. Sind sie schön, verkaufe ich sie teuer, ohne mich um ihre Herkunft zu kümmern. Man kauft ja nicht den Rang, und selbst für eine häßliche Königin würde sich kein Käufer finden. Vielleicht habe ich auch die Königin Astarte verkauft, vielleicht ist sie tot – was kümmert mich das? Ich meine, Ihr solltet Euch ebensowenig Gedanken darüber machen wie ich.« Während er dies alles vorbrachte, trank er so ausgiebig, daß seine Gedanken ganz durcheinanderkamen und Zadig nicht mehr klug aus ihm wurde.

Bestürzt und niedergeschlagen saß Zadig da und rührte sich nicht. Arbogad zechte weiter, erzählte allerlei Geschichten, wiederholte unzählige Male, er sei der glücklichste Mensch unter der Sonne, und ermahnte Zadig, ebenso glücklich zu werden wie er. Als die Geister des Weines seine Sinne sanft umnebelt hatten, begab er sich zu Bett und versank sogleich in ruhigen Schlummer. Zadig dagegen wurde die ganze Nacht von einer schrecklichen Erregung gepeinigt. »Mein Gott«, sagte er vor sich hin, »der König hat den Verstand verloren, er ist ermordet worden! Ich kann mir nicht helfen, er tut mir leid. Das Reich zerfällt, und dieser Räuber ist glücklich. Welch ein Schicksal! Was für ein Verhängnis! Ein Räuber ist glücklich, und das liebenswerteste Geschöpf, das die Natur geschaffen hat, ist vielleicht auf grausame Art umgekommen oder lebt unter Verhältnissen, die womöglich noch schlimmer sind als der Tod. O Astarte, was mag aus Euch geworden sein!«

Sobald der Morgen graute, bestürmte er jeden, der ihm im Schloß begegnete, mit Fragen, aber alle waren sehr beschäftigt, niemand gab ihm Antwort. In der Nacht waren neue Raubzüge ausgeführt worden, und nun war man dabei, die Beute zu verteilen. Das einzige, was er in dem geräuschvollen Getriebe erlangen konnte, war die Erlaubnis, weiterreisen zu dürfen. Er machte unverzüglich davon Gebrauch, während die Erinnerungen ihn mehr denn je quälten.

Unruhig und erregt zog Zadig seines Weges. Seine Gedanken beschäftigten sich unablässig mit der unglücklichen Astarte, dem König von Babylon, seinem treuen Cador, dem glücklichen Räuber Arbogad, mit jenem launischen Weibe, das an der ägyptischen Grenze von Babyloniern weggeschleppt worden war; und schließlich dachte er an all die Widerwärtigkeiten und Schicksalsschläge, die er erlitten hatte.

SIEBZEHNTES KAPITEL
Der Fischer

Während Zadig unaufhörlich sein Schicksal beklagte und sich wie ein vom Unglück Verfolgter vorkam, erreichte er einige Meilen von Arbogads Burg entfernt das Ufer eines kleinen Flusses. Er sah einen Fischer am Ufer kauern, der mit seiner müden Hand kaum das Netz halten konnte und fast gewillt schien, es fahrenzulassen. Trostlos blickte er zum Himmel empor. »Es gibt gewiß keinen unglücklicheren Menschen als mich«, rief der Fischer, »einst war ich, wie jedermann weiß, der berühmteste Sahnenkäsehändler von Babylon, jetzt bin ich völlig ruiniert. Ich hatte die hübscheste Frau, die ein Mann meines Standes sich wünschen konnte, aber sie hat mich hintergangen. Nichts war mir geblieben als ein ärmliches Häuschen, und auch das ist vor meinen Augen ausgeplündert und zerstört worden. In einer Hütte habe ich Zuflucht gesucht und habe keine andere Erwerbsquelle als meinen Fischfang; aber kein einziger Fisch fängt sich. Ach, liebes Netz, nie wieder will ich dich ins Wasser werfen, mich selbst will ich hineinstürzen.« Bei diesen Worten erhob er sich und machte einige Schritte vorwärts wie einer, der sich ins Wasser stürzen will, um seinem Leben ein Ende zu machen.

»Ist das möglich?« fragte sich Zadig. »Es gibt also Menschen, die ebenso unglücklich sind wie ich?« So plötzlich wie dieser Gedanke überkam ihn auch der Wunsch, dem Fischer das Leben zu retten. Er eilte auf ihn zu, hielt ihn zurück und erkundigte sich teilnahmsvoll nach seinem Mißgeschick. Das eigene Unglück erscheint einem weniger schwer, wenn man sieht, daß auch andere nicht glücklich sind. Zarathustra ist der Meinung, daß diese Annahme nicht der Böswilligkeit entspringt, sondern dem eigenen Bedürfnis. Man sieht in dem Unglücklichen einen Leidensgefährten und fühlt sich zu ihm hingezogen. Die Freude eines Glücklichen würde man als eine Beleidigung empfinden; zwei Unglückliche dagegen sind wie zwei schwache Stämmchen, die sich gegenseitig stützen, um dem Sturm standhalten zu können.

»Warum laßt Ihr Euch von Eurem Unglück übermannen?« fragte Zadig den Fischer. – »Weil ich keinen Ausweg sehe«, gab er zur Antwort. »Ich war der angesehenste Mann in Derlback, einem Dorf in der Nähe von Babylon. Mit Hilfe meiner Frau bereitete ich die besten Rahmkäschen im ganzen Reich. Die Königin Astarte und der berühmte Minister Zadig aßen sie leidenschaftlich gern. Ich hatte ihnen sechshundert Käschen geliefert und kam eines Tages in die Stadt, um mein Geld einzufordern. In Babylon erfuhr ich, daß die Königin und Zadig verschwunden wären. Ich eilte in das Haus des erlauchten Zadig, den ich niemals gesehen hatte, traf aber nur die Häscher des Großen Desturham an, die auf Grund einer königlichen Vollmacht sein Haus gesetzlich und regelrecht ausplünderten. Ich stürzte zu den Wirtschaftsräumen der Königin. Einige der Herren Oberspeisemeister sagten mir, die Königin wäre tot, andere behaupteten, sie säße im Gefängnis, und wieder andere sagten, sie wäre geflohen; aber alle versicherten mir einmütig, daß mir niemand meine Käse bezahlen würde. Daraufhin ging ich mit meiner Frau zu dem Ritter Orkan, der auch zu meinen Kunden zählte, um von ihm Hilfe zu erbitten. Er sagte sie meiner Frau zu, aber mir verweigerte er sie. Das Gesicht meiner Frau war von zarterer Farbe als meine Rahmkäschen, mit denen mein Unglück begann, und der rosige Hauch, der ihre schneeweiße Haut belebte, hatte den warmen Schimmer des tyrischen Purpurs. Es kam nun so weit, daß Orkan meine Frau bei sich behielt und mich aus dem Hause jagte. Ich schrieb meiner Frau einen verzweifelten Brief. ›Ach ja, ich weiß, wer mir da geschrieben hat, ich habe schon von ihm gehört‹, sagte sie zu dem Überbringer des Briefes. ›Er soll ausgezeichnete Rahmkäse machen. Er soll mir davon schicken, und ich werde veranlassen, daß er sein Geld bekommt.‹

In meiner Verzweiflung wollte ich mich an das Gericht wenden. Ich besaß noch sechs Unzen Gold: Zwei davon mußte ich dem Rechtskundigen geben, den ich um Rat fragte, zwei dem Anwalt, der meinen Prozeß führte, und zwei dem Schreiber des Oberrichters. So hatte ich schon vor Beginn meines Prozesses mehr Geld ausgegeben, als meine Frau und mein Käse wert waren. Ich kehrte in mein Dorf zurück mit der Absicht, mein Haus zu verkaufen, um meine Frau zurückzubekommen.

Mein Haus war gut sechzig Unzen Gold wert, aber es sprach sich herum, daß ich Geld brauchte und das Haus verkaufen mußte. Der erste Käufer, an den ich mich wandte, bot mir dreißig Unzen, der zweite zwanzig, der dritte zehn. Ich war völlig verwirrt und wollte schon den Verkauf abschließen, als ein Fürst von Hyrkanien, der nach Babylon wollte, durch das Dorf zog und alles, was an seinem Wege lag, dem Erdboden gleichmachte. Mein Haus wurde erst ausgeplündert und dann niedergebrannt. Nachdem ich so mein Geld, meine Frau und mein Haus verloren hatte, zog ich mich hierher zurück. Ich habe versucht, von der Fischerei zu leben, aber die Fische machen sich genauso über mich lustig wie die Menschen. Ich fange nichts und bin dem Verhungern nahe. Und ohne Euch, großmütiger Retter, läge ich schon tot auf dem Grunde dieses Flusses.«

Der Fischer konnte seine Erlebnisse nicht hintereinander erzählen, denn Zadig, der ganz erschüttert und erregt war, unterbrach ihn alle Augenblicke mit der Frage: »Und Ihr wißt wirklich nichts über das Schicksal der Königin?« – »Nein, Herr«, antwortete der Fischer, »ich weiß nur, daß die Königin und Zadig mir meine Rahmkäse schuldig geblieben sind, daß man mir meine Frau genommen hat und daß ich der Verzweiflung nahe bin.« – »Ich habe aber Hoffnung, daß Ihr nicht Euer ganzes Geld verliert«, sagte Zadig. »Man hat mir von diesem Zadig erzählt. Er soll ein ehrlicher Mensch sein, und wenn er, was sehr wahrscheinlich ist, nach Babylon zurückkehrt, wird er Euch mehr bezahlen, als er Euch schuldig ist. Doch was Eure Frau betrifft, die nicht so ehrenhaft zu sein scheint, so rate ich Euch, nehmt sie nicht zurück. Folgt meinem Rat und geht nach Babylon. Ich werde früher als Ihr dort sein, denn ich reite, während Ihr zu Fuß geht. Wendet Euch an den erlauchten Cador, sagt ihm, Ihr wäret seinem Freunde begegnet, und wartet bei ihm auf mich. Geht, vielleicht werdet Ihr nicht immer so unglücklich bleiben, wie Ihr jetzt seid.

Oh, allmächtiger Ormuzd«, fuhr Zadig fort, »du bedienst dich meiner, um diesen Mann zu trösten; wer aber soll mir Trost bringen?« Nach diesen Worten gab er dem Fischer die Hälfte des Geldes, das er aus Arabien mitgebracht hatte. Der Fischer, der verwirrt und zugleich freudig überrascht war, warf sich vor dem Freunde Cadors nieder, küßte seine Füße und rief: »Ihr seid mein Rettungsengel!«

Zadig, der seine Tränen nicht zurückhalten konnte, wollte immer mehr Neuigkeiten wissen. »Wie, gnädiger Herr«, rief der Fischer aus, »Ihr seid auch unglücklich? Ihr, der anderen Gutes tut?« – »Ich bin hundertmal unglücklicher als du«, erwiderte Zadig. – »Wie kommt es aber, daß der, der gibt, beklagenswerter ist als der, der empfängt?« rief der biedere Fischer. – »Das kommt daher, daß dein größtes Unglück die Not war, bei mir aber ist das Herz tief unglücklich.« – »Hat Euch Orkan vielleicht auch Eure Frau fortgenommen?« wollte der Fischer wissen. Diese Worte riefen in Zadig die Erinnerung an seine Abenteuer wach, und er ging im Geiste die Reihe seiner unglücklichen Erlebnisse durch, angefangen von der königlichen Hündin bis zu seinem Aufenthalt bei dem Räuber Arbogad. »Ja, Orkan hat wohl eine Strafe verdient«, sagte er zu dem Fischer, »aber gewöhnlich sind gerade solche Menschen die Lieblinge der Götter. Wie dem auch sei, geh zu dem erlauchten Cador und warte dort auf mich.« Darauf trennten sie sich: Der Fischer ging seines Weges und dankte im stillen seinem Schicksal; Zadig dagegen verfluchte das seine, während er von dannen ritt.

ACHTZEHNTES KAPITEL
Der Basilisk

Zadig kam an einer herrlichen Wiese vorbei und sah, wie dort mehrere Frauen eifrig etwas suchten. Er war so frei, sich einer von ihnen zu nähern und zu fragen, ob es erlaubt wäre, ihnen beim Suchen zu helfen. »Hütet Euch«, erwiderte die Syrerin, »das, was wir suchen, darf nur von Frauenhänden berührt werden.« – »Wie merkwürdig«, sagte Zadig. »Darf ich Euch bitten, mir zu sagen, was das ist, dessen Berührung nur den Frauen gestattet ist?« – »Ein Basilisk ist es«, sagte sie. »Ein Basilisk, Madame? Und zu welchem Zweck, wenn ich fragen darf, sucht Ihr einen Basilisken?« – »Wir suchen ihn für unseren Herrn und Gebieter Ogul, dessen Schloß Ihr drüben auf dem anderen Ufer am Rande der Wiese seht. Wir hier sind seine ergebenen Sklavinnen. Der edle Ogul ist krank, und sein Arzt hat ihm verordnet, einen in Rosenwasser gekochten Basilisken zu essen. Und da solch ein Basilisk ein sehr seltenes Tier ist und sich nur von Frauenhänden fangen läßt, hat unser Herr versprochen, diejenige von uns zu seiner Lieblingsfrau zu machen, die ihm einen Basilisken bringt. Nun laßt mich aber bitte weitersuchen, denn Ihr wißt ja, was es mich kosten würde, wenn mir eine meiner Gefährtinnen zuvorkäme.«

Zadig ließ die Syrerinnen ihren Basilisken suchen und wanderte weiter durch die Wiesen. Am Ufer eines Baches stieß er wieder auf eine Frau, die nicht suchte, sondern ausgestreckt im Grase lag. Sie schien von majestätischer Gestalt zu sein, ihr Gesicht aber war von einem Schleier verhüllt. Sie lag dem Wasser zugewandt, und tiefe Seufzer entrangen sich ihrem Munde. In der Hand hielt sie einen kleinen Stab und schrieb damit Buchstaben in den feinen Sand zwischen Fluß und Rasen. Zadig war neugierig und wollte wissen, was die Frau schrieb. Er näherte sich ihr und sah den Buchstaben Z, dann ein A – er war verwundert; dann erschien ein D – er erbebte. Niemals ist jemand so überrascht gewesen wie Zadig, als er nun noch die beiden letzten Buchstaben seines Namens erblickte. Eine Weile stand er regungslos da, dann unterbrach er das Schweigen mit stokkender Stimme: »O edle Dame, verzeiht einem unglücklichen Fremden, wenn er Euch zu fragen wagt, durch welchen seltsamen Zufall er hier den Namen ZADIG von Eurer göttlichen Hand gezeichnet sieht.« Beim Klang dieser Stimme, bei diesen Worten schlug die Dame mit zitternder Hand den Schleier zurück. Sie blickte Zadig an, stieß einen Schrei aus, der Rührung, Überraschung und Freude zugleich ausdrückte, und fiel – überwältigt von den mannigfachen Empfindungen, die ihre Seele bestürmten – ohnmächtig in seine Arme. Es war Astarte selbst, die Königin von Babylon, die Frau, die Zadig vergötterte, obgleich ihm diese Neigung verwerflich erschien; sie, um die er so viel Tränen vergossen und um deren Schicksal er so sehr gebangt hatte. Einen Augenblick lang war er seiner Sinne nicht mächtig, doch als Astarte verwirrt ihre sehnsüchtigen, zärtlichen Augen zu ihm aufschlug und seine Blicke in den ihren versanken, rief er: »O ihr ewigen Mächte, die ihr die Geschicke der schwachen Sterblichen lenkt, gebt ihr mir Astarte wieder? Zu welcher Zeit, an welchem Ort, in welchem Zustand finde ich sie!« Er warf sich vor Astarte in die Knie und preßte seine Stirn in den Staub zu ihren Füßen. Da hob ihn die Königin von Babylon auf und hieß ihn, sich am Ufer des Baches an ihre Seite zu setzen. Wieder und wieder mußte sie ihre Augen trocknen, weil ihnen immer von neuem Tränen entrannen. Wohl zwanzigmal fing sie ihre Erzählung an, stets aber erstickte ihre Stimme im Schluchzen. Sie wollte wissen, welcher Zufall sie zusammengeführt hatte, doch bevor er antworten konnte, stellte sie neue Fragen. Sie nahm den Bericht über ihre unseligen Erlebnisse wieder auf, wollte aber dann hören, was ihm widerfahren war. Als sich endlich bei beiden der innere

Aufruhr etwas gelegt hatte, erzählte ihr Zadig in kurzen Worten, durch welche Umstände er in diese Gegend gekommen war. »O unglückliche, erhabene Königin, wie kommt es aber, daß ich Euch an diesem entlegenen Ort finde, mit Sklavenkleidern angetan und umgeben von anderen Sklavinnen, die einen Basilisken suchen, um ihn nach der ärztlichen Verordnung in Rosenwasser zu kochen?« – »Während die anderen da ihren Basilisken suchen, will ich Euch erzählen, was ich erduldet habe und was ich nun, da ich Euch wiedersehe, dem Schicksal gern verzeihe«, sagte die schöne Astarte. »Ihr wißt, daß es meinem Gatten, dem König, mißfiel, daß Ihr der liebenswerteste aller Männer waret. Aus diesem Grunde faßte er eines Nachts den Entschluß, Euch erdrosseln und mich vergiften zu lassen. Ihr wißt auch, daß es dem Himmel gefiel, mich durch meinen stummen Zwerg von der Verfügung Seiner allerhöchsten Majestät in Kenntnis zu setzen. Kurz nachdem Euch Euer treuer Cador überredet hatte, meiner Anordnung zu gehorchen und zu fliehen, drang er wagemutig mitten in der Nacht durch eine Geheimtür in mein Gemach ein. Er entführte mich und brachte mich in den Tempel des Ormuzd, wo mich sein Bruder, der Magier, in eine Kolossalstatue einschloß, deren Sockel auf dem Fundament des Tempels ruhte, während ihr Haupt bis an die Kuppel hinaufreichte. Ich war dort wie lebendig begraben, aber der Magier versorgte mich, und es fehlte mir an nichts. Indessen hatte sich bei Tagesanbruch der Leibapotheker Seiner Majestät mit einem Trank aus Bilsenkraut, Opium, Schierling, schwarzer Nießwurz und Wolfswurzel in mein Gemach begeben, und ein anderer Beamter erschien bei Euch mit einer Schnur aus blauer Seide. Sie fanden niemanden vor. Um den König besser täuschen zu können, eilte Cador zu ihm und erhob zum Schein Anklage gegen uns beide. Er gab an, daß Ihr den Weg nach Indien eingeschlagen hättet, während ich nach Memphis geflohen wäre. Sofort wurden Euch und mir Häscher nachgesandt.

Die Sendlinge, die mich suchen sollten, kannten mich nicht.

Ich hatte niemals mein Gesicht enthüllt, nur vor Euch und auch nur in Gegenwart und auf Befehl meines Gemahls. Meine Verfolger konnten mich nur auf Grund einer Beschreibung, die man ihnen von mir gegeben hatte, ausfindig machen. Eine Frau von gleichem Wuchs wie ich – und vielleicht viel anziehender – fiel ihnen an der ägyptischen Grenze in die Hände. Da sie ratlos umherirrte, zweifelten meine Verfolger keinen Augenblick daran, daß sie die Königin von Babylon vor sich hätten, und brachten sie zum König. Ihr Mißgriff versetzte den König anfangs in heftigen Zorn, als er die Frau jedoch näher betrachtete, fand er sie sehr schön und war getröstet. Sie hieß Missuf, und man sagte mir später, daß dieser Name auf ägyptisch *Die schöne Launische* bedeute. Sie war wirklich launenhaft, aber auch ebenso durchtrieben. Sie gefiel Moabdar und beherrschte ihn schließlich so weit, daß er sie zu seiner Gemahlin erhob. Jetzt erst zeigte sich ihr wahrer Charakter. Ohne Scheu überließ sie sich allen Zügellosigkeiten, die ihr in den Sinn kamen. Den alten, von der Gicht geplagten Obermagier wollte sie zwingen, vor ihr zu tanzen, und als er sich weigerte, ließ sie ihm keine Ruhe mehr und verfolgte ihn mit tausend Gehässigkeiten. Ihrem Oberstallmeister befahl sie, eine Obsttorte zu backen. Vergebens beteuerte er, er sei kein Zuckerbäcker, es half ihm nichts, er mußte die Torte backen und wurde dann fortgejagt, weil sie angebrannt war. Ihren Zwerg setzte sie als Oberstallmeister ein und einen Pagen als Kanzler, und auf diese Art regierte sie Babylon. Alle Welt trauerte mir nach. Der König, der bis zu dem Augenblick, da er mich vergiften und Euch erdrosseln lassen wollte, ein verständiger Mensch gewesen war, schien alle seine guten Eigenschaften in der maßlosen Liebe zu der schönen Launischen erstickt zu haben. Am Tage des Heiligen Feuers kam er in den Tempel, und ich hörte, wie er zu den Füßen der Statue, in der ich eingeschlossen war, die Götter um ihre Gunst für Missuf anflehte. Da erhob ich meine Stimme und rief ihm zu: ›Die Götter haben kein Ohr für die Bitten eines Königs, der zum Tyrannen geworden ist und eine vernünftige

Frau umbringen lassen wollte, um eine unberechenbare zu heiraten.‹ Moabdar war durch diese Worte dermaßen erschüttert, daß sich seine Sinne verwirrten. Mein Orakelspruch und die Herrschsucht Missufs genügten, um ihm den Verstand zu rauben: Wenige Tage später wurde er wahnsinnig.

Sein Irrsinn, der als Strafe des Himmels angesehen wurde, gab das Signal zum Aufruhr; das Volk erhob sich und griff zu den Waffen. Babylon, das so lange in träger Verweichlichung versunken gewesen war, wurde zum Schauplatz eines furchtbaren Bürgerkrieges. Man holte mich aus der Statue hervor und stellte mich an die Spitze einer Partei, während Cador nach Memphis eilte, um Euch nach Babylon zurückzuholen. Als der Fürst von Hyrkanien von diesen Ereignissen erfuhr, rückte er mit seiner Armee in Chaldäa ein, um eine dritte Partei zu gründen. Er griff den König an, der sich ihm mit seiner überspannten Ägypterin entgegenwarf. Moabdar fiel, von zahlreichen Schwertstreichen durchbohrt, und Missuf geriet in die Hände des Siegers. Das Unglück wollte es, daß ich selbst von einem Trupp Hyrkanier aufgegriffen wurde, der mich gerade in dem Augenblick dem Fürsten vorführte, als man Missuf zu ihm brachte. Ihr werdet sicher mit Genugtuung hören, daß der Fürst mich schöner fand als jene Ägypterin, doch wird es Euch schmerzlich berühren, daß er mich für seinen Harem bestimmte. Er erklärte mir ohne Umschweife, daß er gleich nach Beendigung des von ihm geplanten Kriegszuges zu mir kommen würde. Stellt Euch meine Verzweiflung vor! Ich war nicht mehr an Moabdar gebunden, ich hätte Zadig gehören dürfen – und geriet nun in die Ketten dieses Barbaren! Ich antwortete ihm mit dem ganzen Stolz, den mir mein Rang und meine Gefühle verliehen. Ich hatte immer gehört, daß der Himmel Menschen meines Standes einen Zug von Größe verleihe, durch den sie mit einem Wort und einem Blick die Verwegenen, die es an der schuldigen Ehrfurcht fehlen ließen, in die Schranken zurückzuweisen vermochten. Ich sprach wie eine Königin, wurde aber wie eine Kammerzofe behandelt. Ohne mich auch nur eines Wortes zu würdigen, sagte der Hyrkanier zu seinem schwarzen Eunuchen, ich sei recht unverschämt, er fände mich aber hübsch. Er befahl ihm, gut für mich zu sorgen und mir die gleiche Pflege wie seinen Lieblingsfrauen angedeihen zu lassen, damit ich wieder frische Wangen bekäme und seiner Gunst würdiger wäre für den Tag, da es ihm gefallen würde, mich zu beehren. Ich sagte ihm, ich würde mich umbringen, er jedoch erwiderte lachend, man mache seinem Leben nicht so leicht ein Ende, er sei an derartige Zimperlichkeit schon gewöhnt – und er verließ mich wie einer, der sein Vogelbauer um einen Papageien bereichert hat. Oh, was für eine Lage für die erste Königin der Welt und – weit schlimmer – für ein Herz, das Zadig gehörte!«

Bei diesen Worten warf Zadig sich zu Astartes Füßen nieder und benetzte sie mit seinen Tränen. Astarte hob ihn sanft auf und fuhr fort: »Ich sah mich also in der Gewalt eines Barbaren und als Nebenbuhlerin einer Närrin, mit der ich zusammen eingesperrt war. Missuf erzählte mir von ihrem ägyptischen Abenteuer, und aus der Beschreibung, die sie mir von Euch gab, aus der Zeitangabe, dem Dromedar, das Euer Reittier gewesen war, und aus all den anderen Einzelheiten schloß ich, daß es Zadig gewesen sein mußte, der sich ihretwegen geschlagen hatte. Ich war überzeugt, daß Ihr Euch in Memphis aufhieltet, und so faßte ich den Entschluß, ebenfalls dorthin zu gehen. ›Schöne Missuf‹, sagte ich zu ihr, ›Ihr seid eine bessere Gesellschafterin als ich, Ihr könnt den Fürsten von Hyrkanien viel netter unterhalten. Verhelft mir zur Flucht, Ihr seid dann die alleinige Herrscherin, denn Ihr seid eine Nebenbuhlerin los, und mich würdet ihr glücklich machen.‹ Missuf erwog mit mir die Möglichkeiten der Flucht, und ich brach dann heimlich mit einer ägyptischen Sklavin auf.

Ich befand mich bereits in der Nähe der arabischen Grenze, als ich einem berüchtigten Räuber namens Arbogad in die Hände fiel. Er verkaufte mich an Händler, die mich in das Schloß des Ritters Ogul brachten, und dieser hat mich gekauft, ohne zu wissen, wer ich war. Ogul ist ein Lüstling, dessen Sinnen und Trachten nur auf gutes Essen und Trinken gerichtet ist und der glaubt, Gott habe ihn einzig dazu geschaffen, um die Freuden der Tafel zu genießen. Er ist so furchtbar dick, daß er jeden Augenblick dem Ersticken nahe ist. Sein Arzt, der nicht viel zu sagen hat, wenn seine Verdauung gut ist, beherrscht ihn despotisch, sobald er zuviel gegessen hat. Er hat ihm nun eingeredet, er könnte ihn durch einen in Rosenwasser gekochten Basilisken heilen, und der Ritter Ogul hat daraufhin derjenigen seiner Sklavinnen, die ihm den Basilisken verschafft, die Ehe versprochen. Wie Ihr seht, überlasse ich es den anderen, sich diese Ehre zu verdienen, und nie war mein Verlangen, diesen Basilisken zu finden, geringer als jetzt, da der Himmel mir vergönnt hat, Euch wiederzusehen.« Nun sagten sich Astarte und Zadig all das, was ihre lange unterdrückten Gefühle, was schmerzliches Erinnern und heiße Innigkeit ihren edlen, leidenschaftlichen Herzen eingaben. Und die Genien der Liebe trugen ihre Worte bis in die Sphären der Venus.

Die Frauen kehrten mit leeren Händen zu Ogul zurück. Da ließ sich Zadig bei ihm melden und sprach zu ihm: »Möge Euch der Himmel unsterbliche Gesundheit verleihen und alle Eure künftigen Tage beschirmen! Ich bin Arzt. Auf das Gerücht von Eurer Erkrankung hin bin ich hierhergeeilt und bringe Euch einen in Rosenwasser gekochten Basilisken. Ich erhebe nicht etwa den Anspruch, von Euch geheiratet zu werden, ich bitte Euch nur um die Freiheit einer jungen babylonischen Sklavin, die seit einigen Tagen bei Euch ist. Ich bin bereit, an ihrer Stelle Euer Sklave zu werden, falls ich nicht das Glück haben sollte, den großen Ritter Ogul zu heilen.« Der Vorschlag wurde angenommen. Astarte reiste mit Zadigs Diener nach Babylon und versprach, ihm unverzüglich einen Boten zu schicken, der ihn über alles Vorgefallene unterrichten sollte. Sie nahmen ebenso zärtlich voneinander Abschied, wie sie sich bei ihrem Wiedersehen begrüßt hatten. Der Augenblick der Trennung und des Sichwiederfindens sind die beiden größten Ereignisse im Leben, wie es im großen Buch Zend heißt. Zadig liebte die Königin so aufrichtig, wie er es ihr durch Schwüre beteuerte, und die Liebe der Königin zu Zadig war viel tiefer, als ihm ihr Mund verriet.

Zadig ging zu Ogul und sprach: »Erlauchter Herr, meinen Basilisken kann man nicht essen, seine Kraft muß durch Eure Person auf Euch übergehen. Ich habe ihn in einen kleinen, aufgeblasenen Ball eingeschlossen, der mit einer dünnen Haut überspannt ist. Ihr müßt nun diesen Ball aus Leibeskräften abstoßen, und ich werde ihn immer wieder zurückwerfen, und wenn Ihr diese Übung einige Tage gemacht habt, werdet Ihr erkennen, was meine Kunst vermag.« Am ersten Tage war Ogul ganz außer Atem und glaubte, vor Ermattung sterben zu müssen; am zweiten war er schon bedeutend weniger müde und schlief auch besser, und nach acht Tagen hatte er seine volle Kraft und Gesundheit, die Leichtigkeit und Fröhlichkeit seiner besten Jahre wiedererlangt. »Ihr habt Ball gespielt und waret mäßig im Essen und Trinken«, sagte Zadig zu ihm. »Es gibt keinen Basilisken auf der Welt, aber man fühlt sich stets wohl, wenn man Mäßigkeit übt und sich Bewegung macht. Die Kunst, bei unmäßigem Leben gesund zu bleiben, existiert ebensowenig wie der Stein der Weisen, die weissagende Astrologie oder die Theologie der Magier.«

Der Leibarzt Oguls merkte, wie gefährlich dieser Mann für die Medizin war, und so verbündete er sich mit dem Leibapotheker, um Zadig ins Jenseits zu befördern und ihn dort Basilisken suchen zu lassen. Wie Zadig immer, wenn er Gutes tat, bestraft worden war, so drohte ihm jetzt die Gefahr, umgebracht zu werden, nur weil er einen Prasser von Edelmann kuriert hatte. Zadig wurde zu einem delikaten Mahl geladen. Beim zweiten Gang sollte er vergiftet werden, aber schon beim ersten Gang erhielt er eine Botschaft von Astarte, und so verließ er die Tafelrunde und machte sich auf den Weg. »Wenn man von einer schönen Frau geliebt wird«, sagt der große Zarathustra, »kommt man in dieser Welt stets gut davon.«

NEUNZEHNTES KAPITEL
Die Kämpfe

Die Königin war in Babylon mit jener überschwenglichen Begeisterung empfangen worden, die man einer schönen Fürstin stets entgegenbringt, wenn sie viel Leid erfahren hat. In Babylon schien es wieder ruhiger geworden zu sein. Der Fürst von Hyrkanien war in einem Gefecht getötet worden, und die siegreichen Babylonier erklärten, Astarte sollte denjenigen heiraten, den das Volk zum Herrscher wählen würde. Es sollte vermieden werden, daß die höchste Würde der Welt, das heißt die des Gatten Astartes und des Königs von Babylon, durch Ränke und Intrigen erlangt werden konnte, und man schwur, nur den Tapfersten und Weisesten als König anzuerkennen. Einige Meilen von der Stadt entfernt wurde ein großer Kampfplatz errichtet, der von einem prächtig ausgeschmückten Amphitheater umgeben war. Dorthin sollten sich die Kämpfer in voller Rüstung begeben, und jedem von ihnen wurde ein besonderer Raum hinter dem Amphitheater zugewiesen, wo ihn niemand sehen oder sprechen durfte. Jeder der Kämpfer hatte vier Lanzen zu brechen. Diejenigen, denen es gelang, vier Ritter zu besiegen, mußten dann gegeneinander kämpfen, und wer als letzter das Feld behauptete, sollte zum Sieger der Wettkämpfe erklärt werden. Vier Tage darauf sollte er in derselben Rüstung wieder erscheinen, um die von den Magiern aufgegebenen Rätsel zu lösen. Gelang ihm das nicht, so durfte er auch nicht König werden, und das Lanzenstechen mußte von neuem beginnen, bis sich ein Mann fand, der aus beiden Kämpfen als Sieger hervorging, denn man wollte unbedingt den Tapfersten und Weisesten zum König haben. Die Königin sollte während dieser ganzen Zeit streng bewacht werden, es war ihr lediglich erlaubt, mit verhülltem Antlitz den Kampfspielen beizuwohnen. Mit keinem der Bewerber durfte sie ein Wort wechseln, damit jegliche Bevorzugung und Ungerechtigkeit ausgeschaltet wurde.

Astarte setzte ihren Geliebten von diesen Bestimmungen in Kenntnis und hoffte, er werde um ihretwillen mehr Mut und Geist zeigen als alle anderen. Zadig brach auf und flehte die Göttin Venus an, seinen Mut zu stärken und seinen Geist zu erleuchten. Am Vorabend des großen Tages erreichte er das Euphratufer. Er ließ seinen Wahlspruch mit denen der anderen Kämpfer eintragen, ohne jedoch, wie das Gesetz es bestimmte, sein Gesicht zu zeigen und seinen Namen zu nennen. Dann begab er sich in dem ihm durch das Los zugewiesenen Raum zur Ruhe. Sein Freund Cador, der nach Babylon zurückgekehrt war, nachdem er ihn vergebens in Ägypten gesucht hatte, ließ ihm im Auftrage der Königin eine vollständige Rüstung überbringen und übersandte ihm gleichzeitig das schönste persische Pferd. An diesen Geschenken erkannte Zadig seine Astarte. Sein Mut und seine Liebe gewannen neue Kraft, und neue Hoffnung belebte ihn.

Als am nächsten Morgen die Königin unter einem mit Edelsteinen verzierten Baldachin Platz genommen hatte und die Damen und alle Stände Babylons das Amphitheater füllten, erschienen die Kämpfer in der Arena. Nachdem jeder von ihnen seinen Wahlspruch zu Füßen des Obermagiers niedergelegt hatte, wurden die Sprüche ausgelost, wobei derjenige Zadigs als letzter gezogen wurde. Der erste Kämpfer war ein steinreicher Ritter namens Itobad. Er war schrecklich eitel und ungeschickt und hatte wenig Mut und noch weniger Geist. Seine Bedienten hatten ihm eingeredet, daß ein Mann wie er König werden müßte, worauf er ihnen geantwortet hatte: »Ja, nur ein Mann wie ich darf herrschen.« So wurde er denn vom Kopf bis zum Fuß ausgerüstet: Er trug einen goldenen, mit Grün emaillierten Panzer, einen grünen Federbusch und eine mit grünen Bändern geschmückte Lanze. Schon an der Art, wie Itobad sein Pferd lenkte, erkannte man, daß er nicht der Mann war, dem der Himmel das Zepter Babylons zugedacht hatte. Der erste Ritter, der sich ihm stellte, hob ihn aus dem Sattel, der zweite warf ihn rücklings auf das Hinterteil seines Pferdes, wo er mit in die Luft gestreckten Beinen und hängenden Armen liegenblieb. Itobad setzte sich wieder zurecht, aber auf so ungeschickte Art, daß das ganze Amphitheater in Gelächter ausbrach. Der dritte Ritter verschmähte es sogar, sich seiner Lanze zu bedienen. Er machte einen Ausfall gegen Itobad, packte ihn am rechten Bein, drehte ihn halb herum und ließ ihn in den Sand fallen. Lachend eilten die Stallmeister der Kampfspiele herbei und setzten ihn wieder in den Sattel. Der vierte Wettkämpfer faßte ihn am linken Bein und warf ihn nach der anderen Seite von seinem Pferd herunter. Unter nicht enden wollendem Hohngelächter wurde er in seine Zelle geführt, wo er, den Bestimmungen gemäß, die Nacht zubringen mußte. Mühselig schleppte er sich dahin und murmelte: »Welch ein Abenteuer für einen Mann wie mich.«

Die anderen Ritter zeigten sich ihrer Aufgabe eher gewachsen. Einige von ihnen besiegten zwei Gegner hintereinander, andere sogar drei, und Prinz Otam trug als einziger den Sieg über vier Wettkämpfer davon. Endlich war Zadig an der Reihe. Mit größter Geschicklichkeit warf er vier Ritter nacheinander aus dem Sattel. Nun mußte es sich zeigen, wer Sieger blieb: Otam oder Zadig. Der erstere trug eine blaugoldene Rüstung und einen gleichfarbigen Federbusch, der Panzer Zadigs war weiß. Die Sympathien der Zuschauer waren teils auf seiten des blauen, teils auf seiten des weißen Ritters, die Königin jedoch sandte klopfenden Herzens ein Gebet zum Himmel für den Ritter in Weiß.

Die beiden Wettkämpfer machten ihre Ausfälle und Wendungen mit so viel Behendigkeit, sie versetzten einander so wohlgezielte Lanzenstöße, sie saßen so sicher im Sattel, daß alle, mit Ausnahme der Königin, den Wunsch hatten, es möge zwei Könige in Babylon geben. Als schließlich die Rosse der Kämpfenden schon ganz matt und ihre Lanzen zersplittert waren, wandte Zadig eine List an: Er fiel dem blauen Prinzen in den Rücken, schwang sich hinter ihm auf sein Pferd, umfaßte ihn, warf ihn zu Boden, setzte sich an seiner Stelle in den Sattel und tummelte nun Otams Roß um den zu Boden gestreckten Gegner herum. Das ganze Amphitheater hallte wider von dem Ruf »Heil dem weißen Ritter!« Otam steht wütend auf und zieht sein Schwert, und Zadig springt, den Säbel in der Hand, vom Pferd. Nun stehen beide mitten in der Arena und liefern einen neuen Kampf, in dem Kraft und Gewandtheit abwechselnd siegen. Unter zahllosen blitzschnellen Streichen lösen sich die Federn ihrer Helmbüsche, die Nieten ihrer Armschienen, die Maschen ihrer Panzerhemden und fliegen durch die Luft. Hieb und Stich hageln auf den Gegner hernieder, rechts und links, auf Brust und Kopf; sie weichen zurück, springen vor, sie messen sich, springen sich an, einer packt den anderen, sie winden sich wie Schlangen, sie kämpfen wie Löwen, während unaufhörlich Funken unter ihren mächtigen Schwerthieben aufsprühen. Endlich kommt Zadig zur Besinnung, hält ein, macht einen Scheinstoß, überrennt Otam, bringt ihn zu Fall und entwaffnet ihn. »O weißer Ritter, Ihr sollt König von Babylon werden!« ruft der geschlagene Otam aus. Die Königin war außer sich vor Freude! Den Kampfbestimmungen entsprechend wurden die beiden Ritter, ebenso wie vorher die anderen Wettkämpfer, in ihre Zellen zurückgeführt. Stumme Diener erschienen und brachten ihnen Speisen und Getränke. Man kann sich wohl denken, daß es der stumme Zwerg der Königin war, der Zadig bediente! Darauf mußte jeder der Ritter bis zum nächsten Morgen allein in seinem Gemach schlafen. Zur festgesetzten Stunde mußte der Sieger dann dem Obermagier seinen Wahlspruch vorlegen, um sich auszuweisen.

Zadig war so erschöpft, daß er trotz seiner Verliebtheit fest schlief, Itobad jedoch, der im Nebenzimmer lag, konnte nicht schlafen. Mitten in der Nacht stand er auf, ging in Zadigs Zelle, nahm dessen Wahlspruch und dessen weiße Rüstung und legte seine grüne Rüstung an ihren Platz.

Bei Tagesanbruch begab er sich erhobenen Hauptes zu dem Obermagier und erklärte ihm, »ein Mann wie er« sei der Sieger. Darauf war man nicht gefaßt gewesen, doch wurde er, noch während Zadig schlief, zum König ausgerufen. Bestürzt und ganz verzweifelt kehrte Astarte nach Babylon zurück. Als Zadig erwachte, war das ganze Amphitheater fast leer. Er suchte seine Rüstung, fand aber nur die grüne, und da er kein anderes Kleidungsstück hatte, blieb ihm nichts anderes übrig, als sie anzulegen. Zadig war verwundert und empört, und nachdem er voller Wut den Panzer umgeschnallt hatte, begab er sich in dieser Ausrüstung auf den Kampfplatz. Alle, die sich noch im Amphitheater und in der Arena befanden, empfingen ihn mit Hohngelächter. Man umdrängte ihn und beschimpfte ihn, und noch niemals zuvor hatte ein Mensch so tödliche Beleidigungen hinnehmen müssen wie Zadig. Schließlich war seine Geduld zu Ende, und mit Säbelhieben verscheuchte er den Pöbel, der ihn zu schmähen wagte. Aber was sollte er tun? Die Königin konnte er nicht aufsuchen; die weiße Rüstung, die sie ihm gesandt hatte, konnte er nicht zurückfordern, denn das hieße ja die Königin bloßstellen. So tobten Zorn und Unrast in seinem Innern, während sich Astarte in ihrem Schloß ganz ihrem Schmerz überließ. Zadig wanderte am Euphratufer entlang und war überzeugt, daß es ihm vom Schicksal bestimmt war, sein ganzes Leben lang unglücklich zu sein. Noch einmal ging er im Geiste all das Ungemach durch, das er seit dem Abenteuer mit der Frau, die die Einäugigen haßte, bis zu dem Verlust seiner Rüstung erfahren hatte. »Das kommt davon, daß ich die Zeit verschlafen habe«, sprach er zu sich, »wenn ich nicht so lange geschlafen hätte, wäre ich jetzt König von Babylon, und Astarte wäre mein. Wissen, Tugend, Tapferkeit – alles hat mir nur immer Unglück gebracht.« Sein Mißmut ging so weit, daß er sogar wider die Vorsehung zu murren begann, und er fühlte sich versucht zu glauben, die Welt werde von einem grausamen Geschick gelenkt, das die Ehrenhaften unterdrückt und die grünen Ritter begünstigt. Sein größter Kummer war, daß er die grüne Rüstung tragen mußte, die ihm so viel Hohn und Spott eingebracht hatte. Als ein Händler an ihm vorüberging, verkaufte er ihm die unglückselige Rüstung zu einem lächerlich geringen Preis und erhandelte von ihm einen Rock und eine spitze Mütze. In diesem Aufzug wanderte er am Euphratufer entlang. Sein Herz war voller Verzweiflung, und im stillen klagte er die Vorsehung an, die ihn unablässig verfolgte.

ZWANZIGSTES KAPITEL
Der Einsiedler

Unterwegs begegnete Zadig einem Einsiedler, dessen ehrwürdiger weißer Bart bis zum Gürtel herabhing. In der einen Hand hielt er ein Buch, in dem er aufmerksam las. Zadig blieb stehen und verneigte sich tief vor ihm. Der Einsiedler erwiderte seinen Gruß in so vornehmer und sanfter Art, daß Zadig Lust verspürte, mit ihm ein Gespräch anzuknüpfen. Er fragte ihn, was für ein Buch er lese. »Das Buch des Schicksals«, entgegnete der Einsiedler, »wollt Ihr auch einmal hineinsehen?« Er reichte Zadig das Buch, doch obgleich dieser mehrere Sprachen beherrschte, konnte er keinen einzigen Buchstaben entziffern; das erhöhte noch seine Wißbegierde. »Ihr scheint recht bekümmert zu sein«, sagte der gute Alte zu ihm. »Ach ja«, entgegnete Zadig, »ich habe allen Grund dazu.« – »Wenn Ihr gestattet, daß ich Euch begleite, kann ich Euch vielleicht helfen«, entgegnete der Greis. »Ich habe schon oftmals bedrängten Seelen Trost gespendet.« Das Wesen des Einsiedlers, sein weißer Bart und das Buch, das er in der Hand hielt, flößten Zadig größte Ehrfurcht ein, und er fand bald heraus, daß seine Reden tiefer Einsicht und Erkenntnis entsprangen. Der Einsiedler sprach über das Schicksal, die Gerechtigkeit, die Moral, über das höchste Gut, die menschlichen Schwächen, über Tugenden und Laster mit so lebhafter und ergreifender Beredsamkeit, daß sich Zadig wie durch einen unwiderstehlichen Zauber zu ihm hingezogen fühlte. Er bat ihn inständig, bei ihm bleiben zu dürfen, bis sie Babylon erreicht hätten. »Ich wollte Euch selbst darum bitten«, sagte der Greis zu ihm, »schwört mir bei Ormuzd, daß Ihr in den nächsten Tagen bei mir bleibt, was immer auch geschehen mag.« Zadig schwur, und sie zogen zusammen weiter.

Gegen Abend erreichten die beiden Wanderer ein prächtiges Schloß. Der Eremit bat für sich und seinen jungen Begleiter um Gastfreundschaft, und der Pförtner des Schlosses, den man für einen hohen Herrn halten konnte, ließ sie mit herablassender Freundlichkeit eintreten. Dann führte man sie zu dem Haushofmeister, und dieser zeigte ihnen die prächtigen Gemächer des Schloßherrn. Beim Essen durften sie am unteren Ende der Tafel Platz nehmen, ohne daß der Hausherr sie eines Blickes würdigte, sonst aber wurden sie wie alle anderen reichlich und aufmerksam bedient. Am Schluß der Mahlzeit brachte man ihnen goldene, mit Smaragden und Rubinen besetzte Waschbekken. Dann wies man ihnen ein schönes Schlafgemach zu, und am nächsten Morgen brachte der Diener jedem von ihnen ein Goldstück, worauf sie verabschiedet wurden.

»Der Schloßherr scheint sehr freigebig, aber auch recht stolz zu sein«, sagte Zadig, als sie unterwegs waren, »er übt Gastfreundschaft auf sehr großzügige Art.« Während er so sprach, bemerkte er, daß die große Tasche, die der Einsiedler trug, sehr dick und prall war. Als er näher hinsah, entdeckte er darin das goldene, mit Edelsteinen verzierte Becken, das der Einsiedler gestohlen haben mußte. Er wagte zunächst nicht, sich etwas anmerken zu lassen, war aber von dieser Tatsache überrascht und höchst betroffen.

Gegen Mittag klopfte der Eremit an die Tür eines Häuschens, in dem ein reicher Geizhals wohnte, und bat für einige Stunden um Gastfreundschaft. Ein alter, schlecht angezogener Diener empfing sie in barschem Ton und führte den Einsiedler und Zadig in den Pferdestall, wo ihnen ein paar verschimmelte Oliven, schlechtes Brot und verdorbenes Bier angeboten wurde. Der Einsiedler aß und trank mit derselben Zufriedenheit wie am Abend vorher. Dann wandte er sich an den alten Diener, der die ganze Zeit aufpaßte, daß nichts gestohlen wurde, und sie fortwährend zum Aufbruch drängte. Er schenkte ihm die beiden Goldstücke, die sie am Morgen bekommen hatten, und bedankte sich für die erwiesenen Aufmerksamkeiten. »Ich bitte Euch, führt mich zu Eurem Herrn«, setzte er hinzu. Der verblüffte Diener gehorchte. »Erlauchter Herr«, sprach nun der Einsiedler, »ich kann Euch für die edle Art, mit der Ihr uns aufgenommen habt, nur meinen bescheidenen Dank abstatten: Habt die Güte, als kleines Zeichen meiner Dankbarkeit dieses goldene Becken anzunehmen.« Der Geizhals fiel vor Überraschung fast um; der Eremit wartete jedoch nicht ab, bis er sich von seinem Staunen erholt hatte, sondern verließ mit seinem jungen Begleiter eilends das Haus. »Ehrwürdiger Vater«, sagte Zadig zu ihm, »was hat das alles zu bedeuten? Ihr scheint mir ganz und gar nicht wie andere Menschen zu sein. Einem Schloßherrn, der Euch großartig aufnimmt, stehlt Ihr ein goldenes, mit Edelsteinen besetztes Becken und schenkt es einem Geizhals, der Euch aufs unwürdigste behandelt.« – »Mein Sohn«, erwiderte der Greis, »jener große Herr, der die Fremden aus lauter Eitelkeit aufnimmt, um mit seinem Reichtum zu protzen, soll zur Vernunft kommen, der Geizhals aber soll lernen, Gastfreundschaft zu üben. Wundert Euch über nichts, folgt mir nur.« Zadig wußte nicht, ob er den närrischsten oder weisesten aller Menschen vor sich hatte; doch der Einsiedler sprach mit so viel Nachdruck, daß Zadig, der überdies durch seinen Schwur gebunden war, ihm wohl oder übel folgen mußte.

Am Abend kamen sie an ein schlichtes, aber hübsch gebautes Haus, an dem man nirgends Verschwendung oder übertriebene Sparsamkeit bemerkte. Der Besitzer war ein Philosoph, der ganz zurückgezogen lebte und sich in aller Stille der Weisheit und Tugend widmete, ohne sich dabei im geringsten zu langweilen. Er hatte sich diese Zufluchtsstätte zu seinem Vergnügen gebaut und empfing hier die Fremden mit einer ausgesuchten Zuvorkommenheit, die nichts Aufdringliches an sich hatte. Er ging den beiden Wanderern selbst entgegen und führte sie zunächst in ein behagliches Zimmer, damit sie sich ausruhen konnten. Einige Zeit später holte er sie wieder ab und lud sie zu einem einfachen, aber schmackhaften Mahl ein. Beim Essen sprach er ruhig und sachlich über die letzten Aufstände in Babylon. Er schien der Königin aufrichtig zugetan zu sein und hätte es gern gesehen, wenn Zadig auf dem Kampfplatze erschienen wäre, um sich an dem Wettstreit um die Königskrone zu beteiligen. »Aber die Menschen verdienen es gar nicht, einen Menschen wie Zadig zum König zu haben«, fügte er hinzu. Zadig errötete und fühlte seinen Schmerz doppelt stark. Im Laufe des Gespräches kamen sie überein, daß das, was sich in der Welt zutrug, nicht immer zugunsten der Verständigen ausfiel. Der Einsiedler betonte immer wieder, man kenne die Wege der Vorsehung nicht, und die Menschen täten unrecht, über das Ganze zu urteilen, während sie doch nur den kleinsten Teil davon überblicken könnten.

Das Gespräch kam auf die Leidenschaften. »Ach, wie verhängnisvoll sie sind«, sagte Zadig. »Sie sind wie der Wind, der die Segel eines Schiffes bläht«, bemerkte der Einsiedler, »manchmal bringt er es zum Kentern, doch könnte es ohne ihn nicht dahinfahren. Die Galle macht uns jähzornig und krank, aber ohne Galle kann der Mensch nicht leben. In dieser Welt ist alles gefährlich, aber doch notwendig.«

Sie sprachen dann von der Freude, die der Eremit als ein Geschenk des Himmels darstellte. »Denn«, so sagte er, »der Mensch hat von sich aus weder Geist noch Gefühl; alles empfängt er. Leid und Freude werden ihm zugeteilt und kommen aus einer anderen Welt, ebenso wie sein ganzes Ich.« Zadig wunderte sich, daß ein Mensch, der so unverständliche Dinge tat, so vernünftig reden konnte. Nach einer ebenso lehrreichen wie angenehmen Unterhaltung brachte der Hausherr seine beiden Gäste wieder auf ihr Zimmer und dankte dem Himmel, daß er ihm zwei so kluge und tugendhafte Menschen ins Haus geschickt hatte. Er bot ihnen sogar Geld an und tat dies auf so ungezwungene und taktvolle Art, daß niemand sich verletzt fühlen konnte. Der Eremit nahm das Geld jedoch nicht an und sagte, er müßte sich schon jetzt von ihm verabschieden, da er noch vor Tagesanbruch nach Babylon weiterreisen wollte. Sie nahmen herzlich voneinander Abschied. Besonders Zadig fühlte sich zu diesem liebenswürdigen Mann sehr hingezogen und empfand tiefe Achtung für ihn.

Als Zadig und der Einsiedler in ihrem Zimmer waren, ergingen sie sich noch lange in Lobreden über ihren Wirt. Beim Morgengrauen weckte der Greis seinen Gefährten. »Wir müssen weiter«, sagte er, »und während noch alles schläft, will ich diesem Mann ein Zeichen meiner Achtung und Zuneigung hinterlassen.« Bei diesen Worten ergriff er eine Fackel und setzte das Haus in Brand. Zadig schrie entsetzt auf und wollte den Alten von einer so abscheulichen Tat abhalten, der Einsiedler jedoch riß ihn mit übermenschlicher Kraft mit sich fort – und schon stand das Haus in Flammen. Als der Eremit mit seinem Gefährten ein ganzes Stück entfernt war, blickte er ruhig auf die Feuersbrunst zurück. »Gott sei gelobt«, sagte er, »bald liegt das Haus unseres freundlichen Gastgebers in Schutt und Asche! Der Glückliche!« Als Zadig diese Worte hörte, wußte er nicht, ob er laut lachen oder dem Alten Vorwürfe machen, ihn durchprügeln und davonlaufen sollte – aber er tat nichts von alledem, und der Einfluß des Eremiten war so stark, daß er ihm, wenn auch widerwillig, bis zum nächsten Nachtquartier folgte.

Sie blieben diesmal bei einer mildtätigen, tugendhaften Witwe, die mit ihrem vierzehnjährigen Neffen zusammenlebte, einem reizenden Knaben, auf den sie ihre ganze Hoffnung setzte. Sie bewirtete die beiden Wanderer, so gut sie konnte, und am nächsten Morgen trug sie ihrem Neffen auf, den Eremiten und seinen Gefährten bis zur Brücke zu begleiten, die seit kurzem beschädigt und daher schwierig zu überqueren sei. Diensteifrig ging der Knabe vor ihnen her. Als sie auf der Brücke standen, wandte sich der Einsiedler an den Knaben und sagte: »Komm, ich muß deiner Tante meinen Dank abstatten.« Damit faßte er ihn bei den Haaren und warf ihn in den Fluß.

Der Knabe versank, tauchte einen Augenblick später wieder auf und wurde dann vom Strom verschlungen. »O du Ungeheuer! Du bist der größte Schurke, den es auf Erden gibt!« schrie Zadig. »Ihr hattet mir versprochen, mehr Geduld zu haben«, entgegnete der Eremit. »So hört denn: Unter den Trümmern seines Hauses, das die Vorsehung in Brand setzte, hat der Besitzer einen ungeheuren Schatz gefunden. Und dieser Knabe, dem die Vorsehung das Genick gebrochen hat, hätte in einem Jahr seine Tante umgebracht und in zwei Jahren Euch!« – »Woher weißt du das, du Unmensch?« rief Zadig. »Selbst wenn du diese Ereignisse aus deinem Schicksalsbuch herausgelesen hättest – wer hat dir erlaubt, ein Kind ins Wasser zu werfen, das dir nichts Böses getan hat?« Während der Babylonier so sprach, bemerkte er plötzlich, daß der Greis keinen Bart mehr hatte und daß sein Antlitz jugendliche Züge annahm. Seine Einsiedlerkutte war verschwunden; vier wunderbare Flügel bedeckten seinen majestätischen Körper, der in lichtem Glanze erstrahlte. »O Bote des Himmels, o Engel des Herrn!« rief Zadig und warf sich zu Boden. »Bist du aus den höchsten Regionen herabgestiegen, um einen schwachen Sterblichen zu lehren, sich den ewigen Gesetzen zu unterwerfen?« – »Die Menschen urteilen über alles und wissen nichts«, sagte der Engel Jesra. »Du jedoch verdientest von ihnen allen am meisten, erleuchtet zu werden.« Zadig bat um die Erlaubnis, sprechen zu dürfen. »Ich mißtraue mir selbst gar sehr«, sagte er, »darf ich dich aber bitten, mich von einem Zweifel zu befreien? Wäre es nicht richtiger gewesen, diesen Knaben zu bessern und aus ihm ein tugendhaftes Kind zu machen, anstatt ihn zu ertränken?« Jesra erwiderte: »Wäre er tugendhaft geworden und am Leben geblieben, so war es sein Los, mit seiner zukünftigen Frau und seinem Sohn ermordet zu werden.« – »Warum«, wollte Zadig wissen, »muß es denn nur Verbrechen und Unglück geben, und muß das Unglück immer nur die Guten treffen?« – »Die Bösen sind stets unglücklich«, war Jesras Antwort. »Sie sind dazu da, die wenigen Gerechten, die auf Erden leben, auf die

Probe zu stellen. Es gibt nichts Böses auf Erden, das nicht auch gute Seiten hätte.« – »Wenn es aber nur Gutes und nichts Böses gäbe?« wandte Zadig ein. »Dann wäre eben diese Welt eine andere Welt«, meinte Jesra. »Die Verkettung der Ereignisse würde dann eine weisere Ordnung der Dinge ergeben, und diese andere vollkommene Ordnung kann nur im ewigen Reich des höchsten Wesens, dem alles Böse fernbleibt, herrschen. Millionen von Welten hat dieses Wesen erschaffen, von denen keine der anderen gleicht. Diese ungeheuere Mannigfaltigkeit ist ein Zeichen seiner unermeßlichen Macht. Es gibt weder zwei Blätter eines Baumes auf Erden noch zwei Weltkugeln in den unendlichen Gefilden des Himmels, die einander gleich sind, und alles, was du auf dem winzigen Stäubchen, auf dem du geboren bist, wahrnimmst, hat seinen bestimmten Platz und seine bestimmte Zeit nach dem unwandelbaren Gesetz dessen, der alles umfaßt. Die Menschen glauben, das Kind, das umgekommen ist, sei durch Zufall ins Wasser gefallen, und jenes Haus wäre durch den gleichen Zufall abgebrannt. Aber es gibt keinen Zufall, alles ist Prüfung, Strafe, Belohnung oder Vorsehung. Denke an den Fischer, der sich für den Unglücklichsten aller Sterblichen hielt. Du wurdest von Ormuzd gesandt, um sein Geschick zu wenden. Du schwacher Sterblicher, laß ab, wider das zu kämpfen, was man anbeten muß.« – »Aber . . . «, sagte Zadig. Während er jedoch dieses »Aber« aussprach, schwang sich der Engel in die himmlischen Sphären. Zadig sank in die Knie, betete zur Vorsehung und unterwarf sich ihr. »Zieh gen Babylon!« rief ihm der Engel aus den himmlischen Höhen zu.

EINUNDZWANZIGSTES KAPITEL
Die Rätsel

Zadig wanderte aufs Geratewohl weiter. Er war aufs tiefste erschüttert, und es war ihm, als hätte der Blitz neben ihm eingeschlagen. Er kam gerade an dem Tage nach Babylon, an dem die Teilnehmer der Wettkämpfe sich in der Vorhalle des Palastes versammelten, um die Fragen des Obermagiers zu beantworten und die aufgegebenen Rätsel zu lösen. Alle Ritter hatten sich eingestellt, nur die grüne Rüstung fehlte. Sobald Zadig in der Stadt erschien, drängte sich das Volk um ihn. Die Babylonier konnten sich an Zadig nicht satt sehen. Ihre Lippen strömten über von Segenswünschen, und im Herzen wünschten sie ihm alle die Königskrone. Der Neidische sah ihn vorbeigehen, erbebte und wandte sich ab. Zadig wurde auf die Schultern gehoben und zum Versammlungsort getragen. Die Königin, der man seine Ankunft gemeldet hatte, schwankte zwischen Furcht und Hoffen, und verzehrende Unruhe erfüllte sie: Es war ihr unverständlich, daß Zadig keine Rüstung trug und daß Itobad im weißen Panzer erschien. Bei Zadigs Erscheinen erhob sich ein dumpfes Gemurmel. Alle waren überrascht und begeistert, ihn wiederzusehen, doch war es nur den Rittern, die sich zum Wettkampf gestellt hatten, gestattet, vor der Versammlung zu erscheinen.

»Ich habe ebenso wie die anderen gekämpft«, erklärte Zadig, »aber ein anderer trägt hier meine Rüstung. Doch bevor es mir möglich ist, den Beweis dafür anzutreten, bitte ich, mich zur Lösung der Rätsel zuzulassen.« Man schritt zur Abstimmung. Der Ruf von Zadigs Rechtschaffenheit war noch so tief in aller Herzen verankert, daß man keinen Augenblick zögerte, ihn zuzulassen.

Der Obermagier stellte zuerst folgende Frage: »Welches von allen Dingen auf der Welt ist das längste und zugleich das kürzeste, das schnellste und das langsamste, das am leichtesten teilbare und das ausgedehnteste, das, was man für das unwichtigste hält und doch am meisten bedauert; dasjenige, ohne welches nichts geschehen kann, das alles, was klein ist, vernichtet und alles Große erhält?«

Itobad war an der Reihe. Er antwortete, ein Mann wie er verstände sich nicht aufs Rätselraten und ihm genügte es, durch tapferes Lanzenstechen gesiegt zu haben. Einige der anderen antworteten, die Lösung des Rätsels laute: das *Glück,* wieder andere: die *Erde,* und noch andere: das *Licht*. Zadig aber nannte als Lösungswort die *Zeit*. »Nichts ist länger als die Zeit«, fügte er hinzu, »denn sie ist das Maß der Ewigkeit; nichts ist kürzer, denn sie fehlt uns bei allen unseren Unternehmungen; nichts vergeht langsamer für den, der wartet, und nichts schneller für denjenigen, der genießt; sie kann sich bis ins unendlich Große ausdehnen und läßt sich bis in das unendlich Kleine teilen; alle Menschen halten sie für unwichtig, jedoch bedauern alle ihren Verlust; nichts kann ohne sie geschehen; sie läßt alles in Vergessenheit versinken, was der Nachwelt nicht würdig ist, aber allem Großen verleiht sie Unsterblichkeit.« Einstimmig erklärten die Versammelten, daß Zadigs Antwort die richtige war.

Die nächste Frage lautete: »Was empfängt man, ohne dafür zu danken, was genießt man ohne jede Überlegung, was schenkt man anderen, ohne zu wissen, wie es zugeht, und was verliert man, ohne sich dessen bewußt zu werden?«

Jeder Ritter sagte, was er als Lösung für richtig hielt. Zadig erriet als einziger, daß das *Leben* gemeint war, und mit derselben Leichtigkeit löste er alle übrigen Rätsel. Itobad behauptete jedesmal, nichts wäre leichter als das, und auch er hätte im Handumdrehen die Lösungen gefunden, wenn er sich Mühe gegeben hätte. Darauf wurden Fragen über die Gerechtigkeit gestellt, über das höchste Gut und über die Kunst des Regierens. Alle Antworten Zadigs wurden als die besten anerkannt. »Wie schade«, hieß es allgemein, »daß ein Mann mit einem so klugen Kopf ein so schlechter Kämpfer ist.« – »Erlauchte Herren«, rief Zadig, »ich bin es gewesen, der die Ehre hatte, auf dem Kampfplatz zu siegen, denn mir gehört die weiße Rüstung. Während ich schlief, hat Ritter Itobad sie entwendet. Wahrscheinlich glaubte er, daß sie ihn besser kleide als die grüne. Ich bin bereit, ihm in Euerer Gegenwart zu beweisen, daß es mir vergönnt war, den tapferen Otam zu besiegen. Nichts als diesen Rock und mein Schwert will ich der herrlichen weißen Rüstung, die er mir entwendet hat, entgegenhalten.«

Itobad nahm die Herausforderung mit dem größten Selbstvertrauen an. Er zweifelte keinen Augenblick daran, daß er mit seinem Helm, seinen Armschienen und seinem Panzer mit Leichtigkeit mit einem Ritter in Hausrock und Nachtmütze fertig werden würde. Zadig zog sein Schwert und verneigte sich vor der Königin, die ihn freudig und angstvoll zugleich anblickte. Itobad zog ebenfalls sein Schwert, grüßte aber niemanden. Mit der Miene eines Mannes, der nichts zu fürchten hat, schritt er Zadig entgegen und machte Anstalten, ihm den Schädel einzuschlagen. Zadig konnte den Schlag parieren, indem er die sogenannte Schwäche der Klinge seines Feindes mit der Stärke der eigenen auffing, so daß das Schwert Itobads zerbrach. Darauf umfaßte Zadig seinen Gegner, warf ihn zu Boden und setzte ihm die Spitze seines Schwertes auf die offene Stelle zwischen Helm und Harnisch. »Laßt Euch entwaffnen«, sagte er, »oder Ihr müßt sterben.« Itobad, noch ganz fassungslos darüber, daß einem Mann wie ihm ein solches Ungemach widerfahren konnte, ließ Zadig gewähren. Gelassen nahm ihm dieser den prächtigen Helm ab, seinen herrlichen Panzer und die glänzenden Arm- und Beinschienen; dann legte er selbst die Rüstung an, eilte auf Astarte zu und warf sich ihr zu Füßen. Cador konnte leicht nachweisen, daß die Rüstung Zadig gehörte. Mit Zustimmung aller Anwesenden und besonders der Astartes wurde Zadig zum König ausgerufen. Nach all den erlittenen Unbilden genoß die Königin endlich die Freude, ihren Geliebten in den Augen der Welt als ihren Gemahl anerkannt zu sehen. Itobad kehrte in sein Haus zurück und ließ sich fortan »Durchlaucht« titulieren. Zadig wurde König und war glücklich! Er hatte sich die Worte des Engels Jesra fest eingeprägt, und er gedachte auch des Sandkörnchens, das zum Diamanten geworden war. Die Königin und Zadig segneten die Vorsehung.

Die schöne, launenhafte Missuf ließ Zadig ihres Weges ziehen. Den Räuber Arbogad beschied er zu sich, gab ihm einen ehrenvollen Posten in seiner Armee und versprach, ihm die höchsten Würden zu verleihen, falls er sich als guter Krieger bewährte; er würde ihn aber hängen lassen, wenn er sein Räuberhandwerk weiterhin betriebe. Setok wurde mit seiner schönen Almona aus dem Innern Asiens herbeigeholt, und ihm wurde die Leitung des babylonischen Handels übertragen. Cador wurde seinen Verdiensten gemäß eingestellt und begünstigt. Er blieb der intimste Freund des Königs, und so war Zadig der einzige Herrscher auf Erden, der einen wirklichen Freund hatte. Auch der stumme Zwerg wurde nicht vergessen, und der Fischer bekam ein schönes Haus. Orkan wurde verurteilt, dem Fischer eine beträchtliche Summe auszuzahlen und ihm seine Frau zurückzugeben; doch der Fischer war inzwischen klug geworden und nahm nur das Geld.

Die schöne Semira war untröstlich darüber, daß sie einst geglaubt hatte, Zadig würde einäugig bleiben, und Azora beklagte unaufhörlich, daß sie ihm die Nase hatte abschneiden wollen. Zadig linderte den Kummer der beiden durch großartige Geschenke. Der Neidische starb vor Wut und Scham. Im Reich herrschte Frieden, und die Babylonier genossen Ruhm und Wohlstand. Dieses Jahrhundert war das schönste auf Erden, denn die Welt wurde von Gerechtigkeit und Liebe regiert. Alle segneten Zadig, und Zadig segnete das Schicksal.

DIE WELT, WIE SIE IST

EINE VISION BABUKS,

VON IHM SELBST BERICHTET

Unter den Genien, die über die Reiche dieser Welt wachen, ist Ituriel einer von denen, die den höchsten Rang einnehmen. Ihm untersteht das Gebiet von Zentralasien. Eines Morgens stieg er in die Wohnstätte des Skythen Babuk am Ufer des Oxus hinab und sprach zu ihm: »Babuk, die Torheiten und Ausschweifungen der Perser haben unseren Zorn erregt. Gestern ist eine Versammlung der Genien Zentralasiens abgehalten worden, wobei entschieden werden sollte, ob Persepolis nur bestraft oder völlig zerstört werden müßte. Begib dich in diese Stadt und prüfe alles. Erstatte mir ausführlich Bericht, wenn du zurückkommst, und ich werde je nach deiner Meldung beschließen, ob ich die Stadt bessern oder vernichten soll.« – »Herr«, antwortete Babuk bescheiden, »ich bin niemals in Persien gewesen, ich kenne dort niemanden.« – »Um so besser«, sagte der Engel, »dann wirst du ganz unvoreingenommen sein. Der Himmel hat dir eine gute Beobachtungsgabe verliehen, und ich füge die Fähigkeit hinzu, Vertrauen zu erwecken. So geh hin – schaue, höre, beobachte und fürchte nichts. Man wird dich überall gut aufnehmen.«

Babuk bestieg sein Kamel und machte sich mit seinen Dienern auf den Weg. Nach einigen Tagen stieß er in der Ebene Sinear auf die persische Armee, die sich zum Kampf gegen die indische Armee rüstete. Babuk wandte sich zunächst an einen versprengten Soldaten. Er fragte ihn, aus welchem Grunde denn Krieg geführt würde. »Bei allen Heiligen«, entgegnete der Soldat, »ich weiß es nicht; das geht mich nichts an. Mein Beruf besteht im Totschlagen und Totgeschlagenwerden; damit verdiene ich mir meinen Lebensunterhalt. Es ist einerlei, wem ich diene. Ich könnte ebensogut von morgen ab in das Lager der Inder übergehen, denn es heißt, daß sie ihren Soldaten pro Tag fast eine halbe Kupferdrachme mehr zahlen, als wir in diesem verfluchten Perserdienst bekommen. Wenn Ihr wissen wollt, warum gekämpft wird, so fragt meinen Hauptmann.«

Babuk schenkte dem Soldaten eine Kleinigkeit und ging in das Lager. Bald darauf lernte er den Hauptmann kennen und fragte ihn nach der Ursache des Krieges. »Woher soll ich das wissen«, erwiderte der Hauptmann, »und was interessiert mich diese Ursache. Ich wohne zweihundert Meilen von Persepolis entfernt und höre, daß Krieg ausgebrochen ist. Ich verlasse auf der Stelle meine Familie und mache mich auf, um – wie das bei uns so Brauch ist – Glück oder Tod zu suchen, falls ich sonst nichts anderes zu tun habe.« – »Wissen Eure Kameraden nicht etwas besser Bescheid als Ihr?« erkundigte sich Babuk. »Nein«, antwortete der Offizier, »höchstens unsere Obersatrapen wissen genau, warum man sich gegenseitig umbringt.«

Babuk war erstaunt. Er ließ sich bei den Generalen einführen und gewann ihr Zutrauen. Einer von ihnen sagte ihm schließlich: »Die Ursache dieses Krieges, der seit zwanzig Jahren Asien verwüstet, war ursprünglich ein Streit zwischen dem Eunuchen einer Frau des Großkönigs von Persien und einem Hofbeamten des Großkönigs von Indien. Es handelt sich um einen Rechtsanspruch, der sich ungefähr auf den dreißigsten Teil von einem Dareikos belief. Der erste Minister von Indien und unser erster Minister verteidigten in aller Würde die Rechte ihrer Herrscher. Der Streit wurde immer heftiger. Auf beiden Seiten wurde eine Armee von einer Million Soldaten aufgestellt, für die jedes Jahr mehr als vierhunderttausend Rekruten aufgebracht werden müssen. Mord, Brandschatzungen, Zerstörungen und Verwüstungen mehren sich. Die Welt leidet, aber das Gemetzel geht weiter. Unser erster Minister und der von Indien betonen häufig in ihren offiziellen Erklärungen, daß sie allein zum Wohl der Menschheit wirken, und nach jeder dieser Erklärungen gibt es ein paar zerstörte Städte und einige verwüstete Provinzen mehr.«

Als sich am nächsten Morgen das Gerücht verbreitete, daß Friede geschlossen werden sollte, lieferten sich die Generale der persischen und der indischen Armee schleunigst eine Schlacht. Es war ein blutiges Gemetzel. Babuk sah all die Untaten und Greuel mit an und wurde Zeuge der Machenschaften der Obersatrapen, die sich die größte Mühe gaben, ihre Oberbefehlshaber zum Kampf aufzustacheln. Er sah, wie die Offiziere von ihren eigenen Truppen niedergemacht wurden, wie Soldaten ihre sterbenden Kameraden mordeten, um ihnen ein paar blutbesudelte, zerrissene und verschmutzte Fetzen vom Leibe zu reißen. Er besuchte auch die Spitäler, in die man die Verwundeten brachte. Der größte Teil dieser Armen starb durch die schändliche Nachlässigkeit derer, denen der König von Persien hohe Gehälter dafür bezahlte, daß sie den Verwundeten Hilfe leisten und sie heilen sollten. »Sind das Menschen oder Bestien?« rief Babuk. »Ach, ich glaube doch, daß Persepolis zerstört werden wird.«

Diese Gedanken beschäftigten ihn noch, als er in das Lager der Inder kam. Wie man es ihm vorausgesagt hatte, wurde er hier ebenso gut aufgenommen wie bei den Persern. Aber er sah hier genau dieselben Ausschreitungen, die ihn bei den Persern so abgestoßen hatten. »O weh«, rief er, »wenn der Engel Ituriel die Perser ausrotten will, so muß der Engel der Inder auch die Inder vernichten.« Nachdem er sich in allen Einzelheiten über die Vorgänge in beiden Armeen unterrichtet hatte, wurde ihm auch von edlen, hochherzigen Taten berichtet und von Werken, die Nächstenliebe und Seelengröße bewiesen. Das setzte ihn in Erstaunen und entzückte ihn zugleich. »Rätselhafte Menschenkinder«, rief er, »wie könnt ihr so viel Gemeinheit und Größe, so viel Tugenden und verbrecherische Eigenschaften zugleich in euch vereinen?«

Inzwischen war der Friede geschlossen worden. Die Oberbefehlshaber der beiden Armeen, von denen keiner siegreich heimkehrte und die lediglich in ihrem eigenen Interesse das Blut so vieler Mitmenschen vergossen hatten, kamen, Belohnung heischend, an die Höfe ihrer Herrscher zurück. In den offiziellen Berichten wurde der Friede als Rückkehr der Tugend und der Glückseligkeit auf Erden gepriesen. »Gott sei gelobt!« rief Babuk. »Persepolis wird zur Wohnstätte der geläuterten Unschuld werden. Die Stadt soll nicht zerstört werden, wie es diese abscheulichen Genien beabsichtigten. Machen wir uns schleunigst nach der Hauptstadt Asiens auf.«

Babuk betrat die Riesenstadt durch das altertümliche, barbarisch wirkende Tor, dessen Plumpheit seinen Augen weh tat. Dieser ganze Stadtteil erinnerte an die Zeit, da er erbaut worden war. Obwohl die Menschen hartnäckig das Alte auf Kosten des Modernen loben, so muß man doch zugeben, daß in jedem Stil die ersten Versuche sehr grob ausfallen.

Babuk mischte sich unter die Menschenmenge, die aus den unsaubersten und häßlichsten Vertretern beider Geschlechter bestand. Mit stumpfsinniger Miene strömte diese Menge zu einem weiten, düsteren Gebäude. Wegen des fortwährenden Gemurmels, des lebhaften, auffälligen Hin und Her und weil einige Leute Geld bezahlten, um sich setzen zu dürfen, glaubte er zunächst, er befände sich auf einem Markt, wo Strohstühle verkauft würden. Aber bald sah er, wie einige Frauen niederknieten und so taten, als ob sie gesammelt vor sich hin blickten, während sie in Wirklichkeit die Männer von der Seite betrachteten. Babuk begriff, daß er sich in einem Tempel befand. Die unartikulierten Laute schriller, rauher und unharmonischer Stimmen hallten in dem Gebäude wider. Diese Stimmen glichen denen der wilden Esel, wenn sie in der Ebene der Piktaver auf das Alphorn, das sie ruft, antworten. Babuk hielt sich die Ohren zu, aber er hätte sich am liebsten auch Augen und Nase zugehalten, als er sah, daß Arbeiter mit Brecheisen und Spaten den Tempel betraten. Sie hoben einen großen Stein aus dem Boden und warfen rechts und links Erde auf, von der ein pestilenzartiger Geruch ausströmte. Darauf legte man einen Toten in die Öffnung und schloß sie wieder mit dem Stein.

»Was?« rief Babuk. »Diese Menschen begraben ihre Toten an demselben Ort, wo sie die Götter anbeten? Und ihre Tempel sind mit Leichen gepflastert! Nun wundere ich mich nicht mehr über die Seuchen, die so oft Persepolis heimsuchen. Der Gestank der Toten und Lebenden, die an ein und demselben Ort zusammengepfercht sind, vermag den ganzen Erdball zu verpesten! Oh, was ist Persepolis doch für eine scheußliche Stadt! Offenbar wollen die Engel sie zerstören, um an ihrer Stelle eine schönere Stadt zu errichten und sie mit Bewohnern zu bevölkern, die nicht so unsauber sind und besser singen. Die Vorsehung wird ihre Gründe haben; mag sie walten.«

Unterdessen näherte sich die Sonne dem Zenit. Babuk mußte sich an das andere Ende der Stadt begeben, da er von der Gattin eines Offiziers, für die er Briefe von ihrem Mann mitgebracht hatte, zum Essen eingeladen war. Vorher machte er einige Streifzüge durch Persepolis. Er sah andere Tempel, die schöner gebaut und geschmackvoller verziert waren, die von wohltönender Musik widerhallten und in denen sich freundliche Menschen drängten. Er entdeckte Brunnen, die trotz ihrer ungünstigen Lage durch ihre Schönheit auffielen. Er sah Plätze, wo die besten Könige, die Persien beherrscht hatten, in Bronze dastanden als ob sie lebten. Auf anderen Plätzen hörte er das Volk rufen: »Wann werden wir hier unseren vielgeliebten Herrn sehen?« Er bewunderte die herrlichen Brücken, die den Fluß überspannten, die prächtigen, einladenden Uferanlagen, die Paläste, die rechts und links emporragten, und schließlich ein riesengroßes Gebäude, in dem täglich Tausende von alten, verwundeten und ruhmgekrönten Soldaten den Herrscher der himmlischen Heerscharen anbeteten. Endlich trat er bei der Dame ein, die ihn in einer Gesellschaft von ehrenwerten Leuten zum Essen erwartete. Die Räume waren gepflegt und reich geschmückt. Das Mahl war vorzüglich, die Dame jung, schön, geistreich und zuvorkommend und die Gesellschaft ihrer würdig. Babuk sagte sich immer wieder: »Der Engel Ituriel hält die Welt zum Narren, wenn er solch eine entzückende Stadt zerstört.«

Plötzlich bemerkte Babuk, daß die Dame, die sich zuerst liebevoll nach ihrem Mann erkundigt hatte, sich gegen Ende der Mahlzeit noch zärtlicher mit einem jungen Magier unterhielt. Er sah, wie ein Richter in Gegenwart seiner Frau lebhaft eine Witwe an sich drückte und wie diese nachgiebige Witwe einen Arm um den Hals des Richters schlang, während sie die andere Hand einem jungen, sehr hübschen und sehr bescheidenen Mann hinhielt. Die Frau des Richters stand als erste vom Tisch auf, um sich in einem Nebenzimmer mit ihrem Bürovorsteher zu unterhalten. Man hatte ihn zum Essen erwartet, aber er war zu spät gekommen. Und der Bürovorsteher – ein sehr redegewandter Mann – unterhielt die Dame mit so viel Eifer, so feurig und so voller Inbrunst, daß sie mit feucht schimmernden Augen, hochroten Wangen, unsicherem Gang und zitternder Stimme wieder erschien.

Babuk begann zu fürchten, daß der Engel Ituriel recht haben könnte. Dank seiner Gabe, Zutrauen zu erwecken, wurde er noch am selben Tage von der Dame des Hauses in ihre Geheimnisse eingeweiht. Sie gestand ihm im Vertrauen ihre Neigung für den jungen Magier und versicherte ihm, daß sich in allen Häusern von Persepolis ungefähr dasselbe abspiele wie in ihrem. Babuk zog daraus den Schluß, daß eine solche Gesellschaft nicht fortbestehen dürfe, da zweifellos Eifersucht, Zwietracht und Rachsucht in allen Häusern herrschten und täglich Blut und Tränen flössen, daß sicherlich die Ehemänner die Liebhaber ihrer Frauen töteten oder von ihnen getötet würden und daß Ituriel guttäte, mit einem Schlag eine Stadt zu zerstören, in der Unordnung und Unsitte herrschten.

Während er noch diesen düsteren Gedanken nachhing, erschien an der Tür ein würdiger Herr in schwarzem Mantel, der demütig fragte, ob er den jungen Richter sprechen könnte. Ohne sich vom Platz zu erheben oder den Ankömmling anzusehen, reichte ihm der letztere hochmütig und mit zerstreuter Miene einige Dokumente und entließ ihn. Babuk erkundigte sich, wer dieser Mann war, und die Dame des Hauses flüsterte ihm zu: »Das ist einer der besten Anwälte unserer Stadt. Seit fünfzig Jahren befaßt er sich mit den Gesetzen. Der junge Herr dort, der erst fünfundzwanzig Jahre und seit zwei Tagen Satrap der Rechte ist, läßt ihn einen Auszug aus den Akten eines Prozesses machen, den er führen muß und dessen Unterlagen er noch gar nicht eingesehen hat.« – »Dieser junge Leichtfuß tut gut daran, sich bei einem Greis Rat zu holen«, meinte Babuk; »aber wie kommt es, daß der Alte nicht Richter ist?« – »Sie scherzen wohl«, wurde ihm geantwortet, »noch nie sind Menschen, die untergeordnete und arbeitsreiche Posten ausfüllten, zu hohen Würden gelangt. Dieser junge Herr hat eine bedeutende Stellung, weil sein Vater reich ist und weil hier das Amt eines Richters wie eine Meierei käuflich erworben werden kann.« – »Oh, was sind das für Sitten! Oh, welch eine unglückliche Stadt!« rief Babuk. »Das ist der Gipfel der Mißwirtschaft. Zweifellos verkaufen diejenigen, die sich das Recht zu richten erkauft haben, auch ihren Richterspruch. Ich sehe darin eine abgrundtiefe Ungerechtigkeit.«

Während er so seinem Kummer und seiner Überraschung Ausdruck verlieh, wandte sich ein junger Krieger, der am selben Tage aus der Armee entlassen worden war, an ihn mit den Worten: »Warum sind Sie dagegen, daß das Amt eines Richters käuflich ist? Auch ich habe mir das Recht erkauft, an der Spitze von zweitausend Mann dem Tod zu trotzen. Ich habe in diesem Jahr vierzigtausend Golddareiken dafür bezahlen müssen, daß ich dreißig Nächte hintereinander in roter Uniform auf der Erde schlief und daß ich dann zwei ordentliche Pfeilschüsse erhielt, die ich jetzt noch spüre. Wenn ich mich für den Kaiser von Persien, den ich niemals gesehen habe, ruiniere, dann kann wohl auch der Herr Gerichtssatrap etwas für das Vergnügen bezahlen, irgendeinem Kläger Audienz zu geben.« Babuk war entrüstet und konnte nicht umhin, in seinem Innern ein Land zu verdammen, in dem man die Posten der Kriegs- und Friedensangelegenheiten öffentlich versteigerte. Voreilig zog er daraus den Schluß, daß man in einem solchen Lande nichts von Krieg und Recht verstände und daß diese Völker, selbst wenn die Vorsehung sie nicht vernichtete, an ihrer mangelhaften Verwaltung zugrunde gehen müßten.

Babuk wurde in seiner schlechten Meinung noch bestärkt, als ein dicker Herr eintrat, der, nachdem er die ganze Gesellschaft sehr familiär begrüßt hatte, auf einen jungen Offizier zuging und zu ihm sagte: »Ich kann Ihnen nur fünfzigtausend Golddareiken leihen, denn das Kaiserliche Zollamt hat mir in diesem Jahr tatsächlich nicht mehr als dreihunderttausend eingebracht.« Babuk erkundigte sich, wer dieser Mann war, der sich über so geringe Einnahmen beklagte. Er erfuhr, daß es in Persepolis vierzig Plebejerkönige gab, die das Perserreich in Pacht hatten und nur einen gewissen Teil der Einnahmen an den Monarchen abführten.

Nach dem Essen besuchte Babuk einen der prächtigsten Tempel von Persepolis. Er setzte sich mitten unter eine Gruppe von Frauen und Männern, die sich zusammengefunden hatten, um die Zeit totzuschlagen. Auf einem erhöhten Gestell erschien ein Magier und sprach lange über Laster und Tugend. Dieser Magier teilte alles, was nicht aufgeteilt zu werden brauchte, in mehrere Teile; er bewies methodisch das, was an sich klar war, und belehrte über alles, was man ohnehin wußte. Er steigerte sich in eine künstliche Erregung hinein und verschwand schließlich erhitzt und ganz außer Atem. Die ganze Versammlung wachte auf und glaubte, einer Predigt beigewohnt zu haben. »Der gute Mann hat sein Bestes getan, um zwei- oder dreihundert seiner Mitbürger zu langweilen«, sagte sich Babuk. »Aber seine Absicht war gut, und so ist das kein Grund, Persepolis zu zerstören.«

Nach dieser Versammlung führte man ihn zu einem Volksfest, das das ganze Jahr über stattfand. Es wurde in einer Art Basilika veranstaltet, in deren Hintergrund ein Palast zu sehen war. Die hübschesten Frauen von Persepolis, die in wohlgeordneten Reihen dasaßen, gaben ein so schönes Bild, daß Babuk zunächst glaubte, darin bestehe die ganze festliche Veranstaltung. Aber bald darauf erschienen in der Vorhalle des Palastes einige Personen, die Könige und Königinnen zu sein schienen. Ihre Sprache unterschied sich sehr von der des Volkes: Sie war maßvoll, harmonisch und gewählt. Niemand schlief dabei ein, alle hörten in andächtigem Schweigen zu, das lediglich von Gefühlsbezeigungen und Ausrufen der Bewunderung unterbrochen wurde. Die Pflicht der Könige, Tugendliebe, Gefahren der Leidenschaften – all das wurde so lebhaft und ergreifend geschildert, daß Babuk Tränen vergoß. Er zweifelte nicht daran, daß diese Helden und Heldinnen, diese Könige und Königinnen, deren Reden er soeben gehört hatte, die besten Prediger des Landes waren. Er nahm sich sogar vor, Ituriel zu überreden, sich eine solche Predigt mit anzuhören, und er war überzeugt, daß ihn eine solche Veranstaltung für immer mit der Stadt aussöhnen würde.

Als das Fest zu Ende war, hatte er den Wunsch, die erste Königin, die in dem schönen Palast eine so edle, hohe Moral vertreten hatte, zu besuchen, und so ließ er sich zu Ihrer Majestät führen. Man geleitete ihn über eine kleine Treppe zum zweiten Stock in ein ärmlich möbliertes Zimmer. Dort fand er eine schlechtgekleidete Frau, die mit würdevoller Miene und pathetischer Gebärde zu ihm sagte: »Von diesem Handwerk kann ich nicht einmal leben. Ich erwarte ein Kind von einem der Prinzen, die Sie gesehen haben. Ich werde bald niederkommen, aber ich habe kein Geld, und ohne Geld kann man nicht niederkommen.« Babuk gab ihr hundert Golddareiken und meinte: »Wenn das das ganze Übel ist, das es in der Stadt gibt, dann ist Ituriel ganz zu Unrecht so erzürnt.«

Babuk verließ den Palast und wollte den Abend bei den Händlern zubringen, die kostspieligen Firlefanz verkauften. Ein kluger Mann, den er unterwegs kennengelernt hatte, führte ihn hin. Er kaufte, was ihm gefiel, und man verkaufte es ihm mit mehr Aufwand, als es wert war. Als er wieder zu Hause war, bewies ihm ein Freund, wie sehr man ihn betrogen hatte. Babuk notierte sich den Namen des Händlers auf einem Täfelchen, damit ihn Ituriel am Tage des Strafgerichts herausfinden konnte. Während er noch schrieb, klopfte jemand an die Tür. Es war der Händler, der selbst gekommen war, um die Börse zurückzubringen, die Babuk auf dem Ladentisch liegengelassen hatte. »Wie ist es möglich, daß Sie so ehrlich und hochherzig sind, während Sie sich nicht geschämt haben, mir für diesen Krimskrams das Vierfache des eigentlichen Wertes abzunehmen«, rief Babuk. »Unter den bekannten Kaufleuten der Stadt gibt es keinen, der versäumt hätte, Ihnen Ihre Börse zurückzubringen«, antwortete ihm der Händler, »aber man hat Sie getäuscht, als man Ihnen sagte, daß ich Ihnen für die Sachen, die Sie bei mir kauften, das Vierfache des Wertes abgenommen hätte: Ich habe es Ihnen zehnmal teurer verkauft, und das ist so wahr, daß Sie, wenn Sie es nach vier Wochen wiederverkauften, nicht den zehnten Teil dafür bekommen würden. Aber es ist nur richtig: Die menschliche Phantasie allein setzt den Preis für diese nichtigen Dinge fest. Diese Phantasie ist es, die hundert meiner Arbeiter ernährt. Nur ihr verdanke ich mein schönes Haus, einen bequemen Wagen und meine Pferde. Sie ist es, die der Industrie Antrieb gibt, die den guten Geschmack anregt, den Verkehr steigert und den Überfluß begründet. Den Nachbarvölkern verkaufe ich dieselben Kleinigkeiten noch viel teurer als Ihnen, und dadurch nütze ich dem Vaterlande.« Nach einer kurzen Überlegung strich Babuk den Namen auf dem Täfelchen wieder aus.

Babuk war sich absolut nicht klar darüber, was er von Persepolis zu halten hatte, und er beschloß, die Magier und Schriftgelehrten aufzusuchen. Da die einen Fragen der Wissenschaft und die anderen die des Glaubens erforschten, hoffte er, daß um ihretwillen das ganze Volk verschont bleiben würde. Schon am nächsten Morgen begab er sich in ein Magierinstitut. Der Archimandrit gestand ihm, daß er hunderttausend Taler Einkommen dafür bezog, daß er das Gelübde der Armut abgelegt hatte und daß er kraft seines Gelübdes der Demut eine weitreichende Macht ausübe. Darauf überließ er Babuk einem jungen Frater, der ihn herumführte.

Während ihm der Frater die Herrlichkeiten des Büßerhauses zeigte, verbreitete sich das Gerücht, Babuk wäre gekommen, um alle diese Häuser abzuschaffen. Sogleich wurde ihm von jedem Haus eine Denkschrift überreicht, deren Sinn im wesentlichen war: Lassen Sie uns bestehen und lösen Sie alle anderen auf. Ihre Begründungen liefen darauf hinaus, daß diese Gesellschaften unbedingt notwendig wären, die gegenseitigen Anschuldigungen aber besagten, daß sie alle aufgehoben zu werden verdienten. Er bewunderte, daß nicht eine einzige von ihnen ein Weltreich errichten wollte, ohne zugleich die Herrschaft darüber zu beanspruchen. Plötzlich erschien ein kleiner Mann bei ihm, ein Semimagier, und sagte: »Ich sehe, daß das Werk seiner Vollendung zugeht, denn Zerduscht ist wieder auf Erden erschienen. Die kleinen Mädchen prophezeien, während man sie vorn mit Zangen kneift und von hinten peitscht. So erbitten wir denn Euren Schutz gegen den großen Lama.« – »Wie«, rief Babuk, »gegen den großen Priesterkönig, der seinen Sitz in Tibet hat?« – »Jawohl, gegen den.« – »Sie haben ihm also den Krieg erklärt und rüsten Armeen gegen ihn aus?« »Nein, aber er behauptet, der Mensch sei frei, und wir glauben das nicht. Wir schreiben Broschüren gegen ihn, die er nicht liest. Er hat wohl kaum jemals von uns gehört. Auf sein Geheiß sind wir lediglich verdammt worden, gerade so wie ein Gartenbesitzer anordnet, daß die Bäume seines Gartens abgeraupt werden sollen.« Babuk war erschüttert über den Wahnwitz dieser Menschen, für die alles nur Geschäft war: die Weisheit, die Intrigen derer, die der Welt entsagt hatten, der Ehrgeiz und der habgierige Stolz derer, die Demut und Uneigennützigkeit lehrten. Er kam zu der Überzeugung, daß Ituriel allen Grund hatte, dieses ganze Gezücht auszurotten.

Babuk zog sich in sein Haus zurück, ließ sich neuerschienene

Bücher besorgen, um über seinen Kummer hinwegzukommen, und lud sich zur Abwechslung Gelehrte zum Essen ein. Es kamen doppelt soviel, wie er zu sich gebeten hatte, ähnlich den Wespen, die vom Honig angelockt werden. Diese Parasiten hatten nichts Eiligeres zu tun, als zu essen und zu reden. Sie priesen zwei Arten von Menschen: die Toten und sich selber – aber niemals ihre Zeitgenossen, den Hausherrn allerdings ausgenommen! Wenn einer von ihnen etwas Geistreiches sagte, so senkten die anderen die Augen und bissen sich auf die Lippen vor Ärger, daß nicht sie selbst diese Äußerung gemacht hatten. Sie verstanden sich nicht so auf das Heucheln wie die Magier, da sie nicht so ehrgeizige Ziele verfolgten wie diese. Jeder von ihnen trachtete nach dem Posten eines Dieners und dem guten Ruf eines großen Mannes. Sie warfen sich Beleidigungen an den Kopf, die sie für Geistesblitze hielten. Die Aufgabe Babuks war ihnen inzwischen zu Ohren gekommen. Der eine von ihnen bat ihn im Flüsterton, einen Schriftsteller zu ruinieren, der ihn vor fünf Jahren nicht genügend gelobt hatte. Ein anderer wollte, daß ein Bürger zugrunde gerichtet würde, der niemals über seine Lustspiele gelacht hatte. Der dritte wünschte die Vernichtung der Akademie, weil es ihm nie gelungen war, Mitglied zu werden. Nach beendeter Mahlzeit ging jeder von ihnen allein nach Hause, denn in dieser ganzen Schar gab es nicht zwei Menschen, die sich ausstehen konnten und die anderswo als an den Tischen der Reichen, von denen sie eingeladen wurden, miteinander redeten. Babuk kam zu der Überzeugung, daß es kein großes Unglück wäre, wenn dieses Gewürm bei dem allgemeinen Untergang mit vernichtet würde.

Sobald er seine Gäste los war, vertiefte er sich in die Lektüre einiger neuer Bücher. Auch hier stieß er auf die Gesinnung seiner Gäste. Mit besonderem Widerwillen las er diese Zeitschriften der üblen Nachrede, diese Archive der Geschmacklosigkeit, die Neid, Gemeinheit und Hunger diktiert hatten, diese feigen Satiren, wo man den Geier schont und die Tauben zerfleischt, diese phantasielosen Romane, in denen so viele Frauen geschildert wurden, die der Verfasser gar nicht kannte.

Er warf dieses ganze schändliche Geschmier ins Feuer und verließ das Haus, um seinen Abendspaziergang zu machen. Man stellte ihn einem alten Gelehrten vor, der nicht zu ihm gekommen war, da er die Zahl der Parasiten nicht vergrößern wollte. Dieser Gelehrte mied überhaupt Gesellschaften. Er kannte die Menschen, richtete sich danach und sprach seine Meinung mit großem Takt aus. Sehr bekümmert erzählte ihm Babuk von dem, was er gelesen und erlebt hatte. »Sie haben recht abscheuliche Sachen gelesen«, sagte der Weise dazu, »aber zu allen Zeiten, in allen Ländern und in allen Gattungen wimmelt es von schlechtem Zeug, während das Gute rar ist. Bei Ihnen ist der Abschaum der Kleinigkeitskrämer zu Gast gewesen, denn in allen Berufen drängen sich die Unwürdigsten am schamlosesten hervor. Die wahrhaft Weisen führen ein ruhiges, zurückgezogenes Leben. Aber es gibt bei uns noch Menschen und Bücher, die Ihre Beachtung verdienen.« Während er so sprach, gesellte sich ein anderer Gelehrter zu ihnen. Die Unterhaltung dieser beiden war so wohltuend und lehrreich, so tugendhaft und frei von jeglichem Vorurteil, daß Babuk zugeben mußte, niemals etwas Ähnliches gehört zu haben. »Diese Männer hier würde der Engel Ituriel niemals antasten«, sagte er leise zu sich selbst, »oder er müßte ganz unbarmherzig sein.«

Mit den Gelehrten hatte sich Babuk ausgesöhnt, aber sein ganzer Zorn richtete sich immer noch gegen den übrigen Teil des Volkes. »Sie sind Ausländer«, sagte ein verständiger Mann während einer Unterhaltung zu ihm. »Fehler sehen Sie überall in Mengen, aber das Gute, das sich verborgen hält und zuweilen diesen Fehlern entspringt, entgeht Ihnen.« So erfuhr er, daß es auch Gelehrte gab, die nicht neidisch waren, und unter den Magiern sogar einige, die sittsam waren. Er sah schließlich ein, daß diese großen Körperschaften, die durch endlose Reibereien ihren Ruin herbeiführten, im Grunde ganz heilsame Einrichtungen waren. Er kam zu der Überzeugung, daß jedes Magierkollegium seine Gegner im Zaum hielt und daß alle diese Eiferer trotz mancher abweichenden Ansichten die gleiche Moral lehrten, daß sie das Volk weiterbildeten, daß sie den Gesetzen entsprechend handelten, ähnlich wie die Hauslehrer, die den Sohn des Hauses überwachen, während sie ihrerseits von dem Hausherrn überwacht werden. Er besuchte wiederholt einige Magier und erkannte, daß sie lautere Seelen waren. Er stellte fest, daß es unter den Narren, die dem Großlama den Krieg erklären wollten, recht bedeutende Männer gab. Es wurde ihm allmählich klar, daß es sich in Persepolis mit den Sitten wie mit den Gebäuden verhielt: Die einen erschienen ihm jämmerlich, die anderen hatten ihn entzückt und mit Bewunderung erfüllt. Babuk wandte sich an seinen Gelehrten: »Ich sehe wohl ein, daß diese Magier, die ich für so gefährlich hielt, tatsächlich sehr nützlich sind, vor allem dann, wenn eine weise Regierung sie daran hindert, sich zu unentbehrlich zu machen. Sie müssen aber zumindest zugeben, daß Ihre jungen Richter, die sich, sobald sie das Reiten gelernt haben, ein Richteramt kaufen, bei den Gerichten ihre ganze lächerliche Unverforenheit und die schlimmste Ungerechtigkeit zeigen. Zweifellos wäre es besser, diese Stellen umsonst den alten Rechtsgelehrten zu überlassen, die ihr ganzes Leben damit verbracht haben, das Für und Wider zu erwägen.«

»Sie haben, bevor Sie nach Persepolis gekommen sind, unsere Armee gesehen«, erwiderte der Gelehrte. »Sie wissen, wie tapfer sich unsere jungen Offiziere schlagen, obwohl sie ihre Posten gekauft haben. Vielleicht werden Sie auch noch einsehen, daß unsere jungen Richter nicht schlecht Recht sprechen, obwohl sie dafür bezahlen mußten.«

Am nächsten Tag führte er ihn zum obersten Gerichtshof, wo ein wichtiges Urteil verkündet werden sollte. Der Fall war allgemein bekannt. Alle alten Anwälte, die sich darüber äußerten, waren sehr schwankend in ihren Ansichten. Sie zitierten hundert Gesetze, wovon keines auf diesen fraglichen Fall anwendbar war; sie betrachteten den Fall von allen Seiten, von denen keine ein richtiges Bild ergab. Die Richter fällten ihr Urteil schneller, als die Anwälte erwartet hatten. Das Urteil war fast einstimmig. Ihr Spruch war richtig, da sie sich von der klaren Vernunft leiten ließen, während die anderen falsch urteilten, weil sie lediglich ihre Bücherweisheit anwandten.

Babuk kam zu der Überzeugung, daß Mißbräuche mitunter auch gute Seiten hätten. Am selben Tage sah er ein, daß der Reichtum der Finanzleute, der ihn so empört hatte, eine ausgezeichnete Wirkung haben konnte; denn als der Kaiser dringend Geld benötigte, stand ihm mit ihrer Hilfe in einer Stunde soviel zur Verfügung, wie er auf normalem Wege nicht einmal in sechs Monaten hätte auftreiben können. Er sah die schweren Wolken, die der Segen der Erde schwellt, ihr als Regen zurückzugeben, was sie von ihr empfangen hatten. Übrigens waren auch die Kinder dieser Emporkömmlinge, die teils besser erzogen waren als die der guten alten Familien, oftmals wertvollere Menschen. Denn was hindert einen daran, ein guter Richter, ein tapferer Krieger oder ein tüchtiger Staatsmann zu werden, wenn man einen Vater hat, der sich aufs Rechnen versteht?

Unbewußt bildete sich Babuk ein milderes Urteil über die Raffgier der Finanzleute, die im Grunde auch nicht habsüchtiger als andere Menschen waren und die man nicht entbehren konnte. Er fand Entschuldigungen für die Torheit, daß man sich ruinierte, um richten oder kämpfen zu können – eine Torheit, die große Richter und Helden hervorbrachte. Er verzieh dem Neid der Gelehrten, unter denen sich auch solche befanden, die die Menschheit aufklärten. Er söhnte sich mit den ehrgeizigen und ränkesüchtigen Magiern aus, die mehr große Tugenden als kleine Laster aufwiesen. Immer aber blieb noch Kummer genug, und es waren vor allem die Liebschaften der Damen und als unausbleibliche Folge davon die tiefe Verzweiflung, die ihn mit Schrecken und Unruhe erfüllten.

Da er in alle menschlichen Verhältnisse Einblick erhalten wollte, ließ er sich bei einem Minister einführen; aber er zitterte unterwegs bei dem Gedanken, irgendeine Frau könnte in seiner

Gegenwart von ihrem Mann ermordet werden. Zwei Stunden mußte er im Vorzimmer des Ministers warten, ohne daß ihn jemand anmeldete, und weitere zwei Stunden, nachdem er angemeldet worden war. Während dieser Wartezeit nahm er sich fest vor, dem Engel Ituriel den Minister und auch seinen unverschämten Diener anzuempfehlen. Das Vorzimmer war mit Damen der verschiedensten Stände angefüllt, mit Magiern aller Schattierungen, mit Richtern, Händlern, Offizieren und allerlei Pedanten. Alle beklagten sich über den Minister. »Dieser Mensch plündert ja die Provinzen aus«, sagte ein Geizhals und ein Wucherer. Ein Launenhafter warf ihm Wunderlichkeit vor, ein Lüstling meinte: »Er denkt nur an sein Vergnügen.« Ein Intrigant gab sich der Hoffnung hin, ihn bald als Opfer einer Kabale zu sehen. Und die Frauen hofften, bald einen jüngeren Minister zu bekommen!

Babuk hörte sich alle diese Gespräche an und konnte sich der Bemerkung nicht enthalten: »Welch ein glücklicher Mensch! Alle seine Feinde sind in seinem Vorzimmer versammelt. Er vernichtet seine Neider durch seine Macht und sieht diejenigen, die ihn verachten, zu seinen Füßen.« Endlich trat der Minister ein: Es war ein kleiner Greis, den die Last der Jahre und der Geschäfte gebeugt hatte, aber er war noch lebhaft und sein Geist sehr rege.

Er fand Gefallen an Babuk und flößte auch diesem Achtung ein. Die Unterhaltung wurde interessant. Der Minister gestand ihm, daß er ein sehr unglücklicher Mensch sei. Man hielte ihn für reich, er wäre aber arm; man glaube, er sei allmächtig, aber er fände stets Widerspruch. Er sei nur undankbaren Menschen begegnet, und während seiner vierzigjährigen Tätigkeit wäre ihm kaum eine Stunde der Entspannung und Besinnung vergönnt gewesen. Babuk bemitleidete den Minister. »Wenn dieser Mann Fehler begangen hat«, überlegte er, »und nach Ituriels Meinung bestraft werden müßte, so sollte er ihn nicht vernichten, sondern auf seinem Posten belassen.«

Während er noch mit dem Minister sprach, trat plötzlich die

schöne Frau ein, bei der Babuk gespeist hatte. Ihre Augen und ihre Stirn zeigten Spuren von Schmerz und Zorn. Sie überhäufte den Staatsmann mit Vorwürfen. Sie brach in Tränen aus und beklagte sich bitter, daß man ihrem Mann eine Stellung verweigert hatte, die er seiner Abstammung nach beanspruchen konnte und die er auf Grund seiner Fähigkeiten und seiner Verwundungen verdiente. Sie vertrat ihre Sache so energisch und mischte so viel Anmut in ihre Klagen, sie wehrte alle Einwände so geschickt ab und brachte ihre Begründungen mit so viel Beredsamkeit vor, daß sie, als sie das Kabinett des Ministers verließ, die Karriere ihres Mannes gesichert hatte.

Babuk reichte ihr die Hand. »Wie ist es möglich, Madame, daß Sie sich so für einen Mann bemühen, den Sie gar nicht lieben, von dem Sie das Schlimmste fürchten müssen?« fragte Babuk. »Für einen Mann, den ich nicht liebe?« rief sie. »Wenn Sie es wissen wollen: Mein Mann ist der beste Freund, den ich auf dieser Welt habe. Ich würde ihm alles, alles opfern – mit Ausnahme meines Geliebten. Auch er würde alles für mich tun – nur seine Geliebte würde er meinetwegen nicht aufgeben. Sie müssen sie kennenlernen, sie ist wirklich eine reizende Frau. Sie hat sehr viel Geist und den besten Charakter, den man sich denken kann. Wir essen heute abend gemeinsam mit meinem Mann und meinem kleinen Magier. Teilen Sie doch unsere Freude mit uns.«

Die Dame führte Babuk in ihr Haus. Ihr Mann, der ganz in seinen Kummer versunken war, begrüßte seine Frau mit überschwenglicher Freude und Dankbarkeit. Er umarmte nacheinander seine Frau, seine Mätresse, den kleinen Magier und Babuk. Einigkeit, Heiterkeit, Geist und Anmut würzten das Mahl. »Wissen Sie«, sagte die Dame, die ihn eingeladen hatte, »daß Frauen, die man manchmal als ehrlos bezeichnet, fast immer das Glück haben, mit ehrenhaften Männern verheiratet zu sein? Damit Sie sich davon überzeugen können, gehen Sie morgen mit mir zum Diner bei der schönen Teona. Es sind da einige alte Vestalinnen, die kein gutes Haar an ihr lassen, aber sie tut mehr Gutes als alle zusammengenommen. Sie würde niemals das geringste Unrecht begehen, selbst wenn es ihr den größten Nutzen brächte. Ihrem Geliebten gibt sie nur die uneigennützigsten Ratschläge; sie denkt nur an seinen Ruhm. Er würde in ihrer Gegenwart erröten, wenn er eine Gelegenheit, Gutes zu tun, vorübergehen lassen würde, denn nichts regt mehr zu tugendhaftem Handeln an, als wenn der Zeuge und Richter unseres Verhaltens eine Freundin ist, deren Achtung man verdienen will.«

Babuk erschien pünktlich zur verabredeten Zeit. Er fand ein Haus, in dem alle Freuden herrschten, und über alle herrschte Teona. Sie verstand es, mit jedem einzelnen Gast entsprechend umzugehen. Ihr lebhafter Geist regte den der anderen an. Sie gefiel allen, ohne daß sie es wollte. Sie war ebenso liebenswürdig wie mildtätig, und die Krönung aller ihrer Vorzüge war ihre Schönheit!

Sosehr Babuk Skythe war und sich als Abgesandter eines Genius fühlte, wurde er sich doch klar darüber, daß er, wenn er noch länger in Persepolis blieb, Ituriel um Teonas willen vergessen könnte. Er fand Gefallen an der Stadt, deren Bevölkerung sanft und mildtätig, gleichzeitig aber auch leichtsinnig, klatschsüchtig und voller Eitelkeit war. Er fürchtete, Persepolis könnte zum Untergang verdammt werden, und er fürchtete sich vor dem Bericht, den er erstatten sollte.

Hört, wie er sich seiner Aufgabe entledigte: Er beauftragte den besten Gießer der Stadt, eine kleine Statue anzufertigen, die aus allen Metallen, Erdsorten und den kostbarsten sowie den wertlosesten Steinen zusammengesetzt war. Diese Statue brachte er zu Ituriel. »Würdet Ihr diese hübsche Statue zerschlagen, nur weil sie nicht ganz aus Gold und Diamanten besteht?« fragte er ihn. Ituriel verstand sofort den Sinn seiner Worte. Er gab den Gedanken auf, Persepolis zu bessern, und entschied, die Welt so zu lassen, wie sie ist. »Denn«, so sagte er, »ist auch nicht alles gut, so ist es doch leidlich.«

Also blieb Persepolis bestehen, und Babuk war weit davon

entfernt, sich darüber zu beklagen, so wie Jonas sich einst ereiferte, weil Ninive nicht zerstört worden war. Wenn man aber drei Tage im Bauch eines Walfisches zugebracht hat, ist man nicht so gut gelaunt wie nach dem Besuch einer Oper oder eines Lustspiels und nach einem Diner in guter Gesellschaft.

MEMNON
ODER DIE MENSCHLICHE WEISHEIT

Memnon faßte eines Tages den törichten Entschluß, wahrhaft weise zu werden. Es gibt wohl kaum einen Menschen, in dessen Kopf dieser Wahn nicht auch schon einmal gespukt hätte. »Um wirklich weise und folglich auch wirklich glücklich zu sein, braucht man nur frei von allen Leidenschaften zu sein«, sagte sich Memnon, »und bekanntlich ist nichts leichter als das. Erstens will ich niemals eine Frau lieben, denn beim Anblick einer vollkommenen Schönheit muß ich mir stets sagen: Diese Wangen werden eines Tages voller Runzeln und diese schöne Augen rot umrändert sein. Dieser straffe Busen wird flach herabhängen, und dieses schöne Haupt wird kahl werden. Ich brauche mir eine Frau also nur so vorzustellen, wie ich sie Jahre später sehen würde, und dann wird sie mir nicht mehr den Kopf verdrehen.

Zweitens will ich stets mäßig sein. Gute Mahlzeiten, köstliche Weine und Geselligkeiten sollen mich nicht mehr in Versuchung bringen. Ich brauche nur an die Folgen des Prassens, an den schweren Kopf, den verdorbenen Magen, den Verlust an Verstand, Gesundheit und Zeit zu denken, und ich werde dann nur noch essen, um meinen Hunger zu stillen. Meine Gesundheit wird stets gleich gut sein, meine Gedanken klar und hell. Das alles ist so kinderleicht, daß es gar kein Verdienst ist, dieses Ziel zu erreichen.

Dann muß ich ein wenig an meine Verhältnisse denken«, sann Memnon weiter. »Meine Bedürfnisse sind bescheiden, mein Vermögen ist bei dem Obersteuereinnehmer von Ninive sicher angelegt. Ich habe genug, um vollkommen unabhängig zu leben; das ist wohl das höchste Glück auf Erden. Ich werde mich nie der peinlichen Notwendigkeit gegenübersehen, bei Hofe meine Aufwartung zu machen. Ich beneide niemand, und niemand wird mich beneiden. Auch das ist sehr erfreulich. Ich habe Freunde«, setzte er seine Betrachtungen fort, »und ich werde sie nicht verlieren, weil ich nicht mit ihnen streite. Ich werde mit ihnen keinen Ärger haben, und sie nicht mit mir. Und so gibt es keine Schwierigkeiten.«

Nachdem Memnon so seinen Weisheitsplan in seinen vier Wänden entworfen hatte, steckte er den Kopf zum Fenster hinaus. Er erblickte zwei Frauen, die unter den Platanen in der Nähe seines Hauses spazierengingen. Die eine war alt und machte den Eindruck eines Menschen, der über nichts nachdenkt. Die andere war jung und hübsch und schien von schweren Sorgen bedrückt zu sein. Sie seufzte und weinte, und dadurch sah sie nur noch reizender aus. Unser Weiser war gerührt, nicht etwa von der Schönheit der Dame (vor einer solchen Schwäche fühlte er sich sicher), sondern von der Trübsal, in der er sie sah. Er ging auf die Straße hinab und wandte sich an die junge Niniveerin in der Absicht, sie verständnisvoll zu trösten. Mit der harmlosesten und rührendsten Miene erzählte ihm die hübsche Person, welches Unrecht ihr ein Onkel (den sie gar nicht hatte!) angetan, mit wieviel List er ihr ein Vermögen (das sie nie besessen hatte) entwendete und wie sehr sie seine Gewalttätigkeit fürchtete. »Ich glaube, Sie sind ein Mann, der gute Ratschläge zu erteilen weiß«, sagte sie zu Memnon. »Wenn Sie die Güte hätten, mit mir zu kommen, um meine Angelegenheiten zu prüfen, so glaube ich bestimmt, daß Sie mir aus dieser peinlichen Situation heraushelfen könnten.« Memnon folgte ihr ohne Zögern, um ihre Angelegenheiten eingehend mit ihr durchzugehen und sie zu beraten.

Die betrübte Dame führte ihn in ein von Wohlgerüchen erfülltes Zimmer und bat ihn höflich, auf einem breiten Sofa Platz zu nehmen, wo sie sich dann mit übereinandergeschlagenen Beinen gegenübersaßen. Die Dame sprach mit gesenkten

Augen, aus denen von Zeit zu Zeit Tränen hervorquollen; jedesmal, wenn sie sie aufschlug, begegneten sie den Blicken des weisen Memnon. Ihre Unterhaltung war sehr vertraut und wurde immer herzlicher, sooft sie sich anblickten. Memnon nahm sich die Angelegenheit der Dame sehr zu Herzen und empfand von Minute zu Minute größere Lust, einem so braven und unglücklichen Wesen behilflich zu sein. Im Eifer der Unterhaltung saßen sie sich schließlich nicht mehr gegenüber, sondern nebeneinander, und ihre Beine waren auch nicht mehr übereinandergeschlagen. Memnon tröstete sie, während er dicht neben ihr saß, und gab ihr so liebevolle Ratschläge, daß keiner von ihnen noch weiter von Geschäften zu sprechen vermochte und beide nicht mehr wußten, wo sie waren.

Während sie so beieinander saßen, trat der Onkel ein, und zwar so, wie man sich's schon denken kann: Er war von Kopf bis Fuß bewaffnet, und das erste, was er sagte, war, daß er auf der Stelle und mit Fug und Recht den weisen Memnon und seine Nichte umbringen wollte. Die Nichte, die sich schleunigst in Sicherheit brachte, erreichte schließlich, daß er gegen eine beträchtliche Geldsumme zu verzeihen bereit war. Memnon mußte alles, was er bei sich hatte, hergeben. Zu jener Zeit schätzte man sich glücklich, wenn man so billig davonkam. Amerika war noch nicht entdeckt, und betrübte Damen waren damals bei weitem nicht so gefährlich wie heutzutage.

Beschämt und verzweifelt kehrte Memnon heim. Dort fand er ein Briefchen vor, worin er zu einem Essen mit einigen guten Freunden geladen wurde. »Bleibe ich zu Hause«, überlegte er, »so geht mir mein trauriges Abenteuer nicht aus dem Kopf. Ich kann nicht essen und werde schließlich noch krank, lieber will ich mit meinen besten Freunden eine bescheidene Mahlzeit einnehmen. In ihrer angenehmen Gesellschaft werde ich die Dummheit, die ich heute morgen begangen habe, vergessen.« Also folgt er der Einladung und geht zu seinen Freunden. Sie finden ihn etwas verdrießlich und bekümmert und setzen ihm zu trinken vor, um seine Traurigkeit zu verscheuchen. »Ein wenig Wein, bedachtsam getrunken, ist ein Labsal für Leib und Seele«, denkt der weise Memnon und betrinkt sich. Nach dem Essen fordert man ihn zu einem Spiel auf. Mit Freunden in aller Form ein Spielchen zu machen, ist ein ehrbarer Zeitvertreib. Memnon spielt und verliert alles, was er in seiner Börse hat, und noch viermal soviel auf sein Ehrenwort. Zu guter Letzt entspinnt sich ein Streit um das Spiel. Alle sind erregt, und einer seiner besten Freunde wirft ihm den Würfelbecher an den Kopf und sticht ihm ein Auge aus. Der weise Memnon wird nach Hause gebracht: betrunken, ohne Geld und um ein Auge ärmer.

Memnon schläft seinen Rausch aus, und sobald er wieder einen klaren Kopf hat, schickt er seinen Diener zum Obersteuereinnehmer von Ninive, um Geld holen zu lassen, damit er seine Schulden bezahlen kann. Als Antwort erfährt er, daß sein Schuldner am Morgen einen betrügerischen Bankrott gemacht und dadurch hundert Familien ruiniert hat. Ganz außer sich begibt sich Memnon mit einem Pflaster auf dem Auge und einer Bittschrift in der Hand an den Hof, um beim König sein Recht gegenüber dem Bankrotteur zu erbitten. In einem Salon trifft er mehrere Damen, die mit Anmut Reifröcke von vierundzwanzig Fuß Umfang trugen. Eine von ihnen, die ihn oberflächlich kannte, sah ihn von der Seite an und sagte: »Ach, wie schrecklich!« Eine andere, die ihn näher kannte, sagte: »Guten Tag, Herr Memnon, ich freue mich wirklich, Sie zu sehen, Herr Memnon. Sagen Sie, Herr Memnon, wie kommt es, daß Sie ein Auge verloren haben?« Und ohne seine Antwort abzuwarten, ging sie weiter. Memnon versteckte sich in einer Ecke und wartete auf den Augenblick, da er sich dem Monarchen zu Füßen werfen konnte. Endlich war es so weit. Memnon küßte dreimal den Fußboden und überreichte sein Gesuch. Seine huldreiche Majestät nahm es sehr wohlwollend entgegen und übergab es einem seiner Satrapen, damit er ihm darüber Bericht erstatte. Der Satrap nahm Memnon beiseite und sagte mit hochmütiger Miene und höhnischem Lächeln: »Sie sind mir ein komischer Einäugiger! Sie übergehen mich und wenden sich direkt an den König! Und was ich noch lächerlicher finde, ist, daß Sie es wagen, Ihr Recht von einem ehrsamen Bankrotteur zu fordern, der als Neffe der Kammerzofe meiner Mätresse meine Protektion genießt. Verfolgen Sie die Angelegenheit nicht weiter, Freundchen, wenn Ihnen das eine Auge, das Sie noch übrigbehalten haben, lieb ist.«

So kam es, daß Memnon, der sich am Morgen vorgenommen hatte, auf leibliche Genüsse, Frauen, Spiel und jegliche Streitigkeiten zu verzichten und sich vom Hofe fernzuhalten, noch ehe die Nacht hereinbrach, von einer schönen Frau betrogen und bestohlen worden war, sich betrunken, gespielt und in einen Streit eingelassen hatte, ein Auge eingebüßt hatte und bei Hofe gewesen war, wo man sich über ihn lustig machte.

Starr vor Staunen und in tiefster Seele bekümmert, kehrte Memnon heim. Als er sein Haus betreten wollte, kamen ihm Gerichtsdiener entgegen, die im Auftrag seiner Gläubiger seine Möbel ausräumten. Einer Ohnmacht nahe lehnte sich Memnon an den Stamm einer Platane. In diesem Moment ging die schöne Dame vom Vormittag, die mit ihrem Onkel einen Spaziergang machte, an ihm vorüber, und als sie Memnon mit seinem Pflaster erblickte, brach sie in schallendes Gelächter aus.

Als es Nacht wurde, legte sich Memnon auf einem Strohhaufen neben der Mauer seines Hauses nieder. Während ihn ein Fieberschauer schüttelte, schlief er ein und im Traum erschien ihm ein Engel der himmlischen Heerscharen.

Strahlend und licht stand der Geist vor ihm. Er hatte sechs prächtige Flügel, aber weder Füße noch Kopf noch Schwanz und hatte nicht die geringste Ähnlichkeit mit irgendeinem anderen Wesen. »Wer bist du?« fragte ihn Memnon. »Dein guter Genius«, war die Antwort. »So gib mir mein Auge, meine Gesundheit, mein Vermögen und meine Weisheit zurück«, bat Memnon und erzählte, wie er alles an einem einzigen Tage eingebüßt hatte. »Das sind alles Abenteuer, die wir in unserer Welt nicht erleben«, bemerkte der Geist. »Welche Welt ist das?«

fragte das betrübte Menschenkind. »Meine Heimat ist fünfhundert Millionen Meilen von der Sonne entfernt auf einem kleinen Stern in der Nähe des Sirius, den du von hier aus sehen kannst.« – »Welch schönes Land!« rief Memnon. »Bei Euch gibt es also keine Weibsbilder, die einen armen Mann betrügen, keine guten Freunde, die einem das Geld abgewinnen und ein Auge ausstechen, keine Bankrotteure und auch keine Satrapen, die sich über andere Menschen lustig machen und ihnen ihr Recht verweigern?« – »Nein«, entgegnete der Sternbewohner, »nichts von alledem. Wir werden nie von Frauen betrogen, weil wir keine haben; bei uns gibt es keine Schlemmer und Vielfraße, weil wir überhaupt nicht essen; wir kennen keine Bankrotteure, weil es weder Gold noch Silber bei uns gibt; man kann uns kein Auge ausstechen, weil wir keinen Körper haben, und die Satrapen können uns kein Unrecht antun, da auf unserem kleinen Stern alle gleich sind.«

»Euer Gnaden«, sagte Memnon darauf zu ihm, »wenn Ihr keine Frauen und keine Mahlzeiten kennt – womit verbringt Ihr dann Eure Zeit?« – »Damit, über andere Himmelskörper, die uns anvertraut sind, zu wachen«, versetzte der Genius, »und darum komme ich, um dich zu trösten.« – »O weh!« rief Memnon. »Warum seid Ihr nicht eine Nacht früher gekommen, um mich daran zu hindern, so viele Dummheiten zu begehen?« – »Ich war bei Assan, deinem älteren Bruder«, erwiderte das himmlische Wesen; »er ist weit mehr zu bedauern als du. Seine huldreiche Majestät, der König von Indien, an dessen Hof zuweilen er die Ehre hat, ließ ihm wegen einer kleinen Indiskretion beide Augen ausstechen, und jetzt liegt er an Händen und Füßen gefesselt im Gefängnis.« – »Wirklich, es lohnt sich, einen guten Genius in der Familie zu haben, damit der eine der beiden Brüder ein Auge verliert und der andere blind wird, damit der eine auf Stroh liegt und der andere im Gefängnis sitzt«, meinte Memnon. »Dein Los wird sich ändern«, tröstete ihn das Sternengeschöpf. »Zwar wirst du dein Leben lang einäugig bleiben, aber abgesehen davon wirst du noch recht glücklich werden, vorausgesetzt, daß du niemals wieder den törichten Vorsatz faßt, ein wahrhaft weiser Mensch zu werden.« – »Das ist wohl etwas, was man unmöglich erreichen kann?« rief Memnon und seufzte tief. »Ja, ebenso wie es unmöglich ist, den höchsten Grad der Gewandtheit, der Stärke und der Macht zu erreichen und vollkommen glücklich zu sein. Selbst wir sind weit davon entfernt. Es gibt einen Himmelskörper, auf dem man das tatsächlich findet, aber in den hunderttausend Millionen Welten, die im All verstreut sind, gibt es das alles nur in Abstufungen. In der zweiten Welt sind Weisheit und Freude weniger verbreitet als in der ersten, und in der dritten weniger als in der zweiten, und so geht es fort bis zur letzten, wo alle schon vollends wahnwitzig sind.« – »Ich fürchte«, warf Memnon ein, »daß unser kleiner Erdball gerade das Irrenhaus ist, von dem zu sprechen Ihr mir die Ehre erweist.« – »Nicht ganz«, gab der Geist zurück, »aber beinahe. Alles muß an seinem Platz sein.« – »Demnach behaupten gewisse Dichter und Philosophen zu Unrecht, daß alles wohl bestellt sei«, rief Memnon. »Nein, sie haben vollkommen recht«, erwiderte der Philosoph aus den höheren Regionen, »wenn man nämlich das ganze Weltall in Betracht zieht.« – »Ach«, rief der arme Memnon, »das kann ich erst glauben, wenn ich nicht mehr einäugig bin.«

BABABEK UND DIE FAKIRE

Als ich in Benares, der alten Heimat der Brahmanen am Ufer des Ganges, weilte, suchte ich mein Wissen soviel als möglich zu erweitern. Ich verstand das Indische leidlich, ich hörte viel und beobachtete alles genau. Ich wohnte bei meinem Geschäftsfreund Omri, dem anständigsten Menschen, den ich je gekannt habe. Er war Brahmane, ich meinerseits hatte die Ehre, Muselmann zu sein. Niemals gab es zwischen uns einen lauten Wortwechsel wegen Mohammed oder Brahma. Wir verrichteten, jeder auf seine Art, unsere vorgeschriebenen Waschungen; wir tranken dieselbe Limonade und aßen denselben Reis wie zwei Brüder. Eines Tages gingen wir zusammen zur Gavani-Pagode, wo wir verschiedene Gruppen von Fakiren sahen. Die einen waren Yogis, das heißt Fakire, die ein beschauliches Dasein führten und sich ganz der Meditation hingaben, die anderen waren Schüler der alten Gymnosophisten und führten ein tätiges Leben. Bekanntlich haben sie eine Gelehrtensprache, die von den ältesten Brahmanen gesprochen wurde. Ein Buch, das sie »Weda« nennen, ist in dieser Sprache geschrieben, und ist zweifellos das älteste aller asiatischen Bücher, »Zend-Awesta« mit eingerechnet.

Ich ging an einem Fakir vorbei, der in diesem Buche las. »O du unseliger Ungläubiger«, rief der Fakir, »durch dich habe ich die Anzahl der Silben vergessen, die ich gerade zählte, und dadurch wird meine Seele in den Leib eines Hasen wandern, anstatt in den eines Papageien überzugehen, wie ich soeben noch hoffte.« Ich gab ihm zum Trost eine Rupie. Als wir einige Schritte weitergegangen waren, mußte ich unglücklicherweise niesen und weckte durch dieses Geräusch einen anderen Fakir aus seiner Ekstase. »Wo bin ich?« rief er. »Welch ein entsetzlicher Sturz! Ich sehe meine Nasenspitze nicht mehr, das himmlische Licht ist verschwunden!« – »Wenn ich daran schuld bin, daß Ihr weiter als bis zu Eurer Nasenspitze seht, will ich Euch eine Rupie geben, um das Unheil, das ich angerichtet habe, wiedergutzumachen«, sagte ich zu ihm; »widmet Euch weiter Eurem himmlischen Licht.« Nachdem ich mich so behutsam aus der Affäre gezogen hatte, ging ich zu den Gymnosophisten hinüber. Einige von ihnen boten mir niedliche kleine Nägel an, die ich mir zu Brahmas Ehren in die Arme oder Schenkel bohren sollte. Ich kaufte ihnen die Nägel ab und ließ später meine Teppiche damit befestigen. Andere Gymnosophisten gingen auf den Händen, wieder andere produzierten sich auf einem schlaffen Seil, und noch andere hüpften auf einem Bein; einige von ihnen trugen Ketten, andere Gewichte, verschiedene hatten ihren Kopf in ein Faß gesteckt und blieben dabei die nettesten Leute von der Welt. Mein Freund Omri führte mich in die Zelle eines der berühmtesten Fakire, der Bababek hieß. Er war nackt wie ein Affe und trug eine große Kette um den Hals, die mehr als sechzig Pfund wog. Er hockte auf einem Holzschemel, der säuberlich mit kleinen spitzen Nägeln besteckt war. Die Nägel drangen ihm in die Hinterbacken ein, aber er machte den Eindruck, als ruhe er auf einem Atlaspolster. Eine Unmenge Frauen kamen, um sich bei ihm Rat zu holen. Er war das Familienorakel, und man kann wohl sagen, daß er großes Ansehen genoß. Ich war Zeuge einer langen Unterhaltung zwischen ihm und Omri. »Glaubt Ihr, mein Vater, daß ich zu dem Göttersitz Brahmas gelangen werde, wenn ich die Prüfung der sieben Seelenwanderungen bestanden habe?« fragte ihn Omri. »Das kommt darauf an, wie Ihr lebt«, erwiderte der Fakir. »Ich gebe mir Mühe, ein guter Staatsbürger, ein guter Gatte, ein guter Vater und guter Freund zu sein«, sagte Omri. »Ich leihe den Reichen gelegentlich Geld, ohne Zinsen zu fordern; ich gebe auch den Armen welches und lebe in Frieden mit meinen Nachbarn.« – »Steckt Ihr Euch auch ab und zu Nägel in den

Hintern?« erkundigte sich der Brahmane. »Nein, niemals, mein ehrwürdiger Vater.« – »Dann tut es mir leid«, antwortete der Fakir, »Ihr werdet dann gewiß nicht weiter als in den neunzehnten Himmel kommen. Das ist sehr schade.« – »Wie!« rief Omri. »Das ist doch sehr ehrenvoll! Ich bin mit meinem Los sehr zufrieden. Es ist doch einerlei, ob ich in den neunzehnten oder zwanzigsten Himmel komme, wenn ich nur meine Wanderung pflichtgemäß mache und auf der letzten Station gut aufgenommen werde. Genügt es denn nicht, hier auf Erden ein ehrenhafter Mann gewesen zu sein, um im Reiche Brahmas selig zu werden? In welchen Himmel wollt Ihr denn kommen – Ihr, Herr Bababek, mit Euren Nägeln und Euren Ketten?« – »In den fünfunddreißigsten«, entgegnete Bababek. »Das finde ich zum Lachen«, versetzte Omri, »daß Ihr höher wohnen wollt als ich; das kann nur die Folge eines maßlosen Ehrgeizes sein. Ihr verdammt die Menschen, die in dieser Welt zu hohen Ehren gelangen wollen – warum wollt Ihr denn zu so hohen Ehren im anderen Leben kommen? Und woraufhin erhebt Ihr den Anspruch, besser behandelt zu werden als ich? Laßt Euch gesagt sein, daß ich in zehn Tagen mehr Almosen verteile als alle die Nägel kosten, mit denen Ihr Euch in zehn Jahren Eure Hinterbacken zerlöchert. Brahma hat sehr viel davon, daß Ihr den ganzen Tag splitternackt mit einer Kette um den Hals dasitzt, und dem Vaterlande erweist Ihr damit einen großen Dienst! Ich halte einen Menschen für hundertmal wertvoller, der Gemüse baut oder Bäume pflanzt, als Eure sämtlichen Kameraden, die ihre Nasenspitze betrachten oder aus übermäßigem Seelenadel ein Gewicht tragen.« Nach diesen Worten beruhigte sich Omri, umschmeichelte den Fakir und bat ihn, von seinen Ketten und Nägeln abzulassen und mit ihm in sein Haus zu kommen, um ein ehrenwertes Leben zu führen. Bababek wurde gesäubert, mit wohlriechenden Essenzen eingerieben und anständig gekleidet. Vierzehn Tage lang lebte er ganz vernünftig und gestand, daß er hundertmal glücklicher wäre als vordem. Aber er hatte sein Ansehen beim Volk verloren; keine

Frau kam zu ihm, um sich Rat zu holen. Schließlich verließ er Omri und ging zu seinen Nägeln zurück, um wieder Beachtung zu finden.

MIKROMEGAS

EINE NATURPHILOSOPHISCHE ERZÄHLUNG

ERSTES KAPITEL

Ein Bewohner der Sternenwelt Sirius reist nach dem Planeten Saturn

Auf einem der Planeten, die um den Fixstern Sirius kreisen, lebte ein geistig hochbegabter junger Mann. Ich hatte die Ehre, ihn auf seiner letzten Reise nach unserem kleinen Ameisenhaufen kennenzulernen. Er hieß Mikromegas – ein Name, der allen Großen wohl ansteht. Der junge Mann war acht Meilen hoch, ich meine: vierundzwanzigtausend Schritt von je fünf Fuß.

Verschiedene Algebraiker, die dem Publikum stets nützlich sein wollen, werden sofort zur Feder greifen und feststellen, daß Herr Mikromegas, Bewohner des Siriuslandes, vom Kopf bis zum Fuß vierundzwanzigtausend Schritt, also hundertzwanzigtausend Fuß maß, wogegen die Erdenbürger kaum fünf Fuß lang sind und unsere Erdkugel einen Umfang von neuntausend Meilen hat. Sie werden, glaube ich, herausfinden, daß die Weltkugel, die Herrn Mikromegas hervorgebracht hat, einen genau einundzwanzig Millionen sechshunderttausendmal größeren Umkreis haben muß als unsere kleine Erde, und das ist auch etwas völlig Einfaches und Übliches in der Natur. Die Staaten einiger deutscher und italienischer Fürsten, die man bequem in einer halben Stunde durchreisen kann, sind im Vergleich zu dem türkischen, moskowitischen oder chinesischen Reich nur ein äußerst schwaches Abbild der wunderbaren Gegensätze, die die Natur in allen ihren Schöpfungen offenbart.

Da die Gestalt Seiner Exzellenz die von mir angegebene Höhe hatte, werden alle Maler und Bildhauer mühelos feststellen, daß er einen Leibesumfang von fünfzigtausend Fuß haben mochte – was eine recht hübsche Proportion ergibt.

Seinen geistigen Fähigkeiten nach gehört er zu den gebildetsten Menschen, die wir haben. Er weiß viel und hat sogar manches selbst erfunden. Als er kaum zweihundertfünfzig Jahre zählte und, dem Brauch gemäß, am Jesuitenkollegium seines Planeten studierte, löste er bereits mehr als fünfzig Euklidische Aufgaben – also achtzehn mehr als Blaise Pascal, der wie seine Schwester berichtete, nachdem er zweiunddreißig spielend gelöst hatte, ein recht mittelmäßiger Mathematiker und sehr schwacher Metaphysiker wurde. Um das vierhundertfünfzigste Jahr – also als er die Kinderschuhe auszog – sezierte er viele jener winzigen Insekten, die unter normalen Mikroskopen nicht sichtbar sind, weil sie unter hundert Fuß im Durchmesser haben. Er schrieb ein sehr interessantes Buch darüber, das ihm jedoch allerhand Unannehmlichkeiten eintrug. Der Mufti seines Landes, ein äußerst unwissender, unleidlicher Kleinigkeitskrämer, entdeckte in seinem Buch verdächtige, anstößige, vermessene, freigeistige und nach Ketzerei riechende Stellen und verfolgte ihn heftig. Es handelte sich dabei um die Frage, ob die Urform der Flöhe auf dem Sirius mit der der Wegschnecken verwandt sei. Mikromegas verteidigte sich sehr geschickt und hatte die Frauen auf seiner Seite. Der Prozeß dauerte zweihundertzwanzig Jahre. Schließlich ließ der Mufti mit Hilfe von Rechtsgelehrten das Buch, das sie nie gelesen hatten, konfiszieren, und dem Autor wurde untersagt, für die Dauer von achthundert Jahren bei Hofe zu erscheinen.

Von einem Hofe verbannt zu sein, an dem nur Klatsch und Kleinigkeitskrämerei herrschte, bereitete ihm wenig Kummer. Er verfaßte ein sehr amüsantes Spottlied gegen den Mufti, der sich das aber nicht weiter zu Herzen nahm. Dann reiste Mikromegas von einem Planeten zum anderen, um, wie man sagt, *Herz und Geist* gründlich zu bilden. Wer nur gewohnt ist, in der

Postkutsche oder der Berline zu reisen, würde über die Beförderungsmittel dort oben sicher sehr erstaunt sein, denn wir auf unserem kleinen Schmutzklümpchen begreifen nur das, was bei uns gebräuchlich ist. Mikromegas kannte die Gravitationsgesetze und alle anziehenden und abstoßenden Kräfte ganz ausgezeichnet. Er wußte sich ihrer so gut zu bedienen, daß er einmal einen Sonnenstrahl, ein andermal einen Kometen als Fahrgelegenheit benutzte, um mit seinen Begleitern von Himmelskörper zu Himmelskörper zu gelangen, so wie ein Vogel von Ast zu Ast fliegt. In kurzer Zeit durchquerte er die Milchstraße, aber ich muß gestehen, daß er zwischen ihren Sternen nichts von dem schönen Himmelsgefilde entdeckte, das der hochgeschätzte Vikar Derham, wie er sich rühmte, durch sein Fernrohr gesehen hatte. Ich will nicht etwa behaupten, Herr Derham habe schlecht gesehen – Gott bewahre! Aber Mikromegas war an Ort und Stelle und gilt als guter Beobachter – doch ich will niemandem widersprechen!

Nach einer wohlberechneten Wendung gelangte Mikromegas auf die Saturnkugel. Sosehr er auch gewohnt war, neue Dinge zu sehen, konnte er sich doch beim Anblick der Winzigkeit dieses Himmelskörpers und seiner Bewohner eines überlegenen Lächelns, das zuweilen auch den Weisesten überkommt, nicht erwehren. Der Saturn ist ja auch kaum neunhundertmal größer als die Erde, und die Saturnbürger sind Zwerge von nur ungefähr tausend Klaftern Höhe. Anfangs machte er sich mit seinen Begleitern etwas lustig darüber, so wie etwa ein italienischer Musiker, wenn er nach Frankreich kommt, über Lullys Musik lachen muß. Da jedoch der Siriusmann einen scharfen Verstand hatte, war er sich sofort darüber klar, daß ein denkendes Wesen durchaus nicht lächerlich zu sein braucht, weil es nur sechstausend Fuß hoch ist. Erst setzte er die Saturnier in Staunen, dann aber freundete er sich mit ihnen an. Eine besonders enge Freundschaft verband ihn mit dem Sekretär der Saturn-Akademie, einem sehr geistvollen Mann, der selber freilich nichts erfunden hatte, aber über die Erfindungen trefflich zu berichten wußte und leidliche Verschen und gewaltige Berechnungen abzufassen verstand. Um den Lesern Genüge zu tun, möchte ich hier eine seltsame Unterhaltung wiedergeben, die Mikromegas eines Tages mit dem Herrn Sekretär hatte.

ZWEITES KAPITEL

Ein Siriusbewohner unterhält sich mit einem Saturnier

Nachdem Seine Exzellenz sich niedergelegt hatte, damit der Sekretär seinem Gesicht nahe kommen konnte, sagte Mikromegas: »Man muß doch zugeben, daß die Natur recht mannigfaltig ist.« – »Ja«, bestätigte der Saturnier, »die Natur ist wie ein Beet, dessen Blumen . . .« – »Ach«, unterbrach der andere, »verschonen Sie mich mit Ihrem Beet.« – »Sie ist«, fuhr der Sekretär fort, »wie eine Versammlung von Blonden und Braunen, deren Haartrachten . . .« – »Pah, was habe ich denn mit Ihren Braunen zu schaffen?« fragte der Siriusmann. – »Sie ist dann also wie eine Gemäldegalerie, deren einzelne Werke . . .« – »Nein – nein doch«, rief unser Reisender, »die Natur ist immer nur wie die Natur. Warum Vergleiche für sie suchen?« – »Um Ihnen zu gefallen«, antwortete der Sekretär. – »Ich will gar nicht, daß man mir gefällt«, gab Mikromegas zurück, »ich möchte, daß man mich belehrt. Sagen Sie mir zunächst, wieviel Sinne die Menschen auf ihrer Weltkugel haben.« – »Zweiundsiebzig«, sagte der Akademiker, »und wir klagen tagtäglich, daß wir so wenig haben. Wir bilden uns mehr Bedürfnisse ein, als wir haben, und fühlen uns mit unseren zweiundsiebzig Sinnen, unserem Saturnring und unseren fünf Monden allzu beschränkt, denn trotz unserer Wißbegier und der zahlreichen Leidenschaften, die ihren Ursprung in unseren zweiundsiebzig Sinnen haben, bleibt uns vollauf Zeit, um uns zu langweilen.« – »Das glaube ich schon«, meinte Mikromegas, »denn wir auf unserer Welt haben fast tausend Sinne, und dennoch erfüllt uns ein unbestimmtes Sehnsuchtsgefühl, eine ewige Unruhe, die uns daran mahnt, daß wir recht unbedeutend sind und daß es viel vollkommenere Wesen gibt. Ich bin etwas umhergereist und habe Sterbliche gesehen, die weit unter uns standen, und andere, die uns sehr überlegen waren, aber nirgends habe ich welche getroffen, die nicht mehr Wünsche als tatsächliche Bedürfnisse und mehr Bedürfnisse als Befriedigung hatten. Vielleicht komme ich eines Tages in ein Land, wo es an nichts fehlt, aber bis jetzt hat mir niemand über ein solches Land etwas berichtet.« Der Saturnier und der Siriusmann ergingen sich darauf in allerlei Vermutungen, doch nach vielen geistvollen und ungewissen Betrachtungen kamen sie auf die Tatsachen zurück. »Wie lange lebt man bei euch?« wollte der Siriusbewohner wissen. – »Ach, sehr kurze Zeit«, erwiderte der kleine Saturnmann. – »Genau wie bei uns«, rief der Siriusmann, »auch wir beklagen uns ständig über die Kürze des Daseins. Das muß ein allgemeines Naturgesetz sein.« – »Leider leben wir nur fünfhundert große Sonnenwenden«, sagte der Saturnier (nach unserer Zeitrechnung wären das beinahe fünfzehntausend Jahre). »Sie sehen wohl, daß das fast in dem Augenblick, da man geboren wird, sterben heißt. Unser Dasein ist ein Punkt, unsere Lebensdauer ein Augenblick, unsere Weltkugel ein Atom. Kaum hat man angefangen, etwas zu lernen, kommt schon der Tod, ehe man noch Erfahrungen gesammelt hat. Ich für mein Teil wage nie, Pläne zu schmieden, ich fühle mich wie ein Wassertropfen in einem unermeßlichen Ozean. Vor allem Ihnen gegenüber schäme ich mich der lächerlichen Figur, die ich in dieser Welt darstelle.«

Darauf antwortete Mikromegas: »Wenn Sie kein Philosoph wären, würde ich fürchten, Sie durch die Mitteilung zu betrüben, daß unser Leben siebenhundertmal länger währt als das eurige. Doch Sie wissen ja, wenn man seinen Körper in Elemente zerfallen lassen und die Natur in einer anderen Gestalt neu beleben muß, was nämlich sterben heißt, wenn dieser Augenblick der Metamorphose eingetreten ist, ist es einerlei, ob man eine Ewigkeit oder einen Tag lang gelebt hat. Ich bin in Ländern gewesen, in denen man tausendmal länger lebt als bei uns, und trotzdem beklagte man sich dort auch. Doch überall gibt es vernünftige Menschen, die ihr Schicksal auf sich nehmen und dem Schöpfer der Natur danken. Er hat über dieses Weltall eine Überfülle von Mannigfaltigkeiten in einer wunderbaren Einheitlichkeit ausgeschüttet. So sind zum Beispiel alle denkenden Wesen verschieden, und doch sind sie im Grunde einander gleich durch ihr Denken und Wünschen. Überall sehen wir Materie, aber auf jeder Weltkugel hat sie verschiedene Eigenschaften. Wie viele solcher verschiedener Eigenschaften stellen Sie an Ihrer Materie fest?« – »Wenn Sie die Eigenschaften meinen, ohne die wir den Fortbestand unserer Weltkugel, so wie sie ist, für unmöglich halten«, sagte der Saturnbewohner, »so zählen wir deren dreihundert, und zwar: Ausdehnung, Undurchdringlichkeit, Beweglichkeit, Anziehung, Teilbarkeit usw.« – »Anscheinend genügt diese geringe Zahl für die Absichten, die der Schöpfer für Ihre kleine Wohnstätte hegte«, sagte unser Reisender. »Ich bewundere seine Weisheit allerorten; überall sehe ich Verschiedenheit, aber zugleich Ausgeglichenheit. Eure Weltkugel ist klein, und klein sind auch die Bewohner. Ihr habt wenig Empfindungen, eure Materie hat wenig Eigenschaften – all das ist das Werk der Vorsehung. Welche Farbe hat, genau betrachtet, eure Sonne?« – »Stark gelblichweiß«, sagte der Saturnier, »und wenn wir einen ihrer Strahlen zerlegen, finden wir, daß er sieben Farben enthält.« – »Unsere Sonne ist eher rötlich«, sagte der Siriusmann, »und wir haben neununddreißig Grundfarben. Keine einzige von all den Sonnen, denen ich nahe gekommen bin, gleicht der anderen, ebensowenig wie bei euch ein Gesicht dem anderen ähnlich sieht.«

Nach mehreren Fragen dieser Art erkundigte er sich, wie viele verschiedene Substanzen man auf dem Saturn zähle, und er erfuhr, daß man etwa dreißig annahm: Gott, den Raum, die Materie, die ausgedehnten empfindenden Wesen, die ausgedehnten Wesen, die empfinden und denken, die unausgedehnten denkenden Wesen, die einander durchdringenden Wesen, solche, die sich nicht durchdringen, und so fort. Der Siriusmann, in dessen Heimat man dreihundert Substanzen kannte und der auf seinen Reisen noch dreitausend andere entdeckt hatte, setzte den Saturnphilosophen in maßloses Erstaunen. Nachdem sie einander ein wenig von dem mitgeteilt hatten, was sie wußten, und viel von dem, was sie nicht wußten, und so eine Sonnenwende miteinander verschwatzt hatten, beschlossen sie, gemeinsam eine kleine naturphilosophische Reise zu unternehmen.

DRITTES KAPITEL
Der Sirius- und der Saturnbewohner gehen auf Reisen

Unsere beiden Philosophen wollten gerade mit einer recht guten Ausrüstung an mathematischen Instrumenten in die Atmosphäre des Saturn hinausfahren, als die Geliebte des Saturniers, die Wind von der Abreise bekommen hatte, weinend herbeistürzte und ihm Vorhaltungen machte. Sie war eine hübsche, kleine Brünette, nur sechshundertsechzig Klafter hoch, aber über ihren Reizen vergaß man ihre kleine Figur. »Du grausamer Mensch du!« schrie sie. »Erst habe ich dir fünfzehnhundert Jahre widerstanden, und nun willst du mich, nachdem ich mich dir endlich hingegeben und kaum hundert Jahre in deinen Armen verbracht habe, verlassen, um mit einem Riesen aus einer anderen Welt auf Reisen zu gehen! Geh, du bist nur neugierig, von Liebe hast du nie etwas gespürt. Wenn du ein echter Saturnier wärest, würdest du treu sein. Wohin willst du? Was fehlt dir? Unsere fünf Monde irren weniger umher als du, und unser Saturnring wechselt nicht so oft wie du. Jetzt habe ich genug, nie mehr werde ich einen Mann lieben.« Der Philosoph umarmte sie, weinte mit ihr zusammen – Philosophen sind nun einmal so –, und nachdem die Dame in Ohnmacht gefallen war, ging sie davon und tröstete sich mit einem einheimischen Stutzer.

Inzwischen reisten unsere beiden Wißbegierigen ab. Zunächst sprangen sie auf den Saturnring, den sie ziemlich flach fanden, wie das ein berühmter Bewohner unserer kleinen Weltkugel richtig erraten hat. Dann wanderten sie von einem Mond zum anderen, und als an dem letzten ganz dicht ein Komet vorbeiflog, schwangen sie sich mit ihren Dienern und ihren Instrumenten darauf. Als sie ungefähr hundertfünfzig Millionen Meilen zurückgelegt hatten, stießen sie auf die Trabanten des Jupiter. Sie stiegen auf den Jupiter selbst hinüber und verbrachten dort ein Jahr, in dessen Verlauf sie recht interessante Geheimnisse erfuhren, die in unserer Zeit veröffentlicht worden wären, wenn es keine Herren Inquisitoren gäbe, denn diese fanden einige Behauptungen allzu schroff. Ich habe aber das Manuskript in der Bibliothek des hochwürdigen Erzbischofs von . . . gelesen, der mir mit wirklich anerkennenswerter Großmut und Güte seine Bücher zur Verfügung gestellt hatte.

Doch zurück zu unseren Reisenden. Nachdem sie den Jupiter verlassen hatten, durchquerten sie einen Raum von etwa hundert Millionen Meilen und kamen an dem Planeten Mars vorbei, der bekanntlich fünfmal kleiner ist als unsere kleine Erde. Sie gewahrten zwei Monde dieses Planeten, die bisher noch den Blicken unserer Astronomen entgangen sind. Ich weiß wohl, daß der Pater Castel gegen die Existenz dieser beiden Monde sogar recht ergötzlich schreiben wird, aber ich berufe mich auf diejenigen, die die Analogieschlüsse ziehen können. Diese wackeren Philosophen wissen wohl, wie schwer es dem von der Sonne so weit entfernten Mars fallen würde, ohne diese beiden Monde auszukommen. Wie dem auch sei, unsere beiden Reisenden fanden den Mars so winzig, daß sie fürchteten, keinen Platz zum Schlafen zu finden, und so setzten sie ihren Weg fort wie zwei Reisende, die ein schlechtes Dorfwirtshaus verschmähen und lieber bis zur nächsten Stadt weiterwandern.

Aber unser Siriusmann und sein Gefährte hatten es gar bald zu bereuen. Sie fuhren längere Zeit weiter und fanden nichts. Endlich erspähten sie einen schwachen Schimmer . . . die Erde; es war wahrlich zum Erbarmen für Leute, die vom Jupiter kamen. Da sie jedoch fürchteten, ein zweites Mal Grund zur Reue zu haben, beschlossen sie zu landen. Sie begaben sich auf den Schwanz des Kometen, sprangen auf ein Nordlicht, das gerade aufgegangen war, und landeten auf der Erde am nördlichen Ufer der Ostsee am fünften Juli 1737 unserer Zeitrechnung.

VIERTES KAPITEL

Was ihnen auf der Erdkugel widerfuhr

Nachdem sie sich eine Weile ausgeruht hatten, verspeisten sie zum Frühstück zwei Berge, die ihnen ihre Leute ziemlich appetitlich zubereitet hatten. Dann wollten sie das kleine Land, in dem sie sich befanden, näher in Augenschein nehmen und gingen zunächst von Norden nach Süden. Die gewöhnlichen Schritte des Siriusmannes und seiner Leute waren ungefähr dreißigtausend Pariser Fuß lang. Der Saturnzwerg lief keuchend hinterher, denn er mußte etwa zwölf Schritte machen, während der andere nur einmal zutrat. Man stelle sich (wenn derartige Vergleiche überhaupt erlaubt sind) ein kleines Schoßhündchen vor, das einen Hauptmann der königlich-preußischen Garde einholen will.

Da unsere beiden Ausländer ziemlich schnell vorwärts kamen, hatten sie die ganze Erdkugel in sechsunddreißig Stunden umkreist. Die Sonne, oder vielmehr die Erde, macht diese Reise allerdings innerhalb eines Tages, aber man muß bedenken, daß man weit bequemer reist, wenn man sich um seine eigene Achse dreht, als wenn man zu Fuß geht. Schließlich gelangten sie wieder an den Ausgangspunkt zurück, nachdem sie die für sie kaum wahrnehmbare Pfütze, die sich »Mittelländisches Meer« nennt, durchquert hatten und auch den anderen kleinen Teich, der als »Großer Ozean« den Maulwurfshügel umspült. Dem Zwerg war das Wasser bis an die Waden gestiegen, während der Siriusmann sich kaum die Fersen naß gemacht hatte. Sie gaben sich alle erdenkliche Mühe, um herauszubekommen, ob diese Kugel bewohnt war oder nicht. Sie bückten sich, legten sich nieder und tasteten überall herum, aber ihre Augen und ihre Hände standen in keinem Verhältnis zu den kleinen Wesen, die da herumkrochen, und so machten sie nicht die leiseste Wahrnehmung, die sie vermuten lassen konnte, daß wir und unsere Mitbrüder, die anderen Erdbewohner, die Ehre haben zu existieren.

Der Zwerg, der manchmal zu voreilig urteilte, entschied zunächst, daß es auf der Erde kein einziges Lebewesen gebe, weil er niemanden gesehen hatte. Mikromegas gab ihm höflich zu verstehen, daß sein Urteil schlecht begründet sei. »Denn«, sagte er, »mit Ihren kleinen Augen sehen Sie gewisse Sterne fünfzigster Größe nicht, die ich ganz deutlich wahrnehme. Wollen sie daraus schließen, daß diese Sterne nicht existieren?« – »Aber ich habe doch gut abgetastet«, behauptete der Zwerg. – »Jedoch schlecht gefühlt«, antwortete der andere. – »Aber«, rief der Zwerg, »diese Weltkugel ist so schlecht gebaut, alles ist so unregelmäßig und so lächerlich geformt! Hier scheint alles ein Chaos zu sein. Sehen Sie sich diese kleinen Bäche an, von denen keiner einen geraden Lauf hat, und die Teiche, die weder rund noch viereckig, noch länglichrund oder irgendwie regelmäßig geformt sind. Und dann all die spitzen Körner, mit denen diese Kugel bespickt ist und die mir die Füße zerschunden haben!« (Er meinte die Berge.) »Beachten Sie auch die ganze Form der Kugel. Wie platt ist sie an den Polen, wie linkisch dreht sie sich um die Sonne, so daß die Polargegenden unbedingt unfruchtbar bleiben müssen. Was mich tatsächlich darin bestärkt, daß hier niemand wohnt, ist der Eindruck, daß vernünftige Leute hier niemals bleiben würden.« – »Nun gut«, meinte Mikromegas, »vielleicht sind es auch keine vernünftigen Leute, die hier wohnen. Jedenfalls hat es den Anschein, als sei dies alles nicht umsonst geschaffen. Sie sagen, Ihnen erscheint hier alles unregelmäßig, weil auf dem Saturn und dem Jupiter alles schnurgerade ist. Vielleicht herrscht gerade aus diesem Grunde hier ein gewisser Wirrwarr. Habe ich Ihnen nicht gesagt, daß ich auf meinen Reisen immer große Mannigfaltigkeit festgestellt habe?« Der Saturnier hatte auf alle diese Begründungen etwas zu entgegnen, und ihr Streit hätte nie ein Ende genommen, wenn Mikromegas zum Glück nicht in der Hitze des Wortgefechtes die Schnur seiner diamantenen Halskette zerrissen hätte. Die Diamanten fielen zu Boden: Es waren hübsche, ziemlich ungleiche Steinchen, von denen die größten vierhundert und die kleinsten fünfzig Pfund wogen. Der Zwerg hob einige auf, und als er sie vor seine Augen hielt, bemerkte er, daß sie durch ihren Schliff ausgezeichnete Vergrößerungsgläser waren. Er suchte sich ein kleines Vergrößerungsglas von hundertsechzig Fuß im Durchmesser heraus und hielt es vor sein Auge. Auch Mikromegas nahm sich eins von zweitausendfünfhundert Fuß im Durchmesser. Sie waren tadellos, aber zunächst sah man durch sie noch nichts; sie mußten erst richtig eingestellt werden. Endlich erblickte der Saturnbewohner etwas kaum Wahrnehmbares, das sich zwischen zwei Wogen der Ostsee bewegte: Es war ein Walfisch. Er ergriff ihn sehr geschickt mit dem kleinen Finger, legte ihn auf den Nagel seines Daumens und zeigte ihn dem Siriusmann, der wiederum über die Winzigkeit der Bewohner unserer Weltkugel lachen mußte. Nun war der Saturnier fest davon überzeugt, daß unsere Weltkugel bewohnt sei, und er kam zu dem Schluß, daß sie lediglich von Walfischen bewohnt werde. Und da er ein großer Denker vor dem Herrn war, wollte er auch gleich wissen, woher ein so kleines Atom seine Bewegung nähme, ob es Vorstellungen, einen Willen und Freiheit besäße. Mikromegas war dadurch sehr in Verlegenheit gebracht: Er untersuchte das Tier mit viel Geduld, und als Ergebnis dieser Forschung stellte er fest, daß unmöglich eine Seele darin wohnen könne. Die beiden Reisenden kamen also zu der Annahme, daß unserer Bevölkerung jeglicher Geist fehle, als sie plötzlich durch ihre Mikroskope etwas entdeckten, das größer war als ein Wal und auf der Ostsee schwamm. Bekanntlich kehrte gerade zu jener Zeit eine Gruppe von Naturforschern vom Polarkreise zurück, wo sie Beobachtungen angestellt hatten, auf die bisher noch niemand verfallen war. Die Zeitungen berichteten, ihr Schiff sei im Bottnischen Meerbusen gestrandet, und sie hätten sich nur mit knapper Mühe und Not retten können. Aber in dieser Welt kennt man ja niemals die Kehrseite der Dinge. Ich will ganz genau erzählen, wie sich die Sache zutrug, ohne meinerseits etwas hinzuzufügen – was für einen Geschichtsschreiber wahrlich keine leichte Sache ist.

FÜNFTES KAPITEL
Erfahrungen und Betrachtungen der beiden Reisenden

Mikromegas langte mit der Hand behutsam nach der Stelle, wo der Gegenstand zu sehen war. Er streckte zwei Finger aus, zog sie aber sofort zurück aus Angst, fehlzugreifen; dann streckte er sie wieder aus, zog sie zusammen, erfaßte geschickt das Schiff, auf dem sich die Herren befanden, und legte es auf seinen Nagel, in beständiger Furcht, es zu zerdrücken. »Das ist ein ganz anderes Tier als das erste«, rief der Zwerg vom Saturn. Der Siriusbewohner legte das angebliche Tier auf seine flache Hand. Die Passagiere und die Mannschaft, die sich von einem Wirbelwind in die Höhe gehoben glaubten und dachten, sie säßen auf einem Felsen fest, liefen alle hin und her. Die Matrosen nahmen Weinfässer, warfen sie Mikromegas auf die Hand und sprangen ihnen nach. Die Geometer ergriffen ihre Quadranten und Sextanten und kletterten mit ihren lappländischen Mädchen dem Siriusmann auf die Finger hinab. Sie machten so viel Bewegung, daß er schließlich etwas Fingerkitzelndes fühlte: Man hatte ihm nämlich einen eisenbeschlagenen Stock einen Fuß tief in seinen Zeigefinger getrieben. Durch das Stechen merkte er, daß aus dem kleinen Tier etwas auf seine Hand gekrochen sein mußte, aber zuerst konnte er daraus nicht klug werden. Das Vergrößerungsglas, das gerade einen Wal und ein Schiff erkennen ließ, versagte bei einem so unwahrnehmbaren Geschöpf, wie der Mensch es ist. Ich möchte die Eitelkeit von niemandem verletzen, aber ich sehe mich genötigt, die Wichtigtuer zu bitten, mit mir eine kleine Betrachtung anzustellen: Wenn man die Größe der Menschen auf ungefähr fünf Fuß ansetzt, so ist unsere Gestalt auf der Erde nicht größer als auf einer Kugel von zehn Fuß Umfang die eines Tieres, die allerhöchstens ein sechshunderttausendstel Zoll betragen würde. Man stelle sich ein Wesen vor, das unsere Erde in seiner Hand halten könnte und Organe im Verhältnis zu den unseren hätte – es könnte doch sein, daß viele solcher Wesen existieren –, und nun bedenke man, was sie von den Schlachten halten würden, die uns zwei Dörfer eingebracht haben, die aber wieder zurückgegeben werden mußten.

Wenn einmal ein Hauptmann der langen Grenadiere dieses Buch lesen würde, so zweifle ich nicht daran, daß er die Helme seiner Soldaten um wenigstens zwei Fuß höher machen lassen würde. Ich sage ihm aber im voraus: Was er auch anstellen mag, er und seine Leute werden immer unendlich klein bleiben.

Welcher bewundernswerten Feinheit bedurfte also unser Siriusphilosoph, um die Stäubchen, von denen ich spreche, wahrzunehmen: Als Leeuwenhoek und Hartsoeker als erste die Samen sahen – oder zu sehen glaubten –, aus denen wir entstehen, machten sie nicht im entferntesten eine so erstaunliche Entdeckung. Welche Freude empfand Mikromegas, als er diese kleinen Organismen umherwimmeln sah und alle ihre Wendungen und Handlungen untersuchte und verfolgte! Wie schrie er auf und mit welcher Freude drückte er seinem Reisegefährten eins seiner Vergrößerungsgläser in die Hand! »Ich sehe sie!« riefen beide zu gleicher Zeit. »Sehen Sie nicht, wie sie Lasten tragen, sich bücken und sich wieder aufrichten?« Während sie so sprachen, zitterten ihnen die Hände vor Freude, solche neuen Dinge zu sehen, und vor Furcht, sie wieder zu verlieren. Der Saturnier, der vom tiefsten Zweifel in die übertriebenste Gläubigkeit fiel, war der Meinung, daß sie an ihrer Fortpflanzung arbeiteten: »Ha«, rief er, »*ich habe die Natur auf frischer Tat ertappt*!« Aber er ließ sich durch den Schein täuschen, was nur allzuoft geschieht, gleichviel ob man sich eines Vergrößerungsglases bedient oder nicht.

SECHSTES KAPITEL

Was ihnen bei den Menschen begegnete

Mikromegas, der ein besserer Beobachter war als sein Zwerg, sah deutlich, daß die Stäubchen miteinander sprachen, und machte seinen Gefährten darauf aufmerksam. Aber da dieser über seinen Irrtum in Sachen der Zeugung beschämt war, wollte er nicht glauben, daß solche Geschöpfe einander Gedanken zum Ausdruck bringen konnten. Er beherrschte Sprachen ebenso wie der Siriusmann, aber er hörte nichts von den Stäubchen, und so folgerte er, daß sie nicht sprechen könnten. Wie sollten denn auch die Sprechorgane dieser unwahrnehmbaren Geschöpfe gestaltet sein, und was hätten sie zu sagen? Um sprechen zu können, muß man denken, jedenfalls beinah denken. Dachten die Stäubchen aber, so mußten sie so etwas wie eine Seele haben; und so etwas wie eine Seele dieser Gattung zuzuschreiben, erschien ihm reichlich albern. »Aber Sie bildeten sich doch zuerst ein, Sie sähen sie beim Liebesakt«, rief der Siriusmann, »glauben Sie denn, man könne sich der Liebe hingeben, ohne zu denken, ohne Worte auszusprechen oder wenigstens ohne sich zu verständigen? Denken Sie denn, es sei schwieriger, einen Beweis in die Welt zu setzen als ein Kind? Für mich ist das eine wie das andere ein großes Rätsel.« – »Ich wage nicht mehr, etwas zu glauben noch etwas zu leugnen«, sagte der Zwerg, »ich habe keine Meinung mehr. Wir müssen diese Käfer erst einmal untersuchen; diskutieren können wir später darüber.« – »Sehr richtig«, erwiderte Mikromegas. Er zog sofort eine Schere hervor, schnitt sich damit die Nägel, rollte aus der abgeschnittenen Nagelspitze seines Daumens etwas wie ein großes Sprachrohr und steckte sich die Spitze wie einen Schalltrichter ins Ohr. Der obere Rand des Trichters umschloß das Schiff und die ganze Besatzung. Die leiseste Stimme drang in die kreisförmig gelagerten Fasern des Nagels ein, so daß unser Philosoph dank seines Erfindergeistes bei sich oben deutlich das Summen der Käfer unten hören konnte. Nach wenigen Stunden konnte er die einzelnen Worte unterscheiden, und schließlich verstand er Französisch. Der Zwerg brachte es ebenfalls fertig, aber mit viel mehr Mühe. Die Verwunderung der beiden Reisenden nahm immer mehr zu. Sie hörten, wie die Milben ziemlich vernünftig sprachen; dieses Naturspiel erschien ihnen unbegreiflich. Man kann sich wohl denken, daß der Siriusmann und sein Zwerg vor Ungeduld brannten, mit den winzigen Wesen ein Gespräch anzuknüpfen, der Zwerg fürchtete aber, daß seine Donnerstimme und besonders die des Mikromegas die Milben so betäuben würde, daß sie nichts verstehen könnten. Die Stimmen mußten also gedämpft werden. Unsere Reisenden steckten sich eine Art Zahnstocher in den Mund, deren dünne Enden bis zum Schiff hinunterreichten. Der Siriusmann nahm den Zwerg auf die Knie und das Schiff mit der Besatzung auf einen Fingernagel, dann beugte er den Kopf hinab und flüsterte etwas. Nach all diesen und noch vielen anderen Vorsichtsmaßregeln begann er endlich seine Rede:

»Ihr unsichtbaren kleinen Käfer, euch hat die Hand des Schöpfers im Abgrund des Unendlichkleinen geschaffen. Ich danke ihm für die Gnade, daß er mir Geheimnisse, die ich für unergründlich hielt, offenbart hat. Vielleicht würde man euch an unserem Hofe nicht gern anschauen, aber ich verachte niemanden und biete euch meinen Schutz an.«

Wenn es jemals erstaunte Wesen gegeben hat, so waren es die Menschenkinder, die diese Worte vernahmen. Sie konnten sich nicht erklären, woher sie kamen. Der Schiffskaplan sagte Teufelsbeschwörungsgebete her, die Matrosen fluchten, und die

Naturwissenschaftler stellten rasch ein System auf, mit dessen Hilfe sie jedoch nicht erforschen konnten, wer zu ihnen sprach. Der Saturnzwerg, der eine leisere Stimme hatte als Mikromegas, setzte ihnen in kurzen Worten auseinander, mit welchen Wesen sie es zu tun hatten. Er berichtete ihnen von der Reise vom Saturn, machte sie mit Mikromegas bekannt und fragte, nachdem er sie wegen ihrer Kleinheit bedauert hatte, ob sie sich stets in diesem beklagenswerten Zustande des Fastnichtseins befunden hätten, ferner was sie auf einer Weltkugel trieben, die doch Walfischen zu gehören scheine, ob sie glücklich seien, ob sie sich vermehrten, ob sie eine Seele hätten. Noch hunderterlei andere Fragen stellte er ihnen.

Ein Besserwisser aus der Naturforscherschar, der beherzter als die anderen und überdies verletzt war, daß man an seiner Seele zweifelte, beobachtete den Fragesteller durch einen auf einen Quadranten gestellten Diopter. Er wechselte zweimal den Standort und sprach dann vom dritten aus: »Sie bilden sich wohl ein, Herr, weil Sie tausend Klafter vom Kopf bis zu den Füßen messen, seien Sie ...« – »Tausend Klafter!« rief der Zwerg. »Gerechter Gott, woher kann er meine Größe wissen? Tausend Klafter! Er irrt sich nicht um einen Zoll. Was, dieses Stäubchen hat mich gemessen? Er ist Geometer, weiß meine Größe, und ich sehe ihn erst durch das Mikroskop und kenne seine Größe nicht!« – »Jawohl, ich habe Sie gemessen«, sagte der Physiker, »und ich könnte gern auch noch Ihren großen Begleiter messen.« Der Vorschlag wurde angenommen. Seine Exzellenz streckte sich der Länge nach aus, denn wäre er aufrecht stehen geblieben, so hätte sein Kopf zu sehr in die Wolken geragt. Unsere Naturforscher steckten ihm einen großen Baum an einen Ort, den der Doktor Swift zwar ungeniert bezeichnen würde, den ich aber aus tiefer Achtung vor den Damen nicht nennen möchte. Dann kamen die Wissenschaftler mit Hilfe einer Reihe zusammengesetzter Dreiecke zu dem Schluß, daß sie einen jungen Mann von hundertzwanzigtausend Fuß Höhe vor sich hätten.

Daraufhin äußerte Mikromegas: »Ich sehe mehr denn je ein, daß man niemals etwas nach seiner scheinbaren Größe beurteilen darf. O Gott, der Du Wesen, die so verächtlich erscheinen, mit Vernunft begabt hast, Dir macht das Unendlichkleine ebensowenig wie das Unendlichgroße aus. Und sollte es noch kleinere Wesen geben als diese hier, so könnten sie sogar einen höheren Verstand haben als jene wunderbaren Tiere, die ich im Himmel gesehen habe und deren einer Fuß allein diese Weltkugel bedecken würde, zu der ich hinuntergestiegen bin.«

Einer der Wissenschaftler gab ihm zur Antwort, er könne mit Bestimmtheit annehmen, daß es in der Tat noch viel kleinere vernunftbegabte Wesen gäbe als den Menschen. Er trug ihm zwar nicht alles vor, was Vergil an Sagenhaftem von den Bienen erzählt hatte, aber was Swammerdam entdeckt und was Réaumur seziert hatte. Schließlich erklärte er ihm, daß es Tiere gäbe, die für die Bienen das seien, was die Bienen für die Menschen sind, und das, was der Siriusbewohner selbst für jene unendlich großen Tiere sei, von denen er gesprochen, und was wiederum diese großen Tiere für andere Wesen bedeuten, denen sie wie Stäubchen erscheinen. Allmählich wurde die Unterhaltung interessant, und Mikromegas sagte folgendes:

SIEBENTES KAPITEL
Gespräch mit den Menschen

»Oh, ihr klugen Stäubchen, an denen es dem ewigen Wesen gefallen hat, seine Kunst und seine Macht kundzutun, ihr könnt sicher reine Freuden auf eurer Weltkugel genießen, denn da ihr so wenig Materie an euch habt und ganz aus Geist zu bestehen scheint, müßt ihr doch euer Leben damit verbringen, zu lieben und zu denken, denn das ist das wahre Leben der Geistigen. Nirgendwo habe ich wahre Glückseligkeit angetroffen, doch hier muß sie herrschen!« Auf diese Worte hin schüttelten alle Wissenschaftler den Kopf, und einer von ihnen, der freimütiger war als die anderen, gestand treuherzig, daß, mit Ausnahme einiger wenig angesehener Erdbewohner, die übrigen eine Schar von Narren, Bösewichtern und armen Teufeln seien. »Wir tragen mehr Stoff mit uns herum«, sagte er, »als uns nötig ist, um viel Böses zu tun – fall das Böse vom Stoff herkommt, und wir haben zu viel Geist, falls das Böse dem Geist entspringt. Ist Ihnen zum Beispiel bekannt, daß gerade jetzt, da ich mit Ihnen spreche, hunderttausend Narren unserer Art mit Hüten auf den Köpfen hunderttausend andere Geschöpfe, die Turbane tragen, töten oder von ihnen niedergemetzelt werden und daß sich etwas Derartiges seit undenklichen Zeiten fast auf der ganzen Erde abspielt?« Der Siriusmann fragte schaudernd, aus welchem Grund diese gebrechlichen Wesen solche entsetzlichen Kämpfe gegeneinander führten. »Es handelt sich«, erklärte ihm der Naturforscher, »um ein paar Schmutzhaufen, die so groß sind wie Ihre Absätze. Nicht etwa, daß ein einziger von diesen Millionen Menschen, die sich umbringen lassen, auch nur einen Strohhalm von diesem Erdhaufen beanspruchte. Es gilt nur, festzustellen, ob er einem gewissen Mann, der *Sultan* genannt wird, gehört oder einem anderen, den man, ich weiß nicht warum, nach *Cäsar* nennt. Weder der eine noch der andere hat jemals dieses Fleckchen Erde gesehen und wird es auch nie sehen, und wohl keines der Geschöpfe, die sich gegenseitig erschlagen, hat je das Wesen erblickt, für das sie sich töten lassen.«

»O diese Unglücklichen!« rief der Siriusbewohner empört. »Kann man denn ein solches Übermaß an sinnloser Raserei fassen! Mich kommt wahrlich die Lust an, drei Schritte zu machen und mit drei Fußtritten diesen ganzen Ameisenhaufen lächerlicher Mordgesellen zu zerstampfen.« – »Geben Sie sich nicht die Mühe«, war die Antwort, »sie arbeiten selbst genug an ihrem Untergang. Bedenken Sie, daß nach dem Verlauf von je zehn Jahren immer nur der hundertste Teil dieser Schurken übrigbleibt. Und hätten sie auch das Schwert nicht gezogen, so würden sie Unbilden, Hunger und Erschöpfung dahinraffen. Überdies verdienen nicht sie es, bestraft zu werden, sondern jene barbarischen Stubenhocker, die von ihrem Kabinett aus um die Zeit ihrer Verdauung das Gemetzel von einer Million Menschen anordnen und danach Gott dafür feierlich danken lassen.« Der Reisende fühlte sich von Mitleid für die kleine Menschenrasse ergriffen, bei der er so erstaunliche Widersprüche entdeckte. »Da ihr zu der kleinen Zahl der Weisen gehört«, sagte er zu den Herren, »und offenbar niemanden für Geld tötet, so sagt mir bitte, womit ihr euch beschäftigt.« – »Wir sezieren Fliegen«, antwortete der Naturforscher, »wir messen Linien, wir stellen Zahlen zusammen, wir sind uns in zwei oder drei Punkten, die wir begriffen haben, einig, und über zwei- oder dreitausend Punkte, die wir nicht erfaßt haben, streiten wir uns.« Da kam dem Siriusmann und dem Saturnier der Einfall, den denkenden Stäubchen allerlei Fragen zu stellen, um zu erfahren, in welchen Dingen sie miteinander einig seien. »Wie groß schätzen Sie die Entfernung vom Hundsstern bis zum großen Stern der Zwillinge?« wurde gefragt. »Zweiunddreißig und einen halben Grad«, antworteten alle gleichzeitig. »Wie weit rechnet ihr von hier aus bis zum Mond?« – »Rund sechzig Halbmesser.« – »Wieviel wiegt eure Luft?« Er glaubte, sie gefangen zu haben, aber alle antworteten, die Luft wöge ungefähr neunhundertmal weniger als ein gleiches Volumen leichtesten Wassers und neunzehntausendmal weniger als Dukatengold. Der Kleine war über ihre Antworten dermaßen erstaunt, daß er sich versucht fühlte, dieselben Menschen, denen er vor einer Viertelstunde den Besitz einer Seele abgesprochen hatte, jetzt für Hexenmeister zu halten.

Schließlich sagte Mikromegas zu ihnen: »Da ihr so gut Bescheid über das wißt, was um euch ist, so kennt ihr wahrscheinlich das, was in euch ist, noch besser. Sagt mir, wie eure Seele ist und auf welche Weise ihr eure Gedanken bildet.« Die Gelehrten redeten wie vorher alle auf einmal, aber alle waren verschiedener Meinung. Der Älteste zitierte Aristoteles, ein anderer sprach den Namen Descartes aus, wieder ein anderer sprach von Malebranche, ein vierter von Leibniz, ein fünfter von Lokke. Ein alter Peripatetiker rief ganz laut und selbstherrlich: »Die Seele ist eine Entelechie und eine Vernunft, demgemäß sie die Macht hat, das zu sein, was sie ist. Dies erklärt ausdrücklich Aristoteles auf Seite 633 der Louvre-Ausgabe: *'Εντελέχεια ἐστὶ* usw.« – »Griechisch verstehe ich nicht besonders gut«, sagte der Riese. »Ich auch nicht«, bemerkte die Gelehrten-Milbe. »Warum zitieren Sie dann einen gewissen Aristoteles auf griechisch?« fragte der Siriusbewohner. »Darum, weil man das, was man nicht begreift, in der Sprache zitieren muß, die man am wenigsten versteht«, erwiderte der Gelehrte.

Nun ergriff der Cartesianer das Wort und sagte: »Die Seele ist eine reine Geistigkeit, die schon im Schoße ihrer Mutter alle metaphysischen Ideen empfangen hat und die, wenn sie ihn verlassen hat, in die Schule gehen und alles neu lernen muß, was sie so gut wußte und niemals wieder wissen wird.« – »Dann verlohnte es sich also nicht«, meinte das Achtmeilengeschöpf, »daß deine Seele im Schoße deiner Mutter schon so wissend war, wenn du mit dem Bart am Kinn so unwissend bleiben mußt. Doch was verstehst du unter Geist?« – »Was fragen Sie mich da?« rief der Denker. »Ich habe keine Ahnung. Man sagt, er sei nicht Materie.« – »Weist du denn wenigstens, was Materie ist?« – »Gewiß!« erwiderte der Mensch. »Dieser Stein zum Beispiel ist grau, hat eine bestimmte Form und seine drei Dimensionen, hat Schwere und ist teilbar.« – »Nun«, rief der Siriusbewohner, »dieser Gegenstand, der dir teilbar, schwer und grau erscheint – kannst du mir sagen, was es ist? Du siehst nur einige Eigenschaften, aber erkennst du das Wesen dieses Dinges?« – »Nein«, erwiderte der andere. »Also weißt du nicht, was Materie ist!«

Herr Mikromegas richtete nun das Wort an einen anderen Gelehrten, den er auf seinem Daumen hielt. Er fragte ihn, was seine Seele sei und was sie täte. »Gar nichts«, antwortete der Malebranche-Philosoph, »Gott tut alles für mich, in ihm sehe ich alles, ich tue alles in ihm: Er bewirkt alles ohne mein Dazutun.« – »Nicht existieren käme auf dasselbe heraus«, entgegnete der Weise vom Sirius. »Und du, mein Freund«, wandte er sich an seinen Leibnizianer, der gerade da war, »was ist deine Seele?« – »Sie ist«, erwiderte der Leibnizianer, »ein Zeiger, der die Stunden angibt, während mein Körper die Glocken läuten läßt, oder wenn Sie wollen, läßt auch meine Seele die Glocken läuten, während mein Körper die Stunden anzeigt. Oder aber: meine Seele ist ein Spiegel des Weltalls, und mein Körper ist der Rahmen des Spiegels – das ist doch völlig klar!«

Ein kleiner Anhänger von Locke stand daneben, und als schließlich auch das Wort an ihn gerichtet wurde, sagte er: »Ich weiß nicht, auf welche Weise ich denke, aber ich weiß, daß ich niemals anders gedacht habe als auf Anregung meiner Sinne. Ich zweifle nicht daran, daß es unkörperliche und vernunftbegabte Wesen gibt; daß es aber Gott unmöglich sein sollte, der Materie Geist zu verleihen, bezweifle ich stark. Ich verehre die ewige Macht, und es steht mir nicht zu, ihr Grenzen zu ziehen. Ich bejahe nichts, ich begnüge mich zu glauben, daß mehr Dinge möglich sind, als man annimmt.«

Das Sirius-Wesen lächelte: Er fand diesen Mann durchaus nicht unweise. Der Saturnzwerg hätte den Locke-Anhänger am liebsten in seine Arme geschlossen, wenn das Mißverhältnis ihrer Größe nicht so ungeheuer gewesen wäre. Zum Unglück aber war noch ein anderes winziges Tierchen mit viereckiger Mütze da, das allen anderen philosophischen Tierchen das Wort abschnitt. Es sagte, ihm sei das ganze Geheimnis bekannt, denn es stände in den ›Summen‹ des Thomas von Aquino. Es sah die beiden Himmelsbewohner vom Kopf bis zu den Füßen an und erklärte ihnen, daß sie selber, ihre Monde, ihre Sonnen und ihre Sterne einzig und allein für den Menschen gemacht seien. Bei dieser Bemerkung fielen unsere beiden Reisenden einer auf den anderen. Sie erstickten beinah vor nicht zu unterdrückendem Lachen, das nach Homer das Erbteil der Götter ist. Ihre Schultern und ihre Bäuche wackelten, und bei diesen Lachkrämpfen fiel das Schiff vom Nagel des Siriusmannes in eine Hosentasche des Saturniers. Die beiden gutmütigen

Riesen suchten lange danach. Endlich fanden sie die Besatzung wieder und stellten sie fein säuberlich auf die Beine. Der Mann vom Sirius nahm die kleinen Milben wieder auf die Hand und sprach ihnen noch mit viel Güte zu, obwohl er im Grunde seines Herzens etwas erbost darüber war, daß die unendlich kleinen Wesen einen fast unendlich großen Dünkel hatten. Er versprach ihnen, ein schönes wissenschaftliches Buch für sie zu schreiben, und zwar ein winzig kleines, das für ihren Gebrauch geeignet sei. Aus diesem Buche sollten sie den Endzweck aller Dinge erfahren. Und vor seiner Abreise überreichte er ihnen tatsächlich dieses Buch, das nach Paris in die Akademie der Wissenschaften gebracht wurde. Als aber der Sekretär es aufschlug, fand er nur leere Blätter. »Ha«, rief er, »das hatte ich geahnt!«

DIE BEIDEN GETRÖSTETEN

Der große Philosoph Citophil sagte eines Tages zu einer Frau, die allen Grund hatte, verzweifelt zu sein: »Madame, die Königin von England, die Tochter des großen Heinrich IV., war ebenso unglücklich wie Sie: Sie wurde aus ihrem Lande verjagt, auf dem Meere wäre sie beinah im Sturm ums Leben gekommen, und sie mußte mit ansehen, wie ihr königlicher Gemahl auf dem Schafott endete.« – »Das tut mir sehr leid für sie«, sagte die Dame und begann ihr eigenes Mißgeschick zu beweinen. »Aber Sie erinnern sich doch an Maria Stuart«, erzählte Citophil weiter, »sie liebte in allen Ehren einen braven Musiker, der eine sehr schöne Baßstimme hatte. Ihr Gatte ließ ihren Sänger vor ihren Augen ermorden, und ihre gute Freundin und nahe Verwandte, die Königin Elisabeth, die von sich behauptete, sie wäre Jungfrau, ließ ihr auf einem schwarzausgeschlagenen Schafott den Kopf abschlagen, nachdem sie sie achtzehn Jahre lang im Gefängnis gehalten hatte.« – »Das ist furchtbar grausam«, rief die Dame und versank wieder in ihren Trübsinn.

»Vielleicht haben Sie auch von der schönen Johanna von Neapel gehört, die eingekerkert und erdrosselt wurde?« – »Ich erinnere mich dunkel daran«, sagte die bekümmerte Frau.

»Ich muß Ihnen noch das tragische Schicksal einer anderen Herrscherin schildern«, fuhr der Tröster fort: »Sie wurde zu meinen Lebzeiten nach einem Abendessen entthront und starb schließlich auf einer verlassenen Insel.« – »Ich kenne diese ganze Geschichte«, entgegnete die Dame.

»Nun, so will ich Ihnen erzählen, was einer anderen berühmten Fürstin widerfahren ist, die ich in der Philosophie unterrichtet habe. Sie hatte einen Geliebten, wie eben alle berühmten und schönen Fürstinnen. Ihr Vater betrat ihr Zimmer und überraschte den Liebhaber, dessen Gesicht feuerrot war und dessen Augen wie Karfunkel glänzten; die Dame hatte ebenfalls eine sehr lebhafte Gesichtsfarbe. Das Aussehen des jungen Mannes mißfiel dem Vater derart, daß er ihm die mächtigste Ohrfeige versetzte, die jemals in seinem Fürstentum gegeben worden ist. Der Liebhaber ergriff eine Feuerzange und schlug dem Schwiegerpapa ein Loch in den Kopf. Mit knapper Not genas dieser und hat bis heute eine Narbe von dieser Verletzung zurückbehalten. Die Geliebte sprang in ihrer Bestürzung aus dem Fenster, verstauchte sich ein Bein, so daß sie bis auf den heutigen Tag stark hinkt, obwohl sie sonst eine wunderschöne Figur hat. Der Liebhaber wurde zum Tode verurteilt, weil er einem berühmten Fürsten ein Loch in den Kopf geschlagen hatte. Sie können sich vorstellen, in welcher Verfassung die Prinzessin war, als man ihren Geliebten zum Galgen führte. Ich habe sie oft gesehen, während sie im Kerker saß, und sie sprach von nichts anderem zu mir als von ihrem Unglück.«

»Warum wollen Sie also nicht, daß ich an mein Ungemach denke?« fragte die Dame. – »Darum, weil man nicht daran denken soll und weil es Ihnen schlecht ansteht zu verzweifeln, da doch so viele berühmte Damen unglücklich gewesen sind. Denken Sie an Hekuba, denken Sie an Niobe!« – »Ach«, rief die Dame, »wenn ich zu ihren Zeiten gelebt hätte oder zu Lebzeiten anderer schöner Prinzessinnen und Sie hätten ihnen zum Trost von meinem Unglück erzählt – glauben Sie, die hätten auf Sie gehört?«

Am Tage darauf verlor der Philosoph seinen einzigen Sohn und war nahe daran, vor Kummer zu sterben. Die Dame ließ eine Liste von allen Königen aufstellen, die ihre Kinder verloren hatten, und brachte sie dem Philosophen. Er las sie durch, fand sie sehr exakt, weinte aber trotzdem nicht weniger. Drei Monate später trafen sie sich wieder und waren erstaunt, daß sie beide guter Laune waren. Sie ließen eine herrliche Bildsäule errichten, die der *Zeit* gewidmet war und die die Inschrift trug:

DER TRÖSTERIN

GESCHICHTE DER REISEN SCARMENTADOS

VON IHM SELBST GESCHRIEBEN

Ich bin im Jahre 1600 in der Stadt Candia geboren, deren Gouverneur mein Vater war. Ich erinnere mich, daß ein mittelmäßiger Dichter namens Iro, dessen Hartherzigkeit allerdings nicht nur mittelmäßig war, mir zu Ehren schlechte Verse machte, in denen er meine Abstammung in gerader Linie von Minos herleitete. Als mein Vater jedoch in Ungnade gefallen war, schrieb derselbe Dichter andere Verse, in denen ich nur ein Sprößling von Pasiphaë und ihrem Liebhaber war. Er war wirklich ein recht boshafter Kerl, dieser Iro, und der langweiligste Lümmel auf der ganzen Insel.

Als ich fünfzehn Jahre alt war, schickte mich mein Vater zum Studium nach Rom. Bei meiner Ankunft hoffte ich, daß sich mir dort alle Wahrheiten erschließen würden; denn bis dahin hatte man mich genau das Gegenteil gelehrt, wie es nun einmal in dieser unserer Welt von China bis zu den Alpen üblich ist. Monsignore Profondo, dem man mich empfohlen hatte, war ein sonderbarer Kauz und einer der schrecklichsten Gelehrten, die es auf der Welt gab. Er wollte mir die Kategorien des Aristoteles beibringen, war aber im Begriff, mich in die Kategorie seiner Lustknaben einzureihen. Ich kam noch gut davon. Ich wohnte Prozessionen und Teufelsbeschwörungen bei und war sogar Zeuge von Erpressungen. Es wurde – allerdings zu Unrecht – behauptet, daß Signora Olimpia, eine außerordentlich kluge Frau, gar vieles verkaufte, was man nicht feilbieten soll. Ich war in einem Alter, in dem mir dies alles sehr amüsant erschien. Eine junge Dame von sehr sanftem Charakter, eine gewisse Signora Fatelo, kam auf den Einfall, sich in mich zu verlieben. Die ehrwürdigen Patres Poignardini und Aconiti, zwei junge Klosterbrüder eines Ordens, der nicht mehr besteht, machten ihr eifrig den Hof. Sie versöhnte die beiden, indem sie mir ihre Gunst schenkte, aber ich lief dadurch Gefahr, aus der Kirche ausgestoßen und vergiftet zu werden. Höchst befriedigt von der Architektur der Peterskirche fuhr ich weiter.

Ich bereiste Frankreich, das damals von Ludwig dem Gerechten regiert wurde. Als erstes fragte man mich, ob ich zum Frühstück ein Stückchen Marschall-d'Ancre-Fleisch essen wollte: Das Volk hatte ihn rösten lassen, und das Fleisch wurde äußerst billig an alle, die etwas davon haben wollten, abgegeben.

Dieses Land wurde unaufhörlich von Bürgerkriegen heimgesucht – bald ging es dabei um einen Sitz im Staatsrat, bald um zwei Seiten mit strittigen Glaubenssätzen. Seit mehr als sechzig Jahren verwüstete dieser Brand, der zeitweise unterdrückt wurde und dann von neuem aufflammte, das herrliche Land.

Das also waren die Freiheiten der gallikanischen Kirche! »Ach«, rief ich aus, »dieses Volk ist aber doch von Natur so sanftmütig! Wer mag es seinem Wesen so entfremdet haben? Es scherzt gern – und es veranstaltet Bartholomäusnächte! Glücklich die Zeit, wo es nur noch scherzen wird!«

Ich fuhr nach England hinüber. Dieselben Streitigkeiten hatten hier dieselben Greuel zur Folge. Fromme Katholiken hatten zum Heil der Kirche beschlossen, den König, die königliche Familie und das ganze Parlament in die Luft zu sprengen, um so England von diesen Ketzern zu befreien. Man zeigte mir die Stelle, wo die selige Königin Maria, die Tochter Heinrichs VIII., mehr als fünfhundert ihrer Untertanen hatte verbrennen lassen. Ein irischer Priester versicherte mir, das sei eine sehr gute Tat gewesen: erstens, weil die Verbrannten Engländer waren, und zweitens, weil sie niemals Weihwasser gebraucht und nicht an das Loch des heiligen Patrick geglaubt hatten. Er wunderte sich sehr, daß die Königin Maria noch nicht heiliggesprochen worden war, aber er hoffte, daß das geschehen würde, sobald sein Neffe, der Kardinal, etwas mehr Zeit hätte.

Ich ging nach Holland, wo ich bei der phlegmatischen Bevölkerung etwas mehr Ruhe zu finden hoffte. Als ich in Den Haag ankam, wurde gerade einem hochehrwürdigen Greis der Kopf abgeschlagen. Es war der Kahlkopf des Premierministers Barnevelt, eines Mannes, der sich die größten Verdienste um die Republik erworben hatte. Mitleidig fragte ich, welches Verbrechen er begangen und ob er das Land verraten habe. »Er hat weit Schlimmeres getan«, antwortete mir ein Geistlicher im schwarzen Talar. »Dieser Mann glaubte, man könnte das Seelenheil ebenso durch gute Taten wie durch die Kraft des Glaubens erlangen. Sie verstehen wohl: wenn sich derartige Ansichten allgemein verbreiten sollten, könnte unsere Republik nicht weiterbestehen, und es bedarf strenger Gesetze, um solche schändlichen Lehren nicht aufkommen zu lassen.« Ein weiser holländischer Staatsmann sagte mir mit einem Seufzer: »Ach, mein lieber Herr, diese guten Zeiten werden nicht ewig währen. Durch reinen Zufall sind die Menschen jetzt so glaubenseifrig, doch im Grunde ihres Herzens neigen sie zu dem abscheulichen Dogma der Toleranz. Eines Tages wird das Wirklichkeit werden, und ich schaudere, wenn ich nur daran denke.« Ich wartete nicht erst ab, bis diese unheilvolle Zeit der Mäßigung und Nachsicht eintrat, sondern verließ schleunigst das Land, in dem die Strenge durch keinerlei Annehmlichkeit gemildert wurde, und schiffte mich nach Spanien ein.

Der spanische Hof befand sich in Sevilla. Die Galeonen waren gerade angekommen, und alles schwelgte in Überfluß und Freude mitten in der schönsten Jahreszeit. Am Ende einer Allee von Apfelsinen- und Zitronenbäumen gewahrte ich eine Art Arena, die von stufenförmig angeordneten, mit kostbaren Stoffen bezogenen Sitzreihen umgeben war. Der König und die Königin, die Infanten und Infantinnen hatten unter einem prächtigen Baldachin Platz genommen. Der erlauchten Familie gegenüber stand ein anderer, etwas erhöhter Thron. »Wenn dieser zweite Thron nicht für den Herrgott bestimmt ist, so wüßte ich nicht, für wen«, sagte ich zu einem meiner Reisegefährten. Diese unbesonnenen Worte, die ein würdiger Spanier mit anhörte, sollten mir teuer zu stehen kommen. Während ich mir einbildete, wir würden ein Ringelstechen oder einen Stierkampf zu sehen bekommen, erschien der Großinquisitor auf jenem Thron und segnete von oben herab den König und das Volk.

Darauf zog paarweise eine riesige Schar von Mönchen vorbei: weiße, schwarze, graue, beschuhte, barfüßige, bärtige, bartlose, teils mit spitzen Kapuzen, teils mit bloßem Kopf; dann folgte der Henker, und schließlich erschienen, von Häschern und Großwürdenträgern umgeben, etwa vierzig Männer mit Säcken bekleidet, die mit Teufeln und Flammen bemalt waren. Es waren Juden, die beharrlich an ihrem Moses festhielten, ferner Christen, die ihre Gevatterinnen geheiratet hatten, und solche, die Unsere Liebe Frau von Atocha nicht anbeten, und andere, die ihr flüssiges Geld nicht für die Hieronymiten-Brüder hergeben wollten. Feierlich sang man gar schöne Gebete, wonach die für schuldig Befundenen auf kleinem Feuer verbrannt wurden. Alle Mitglieder der königlichen Familie waren davon offenbar sehr erbaut.

Abends, gerade als ich zu Bett gehen wollte, erschienen zwei Beamte der Inquisition bei mir mit Schergen der Heiligen Hermandad. Sie umarmten mich zärtlich und brachten mich ohne ein Wort der Erklärung in ein sehr kühles Verlies, das mit einer Strohpritsche und einem schönen Kruzifix ausgestattet war. Nachdem ich sechs Wochen dort verbracht hatte, ließ mich der ehrwürdige Pater Inquisitor bitten, zu einer Unterredung zu ihm zu kommen. Mit väterlicher Zärtlichkeit schloß er mich in seine Arme und sagte mir, er wäre aufrichtig betrübt gewesen, als er erfuhr, daß ich so schlecht untergebracht war; jedoch wären sämtliche Räume des Hauses besetzt, und er hoffte, daß ich es das nächste Mal bequemer haben würde. Schließlich fragte er mich wohlwollend, ob ich wüßte, weshalb ich hier wäre. Ich antwortete dem ehrwürdigen Pater, daß wahrscheinlich meine Sünden der Grund wären. »Ja, mein liebes Kind, aber welche Sünden? Haben Sie doch Vertrauen zu mir und sprechen Sie sich aus.« Soviel ich auch überlegte, ich konnte es nicht erraten, bis er mir barmherzig auf die Spur half.

Endlich fielen mir meine unbesonnenen Worte ein. Mit einer Geißelung und einer Buße von dreißigtausend Realen kam ich davon und mußte dann dem Großinquisitor meine Verehrung bezeigen. Er war sehr höflich und fragte mich, wie mir das kleine Fest gefallen hätte. Ich antwortete ihm, es wäre entzükkend gewesen, aber ich drängte dann meine Reisegefährten, dieses Land, so schön es auch war, schleunigst zu verlassen. Sie hatten inzwischen genügend Zeit gehabt, sich über all das Große zu unterrichten, das die Spanier im Namen der Religion geleistet haben. Auch die Memoiren des berühmten Bischofs von Chiapas hatten sie gelesen, aus denen hervorging, daß man zum Zwecke der Bekehrung in Amerika zehn Millionen Ungläubige erdrosselt, verbrannt oder ertränkt habe. Meiner Meinung nach übertrieb der Bischof, aber selbst wenn man die Zahl der Opfer auf fünf Millionen herabsetzte, so war das immer noch etwas Bewundernswertes.

Meine Reiselust trieb mich immer weiter. Ich hatte die Absicht, meine europäische Reise mit dem Besuch der Türkei zu beschließen, und so schlugen wir diese Richtung ein. Ich nahm mir fest vor, nie mehr meine Absicht über Festlichkeiten, denen ich beiwohnte, zu äußern. »Die Türken sind Ungläubige, die nicht einmal getauft sind«, sagte ich zu meinen Reisegefährten, »und somit werden sie noch grausamer sein als die ehrwürdigen Patres der Inquisition. Hüllen wir uns daher in Schweigen, wenn wir bei den Mohammedanern sind.«

Ich fuhr also zu den Türken. Außerordentlich überrascht war ich, daß es in der Türkei viel mehr christliche Kirchen gab als in Candia. Ich sah sogar ganze Scharen von Mönchen, die man unbehindert zur Jungfrau Maria beten ließ, sei es auf lateinisch, griechisch oder armenisch. »Was für gute Seelen sind doch diese Türken«, rief ich aus. Zwischen den griechischen und römischen Christen aber herrschte in Konstantinopel tödliche Feindschaft; diese Sklavenseelen verfolgten einander wie die Hunde, die in den Straßen übereinander herfallen und von ihren Herren mit Stockschlägen auseinandergetrieben werden. Damals unterstützte der Großwesir die Griechen, und als mich der griechische Patriarch beschuldigte, bei dem römischen Patriarchen gespeist zu haben, wurde ich von dem vollzählig versammelten Diwan zu hundert Stockschlägen auf die Fußsohlen verurteilt; allerdings konnte ich mich mit fünfhundert Zechinen loskaufen. Am Tage darauf wurde der Großwesir erdrosselt. Sein Nachfolger, der die Rompartei unterstützte und erst einen Monat später erdrosselt wurde, verurteilte mich zu der gleichen Strafe, weil ich bei dem griechischen Patriarchen zu Abend gegessen hatte. So sah ich mich in die bedauerliche Zwangslage versetzt, die griechische und auch die römische Kirche zu meiden. Zum Trost dingte ich mir eine ungewöhnlich schöne Tscherkessin, die unter vier Augen die zärtlichste und in der Moschee die frömmste Frau der Welt war. Als sie eines Nachts in meinen Armen lag, rief sie im Überschwang der Gefühle: »Allah il Allah!« Das sind heilige Worte der Türken, ich aber hielt sie für Liebesworte, und so flüsterte ich ebenfalls zärtlich: »Allah il Allah.« – »Oh«, rief sie, »der barmherzige Gott sei gelobt, nun bist du Türke.« Ich erwiderte ihr, daß ich Gott segne, weil er mir so viel Kraft verliehen hatte, und ich wähnte mich über alle Maßen glücklich. Am Vormittag erschien der Imam, um mich zu beschneiden, und da ich Schwierigkeiten machte, hat der Kadi unseres Stadtteils, ein biederer Mann, mir nahegelegt, mich pfählen zu lassen. Mit Hilfe von tausend Zechinen rettete ich meine Vorhaut und mein Hinterteil und entfloh nach Persien mit dem festen Entschluß, niemals wieder in der Türkei einer griechischen oder römischen Messe beizuwohnen und niemals bei einem Schäferstündchen »Allah il Allah!« zu rufen.

Als ich in Isfahan ankam, fragte man mich, ob ich für den

schwarzen oder für den weißen Hammel sei. Ich erwiderte, mir wäre das vollkommen gleich, vorausgesetzt, daß das betreffende Schaf zartes Fleisch hätte. Nun muß man wissen, daß die Sekte des weißen und die des schwarzen Schafes sich noch immer in Persien bekämpften. Und da man annahm, ich wollte mich über beide Parteien lustig machen, hatte ich mir schon beim Betreten der Stadt eine höchst unangenehme Affäre auf den Hals geladen. Es kostete mich wieder unzählige Zechinen, bis ich die Schafe los wurde.

Mit einem Dolmetscher drang ich bis nach China vor. Er versicherte mir, daß dies das einzige Land wäre, wo man frank und frei leben könne. Die Tataren hatten sich, nachdem sie unbarmherzig mit Feuer und Schwert gehaust, zu Herren des Landes gemacht. Trotzdem behaupteten die ehrwürdigen Jesuitenpatres einerseits und die verehrungswürdigen Dominikanerpatres andererseits, daß sie viele Seelen für den Herrgott gewönnen; aber kein Mensch merkte etwas davon. Niemals hatte es so eifrige Bekehrer gegeben: Sie verfolgten einander abwechselnd, schrieben Bände voller Verleumdungen nach Rom und bezichtigten sich gegenseitig der Gottlosigkeit und Pflichtvergessenheit, wenn es galt, eine Seele zu gewinnen. Vor allem stritten sie sich heftig über die Art, wie gegrüßt werden sollte. Die Jesuiten wünschten, daß die Chinesen ihre Eltern nach chinesischem Brauch grüßten, die Dominikaner dagegen wollten, daß sie es auf römische Art täten. Es passierte mir, daß mich die Jesuiten für einen Dominikaner hielten und daß ich bei Seiner tatarischen Majestät als päpstlicher Spion denunziert wurde. Der Hohe Rat beauftragte einen Obermandarin, mich festzunehmen und nach feierlichem Landesbrauch zu fesseln. Er gab den Befehl an einen Büttel weiter, und dieser wiederum beauftragte vier Sbirren. Nach hundertvierzig Kniebeugen wurde ich Seiner Majestät vorgeführt. Ich wurde befragt, ob ich päpstlicher Spion sei und ob es wahr wäre, daß dieser Fürst persönlich eintreffen würde, um ihn zu entthronen. Ich antwortete, der Papst sei ein Priester im Alter von siebzig Jahren und wohne viertausend Meilen von Seiner geheiligten tatarisch-chinesischen Majestät entfernt; er hätte ungefähr zweitausend Soldaten, die mit einem Sonnenschirm auf Wache zögen, und er wolle niemanden entthronen, so daß Seine Majestät beruhigt schlafen könnte. Das war das ungefährlichste Abenteuer meines Lebens: Ich wurde lediglich nach Macao verschickt, und von dort schiffte ich mich nach Europa ein.

An der Küste von Golkonda mußte unser Schiff ausgebessert werden. Ich benutzte die Gelegenheit, um den Hof des großen Aurangzeb zu besuchen, von dem man sich in der ganzen Welt geradezu Wunderdinge erzählte. Aurangzeb hielt sich damals in Delhi auf, und ich hatte das Glück, ihn von Angesicht zu Angesicht zu sehen, als er gerade in einer prunkvollen Zeremonie das göttliche Geschenk des Scherîfs von Mekka empfing. Es bestand aus einem Besen, mit dem man das heilige Haus, die Kaaba oder Beit' Allah, ausgefegt hatte, und dieser Besen galt als ein Symbol, das allen Unrat der Seelen auskehrt. Aurangzeb schien seiner nicht zu bedürfen, denn er war der frömmste Mann von ganz Hindostan. Er hatte zwar einen seiner Brüder erdrosselt, seinen Vater vergiftet und zwanzig Radschas und ebenso viele Emire zu Tode foltern lassen, aber das alles hatte nichts zu sagen, und man sprach nur von seiner Frömmigkeit. Er wurde lediglich mit der heiligen Majestät Mulei-Ismail, dem hochherrlichen Kaiser von Marokko, verglichen, der jeden Freitag nach dem Gebet eine Anzahl Köpfe rollen ließ.

Ich sagte kein Wort. Durch meine Reiseerlebnisse war ich klug geworden, und ich war mir bewußt, daß es mir nicht zukam, über diese erlauchten Herrscher zu urteilen. Ein junger Franzose jedoch, mit dem ich zusammen logierte, ließ es, wie ich gestehen muß, an Respekt gegenüber dem Kaiser von Indien und dem von Marokko fehlen. Er erlaubte sich die vorlaute Bemerkung, in Europa gebe es sehr fromme Herrscher, die ihre Staaten gut regierten und regelmäßig zur Kirche gingen, ohne ihre Väter und Brüder umzubringen und ihre Untertanen zu köpfen. Unser Dolmetsch übersetzte diese sträfliche

Äußerung des jungen Mannes ins Hindostanische. Auf Grund der Lehren, die mir die Vergangenheit erteilt hatte, ließ ich schleunigst meine Kamele satteln, und wir, das heißt der Franzose und ich, machten uns auf und davon. Später erfuhr ich, daß noch in derselben Nacht die Sendlinge des großen Aurangzeb erschienen, um uns zu verhaften; sie fanden jedoch nur den Dolmetscher. Er wurde auf dem Marktplatz hingerichtet, und alle Höflinge beteuerten ohne Übertreibung, daß er mit Recht den Tod erleide.

Um alle Annehmlichkeiten unseres Kontinents gebührend würdigen zu können, mußte ich als letztes noch Afrika besuchen. Ich bekam es tatsächlich zu sehen, da unser Schiff von Negerpiraten gekapert wurde. Der Kapitän beklagte sich bitter und fragte, warum sie so das Völkerrecht verletzten. »Ihr habt lange Nasen und wir platte«, erwiderte der schwarze Kapitän. »Euer Haar ist glatt, und unsere Wolle ist gekräuselt; Eure Haut ist aschfahl, unsere ebenholzfarbig – folglich müssen wir nach den heiligen Gesetzen der Natur immer und ewig Feinde sein. Ihr kauft unsere Leute auf den Märkten an der Küste von Guinea wie Lasttiere, um uns dann irgendwelche ebenso mühseligen wie lächerlichen Arbeiten aufzubürden. Ihr treibt uns mit Ochsenziemern an, um uns zu zwingen, den Bergen eine Art gelbe Erde abzugewinnen, die an sich zu nichts nütze ist und noch nicht einmal den Wert einer guten ägyptischen Zwiebel hat. Ebenso zwingen wir Euch, wenn wir Euer habhaft werden und wenn wir die Stärkeren sind, als Sklaven unsere Felder zu bestellen, oder wir schneiden Euch Ohren und Nasen ab.«

Gegen eine so weise Rede ließ sich nichts einwenden. Ich zog es vor, das Feld einer alten Negerin zu bestellen, um meine Nase und meine Ohren zu retten. Nach einem Jahr wurde ich losgekauft. Ich hatte nun alles gesehen, was es an Schönem, Gutem und Bewundernswertem auf Erden gibt, und ich beschloß, fortan daheim zu bleiben. Ich verheiratete mich, wurde Hahnrei und erkannte, daß dies der süßeste Zustand des Lebens ist.

PLATONS TRAUM

Platon träumte viel – und seitdem haben die Menschen nicht weniger geträumt! Einst träumte ihm, die menschliche Natur wäre ursprünglich zweieinig gewesen, aber zur Strafe für ihre Vergehen wäre sie in Mann und Weib geschieden worden.

Platon suchte zu beweisen, daß es nur fünf vollkommene Welten geben könne, denn es gäbe auch in der Mathematik nur fünf regelmäßige Körper. Sein ›Staat‹ war einer seiner großartigsten Träume. Er hatte dann noch geträumt, daß der Schlaf aus dem Wachen geboren werde und das Wachsein aus dem Schlaf, und davon, daß man bestimmt das Augenlicht verlieren würde, wenn man eine Sonnenfinsternis anders als in einem Wasserbecken beobachtete. Zu jener Zeit gelangte man durch Träume zu hohem Ansehen.

Ich will euch einen seiner Träume erzählen, der gewiß nicht uninteressant ist. Ihm schien es, als wollte Demiurg, der erhabene Weltschöpfer und ewige Baumeister, nachdem er den unendlichen Raum mit zahllosen Himmelskörpern bevölkert hatte, die Intelligenz der Genien, die Zeuge seiner Werke gewesen waren, auf die Probe stellen. Er gab jedem von ihnen ein Stückchen Materie zu formen, etwa so, wie Phidias und Zeuxis ihren Schülern aufgegeben hatten, Statuen und Gemälde zu schaffen – wenn es erlaubt ist, kleine Dinge mit großen zu vergleichen.

Dämogorgon bekam das Klümpchen Schmutz, das wir Erde nennen, zugeteilt. Er richtete sie so ein, wie wir sie noch heute vor uns sehen, und war überzeugt, ein Meisterwerk vollbracht zu haben. Er dünkte sich über allen Neid erhaben und erwartete sogar, von seinen Brüdern Lobeshymnen zu hören; um so überraschter war er, als sie ihn mit lautem Hohngelächter empfingen.

Einer von ihnen, ein recht boshafter Witzbold, sagte zu ihm: »Wahrhaftig, da habt Ihr ja etwas Schönes fertiggebracht! Ihr habt Eure Welt in zwei Teile zerlegt und habt die beiden Halbkugeln durch eine große Wasserfläche getrennt, damit die eine nur ja nicht mit der anderen in Verbindung steht. An Euren beiden Polen werden einem vor Kälte die Glieder starr, und am Äquator kommt man vor Hitze um. Dann habt Ihr klugerweise große Sandwüsten angelegt, damit die Reisenden vor Hunger und Durst sterben. Mit Euren Schafen, Euren Kühen und Euren Hühnern bin ich recht zufrieden, aber Eure Schlangen und Spinnen gefallen mir – offen gestanden – nicht sehr. Eure Zwiebeln und Artischocken sind herrliche Dinge, aber ich möchte wissen, was Euch bewogen hat, die Erde mit so vielen giftigen Pflanzen zu bedecken – es sei denn, daß es Eure Absicht war, die Erdbewohner zu vergiften. Übrigens fällt mir auch auf, daß Ihr an die dreißig Gattungen Affen und noch mehr Hunderassen, aber nur vier oder fünf Menschenrassen geschaffen habt. Ihr habt zwar die letztere Tierart mit dem, was man *Vernunft* nennt, begabt; aber – im Vertrauen gesagt – diese sogenannte Vernunft ist doch geradezu lächerlich und grenzt allzusehr an Narrheit. Übrigens will es mir scheinen, als ob Ihr dieses zweibeinige Tier recht stiefmütterlich behandelt hättet, denn Ihr habt ihm so viel Feinde und so wenig Verteidigungsmittel gegeben, so viele Krankheiten und so wenig Heilmittel, so viele Leidenschaften und so wenig Weisheit! Euch liegt anscheinend nicht sehr daran, daß viele dieser Tiere auf Erden verbleiben; denn abgesehen von den Gefahren, denen Ihr sie aussetzt, habt Ihr Eure Rechnung so gut gemacht, daß dereinst die Pocken jahraus, jahrein regelmäßig den zehnten Teil dieser Gattung hinwegraffen werden, während die übrigen neun Zehntel in ihrem Lebensquell von der Lustseuche vergiftet werden. Und, als wäre das noch nicht genug, habt Ihr die Dinge so trefflich eingerichtet, daß die eine Hälfte der Überlebenden mit Händeln untereinander vollauf beschäftigt ist und die andere damit, sich gegenseitig umzubringen. Sie sind Euch zweifellos sehr zu Dank verpflichtet! Ja, Ihr habt da ein wahres Meisterwerk vollbracht!«

Dämogorgon errötete. Er sah wohl ein, daß sein Werk moralische und physische Fehler hatte, aber er war überzeugt, daß nicht das Schlechte, sondern das Gute überwiege. »Es ist leicht, Kritik zu üben«, erklärte er, »aber, glaubt Ihr denn, daß es so leicht ist, ein Tier zu erschaffen, das stets vernünftig bleibt, das frei ist und seine Freiheit niemals mißbraucht? Denkt Ihr, man könnte verhindern, daß die eine oder andere von den neun- bis zehntausend Pflanzen, die man sich durch Absenker vermehren läßt, schädlich ist? Und bildet Ihr Euch ein, daß man bei einer gewissen Menge Wasser, Sand, Schmutz und Feuer ohne Meere und ohne Wüsten auskommen könnte? Nun, Herr Besserwisser, Ihr habt doch gerade den Planeten Mars zusammengezimmert. Wir wollen sehen, wie Ihr Euch aus der Affäre gezogen habt, wie Ihr mit den beiden großen Ringen fertig geworden seid und wie Eure mondlosen Nächte wirken. Laßt sehen, ob es bei Euren Marsbewohnern weder Torheit noch Krankheit gibt.« Und wirklich, die Genien prüften den Mars und fielen dann unbarmherzig über den Spötter her. Selbst der ernsthafte Genius, der den Saturn geformt hatte, wurde nicht verschont, und seine Brüder, die Schöpfer des Jupiter, des Merkur und der Venus, mußten ebenfalls viele Vorwürfe einstecken.

Dicke Bände und zahllose Broschüren wurden geschrieben. Man gab Witze und Verse zum besten und machte sich lächerlich. Die Gegner wurden immer bissiger. Schließlich hieß der ewige Demiurg alle schweigen. »Ihr habt Gutes und Schlechtes geschaffen«, sprach er zu ihnen, »denn Ihr habt zwar viel Verstand, aber Ihr seid unvollkommen. Eure Werke werden nur einige hundert Millionen Jahre bestehen, und dann könnt Ihr, da Ihr reicher an Erfahrung geworden seid, Eure Sache besser machen. Nur mir allein steht es zu, vollkommene und unsterbliche Dinge zu schaffen.«

Solches lehrte Platon seine Schüler. Als er geendet hatte, rief einer von ihnen: »Und dann seid Ihr aufgewacht!«

CANDIDE
ODER DER OPTIMISMUS

AUS DEM DEUTSCHEN ÜBERSETZT VON DR. RALPH UND MIT ANMERKUNGEN VERSEHEN, DIE MAN IN DER TASCHE DES DOKTORS FAND, ALS ER IM JAHRE DES HEILS 1759 ZU MINDEN STARB

ERSTES KAPITEL

Wie Candide in einem wunderschönen Schloß erzogen und dann von dort verjagt wurde

In Westfalen lebte auf dem Schloß des Freiherrn von Thunder ten Tronck ein Jüngling, dem die Natur den sanftmütigsten Charakter mit auf die Welt gegeben hatte. Jede Regung seiner Seele spiegelte sich auf seinem Antlitz wider. Er war arglosen Gemütes und hatte gesunden Menschenverstand, und aus diesem Grunde wurde er wohl auch *Candide* genannt. Die langjährigen Diener des Hauses vermuteten, er wäre der Sohn einer Schwester des Herrn Baron und eines biederen, gutmütigen Landjunkers aus der Nachbarschaft. Das Fräulein hatte jedoch diesen Junker um keinen Preis heiraten wollen, weil er nicht mehr als einundsiebzig Ahnen nachzuweisen vermochte, während der Rest seines Stammbaums durch die Unbilden der Zeit verlorengegangen war.

Der Herr Baron war einer der einflußreichsten Edelleute Westfalens, denn sein Schloß hatte eine Tür und Fenster, und der große Saal war sogar mit Wandteppichen geschmückt. Aus seinen Hunden konnte man im Notfalle eine Meute zusammenstellen; seine Stallknechte waren zugleich seine Jäger, und der Dorfpfarrer war gleichzeitig Schloßkaplan. Sie redeten ihn alle mit »Euer Gnaden« an und lachten pflichtschuldigst, wenn er Witze machte.

Die Frau Baronin wog an die dreihundertfünfzig Pfund und erfreute sich infolgedessen eines beträchtlichen Ansehens, das sie durch die Würde, mit der sie das Haus repräsentierte, noch zu steigern wußte. Ihre Tochter Kunigunde war siebzehn Jahre alt, rotwangig, frisch, mollig und appetitlich. Der junge Baron war offenbar in allem der echte Sohn seines Vaters. Der Hauslehrer Pangloß war das Orakel des Hauses, und der junge Candide nahm seine Lehren mit der ganzen Vertrauensseligkeit seines jugendlichen Alters und seines Charakters auf.

Pangloß lehre die Metaphysico-theologico-cosmologie. Er wies in vortrefflicher Weise nach, daß es keine Wirkung ohne Ursache gäbe, daß in dieser besten aller Welten das Schloß des Herrn Baron das schönste aller Schlösser und die Frau Baronin die beste aller Baroninnen sei.

»Es ist erwiesen«, so dozierte er, »daß die Dinge nicht anders sein können, als sie sind, denn da alles zu einem bestimmten Zweck erschaffen worden ist, muß es notwendigerweise zum Besten dienen. Bekanntlich sind die Nasen zum Brillentragen da – folglich haben wir auch Brillen; die Füße sind offensichtlich zum Tragen von Schuhen eingerichtet – also haben wir Schuhwerk; die Steine sind dazu da, um behauen und zum Bau von Schlössern verwendet zu werden, und infolgedessen hat unser gnädiger Herr ein wunderschönes Schloß. Der vornehmste Baron der ganzen Provinz muß eben auch das schönste Schloß haben. Und da die Schweine dazu da sind, gegessen zu werden, so essen wir das ganze Jahr hindurch Schweinefleisch. Also ist es eine Dummheit, zu behaupten, alles auf dieser Welt sei gut eingerichtet; man muß vielmehr sagen: alles ist aufs beste bestellt.«

Candide hörte aufmerksam zu und glaubte in seiner Unschuld alles. Er fand Fräulein Kunigunde wunderschön, wenn er sich auch nie erdreistete, es ihr zu sagen, und er war überzeugt, daß nach dem Glück, als Baron von Thunder ten Tronck

geboren zu sein, der zweite Grad der Glückseligkeit wäre: Fräulein Kunigunde zu sein, der dritte: sie jeden Tag zu sehen, und der vierte: Meister Pangloß zu lauschen, der der größte Philosoph der Provinz und somit auch der ganzen Welt war.

Als Kunigunde eines Tages in der Nähe des Schlosses in dem kleinen Wäldchen, das man Park benannte, spazierenging, sah sie, wie der Doktor Pangloß im Gebüsch gerade der Kammerzofe ihrer Mutter, einer hübschen, kleinen, sehr gelehrigen Brünetten, Unterricht in der Experimentalphysik erteilte. Fräulein Kunigunde hatte eine große Vorliebe für die Wissenschaften, und so beobachtete sie mit atemloser Spannung die wiederholten Versuche, die sich vor ihren Augen abspielten; deutlich sah sie des Doktors zureichenden Grund, erkannte die Ursachen und ihre Wirkungen und kehrte ziemlich erregt und nachdenklich heim, ganz erfüllt von dem Wunsche, ebenfalls gelehrt zu sein. Sie meinte, sie könne sehr wohl für den jungen Candide und dieser wiederum für sie der zureichende Grund werden. Als sie auf dem Rückweg zum Schloß Candide begegnete, errötete sie; Candide stieg ebenfalls das Blut in die Wangen. Mit versagender Stimme begrüßte sie ihn, und Candide sprach mit ihr, ohne sich bewußt zu werden, was er sagte. Am nächsten Tage trafen sie sich, nachdem die Mittagstafel aufgehoben war, zufällig hinter einem Wandschirm. Kunigunde ließ ihr Taschentuch fallen, und Candide hob es auf. In aller Unschuld reichte sie ihm ihre Hand, die der Jüngling, ebenfalls voller Unschuld, doch lebhaft, gefühlvoll und mit ganz besonderer Anmut küßte. Ihre Lippen fanden sich, ihre Blicke flammten auf, ihre Knie bebten, ihre Hände verirrten sich. In diesem Augenblick kam der Baron von Thunder ten Tronck an dem Wandschirm vorbei, und als er die Ursache und ihre Wirkung gewahrte, jagte er Candide mit wuchtigen Tritten in den Hintern aus dem Schloß. Kunigunde fiel in Ohnmacht. Als sie wieder zu sich kam, wurde sie von der Frau Baronin geohrfeigt, und alle waren bestürzt in dem schönsten und angenehmsten aller Schlösser.

ZWEITES KAPITEL

Was aus Candide bei den Bulgaren wurde

Candide war aus dem irdischen Paradies vertrieben worden und irrte lange ziellos umher. Er weinte, hob die Augen gen Himmel und ließ sie des öfteren nach dem schönsten aller Schlösser zurückschweifen, das die liebreizendste aller Baronessen barg. Ohne etwas gegessen zu haben, legte er sich mitten auf dem Felde zwischen zwei Ackerfurchen zum Schlafen nieder. Der Schnee fiel in dichten Flocken vom Himmel herab. Ganz erstarrt vor Kälte, ohne einen roten Heller in der Tasche, halbtot vor Hunger und Müdigkeit schleppte sich Candide am nächsten Tage nach Waldberghofftrarbkdickdorff, der nächstgelegenen Stadt. Traurig blieb er vor der Tür eines Wirtshauses stehen, wo ihn zwei Männer im blauen Rock bemerkten. »Ein gutgewachsener junger Mann, Kamerad«, sagte der eine, »und das nötige Maß hat er auch.« Sie gingen auf Candide zu und luden ihn sehr höflich zum Essen ein. »Meine Herren«, sagte Candide mit gewinnender Bescheidenheit, »Sie erweisen mir eine große Ehre, aber ich bin leider nicht in der Lage, meine Zeche zu bezahlen.« – »Lieber Freund«, gab der eine der beiden Blauen zurück, »Leute von Ihrem Aussehen und von Ihren Fähigkeiten brauchen niemals zu bezahlen; Sie sind doch fünf Fuß und fünf Zoll groß?« – Candide verbeugte sich: »Jawohl, meine Herren, richtig getroffen!« – »Na also, mein Lieber, Sie sind unser Gast, und wir werden auch in Zukunft dafür sorgen, daß ein Mann wie Sie stets Geld in der Tasche hat. Wir Menschen sind doch dazu da, uns gegenseitig zu helfen.« – »Sie haben recht«, sagte Candide, »das hat mir Meister Pangloß auch immer gesagt, und nun sehe ich, daß wirklich alles aufs beste bestellt ist.« Einer der Blauen drückte ihm ein paar Taler in die Hand. Candide nahm sie und wollte einen Schuldschein ausstellen, aber das wurde abgelehnt. Sie setzten sich zu Tisch. »Haben Sie nicht eine große Liebe . . . ?« – »O ja«, antwortete Candide, »ich liebe Fräulein Kunigunde von ganzem Herzen.«

– »Aber nein«, sagte einer der Herren, »wir meinen, ob Sie nicht eine große Vorliebe für den König der Bulgaren haben?« – »Wie käme ich denn dazu? Ich habe ihn ja noch nie gesehen.« – »Was Sie sagen! Das ist doch der liebenswürdigste aller Könige! Wir wollen auf sein Wohl trinken!« – »Aber gern, meine Herren!« – Und Candide trank. »So – das genügt vollkommen«, sagte man ihm, »nun sind Sie die Stütze, der Halt, der Beschützer und Held der Bulgaren; Ihr Glück ist gemacht und Ihr Ruhm gesichert.« Auf der Stelle legte man ihm Fußeisen an und führte ihn zum Regiment. Dort ließ man ihn Kehrtwendungen und Laufschritte machen, brachte ihm die Gewehrgriffe, Zielen und Schießen bei und verabfolgte ihm obendrein dreißig Stockhiebe. Am nächsten Tag machte er seine Sache schon etwas besser und bekam nur zwanzig Hiebe, am übernächsten nur noch zehn, worauf er von seinen Kameraden wie ein Wunder angestaunt wurde.

Candide war völlig verwirrt und vermochte noch nicht recht zu fassen, wie er zum Helden geworden war. An einem schönen Frühlingstage kam er auf die Idee, einen Spaziergang zu machen, und so wanderte er immer der Nase nach, in der Meinung, es sei ein Vorrecht der Gattung Mensch wie der Gattung Tier, sich seiner Beine nach Belieben bedienen zu dürfen. Er hatte noch keine zwei Meilen zurückgelegt, als er von vier anderen, sechs Fuß großen Helden eingeholt, gefesselt und ins Gefängnis abgeführt wurde. Vor Gericht wurde er gefragt, was er vorzöge: sechsunddreißigmal vor dem ganzen Regiment Spießruten zu laufen oder ein Dutzend Bleikugeln auf einmal in den Schädel gejagt zu bekommen. Da hatte er nun gut reden von der Freiheit des Willens und daß er weder das eine noch das andere wolle – er mußte wählen: Und so entschloß er sich kraft der Gottesgabe, die man »Freiheit« nennt, lieber sechsunddreißigmal Spießruten zu laufen. Zwei von diesen Läufen hielt er aus. Das Regiment war zweitausend Mann stark; das bedeutete für ihn viertausend Rutenhiebe, die ihm Muskeln und Nerven vom Nacken bis zum Hintern bloßlegten. Bei der dritten

Runde brach er zusammen und bat flehentlich um Gnade, man möge ihm den Schädel zertrümmern. Diese Bitte wurde ihm gewährt; man verband ihm die Augen und befahl ihm niederzuknien. In diesem Augenblick ritt der König der Bulgaren vorbei und erkundigte sich, welches Verbrechen der arme Sünder begangen habe. Und da dieser Monarch ein sehr geistvoller Mensch war, schloß er aus allem, was er über Candide erfuhr, daß es sich hier um einen in den Dingen dieser Welt reichlich unerfahrenen jungen Metaphysiker handelt, und er begnadigte ihn mit einer Milde, die in allen Chroniken und zu allen Zeiten gepriesen worden ist. Ein tüchtiger Wundarzt heilte Candide innerhalb von drei Wochen mit Hilfe von Arzneien nach den Lehren des Dioskurides. Die Haut war schon etwas nachgewachsen, und er konnte auch bereits wieder gehen, als der König der Bulgaren dem König der Awaren eine Schlacht lieferte.

DRITTES KAPITEL

Wie Candide den Bulgaren davonlief und was aus ihm wurde

Man kann sich nichts Schöneres, Tüchtigeres, Glänzenderes und Wohlgeordneteres vorstellen als die beiden Armeen! Die Trompeten, Hörner, Trommeln, Querpfeifen und Kanonen vollführten ein wahres Höllenkonzert. Zunächst mähten die Geschütze auf jeder Seite etwa sechstausend Mann nieder; dann befreite das Musketenfeuer die beste aller Welten von neun- bis zehntausend Schurken, die sie bisher verpestet hatten, und endlich waren die Bajonette der zureichende Grund des Todes von einigen tausend Mann. Der Gesamtverlust mochte sich auf etwa dreißigtausend Seelen belaufen. Candide zitterte wie ein Philosoph und versteckte sich während dieser heroischen Schlächterei so gut er konnte. Zu guter Letzt, als jeder der beiden Könige in seinem Lager ein Tedeum anstimmen ließ, faßte er den Entschluß, sich auf und davon zu machen, um anderswo über Ursachen und Wirkungen nachzudenken. Er stieg über Berge von Toten und Sterbenden und erreichte zunächst ein Dorf, das in Schutt und Asche lag. Es war ein Awarendorf, das die Bulgaren nach den Bestimmungen des Völkerrechtes niedergebrannt hatten. Hier mußten aus tausend Wunden blutende Greise mit ansehen, wie ihre erwürgten Frauen noch im Sterben ihre Kinder an die blutenden Brüste preßten. Dort hauchten Mädchen mit aufgeschlitzten Bäuchen ihre letzten Seufzer aus, nachdem einige Helden ihre natürlichen Bedürfnisse an ihnen befriedigt hatten. Andere, die halb verbrannt waren, flehten schreiend um den Gnadenstoß – und ringsum bedeckten Gehirne und abgehauene Arme und Beine den Boden.

So schnell er konnte, flüchtete Candide in ein anderes Dorf. Es gehörte den Bulgaren, und die awarischen Helden hatten dort ebenso entsetzlich gehaust. Mit einem kleinen Mundvorrat im Brotbeutel und Fräulein Kunigunde im Sinn eilte Candide über zuckende Gliedmaßen und Ruinen weiter, bis er sich schließlich außerhalb des Kriegsgebietes befand. Als er in Holland ankam, waren seine Vorräte zu Ende. Aber er hatte gehört, daß in diesem Lande alle Leute reich und christlich gesinnt wären, und so zweifelte er nicht daran, daß man ihn ebenso gut behandeln würde wie ehedem im Schlosse des Herrn Baron, bevor er um Fräulein Kunigundes schöner Augen willen weggejagt worden war.

Er bat mehrere würdige Bürger um ein Almosen, erhielt aber von allen zur Antwort, daß man ihn, wenn er dieses Handwerk weiter betreibe, in eine Besserungsanstalt einsperren würde, um ihm andere Sitten beizubringen.

Hierauf wandte er sich an einen Mann, der gerade in einer großen Versammlung eine geschlagene Stunde lang über Wohltätigkeit gesprochen hatte. Der Redner sah ihn durchdringend an und sprach zu ihm: »Was wollen Sie hier? Sind Sie aus unserer guten Ursache gekommen?« – »Es gibt keine Wirkung ohne Ursache«, erwiderte Candide bescheiden, »alles ist notwendigerweise miteinander verknüpft und aufs beste eingerichtet: Ich mußte aus Fräulein Kunigundes Nähe weggejagt werden, mußte Spießruten laufen und muß nun um Brot betteln, bis ich es mir verdienen kann; all das konnte gar nicht anders sein.« – »Lieber Freund«, sagte der Redner zu ihm, »glauben Sie, daß der Papst der Antichrist ist?« – »Davon habe ich noch nichts gehört«, gab Candide zurück, »aber ob er's ist oder nicht – ich muß etwas zu essen haben!« – »Du verdienst keinen Bissen«, antwortete der andere, »mach, daß du fortkommst, elender Schurke, und komm mir nie wieder unter die Augen!« – Die Frau des Redners sah gerade aus dem Fenster, und als sie einen Mann erblickte, der bezweifelte, daß der Papst der Antichrist sei, goß sie ihm einen vollen . . . über den Kopf. Herrgott! Zu welchen Ausschreitungen vermag doch der Religionseifer die Frauen zu verleiten!

Ein Mann, der nicht getauft worden war, ein braver Wiedertäufer namens Jacques, sah, wie grausam und schändlich man einen seiner Brüder, ein mit einer Seele begabtes, zweibeiniges Geschöpf ohne Gefieder behandelte. Er nahm ihn mit in sein Haus, säuberte ihn, bewirtete ihn mit Brot und Bier, schenkte ihm zwei Gulden und wollte ihn sogar in seiner holländischen Fabrik, in der persische Teppiche hergestellt wurden, beschäftigen. Candide warf sich ihm zu Füßen und rief: »Meister Pangloß hatte doch recht! Alles auf dieser Welt ist aufs beste bestellt, denn Ihre außerordentliche Güte hat mich weit mehr berührt als die Hartherzigkeit jenes Herrn im schwarzen Rock und seiner Frau Gemahlin.«

Am nächsten Tage begegnete er auf einem Spaziergang einem Bettler, dessen Haut über und über mit Pusteln bedeckt war. Seine Augen waren erloschen, seine Nasenspitze abgefressen, und dazu hatte er einen schiefen Mund und schwarze Zähne. Er sprach mit heiserer Stimme, von heftigen Hustenanfällen unterbrochen, wobei er jedesmal einen seiner Zähne ausspie.

VIERTES KAPITEL

Wie Candide seinen alten Philosophielehrer wiederfand, und was daraus entstand

Candide empfand mehr Mitleid als Abscheu vor diesem grauenhaft aussehenden Bettler und schenkte ihm die beiden Gulden, die ihm der brave Wiedertäufer Jacques gegeben hatte. Das Gespenst starrte ihn an, brach in Tränen aus und fiel ihm um den Hals. Entsetzt fuhr Candide zurück. »Mein Gott«, rief der eine arme Teufel dem anderen zu, »erkennen Sie denn Ihren alten Pangloß nicht wieder?« – »Was höre ich? Sie sind es, mein teurer Lehrer, und in diesem Zustand? Was für ein Unglück ist Ihnen denn zugestoßen? Warum sind Sie nicht mehr in dem schönsten aller Schlösser? Und was ist aus Fräulein Kunigunde geworden, dieser Perle unter den Mädchen, dem Meisterwerk der Natur?« – »Ich kann nicht mehr«, stöhnte Pangloß. Candide führte ihn eilends in den Stall des Wiedertäufers und gab ihm etwas Brot zu essen. Nachdem sich Pangloß erholt hatte, fragte Candide wieder: »Nun, und Kunigunde? – »Sie ist tot«, erwiderte der andere. Bei diesen Worten brach Candide ohnmächtig zusammen. Sein Freund brachte ihn mit Hilfe von etwas schlechtem Essig, der sich zufällig in dem Stall befand, wieder zur Besinnung. Candide schlug die Augen auf. »Kunigunde ist tot? O du beste aller Welten, wo bist du? Aber an welcher Krankheit ist sie denn gestorben? Etwa gar aus Kummer, weil sie mit ansehen mußte, wie ihr Herr Vater mich mit wuchtigen Fußtritten aus dem schönsten Schloß hinauswarf?« – »Ach nein«, antwortete Pangloß, »bulgarische Soldaten haben ihr den Bauch aufgeschlitzt, nachdem sie so und so viele Male geschändet worden war. Dem Herrn Baron, der sie verteidigen wollte, haben sie den Schädel eingeschlagen, die Frau Baronin ist in Stücke gehackt worden, meinem armen Zögling erging es wie seiner Schwester, und von dem Schloß ist kein Stein mehr auf dem anderen geblieben; keine Scheune, kein Schaf, keine Ente, kein Baum ist übriggeblieben. Aber wir sind gerächt worden, denn die Awaren haben auf einem benachbarten Gut, das einem bulgarischen Edelmann gehörte, ebenso gehaust.«

Bei diesem Bericht fiel Candide abermals in Ohnmacht. Nachdem er wieder zu sich gekommen war und alles, was ihn bedrückte, gesagt hatte, erkundigte er sich eingehend nach Ursache und Wirkung und nach dem zureichenden Grund des beklagenswerten Zustandes, in dem sich Pangloß befand. »Ach«, rief dieser, »die Liebe war es, die Liebe, die Trösterin der Menschheit, die Erhalterin des Weltalls, die Seele aller fühlenden Wesen, die innige Liebe.« – »O weh«, rief Candide, »auch ich habe sie kennengelernt, die Liebe, die Beherrscherin der Herzen, die Seele unserer Seele. Und was hat sie mir eingebracht? Einen Kuß und zwanzig Tritte in den Hintern! Doch wie konnte solch eine schöne Ursache bei Ihnen eine so abscheuliche Wirkung hervorbringen?« – »Mein lieber Candide«, antwortete Pangloß, »Sie haben doch sicher Paquette gekannt, die hübsche Zofe unserer erlauchten Frau Baronin? In ihren Armen habe ich alle Wonnen des Paradieses genossen, und diese wiederum sind die Ursache der Höllenqualen, unter denen ich jetzt so entsetzlich leide. Paquette hatte sich angesteckt und ist vielleicht schon an dieser Krankheit gestorben. Sie hatte dieses Geschenk von einem hochgelehrten Franziskaner erhalten, der es – um einmal auf den Ursprung dieses Leidens zurückzugehen – von einer alten Gräfin hatte, die es ihrerseits von einem Rittmeister bekam; dieser wiederum verdankte es einer Marquise, die es von einem Pagen übernommen hatte; der aber hatte es von einem Jesuiten empfangen, welcher es noch als Novize von dem direkten Nachkommen eines Gefährten von Christoph Kolumbus erhalten hatte. Ich für mein Teil werde es niemandem weitergeben, denn ich lebe nicht mehr lange.«

»O Pangloß«, rief Candide, »welch ein sonderbarer Stammbaum! Der leibhaftige Teufel selbst muß der Stammvater sein!« – »Durchaus nicht«, erwiderte der große Meister, »es handelt sich hier um einen absolut notwendigen Bestandteil, um etwas schlechthin Unentbehrliches für die beste aller Welten; denn hätte sich Kolumbus nicht auf einer der Inseln Amerikas diese Krankheit zugezogen, die die Quelle der Zeugung vergiftet, ja sogar häufig die Zeugungsfähigkeit vernichtet und dadurch offensichtlich dem großen Endzweck der Natur entgegenwirkt, so würde es bei uns weder Schokolade noch Koschenille geben. Man muß auch bedenken, daß diese Krankheit bis auf den heutigen Tag, ebenso wie die Religionsstreitigkeiten, eine Besonderheit unseres Erdteils ist. Die Türken, Inder, Perser, Chinesen, Siamesen und Japaner wissen noch nichts davon, doch ist die Annahme durchaus begründet, daß auch sie in einigen Jahrhunderten diese Krankheit kennen werden. Inzwischen hat sie bei uns erstaunliche Fortschritte gemacht, vor allem unter den wohlerzogenen, ehrsamen Söldnern jener großen Armeen, von denen jeweils das Schicksal der Staaten abhängt. Man kann mit Sicherheit annehmen, daß, wenn in einer Schlacht eine Armee von dreißigtausend Mann einem gleich großen Heer gegenübersteht, auf jeder Seite etwa zwanzigtausend mit dieser Seuche behaftet sind.«

»Das ist ja erstaunlich«, rief Candide, »aber jetzt müssen Sie erst einmal kuriert werden.« – »Und wie denken Sie sich das?« meinte Pangloß. »Ich besitze keinen roten Heller, bester Freund, und nirgends bekommt man auf diesem Erdball einen Aderlaß oder ein Klistier, ohne daß man dafür bezahlt oder daß ein anderer für uns bezahlt.«

Diese Bemerkung brachte Candide zu einem Entschluß. Er eilte zu seinem Wohltäter, dem Wiedertäufer Jacques, warf sich ihm zu Füßen und schilderte ihm den heruntergekommenen Zustand seines Freundes in so rührenden Worten, daß der gute Mann den Doktor Pangloß ohne Zögern in sein Haus nahm und ihn auf seine Kosten heilen ließ. Pangloß verlor im Verlaufe der Kur nur ein Auge und ein Ohr. Da er eine gute Handschrift hatte und die Rechenkünste vollkommen beherrschte, stellte ihn der Wiedertäufer Jacques als Buchhalter an. Als dann zwei Monate später der Wiedertäufer Handelsgeschäfte in Lissabon zu erledigen hatte, nahm er die beiden Philosophen auf seinem Schiff mit. Pangloß setzte ihm auseinander, daß doch alles in der Welt gar nicht besser sein könnte. Jacques teilte diese Ansicht nicht. »Die Menschen müssen sich schon von der Natur etwas entfernt haben«, sagte er, »denn sie werden zu reißenden Wölfen, obwohl sie nicht als solche auf die Welt kommen. Gott hat ihnen weder Vierundzwanzigpfünder noch Bajonette gegeben, sondern sie haben alles beides erst selbst erfunden, um sich gegenseitig zu vernichten. Auch die Bankrotte könnte ich in diesem Zusammenhang erwähnen und die Gerichte, die sich des Vermögens der Bankrotteure bemächtigen, um die Gläubiger darum zu betrügen.« – »Alles dies ist unerläßlich«, erklärte der einäugige Doktor, »auf dem Unglück einzelner baut sich das Wohl der Allgemeinheit auf, so daß also das Glück der Gesamtheit um so größer ist, je mehr privates Unglück es gibt.« – Während er solchermaßen philosophierte, verfinsterte sich der Himmel. Die Winde bliesen aus Norden, Süden, Osten und Westen, und vor dem Hafen von Lissabon geriet das Schiff in ein fürchterliches Unwetter.

FÜNFTES KAPITEL

Sturm, Schiffbruch, Erdbeben, und was aus Doktor Pangloß, Candide und dem Wiedertäufer Jacques wurde

Ein Teil der Passagiere war durch die entsetzlichen Angstzustände, in die das Schlingern des Schiffes die Nerven und den hin und her gerüttelten Körper versetzte, dermaßen erschöpft und entkräftet, daß die drohende Gefahr sie nicht einmal zu beunruhigen vermochte. Andere schrien und beteten. Die Segel waren zerfetzt, die Maste zerbrochen, das Schiff geborsten. Jeder, der nur irgend konnte, legte Hand an, aber keiner hörte auf den andern, niemand führte das Kommando. Der Wiedertäufer stand auf dem Vorderdeck und half beim Manövrieren. Da versetzte ihm ein wütender Matrose einen mächtigen Schlag, der ihn auf die Planken niederstreckte. Aber durch die Wucht des Stoßes taumelte der Matrose selbst, stürzte, den Kopf voran, über Bord und blieb in den Mastträmmern hängen. Der gute Jacques eilte ihm zu Hilfe, stützte ihn beim Hinaufklettern und beugte sich dabei so weit nach vorn, daß er vor den Augen des Matrosen ins Meer hinabstürzte, und dieser ließ ihn, ohne mit der Wimper zu zucken, untergehen. Candide eilte herbei und sah, wie sein Wohltäter noch einmal auftauchte, um dann für immer zu versinken. Er wollte sich ins Meer stürzen, um ihn zu retten, aber der Philosoph Pangloß hielt ihn zurück und bewies ihm, daß die Reede von Lissabon eigens dazu angelegt worden war, damit der Wiedertäufer dort den Tod in den Wellen fände. Während er diesen Beweis a priori führte, barst das Schiff vollends, und alles ging unter mit Ausnahme von Pangloß, Candide und jenem rohen Matrosen, der den tugendhaften Wiedertäufer ertrinken ließ. Der Lump schwamm unbekümmert ans Ufer, während Pangloß und Candide auf einer Planke angetrieben wurden.

Als sich die beiden Freunde einigermaßen erholt hatten, schlugen sie den Weg nach Lissabon ein. Sie hatten noch etwas Geld übrigbehalten und hofften nun, nachdem sie das Unwetter glücklich überstanden, sich damit vor dem Hungertode zu retten.

Kaum aber hatten sie – während sie noch den Tod ihres Wohltäters beklagten – die Stadt erreicht, als die Erde unter ihren Füßen erbebte. Brausend und zischend wälzten sich die Wogen des Meeres in den Hafen, und die Schiffe, die dort vor Anker lagen, zerschellten. Flammenströme und Aschenregen wirbelten über Straßen und Plätze; Häuser stürzten ein, Dächer fielen auf die Fundamente, und die Fundamente barsten. Dreißigtausend Menschen jeden Alters und Geschlechts lagen zermalmt unter den Trümmern. Pfeifend und fluchend kam der Matrose herbei und meinte: »Holla – hier ist etwas zu holen!« Pangloß warf indessen die Frage auf: »Welches mag wohl der zureichende Grund für dieses Naturereignis sein?« – »Das ist der Weltuntergang!« schrie Candide. Ungeachtet der drohenden Todesgefahr und ohne jede Hemmung stürzte sich der Matrose auf die Trümmer, um Geld zu suchen; er fand auch welches, raffte es zusammen und betrank sich. Nachdem er seinen Rausch ausgeschlafen hatte, erkaufte er sich die Gunst des ersten besten Freudenmädchens, dem er in den Häuserruinen inmitten von Sterbenden und Toten begegnete. Pangloß zupfte ihn am Ärmel. »Lieber Freund«, sagte er zu ihm, »das ist nicht recht. Sie handeln wider alle Vernunft und nützen Ihre Zeit nicht gut.« – »Zum Teufel«, brüllte der andere, »ich bin Matrose und stamme aus Batavia. Ich habe auf vier Reisen in Japan viermal das Kruzifix mit Füßen treten müssen. Du bist mit deiner Weltvernunft wahrlich an den Rechten geraten.«

Candide war von einigen herabstürzenden Steinen verletzt worden und lag mitten auf der Straße unter dem Schutt. »Ach, Pangloß«, rief er, »verschaff mir etwas Wein und Öl, ich sterbe.« – »Dieses Erdbeben ist an sich nichts Neues«, meinte Pangloß, »die Stadt Lima in Amerika hat im vorigen Jahr genau solche Erschütterungen erlitten. Gleiche Ursachen – gleiche Wirkungen. Sicherlich zieht sich eine unterirdische Schwefelader von Lima bis nach Lissabon.« – »Ja, sehr wahrscheinlich«, meinte Candide, »aber, um Gottes willen, bring mir etwas Öl und Wein!« – »Wieso wahrscheinlich?« versetzte der Philosoph. »Ich behaupte, daß es erwiesen ist.« Candide verlor das Bewußtsein, und Pangloß brachte ihm etwas Wasser aus einem nahen Brunnen.

Nachdem sie am nächsten Tage einige Eßwaren unter den Schutt- und Trümmerhaufen gefunden hatten, frischten sie ihre Kräfte wieder etwas auf und machten sich zusammen mit anderen ans Werk, um die Not der Einwohner, die dem Tode entronnen waren, zu lindern. Einige Bürger gaben ihnen zum Dank für ihre Hilfe eine Mittagsmahlzeit, so schlecht und recht, wie man es bei einem solchen Unglück eben haben konnte. Es war wirklich ein trauriges Mahl. Die Tischgenossen benetzten das Brot mit ihren Tränen, Pangloß jedoch tröstete sie mit der Versicherung, die Dinge könnten gar nicht anders sein. »Denn«, so sagte er, »alles dies ist so am besten. Wenn es nämlich bei Lissabon einen Vulkan gibt, so kann das Erdbeben nicht woanders sein, denn es ist ja selbstverständlich, daß sich die Ereignisse dort abspielen müssen, wo sie entstehen. Also ist alles gut.«

Sein Tischnachbar, ein kleiner Mann mit schwarzem Haar und dunkler Hautfarbe, der ein Späher der Inquisition war, wandte sich höflich an Pangloß und sagte: »Anscheinend glaubt der Herr nicht an die Erbsünde, denn wenn alles gut ist, so gibt es weder Sündenfall noch Sühne.«

»Ich bitte Eure Exzellenz alleruntertänigst um Verzeihung«, antwortete Pangloß noch höflicher, »aber Sündenfall und Erbfluch gehören ja notwendigerweise zu der besten aller Welten.« – »Also glaubt der Herr nicht an die Freiheit des Willens?« fragte der Spitzel weiter. – »Eure Exzellenz werden entschuldigen«, begann Pangloß seine Darlegungen, »Willensfreiheit und absolute Notwendigkeit können durchaus nebeneinander bestehen. Wir müssen ja einen freien Willen haben, denn schließlich ist der determinierte Wille ... « Pangloß hatte seinen Satz noch nicht vollendet, als der Spitzel seinem Diener, der ihm gerade ein Glas Portwein oder Oportowein einschenkte, mit dem Kopf ein Zeichen gab.

SECHSTES KAPITEL

Wie man zur Verhinderung von Erdbeben ein schönes Autodafé veranstaltete, und wie Candide ausgepeitscht wurde

Nach dem Erdbeben, das drei Viertel von Lissabon zerstört hatte, fanden die klügsten Köpfe des Landes kein wirksameres Mittel zur Verhinderung der völligen Vernichtung, als dem Volke das Schauspiel eines prächtigen Autodafés zu bieten. Die Universität von Coimbra hatte nämlich entschieden, daß das mit feierlichem Gepränge veranstaltete langsame Verbrennen mehrerer Menschen ein unfehlbares Mittel zur Verhütung von Erdbeben sei.

Daraufhin hatte man einen Mann aus der Provinz Biskaya, der der Eheschließung mit seiner Base überführt worden war, sowie zwei Portugiesen aufgegriffen, die ein Hühnchen verzehrt und dabei das Fett achtlos fortgeworfen hatten. Nach jener Mahlzeit legte man auch den Doktor Pangloß und seinen Schüler Candide in Fesseln, den einen, weil er gesprochen, den anderen, weil er mit beifälliger Miene zugehört hatte. Sie wurden beide für sich in äußerst kühle Gemächer abgeführt, in denen man niemals von der Sonne belästigt wurde. Acht Tage später zog man ihnen Sanbenitos über und setzte ihnen spitze Papiermützen auf. Candides Mitra und Sanbenito waren mit abwärts gerichteten Flammen und mit Teufeln ohne Schwanz und Krallen bemalt, die Teufel des Pangloß dagegen hatten Krallen und Schwänze, und die Flammen züngelten aufwärts. So angetan, zogen sie in feierlicher Prozession dahin und bekamen dann eine höchst pathetische Predigt und ein sehr schönes, aber monotones Kirchenlied zu hören. Während man sang, wurde Candide im Takt gepeitscht. Der Biskayer und die beiden Leute, die durchaus keinen Speck hatten essen wollen, wurden verbrannt, und Pangloß wurde gehängt, obwohl das sonst nicht üblich war. Noch am gleichen Tage erbebte die Erde unter fürchterlichem Getöse von neuem.

Fassungslos, blutend, zerschunden und schlotternd stand der arme Candide da und dachte bei sich: »Wenn das hier die beste aller Welten ist, wie muß es dann erst auf den anderen aussehen? Daß ich ausgepeitscht wurde, mag noch hingehen, das ist mir ja schon bei den Bulgaren passiert. Aber du, mein teurer Pangloß! Du größter unter den Philosophen! Mußte ich mit ansehen, wie du gehängt wurdest, ohne zu wissen warum. Und du, mein lieber Wiedertäufer, du bester aller Menschen – warum mußtest du im Hafen ertrinken! O Fräulein Kunigunde! Warum mußte man dieser Perle unter den Jungfrauen den Bauch aufschlitzen?«

Der ausgepeitschte Sünder, dem nach einer nochmaligen Ermahnung Absolution und Segen erteilt worden war, konnte sich nur noch mit Mühe aufrecht halten. Als er sich umwandte, trat ein altes Weib zu ihm und sagte: »Fasse Mut, mein Sohn, und folge mir!«

SIEBENTES KAPITEL

Wie Candide von einem alten Weib gepflegt wurde, und wie er den Gegenstand seiner Liebe wiederfand

Candide faßte keineswegs Mut, aber er folgte der Alten, die ihn in eine halbverfallene Hütte führte. Sie gab ihm einen Topf mit Salbe zum Einreiben, setzte ihm Essen und Trinken vor und wies ihm ein bescheidenes, aber leidlich sauberes Lager an, neben dem ein vollständiger Anzug bereitlag. »Essen Sie, trinken Sie und schlafen Sie dann«, sagte die Alte zu ihm; »unsere liebe Frau von Atocha, der heilige Antonius von Padua und der heilige Jakobus von Compostela mögen Sie behüten! Ich komme morgen wieder.« Candide war ganz benommen von dem, was er erlebt und erlitten hatte, mehr aber noch von der Barmherzigkeit der Alten. Er wollte ihr die Hand küssen, aber sie wehrte ab: »Nicht doch, mir sollen Sie nicht die Hand küssen. Morgen komme ich wieder. Jetzt reiben Sie sich mit der Salbe ein, essen Sie, und dann legen Sie sich nieder.«

Trotz seiner unglückseligen Erlebnisse aß Candide und legte sich dann schlafen. Am nächsten Morgen brachte ihm die Alte das Frühstück, untersuchte seinen Rücken und rieb ihn selber mit einer anderen Salbe ein. Darauf holte sie ihm das Mittagessen, und gegen Abend kam sie wieder und brachte ihm das Abendessen. Am Tag darauf erwies sie ihm die gleichen Dienste. »Wer seid Ihr«, fragte Candide immer wieder, »wer hat Euch mit so viel Güte gesegnet? Wie kann ich Euch jemals danken?« Aber die gute Alte gab ihm niemals eine Antwort. Gegen Abend kam sie wieder, brachte ihm jedoch nichts zu essen. »Kommen Sie mit mir«, sagte sie, »aber sprechen Sie kein Wort.« Sie nahm ihn beim Arm und ging ungefähr eine viertel Meile mit ihm über Land, bis sie zu einem einsamen, von Gärten und Wassergräben umgebenen Hause kamen. Die alte klopfte an ein Pförtchen; es wurde geöffnet, und sie führte Candide über eine Geheimtreppe in ein kleines vergoldetes Gemach. Sie ließ ihn auf einem Brokatsofa Platz nehmen, schloß die Tür wieder und entfernte sich. Candide glaubte zu träumen. Sein ganzes bisheriges Leben erschien ihm wie ein düsterer Traum, der jetzige Augenblick hingegen wie ein lichter.

Nach kurzer Zeit kam die Alte zurück. Auf ihren Arm stützte sich mühsam und zitternd eine verschleierte Frau, deren majestätische Gestalt im Glanz von Edelsteinen erstrahlte. »Heben Sie den Schleier auf«, sagte die Alte zu Candide. Der junge Mann trat herzu und hob den Schleier mit zaghafter Hand. Welch ein Augenblick! Welche Überraschung! Candide glaubte, Fräulein Kunigunde vor sich zu sehen, und er sah sie wirklich – sie war es, die vor ihm stand! Seine Kräfte versagten, er konnte kein Wort hervorbringen, sondern fiel nur stumm zu ihren Füßen nieder. Kunigunde sank auf das Sofa. Die Alte besprengte beide mit aromatischen Essenzen. Sie kamen wieder zu sich und sprachen miteinander – doch waren es zunächst nur abgerissene Worte, sich überstürzende Fragen und Antworten, Seufzer, Tränen und Ausrufe. Die Alte ermahnte sie, nicht zu viel Lärm zu machen, und ließ sie allein. »Ja – sind Sie es denn wirklich«, rief Candide, »Sie leben? Und in Portugal finde ich Sie wieder? Also hat man Sie doch nicht vergewaltigt, hat Ihnen nicht den Bauch aufgeschlitzt, wie es mir der Philosoph Pangloß versicherte?« – »O doch«, gab die schöne Kunigunde zurück, »aber man stirbt ja schließlich nicht immer gleich daran.« – »Aber Ihr Vater und Ihre Mutter sind erschlagen worden?« – »Ja, das ist leider nur zu wahr«, gab Kunigunde unter Tränen zu. – »Und Ihr Bruder?« – »Auch er wurde erschlagen.« – »Und warum sind Sie in Portugal, woher wußten Sie, daß ich hier bin, und wie kommt es, daß Sie mich auf so abenteuerliche Art in dieses Haus hier bringen ließen?« – »Ich werde Ihnen alles erzählen«, erwiderte Kunigunde, »aber zuvor müs-

sen Sie mir alles berichten, was Sie erlebt haben seit dem unschuldigen Kuß, den Sie mir gaben, und den Fußtritten, die Sie erhielten.«

Candide gehorchte in tiefer Ehrerbietung. Und obwohl er noch ganz benommen war und seine Stimme schwach klang und zitterte, obwohl ihm das Rückgrat weh tat, erzählte er treuherzig alles, was ihm seit ihrer Trennung widerfahren war. Kunigunde hob die Augen gen Himmel und vergoß Tränen über den Tod des braven Wiedertäufers und des Philosophen Pangloß; dann erzählte sie ihre Erlebnisse. Candide ließ sich keins ihrer Worte entgehen, und während sie sprach, verschlang er sie mit seinen Blicken.

ACHTES KAPITEL
Kunigundes Geschichte

»Ich lag in meinem Bett in tiefem Schlaf, als es dem Himmel gefiel, die Bulgaren auf unser schönes Thunder ten Tronckches Schloß zu schicken. Mein Vater und mein Bruder wurden erwürgt, meine Mutter in Stücke gehackt, und als ich das mit ansah, brach ich ohnmächtig zusammen. Ein großer sechs Fuß langer Bulgare bemerkte meinen Zustand und machte sich daran, mich zu vergewaltigen. Dadurch kam ich wieder zu mir, und als ich völlig bei Besinnung war, fing ich an zu schreien, schlug um mich, biß und kratzte und wollte dem langen Bulgaren in die Augen fahren, denn ich wußte ja nicht, daß alles, was im Schlosse meines Vaters geschah, ein ganz alltäglicher Vorgang war. Der brutale Kerl versetzte mir einen Messerstich in die linke Hüfte, von dem ich jetzt noch eine Narbe zurückbehalten habe.« – »Oh, ich hoffe doch, daß ich sie zu sehen bekomme«, rief Candide in seiner Naivität. – »Sie werden sie schon noch sehen«, versicherte Kunigunde, »aber lassen Sie mich erst weitererzählen.« – »Ja, fahren Sie fort!«

Kunigunde nahm ihre Erzählung wieder auf. »Ein bulgarischer Hauptmann kam herein und sah mich blutüberströmt am

Boden liegen; der Soldat aber ließ sich gar nicht stören. Über diesen Mangel an Respekt geriet der Hauptmann dermaßen in Zorn, daß er den Wüstling auf meinem Leibe erschlug. Der Hauptmann ließ mich dann verbinden und nahm mich als Kriegsgefangene mit in sein Quartier. Ich wusch seine paar Hemden und kochte für ihn. Ich gestehe, er fand mich sehr hübsch, und ich will gar nicht leugnen, daß auch ich Gefallen an dem gutgewachsenen Mann und seiner weichen, weißen Haut fand. Im übrigen besaß er wenig Geist, und von Philosophie wußte er herzlich wenig; man merkte sofort, daß er nicht von Doktor Pangloß erzogen worden war. Nach drei Monaten hatte er sein ganzes Geld durchgebracht, und da er mich satt hatte, verkaufte er mich an einen Juden namens Don Isaschar, der in Holland und Portugal Handel trieb. Dieser Jude war ein großer Frauenliebhaber, und auch mich verfolgte er mit seinen Anträgen, hatte aber keinen Erfolg, denn ich widerstand ihm besser als dem bulgarischen Soldaten. Eine ehrenhafte Frau kann wohl einmal geschändet werden, doch wird ihre Tugend dadurch nur gefestigt. Um mich gefügig zu machen, brachte mich der Jude in dieses Landhaus. Bis jetzt hatte ich geglaubt, es gäbe nichts Schöneres auf Erden als das Schloß von Thunder ten Tronck, aber ich wurde eines Besseren belehrt.

Eines Tages wurde der Großinquisitor in der Messe auf mich aufmerksam. Er warf mir immer wieder verstohlene Blicke zu und ließ mir dann sagen, daß er mich in einer geheimen Angelegenheit sprechen wollte. Ich wurde in seinen Palast geführt, und nachdem ich ihn über meine Herkunft aufgeklärt hatte, hielt er mir vor, daß es unter meiner Würde wäre, einem Juden anzugehören. In seinem Auftrage wurde Don Isaschar der Vorschlag gemacht, mich an Seine Hochwürden abzutreten. Don Isaschar, der Hofbankier und ein sehr einflußreicher Mann ist, wollte nicht darauf eingehen. Der Inquisitor drohte ihm mit einem Autodafé, und daraufhin schloß der eingeschüchterte Jude einen Vertrag mit ihm, wonach das Haus und ich ihnen beiden gemeinsam gehören sollte, und zwar dem Juden für Montag,

Mittwoch und für den Sabbat, dem Inquisitor für die übrigen Tage der Woche. Dieses Abkommen besteht nun schon seit einem halben Jahr. Es ging freilich nicht ohne Streitigkeiten ab, denn oftmals blieb es unentschieden, ob die Nacht vom Sonnabend zum Sonntag unter das mosaische oder ob sie unter das christliche Gesetz fiel. Was mich betrifft, so habe ich bis auf den heutigen Tag allen beiden widerstanden, und das ist wohl der Grund dafür, daß ich immer noch von beiden geliebt werde.

Um die Geißel der Erdbeben abzuwenden und um Don Isaschar einzuschüchtern, kam der Herr Großinquisitor auf den Gedanken, ein feierliches Autodafé zu veranstalten. Er erwies mir die Ehre, mich dazu einzuladen, und ich bekam einen sehr guten Platz. Zwischen der Messe und den Exekutionen wurden den Damen sogar Erfrischungen gereicht. Allerdings wurde ich schon von Entsetzen gepackt, als ich sah, wie der brave Biskayer, der seine Base geheiratet hatte, und die beiden Juden verbrannt wurden. Aber wie groß war erst mein Schrekken und meine Verwirrung, als ich unter dem Sanbenito und der Papiermütze eine Gestalt erblickte, in der ich Pangloß zu erkennen glaubte. Ich rieb mir die Augen, schaute genau hin und – sah ihn hängen. Da fiel ich in Ohnmacht. Kaum war ich wieder zu mir gekommen, als ich Sie erblickte – völlig nackt und bloß. Das Maß des Schreckens, des Schmerzes und der Verzweiflung war voll. Ich muß Ihnen gestehen: Ihre Haut ist noch weißer und zarter als die des bulgarischen Hauptmannes, und dieser Anblick steigerte noch alle Empfindungen, die mich bestürmten und mein Inneres aufwühlten. Ich schrie auf – ich wollte rufen: ›Haltet ein, ihr Barbaren!‹ Aber meine Stimme versagte, und mein Schreien wäre ja auch unnütz gewesen. Als Sie dann ausgepeitscht wurden, fragte ich mich, wie es nur möglich wäre, daß der liebenswerte Candide und der weise Pangloß nach Lissabon verschlagen wurden, der eine, um hundert Peitschenhiebe zu bekommen, der andere, um auf Befehl Seiner Hochwürden, des Großinquisitors, dessen Freundin ich bin, gehängt zu werden. Pangloß hat mich also grausam getäuscht, als er mir versicherte, alles in der Welt sei aufs beste bestellt.

Ich war bestürzt und in tiefster Seele erschüttert; bald war ich völlig außer mir vor Aufregung, bald halbtot vor Schwäche. In meinem Hirn jagten sich die Bilder von der Niedermetzelung meines Vaters, meiner Mutter, meines Bruders, von der Schandtat des wüsten bulgarischen Soldaten, der mir den Messerstich versetzt hatte, von meiner Knechtschaft und der Arbeit als Küchenmagd, von dem bulgarischen Hauptmann, meinem häßlichen Don Isaschar, dem widerwärtigen Inquisitor, von dem Galgen, an dem Doktor Pangloß hing, von jenem großen Miserere, zu dessen monotonen Klängen Sie gegeißelt wurden, und von dem Kuß vor allem, den ich Ihnen hinter dem Wandschirm an jenem Tage gab, da ich Sie zum letztenmal sah. Ich dankte Gott, daß er Sie mir nach so vielen Prüfungen wiedergegeben hatte, und ich befahl meiner alten Dienerin, sich um Sie zu kümmern und Sie so bald als möglich hierherzubringen. Sie hat meinen Auftrag sehr gut ausgeführt, und ich habe die unaussprechliche Freude genossen, Sie wiederzusehen, Ihre Stimme zu hören und mit Ihnen sprechen zu dürfen. Aber Sie müssen doch einen furchtbaren Hunger haben! Auch ich habe großen Appetit, also lassen Sie uns zu Abend essen.«

Die beiden setzten sich zu Tisch, und nach dem Essen nahmen sie wieder auf dem schönen Sofa Platz, von dem bereits die Rede war. Dort saßen sie noch, als Don Isaschar, der eine der beiden Hausherren, eintrat. Es war nämlich Sabbat, und er kam, um von seinen Rechten Gebrauch zu machen und seiner zärtlichen Liebe Ausdruck zu geben.

NEUNTES KAPITEL

Was aus Kunigunde, Candide, dem Großinquisitor und dem Juden wurde

Dieser Isaschar war der jähzornigste Hebräer, den man seit der Babylonischen Gefangenschaft gesehen hatte. »Was«, schrie er,

»du galiläische Hündin, hast du noch nicht genug an dem Herrn Großinquisitor? Soll ich etwa auch noch mit diesem Halunken teilen?« Bei diesen Worten zog er einen langen Dolch, den er immer bei sich trug, und stürzte sich auf Candide, nicht ahnend, daß auch sein Gegner bewaffnet war. Unser braver Westfale hatte nämlich mit dem vollständigen Anzug von der Alten auch einen guten Degen bekommen, und trotz seiner Sanftmut zog er ihn hervor und streckte mir nichts dir nichts den Israeliten mausetot auf die Fliesen nieder, gerade zu den Füßen der schönen Kunigunde.
»Heilige Jungfrau«, schrie diese auf, »was soll nun aus uns werden! Ein Mann bei mir ermordet! Wenn die Polizei kommt, sind wir verloren.« – »Wäre Pangloß nicht gehängt worden, so könnte er uns jetzt in dieser verzweifelten Lage einen guten Rat geben, denn er war ein großer Philosoph. Aber er lebt nicht mehr, und so wollen wir die Alte befragen.« Die Alte war sehr klug und wollte gerade ihre Meinung sagen, als sich eine andere kleine Tür öffnete. Es war eine Stunde nach Mitternacht, also hatte der Sonntag begonnen, und dieser Tag gehörte dem Herrn Inquisitor. Er trat ein und sah Candide, der ausgepeitscht worden war, mit dem Degen in der Hand, einen Toten am Boden, die verstörte Kunigunde und die Alte, die gerade ihre Ratschläge erteilen wollte.

Candide überlegte blitzartig: »Wenn dieser heilige Mann Hilfe herbeiruft, wird er mich unweigerlich verbrennen lassen, vielleicht auch noch Kunigunde. Er hat mich unbarmherzig auspeitschen lassen, überdies ist er noch mein Nebenbuhler, und da ich gerade beim Umbringen bin, so kommt es auf einen mehr oder weniger nicht an.« Diese Überlegung erfolgte klar und blitzschnell. Er ließ dem Großinquisitor keine Zeit, sich von seinem Staunen zu erholen, sondern stieß zu, durchbohrte ihn und streckte ihn neben dem Juden nieder. »Noch einer«, rief Kunigunde, »jetzt gibt es keine Gnade mehr. Man wird uns exkommunizieren, unsere letzte Stunde hat geschlagen! Sie, der Sie von Natur so sanftmütig sind – wie haben Sie es nur fertiggebracht, innerhalb von zwei Minuten einen Juden und einen Prälaten umzubringen?« – »Mein schönes Fräulein«, erwiderte Candide, »wenn man verliebt und eifersüchtig ist und obendrein von der Inquisition gestäupt wurde, kennt man sich selbst nicht mehr.« Jetzt ergriff die Alte das Wort: »Wir haben drei andalusische Pferde im Stall mit Sattel und Zaumzeug. Der tapfere Candide müßte sie sofort fertig machen. Die gnädige Frau hat Dublonen und Diamanten, und so bin ich dafür, daß wir sofort die Pferde besteigen und nach Cadiz reiten, obwohl ich mich nur noch auf einer Hinterbacke halten kann. Wir haben ein Prachtwetter, und eine Reise in kühler Nacht ist das größte Vergnügen.«

Candide sattelte sofort die drei Pferde. Kunigunde, die Alte und er legten, ohne zu rasten, dreißig Meilen zurück. Kaum waren sie davongeritten, als die Schergen der Heiligen Hermandad im Hause erschienen. Seine Hochwürden wurde in einer prächtigen Kirche beigesetzt, Isaschars Leichnam dagegen wurde auf den Schindanger geworfen.

Candide, Kunigunde und die Alte waren inzwischen in der kleinen Stadt Aracena, die mitten in den Bergen der Sierra Morena liegt, angelangt und führten in einem Wirtshaus folgendes Gespräch:

ZEHNTES KAPITEL

Candide, Kunigunde und die Alte befinden sich bei ihrer Ankunft in Cadiz in großer Not und schiffen sich ein

»Wer hat mir nur meine Dublonen und Diamanten gestohlen?« rief Kunigunde unter Tränen. »Wovon sollen wir leben? Was sollen wir anfangen? Und wo finde ich Inquisitoren und Juden, die mir neue schenken?« – »Ich habe einen ehrwürdigen Franziskanermönch stark in Verdacht, der gestern in Badajoz mit uns in demselben Gasthaus übernachtete«, meinte die Alte. »Gott bewahre mich vor einem voreiligen Urteil, aber er kam zweimal in unser Zimmer und reiste lange vor uns ab.« – »Du lieber Himmel«, sagte Candide, »der gute Pangloß hat mir oft bewiesen, daß die Reichtümer dieser Erde Gemeingut aller Menschen seien und daß ein jeder das gleiche Recht darauf hätte. Nach diesen Grundsätzen hätte uns der Franziskaner wenigstens so viel Geld übriglassen müssen, daß wir unsere Reise beendigen konnten. Haben Sie denn wirklich gar nichts mehr, meine schöne Kunigunde?« – »Nicht einen roten Heller«, war die Antwort. – »Was tun?« rief Candide. – »Verkaufen wir eines der Pferde«, riet die Alte; »ich setze mich dann hinter das gnädige Fräulein, und wenn ich mich auch nur auf einer Hinterbacke halten kann, so werden wir doch nach Cadiz kommen.«

Ein Benediktinerprior, der im gleichen Gasthaus abgestiegen war, kaufte das Pferd zu einem sehr niedrigen Preis. Candide, Kunigunde und die Alte ritten dann über Lucena, Chillas und Lebrija weiter und gelangten schließlich nach Cadiz. Dort wurde gerade eine Flotte ausgerüstet, und Truppen wurden aufgestellt, um die ehrwürdigen Jesuitenpatres in Paraguay zur Vernunft zu bringen. Sie wurden beschuldigt, einen der Stämme in der Nähe der Stadt San Sacramento gegen die Könige von Spanien und Portugal aufgewiegelt zu haben. Candide, der ja bei den Bulgaren gedient hatte, führte dem General der kleinen Armee bulgarisches Exerzieren mit so viel Anstand und Schwung, mit so viel Gewandtheit und Überlegenheit vor, daß man ihm das Kommando über eine Kompanie der Infanterie übertrug. So war er unversehens Hauptmann geworden und trat nun mit Fräulein Kunigunde, der Alten, zwei Dienern und den beiden andalusischen Pferden, die ehemals dem Herrn Großinquisitor von Portugal gehört hatten, die Seereise an.

Während der Überfahrt stellten sie häufig Betrachtungen über die Philosophie des armen Pangloß an. »Wir sind nun auf dem Wege in eine andere Welt«, sprach Candide, »sicherlich wird dort alles gut sein, denn, offen gestanden, man hätte schon Grund, sich über die physischen und moralischen Zustände auf unserem Erdteil zu beklagen.« – »Ich liebe Sie von ganzem Herzen«, sagte Kunigunde, »aber meine Seele ist noch völlig erschüttert von dem, was ich gesehen und erlebt habe.« – »Es wird noch alles gut werden«, tröstete sie Candide; »schon das Meer dieser neuen Welt ist anders als die europäischen Meere: Es ist ruhiger, und die Winde sind gleichmäßiger. Sicherlich ist diese neue Welt die beste aller Welten.« – »Gott gebe es«, rief Kunigunde, »aber ich bin in unserer Welt so furchtbar unglücklich gewesen, daß sich mein Herz fast jeder Hoffnung verschließt.« – »Sie klagen und jammern«, wandte die Alte ein, »aber glauben Sie nur, Sie haben nicht solche Schicksalsschläge erlebt, wie ich sie erdulden mußte.« – Kunigunde mußte beinahe lachen und fand es reichlich komisch, daß die gute Frau behauptete, noch unglücklicher zu sein als ihre Herrin. – »O meine Liebe«, rief sie, »nur wenn Sie von zwei Bulgaren vergewaltigt worden sind, wenn Sie zwei Messerstiche in den Leib versetzt bekamen, wenn zwei Ihrer Schlösser zerstört wurden, wenn zwei Mütter und zwei Väter vor Ihren Augen erwürgt worden sind und zwei Ihrer Geliebten bei einem Autodafé in Ihrer Gegenwart ausgepeitscht wurden – nur dann würde ich einsehen, daß Ihnen der Vorrang gebührt. Dazu kommt noch, daß ich als Baronesse mit zweiundsiebzig Ahnen geboren bin und zur Küchenmagd erniedrigt wurde.« – »Mein gnädiges Fräulein«, entgegnete die Alte, »Sie kennen meine Herkunft nicht, und wenn ich Ihnen mein Hinterteil zeigte, würden Sie anders reden und vorsichtiger mit Ihrem Urteil sein.« – Diese Bemerkung erweckte in Kunigundes und Candides Herzen eine unbezähmbare Neugier, und die Alte erzählte ihnen nun folgendes:

ELFTES KAPITEL
Geschichte der Alten

»Ich habe nicht immer rotumränderte, blutunterlaufene Augen gehabt, meine Nase hing nicht immer bis zum Kinn herab, und ich bin nicht immer Dienstmagd gewesen. Ich bin die Tochter Papst Urbans X.* und der Prinzessin von Palestrina. Bis zu meinem vierzehnten Lebensjahr wurde ich in einem Palast erzogen, für den sämtliche Schlösser Eurer deutschen Barone nicht einmal als Ställe gut genug gewesen wären, und ein einziges meiner Kleider kostete mehr als alle Herrlichkeiten Westfalens. In Schönheit und Anmut wuchs ich auf. Ich war begabt, wurde geachtet und geehrt, und mein Leben war reich an Freuden und Hoffnungen. Schon vermochte ich, in anderen Liebe zu erwecken. Mein Busen formte sich. Und welch ein Busen! Weiß, fest, wohlgebildet wie der der Venus von Medici! Und dann die Augen! Die Wimpern, die schwarzen Brauen! Vor dem Feuer meiner Augen erlosch der Glanz der Sterne – versicherten mir die Dichter bei Hofe. Die Frauen, die mich an- und auskleideten, gerieten in Verzückung, wenn sie mich von allen Seiten betrachteten, und alle Männer hätten an ihrer Stelle sein mögen.

Ich wurde mit einem regierenden Fürsten von Massa e Carrara verlobt. O welch ein Fürst! Schön wie ich selbst, liebenswürdig, gütig, geistsprühend und voll glühender Liebe. Ich liebte ihn, wie man eben zum erstenmal liebt: abgöttisch und voller Hingabe. Unsere Hochzeit wurde mit unerhörtem Prunk vorbereitet. Feste, Ringelstechen, Opernaufführungen jagten einander, und ganz Italien dichtete mir zu Ehren Sonette, von denen allerdings kein einziges leidlich gut war. Ich war fast auf dem Gipfel meines Glückes, als eine alte Marquise, die ehemalige Mätresse meines Fürsten, ihn zu einer Tasse Schokolade einlud. Kaum zwei Stunden später starb er unter entsetzlichen Krämpfen. Aber das war nur der Anfang. Meine Mutter wollte in ihrer Verzweiflung, obwohl sie viel weniger betroffen war als ich, den unheilvollen Ort für einige Zeit ver-

* Man beachte die außerordentliche Diskretion des Autors: Bis auf den heutigen Tag hat es keinen Papst Urban X. gegeben. Er scheut sich, einem bekannten Papst eine illegitime Tochter zuzuschreiben. Welch ein Takt! Welch ein Zartgefühl!

lassen. Sie besaß ein sehr schönes Landgut in der Nähe von Gaeta, und wir bestiegen also eine der landesüblichen Galeeren, die, wie der Altar St. Peters in Rom, reich mit Gold verziert waren. Ein Korsarenschiff aus Salé machte Jagd auf uns, und unser Fahrzeug wurde geentert. Unsere Soldaten verteidigten sich, wie das eben päpstliche Soldaten tun: Alle warfen die Waffen fort, fielen auf die Knie und baten die Seeräuber um Absolution in articulo mortis.

Im Handumdrehen riß man ihnen die Kleider vom Leibe, so daß sie splitternackt wie die Affen dastanden; und so erging es auch meiner Mutter, unseren Ehrendamen und mir selbst. Die Schnelligkeit, mit der diese Herren die Leute auszuziehen verstanden, war geradezu bewundernswert. Noch verwunderter aber war ich darüber, daß sie uns allen den Finger in einen Ort steckten, in den wir Frauen uns sonst höchstens Spritzröhrchen einführen lassen. Diese Zeremonie kam mir recht eigenartig vor. So urteilt man eben, wenn man noch nie aus seinem Lande herausgekommen ist! Bald erfuhr ich, daß man es nur tat, um zu sehen, ob wir dort nicht einige Diamanten versteckt hätten. Das ist seit Menschengedenken so Brauch bei allen gesitteten Völkern, die zur See fahren. Ich habe mir sagen lassen, daß auch die frommen Herren Malteserritter niemals verfehlen, ihn auszuüben, wenn sie Türken oder Türkinnen gefangennehmen. Es handelt sich da um eine Bestimmung des Völkerrechtes, die man niemals außer acht läßt.

Ich brauche Ihnen nicht erst zu sagen, wie hart es für eine junge Prinzessin war, mit ihrer Mutter als Sklavin nach Marokko verschleppt zu werden. Sie können sich gewiß vorstellen, was wir alles auf dem Korsarenschiff auszustehen hatten. Meine Mutter war noch eine sehr schöne Frau, und unsere Ehrendamen, ja sogar unsere einfachen Kammerzofen besaßen mehr Reize, als man je bei afrikanischen Frauen finden kann. Ich selber war bildschön – ja, ich war die verkörperte Schönheit und Anmut und dazu noch Jungfrau! Freilich blieb ich es nicht lange: Diese Blüte, die für den schönen Fürsten von Massa e

Carrara bestimmt war, wurde von dem Korsarenhauptmann gebrochen, einem abscheulichen Neger, der sich noch dazu einbildete, er erweise mir eine große Ehre. Zweifellos müssen die Frau Prinzessin von Palestrina und ich sehr widerstandsfähig gewesen sein, daß wir all das überstanden, was wir bis zu unserer Ankunft in Marokko erdulden mußten! Aber genug davon; das sind so alltägliche Vorgänge, daß es sich nicht lohnt, ein Wort darüber zu verlieren.

Marokko war ein Meer von Blut, als wir dort ankamen. Von den fünfzig Söhnen des Sultans Mulei-Ismail hatte jeder seine eigene Partei. Die Folge davon waren fünfzig Bürgerkriege: Schwarze kämpften gegen Schwarze, Schwarze gegen Braune, Braune gegen Braune, Mulatten gegen Mulatten. Es war ein unaufhörliches Gemetzel im ganzen Reich!

Kaum waren wir gelandet, als auch schon Neger von einer unserem Korsaren feindlichen Partei erschienen, um ihm die Beute abzujagen. Nach dem Gold und den Juwelen waren wir das kostbarste Gut, was er besaß. Und so wurde ich Zeugin eines Kampfes, wie Sie ihn unter Ihrem europäischen Himmel niemals zu sehen bekommen. Die nordischen Völker haben nicht solch heißes Blut und sind auch nicht so auf die Weiber versessen, wie das in Afrika der Fall ist. Ihr Europäer habt, scheint's, Milch in den Adern, aber in den Adern der Bewohner des Atlasgebirges und der benachbarten Länder rollt Feuer und Vitriol. Mit der Wut der Löwen, der Tiger und Schlangen wurde um uns gekämpft. Einer von den Mauren packte meine Mutter am rechten Arm, der Leutnant meines Kapitäns hielt sie am linken fest; ein maurischer Soldat zerrte an einem Bein, einer unserer Piraten am anderen; ebenso wurden unsere Ehrendamen von vier Soldaten gleichzeitig hin und her gerissen. Mein Kapitän hielt mich hinter seinem Rücken versteckt, und mit einem Türkensäbel in der Faust streckte er in seiner Raserei alles nieder, was sich ihm entgegenstellte. Schließlich waren alle Italienerinnen und auch meine Mutter von den Ungeheuern, die sich um sie stritten, zerfetzt, zerstückelt und zermalmt.

Meine gefangenen Gefährtinnen und alle, die sie gefangengenommen hatten, Soldaten, Matrosen, Schwarze, Braune, Weiße, Mulatten und auch mein Kapitän – alle waren tot, und ich selbst blieb, dem Tode nahe, auf einem Haufen von Leichen liegen. Derartige Szenen spielten sich bekanntlich in einem Umkreis von mehr als dreihundert Meilen ab, ohne daß man jemals verabsäumte, die von Mohammed vorgeschriebenen fünf Gebete am Tage zu verrichten.

Mit unsäglicher Mühe arbeitete ich mich aus dem Haufen blutiger Leichname heraus und schleppte mich bis zu einem großen Orangenbaum, der in der Nähe am Ufer eines Baches stand. Dort sank ich nieder, völlig erschöpft vor Hunger und Mattigkeit und von Entsetzen, Schrecken und Verzweiflung geschüttelt. Bald übermannte meine gequälten Lebensgeister ein Schlaf, der eher eine Ohnmacht als eine Entspannung war. In diesem Zustand von Schwäche und Empfindungslosigkeit schwebte ich noch zwischen Leben und Tod, als ich plötzlich etwas Schweres auf meinem Körper fühlte, das sich hin und her bewegte. Ich schlug die Augen auf und erblickte einen weißen, gutaussehenden Mann. Er stöhnte und murmelte: ›O che sciagura d'essere senza cogl . . .!‹

ZWÖLFTES KAPITEL

Fortsetzung der Unglücksgeschichte der Alten

Ich war erstaunt und entzückt zugleich, meine Muttersprache zu hören, war aber nicht weniger überrascht über die Worte, die der Mann ausstieß. Ich antwortete ihm, es gebe ein weit schlimmeres Unglück als das, worüber er sich beklagte. Mit wenigen Worten schilderte ich ihm all das Furchtbare, das ich erlitten hatte, und fiel dann in meinen Ohnmachtszustand zurück. Er trug mich in ein nahe gelegenes Haus, legte mich ins Bett, gab mir zu essen und zu trinken, bediente mich, sprach mir Trost zu und sagte mir allerlei Schmeicheleien; noch nie habe er etwas so Schönes wie mich gesehen und noch niemals

so schmerzlich das vermißt, was ihm kein Mensch wiedergeben konnte. ›Ich bin in Neapel geboren‹, erzählte er mir; ›dort kapaunt man Jahr für Jahr zwei- bis dreitausend Kinder. Ein Teil geht daran zugrunde, andere bekommen eine weit schönere Stimme, als je eine Frau sie hatte, wieder andere sind dazu ausersehen, einstmals die Geschicke des Staates zu lenken. Bei mir hatte diese Operation den größten Erfolg, und ich wurde Sänger in der Kapelle der Frau Prinzessin von Palestrina.‹ – ›Bei meiner Mutter!‹ schrie ich auf. – ›Bei Ihrer Mutter?‹ rief er und brach in Tränen aus. ›Wie? Sie sind die junge Prinzessin, die ich bis zum sechsten Lebensjahr erzogen habe und die damals schon so schön zu werden versprach, wie Sie es jetzt sind?‹ – ›Ja, ich bin es, und meine Mutter liegt vierhundert Schritt von hier entfernt zerstückelt unter einem Haufen von Leichen . . .‹

Ich erzählte ihm alles, was mir widerfahren war, und auch er schilderte mir seine Abenteuer. Ich erfuhr, daß er als Abgesandter einer christlichen Macht zum König von Marokko gekommen war, um mit ihm einen Vertrag abzuschließen, wonach dem König Pulver, Kanonen und Kriegsschiffe geliefert werden sollten, um ihn bei der Vernichtung des Handels anderer christlicher Staaten zu unterstützen. ›Meine Mission ist erfüllt‹, schloß der brave Eunuch, ›ich fahre jetzt nach Ceuta und werde Sie nach Italien zurückbringen. Ma che sciagura d'essere senza cogl . . .!‹

Ich dankte ihm unter Tränen der Rührung. Aber anstatt mich nach Italien zu bringen, fuhr er mit mir nach Algier und verkaufte mich an den Dei dieses Landes. Kaum war das geschehen, als die Pest, die bereits Afrika, Asien und Europa heimgesucht hatte, in Algier zu wüten begann. Sie haben zwar ein Erdbeben erlebt, gnädiges Fräulein, aber haben Sie jemals die Pest gehabt?« – »Nein«, antwortete die Baronesse. »Hätten Sie sie gehabt«, versetzte die Alte, »würden Sie zugeben, daß die Pest weit schlimmer ist als ein Erdbeben. In Afrika ist sie sehr verbreitet, und ich bekam sie auch. Stellen Sie sich meine Lage vor! Eine Papsttochter, die mit fünfzehn Jahren innerhalb von drei Monaten Armut und Sklaverei kennengelernt hatte, fast jeden Tag geschändet worden war, mit angesehen hatte, wie ihre Mutter gevierteilt wurde, Hunger und Krieg erlebt hatte und die nun in Algier an der Pest sterben sollte! Ich bin aber nicht daran gestorben, wohl aber mein Eunuch, der Dei und fast der ganze Serail von Algier.

Als das erste Wüten dieser entsetzlichen Seuche nachgelassen hatte, wurden die Sklaven des Dei verkauft. Ein Händler erstand mich und brachte mich nach Tunis. Dort verkaufte er mich an einen anderen Händler, der mich nach Tripolis verschacherte; von Tripolis wurde ich nach Alexandria weiterverkauft, von Alexandria nach Smyrna, von Smyrna nach Konstantinopel. Schließlich erwarb mich ein Janitscharen-Aga, der bald darauf zur Verteidigung von Asow, das die Russen belagerten, abkommandiert wurde.

Der Aga war ein ritterlicher Mann. Er führte seinen ganzen Harem mit sich und brachte uns in einem kleinen Fort am Asowschen Meer unter, wo wir von zwei schwarzen Eunuchen und zwanzig Soldaten bewacht wurden. Unzählige Russen wurden getötet, aber sie zahlten es gründlich heim. Asow wurde mit Feuer und Schwert dem Erdboden gleichgemacht; weder auf das Alter noch auf das Geschlecht wurde Rücksicht genommen. Schließlich hielt nur noch unser kleines Fort stand, und die Feinde beschlossen, uns auszuhungern. Die zwanzig Janitscharen aber schwuren, sich nicht zu ergeben. Als die Hungersnot aufs höchste gestiegen war, sahen sie sich gezwungen, unsere beiden Eunuchen aufzuessen, aus Furcht, ihren Eid brechen zu müssen. Einige Tage später beschlossen sie, auch die Frauen zu verspeisen.

Der Imam, den wir hatten, war ein frommer, mitfühlender Mann. Er versuchte durch eine schöne Predigt die Janitscharen zu überreden, uns nicht gleich umzubringen. ›Schneidet doch jeder der Damen nur eine Hinterbacke ab‹, riet er, ›dann seid Ihr fürs erste gut versorgt. Und wenn Ihr einige Tage später vor der gleichen Notwendigkeit steht, so bleibt Euch noch einmal eine solche Portion. Der Himmel wird Euch diese barmherzige Tat lohnen und Euch retten.‹

Seine Beredsamkeit war großartig, und es gelang ihm tatsächlich, die Janitscharen zu überreden. Sie nahmen die furchtbare Operation an uns vor, und der Imam behandelte uns danach mit demselben Balsam, den man bei Kindern anwendet, wenn sie beschnitten worden sind. Wir waren alle dem Tode nahe.

Kaum hatten die Janitscharen die Mahlzeit, die wir ihnen geliefert hatten, verzehrt, als die Russen auf ihren flachen Booten heranrückten. Kein einziger Janitschar kam mit dem Leben davon. Die Russen kümmerten sich absolut nicht darum, in welchem Zustand wir uns befanden. Zum Glück gibt es jedoch überall französische Wundärzte, und einer von ihnen, der äußerst tüchtig war, nahm sich unser an und heilte uns. Mein Leben lang werde ich nicht vergessen, daß er mir, sobald meine Wunden gut verheilt waren, einen Heiratsantrag machte. Im übrigen suchte er uns zu trösten und versicherte uns, daß bei verschiedenen Belagerungen ähnliche Dinge vorgekommen wären; das sei nun einmal Kriegsbrauch.

Sobald meine Gefährtinnen wieder gehen konnten, brachte man sie nach Moskau. Ich wurde bei der Verteilung einem Bojaren zugesprochen, der mich als Gärtnerin beschäftigte und mir täglich zwanzig Knutenhiebe verabreichen ließ. Als aber dieser Edelmann zwei Jahre später wegen irgendeiner Intrige bei Hofe mit dreißig anderen Bojaren gerädert wurde, benutzte ich die Gelegenheit und entfloh. Ich zog durch ganz Rußland. Lange Zeit war ich Kellnerin in Riga, dann in Rostock, Wismar, Leipzig, Kassel, Utrecht, Leyden, in Den Haag und in Rotterdam. In Not und Schande bin ich alt geworden, nur mit einem halben Hinterteil, aber ich habe nie vergessen, daß ich die Tochter eines Papstes bin. Hundertmal wollte ich mich umbringen, aber ich hing noch zu sehr am Leben. Diese lächerliche Schwäche ist wohl eine unserer unheilvollsten Neigungen; denn kann es etwas Törichteres geben, als beständig eine

Last mit sich herumzuschleppen, die man immer abschütteln möchte, und an einem Leben zu hängen, vor dem man Abscheu empfindet, kurz – die Schlange am Busen zu nähren, bis sie uns das Herz aufgefressen hat?

In den Ländern, durch die mich das Schicksal trieb, und in den Schenken, in denen ich diente, habe ich unzählige Menschen gesehen, die ihr Leben verfluchten, aber ich bin im ganzen nur zwölfen begegnet, die ihrem Elend freiwillig ein Ende machten; es waren drei Neger, vier Engländer, vier Schweizer und ein deutscher Professor namens Robeck.

Schließlich wurde ich Dienstmagd bei Don Isaschar, dem Juden, der mich in Ihren Dienst stellte, mein schönes Fräulein. Ich nahm Anteil an Ihrem Schicksal, und es kam so weit, daß mich Ihre Erlebnisse mehr beschäftigten als meine eigenen. Ich hätte auch niemals von meinem Unglück gesprochen, wenn Sie mich durch Ihre Behauptung nicht etwas verletzt hätten und wenn es nicht üblich wäre, sich auf Seereisen zum Zeitvertreib Geschichten zu erzählen. Und dann, mein gnädiges Fräulein – ich habe Lebenserfahrung und kenne die Welt. Machen Sie sich den Spaß, und lassen Sie sich von jedem der Mitreisenden seine Lebensgeschichte erzählen: Wenn auch nur ein einziger darunter ist, der nicht mehr als einmal sein Leben verflucht und sich nicht so und so oft für den allerunglücklichsten Menschen gehalten hat, dann werfen Sie mich kopfüber ins Meer!«

DREIZEHNTES KAPITEL

Wie Candide sich von der schönen Kunigunde und der Alten trennen mußte

Nachdem die schöne Kunigunde die Geschichte der Alten angehört hatte, behandelte sie sie so höflich, wie es einer Frau von Rang und Würden zukommt. Sie ging auch auf den Vorschlag der Alten ein und forderte alle Mitreisenden nacheinander auf, ihre Erlebnisse zu erzählen. Candide und auch Kunigunde mußten gestehen, daß die Alte recht hatte.

»Es ist wirklich jammerschade«, sagte Candide, »daß der weise Pangloß bei dem Autodafé gehängt wurde, obwohl das sonst gar nicht Sitte ist. Er könnte uns wunderbare Erklärungen für das körperliche und moralische Leid geben, das sich zu Wasser und zu Lande ausbreitet, und ich hätte Mut und Kraft genug, ihm in aller Ehrerbietung einige Einwände entgegenzuhalten.«

Während nun jeder seine Geschichte erzählte, fuhr das Schiff dahin und landete schließlich in Buenos Aires. Kunigunde, der Hauptmann Candide und die Alte begaben sich zum Gouverneur Don Fernando d'Ibara y Figueora y Mascarenes y Lampurdos y Souza. Dieser Edelmann war so stolz, wie es dem Träger eines derartig langen Namens zukam. Er behandelte die Menschen mit würdevollster Herablassung, trug seine Nase so hoch, schrie jeden so rücksichtslos an, sprach in so überlegenem Ton und trug ein so hochfahrendes Wesen zur Schau, daß jeder, der ihm seine Aufwartung machte, sich versucht fühlte, ihn zu verprügeln. Er war ein toller Schürzenjäger, und Kunigunde erschien ihm als die schönste Frau, die er jemals gesehen hatte. Als erstes fragte er sie, ob sie die Frau des Hauptmannes sei. Die Art und Weise, wie er diese Frage stellte, beunruhigte Candide. Er wagte nicht, sie als seine Frau auszugeben, weil sie es tatsächlich nicht war; er wagte auch nicht zu sagen, sie sei seine Schwester, denn auch das stimmte nicht; und obwohl die Notlüge einstmals bei den Alten gang und gäbe war und auch uns Neueren noch von Nutzen sein könnte, so war seine Seele doch viel zu lauter, als daß er die Wahrheit hätte verleugnen können. »Fräulein Kunigunde will mir die Ehre erweisen, meine Frau zu werden«, sagte er, »und wir bitten Eure Exzellenz, unsere Eheschließung vornehmen zu wollen.«

Don Fernando d'Ibara y Figueora y Mascarenes y Lampurdos y Souza zwirbelte seinen Schnurrbart und befahl Candide mit säuerlichem Lächeln, eine Besichtigung seiner Kompanie vorzunehmen. Candide gehorchte, und der Gouverneur blieb mit Fräulein Kunigunde allein. Er machte ihr eine Liebeserklärung und versprach, sie am nächsten Tage feierlich nach kirchlichem Brauch oder wie es sonst ihrem Geschmack entspräche zu heiraten. Kunigunde erbat sich eine Viertelstunde Bedenkzeit, um sich mit der Alten zu beraten und dann einen Entschluß zu fassen.

»Gnädiges Fräulein«, sagte die Alte zu Kunigunde, »Sie haben zwar zweiundsiebzig Ahnen, aber keinen roten Heller. Von Ihnen selbst hängt es ab, ob Sie die Frau des mächtigsten Mannes von ganz Südamerika werden, der überdies noch einen sehr schönen Schnurrbart hat. Sollten Sie unter diesen Umständen Ihren Stolz darein setzen, ewige Treue zu wahren? Die Bulgaren haben Sie vergewaltigt, ein Jude und ein Inquisitor genossen Ihre Gunst: So viel Unglück verleiht besondere Rechte. Offen gestanden – wenn ich an Ihrer Stelle wäre, würde ich keine Bedenken tragen, den Herrn Gouverneur zu heiraten und Herrn Hauptmann Candide glücklich zu machen.« Während die lebenskluge und erfahrene Alte also sprach, lief ein kleines Schiff in den Hafen ein, das einen Alcalden und einige Alguacils an Bord führte.

Inzwischen hatte sich nämlich folgendes zugetragen:

Wie die Alte ganz richtig vermutet hatte, war es ein gewissenloser Franziskaner gewesen, der Fräulein Kunigunde das Geld und die Juwelen in Badajoz gestohlen hatte, als sie mit Candide eiligst die Flucht ergriff. Der Mönch wollte einige Edelsteine an einen Goldschmied verkaufen, der sie aber als Eigentum des Inquisitors wiedererkannte. Bevor der Kuttenträger gehängt wurde, gestand er den Diebstahl ein. Er beschrieb die Personen, die er bestohlen hatte, und gab auch ihre Reiseroute an. Kunigundes und Candides Flucht war ohnehin bekanntgeworden, und da ihre Spur nach Cadiz führte, ließ man unverzüglich ein Schiff zu ihrer Verfolgung auslaufen. Nun ankerte das Schiff im Hafen von Buenos Aires, und sogleich verbreitete sich das Gerücht, ein Alcalde gehe an Land, der auf der Suche nach den Mördern des Herrn Großinquisitors sei. Die kluge Alte übersah sogleich die ganze Lage. »Fliehen können Sie nicht«, sagte sie zu Kunigunde, »Sie haben aber auch nichts zu befürchten, denn Sie haben ja Seine Hochwürden nicht umgebracht; zudem liebt Sie der Gouverneur, und er wird nicht dulden, daß Ihnen auch nur ein Haar gekrümmt wird. Also bleiben Sie ruhig hier.« Sie stürzte zu Candide und rief: »Fliehen Sie, oder Sie werden in einer Stunde verbrannt.« Es war keine Zeit zu verlieren – aber wie konnte er sich denn von seiner Kunigunde trennen, und wohin sollte er denn fliehen?

VIERZEHNTES KAPITEL

Wie Candide und Cacambo von den Jesuiten in Paraguay aufgenommen wurden

Candide hatte aus Cadiz einen Diener mitgebracht, wie man ihn an der spanischen Küste und in den Kolonien häufig findet. Er war Viertelspanier, der Sohn einer Mestizin aus Tucuman. Er war nacheinander Chorknabe, Kirchendiener, Matrose, Mönch, Gepäckträger, Soldat und Lakai gewesen, hieß Cacambo und liebte seinen Herrn über alles, weil dieser ein wirklich guter Mensch war. Im Nu hatte er die beiden andalusischen Pferde gesattelt. »Auf, gnädiger Herr, wir wollen dem Rat der Alten folgen und uns aus dem Staube machen, ohne uns umzusehen.« Candide vergoß heiße Tränen. »O meine geliebte Kunigunde – muß ich Sie gerade in dem Augenblick verlassen, da der Herr Gouverneur unsern Ehebund schließen sollte? Kunigunde, ich habe Sie aus so weiter Ferne hierhergebracht – was soll nun aus Ihnen werden?« – »Aus ihr wird das werden, was eben aus ihr werden kann«, versetzte Cacambo, »die Weiber sehen schon zu, wo sie bleiben; dafür hat Gott gesorgt. Auf, auf! Machen wir, daß wir fortkommen!« – »Wohin willst du mich führen? Wo sollen wir hin? Was sollen wir ohne Kunigunde anfangen?« fragte Candide. – »Beim heiligen Jakob von Compostella«, erwiderte Cacambo, »Sie sollten doch *gegen* die Jesuiten Krieg führen – schön, jetzt wollen wir *für* sie kämpfen!

Ich kenne die Wege ziemlich genau und werde Sie in ihr Gebiet führen; die Padres werden entzückt sein, einen Hauptmann zu bekommen, der nach dem bulgarischen Reglement zu exerzieren versteht. Sie werden dort fabelhaft Karriere machen: Kommt man in der einen Welt nicht auf seine Kosten, dann eben in einer anderen. Und im übrigen ist es ein Vergnügen, Neues zu sehen und zu erleben.« – »Du bist also schon in Paraguay gewesen?« fragte Candide. »Natürlich!« rief Cacambo. »Ich war Pedell am Jesuitenkollegium zu Asuncion und kenne mich im Gebiet der Padres so gut aus wie in den Straßen von Cadiz. Ihr Regierungssystem ist geradezu bewundernswert. Ihr Gebiet erstreckt sich bereits über mehr als dreihundert Quadratmeilen und ist in dreißig Provinzen eingeteilt. Den Padres gehört dort alles, dem Volke nichts – das Ganze ist ein wahres Meisterwerk der Vernunft und Gerechtigkeit! Ich für mein Teil kenne nichts Verehrungswürdigeres als diese Padres. Hierzulande führen sie gegen den König von Spanien und den König von Portugal Krieg, und in Europa nehmen sie denselben Königen die Beichte ab; hier bringen sie die Spanier um, und in Madrid befördern sie sie in den Himmel. Ich finde das einfach großartig! Aber nun vorwärts! Sie werden bald der glücklichste Mensch auf der Welt sein. Und wie werden sich erst die Padres freuen, wenn sie erfahren, daß ein Hauptmann zu ihnen kommt, der bulgarisch zu exerzieren versteht!«

Als sie am ersten Schlagbaum angelangt waren, sagte Cacambo zu dem Vorposten, ein Hauptmann wünsche Seine Hochwürden, den Herrn Kommandanten, zu sprechen. Die Hauptwache wurde benachrichtigt, und ein paraguayischer Offizier eilte zum Kommandanten, um ihm die Nachricht zu überbringen. Zunächst nahm man Candide und Cacambo die Waffen ab und beschlagnahmte ihre andalusischen Pferde. Dann wurden die beiden Fremden zwischen zwei Reihen Soldaten hindurchgeführt, an deren Ende der Kommandant stand, den Dreimaster auf dem Kopf, den Rock aufgeknöpft, den Degen an der Seite, den Sponton in der Hand. Er gab ein Zeichen, und sofort wurden die beiden Ankömmlinge von zwei Dutzend Soldaten umstellt. Ein Sergeant teilte ihnen mit, daß sie noch warten müßten. Der Kommandant könne sie nicht sprechen, da Seine Hochwürden, der Pater Provinzial, keinem Spanier erlaube, in seiner Abwesenheit den Mund aufzutun und länger als drei Stunden im Lande zu verbleiben. »Und wo ist der ehrwürdige Pater Provinzial?« fragte Cacambo. »Er hat vorhin die Messe gelesen und besichtigt jetzt die Truppen«, gab der Sergeant zur Antwort; »erst in drei Stunden werden Sie also seine Sporen küssen dürfen.« – »Aber«, rief Cacambo, »der Herr Hauptmann vergeht, ebenso wie ich, vor Hunger. Er ist übrigens gar kein Spanier, sondern Deutscher. Könnten wir nicht, während wir auf Seine Hochwürden warten, etwas zu essen bekommen?«

Der Sergeant erstattete dem Kommandanten sofort Bericht. »Gott sei Dank«, rief dieser, »da er Deutscher ist, darf ich mit ihm sprechen. Man führe ihn in mein Zelt!« Alsbald wurde Candide in ein Laubzelt geführt, das mit einem sehr hübschen Säulengang aus grünem Marmor und Gold geschmückt war. Eine Art Gitterwerk schloß Papageien, Kolibris, Fliegenvögel, Perlhühner und andere seltene Vögel ein. Auf goldenem Geschirr wurde ein vortreffliches Frühstück serviert. Und während die Paraguayer auf freiem Felde in der Sonnenglut ihren Mais aus Holznäpfen löffelten, betrat Seine Hochwürden, der Pater Kommandant, das Laubzelt.

Er war ein schöner junger Mann mit vollem, sehr weißem, rotwangigem Gesicht, dessen Brauen hochgewölbt waren. Er hatte lebhafte Augen, rote Ohren, purpurne Lippen und einen sehr stolzen Ausdruck, aber von einem Stolz, der weder dem Spanier noch dem Jesuiten eigen ist. Candide und Cacambo bekamen ihre Waffen, die man ihnen abgenommen hatte, zurück, ebenso die beiden andalusischen Pferde. Cacambo fütterte sie in der Nähe der Laube mit Hafer und ließ sie, aus Furcht vor Überraschungen, nicht aus den Augen.

Candide küßte zuerst den Saum am Gewande des Kommandanten, dann setzte man sich zu Tisch. »Sie sind also Deutscher?« fragte ihn der Jesuit auf deutsch. »Jawohl, Hochwürden«, gab Candide zurück. Bei diesen Worten sahen sie einander mit wachsendem Erstaunen an und konnten nur mit Mühe ihre innere Erregung meistern. »Und aus welcher Gegend Deutschlands stammen Sie?« fragte der Jesuit weiter. »Aus der garstigen Provinz Westfalen«, entgegnete Candide. »ich bin auf dem Schloß des Freiherrn von Thunder ten Tronck geboren.« – »Himmel, ist es möglich!« rief der Kommandant. – »Welch ein Wunder«, rief Candide aus. »Sind Sie es wirklich?« fragte der Kommandant. »Nein – das ist doch nicht möglich«, versetzte Candide. Sie ließen sich beide in einen Sessel fallen, dann umarmten sie sich und ließen ihren Tränen freien Lauf. – »Nein, sind Sie es wirklich, ehrwürdiger Vater? Sie, der Bruder der schönen Kunigunde, den die Bulgaren umgebracht haben – Sie, der junge Herr Baron – Sie sind nun Jesuit in Paraguay? Man muß schon sagen: diese Welt ist ein seltsam Ding. O Pangloß! Pangloß! Wie würde er sich freuen, wenn er nicht gehängt worden wäre!« Der Kommandant schickte die Negersklaven und Paraguayer, die Getränke in Bechern aus Bergkristall herumreichten, hinaus. Tausendmal dankte er Gott und dem heiligen Ignatius und schloß Candide in seine Arme. Ihre Gesichter waren in Tränen gebadet. »Noch erstaunter und gerührter werden Sie sein«, sagte Candide, »wenn ich Ihnen sage, daß Fräulein Kunigunde, Ihre Schwester, die Sie für tot halten, heil und gesund ist.« – »Wo ist sie?« – »Ganz in der Nähe bei dem Herrn Gouverneur von Buenos Aires. Und ich war hierhergekommen, um gegen Sie Krieg zu führen!« – Jedes Wort dieser langen Unterhaltung häufte Wunder auf Wunder. Ihr ganzes Herz lag auf der Zunge, erfüllte ihre aufmerksam lauschenden Ohren und glänzte aus ihren Augen. Als echte Deutsche tafelten sie lange, während sie den Pater Provinzial erwarteten. Der Kommandant sprach zu seinem lieben Candide:

FÜNFZEHNTES KAPITEL

Wie Candide den Bruder seiner geliebten Kunigunde tötete

»Mein ganzes Leben lang werde ich den furchtbaren Tag nicht vergessen, an dem ich mit ansehen mußte, wie meine Schwester vergewaltigt und mein Vater und meine Mutter umgebracht wurden. Als die Bulgaren abgezogen waren, war meine geliebte Schwester nirgends zu finden. Meine Eltern und ich wurden zusammen mit zwei Dienerinnen und drei erwürgten kleinen Jungen auf einen Karren geworfen und in eine etwa zwei Meilen vom Schloß meiner Väter entfernte Jesuitenkapelle gebracht, wo wir beigesetzt werden sollten. Ein Jesuit besprengte uns mit Weihwasser, das furchtbar salzig war. Einige Tropfen davon kamen in meine Augen, und als der Pater bemerkte, daß meine Lieder leicht zuckten, legte er mir die Hand aufs Herz und fühlte, daß es noch schlug. So wurde ich gerettet, und nach drei Wochen merkte man mir nicht mehr an, was ich durchgemacht hatte. Sie wissen, mein lieber Candide, daß ich sehr hübsch war; und ich wurde noch hübscher. So kam es, daß der ehrwürdige Pater Croust, der Prior, die zärtlichste Freundschaft für mich empfand. Er kleidete mich als Novizen ein, und bald darauf wurde ich nach Rom geschickt, da der Pater General Nachwuchs an jungen deutschen Jesuiten brauchte. Die Beherrscher von Paraguay nehmen sowenig wie möglich spanische Jesuiten auf, sondern ziehen Ausländer vor, die sie leichter lenken zu können glauben. Ich wurde von dem ehrwürdigen Pater General eigens dazu ausersehen, diesen Weinberg des Herrn hier zu bestellen, und so begaben wir uns auf die Reise: ein Pole, ein Tiroler und ich. Bei meiner Ankunft wurde ich mit dem Amte eines Subdiakons und dem Leutnantsrang ausgezeichnet, heute bin ich Oberst und Priester. Wir wollen die Truppen des Königs von Spanien gebührend empfangen! Ich bürge dafür, daß sie exkommuniziert und geschlagen werden. Die Vorsehung hat Sie hierhergesandt, um uns beizustehen. Aber ist es auch wirklich wahr, daß meine teure Schwester Kunigunde sich ganz in unserer Nähe bei dem Gouverneur von Buenos Aires aufhält?« – Candide schwor, daß es die reine Wahrheit sei – und wieder begannen ihre Tränen zu fließen.

Der Baron umarmte Candide wieder und wieder; er nannte ihn seinen Bruder, seinen Retter. »Ach, mein lieber Candide«, rief er, »vielleicht können wir beide als Sieger in die Stadt einziehen und meine Schwester befreien.« – »Das ist mein sehnlichster Wunsch«, sagte Candide, »denn ich rechnete damit, daß wir uns heiraten würden, und ich hoffe noch jetzt darauf.« – »Was, Sie unverschämter Mensch, Sie!« versetzte der Baron. »Sie nehmen sich die Frechheit heraus, meine Schwester heiraten zu wollen, die einen Stammbaum von zweiundsiebzig Ahnen hat? Ich finde es reichlich dreist, daß Sie es überhaupt wagen, mir von einem so vermessenen Vorhaben zu sprechen!« – Starr vor Staunen über diesen Ausbruch, erwiderte Candide: »Ehrwürdiger Pater, alle Stammbäume der Welt haben da nichts zu sagen. Ich habe Ihre Schwester aus den Händen eines Juden und eines Inquisitors befreit. Sie ist mir daher sehr zu Dank verpflichtet und will mich heiraten. Meister Pangloß hat mir immer versichert, daß alle Menschen gleich seien, und so werde ich sie bestimmt heiraten.« – »Das wollen wir erst noch sehen, du Lump!« schrie der Jesuitenbaron Thunder ten Tronck, und gleichzeitig versetzte er ihm einen mächtigen Hieb mit der flachen Klinge ins Gesicht. Im Nu zog auch Candide seinen Degen und bohre ihn dem Jesuitenbaron bis ans Heft in den Leib. Als er ihn jedoch, noch dampfend von Blut, herauszog, fing er an zu weinen. »O mein Gott«, jammerte er, »ich habe meinen ehemaligen Herrn, meinen Freund und Schwager getötet! Ich bin der beste Mensch von der Welt, und dabei habe ich schon drei Menschen umgebracht, von denen zwei sogar Geistliche sind.« Cacambo, der am Eingang der Laube Wache gehalten hatte, kam herbeigeeilt. »Uns bleibt nichts anderes übrig, als unser Leben so teuer wie möglich zu verkaufen«, rief ihm sein Herr zu, »sicher kommen bald Leute in die Laube, und so wollen wir wenigstens mit der Waffe in der Hand sterben.« Cacambo, der schon ganz andere Dinge erlebt hatte, verlor jedoch den Kopf nicht. Er nahm das Jesuitengewand des Barons und warf es Candide über, setzte ihm das Priesterbarett des Toten auf und half ihm aufs Pferd. Das alles war das Werk eines Augenblicks. »Nun vorwärts im Galopp, gnädiger Herr! Jedermann wird Sie für einen Jesuiten halten, der Befehle zu überbringen hat, und so kommen wir über die Grenze, noch ehe man uns verfolgt.« Nach diesen Worten jagte er davon und schrie auf spanisch: »Platz, Platz für den hochwürdigen Pater Obrist!«

SECHZEHNTES KAPITEL

Was den beiden Reisenden mit zwei Mädchen, zwei Affen und Eingeborenen, die man Ohrlappen nannte, widerfuhr

Candide und sein Diener waren schon jenseits der Grenze, und noch wußte niemand im Lager etwas vom Tode des deutschen Jesuiten. Der umsichtige Cacambo hatte vorsorglich seinen Mantelsack mit Brot, Schinken, Schokolade, Früchten und einigen Maß Wein gefüllt. Auf ihren andalusischen Pferden drangen sie in ein unbekanntes Land vor, in dem keinerlei Weg zu entdecken war. Endlich breitete sich vor ihren Augen eine herrliche, von Bächen durchzogene Wiese aus. Unsere beiden Reisenden ließen erst einmal ihre Pferde weiden, dann bot Cacambo seinem Herrn zu essen an und ging selbst mit gutem Beispiel voran. »Wie kannst du erwarten, daß ich Schinken esse«, sagte Candide, »wo ich eben den Sohn des Herrn Baron getötet habe und nun dazu verdammt bin, die schöne Kunigunde niemals im Leben wiederzusehen? Wozu soll ich noch mein erbärmliches Dasein weiterfristen, wenn ich es nunmehr fern von ihr unter Gewissensbissen und voller Verzweiflung verbringen muß? Und was wird das ›Journal de Trévoux‹, das doch von den Jesuiten herausgegeben wird, dazu sagen?«

Während er so sprach, aß er tüchtig drauflos. Die Sonne begann zu sinken. Die beiden Verirrten vernahmen schwache

Schreie, die offenbar von Frauen ausgestoßen wurden. Sie wußten nicht, ob es Schmerzensschreie oder Freudenrufe waren, aber sie sprangen auf, von jener Unruhe und Angst erfüllt, in die wir in einem fremden Lande durch tausend Kleinigkeiten versetzt werden. Das Geschrei rührte von zwei splitternackten Mädchen her, die leichtfüßig am Rande der Wiese entlangliefen, während zwei Affen sie verfolgten und sie in die Hinterbacken bissen. Candide wurde von Mitleid ergriffen. Er hatte bei den Bulgaren schießen gelernt und konnte eine Haselnuß in einem Baum treffen, ohne die Blätter zu berühren. Er nahm also seine spanische Doppelflinte, schoß und brachte die beiden Affen zur Strecke. »Gott sei gelobt, mein lieber Cacambo, ich habe diese beiden armen Geschöpfe von einer großen Gefahr befreit, und wenn ich eine Sünde begangen habe, weil ich einen Inquisitor und einen Jesuiten umbrachte, so habe ich sie wiedergutgemacht dadurch, daß ich diesen beiden Mädchen das Leben rettete. Vielleicht sind es Damen von hohem Rang, dann könnte uns das Abenteuer in diesem Lande große Vorteile bringen.«

Er wollte fortfahren, aber das Wort erstarb auf seinen Lippen, als er sah, wie die beiden Mädchen die Affen zärtlich umarmten, heiße Tränen über ihren Leichen vergossen und die Luft mit dem schmerzlichsten Wehgeschrei erfüllten. »Auf so viel Herzensgüte war ich nicht gefaßt«, sagte er schließlich zu Cacambo. Doch dieser erwiderte: »Da haben Sie etwas Schönes angerichtet, Herr, Sie haben nämlich die Liebhaber dieser beiden Fräulein getötet!« – »Ihre Liebhaber? Ist so etwas möglich? Du machst dich über mich lustig, Cacambo, wie soll ich dir das glauben?« – »Mein lieber Herr und Gebieter«, versetzte Cacambo, »Sie sind immer über alles erstaunt. Warum finden Sie es so absonderlich, daß in manchen Ländern Affen die Gunst der Damen genießen? Sie sind doch zu einem Viertel Menschen, so wie ich zu einem Viertel Spanier bin.« – »Ach ja!« rief Candide. »Ich erinnere mich, von Meister Pangloß gehört zu haben, daß sich vorzeiten ähnliche Vorfälle ereignet haben und daß aus solchen Paarungen Pane, Faune und Satyrn hervorgingen. Mehrere bedeutende Persönlichkeiten des Altertums sollen sogar solche Wesen gesehen haben – aber ich hielt das für ein Märchen.« – »Doch nun werden Sie überzeugt sein, daß es Tatsache ist«, sagte Cacambo, »und Sie sehen auch, wie sich Leute, denen es an Erziehung mangelt, ihrer bedienen. Ich fürchte nur, daß diese Damen uns einen Strick aus diesem Vorfall drehen werden.« Diese nüchternen Überlegungen bewogen Candide, die Wiese zu verlassen und im Wald zu verschwinden. Dort verzehrte er mit Cacambo sein Abendbrot, und nachdem sie den Inquisitor von Portugal, den Gouverneur von Buenos Aires und den Baron weidlich verflucht hatten, schliefen sie auf dem Moose ein. Als sie erwachten, konnten sie kein Glied rühren. Der Grund dafür war, daß die Bewohner des Landes, die Ohrlappen, die von den beiden Damen benachrichtigt worden waren, sie während der Nacht mit Baststricken gefesselt hatten. Sie sahen sich von etwa fünfzig völlig nackten Ohrlappen umringt, die mit Bogen, Keulen und Steinbeilen bewaffnet waren: Die einen brachten Wasser in einen großen Kessel zum Sieden, die anderen machten den Bratspieß zurecht, und alle schrien: »Er ist ein Jesuit, er ist ein Jesuit! Wir wollen uns rächen und uns den Braten gut schmecken lassen. Hurra Jesuitenbraten! Jesuitenbraten!«

»Ich habe Ihnen ja gesagt, mein lieber gnädiger Herr, daß diese beiden Mädchen uns einen üblen Streich spielen werden«, meinte Cacambo trübsinnig, und Candide schrie angesichts des Kessels und des Bratspießes: »Wir sollen entweder gekocht oder gebraten werden! Ach! Was würde Meister Pangloß sagen, wenn er sähe, wie es um die unverfälschte Natur steht. Alles ist wohlbestellt auf Erden – gut, aber ich muß gestehen, es ist reichlich grausam, nachdem man Fräulein Kunigunde verloren hat, auch noch von den Ohrlappen am Bratspieß geröstet zu werden.« Doch Cacambo verlor auch diesmal den Kopf nicht. »Verzweifeln Sie nicht«, sagte er zu dem untröstlichen Candide, »ich verstehe die Sprache dieser Leute ein wenig und will mit ihnen reden.« – »Ja – und vergessen Sie nicht, ihnen vorzuhalten«, sagte Candide, »wie unmenschlich und abscheulich es ist, Menschen zu braten, und wie wenig christlich es überdies ist.«

»Meine Herren«, begann Cacambo, »Sie haben also die Absicht, heute einen Jesuiten zu verspeisen. Schön! Es ist nur recht und billig, seine Feinde so zu behandeln. In der Tat: das Naturrecht lehrt uns, daß wir unseren Nächsten töten sollen, und demgemäß verfährt man in der ganzen Welt. Wenn *wir* von dem Recht, unsere Mitmenschen zu essen, keinen Gebrauch machen, so nur deshalb, weil wir andere Leckerbissen haben. Sie hingegen verfügen nicht über die gleichen Möglichkeiten, wie wir sie haben. Sicherlich ist es besser, seine Feinde zu verspeisen, als die Früchte seines Sieges den Raben und Krähen zu überlassen. Aber, meine Herren, Sie würden doch nicht Ihre Freunde verzehren! Sie sind der Meinung, einen Jesuiten zu rösten – und dabei ist er Ihr Beschützer, der Feind Ihrer Feinde! Ich selber bin in Ihrem Lande geboren. Der Herr, den Sie vor sich sehen, ist mein Gebieter und bei weitem kein Jesuit, denn er hat gerade einen Jesuiten getötet. Er trägt nur das Gewand des Toten, und daher rührt Ihr Irrtum. Wollen Sie sich von der Richtigkeit meiner Worte überzeugen, so nehmen Sie das Gewand und bringen Sie es zum nächsten Schlagbaum des Jesuitenreiches. Erkundigen Sie sich, ob mein Herr nicht einen hohen Jesuiten getötet hat. Das kostet wenig Zeit, und Sie können uns immer noch aufessen, wenn Sie feststellen sollten, daß ich gelogen habe. Habe ich aber die Wahrheit gesagt, so kennen Sie ja die Grundsätze des Völkerrechtes, die Sitten und Gesetze zu gut, als daß Sie uns nicht Gnade widerfahren lassen würden.« Die Ohrlappen fanden diese Rede sehr vernünftig und sandten schleunigst zwei Älteste aus, um die Wahrheit der Behauptungen Cacambos festzustellen. Die beiden Abgesandten entledigten sich ihres Auftrages mit viel Geschick und kehrten bald mit günstigen Nachrichten zurück. Die Ohrlappen befreiten die beiden Gefangenen von ihren Fesseln, erwiesen ihnen tausenderlei Artigkeiten, boten ihnen Mädchen an, reichten ihnen Erfrischungen und geleiteten sie unter lautem Freudengeschrei: »Er ist gar kein Jesuit, er ist gar kein Jesuit!« bis an die Grenze ihres Reiches.

Candide konnte sich gar nicht genug über den Grund seiner Befreiung wundern. »Welch ein Volk!« rief er aus. »Was sind das für Menschen! Was für Sitten! Hätte ich nicht das Glück gehabt, Fräulein Kunigundes Bruder den Degen in den Leib zu rennen, so wäre ich erbarmungslos verspeist worden. Die unverfälschte Natur ist im Grunde aber doch gut, denn diese Menschen haben mir, anstatt mich zu verspeisen, tausend Artigkeiten erwiesen, sobald sie erfuhren, ich sei kein Jesuit.«

SIEBZEHNTES KAPITEL

Wie Candide und sein Diener im Lande Eldorado ankamen, und was sie dort sahen

Als sie an der Grenze des Ohrlappen-Landes angelangt waren, sagte Cacambo zu Candide: »Sie sehen also, daß es auf dieser Hemisphäre auch nicht besser zugeht als auf der anderen. Glauben Sie mir, das beste ist, wir kehren auf dem kürzesten Wege nach Europa zurück.« – »Wie wäre das zu machen?« fragte Candide. »Und wohin sollen wir uns wenden? Kehre ich in meine Heimat zurück, so gerate ich in die Hände von Bulgaren oder Avaren, die alles abschlachten; gehe ich nach Portugal, werde ich verbrannt; bleiben wir hier, so riskieren wir, jeden Augenblick geröstet zu werden. Und wie könnte ich mich dazu entschließen, den Erdteil zu verlassen, auf dem Fräulein Kunigunde lebt?«

»Gehen wir nach Cayenne«, schlug Cacambo vor, »dort treffen wir Franzosen, denn die sind in der ganzen Welt zu finden, und sie können uns helfen. Vielleicht wird sich Gott unser erbarmen.«

Es war nicht leicht, nach Cayenne zu gelangen: Sie wußten wohl ungefähr die Richtung, aber Gebirge, Flüsse, Abgründe,

Räuber und Wilde bildeten überall schreckliche Hindernisse. Ihre Pferde verendeten vor Erschöpfung, ihre Vorräte waren aufgebraucht. Einen ganzen Monat hindurch nährten sie sich von wilden Früchten. Schließlich erreichten sie einen kleinen Fluß, an dessen Ufern Kokospalmen standen. Diese Bäume gaben ihnen mit ihren Früchten neue Nahrung und belebten so auch ihre Hoffnung wieder.

Cacambo, der ebenso gute Ratschläge zu erteilen wußte wie die Alte, sagte zu Candide: »Wir können nicht mehr weiter, wir sind nun genug marschiert. Dort am Ufer liegt ein leeres Boot. Wir wollen es mit Kokosnüssen füllen, uns hineinsetzen und uns vom Strom treiben lassen. Ein Fluß führt immer in eine bewohnte Gegend, und wenn wir dort auch nichts Angenehmes erleben, so doch wenigstens etwas Neues.« – »Also gut«, meinte Candide, »vertrauen wir uns der Vorsehung an.«

Einige Meilen trieben sie zwischen Ufern dahin, die teils mit Blüten bedeckt, teils kahl waren, teils flach und teils steil. Der Fluß wurde immer breiter und verlor sich schließlich in einem Gewölbe ungeheurer, zum Himmel aufragender Felsen. Die beiden Reisenden waren kühn genug, sich auch unter der Wölbung den Fluten anzuvertrauen. Tosend und mit rasender Schnelligkeit trugen sie die zwischen den Felsen eingeengten Wasser dahin. Nach vierundzwanzig Stunden erblickten sie das Tageslicht wieder, aber ihr Boot zerschellte an den Klippen. Eine ganze Stunde mußten sie mühselig von einem Felsen zum anderen weiterklettern. Endlich öffnete sich vor ihren Augen ein unermeßlicher Horizont, umsäumt von unzugänglichen Gebirgen. Das Land war sowohl mit Zier- als auch mit Nutzpflanzen bebaut, überall war das Nützliche mit dem Angenehmen verbunden. Auf den Wegen fuhren schön gebaute, prächtige Wagen dahin, die fast wie eine Zierde der Straßen wirkten. Sie waren mit großen roten Schafen bespannt, die an Schnelligkeit die besten Pferde von Andalusien, Tetuan und Mekines übertrafen. In den Wagen saßen Männer und Frauen von eigenartiger Schönheit.

»Wahrhaftig, dieses Land ist besser als Westfalen«, sagte Candide. Bei dem allerersten Dorf, auf das sie stießen, setzten er und Cacambo den Fuß ans Land. Eine Handvoll Dorfjungen, die mit zerfetzten Brokatgewändern angetan waren, warfen am Eingang des Dorfes mit Steinen nach einer Wurfscheibe. Unseren beiden Reisenden der anderen Welt machte es Spaß, ihnen zuzusehen. Die Steine waren ziemlich groß und rund – gelb, rot und grün – und glänzten ganz ungewöhnlich. Candide und Cacambo bekamen Lust, einige davon aufzuheben: Es waren Goldkugeln, Smaragde und Rubine, deren kleinster den schönsten Schmuck am Thron des Großmoguls abgegeben hätte. »Die Kinder sind gewiß die Söhne des Königs«, meinte Cacambo. In diesem Augenblick erschien der Schulmeister und schickte die Kinder in die Schule. »Aha«, rief Candide, »das ist der Hofmeister der königlichen Familie.«

Die Bürschchen hörten sofort auf zu spielen und ließen ihre Wurfsteine und was ihnen sonst noch zum Zeitvertreib gedient hatte, liegen. Candide hob alles auf, lief dem Hofmeister nach und überreichte es ihm ehrerbietig, indem er ihm durch Zeichen zu verstehen gab, daß Ihre königlichen Hoheiten das Gold und die Edelsteine vergessen hätten. Aber der Dorfschulmeister warf die Steine lächelnd wieder weg, blickte Candide einen Augenblick erstaunt an und ging seines Weges.

Die Reisenden hoben natürlich das Gold, die Smaragde und Rubine wieder auf. »Wo sind wir nur?« rief Candide. »Die Königskinder dieses Landes müssen eine ausgezeichnete Erziehung genießen, da man sie lehrt, Gold und Edelsteine zu verachten.« Cacambo war ebenso erstaunt wie Candide. Sie kamen schließlich an das erste Haus des Dorfes, das wie ein europäischer Palast gebaut war. Eine ungeheure Menschenmenge drängte sich vor dem Eingang, und noch größer war das Gedränge im Innern des Hauses. Liebliche Musik ertönte, und köstlicher Küchengeruch erfüllte die Luft. Cacambo näherte sich der Tür und hörte, daß peruanisch gesprochen wurde. Das war seine Muttersprache, denn er stammte ja aus Tucuman, aus einem Dorfe, in dem nur diese Sprache gesprochen wurde. »Ich will Ihr Dolmetscher sein«, sagte er zu Candide. »Kommen Sie nur herein, es ist ein Wirtshaus.«

Alsbald erschienen zwei Kellner und zwei Kellnerinnen in golddurchwirkten Kleidern. Ihre Haare wurden von Bändern zusammengehalten. Sie luden die Fremden ein, an der Wirtshaustafel Platz zu nehmen. Dann trugen sie vier Suppen, die mit je zwei Papageien garniert waren, auf, einen zweihundert Pfund schweren, gekochten Geier, zwei gebratene Affen von ausgezeichnetem Geschmack, dann je eine Platte mit dreihundert Kolibris und sechshundert Fliegenvögeln, auserlesene Ragouts und köstliches Backwerk. All das wurde auf Platten von reinstem Bergkristall serviert, während Kellner und Kellnerinnen verschiedene aus Zuckerrohr zubereitete Liköre einschenkten. Die Tischgäste waren größtenteils Kaufleute und Fuhrleute, alle von ausgesuchter Höflichkeit. Mit taktvollster Zurückhaltung stellten sie einige Fragen an Cacambo und beantworteten die seinen auf das zuvorkommendste.

Cacambo und Candide waren der Meinung, daß sie ihre Zeche reichlich bezahlten, indem sie zwei der dicken Goldstücke, die sie draußen aufgehoben hatten, auf den Tisch warfen. Der Wirt und die Wirtin brachen in ein schallendes Gelächter aus und konnten sich gar nicht beruhigen. Endlich faßten sie sich wieder. – »Meine Herren«, sagte der Wirt, »wir sehen, daß Sie Fremde sind, und zu uns kommen hier nur selten welche. Verzeihen Sie, daß wir lachen mußten, als Sie uns diese Steine von der Landstraße als Bezahlung anboten. Sie haben wahrscheinlich kein peruanisches Geld, aber das braucht man auch gar nicht, wenn man essen will. Alle Wirtshäuser hier dienen der Bequemlichkeit der Handelsreisenden und werden auf Staatskosten unterhalten. Sie haben nicht besonders gut gespeist, denn wir sind hier in einem armen Dorf; sonst werden Sie jedoch überall so aufgenommen werden, wie es Ihrer würdig ist.« Candide hörte sie mit derselben Verwunderung und Verwirrung an, mit der sein Freund Cacambo sie ihm vortrug.

»Was muß das für ein Land sein«, sagte einer zum anderen, »ein Land, das der ganzen übrigen Welt unbekannt ist und wo alles so ganz anders ist als bei uns! Wahrscheinlich ist es das Land, wo alles vortrefflich eingerichtet ist, denn es muß unbedingt ein solches Land geben, und im Gegensatz zu Meister Pangloß' Äußerungen habe ich nur zu oft bemerkt, daß bei uns in Westfalen die Dinge herzlich schlecht bestellt sind.«

ACHTZEHNTES KAPITEL

Was Candide und Cacambo im Lande Eldorado erlebten

Cacambo verhehlte dem Wirt keineswegs seine Neugierde. Der aber sagte: »Ich bin zwar sehr unwissend, fühle mich aber wohl dabei. Doch es wohnt hier ein alter Herr, der sich vom Hofe zurückgezogen hat. Er ist der gelehrteste Mann im ganzen Lande und im übrigen auch äußerst mitteilsam.« Er führte Cacambo sogleich zu dem ehrwürdigen Greis; Candide spielte dabei als Begleiter seines Dieners nur eine untergeordnete Rolle. Das Haus, das sie betraten, war sehr einfach, denn die Eingangstür war nur aus Silber. Die Täfelung der Räume war nur aus Gold, aber sie war so geschmackvoll gearbeitet, daß sie es mit der kostbarsten Täfelung hätte aufnehmen können. Das Vorzimmer war lediglich mit eingesetzten Rubinen und Smaragden verziert, jedoch war alles so entzückend zusammengestellt, daß man darüber die ausgesprochene Einfachheit vergaß.

Der Greis empfing die beiden Fremden auf einem mit Kolibrifedern gepolsterten Sofa und ließ ihnen Liköre in Gläsern aus geschliffenen Diamanten vorsetzen. Darauf befriedigte er ihre Neugierde mit folgenden Erklärungen: »Ich bin hundertzweiundsiebzig Jahre alt und habe noch von meinem seligen Vater, der Stallmeister des Königs war, von den erstaunlichen Revolutionen gehört, die er in Peru miterlebt hat. Unser Königreich ist die alte Heimat der Inkas, die sie unklugerweise verlassen haben, um einen Erdteil zu unterjochen, auf dem sie schließlich von den Spaniern ausgerottet wurden.

Weiser waren die Fürsten desselben Geschlechtes, die in ihrem Heimatland blieben. Mit Zustimmung des ganzen Volkes befahlen sie, daß von nun an kein Einwohner unser kleines Königreich verlassen dürfe, und so kam es, daß wir uns unsere Unschuld und unsere Glückseligkeit bewahrt haben. Die Spanier hatten nur eine ganz unbestimmte Vorstellung von diesem Lande, das sie Eldorado nannten. Vor etwa hundert Jahren kam ein Engländer, ein gewisser Ritter Raleigh, in die Nähe unseres Landes. Da es aber von unzugänglichen Felsen und Abgründen umschlossen ist, sind wir bis auf den heutigen Tag gegen die Raubgier der europäischen Völker geschützt gewesen. Diese Europäer haben eine so unbegreifliche Sucht nach den Kieseln und dem Schlamm unseres Landes, und sie würden uns, um in ihren Besitz zu gelangen, bis auf den letzten Mann niedermetzeln.«

Die Unterhaltung zog sich sehr in die Länge. Sie drehte sich um die Verfassungsform, die Sitten, die Frauen, das Theater und die Künste. Schließlich ließ Candide, der sich immer für die Metaphysik interessiert hatte, durch Cacambo fragen, ob es in diesem Lande eine Religion gebe. Der Greis errötete ein wenig: »Wie können Sie daran zweifeln? Halten Sie uns etwa für undankbar?« Cacambo fragte bescheiden, welche Religion es in Eldorado gebe. Der Greis errötete abermals: »Kann es denn zwei Religionen geben?« fragte er. »Wir haben, denke ich, dieselbe Religion wie die ganze Welt: wir beten Gott vom Morgen bis zum Abend an.« – »Beten Sie nur zu einem einzigen Gott?« wollte Cacambo wissen, der der Dolmetsch von Candides Zweifeln war. – »Aller Wahrscheinlichkeit nach gibt es weder zwei noch drei, noch vier Götter«, antwortete der Greis. »Ich muß gestehen, die Menschen aus Ihrem Erdteil stellen recht sonderbare Fragen.« Candide ließ sich nicht davon abbringen, den guten Alten immer weiter auszufragen. Schließlich wollte er wissen, wie man in Eldorado zu Gott betet. »Wir beten überhaupt nicht«, sagte der ehrwürdige Weise. »Wir haben nichts von ihm zu erbitten, er hat uns alles gegeben, was wir brauchen; wir danken ihm nur unaufhörlich.« Der neugierige Candide wollte die Priester sehen, und er ließ fragen, wo sie wären. Der gütige Alte lächelte. »Meine Freunde«, sagte er, »wir alle sind Priester. Der König und alle Familienoberhäupter singen jeden Morgen feierliche Lob- und Dankeshymnen unter Begleitung von fünf- bis sechstausend Musikern.« – »Was, und Sie haben keine Mönche, die lehren, disputieren, regieren, intrigieren und die Leute, die nicht ihrer Meinung sind, verbrennen lassen?« – »Da müßten wir ja geradezu irrsinnig sein«, versetzte der Greis, »wir sind hier alle einer Meinung, ich verstehe gar nicht, was Sie mit Ihren Mönchen meinen.« Candide war außer sich vor Entzücken über diese Mitteilungen und dachte bei sich: »Hier geht es ganz anders zu als in Westfalen und auf dem Schloß des Herrn Baron. Hätte unser Freund Pangloß Eldorado gesehen, so würde er nicht mehr behaupten, daß es nichts Besseres auf Erden gäbe als das Schloß von Thunder ten Tronck. Eins ist sicher – man muß eben reisen.«

Nach dieser langen Unterhaltung ließ der gute Alte einen Wagen mit sechs Hammeln anspannen und gab den beiden Reisenden zwölf seiner Diener mit, um sie an den Hof zu geleiten. »Verzeihen Sie«, sprach er zu ihnen, »daß ich mir infolge meines hohen Alters die Ehre versagen muß, Sie zu begleiten. Der König wird Ihnen einen Empfang bereiten, mit dem Sie bestimmt zufrieden sind. Und Sie werden es gewiß den Sitten unseres Landes zugute halten, wenn Ihnen dieses oder jenes mißfallen sollte.«

Candide und Cacambo bestiegen den Wagen. Die sechs Hammel flogen nur so dahin, und nach knapp vier Stunden langten sie vor dem königlichen Palast an, der am Ende der Hauptstadt lag. Das Portal war zweihundertzwanzig Fuß hoch und hundert Fuß breit. Aus welchem Material es gefertigt war, ließ sich nicht feststellen, doch war ohne weiteres ersichtlich, daß es sehr viel wertvoller war als jener Sand und jene Kiesel, die wir Gold und Edelsteine nennen.

Zwanzig hübsche Mädchen der Leibgarde nahmen Candide

und Cacambo beim Verlassen des Wagens in Empfang, führten sie in ein Bad und legten ihnen Gewänder an, die aus Kolibridaunen gewirkt waren. Darauf wurden sie, dem üblichen Zeremoniell entsprechend, von den hohen Würdenträgern und Würdenträgerinnen der Krone durch zwei Reihen von je tausend Musikanten hindurch zu den Gemächern Seiner Majestät geleitet. Als sie sich dem Thronsaal näherten, fragte Cacambo einen Würdenträger, wie er sich bei der Begrüßung des Königs verhalten müsse: ob er sich auf die Knie oder platt auf den Bauch werfen, ob er die Hände auf den Kopf oder auf den Hintern legen müsse, ob man den Staub des Saales auflecken solle, kurz, welcher Art das Begrüßungszeremoniell sei. »Der Brauch verlangt, daß man den König umarmt und ihn auf beide Wangen küßt«, belehrte sie der Würdenträger. Candide und Cacambo fielen Seiner Majestät um den Hals, und der König nahm sie mit der größten Huld auf und lud sie höflich zum Abendessen ein.

In der Zwischenzeit zeigte man ihnen die Stadt, die bis in die Wolken hinaufragenden öffentlichen Gebäude, die von tausend Säulen geschmückten Marktplätze, die kristallklaren Springbrunnen, die Fontänen, aus denen Rosenwasser, und solche, aus denen Zuckerrohrlikör floß. Ihr Strahl ergoß sich ununterbrochen in große, mit einer Art von Edelsteinen verzierte Bekken, und verbreitete einen Duft, der dem von Gewürznelken oder Zimt ähnlich war. Candide wollte gern den Justizpalast sehen, aber man sagte ihm, dergleichen gäbe es nicht, da niemals Prozesse geführt würden. Darauf erkundigte sich Candide, ob es Gefängnisse gäbe, und auch das wurde verneint. Was ihn aber am meisten überraschte und erfreute, war der Palast der Wissenschaften, in dem er eine zweitausend Meter lange Galerie voll mathematischer und physikalischer Instrumente sah.

Nachdem sie den ganzen Nachmittag ungefähr den tausendsten Teil der Stadt besichtigt hatten, führte man sie zum König zurück. Bei Tisch saß Candide zwischen dem König, seinem Diener Cacambo und mehreren Damen. Niemals hatte es so erlesene Genüsse gegeben, und niemals hatte man mehr Geist gezeigt, als an dieser königlichen Tafel. Cacambo erklärte Candide die Bonmots des Königs, die sogar noch in der Übersetzung witzig wirkten. Gerade das setzte Candide besonders in Erstaunen.

Einen Monat verbrachten sie in diesem gastfreien Lande. Unzählige Male sagte Candide zu Cacambo: »Wahrhaftig, mein Freund, ich muß es noch einmal sagen, das Schloß, auf dem ich geboren bin, ist nichts im Vergleich zu diesem Lande. Aber schließlich ist Fräulein Kunigunde nicht hier, und du hast doch sicherlich auch eine Geliebte in Europa. Bleiben wir hier, so sind wir nicht mehr als die anderen; kehren wir dagegen nach unserem Erdteil zurück, und sei es auch nur mit einem Dutzend mit Eldorado-Kieseln beladenen Hammeln, so sind wir reicher als alle Könige zusammengenommen. Wir brauchen keinen Inquisitor mehr zu fürchten, und wir werden mit Leichtigkeit Fräulein Kunigunde loskaufen können.« Diese Worte gefielen Cacambo. Es ist so reizvoll, in der Welt herumzureisen, sich bei den Seinen ins rechte Licht zu setzen und sich mit seinen Reiseerlebnissen zu brüsten. Und so beschlossen die beiden Glücklichen, ihrem Glück in Eldorado ein Ende zu machen und Seine Majestät zu bitten, sie ziehen zu lassen.

»Sie begehen eine Dummheit«, warnte sie der König, »ich weiß sehr wohl, daß mein Land recht unbedeutend ist; doch wenn man irgendwo leidlich aufgehoben ist, soll man da bleiben. Ich habe natürlich kein Recht, Fremdlinge zurückzuhalten; das wäre Tyrannei, die unseren Sitten und Gesetzen widerspricht. Alle Menschen sind frei. Also fahren Sie, wann Sie wollen, aber es ist sehr schwierig, aus unserem Lande herauszukommen. Sie können unmöglich den reißenden, unter Felshöhlen dahinbrausenden Fluß, der Sie wie durch ein Wunder hierhergetragen hat, stromaufwärts fahren. Die Gebirge, die mein Königreich von allen Seiten umgeben, sind zehntausend Fuß hoch und steil wie eine Wand. Jedes dieser Gebirge hat eine Breite von über zehn Meilen und fällt in tiefe Schluchten ab. Da

Sie aber unbedingt abreisen wollen, will ich meine Maschinenbaumeister beauftragen, eine Maschine zu konstruieren, die Sie bequem hinausbefördern soll. Hat man Sie aber auf die jenseitigen Hänge des Gebirges gebracht, so kann Sie keiner meiner Leute weiterbegleiten, denn meine Untertanen haben gelobt, dieses Land niemals zu verlassen, und sie sind viel zu verständig, um ihren Eid zu brechen. Im übrigen bin ich bereit, Ihnen jeden Wunsch zu erfüllen.« – »Wir bitten Eure Majestät lediglich um einige mit Lebensmitteln, Kieseln und Sand beladene Hammel«, sagte Candide. Der König lächelte. »Ich verstehe gar nicht, weshalb Ihr Europäer so viel Gefallen an unserem gelben Straßenstaub findet. Aber nehmen Sie davon, soviel Sie wollen, und ich wünsche Ihnen, daß Sie damit glücklich werden.«

Unverzüglich befahl er seinen Ingenieuren, eine Maschine anzufertigen, die die beiden merkwürdigen Männer aus seinem Reich hinausbringen sollte. Dreitausend tüchtige Techniker machten sich an die Arbeit, und in vierzehn Tagen war die Maschine fertig. Die Kosten beliefen sich nur auf zwanzig Millionen Pfund Sterling in der Landeswährung. Candide und Cacambo wurden auf die Maschine gesetzt, in der sich bereits zwei große rote Hammel befanden, die, gesattelt und gezäumt, jenseits der Berge als Reittiere dienen sollten, ferner zwanzig mit Lebensmitteln beladene Lasthammel, dreißig andere mit kostbaren und seltenen Geschenken und endlich fünfzig, die mit Gold, Edelsteinen und Diamanten bepackt waren. Der König umarmte die beiden Landstreicher aufs herzlichste.

Ihre Abreise und die überaus geschickte Art, wie sie und ihre Hammel auf die Höhe des Gebirges gewunden wurden, boten ein prächtiges Schauspiel. Die Techniker verabschiedeten sich von ihnen, sobald sie sicher gelandet waren, und Candide hatte nun keinen anderen Wunsch und kein anderes Ziel, als Fräulein Kunigunde seine Hammel zu Füßen zu legen. »Wir haben genug, um dem Gouverneur von Buenos Aires jeden Preis zu bezahlen, sofern Fräulein Kunigunde überhaupt in Geld abzuschätzen ist«, meinte Candide. »Jetzt reisen wir nach Cayenne, schiffen uns dort ein und wollen sehen, welches Königreich wir uns kaufen können.«

NEUNZEHNTES KAPITEL

Was ihnen in Surinam widerfuhr, und wie Candide mit Martin bekannt wurde

Der erste Tag verlief recht angenehm für unsere beiden Reisenden. Das Bewußtsein, größere Schätze zu besitzen, als Asien, Europa und Afrika zusammen aufweisen konnten, stärkte ihren Mut. In seiner überschwenglichen Freude schnitt Candide Kunigundes Namen in die Rinde der Bäume ein. Am zweiten Tage blieben zwei ihrer Hammel im Sumpf stecken und versanken mitsamt ihren Lasten darin; zwei andere Hammel starben einige Tage später vor Erschöpfung, sieben oder acht gingen in einer Wüste vor Hunger ein, und einige Tage darauf stürzten wieder einige in den Abgrund; schließlich blieben ihnen nach einem Marsch von hundert Tagen nur noch zwei Hammel übrig. »Du siehst, mein Freund«, sagte Candide, »wie vergänglich die Schätze dieser Welt sind. Beständig ist nur die Tugend – und das Glück, Fräulein Kunigunde wiederzusehen.« – »Zugegeben!« versetzte Cacambo. »Aber uns bleiben immer noch zwei Hammel mit bedeutenderen Schätzen, als der König von Spanien jemals besitzen wird. Ganz in der Ferne sehe ich eine Stadt – vermutlich Surinam, die den Holländern gehört. Unsere Leiden sind zu Ende, und unsere Glückseligkeit beginnt!«

Auf dem Wege zur Stadt sahen sie einen Neger am Boden liegen, der nur noch die Hälfte seiner Kleidung, das heißt ein Hosenbein aus blauer Leinwand, anhatte. Dem armen Kerl fehlte das linke Bein und die rechte Hand. »Mein Gott«, rief Candide, »was machst du hier in diesem fürchterlichen Zustand, mein Freund?« – »Ich warte auf meinen Gebieter, den Herrn Vanderdendur, den bekannten Handelsherrn«, antwortete der Neger. »Hat dich dieser Herr Vanderdendur so zugerichtet?« erkundigte sich Candide. »Ja, Herr«, erwiderte der Neger, »das ist hier so Sitte. Zwei Leinwandhosen jährlich – das ist die ganze Kleidung, die man uns gibt. Wir arbeiten in den Zuckerraffinerien, und wenn uns das Mühlrad einen Finger abreißt, so schneidet man uns die ganze Hand ab. Machen wir einen Fluchtversuch, hackt man uns ein Bein ab: Das habe ich alles durchgemacht. Und das ist der Preis, um den Ihr Europäer Zucker eßt! Als meine Mutter mich für zehn patagonische Taler an der Küste von Guinea verkaufte, sagte sie zu mir: ›Mein Kind, halte unsere Fetische in Ehren und bete sie an, dann wirst du ein glückliches Leben führen. Dir wird die Ehre zuteil, Sklave unserer Gebieter, der Weißen, zu sein, und dadurch machst du deine Eltern glücklich.‹ Ach, ich weiß nicht, ob ich ihnen Glück gebracht habe, mir haben sie jedenfalls keins gebracht! Die Hunde, Affen und Papageien sind lange nicht so unglücklich wie wir. Die holländischen Fetischisten, zu denen ich mich bekehrt habe, sagen mir jeden Sonntag, daß wir alle, Schwarze wie Weiße, Kinder Adams seien. Nun – ich verstehe nichts von Genealogie, aber wenn diese Prediger die Wahrheit sagen, sind wir alle Geschwisterkinder. Dann müssen Sie aber zugeben, daß man seine Verwandten wohl kaum scheußlicher behandeln kann.«

»O Pangloß!«, rief Candide, »von solchen Greueln hast du nichts geahnt! Wenn das so weitergeht, werde ich deinen Optimismus doch aufgeben müssen.« – »Was ist das – Optimismus?« fragte Cacambo. – »Ach«, erwiderte Candide, »das ist der Wahnsinn, zu behaupten, daß alles gut sei, auch wenn es einem schlecht geht.« Und er weinte bitterlich, während er den Neger ansah, und seine Augen standen noch voll Tränen, als er die Stadt Surinam betrat.

Zunächst erkundigten sie sich, ob nicht ein Schiff im Hafen liege, das sie nach Buenos Aires entsenden könnte. Der Mann, an den sie sich wandten, war zufällig ein spanischer Küstenschiffskapitän, der sich erbot, einen ehrlichen Handel mit ihnen abzuschließen. Er bestellte sie in ein Wirtshaus, und Candide und Cacambo begaben sich mit ihren beiden Hammeln dorthin.

Candide, der das Herz auf der Zunge hatte, erzählte dem Spanier alle seine Abenteuer. Er machte auch kein Hehl daraus, daß er die Absicht habe, Fräulein Kunigunde zu entführen. »Dann werde ich mich schwer hüten, Sie nach Buenos Aires zu bringen«, verwahrte sich der Schiffsherr, »man würde mich aufhängen und Sie ebenfalls. Die schöne Kunigunde ist nämlich die Favoritin Seiner Gnaden.« Das war ein furchtbarer Schlag für Candide. Er weinte lange; endlich nahm er Cacambo zur Seite. »Hör, mein Freund, was du tun mußt. Jeder von uns beiden hat ungefähr für fünf bis sechs Millionen Diamanten in der Tasche. Du bist geschickter als ich: So fahre nach Buenos Aires und hole Fräulein Kunigunde. Macht der Gouverneur Schwierigkeiten, gib ihm eine Million; wenn er dann noch nicht nachgibt, biete ihm meinetwegen zwei. Du hast keinen Inquisitor getötet, und so wird man dir gegenüber auch nicht mißtrauisch sein. Ich will inzwischen ein anderes Schiff ausrüsten und erwarte dich in Venedig. Das ist ein freies Land, wo man nichts zu fürchten hat: weder Bulgaren noch Avaren, weder Juden noch Inquisitoren.« Cacambo war mit diesem weisen Vorschlag einverstanden. Er war zwar tief betrübt, daß er sich von seinem guten Herrn, der sein vertrauter Freund geworden war, trennen mußte, aber die Freude, ihm nützlich sein zu können, überwog den Trennungsschmerz. Sie umarmten sich unter Tränen, und Candide legte ihm noch ans Herz, ja nicht die gute Alte zu vergessen. Cacambo reiste noch am selben Tage ab. Er war wirklich ein guter Kerl, dieser Cacambo!

Candide blieb noch einige Zeit in Surinam in der Erwartung, ein anderer Schiffsherr möchte ihn und die ihm verbliebenen beiden Hammel nach Italien bringen. Er mietete Diener und kaufte alles ein, was ihm für eine lange Seereise nötig erschien. Eines Tages kam Herr Vanderdendur, der Besitzer eines großen Schiffes, zu ihm. »Wieviel verlangen Sie, wenn Sie mich, meine Diener, mein Gepäck und diese beiden Hammel auf kürzestem Wege nach Venedig bringen?« fragte Candide diesen Mann. Der Schiffsherr forderte zehntausend Piaster, und Candide ging ohne weiteres darauf ein.

»Oho«, sagte sich der schlaue Schiffsherr. »Dieser Fremde zahlt zehntausend Piaster auf einem Brett, er muß also sehr reich sein.« Er kehrte noch einmal um und erklärte, unter zwanzigtausend Piastern könne er nicht fahren. – »Schön«, sagte Candide, »Sie sollen sie haben.« – »Ei, potztausend«, murmelte der Reeder vor sich hin, »dieser Mann gibt zwanzigtausend Piaster ebenso leicht aus wie zehntausend.« Er ging noch einmal zurück und sagte, unter dreißigtausend Piastern könne er die Überfahrt nach Venedig nicht machen. »Sie sollen Ihre dreißigtausend bekommen«, erwiderte Candide. »Oho«, sagte sich der Holländer wiederum, »dreißigtausend Piaster sind für diesen Mann offenbar gar nichts, seine beiden Hammel sind sicherlich mit unermeßlichen Schätzen beladen. Lassen wir es vorläufig dabei: Soll er erst einmal die dreißigtausend Piaster bezahlen – das Weitere wird sich dann schon finden.« Candide verkaufte zwei kleine Diamanten, von denen der Wert des kleineren die Forderung des Schiffsherrn weit überstieg, und zahlte dem Reeder die Summe im voraus. Die beiden Hammel wurden auf das Schiff geladen, und Candide folgte in einem kleinen Boot, um an Bord des an der Reede ankernden Schiffes zu gehen. Diese Zeit benutzte der Schiffsherr, um die Segel zu hissen und in See zu stechen. Der Wind begünstigte sein Vorhaben, und bald war das Schiff den Blicken des völlig verblüfften Candide entschwunden. »O weh«, rief er, »das ist ein Streich, der ganz der Alten Welt würdig ist.« Tief bekümmert kehrte er an Land zurück, denn nun hatte er soviel verloren, als dem Vermögen von zwanzig Königen entsprach.

Candide begab sich sofort zu dem holländischen Richter, und da er etwas aufgeregt war, klopfte er heftig an die Tür, trat ein, brachte seinen Fall vor, wobei er etwas lauter sprach, als es schicklich war. Der Richter ließ ihn zunächst zehntausend Piaster für die Ruhestörung bezahlen. Darauf hörte er ihn geduldig an und versprach ihm, die Angelegenheit zu prüfen, sobald der Reeder zurückgekehrt wäre. Für die Konsultation nahm er ihm weitere zehntausend Piaster ab.

Dieses Verfahren brachte Candide vollends zur Verzweiflung. Er hatte zwar tausendmal schwerere Schicksalsschläge ertragen müssen, aber die Kaltschnäuzigkeit des Richters und die Unverfrorenheit des holländischen Schiffsherrn, der ihn bestohlen hatte, ließ seine Galle überlaufen und versetzte ihn in die düsterste Schwermut. Die Schlechtigkeit der Menschen stand ihm in ihrem ganzen Umfang vor Augen, so daß er sich den allertraurigsten Gedanken hingab. Endlich sollte eines Tages ein französisches Schiff nach Bordeaux auslaufen, und da er keine mit Diamanten bepackten Hammel mehr zu verladen hatte, nahm er eine billige Kajüte. In der Stadt ließ er bekanntmachen, daß er einen ehrlichen Menschen als Reisebegleiter suche, dem er Überfahrt, Verpflegung und zweitausend Piaster bezahlen würde, vorausgesetzt, daß dieser Mann seines Lebens ganz und gar überdrüssig und der unglücklichste Mensch des Landes sei.

Es meldeten sich so viele Bewerber, daß eine ganze Flotte zu ihrer Unterbringung nicht ausgereicht hätte. Um unter den geeignetsten eine engere Wahl treffen zu können, suchte er ungefähr zwanzig Personen heraus, die ihm ziemlich umgänglich erschienen und von denen jeder glaubte, für sich das Recht der Bevorzugung in Anspruch nehmen zu können. Er lud sie in einem Gasthaus zum Abendessen ein unter der Bedingung, daß sich jeder eidlich verpflichtete, seine Lebensgeschichte wahrheitsgetreu zu erzählen. Gleichzeitig versprach er, denjenigen zu wählen, der ihm am beklagenswertesten erschiene und wirklich Grund hätte, mit seinem Los am meisten unzufrieden zu sein. Allen übrigen versprach er ein Trostgeschenk.

Das Zusammensein dauerte bis vier Uhr morgens. Während Candide all die abenteuerlichen Geschichten anhörte, mußte er daran denken, was ihm die Alte auf der Reise nach Buenos Aires gesagt hatte, und auch an die Wette, daß es keinen Menschen auf dem Schiff gäbe, der nicht das größte Unglück durchgemacht hätte. Bei jedem Abenteuer, das man ihm erzählte, dachte er an Pangloß. »Dieser Pangloß würde jetzt mit seinem System schön in Verlegenheit geraten. Ich wollte, er wäre hier. Eins ist sicher: Wenn irgendwo alles vortrefflich eingerichtet ist, dann nur in Eldorado und sonst nirgends auf der ganzen Welt.« Schließlich entschied er sich für einen armen Gelehrten, der zehn Jahre lang für Amsterdamer Verleger gearbeitet hatte. Er meinte nämlich, es gebe keinen anderen Beruf auf der Welt, der einem so ganz und gar zuwider werden könnte als dieser.

Der Gelehrte, der übrigens eine gute Seele war, war von seiner Frau bestohlen, von seinem Sohn verprügelt und von seiner Tochter, die mit einem Portugiesen durchging, verlassen worden. Er hatte gerade die bescheidene Stellung, von der er lebte, verloren, und die protestantischen Geistlichen von Surinam verfolgten ihn, weil sie ihn für einen Sozinianer hielten. Es muß zugegeben werden, daß die anderen mindestens ebenso unglücklich waren wie er, aber Candide ließ sich von der Hoffnung leiten, daß der Gelehrte ihm unterwegs die Langeweile vertreiben würde. Alle anderen Bewerber fanden, daß Candide ihnen ein großes Unrecht zufügte, aber er beschwichtigte sie, indem er jedem hundert Piaster gab.

ZWANZIGSTES KAPITEL

Was Candide und Martin auf dem Meere widerfuhr

Der betagte Gelehrte – er hieß Martin – schiffte sich also mit Candide nach Bordeaux ein. Sie hatten beide viel gesehen und viel gelitten, und wenn auch das Schiff von Surinam über das Kap der Guten Hoffnung nach Japan hätte segeln müssen, hätten sie doch Stoff genug gehabt, um sich während der ganzen Reise über das moralische und physische Elend der Welt zu unterhalten.

In einem Punkte freilich war Candide besser daran als Martin: Er hoffte unentwegt auf das Wiedersehen mit Fräulein Kunigunde, während Martin jegliche Hoffnung aufgegeben hatte. Außerdem besaß Candide Gold und Diamanten, und obwohl er hundert mit den größten Schätzen beladene rote Hammel eingebüßt hatte und über die Gaunerei des holländischen Schiffspatrons nicht hinwegkam, so neigte er – besonders gegen Ende der Mahlzeiten –, wenn er von Fräulein Kunigunde sprach und wenn er sich vergegenwärtigte, wieviel ihm noch in seinem Beutel geblieben war, immer noch stark zu dem von Pangloß vertretenen System. »Und Sie, Herr Martin«, wandte er sich an den Gelehrten, »was halten Sie von alledem? Was für Gedanken machen Sie sich über das moralische und physische Leid?« – »Herr Candide«, antwortete Martin, »unsere Geistlichen haben mich beschuldigt, Sozinianer zu sein, tatsächlich bin ich aber Manichäer.« – »Sie wollen sich wohl über mich lustig machen«, sagte Candide, »es gibt doch auf der ganzen Welt keine Manichäer mehr.« – »Dann bin ich eben der einzige«, sagte Martin, »ich kann mir nicht helfen, ich kann nicht anders denken.« – »Sie müssen geradezu den Teufel im Leibe haben«, meinte Candide. – »Nun der mischt sich so sehr in die Angelegenheiten dieser Welt«, erwiderte Martin, »daß er ebensowohl in meinem Körper wie überall woanders stecken kann. Offen gestanden, wenn ich einen Blick auf diese Erdkugel – oder vielmehr dieses Kügelchen – werfe, so kann ich mich des Gedankens nicht erwehren, daß Gott es irgendeinem bösartigen Wesen preisgegeben hat – Eldorado natürlich ausgenommen! Ich habe kaum eine Stadt gesehen, die nicht den Untergang ihrer Nachbarstadt gewünscht hätte, ich kenne keine Familie, die nicht eine andere Familie hätte ausrotten wollen. Überall verwünschen die Schwachen die Mächtigen, und doch kriechen sie vor ihnen, und die Starken wiederum behandeln jene wie eine Hammelherde, deren Fleisch und Wolle man verschachert. Eine Million zu Regimentern formierter Mörder durchzieht Europa von einem Ende zum anderen, mordet und raubt in aller Disziplin, um sich das tägliche Brot zu verdienen und weil sie sich auf kein anständigeres Handwerk versteht. In den Städten aber, die sich des Friedens zu erfreuen scheinen und in denen die Künste in hoher Blüte stehen, werden die Menschen mehr noch von Lastern, Sorgen und Ängsten verzehrt als in einer belagerten Stadt, die viele Plagen über sich ergehen lassen muß. Heimliche Kümmernisse sind weit unerträglicher als sichtbares Elend. Mit einem Wort: ich habe von alledem so viel gesehen und erlebt, daß ich Manichäer geworden bin.« – »Trotzdem gibt es auch Gutes«, entgegnete Candide. »Mag sein«, versetzte Martin, »mir ist es jedoch niemals begegnet.«

Mitten in dieser Unterhaltung vernahm man Kanonendonner, der von Sekunde zu Sekunde stärker wurde. Jeder nahm sein Fernglas zur Hand. In der Entfernung von etwa drei Meilen waren zwei Schiffe zu sehen, die miteinander im Gefecht lagen. Der Wind trieb beide so nahe an das französische Schiff heran, daß die Passagiere den Kampf bequem beobachten konnten. Mit einer wohlgezielten Salve bohrte schließlich das eine Fahrzeug das andere in den Grund. Candide und Martin konnten auf dem Oberdeck des sinkenden Schiffes deutlich etwa hundert Personen sehen, die die Arme gen Himmel streckten und fürchterliche Schreie ausstießen – einen Augenblick später war alles versunken.

»Nun«, sagte Martin, »da sehen Sie, wie Menschen miteinander umgehen.« – »Sie haben recht«, sagte Candide, »es ist schon etwas Teuflisches an dieser Sache.« Während er so sprach, sah er etwas leuchtend Rotes neben seinem Schiff schwimmen. Man ließ ein Boot herab, um festzustellen, was es sein könnte: Es war einer von Candides Hammeln! Candides Freude über diesen wiedergefundenen Hammel war viel größer als sein Kummer über den Verlust der hundert anderen, die mit Riesendiamanten von Eldorado beladen gewesen waren.

Bald darauf stellte der französische Kapitän fest, daß der Kapitän des siegreichen Schiffes ein Spanier war, der des versenkten Fahrzeuges aber ein holländischer Seeräuber, eben der, von dem Candide bestohlen worden war. Die ungeheuren Reichtümer, die dieser Gauner an sich gebracht hatte, lagen nun mit ihm zusammen auf dem Grunde des Meeres begraben – nur ein einziger Hammel war gerettet. »Sie sehen«, sagte Candide zu Martin, »daß das Verbrechen zuweilen seine Strafe findet. Diesen Schuft von Holländer hat das Schicksal ereilt, das er verdiente.« – »Ja gewiß«, gab Martin zurück, »aber mußten denn die Passagiere, die sich auf seinem Schiff befanden, auch zugrunde gehen? Diesen Schurken hat Gott gestraft, und die anderen hat der Teufel ertrinken lassen.«

Inzwischen setzten das französische und das spanische Schiff ihre Reise fort, und Candide nahm seine Unterhaltung mit Martin wieder auf. So disputierten sie vierzehn Tage hintereinander, und am fünfzehnten waren sie genauso weit wie am ersten. Immerhin – sie plauderten, tauschten ihre Meinungen aus und trösteten sich gegenseitig. Candide streichelte seinen Hammel. »Da ich dich wiedergefunden habe«, sagte er, »werde ich auch Fräulein Kunigunde wiederfinden.«

EINUNDZWANZIGSTES KAPITEL

Candide und Martin nähern sich der französischen Küste und philosophieren

Endlich kam die französische Küste in Sicht. »Sind Sie jemals in Frankreich gewesen, Herr Martin?« fragte Candide. »Ja«, entgegnete Martin, »ich bin durch mehrere Provinzen gekommen. Es gibt Gegenden, wo die Hälfte der Einwohner närrisch ist, andere, wo man allzu gerissen ist, solche, wo man gemeinhin recht sanftmütig und einfältig ist, und wieder andere, wo man schöngeistig tut. Überall aber ist die Hauptbeschäftigung: die Liebe, danach kommt die üble Nachrede und schließlich die Zotenreißerei.« – »Haben Sie auch Paris besucht, Herr Martin?« – »Jawohl, ich war auch in Paris. Dort sind alle diese Sorten Menschen und alle diese Beschäftigungen vertreten. Es ist ein Chaos, ein Gewühl, wo jedermann dem Vergnügen nachjagt und wo fast niemand es findet – wenigstens hatte ich den Eindruck. Ich habe mich nur kurze Zeit dort aufgehalten. Gleich bei meiner Ankunft haben mir ein paar Spitzbuben auf dem Jahrmarkt von Saint-Germain alles, was ich bei mir hatte, gestohlen. Ich wurde selber für einen Dieb gehalten und mußte acht Tage im Gefängnis sitzen. Danach nahm ich den Posten eines Korrektors in einer Druckerei an, um mir so viel zu verdienen, daß ich zu Fuß nach Holland zurückkehren konnte. Ich lernte das Federfuchserpack, das Intrigantenpack und das Fanatikerpack kennen. Angeblich soll es auch gesittete und gebildete Menschen in Paris geben; ich will es gern glauben.«

»Was mich betrifft«, sagte Candide, »so habe ich gar kein Verlangen, Frankreich kennenzulernern. Sie werden wohl verstehen, daß man, wenn man einen Monat in Eldorado verbracht hat, von der Welt nichts mehr zu sehen begehrt als nur Fräulein Kunigunde. Ich will in Venedig auf sie warten. Wir fahren durch Frankreich nach Italien; wollen Sie mich nicht begleiten?« – »Sehr gern«, erklärte Martin, »es heißt zwar, daß sich in Venedig nur die venezianischen Nobili wohl fühlen, aber immerhin sollen auch die Fremden, die viel Geld haben, gut aufgenommen werden. Ich habe keins, Sie aber haben welches – ich begleite Sie überallhin.« – »Übrigens, glauben Sie, daß die Erde ursprünglich ein Meer war, wie in dem dicken Buch behauptet wird, das unserem Kapitän gehört?« – »Nein, ich glaube kein Wort davon«, erwiderte Martin, »jedenfalls ebensowenig wie von den übrigen Phantastereien, die man uns seit einiger Zeit auftischt.« – »Aber zu welchem Zweck ist die Erde denn erschaffen worden?« wollte Candide wissen. »Um uns rasend zu machen!« lautete die Antwort. »Sind sie nicht recht verwundert darüber, daß die beiden Mädchen im Lande der Ohrlappen, von denen ich Ihnen erzählte, die beiden Affen liebten?« fuhr Candide zu fragen fort. »Durchaus nicht«, gab Martin zur Antwort, »ich sehe nicht ein, was an dieser Liebe merkwürdig sein soll. Ich habe so viel Ungewöhnliches gesehen und erlebt, daß ich nichts mehr ungewöhnlich finde.« –

»Glauben Sie, daß die Menschen sich zu allen Zeiten gegenseitig umgebracht haben, wie sie es heutzutage tun?« fragte Candide wiederum. »Und daß sie von jeher Lügner, Betrüger, Verräter, Undankbare, Räuber, Schwächlinge, Gesinnungslumpen, Feiglinge, Neidhammel, Vielfraße, Trunkenbolde, Geizhälse, Streber, Blutsauger, Verleumder, Wüstlinge, Fanatiker, Heuchler und Dummköpfe waren?« – »Glauben Sie«, stellte Martin die Gegenfrage, »daß die Sperber von jeher Tauben gefressen haben, wenn sie solche fanden?« – »Selbstverständlich«, gab Candide zu. »Nun also«, versetzte Martin, »wenn die Sperber zu allen Zeiten die gleichen Gewohnheiten hatten, warum sollen die Menschen die ihren geändert haben?« – »Oho«, rief Candide, »das ist doch ein gewaltiger Unterschied, denn der freie Wille . . .« Während sie so philosophierten, waren sie in Bordeaux angelangt.

ZWEIUNDZWANZIGSTES KAPITEL

Was Candide und Martin in Frankreich erlebten

Candide hielt sich in Bordeaux nur so lange auf, als er brauchte, um einige Eldorado-Kiesel zu verkaufen und sich einen bequemen zweisitzigen Wagen anzuschaffen. Er konnte seinen Philosophen Martin nicht mehr entbehren, und es tat ihm außerordentlich leid, daß er sich von seinem Hammel trennen mußte: Er überließ ihn nämlich der Akademie der Wissenschaften in Bordeaux, die als diesjährige Preisaufgabe die Frage stellte, warum die Wolle dieses Hammels rot sei. Der Preis wurde einem Gelehrten aus dem Norden zuerkannt, der nach der Formel a plus b, minus c, dividiert durch z den Beweis erbrachte, daß der Hammel rot sein und an den Schafpocken krepieren müsse.

Alle Reisenden, mit denen Candide unterwegs in den Gasthäusern zusammenkam, erklärten ihm: »Wir fahren nach Paris.« Angesteckt von diesem allgemeinen Drang, bekam er schließlich auch Lust, sich die Hauptstadt anzusehen, und um so mehr, als es ja kein großer Umweg für ihn war.

Die Vorstadt Saint-Marceau, durch die er zuerst fuhr, kam ihm vor wie eins der häßlichsten Dörfer Westfalens.

Kaum war er in seinem Gasthaus angelangt, als ihn ein leichtes Unwohlsein als Folge der Überanstrengung befiel. Da er einen riesigen Diamanten am Finger trug und man unter seinem Gepäck eine ungewöhnlich schwere Kassette bemerkte, hatte er alsbald zwei Ärzte um sich, die er gar nicht hatte rufen lassen, dazu einige Freunde, die sehr vertraut taten und nicht mehr von seiner Seite wichen, und obendrein zwei Betschwestern, die ihm seine Suppen wärmten. »Ich entsinne mich«, meinte Martin, »ich bin auf meiner ersten Reise in Paris ebenfalls krank gewesen. Ich war aber sehr arm, darum hatte ich weder Freunde noch Betschwestern, noch Ärzte um mich – aber ich wurde wieder gesund.«

Dank der Aderlässe und der vielen Arzneien, die Candide einnehmen mußte, verschlimmerte sich seine Krankheit. Ein Kaplan des Stadtviertels machte ihm einen Besuch und bat ihn in aller Demut, einen Schuldschein einzustecken, der im Jenseits zahlbar war an den Inhaber. Candide wollte nichts davon wissen, die Betschwestern versicherten ihm jedoch, das sei eine neue Mode. Candide erklärte daraufhin, er sei kein Modemensch. Martin wollte den Kaplan zum Fenster hinauswerfen, worauf der Pfaffe schwor, man werde Candide nicht beerdigen – und Martin seinerseits schwor, er werde den Pfaffen unter die Erde bringen, wenn er sie noch weiter belästige. Der Streit wurde immer hitziger: Martin packte den Pfaffen bei den Schultern und warf ihn im hohen Bogen hinaus. Die Folge war ein großer Skandal und ein Beleidigungsprozeß.

Candide wurde wieder gesund, und während seiner Genesung hatte er beim Abendessen stets die beste Gesellschaft um sich. Es wurde hoch gespielt, und Candide wunderte sich, daß er nicht ein einziges Mal ein As bekam; Martin wunderte sich jedoch nicht im geringsten darüber.

Unter den Besuchern, die als Vertreter der Stadt zu ihm kamen, befand sich ein kleiner Abbé aus Perigord, der zu jener Klasse von geschäftigen, immer munteren, diensteifrigen, dreisten, schmeichlerischen und gefälligen Leuten gehörte, die sich an die Fremden heranmachen, ihnen die Skandalgeschichten der Stadt zutragen und um jeden Preis für ihr Amüsement sorgen wollen. Dieser Mann führte Candide und Martin zunächst ins Theater, wo gerade ein neues Trauerspiel aufgeführt wurde. Candide saß neben ein paar Schöngeistern, was ihn jedoch nicht hinderte, bei einigen meisterhaft gespielten Szenen seinen Tränen freien Lauf zu lassen. In der Pause sagte einer der Krittler an seiner Seite: »Weinen Sie doch nicht! Die Schauspielerin ist so miserabel, ihr Partner spielt noch miserabler als sie, und das Stück selbst ist noch miserabler als die Schauspieler. Der Autor kann kein Wort arabisch, und doch spielt sein Stück in Arabien. Überdies ist er ein Mann, der nicht an angeborene Ideen glaubt. Ich bringe Ihnen morgen zwanzig Broschüren gegen ihn.« – »Bitte, wieviel Theaterstücke gibt es wohl in Frankreich?« fragte Candide den Abbé. »Fünf- bis sechstausend«, antwortete dieser. »Das ist sehr viel«, meinte Candide, »und wie viele davon sind gut?« – »Fünfzehn oder sechzehn«, erwiderte der Abbé. »Das ist sehr viel«, meinte Martin.

Candide war hell begeistert von einer Schauspielerin, die die Rolle der Königin Elisabeth in einer ziemlich banalen Tragödie spielte, die von Zeit zu Zeit aufgeführt wurde. »Diese Schauspielerin gefällt mir sehr«, sagte er zu Martin; »sie hat entfernte Ähnlichkeit mit Fräulein Kunigunde; ich möchte sie gern kennenlernen.« Der Abbé erbot sich, ihn bei der Schauspielerin einzuführen. Candide, der ja in Deutschland erzogen worden war, fragte, wie er sich dabei zu benehmen habe, und wollte wissen, wie man in Frankreich die Königinnen von England zu behandeln pflege. »Das ist ganz verschieden«, erwiderte der Abbé, »in der Provinz lädt man sie in ein Gasthaus ein; in Paris feiert man sie, wenn sie schön sind, und wirft sie auf den Schindanger, sobald sie das Zeitliche gesegnet haben.« –

»Was«, rief Candide, »Königinnen wirft man auf den Schindanger?« – »Ja, gewiß«, sagte Martin, »der Herr Abbé hat recht. Ich war in Paris, als Mademoiselle Monime, wie man zu sagen pflegt, aus diesem Dasein in das andere hinüberging. Man versagte ihr das, was die Menschen hier ein ›ehrliches Begräbnis‹ nennen, das heißt, daß man mit sämtlichen Lumpen des Stadtviertels auf ein und demselben elenden Friedhof verfaulen darf. Von ihrer ganzen Truppe wurde sie als einzige an der Ecke der Rue Bourgogne eingescharrt. Das muß ihr sehr weh getan haben, denn sie war von edelster Gesinnung.« – »Ich finde das aber sehr unartig«, meinte Candide. »Wie man es nimmt«, versetzte Martin, »die Leute hier sind nun einmal so. Die unmöglichsten Widersprüche und Unberechenbarkeiten, die Sie sich vorstellen können, finden Sie in der Regierung, an den Gerichtshöfen, in den Kirchen und in den Schauspielen dieses merkwürdigen Volkes.« – »Ist es wahr, daß man in Paris immer lacht?« fragte Candide. – »Ja«, antwortete der Abbé, »aber man könnte dabei aus der Haut fahren: Man beklagt sich über alles durch lautes Gelächter, und lachend begeht man hier die scheußlichsten Untaten.«

»Wer war denn das dicke Schwein«, fragte Candide weiter, »das mir das Stück, das mich zu Tränen gerührt hat, und die Darsteller, die mir ausnehmend gut gefielen, so herunterriß?« – »Das ist ein Taugenichts«, gab der Abbé zurück, »sicher ein Theaterkritiker, der sich seinen Lebensunterhalt damit verdient, daß er alle Stücke und alle Bücher herunterreißt. Er haßt jeden, der Erfolg hat, so wie die Eunuchen die Genießenden hassen. Es ist eine jener Literatenschlangen, die von Schmutz und Gift leben, mit einem Wort: ein Federfuchser.« – »Wer ist ein Federfuchser?« wollte Candide wissen. »Ein Zeitungsschreiber, ein gewisser Fréron.«

So unterhielten sich Candide und Martin und der Abbé aus Perigord auf der Treppe des Theaters, während das Publikum an ihnen vorbei dem Ausgang zuströmte. »Obwohl es mich sehr drängt, Fräulein Kunigunde wiederzusehen«, sagte Candide, »so möchte ich doch gerne mit Mademoiselle Clairon zu Abend essen. Ich finde sie entzückend.«

Der Abbé gehörte nicht zu jenen Leuten, die bei Mademoiselle Clairon Zutritt hatten, denn sie wollte nur gute Gesellschaft um sich haben. »Sie hat heute abend schon etwas vor«, sagte er daher, »aber ich werde mir die Ehre geben, Sie bei einer vornehmen Dame einzuführen. Dort werden Sie Paris so gut kennenlernen, als ob Sie ein paar Jahre hier gelebt hätten.«

Candide, der natürlich sehr neugierig war, ließ sich zu der Dame führen, die im entlegensten Teil des Vorortes Saint-Honoré wohnte. Man saß dort gerade beim Pharaospiel. Zwölf trübsinnige Partner hielten jeder ein kleines Päckchen Karten in der Hand – das alberne Register ihres Mißgeschickes. Tiefe Stille herrschte im Zimmer, Blässe lag auf den Gesichtern der Spieler, Unruhe auf dem des Bankhalters. Die Dame des Hauses saß neben dem unerbittlichen Bankhalter und verfolgte mit Luchsaugen alle Parolis und Kniffe, durch die jeder Spieler seine Karten kenntlich zu machen suchte. Mit strenger, aber höflicher Stimme verlangte sie die Beseitigung der Zeichen. Sie wurde nie heftig, aus Furcht, ihre Kunden zu verlieren. Die Dame ließ sich Marquise von Parolignac nennen. Ihre fünfzehnjährige Tochter befand sich unter den Spielern und verriet durch ein Augenzwinkern jede Schwindelei, mit der diese armen Menschen der Grausamkeit des Schicksals entgegenzuwirken suchten. Der Abbé aus Perigord, Candide und Martin traten ein. Niemand erhob sich, niemand begrüßte sie, niemand beachtete sie, alle waren vollauf mit ihren Karten beschäftigt. »Die Baronin von Thunder ten Tronck war viel höflicher«, sagte Candide.

Als der Abbé jedoch der Marquise etwas ins Ohr flüsterte, erhob sie sich leicht von ihrem Stuhl, beehrte Candide mit einem liebenswürdigen Lächeln, während sie Martin mit würdevollem Kopfnicken begrüßte. Dann ließ sie für Candide einen Sessel und ein Spiel Karten holen. Candide verlor in zwei Runden fünfzigtausend Francs. Darauf soupierte man in höchst ausgelassener Stimmung, und jedermann wunderte sich, daß Candide sich über seinen Verlust nicht aufregte. Die Diener tuschelten in ihrem Lakaienjargon untereinander: »Das muß irgendein englischer Lord sein!«

Das Mahl verlief wie die meisten Abendessen in Paris: anfangs Schweigen, dann lärmende Unterhaltung, daß man sein eigenes Wort nicht verstehen konnte, abgeschmackte Witze, unkontrollierbare Gerüchte, törichtes Gerede, ein bißchen Politik und viel üble Nachrede. Sogar über neue Bücher wurde gesprochen. »Haben Sie den Roman von Gauchat, dem Doktor der Theologie, gelesen?« fragte der Abbé. »Jawohl«, erwiderte einer der Gäste, »ich konnte ihn aber unmöglich zu Ende lesen. Es gibt ja eine ganze Menge unverschämter Machwerke, aber alle zusammengenommen reichen nicht an die Unverfrorenheit dieses Theologiedoktors heran. Ich habe die ungeheure Flut von abscheulichen Büchern, die uns überschwemmt, derartig satt, daß ich mich auf das Pharaospiel verlegt habe.« – »Und die ›Vermischten Schriften‹ des Archidiakonus Trublet, was sagen Sie dazu?« fragte der Abbé weiter. »Ach! Zum Sterben langweilig«, rief Frau von Parolignac, »wie wichtigtuerisch redet er von altbekannten Dingen! Wie schwerfällig diskutiert er über Probleme, die nicht einmal flüchtig erwähnt zu werden verdienen! Wie geistlos eignet er sich den Geist anderer an! Alles, was er zusammengestohlen hat, verdirbt er. Oh, er widert mich an, aber das soll das letzte Mal gewesen sein, denn man hat vollkommen genug, wenn man einige Seiten dieses Archidiakonus gelesen hat.«

Zu der Tischgesellschaft gehörte auch ein Herr, der sehr gelehrt war und viel Geschmack hatte. Er pflichtete allem bei, was die Marquise sagte. Es wurde schließlich von Trauerspielen gesprochen, und die Dame des Hauses fragte, wie es komme, daß man gewisse Tragödien zwar ab und zu aufführe, sie aber nicht lesen könne. Der Mann von Geschmack setzte auf vortreffliche Art auseinander, daß ein Stück zwar ein gewisses Interesse erwecken, dabei aber ohne jede Bedeutung sein könne. In wenigen Worten legte er dar, daß es nicht genüge, ein paar von jenen Situationen wiederzugeben, die man in allen Romanen finden kann und die den Zuschauer immer begeistern, sondern daß es vielmehr darauf ankomme, originell zu sein, ohne ins Wunderliche zu geraten, oftmals erhaben, aber immer natürlich zu sein, das Menschenherz zu kennen und es sprechen zu lassen, ein großer Dichter zu sein, ohne daß eine Person des Stückes wie ein Dichter wirke, die Sprache vollkommen zu beherrschen, ihre ganze Reinheit und Harmonie zur Geltung zu bringen, ohne daß jemals der Reim den Sinn beeinträchtige. »Wer alle diese Regeln nicht befolgt«, setzte er hinzu, »der kann wohl ein paar Tragödien schreiben, die auf der Bühne Erfolg haben, aber er wird niemals zu den großen Dichtern von Rang gezählt werden. Es gibt nur sehr wenig gute Trauerspiele: Die einen sind geschickt verfaßte, wohlgereimte Idyllen in Dialogform, die anderen ermüdende politische Betrachtungen oder abschreckende Weitschweifigkeiten, wieder andere Hirngespinste eines vom Teufel Besessenen in geradezu barbarischem Stil oder zusammenhanglose Gespräche, langatmige Anrufe der Götter, weil man den Menschen nichts zu sagen weiß, falsche Maximen und schwülstiges, abgedroschenes Zeug.« Candide lauschte diesen Ausführungen mit größter Aufmerksamkeit und gewann eine hohe Meinung von dem Schwätzer. Und da die Marquise dafür gesorgt hatte, daß Candide an ihrer Seite saß, neigte er sich zu ihr und erlaubte sich zu fragen, wer dieser Mann sei, der so vortrefflich zu reden verstehe. »Ein Gelehrter«, erklärte sie ihm, »der keine Karte anrührt. Der Abbé bringt ihn nur manchmal zum Abendessen mit. Er ist ein ausgezeichneter Kenner von Theaterstücken und Büchern. Er hat selbst eine Tragödie geschrieben, die ausgepfiffen wurde, und ein Buch, von dem man außerhalb des Ladens seines Buchhändlers überhaupt nur das eine Exemplar finden kann, das er mir geschenkt hat.« – »Wahrhaftig ein großer Mann!« rief Candide. »Er ist ein zweiter Pangloß!«

Darauf wandte er sich an den Sprecher und sagte: »Mein

Herr, Sie sind doch sicherlich der Meinung, daß – was das Physische und Moralische anbetrifft – alles in der Welt aufs beste eingerichtet ist und gar nicht anders sein könnte?« – »Keine Spur«, verwahrte sich der Gelehrte, »das ist durchaus nicht meine Meinung. Ich finde im Gegenteil, daß bei uns alles verkehrt geht: Kein Mensch ist sich über seinen Stand und seine Aufgabe im klaren, niemand weiß, was er tut oder tun soll, und abgesehen von diesem Essen, bei dem es recht lustig zugeht und alles in bester Eintracht zu sein scheint, vergeht die ganze übrige Zeit in niederträchtigen Zänkereien: Jansenisten gegen Molinisten, Gerichtsleute gegen Kirchenleute, Literaten gegen Literaten, Hofschranzen gegen Hofschranzen, Finanzleute gegen das Volk, Frauen gegen ihre Männer, Verwandte gegen Verwandte – kurz: es ist ein ewiger Krieg!«

Candide erwiderte ihm darauf: »Ich habe weit Schlimmeres erlebt. Aber ein weiser Mann, der unglücklicherweise gehängt worden ist, lehrte mich, daß alles wunderbar sei; es gibt doch eben auch Schatten auf diesem schönen Gemälde.« – »Ihr Gehängter hat sich über die Welt lustig gemacht«, warf Martin ein, »diese Schatten sind in Wirklichkeit fürchterliche Schandflecken.« – »Ja, diese Schandflecken rühren aber von den Menschen her«, sagte Candide, »sie können nun mal nicht anders.« – »Also ist es nicht ihre Schuld«, folgerte Martin. Die Mehrzahl der Spieler hörte gar nicht auf das Gespräch, sondern trank weiter. Martin stritt sich mit dem Gelehrten, während Candide der Dame des Hauses einige seiner Abenteuer erzählte.

Nach dem Abendessen führte die Marquise Candide in ihr Zimmer und lud ihn ein, auf einem Kanapee Platz zu nehmen. »Nun«, sprach sie, »Sie lieben also das Fräulein Kunigunde von Thunder ten Tronck noch immer über alles?« – »Ja, gnädige Frau«, erwiderte Candide. »Sie sprechen, wie es eben ein junger Westfale tut«, meinte die Marquise mit sanftem Lächeln, »ein Franzose würde sagen: ›Ja – ich habe Fräulein Kunigunde geliebt, aber seitdem ich Sie gesehen, gnädige Frau, haben sich, glaube ich, meine Gefühle geändert.‹« – »Ach, ja, gnädige

Frau«, sagte Candide, »von jetzt an werde ich Ihnen so antworten, wie Sie es wünschen.« – »Ihre Neigung zu Fräulein Kunigunde hat damit begonnen, daß Sie ihr Taschentuch aufhoben«, sagte die Marquise. »Ich möchte nun, daß Sie mein Strumpfband aufheben.« – »Von Herzen gern«, erwiderte Candide und hob das Strumpfband auf. »Aber Sie sollen es auch festmachen«, sagte die Dame, und Candide befestigte das Strumpfband. »Sehen Sie«, bemerkte die Dame, »Sie sind Ausländer. Meine Pariser Liebhaber lasse ich manchmal vierzehn Tage schmachten – Ihnen gebe ich mich schon in der ersten Nacht hin, denn einem jungen Westfalen gegenüber muß man doch seinem Lande Ehre machen.« Die Schöne hatte sehr wohl die riesigen Diamanten an den Händen des jungen Ausländers bemerkt, und sie brachte ihre Bewunderung in so überschwenglichen Worten zum Ausdruck, daß die Ringe schließlich von Candides Fingern auf die ihren hinüberwechselten.

Als Candide mit seinem Abbé aus Perigord den Heimweg antrat, empfand er doch Gewissensbisse, weil er Fräulein Kunigunde die Treue gebrochen hatte, und auch der Abbé war traurig darüber. Von den fünfzigtausend Pfund, die Candide im Spiel verloren hatte, und von dem Wert der beiden teils verschenkten, teils abgelockten Brillanten stand ihm nur ein kleiner Teil zu. Die Vorteile, die ihm Candides Bekanntschaft bot, suchte er weidlich auszunützen. Er sprach viel mit ihm über Kunigunde, und Candide erklärte ihm, daß er seine schöne Herzensdame, sobald er sie in Venedig wiedersehe, wegen seiner Untreue um Verzeihung bitten würde.

Der Abbé verdoppelte seine Aufmerksamkeiten und Artigkeiten und zeigte Interesse für alles, was Candide sagte, tat oder tun wollte.

»Sie haben sich also in Venedig verabredet«, erkundigte er sich. »Ja, Herr Abbé«, antwortete Candide, »ich muß unbedingt Fräulein Kunigunde treffen.« Und überwältigt von der Freude, von seiner Geliebten sprechen zu können, erzählte er dann seiner Gewohnheit gemäß einen Teil seiner Abenteuer mit der erlauchten Westfalin.

»Ich glaube«, sagte der Abbé, »Fräulein Kunigunde ist sehr geistvoll und schreibt entzückende Briefe?« – »Ich habe niemals einen Brief von ihr bekommen«, entgegnete Candide, »denn Sie können sich wohl denken, daß ich ihr nicht schreiben konnte, nachdem ich wegen meiner Liebe zu ihr aus dem Schloß gejagt worden war. Bald darauf hörte ich, sie sei tot. Ich fand sie jedoch wieder, verlor sie abermals, und nun habe ich ihr auf eine Entfernung von zweitausendfünfhundert Meilen von hier einen Eilboten geschickt und warte auf die Antwort, die er mir bringt.«

Der Abbé, der aufmerksam zugehört hatte, schien etwas nachdenklich zu werden. Er verabschiedete sich bald darauf von den beiden Fremden, die er herzlich umarmte. Als Candide am nächsten Morgen erwachte, erhielt er einen Brief folgenden Inhalts:

»Mein teurer Geliebter! Seit acht Tagen liege ich krank in dieser Stadt und erfahre nun, daß Sie hier sind! Könnte ich mich rühren, würde ich in Ihre Arme fliegen! Ich habe von Ihrem Aufenthalt in Bordeaux gehört. Den treuen Cacambo und die Alte habe ich dort zurückgelassen, doch sollen sie mir bald folgen. Der Gouverneur von Buenos Aires hat mir alles genommen, allein Ihr Herz ist mir geblieben! Kommen Sie zu mir! Ihre Gegenwart wird mich gesund machen, oder ich werde vor Freude sterben.«

Dieser unerwartete, reizende Brief erfüllte Candide mit unaussprechlicher Freude, obwohl ihn der Schmerz über die Krankheit seiner geliebten Kunigunde sehr bedrückte. Während ihn bald die eine, bald die andere dieser Empfindungen bestürmte, nahm er sein Gold und seine Diamanten und ließ sich mit Martin in das Hotel führen, wo Fräulein Kunigunde abgestiegen war. Klopfenden Herzens, zitternd vor Aufregung und mit tränenerstickter Stimme betrat er das Zimmer. Er wollte die Vorhänge des Bettes zurückschlagen und Licht bringen lassen, aber die Zofe flüsterte ihm zu: »Tun Sie das ja nicht, das Licht würde sie töten«, und zog schleunigst den Vorhang wieder zu. »Meine teure Kunigunde«, rief Candide weinend, »wie geht es Ihnen? Wenn ich Sie nicht sehen darf, so sprechen Sie wenigstens zu mir.« – »Sie darf nicht sprechen«, sagte die Zofe. Darauf streckte die Dame eine weiche, fleischige Hand aus dem Bett, und Candide benetzte sie lange mit seinen Tränen; dann füllte er sie mit Diamanten und legte auch noch einen goldgefüllten Beutel auf den Sessel.

Während sich Candide noch seinem Freudentaumel überließ, erschien plötzlich ein Polizeibeamter in Begleitung des Abbés aus Perigord und einiger Soldaten. »Sind das die beiden verdächtigen Ausländer?« fragte er, ließ sie augenblicklich verhaften und von seinen Leuten ins Gefängnis abführen. »In Eldorado werden die Reisenden anders behandelt«, versetzte Candide. – »Ich bin jetzt mehr denn je Manichäer«, ließ sich Martin vernehmen. – »Wo bringen Sie uns denn hin?« fragte Candide. »Ins Loch«, war die Antwort.

Martin, der seine Kaltblütigkeit wiedererlangt hatte, folgerte, daß die Dame, die sich als Fräulein Kunigunde ausgegeben hatte, eine Betrügerin war, der Herr Abbé aus Perigord ein Spitzbube, der sich Candides Einfalt schleunigst zunutze gemacht hatte, und der Polizeibeamte ein Halunke, den man sich leicht vom Halse schaffen konnte.

Candide, der von seinem Ratgeber aufgeklärt worden war und der immer nur darauf brannte, die wahre Kunigunde wiederzusehen, verspürte nicht die geringste Lust, sich einem Gerichtsverfahren auszusetzen, sondern bot dem Polizeibeamten drei kleine Brillanten an, von denen jeder einen Wert von ungefähr dreitausend Pistolen hatte. »Oh, mein Herr«, rief der Mann mit dem Elfenbeinstab, »selbst wenn Sie die schlimmsten Verbrechen begangen hätten – für mich sind Sie der anständigste Mensch von der Welt! Drei Diamanten! Und jeder dreitausend Pistolen wert! Lieber gebe ich mein Leben für Sie hin, als daß ich Sie ins Gefängnis bringe. Bei uns werden alle

Ausländer festgenommen, aber seien Sie unbesorgt: Ich habe in Dieppe in der Normandie einen Bruder – zu dem werde ich Sie bringen. Und wenn Sie ihm auch ein paar Diamanten schenken, wird er ebenso um Sie besorgt sein wie ich.«

»Und warum werden alle Fremden festgenommen?« wollte Candide wissen. Da ergriff der Abbé das Wort und sagte: »Weil ein Lump aus dem Lande Atrebatien allerlei dummes Geschwätz gehört hat und sich dadurch verleiten ließ, einen Königsmord zu begehen. Zwar nicht so, wie er im Mai 1610, aber doch wie er im Dezember 1594 und in anderen Jahren und anderen Monaten von anderen Lumpen begangen worden ist, die sich ebenfalls durch dummes Gerede verführen ließen.«

Der Polizeibeamte klärte sie dann über die näheren Einzelheiten auf. »Oh! Diese Ungeheuer!« rief Candide. »Solche Greueltaten gibt es bei einem Volk, das tanzt und singt! Könnte ich doch so schnell wie möglich dieses Land verlassen, wo Affen sich an Tigern vergreifen. In meiner Heimat habe ich Bären gesehen – aber Menschen bin ich nur in Eldorado begegnet. Bringen Sie mich um Gottes willen nach Venedig, Herr Polizist. Ich muß dort Fräulein Kunigunde erwarten!« – »Ich kann Sie nur in die Normandie bringen«, sagte der Barigello. Er ließ ihm unverzüglich die Fesseln abnehmen, entschuldigte sich wegen seines Irrtums, schickte seine Leute fort und brachte Candide und Martin nach Dieppe, wo er sie seinem Bruder übergab. Auf der Reede lag ein kleines holländisches Schiff, und der Normanne, der mit Hilfe von drei weiteren Diamanten der denkbar gefälligste Mensch geworden war, brachte Candide und seine Leute auf das Schiff, das gerade nach Portsmouth auslaufen sollte. Das war zwar nicht der Seeweg nach Venedig, aber Candide, der das Gefühl hatte, der Hölle entronnen zu sein, rechnete damit, daß sich ihm bald Gelegenheit bieten würde, seine Reise in Richtung nach Venedig fortzusetzen.

DREIUNDZWANZIGSTES KAPITEL

Was Candide und Martin sahen, als sie an der englischen Küste landeten

»O Pangloß! Pangloß! O Martin! Ach, meine teure Kunigunde! Was ist das für eine Welt!« seufzte Candide, als er sich an Bord des holländischen Schiffes befand. – »Sie ist reichlich närrisch und erbärmlich«, ließ sich Martin vernehmen. – »Sie kennen doch England«, fragte Candide, »sind die Menschen dort auch so närrisch wie in Frankreich?« – »Ja, aber auf eine andere Art«, entgegnete Martin. »Sie wissen doch, daß diese beiden Völker wegen ein paar Schneefeldern gegen Kanada Krieg führten und daß sie für diesen hübschen Krieg viel mehr ausgaben, als ganz Kanada wert ist. Leider reichen meine Kenntnisse nicht aus, um Ihnen genau sagen zu können, ob es in dem einen oder dem anderen Land mehr Leute gibt, die man lieber an die Kette legen sollte. Ich weiß lediglich, daß die Menschen, die wir bald zu sehen bekommen, recht launisch sind.«

Während sie so plauderten, legte das Schiff in Portsmouth an. Eine riesige Menschenmenge stand am Ufer und beobachtete aufmerksam einen ziemlich dicken Mann, der mit verbundenen Augen auf dem Verdeck eines Schiffes der englischen Flotte kniete. Vier Soldaten, die dem Mann gegenüber postiert waren, schossen ihm mit der größten Seelenruhe von der Welt je drei Kugeln in den Schädel, worauf sich die Versammelten höchst befriedigt nach Hause begaben. »Was soll denn das bedeuten?« rief Candide. »Welcher Teufel treibt hier überall sein Spiel?« Auf seine Frage, wer dieser dicke Mann war, den man soeben feierlich umgebracht hatte, erhielt er die Antwort: »Ein Admiral.« – »Und warum hat man ihn getötet?« – »Weil er nicht genug Leute niedermetzeln ließ«, erklärte man ihm. »In einem Seegefecht mit einem französischen Admiral ist er, wie nachträglich festgestellt wurde, seinem Gegner nicht nahe genug auf den Leib gerückt.« – »Aber der französische Admiral war doch von dem englischen Admiral genauso weit entfernt wie der letztere von seinem Gegner!« rief Candide. – »Das stimmt schon«, antwortete man ihm, »aber hierzulande hält man es für richtig, von Zeit zu Zeit einen Admiral vom Leben zum Tode zu befördern, um die anderen anzufeuern.«

Candide war so betroffen und so abgestoßen von dem, was er gesehen und gehört hatte, daß er nicht einmal einen Fuß auf dieses Land setzen wollte und mit dem holländischen Schiffspatron vereinbarte, ihn auf dem kürzesten Wege nach Venedig zu bringen – selbst auf die Gefahr hin, daß ihn dieser ebenso betrügen würde wie der von Surinam.

Zwei Tage später war das Schiff zur Abfahrt bereit. Man segelte an der französischen Küste entlang und sichtete im Vorbeifahren Lissabon; Candide erschauerte. Durch die Straße von Gilbraltar gelangten sie in das Mittelländische Meer und landeten schließlich in Venedig.

»Gott sei Dank«, rief Candide und umarmte Martin; »hier werde ich endlich die schöne Kunigunde wiedersehen. Auf Cacambo kann ich mich wie auf mich selbst verlassen. Alles ist in Ordnung, alles wird gut ausgehen, und alles ist so wohl bestellt wie nur irgend möglich.«

VIERUNDZWANZIGSTES KAPITEL
Von Paquette und dem Bruder Giroflée

Gleich nach seiner Ankunft in Venedig ließ Candide Cacambo in allen Schenken, allen Kaffeehäusern und bei allen Freudenmädchen suchen, aber er war nicht zu finden. Jeden Tag ließ er auf allen einlaufenden Schiffen und Barken Erkundigungen einziehen: nirgends eine Spur von Cacambo. »Mein Gott«, sagte er zu Martin, »ich bin in der Zwischenzeit von Surinam nach Bordeaux gefahren, von Bordeaux nach Paris, von Paris nach Dieppe, von Dieppe nach Portsmouth; ich bin an der portugiesischen und spanischen Küste entlanggesegelt, habe das Mittelmeer durchquert und einige Monate in Venedig verbracht – und die schöne Kunigunde ist immer noch nicht hier!

Anstatt sie zu treffen, ist mir nur ein liederliches Frauenzimmer und ein Abbé aus Perigord begegnet. Sicherlich ist Kunigunde tot – dann lohnt es sich auch für mich nicht mehr weiterzuleben. Ach, wäre ich lieber in dem Paradies Eldorado geblieben, anstatt in dieses verfluchte Europa zurückzukehren. Sie haben schon recht, mein lieber Martin: Es gibt nichts als Täuschungen und Mißgeschick im Leben.«

Candide verfiel in düstere Schwermut und besuchte weder die »Opera alla moda«, noch nahm er an den anderen Karnevalsbelustigungen teil. Keine der Damen vermochte ihn in Versuchung zu bringen. »Sie sind wirklich recht naiv, wenn Sie sich einbilden, daß solch ein Mestize von Diener mit fünf oder sechs Millionen in der Tasche Ihrer Geliebten bis an das Ende der Welt nachreist und sie Ihnen nach Venedig bringt. Findet er sie, so wird er sie für sich selbst behalten; findet er sie nicht, so wird er sich eine andere nehmen. Ich gebe Ihnen den guten Rat, Ihren Diener Cacambo und Ihre Geliebte Kunigunde zu vergessen.« Das war keineswegs tröstlich, und Candide wurde immer melancholischer, obwohl ihm Martin zu beweisen suchte, daß auf Erden Tugend und Glück nur selten zu finden seien, ausgenommen vielleicht im Lande Eldorado, wo kein Mensch hingelangen könnte.

Während sie über dieses wichtige Thema disputierten und auf Kunigunde warteten, begegnete Candide eines Tages auf dem Markusplatz einem jungen Theatiner, Arm in Arm mit einem Mädchen. Der Theatiner sah frisch, rund und kräftig aus. Seine Augen funkelten, mit kecker Miene trug er die Nase hoch und schritt selbstbewußt einher. Das Mädchen war ausnehmend hübsch und trällerte vor sich hin. Verliebt sah sie zu ihrem Theatiner auf und kniff ihn ab und zu in seine dicken Backen. »Sie werden doch wohl zugeben, daß diese beiden da sehr glücklich sind«, sagte Candide zu Martin. »Bisher habe ich auf der ganzen bewohnten Erde, Eldorado ausgenommen, nur Unglückliche angetroffen, aber ich wette – dieses Mädchen und der Theatiner sind sehr glückliche Geschöpfe.« – »Und ich wette, daß sie nicht glücklich sind«, gab Martin zurück. – »Wir brauchen sie nur zum Essen einzuladen, und Sie werden sehen, ob ich mich täusche«, meinte Candide. Schnurstracks ging er auf die beiden zu und lud sie nach einigen höflichen Begrüßungsworten in sein Gasthaus ein, um mit ihnen Makkaroni, lombardische Rebhühner und Kaviar zu essen und eine Flasche Montepulciano, Lacrimae Christi, Cypern oder Samos zu trinken. Die junge Dame errötete, der Theatiner nahm die Einladung an, und das Mädchen folgte ihm, wobei sie Candide überrascht und verwirrt und mit tränenumflorten Augen ansah. Kaum hatten sie Candides Zimmer betreten, so rief sie: »Ja, erkennt denn Herr Candide Paquette nicht wieder?« Candide, der immer nur an Kunigunde dachte, hatte sie bisher nicht näher angesehen. »Ach, mein armes Kind«, rief er auf ihre Worte hin, »Sie haben also Doktor Pangloß in den schönen Zustand versetzt, in dem ich ihn wiedergesehen habe?« – »Ja, Herr Candide, ich bin es«, antwortete Paquette. »Wie ich sehe, wissen Sie über alles Bescheid. Ich habe erfahren, welch entsetzliches Unglück dem ganzen Hause der Frau Baronin und der schönen Kunigunde widerfahren ist. Aber glauben Sie mir – mein Los ist nicht weniger traurig. Damals, als Sie mich kennenlernten, war ich noch ganz unschuldig, und so war es für meinen Beichtvater, einen Franziskaner, eine Leichtigkeit, mich zu verführen. Die Folgen waren fürchterlich. Kurze Zeit, nachdem der Herr Baron Sie mit Fußtritten davongejagt hatte, mußte auch ich das Schloß verlassen. Wenn sich nicht ein berühmter Arzt meiner angenommen hätte, wäre ich verloren gewesen. Aus Dankbarkeit war ich eine Zeitlang die Geliebte dieses Arztes. Seine Frau, die rasend eifersüchtig war, verprügelte mich Tag für Tag unbarmherzig. Sie war eine Furie, der Arzt war der häßlichste Mann von der Welt, und ich war das unglücklichste Geschöpf auf Gottes Erde, weil ich unausgesetzt eines Mannes wegen geschlagen wurde, den ich gar nicht liebte. Sie wissen doch, Herr Candide, wie gefährlich es für eine zänkische Frau ist, mit einem Arzt verheiratet zu sein. Er war außer sich über das Betragen seiner Frau und gab ihr eines Tages, nur um einen leichten Schnupfen zu vertreiben, eine so wirksame Arznei, daß sie innerhalb von zwei Stunden unter schrecklichen Krämpfen starb. Die Eltern der Frau strengten gegen ihren Schwiegersohn ein Strafverfahren an. Er aber machte sich auf und davon, und ich wurde ins Gefängnis gesteckt. Wäre ich nicht leidlich hübsch gewesen, meine Schuldlosigkeit hätte mir nichts genützt. Der Richter setzte mich auf freien Fuß unter der Bedingung, daß er der Nachfolger des Arztes würde. Bald aber wurde ich von einer Nebenbuhlerin verdrängt, ohne Entgelt auf die Straße gesetzt und mußte nun dieses abscheuliche Gewerbe wiederaufnehmen, das euch Männern so angenehm erscheint, das aber uns nichts als Leid und Elend bringt. Ich ging nach Venedig, um hier mein Gewerbe zu betreiben. Oh, Herr Candide, wenn Sie wüßten, was es heißt, bald einen alten Händler, bald einen Advokaten, einen Mönch, einen Gondelführer oder einen Abbé – ganz gleichgültig wen! – liebkosen zu müssen, den unmöglichsten Belästigungen und Beschimpfungen ausgesetzt zu sein und so weit herunterzukommen, daß man einen Rock leihen muß, um ihn sich von irgendeinem widerlichen Kerl hochheben zu lassen. Wenn Sie wüßten, was es bedeutet, von dem einen um das bestohlen zu werden, was man bei einem anderen verdient hat, von Gerichtsbeamten erpreßt zu werden und keine andere Aussicht zu haben als ein schreckliches Alter, das in einem Spital oder auf dem Misthaufen endet – dann würden Sie selbst sagen, daß ich eines der unglücklichsten Geschöpfe von der Welt bin.«

So schüttete Paquette dem guten Candide in seinem Zimmer und im Beisein von Martin ihr Herz aus. »Wie Sie sehen, habe ich bereits die halbe Wette gewonnen«, sagte Martin zu Candide.

Bruder Giroflée war im Speisesaal geblieben und hatte in Erwartung des Mittagessens erst einmal einen tüchtigen Schluck getrunken. »Aber Sie sahen doch so vergnügt und zufrieden aus, als ich Sie traf«, sagte Candide zu Paquette, »Sie sangen doch vor sich hin und liebkosten den Theatiner so aufrichtig und herzlich! Sie erschienen mir ebenso glücklich, wie Sie Ihrer Behauptung nach unglücklich sind.« – »Ach Herr Candide, das ist auch noch eine Schattenseite unseres Berufes: Gestern wurde ich von einem Offizier bestohlen und verprügelt, und heute muß ich gute Laune vortäuschen, um einem Mönch zu gefallen.«

Candide hatte genug und gab zu, daß Martin im Recht war. Darauf setzten sie sich mit Paquette und dem Theatiner zu Tisch. Das Mahl verlief recht lustig, und als es zu Ende ging, hatte man etwas Vertrauen zueinander gefaßt. »Ehrwürdiger Vater«, wandte sich Candide an den Mönch, »mir scheint, das Schicksal hat Ihnen ein Los beschieden, um das Sie jedermann beneidet. Ihr Antlitz strahlt in blühender Gesundheit, und Ihr Gesichtsausdruck spiegelt Ihr inneres Glück wider. Sie haben ein hübsches Mädchen zu Ihrer Unterhaltung bei sich und scheinen mit Ihrem Beruf durchaus zufrieden zu sein.«

»Du liebe Güte«, entgegnete Bruder Giroflée, »ich wollte, alle Theatiner lägen auf dem Grunde des Meeres! Wohl hundertmal war ich nahe daran, das Kloster in Brand zu stecken, auf und davon zu gehen und Türke zu werden. Als ich fünfzehn Jahre alt war, zwangen mich meine Eltern, diesen abscheulichen Rock anzuziehen, damit meinem verwünschten älteren Bruder – Gott strafe ihn – ein um so größeres Vermögen zufiel. Neid, Zwietracht und die scheußlichsten Leidenschaften herrschen im Kloster. Es stimmt schon, daß ich ein paarmal schlechte Predigten gehalten habe, die mir etwas Geld einbrachten. Die Hälfte davon hat mir der Prior gestohlen, den Rest bringe ich mit Frauen durch. Aber wenn ich abends in das Kloster zurückkehre, möchte ich mir am liebsten den Schädel an der Mauer des Schlafsaales einrennen, und allen anderen Klosterbrüdern geht es ebenso.«

Mit seiner gewohnten Gelassenheit wandte sich Martin an Candide: »Na also! Habe ich nun nicht die ganze Wette gewonnen?« – Candide gab Paquette zweitausend und dem Bruder Giroflée tausend Piaster. »Ich garantiere Ihnen, daß die beiden damit glücklich sein werden.« – »Das glaube ich nie und nimmer«, entgegnete Martin, »vielleicht machen Sie sie mit diesen Piastern nur noch unglücklicher.« – »Komme, was da wolle«, entgegnete Candide, »eines tröstet mich jedoch: Wie ich sehe, trifft man zuweilen Menschen wieder, die man niemals wiederzufinden glaubte. Ebensogut wie ich meinen roten Hammel und Paquette wiedergefunden habe, könnte ich doch auch Kunigunde wiedertreffen.« – »Ich wünschte, sie könnte Euch eines Tages glücklich machen, aber ich bezweifle es sehr«, sagte Martin. – »Sie sind recht hart!« rief Candide. – »Ja, weil ich das Leben kenne«, gab Martin zur Antwort.

»Aber sehen Sie doch diese Gondelführer dort«, bemerkte Candide, »singen sie nicht in einem fort?« – »Ach ja, aber sehen Sie sie erst einmal zu Hause bei ihren Frauen und ihren Bälgern!« gab Martin zurück. »Der Doge hat seine Sorgen und die Gondelführer die ihren. Alles in allem ist freilich das Los eines Gondelführers dem eines Dogen vorzuziehen; aber ich halte den Unterschied für so gering, daß es nicht der Mühe wert ist, die Frage näher zu erörtern.«

»Man spricht hier so viel von einem Senator Pococurante«, sagte Candide. »Er wohnt in dem schönen Palast an der Brenta, und bei ihm sind sehr oft Ausländer zu Gast. Man behauptet, dieser Mann kenne keine Sorgen.« – »Ein so seltenes Exemplar würde ich mir gern ansehen«, meinte Martin, und sogleich ließ Candide Signor Pococurante um die Erlaubnis bitten, ihn am nächsten Tage besuchen zu dürfen.

FÜNFUNDZWANZIGSTES KAPITEL
Ein Besuch bei Signor Pococurante, einem venezianischen Edelmann

Candide und Martin ließen sich in einer Gondel auf der Brenta nach dem Palast des Nobile Pococurante fahren. Kunstvoll angelegte Gärten, in denen herrliche Marmorstatuen leuchteten, umrahmten den Palast, der durch seine prachtvolle Architektur auffiel. Der Herr des Hauses, ein schwerreicher, sechzigjähriger Mann, empfing die beiden Neugierigen sehr höflich, aber mit einer gewissen Zurückhaltung, die Candide etwas verwirrte, während sie Martin durchaus nicht störte.

Zunächst trugen zwei hübsche, sauber gekleidete junge Mädchen schäumende Schokolade auf. Candide konnte nicht umhin, ihre Schönheit, ihre Anmut und ihre Geschicklichkeit zu loben. »Es sind recht gutmütige Geschöpfe«, bemerkte der Senator Pococurante. »Ab und zu lasse ich sie sogar in meinem Bett schlafen, denn ich habe sie reichlich satt, die Damen aus der Stadt mit ihrer Kokettiererei, ihren Eifersüchteleien, ihrem Gezänk, ihren Launen, ihrer Kleinlichkeit, ihrem Dünkel, ihren Albernheiten und den Sonetten, die man selber für sie machen oder machen lassen muß. Aber schließlich fangen auch diese beiden Mädchen an, mich reichlich zu langweilen.«

Nach dem Frühstück durchwandelte Candide eine lange Galerie und war überrascht von der Schönheit der Gemälde, die dort hingen. Er erkundigte sich, welcher Meister die ersten beiden gemalt hätte. »Raffael«, antwortete der Senator. »Ich habe sie vor einigen Jahren aus Eitelkeit für schweres Geld gekauft. Wie man sagt, sind sie das Schönste, was es in Italien gibt, aber mir gefallen sie gar nicht. Die Farben sind sehr nachgedunkelt, die Gestalten sind nicht plastisch genug und kommen nicht genügend zur Geltung, und die Gewänder wirken in keiner Weise wie Stoffe. Kurzum, was man auch sagen mag – ich finde darin keine getreue Wiedergabe der Natur. Und für mich hat ein Gemälde nur dann Wert, wenn ich die Natur selbst vor mir zu sehen glaube. Aber solche Bilder gibt es nicht. Ich besitze viele Gemälde, aber ich sehe sie mir gar nicht mehr an.«

In der Zeit bis zum Mittagessen ließ Pococurante ein Konzert geben. Candide war entzückt von der Musik. »Eine halbe Stunde lang mag dieses Geräusch als Unterhaltung hingehen«, meinte Pococurante; »dauert es aber länger, so wirkt es ermüdend, obwohl niemand es einzugestehen wagt. Heutzutage ist die Musik nichts weiter als die Kunst, schwierige Passagen zu meistern. Aber etwas, das nur schwierig ist, vermag auf die Dauer nicht zu gefallen.

Die Oper würde mir vielleicht mehr zusagen, wenn man es nicht fertiggebracht hätte, ein Monstrum daraus zu machen, gegen das sich alles in mir empört. Mag hingehen, wer will, um sich diese schlechten Tragödien mit Musikbegleitung anzuhören, deren Szenen lediglich dazu da sind, Gelegenheit für zwei oder drei höchst unpassende und lächerliche Arien zu geben, durch die eine Sängerin ihre Kehle zur Geltung bringt. Mag, wer will oder kann, in Verzückung geraten, wenn irgendein Kastrat die Rolle des Cäsar oder Cato herunterträllert und mit unmöglichen Allüren auf den Brettern herumspaziert. Ich für mein Teil verzichte seit langem auf solche armseligen Genüsse, die heutzutage den Ruhm Italiens ausmachen und den Fürsten so viel Geld kosten.« Candide machte einige Einwände, wenn auch in aller Bescheidenheit; Martin jedoch war ganz der Meinung des Senators.

Sie setzten sich zu Tisch, und nach einem ausgezeichneten Mahl begab sich der Senator mit seinen Gästen in die Bibliothek. Als Candide einen prachtvoll gebundenen Homer erblickte, rühmte er den guten Geschmack des erlauchten Gastgebers. »An diesem Buch hatte der große Pangloß, Deutschlands berühmtester Philosoph, seine helle Freude«, rief Candide. »Ich nicht«, sagte Pococurante kühl. »Früher redete man mir ein, daß es eine Freude wäre, dieses Buch zu lesen. Aber diese ewig wiederkehrenden Kämpfe, die alle gleich sind, diese Götter, die bei all ihrer Geschäftigkeit doch nichts Entscheidendes tun, diese Helena, die zwar die Ursache des Krieges ist, aber kaum eine Rolle im Verlauf der weiteren Ereignisse spielt, und dieses Troja, das fortwährend belagert, aber nie eingenommen wird – all das langweilt mich tödlich. Ich habe schon mehrmals Gelehrte gefragt, ob sie sich bei dieser Lektüre ebenso langweilen wie ich. Und soweit sie aufrichtig waren, haben sie zugegeben, daß sie über dem Buch noch jedesmal eingeschlafen wären, daß man es aber – als ein Denkmal des Altertums – in seiner Bibliothek haben müsse, ebenso wie man verrostete Münzen, die nicht mehr im Umlauf sind, aufbewahrt.«

»Denken Euer Exzellenz etwa ebenso über Vergil?« fragte Candide. »Ich gebe zu«, versetzte Pococurante, »daß drei Bücher seiner Äneïs, und zwar das zweite, vierte und sechste, ausgezeichnet sind. Aber es dürfte wohl kaum etwas Nüchterneres und Unerfreulicheres geben als seinen frommen Äneas, den starken Cloanthus, den Freund Achates, den kleinen Ascanius und den schwachsinnigen König Latinus, dann die bürgerliche Amata und die geschmacklose Lavinia. Da ist mir der Tasso schon lieber und auch die Fabeleien Ariosts, bei denen man im Stehen einschlafen kann.«

»Dürfte ich mir die Frage erlauben«, warf Candide ein, »ob Ihnen die Lektüre des Horaz nicht viel Vergnügen bereitet?« – »Seine Werke enthalten Maximen, die sich ein Weltmann wohl zunutze machen kann und die sich in Form von wirkungsvollen Versen dem Gedächtnis leichter einprägen«, ließ sich Pococurante vernehmen. »Aber seine Reise nach Brindisi interessiert mich ebensowenig wie seine Beschreibung eines schlechten Gastmahles und das Waschweibergezänk zwischen irgendeinem Rupilius, dessen Worte, wie er sagt ›voll Eiter‹, und einem anderen, dessen Worte ›wie Essig‹ waren. Mit größtem Widerwillen habe ich seine groben Verse gegen die alten Weiber und die Hexen gelesen, und ich kann nichts Verdienstvolles dabei finden, wenn er seinem Freunde Mäcenas zuruft, er werde, wenn dieser ihn in die Reihe der lyrischen Dichter erhebe, mit seiner erhabenen Stirn die Sterne berühren. Nur Dummköpfe bewundern ausnahmslos alles, was berühmte Autoren schreiben. Ich lese nur für mich und schätze nur das, was mir dienlich ist.« Candide, der nicht dazu erzogen worden war, sich über irgend etwas ein selbständiges Urteil zu bilden, war sehr verwundert über das, was er zu hören bekam; Martin dagegen fand die Denkweise Pococurantes sehr vernünftig.

»Oh – hier steht ein Cicero!« rief Candide. »Ich glaube, diesen großen Mann werden Sie wohl immer lesen.« – »Ich denke gar nicht daran«, entgegnete der Venezianer, »was kümmert es mich, ob er Rabirius oder Cluentius verteidigt hat? Ich habe selber genug Prozesse zu führen. Mit seinen philosophischen Werken hätte ich mich schon befreunden können; als ich aber merkte, daß er an allem zweifelte, kam ich zu dem Schluß, er wisse auch nicht mehr als ich, und um unwissend zu bleiben, brauchte ich wahrlich niemanden.«

»Sieh da!« rief jetzt Martin. »Da ist ja eine achtzigbändige Sammlung von einer Akademie der Wissenschaften. Darin kann etwas Gutes stecken!« – »Ja«, sagte Pococurante, »das wäre schon der Fall, wenn ein einziger Verfasser dieses Wortschwalls wenigstens die Kunst, Stecknadeln zu machen, erfunden hätte; aber all diese Bände enthalten nichts weiter als nutzlose Systeme und absolut nichts Brauchbares.«

»Welch eine Unmenge Theaterstücke sehe ich da«, sagte Candide, »italienische, spanische, französische!« – »Ja«, meinte der Senator, »dreitausend Stück im ganzen, und keine drei Dutzend gute sind darunter! Und was diese Sammlung von Predigten betrifft, die alle zusammen nicht eine Seite Senecas aufwiegen, und diese dicken Bände theologischer Schriften – so glauben Sie nur ja nicht, daß ich sie jemals aufschlage, weder ich noch sonst jemand!«

Martin entdeckte Regale voll englischer Bücher. »Ein Republikaner müßte, denk' ich, seine Freude an den meisten dieser Werke haben, die doch im Geiste der Freiheit geschrieben sind.« – »Gewiß«, erwiderte Pococurante, »und es ist bestimmt sehr schön, wenn man das schreibt, was man denkt; das ist das Vorrecht der Menschen. In ganz Italien dagegen schreibt man nur das, was man nicht denkt. Die Bewohner des Landes, das einen Cäsar und einen Antoninus hervorgebracht hat, wagen es nicht, ohne Erlaubnis eines Jakobinermönches einen Gedanken zu haben. Ich wäre begeistert von dem Freiheitswillen, der die großen Geister der Engländer beseelt, wenn nicht Fanatismus und Parteigeist alles wieder verderben würden, was diese wunderbare Freiheit an Schätzenswertem besitzt.«

Candide bemerkte einen Band von Milton und fragte, ob der Senator wenigstens diesen Dichter für einen großen Mann hielte. »Wen?« rief Pococurante. »Diesen Barbaren, der in zehn Bänden voll schwerfälliger Verse des langen und breiten das erste Kapitel der Genesis kommentiert! Diesen plumpen Nachahmer der Griechen, der die Schöpfung entstellt und der, während nach Moses das ewige Wesen die Welt durch das Wort erschaffen hat, den Messias einen großen Zirkel aus einem Schrank im Himmel hervorholen läßt, um den Grundriß seines Werkes zu entwerfen? Ich sollte den Mann schätzen, der Tassos Hölle und Teufel verhunzt hat, der Luzifer bald in eine Kröte, bald in einen Zwerg verwandelte, der ihn hundertmal dieselben Reden aufwärmen und über Theologie disputieren läßt und der Ariostens spaßige Erfindung der Feuerwaffen mit dem größten Ernst nachahmt, indem er die Teufel mit Kanonen in den Himmel schießen läßt! Weder ich noch irgendein anderer Mensch in Italien hat an all diesen kläglichen Narreteien je Gefallen finden können. Die Vermählung der Sünde mit dem Tod – die Nattern, die dann von der Sünde geboren werden – solche Einfälle sind Brechmittel für einen Mann, der einigermaßen Geschmack besitzt, und seine langatmige Beschreibung eines Hospitals kann höchstens einem Totengräber gefallen. Diese düstere, seltsame und abstoßende Dichtung wurde schon bei ihrem Erscheinen abgelehnt, und ich beurteile sie heute nur so, wie die eigenen Zeitgenossen des Dichters es getan haben. Und übrigens: ich sage, was ich denke, und kümmere mich herzlich wenig darum, ob andere ebenso denken wie ich.« Candide bekümmerten diese Ansichten sehr. Er verehrte Homer und las Milton recht gern. »Ach«, sagte er leise zu Martin, »ich fürchte, daß dieser Mann höchst verächtlich von unseren deutschen Dichtern denkt.« – »Das wäre weiter kein Unglück«, meinte Martin. »Oh, was für ein überlegener Mann!« murmelte Candide zwischen den Zähnen. »Welch großer Geist, dieser Pococurante! Nichts vermag ihm zu gefallen.«

Nachdem sie auf diese Weise die ganze Bibliothek besichtigt hatten, gingen sie in den Garten hinab, dessen Schönheit Candide begeisterte Lobpreisungen entlockte. »Ich kann mir nichts Geschmackloseres vorstellen«, ließ sich der Hausherr vernehmen; »das ist ja alles nur Spielerei. Ich will aber morgen einen Garten nach einem kunstvolleren Entwurf anlegen lassen.«

Als die beiden Neugierigen sich von seiner Exzellenz verabschiedet hatten, sagte Candide zu Martin: »Nicht wahr, Sie müssen doch zugeben, daß Signor Pococurante der glücklichste Mensch von der Welt ist, denn er steht hoch über allem, was er besitzt.« – »Sehen Sie denn nicht, daß ihn sein ganzer Besitz anwidert? Platon hat schon vor langer Zeit gesagt, daß es nicht die besten Mägen sind, die jede Nahrung zurückweisen.« – »Aber macht es denn keine Freude, alles zu kritisieren und da Mängel herauszufinden, wo andere Menschen nur Schönheiten sehen?« fragte Candide. – »Das heißt also«, gab Martin zurück, »daß er ein Vergnügen daran hat, kein Vergnügen zu haben!« – »So«, sagte Candide, »dann gibt es also außer mir, wenn ich Fräulein Kunigunde wiedergesehen habe, keinen glücklichen Menschen weiter.« – »Es ist immer gut, die Hoffnung nicht sinken zu lassen«, meinte Martin.

Unterdessen verstrichen die Tage und Wochen, und Cacambo kehrte nicht zurück. Candide war so in seinen Schmerz versunken, daß er sich nicht einmal Gedanken darüber machte, daß weder Paquette noch der Bruder Giroflée gekommen waren, um sich bei ihm zu bedanken.

SECHSUNDZWANZIGSTES KAPITEL

Von einem Abendessen, das Candide und Martin mit sechs Ausländern einnahmen, und wer diese waren

Als Candide und Martin sich eines Abends mit einigen Ausländern, die im selben Gasthof wohnten, zu Tisch setzen wollten, trat ein Mann von sehr dunkler Hautfarbe an Candide heran, faßte ihn beim Arm und sagte: »Halten Sie sich bereit, mit uns abzureisen. Versäumen Sie es ja nicht!« Candide wandte sich um und sah Cacambo vor sich stehen. Nur der Anblick Kunigundes hätte ihn noch mehr überraschen und erfreuen können. Fast närrisch vor Glück, umarmte er seinen Freund. »Kunigunde ist hier, nicht wahr? Wo ist sie? Führe mich zu ihr, ich möchte vor Freude mit ihr sterben.« – »Nein, Kunigunde ist nicht hier, sie ist in Konstantinopel«, erwiderte Cacambo. – »O Gott, in Konstantinopel! Aber selbst wenn sie in China wäre – ich würde zu ihr fliegen! Komm, komm!« – »Wir fahren erst nach dem Abendessen«, versetzte Cacambo, »mehr kann ich Ihnen nicht sagen. Ich bin Sklave. Mein Herr erwartet mich, und ich muß jetzt fort, um ihn bei Tisch zu bedienen. Sagen Sie kein Wort, essen Sie und halten Sie sich bereit.«

Schmerz und Freude bestürmten gleichzeitig Candides Herz. Er war entzückt, seinen treuen Diener wiederzusehen, aber sehr erstaunt darüber, daß er ihn als Sklaven wiederfand. Sein Herz begann aufgeregt zu klopfen, und der Gedanke an ein Wiedersehen mit seiner Geliebten brachte ihn ganz aus der Fassung. Mit Martin, den all diese Abenteuer nicht im mindesten berührten, und mit den sechs Fremden, die die Karnevalszeit in Venedig verbringen wollten, setzte er sich zu Tisch.

Cacambo, der einem der Fremden Wein einschenkte, beugte sich gegen Ende des Mahles zu seinem Herrn herab und flüsterte ihm ins Ohr: »Sire, Eure Majestät können abreisen, wann es Euer Majestät beliebt. Das Schiff liegt bereits unter Segel.« Nach diesen Worten ging er hinaus. Die übrigen Gäste sahen sich verwundert an und verstummten, als ein anderer Diener an seinen Herrn herantrat und sagte: »Sire, der Wagen Eurer Majestät steht in Padua, und die Barke ist zur Ausfahrt bereit.« Auf einen Wink seines Herrn verschwand der Diener. Alle Gäste sahen sich wiederum an, und die allgemeine Verwunderung wuchs, denn nun näherte sich ein dritter Diener dem dritten Fremden und sprach zu ihm: »Sire, glauben Sie mir, Eure Majestät dürfen nicht länger hierbleiben. Ich werde alles vorbereiten.« Und damit verschwand er.

Candide und Martin zweifelten nicht mehr daran, daß es sich um einen Karnevalsscherz handelte. Da wandte sich ein vierter Diener an den vierten Herrn: »Eure Majestät können abreisen, wann es Majestät beliebt«, und ging hinaus wie die anderen. Dasselbe sprach der fünfte Diener zu dem fünften Herrn, aber der sechste Diener sagte, abweichend von den anderen, zu dem sechsten Herrn, der neben Candide saß: »Mein Gott, Sire, niemand will Euer Majestät mehr etwas borgen und mir auch nicht. Es ist leicht möglich, daß man uns beide heute nacht einsteckt. Ich muß zusehen, wie ich davonkomme. Leben Sie wohl!«

Nachdem alle Diener verschwunden waren, verharrten die sechs Fremden, Candide und Martin in tiefem Schweigen. Endlich unterbrach Candide die Stille: »Welch ein seltsamer Scherz ist das, meine Herren? Warum sind Sie alle Könige? Ich sage Ihnen ganz offen, weder ich noch Martin sind Könige.«

Da ergriff Cacambos Herr das Wort und sprach mit feierlicher Würde auf italienisch: »Ich scherze keineswegs. Ich bin Achmed III. und war mehrere Jahre Großsultan. Ich hatte meinen Bruder entthront, und mein Neffe entthronte mich. Meinen Wesiren wurde der Kopf abgeschnitten, und ich verbringe nun den Rest meines Lebens im alten Serail. Ab und zu erlaubt mir jedoch mein Neffe, der Großsultan Mahmud, eine Erholungsreise zu machen, und so bin ich nach Venedig gekommen, um hier den Karneval zu verleben.«

Darauf sprach der junge Mann, der neben Achmed saß: »Ich heiße Iwan und bin Zar aller Reußen gewesen. Ich wurde schon entthront, als ich noch in der Wiege lag. Mein Vater und meine Mutter wurden eingekerkert, und ich wurde im Gefängnis aufgezogen. Zuweilen wird mir erlaubt, unter Bewachung eine Reise zu machen, und so bin ich diesmal zum Karneval nach Venedig gefahren.«

»Ich bin Karl Eduard, König von England«, erzählte der dritte. »Mein Vater hat mir seine königlichen Rechte abgetreten, und ich habe schwer gekämpft, um sie zu behaupten. Achthunderten meiner Anhänger hat man das Herz aus dem Leibe gerissen und es ihnen um die Ohren geschlagen; ich selber wurde ins Gefängnis geworfen. Jetzt bin ich auf dem Wege nach Rom, um dem König, meinem Vater, der ebenso wie mein Großvater und ich entthront wurde, einen Besuch abzustatten. Nach Venedig bin ich gekommen, um hier die Karnevalszeit zu verbringen.«

Danach nahm der vierte das Wort: »Ich bin der König der Polen. Durch den Krieg bin ich meiner Erbstaaten beraubt worden. Schon meinem Vater ist dasselbe Mißgeschick widerfahren. Ich beuge mich der Vorsehung wie der Sultan Achmed, der Zar Iwan und der König Karl Eduard, denen Gott ein langes Leben schenken möge! Auch ich bin gekommen, um den Karneval in Venedig mitzuerleben.«

»Ich bin ebenfalls ein König der Polen«, sagte der fünfte. »Ich habe mein Königreich schon zum zweitenmal verloren, aber die Vorsehung hat mir einen anderen Staat gegeben, in dem ich mehr Gutes geleistet habe, als alle Sarmatenkönige zusammen jemals an den Ufern der Weichsel getan haben. Auch ich füge mich der Vorsehung. Und jetzt bin ich gekommen, um den Karneval in Venedig mitzumachen.«

Nun fehlte nur noch der sechste Monarch. »Meine Herren«, sprach er, »ich bin zwar kein so großer Herr wie Sie, aber schließlich bin ich ebensogut wie andere König gewesen. Ich heiße Theodor und wurde zum König von Korsika gewählt. Einst redete man mich ›Eure Majestät‹ an, jetzt sagt kaum noch jemand ›Herr‹ zu mir. Früher habe ich Geld prägen lassen, jetzt besitze ich keinen Heller mehr. Ich hatte zwei Staatssekretäre, heute habe ich kaum noch einen Diener. Einst saß ich auf einem Thron, doch dann habe ich lange Zeit im Londoner Gefängnis auf Stroh gelegen. Ich fürchte sehr, daß es mir hier ebenso ergehen könnte, obwohl ich doch nur wie Eure Majestäten hierhergekommen bin, um die Karnevalszeit in Venedig zu verbringen.«

Die fünf anderen Könige hörten diese Erzählung mit edler Teilnahme an, und jeder von ihnen gab dem König Theodor zwanzig Zechinen, damit er sich Kleider und Wäsche kaufen konnte. Candide schenkte ihm einen Diamanten im Werte von zweitausend Zechinen. »Wer ist eigentlich dieser einfache Privatmann, der in der Lage ist, hundertmal soviel zu geben als unsereiner, und es sogar tut?« fragten sich die fünf Könige.

In dem Augenblick, da man sich von der Tafel erhob, stiegen in dem Gasthof vier Durchlauchtigste Hoheiten ab, die ebenfalls durch unglückliche Kriege ihre Staaten verloren hatten und die nun die letzten Tage des Karnevals in Venedig verleben wollten. Candide schenkte diesen Neuankömmlingen keinerlei Beachtung. Ihn beschäftigte einzig und allein der Gedanke, nach Konstantinopel zu reisen, um dort seine geliebte Kunigunde wiederzutreffen.

SIEBENUNDZWANZIGSTES KAPITEL
Candides Reise nach Konstantinopel

Der treue Cacambo hatte bereits bei dem türkischen Schiffsherrn, der den Sultan Achmed nach Konstantinopel zurückbringen sollte, erreicht, daß Candide und Martin mitfahren durften. Beide begaben sich an Bord, nachdem sie sich vor Seiner bemitleidenswerten Hoheit noch einmal tief verneigt hatten. Unterwegs sagte Candide zu Martin: »Es waren also doch sechs entthronte Könige, mit denen wir zu Abend gegessen haben, und obendrein war einer darunter, dem ich ein Almosen gegeben habe. Vielleicht gibt es noch viele andere Fürsten, die weit unglücklicher sind. Ich habe immerhin nur hundert Hammel verloren – und fliege jetzt in Kunigundes Arme! Mein lieber Martin, ich sehe wieder einmal ein, daß Pangloß recht hatte, wenn er sagte: Alles ist gut.« – »Ich wünschte, es wäre so«, versetzte Martin. – »Im übrigen ist das, was wir da in Venedig erlebt haben, recht unwahrscheinlich«, meinte Candide. »Man hat doch niemals gehört oder gesehen, daß sechs entthronte Könige zusammen in einem Gasthaus gespeist haben!« – »Das ist nicht ungewöhnlicher als der größte Teil der Erlebnisse, die wir gehabt haben«, ließ sich Martin vernehmen. »Daß Könige gestürzt werden, ist etwas ganz Alltägliches. Und was die Ehre anbetrifft, mit ihnen zusammen gegessen zu haben, so ist das nur eine Lappalie, die keinerlei Beachtung verdient.«

Kaum war Candide an Bord gegangen, so fiel er auch schon seinem alten Diener und Freund Cacambo um den Hals. »Sag mir, was macht Kunigunde?« rief er. »Ist sie noch immer ein Wunder an Schönheit? Liebt sie mich immer noch? Wie geht es ihr? Du hast ihr doch sicher einen Palast in Konstantinopel gekauft?«

»Mein teurer Herr und Gebieter«, antwortete Cacambo, »Kunigunde wäscht am Ufer der Propontis Geschirr für einen hohen Herrn, der allerdings nur wenig Geschirr besitzt. Sie ist Sklavin im Hause des alten Fürsten Rákóczi, dem der Sultan drei Taler pro Tag auf seinem Ruhesitz auszahlen läßt. Das traurigste aber ist, daß ihre ganze Schönheit dahin ist. Sie ist entsetzlich häßlich geworden.« – »Einerlei«, rief Candide, »ob schön oder häßlich – ich bin ein Ehrenmann, und es ist meine Pflicht, sie in alle Ewigkeit zu lieben. Aber wie konnte sie nur so herunterkommen, da du doch fünf oder sechs Millionen für sie mitgenommen hattest?« – »Allerdings«, entgegnete Cacambo, »aber ich mußte dem Gouverneur von Buenos Aires, Señor Don Fernando d'Ibara y Figueora y Mascarenes y Lampurdos y Souza zwei Millionen für die Erlaubnis geben, Fräulein Kunigunde mitnehmen zu dürfen. Und um den gesamten Rest hat uns ein biederer Pirat gebracht, der uns nach Kap Matapan, Milo, Nikaria, nach Samos, Petra und den Dardanellen und schließlich durchs Marmarameer nach Skutari schleppte. Kunigunde und die Alte sind Dienstmägde bei dem Fürsten, von dem ich sprach, und ich bin Sklave des entthronten Sultans.« – »Welch eine entsetzliche Verkettung von Mißgeschikken!« rief Candide. »Aber schließlich habe ich ja noch ein paar Diamanten, und damit werde ich Kunigunde ohne weiteres loskaufen können. Nur schade, daß sie so häßlich geworden ist!«

Hierauf wandte er sich an Martin: »Wer, meinen Sie, ist nun am meisten zu bedauern: der Sultan Achmed, Zar Iwan, König Karl Eduard oder ich?« – »Das kann ich nicht sagen«, antwortete Martin, »denn um das zu wissen, müßte ich in ihrer Haut stecken.« – »Ach«, meinte Candide, »wäre Pangloß hier, der wüßte es und könnte es uns sagen.« – »Ich weiß nicht, mit welcher Waage Ihr Pangloß das Unglück der Menschen abwägen und ihr Leid abmessen könnte«, sagte Martin. »Aber ich vermute doch, daß es Millionen von Menschen auf Erden gibt, die hundertmal mehr zu beklagen sind als König Karl Eduard, Zar Iwan und der Sultan Achmed.« – »Das kann wohl sein«, gab Candide zu.

In wenigen Tagen erreichten sie den Kanal, der ins Schwarze Meer mündet. Candide kaufte Cacambo sogleich für eine enorm hohe Summe los und bestieg, ohne Zeit zu verlieren, mit seinem Gefährten eine Galeere, um an den Ufern der Propontis Kunigunde zu suchen – wie häßlich sie auch immer geworden sein mochte.

Unter den Galeerensklaven befanden sich zwei Sträflinge, die sehr schlecht ruderten und denen der Galeerenführer von Zeit zu Zeit mit dem Ochsenziemer Hiebe auf die nackten Schultern versetzte. Einer natürlichen Regung folgend, betrachtete Candide sie genauer als die übrigen Sträflinge und näherte sich ihnen voller Mitleid. Gewisse Züge ihrer entstellten Gesichter erinnerten ihn an Pangloß und jenen unglücklichen Jesuitenbaron, den Bruder von Fräulein Kunigunde. Diese Gedanken erschütterten und betrübten Candide, und er ließ die beiden nicht mehr aus den Augen. »Wahrhaftig«, sagte er zu Cacambo, »hätte ich nicht mit eigenen Augen gesehen, wie Pangloß gehängt wurde, und hätte ich nicht das Unglück gehabt, den Baron zu töten – ich würde glauben, sie wären es, die hier an die Ruderbank gekettet sind.«

Bei den Worten »Baron« und »Pangloß« schrien die beiden Sträflinge laut auf, blieben wie erstarrt sitzen und ließen ihre Ruder fallen. Der Galeerenführer stürzte herbei und verdoppelte seine Schläge. »Haltet ein, haltet ein!« schrie Candide. »Ihr sollt so viel Geld haben, wie Ihr wollt!« – »Das ist doch Candide?« rief einer der Sklaven. – »Candide ist es!« schrie der andere. – »Träume ich«, fragte sich Candide, »oder wache ich? Bin ich wirklich auf einer Galeere? Ist das dort der Herr Baron, den ich umgebracht habe? Und ist das wirklich Meister Pangloß, den ich habe hängen sehen?«

»Ja – wir sind's! Wir sind's!« antworteten sie. »Was, das ist der große Philosoph?« erkundigte sich Martin. »Heda, Herr Galeerenführer«, rief Candide, »was verlangt Ihr an Lösegeld für den Herrn von Thunder ten Tronck, einen der ersten Barone des Reiches, und für Herrn Pangloß, den gelehrtesten Metaphysiker Deutschlands?« – »Du Christenhund«, gab der Galeerenführer zur Antwort, »da der eine dieser christlichen Sklavenhunde Baron und der andere Metaphysiker ist, was in ihrem Vaterlande zweifellos hohe Würden sind, sollst du mir fünfzigtausend Zechinen bezahlen.« – »Ihr sollt sie haben! Fahrt mich nur schnell wie der Blitz nach Konstantinopel zurück, und Ihr sollt auf der Stelle Euer Geld haben. Doch nein, bringt mich zuerst zu Fräulein Kunigunde!« Der Galeerenführer hatte auf das erste Angebot Candides hin bereits das Steuer herumgeworfen und ließ nun, schneller als ein Vogel durch die Lüfte schießt, in Richtung auf die Stadt rudern.

Wohl hundertmal umarmte Candide den Baron und Pangloß. »Aber habe ich Sie denn nicht getötet, mein teurer Baron? Und Sie, mein lieber Pangloß, wie kommt es, daß Sie am Leben sind, nachdem Sie gehängt worden waren? Und warum sind Sie beide Galeerensträflinge in der Türkei?« – »Ist es denn wirklich wahr, daß meine teure Schwester in diesem Lande ist?« erkundigte sich der Baron, und Cacambo bejahte es. »So sehe ich also meinen lieben Candide wieder!« rief Pangloß. Candide machte sie mit Martin und Cacambo bekannt, und alle umarmten sich und redeten durcheinander. Indessen flog die Galeere dahin – und schon lief sie in den Hafen ein. Man ließ einen Juden kommen, dem Candide einen Diamanten für fünfzigtausend Zechinen verkaufte, der eigentlich hunderttausend wert war; aber der Jude schwor bei Abraham, daß er nicht mehr geben könne. Unverzüglich bezahlte Candide das Lösegeld für den Baron und für Pangloß. Der letztere warf sich seinem Befreier zu Füßen und benetzte sie mit seinen Tränen; der andere jedoch dankte ihm mit einem Kopfnicken und versprach, ihm das Geld bei der nächsten Gelegenheit zurückzuzahlen. »Wie ist es denn aber möglich, daß meine Schwester in der Türkei ist?« fragte er. »Es muß ja möglich sein«, gab Cacambo zurück, »da sie bei einem Fürsten von Transsylvanien das Tafelgeschirr aufwäscht.« Sofort ließ man zwei Juden kommen, und Candide verkaufte nochmals Diamanten, worauf sie alle auf einer anderen Galeere wieder abfuhren, um Kunigunde zu befreien.

ACHTUNDZWANZIGSTES KAPITEL

Was Candide, Kunigunde, Pangloß und Martin widerfuhr

»Verzeihung«, sprach Candide zu dem Baron, »ich bitte noch einmal um Verzeihung, ehrwürdiger Vater, daß ich Ihnen den Degen in den Leib rannte.« – »Ach, reden wir nicht mehr davon«, versetzte der Baron; »ich war etwas zu heftig, das muß ich zugeben. Aber Sie wollten ja wissen, durch welchen Zufall ich Galeerensklave geworden bin, und so will ich Ihnen erzählen, wie das geschah: Nachdem der Bruder Apotheker vom Jesuitenkollegium meine Wunden geheilt hatte, wurde ich von einem spanischen Trupp angegriffen und gefangengenommen. Ich wurde in Buenos Aires ins Gefängnis geworfen, und zwar kurz nachdem meine Schwester die Stadt verlassen hatte. Ich bat, zum Pater General nach Rom zurückkehren zu dürfen, und wurde dann zum Almosenpfleger bei dem französischen Botschafter in Konstantinopel ernannt. Kaum acht Tage nach meinem Amtsantritt begegnete ich eines Abends einem jungen, gutgewachsenen Itschoglan. Es war recht heiß, und der junge Mann wollte gerade baden gehen. Ich schloß mich ihm an, wußte aber nicht, daß es ein schweres Verbrechen für einen Christen ist, völlig nackt mit einem jungen Muselmann angetroffen zu werden. Ein Kadi ließ mir hundert Stockschläge auf die Fußsohlen verabreichen und verurteilte mich zur Galeere. Ich glaube nicht, daß jemals eine größere Ungerechtigkeit begangen worden ist. Aber ich möchte nun gern wissen, warum meine Schwester in der Küche eines transsylvanischen Fürsten arbeitet, der zu den Türken geflüchtet ist.« – »Und Sie, mein teurer Pangloß«, wandte sich Candide an diesen, »wie kommt es, daß ich auch Sie wiedersehe?« – »Ja, allerdings, Sie haben mich hängen sehen«, antwortete Pangloß. »Eigentlich sollte ich verbrannt werden, aber Sie erinnern sich doch, daß es in Strömen regnete, als man mich rösten wollte, und der Sturm wütete so heftig, daß man es aufgeben mußte, Feuer anzufachen, und so blieb nichts anderes übrig, als mich aufzuhängen. Ein Chirurg kaufte meinen Leichnam und schaffte mich nach Hause, um mich zu sezieren. Zunächst machte er einen Kreuzschnitt vom Nabel bis zum Schlüsselbein. Schlechter als ich ist wohl niemals jemand gehängt worden, denn der Scharfrichter der Heiligen Inquisition, ein Subdiakon, verstand sich zwar aufs Verbrennen von Menschen, im Henken aber hatte er keine Übung. Der Strick war naß und glitt so schlecht, daß die Schlinge sich verknotete – jedenfalls atmete ich noch. Bei dem Kreuzschnitt stieß ich einen so fürchterlichen Schrei aus, daß mein Wundarzt umfiel. Er glaubte, er hätte den Teufel seziert, lief in seiner Todesangst auf und davon und fiel auf seiner Flucht auch noch die Treppe hinunter. Bei diesem Lärm stürzte seine Frau aus dem Nebenzimmer herein, und als sie mich mit meinem Kreuzschnitt auf dem Operationstisch liegen sah, erschrak sie noch mehr als ihr Mann und rannte davon. Sie stolperte über ihren Mann und fiel ebenfalls hin. Als die beiden sich etwas von ihrem Schreck erholt hatten, hörte ich, wie die Frau Doktor zu dem Herrn Doktor sagte: ›Aber, mein Lieber, wie konntest du nur auf den Gedanken kommen, einen Ketzer zu sezieren? Weißt du denn nicht, daß diese Leute immer den Teufel im Leib haben? Ich will schnell einen Priester holen, damit er ihn austreibt!‹ Mich schauderte bei diesen Worten, und mit dem Aufwand meiner letzten Kräfte schrie ich: ›Habt Mitleid mit mir!‹ Schließlich faßte sich ein portugiesischer Barbier ein Herz und nähte meine Haut wieder zusammen. Seine Frau pflegte mich sogar, und nach vierzehn Tagen war ich wieder auf den Beinen. Der Barbier verschaffte mir eine Stellung als Lakai bei einem Malteserritter, der nach Venedig reiste. Da aber mein Herr mich nicht bezahlen konnte, trat ich in den Dienst eines venezianischen Kaufmannes und begleitete ihn nach Konstantinopel.

Eines Tages hatte ich Lust, in eine Moschee zu gehen. Nur ein alter Imam befand sich darin und eine sehr hübsche andächtige junge Dame, die ihre Gebete verrichtete. Ihr Busen war völlig entblößt, und zwischen ihren Brüsten trug sie einen wunderschönen Strauß von Tulpen, Rosen, Anemonen, Ranunkeln, Hyazinthen und Aurikeln. Plötzlich fiel der Strauß zu Boden. Ich hob ihn auf und steckte ihn eifrig und ehrerbietig an seinen Platz zurück. Dazu brauchte ich aber so viel Zeit, daß der Imam in Zorn geriet, und als er gar merkte, daß ich Christ war, rief er Hilfe herbei. Ich wurde zum Kadi geschleppt, bekam hundert Stockschläge auf die Fußsohlen und wurde zum Galeerendienst verurteilt. Mit dem Herrn Baron wurde ich auf derselben Galeere an dieselbe Ruderbank gekettet. Vier junge Leute aus Marseille, fünf neapolitanische Priester und zwei Mönche aus Korfu, die sich ebenfalls auf der Galeere befanden, sagten uns, daß dergleichen Dinge alle Tage vorkämen. Der Herr Baron war überzeugt, daß ihm eine weit größere Ungerechtigkeit widerfahren sei als mir, ich dagegen behauptete, es wäre viel eher erlaubt, einen Strauß wieder an den Busen einer

Frau zu stecken, als völlig nackt mit einem Itschoglan zusammen zu sein. Darüber stritten wir uns unaufhörlich und bekamen Tag für Tag zwanzig Hiebe mit dem Ochsenziemer, bis die Verkettung der Geschehnisse in dieser Welt Sie auf unsere Galeere führte und wir von Ihnen losgekauft wurden.«

»Nun, mein lieber Pangloß«, sagte Candide zu ihm, »als Sie gehängt, seziert, geschlagen wurden und auf der Galeere rudern mußten, haben Sie da immer noch geglaubt, daß alles in der Welt aufs beste eingerichtet ist?« – »Ja, ich bin immer noch derselben Meinung«, war Pangloß' Antwort; »denn schließlich bin ich Philosoph, und es ist mir daher unmöglich, meine Worte zu widerrufen, um so weniger, als Leibniz ja nicht unrecht haben kann und es im übrigen nichts Schöneres auf der Welt gibt als die prästabilierte Harmonie, den erfüllten Raum und die immaterielle Substanz.«

NEUNUNDZWANZIGSTES KAPITEL
Wie Candide Kunigunde und die Alte wiederfand

Während Candide, der Baron, Pangloß, Martin und Cacambo sich ihre Abenteuer erzählten und Betrachtungen über die zufälligen und nicht zufälligen Geschehnisse dieser Welt anstellten, während sie über Ursachen und Wirkungen, über das geistige und physische Übel, über Freiheit und Notwendigkeit disputierten und auch über das Tröstliche, das man selbst einem Leben als türkischer Galeerensklave abgewinnen kann, legte das Schiff vor dem Hause des transsylvanischen Fürsten am Ufer der Propontis an. Das erste, was sie erblickten, waren Kunigunde und die Alte, die gerade Handtücher zum Trocknen aufhängten. Der Baron erbleichte bei diesem Anblick. Als jedoch der zärtliche Liebhaber Candide seine schöne Kunigunde braungebrannt, mit geröteten Augen, eingefallenem Busen, runzligen Wangen und roten, aufgesprungenen Händen wiedersah, wich er vor Entsetzen einige Schritte zurück, faßte sich aber als wohlerzogener Mann sofort wieder und ging auf sie zu. Kunigunde umarmte Candide und ihren Bruder, die Alte wurde von den Ankommenden umarmt, und Candide kaufte sie beide los.

In der Nachbarschaft lag ein kleiner Meierhof. Die Alte machte Candide den Vorschlag, das Gut so lange zu pachten, bis sich ihre Lage günstiger gestaltet hätte.

Kunigunde wußte nicht, daß sie häßlich geworden war, denn niemand hatte es ihr zu verstehen gegeben. Sie erinnerte Candide in so bestimmtem Ton an sein Heiratsversprechen, daß der gutmütige Candide nicht zu widersprechen wagte. Er teilte also dem Baron mit, daß er sich mit seiner Schwester zu verheiraten gedenke. »Niemals werde ich eine derartige Erniedrigung meiner Schwester und eine solche Unverschämtheit von Ihnen dulden!« rief der Baron. »So viel Ehrlosigkeit soll mir niemand vorwerfen können. Für die Kinder meiner Schwester wäre es ja unmöglich, in ein deutsches Ordensstift einzutreten. Nein, meine Schwester wird nur einen deutschen Reichsbaron heiraten!« Kunigunde warf sich ihrem Bruder zu Füßen und benetzte sie mit ihren Tränen; er aber blieb unerbittlich. »Du Erznarr«, schrie Candide ihn an; »ich habe dich vom Galeerendienst befreit, ich habe für dich Lösegeld bezahlt und auch für deine Schwester. Sie hat hier Geschirr aufgewaschen, sie ist häßlich geworden, und ich bin gutmütig genug, sie zur Frau nehmen zu wollen – und da wagst du noch, dich zu widersetzen? Ich könnte dich weiß Gott noch einmal umbringen, wenn ich meiner Wut die Zügel schießen ließe.« – »Du kannst mich noch einmal töten«, schrie der Baron zurück, »aber solange ich lebe, wirst du meine Schwester nicht heiraten!«

DREISSIGSTES KAPITEL
Schluß

Im Grunde seines Herzens verspürte Candide nicht die geringste Lust, Kunigunde zu heiraten, aber die unerhörte Arroganz des Barons bestimmte ihn, auf seinem einmal gefaßten Entschluß zu bestehen. Auch drängte ihn Kunigunde so energisch, daß er es nicht über sich brachte, sein Versprechen zurückzuziehen. Er fragte Pangloß, Martin und den treuen Cacambo um Rat. Pangloß verfaßte eine ausgezeichnete Denkschrift, in der er nachwies, daß der Baron keinerlei Rechte auf seine Schwester hätte und daß sie nach den geltenden Reichsgesetzen eine morganatische Ehe mit Candide eingehen könnte. Martin hielt es für das beste, den Baron ins Meer zu werfen. Cacambo schlug vor, ihn wieder auf die Galeere zu bringen und dem Galeerenführer zu übergeben; später könnte man ihn ja mit dem ersten besten Schiff dem Pater General schicken. Dieser Vorschlag fand allgemeinen Beifall, auch die Alte billigte ihn. Der Schwester sagte man nichts. Mit Hilfe des nötigen Geldes wurde der Plan ausgeführt, und so hatte man die Genugtuung, einen Jesuiten hinters Licht zu führen und den Hochmut eines deutschen Barons zu bestrafen.

Man sollte meinen, daß Candide, der nach so viel Schicksalsschlägen nun endlich mit seiner Geliebten vereint und überdies im Besitze vieler Diamanten war, die er aus der Heimat der alten Inkas mitgebracht hatte, von jetzt ab mit Kunigunde, den Philosophen Pangloß und Martin, dem klugen Cacambo und der Alten das angenehmste Leben von der Welt führte. Aber er war derartig von den Juden übervorteilt worden, daß ihm nichts als seine kleine Meierei geblieben war. Seine Frau, die alle Tage häßlicher wurde, war zänkisch und unausstehlich; die Alte kränkelte und war noch mißmutiger als Kunigunde; Cacambo, der den Garten bestellte und das Gemüse zum Verkauf nach Konstantinopel brachte, war mit Arbeit überlastet und verwünschte sein Schicksal; Pangloß war verzweifelt darüber, daß er nicht an irgendeiner deutschen Universität glänzen konnte. Was Martin anbetrifft, so war er fest davon überzeugt, daß man überall gleich schlecht daran sei, und so ließ er geduldig alles über sich ergehen. Manchmal disputierten Candide, Martin und Pangloß über Metaphysik und Moral. Sie sahen des öfteren Schiffe an der Meierei vorüberfahren mit Effendis, Paschas und Kadis, die nach Lemnos, Mytilene und Erzerum in die Verbannung geschickt wurden. Es kamen andere Kadis, andere Paschas, andere Effendis, die die Stelle der Vertriebenen einnahmen und dann ihrerseits eines Tages abgesetzt wurden. Man sah auch sauber verpackte Köpfe, die der Hohen Pforte als Geschenk überbracht werden sollten. Solche Wahrnehmungen gaben immer wieder Stoff zu neuen Erörterungen, und wenn man nicht disputierte, war die Langeweile so über die Maßen groß, daß die Alte sich eines Tages zu sagen erlaubte: »Ich möchte wirklich wissen, was schlimmer ist: hundertmal von Negerpiraten vergewaltigt zu werden, nur eine Hinterbacke zu haben, bei den Bulgaren Spießruten zu laufen, bei einem Autodafé ausgepeitscht und gehängt und dann bei lebendigem Leibe seziert zu werden, an die Galeerenbank gekettet zu sein – kurz, all das Elend zu erdulden, das wir alle durchgemacht haben, oder lieber hier zu sitzen und sich vor lauter Nichtstun tödlich zu langweilen?« – »Das ist eine schwierige Frage«, meinte Candide.

Dieses Gespräch gab zu neuen Betrachtungen Anlaß, und es war vor allem Martin, der zu dem Schluß kam, daß der Mensch dazu geboren sei, entweder unter der Geißel der Ruhelosigkeit oder in der Lethargie der Langeweile zu leben. Candide war damit nicht einverstanden, aber er stellte auch keine bestimmte Gegenbehauptung auf. Pangloß gab zu, daß er sein Lebtag entsetzlich hatte leiden müssen; aber da er nun einmal behauptet hatte, alles sei aufs beste bestellt, so blieb er eben dabei, auch wenn er selber nicht mehr daran glaubte.

Da ereignete sich etwas, das Martin in seinen abscheulichen Grundsätzen noch bestärkte, Candide unschlüssiger denn je machte und Pangloß in Verlegenheit brachte: Eines Tages erschienen nämlich Paquette und der Bruder Giroflée in geradezu bejammernswertem Zustand in der Meierei. Ihre dreitausend Piaster hatten sie sehr schnell aufgebraucht; dann hatten sie sich getrennt, hatten sich ausgesöhnt, dann wieder entzweit, waren ins Gefängnis geworfen worden, geflüchtet – und schließlich wurde Bruder Giroflée Türke. Paquette betrieb ihr Gewerbe überall weiter, verdiente aber nichts mehr dabei. »Ich habe ja vorausgesehen, daß Ihre Geschenke bald durchgebracht und die beiden nur noch unglücklicher sein würden«, sagte Martin zu Candide. »Sie haben Millionen von Piastern vertan, Sie und Cacambo, und Sie sind auch nicht glücklicher als Bruder Giroflée und Paquette.« – »O Gott, o Gott«, rief Pangloß beim Anblick Paquettes aus, »führt dich der Himmel also wieder zu uns! Mein armes Kind, weißt du auch, daß du mich die Nasenspitze, ein Auge und ein Ohr gekostet hast? Und wie siehst du selber aus? Ach, was ist das für seine Welt!« Dieses neue Erlebnis veranlaßte sie, mehr denn je zu philosophieren.

In ihrer Nähe wohnte ein berühmter Derwisch, der der beste Philosoph der Türkei sein sollte. Sie suchten ihn auf, um sich einige Fragen beantworten zu lassen. Pangloß führte das Wort und sprach zu ihm: »Meister, wir kommen mit einer Bitte zu Euch. Sagt uns doch, warum ein so sonderbares Tier wie der Mensch erschaffen worden ist?« – »Was geht das dich an?« versetzte der Derwisch. »Ist das deine Sache?« – »Aber, mein ehrwürdiger Vater, es gibt so entsetzlich viel Böses auf der Welt!« nahm nun Candide das Wort. – »Ob Gutes oder Böses – was liegt daran«, entgegnete der Derwisch. »Wenn Seine Hoheit ein Schiff nach Ägypten entsendet, kümmert er sich dann darum, ob sich die Mäuse auf dem Schiff wohl fühlen oder nicht?« – »Was soll man also tun?« wollte Pangloß wissen. – »Schweigen sollst du«, war die Antwort. – »Ich hatte gehofft«, setzte Pangloß das Gespräch fort, »mich mit Euch ein wenig über Ursache und Wirkung, über die beste aller Welten, den Ursprung des Bösen, über die Natur der Seele und über die prästabilierte Harmonie unterhalten zu können.« Als der Derwisch diese Worte vernahm, schlug er ihnen die Tür vor der Nase zu.

Während dieses Gespräches hatte sich die Nachricht verbreitet, in Konstantinopel seien zwei Wesire und der Mufti erdrosselt und mehrere ihrer Freunde gepfählt worden. Während einiger Stunden erregte dieses gräßliche Ereignis überall großes

Aufsehen. Auf dem Rückweg nach ihrer kleinen Meierei trafen Pangloß, Candide und Martin einen freundlichen alten Mann, der vor seinem Hause unter einem Pomeranzenbaum frische Luft schöpfte. Pangloß, der ebenso redselig wie neugierig war, fragte ihn nach dem Namen des erdrosselten Mufti. »Ich kenne ihn nicht«, antwortete der gute Mann, »und ich habe noch nie den Namen irgendeines Muftis oder Wesirs gewußt. Der Vorfall, von dem Sie da reden, ist mir völlig unbekannt. Ich vermute jedoch, daß im allgemeinen die Leute, die sich mit öffentlichen Angelegenheiten befassen, elendiglich umkommen, wie sie es übrigens auch verdienen. Ich frage aber gar nicht danach, was in Konstantinopel vorgeht; ich begnüge mich damit, meine Gartenfrüchte zum Verkauf dorthin zu senden.« Nach diesen Worten lud er die Fremden in sein Haus ein. Seine beiden Töchter und seine zwei Söhne setzten ihnen einige Sorbetmischungen, die sie selbst zubereitet hatten, vor, außerdem Kaimak mit Zedratrinde gewürzt, Orangen, Zitronen, Limonen, Ananas, Pistazien und einen Mokka, der nicht etwa mit dem schlechten Kaffee aus Batavia oder von den Inseln gemischt war. Und danach parfümierten die beiden Töchter des braven Muselmannes Candide, Pangloß und Martin den Bart.

»Sie müssen ein großes, herrliches Gut haben«, sagte Candide zu dem Türken. – »Es sind nur zwanzig Morgen«, erwiderte dieser, »und ich bebaue sie zusammen mit meinen Kindern. Die Arbeit hält drei große Übel von uns fern: die Langeweile, das Laster und die Not.«

Auf dem Heimweg nach seiner Meierei stellte Candide tiefsinnige Betrachtungen über das Gespräch mit dem Türken an. »Ich glaube«, sagte er zu Pangloß und Martin, »dieser gute Alte hat sich ein Los gewählt, das dem der sechs Könige, mit denen zu speisen wir die Ehre hatten, bei weitem vorzuziehen ist.« – »Größe ist stets gefährlich«, dozierte Pangloß, »alle Philosophen bezeugen das. Denn schließlich wurde Eglon, der König der Moabiter, von Ehud ermordet, Absalom wurde an den Haaren aufgehängt und von drei Speeren durchbohrt; König

Nadab, Jerobeams Sohn, wurde von Baesa erschlagen; König Elah wurde von Simri, Ahasja von Jehu, Athalia von Jojada getötet, und die Könige Jojakim, Jojachin, Zedekia gerieten in Sklaverei. Sie wissen, wie Krösus endete, und auf welche Art Astyages, Darius, Dionys von Syrakus, Pyrrhus, Perseus, Hannibal, Jugurtha, Ariovist, Cäsar, Pompejus, Nero, Otho, Vitellius, Domitian, Richard II. von England, Eduard II., Heinrich VI., Richard III., Maria Stuart, Karl I., die drei Heinriche von Frankreich und Kaiser Heinrich IV. Sie wissen . . .« – »Ich weiß auch«, fiel ihm Candide ins Wort, »daß wir unseren Garten bestellen müssen.« – »Sie haben recht«, meinte Pangloß; »denn als der Mensch in den Garten Eden gesetzt wurde, geschah es ut operaretur eum – auf daß er ihn bebaue. Das beweist also, daß der Mensch nicht geschaffen wurde, um sich auszuruhen.« – »Arbeiten wir also, ohne viel zu grübeln«, sagte Martin, »das ist das einzige Mittel, um das Leben erträglich zu machen.«

Die kleine Gesellschaft war sich in dieser lobenswerten Absicht vollkommen einig. Jeder ging daran, seine besonderen Talente nutzbringend anzuwenden, und das kleine Gut brachte viel ein. Kunigunde war zwar recht häßlich, aber sie verstand es ausgezeichnet, Kuchen zu backen; Paquette stickte, und die Alte kümmerte sich um die Wäsche. Selbst Bruder Giroflée machte sich nützlich. Er war ein sehr tüchtiger Tischler und wurde sogar ein rechtschaffener Mensch. Manchmal sagte Pangloß zu Candide: »In dieser besten aller Welten sind alle Geschehnisse eng miteinander verknüpft. Denn wären Sie nicht wegen Ihrer Liebe zu Fräulein Kunigunde mit wuchtigen Fußtritten in den Hintern aus einem schönen Schloß verjagt worden und nicht in die Hände der Inquisition geraten, hätten Sie nicht Amerika zu Fuß durchwandert, dem Baron einen tüchtigen Degenstich versetzt und nicht alle Ihre Hammel aus dem schönen Lande Eldorado verloren – dann würden Sie jetzt nicht hier kandierte Zedratfrüchte und Pistazien essen.« – »Sehr richtig«, gab Candide zu, »aber wir müssen unsern Garten bestellen.«

GESCHICHTE EINES GUTEN BRAHMANEN

Auf meinen Reisen lernte ich einen alten Brahmanen kennen, einen sehr weisen, geistvollen und hochgelehrten Mann; außerdem war er auch noch reich, und so kam es, daß er wahrhaft weise war, denn da es ihm an nichts fehlte, brauchte er niemanden zu betrügen. Drei hübsche Frauen führten ihm mustergültig den Haushalt und gaben sich die größte Mühe, ihm zu gefallen. Und wenn er sich nicht mit seinen Frauen vergnügte, dann trieb er philosophische Studien.

In der Nähe seines wunderschönen Hauses, das reiche Verzierungen aufwies und von herrlichen Gärten umgeben war, wohnte eine alte Inderin, ein frömmelndes, einfältiges und bettelarmes Weib.

Eines Tages sagte der Brahmane zu mir: »Ich wollte, ich wäre nie geboren.« – »Warum?« fragte ich ihn, und er antwortete: »Seit vierzig Jahren treibe ich meine Studien. Das sind vierzig verlorene Jahre: Ich belehre die anderen und weiß selber nichts. Dieser Zustand erfüllt mein Herz mit so viel Unzufriedenheit und Verdrießlichkeit, daß mir das Leben unerträglich geworden ist. Ich bin geboren, ich lebe in der Zeit und weiß nicht einmal, was Zeit ist. Ich befinde mich – wie unsere Weisen zu sagen pflegen – an einem Punkt zwischen zwei Ewigkeiten und habe gar keinen Begriff von der Ewigkeit. Ich bin aus Materie geschaffen worden – ich denke, doch ist mir nie klargeworden, wie die Gedanken entstehen. Ich weiß nicht, ob mein Begriffsvermögen eine einfache Fähigkeit wie die des Gehens oder des Verdauens ist und ob ich mit meinem Kopf denke, so wie ich mit den Händen zufasse. Nicht nur der Ursprung der Denkvorgänge ist mir unbekannt, auch das Prinzip meiner Bewegungen bleibt mir verborgen: Ich weiß nicht, warum ich lebe. Und doch werde ich tagtäglich über alle diese Punkte befragt und muß Antwort geben. Ich kann zwar nichts Gescheites sagen, aber ich rede viel und muß mich jedesmal wundern und mich vor mir selber schämen, wenn ich so geredet habe.

Noch schlimmer wird es, wenn man mich fragt, ob Brahma von Wischnu erzeugt wurde oder ob beide unsterblich sind. Gott ist mein Zeuge, daß ich nicht das geringste darüber weiß, und meine Antworten sind natürlich dementsprechend. ›Ehrwürdiger Vater‹, sagt man zu mir, ›erklärt uns doch, warum das Böse die Welt überschwemmt.‹ Ich bin genauso unwissend wie die, welche fragen! Manchmal sage ich ihnen, daß alles in der Welt wohlbestellt sei, aber diejenigen, die durch den Krieg ruiniert und zu Krüppeln geworden sind, glauben das nicht – und ich ebensowenig. Dann ziehe ich mich zurück, von Wißbegierde gepeinigt und zerquält von dem niederschmetternden Gefühl der Unwissenheit. Ich lese in unseren uralten Büchern, aber das vermehrt meine Unkenntnis noch. Ich spreche mit meinen Amtsbrüdern: Die einen meinen, man müsse das Leben genießen und sich den Teufel um die Menschen kümmern; die anderen bilden sich ein, etwas zu wissen, und verlieren sich in überspannten Ideen. Das alles erhöht noch meine Kümmernisse. Manchmal bin ich der Verzweiflung nahe, wenn ich bedenke, daß ich trotz all meiner Forschungen weder weiß, woher ich komme, noch was ich bin oder wohin ich gehe und was aus mir wird.«

Die Verfassung, in der sich der gute Mann befand, machte mir wirklich Kummer, denn man konnte sich keinen vernünftigeren und vertrauenswürdigeren Menschen denken als diesen Brahmanen. Mir wurde klar, daß er um so unglücklicher war, je durchdringender sein Verstand und je empfindsamer sein Herz wurde.

Am selben Tage sah ich das alte Weib, das ganz in seiner Nähe wohnte, und fragte sie, ob es sie jemals bekümmert hätte, daß sie nicht wußte, wie es in ihrer Seele aussieht. Sie verstand nicht einmal meine Frage, sie hatte nicht ein einziges Mal in ihrem Leben über eins der Probleme nachgedacht, die den Brahmanen quälten. Sie glaubte von ganzem Herzen an die Verwandlungen Wischnus und hielt sich für die glücklichste der Frauen, wenn sie sich hie und da mit etwas Wasser aus dem Ganges waschen konnte.

Verblüfft über die Glückseligkeit dieses armen Geschöpfes, kehrte ich zu meinem Philosophen zurück. »Schämt Ihr Euch nicht, so unglücklich zu sein, während gleichzeitig vor Eurer Tür eine Alte, die ihren Trieben folgt und überhaupt nicht nachdenkt, glücklich dahinlebt?« sagte ich zu ihm. »Sie haben recht«, erwiderte er, »ich habe mir hundertmal gesagt, daß ich glücklich sein würde, wenn ich ebenso dumm wäre wie meine Nachbarin; und doch verzichte ich auf ein solches Glück.«

Diese Antwort meines Brahmanen machte einen tieferen Eindruck auf mich als alles, was ich bisher von ihm gehört hatte. Ich prüfte mich selbst und mußte zugeben, daß auch ich unter der Bedingung, dumm zu sein, nicht hätte glücklich sein mögen.

Ich trug die Frage anderen Philosophen vor, und sie waren ganz meiner Ansicht. »Und dennoch«, sagte ich, »enthält diese Denkweise einen eklatanten Widerspruch. Denn worum handelt es sich letzten Endes? Doch darum, glücklich zu sein. Was liegt daran, ob man klug oder dumm ist? Und weiter: diejenigen, die sich ihres Lebens freuen, wissen bestimmt, daß sie zufrieden sind, während diejenigen, die grübeln, nicht sicher sind, ob sie richtig denken. Es ist also klar, daß man besser täte, auf den gesunden Menschenverstand zu verzichten, sofern dieser gesunde Menschenverstand auch nur irgendwie unser Glück gefährdet.« Alle stimmten mir zu, und dennoch fand ich keinen einzigen, der auf den Handel eingehen wollte, um den Preis der Dummheit glücklich zu sein. Daraus schloß ich, daß wir, wenn uns überhaupt etwas am Glück liegt, doch viel mehr Wert auf die Vernunft legen. Aber wenn man es recht bedenkt, erscheint es einem doch sehr unsinnig, die Vernunft dem Glücklichsein vorzuziehen. Wie erklärt sich nun dieser Widerspruch? So wie alle anderen! Und darüber ließe sich noch viel reden.

DER WEISSE UND DER SCHWARZE

Jedermann in der Provinz Kandahar kennt die Geschichte des jungen Rustam. Er war der einzige Sohn eines Mirza, und zwar entspricht dieser afghanische Titel dem französischen Titel »Marquis« und dem deutschen »Baron«. Der Mirza, sein Vater, hatte ein beträchtliches Vermögen. Der junge Rustam sollte ein Fräulein seines Standes, eine Mirzessin, heiraten. Beide Familien wünschten es sehnlichst, denn Rustam sollte der Trost seiner Eltern werden, er sollte seine Frau glücklich machen und selber mit ihr glücklich werden.

Das Unglück wollte es aber, daß er auf dem Jahrmarkt in Kabul die Prinzessin von Kaschmir sah. Dieser Markt ist bekanntlich der größte der Welt, und er wird weit stärker besucht als die Märkte von Basra und Astrachan. Aus welchem Grunde der alte Fürst von Kaschmir mit seiner Tochter auf den Jahrmarkt gekommen war, will ich gleich erzählen:

Er hatte nämlich die beiden kostbarsten Stücke seines Schatzes verloren: Das eine war ein daumengroßer Diamant, in den das Bildnis seiner Tochter eingeschnitten war – eine Kunst, die die Inder damals beherrschten, aber seitdem verlernt haben; das andere war ein Wurfspieß, der von selbst dorthin flog, wohin man ihn haben wollte – so etwas ist bei uns nichts Außergewöhnliches, wohl aber in Kaschmir.

Diese beiden Kleinodien hatte ein Fakir Seiner Hoheit entwendet und hatte sie der Prinzessin geschenkt. »Hütet diese beiden Stücke sorgfältig«, sprach er zu ihr, »Euer Schicksal hängt davon ab.« Er ging davon, und man sah ihn niemals wieder. Der Fürst von Kaschmir beschloß in seiner Verzweiflung, auf dem Markt von Kabul nachzuforschen, ob unter den Kaufleuten, die aus aller Herren Ländern dort zusammenkamen, nicht einer war, der seinen Diamanten und seinen Spieß hatte. Er pflegte auf allen seinen Reisen seine Tochter mitzunehmen. Sie trug den Diamanten in ihrem Gürtel wohlverwahrt, den Spieß aber, den sie nicht bei sich verbergen konnte, hatte sie sorgsam in ihrem großen chinesischen Koffer eingeschlossen und in Kaschmir zurückgelassen.

Die Prinzessin und Rustam sahen sich zum erstenmal in Kabul, und sie verliebten sich ineinander mit aller Unschuld ihrer Jugend und der Glut ihrer Rasse. Die Prinzessin übergab ihm als Liebespfand ihren Diamanten, und Rustam versprach ihr, als er zurückkehrte, sie heimlich in Kaschmir zu besuchen.

Der junge Mirza hatte zwei Günstlinge, die bei ihm als Sekretäre, Stallmeister, Haushofmeister und Kammerdiener angestellt waren. Der eine hieß Topas; er war schön, gut gewachsen, weiß wie eine Tscherkessin, sanft und diensteifrig wie ein Armenier und weise wie ein Parse. Der andere, der Eben hieß, war ein ausnehmend hübscher Neger. Er war noch geschickter und tüchtiger als Topas, und für ihn gab es überhaupt keine Schwierigkeiten. Diesen beiden teilte der junge Mirza seinen Reiseplan mit: Topas suchte ihn davon abzubringen mit dem behutsamen Eifer eines Dieners, der nicht Unwillen erregen möchte. Er hielt ihm alles vor, was er aufs Spiel setzen würde. Durfte er denn zwei Familien in Verzweiflung stürzen und seinen Eltern einen Dolch ins Herz stoßen? Rustam schwankte, aber Eben bestärkte ihn wieder und zerstreute alle seine Bedenken.

Dem jungen Mirza fehlte das Geld für diese weite Reise. Der weise Topas hätte ihm auch keines dafür verschafft, aber Eben tat es. Er entwendete seinem Herrn geschickt den Diamanten und ließ einen ganz gleichen, falschen Stein anfertigen. Er legte ihn an die Stelle des echten, den er für mehrere tausend Rupien an einen Armenier verpfändete.

Als der Edelmann seine Rupien bekam, war schon alles reisefertig. Das Gepäck wurde einem Elefanten aufgeladen, und man stieg zu Pferde. Topas sagte zu seinem Herrn: »Ich habe mir erlaubt, Euch wegen Eures Unternehmens Vorhaltungen zu machen. Aber nachdem ich gewarnt habe, muß ich nun gehorchen. Ich bin Euer Diener, ich habe Euch gern und will Euch bis ans Ende der Welt folgen. Laßt uns aber unterwegs das Orakel befragen, das zwei persische Meilen von hier entfernt ist.« Rustam ging darauf ein, und das Orakel sprach: *»Gehst du gen Osten, so wirst du im Westen sein.«* Rustam verstand nichts von diesem Spruch. Topas blieb dabei, er bedeute nichts Gutes; der stets willfährige Eben jedoch redete seinem Herrn ein, er sei ausnehmend günstig.

In Kabul gab es noch ein zweites Orakel, und sie begaben sich auch dorthin. Das Orakel von Kabul äußerte sich folgendermaßen: *»Wenn du besitzest, wirst du nicht besitzen; bist du Sieger, so wirst du nicht siegen; bist du Rustam, so wirst du es nicht mehr sein.«* Dieser Orakelspruch erschien noch unverständlicher als der erste. »Nehmt Euch in acht!« sagte Topas. »Fürchtet nichts!« rief Eben, und diesem Diener gab sein Herr, wie man sich denken kann, stets recht, denn er stachelte seine Leidenschaft und seine Hoffnungen an.

In einem großen Wald, den die Karawane durchzog, nachdem sie Kabul verlassen hatte, ließ man die Pferde grasen und setzte sich auf dem grünen Waldboden nieder, um zu essen. Als die Mundvorräte und das Geschirr vom Elefanten abgeladen werden sollten, merkte man plötzlich, daß Topas und Eben verschwunden waren. Man rief und rief nach ihnen, und der Wald hallte von den Namen Topas und Eben wider. Die Diener suchten sie überall, der Wald war erfüllt von ihren Rufen, doch sie kamen zurück, ohne etwas gesehen oder gehört zu haben. »Wir haben nur«, berichteten sie Rustam, »einen Geier gefunden, der mit einem Adler kämpfte und ihm alle Federn ausriß.« Die Schilderung dieses Kampfes reizte Rustams Neugierde, und er begab sich zu Fuß an die beschriebene Stelle. Weder Geier noch Adler waren zu sehen, aber er gewahrte plötzlich, daß sein noch mit Gepäck über und über beladener

Elefant von einem riesengroßen Nashorn angegriffen wurde. Das eine Tier stieß mit seinem Horn, das andere schlug mit seinem Rüssel. Beim Anblick Rustams ergriff das Nashorn die Flucht. Man brachte den Elefanten zurück, aber die Pferde waren nicht mehr zu finden. »Seltsame Dinge widerfahren einem auf der Reise in diesem Walde«, rief Rustam. Die Diener waren bestürzt, und der Herr war voller Verzweiflung darüber, daß er auf einen Schlag seine Pferde, seinen lieben Neger und den weißen Topas verloren hatte, diesen Topas, für den er so viel übrighatte, obwohl er nicht immer seiner Meinung war.

Ihn tröstete jedoch die Hoffnung, bald zu Füßen seiner schönen Prinzessin von Kaschmir zu liegen. Plötzlich begegnete er einem großen gestreiften Esel, dem ein stämmiger Bauernlümmel unzählige Stockhiebe versetzte. Nichts ist so schön, so leichtfüßig und so selten wie diese gestreiften Esel. Auf die immer heftigeren Hiebe des Unholdes antwortete der Esel mit Hufschlägen, die eine Eiche hätten entwurzeln können. Der junge Mirza nahm vernünftigerweise Partei für den Esel, der ein so herrliches Geschöpf war. Der Bauernlümmel lief davon und rief dem Esel zu: »Das sollst du mir büßen!« Der Esel dankte dem Befreier in seiner Sprache, drängte sich an ihn, ließ sich streicheln und schmiegte sich schmeichelnd an ihn. Nachdem Rustam sein Mahl verzehrt hatte, saß er auf und schlug mit seiner Dienerschaft den Weg nach Kaschmir ein: die einen zu Fuß, die anderen auf dem Elefanten.

Kaum saß er auf dem Esel, da wandte sich das Tier, anstatt den Weg nach Kaschmir einzuschlagen, zurück nach Kabul. Vergeblich zog sein Herr die Zügel an, stieß und puffte, drückte mit den Schenkeln, gab die Sporen, zerrte und riß an der Leine, peitschte nach rechts und links – unentwegt lief das störrische Tier auf Kabul zu.

Rustam geriet in Schweiß, mühte sich ab und war der Verzweiflung nahe, als ein Kamelhändler des Weges kam. »Herr«, sagte er, »Ihr habt da einen recht bösen Esel, der Euch dahin bringt, wohin Ihr gar nicht wollt. Wenn Ihr ihn mir überlassen möchtet, könnt Ihr Euch vier meiner Kamele auswählen.« Rustam dankte der Vorsehung für den guten Tausch. »Topas hatte doch unrecht«, rief er, »als er mir sagte, daß meine Reise unglücklich verlaufen würde.« Er bestieg das beste Kamel, und die drei anderen folgten ihm; so holte er seine Karawane wieder ein und sah sich auf dem Wege zu seinem Glück.

Als er vier persische Meilen vorangekommen war, wurde ihm der Weg von einem tiefen, breiten, reißenden Strom versperrt, der gischtumspülte Felsblöcke dahinrollte. Entsetzlich steil herabfallende Ufer flankierten ihn, so daß einen Schwindel befiel und der Mut verließ. Keine Möglichkeit gab es hinüberzukommen, keine nach rechts oder links auszuweichen. »Ich fange an zu fürchten«, sagte Rustam, »daß Topas recht hatte, als er gegen meine Reise war, und daß es von mir sehr unrecht war, sie zu unternehmen. Wenn er hier wäre, könnte er mir wenigstens einen guten Rat geben. Hätte ich Eben bei mir, könnte er mich trösten und Auswege finden, aber alles hat mich im Stich gelassen.« Seine Verwirrung wurde noch durch die Bestürzung unter der Karawane verstärkt. Pechschwarz war die Nacht, und man verbrachte sie unter lautem Jammern. Schließlich schläferten Übermüdung und Niedergeschlagenheit den verliebten Reisenden ein. Beim Morgengrauen erwachte er und erblickte eine herrliche Marmorbrücke, die von einem Ufer zum andern über den Strom geschlagen war.

Ausrufe, Schreie der Freude und Verwunderung erschollen: »Wie ist das nur möglich! Ist es ein Traum! Welch ein Wunder! Wie entzückend! Sollen wir uns hinüberwagen?« Die ganze Schar kniete nieder, erhob sich, schritt zur Brücke, küßte den Boden, blickte zum Himmel empor, streckte die Arme aus, setzte zitternd die Füße auf, machte einen Schritt vorwärts, dann einen zurück – alle waren außer sich. »Diesmal ist mir der Himmel günstig!« rief Rustam. »Topas wußte nicht, was er sagte. Die Orakel sprachen zu meinen Gunsten. Eben hatte recht; aber warum ist er nicht bei mir?«

Kaum waren sie alle jenseits des Stromes, da stürzte die

Brücke mit furchtbarem Getöse zusammen. »Um so besser!« rief Rustam. »Gott sei gelobt! Gott sei gepriesen! Er will nicht, daß ich in mein Land zurückkehre, wo ich nur ein einfacher Edelmann geblieben wäre. Ich soll diejenige heiraten, die ich liebe, und dann werde ich Fürst von Kaschmir sein! Wenn ich meine Geliebte besitze, werde ich meine kleine Grafschaft in Kandahar nicht mehr besitzen. Ich bin Rustam und bin es doch nicht mehr, denn ich werde ein mächtiger Fürst. So läßt sich ein großer Teil des Orakelspruches zu meinen Gunsten auslegen, der Rest wird sich von selbst erklären. Ich bin überglücklich! Doch warum ist Eben nicht bei mir? Ich vermisse ihn tausendmal mehr als Topas.«

Voller Begeisterung zog er einige persische Meilen weiter. Als der Tag zur Neige ging, erhob sich plötzlich vor der furchtgeschüttelten Karawane eine Bergkette, steiler als ein Festungswall und höher, als der Turm von Babel je geworden wäre.

»Gott will, daß wir umkommen!« schrien sie. »Er hat die Brücke nur zertrümmert, um uns jede Möglichkeit einer Rückkehr zu nehmen, und das Gebirge steht vor uns, damit wir nicht weiterkommen. O unglücklicher Rustam! Niemals werden wir Kaschmir sehen, niemals werden wir den Boden von Kandahar wieder betreten.«

Der brennendste Schmerz, die überwältigendste Niedergeschlagenheit folgten in Rustams Seele auf die maßlose Freude, die er empfunden, und auf die Hoffnungen, die ihn berauscht hatten: Jetzt war er weit davon entfernt, die Prophezeiungen zu seinen Gunsten zu deuten. »O Himmel! O himmlischer Vater! Warum mußte ich meinen Freund Topas verlieren!«

Während er diese Worte unter tiefen Seufzern aussprach und, von seinem verzweifelten Gefolge umgeben, Tränen vergoß, öffnete sich plötzlich der Schoß der Berge vor ihm, und ein langer, gewölbter, von hunderttausend Fackeln erhellter Gang dehnte sich vor seinen geblendeten Augen aus. Rustam schrie auf, seine Leute warfen sich auf die Knie und fielen vor Erstaunen um. Sie waren außer sich vor Freude und konnten sich nicht satt sehen. »Rustam ist ein Günstling Wischnus und der Liebling Brahmas!« riefen sie. »Er wird der Herr der Welt werden!« Rustam glaubte das natürlich. Er war außer sich und fühlte sich hoch über sich selbst erhoben. »Ach Eben, mein lieber Eben, wo bist du? Warum kannst du nicht Zeuge all dieser Wunder sein? Wie konnte ich dich nur verlieren? Schöne Prinzessin von Kaschmir, wann werde ich Eure Reize wieder erblicken?«

Er zog mit seinen Dienern, seinem Elefanten und seinen Kamelen durch das Berggewölbe, und auf der anderen Seite kam er auf eine blumenübersäte Wiese, die von Bächen umzogen war. Am Ende dieser Wiese liefen unendlich lange, von Bäumen eingerahmte Wege bis zu einem Fluß, an dessen Ufern viele Landhäuser mit wunderbaren Gärten lagen. Überall hörte er Musikspiel und Gesang, überall wurde getanzt. Er beeilte sich, über eine der Brücken zu kommen, und erkundigte sich beim ersten Menschen, dem er begegnete, wie dieses schöne Land heiße. »Ihr seid im Lande Kaschmir«, antwortete der, den er angesprochen hatte. »Bei den Bewohnern herrscht Freude und Lust, denn wir feiern die Hochzeit unserer schönen Prinzessin mit dem Fürsten Barbabu, dem sie von ihrem Vater zugesprochen wurde. Wolle Gott, daß ihr Glück von Dauer ist!« Bei diesen Worten sank Rustam in Ohnmacht.

Der kaschmirische Edelmann glaubte, er sei von Krämpfen befallen, und ließ ihn in sein Haus tragen. Rustam blieb lange bewußtlos. Man ließ die beiden erfahrensten Ärzte des Landes holen, die den Puls des Patienten befühlten. Als Rustam wieder zum Bewußtsein kam, erging er sich in Wehklagen, rollte die Augen und rief immer wieder: »Topas, Topas, wie recht hattest du doch!«

Einer der Ärzte sagte zu dem kaschmirischen Edelmann: »Ich merke an seiner Aussprache, daß der junge Mann aus Kandahar ist. Die Luft unseres Landes bekommt ihm nicht, man muß ihn heimschicken. An seinen Augen sehe ich, daß er irre geworden ist. Vertraut ihn mir an, ich bringe ihn in seine Heimat und heile ihn.« Der andere Arzt behauptete jedoch, er sei nur vor Kummer krank, er solle die Hochzeit der Prinzessin mitfeiern und dort tanzen. Während sie berieten, kam der Kranke wieder zur Besinnung. Die beiden Ärzte wurden verabschiedet, und Rustam blieb mit seinem Gastgeber allein.

»Edler Herr«, sagte er zu ihm, »ich bitte Euch um Verzeihung, daß ich vor Euch in Ohnmacht gefallen bin. Ich weiß, wie unhöflich das ist. Ich bitte Euch inständig, nehmt meinen Elefanten als Dank für die Güte, die Ihr mir erwiesen habt.« Darauf erzählte er ihm alle seine Erlebnisse, aber er verschwieg wohlweislich den Zweck seiner Reise. »Im Namen Wischnus und Brahmas«, rief er schließlich, »sagt mir doch, wer dieser glückliche Barbabu ist, der die Prinzessin von Kaschmir heiratet! Wie kam es, daß ihr Vater ihn zum Schwiegersohn erwählte, und weshalb hat ihn die Prinzessin zum Gatten genommen?« – »Edler Herr, die Prinzessin hat Barbabu keineswegs angenommen«, erwiderte ihm der Edle aus Kaschmir. »Im Gegenteil, sie zerfließt in Tränen, während das ganze Land voller Freude ihre Hochzeit feiert. Sie hat sich in den Turm ihres Palastes eingeschlossen und will nichts von den Festlichkeiten sehen, die man ihr zu Ehren veranstaltet.« Als Rustam diese Worte hörte, fühlte er sich wie neugeboren. Die leuchtenden Farben, die durch den Schmerz aus seinem Gesicht gewichen waren, flammten wieder auf. »Sagt mir, ich bitte Euch«, fuhr er fort, »warum will der Fürst von Kaschmir durchaus seine Tochter einem Barbabu vermählen, von dem sie nichts wissen will?« – »Das verhält sich so«, erwiderte der Kaschmirer. »Wissen Sie, daß unser erlauchter Fürst einen großen Diamanten und einen Wurfspieß verloren hat, an denen sein Herz über die Maßen hing?« – »Ja, das ist mir wohlbekannt«, sagte Rustam. »Nun«, fuhr der Gastgeber fort, »als unser Fürst nichts von diesen beiden Kleinodien ausfindig machen konnte, obwohl er sie auf der ganzen Erde suchen ließ, versprach er in seiner Verzweiflung seine Tochter demjenigen, der ihm eins der Kleinodien zurückbringen würde. Ein Edelmann namens Barbabu ist gekommen und hat den Diamanten gebracht – und morgen heiratet er die Prinzessin.«

Rustam erbleichte, stammelte ein paar höfliche Worte, verabschiedete sich von seinem Gastgeber und stürzte auf seinem Dromedar in die Hauptstadt, wo die Vermählung stattfinden sollte. Er begab sich in das Schloß und bat um eine Audienz bei dem Fürsten, dem er Wichtiges mitzuteilen habe, worauf er die Antwort erhielt, der Fürst sei mit den Vorbereitungen für die Hochzeit beschäftigt. »Eben darum will ich ihn ja sprechen.« Er drängte so sehr, daß er vorgelassen wurde. »Mein Fürst«, sprach er, »Gott möge Eure Tage mit Ruhm und Herrlichkeit krönen! Aber Euer Schwiegersohn ist ein Spitzbube.« – »Ein Spitzbube? Was untersteht Ihr Euch? Darf man so zum Herzog von Kaschmir über den Schwiegersohn sprechen, den er sich erwählt hat?« – »Ja, er ist ein Spitzbube«, wiederholte Rustam, »und, um es Eurer Hoheit zu beweisen: hier bringe ich Euch Euren Diamanten.«

Der Herzog war höchst erstaunt und verglich die Diamanten, doch da er nichts davon verstand, konnte er nicht herausfinden, welcher der echte war. »Da sind nun zwei Diamanten«, rief er, »und ich habe nur eine Tochter! In welche Verlegenheit bin ich geraten!« Er ließ Barbabu kommen und fragte ihn, ob er ihn hintergangen habe. Barbabu schwur, er habe den Diamanten von einem Armenier gekauft. Rustam sagte nicht, woher er seinen Stein hatte, schlug aber als Ausweg vor, Seine Hoheit möchte zulassen, daß er sofort mit seinem Nebenbuhler kämpfe. »Es genügt nicht, daß Euer Schwiegersohn einen Diamanten mitbringt«, sagte er, »er muß auch Beweise seiner Tapferkeit ablegen. Haltet Ihr es nicht für richtig, daß derjenige, der den anderen tötet, Eure Tochter heiratet?« – »Ausgezeichnet«, antwortete der Fürst, »das wird ein schönes Schauspiel für den Hof abgeben. Schlagt Euch schnell, der Sieger soll, wie es Brauch in Kaschmir ist, die Waffen des Besiegten erhalten und meine Tochter heiraten.«

Die beiden Rivalen stiegen gleich in den Hof hinunter. Auf der Treppe saßen eine Taube und ein Rabe. Der Rabe schrie: »Kämpfet, kämpfet miteinander!« Die Taube: »Kämpfet nicht!« Der Fürst mußte darüber lachen, die beiden Nebenbuhler achteten kaum darauf. Sie begannen den Kampf, und alle Hofleute bildeten einen Kreis um sie. Die Prinzessin, die sich immer noch im Turm einschloß, wollte diesem Schauspiel nicht beiwohnen. Sie ahnte nicht, daß ihr Geliebter in Kaschmir war, und gegen Barbabu empfand sie einen solchen Abscheu, daß sie ihn nicht sehen wollte. Der Kampf nahm den besten Verlauf von der Welt: Barbabu wurde stracks niedergeschlagen, und das Volk war darüber entzückt, weil er häßlich, Rustam dagegen sehr hübsch war – und das ist immer das Entscheidende für die Gunst der Öffentlichkeit.

Der Sieger bekleidete sich mit dem Kettenhemd, der Schärpe und dem Helm des Besiegten und zog, vom ganzen Hofe begleitet, unter dem Klang der Fanfaren vor die Fenster seiner Geliebten. Das Volk schrie: »Schönste Prinzessin, seht Euren schönen Gemahl an, der seinen garstigen Nebenbuhler erschlagen hat«, und ihre Frauen wiederholten diese Worte. Unglücklicherweise steckte die Prinzessin den Kopf zum Fenster hinaus, und als sie die Rüstung des Mannes erblickte, den sie verabscheute, stürzte sie verzweifelt an ihren chinesischen Koffer, holte den verhängnisvollen Wurfspieß hervor und schleuderte ihn nach ihrem teuren Rustam. Als er, vom Speer durchbohrt, einen lauten Schrei ausstieß, glaubte die Prinzessin, die Stimme ihres unglücklichen Geliebten wiederzuerkennen.

Mit fliegenden Haaren, den Tod im Auge und im Herzen, eilte sie hinab. Rustam war über und über blutend in die Arme ihres Vaters gesunken. Nun erblickte sie ihn. Oh, dieser Moment des Wiedererkennens löste unbeschreiblich viel Schmerz, Zärtlichkeit und Entsetzen aus. Sie warf sich über ihn und umarmte ihn. »Jetzt empfängst du«, sagte sie zu ihm, »die ersten und die letzten Küsse von deiner Geliebten und deiner Mörderin.« Sie zog den Spieß aus der Wunde, stieß ihn in ihr

Herz, und hingestreckt über ihren angebeteten Geliebten, hauchte sie ihr Leben aus. Ihr Vater, der vor Entsetzen und tiefer Bestürzung dem Tode nahe war wie sie, versuchte vergebens, sie ins Leben zurückzurufen – sie war nicht mehr. Er verfluchte den unheilvollen Spieß, zerbrach ihn in Stücke und warf die beiden verhängnisvollen Diamanten weit von sich. Und während man statt der Hochzeit die Leichenfeier seiner Tochter vorbereitete, ließ er den blutüberströmten Rustam, in dem noch ein letzter Hauch von Leben war, in seinen Palast tragen.

Rustam wurde auf ein Bett gelegt. Das erste, was er zu beiden Seiten seines Sterbebettes erblickte, waren Topas und Eben. Seine Überraschung gab ihm etwas Kraft wieder. »Oh, ihr Grausamen«, rief er ihnen zu, »warum habt ihr mich verlassen? Die Prinzessin würde vielleicht noch am Leben sein, wenn ihr bei eurem unglücklichen Rustam geblieben wäret.« – »Ich habe Euch nicht einen Augenblick verlassen«, versicherte Topas. »Ich war stets an Eurer Seite«, sagte Eben. »Oh, was sagt ihr da? Warum kränkt ihr mich in meiner letzten Stunde?« versetzte Rustam mit todesmatter Stimme. »Ihr könnt es mir glauben«, erwiderte Topas, »Ihr wißt, daß ich niemals diese verhängnisvolle Reise gebilligt habe, weil ich ihre schrecklichen Folgen voraussah. Ich war der Adler, der mit dem Geier kämpfte und von ihm zerrupft wurde; ich war der Elefant, der mit dem Gepäck davonlief, um Euch zur Heimkehr zu zwingen; ich war der gestreifte Esel, der Euch gegen Euren Willen nach Hause zurücktrug, ich habe Eure Pferde vertrieben, ich habe den Strom geschaffen, um Euch am Weiterreisen zu hindern, ich habe die Berge errichtet, die Euch den verhängnisvollen Weg versperren sollten; ich war der Arzt, der Euch die Heimatluft verordnete; ich war die Taube, die Euch vom Kampfe abriet!« – »Und ich«, sagte Eben, »ich war der Geier, der den Adler zerrupfte, das Nashorn, das dem Elefanten Hörnerstöße versetzte, der Lümmel, der den Esel prügelte, der Händler, der Euch die Kamele gab, um Euch Eurem Untergange zuzutreiben. Ich habe die Brücke aufgebaut, die Ihr überschritten habt, ich habe die Bergschlucht für Euch gegraben, ich bin der Arzt, der Euch zum Weiterreisen ermunterte, und ich bin der Rabe, der Euch zum Kampf anfeuerte.« – »Ach, gedenke doch der Orakelsprüche«, rief Topas Eben zu. »*Wenn du gen Osten gehst, wirst du im Westen sein.*« – »Ja«, sagte Eben, »hier begräbt man die Toten mit dem Antlitz nach dem Westen gerichtet: Der Orakelspruch war klar, warum habt Ihr ihn nicht verstanden? ›*Du hast besessen und besaßest doch nicht*‹, denn Ihr hattet zwar einen Diamanten, aber er war falsch, und Ihr wußtet nichts davon. Ihr seid Sieger und müßt sterben, Ihr seid Rustam und hört auf, es zu sein: Alles ist vollendet.«

Während er so sprach, entwuchsen dem Leibe des Topas vier weiße Flügel und dem von Eben vier schwarze. »Was sehe ich!« rief Rustam. »Du siehst deine beiden Genien«, antworteten Topas und Eben gleichzeitig. »Ho, ihr Herren«, rief ihnen der unglückliche Rustam zu, »um was kümmert ihr euch da? Und warum braucht ein armes Menschenkind zwei Genien?« – »So will es das Gesetz«, antwortete Topas, »jeder Mensch hat seine zwei Genien. Plato hat es als erster behauptet, und andere haben es nachgesprochen. Du siehst, es ist absolut richtig. Ich, der ich zu dir spreche, ich bin dein guter Genius, und meine Aufgabe war, über dich zu wachen bis zu deinem letzten Atemzuge – ich habe sie treulich erfüllt.« – »Aber«, entgegnete der Sterbende, »wenn deine Aufgabe darin bestand, mir zu dienen, so bin ich wohl von höherer Art als du? Und wie wagst du zu behaupten, du seiest mein guter Genius, wenn du mich bei allem, was ich unternommen habe, täuschen ließest und wenn du mich und meine Geliebte elendiglich sterben läßt?« – »Ja, leider – das war dein Schicksal«, sagte Topas. »Wenn also das Schicksal alles besorgt«, rief der Sterbende, »wozu dann ein Genius? Und du, Eben, mit deinen vier schwarzen Flügeln, du bist sicher mein böser Genius?« – »Ihr habt es erraten«, antwortete Eben. – »Aber warst du denn auch der böse Genius meiner Prinzessin?« – »Nein, sie hatte ihren eigenen, ich habe ihn nach besten Kräften unterstützt.« – »Ha, verfluchter Eben, wenn du so böse bist, unterstehst du wohl nicht demselben Herrn wie Topas? Ihr seid also von zwei verschiedenen Mächten geschaffen worden, von denen die eine von Natur gut, die andere aber schlecht ist?« – »Das ist nicht die notwendige Folgerung«, meinte Eben, »da liegt eben die schwierige Frage!« – »Es ist doch unmöglich«, stöhnte der Sterbende, »daß ein gütiger Schöpfer einen so unheilvollen Genius erschaffen hat.« – »Möglich oder unmöglich«, entgegnete Eben, »die Sache ist so, wie ich dir sage.« – »Ach, mein armer Freund«, rief Topas, »siehst du denn nicht, daß dieser Schurke jetzt noch die Bosheit besitzt, dich in einen Streit zu verwickeln, damit dein Blut in Wallung gerät, um deine Todesstunde zu beschleunigen?« – »Geh, du bist mir auch nicht lieber als er«, versetzte der traurige Rustam. »Er gibt wenigstens zu, daß er mir Böses antun wollte, du aber, der du vorgabst, mich zu schirmen, du bist mir zu nichts nütze gewesen.« – »Das tut mir herzlich leid«, sagte der gute Genius. »Mir auch«, meinte der Sterbende, »dahinter steckt etwas, das ich nicht verstehe.« – »Ich auch nicht«, beteuerte der arme gute Genius. »Ich werde es in wenigen Augenblicken erfahren«, sagte Rustam. »Das werden wir sehen«, erwiderte Topas. Und dann verschwand alles. Rustam fand sich im Hause seines Vaters wieder, das er nicht verlassen, und in seinem Bett, in dem er eine Stunde geschlafen hatte.

In Schweiß gebadet und ganz verwirrt fuhr er auf, betastete sich, rief, schrie und läutete. Gähnend eilte sein Kammerdiener Topas herbei, die Nachtmütze auf dem Kopf. »Bin ich tot – lebe ich?« rief Rustam. »Kann auch die schöne Prinzessin von Kaschmir mit heiler Haut davonkommen?« – »Mein gnädiger Herr träumt wohl«, erwiderte Topas kühl. »Ah«, schrie Rustam, »was ist aus diesem Bösewicht Eben mit den vier schwarzen Flügeln geworden? Er ist schuld, daß ich eines so grausamen Todes sterben muß.« – »Gnädiger Herr, Eben liegt oben und schnarcht. Soll ich ihn herunterholen?« – »Der Schurke, seit vollen sechs Monaten verfolgt er mich. Er war es, der mich nach Kabul auf diesen unseligen Handelsmarkt gebracht hat. Er hat mir den Diamanten gestohlen, den mir die Prinzessin geschenkt hatte. Er allein ist der Grund meiner Reise und auch des Todes meiner Prinzessin und des Speerwurfes, an dem ich nun in der Blüte meiner Jahre sterbe.« – »Beruhigt Euch«, sagte Topas, »Ihr seid niemals in Kabul gewesen, eine Prinzessin von Kaschmir gibt es nicht, denn ihr Vater hat nur zwei Jungen, die augenblicklich die Schule besuchen. Ihr habt auch niemals einen Diamanten besessen. Die Prinzessin kann nicht gestorben sein, weil sie gar nicht geboren ist, und Ihr selber seid heil und gesund.«

»Wie! Es soll nicht wahr sein, daß du mich im Bett des Fürsten von Kaschmir sterben sahst? Hast du mir denn nicht gestanden, daß du, um mich vor all meinem Unglück zu bewahren, zum Adler, Elefanten, zum gestreiften Esel, zum Arzt und zur Taube geworden warst?« – »Ihr habt das alles nur geträumt, gnädiger Herr, wir haben unsere Gedanken im Schlaf nicht so in der Gewalt wie im wachen Zustand. Gott hat es gefallen, Euch diese Reihe von Gedanken durch den Kopf gehen zu lassen, wahrscheinlich um Euch eine Lehre zu geben, die Ihr nützen sollt.« – »Du machst dich über mich lustig«, rief Rustam, »wie lange habe ich denn geschlafen?« – »Kaum eine Stunde, gnädiger Herr.« – »Also, verdammter Schwätzer, wie kann es sein, daß ich in einer Stunde vor sechs Monaten in Kabul gewesen und von dort zurückgekehrt bin, eine Reise nach Kaschmir gemacht habe und dort mitsamt der Prinzessin und Barbabu gestorben bin?« – »Gnädiger Herr, nichts ist einfacher als das. Ihr hättet sogar in weit kürzerer Zeit eine Reise um die Welt machen und noch viel mehr Abenteuer erleben können.

Könnt Ihr denn nicht in einer Stunde einen Abriß der persischen Geschichte lesen, die Zarathustra geschrieben hat? Und doch dehnt sich diese Zusammenfassung auf achthunderttausend Jahre aus. Alle diese Geschehnisse ziehen in einer Stunde an Eurem Auge vorüber; also müßt Ihr zugeben, daß es ebenso leicht für Brahma ist, sie in einer Stunde zusammenzufassen, als sie über einen Zeitraum von achthunderttausend Jahren auszudehnen – es ist genau dasselbe! Stellt Euch vor, die Zeit drehe sich auf einem Rad von einem unendlichen Durchmesser und unter diesem ungeheuren Rade drehe sich eine unzählige Menge ineinandergreifender Räder. Das mittelste Rad ist nicht wahrnehmbar und macht eine unendliche Anzahl Umdrehungen genau in derselben Zeit, in der das große Rad nur eine einzige vollzieht. Es ist also klar, daß alle Ereignisse vom Anbeginn der Welt bis zu ihrem Ende in weniger als dem Hunderttausendstel einer Sekunde ablaufen können, ja, man kann sogar sagen, es ist so!«

»Ich verstehe von alledem nichts«, sagte Rustam. »Wenn's Euch beliebt«, sagte Topas, »könnte es Euch mein Papagei leicht verständlich machen. Er ist kurz vor der Sintflut geboren, er hat in der Arche Noah mitgehaust und hat viel gesehen. Dennoch ist er erst anderthalb Jahre alt. Er soll Euch seine Lebensgeschichte erzählen, die sehr interessant ist.«

»Schnell, hole mir deinen Papagei«, rief Rustam, »er soll mir die Zeit vertreiben, bis ich wieder einschlafe.« – »Er ist bei meiner Schwester, der Nonne«, sagte Topas, »ich hole ihn gleich, Ihr werdet mit ihm zufrieden sein. Sein Gedächtnis ist ausgezeichnet, er erzählt in einer sehr einfachen Art und will nicht bei jeder Gelegenheit geistreich sein und viel Phrasen machen.« – »Um so besser«, meinte Rustam, »so höre ich gern Geschichten.« Man brachte ihm den Papagei, und der Vogel begann zu erzählen: » . . .

NB. Fräulein Katharina Vadé hat die Geschichte des Papageien niemals in der Mappe ihres verstorbenen Vetters Anton Vadé, des Verfassers dieser Erzählung, auffinden können. In Anbetracht der Zeit, in der dieser Papagei gelebt hat, ist das wirklich schade.

JEANNOT UND COLIN

Mehrere glaubwürdige Personen haben Jeannot und Colin zusammen auf der Schulbank in Issoire gesehen, dieser Stadt in der Auvergne, die durch ihr Gymnasium und ihre Kochkessel in der ganzen Welt berühmt geworden ist. Jeannot war der Sohn eines sehr bekannten Maultierhändlers, Colin verdankte sein Leben einem wackeren Landmann aus der Umgegend von Issoire, der seine Felder mit vier Mauleseln bestellte und sich jedesmal nach der Zahlung der Bürger- und Beisteuer, der Zehr- und Salzsteuer (einen Pfennig aufs Pfund), der Kopf- und Bodenertragssteuer am Ende des Jahres nicht übermäßig reich vorkam.

Als Auvergnaten sahen Jeannot und Colin recht hübsch aus. Sie waren enge Freunde und hatten Geheimnisse und Vertraulichkeiten miteinander, an die man stets mit Freuden zurückdenkt, wenn man sich später wieder in der Welt begegnet.

Ihre Schulzeit ging gerade zu Ende, als ein Schneider Jeannot einen Anzug aus dreifarbigem Samt mit einer äußerst geschmackvollen Lyoneser Weste überbrachte; dabei lag ein Brief an »Herrn de la Jeannotière«. Colin bewunderte den Anzug, war aber nicht neidisch; doch Jeannot schaute so überlegen drein, daß Colin sich verletzt fühlte. Von nun an lernte Jeannot nichts mehr; er betrachtete sich ewig im Spiegel und verachtete alle Welt. Kurze Zeit darauf traf mit der Post ein Kammerdiener ein und brachte einen zweiten Brief, der an Herrn Marquis de la Jeannotière adressiert war und die Anordnung seines Vaters enthielt, daß der Herr Sohn nach Paris kommen möchte. Jeannot bestieg die Kutsche und reichte Colin mit recht vornehmem Gönnerlächeln die Hand zum Abschied. Colin fühlte sich so unbedeutend und brach in Tränen aus. Jeannot trat seine Abreise im vollsten Gepränge seines Ruhmes an.

Die Leser, die gern wissen möchten, was weiter geschah, sollen nun erfahren, daß der Vater Jeannots durch Geschäfte ziemlich schnell ein ungeheures Vermögen erworben hatte. Sie werden fragen, wie man zu solch einem großen Vermögen kommt? Man muß eben Glück haben! Herr Jeannot hatte eine gute Figur, seine Frau ebenfalls, und sie war auch noch recht jugendfrisch. Als sie beide wegen eines Prozesses, der sie vollkommen ruinierte, nach Paris fuhren, brachte sie das Schicksal, das die Menschen nach seiner Willkür erhebt oder erniedrigt, dort mit der Frau eines Militärlazarettleiters zusammen. Ihr Mann war ungemein tüchtig und konnte sich rühmen, in einem Jahr mehr Soldaten ins Jenseits befördert zu haben, als eine Kanone in zehn Jahren umbringt. Monsieur Jeannot gefiel der Gattin, Madame Jeannot dem Gatten. Bald war Jeannot an dem Unternehmen beteiligt, aber er ließ sich auch noch in andere Geschäfte ein. Ist man erst einmal in eine Strömung gelangt, so braucht man sich nur noch treiben zu lassen und schafft sich mühelos ein Riesenvermögen. Die armen Kerle, die einen vom Ufer aus mit vollen Segeln dahinfahren sehen, reißen erstaunt ihre Augen auf. Sie begreifen nicht, wie man dazu gekommen ist; sie beneiden einen aufs Geratewohl und verfassen Schmähschriften gegen uns, die man natürlich nicht liest. Das widerfuhr auch dem Vater Jeannot, der bald Herr de la Jeannotière wurde. Und als er nach einem halben Jahr die Marquiswürde gekauft hatte, nahm er seinen Herrn Marquis-Sohn aus der Schule, um ihn in Paris in die vornehme Welt einzuführen.

Colin, der immer noch sehr an ihm hing, schrieb seinem alten Kameraden einen herzlichen Brief und beglückwünschte ihn. Der kleine Marquis antwortete ihm jedoch nicht, und Colin wurde vor Gram darüber krank.

Zunächst stellten die Eltern für den jungen Marquis einen Erzieher an. Dieser Mann, der sehr feine Manieren hatte, wußte nichts und konnte seinem Zögling auch nichts beibringen. Der gnädige Herr wünschte, sein Sohn solle Latein lernen, die gnädige Frau wünschte es jedoch nicht. Sie zogen einen Schriftsteller als Schiedsrichter heran, der damals durch seine gefälligen Arbeiten berühmt geworden war. Sie luden ihn zum Essen ein, und der Hausherr begann das Gespräch mit den Worten: »Da Sie Latein können und beim Hofe sind . . . « – »Ich Latein, Herr Marquis!« unterbrach ihn der Schöngeist. »Kein Wort weiß ich davon, und das ist mir auch recht, denn es steht fest, daß man seine Muttersprache viel besser spricht, wenn man seinen Fleiß nicht zugleich auf sie und auf Fremdsprachen wendet. Sehen Sie einmal alle unsere Damen an! Sie sind geistreicher als wir Männer, und sie schreiben ihre Briefe mit viel mehr Anmut – nie würden sie uns so überlegen sein, wenn sie Latein sprächen.« – »Siehst du, hatte ich nicht recht?« rief Madame. »Ich will, daß mein Sohn ein geistreicher Mann wird und in der Welt vorwärtskommt. Könnte er Latein sprechen, so wäre er, wie du wohl einsiehst, verloren. Bitte, spielt man denn Schauspiele und Opern auf lateinisch? Verteidigt man sich in einem Prozeß auf lateinisch? Oder liebt man lateinisch?« Diese Vernunftgründe überzeugten den Gatten, und er sah sein Unrecht ein. So wurde denn beschlossen, der junge Marquis solle seine Zeit nicht mit Cicero, Horaz und Vergil verlieren. Aber was sollte er lernen, denn schließlich mußte er doch irgend etwas wissen! Könnte man ihm nicht etwas Geographie beibringen? »Wozu soll ihm das nützen?« rief der Erzieher. »Wenn der Herr Marquis sich auf Seine Güter begibt, sollen da etwa die Postkutscher die Wege nicht kennen? Sie werden ihn sicher nicht in die Irre fahren. Zum Reisen braucht man keinen Kompaß, und von Paris nach der Auvergne kommt man ganz bequem, ohne daß man zu wissen braucht, unter welchem Breitengrad man sich befindet.«

»Sie haben recht«, antwortete der Herr Papa, »aber ich habe von einer schönen Wissenschaft gehört, die man, glaube ich, Astronomie nennt.« – »Das wäre ein Jammer!« entgegnete der Erzieher. »Läßt man sich denn in dieser Welt von den Sternen leiten? Und wäre es nötig, daß sich der Herr Marquis über die Berechnung einer Mond- und Sonnenfinsternis den Kopf zerbricht, da sie ja genau im Kalender angegeben sind neben den Daten der wichtigsten Feste, dem Alter des Mondes und dem aller Fürstinnen Europas?«

Die gnädige Frau war ganz und gar der Meinung des Erziehers, der kleine Marquis war außer sich vor Freude, aber der Vater blieb unentschlossen. »Was soll also mein Sohn lernen?« – »Liebenswürdig zu sein«, antwortete der Freund, den man um Rat fragte. »Wenn er sich erst darauf versteht, anderen zu gefallen, so kann er alles. Diese Kunst wird er bei seiner Frau Mutter erlernen, ohne daß es ihm oder ihr die geringste Mühe macht.«

Bei diesen Worten umarmte die gnädige Frau den freundlichen Nichtswisser und sagte zu ihm: »Man merkt, lieber Herr, daß Sie der allergelehrteste Weltmann sind. Mein Sohn wird Ihnen seine ganze Bildung zu verdanken haben. Trotzdem meine ich, es wäre nicht schlecht, wenn er etwas von Geschichte wüßte.« – »Ach, gnädige Frau, wozu denn?« erwiderte er. »Interessant und nützlich ist sicher nur die neueste Geschichte. Die ganze alte Geschichte ist, wie einer unserer Schöngeister geäußert hat, nur ein abgekartetes Märchen und die moderne ein Chaos, in dem sich kein Mensch zurechtfindet. Was geht es Ihren Herrn Sohn an, daß Karl der Große die zwölf Pairs von Frankreich eingesetzt oder daß sein Nachfolger gestottert hat?«

»Sehr richtig!« rief der Erzieher. »Man erstickt den Verstand der Kinder unter einem Ballast unnützer Kenntnisse. Meiner Meinung nach ist aber Geometrie die abgeschmackteste aller Wissenschaften, die überdies jede geistige Kraft am ehesten erstickt. Diese lächerliche Wissenschaft befaßt sich mit Flächen, Linien und Punkten, die es in der Natur nicht einmal gibt. Man zieht im Geist zwischen einem Kreis und einer Tangente hunderttausend Kurven, obgleich man da in Wirklichkeit nicht einmal einen Strohhalm durchziehen kann. Die Geometrie ist wahrhaftig nur ein schlechter Scherz.«

Die gnädige Frau und der gnädige Herr verstanden zwar nicht ganz, was der Erzieher meinte, waren aber völlig seiner Ansicht.

»Ein vornehmer Herr wie der Herr Marquis«, fuhr er fort, »soll sich sein Gehirn nicht mit solchen nutzlosen Studien zermartern. Wenn er eines Tages zur Aufstellung eines Planes für seine Güter einen gewiegten Feldmesser braucht, so kann er ihn bezahlen. Und sollte er einmal das Alter seines weit zurückreichenden Adelsstammbaumes erforschen wollen, kann er einen Benediktiner holen lassen. Ebenso geht es mit allen Künsten. Ein junger Mann von guter Herkunft braucht weder Maler noch Musiker, weder Architekt noch Bildhauer zu sein. Er bringt alle diese Künste zur Blüte, indem er sie durch seine Freigebigkeit unterstützt. Es ist zweifellos wichtiger, sie zu beschützen, als sie auszuüben. Es genügt, wenn der Herr Marquis guten Geschmack hat, denn Aufgabe der Künstler ist es, für ihn zu arbeiten. Man behauptet mit Recht, daß hohe Persönlichkeiten (ich meine solche, die sehr reich sind) alles wissen, ohne etwas gelernt zu haben, weil sie tatsächlich mit der Zeit über alle Dinge urteilen können, die sie bestellen und bezahlen.«

Darauf ergriff der liebenswürdige Nichtswisser das Wort und sagte: »Sie haben ganz richtig bemerkt, gnädige Frau, daß das Ziel des Menschen darin besteht, in der Gesellschaft Geltung zu erlangen. Hand aufs Herz – erreicht man denn diesen Erfolg durch die Wissenschaften? Ist es einem jemals in einer guten Gesellschaft eingefallen, von Geometrie zu sprechen? Fragt man jemals einen anständigen Menschen, welcher Stern heute mit der Sonne aufgeht? Erkundigt man sich bei der Abendtafel, ob Chlodwig der Merowinger den Rhein überschritten hat?« – »Nein, gewiß nicht«, rief die Marquise de la Jeannotière, die durch ihre Reize zuweilen mit der vornehmen Welt in Berührung gekommen war. »Mein Herr Sohn soll seinen Geist nicht in den Studien all dieses Plunders ersticken. Was soll er aber lernen, denn es ist jedenfalls gut, wenn ein junger Edelmann bei Gelegenheit, wie mein Herr Gemahl sich ausdrückte, glänzen kann. Ich entsinne mich, daß ein Abt sagte, die angenehmste aller Wissenschaften sei eine, von der ich leider den Namen vergessen habe; sie fing aber mit ›H‹ an.« – »Mit ›H‹, gnädige Frau? War das nicht Heortologie?« – »Nein, von dieser Wissenschaft hat er nicht gesprochen. Sie fing mit einem ›H‹ an und hörte mit ›k‹ auf.« – »Ah, ich habe es, gnädige Frau, es war Heraldik. Das ist in der Tat eine sehr tiefe Wissenschaft. Seitdem man jedoch die Gewohnheit aufgegeben hat, den Schlag der Kutsche mit seinem Wappen bemalen zu lassen, ist sie nicht mehr Mode. Einst war sie allerdings in einem wohlgeordneten Staat das Nützlichste von der Welt, heute aber würde dieses Studium endlos sein, denn in unserer Zeit gibt es kaum noch einen Barbier, der nicht sein Wappen hat. Und Sie wissen: was allgemein üblich wird, ist wenig geschätzt!« Nachdem schließlich die starken und schwachen Seiten sämtlicher Wissenschaften untersucht worden waren, wurde beschlossen, der Herr Marquis sollte tanzen lernen.

Die Natur, der wir alles verdanken, hatte ihm eine Gabe verliehen, die sich bald mit wundervollem Erfolg entwickelte: Er sang nämlich sehr nett Gassenhauer! Der Reiz der Jugend, der sich bei ihm mit dieser hervorragenden Begabung paarte, ließ ihn als einen vielversprechenden jungen Mann erscheinen. Die Frauen liebten ihn, und da es in seinem Kopf über und über von Liedern schwirrte, verfaßte er für seine Geliebten selber welche. Aus einem Singspiel stahl er ›Bacchus und Amor‹, aus einem zweiten ›Tag und Nacht‹ und aus einem dritten ›Freuden und Leiden‹. Da seine Verse jedoch immer ein paar Füße zuviel oder zuwenig hatten, ließ er sich für zwanzig Franken das Lied verbessern, und so wurde er im ›Literarischen Jahrbuch‹ mit anderen großen Dichtern, wie zum Beispiel La Fare, Chaulieu und Voiture, auf eine Stufe gestellt.

Die Frau Marquise glaubte nun, die Mutter eines Schöngeistes zu sein, und lud die Pariser Schöngeister zum Souper ein. Der Kopf des jungen Mannes war bald ganz verdreht. Er erreichte die Kunst zu reden, ohne selbst ein Wort davon zu verstehen, und vervollkommnete sich in der Gewohnheit, ein rechter Taugenichts zu sein. Als sein Vater diese Beredsamkeit an ihm bemerkte, bedauerte er sehr, daß sein Sohn nicht Latein gelernt hatte, denn dann hätte er ihm ein hohes Amt in der Justiz kaufen können. Die Mutter, die edlere Empfindungen hegte, übernahm es, ihrem Sohn ein Regiment zu verschaffen – in der Zwischenzeit widmete er sich der Liebe! Die Liebe ist zuweilen teurer als ein Regiment, und so gab er viel Geld aus, während seine Eltern noch weit mehr verschwendeten, um sich als große Leute aufzuspielen.

Eine junge, vornehme Witwe in ihrer Nachbarschaft, die nur ein mittelmäßiges Vermögen besaß, beschloß, die großen Reichtümer von Herrn und Frau de la Jeannotière dadurch unter Dach und Fach zu bringen, daß sie sie sich aneignete und den jungen Marquis heiratete. Sie zog ihn in ihr Haus, ließ sich anbeten, gab ihm zu verstehen, daß er ihr nicht gleichgültig sei, lenkte ihn behutsam, bezauberte ihn und unterjochte ihn mühelos. Entweder lobte sie ihn, oder sie erteilte ihm gute Ratschläge, und außerdem wurde sie die beste Freundin seiner Eltern. Eine alte Nachbarin schlug die Heirat vor, und die Eltern, geblendet von dem Glanz einer solchen Verbindung, gingen mit Freuden darauf ein; sie gaben ihrer besten Freundin ihren einzigen Sohn. Der junge Marquis sollte also eine Frau heiraten, die er anbetete und die ihn liebte; die Freunde des Hauses beglückwünschten ihn. Man ging daran, den Ehevertrag aufzusetzen, und arbeitete inzwischen an der Aussteuer und den Hochzeitsgedichten.

Eines schönen Morgens lag er zu Füßen seiner reizenden Braut, die Liebe, Achtung und Freundschaft ihm zur Frau geben sollten. In einer zärtlichen und angeregten Unterhaltung genossen sie die ersten Blüten ihres Glückes und bereiteten sich auf die gemeinsame Führung eines wundervollen Lebens vor. Plötzlich kam ein Kammerdiener seiner Frau Mutter hereingestürzt. »Schöne Neuigkeiten!« rief er. »Gerichtsvollzieher räumen das Haus des gnädigen Herrn und der gnädigen Frau aus. Alles ist von den Gläubigern beschlagnahmt. Man spricht sogar von Verhaftung, und ich will schleunigst eine Klage einreichen, um zu meinem Lohn zu kommen.« – »Ach was«, sagte der junge Marquis, »wir wollen erst einmal sehen, was da los ist und was das zu bedeuten hat.« – »Ja«, bestärkte ihn die Witwe, »gehen Sie nur schnell und bestrafen Sie diese Schurken. Beeilen Sie sich!« Er stürzte nach Hause ... sein Vater war schon verhaftet, die Diener hatten sich, nachdem sie alles Greifbare fortgeschafft, in alle Winde zerstoben, seine Mutter war allein, ohne Beistand, ohne Trost und schwamm in Tränen. Ihr war nichts geblieben als die Erinnerung an ihr Vermögen, ihre Schönheit, ihre Sünden und an all ihre tollen Verschwendungen.

Nachdem der Sohn lange genug mit seiner Mutter geweint hatte, sagte er zu ihr: »Wir wollen nicht verzweifeln. Die junge Witwe liebt mich über alles, und da sie noch großmütiger als reich ist, bürge ich für sie. Ich will zu ihr eilen und sie herbringen!«

Er kehrte also zu seiner Geliebten zurück und fand sie im traulichen Beisammensein mit einem jungen, liebenswürdigen Offizier. »Wie, Sie sind es, Herr de la Jeannotière? Was wollen Sie hier? Läßt man denn so seine Mutter im Stich? Gehen Sie zu der armen Frau und sagen Sie ihr, daß ich ihr noch immer zugetan bin. Ich brauche gerade eine Kammerfrau und würde ihr den Vorzug geben.« – »Mein Junge«, sagte der Offizier zu ihm, »du scheinst gut gewachsen zu sein. Wenn du in meine Kompanie eintreten willst, gebe ich dir einen guten Posten.«

Der Marquis, dessen Herz von Zorn und Schmerz erfüllt war, eilte zu seinem ehemaligen Erzieher, klagte ihm sein Leid und bat ihn um Rat. Er schlug ihm vor, so wie er Erzieher zu werden. »Ach, ich kann ja nichts, ich habe bei Ihnen doch nichts gelernt. Sie sind vor allem die Ursache meines Unglücks!« rief er ihm schluchzend zu. »Schreiben Sie Romane«, riet ihm ein Schöngeist, der gerade da war, »in Paris ist das eine vorzügliche Hilfsquelle.«

Noch verzweifelter lief der junge Mann zum Beichtvater seiner Mutter, einem angesehenen Theatiner, der nur Frauen aus den allerbesten Kreisen beriet. Als er ihn erblickte, eilte er auf ihn zu: »O Gott, Herr Marquis, wo ist Ihr Wagen? Wie geht es der gnädigen Frau Marquise, Ihrer Frau Mutter?« Der arme Unglücksvogel berichtete ihm von dem Mißgeschick seiner Familie, und je weiter er erzählte, um so mehr nahm der Theatiner eine ernste, gleichgültige und überlegene Miene an. »Mein Sohn, das hat Gott gewollt. Reichtum verdirbt nur das Herz! Gott hat also Ihrer Frau Mutter die Gnade erwiesen, sie zu einer Bettlerin zu machen.« – »Ja, Hochwürden!« – »Um so besser, sie darf ihres Seelenheils sich sein.« – »Aber, ehrwürdiger Vater, gibt es denn in dieser Welt keine Möglichkeiten, um Hilfe zu finden?« – »Mit Gott, mein Sohn, eine Hofdame wartet auf mich!«

Dem Marquis vergingen schier die Sinne. Von seinen Freunden wurde er fast ebenso behandelt, und so lernte er in einem halben Tage die Welt besser kennen als in der ganzen übrigen Zeit seines Lebens.

Als er völlig verzweifelt und niedergeschmettert dastand, sah er eine altmodische Kutsche, eine Art zweirädrigen Karren mit Ledervorhangen, daherrattern; dahinter fuhren vier riesige, vollbeladene Leiterwagen. Im Wagen saß ein bäuerisch gekleideter junger Mann mit einem runden, frischen Gesicht, aus dem Gutmütigkeit und Fröhlichkeit strahlte. Seine kleine brünette Frau, im großen und ganzen recht sympathisch, wurde neben ihm hin und her gerüttelt. Das Gefährt fuhr nicht so schnell wie der Wagen eines Stutzers. Der Reisende hatte also vollauf Zeit, den regungslos dastehenden, tiefbekümmerten Marquis zu betrachten. »O Gott«, rief er, »ich glaube, das ist Jeannot!« Beim Klang dieser Stimme hob der Marquis die Augen, und der Wagen hielt an. »Er ist es! Ja, wirklich, es ist Jeannot!« Der kleine Mann sprang mit einem Satz aus dem Wagen und fiel seinem alten Kameraden um den Hals. Jeannot erkannte Colin, und Scham und Tränen bedeckten sein Gesicht.

»Du hast mich verlassen«, sagte Colin, »aber du magst ein so vornehmer Herr sein, wie du willst – ich liebe dich immer noch!« Jeannot erzählte ihm verwirrt und gerührt einen Teil seiner Geschichte. »Komm mit und erzähle mir das übrige im Gasthof, wo wir ausspannen«, sagte Colin. »Umarme meine kleine Frau, und iß mit uns zu Mittag.«

Sie gingen alle drei zu Fuß, und die Lastwagen fuhren hinterher. »Was hat denn dieser ganze Troß zu bedeuten? Gehört er dir?« – »Ja, alles gehört mir und meiner Frau. Wir kommen vom Lande. Ich leite eine gute Eisen- und Kupferblechfabrik und habe die Tochter eines reichen Kaufmannes geheiratet, der mit Gebrauchsgegenständen für klein und groß handelt. Wir arbeiten viel, Gottes Segen ruht auf uns. Unsere Verhältnisse haben sich nicht geändert, wir sind glücklich und wollen unserem Freund Jeannot beistehen. Sei kein Marquis mehr, alle Größen dieser Welt wiegen einen guten Freund nicht auf. Komm mit uns aufs Land zurück. Ich will dich das Handwerk lehren; es ist nicht allzu schwer. Du wirst mein Teilhaber, und dann wollen wir fröhlich auf dem Fleckchen Erde leben, wo wir geboren sind.«

Der bestürzte Jeannot schwankte zwischen Schmerz und Freude, zwischen Liebe und Scham und sagte ganz leise zu sich: »Alle meine Freunde aus den vornehmen Kreisen haben mich verraten, nur Colin, den ich verachtet habe, kommt mir zu Hilfe. Welch eine Lehre!« Colins Seelengüte brachte in Jeannots Herz den guten Kern, den die Welt noch nicht erstickt hatte, zum Keimen. Er fühlte, daß er seine Eltern nicht im Stich lassen durfte. »Für deine Mutter werde ich sorgen«, sagte Colin, »und was deinen eingesperrten Vater betrifft, so kenne ich mich in solchen Sachen ein wenig aus: Wenn seine Gläubiger erst einsehen, daß er nichts mehr hat, werden sie sich mit wenigem abfinden. Ich werde das erledigen.«

Colin brachte es fertig, den Vater aus dem Schuldturm zu befreien. Jeannot kehrte dann mit seinen Eltern in die Heimat zurück, und sie nahmen ihren alten Beruf wieder auf. Jeannot heiratete eine Schwester von Colin, die die gleiche Gemütsart wie ihr Bruder hatte und Jeannot sehr glücklich machte. Und Vater Jeannot, Mutter Jeannot und der junge Jeannot sahen ein, daß das wahre Glück nicht in der Eitelkeit liegt.

POTPOURRI

1

Polichinelles Vater, sein geistiger, nicht sein leiblicher Vater, war Brioché. Briochés Vater war Guillot-Gorju, der war ein Sohn des Gilles, der war ein Sohn Gros-Renés, der stammte ab vom Prinz Narren und von der Narrenmutter. So steht es geschrieben beim Verfasser des ›Jahrmarktkalenders‹. Herr Parfaict, ein nicht minder glaubwürdiger Autor, nennt als Vater Briochés Tabarin, als den Tabarins Gros-Guillaume, als den Gros-Guillaumes Jean-Boudin, geht aber letzten Endes auch auf den Prinz Narren zurück. Die Wahrheit dessen findet für den Pater Daniel, der die zwei Geschichtsschreiber denkbar scharfsinnig miteinander in Einklang setzte und damit den Pyrrhonismus in der Geschichte widerlegt, ihre Bestätigung eben darin, daß beide sich widersprechen.

2

In meinem Studierzimmer, dessen Fenster nach der Rue Saint-Antoine hin gelegen ist, wurde ich gerade fertig mit diesem ersten Abschnitt der Aufzeichnungen Merry Hissings, da sah ich drunten, wie die Apothekersyndizi vorüberzogen, um den Grünspan und die Pillen und Pulver zu beschlagnahmen, mit denen die Jesuiten aus der Rue Saint-Antoine ihren Schleichhandel trieben. Mein Nachbar Herr Husson, ein gescheiter Kopf, kam zu mir herüber und sprach: »Sie haben Ihren Spaß daran, mein Lieber, die Jesuiten mit Füßen getreten zu sehen, freuen sich darüber, sie in Portugal eines Königsmords und in Paraguay eines Aufruhrs überführt zu wissen; anscheinend richtet es Sie auf, daß in Frankreich gegen sie die öffentliche Meinung laut wird, daß man Haß gegen sie hegt, daß sie

Schande über Schande auf sich laden. Sie müssen aber wissen, daß Sie nichts dabei gewinnen, wenn jene ausgespielt haben, wie das der Wunsch aller rechtschaffenen Leute ist: Sie werden von den andren, werden von den Jansenisten erdrückt werden. Das sind blindwütige, unerbittliche Schwärmer, ärger noch als die Presbyterianer, die den Thron Karls I. stürzten. Seien Sie dessen eingedenk: Halunken sind nicht so gefährlich wie Fanatiker; Halunken kann man zur Vernunft bringen, einen Rasenden nie.«

Ich redete lange ein auf Herrn Husson. Schließlich sagte ich zu ihm: »Trösten Sie sich, mein Herr, die Jansenisten werden vielleicht einmal ebenso gewitzt sein wie die Jesuiten.« Ich suchte ihn zu beschwichtigen. Doch ein Starrkopf wie er läßt sich niemals eines andern belehren.

3

Angesichts dessen, daß Polichinelle vorn wie hinten einen Höcker trug, wollte Brioché ihn lesen und schreiben lehren. Nach zwei Jahren buchstabierte Polichinelle auch ganz leidlich, doch eine Feder zu gebrauchen, so weit brachte er es nie. Einer seiner Biographen führt an, einst habe er versucht, seinen Namen zu schreiben, niemand aber habe ihn lesen können.

Brioché war bettelarm; sein Weib und er hatten nicht das Geld, Polichinelle zu ernähren, geschweige denn ihn ein Handwerk lernen zu lassen. Da sagte Polichinelle zu ihnen: »Lieber Vater, liebe Mutter, ich habe Höcker und habe Gedächtnis. Drei, vier Freunde von mir und ich, wir könnten ein Puppentheater aufmachen: auf diese Weise würde ich ein Stück Geld verdienen; die Menschen sind immer gern ins Puppentheater gegangen. Zwar setzt man gelegentlich zu, wenn man neue Stücke an den Mann bringen will, doch dann hat man auch wieder gute Gewinne.«

Herr und Frau Brioché waren voller Bewunderung für den gesunden Kopf des jungen Mannes. Die Truppe fand sich zusammen und schlug ihre kleine Bretterbühne in einem Schweizer Marktflecken zwischen Appenzell und Mailand auf.

Ausgerechnet in diesem Dorf hatten die Quacksalber von Orvieto ihren Orvietanladen eröffnet. Sie wurden gewahr, daß der Pöbelhaufe allmählich ins Puppentheater ging und daß sie nur halb soviel Seifenkügelchen und Brandsalbe im Lande verkauften. Sie beschuldigten Polichinelle, sich mehrfach ungehörig aufgeführt zu haben, und brachten ihre Beschwerden vor den Richter. In der Eingabe hieß es, Polichinelle sei ein gefährlicher Trunkenbold und habe einmal auf offenem Marktplatz den Bauern, die Mispeln verkauften, hundert Fußtritte in den Bauch versetzt.

Auch behauptete man, er habe einen indischen Hühnerhändler belästigt. Schließlich beschuldigten sie ihn noch, ein Hexenmeister zu sein. Herr Parfaict behauptet in seiner ›Geschichte des Theaters‹, Polichinelle sei von einer Kröte verschluckt worden. Doch der Pater Daniel denkt oder spricht zumindest anders. Was aus Brioché wurde, weiß man nicht. Da er nur der mutmaßliche Vater Polichinelles war, hielt der Geschichtsschreiber es nicht für der Mühe wert, uns Weiteres von ihm zu berichten.

4

Der selige Herr Du Marsais machte geltend, der größte Mißbrauch sei die Ämterkäuflichkeit. »Daß ein verdienstvoller Mann ohne Vermögen es zu nichts bringen kann«, sagte er, »ist ein großes Unglück für den Staat. Wieviel Begabungen im verborgenen – wieviel Dummköpfe in Amt und Würden! Welch verwerfliche Politik, aus der aller Wettstreit verbannt ist!« Unbewußt beklagte Herr Du Marsais sein eigenes Los; er war gezwungen, Latein zu lehren, und hätte doch dem Staat große Dienste erwiesen, wenn dieser ihn herangezogen hätte. Ich kenne Tintenkleckser, durch die eine Provinz reich geworden wäre, hätten sie den Platz derer eingenommen, die diese Provinz ausgeplündert haben. Um jenen Platz aber einzunehmen, muß man der Sohn eines reichen Mannes sein, der einem so viel vermacht, daß man ein Amt, einen Posten, das, was man eine »Würde« nennt, kaufen kann.

Du Marsais machte geltend, ein Montaigne, ein Charron, ein Descartes, ein Gassendi oder ein Bayle hätten nie einen Schüler, der sich gegen die Aristotelische Philosophie ausgesprochen hätte, zu den Galeeren verurteilt, auch den Pfarrer Urbain Grandier oder den Pfarrer Gaufridy nicht verbrennen lassen und um keinen Preis usw.

5

Kürzlich reiste der Chevalier Roginante, ein ferrarischer Edelmann, der eine Holländersammlung anzulegen gedachte, nach Amsterdam, um dort Ankäufe zu machen. Bei einem gewissen Vandergru erwarb er einen recht schönen Christus: »Wie geht es zu«, fragte der Ferrarese den Holländer, »daß Sie, der Sie kein Christ sind – denn Sie sind ja Niederländer –, ein Jesusbild bei sich hängen haben?« – »Ich bin Christ und Katholik«, antwortete Herr Vandergru gar nicht ärgerlich und verkaufte ihm sein Bild ziemlich teuer. »Sie sehen in Jesus Christus also Gott?« fragte Roginante. »Allerdings«, sagte Vandergru.

Ein andrer Kunstfreund wohnte nebenan, ein Sozinianer; der verkaufte ihm eine Heilige Familie. »Was ist Ihre Meinung über das Kind?« fragte der Ferrarese. »Meine Meinung ist«, entgegnete der andre, »daß es das vollkommenste Geschöpf war, das Gott je auf die Erde entsandt hat.«

Von dort ging der Ferrarese zu Moses Mansebo, der weiter nichts als schöne Landschaften hatte, nicht eine einzige Heilige Familie. Roginante fragte ihn, warum es bei ihm nicht solche Bilder gebe. »Weil uns diese Familie ein Greuel ist«, lautete die Antwort.

Roginante ging weiter zu einem berüchtigten Wiedertäufer, der hatte die hübschesten Kinder der Welt. Er fragte sie, in welcher Kirche sie getauft worden wären. »Pfui, mein Herr«, riefen sie, »wir sind gottlob noch gar nicht getauft!«

Roginante hatte die Straße noch nicht zur Hälfte hinter sich und war schon mit einem Dutzend erzverfeindeter Sekten in Berührung gekommen. Sein Reisebegleiter, Herr Sacrito, riet ihm: »Fliehen wir schnell, die Stunde der Börse ist da. All diese Leute hier werden sich gewiß binnen kurzem auf altbekannte Weise umbringen, sie sind ja alle andrer Meinung, und uns wird der Pöbel totschlagen, weil wir Untertanen des Papstes sind.«

Sie waren sehr erstaunt, als sie all diese braven Bürger da mit ihren Leuten aus ihren Häusern treten, sich höflich grüßen und dann gemeinsam zur Börse gehen sahen. Damals gab es dort, genau gerechnet, dreiundfünfzig Religionen, Armenier und Jansenisten eingerechnet. Auf das friedfertigste schloß man für dreiundfünfzig Millionen Geschäfte ab, und der Ferrarese kehrte in sein Land zurück, wo es mehr ›Agnus Dei‹ gab als Wechsel.

Dasselbe Schauspiel sieht man tagtäglich in London, Hamburg, Danzig, ja in Venedig usw. Das Schönste aber sah ich in Konstantinopel.

Vor fünfzig Jahren wurde mir die Ehre zuteil, der Einsetzung eines griechisch-orthodoxen Patriarchen durch Sultan Achmed III., dessen Seele bei Gott sein möge, beizuwohnen. Er überreichte dem christlichen Priester den Ring und den Krummstab. Darauf fand eine Prozession der Christen durch die Kleobulosstraße statt; zwei Janitscharen gingen voraus. Ich hatte das Glück, in der Patriarchenkirche öffentlich das Abendmahl zu empfangen, und es hätte nur an mir gelegen, eine Domherrnpfründe zu bekommen.

Offen gestanden, bei meiner Rückkehr nach Marseille war ich ziemlich überrascht, nicht eine Moschee dort zu sehen. Ich gab meine Verwunderung darüber dem Herrn Intendanten und dem Herrn Bischof zu verstehen. Ich sagte ihnen, das sei mehr als unhöflich; wenn die Christen bei den Muselmännern Kirchen hätten, könnte man gegen die Türken wenigstens so aufmerksam sein, ihnen einige Kapellen zuzubilligen. Beide versprachen mir, darüber an den Hof zu schreiben. Doch damit hat die Sache ihr Bewenden, der Bulle Unigenitus wegen.

O meine Brüder Jesuiten, ihr seid nicht tolerant gewesen; man ist es nicht gegen euch. Doch tröstet euch: Andere werden ihrerseits zu Verfolgern und werden ihrerseits aus tiefster Seele verachtet werden.

6

Vor einigen Tagen erzählte ich all das Herrn von Boucacous, einem so feurigen Languedocer wie eifrigen Hugenotten. »Sihr ridderlik«, bemerkte er, »wir werden in Frankreich also behandelt wie die Türken; ihnen verweigert man Moscheen, und uns bewilligt man kein Gotteshaus!« – »Über die Moscheen ist zu sagen«, erwiderte ich, »daß uns die Türken noch gar nicht darum gebeten haben, ja, ich wage mir zu schmeicheln, daß sie so viele haben könnten, wie sie wollten, denn sie sind ja unsre lieben Verbündeten. Ich hege aber starke Zweifel, ob man euch eure Gotteshäuser wieder einräumt, so stolz wir auf all unsre Höflichkeit sind: aus dem einfachen Grund, weil ihr letzten Endes unsre Feinde seid.« – »Eure Feinde«, rief Herr von Boucacous, »wir, die leidenschaftlichsten Diener des Königs!« – »Ja, sehr leidenschaftlich«, entgegnete ich, »so leidenschaftlich, daß ihr neun Bürgerkriege vom Zaun gebrochen habt, ganz zu schweigen von dem Blutbad in den Cevennen.« – »Die Bürgerkriege haben wir ja nur vom Zaun gebrochen«, sagte er, »weil ihr uns öffentlich gebraten habt. Auf die Dauer wird es einem zuviel, verbrannt zu werden; keine Heiligengeduld hält das aus: Man lasse uns in Frieden, und ich schwöre Ihnen, wir werden die treusten Untertanen sein.« – »Genau das hat man getan«, antwortete ich; »man drückt bei euch die Augen zu, man läßt euch euern Handel treiben, ihr genießt eine wohlbemessene Freiheit.« – »Eine schöne Freiheit!« rief Herr von Boucacous. »Wir brauchen uns nur zu vier-, fünftausend auf freiem Feld zu versammeln, mit vierstimmigem Psalmengesang, und schon ist ein Regiment Dragoner zur Stelle, das uns allesamt in unsre Häuser zurücktreibt. Heißt das etwa leben? Heißt das etwa frei sein?«

Da sprach ich zu ihm: »In keinem Land der Welt kann man sich ohne Befehl des Herrschers zusammenrotten; jede Zusammenrottung ist gegen das Gesetz. Dient Gott in euern vier Wänden auf eure Weise, und zerreißt niemand die Ohren mit Geheul, das ihr ›Musik‹ nennt. Oder meint ihr, ihr wäret Gott besonders wohlgefällig, wenn ihr seine Gebote nach der Melodie singt ›Wach auf, du schöne Schläferin‹? Und wenn ihr von einem Nachbarvolk mit den Juden sagt:

›Wohl dem, der deine jungen Kinder
nimmt und zerschmettert sie an dem Stein‹?

Will Gott wirklich, daß man Kindlein den Schädel zerschmettert? Ist das menschlich? Und zudem, macht sich Gott etwas aus schlechten Versen und aus schlechter Musik?«

Hier fiel mir Herr von Boucacous ins Wort und fragte, ob das Küchenlatein unsrer Psalmen etwa besser sei. »Nein, gewiß nicht«, sagte ich, »ja, ich gebe sogar zu, daß es Mangel an Phantasie verrät, in einer so fehlerhaften Übersetzung alter Choräle eines Volks, das uns ein Greuel ist, zu Gott zu beten; zur Vesper sind wir alle Juden, so wie wir in der Oper alle Heiden sind. Mißlich erscheint mir dabei nur, daß durch des Satans Tücke Ovids ›Metamorphosen‹ weit besser geschrieben und viel angenehmer zu lesen sind als die jüdischen Choräle: Man muß doch zugeben, daß jener Berg Zion, jene Drachenmäuler, jene Hügel, die wie die jungen Schafe hüpfen, und all die ermüdenden Wiederholungen nicht an die griechische, die römische, die französische Dichtung heranreichen. Der nüchterne kleine Racine mag anstellen, was er will, dieser aus der Art geschlagene Sohn wird es nicht hindern, daß sein Vater, ketzerisch gesprochen, ein besserer Dichter ist als David.

Schließlich aber sind wir die bei uns herrschende Religion. Dürft ihr euch etwa in England nicht zusammenrotten? Warum wollt ihr diese Freiheit in Frankreich genießen? In euern vier Wänden, da macht, was ihr lustig seid; der Herr

Gouverneur und der Herr Intendant haben mir in die Hand versprochen, man ließe euch in Frieden, wenn ihr euch klug verhieltet; einzig die Unbesonnenheit zog euch Verfolgungen zu und wird euch auch weiterhin Verfolgungen zuziehen. Ich selbst zum Beispiel finde es sehr verkehrt, daß eure Ehen, die Stellung eurer Kinder, das Erbrecht am wenigsten angefochten werden. Sicher ist es nicht gerecht, euch zur Ader zu lassen und euch Klistiere zu geben, weil eure Väter krank gewesen sind. Doch was wollt ihr? Diese Welt ist nun einmal ein großes Tollhaus, wo die einen Narren die andren an die Kette legen.«

7

So brachten wir gegenseitig unsre Gründe und Gegengründe vor, Herr von Boucacous und ich, da sahen wir Jean-Jacques Rousseau Hals über Kopf vorüberstürzen. »Nun, wohin denn so eilig, Herr Rousseau?« – »Ich suche das Weite, weil Oberstaatsanwalt Joly de Fleury in seiner Anklageschrift erklärt hat, ich predige gegen die Intoleranz und gegen die Existenz der christlichen Religion.« – »Evidenz hat er sagen wollen«, entgegnete ich; »eines Wortes wegen braucht man nicht gleich in Flammen zu stehen.« – »O mein Gott, ich stehe schon lichterloh in Flammen«, sagte Rousseau; »allerorts verbrennt man mein Buch. Wie Herr von Assouci Montpellier, so kehre ich Paris den Rücken, aus Furcht, selber verbrannt zu werden.« – »Das war am Platze zur Zeit Anne Du Bourgs und Michel Servets«, erwiderte ich; »heute ist man humaner. Doch was hat es damit auf sich, daß man Ihr Buch verbrannt hat?«

»In vier Bänden«, erzählte er, »erzog ich einen kleinen Jungen auf meine Weise. Ich hatte selbst das Gefühl, ich könnte langweilig werden, daher dachte ich den Stoff etwas aufzulokkern und brach auf einigen fünfzig geschickt hineinpraktizierten Seiten eine Lanze für den Theismus. Ich war der Meinung, man würde an meinem Theismus keinen Anstoß nehmen, wenn ich die Freidenker beschimpfte, und darin habe ich mich getäuscht.« – »Was bedeutet Theismus?« fragte ich. »Theismus bedeutet«, antwortete er, »daß ich einen Gott verehre, bis ich eines bessern belehrt bin.« – »Ach, wenn das Ihr ganzes Verbrechen ist, dann trösten Sie sich. Warum aber die Freidenker beschimpfen?« – »Das ist nicht recht von mir«, gestand er. – »Doch sagen Sie, Herr Rousseau, wie sind Sie Theist geworden? Welch feierlicher Akt ist dazu nötig?« – »Gar keiner«, antwortete er. »Ich bin als Protestant geboren und habe alles über Bord geworfen, was die Protestanten am Katholizismus beanstanden. Darauf habe ich alles über Bord geworfen, was die andren Religionen am Protestantismus beanstanden, und allein Gott ist mir geblieben; ich habe ihn verehrt, und Oberstaatsanwalt Joly de Fleury hat eine Anklageschrift gegen mich eingereicht.«

Darauf sprachen wir ausführlich über den Theismus mit Rousseau, der uns darüber belehrte, daß es in London dreihunderttausend Theisten gebe, in Paris dagegen nur etwa fünfzigtausend, weil die Pariser es immer erst lange nach den Engländern zu etwas brächten, siehe Impfung, Schwerkraft, Sämaschine usw. Er sagte ferner, in Norddeutschland wimmele es nur so von Theisten und von Leuten, die sich wacker zu schlagen verstünden.

Herr von Boucacous war ganz Ohr und gelobte, Theist zu werden. Ich selbst blieb fest. Noch weiß ich zwar nicht, ob nicht auch diese Blätter verbrannt werden wie ein Rousseausches Werk oder ein bischöflicher Hirtenbrief. Doch ein Übel, das uns droht, raubt uns nicht allemal das Gefühl für das Übel eines andren, und da ich ein gutes Herz habe, bedauerte ich den schwergeprüften Rousseau.

8

Polichinelles Gefährten, nunmehr am Bettelstab, ihrem angestammten Los, schlossen sich einem Trupp Zigeuner an und zogen von Dorf zu Dorf. In einer Kleinstadt, wohin sie kamen, wohnten sie in einem vierten Stockwerk und begannen dort Pillen zu drehen und Pulver zu mengen, durch deren Verkauf sie eine Zeitlang ihr Leben fristeten. Einmal heilten sie sogar den Jagdhund einer hochgestellten Dame von der Räude. Die Nachbarn sprachen laut von einem Wunder, doch trotz allen Fleißes kam die Truppe auf keinen grünen Zweig.

Sie beklagten ihr Dasein im Schatten und Elend, da hörten sie eines Tages über sich ein Geräusch, als ob jemand eine Schubkarre über die Dielen rollte. Sie begaben sich ins fünfte Stockwerk hinauf und sahen dort ein Männlein, das auf eigene Faust Drahtpuppen bastelte: Er nannte sich Meister Bienfait und besaß ganz die Gabe, die seine Kunst erforderte.

Von dem, was er sagte, verstand man kein Wort, doch stieß man sich nicht an seinem Galimathias, und seine Puppen bastelte er nicht übel. Einer von der Truppe, der sich geradeso im Galimathias hervortat, richtete das Wort an ihn: »Wir glauben dazu ausersehen zu sein, unserem Puppentheater wieder seinen alten Glanz zu verleihen; wortwörtlich nämlich haben wir bei Nostradamus gelesen: ›Nekkew er nelle chi li po driw fait en bi‹, was rückwärts gelesen eindeutig ergibt: ›Bienfait wird Polichinelle erwecken.‹ Den unsrigen hat eine Kröte verschluckt, doch haben wir seinen Hut, seinen Höcker und seine Stimmröhre wiedergefunden. Sie werden den Messingdraht beisteuern. Auch wird es Ihnen sicher ein leichtes sein, sich ebensolchen Schnauzbart zuzulegen, wie er ihn trug; wir müssen uns nur erst zusammengetan haben, dann werden wir gewiß viele Lorbeeren ernten, und Polichinelle wird durch Nostradamus, Nostradamus durch Polichinelle bestätigt werden.«

Meister Bienfait ging auf den Vorschlag ein. Auf die Frage, was er für seine Mühe verlange, sagte er: »Viel Ruhm und viel Geld.« – »Davon können wir nichts bieten«, antwortete der Sprecher der Truppe; »mit der Zeit aber bekommt man alles.« Meister Bienfait schloß sich also den Zigeunern an, und allesamt machten sich auf den Weg nach Mailand, um dort mit Hilfe Frau Carminettas ihr Theater zu eröffnen. Man gab bekannt, derselbe Polichinelle, den in einem Dorf des Kantons Appenzell eine Kröte gefressen hatte, träte im Mailänder Theater wieder auf und werde mit Frau Gigogne tanzen. Mochten sich auch alle Orvietanhändler zur Wehr setzen, Meister Bienfait, der selbst im Besitz des Orvietangeheimnisses war, versicherte, sein Orvietan sei das beste: Viel verkaufte er an die Frauen, die närrisch waren nach Polichinelle, und allmählich wurde er so reich, daß er die Leitung der Truppe übernahm.

Sobald er hatte, was er wollte – und was alle Welt will –, Ruhm und Besitz, da wurde er gegen Frau Carminetta sehr undankbar. Dem seiner Wohltäterin gegenüber kaufte er ein schönes Haus und fand des Rätsels Lösung, es seine Mitspieler bezahlen zu lassen. Man sah ihn Frau Carminetta nicht mehr seine Aufwartung machen, ja, er verlangte, sie solle zu ihm zum Frühstück kommen, und als sie eines Tages wirklich zu kommen geruhte, ließ er ihr die Tür vor der Nase zusperren usw.

9

Vom letzten Kapitel Merry Hissings hatte ich kein Wort verstanden, deshalb ging ich hinüber zu meinem Freund Herrn Husson und bat ihn um eine Erläuterung. Er legte mir dar, es handele sich um ein tiefsinniges Gleichnis auf den Pater La Valette, einen gescheiterten Kaufmann in Amerika. Im übrigen aber schere er sich schon lange nicht mehr um solche Narreteien, er ginge nie ins Puppentheater. Diesen Abend werde ›Polyeukt‹ gegeben, und er wolle sich das Stück ansehen. Ich begleitete ihn ins Theater.

Den ersten Akt über schüttelte Herr Husson ununterbrochen den Kopf. In der Pause fragte ich ihn nach dem Grund. »Ich muß gestehen«, sagte er, »ich bin außer mir über diesen albernen Tropf Polyeukt und diesen unverschämten Patron Nearchos. Was würden Sie von einem Schwiegersohn des Herrn Gouverneurs von Paris sagen, einem Hugenotten, der eines Ostertags seinen Schwiegervater nach Notre-Dame begleitete, die Monstranz und den Abendmahlskelch in Stücke schlüge und dem Herrn Erzbischof und den Domherren in den Bauch träte? Könnte er vielleicht zu seiner Rechtfertigung sagen, wir seien Götzendiener, wie er das einen Lubolier, Predikus in Amsterdam, hat sagen hören und einen Morfyé, Kompilator zu Berlin und Herausgeber der ›Germanischen Bibliothek‹, der es seinerseits vom Predikus Urieju zu hören bekam? Ganz genauso aber verhält sich Polyeukt. Kann man sich für diesen engstirnigen Fanatiker, den der Fanatiker Nearchos verführt hat, auch nur im mindesten erwärmen?«

So teilte mir Herr Husson in den Pausen freundschaftlich seine Ansichten mit. Er lachte auf, als er Polyeukt seinem Nebenbuhler seine Frau abtreten sah, und fand es ein wenig bürgerlich, als sie ihrem Liebhaber erklärte, sie ginge in ihr Gemach, statt zur Kirche mit ihm zu gehen:

»Leb wohl, du edles, liebenswürdges Wesen,
leb wohl, du gütger, tugendhafter Freund,
ich geh in mein Gemach, mein Leid verbergen.«

Er war dagegen voller Bewunderung für die Szene, wo sie ihren Liebhaber um Gnade für ihren Gatten bat.

»Jener armenische Statthalter«, fuhr er fort, »das ist wohl die niederträchtigste, gemeinste Kreatur unter der Sonne. Er, der Vater Paulines, sagt selbst, daß er wie ein Lump denkt:

›Hier in Armenien ist Polyeukt
die Stütze meines Hauses. Wenn jedoch
nach seinem Tode um Paulinens Hand
der andre freite, würde ich dadurch
den allerstärksten Halt und Schutz erlangen,
der mich um vieles noch erhöhen würde.‹

So könnte höchstens ein Châtelet-Anwalt denken oder reden. Brave Bürgersleute, die mögen all das einstecken; ich zähle nicht darunter. Wenn in einer Tragödie des Gallierlandes solche Plattheiten vorkommen können, müßte man eigentlich den ›Ödipus‹ der Griechen verbrennen.«

Herr Husson ist unerbittlich. Ich tat alles, um ihn zu beschwichtigen. Doch vergebens. Er beharrte auf seiner Meinung und ich auf der meinen.

10

Wir waren dabei stehengeblieben, daß Meister Bienfait sehr reich und sehr anmaßend geworden war. Durch seine Praktiken verdiente er so viel, daß man ihm die Leitung einer Reihe von Puppentheatern übertrug. Seit er dieser Ehre teilhaftig war, ließ er Polichinelle in allen Städten umherführen und gab bekannt, jedermann habe ihn mit »Herr« anzureden, andernfalls würde er nicht auftreten. Das ist der Grund, weshalb er seinem Mitspieler in keiner Puppenvorführung Antwort gibt, wenn ihn dieser nicht mit Herr Polichinelle anredet. Allmählich spielte Polichinelle eine so bedeutsame Rolle, daß man kein Stück mehr aufführte, ohne ihn an den Einnahmen zu beteiligen, geradeso wie die Provinzopern die Pariser Oper beteiligen.

Eines Tages begehrte einer von Bienfaits Leuten, ein Einlasser und Logenschließer, den er vor die Tür gesetzt hatte, gegen ihn auf und gründete ein eigenes Puppentheater, das allen Tänzen Frau Gigognes und allen Taschenspielerkünsten Bienfaits den Rang ablief. Er gab über fünfzig Bestandteile des Orvietans preis, mischte seins aus vier, fünf Pulvern und entzog, da er es weit billiger verkaufte, Bienfait zahllose Kunden, woraus sich ein erbitterter Prozeß entspann; lange Zeit schlug man sich auf dem Jahrmarktsanger am Tor des Puppentheaters.

11

Herr Husson berichtete mir gestern von seinen Reisen: Tatsächlich hat er mehrere Jahre in den Häfen der Levante zugebracht, ist nach Persien gekommen, ist lange in Indien gewesen und hat ganz Europa gesehen. »Ich habe feststellen müssen«, sagte er zu mir, »daß unglaublich viele Juden den Messias erwarten und sich lieber aufspießen ließen als einzugestehen, daß er bereits erschienen ist. Ich habe tausend Türken gesehen, die überzeugt davon waren, Mohammed habe den halben Mond in seine Tasche gesteckt. Auf der ganzen Erde glaubt der Mann aus dem Volk unbeirrt das ungereimteste Zeug. Während aber ein Philosoph mit dem Stumpfsinnigsten dieser Armen, in denen die menschliche Vernunft so grauenhaft umnachtet ist, einen Taler zu teilen hätte, wird der Stumpfsinnige, wenn es einen Pfennig zu verdienen gilt, mit Sicherheit den Philosophen ausstechen. Wie können Maulwürfe, die so blind sind für den größten Vorteil, Luchse sein für die kleinsten? Warum stiehlt dir derselbe Jude, der dich am Freitag erwürgen würde, am Sabbat nicht einen Heller? Dieser Widerspruch im Menschen ist einer Betrachtung wert.«

»Sind die Menschen nicht abergläubisch aus Gewohnheit und nichtswürdig aus Instinkt?« sagte ich zu Herrn Husson. »Ich werde darüber nachdenken«, erwiderte er; »das ist ein recht guter Gedanke, wie mir scheint.«

12

Seit dem Zwischenfall mit dem Logenschließer widerfuhr Polichinelle Mißgeschick über Mißgeschick. Die Engländer, immer zum Widerspruch bereit und voll Argwohn, zogen ihm Shakespeare vor. Doch anderwärts hatten seine Possen großen Anklang gefunden, und von der Komischen Oper abgesehen, war sein Theater das erste am Platz. Mit Scaramouche und Arlequin hatte er ernsthafte Händel, und noch weiß man nicht, wer die Oberhand behalten wird. Doch . . .

13

»Wie kann man nur gleichzeitig so barbarisch und so übermütig sein, mein Lieber?« fragte ich. »Wie kann es in der Geschichte eines Volkes gleichzeitig die Bartholomäusnacht geben und die Verserzählungen La Fontaines usw.? Ist das Klima daran schuld? Sind es die Gesetze?«

»Die Menschheit ist zu allem fähig«, erwiderte Herr Husson. »Nero weinte, als er das Todesurteil eines Verbrechers unterzeichnen mußte, spielte Komödie und brachte seine Mutter um. Die Affen treiben die allerdrolligsten Possen und ersticken ihre Jungen. Nichts ist so sanft, so scheu wie eine Windhündin.

Und doch zerreißt sie einen Hasen und badet ihre spitze Schnauze in seinem Blut.«

»Sie sollten uns ein schönes Buch schreiben«, sagte ich, »das auf all diese Widersprüche eingeht.« »Dies Buch ist bereits geschrieben«, entgegenete er; »sehen Sie nur eine Wetterfahne an: einmal dreht sie sich im linden Hauch des Zephirs, einmal im grimmigen Nord – da haben Sie den ganzen Menschen.«

14

Nichts liegt oft so nahe, wie seine Kusine zu lieben. Auch seine Nichte kann man lieben. Es kostet aber 18 000 Livre, zu zahlen an Rom, will man seine Kusine heiraten, und 80 000 Franken, will man in gesetzlicher Ehe mit seiner Nichte schlafen.

Ich schätze jährlich vierzig Nichten, die ihren Onkel heiraten, und zweihundert Kusinen, die mit ihrem Vetter die Ehe eingehen: das macht im Jahr 6 800 000 Livre Sakramentsgelder aus, die über die Grenzen des Königreichs wandern. Nehmen Sie dazu rund 600 000 Franken für die sogenannten »Annaten der französischen Ländereien«, die der König von Frankreich Franzosen als Pfründen überläßt. Hinzu rechnen Sie noch einige Nebenkosten, und es ergeben sich rund 8 400 000 Livre, die wir alljährlich so großzügig sind, dem Heiligen Vater zu schenken. Vielleicht, daß dies etwas übertrieben ist. Man wird aber zugeben müssen, daß sich die Summe auf das Doppelte belaufen kann, wenn es bei uns viele hübsche Kusinen und Nichten gibt und wenn auf einmal viele Pfründner sterben. Das wäre eine schwere Last, solange wir Schiffe zu bauen, Armeen und Staatspensionäre zu unterhalten haben.

Es überrascht mich, daß bei der Unsumme von Büchern, deren Verfasser seit zwanzig Jahren den Staat gelenkt haben, keins darauf verfallen ist, diese Mißbräuche zu beheben. Ich bat einen mir befreundeten Sorbonnedoktor, mich darüber zu belehren, wo in der Heiligen Schrift zu finden sei, daß Frankreich besagte Summe an Rom zu zahlen habe: er hat es bis heute nicht finden können. Ich sprach mit einem Jesuiten darüber. Der erklärte mir, diese Steuer sei den Galliern vom heiligen Petrus schon im Jahr seiner Ankunft in Rom auferlegt worden. Ich glaubte nicht an diese Reise des heiligen Petrus, doch als er mir nachwies, die Paradiesesschlüssel, die Petrus immer an seinem Gürtel trug, seien noch heute in Rom zu sehen, da war ich überzeugt. »Freilich wird die Reise Simon Barjonas in keiner kanonischen Schrift erwähnt«, sagte er, »doch dafür besitzen wir von ihm einen schönen Brief aus Babylon. Babylon heißt nun aber ganz sicher Rom, daher müßt ihr an den Papst bezahlen, wenn ihr eure Kusinen heiratet.« Ich gestehe, das war ein schlagender Beweis für mich.

15

Ein alter Verwandter von mir hat dem König zweiundfünfzig Jahre gedient. Im Oberelsaß hat er sich zur Ruhe gesetzt, im Sprengel Pruntrut, wo er ein Stückchen Land bestellt. Einst mußte auf seinem Feld die letzte Furche gezogen werden; die Jahreszeit schritt voran, die Arbeit drängte. Seine Knechte weigerten sich mit der Begründung, es sei das Fest der heiligen Barbara, deren Fest in Pruntrut am feierlichsten begangen werde. »Wie denn, meine Besten«, sagte mein Verwandter zu ihnen, »Sie sind der Barbara zu Ehren in der Messe gewesen, Sie haben der Barbara erwiesen, was ihr gebührt. Nun erweisen Sie mir, was Sie mir schuldig sind: Bestellen Sie mein Feld, statt ins Wirtshaus zu gehen. Oder gebietet die heilige Barbara, um sie zu ehren, solle man sich betrinken und mir solle dieses Jahr das Korn nicht reichen?« Der Großknecht entgegnete ihm: »Sie müssen einsehen, Herr, wenn ich an einem so heiligen Tag arbeitete, dann würde ich ja verdammt sein. Die heilige Barbara ist die größte Heilige im Paradies. Mit der Fingerspitze grub sie das Kreuzeszeichen in eine Marmorsäule, und mit demselben Finger und mit demselben Zeichen ließ sie einem Hund, der ihr in die Hinterbacken gebissen hatte, sämtliche Zähne ausfallen; nein, am Tag der heiligen Barbara arbeite ich um nichts in der Welt.«

Mein Verwandter holte sich lutherische Landarbeiter, und sein Feld wurde bestellt. Der Bischof von Pruntrut exkommunizierte ihn. Mein Verwandter bezeichnete das als Mißbrauch; noch ist der Prozeß im Gange. Niemand ist gewiß so überzeugt davon wie mein Onkel, daß man die Heiligen ehren soll, er verlangt aber auch, daß man den Acker bestellen soll.

Es gibt meiner Schätzung nach in Frankreich rund fünf Millionen Arbeiter, Tagelöhner wie Handwerker, die durchschnittlich jeder zwanzig Sous am Tag verdienen und die man im Namen der Heiligkeit zwingt, an dreißig Tagen im Jahr nichts zu verdienen, die Sonntage nicht eingerechnet: Das sind fünfzig Millionen weniger in der Zirkulation und hundertfünfzig Millionen weniger an Arbeitslohn. Wie grenzenlos überlegen müssen uns doch die Nachbarreiche sein, die keine heilige Barbara haben und keinen Bischof von Pruntrut! Dem wurde entgegengehalten, die Wirtshäuser, die an den heiligen Festtagen geöffnet hätten, würfen viel für die Generalpächter ab. Das räumte mein Verwandter ein, doch er machte auch geltend, das sei nur ein geringer Ausgleich, und außerdem könne man, wenn man nach der Messe arbeiten könne, auch nach der Arbeit ins Wirtshaus gehen. Er bleibt dabei, daß dies einzig und allein Sache der Polizei sei, nie und nimmer die des Bischofs. Er bleibt dabei, daß es immer noch besser sei, aufs Feld zu gehen, als sich zu betrinken. Ich schwebe in tausend Ängsten, daß er seinen Prozeß verliert.

16

Als ich vor einigen Jahren mit dem Ihnen allen bekannten Herrn Evrard durch Burgund kam, sahen wir dort ein stattliches Schloß, dessen einer Flügel bereits aufragte. Ich erkundigte mich, welchem Fürsten es gehöre. Ein Maurer antwortete mir, Seiner Hochwürden, dem Abt von Citeaux; die Kosten seien auf 1 700 000 Livre veranschlagt, wahrscheinlich aber würde es sehr viel teurer werden.

Ich dankte Gott, daß er es seinem Diener in die Hand gegeben hatte, ein so prächtiges Denkmal zu errichten und so viel Geld ins Land fließen zu lassen. »Spotten Sie?« fragte Herr Evrard. »Ist es nicht eine Schande, daß der Müßiggang mit 250000 Livre Einkommen belohnt und die Aufopferung eines armen Landpfarrers mit einem Scherflein von 100 Talern bestraft wird? Ist solche Ungleichheit nicht das himmelschreiendste Unrecht auf der Welt? Wieviel würde es den Staat kosten, wenn ein Mönch in einem Schloß zu zwei Millionen wohnte? Wenn sich zwanzig arme Offiziersfamilien in diese zwei Millionen teilten, hätte jede ein gutes Auskommen und würde dem König neue Offiziere schenken. Die einfachen Mönche, heutzutage unnütze Untergebene eines ihresgleichen, der von ihnen gewählt wurde, würden Bürger des Staates werden, statt nur Krebsgeschwüre zu sein, die ihn zerfressen.«

Darauf antwortete ich Herrn Evrard: »Sie verlangen zu viel und zu schnell. In zwei- bis dreihundert Jahren wird sicher eintreffen, was sie sagen; fassen Sie sich in Geduld.« – »Gerade weil es erst in zwei bis drei Jahrhunderten eintrifft«, entgegnete er, »verliere ich alle Geduld. Ich kann die ganzen Mißbräuche nicht mehr mit ansehen: mir ist, als durchquerte ich die Libysche Wüste, wo uns die Insekten das Blut aussaugen, wenn die Löwen uns nicht fressen.

Ich hatte eine Schwester«, fuhr er fort, »die war so einfältig, aus innerer Überzeugung, nicht etwa aus Meinungseifer, Jansenistin zu sein. Die saubere Geschichte mit den Beichtzetteln ließ sie aus Verzweiflung sterben. Mein Bruder führte einen Prozeß, den er in erster Instanz gewonnen hatte; sein Vermögen stand dabei auf dem Spiel. Dann ließen die Richter aus wer weiß welchen Gründen Gerechtigkeit Gerechtigkeit sein, und mein Bruder war zugrunde gerichtet. Ich habe einen wundenbedeckten alten Onkel, der seine Möbel und sein Tafelgeschirr in eine andre Provinz schaffen ließ. Diensteifrige Beamte beschlagnahmten das Ganze, weil er irgendeine nichtige Formalität nicht beachtet hatte; mein Onkel konnte die drei Zwanzigstel nicht aufbringen und ist im Gefängnis gestorben.«

Zwei geschlagene Stunden lang erzählte mir Herr Evrard von solchen Vorkommnissen. Da sagte ich zu ihm: »Lieber Herr Evrard, ich habe in diesem Punkt mehr erlebt als Sie. Auf der ganzen Erde sind sich die Menschen gleich: wir machen uns weis, nur bei uns herrschten Mißbräuche; wir sind beide wie Astolph und Giocondo, die auch anfangs glaubten, nur sie würden von ihren Frauen betrogen: sie begaben sich auf Reisen und trafen allenthalben Leidensgefährten.«

»Sie hatten aber auch das Vergnügen«, warf Herr Evrard ein, »allenthalben zu entgelten, was man so freundlich gewesen war, ihnen zu Hause zu bescheren.«

»Trachten Sie nur drei Jahre lang die***, die***, die*** oder die*** zu verwalten«, sagte ich; »Sie würden sich doppelt und dreifach rächen.«

Herr Evrard hörte auf mich: Er ist heute der Mann in Frankreich, der auf das selbstverständlichste und vornehmste König, Staat und Bürger bestiehlt, der die beste Tafel hält und der am kühnsten über ein neues Theaterstück urteilt.

WENN BLINDE VON DER FARBE REDEN

Bekanntlich wurden bei der Gründung des Blindenhospitals »Quinze-Vingts« in Paris allen Insassen die gleichen Rechte zugesprochen, und ihre Angelegenheiten sollten immer durch Stimmenmehrheit entschieden werden. Auf Grund ihres verstärkten Gefühlssinns konnten sie Kupfer- und Silbermünzen genau unterscheiden, und keiner von ihnen hätte jemals Krätzer für Burgunder gehalten. Auch ihr Geruchssinn war wesentlich ausgeprägter als der ihrer Mitmenschen, die noch beide Augen hatten. Sie urteilten durchaus vernünftig über die vier Sinne, das heißt, sie wußten soviel, wie man davon wissen darf, und sie lebten so friedlich und glücklich dahin, wie es eben bei den Blinden möglich war. Unglücklicherweise behauptete eines Tages einer ihrer Lehrer, der Gesichtssinn sei für ihn ein absolut klarer Begriff. Er hielt Reden darüber, erweckte viel Neugierde, schuf sich begeisterte Anhänger und wurde schließlich als Vorsteher der Blindengemeinschaft anerkannt. Er fing an, selbstherrlich von der Farbe zu reden, und alles andere galt nicht mehr.

Dieser erste Diktator des Blindenhospitals gründete zunächst einen kleinen Rat und ließ sich von ihm zum Almosenverwalter ernennen. Nun wagte niemand mehr, sich ihm zu widersetzen. Er legte fest, daß alle Anzüge der »Quinze-Vingts« weiß seien. Die Blinden glaubten es und sprachen nur noch von ihren schönen weißen Anzügen, obwohl nicht ein einziger davon weiß war. Alle Leute machten sich über die Blinden lustig, und sie beschwerten sich deshalb bei ihrem Diktator. Er nahm sie sehr unfreundlich auf und stellte sie als Neuerungssüchtige, Freigeister und Rebellen hin, die sich durch die irrigen Meinungen derer, die nicht blind waren, verführen ließen und an der Unfehlbarkeit ihres Meisters zu zweifeln wagten. Dieser Streit hatte die Bildung von zwei Parteien zur Folge.

Um die Blinden zu beruhigen, erließ der Diktator eine Verordnung des Inhaltes, daß alle ihre Anzüge rot seien. Und dabei gab es nicht einen roten Anzug im Blindenhospital! Immer mehr machte man sich über die Blinden lustig. Neue Beschwerden seitens der Gemeinschaft – der Diktator geriet in Wut, die Blinden ebenfalls. Man schlug sich lange Zeit herum, und die Eintracht wurde erst wieder hergestellt, als allen Blinden erlaubt wurde, ihr Urteil über die Farbe ihrer Anzüge selbst abzugeben.

Als ein Tauber diese Geschichte las, behauptete er, es sei nicht richtig von den Blinden gewesen, von der Farbe zu reden, doch er beharrte auf seiner Meinung, daß von der Musik zu reden ausschließlich tauben Menschen zustehe.

INDISCHES ABENTEUER

Pythagoras erlernte bekanntlich während seines Aufenthaltes in Indien in der Schule der Gymnosophisten die Sprache der Tiere und Pflanzen. Als er eines Tages auf einer Wiese am Meeresstrand spazierenging, hörte er folgende Worte: »Wie unglücklich bin ich doch, daß ich als Grashalm auf die Welt gekommen bin! Kaum bin ich zwei Zoll hoch gewachsen, so kommt ein gefräßiges Ungeheuer, ein schreckliches Getier, das mich mit seinen Riesenfüßen niedertritt. Sein Maul ist mit zwei Reihen scharfer Messer ausgerüstet, und mit denen schneidet es mich ab, zerreißt mich und verschlingt mich. Die Menschen nennen dieses Ungeheuer Schaf. Ich glaube, es gibt auf der ganzen Welt kein abscheulicheres Geschöpf.«

Pythagoras ging einige Schritte weiter und fand auf einem Felsen eine Muschel, die aufgeklappt dalag. Pythagoras hatte noch nicht die hohe Bedeutung des Gesetzes erkannt, das uns verbietet, Tiere, die ja unseresgleichen sind, zu essen. Er wollte gerade die Auster hinunterschlucken, als er die rührenden Worte vernahm: »O Natur, wie glücklich ist doch das Gras, das ebenso wie ich von dir erschaffen wurde. Wenn es abgeschnitten wird, wächst es nach; es ist unsterblich. Wir armen Austern aber verteidigen uns vergeblich durch einen doppelten Panzer. Halunken verspeisen uns dutzendweise bei ihren Mahlzeiten – und es ist für immer um uns geschehen. Welch ein entsetzliches Schicksal ist der Auster beschieden – und was für Barbaren sind doch die Menschen!«

Pythagoras erschauerte. Er empfand plötzlich die ganze Ungeheuerlichkeit des Verbrechens, das er hatte begehen wollen. Unter Tränen bat er die Auster um Verzeihung und legte sie behutsam auf den Felsen zurück.

Während er auf dem Rückweg in die Stadt über sein Erlebnis nachdachte, gewahrte er, wie Spinnen Fliegen auffraßen, wie Spinnen von Schwalben verspeist wurden und Schwalben von Sperbern. »Dieses ganze Volk weiß nichts von Philosophie«, dachte er bei sich.

Als Pythagoras in die Stadt zurückkam, stürzte eine ungeheure Menschenmenge an ihm vorbei. Dieses Gesindel – Männer wie Frauen – stieß ihn an, drückte ihn zur Seite, rannte ihn um und schrie: »Recht so – recht so, sie haben es wohl verdient!« – »Wer? Was?« fragte Pythagoras und richtete sich auf. Aber die Menschen rannten johlend weiter. »Hei, das wird ein Spaß, wenn sie erst schmoren!«

Pythagoras glaubte, es sei von Linsen oder irgendeinem Gemüse die Rede. Mitnichten, es handelte sich um zwei bedauernswerte Inder. »Sicherlich sind es zwei große Philosophen, die das Leben satt haben und froh sind, in einer neuen Gestalt wiedergeboren zu werden«, überlegte Pythagoras; »man freut sich, ein anderes Haus zu beziehen, wenn man schlecht untergebracht ist. Über den Geschmack läßt sich nicht streiten.«

Er folgte der Menge bis zum Marktplatz, wo er einen riesigen brennenden Scheiterhaufen erblickte. Gegenüber diesem Scheiterhaufen stand eine Bank, das sogenannte Tribunal, und auf dieser Bank saßen die Richter, jeder mit einem Kuhschwanz in der Hand und einer Mütze auf dem Kopf. Diese Mützen erinnerten an die Ohren des Tieres, das einst den Silen mit Bacchus ins Land trug, nachdem dieser das Erythräische Meer trockenen Fußes durchschritten und Sonne und Mond in ihrem Lauf aufgehalten hatte – wie es getreulich in den ›Orphischen Gedichten‹ berichtet wird.

Unter den Richtern befand sich ein sehr ehrenwerter Mann, den Pythagoras gut kannte. Der Weise Indiens erklärte nun dem Weisen von Samos, was es für eine Bewandtnis mit dem Schauspiel hätte, das dem Volk der Hindu geboten werden sollte.

»Die beiden Inder haben nicht die geringste Lust, sich verbrennen zu lassen«, sagte er, »meine ehrwürdigen Kollegen haben sie dazu verurteilt, weil der eine behauptete, das Wesen Schakjas habe nichts mit dem Wesen Brahmas gemein, und weil der andere sich zu der Vermutung verstieg, man könne sich das Wohlwollen des höchsten Wesens durch Tugendhaftigkeit erringen, ohne in der Sterbestunde eine Kuh am Schwanze zu halten. Denn, so erklärte er, man kann zu jeder Zeit tugendhaft sein, aber man hat nicht immer im rechten Augenblick einen Kuhschwanz zur Hand. Die braven Frauen der Stadt waren über diese ketzerischen Äußerungen derart entsetzt, daß sie den Richtern keine Ruhe ließen, bis die beiden Unglücklichen zum Tode verurteilt waren.«

Pythagoras kam zu der Überzeugung, daß es vom Grashalm bis zum Menschen wohl reichlich Grund zum Klagen gäbe. Es gelang ihm jedoch, die Richter und sogar die Allerfrömmsten zur Vernunft zu bringen – und das ist wohl nur dieses eine Mal vorgekommen!

Pythagoras begab sich darauf nach Kroton zurück und predigte seinen Anhängern Duldsamkeit. Doch ein Unduldsamer setzte sein Haus in Brand, und Pythagoras, der zwei Inder vor dem Feuertod bewahrt hatte, kam in den Flammen um. Da rette sich, wer kann!

DAS NATURKIND

EINE WAHRE, DEN HINTERLASSENEN PAPIEREN DES PATERS QUESNEL ENTNOMMENE GESCHICHTE

ERSTES KAPITEL

Der Prior Unserer lieben Frau vom Berge und sein Fräulein Schwester begegnen einem Huronen

Eines Tages fuhr der heilige Dunstan, Irländer von Geburt und Heiliger von Beruf, von Irland auf einem kleinen Berge ab, der nach der französischen Küste hinüberschaukelte, und gelangte auf diesem Gefährt in die Bucht von Saint-Malo. Als er an Land gestiegen war, erteilte er dem Berge seinen Segen, worauf sich dieser mehrere Male tief vor ihm verneigte und auf demselben Wege, auf dem er gekommen war, nach Irland zurückschwamm.

Dunstan gründete in der Gegend ein kleines Kloster und gab ihm den Namen »Abtei vom Berge«, den es bekanntlich noch heute tragt.

Am 15. Juli 1689 lustwandelte abends der Abt von Kerkabon, Prior Unserer lieben Frau vom Berge, mit seiner Schwester, Fräulein von Kerkabon, am Meeresufer, um frische Luft zu schöpfen. Der schon ziemlich bejahrte Prior war ein vortrefflicher Geistlicher, den seine Nachbarn sehr liebten, so wie früher seine Nachbarinnen. Besonderes Ansehen hatte ihm der Umstand verliehen, daß er der einzige Geistliche des Landes war, den man nicht ins Bett bringen mußte, wenn er mit seinen Amtsbrüdern getafelt hatte. Er verstand viel von Theologie, und wenn er es müde geworden war, im heiligen Augustinus zu lesen, vertrieb er sich die Zeit mit Rabelais: So konnte ihm jedermann nur Gutes nachsagen.

Fräulein von Kerkabon, die noch nicht verheiratet war, obwohl sie große Lust dazu verspürte, hatte mit fünfundvierzig Jahren ihre ganze Frische bewahrt. Von Natur war sie gütig und zartfühlend, sie liebte das Vergnügen und war fromm.

Während der Prior auf das Meer hinausblickte, sagte er zu seiner Schwester: »Ach, an dieser Stelle hat sich unser armer Bruder mit seiner Frau, unserer lieben Schwägerin, im Jahre 1669 auf der Fregatte ›Schwalbe‹ eingeschifft, um drüben in Kanada den Dienst aufzunehmen. Wäre er nicht getötet worden, könnten wir noch hoffen, ihn wiederzusehen.«

»Glaubst du«, sagte Fräulein von Kerkabon, »daß unsere Schwägerin wirklich von den Irokesen aufgefressen wurde, wie man uns mitgeteilt hat?« – »Wenn man sie nicht verspeist hätte, wäre sie doch sicher in die Heimat zurückgekehrt. Ich werde sie bis an mein Lebensende beweinen. Sie war eine reizende Frau, und unser Bruder, der ja ein sehr kluger Mann war, hätte sich gewiß ein großes Vermögen erworben.«

Während sie beide diesen Erinnerungen betrübt nachhingen, sahen sie ein kleines Schiff, von der Flut getragen, in die Bucht von Rance einlaufen: Es waren Engländer, die allerlei Erzeugnisse ihres Landes verkaufen wollten. Sie sprangen ans Land, ohne den Herrn Prior und sein Fräulein Schwester zu beachten, und diese fühlte sich durch den Mangel an Aufmerksamkeit ihr gegenüber äußerst verletzt.

Anders benahm sich ein wohlgewachsener junger Mann, welcher mit einem Sprung über die Köpfe seiner Gefährten hinwegsetzte und nun dem Fräulein von Kerkabon gegenüberstand. Er nickte ihr zu, denn der Brauch, eine Verbeugung zu machen, war ihm nicht bekannt. Sein Aussehen und seine Kleidung erregten die Aufmerksamkeit des Bruders und seiner Schwester: Er war barhäuptig, seine Beine waren nackt, seine Füße steckten in kleinen Sandalen, langes geflochtenes Haar schmückte sein Haupt, ein kleines Wams umschnürte seinen feinen schlanken Körper. Sein Gesichtsausdruck war kriegerisch und sanft zugleich. In der einen Hand hielt er eine kleine

Flasche Zitronenlimonade und in der anderen eine Art Beutel, in dem ein Becher und ausgezeichneter Schiffszwieback zu sehen waren. Er sprach ein sehr gut zu verstehendes Französisch und bot zunächst Fräulein von Kerkabon und ihrem Bruder von seiner Limonade an, stieß mit ihnen an und schenkte wieder ein – und das alles tat er so natürlich, daß Bruder und Schwester ganz entzückt waren. Sie boten ihm ihre Hilfe an und fragten ihn, wer er sei und wohin er wolle. Der junge Mann antwortete, er wisse es selber nicht, er sei nur neugierig und habe die französische Küste einmal sehen wollen; deshalb sei er hergekommen und würde nun wieder zurückfahren.

Der Herr Prior merkte an seiner Aussprache, daß er nicht Engländer war, und erlaubte sich, ihn zu fragen, aus welchem Lande er stamme. »Ich bin Hurone«, erwiderte der Jüngling.

Fräulein von Kerkabon war erstaunt und entzückt, einen Huronen zu sehen, der sich ihr gegenüber so höflich benommen hatte, und lud ihn zum Abendessen ein. Er ließ sich nicht zweimal bitten, und sie begaben sich alle drei in die Abtei Unserer lieben Frau vom Berge.

Das rundliche kleine Fräulein betrachtete ihn mit ihren Äuglein und sagte ab und zu zum Prior: »Dieser große Junge hat eine Lilien- und Rosenhaut: Wie schön für einen Huronen!« – »Du hast recht, liebe Schwester«, erwiderte der Prior. Sie richtete Schlag auf Schlag Hunderte von Fragen an ihn, und der Fremde beantwortete sie stets richtig und gut.

Schnell verbreitete sich das Gerücht, daß sich in der Abtei ein Hurone aufhalte, und die gute Gesellschaft des Kreises fand sich unverzüglich zum Abendessen ein. Der Abt von Saint-Yves erschien mit seinem Fräulein Schwester, einer hübschen, guterzogenen Niederbretonin. Auch der Amtmann und der Steuerinspektor nahmen mit ihren Frauen an dem Abendessen teil. Man setzte den Fremden zwischen Fräulein von Kerkabon und Fräulein von Saint-Yves. Alle betrachteten ihn voller Bewunderung, alle sprachen zu ihm und fragten ihn zu gleicher Zeit. Der Hurone ließ sich aber nicht stören, er schien den

Wahlspruch Lord Bolingbrokes: »Nil admirari« zu dem seinen gemacht zu haben. Schließlich wurde er durch so viel Lärm doch aus der Ruhe gebracht und sagte, wenn auch recht sanft, so doch entschieden: »Meine Herren, in meiner Heimat spricht immer einer nach dem anderen; wie sollte ich Ihnen Antwort geben, wenn Sie mich daran hindern, Sie zu verstehen?« Vernunftgründe bringen die Menschen stets für einen Moment zur Selbstbesinnung. Tiefes Schweigen trat ein. Der Herr Amtmann, der immer, wo er auch sein mochte, über die Fremden herfiel und der größte Vielfrager der Provinz war, riß jetzt seinen Mund einen halben Fuß weit auf und fragte: »Wie heißen Sie, mein Herr?« – »Man hat mich stets ›Naturkind‹ genannt«, erwiderte der Hurone, »und auch in England ist dieser Name beibehalten worden, denn ich sage immer ganz unbefangen, was ich denke, und tue immer, was ich will.«

»Wie sind Sie denn, lieber Herr, als Hurone nach England gekommen?« – »Ich wurde hingebracht. Die Engländer haben mich, nachdem ich mich in einem Kampf wacker verteidigt hatte, gefangengenommen. Und da die Engländer Tapferkeit lieben, weil sie selber tapfer und ebenso höflich sind wie wir, machten sie mir den Vorschlag, entweder zu meinen Eltern zurückzukehren oder nach England mitzukommen. Ich entschloß mich zu dem letzteren, weil ich von Natur aus gern fremde Länder sehe.«

»Aber, verehrter Herr«, sagte der Amtmann in imponierendem Ton, »wie konnten Sie denn Vater und Mutter verlassen?« – »Weil ich weder Vater noch Mutter je gekannt habe.« Die ganze Gesellschaft war gerührt, und jeder wiederholte: »Weder Vater noch Mutter!« – »Wir wollen Sie Ihnen ersetzen«, sagte die Hausherrin mit ihrem Bruder, dem Prior. »Der Herr Hurone ist so sehr interessant!« Das Naturkind dankte ihr sehr herzlich, und in edler und stolzer Art gab er ihr zu verstehen, daß er keiner Hilfe bedürfe.

»Ich merke, Herr Naturmensch«, sagte der würdige Amtmann, »daß Sie besser französisch sprechen als sonst die Huronen.« – »Ein Franzose, den wir, als ich noch Kind war, im Huronenlande gefangengenommen hatten und mit dem ich in sehr enger Freundschaft verbunden war, hat mir seine Sprache beigebracht. Ich lerne alles sehr schnell, wozu ich Lust habe. Als ich in Plymouth ankam, traf ich einen Ihrer französischen Flüchtlinge, die Sie, ich weiß nicht warum, ›Hugenotten‹ nennen. Mit seiner Hilfe habe ich in Ihrer Sprache weitere Fortschritte gemacht, und sobald ich mich verständlich ausdrücken konnte, bin ich in Ihr Land hergekommen, denn ich mag die Franzosen gern, wenn sie nicht zuviel fragen.«

Trotz dieses kleinen Vorbehaltes fragte ihn der Abt von Saint-Yves, welche der drei Sprachen ihm am besten gefalle: die huronische, die englische oder die französische. »Natürlich die huronische«, antwortete das Naturkind. »Ist das möglich!« rief Fräulein von Kerkabon. »Ich dachte immer, nach dem Niederbretonischen sei Französisch die schönste Sprache.«

Nun erkundigte man sich bei dem Naturkind, wie Tabak auf huronisch heißt, und er antwortete: »taya«, und was man für ›essen‹ sagt, worauf er »essenten« antwortete. Fräulein von Kerkabon wollte durchaus wissen, wie man auf huronisch »der Liebeslust opfern« sagt, er antwortete: »trovander« und behauptete, anscheinend mit gutem Grund, daß all diese Worte die entsprechenden französischen und englischen durchaus aufwögen. »Trovander« fanden alle Gäste sehr nett.

Der Prior hatte in seiner Bibliothek eine huronische Grammatik, ein Geschenk des ehrwürdigen Paters Sagard-Theodat, des berühmten Franziskaner-Missionars. Der Prior verließ für einen Augenblick die Tafel, um darin nachzusehen. Außer Atem vor Freude und Rührung, kehrte er dann zurück, denn er erkannte das Naturkind als echten Huronen an. Man diskutierte noch ein wenig über die Mannigfaltigkeit der Sprachen und kam schließlich überein, daß ohne das Ereignis des Turmbaues von Babel auf der ganzen Erde Französisch gesprochen würde.

Der Vielfrager von Amtmann, der bis dahin dem Huronen

gegenüber etwas mißtrauisch gewesen war, empfand nun tiefe Achtung für ihn und behandelte ihn viel höflicher als vorher, was das Naturkind kaum bemerkte.

Fräulein von Saint-Yves wollte unbedingt wissen, auf welche Art im Lande der Huronen der Liebe geopfert würde. »Indem man schöne Handlungen begeht, um Personen Ihresgleichen zu gefallen«, erwiderte er. Alle Gäste klatschten erstaunt Beifall. Fräulein von Saint-Yves errötete und war erfreut. Fräulein von Kerkabon errötete auch, war aber nicht so begeistert. Sie war ein wenig gekränkt, daß das Kompliment nicht sie betraf, aber sie war so herzensgut, daß ihre Zuneigung zu dem Huronen nicht vermindert wurde. Sie fragte ihn sehr freundlich, wieviel Liebchen er im Huronenlande gehabt habe. »Ein einziges nur«, sagte das Naturkind, »es war Fräulein Abacaba, eine gute Freundin meiner lieben Pflegemutter. Kein Schilf ist so schlank, kein Hermelin so weiß, kein Lamm so sanft, kein Adler so stolz und kein Hirsch so leichtfüßig wie Abacaba. Eines Tages verfolgte sie in unserer Nachbarschaft, ungefähr fünfzig Meilen vor unserer Wohnstätte entfernt, einen Hasen, und ein schlechterzogener Algonkin, der hundert Meilen weiter wohnte, nahm ihr den Hasen fort. Ich erfuhr es, lief hin, streckte den Algonkin mit einem Keulenschlag nieder und schleppte ihn mit gefesselten Händen und Füßen vor meine Geliebte. Abacabas Eltern wollten ihn verspeisen, aber ich habe solchen Gaumengenüssen nie Geschmack abgewinnen können. Ich gab ihm seine Freiheit wieder und machte ihn zu meinem Freunde. Abacaba war von meinem Benehmen so gerührt, daß sie mir vor all ihren Liebhabern den Vorzug gab. Wäre sie nicht von einem Bären aufgefressen worden, würde sie mich noch immer lieben. Den Bären habe ich bestraft und habe lange sein Fell getragen, aber das hat mich nicht getröstet.«

Bei dieser Erzählung empfand Fräulein von Saint-Yves eine stille Freude, weil sie erfahren hatte, daß das Naturkind nur eine Geliebte hatte und daß Abacaba nicht mehr am Leben sei;

über die Ursache ihrer Freude war sie sich jedoch nicht im klaren. Aller Augen waren auf das Naturkind gerichtet, und man lobte ihn sehr, daß er seine Gefährten verhindert hätte, einen Algonkin aufzuessen.

Der unerbittliche Amtmann, der seine Fragewut nicht zu unterdrücken vermochte, trieb die Neugier schließlich so weit, daß er sich erkundigte, welcher Religion der Herr Hurone angehöre, ob er sich für die anglikanische, die gallikanische oder die hugenottische entschieden habe. »Ich bekenne meine Religion, wie Sie die Ihre«, entgegnete er. »Oh«, rief die gute Kerkabon, »anscheinend haben die unglücklichen Engländer nicht einmal daran gedacht, ihn zu taufen.« – »O Gott«, sagte Fräulein von Saint-Yves, »wie ist es möglich, daß die Huronen keine Katholiken sind? Haben denn die ehrwürdigen Jesuitenpatres sie nicht alle bekehrt?« Das Naturkind versicherte, daß sich in seiner Heimat niemand bekehren lasse, daß ein echter Hurone noch niemals seine Meinung geändert habe, ja, daß es in seiner Sprache nicht einmal einen Ausdruck für den Begriff »Unbeständigkeit« gäbe. Diese letzten Worte gefielen Fräulein von Saint-Yves über die Maßen.

»Wir werden ihn taufen, ja, wir werden ihn taufen«, sagte die Kerkabonin zu dem Herrn Prior. »Du, mein lieber Bruder, sollst die Ehre haben, und ich will unbedingt seine Patin sein. Der Herr Abt von Saint-Yves soll ihn über das Taufbecken halten. Das wird eine glänzende Feier werden, über die man in der ganzen Niederbretagne sprechen wird, und uns wird unendliche Ehre daraus erwachsen!« Die ganze Gesellschaft stimmte der Dame des Hauses bei, alle Gäste riefen: »Wir werden ihn taufen!« Das Naturkind meinte, in England ließe man die Leute nach ihrem eigenen Geschmack leben. Er gab zu verstehen, daß der Vorschlag ihm keineswegs zusage, daß das göttliche Gesetz der Huronen mindestens ebensoviel wert sei wie das der Niederbretonen, und schließlich äußerte er, er würde schon am nächsten Tage wieder abfahren. Man trank nun seine Flasche Barbado-Schnaps leer, und dann gingen alle zu Bett.

Das Naturkind wurde in sein Zimmer gebracht, aber Fräulein von Kerkabon und ihre Freundin, Fräulein von Saint-Yves, konnten nicht umhin, durch das ziemlich große Schlüsselloch zu schauen, um zu sehen, wie ein Hurone schläft. Sie sahen, daß er die Bettdecke auf dem Boden ausgebreitet hatte und in der schönsten Stellung der Welt sich darauf zur Ruhe legte.

ZWEITES KAPITEL

Der Hurone, genannt Naturkind, wird von seinen Verwandten erkannt

Seiner Gewohnheit gemäß erwachte das Naturkind mit der Sonne beim ersten Krähen des Hahnes, den man in England und im Lande der Huronen die »Trompete des Tages« nennt. Das Naturkind gehörte nicht zu den Leuten der guten Gesellschaft, die auf ihrem müßigen Lager dahindämmern, bis die Sonne die Hälfte ihres Laufes zurückgelegt hat, und die weder schlafen noch aufstehen und in diesem Dämmerzustand zwischen Leben und Tod so ihre kostbarsten Stunden verlieren und sich dann noch über das kurze Leben beklagen.

Er hatte bereits zwei oder drei Meilen zurückgelegt, etwa dreißig Stück Wild mit der Kugel niedergestreckt, und als er zurückkehrte, traf er den Herrn Prior Unserer lieben Frau vom Berge und seine keusche Schwester in Nachtmützen lustwandelnd in ihrem kleinen Garten an. Er übergab ihnen seine ganze Jagdbeute und zog aus seinem Hemd eine Art kleinen Talisman, den er stets bei sich trug, und bat sie, ihn zum Zeichen seiner Dankbarkeit für ihre freundliche Aufnahme anzunehmen. »Es ist mein kostbarster Besitz«, sagte er; »man hat mir versichert, ich würde stets glücklich sein, solange ich dieses kleine Ding bei mir trüge, und ich möchte es Ihnen geben, damit Sie stets glücklich sind.« Der Prior und Fräulein von Kerkabon lächelten gerührt über die Naivität des Naturkindes. Das Geschenk bestand aus zwei kleinen, wenig schönen Bildnissen,

die mit einem sehr fettigen Lederriemen zusammengebunden waren.

Fräulein von Kerkabon fragte ihn, ob es im Huronenlande Maler gebe. »Nein«, antwortete er, »dieses seltene Ding habe ich von meiner Amme bekommen. Ihr Mann hatte es sich erobert, als er in Kanada einige Franzosen ausplünderte, die mit uns Krieg führten. Das ist alles, was ich davon weiß.«

Der Prior betrachtete aufmerksam die beiden Bilder. Plötzlich wechselte die Farbe seines Antlitzes, er war ergriffen, und seine Hände zitterten. »Bei Unserer lieben Frau vom Berge«, rief er, »ich glaube, es ist das Bild meines Bruders, des Hauptmannes, und seiner Frau!« Fräulein von Kerkabon betrachtete sie ebenso bewegt und war der gleichen Meinung. Beide waren von Verwunderung, Schmerz und Freude erfüllt; beide überkam Rührung, und sie vergossen Tränen. Ausrufe drängten sich über ihre Lippen, sie nahmen sich gegenseitig die Bilder aus den Händen, jeder nahm sie an sich und gab sie zwanzigmal in der Sekunde dem anderen; sie verschlangen die Bilder und auch den Huronen mit ihren Blicken. Sie fragten ihn nacheinander und dann wieder beide auf einmal, an welchem Orte, zu welcher Zeit und auf welche Weise diese kleinen Bilder in die Hände der Amme gekommen seien. Sie verglichen und berechneten die Zeit seit der Abreise des Hauptmannes und erinnerten sich, Nachricht bekommen zu haben, daß er bis zum Lande der Huronen vorgedrungen sei, und seitdem hatten sie nie wieder etwas von ihm gehört.

Das Naturkind hatte ihnen gesagt, daß er weder Vater noch Mutter gekannt habe. Der Prior, ein scharfsinniger Mann, bemerkte, daß das Naturkind einen Anflug von Bart bekam, er wußte aber, daß die Huronen bartlos waren. »Sein Kinn ist beflaumt, er ist also der Sohn eines Europäers! Mein Bruder und meine Schwägerin sind seit dem Streifzug gegen die Huronen im Jahre 1669 verschollen, mein Neffe muß damals noch ein Säugling gewesen sein. Die huronische Amme hat ihm das Leben gerettet und die Mutter ersetzt.« Nach hundert Fragen und

Antworten folgerten der Prior und seine Schwester schließlich, daß der Hurone ihr leiblicher Neffe sei. Unter Tränen umarmten sie ihn, und das Naturkind lachte, denn er konnte sich nicht vorstellen, daß ein Hurone der Neffe eines niederbretonischen Priors sei.

Inzwischen war die ganze Gesellschaft herunter gekommen. Herr von Saint-Yves, der ein großer Physiognomiker war, verglich die beiden Bilder mit dem Naturkind und stellte fest, daß er die Augen von der Mutter, Stirn und Nase von dem verstorbenen Herrn Hauptmann von Kerkabon und die Backen von beiden habe.

Fräulein von Saint-Yves, die weder den Vater noch die Mutter je gesehen hatte, versicherte, daß das Naturkind ihnen aufs Haar gliche. Alle bewunderten darauf die Vorsehung und die Verkettung der Ereignisse auf dieser Welt. Schließlich war man so überzeugt von der Abstammung des Naturkindes, daß er selbst einwilligte, der Neffe des Herrn Priors zu sein. Er sagte dazu, er wolle ihn gerade so gern zum Onkel haben, wie irgend jemand anderen.

Man begab sich in die Kirche Unserer lieben Frau vom Berge, um Gott Dank zu sagen; der Hurone blieb jedoch mit gleichgültiger Miene im Hause zurück, um einen Schluck zu trinken.

Die Engländer, die ihn hergebracht hatten und nun segelbereit waren, meldeten ihm, daß es Zeit zur Abreise sei. »Anscheinend habt ihr hier keinen Onkel und keine Tante wiedergefunden«, sagte er zu ihnen, »ich bleibe nun hier, kehrt nach Plymouth zurück. Ich schenke euch alle meine Sachen, ich brauche sie nicht mehr, denn ich bin der Neffe eines Priors geworden.« Die Engländer hißten die Segel und kümmerten sich herzlich wenig darum, ob das Naturkind in der Niederbretagne Verwandte hatte oder nicht.

Nachdem der Onkel, die Tante und die ganze Gesellschaft das Tedeum gesungen, der Amtmann das Naturkind mit Fragen überschüttet und alle sich an Verwunderung, Freude und

Zärtlichkeit erschöpft hatten, faßten der Prior vom Berge und der Abt von Saint-Yves den Beschluß, das Naturkind so schnell wie möglich zu taufen. Aber bei einem zweiundzwanzigjährigen Huronen war die Sache nicht so leicht wie bei einem neugeborenen Kinde, das man tauft, ohne daß es etwas davon merkt. Das Naturkind mußte unterrichtet werden, und das schien schwierig zu sein, denn der Abt von Saint-Yves vermutete, einem Menschen, der nicht in Frankreich geboren war, fehle gewiß der gesunde Menschenverstand.

Der Prior wies nun die Gesellschaft darauf hin, daß sein Neffe, das Naturkind, auch wenn er nicht das Glück gehabt habe, in der Niederbretagne geboren zu sein, doch nicht weniger Verstand besäße, was ja aus all seinen Antworten hervorgehe; gewiß habe ihn die Natur sowohl von seiten des Vaters wie der Mutter sehr begünstigt.

Man fragte ihn zunächst, ob er jemals ein Buch gelesen habe, worauf er antwortete, er habe Rabelais in englischer Übersetzung gelesen und einige Stücke von Shakespeare, die er auswendig könne. Diese Bücher habe er bei dem Schiffskapitän gefunden, mit dem er von Amerika nach Plymouth gekommen war, und sie hätten ihm sehr gut gefallen. Der Amtmann verfehlte nicht, ihn über diese Bücher auszufragen. »Ich gestehe offen«, sagte das Naturkind, »einiges glaubte ich zu erraten, alles übrige habe ich aber nicht verstanden.« Bei dieser Antwort dachte der Abt von Saint-Yves daran, daß er selbst ja auch nicht anders lese und daß es den meisten Menschen ebenso ergehe. »Sie haben doch sicher die Bibel gelesen?« fragte er den Huronen. »Gar nicht, Herr Abt, sie war nicht unter den Büchern des Kapitäns, und ich habe auch nie von ihr gehört.« – »So sind diese ruchlosen Engländer«, rief Fräulein von Kerkabon, »sie machen mehr Aufhebens von einem Shakespeareschen Stück, einem Plumpudding oder einer Flasche Rum als von den fünf Büchern Mosis; deshalb haben sie auch niemanden in Amerika bekehrt. Sie sind sicherlich von Gott verflucht, und so werden wir ihnen über kurz oder lang Jamaika und Virginia fortnehmen.«

Wie dem auch sein mochte, jedenfalls ließ man den besten Schneider von Saint-Malo kommen, um das Naturkind vom Kopf bis zu den Füßen einzukleiden. Die Gesellschaft trennte sich. Der Amtmann ging woanders seine Fragen stellen. Fräulein von Saint-Yves wandte sich beim Abschied mehrmals um, um das Naturkind anzusehen, und er machte vor ihr tiefere Verbeugungen als jemals vor einer Person in seinem Leben.

Ehe der Amtmann sich verabschiedete, stellte er Fräulein von Saint-Yves seinen Tölpel von Sohn vor, der gerade die Schule hinter sich hatte. Sie sah ihn jedoch kaum an, da sie die Höflichkeiten des Huronen zu sehr beschäftigten.

DRITTES KAPITEL
Der Hurone, Naturkind genannt, wird bekehrt

Da der Prior sich bewußt wurde, daß er bereits hoch in den Jahren stand und daß Gott ihm zu seinem Trost einen Neffen gesandt hatte, setzte er sich in den Kopf, er könnte ihm seine Pfründe abtreten, wenn es ihm gelänge, ihn zu taufen und ihn zum Eintritt in den Orden zu bewegen.

Das Naturkind hatte ein ausgezeichnetes Gedächtnis. Die festen Organe eines Niederbretonen, noch gekräftigt durch das Klima Kanadas, hatten ihm den Kopf so stark gemacht, daß er es kaum fühlte, wenn man daraufschlug, und daß sich nichts darin verwischte, was sich jemals eingeprägt hatte. Er hatte noch nie etwas vergessen. Seine Aufnahmefähigkeit war um so lebhafter und klarer, da seine Kindheit nicht wie die unsrige mit unnützen Dummheiten beladen gewesen war; alle Dinge drangen frei in sein Gehirn ein. Der Prior beschloß, ihm das Neue Testament zu lesen zu geben. Das Naturkind verschlang es mit großem Vergnügen. Da er aber nicht wußte, in welcher Zeit und in welchem Lande sich alle in diesem Buch beschriebenen Begebenheiten zugetragen hatten, zweifelte er nicht daran, daß der Schauplatz der Handlung die Niederbretagne war, und er schwur, daß er dem Kaiphas und dem Pilatus Nase und Ohren abschneiden würde, wenn er diesen Schurken jemals begegnete.

Sein Onkel war über diese trefflichen Veranlagungen entzückt und klärte ihn gleich über die verschiedenen Tatsachen auf. Er lobte seinen Eifer, gab ihm aber zu verstehen, daß dieser Eifer nutzlos sei, da ja diese Menschen seit ungefähr sechzehnhundertneunzig Jahren tot wären. Bald konnte das Naturkind fast das ganze Buch auswendig. Zuweilen stellte er jedoch so schwierige Fragen, die den Prior sehr in die Enge trieben und ihn des öfteren zwangen, den Abt von Saint-Yves zu Rate zu ziehen. Der letztere wußte jedoch auch keine Antwort und mußte einen niederbretonischen Jesuiten kommen lassen, um die Bekehrung des Huronen zu vollenden.

Endlich ward die Gnade wirksam. Das Naturkind versprach, Christ zu werden, und meinte, er müsse zuallererst beschnitten werden. »Denn in dem Buche, das man mir zu lesen gab«, sagte er, »kommt keine Person vor, die nicht beschnitten ist. Ich muß also meine Vorhaut zum Opfer bringen und je eher, desto besser.« Er machte nicht viel Federlesens, ließ den Dorfarzt holen und bat ihn, den Schnitt an ihm vorzunehmen. Er war überzeugt, er werde Fräulein von Kerkabon und die ganze Gesellschaft unendlich erfreuen, wenn die Sache erst einmal vollzogen wäre. Der Frater, der solche Operationen noch nie ausgeführt hatte, benachrichtigte die Familie, und diese geriet in große Aufregung. Die gute Kerkabon fürchtete, daß ihr Neffe, der entschlossen und voreilig zu sein schien, womöglich auf ungeschickte Weise die Operation selber vornehmen würde, woraus sich traurige Folgen ergeben könnten, für die die Damen aus lauter Herzensgüte so viel Interesse haben.

Der Prior klärte den Huronen auf und bewies ihm, daß die Beschneidung nicht mehr Mode sei. Die Taufe sei viel harmloser und gesünder, und das Gesetz der Gnade sei nicht ein Gesetz der Härte. Das Naturkind, das viel gesunden Verstand und Gradsinn besaß, bestritt das, sah aber dann seinen Irrtum ein, was bei Streitigkeiten in Europa selten der Fall ist; schließlich versprach er, sich taufen zu lassen, wann man wolle.

Vorher mußte er jedoch beichten, und das war das schwierigste. Das Naturkind trug das Buch, das ihm sein Onkel gegeben, stets in seiner Tasche herum, und er konnte darin nicht finden, daß auch nur ein einziger Apostel gebeichtet hatte, und das machte ihn stutzig. Der Prior schloß ihm den Mund, indem er ihm im Brief des Jakobus des Jüngeren die Worte nachwies, die den Ketzern so viel Mühe bereiten: »Bekennet einer dem andern seine Sünden.« Der Hurone verstummte und beichtete einem Franziskanermönch. Als er fertig war, zog er den Franziskaner aus dem Beichtstuhl, packte den Mann mit festem Griff, setzte sich auf seinen Platz und zwang ihn vor sich auf die Knie. »Los, mein Freund«, rief er, »es heißt ja: Bekenne einer dem anderen seine Sünden. Ich habe dir meine Sünden aufgezählt, und nun sollst du von hier nicht eher fortkommen, bis du mir die deinen gebeichtet hast.« Und während er dieses sagte, stemmte er sein breites Knie gegen die Brust der Gegenpartei. Der Franziskaner schrie, daß die Kirche erdröhnte. Als die Leute auf den Lärm hin herbeieilten, sahen sie, wie der Täufling im Namen St. Jakobus des Jüngeren den Mönch mit seinen Fäusten bearbeitete, aber die Freude über die Taufe eines niederbretonischen Huronen und Engländers war so groß, daß man diese Absonderlichkeiten hinnahm. Es gab sogar viele Theologen, die meinten, daß die Beichte nicht unbedingt notwendig sei, da ja die Taufe alles ersetze.

Man verabredete einen bestimmten Tag mit dem Bischof von Saint-Malo, der, wie man sich denken kann, sich höchst geschmeichelt fühlte, einen Huronen zu taufen und in pompösem Aufzug in Begleitung seiner Geistlichkeit zur Stelle kam. Fräulein von Saint-Yves lobte Gott, zog ihr schönstes Kleid an und ließ aus Saint-Malo eine Friseuse kommen, um bei der Feierlichkeit aufs schönste zu glänzen. Der fragesüchtige Amtmann eilte mit den Einwohnern herbei. Die Kirche war prächtig ausgeschmückt, doch als nun der Hurone geholt werden sollte, um ans Taufbecken geführt zu werden, war er nirgends zu finden.

Onkel und Tante suchten ihn überall, man glaubte, er sei wohl seiner Gewohnheit gemäß auf der Jagd, und alle Festteilnehmer liefen die Wälder und Dörfer ab: keine Spur vom Huronen.

Man fürchtete, er wäre nach England zurückgekehrt, denn man entsann sich, daß er gesagt hatte, er liebe dieses Land sehr. Der Herr Prior und seine Schwester waren fest überzeugt, daß dort niemand getauft würde; sie zitterten um die Seele ihres Neffen. Der bestürzte Bischof war nahe daran, heimzukehren, der Prior und der Abt von Saint-Yves waren verzweifelt. Der Amtmann fragte wie üblich mit Würde alle Passanten aus, Fräulein von Kerkabon weinte, Fräulein von Saint-Yves weinte nicht, aber sie stieß tiefe Seufzer aus, die bewiesen, daß sie an den heiligen Sakramenten Gefallen hatte. Die beiden Damen wandelten traurig an den Weiden und Büschen dahin, die das Rance-Bächlein einrahmten, als sie plötzlich mitten im Wasser eine hohe, ziemlich weiße Gestalt mit über der Brust gekreuzten Händen erblickten. Sie stießen einen gellenden Schrei aus und wandten sich ab. Ihre Neugierde überwog jedoch jede andere Regung, sie schlüpften vorsichtig in das Schilf, und als sie sich vergewissert hatten, daß man sie nicht sah, wollten sie sehen, was im Bache vor sich ging.

VIERTES KAPITEL
Das Naturkind wird getauft

Der Prior und der Abt liefen herbei und fragten das Naturkind, was er dort treibe. »Bei Gott, Ihr Herren, ich warte ja auf die Taufe. Schon seit einer Stunde stecke ich bis an den Hals im Wasser, es ist nicht recht, daß Ihr mich hier vor Kälte umkommen laßt!« – »Mein lieber Neffe«, sagte sanft der Prior zu ihm,

»in der Niederbretagne wird nicht so getauft. Zieh deine Kleider wieder an und komm mit uns.« Als Fräulein von Saint-Yves diese Worte hörte, flüsterte sie ihrer Gefährtin zu: »Glauben Sie, Fräulein von Kerkabon, daß er seine Kleider sofort wieder anzieht?«

Der Hurone aber entgegnete dem Prior: »Diesmal wird es Ihnen nicht wie neulich gelingen, mir etwas weiszumachen. Ich habe seither eifrig studiert und weiß genau, daß man so und nicht anders getauft wird. Auch der Eunuche der Königin Kandake wurde in einem Bache getauft. Ich fordere Sie auf, mir in dem Buche, das Sie mir gegeben haben, nachzuweisen, ob jemals auf andere Art getauft wurde. Entweder lasse ich mich überhaupt nicht taufen, oder ich werde im Bache getauft.« Vergeblich bewies man ihm, daß diese Bräuche sich geändert hätten. Das Naturkind war starrköpfig, denn er war Bretone und Hurone zugleich. Immer wieder berief er sich auf den Eunuchen der Königin Kandake, und obgleich sein Fräulein Tante und Fräulein von Saint-Yves, die ihn durchs Gebüsch beobachteten, mit Recht hätten einwenden können, daß es ihm nicht zustehe, sich auf einen solchen Mann zu berufen, taten sie es dennoch nicht; so groß war ihre Zurückhaltung. Schließlich erschien der Bischof selbst, um ihm zuzureden, was viel heißen will, aber auch dabei kam nichts heraus: Der Hurone stritt sogar mit dem Bischof.

»Weisen Sie mir in dem Buche, das mir mein Onkel gegeben hat, einen einzigen Menschen nach, der nicht im Fluß getauft worden ist, und ich tue alles, was Sie wollen«, sagte er zu ihm.

Die verzweifelte Tante hatte bemerkt, daß die erste Verbeugung, die ihr Neffe vor Fräulein von Saint-Yves gemacht, zugleich auch tiefer gewesen war als alle vor irgend jemand anderem. Nicht einmal den Bischof begrüßte er mit soviel herzlichem Respekt, wie er ihn vor dem schönen Fräulein von Saint-Yves bekundete. In ihrer Bedrängnis beschloß die Tante nun, sich an sie zu wenden. Sie bat sie, ihren Einfluß auf den Huronen geltend zu machen, um ihn zu bewegen, sich wie alle

Bretonen taufen zu lassen, denn sie glaubte nicht, ihr Neffe könnte jemals ein Christ werden, wenn er darauf bestände, sich im fließenden Wasser taufen zu lassen. Die heimliche Freude, mit einem so wichtigen Auftrag betraut zu werden, trieb Fräulein von Saint-Yves das Blut in die Wangen. Sie näherte sich bescheiden dem Naturkind, drückte ihm vornehm die Hand und sprach: »Würden Sie auch mir keinen Gefallen tun?«, und während sie diese Worte sprach, senkte und hob sie ihre Augen mit rührender Anmut. »Oh, mein Fräulein«, rief das Naturkind, »für Sie würde ich alles tun, was Sie wollen, alles, was Sie mir befehlen: Wassertaufe, Feuertaufe, Bluttaufe – nichts könnte ich Ihnen abschlagen!« Fräulein von Saint-Yves hatte den Erfolg, mit ein paar Worten das zu erreichen, was weder das Drängen des Priors noch die wiederholten Fragen des Amtmanns, noch die Darlegung des Herrn Bischofs zustande gebracht hatten. Sie fühlte ihren Triumph, sie war sich aber noch nicht über seinen ganzen Umfang im klaren.

Die Taufe wurde mit großer Sittsamkeit, Pracht und Freude vollzogen und empfangen. Der Onkel und die Tante traten dem Herrn Abt von Saint-Yves und seiner Schwester die Ehre ab, das Naturkind über das Taufbecken zu halten. Fräulein von Saint-Yves strahlte vor Freude über ihre Patenschaft. Sie wußte nicht, was diese hohe Ehre für sie bedeuten würde, sie hatte sie angenommen, ohne ihre verhängnisvollen Folgen zu erkennen.

Da noch niemals eine Feierlichkeit ohne ein großes Essen stattgefunden hat, setzte man sich nach Beendigung der Taufe an die Tafel. Die niederbretonischen Witzbolde meinen, seinen Wein dürfe man nicht taufen. Der Herr Prior sagte, der Wein erquicke, nach Salomo, das Herz des Menschen, und der Herr Bischof fügte hinzu, der Erzvater Juda hätte sein Eselsfüllen an einen Weinstock binden und seinen Mantel in das Traubenblut tauchen müssen, und es sei recht traurig, daß man so etwas nicht in der Niederbretagne tun könne, da Gott ihr die Rebe versagt habe. Jeder versuchte, witzige Bemerkungen über die Taufe des Naturkindes zu machen und der Patin ein Kompliment. Der ewig fragende Amtmann erkundigte sich bei dem Huronen, ob er seine Gelübde halten würde. »Wie soll ich sie denn nicht halten«, entgegnete der Hurone, »wenn ich sie in die Hand von Fräulein von Saint-Yves abgelegt habe?« Der Hurone wurde immer animierter und trank viel auf das Wohl seiner Patin. »Wäre ich von ihrer Hand getauft worden, so hätte mich, das fühle ich, das kalte Wasser, das man mir auf den Nakken gegossen hat, verbrannt.« Der Amtmann fand das sehr poetisch, weil er nicht wußte, wie geläufig diese Allegorie in Kanada ist. Die Patin war aber sehr glücklich darüber.

Man hatte dem Täufling den Namen Herkules gegeben, und der Bischof von Saint-Malo fragte fortwährend, wer dieser Schutzpatron sei, von dem er nie gehört hatte. Der Jesuit, der sehr gelehrt war, sagte ihm, er sei ein Heiliger, der zwölf Wunder vollbracht habe. Es gab noch ein dreizehntes dabei, das die zwölf aufwog, jedoch geziemte es sich nicht für einen Jesuiten, davon zu sprechen, nämlich über das Wunder, daß er in einer einzigen Nacht fünfzig Mädchen in Frauen verwandelt hatte. Ein Spaßvogel in der Gesellschaft hob dieses Wunder besonders hervor, alle Damen senkten ihre Augen und schlossen aus dem Gesichtsausdruck des Naturkindes, daß er des Heiligen, dessen Namen er trug, würdig sei.

FÜNFTES KAPITEL
Das Naturkind ist verliebt

Man muß zugestehen, daß Fräulein von Saint-Yves seit dieser Taufe und diesem Festmahl sich leidenschaftlich wünschte, der Herr Bischof möchte sie mit Herkules, dem Naturkind, noch an irgendeiner Zeremonie teilnehmen lassen. Da sie jedoch sehr wohlerzogen und sittsam war, wagte sie nicht, sich selber ihre zärtlichen Empfindungen einzugestehen. Entschlüpfte ihr aber ein Wort, ein Blick, eine Gebärde, ein Gedanke, so war alles in den Schleier einer unendlich lieblichen Schamhaftigkeit gehüllt. Sie war zärtlich, lebhaft und klug.

Sobald der Bischof abgereist war, trafen sich Fräulein von Saint-Yves und das Naturkind, ohne gewahr zu werden, daß sie einander suchten. Sie sprachen miteinander, ohne daß sie sich vorstellten, was sie sagten. Das Naturkind versicherte ihr zunächst, daß er sie von ganzem Herzen liebe und daß die schöne Abacaba, in die er in seiner Heimat leidenschaftlich verliebt gewesen war, ihr nicht im entferntesten gleichkomme. Das Fräulein erwiderte ihm in ihrer üblichen Bescheidenheit, er solle möglichst bald mit seinem Onkel, dem Herrn Prior, und seinem Fräulein Tante sprechen, und daß sie ihrerseits ihrem Bruder, dem Abt von Saint-Yves, ein paar Worte sagen wolle und auf eine allgemeine Einwilligung hoffe.

Darauf antwortete der Hurone, er bedürfe keiner Einwilligung, ja, es erscheine ihm höchst lächerlich, die anderen zu fragen, was man zu tun habe. Wenn zwei Parteien einig seien, bedürfe es doch keiner dritten mehr, um sie zusammenzubringen. »Ich befrage niemanden«, rief er, »wenn ich Lust habe, zu essen, zu jagen oder zu schlafen. Ich weiß wohl, daß es in Liebessachen angebracht ist, sich der Einwilligung der Person zu versichern, die man begehrt. Da ich aber weder in meinen Onkel noch in meine Tante verliebt bin, brauche ich mich in dieser Angelegenheit nicht an sie zu wenden, und wenn Sie auf mich hören wollen, können Sie auch ohne den Herrn Abt von Saint-Yves fertig werden.«

Man kann sich wohl denken, daß die schöne Bretonin die ganze Geschicklichkeit ihres Verstandes anwandte, um ihren Huronen zu den Gesetzen des Anstandes zurückzuführen. Sie wurde sogar ein wenig böse, bald jedoch wieder gut. Wer weiß schließlich, wie diese Unterhaltung geendet hätte, wenn der Herr Abt wegen der vorgerückten Stunde seine Schwester nicht in seine Abtei mitgenommen hätte. Das Naturkind ließ seinen Onkel und seine Tante, die von der Feier und dem langen Mahle ein wenig müde waren, ruhig zu Bett gehen. Er selbst verbrachte einen Teil der Nacht damit, zu Ehren seiner Angebeteten Verse in huronischer Sprache zu verfassen, denn man muß wissen, daß es kein Land auf Erden gibt, wo die Leidenschaft die Verliebten nicht zu Dichtern macht.

Am nächsten Morgen wandte sich sein Onkel nach dem Frühstück in Gegenwart des Fräulein von Kerkabon, die ganz gerührt war, an ihn: »Gelobt sei Gott, daß du die Ehre hast, mein lieber Neffe, Christ und Niederbretone zu sein. Aber das genügt nicht. Das Alter drückt schon auf meine Schultern, und mein Bruder hat nur ein kleines Landgut hinterlassen, das nicht viel wert ist, aber ich habe eine gute Pfründe, und wenn du, wie ich hoffe, mindestens nur Subdiakon werden wolltest, würde ich dir meine Priorei abtreten, und du könntest ein gemächliches Dasein führen, nachdem du der Trost meiner alten Tage gewesen bist.«

»Lieber Onkel«, antwortete das Naturkind, »möge es Ihnen immer gut gehen! Leben Sie, solange Sie nur können. Ich weiß weder, was ›Subdiakon‹ noch was ›abtreten‹ ist, alles soll mir jedoch recht sein, wenn ich nur Fräulein von Saint-Yves bei mir habe.« – »O Gott, lieber Neffe! Was redest du da. Liebst du denn dieses hübsche Fräulein so wahnsinnig?« – »Gewiß, lieber Onkel.« – »Leider, teurer Neffe, leider ist es unmöglich, daß du sie heiratest.« – »Oh, das ist doch möglich, lieber Onkel, denn sie hat mir beim Fortgehen nicht nur die Hand zärtlich gedrückt, sondern mir auch versprochen, mich zum Manne zu nehmen. Ich werde sie gewiß heiraten.« – »Das ist unmöglich, sagte ich dir doch, sie ist ja deine Patin, und es ist schon eine furchtbare Sünde, wenn eine Patin ihrem Patenkinde zärtlich die Hand drückt. Es ist nicht erlaubt, seine Patin zu heiraten; die göttlichen und menschlichen Gesetze verbieten das.« – »Sapperlot, Onkel, Sie machen sich über mich lustig. Warum sollte es verboten sein, seine Patin zu heiraten, wenn sie jung und hübsch ist. In dem Buch, das Sie mir gegeben haben, habe ich nichts darüber gefunden, daß es schlecht sei, die Mädchen zu heiraten, die den Leuten zur Taufe verhalfen. Ich merke jeden Tag, daß man hier unendlich viel Dinge begeht, die in Ihrem Buche nicht stehen, und dagegen alles unterläßt, was darinsteht. Ich gestehe Ihnen offen, das wundert und ärgert mich. Wenn man mir die schöne Saint-Yves unter dem Vorwand der Taufe vorenthalten will, so sage ich Ihnen im voraus, ich entführe sie und lasse mich enttaufen.«

Der Prior war entsetzt, seine Schwester weinte. »Lieber Bruder«, sagte sie, »unser Neffe darf diese Sünde nicht auf sich laden. Unser Heiliger Vater, der Papst, kann ihm Dispens erteilen, und dann kann er auf christliche Art mit seiner Liebe glücklich werden.« Das Naturkind umarmte seine Tante. »Wer ist denn der nette Mensch«, fragte er, »der mit so viel Güte den Jungen und Mädeln in ihrer Liebe beisteht? Ich will sofort mit ihm sprechen.«

Man setzte ihm auseinander, wer der Papst ist, und das Naturkind war noch verwunderter als vorher. »Von alldem steht ja kein Wort in Ihrem Buche, mein lieber Onkel. Ich habe Reisen gemacht, ich kenne das Meer. Wir sind hier an der Küste des Ozeans, und da soll ich Fräulein Saint-Yves verlassen und die Erlaubnis, sie zu lieben, von einem Menschen erbitten, der am Mittelmeer, vierhundert Meilen von hier entfernt, lebt, von einem Manne, dessen Sprache ich nicht einmal verstehe! Das ist ebenso unverständlich wie lächerlich. Ich gehe auf der Stelle zu Herrn Abt von Saint-Yves, der bloß eine Meile von hier entfernt wohnt, und ich bürge Ihnen, daß ich meine Geliebte heute noch heiraten werde.«

Während er so sprach, trat der Amtmann ein und fragte ihn wie gewöhnlich, wohin er gehe. »Mich verheiraten«, antwortete das Naturkind im Davonlaufen. Eine Viertelstunde später war er bereits bei seiner lieben und schönen Niederbretonin, die noch schlief. »Oh, lieber Bruder«, sagte Fräulein von Kerkabon zum Prior, »niemals wird es dir gelingen, aus unserem Neffen einen Subdiakon zu machen!«

Den Amtmann störte dieser Vorgang sehr, denn er hatte sich in den Kopf gesetzt, sein Sohn solle die Saint-Yves heiraten, aber dieser Sohn war noch dümmer und unerträglicher als sein Vater.

SECHSTES KAPITEL

Das Naturkind eilt zu seiner Geliebten und wird wütend

Als das Naturkind angelangt war und eine alte Dienerin gefragt hatte, wo das Zimmer seiner Geliebten sei, stieß er mit Gewalt eine schlechtverschlossene Tür auf und stürzte sich auf das Bett. Fräulein von Saint-Yves fuhr aus dem Schlafe und rief: »Wie! Sie sind es! Ha, Sie? Halt, was tun Sie denn?« – »Ich heirate Sie«, erwiderte er und hätte sie in der Tat unversehens geheiratet, wenn sie sich nicht mit der ganzen Ehrsamkeit einer wohlerzogenen Person zur Wehr gesetzt hätte.

Das Naturkind verstand keinen Spaß. Er fand all dieses Getue höchst ungehörig. »So hat sich meine erste Geliebte, Fräulein Abacaba, nicht angestellt! Ihr kennt keine Redlichkeit. Sie haben mir die Heirat versprochen und widersetzen sich der Heirat: das spottet den einfachsten Gesetzen der Ehre. Ich will Sie lehren, Wort zu halten, ich werde Sie schon auf den Weg der Tugend zurückbringen!«

Das Naturkind besaß die Tugenden der Männlichkeit und der Unerschrockenheit – wahrhaft würdig seines Schutzpatrons Herkules, dessen Namen man ihm in der Taufe gegeben hatte. Er schickte sich an, seine Tugenden vollauf spielen zu lassen, als auf die durchdringenden Schreie des noch sittsameren Fräuleins der weise Abt von Saint-Yves mit seiner Haushälterin, einem alten treuen Diener und einem Priester des Kirchspiels herbeigeeilt kam. Ihr Anblick mäßigte den Mut des Stürmers. »O Gott, lieber Nachbar«, rief ihm der Abt zu, »was tun Sie da?« – »Meine Pflicht«, entgegnete der junge Mann, »ich erfülle mein Versprechen, das heilig ist!« Fräulein von Saint-Yves brachte sich errötend in Ordnung, und der Hurone wurde in ein anderes Zimmer geführt. Der Abt brachte ihm die Ungeheuerlichkeit seines Benehmens zum Bewußtsein, woraufhin sich das Naturkind auf das Naturrecht berief, das er trefflich beherrschte. Der Abt versuchte, ihm zu beweisen, daß das geschriebene Gesetz vorangehe und daß ohne getroffene

Vereinbarungen unter den Menschen das Naturrecht zu einem natürlichen Raubwesen herabsinken würde. »Man braucht also«, sagte er, »Notare, Priester, Zeugen, Kontrakte und Dispense.« Das Naturkind antwortete ihm mit dem Einwand, den die Wilden immer machen: »Ihr seid wohl recht unehrliche Leute, wenn ihr so viel Vorsichtsmaßregeln braucht.«

Es kostete dem Abt viel Mühe, diesen Vorwurf zurückzuweisen. »Ich gebe zu«, sagte er, »daß es unter uns viel Unzuverlässige und viel Spitzbuben gibt; bei den Huronen wäre es ebenso, wenn sie in großen Städten wohnten. Es gibt aber auch bei uns Weise, Rechtschaffene und einsichtige Personen, und gerade sie haben die Gesetze geschaffen. Je wohlgesinnter ein Mensch ist, desto mehr muß er sich den Gesetzen fügen; so gibt er den Lasterhaften ein gutes Beispiel, und diese fühlen Respekt vor einem Zügel, den sich die Tugend selbst anlegt.«

Diese Antwort verblüffte das Naturkind. Es wurde bereits bemerkt, daß er einen guten Verstand besaß. Nun besänftigte man ihn durch freundliche Worte und machte ihm Hoffnungen: Das sind die beiden Fallen, in die die Menschen beider Welten stets gehen. Man brachte sogar Fräulein von Saint-Yves zu ihm, nachdem sie ihre Toilette beendet hatte. All das ging sehr schicklich vor sich, aber trotz aller Zurückhaltung funkelten die Augen des Naturkindes Herkules dermaßen, daß seine Geliebte immer die Augen senkte und die übrigen Anwesenden zitterten.

Es kostete ungeheure Mühe, ihn zu seinen Verwandten zurückzuschicken. Man mußte sogar noch einmal den Einfluß der schönen Saint-Yves zu Hilfe rufen, und je mehr sie sich ihrer Macht über ihn bewußt wurde, desto herzlicher liebte sie ihn. Sie schickte ihn fort, worüber sie selbst sehr betrübt war. Als er endlich gegangen war, faßte der Abt, der der ältere Bruder und auch der Vormund des Fräulein von Saint-Yves war, den Entschluß, sein Mündel den Leidenschaften dieses gefährlichen Liebhabers zu entziehen. Er beriet sich mit dem Amtmann, der die Schwester des Abtes für seinen Sohn bestimmt hatte und nun vorschlug, das arme Mädchen in ein Kloster zu bringen. Das war ein furchtbarer Schlag. Sogar ein gefühlloses Wesen würde, wenn man es hinter Klostermauern brächte, zum Himmel schreien, und wieviel mehr eine Liebende und noch dazu eine so vernünftige und zärtliche Liebende! Das würde sie zur Verzweiflung bringen.

Beim Prior erzählte das Naturkind alles in seiner üblichen Naivität, und ihm wurden dieselben Vorwürfe gemacht, die zwar Eindruck auf seinen Verstand, aber nicht im geringsten auf seine Sinne ausübten. Als er jedoch am nächsten Morgen zu seiner schönen Geliebten gehen wollte, um sich mit ihr über das Naturgesetz und das von den Menschen geschaffene Gesetz zu unterhalten, teilte ihm der Amtmann voller Schadenfreude mit, daß sie in einem Kloster sei. »Nun wohl«, sagte er, »so werden wir im Kloster miteinander sprechen.« – »Das geht nicht«, entgegnete der Amtmann und setzte ihm lang und breit auseinander, was ein Kloster und ein Konvent sei, das letzte Wort stamme vom lateinischen *conventus* und bedeute ›Zusammenkunft‹. Der Hurone konnte nicht begreifen, warum man ihm diese Zusammenkunft nicht zuließ. Als man ihm jedoch erklärt hatte, daß dieses Kloster eine Art Gefängnis sei, in dem man die Mädchen eingesperrt hielte – eine entsetzliche Einrichtung, die es bei den Huronen und Engländern nicht gab – wurde er so wütend wie einst sein Schutzpatron Herkules, als ihm Eurytus, der König von Öchalia, in ebenso grausamer Art wie der Abt von Saint-Yves seine reizende Tochter Jole abschlug, die ebenso schön war wie die Schwester des Abtes. Er wollte das Kloster in Brand stecken, seine Geliebte entführen oder sich mit ihr zusammen verbrennen. Das entsetzte Fräulein von Kerkabon ließ mehr denn je alle Hoffnung fahren, ihren Neffen einmal als Subdiakon zu sehen, und weinend rief sie, seit seiner Taufe habe er den Teufel im Leibe.

SIEBENTES KAPITEL
Das Naturkind schlägt die Engländer zurück

In abgrundtiefe Melancholie versunken, ging das Naturkind, seine Doppelflinte auf der Schulter, seinen großen Hirschfänger an der Seite, am Meeresufer entlang. Ab und zu schoß er nach Vögeln und war oft versucht, auf sich selbst zu schießen, doch er liebte das Leben noch um des Fräulein von Saint-Yves willen. Einmal verfluchte er seinen Onkel, seine Tante, die ganze Niederbretagne und seine Taufe, dann aber segnete er sie, weil er durch sie die kennengelernt hatte, die er liebte. Er verbiß sich in seinen Entschluß, das Kloster in Brand zu stekken, hielt dann aber inne aus Furcht, seine Geliebte mit zu verbrennen. Die Wogen des Ärmelkanals werden von den Ost- und Westwinden nicht stärker bewegt als sein Herz von all diesen widerstrebenden Gefühlen.

Mit großen Schritten wanderte er ziellos weiter, als er plötzlich den Klang einer Trommel vernahm. Er sah in der Ferne eine Volksmenge, von der die eine Hälfte ans Ufer lief, während die andere floh.

Von allen Seiten drang ein tausendfältiges Geschrei zu ihm, und voller Neugier und Mut stürzte er im Nu nach der Stelle, von der die Klagerufe kamen; mit vier großen Sätzen war er dort. Der Hauptmann der Miliz, der mit ihm zusammen bei dem Prior gespeist hatte, erkannte ihn sofort und lief mit offenen Armen auf ihn zu: »Ach! Das ist ja unser Naturkind! Er wird für uns kämpfen.« Und die Bürgersoldaten, die vor Angst fast vergingen, faßten sich wieder und riefen ebenfalls: »Das Naturkind ist da! Das Naturkind ist da!«

»Meine Herren«, fragte er, »was ist denn passiert? Warum sind Sie so aufgeregt? Hat man Ihre Bräute in Klöster gesteckt?« Hundert verwirrte Stimmen riefen ihm entgegen: »Sehen Sie denn nicht, daß die Engländer anlegen?« – »O ja«, erwiderte der Hurone, »das sind wackere Leute. Sie haben mir niemals vorgeschlagen, Subdiakon zu werden, und haben mir auch nicht mein Liebchen entführt.« Der Hauptmann erklärte ihm, daß die Engländer die Abtei vom Berge ausplündern, den Wein seines Onkels austrinken und womöglich auch Fräulein von Saint-Yves entführen wollten. Das kleine Schiff, mit dem er nach der Bretagne gekommen war, hätte man nur ausgesandt, um die Küste auszukundschaften. Die Engländer eröffneten Feindseligkeiten, ohne dem König von Frankreich den Krieg erklärt zu haben, und die ganze Provinz sei verloren. »Hm, wenn die Dinge so stehen, dann handeln sie wider das Naturgesetz. Lassen Sie mich jedoch machen. Ich habe lange bei ihnen gelebt, beherrsche ihre Sprache und will mit ihnen sprechen. Ich glaube nicht, daß sie so schlechte Absichten haben.«

Während dieses Gespräches näherte sich das englische Geschwader der Küste. Der Hurone stürzte davon, warf sich in ein kleines Boot, ruderte hinüber, stieg auf das Admiralsschiff und fragte, ob es wahr sei, daß sie das Land ohne eine ordnungsgemäße Kriegserklärung verwüsten wollten. Der Admiral und die ganze Besatzung brachen in lautes Gelächter aus, gaben ihm Punsch zu trinken und schickten ihn zurück.

Der gekränkte Hurone dachte nur noch daran, sich tapfer für seine Landsleute und den Herrn Prior gegen seine früheren Freunde zu schlagen. Von allen Seiten eilten die Edelleute aus der Umgebung herbei und schlossen sich ihm an. Man hatte ein paar Kanonen, er lud sie, zielte und schoß eine nach der anderen ab. Als die Engländer ans Land sprangen, warf er sich ihnen entgegen, streckte drei auf einen Schlag nieder und verwundete den Admiral, der sich über ihn lustig gemacht hatte. Seine Tapferkeit feuerte den Mut der ganzen Miliz an, die Engländer flohen auf ihre Schiffe, und die ganze Küste erdröhnte von Siegesrufen: »Es lebe der König! Es lebe das Naturkind!« Alle umarmten ihn, jeder drängte sich heran und suchte das Blut seiner leichten Verwundung zu stillen. »Ach«, rief er, »wenn Fräulein von Saint-Yves hier wäre, würde sie mir einen Umschlag machen.«

Der Amtmann, der sich während des Kampfes in seinem Keller versteckt hatte, eilte herbei, um ihn wie die anderen zu beglückwünschen. Er war jedoch überrascht, als er Herkules, den Unbefangenen, zu einem Dutzend junger tatenlustiger Männer, die um ihn standen, sagen hörte: »Meine Freunde, es ist nichts Besonderes, daß die Abtei vom Berge frei ist; es gilt, ein Mädchen zu befreien!« Die ganze erregte Jugend fing Feuer, und eine große Menge lief mit ihm zum Kloster. Hätte der Amtmann nicht auf der Stelle den Hauptmann benachrichtigt, wäre man der fröhlichen Kämpferschar nicht nachgestürzt, so wäre es um das Kloster geschehen. Das Naturkind brachte man zu seinem Onkel und seiner Tante zurück, und sie badeten ihn in Tränen der Liebe.

»Ich sehe ein, daß du niemals Subdiakon oder Prior wirst«, sagte sein Onkel zu ihm, »du wirst ein tapferer Offizier werden, noch tapferer als mein Bruder, der Hauptmann, und wahrscheinlich noch bettelärmer als er.«

Fräulein von Kerkabon umarmte ihn immer wieder unter Tränen und sagte: »Er wird sich töten lassen wie mein Bruder, oh, wenn er doch lieber Subdiakon werden wollte!«

Während des Kampfes hatte das Naturkind eine große mit Guineen gefüllte Börse aufgehoben, die wahrscheinlich der Admiral verloren hatte. Er war überzeugt, daß er mit dem Inhalt dieser Börse die ganze Niederbretagne kaufen und vor allem Fräulein von Saint-Yves zu einer großen Dame machen könnte. Jedermann riet ihm, nach Versailles zu fahren, um dort den Lohn für seine Dienste zu empfangen. Der Hauptmann und die höheren Offiziere überhäuften ihn mit Empfehlungsschreiben, und auch der Onkel und die Tante billigten diese Reise ihres Neffen. Er würde sicherlich ohne Schwierigkeiten dem König vorgestellt werden, und das allein mußte ihm zu einem ungeheuren Ansehen in der Provinz verhelfen. Die beiden guten Leutchen fügten zum Inhalt der englischen Börse ein beträchtliches Geschenk aus ihren Ersparnissen hinzu. »Wenn ich den König sehe«, sagte sich das Naturkind, »will ich von ihm

Fräulein von Saint-Yves zur Frau erbitten, und er wird sicherlich nicht nein sagen.« Unter Beifallszurufen der gesamten Bevölkerung der Provinz, fast erstickt von Umarmungen, benetzt von den Tränen seiner Tante und von seinem Onkel gesegnet, reiste er ab und empfahl sich der schönen Saint-Yves.

ACHTES KAPITEL

Das Naturkind begibt sich an den Hof, unterwegs speist es mit Hugenotten

Das Naturkind reiste über Saumur mit der Landkutsche, denn damals gab es keine andere Fahrgelegenheit. Als er in Saumur ankam, war er erstaunt, daß die Stadt fast verödet dalag und viele Familien im Aufbruch waren. Man erzählte ihm, sechs Jahre vorher habe Saumur mehr als fünfzehntausend Bewohner gehabt, jetzt wären es höchstens noch sechstausend. Beim Abendessen in seinem Gasthof brachte er die Rede darauf. Mit ihm saßen mehrere Prostestanten am Tisch: Die einen beklagten sich bitter, die anderen zitterten vor Wut, und wieder andere sagten weinend: »Nos dulcia linquimus arva, nos patriam fugimus.« Das Naturkind, das Latein nicht verstand, ließ sich diese Worte übersetzen: »Wir fliehen der Heimat holde Gebreite, fliehen das Heimatland.«

»Und warum fliehen Sie aus Ihrem Heimatland, meine Herren?« – »Weil wir den Papst anerkennen sollen.« – »Und warum wollen Sie ihn nicht anerkennen? Haben Sie denn keine Patinnen, die Sie heiraten möchten? Man sagte mir, daß nur er dazu die Erlaubnis geben kann.« – »Ach, mein Herr, dieser Papst behauptet, Herr über die Länder aller Könige zu sein!« – »Welchen Beruf betreiben Sie denn, meine Herren?« – »Wir sind zum größten Teil Tuchweber und Fabrikanten.« – »Wollte Ihr Papst behaupten, Herr über Ihr Tuch und Ihre Fabriken zu sein, so täten Sie recht daran, ihn nicht anzuerkennen. Was aber die Könige betrifft, so ist das doch deren Sache, warum mischen Sie sich also ein?« Darauf ergriff ein kleiner schwarzgekleideter Mann das Wort und schilderte sehr gelehrt die Nöte der Gefährten. Er sprach mit so viel Nachdruck von der Aufhebung des Ediktes von Nantes und betrauerte mit so viel Pathos das Geschick von fünfzigtausend Flüchtlingsfamilien und fünfzigtausend anderen durch die Dragoner bekehrten Familien, daß das Naturkind nun seinerseits in Tränen zerfloß. »Woher kommt es nur, daß ein so großer König, dessen Ruhm bis zu den Huronen reicht, sich so vieler Herzen, die ihn lieben, und so vieler Arme, die ihm gedient hätten, beraubt!«

»Weil man ihn ebenso wie alle anderen großen Könige getäuscht hat«, antwortete der schwarzgekleidete Mann, »man hat ihm eingeredet, er brauche nur ein Wort zu sagen, und alle Welt würde so denken wie er, und so könnte er auch uns unsere Religion wechseln lassen, wie sein Musiker Lully im Nu die Kulissen seiner Opern auswechseln läßt. Der König hat dadurch nicht nur fünf- bis sechstausend sehr nützliche Untertanen eingebüßt, sondern er hat sich daraus sogar Feinde geschaffen. Der König Wilhelm, der gegenwärtig Herrscher von England ist, hat schon mehrere Regimenter aus ebendiesen Franzosen zusammengestellt, die sonst für ihren Fürsten kämpfen würden.«

»Ein solches Unheil ist um so erstaunlicher, da der regierende Papst, dem Ludwig XIV. einen Teil des Volkes opfert, sein erklärter Feind ist. Schon seit neun Jahren liegen sie miteinander in heftigem Streit, der so weit gegangen ist, daß Frankreich hoffen durfte, von dem Joch, dem es seit Jahrhunderten von diesem Fremden unterworfen war, endlich befreit zu werden, und vor allem, daß man aufhören würde, ihm Geld zu geben, was bei diesen Geschäften die Hauptsache ist. Zweifellos hat man den großen König sowohl über seine Vorteile wie über den Bereich seiner Macht getäuscht und hat den Edelmut seines Herzens mißbraucht.« Unser Naturkind war immer ergriffener und fragte, wer denn die Franzosen seien, die einen selbst den Huronen teuren Fürsten dermaßen hintergingen. »Die Jesuiten sind es«, antwortete man ihm, »und vor allem der Pater de La Chaise, der Beichtvater Seiner Majestät. Wir wollen hoffen, daß Gott sie eines Tages bestraft und daß sie davongejagt werden, so wie sie es heute mit uns tun. Kann man ein Unglück mit dem unseren vergleichen? Von allen Seiten hetzt Herr von Louvois Jesuiten und Dragoner auf uns.«

»Hören Sie«, rief das Naturkind, das nicht mehr an sich halten konnte, »ich fahre nach Versailles, um die Belohnung für meine Verdienste in Empfang zu nehmen. Ich werde mit Herrn von Louvois sprechen. Man sagte mir, daß er und sein Kabinett über Krieg und Frieden zu bestimmen haben. Ich werde auch den König sehen und will ihm die Wahrheit sagen. Es ist unmöglich, sich ihr weiter zu verschließen, wenn man sie einmal erkannt hat. Ich komme bald zurück, um Fräulein von Saint-Yves zu heiraten, und ich lade Sie alle zu meiner Hochzeit ein!« Die guten Leute hielten ihn nun für einen hohen Herrn, der inkognito mit der Landkutsche reiste; manche hielten ihn jedoch für den Hofnarren des Königs.

Bei Tisch hatte sich auch ein verkappter Jesuit befunden, der dem hochwürdigen Pater de La Chaise als Spion diente. Er erstattete ihm über alles Bericht, und Pater de La Chaise verständigte Herrn von Louvois. Das Naturkind und der Brief des Spions kamen fast gleichzeitig in Versailles an.

NEUNTES KAPITEL

Ankunft des Naturkindes in Versailles
Sein Empfang bei Hofe

Das Naturkind entstieg dem Nachttopf - dem Wagen von Paris nach Versailles - im Küchenhof und fragte die Sänftenträger, wann der König zu sprechen sei. Die Träger lachten ihm ebenso ins Gesicht, wie der englische Admiral es getan hatte, und er behandelte sie ebenso wie jenen: er verprügelte sie. Sie wollten es ihm zurückzahlen, und der Auftritt hätte wohl blutig geendet, wenn nicht ein bretonischer Edelmann von der Leibgarde hinzugekommen wäre, der das Pack auseinandertrieb. »Mein Herr«, redete ihn der Reisende an, »Sie scheinen ein wackerer Mann zu sein. Ich bin der Neffe des Herrn Prior Unserer lieben Frau vom Berge. Ich habe die Engländer getötet und bin hier, um den König zu sprechen. Bitte führen Sie mich in sein Zimmer.« Der Gardist war entzückt, einen Landsmann vor sich zu sehen. Der schien sich aber in den Sitten des Hofes nicht auszukennen, und so erklärte er ihm, daß man den König nicht ohne weiteres sprechen könne, sondern von Seiner Exzellenz, dem Herrn von Louvois, vorgestellt werden müsse. »Nun, so führen Sie mich zu diesem Herrn von Louvois, der mich wohl dem König vorstellen wird.« – »Es ist noch weit schwieriger, Herrn von Louvois zu sprechen als Seine Majestät«, erklärte ihm der Gardist, »aber ich will Sie zu Herrn Alexander, dem obersten Beamten im Kriegsministerium, bringen, das ist so gut, als ob Sie den Minister selbst sprechen.« Sie begaben sich also zu dem Herrn Alexander, wurden aber nicht vorgelassen, da er gerade mit einer Hofdame Geschäftliches erledigen wollte und angeordnet hatte, niemanden zu empfangen. »Bah«, sagte der Gardist, »dadurch ist noch nichts verloren. Wir gehen zum Obersekretär des Herrn Alexander; das ist so gut, als ob Sie mit Herrn Alexander selbst sprächen.«

Der Hurone folgte ihm, außer sich vor Verwunderung. Eine halbe Stunde lang mußten sie dann in einem kleinen Vorzimmer warten. »Was soll das alles?« fragte das Naturkind. »Ist denn in diesem Lande niemand anzutreffen? Es ist leichter, sich in der Niederbretagne mit den Engländern zu schlagen, als in Versailles die Personen zu treffen, mit denen man zu tun hat.« Um die Langeweile zu vertreiben, erzählte er seinem Landsmann seine Liebesgeschichte. Aber dann schlug die Uhr und rief den Gardisten auf seinen Posten. Sie verabredeten, sich am nächsten Tage wiederzutreffen, und das Naturkind blieb noch eine halbe Stunde lang im Vorzimmer sitzen und sann über Fräulein von Saint-Yves und über die Schwierigkeiten nach, die es gab, wenn man Könige oder Obersekretäre sprechen wollte.

Endlich erschien der Beamte. »Mein Herr«, redete ihn das Naturkind an, »wenn ich mir so viel Zeit genommen hätte, um die Engländer zurückzuschlagen, wie Sie mich hier haben warten lassen, so hätten die Feinde jetzt nach Herzenslust die Niederbretagne dem Boden gleichgemacht.« Diese Worte verblüfften den Beamten. »Was wollen Sie?« fragte er den Bretonen. »Belohnung«, erwiderte dieser, »hier sind meine Papiere«, und er breitete vor ihm alle Bescheinigungen aus. Der Beamte las sie durch und sagte, man würde ihm wahrscheinlich die Erlaubnis erteilen, eine Leutnantsstelle zu kaufen. »Was? Ich soll noch Geld zahlen dafür, daß ich die Engländer zurückgeschlagen habe? Ich soll für das Recht zahlen, mich für Euch töten zu lassen, während Ihr hier in aller Gemütsruhe Audienzen erteilt? Ich glaube, Sie wollen sich über mich lustig machen. Ich will umsonst ein Kavallerieregiment haben. Ich möchte ferner, daß der König Fräulein von Saint-Yves aus dem Kloster befreit und sie mir zur Frau gibt. Und dann will ich mit dem König über fünfzigtausend Familien sprechen, die ich ihm wiederzugeben beabsichtige. Kurzum, ich will mich nützlich machen; man soll sich meiner bedienen und mich befördern.«

»Wie heißen Sie denn, mein Herr, der Sie so großartig reden?« – »Oho«, rief das Naturkind, »Sie haben also meine Unterlagen nicht durchgelesen? Verfährt man hier so? Ich heiße Herkules von Kerkabon, bin getauft worden und wohne im Gasthof ›Zum Blauen Zifferblatt‹. Ich werde mich über Sie beim König beschweren.« Wie die Leute in Saumur, so schloß auch der Beamte, er habe es mit einem Menschen zu tun, der nicht ganz klar im Kopf sei, und er achtete nicht weiter auf ihn.

Am selben Tage hatte der hochwürdige Pater de La Chaise, der Beichtvater Ludwigs XIV., einen Brief von seinem Spion erhalten, in dem er den Bretonen Kerkabon beschuldigte, die Hugenotten zu unterstützen und das Vorgehen der Jesuiten zu verdammen. Andererseits hatte Herr von Louvois einen Brief von dem fragesüchtigen Amtmann bekommen, der das Naturkind als einen Taugenichts hinstellte, der Klöster in Brand stecken und Mädchen entführen wollte.

Nachdem das Naturkind, das sich in Versailles langweilte, in den Gärten spazierengegangen war und nachdem er als Hurone und Niederbretone zu Abend gegessen hatte, legte er sich in der süßen Hoffnung zu Bett, am nächsten Morgen den König zu sprechen, Fräulein von Saint-Yves zur Frau zu bekommen, mindestens eine Reiterschwadron zu erhalten und den Hugenottenverfolgungen ein Ende zu machen. Er wiegte sich in diesen schmeichelhaften Gedanken, als plötzlich Gendarmen sein Zimmer betraten und sich zunächst seiner Doppelflinte und seines großen Säbels bemächtigten. Sein bares Geld wurde gezählt, und man brachte ihn in das Schloß, das König Karl V., der Sohn Johanns II., neben der Rue Saint-Antonie am Tournellentor erbaut hatte.

Wie groß die Verwunderung des Naturkindes unterwegs war, mag sich jeder selbst ausmalen. Anfangs glaubte er zu träumen und war wie betäubt, aber dann überkam ihn plötzlich eine Wut, die seine Kraft verdoppelte. Er packte zwei der Wächter, die mit ihm im Wagen saßen, bei der Gurgel, warf sie zur Wagentür hinaus, sprang ihnen nach und riß den dritten, der ihn festhalten wollte, mit sich. Die Wucht seines Sprunges schleuderte ihn zu Boden, man überwältigte ihn, fesselte ihn und setzte ihn wieder in den Wagen. »Das hat man davon«, rief er, »daß man die Engländer aus der Niederbretagne vertrieben hat! Was würdest du sagen, du schöne Saint-Yves, wenn du mich in diesem Zustande sehen könntest!«

Schließlich waren sie angekommen, wo man ihn unterbringen wollte. Man trug ihn schweigend in den Raum, in dem er eingesperrt werden sollte, so wie man einen Toten auf den Friedhof trägt. In diesem Raum saß bereits ein alter Einsiedler von Port-Royal namens Gordon, der dort schon zwei Jahre lang schmachtete. »Hallo«, rief ihm der Oberscherge zu, »hier bringe ich Euch Gesellschaft«, und sofort wurden die ungeheuren Riegel wieder vor die schwere, mit dicken Eisenstangen beschlagene Tür geschoben, wodurch die beiden Gefangenen von der ganzen Welt getrennt waren.

ZEHNTES KAPITEL

Das Naturkind ist mit einem Jansenisten in der Bastille eingekerkert

Herr Gordon war ein lebhafter, munterer Greis, der sich auf zwei große Dinge verstand: Mißgeschick zu ertragen und Unglückliche zu trösten. Freimütig und voller Mitgefühl trat er auf seinen Gefährten zu, umarmte ihn und sagte: »Wer Sie auch sein mögen, der da kommt, um mein Grab mit mir zu teilen, seien Sie sicher, daß ich mich stets hintenansetzen werde, um ihre Qualen in diesem Höllengrund, in den man uns geworfen hat, zu lindern. Wir wollen die Vorsehung anbeten, die uns hierherverschlagen hat, wir wollen ergeben leiden und hoffen.« Diese Worte übten auf die Seele des Naturkindes die Wirkung jener »englischen Tropfen« aus, die einen Sterbenden ins Leben zurückrufen und ihn erstaunt die Augen aufschlagen lassen.

Gleich nach der ersten Begrüßung erweckte Gordon in dem Naturkind – ohne daß er ihn drängte und allein durch seine sanften Worte und die Teilnahme, die zwei Unglückliche füreinander haben – den Wunsch, ihm sein Herz zu öffnen und die Ursache seines Unglücks zu erzählen. Der Grund seines Mißgeschicks war ihm aber völlig unklar; es schien ihm ganz und gar unbegründet zu sein, und der gute Gordon war ebenso erstaunt wie er selbst.

»Gott muß mit Ihnen große Dinge vorhaben«, meinte der Jansenist, »da er Sie vom Ontariosee nach England und Frankreich schickte, Sie in der Niederbretagne taufen ließ und zu Ihrem Seelenheil hierhergebracht hat.« – »Weiß Gott«, erwiderte das Naturkind. »Ich glaube, an meinem Schicksal hat allein der Teufel die Hand im Spiel. Meine amerikanischen Landsleute hätten mich niemals so barbarisch behandelt, wie ich es hier erlitten habe; so etwas können sie sich nicht vorstellen. Man nennt sie zwar Wilde, aber sie sind rechtschaffene, einfache Menschen, während die Leute hierzulande raffinierte Halunken sind. Ich wundere mich, offen gestanden, sehr darüber, daß ich aus einem anderen Weltteil herübergekommen bin, um hier mit einem Priester hinter Schloß und Riegel zu sitzen. Wenn ich aber an die ungeheure Zahl der Menschen denke, die die eine Halbkugel auf der Erde verlassen, um auf der anderen ihr Leben zu verlieren oder auf der Überfahrt Schiffbruch zu erleiden und von Fischen gefressen zu werden, so kann ich an all diesen Menschen die gnadenreichen Absichten Gottes nicht erkennen.«

Durch ein Türfenster schob man ihnen das Mittagessen hinein. Die Unterhaltung drehte sich um die Vorsehung, die geheimen Haftbefehle und um die Kunst, dem Mißgeschick zu entgehen, dem jeder einzelne in dieser Welt ausgesetzt ist. »Ich bin schon seit zwei Jahren hier«, sagte der Greis, »und habe keinen anderen Trost als mich selber und meine Bücher, und doch war ich nicht einen Augenblick mißmutig.«

»Oh, Herr Gordon«, rief das Naturkind, »dann lieben Sie Ihre Patin nicht! Wenn Sie Fräulein von Saint-Yves so wie ich kennen würden, wären Sie verzweifelt.« Bei diesen Worten konnte er die Tränen nicht mehr zurückhalten und fühlte sich dann etwas erleichtert. »Wie kommt es, daß uns Tränen erleichtern?« fragte er. »Ich finde, sie müßten eher eine entgegengesetzte Wirkung haben.« – »Alles an uns ist rein körperlich, mein Sohn«, erklärte ihm der gute Alte, »jede Ausscheidung tut dem Körper wohl, und alles, was ihn erleichtert, erleichtert auch die Seele: Wir sind Werkzeuge der Vorsehung.«

Das Naturkind, das, wie wir wiederholt bemerkt haben, große Geistesgaben besaß, stellte über diesen Gedanken, der im Keime stets in ihm geruht zu haben schien, tiefe Betrachtungen an und fragte dann seinen Gefährten, warum sein Werkzeug seit zwei Jahren hinter Schloß und Riegel säße. »Dank der wirkenden Gnade Gottes«, erwiderte Gordon, »ich gelte als Jansenist und habe Arnauld und Nicole gekannt; wir werden von den Jesuiten verfolgt. Unserer Meinung nach ist der Papst genauso ein Geistlicher wie jeder andere, und deshalb hat der Pater de La Chaise vom König, seinem Beichtkind, die Erlaubnis erhalten, mich ohne jede gerichtliche Formalität des kostbarsten Gutes der Menschen, nämlich der Freiheit, zu berauben.« – »Wie merkwürdig«, rief das Naturkind, »alle Unglücklichen, denen ich bisher begegnet bin, waren unglücklich durch die Schuld des Papstes!«

»Was jedoch Ihre wirkende Gnade betrifft, so muß ich zugeben, daß ich nichts davon verstehe, doch ich halte es für eine große Gnade, daß Gott mich in meinem Unglück einen Menschen wie Sie hat finden lassen, der meiner Seele einen Trost gibt, für den ich kein Gefühl zu haben glaubte.«

Mit jedem Tag wurde ihre Unterhaltung interessanter und lehrreicher. Die Seelen der beiden Gefangenen schlossen sich eng aneinander an. Der Greis wußte viel, und der junge Mann wollte viel lernen. Nach Verlauf eines Monats studierte er bereits Geometrie, er verschlang sie geradezu. Gordon gab ihm das Physikbuch von Rohault zu lesen, das damals sehr geschätzt war, aber der Hurone hatte so viel gesunden Menschenverstand, daß er darin nur Unwahrscheinliches fand.

Darauf las er den ersten Band von Malebranches »Suche nach der Wahrheit«, und diese neue Erkenntnis erleuchtete ihn. »Wie«, rief er, »unsere Einbildungskraft und unsere Sinne täuschen uns dermaßen! Was! Die Gegenstände formen unsere Vorstellungen, und wir können sie nicht selbst erwecken!« Als er den zweiten Band gelesen hatte, war er nicht mehr so befriedigt, und er schloß daraus, daß es leichter sei, zu zerstören, als aufzubauen.

Sein Gefährte war erstaunt, daß ein junger Nichtswisser derartige Überlegungen anzustellen vermochte, deren sonst nur erfahrene Leute fähig waren. Er bekam eine hohe Meinung von seinem Verstand und schloß sich ihm noch enger an.

»Es kommt mir so vor«, sagte eines Tages das Naturkind zu

ihm, »als ob Ihr Malebranche die eine Hälfte seines Buches mit seinem Verstand geschrieben hätte und die andere mit seiner Phantasie und seinen Vorurteilen!«

Einige Tage darauf fragte ihn Gordon: »Was denken Sie wohl von unserer Seele, von der Art und Weise, wie wir unsere Vorstellungen empfangen, von unserem Willen, von der Gnade und dem freien Handeln?« – »Nichts«, erwiderte ihm das Naturkind. »Würde ich darüber nachdenken, so wäre ich der Meinung, daß wir ebenso wie die Gestirne und die Elemente der Macht des höchsten Wesens unterstehen, daß es alles in uns bewirkt, daß wir die kleinen Räder an der großen Maschine sind, deren Seele es ist, und daß es nach allgemeinen Gesetzen und nicht aus besonderen Veranlassungen handelt. Das allein scheint mir verständlich, alles übrige ist für mich ein Abgrund der Finsternis.«

»Aber, mein Sohn, das hieße ja Gott zum Urheber der Sünde machen!« – »Und Ihre wirkende Gnade, mein Vater, macht sie nicht auch Gott zum Urheber der Sünde, denn sicherlich müssen alle diejenigen, denen diese Gnade versagt wird, sündigen. Und wer uns dem Bösen ausliefert, ist er nicht auch der Urheber des Bösen?«

Diese Naivität trieb den guten Mann sehr in die Enge. Er fühlte, daß er vergebliche Anstrengungen machte, um sich aus der Klemme zu ziehen, und er häufte so viele Worte aufeinander, die Sinn zu haben schienen, in Wirklichkeit jedoch keinen hatten (etwa in der Art der »physischen Willensbestimmung«), worauf das Naturkind Mitleid mit ihm hatte. Die Frage hing offenbar mit dem Ursprung von Gut und Böse zusammen, und so mußte der arme Gordon nacheinander die Büchse der Pandora, das von Ahriman durchbohrte Ei des Ormuzd, die Feindschaft zwischen Typhon und Osiris und schließlich noch die Erbsünde vorbringen; und dann tappten sie beide in dieser nächtlichen Finsternis umher, ohne sich zu finden. Aber schließlich lenkte dieser Seelenroman ihre Aufmerksamkeit von der Betrachtung ihres eigenen Elends ab, und durch einen seltsamen Zauber minderte die Fülle der über das Weltall ausgebreiteten Plagen das Gefühl ihrer eigenen Not: Wo alles litt, wagten sie nicht, sich zu beklagen.

In der Stille der Nacht jedoch verwischte das Bild der schönen Saint-Yves im Geiste ihres Anbeters alle metaphysischen und moralischen Gedanken. In Tränen gebadet, wachte er auf, und der alte Jansenist vergaß seine wirkende Gnade, den Abt von Saint-Cyran und Jansenius, um einen jungen Menschen zu trösten, den er in eine Todsünde verstrickt wähnte.

Außer ihrer Lektüre und ihren Betrachtungen sprachen sie noch von ihren Erlebnissen, und nachdem sie das ohne jeden Nutzen getan hatten, lasen sie wieder einzeln oder zusammen. Der Geist des jungen Mannes stärkte sich immer mehr. Hätte ihn Fräulein von Saint-Yves nicht abgelenkt, wäre er vor allem in der Mathematik sehr weit gekommen.

Er las auch Geschichte, aber sie stimmte ihn traurig; die Welt erschien ihm zu böse und zu elend. Die Geschichte ist in der Tat nichts anderes als ein Spiegel der Verbrechen und des Unglücks. Die unschuldige und friedfertige Menge verschwindet auf diesem riesigen Schauplatz stets, die handelnden Personen sind immer nur entartete Ehrgeizlinge. Es hat den Anschein, daß man an der Geschichte nur wie an einem Trauerspiel Gefallen finden kann, das aber langweilt, sobald es nicht von Leidenschaften, Missetaten und großen Verhängnissen belebt ist. Klio muß ebenso wie Melpomene mit dem Dolch bewaffnet sein.

Obwohl die Geschichte Frankreichs ebenso wie alle anderen von Greueln überhäuft ist, erschien sie ihm in ihren Anfängen so widerwärtig, in den mittleren Teilen so trocken und schließlich so unbedeutend, selbst zur Zeit Heinrichs IV., ferner aller großen Denkmäler bar und vollkommen unbeteiligt an den schönen Entdeckungen, die anderen Völkern zur Zierde gereichten. Er mußte gegen die Langeweile ankämpfen, um alle Einzelheiten der schweren, in einem Winkel der Welt zusammengedrängten Nöte zu Ende zu lesen.

Gordon dachte wie er. Die beiden lachten mitleidig, als von

Herrschern von Fezensac, Fezensaguet und Astarac die Rede war. Diese Studien hätten allenfalls ihren Erben etwas nützen können, wenn welche dagewesen wären. Die schönen Jahrhunderte der römischen Republik stimmten ihn für eine Weile gleichgültig gegen den übrigen Teil der Erde. Das Schauspiel des siegreichen Roms, das für die Völker Gesetze schuf, ließ sein ganzes Herz schwellen. Er glühte, wenn er an dieses Volk dachte, das siebenhundert Jahre lang von der Begeisterung für Freiheit und Ruhm geleitet war.

So vergingen Tage, Wochen und Monate; und hätte er nicht geliebt, so würde er sich an der Stätte der Verzweiflung glücklicht gefühlt haben.

Sein gutes Herz litt auch bei dem Gedanken an den Prior Unserer lieben Frau vom Berge und die liebevolle Kerkabon. »Was werden sie nur denken«, wiederholte er oft, »wenn sie keine Nachricht von mir bekommen? Sie werden mich für undankbar halten!« Dieser Gedanke quälte ihn, und er beklagte die, die ihn liebten, weit mehr als sich selbst.

ELFTES KAPITEL

Wie sich der Geist des Naturkindes entfaltet

Lektüre stärkt die Seele, und ein weiser Freund ist ein Trost für sie. Unser Gefangener erfreute sich dieser beiden Vorteile, von denen er früher nichts geahnt hatte. »Ich fühle mich versucht, an eine Metamorphose zu glauben«, sagte er, »denn ich habe mich aus einem Tier zu einem Menschen verwandelt.« Von einem Teil seines Geldes, über das er verfügen durfte, legte er sich eine auserlesene Bibliothek an. Sein Freund ermutigte ihn, seine Betrachtungen niederzuschreiben, und er schrieb folgendes über die Geschichte der Antike: »Ich stelle mir vor, daß die Völker lange so gewesen sind wie ich, daß sie sich erst spät gebildet und sich jahrhundertelang nur mit dem gegenwärtigen flüchtigen Augenblick, sehr wenig mit der Vergangenheit und niemals mit der Zukunft beschäftigt haben. Ich habe fünf- oder sechshundert Meilen in Kanada durchstreift und habe nicht ein einziges Denkmal gesehen. Niemand weiß etwas von dem, was sein Urgroßvater getrieben hat. Sollte dies nicht der natürliche Zustand des Menschen sein? Die Menschengattung dieses Erdteils hier scheint jeder anderen überlegen zu sein. Seit mehreren Jahrhunderten hat sie ihr Wesen durch Künste und Wissenschaften entwickelt. Sollte der Grund darin liegen, daß ihr ein Bart um das Kinn wächst und Gott den Amerikanern diesen Bart versagt hat? Ich glaube es nicht, denn ich sehe, daß es in China fast keine Bärte gibt und die Chinesen dennoch seit mehr als fünftausend Jahren die Künste pflegen. Wenn ihre Geschichte wirklich mehr als viertausend Jahre urkundlich zurückreicht, so müssen sie wohl vor mehr als fünfzig Jahrhunderten eine einheitliche und blühende Nation gewesen sein.

Vor allem fällt mir eins in der alten Geschichte Chinas auf, nämlich, daß fast alles glaubwürdig und natürlich ist; ich bewundere sie, weil nichts Wunderbares darin vorkommt. Warum haben sich alle anderen Völker einen fabelhaften Ursprung zugeschrieben? Die alten Chronisten der Geschichte Frankreichs, die übrigens nicht sehr alt sind, lassen die Franzosen von Frankus, einem Sohn Hektors, abstammen. Die Römer leiten sich von einem Phrygier ab, obgleich es in ihrer Sprache nicht ein einziges Wort gibt, das die geringste Verbindung mit der phrygischen Sprache aufweist. Die Götter sollen zehntausend Jahre in Ägypten gewohnt haben und die Teufel in Skythien, und dort haben diese die Hunnen gezeugt. Vor Thukydides finde ich nichts als Romane, die an ›Amadis‹ erinnern, aber viel weniger amüsant sind. Überall bestimmen Geistererscheinungen, Orakel, Wunder, Zaubereien, Verwandlungen und gedeutete Träume das Geschick der größten Reiche und der kleinsten Staaten: Hier finden wir sprechende Tiere, dort angebetete Tiere, in Menschen verwandelte Götter und in Götter verwandelte Menschen! Ja, wenn es uns schon nach Märchen verlangt, so sollten diese Märchen mindestens ein Sinnbild der Wahrheit sein. Ich liebe die Märchen der Philosophen, ich lache über die der Kinder, aber ich hasse die der Heuchler.«

Eines Tages fiel ihm die Geschichte des Kaisers Justinian in die Hände. Darin war zu lesen, daß die »gelehrten Brüder« von Konstantinopel in schlechtem Griechisch ein Edikt gegen den größten Feldherrn des Jahrhunderts erlassen hatten, weil dieser Held in der Hitze eines Gespräches die folgenden Worte gesprochen hatte: »Die Wahrheit erstrahlt in ihrem eigenen Glanz, und man kann die Geister nicht durch die Flammen der Scheiterhaufen erleuchten.« Die Fanatiker behaupteten, dieser Satz sei Ketzerei und der entgegengesetzte Grundsatz sei katholisch, allgemein gültig und griechisch. Nur durch die Flamme der Scheiterhaufen werden die Geister erleuchtet, und die Wahrheit kann niemals in ihrem eigenen Glanze erstrahlen. So verurteilten diese Linnenträger verschiedene Reden des Feldherrn und erließen ein Edikt gegen ihn.

»Wie«, rief das Naturkind, »diese Leute da erließen Edikte!« – »Das waren keine Edikte, es waren Gegen-Edikte, über die sich jedermann in Konstantinopel und allen voran der Kaiser lustig machte. Er war ein weiser Fürst, der die linnentragenden Ignoranten so in ihre Schranken zu weisen verstand, daß sie nur noch Gutes tun konnten, denn er wußte, daß diese Herren und noch einige andere Pfaffen bei weit ernsteren Angelegenheiten die Geduld der Kaiser, seiner Vorgänger, hart auf die Probe gestellt hatten!« – »Er hat gut daran getan«, meinte das Naturkind, »man muß die Pfaffen stützen und stutzen.«

Er legte noch viele andere Betrachtungen schriftlich nieder, die den alten Gordon verblüfften. »Wie?« sagte er zu sich selber. »Ich habe fünfzig Jahre gebraucht, um mich zu bilden, und doch fürchte ich, daß ich den gesunden Sinn dieses Menschen, der fast ein wildes Kind ist, nicht erreiche! Ich zittre bei dem Gedanken, daß ich mit allem Fleiß Vorurteile in mir gefestigt habe, er dagegen hört allein auf die schlichte Natur!«

Der gute Mann besaß einige von den kritischen Büchern, den periodischen Broschüren, in denen Menschen, die unfähig sind, etwas hervorzubringen, die Werke anderer verunglimpfen, in denen ein Visé einen Racine und ein Faydit einen Fénelon beschimpft. Das Naturkind sah sich einige dieser Bücher an. »Sie kommen mir wie ein Fliegengeschmeiß vor«, sagte er, »das seine Eier in den Hintern der schönsten Pferde legt, was diese jedoch nicht am Laufen hindert!« Die beiden Philosophen würdigten diese Exkremente der Literatur kaum eines Blickes.

Darauf lasen sie zusammen die Grundlagen der Astronomie. Das Naturkind ließ eine Himmelskugel herbeischaffen, und dieses große Schauspiel entzückte ihn. »Wie hart ist es«, sagte er, »daß ich erst jetzt den Himmel kennenlerne, da man mich des Rechtes beraubt hat, ihn zu betrachten! Jupiter und Saturn rollen durch diesen ungeheuren Raum, Millionen von Sonnen erleuchten Milliarden von Welten, und in einem Winkel der Erde, auf der ich geboren bin, finden sich Wesen, die mich, ein denkendes und sehendes Geschöpf, all dieser Welten, die mein Blick erreichen könnte, und dieser Erde, auf der mich Gott entstehen ließ, grausam berauben! Das Licht, das für das ganze Universum geschaffen wurde, ist für mich verloren! Unter dem nördlichen Himmel, unter dem ich meine Kindheit und meine Jugend verbracht habe, hat man es mir nicht entdeckt! Ohne Sie, mein lieber Gordon, wäre ich hier zu einem Nichts geworden.«

ZWÖLFTES KAPITEL

Was das Naturkind über Theaterstücke denkt

Das junge Naturkind glich einem jener starken Bäume, die einem unfruchtbaren Boden entsprießen und in kurzer Zeit ihre Wurzeln und Zweige ausbreiten, sobald sie auf einen günstigen Boden verpflanzt werden; und es war recht ungewöhnlich, daß nun ein Gefängnis diesen Boden abgab.

Unter den Büchern, die die Muße der beiden Gefangenen ausfüllte, befanden sich Dichtungen, Übersetzungen griechischer Tragödien und verschiedene französische Theaterstücke.

Die Verse, die von Liebe handelten, erfüllten die Seele des Naturkindes mit Freude und Schmerz zugleich, denn alle sprachen ihm von seiner treuen Saint-Yves. Die Fabel von den beiden Tauben zerriß ihm das Herz: Er war weit davon entfernt, in seinen Taubenschlag zurückzukehren.

Molière entzückte ihn. Durch ihn lernte er die Sitten der Pariser und des Menschengeschlechtes kennen. »Welches seiner Lustspiele haben Sie am liebsten?« – »Den ›Tartüff‹ natürlich.« – »Ich bin ganz Ihrer Meinung«, sagte Gordon, »ein Tartüff hat mich in diesen Kerker gestoßen, und vielleicht sind auch an Ihrem Unglück nur die Tartüffs schuld.«

»Wie finden Sie diese griechischen Tragödien?« – »Gut für Griechen«, erwiderte das Naturkind. Als er jedoch die moderne ›Iphigenie‹, ›Phädra‹, ›Andromache‹ und ›Athalia‹ las, geriet er in helle Begeisterung. Er seufzte, vergoß Tränen und konnte sie bald auswendig, ohne daß er beabsichtigt hätte, sie zu lernen.

»Lesen Sie doch ›Rhodogune‹«, sagte Gordon zu ihm, »man hält es für das Meisterwerk der Bühne, und im Vergleich damit sind alle anderen Theaterstücke, die Ihnen so viel Freude gemacht haben, nicht viel wert.« Schon nach der ersten Seite sagte der junge Mann: »Das ist nicht von demselben Verfasser!« – »Woran merken Sie das?« »Ich kann es noch nicht sagen, aber diese Verse hier sprechen weder zu meinem Herzen noch zu meinen Ohren.« – »Oh, die Verse haben nichts zu sagen!« entgegnete Gordon. »Warum denn aber welche machen?« erwiderte ihm das Naturkind.

Nachdem er das Stück nur in der Absicht, sich zu ergötzen, aufmerksam zu Ende gelesen hatte, blickte er seinen Freund mit verwunderten, trockenen Augen an und wußte nicht, was er sagen sollte. Als er dann aber gedrängt wurde, über seine Eindrücke zu berichten, antwortete er schließlich: »Den Anfang habe ich kaum verstanden, die Mitte des Stückes hat mich abgestoßen, nur die letzte Szene hat mich sehr ergriffen, obwohl sie mir recht unwahrscheinlich vorkommt. Keine der

Personen hat mein Interesse geweckt, und nicht einmal ein Dutzend Verse kann ich hersagen, obwohl ich doch sonst alle behalte, die mir gefallen.«

»Trotzdem gilt dieses Stück für das beste, was wir haben.« – »Wenn dem so ist«, erwiderte das Naturkind, »so steht es vielleicht darum wie um viele Leute, die ihre Stellung nicht verdienen. Schließlich ist das ja aber eine Frage des Geschmackes. Mein Geschmack ist vielleicht noch nicht ausgereift, ich mag mich irren. Sie wissen doch, daß ich gewohnt bin, zu sagen, was ich denke, oder vielmehr, was ich fühle. Ich vermute, daß in den Urteilen der Menschen nur zu oft Täuschung, Mode und Laune mitsprechen. Ich aber habe der Natur gemäß gesprochen. Es kann sein, daß bei mir die Natur noch recht unvollkommen ist, es kann aber auch sein, daß die meisten Menschen die Natur nur allzu wenig befragen.« Darauf trug er Verse aus der ›Iphigenie‹ vor, von denen er sehr viel wußte, und obwohl er sie nicht gut vortrug, legte er so viel Natürlichkeit und Inbrunst hinein, daß er den alten Jansenisten zu Tränen rührte. Darauf las er ›Cinna‹. Er weinte nicht dabei, aber er war voller Bewunderung.

DREIZEHNTES KAPITEL
Die schöne Saint-Yves begibt sich nach Versailles

Während unser Unglücksmensch mehr Erleuchtung als Trost genoß und sein so lange unterdrückter Geist sich mit so viel Hast und Kraft entfaltete, während die Natur, die sich in ihm vervollkommnete, ihn an den Unbilden des Schicksals rächte – was geschah inzwischen mit dem Herrn Prior, seiner guten Schwester und der schönen Klausnerin Saint-Yves? Im ersten Monat waren sie beunruhigt und im dritten in heller Verzweiflung: Falsche Vermutungen, schlechtbegründete Gerüchte erweckten Angst und Besorgnis, und nach Verlauf von sechs Monaten hielt man ihn für tot. Endlich erfuhren Herr und Fräulein von Kerkabon in einem veralteten Briefe, den ein königlicher Leibgardist in die Bretagne geschickt hatte, daß ein junger Mann, der dem Naturkind glich, eines Abends in Versailles angekommen, in derselben Nacht aber noch verhaftet worden war und daß man seitdem von ihm nichts mehr gehört hätte.

»O weh!« rief Fräulein von Kerkabon. »Unser Neffe hat sicher eine Dummheit begangen und hat sich dadurch Unannehmlichkeiten aufgebürdet. Er ist jung und ein Niederbretone, er weiß nicht, wie man sich bei Hofe zu benehmen hat. Lieber Bruder, ich bin noch niemals in Versailles oder in Paris gewesen, und jetzt bietet sich dafür eine gute Gelegenheit! Vielleicht würden wir dann unseren armen Neffen wiederfinden. Er ist ja der Sohn unseres Bruders, also ist es unsere Pflicht, ihm beizustehen. Wer weiß, ob wir ihn nicht doch noch zum Subdiakon machen können, wenn seine jugendliche Tollheit verrauscht ist! Er hatte doch so viel Begabung für die Wissenschaften. Erinnerst du dich noch, wie er über das Alte und das Neue Testament philosophierte? Wir sind für seine Seele verantwortlich, wir haben ihn ja getauft. Seine liebe Braut, die Saint-Yves, weint vom Morgen bis zum Abend. Wir müssen wirklich nach Paris fahren, und wenn er in einem der verruchten Freudenhäuser steckt, von denen man uns so viel erzählt hat, werden wir ihn dort herausholen!« Der Prior war von den Worten seiner Schwester gerührt. Er suchte den Bischof von Saint-Malo auf, der den Huronen getauft hatte, und er bat ihn um Unterstützung und Ratschläge. Der Prälat billigte die Reise und gab dem Prior Empfehlungsschreiben an den Pater de La Chaise, den Beichtvater des Königs, der das höchste Ansehen im Reiche genoß, und ferner an Harlay, den Erzbischof von Paris, und an Bossuet, den Bischof von Meaux.

Schließlich reisten Bruder und Schwester ab. Als sie jedoch in Paris angekommen waren, fühlten sie sich wie verirrt in einem ungeheuren Labyrinth, wo es weder Leitfaden noch Ausgang gab. Ihre Mittel waren beschränkt, und doch mußten sie für ihre Entdeckungsreisen täglich einen Wagen nehmen, aber sie entdeckten nichts!

Der Prior begab sich zu dem hochwürdigen Pater de La Chaise, aber dieser war gerade mit Fräulein von Tron zusammen und konnte daher keinen Prior empfangen. Darauf klopfte er an die Tür des Erzbischofs. Der Kirchenfürst hatte sich gerade, um über Kirchenangelegenheiten zu verhandeln, mit der schönen Frau von Lesdiguières zusammen eingeschlossen. Der Prior eilte nun in das Landhaus des Bischofs von Meaux, aber dieser untersuchte eben mit Fräulein von Mauléon die »Mystische Liebe« der Madame Guyon. Schließlich gelang es ihm doch, sich bei diesen beiden Kirchenfürsten Gehör zu verschaffen, aber beide versicherten ihm, sie könnten sich mit den Angelegenheiten seines Neffen nicht befassen, wenn er nicht Subdiakon sei.

Endlich bekam er auch den Jesuiten zu Gesicht. Dieser empfing ihn mit offenen Armen, versicherte ihm, er habe stets eine ganz besondere Hochachtung für ihn gehegt, obwohl er ihn persönlich gar nicht gekannt hatte. Er beteuerte, die Gesellschaft Jesu sei den Niederbretonen stets besonders gewogen gewesen. »Aber«, fügte er hinzu, »sollte Ihr Neffe nicht das Unglück haben, Hugenotte zu sein?« – »Nein, gewiß nicht, hochwürdiger Vater.« – »Ist er vielleicht Jansenist?« – »Ich kann Euer Hochwürden versichern, daß er noch kaum ein Christ ist, wir haben ihn erst vor ungefähr elf Monaten getauft.« – »Ausgezeichnet, ausgezeichnet, wir wollen uns seiner annehmen. Ist Ihre Pfründe groß?« – »Nein, durchaus nicht, und unser Neffe kostet uns viel.« – »Gibt es denn unter Ihren Nachbarn Jansenisten? Nehmen Sie sich nur in acht, lieber Herr Prior, die sind noch viel gefährlicher als die Hugenotten und die Atheisten.« – »Hochwürdiger Vater, bei uns gibt es gar keine. In Unserer lieben Frau vom Berge weiß man nicht einmal, was Jansenismus ist!« – »Um so besser! Seien Sie jedenfalls versichert, daß ich alles für Sie tun werde.« Er verabschiedete den Prior aufs herzlichste und dachte an die ganze Sache nicht weiter.

Die Zeit verstrich, und der Prior und seine gute Schwester verzweifelten.

Unterdessen drängte der vermaledeite Amtmann zur Heirat seines großen Tölpels von Sohn mit der schönen Saint-Yves, die man eigens dazu aus dem Kloster geholt hatte. Sie liebte ihr teures Patenkind immer noch so sehr, wie sie den Mann, den man ihr aufdrängen wollte, verabscheute. Der Schimpf, daß man sie in ein Kloster gesteckt hatte, steigerte ihre Leidenschaft, und der Befehl, den Sohn eines Amtmanns zu heiraten, ließ das Maß überlaufen: Reue, Zärtlichkeit und Angst zerwühlten ihre Seele. Die Liebe eines jungen Mädchens ist bekanntlich weit erfinderischer und kühner als die Zuneigung eines alten Priors und einer Tante von über fünfundvierzig Jahren. Außerdem hatte sich Fräulein von Saint-Yves durch die Romane, die sie in ihrem Kloster heimlich gelesen hatte, weitergebildet.

Die schöne Saint-Yves erinnerte sich des Briefes, den ein Leibgardist in die Niederbretagne geschrieben hatte und von dem in der ganzen Provinz gesprochen wurde. Sie beschloß, in Versailles persönlich Erkundigungen einzuziehen, sich den Ministern zu Füßen zu werfen, falls ihr Bräutigam wirklich, wie man sagte, im Gefängnis war, um für ihn Gerechtigkeit zu erwirken. Ich weiß nicht, was sie im geheimen ahnen ließ, daß man bei Hofe einem hübschen Mädchen nichts verweigert, aber sie ahnte nicht, um welchen Preis es geschah.

Sobald sie ihren Entschluß gefaßt hatte, war sie getröstet und ganz ruhig, und sie wies ihren tölpelhaften Werber nicht mehr zurück. Sie empfing den abscheulichen Schwiegervater, umschmeichelte ihren Bruder und verbreitete im ganzen Hause Fröhlichkeit. Dann aber ging sie an dem für die Trauung bestimmten Tage um vier Uhr früh heimlich auf und davon mit all den kleinen Hochzeitsgeschenken und allem, was sie sonst noch hatte zusammenbringen können. Sie hatte ihre Maßnahmen so gut getroffen, daß sie schon mehr als zehn Meilen entfernt war, als man gegen Mittag ihr Zimmer betrat. Die Überraschung und Bestürzung war groß. Der fragesüchtige Amtmann stellte an diesem Tage mehr Fragen als sonst in einer ganzen Woche, und der Bräutigam machte ein noch dümmeres Gesicht als sonst. Der Abt von Saint-Yves faßte zornig den Entschluß, seiner Schwester nachzufahren, und der Amtmann und sein Sohn wollten ihn durchaus begleiten. So führte das Schicksal fast den ganzen Bezirk der Niederbretagne nach Paris.

Die schöne Saint-Yves ahnte wohl, daß man sie verfolgen würde. Sie war zu Pferde und fragte unterwegs geschickt die Eilboten aus, ob sie auf dem Wege nach Paris nicht einen dicken Abt, einen Riesenkerl von Amtmann und einen jungen Lümmel getroffen hätten. Als sie am dritten Tage erfuhr, daß diese drei nicht mehr weit hinter ihr zurück seien, schlug sie einen anderen Weg ein und hatte genug Geschick und Glück, nach Versailles zu gelangen, während man sie vergebens in Paris suchte.

Was sollte sie jedoch, jung, schön, ohne Schutz und ohne Schirm, unbekannt und jeder Gefahr ausgesetzt, in Versailles anfangen? Wie sollte sie es wagen, dort nach einem Leibgardisten zu suchen? Sie kam auf den Gedanken, sich an irgendeinen Jesuiten niederen Ranges zu wenden, denn es gab welche für alle Lebensverhältnisse, so wie Gott, wie sie sagten, den verschiedenen Tiergattungen verschiedene Nahrung gegeben hatte. Er hatte auch dem König seinen Beichtvater verliehen, den alle Pfründenaspiranten »das Haupt der gallikanischen Kirche« nannten, darauf folgten die Beichtväter der Prinzessinnen; die Minister hatten keine, so dumm waren sie nicht. Es gab noch Jesuiten für den Hofstaat und besonders für die Kammerzofen, durch die man die Geheimnisse der Mätressen erfuhr, und das ist ja kein kleines Amt. Die schöne Saint-Yves wandte sich an einen dieser Jesuiten, den Pater Tout-à-tous. Sie beichtete ihm, erzählte ihm ihre Erlebnisse, ihre Lage, die Gefahr, in der sie schwebte, und beschwor ihn, sie bei irgendeiner guten frommen Frau unterzubringen, wo sie vor allen Verführungen geschützt sei. Pater Tout-à-tous brachte sie zu der Frau eines Offiziers am Proviantamt, einem seiner vertrautesten Beichtkinder. Sobald sie dort war, bemühte sie sich, das Vertrauen und die Freundschaft dieser Frau zu gewinnen. Sie erkundigte sich nach dem bretonischen Gardisten und ließ ihn zu sich bitten. Als sie von ihm erfuhr, daß ihr Geliebter verhaftet worden war, nachdem er mit einem höheren Beamten gesprochen hatte, eilte sie zu diesem hin. Der Anblick einer schönen Frau stimmte ihn milde, denn man muß zugeben, daß Gott die Frauen einzig und allein dazu geschaffen hat, die Männer zu zähmen.

Der gerührte Federfuchser gestand ihr alles. »Ihr Geliebter sitzt seit fast einem Jahr in der Bastille, und ohne Sie würde er vielleicht sein ganzes Leben dort bleiben.« Die zarte Saint-Yves fiel in Ohnmacht. Als sie wieder zu sich gekommen war, sagte der Federfuchser zu ihr: »Es steht nicht in meiner Macht, Gutes zu vollbringen, alles, was ich vermag, ist, hier und da Böses zu tun. Vertrauen Sie mir jedoch und gehen Sie zu Herrn de Saint-Pouange, dem Vetter und Günstling des Herrn de Louvois: der kann Gutes und Böses tun. Dieser Minister hat zwei Seelen: Herr de Saint-Pouange ist die eine und Frau du Fresnoi die andere; sie ist aber jetzt nicht in Versailles, und es bleibt Ihnen also nichts anderes übrig, als die Gunst des Mannes, den ich Ihnen angegeben habe, zu gewinnen.«

Während die schöne Saint-Yves zwischen leiser Freude und heftigem Schmerz hin und her schwankte, zwischen geringen Hoffnungen und traurigen Befürchtungen, während ihr Bruder sie verfolgte und sie ihren Geliebten anbetete, ihre Tränen trocknete und immer wieder neu vergoß, eilte sie, zitternd, geschwächt und neuen Mut schöpfend, zu Herrn de Saint-Pouange.

VIERZEHNTES KAPITEL
Geistige Fortschritte des Naturkindes

Das Naturkind machte schnelle Fortschritte in den Wissenschaften, vor allem in der Anthropologie. Der Grund dieser schnellen geistigen Entwicklung war fast ebensosehr in seiner Wilden-Erziehung wie im Wesen seiner Seele zu suchen, denn da er in seiner Kindheit nichts gelernt hatte, faßte er auch keinerlei Vorurteile. Sein Auffassungsvermögen, das nicht durch Irrtum zu leiden hatte, war in seiner ganzen Geradheit geblieben. Er sah die Dinge, wie sie sind, während die Vorstellungen, die man uns in unserer Kindheit einprägt, uns zwingen, sie unser Leben lang so zu sehen, wie sie nicht sind. »Ihre Verfolger sind abscheulich«, sagte er zu seinem Freunde Gordon, »ich bedaure Sie, weil Sie verfolgt werden, aber auch darum, daß Sie Jansenist sind. Jede Sekte erscheint mir als Tummelplatz von Irrtümern. Sagen Sie mir doch, ob es in der Geometrie Sekten gibt?« – »Nein, mein liebes Kind«, antwortete ihm seufzend der gute Gordon, »über erwiesene Wahrheiten sind sich alle Menschen einig, aber über düstere Wahrheiten sind die Meinungen geteilt.« – »Sagen Sie lieber: düstere Falschheiten. Wenn es in ihrem Haufen von Argumenten, die man seit so vielen Jahrhunderten zusammenträgt, eine einzige Wahrheit gegeben hätte, würde man sie zweifellos entdeckt haben, und die Welt wäre sich wenigstens über diesen einen Punkt einig. Wäre diese Wahrheit so notwendig, wie es die Sonne für die Erde ist, so wäre sie ebenso leuchtend wie sie. Es ist eine Absurdität, eine Beleidigung des menschlichen Geschlechtes, ein frevelhafter Angriff gegen das höchste und ewige Wesen, wenn man sagt: ›Es gibt eine für den Menschen notwendige Wahrheit, die Gott verborgen hat.‹«

Alles, was dieser junge, allein durch die Natur unterrichtete Ignorant vorbrachte, machte auf den Geist des greisen, unglücklichen Gelehrten einen tiefen Eindruck. »Sollte es am Ende wahr sein«, rief er, »daß ich mich um der Hirngespinste willen ins Unglück gestürzt habe? Ich bin von meinem Unglück weit mehr überzeugt als von der wirksamen Gnade. Ich habe meine Tage damit vertan, daß ich über die Freiheit Gottes und des Menschengeschlechtes philosophierte, und dadurch habe ich meine eigene eingebüßt. Weder der heilige Augustinus noch der heilige Prosper werden mich aus dem Abgrunde erretten, in den ich gefallen bin.«

Seiner Wesensart entsprechend äußerte sich schließlich das Naturkind: »Darf ich Ihnen in kühner Offenheit meine Meinung sagen? Alle, die sich wegen dieser unnützen Streitigkeiten irgendwelchen Verfolgungen aussetzen, halte ich für nicht besonders weise; aber die, die uns verfolgen, halte ich für Ungeheuer.«

Die beiden Eingekerkerten waren über die Ungerechtigkeit ihrer Gefangenschaft ganz der gleichen Meinung. »Ich bin ja hundertmal mehr zu bedauern als Sie«, sagte das Naturkind, »ich bin frei geboren wie die Luft. Ich hatte zweierlei im Leben; die Freiheit und meine Geliebte, und man nahm sie mir. Wir beide sind nun eingekerkert, ohne den Grund davon zu wissen und ohne uns danach erkundigen zu können. Ich habe zwanzig Jahre als Hurone gelebt. Man behauptet, dies seien Barbaren, weil sie sich an ihren Feinden rächen; niemals unterdrücken sie jedoch ihre Freunde. Als ich meinen Fuß auf Frankreichs Boden gesetzt hatte, opferte ich gleich für dieses Land mein Blut. Vielleicht habe ich eine ganze Provinz gerettet, und zur Belohnung sperrt man mich in diesen Sarg der Lebenden ein, in dem ich ohne Sie vor Wut vergangen wäre. Gibt es denn in diesem Lande keine Gesetze? Man verurteilt die Menschen, ohne sie auch nur anzuhören? In England ist es anders. Ach, ich hätte niemals gegen Engländer kämpfen sollen.« So vermochte seine keimende Philosophie die in ihrem elementarsten Recht vergewaltigte Natur nicht zu bändigen und ließ seinem gerechten Zorn freien Lauf.

Sein Gefährte widersprach ihm nicht. Trennung steigert unbefriedigte Liebe stets, und die Philosophie kann sie nicht vermindern. Er sprach ebensooft von seiner lieben Saint-Yves wie über Moral und Metaphysik. Je mehr seine Gefühle sich läuterten, desto mehr liebte er. Er las verschiedene neue Romane, fand aber wenige darunter, die ihm den Zustand seiner eigenen Seele geschildert hätten. Er fühlte, daß sein Herz stets weit über das Gelesene hinausflog. »Ach«, rief er, »alle diese Verfasser verfügen nur über Geist und Kunst.« Schließlich wurde der gute Jansenistenpriester unmerklich der Vertraute seiner Liebesangelegenheiten. Gordon hatte bis dahin die Liebe nur als Sünde gekannt, deren man sich in der Beichte beschuldigt. Nun lernte er sie als ein edles, zartes Gefühl kennen, das die Seele erheben und erniedrigen kann und zuweilen sogar Tugenden in ihr weckt. Das größte Wunder war schließlich: ein Hurone bekehrte einen Jansenisten.

FÜNFZEHNTES KAPITEL

Die schöne Saint-Yves widersteht bedenklichen Anträgen

Die schöne Saint-Yves, die noch zärtlicher war als ihr Geliebter, begab sich in Begleitung ihrer Freundin, bei der sie wohnte, zu Herrn von Saint-Pouange. Beide Frauen hatten sich den Kopf verhüllt. Der erste, den Fräulein von Saint-Yves an der Tür erblickte, war ihr Bruder, der Abt von Saint-Yves, der aus dem Zimmer herauskam. Sie bekam einen Schreck, aber die fromme Freundin beruhigte sie: »Gerade, weil man gegen Sie gesprochen hat, ist es nötig, daß auch Sie jetzt sprechen. Glauben Sie mir, hierzulande haben die Ankläger stets recht, wenn man sich nicht beeilt, ihnen entgegenzutreten. Außerdem müßte ich mich sehr irren, wenn Ihre Gegenwart nicht eine weit größere Wirkung hätte als die Worte Ihres Bruders.«

Sobald man eine leidenschaftlich Verliebte nur ein wenig ermutigt, wird sie wagelustig. Fräulein von Saint-Yves bat um Einlaß. Ihre Jugend, ihre Reize, ihre zärtlichen, von Tränen verschleierten Augen zogen aller Blicke an. Jeder Speichellecker des Unterministers vergaß für einen Augenblick den Götzen Macht, um die Göttin Schönheit zu betrachten. Saint-Pouange ließ sie in sein Zimmer führen. Sie sprach voller Ergriffenheit und Anmut, Saint-Pouange fühlte sich gerührt. Sie zitterte, und er beruhigte sie. »Kommen Sie heute abend wieder«, sagte er zu ihr, »Ihre Angelegenheit muß mit Überlegung und in Ruhe besprochen werden. Jetzt sind zu viel Leute hier, und die Audienzen müssen zu rasch erledigt werden. Ich muß aber alles, was Sie betrifft, gründlich mit Ihnen sprechen.« Dann machte er ihr Komplimente über ihre Schönheit und ihre Gefühle und bat sie, um sieben Uhr abends wiederzukommen.

Sie kam pünktlich. Die fromme Freundin begleitete sie wieder, aber sie blieb im Salon und las den ›Christlichen Erzieher‹, während Saint-Pouange und die schöne Saint-Yves sich in einem Hinterzimmer aufhielten. »Würden Sie es mir glauben, mein Fräulein«, sagte er zunächst, »daß Ihr Bruder bei mir war, um gegen Sie einen geheimen Haftbefehl zu erwirken? Allerdings würde ich wohl weit eher einen Befehl erlassen, ihn in die Niederbretagne zurückzuschicken.« – »Ach, mein Herr, in Ihren Kanzleien scheint man mit Haftbefehlen sehr freigebig zu sein, denn man kommt aus den entlegensten Winkeln des Reiches, um sich darum wie um eine Pension zu bewerben. Ich denke gar nicht daran, einen Haftbefehl gegen meinen Bruder anzufordern. Ich könnte mich sehr über ihn beschweren, aber ich respektiere die Freiheit der Menschen, und so erbitte ich die Freilassung eines Mannes, den ich heiraten will, eines Mannes, dem der König die Erhaltung einer Provinz zu danken hat, eines Mannes, der ihm sehr nützlich dienen könnte und der überdies der Sohn eines im Dienst gefallenen Offiziers ist. Welche Anklage wird gegen ihn erhoben? Und wie konnte man ihn so grausam behandeln, ohne ihn anzuhören?«

Daraufhin zeigte ihr der Unterminister den Brief des Jesuiten-Spions und auch das Schreiben des hinterlistigen Amtmannes. »Wie! Solche Ungeheuer gibt es auf Erden! Und auf diese Art will man mich zwingen, den lächerlichen Sohn eines lächerlichen und boshaften Menschen zu heiraten? Und auf solche Nachrichten hin wird hier über das Schicksal der Bürger entschieden?« Sie warf sich auf die Knie und bat schluchzend um die Freilassung des braven Mannes, den sie liebte. Ihre Reize offenbarten sich in diesem Zustand am verführerischsten. Sie war so schön, daß Saint-Pouange, der alle Scham verlor, ihr erklärte, er würde ihre Bitte erfüllen, wenn sie vorher die erste Blüte dessen, was sie für ihren Geliebten bewahrte, ihm schenkte. Die schöne Saint-Yves war entsetzt und verwirrt und tat lange so, als ob sie ihn nicht verstände. Er mußte sich also deutlicher ausdrücken. Den anfangs zurückhaltend vorgebrachten Worten folgten deutlichere und diesen noch weit eindeutigere. Der Unterminister stellte nicht nur die Aufhebung des Haftbefehls in Aussicht, sondern auch Belohnung, Geld, Ehre und Versorgung, und je mehr er versprach, desto mehr steigerte sich bei ihm der Wunsch, nicht abgewiesen zu werden.

Die schöne Saint-Yves, die halb auf dem Sofa lag, weinte und erstickte beinahe an ihren Tränen. Sie traute kaum ihren Augen und Ohren. Nun warf sich Saint-Pouange vor ihr auf die Knie. Er war nicht ohne Reiz und hätte wohl ein weniger voreingenommenes Herz nicht abgeschreckt, aber Fräulein von Saint-Yves betete ihren Geliebten an und hielt es für ein entsetzliches Verbrechen, ihn zu verraten, um ihm zu nützen. Saint-Pouange verdoppelte seine Bitten und seine Versprechen, schließlich verlor er dermaßen den Kopf, daß er ihr erklärte, dies sei das einzige Mittel für sie, den Mann, an dem sie so zärtlich und ungestüm hing, aus dem Gefängnis zu befreien. Die sonderbare Unterhaltung zog sich immer mehr in die Länge. Die fromme Dame, die im Vorzimmer noch immer an ihrem ›Christlichen Erzieher‹ las, sagte zu sich selbst: »Mein Gott, was mögen sie nur seit zwei Stunden tun? Noch niemals hat Herr von Saint-Pouange eine so lange Audienz erteilt. Er hat wohl diesem armen Mädchen alles abgeschlagen, und sie bittet ihn immer noch.« Endlich kam ihre Gefährtin aus dem Hinterzimmer. Sie war ganz verwirrt, brachte kein Wort hervor und war in tiefe Gedanken versunken über den Charakter der Großen und Halbgroßen, die so leichtfertig die Freiheit der Männer und die Ehre der Frauen opfern.

Auf dem ganzen Wege sprach sie kein Wort. Als sie jedoch im Hause der Freundin waren, ging sie aus sich heraus und erzählte ihr alles. Die fromme Dame bekreuzigte sich mehrmals und sagte: »Liebe Freundin, Sie müssen morgen sofort den Pater Tout-à-tous, unseren Beichtvater, um Rat fragen. Er hat großen Einfluß auf Herrn von Saint-Pouange, denn er nimmt mehreren seiner Hausangestellten die Beichte ab. Er ist ein gottesfürchtiger und gefälliger Mann, der auch vielen Damen der Gesellschaft mit Rat zur Seite steht. Überlassen Sie sich ihm ganz, ich tue es auch und bin noch immer gut dabei gefahren. Wir armen Frauen bedürfen stets der Führung eines Mannes.« – »Das ist mir recht, meine liebe Freundin, ich will morgen den Pater Tout-à-tous aufsuchen.«

SECHZEHNTES KAPITEL

Fräulein von Saint-Yves befragt einen Jesuiten um Rat

Als die schöne und verzweifelte Saint-Yves bei ihrem guten Beichtvater war, vertraute sie ihm an, daß ein machtvoller und wollüstiger Mann ihr versprochen habe, denjenigen, dem sie gesetzlich angetraut werden sollte, aus dem Gefängnis zu befreien, aber er habe für diesen Dienst einen großen Preis gefordert. Gegen eine solche Untreue hege sie eine entsetzliche Abscheu und würde, wenn es sich um ihr eigenes Leben handelte, es lieber opfern, als einer solchen Versuchung zu unterliegen.

»Was ist das für ein fürchterlicher Sünder!« rief der Pater Tout-à-tous. Sie müssen mir auf jeden Fall den Namen dieses schändlichen Menschen nennen. Sicherlich ist es ein Jansenist, und ich werde ihn bei Seiner Hochwürden, dem Pater de La Chaise, anzeigen, und der wird ihn in den Kerker werfen, in dem jetzt Ihr zukünftiger Ehegatte schmachtet.«

Nach langer Verwirrung und großer Verlegenheit nannte ihm das arme Mädchen schließlich Saint-Pouange.

»Seine Gnaden, der Herr von Saint-Pouange!« rief der Jesuit. »Oh, mein Kind, das ist etwas ganz anderes. Er ist der Vetter des größten Ministers, den wir je gehabt haben. Ein wohlmeinender Mann, der Beschützer jeder guten Sache, ein guter

Christ. Eine solche Absicht kann er nicht haben, Sie haben ihn sicher falsch verstanden.« – »Aber, mein Vater, ich habe ihn nur zu gut verstanden. Was ich auch immer tue, ich bin verloren. Mir bleibt nur die Wahl zwischen Unglück und Schande. Mein Geliebter muß entweder lebendig begraben bleiben, oder ich werde des Lebens unwürdig. Ich kann ihn nicht zugrunde gehen lassen und kann ihn nicht retten!«

Der Pater Tout-à-tous versuchte, sie durch sanfte Worte zu beschwichtigen:

»Erstens, meine Tochter, sagen Sie niemals mein ›Geliebter‹; es liegt etwas Weltliches darin, das Gott beleidigen könnte. Sagen Sie lieber ›mein Gatte‹; er ist es zwar noch nicht, aber Sie betrachten ihn als Ihren Gatten, und das ist durchaus ehrenwert.

Zweitens ist er doch nur in Gedanken Ihr Gatte, in der Hoffnung, aber noch nicht in Wirklichkeit. So würden Sie also auch keinen Ehebruch begehen, was ja eine ungeheuerliche Sünde ist, die man stets soviel wie möglich vermeiden soll.

Drittens sind Handlungen, deren Beweggründe rein sind, keine Sünde; und nichts ist reiner als Ihr Wunsch, Ihren Gatten zu befreien.

Viertens haben Sie im frommen Altertum Beispiele, die Ihrem Handeln wunderbar als Richtschnur dienen können. Der heilige Augustinus berichtet, daß unter dem Prokonsulat des Septimius Acyndinus, im Jahre des Heils 340, ein armer Mann lebte, der dem Kaiser nicht geben konnte, was des Kaisers war, und der, ganz mit Recht, zum Tode verurteilt wurde trotz des Grundsatzes: ›Wo nichts ist, hat der Kaiser sein Recht verloren!‹ Es handelte sich um ein Pfund Gold. Der Verurteilte hatte aber eine Frau, der Gott Schönheit und Klugheit verliehen hatte. Ein alter, reicher Kauz versprach der Dame ein Pfund Gold und sogar mehr, falls sie mit ihm die unreine Sünde begehen würde. Die Dame glaubte nichts Böses zu tun, wenn sie ihrem Mann das Leben rettete. Der heilige Augustinus billigte ihre großmütige Selbstüberwindung sehr. Freilich hat sie der alte, reiche Kauz betrogen, und vielleicht ist ihr Gatte nichtsdestoweniger gehängt worden, aber sie hatte alles, was in ihrer Macht stand, getan, um ihm das Leben zu retten.

Sie können sicher sein, meine Tochter, daß, wenn ein Jesuit Ihnen den heiligen Augustinus anführt, dieser Heilige dann auch vollkommen recht haben muß. Ich rate Ihnen zu nichts. Sie sind selbst verständig genug, und es ist anzunehmen, daß Sie Ihrem Gemahl nützen werden. Seine Gnaden, der Herr von Saint-Pouange, ist ein Ehrenmann, er wird Sie nicht täuschen. Das ist alles, was ich Ihnen sagen kann. Ich werde für Sie zu Gott beten und hoffe, daß alles zu seinem größten Ruhm ausfallen wird.«

Die schöne Saint-Yves, die über die Worte des Jesuiten nicht weniger entsetzt war als über die Anerbietungen des Unterministers, kehrte ganz verstört zu ihrer Freundin zurück. Sie fühlte sich versucht, durch den Tod dem entsetzlichen Schicksal zu entgehen, ihren angebeteten Geliebten in schmählicher Gefangenschaft zu lassen, und auch der Schande, ihn um den Preis dessen zu befreien, was sie an Kostbarstem besaß und das ihrem Unglücklichen allein gehören sollte.

SIEBZEHNTES KAPITEL
Die schöne Saint-Yves unterliegt aus Tugend

Sie bat ihre Freundin, sie zu töten, aber diese Frau, die ebenso nachsichtig war wie der Jesuit, sprach noch deutlicher zu ihr. »Leider«, sagte sie, »wickeln sich an diesem berühmten Hof, an dem Liebenswürdigkeit und Zuvorkommenheit herrschen, die Angelegenheiten nun einmal so ab. Sehr oft werden Stellungen, die kleinsten sowohl wie die bedeutendsten, nur um den Preis vergeben, den man von Ihnen fordert. Hören Sie, Sie haben meine Freundschaft und mein Vertrauen erweckt. Ich will Ihnen offen gestehen, daß, wenn ich mich ebenso wie Sie angestellt hätte, mein Mann den kleinen Posten, von dem er lebt, gewiß nicht bekommen hätte. Er weiß es, aber er ist weit davon entfernt, darüber zu zürnen; er sieht in mir seine Wohltäterin und betrachtet sich selber als mein Werk. Glauben Sie denn, daß alle, die an der Spitze von Provinzen oder gar von Armeen gestanden haben, Ehre und Vermögen allein ihren Verdiensten zu danken haben? Gar manche sind darunter, die ihren Frauen dafür verpflichtet sind. Die Kriegswürden werden durch die Liebe erworben, und die höchste Stellung erhält der Mann der schönsten Frau.

Sie befinden sich ja in einer noch viel interessanteren Lage: Es handelt sich darum, Ihren Geliebten dem Tageslicht wieder zurückzugeben und ihn zu heiraten. Das ist eine heilige Pflicht, die Sie erfüllen müssen. Niemand hat die schönen und großen Damen, von denen ich Ihnen erzählt habe, getadelt. Man wird Sie bewundern, man wird sagen, daß Sie sich nur aus Übermaß an Tugend eine Schwäche erlaubt haben.« – »Oh, diese Tugend!« rief die schöne Saint-Yves. »Das ist ein Labyrinth von Freveln! Was ist das hier für ein Land! Wie lerne ich die Menschen kennen! Ein Pater de La Chaise und ein lächerlicher Amtmann bringen meinen Geliebten ins Gefängnis, meine Familie verfolgt mich, und man reicht mir in meinem Unglück nur die Hand, um mich zu entehren. Der eine Jesuit hat einen redlichen Menschen ins Verderben gestürzt, ein anderer will mich zugrunde richten. Ich sehe rings um mich nichts als Fallstricke, ich stehe dicht vor dem erbärmlichen Sturz ins Elend. Entweder muß ich mich töten, oder ich muß mit dem König sprechen. Ich werde mich ihm zu Füßen werfen, wenn er zur Messe oder ins Theater geht.«

»Man wird sie nicht in seine Nähe lassen«, entgegnete ihr ihre gute Freundin, »und sollten Sie wirklich das Unglück haben, ihn zu sprechen, so könnten Herr von Louvois und der hochwürdige Pater de La Chaise Sie für den Rest Ihrer Tage tief in einem Kloster vergraben.« Während die brave Frau auf diese Art die Drangsale einer verzweifelten Seele steigerte und ihr den Dolch ins Herz stieß, kam ein Bote von Herrn Saint-Pouange mit einem Brief und zwei schönen Ohrringen. Fräulein von Saint-Yves wies alles unter Tränen zurück, aber die Freundin nahm es an sich.

Als der Bote fort war, las die Vertraute den Brief, in dem die beiden Freundinnen für den Abend zu einem kleinen Souper eingeladen wurden. Fräulein von Saint-Yves schwur, daß sie nicht hingehen würde. Die fromme Dame wollte ihr die Diamantohrringe anlegen, aber Fräulein von Saint-Yves ließ es nicht zu. Den ganzen Tag über kämpfte sie mit sich, aber endlich ließ sie sich, indem sie nur an ihren Geliebten dachte, nach all dem Drängen überreden. Ohne zu wissen, wohin man sie brachte, ließ sie sich zu dem verhängnisvollen Souper führen. Nichts hatte sie aber bestimmen können, sich mit den Ohrringen zu schmücken; ihre Vertraute nahm sie jedoch mit und legte sie ihr gegen ihren Willen an, bevor sie sich zu Tisch setzten. Fräulein von Saint-Yves war so verwirrt, so entsetzt, daß sie sich die Quälerei gefallen ließ, und der Herr des Hauses nahm es als ein günstiges Vorzeichen an. Gegen Ende der Mahlzeit zog sich die Vertraute diskret zurück. Der Herr des Hauses zeigte ihr dann die Widerrufung des Haftbefehls, die Verfügung einer beträchtlichen Belohnung, das Patent eines Kompaniechefs und sparte auch nicht mit weiteren Versprechungen. »Ach«, sagte Fräulein von Saint-Yves zu ihm, »wie würde ich Sie lieben, wenn Sie nicht so geliebt werden wollten!«

Nach langem Widerstreben, nach Schluchzen, Schreien und Tränen mußte sie sich, vom Kampfe geschwächt, verwirrt und ermattet, endlich ergeben. Ihr blieb kein anderer Ausweg, als daß sie sich vornahm, nur an das Naturkind zu denken, während sich der Grausame unbarmherzig die Notlage, in die sie versetzt war, zunutze machte.

ACHTZEHNTES KAPITEL

Die schöne Saint-Yves befreit ihren Geliebten und einen Jansenisten

Beim Tagesanbruch eilte sie, versehen mit der Verfügung des Ministers, nach Paris. Es läßt sich schwer schildern, was während dieser Reise in ihrem Herzen vorging. Man stelle sich eine tugendhafte, edle Seele vor, die von ihrer Schmach gedemütigt ist, von Zärtlichkeit erfüllt, zerrissen von Gewissensbissen, weil sie ihren Geliebten verraten hatte, und doch voller Glückseligkeit, ihren Angebeteten befreien zu können. Ihre Qualen, ihre Kämpfe und ihr Erfolg beschäftigten ihre Gedanken. Sie war nun nicht mehr ein schlicht erzogenes Provinzmädchen mit engem Gesichtskreis; die Liebe und das Unglück hatten sie gebildet. Das Gefühl hatte in ihr ebensoviel Fortschritte gemacht wie die Vernunft im Geiste ihres unglücklichen Geliebten. Die Mädchen lernen leichter fühlen, als die Männer denken. Ihr Erlebnis war für sie lehrreicher als vier Jahre Klosteraufenthalt. Ihre Kleidung war außerordentlich schlicht, und nur mit Entsetzen konnte sie an den Schmuck denken, mit dem sie vor ihrem verhängnisvollen Wohltäter erschienen war. Die Diamantohrringe hatte sie ihrer Freundin überlassen, ohne sie auch nur anzusehen. Sie war verwirrt und zugleich entzückt, sie vergötterte ihr Naturkind und haßte sich selber, und endlich gelangte sie an das Tor des Gebäudes, von dem in der »Henriade« gesagt wird:

»Palast des Schreckens, Schloß der Rachewut,
du schließt die Schuld ein und das Unschuldsblut.«

Beim Aussteigen aus dem Wagen versagten ihr die Kräfte; man stützte sie, und mit klopfendem Herzen, feuchten Augen und gebeugtem Haupt trat sie ein. Sie wurde zum Gouverneur geführt, sie wollte mit ihm sprechen, aber ihre Stimme erstickte. Sie wies nur ihre Anordnung vor und konnte kaum einige Worte stammeln. Der Gouverneur hatte seinen Häftling gern und freute sich über seine Freilassung. Sein Herz war nicht so verhärtet wie die einiger ehrenwerter Kerkermeister, seiner Genossen, die nur auf die Einnahmen aus der Bewachung ihrer Gefangenen bedacht sind und so ihr Einkommen auf ihre Opfer gründen, vom Unglück anderer leben und sich noch im geheimen an den Tränen der Unglücklichen schändlich ergötzen. Der Gouverneur ließ den Gefangenen in sein Zimmer führen. Als die beiden Liebenden sich sahen, fielen sie in Ohnmacht. Die schöne Saint-Yves blieb lange regungslos und leblos liegen, das Naturkind war jedoch bald wieder zu sich gekommen und von Mut erfüllt. »Das ist wohl Ihre Frau Gemahlin«, sagte der Gouverneur zu ihm. »Sie haben mir gar nicht gesagt, daß Sie verheiratet sind. Hier wird mir mitgeteilt, daß Sie Ihre Befreiung allein den hochherzigen Bemühungen Ihrer Frau zu verdanken haben.« – »Ach, ich bin nicht würdig, seine Frau zu sein«, sagte die schöne Saint-Yves mit zitternder Stimme und sank aufs neue in Ohnmacht.

Als sie wieder zur Besinnung gekommen war, wies sie immer noch zitternd die Verfügung über die Belohnung und das Patent für eine Kompanie vor. Das Naturkind war verwundert und gerührt, ihm war es, als erwachte er aus einem Traum, um in einen anderen zu sinken. »Warum bin ich denn hier eingekerkert worden? Wie ist es Ihnen gelungen, mich zu befreien? Wo sind die Ungeheuer, die mich hierhergebracht haben? Sie sind eine Gottheit, die vom Himmel herabgestiegen ist, um mir zu helfen.«

Die schöne Saint-Yves schlug die Augen nieder, blickte dann ihren Geliebten an, errötete und wandte gleich ihre tränenbenetzten Augen ab. Dann erzählte sie ihm alles, was sie in Erfahrung gebracht und was sie erlitten hatte, ausgenommen das, was sie vor sich selber für ewig hätte verbergen mögen und was jeder andere Mann, der die Welt und die Hofsitten besser kannte als das Naturkind, mit Leichtigkeit erraten hätte.

»Wie ist es nur möglich, daß ein so elender Wicht wie dieser Amtmann mich der Freiheit berauben konnte! Ja, ich sehe wohl ein, daß es Menschen gibt, die den scheußlichsten Tieren gleich sind, und alle können schaden. Aber wie ist es möglich, daß ein Mönch, ein Jesuit und Beichtvater des Königs zu meinem Unglück ebensoviel beigetragen hat wie der Amtmann, ohne daß ich mir vorstellen könnte, unter welchem Vorwand dieser abscheuliche Schurke mich verfolgt hat. Hat er mich als Jansenisten ausgegeben? Und dann, wie haben Sie sich meiner erinnert? Ich habe es gar nicht verdient, denn ich war damals nur ein Wilder. Ohne Rat, ohne Beistand haben Sie diese Reise nach Versailles unternommen, und kaum sind Sie dort erschienen, so hat man meine Fesseln gelöst! In der Schönheit und der Tugend liegt wohl ein unbesiegbarer Reiz, der eiserne Türen sprengt und Herzen aus Bronze erweicht!«

Bei dem Worte »Tugend« entrang sich der schönen Saint-Yves ein Schluchzen, sie ahnte nicht, wie tugendhaft sie das Verbrechen, das sie sich vorwarf, begangen hatte.

»Engel, der Sie meine Fesseln gelöst haben«, fuhr ihr Geliebter fort, »wenn Sie Macht genug hatten (was ich noch nicht fassen kann), um mir Gerechtigkeit zu verschaffen, so erwirken Sie es auch für einen Greis, der mich als erster denken gelehrt hat, wie Sie mich lieben lehrten. Das Unglück hat uns vereint, ich liebe ihn wie einen Vater, und ich kann weder ohne Sie noch ohne ihn leben.« – »Ich soll denselben Mann noch einmal bitten, der ...!« – »Ja, ich will Ihnen, nur Ihnen allein alles zu danken haben. Schreiben Sie an diesen mächtigen Mann, überschütten Sie mich mit Ihren Wohltaten, vollenden Sie das, was Sie begonnen haben, vollenden Sie Ihre Wunder!« Sie fühlte, daß sie alles tun mußte, was ihr Geliebter verlangte. Sie wollte schreiben, ihre Hand gehorchte ihr nicht. Dreimal begann sie den Brief von neuem, dreimal zerriß sie ihn. Endlich war der Brief geschrieben, die beiden Liebenden umarmten den Märtyrer der wirksamen Gnade Gottes und gingen.

Fräulein von Saint-Yves, die glücklich und verzweifelt war, wußte, in welchem Hause ihr Bruder wohnte; sie begab sich dorthin, und ihr Geliebter mietete sich ein Zimmer in demselben Hause.

Gerade als sie angelangt waren, schickte ihr ihr Beschützer den Freilassungsbefehl für den guten Gordon und bat sie um ein Rendezvous für den nächsten Tag. So erkaufte sie jede edle und großmütige Tat, die sie beging, mit dem Preis der Unehre. Mit großem Abscheu erkannte sie diesen Brauch, Glück und Unglück der Menschen zu verkaufen. Sie übergab den Freilassungsbefehl ihrem Geliebten, verweigerte aber das Rendezvous dem Wohltäter, denn sie wäre, wenn sie ihn wiedergesehen hätte, vor Schmerz und Schande vergangen. Das Naturkind trennte sich lediglich von ihr, um seinen Freund zu befreien. Er flog zu ihm hin, und während er diese Pflicht erfüllte, sann er gedankenvoll über die seltsamen Geschehnisse dieser Welt nach und bewunderte die mutvolle Tugend eines jungen Mädchens, dem zwei Unglückliche mehr als ihr Leben verdankten.

NEUNZEHNTES KAPITEL

Das Naturkind, die schöne Saint-Yves und ihre Verwandten sind vereint

Die großmütige und verehrungswürdige Treulose war nun mit ihrem Bruder, dem Abt von Saint-Yves, dem guten Prior Unserer lieben Frau vom Berge und dem Fräulein von Kerkabon zusammen. Einer war ebenso verwundert wie der andere, aber ihre Lage und ihre Gefühle waren sehr verschieden. Der Abt von Saint-Yves bereute weinend zu Füßen seiner Schwester sein Unrecht, und sie verzieh ihm. Der Prior und seine liebevolle Schwester weinten ebenfalls, aber vor Freude. Der widerliche Amtmann und sein unerträglicher Sohn störten diese rührende Szene nicht. Beim ersten Gerücht über die Freilassung ihres Feindes waren sie abgereist und wollten schleunigst ihre Dummheit und ihre Furcht in ihrer Provinz vergraben.

Von ganz verschiedenen Regungen bewegt, warteten die vier Personen auf den jungen Menschen und seinen Freund, den er befreien sollte. Der Abt von Saint-Yves wagte nicht, vor seiner Schwester die Augen zu erheben. »Ich werde also meinen Neffen wiedersehen!« rief die gute Kerkabon. »Ja, Sie werden ihn wiedersehen«, sagte die reizende Saint-Yves, »aber er ist nicht mehr derselbe Mensch; seine Haltung, sein Ton, seine Gedanken, sein Geist – alles hat sich verändert. Er ist jetzt ebenso achtbar geworden, wie er früher naiv und weltfremd war. Er wird die Ehre und der Trost Ihrer Familie sein. Ach, könnte ich doch auch das Glück der meinen sein!« – »Sie sind auch nicht mehr dieselbe«, sagte der Prior. »Was ist Ihnen denn widerfahren, das eine so große Veränderung in Ihnen hervorgerufen hat?«

Mitten in diesem Gespräch erschien das Naturkind Hand in Hand mit dem Jansenisten. Die Szene wurde noch sonderbarer und interessanter; mit zärtlichen Umarmungen des Onkels und der Tante nahm sie ihren Anfang. Der Abt von Saint-Yves warf sich fast auf die Knie vor dem Naturkind, das kein Naturkind mehr war. Die beiden Liebenden sprachen mit ihren Blikken zueinander, die alle Gefühle ausdrückten, von denen sie durchdrungen waren. Auf dem Antzlitz des einen sah man Befriedigung und Dankbarkeit leuchten; die zärtlichen und etwas unsicheren Blicke der anderen drückten Verlegenheit aus. Man war sehr erstaunt, daß sich Schmerz mit so viel Freude mischte.

In wenigen Augenblicken wurde der alte Gordon der ganzen Familie lieb. Er hatte mit dem jungen Gefangenen das Unglück geteilt, und das war eine Ehre. Seine Befreiung hatte er den beiden Liebenden zu verdanken, und das allein söhnte ihn mit der Liebe aus. Die Unerbittlichkeit seiner früheren Anschauungen war aus seinem Herzen gewichen, er war ebenso wie der Hurone in einen Menschen verwandelt worden. Bevor man zu Tisch ging, erzählte jeder seine Erlebnisse. Die beiden Geistlichen und die Tante lauschten wie Kinder, die Gespenstergeschichten anhören, und wie Menschen, die an so viel Unglück teilnehmen. »Ach«, rief Gordon, »augenblicklich schmachten vielleicht mehr als fünfhundert Personen in solchen Fesseln, wie Fräulein von Saint-Yves sie gebrochen hat: ihr Unglück ist nicht bekannt. Es finden sich genug Hände, die auf die Menge der Unglücklichen schlagen, selten aber findet sich eine, die hilfreich ist!« Diese richtige Überlegung steigerte noch seine dankbaren Gefühle. Alles erhöhte den Triumph der schönen Saint-Yves, und man bewunderte ihre Seelengröße und ihre Energie. Diese Bewunderung war mit einer Achtung gemischt, die man unwillkürlich einer bei Hofe angesehenen Person schuldig zu sein glaubte. »Wie hat meine Schwester es nur verstanden, so schnell diesen Einfluß zu gewinnen?« fragte der Abt von Saint-Yves immer wieder.

Sie setzten sich alle sehr frühzeitig zu Tisch, und nun erschien plötzlich die gute Freundin aus Versailles, die von allem, was inzwischen vorgefallen war, noch nichts wußte. Sie kam in einer sechsspännigen Kutsche vorgefahren, und man kann sich denken, wem diese gehörte. Sie betrat das Haus mit der gewichtigen Miene einer Persönlichkeit vom Hofe, die große Angelegenheiten zu erledigen hat. Sie grüßte die ganze Gesellschaft sehr flüchtig und zog die schöne Saint-Yves beiseite. »Warum lassen Sie so lange auf sich warten? Kommen Sie gleich mit mir. Hier sind übrigens Ihre Diamanten, die Sie vergessen haben.« Sie konnte nicht so leise sprechen, und das Naturkind verstand ihre Worte; er sah auch die Diamanten. Der Bruder war bestürzt, der Onkel und die Tante waren nur verwundert wie Leute, die noch nie eine solche Pracht gesehen haben. Der junge Mann, der sich durch ein Jahr voller Nachdenken entwickelt hatte, machte sich unwillkürlich Gedanken und war einen Augenblick entsetzt. Seine Geliebte bemerkte es. Totenblässe breitete sich auf ihrem schönen Antlitz aus, ein Schauer überflog sie, und sie hielt sich kaum aufrecht. »Ach, gnädige Frau«, rief sie ihrer verhängnisvollen Freundin zu, »Sie haben mich zugrunde gerichtet! Sie treiben mich in den Tod!« Diese Worte durchbohrten dem Naturkind das Herz, aber er hatte schon gelernt, sich zu beherrschen, und er hörte nicht weiter darauf, aus Furcht, seine Freundin vor ihrem Bruder in Verlegenheit zu setzen; aber er erbleichte wie sie. Fräulein von

Saint-Yves war ganz bestürzt über die Veränderung, die sie auf dem Gesicht ihres Geliebten wahrnahm. Sie zog die Dame aus dem Zimmer in einen kleinen Flur, warf ihr dort die Diamanten vor die Füße und sagte: »Sie wissen ja, diese Steine haben mich nicht verführt, aber der Mann, der sie mir geschenkt hat, wird mich nie wiedersehen.« Die Freundin hob sie auf, und Fräulein von Saint-Yves fuhr fort: »Mag er sie zurücknehmen oder Ihnen schenken. Gehen Sie, erhöhen Sie nicht die Scham, die ich vor mir selber empfinde.« Die Abgesandte ging schließlich fort, ohne die Gewissensbisse begreifen zu können, deren Zeugin sie geworden war.

Die schöne, bedrängte Saint-Yves empfand einen körperlichen Aufruhr, an dem sie erstickte, und sie mußte zu Bett gehen. Aber um niemanden zu beunruhigen, verschwieg sie ihr Leiden. Müdigkeit vorschützend, bat sie nur um die Erlaubnis, sich etwas ausruhen zu dürfen, aber auch das nur, nachdem sie die Gesellschaft mit tröstenden und freundlichen Worten beruhigt und ihrem Geliebten Blicke zugeworfen hatte, die seine Seele in Flammen setzten.

Das Abendessen, das nicht mehr durch ihre Anwesenheit belebt wurde, verlief anfangs traurig, doch es war eine interessante Trauer, die zu jenen fesselnden und nützlichen Unterhaltungen anregt, die soviel mehr wert sind als die leichtfertige Heiterkeit, die immer angestrebt wird, aber gewöhnlich nichts als ein lästiger Lärm ist.

Gordon erzählte in kurzen Worten die Geschichte des Jansenismus, des Molinismus und der Verfolgungen, denen die eine Partei durch die andere ausgesetzt wurde, und von der Hartnäckigkeit beider Parteien. Das Naturkind kritisierte sie und bedauerte die Menschen, die sich nicht mit den vielen Streitigkeiten, die ihren Interessen entspringen, begnügen und sich neue Leiden um eingebildeter Interessen und unsinniger Hirngespinste willen schaffen. Gordon erzählte, der andere urteilte, die Anwesenden lauschten bewegt und wurden von neuer Einsicht erleuchtet. Man sprach davon, wie lange unsere Leiden dauern und wie kurz das Leben ist. Man stellte fest, daß jeder Beruf gewisse ihm verbundene Laster und Gefahren habe und daß alles – vom Fürsten bis zum ärmsten Bettler – an der Natur etwas auszusetzen habe. Und woher kommt es, daß sich so viele Menschen um so geringen Lohn zu Verfolgern, Schergen und Henkern anderer Menschen hergeben? Mit welch unmenschlicher Gleichgültigkeit unterzeichnet ein Mann in hoher Stellung das Verderben einer ganzen Familie, und mit welcher noch barbarischeren Freude führen Söldlinge es aus.

»Als ich jung war, kannte ich einen Verwandten des Marschalls von Marillac«, sagte der gute Gordon. »Weil er wegen der Angelegenheit jenes berühmten Unglücklichen in seiner Provinz verfolgt wurde, hielt er sich unter einem angenommenen Namen in Paris verborgen. Er war ein Greis von zweiundsiebzig Jahren, und seine Gattin, die ihn begleitete, war ungefähr im gleichen Alter. Sie hatten einen liederlichen Sohn, der mit vierzehn Jahren aus dem Elternhaus geflohen war, dann Soldat und schließlich fahnenflüchtig geworden war, alle Grade der Ausschweifungen und des Elends kennengelernt hatte und endlich unter falschem Namen in die Garde des Kardinals von Richelieu eintrat, denn dieser Geistliche hatte ebenso wie Mazarin eine Leibgarde. In dieser Schergenkompanie hatte der Abenteurer die Stellung eines Polizeioffiziers erhalten und wurde nun beauftragt, seinen greisen Vater und dessen Gattin zu verhaften. Er entledigte sich dieses Auftrages mit der ganzen Roheit eines Menschen, der seinem Vorgesetzten gefallen will. Als er sie ins Gefängnis führte, hörte er, wie die beiden Opfer sich über die lange Kette ihres Unglücks beklagten, das sie von der Wiege an verfolgte. Als den härtesten Schicksalsschlag, der sie getroffen, bezeichneten Vater und Mutter die Ausschweifungen und den Verlust ihres Sohnes. Er erkannte seine Eltern, brachte sie aber dennoch ins Gefängnis und versicherte ihnen, daß der Dienst Seiner Eminenz allem anderen vorangehen müsse. Seine Eminenz belohnte seinen Eifer!

Ich habe erlebt, wie ein Spion des Paters de La Chaise seinen eigenen Bruder verriet, in der Hoffnung auf eine kleine Pfründe, die er aber nicht bekommen hat. Ich habe ihn sterben sehen, aber nicht etwa an Gewissensbissen, sondern vor Wut, weil ihn die Jesuiten betrogen hatten.

Das Amt eines Beichtvaters, das ich lange ausgeübt habe, gewährte mir einen Einblick in das Familienleben. Ich habe kaum eine Familie gesehen, in der es keinen Kummer und keine Plagen gab, während sie nach außen hin mit der Maske des Glückes in lauter Freude zu leben schienen. Stets habe ich bemerkt, daß die größten Kümmernisse eine Frucht unserer zügellosen Begierden sind.«

»Ich glaube aber doch«, sagte das Naturkind, »daß ein edles, dankbares und gefühlvolles Wesen ein glückliches Leben führen kann, und ich hoffe, mit der schönen und hochherzigen Saint-Yves eine ungetrübte Glückseligkeit zu genießen, denn ich nehme doch an«, fügte er, sich mit freundlichem Lächeln an ihren Bruder wendend, hinzu, »daß Sie mich nicht mehr, wie im vorigen Jahr, abweisen werden und daß ich mich diesmal auch mit mehr Anstand benehme.« Das Abt erging sich in Entschuldigungen über das Geschehnis und in Beteuerungen ewiger Anhänglichkeit.

Der Onkel Kerkabon nannte diesen Tag den schönsten seines Lebens. Die gute Tante, die in Freudentränen zerfloß, rief außer sich vor Begeisterung: »Habe ich nicht schon immer gesagt, daß aus dir niemals ein Subdiakon werden wird! Aber das Sakrament der Ehe geht doch über alles! Wollte Gott, daß ich damit beehrt worden wäre! Doch nun will ich euch eine Mutter sein.« Und dann konnten sich alle des Lobes über die zärtliche Saint-Yves nicht genugtun.

Das Herz ihres Geliebten war zu sehr angefüllt von dem, was sie für ihn getan hatte, und er liebte sie zu sehr, als daß der Vorfall mit den Diamanten sein Herz tief beeindruckt hätte. Aber die Worte: »Sie treiben mich in den Tod«, die er nur zu gut gehört hatte, beunruhigten ihn noch immer und verdarben seine ganze Freude, während die Lobpreisungen seiner schönen

Freundin seine Liebe noch weiter steigerten. Schließlich waren alle nur noch mit ihr beschäftigt, sie sprachen nur noch von dem Glück, das diese beiden verdienten. Man machte Vorschläge für ein Zusammenleben in Paris und schmiedete Pläne auf Reichtum und Vorwärtskommen. Man gab sich all den Hoffnungen hin, die der leiseste Schimmer von Glück so leicht erweckt. In seinem tiefsten Innern empfand das Naturkind aber etwas, das sich gegen diese Illusionen sträubte. Er las noch einmal die von Saint-Pouange unterzeichneten Versprechungen und das von Louvois unterzeichnete Patent durch. Er ließ sich diese beiden Männer schildern, wie sie wirklich waren, und so, wie man sie ansah. Jeder sprach von den Ministern und dem Ministerium mit jener Ungeniertheit, die in Frankreich für die allerkostbarste Freiheit gehalten wird, die man auf Erden genießen kann.

»Wäre ich König von Frankreich«, sagte das Naturkind, »so müßte der von mir erwählte Kriegsminister ein Mann von höchstem Adel sein, und zwar aus dem Grunde, weil er dem Adel Befehle zu erteilen hat. Er müßte ferner selbst Offizier sein und alle Rangstufen durchlaufen haben, ja er müßte mindestens Generalleutnant sein und würdig, Marschall von Frankreich zu werden, denn um die Einzelheiten des Dienstes gut zu kennen, wäre es doch notwendig, daß er selbst gedient hätte. Und würden die Offiziere nicht hundertmal lieber einem Kriegsmann gehorchen, der so wie sie selber Mut bewiesen hat, als dem Mitglied eines Kabinetts, einem Stubenmenschen, der bei all seinem Verstand die Operationen eines Feldzuges bestenfalls nur erraten kann. Ich hätte auch nichts gegen die Freigebigkeit meines Ministers einzuwenden, würde auch mein Schatzmeister dadurch ab und zu in Verlegenheit gebracht. Die Arbeit müßte ihm leicht von der Hand gehen, und er selbst müßte sich durch geistige Heiterkeit auszeichnen, die einem bedeutenden Menschen in wichtigen Angelegenheiten stets eigen ist, dem Volke so überaus gefällt und auch alle Pflichten weniger schwer macht.« Diese Charakterzüge sollte ein Minister haben, weil das Naturkind stets festgestellt hatte, daß ein heiteres Gemüt mit Grausamkeit unvereinbar ist.

Herr von Louvois wäre wohl kaum mit den Wünschen des Naturkindes einverstanden gewesen, denn er hielt auf ganz andere Verdienste.

Während sie alle bei Tische saßen, verschlimmerte sich die Krankheit des unglücklichen Mädchens immer mehr, ihr Blut glühte, und ein zehrendes Fieber hatte sich eingestellt. Sie litt, aber sie klagte nicht und war ängstlich bemüht, die Freude der Gäste nicht zu stören.

Als ihr Bruder bemerkte, daß sie nicht schlief, ging er zu ihr ans Bett und erschrak über ihren Zustand. Nun kamen alle herbeigeeilt. Ihr Geliebter, der hinter ihrem Bruder stand, war sicherlich am erregtesten und betroffensten von allen, aber er hatte gelernt, all die glücklichen Gaben, die ihm die Natur geschenkt hatte, mit Zurückhaltung zu verbinden, und seine Selbstbeherrschung fing an, in ihm die Oberhand zu gewinnen.

Man ließ sofort einen in der Nähe wohnenden Arzt holen, der zu denen gehörte, die ihre Patienten im Nu untersuchen und die Krankheiten, die sie kurz vorher sahen, mit denen verwechseln, die sie jetzt vor Augen haben. Sie wenden ein blindes Verfahren an in einer Wissenschaft, der man selbst bei reifer und gesunder Überlegung nicht ihre Unsicherheit und ihre Gefahren nehmen kann. Er verschlimmerte das Übel durch seine Hast, mit der er ein Modearzneimittel verschrieb. Sogar in der Medizin herrscht Mode! Diese Manie war in Paris nur allzu üblich. Die Bekümmernis des Fräulein von Saint-Yves trug noch mehr als ihr Arzt dazu bei, ihre Krankheit gefährlich zu machen: ihre Seele tötete ihren Körper. Der Schwarm der Gedanken, die sie bewegten, flößte ihren Adern ein weit gefährlicheres Gift ein als das des hitzigen Fiebers.

ZWANZIGSTES KAPITEL

Die schöne Saint-Yves stirbt, und was darauf geschieht

Man zog einen anderen Arzt zu Rate. Anstatt die Natur zu unterstützen und sie in einem jungen Körper, in dem alle Organe nach Leben strebten, frei wirken zu lassen, war dieser Arzt nur beflissen, seinem Kollegen entgegenzuarbeiten. In zwei Tagen wurde die Krankheit lebensgefährlich. Das Gehirn, das man für den Sitz des Verstandes hält, wurde ebenso stark angegriffen wie das Herz, das, wie man sagt, der Sitz der Leidenschaft ist.

Welche unbegreifliche Mechanik hat die Organe dem Gefühl und dem Denken unterworfen? Wie kommt es, daß eine einzige schmerzliche Vorstellung den Blutkreislauf stört? Und wie kann das Blut von sich aus seine Störungen auf den menschlichen Verstand übertragen? Was ist das für ein unbekanntes, doch bestimmt vorhandenes Fluidum, das noch schneller und wirksamer als das Licht im Nu durch alle Lebenskanäle fliegt, die Gefühle, Erinnerungen, Trauer und Freude, Vernunft und Taumel erzeugt, mit Entsetzen gerade das festhält, was man vergessen möchte, und aus einem denkenden Wesen einen Gegenstand der Bewunderung oder des Mitleids und der Tränen macht?

Diese Fragen legte sich der gute Gordon vor, und seine ganz natürlichen Überlegungen, die aber die Menschen selten genug anstellen, minderten keineswegs seine herzliche Teilnahme, denn er gehörte nicht zu den unglücklichen Philosophen, die bestrebt sind, gefühllos zu sein. Das Schicksal des jungen Mädchens erschütterte ihn wie einen Vater, der sein geliebtes Kind langsam dahinsterben sieht.

Der Abt von Saint-Yves war verzweifelt, der Prior und seine Schwester vergossen ganze Ströme von Tränen. Wer ist jedoch in der Lage, den Zustand ihres Geliebten zu schildern? In keiner Sprache der Welt findet man die Ausdrücke für solch ein Übermaß an Schmerz.

Die Tante, die selbst halbtot war, hielt den Kopf der Sterbenden in ihren schwachen Händen, ihr Bruder kniete am Fußende des Bettes, ihr Geliebter drückte ihre Hand, die er mit Tränen benetzte, und schluchzte herzzerreißend. Er nannte sie seine Wohltäterin, seine Hoffnung, sein Leben, sein halbes Ich, seine Herrin, seine Gattin. Bei dem Worte »Gattin« seufzte sie und blickte ihn mit unsagbarer Zärtlichkeit an. Plötzlich stieß sie einen Entsetzensschrei aus und rief dann in einer der Pausen, in denen die Erschöpfung und Betäubung der Sinne sowie die unterbrochenen Leiden der Seele ihre Kraft wiedergaben: »Ich, Ihre Gattin! Oh! Teurer Geliebter, dieses Wort, dieses Glück, dieser Preis sind nicht mehr für mich, ich sterbe und verdiene auch den Tod. O gerechter Gott! O Tugend, die ich den höllischen Dämonen geopfert habe – es ist geschehen, ich bin gestraft. Lebe wohl!« Diese liebevollen, schrecklichen Worte konnten nicht verstanden werden, aber sie erweckten in allen Herzen Furcht und Rührung. Sie hatte den Mut, sich näher zu erklären. Jedes Wort ließ alle Anwesenden vor Erstaunen, Schmerz und Mitleid erzittern. Alle vereinten sich im Gefühl der Verachtung gegenüber dem mächtigen Mann, der eine schreiende Ungerechtigkeit durch ein Verbrechen wiedergutgemacht und die verehrungswürdigste Unschuldige gezwungen hatte, seine Mitschuldige zu werden.

»Wer? Sie sollen schuldig sein?« sprach ihr Freund zu ihr. »Nein, Sie sind es nicht. Die Schuld entspringt stets dem Herzen, aber Ihr Herz gehört der Tugend und mir.« Er bekräftigte diesen Gefühlsausbruch mit Worten, die die schöne Saint-Yves dem Leben wiederzugeben schienen. Sie fühlte sich getröstet und war erstaunt, daß man sie noch liebte. Der alte Gordon hätte sie in der Zeit, als er noch Jansenist war, schuldig gesprochen, da er aber nun weise geworden war, achtete er sie und weinte.

Während sie alle Tränen vergossen und besorgt waren, und die Gefahr, in der das allen so liebe Mädchen schwebte, alle Herzen erfüllte und die Anwesenden kopflos machte, wurde ein Bote vom Hofe gemeldet. Ein Bote! Von wem? Und zu welchem Zweck? Er kam von dem Beichtvater des Königs und war an den Prior Unserer lieben Frau vom Berge gerichtet. Der Pater de La Chaise schrieb jedoch nicht selber, sondern der Frater Vadbled, sein Kammerdiener, ein damals sehr einflußreicher Mann, denn er übermittelte den Erzbischöfen die Verfügungen des hochwürdigen Vaters, erteilte Audienzen, versprach Pfründen und erließ auch bisweilen geheime Haftbefehle. Er schrieb dem Abt vom Berge, daß seine Hochwürden von den Erlebnissen seines Neffen unterrichtet worden wäre, daß seine Gefängnisstrafe nur ein Irrtum gewesen sei, daß solche kleinen peinlichen Vorfälle öfter vorkämen und daß man sie nicht allzu ernst nehmen dürfe. Und schließlich sei es genehmigt, daß, wenn der Prior ihm morgen seinen Neffen vorführe, er auch den braven Gordon mitbringe. Der Frater Vadbled würde sie selber bei Seiner Hochwürden einführen und auch bei Herrn von Louvois, der wohl in seinem Vorzimmer ein paar Worte an sie zu richten hätte.

Er fügte noch hinzu, daß die Geschichte des Naturkindes und sein Kampf gegen die Engländer dem König berichtet worden sei und daß der König ihn beim Durchschreiten der Galerie sicherlich mit einem Blick oder vielleicht gar mit einem Kopfnicken beehren werde. Der Brief endete damit, daß der schmeichelhaften Hoffnung Ausdruck gegeben werde, alle Damen des Hofes würden es sich angelegen sein lassen, seinen Neffen bei ihrer Toilette zu empfangen, und manche von ihnen würden ihm »Guten Tag, Herr Naturmensch« zurufen! Sicherlich würde von ihm auch bei der Abendtafel des Königs gesprochen werden. Der Brief war unterzeichnet: »Ihr wohlgeneigter Jesuitenbruder Vadbled.«

Der Prior hatte den Brief laut vorgelesen, sein wütender Neffe zügelte zuerst seinen Zorn und sagte nichts zu dem Überbringer des Schreibens, aber er wandte sich an den Gefährten seines Unglücks und fragte ihn, was er von diesem Stil halte. »Man behandelt die Menschen ja wie die Affen«, erwiderte ihm Gordon. »Man prügelt sie und läßt sie hinterher tanzen.« Das Naturkind fiel in seinen wahren Charakter zurück, der sich stets bei den großen Regungen unserer Seele entblößt. Er zerriß den Brief in tausend Stücke und warf sie dem Boten ins Gesicht. »Das ist meine Antwort.« Sein entsetzter Onkel glaubte, den Blitz und zwanzig Haftbefehle auf ihn niederfahren zu sehen. Er machte sich schnell daran, einen Brief zu schreiben, und so gut er konnte, das zu entschuldigen, was er für das Ungestüm eines jungen Menschen hielt, das in Wirklichkeit aber der Ausbruch einer edlen Seele war.

Doch weit schmerzvollere Sorgen bemächtigten sich der Herzen aller. Die schöne unglückliche Saint-Yves fühlte ihr Ende bereits nahen. Sie war ruhig, aber es war jene furchtbare Ruhe der geschwächten Natur, die keine Kraft mehr zum Kämpfen hat. »Oh, mein teurer Geliebter!« flüsterte sie mit versiegender Stimme. »Der Tod straft mich für meine Schwäche, aber ich scheide mit dem Trost, dich frei zu wissen. Ich habe dich geliebt, auch als ich dich verriet, und ich bete dich an, während ich dir das letzte Lebewohl sage.«

Sie schmückte sich nicht mit eitler Festigkeit, sie strebte nicht nach dem erbärmlichen Ruhm, ein paar Nachbarn zu den Worten zu zwingen: »Sie ist mutig gestorben.« Wer vermag mit zwanzig Jahren seinen Geliebten, sein Leben und das, was man Ehre nennt, zu verlieren, ohne Bedauern und Verzweiflung zu äußern? Sie empfand ihren schrecklichen Zustand und verriet es durch jene Worte und sterbenden Blicke, die mit so viel Macht sprechen. Und schließlich weinte sie wie die anderen in den Augenblicken, in denen sie Kraft dazu hatte.

Mögen andere das pathetische Sterben jener zu preisen suchen, die empfindungslos in das Nichts hinübergehen: das ist das Los aller Tiere. Gleichgültig wie sie sterben wir nur, wenn Alter oder Krankheit uns durch die Stumpfheit unserer Organe ihnen ähnlich gemacht hat. Wer aber einen großen Verlust erleidet, äußert auch seinen großen Schmerz, wenn er ihn aber unterdrückt, so heißt es nur, daß er sogar in den Armen des Todes seine Eitelkeit noch aufrechterhält.

Als der verhängnisvolle Augenblick gekommen war, brachen alle Anwesenden in Wehgeschrei aus. Das Naturkind verlor die Besinnung. Starke Seelen haben in ihrer Liebe weit ungestümere Empfindungen als andere. Der alte Gordon kannte das Naturkind genug, um zu befürchten, er könnte, wenn er wieder zur Besinnung gekommen wäre, sich etwas antun. Alle Waffen wurden versteckt, der unglückliche junge Mann bemerkte es jedoch und sagte zu seinen Verwandten und Gordon, ohne zu weinen, zu stöhnen und sich aufzuregen: »Glaubt ihr denn, daß irgendein Mensch auf Erden das Recht und die Macht hat, mich zu hindern, meinem Leben ein Ende zu machen?« Gordon hütete sich wohl, vor ihm die langweiligen Gründe auszukramen, mit denen man zu beweisen sucht, daß es nicht erlaubt ist, seine Freiheit dazu zu benutzen, um das »Sein« auszulöschen, wenn man mit dieser Existenz fürchterlich schlecht daran ist; daß man sein Haus nicht verlassen dürfe, wenn man es nicht mehr bewohnen kann, daß der Mensch auf Erden gleich einem Soldaten auf Posten sei; ob dem Höchsten aller Wesen daran liegen kann, daß die Verbindung einiger Teilchen Materie gerade an diesem oder jenem Ort zustande käme – lauter wertlose Gründe, die eine tiefe und besonnene Verzweiflung verschmäht und die Cato nur mit einem Dolchstoß beantwortet hat.

Das düstere, furchtbare Schweigen des Naturkindes, seine finsteren Blicke, seine bebenden Lippen und sein Zucken am ganzen Körper erweckten in den Herzen aller, die ihn anblickten, ein Gemisch von Mitleid und Entsetzen, das alle Seelenkräfte lähmt, jede Erörterung verbietet und sich nur in abgerissenen Worten Luft macht. Die Hausfrau und ihre Familie waren hereingekommen. Alle zitterten angesichts seiner Verzweiflung, man ließ ihn nicht aus den Augen, und jeder verfolgte seine Bewegungen. Den erkalteten Körper der schönen Saint-Yves hatte man inzwischen in einen im unteren Stock gelegenen Saal getragen; sie war fern von den Augen ihres Geliebten, aber er schien sie immer noch zu suchen, obwohl er nichts mehr sehen konnte.

Während dieses Schauspiel des Todes ablief, während der Leichnam an der Tür aufgestellt war und zwei Geistliche zu beiden Seiten eines Weihwasserbeckens mit zerstreuter Miene Gebete hersagten, Passanten aus Langeweile ein paar Tropfen Weihwasser auf den Sarg sprengten oder auch gleichgültig vorbeigingen, während die Verwandten weinten und ein Liebender nahe daran war, sich das Leben zu nehmen, langte Saint-Pouange mit der Freundin aus Versailles an.

Seine flüchtige Neigung, die nicht mehr als einmal befriedigt worden war, hatte sich in Liebe verwandelt. Die Zurückweisung seiner Wohltaten hatte ihn verletzt. Der Pater de La Chaise wäre nie auf den Gedanken gekommen, dieses Haus aufzusuchen, aber Saint-Pouange sah täglich das Bild der schönen Saint-Yves vor seinen Augen und brannte darauf, eine Leidenschaft zu stillen, die durch eine einmalige Befriedigung den Stachel des Verlangens tief in sein Herz gebohrt hatte. Und so zögerte er nicht, sie selbst aufzusuchen, die er vielleicht, wenn sie selbst gekommen wäre, nicht einmal hätte wiedersehen mögen. Er stieg aus dem Wagen. Das erste, was sich seinem Blick darbot, war ein Sarg. Er wendete die Augen ab mit dem einfachen Widerwillen eines in Freuden aufgewachsenen Menschen, der glaubt, jeder Anblick, der ihn zur Betrachtung des menschlichen Elends anregen könnte, müßte ihm erspart bleiben. Er wollte hinaufgehen. Die Dame aus Versailles dagegen fragte neugierig, wen man begraben wolle, und man sprach den Namen des Fräulein von Saint-Yves aus. Als sie das hörte, erblaßte sie und stieß einen furchtbaren Schrei aus. Saint-Pouange wandte sich um, Überraschung und Schmerz erfüllten seine Seele. Mit tränenerfüllten Augen stand auch der gute Gordon da, und er unterbrach seine traurigen Gebete, um dem Höfling von dieser furchtbaren Katastrophe zu berichten. Er sprach zu ihm mit jener Macht, die uns Schmerz und Tugend verleihen. Saint-Pouange war von Natur nicht schlecht, doch der Wirbel der Geschäfte und Lustbarkeiten hatten seine Seele, die sich noch nicht selbst erkannt hatte, fortgerissen. Er hatte noch nicht das Greisenalter erreicht, das gewöhnlich die Herzen der Minister verhärtet. Er hörte Gordon mit niedergeschlagenen Augen an und wischte ein paar Tränen fort, über die er selbst erstaunt war: er hatte die Reue kennengelernt!

»Ich möchte unbedingt den außergewöhnlichen Mann sehen, von dem Sie gesprochen haben«, sagte Saint-Pouange, »er rührt mich fast ebenso wie das unglückliche Opfer, dessen Tod ich verschuldet habe.« Gordon führte ihn in das Zimmer, in dem der Prior, die gute Kerkabon, der Abt von Saint-Yves und einige Nachbarn sich bemühten, den jungen Mann, der wieder ohnmächtig geworden war, ins Leben zurückzurufen.

»Ich habe Ihr Unglück verschuldet«, sagte der Unterminister zu dem Naturkind, »ich will mein Leben dafür einsetzen, es wiedergutzumachen.« Der erste Gedanke, der dem Naturkind in den Kopf kam, war, den Minister zu töten und dann sich selber. Nichts war angebrachter als das, aber er hatte keine Waffe und wurde sorglich überwacht. Saint-Pouange ließ sich nicht durch die abschlägigen Antworten abschrecken, die man ihm mit zahllosen Vorwürfen, voller Verachtung und Abscheu entgegenbrachte. Die Zeit mildert alles. Seiner Hochwürden, dem Herrn von Louvois, gelang es schließlich, aus dem Naturkind einen ausgezeichneten Offizier zu machen, der unter einem anderen Namen in Paris und in der Armee den Beifall aller ehrenwerten Leute genoß; er war ein Kriegsmann und zugleich ein unerschrockener Philosoph.

Er seufzte immer tief, wenn er von seinem Erlebnis sprach, und doch war es ein Trost für ihn, davon zu reden, denn das Andenken an die liebreizende Saint-Yves blieb ihm bis an sein Lebensende heilig. Der Abt von Saint-Yves und der Prior erhielten jeder eine schöne Pfründe; der guten Kerkabon war es lieber, ihren Neffen unter militärischen Ehren zu sehen als im Besitz eines Subdiakonats. Die fromme Dame aus Versailles behielt die Diamantohrringe und bekam noch ein schönes Geschenk. Der Pater Tout-à-tous erhielt Schachteln mit Schokolade, Kaffee, Kandiszucker und gezuckerten Zitronen sowie die »Betrachtungen des hochwürdigen Pastors Croiset« und »Die Blume der Heiligen« in Saffian gebunden. Der gute Gordon lebte bis zu seinem Tode mit dem Naturkind in innigster Freundschaft; auch er bekam eine Pfründe und vergaß für immer die »wirkende Gnade« und das »mitwirkende Ereignis«. Zu seinem Wahlspruch erhob er: »Unglück ist stets zu etwas gut.« Aber wieviel ehrenhafte Menschen haben auf dieser Welt Veranlassung zu sagen: »Unglück ist zu nichts gut!«

DER MANN
MIT DEN VIERZIG TALERN

Ein alter Mann, der »das Heute stets beklagt und nur das Gestern preist«, sagte einmal zu mir: Lieber Freund, Frankreich ist nicht mehr so reich wie zur Zeit Heinrichs IV. Warum wohl? – Weil der Boden nicht mehr so intensiv ausgenutzt wird, denn die Menschen vernachlässigen ihn; und da der Tagelohn gestiegen ist, lassen viele Bauern ihre Felder brachliegen.

Und woher kommt dieser Arbeitermangel? – Daher, daß jeder nur halbwegs dazu Geeignete den Beruf eines Stickers, Ziseleurs, Uhrmachers, Seidenwebers, Anwalts oder Theologen ergreift; daher, daß die Aufhebung des Edikts von Nantes eine große Leere im Reich geschaffen hat, daß die Zahl der Nonnen und Bettler sich vervielfacht hat und daß endlich jeder, soweit er kann, die mühselige Landarbeit flieht, für die uns Gott in die Welt setzte und die wir schmählich im Stich gelassen haben.

Eine andere Ursache unserer Armut liegt in unseren neuen Bedürfnissen. Wir müssen unseren Nachbarn vier Millionen für den einen und fünf oder sechs Millionen für einen anderen Artikel bezahlen, nur um unsere Nase mit einem übelriechenden Pulver aus Amerika vollstopfen zu können. Kaffee, Tee, Schokolade, Koschenille, Gewürze kosten uns mehr als sechzig Millionen jährlich. All das war zur Zeit Heinrichs IV. unbekannt, mit Ausnahme der Gewürze, die aber bei weitem nicht in solchen Mengen verbraucht wurden. Wir verbrennen hundertmal mehr Kerzen und beziehen mehr als die Hälfte des Wachses, das wir verwenden, aus dem Auslande, weil wir unsere Bienenstöcke vernachlässigen. Man sieht hundertmal mehr Brillanten an Ohren, Hals und Händen unserer Frauen in

Paris und anderen Großstädten. Fast dieser ganze unnötige Luxus muß in barem Geld bezahlt werden.

Bedenken Sie vor allem, daß wir mehr als fünfzehn Millionen Schulden auf unser Rathaus an das Ausland bezahlen müssen, daß hingegen Heinrich IV., bei dessen Regierungsantritt dieses imaginäre Gebäude im ganzen mit zwei Millionen belastet war, wohlweislich einen Teil davon tilgte, um den Staat von dieser Last zu befreien.

Bedenken Sie ferner, daß unsere Bürgerkriege die Schätze Mexikos nach Frankreich gebracht haben, als Don Felipe el Discreto Frankreich kaufen wollte, und daß seit dieser Zeit die Kriege mit anderen Ländern uns die Hälfte unseres Geldes gekostet haben.

Hier liegen teilweise die Ursachen unserer Armut. Wir verbergen sie unter einer glänzenden Außenseite und mit Hilfe der Kunst der Modewarenhändler: Wir sind auf geschmackvolle Art arm! Es gibt sehr reiche Finanzleute, Unternehmer und Großkaufleute, deren Kinder und Schwiegersöhne ebenfalls sehr reich sind; das Volk jedoch ist es im allgemeinen nicht.

Diese Ausführungen des alten Mannes, mochten sie nun richtig sein oder nicht, machten tiefen Eindruck auf mich, denn der Pfarrer unserer Gemeinde, der mir immer freundschaftlich zugetan war, hatte mich ein wenig in Mathematik und Geschichte unterrichtet, und ich fing an nachzudenken – was in meiner Provinz eine Seltenheit war. Ich wußte nicht, ob der alte Mann in allem recht hatte, aber da ich sehr arm war, neigte ich zu der Annahme, daß ich viele Leidensgefährten hätte.

Mißgeschick des Mannes mit den vierzig Talern

Ich freue mich, der ganzen Welt verkünden zu können, daß ich ein Stück Land besitze, das mir netto vierzig Taler Grundrente einbringen würde, wenn es nicht noch mit Abgaben belastet wäre.

Einige Leute, die nichts weiter zu tun haben, als den Staat

von ihrer Kaminecke aus zu regieren, haben verschiedene Verordnungen erlassen, in denen an erster Stelle zu lesen ist, daß die gesetzgebende und ausführende Gewalt auf Grund göttlichen Rechtes Miteigentümerin meines Grund und Bodens sei und daß ich mindestens die Hälfte des Ertrages an sie abzuführen habe. Ich schlug drei Kreuze vor der ungeheuren Größe des Magens der gesetzgebenden und ausführenden Gewalt. Was sollte werden, wenn diese Macht, die bei der allgemeinen Ordnung der Staaten das Wort führt, meinen Grund und Boden ganz besäße? Das eine wäre noch göttlicher als das andere.

Der Herr Finanzminister weiß, daß ich nur zwölf Franken Steuern zu zahlen habe. Schon das wäre eine untragbare Last für mich gewesen, wenn Gott mir nicht das Talent geschenkt hätte, Weidenkörbe zu flechten, so daß ich imstande war, mein Elend zu ertragen. Wie konnte ich also dem König mit einem Schlage zwanzig Taler geben?

Die neuen Minister sagten ferner in ihren Verordnungen, daß lediglich Grund und Boden besteuert werden sollten, weil alles, selbst der Regen, von der Erde käme, und daß folglich nur die Früchte des Feldes steuerpflichtig wären.

Während des letzten Krieges kam einer ihrer Gerichtsbeamten zu mir und forderte von mir drei Sester Getreide und einen Sack Bohnen im Werte von zwanzig Talern als Anteil an den Kosten des Krieges, dessen Zweck mir nie klargeworden ist. Ich habe immer nur gehört, daß es in diesem Kriege nicht das geringste für mein Land zu gewinnen, wohl aber viel zu verlieren gäbe. Da ich damals weder Getreide noch Bohnen, noch Geld hatte, ließ mich die gesetzgebende und ausführende Gewalt ins Gefängnis werfen, und der Krieg wurde, so gut es ging, ohne meine Hilfe weitergeführt.

Als ich aus dem Gefängnis herauskam und nur noch Haut und Knochen war, traf ich einen pausbäckigen, vor Gesundheit strotzenden Mann in einer mit sechs Pferden bespannten Kutsche. Er hatte sechs Diener und gab jedem von ihnen das Doppelte meines Einkommens als Lohn. Sein Hausmeister, der ebenso frisch und wohlgenährt aussah wie sein Herr, bekam zweitausend Franken Gehalt und stahl ihm jährlich zwanzigtausend. Seine Mätresse kostete ihn vierzigtausend Taler in einem halben Jahr. Ich hatte diesen Mann zu einer Zeit gekannt, da er noch weniger besaß als ich. Um mich zu trösten, gestand er mir, daß er jetzt über vierhunderttausend Franken Kapitalzinsen verfüge. »Dann zahlen Sie also zweihunderttausend an den Staat, um unseren aussichtsreichen Krieg zu unterstützen«, sagte ich zu ihm, »denn ich habe nur einhundertzwanzig Franken und soll davon die Hälfte abgeben.«

»Ich?« sagte er. »Ich soll zur Unterstützung des Staates beitragen! Sie scherzen wohl, mein Lieber. Ich habe einen Onkel beerbt, der in Cadiz und Surat acht Millionen verdient hat. Ich besitze nicht eine Handbreit Boden, mein ganzes Geld ist in Kontrakten und Aktien angelegt; ich schulde dem Staat nichts. Sie dagegen sind Grundbesitzer, und Sie müssen daher die Hälfte Ihres Einkommens dem Staat geben. Sehen Sie denn nicht ein, daß der Finanzminister ein Schafskopf und ein sehr schlechter Rechner wäre, wenn er von mir eine Unterstützung des Vaterlandes verlangte? Alles kommt doch von der Erde, und Geld und Scheine sind nur Tauschmittel. Anstatt auf eine Karte hundert Scheffel Getreide, hundert Ochsen, tausend Hammel und zweihundert Sack Hafer zu setzen, spiele ich mit Gold, das diese gewöhnlichen Produkte vertritt. Sehen Sie nicht ein, daß es eine doppelte Belastung wäre, wenn man von mir noch Abgaben fordern würde, nachdem diese Produkte bereits besteuert wurden? Hieße das nicht zweimal dasselbe fordern? Mein Onkel hat in Cadiz für zwei Millionen von Ihrem Getreide und für zwei Millionen Stoffe, die aus Ihrer Wolle hergestellt wurden, verkauft. Er hat mehr als hundert Prozent bei diesen beiden Geschäften verdient. Es ist doch klar, daß dieser Gewinn aus Erträgen des bereits versteuerten Bodens erzielt wurde: Was mein Onkel für zehn Sous von Ihnen kaufte, hat er in Mexiko für fünfzig Franken weiterverkauft, und nach

Abzug aller Unkosten ist er mit achtzig Millionen nach Frankreich zurückgekommen.

Sie werden verstehen, daß es eine ungeheure Ungerechtigkeit wäre, ihm auf die zehn Sous, die er Ihnen gegeben hat, einige Heller abzuverlangen. Wenn zwanzig Neffen, deren Onkel in der guten Zeit je acht Millionen in Mexiko, in Buenos Aires, Lima, Surat oder Pondichéri erworben haben, dem Staat nur je zweihunderttausend Franken für die dringendsten Bedürfnisse leihen würden, so ergäbe das vier Millionen! Ein fürchterlicher Gedanke! Zahlen Sie, guter Freund, der Sie in Ruhe ein sicheres Einkommen von vierzig Talern genießen. Dienen Sie dem Vaterlande, und essen Sie ab und zu mit meiner Dienerschaft zu Mittag.«

Diese einleuchtende Unterhaltung stimmte mich sehr nachdenklich, brachte mir jedoch keinen Trost.

Unterhaltung mit einem Mathematiker

Zuweilen kommt es vor, daß man einem anderen nicht zustimmt, ihm aber doch nichts zu entgegnen weiß; man ist geschlagen, ohne überzeugt zu sein. Im Grunde unseres Herzens regen sich gewisse Bedenken und widerstreitende Gefühle, die uns hindern, das zu glauben, was der andere uns beweisen will. Ein Mathematiker führt zum Beispiel den Beweis, daß man zwischen einem Kreis und einer Tangente eine Unmenge gebogener Linien hindurchführen kann, aber keine einzige gerade. Deine Augen, dein Verstand sagen dir das Gegenteil. Der Mathematiker erklärt dir mit ernsthafter Würde, daß dies eine Unendlichkeit zweiter Ordnung sei. Du schweigst ganz verdutzt, ohne genau Bescheid zu wissen; du begreifst nichts und kannst nichts erwidern.

Du befragst einen anderen Mathematiker, zu dem du mehr Zutrauen hast, und er erklärt dir das Geheimnis. »Wir nehmen an«, sagt er, »was es in Wirklichkeit nicht gibt, nämlich Linien, die eine gewisse Länge, aber keine Breite haben. Es ist, physisch gesprochen, unmöglich, daß eine vorhandene Linie eine andere durchdringt. Weder eine krumme noch eine gerade Linie kann zwischen zwei Linien, die sich berühren, hindurchführen. Das sind nur begriffliche Spielereien und ideelle Hirngespinste. Die echte Geometrie ist die Kunst, tatsächlich vorhandene Dinge zu messen.«

Dieses Geständnis eines weisen Mathematikers befriedigte mich, und ich mußte in meinem Unglück darüber lachen, daß es sogar bis hinauf zu der sogenannten »Hohen Wissenschaft« Gauklerkünste gibt.

Mein Mathematiker war ein Philosoph, der sich zuweilen herabließ, in meiner Hütte mit mir zu plaudern. »Mein Herr«, sagte ich zu ihm, »Sie haben versucht, die Pariser Maulaffen über das, was die Menschen am meisten interessiert, nämlich die Dauer des menschlichen Lebens, aufzuklären. Durch Sie allein hat der Minister erfahren, wieviel er den Rentenempfängern in den verschiedenen Altersstufen geben muß. Sie haben den Vorschlag gemacht, die Häuser der Stadt mit dem so dringend fehlenden Wasser zu versorgen, um uns die Schande und Lächerlichkeit zu ersparen, immer den Schrei nach Wasser zu hören und die unter einem gebogenen Joch einherschwankenden Frauen zu sehen, die zwei Eimer Wasser von zusammen dreißig Pfund bis hinauf in das vierte Stockwerk tragen. Bitte sagen Sie mir doch, wieviel zweiarmige und zweibeinige Tiere es in Frankreich gibt.«

Der Mathematiker: Man behauptet, es gäbe ungefähr zwanzig Millionen solcher Tiere, und ich will diese Berechnung als wahrscheinlich gelten lassen, vorausgesetzt, daß man ihre Richtigkeit nachprüft, was sehr einfach wäre, aber bisher unterblieben ist, weil man nicht immer an alles denkt.

Der Mann mit den vierzig Talern: Auf wie viele Morgen schätzen Sie die Bodenfläche Frankreichs?

Der Mathematiker: Auf hundertdreißig Millionen, wovon nahezu die Hälfte aus Straßen, Städten, Dörfern, Steppen, Heideland, Sümpfen, Sand, unfruchtbarem Land, unnötigen Klöstern, mehr angenehmen als nützlichen Ziergärten, Brachland und armem, schlechtgepflegtem Boden besteht. Die Nutzflächen würden also nur fünfundsiebzig Millionen Morgen betragen oder sagen wir achtzig Millionen; man kann für sein Vaterland nie genug tun.

Der Mann mit den vierzig Talern: Wie hoch schätzen Sie durchschnittlich den Jahresertrag eines Morgens an Getreide, Samen aller Art, Wein, Fischen, Holz, Metall, Vieh, Früchten, Wolle, Seide, Milch, Öl nach Abzug aller Unkosten ohne Berechnung der Steuern?

Der Mathematiker: Nun, wenn jeder Morgen fünfundzwanzig Franken einbringt, so ist das viel; sagen wir aber lieber dreißig Franken, um unsere Mitbürger nicht zu entmutigen. Es gibt Morgen, deren Ertrag auf dreihundert Franken geschätzt wird, es gibt aber auch andere, die nur drei Franken abwerfen. Die mittlere Proportionale zwischen drei und dreihundert ist dreißig, denn Sie verstehen wohl, daß drei zu dreißig in demselben Verhältnis steht wie dreißig zu dreihundert. Wenn es allerdings viele Morgen mit einem Ertrag von dreißig Franken gäbe und sehr wenige, die dreihundert abwerfen, so würden wir nicht auf unsere Rechnung kommen. Aber, wie gesagt, ich will nicht kleinlich sein.

Der Mann mit den vierzig Talern: Also gut. Und wieviel werfen diese achtzig Millionen Morgen, in Geldeswert umgerechnet, ab, Herr Mathematiker?

Der Mathematiker: Das ist leicht zu errechnen: Sie ergeben zum heutigen Tageskurs zwei Milliarden vierhundert Millionen Franken.

Der Mann mit den vierzig Talern: Ich habe gelesen, daß Salomo für sich allein fünfundzwanzig Milliarden an barem Gelde besaß. Und in Frankreich, das viel größer und reicher als das Land Salomonis sein soll, sind doch gewiß nicht zwei Milliarden vierhundert Millionen Bargeld im Umlauf.

Der Mathematiker: Darin liegt das Geheimnis: Gegenwärtig sind im Reiche etwa neunhundert Millionen im Umlauf, und dieses Geld, das von Hand zu Hand geht, reicht zur Bezahlung aller Lebensmittel und aller Arbeiten aus. Derselbe Taler kann tausendmal aus der Tasche des Landmannes in die eines Schankwirtes oder eines Steuerbeamten wandern.

Der Mann mit den vierzig Talern: Das leuchtet mir ein. Aber Sie sagten doch, daß wir zwanzig Millionen Einwohner sind, Männer, Frauen, Kinder und Greise. Wieviel kommt da auf jeden einzelnen, wenn ich fragen darf?

Der Mathematiker: Hundertzwanzig Franken oder vierzig Taler.

Der Mann mit den vierzig Talern: Sie haben mein Einkommen ganz richtig geschätzt. Ich besitze vier Morgen, die als Durchschnitt der ertragarmen und ertragreichen Jahre hundertzwanzig Franken einbringen. Das ist herzlich wenig.

Wenn nun jeder – wie im Goldenen Zeitalter – dasselbe Einkommen hätte, so kämen also auf jeden nur fünf Louisdors jährlich.

Der Mathematiker: Ja, nach meiner etwas großzügigen Berechnung keinesfalls mehr; so liegen die Dinge nun mal. Leben und Vermögen sind sehr begrenzt. In Paris lebt man durchschnittlich nur zwanzig bis dreiundzwanzig Jahre und hat höchstens hundertzwanzig Franken jährlich auszugeben, das heißt: Kleidung, Wohnung, Einrichtung und Verpflegung dürfen eine Summe von hundertzwanzig Franken ausmachen.

Der Mann mit den vierzig Talern: Oh, was habe ich Ihnen getan, daß Sie mir Leben und Vermögen derart beschneiden? Sollte ich wirklich nur dreiundzwanzig Jahre zu leben haben, sofern ich meinen Mitmenschen nicht einige Lebensjahre stehle?

Der *Mathematiker:* So liegen die Dinge unzweifelhaft in unserem lieben Paris. Von diesen dreiundzwanzig Jahren aber müssen Sie mindestens zehn für Ihre Kindheit abziehen, denn die Kindheit ist kein vollwertiges Leben, sondern nur eine Vorstufe dazu. Sie ist die Vorhalle des Gebäudes, der Baum, der noch keine Früchte trägt, sie ist die Dämmerung des neuen Tages. Ziehen Sie von den dreizehn Jahren, die Ihnen bleiben, die

Zeit des Schlafens und der Langeweile ab, also mindestens die Hälfte, so bleiben sechseinhalb Jahre, die Sie in Kummer, Schmerzen, ein wenig Hoffnung und Freude verbringen.

Der Mann mit den vierzig Talern: Daß Gott erbarm! Nach Ihrer Rechnung bleiben ja kaum drei Jahre für ein erträgliches Dasein.

Der Mathematiker: Das ist nicht meine Schuld. Die Natur kümmert sich herzlich wenig um die Menschen. Es gibt Insekten, die nur einen Tag leben, und trotzdem stirbt ihre Gattung nicht aus. Die Natur ähnelt jenen großen Fürsten, die den Verlust von vierhunderttausend Menschen für sehr gering halten, wenn sie dadurch ihre erhabenen Ziele errreichen.

Der Mann mit den vierzig Talern: Vierzig Taler und drei Jahre zu leben! Welches Mittel könnte es Ihrer Meinung nach gegen ein solches Los geben?

Der Mathematiker: Was die Lebensdauer anbetrifft, so müßte man in Paris die Luft verbessern, die Menschen müßten weniger essen und sich mehr Bewegung machen, die Mütter ihre Kinder selbst stillen, und man dürfte nicht mehr so unvernünftig sein und Angst vor dem Impfen haben. Das ist meine Ansicht. Und was das Vermögen betrifft, so müssen sie heiraten und Kinder zeugen.

Der Mann mit den vierzig Talern: Was?! Um bequem leben zu können, soll ich mein Elend mit dem eines anderen Menschen vereinen?

Der Mathematiker: Die Not von fünf oder sechs Menschen ergibt zusammen eine ganz erträgliche Existenz. Schaffen Sie sich eine tüchtige Frau und nur zwei Jungen und zwei Mädchen an, so macht das siebenhundertzwanzig Franken für ihren kleinen Haushalt, vorausgesetzt, daß es gerecht zugeht und jeder einzelne hundertzwanzig Franken Einkommen hat. In den ersten Jahren kosten die Kinder fast nichts, und wenn sie größer werden, sind Sie Ihnen eine Stütze. Ihre gegenseitige Hilfe erspart Ihnen fast alle Ausgaben, und Sie führen das glückliche Leben eines Philosophen, vorausgesetzt, daß jene Herren, die den Staat regieren, nicht so grausam sind, jeden von Ihnen um zwanzig Taler jährlich zu schröpfen. Aber leider leben wir ja nicht mehr im Goldenen Zeitalter, wo die Menschen, die von Geburt alle gleich sind, auch den gleichen Anteil an den reichen Erzeugnissen des Landes hatten. Heute gehört schon viel dazu, daß jedes zweibeinige und zweiarmige Wesen ein Einkommen von hundertzwanzig Franken hat.

Der Mann mit den vierzig Talern: Aber das ist ja niederschmetternd. Sie haben soeben gesagt, daß in einem Lande mit achtzig Millionen Morgen einigermaßen guten Bodens und zwanzig Millionen Einwohnern jeder einzelne ein Einkommen von hundertzwanzig Franken hätte, und jetzt wollen Sie uns auch das noch nehmen?

Der Mathematiker: Ich habe meiner Berechnung das Goldene Zeitalter zugrunde gelegt, jetzt müssen wir aber nach dem Eisernen rechnen. Viele Einwohner haben heute nur zehn Taler Einkommen, andere sogar nur vier oder fünf – und sechs Millionen Menschen haben überhaupt nichts.

Der Mann mit den vierzig Talern: Aber die müssen doch nach drei Tagen verhungern!

Der Mathematiker: Keineswegs. Die anderen, die ihren Teil mitbesitzen, lassen sie für sich arbeiten und teilen mit ihnen. Auf diese Weise werden Pfarrer, Zuckerbäcker, Apotheker, Schauspieler, Anwälte und Mietskutscher bezahlt. Sie halten sich für bemitleidenswert, weil Sie nur hundertzwanzig Franken auszugeben haben und nach Abzug Ihrer zwölf Franken Steuern sogar nur hundertundacht Franken. Aber denken Sie an die Soldaten, die sich für das Vaterland opfern: Sie verfügen bei vier Sous täglich nur über dreiundsiebzig Franken und leben gar lustig in ihren engen Kasernenstuben.

Der Mann mit den vierzig Talern: Also hat ein ehemaliger Jesuit fünfmal soviel Einkommen wie ein Soldat. Und doch haben die Soldaten bei Fontenoy, bei Lafeld und bei der Belagerung von Freiburg dem Staat größere Dienste geleistet, als es jemals Seine Hochwürden Pater La Valette getan hat.

Der Mathematiker: Das läßt sich nicht leugnen. Und selbst jeder frei gewordene Jesuit hat mehr auszugeben, als er seinem Kloster gekostet hat. Einige von ihnen haben sogar viel Geld mit ihren Schriften gegen das Parlement verdient, wie z. B. Seine Hochwürden Pater Patouillet und Pater Nonnotte. Jeder versucht auf seine Art, in dieser Welt vorwärtszukommen: Der eine steht an der Spitze einer Textil- oder Porzellanwarenfabrik, ein anderer eröffnet ein Opernhaus; der eine gibt eine Kirchenzeitung heraus, der andere schreibt eine bürgerliche Tragödie oder einen Roman nach englischem Geschmack. So unterstützen sie den Schreibwarenhändler, die Buchhändler und Zeitungsträger – die ohne sie betteln gehen müßten. Im Grunde ist das nichts anderes als die Rückzahlung der hundertzwanzig Franken an diejenigen, die nichts zum Gedeihen des Staates beitragen können.

Der Mann mit den vierzig Talern: Ein herrliches Gedeihen!

Der Mathematiker: Anders ist es nicht möglich. In allen Ländern lebt der Arme vom Reichen, und das ist der einzige Antrieb des Handels. Je arbeitsamer ein Volk ist, um so mehr verdient es am Ausland. Wenn unsere Handelsbilanz jährlich ein Aktivum von zehn Millionen aufweisen würde, so ergäbe das in zwanzig Jahren zweihundert Millionen zugunsten des Staates; das waren zehn Franken pro Kopf der Bevölkerung. Mit anderen Worten: unsere Kaufleute würden jedem Armen zehn Franken mehr verschaffen, in der Hoffnung, einen noch höheren Gewinn zu erzielen. Aber der Handel hat ebenso wie die Fruchtbarkeit des Bodens seine Grenzen, denn sonst würde der Aufstieg bis ins Unendliche gehen, und außerdem weiß man ja nicht, ob wir immer eine aktive Handelsbilanz behalten. Es gibt auch Zeiten, in denen wir zusetzen.

Der Mann mit den vierzig Talern: Es wird jetzt so viel von Bevölkerungspolitik geredet. Wenn wir uns entschließen würden, die doppelte Anzahl Kinder aufzuziehen, und wenn unser Vaterland doppelt so stark bevölkert wäre, wenn wir anstatt zwanzig Millionen vierzig Millionen Einwohner hätten, was würde dann geschehen?

Der Mathematiker: Die Folge wäre, daß jeder durchschnittlich nur zwanzig Taler zu verausgaben hätte, oder aber der Boden müßte das Doppelte des jetzigen Ertrages abwerfen, oder die Zahl der Armen würde doppelt so groß sein, oder mit dem Fleiß müßte auch die Ausfuhr verdoppelt werden, oder man müßte die Hälfte der Bevölkerung nach Amerika schicken, oder aber die eine Hälfte der Bevölkerung müßte die andere aufessen.

Der Mann mit den vierzig Talern: Begnügen wir uns also mit unseren zwanzig Millionen Einwohnern und unseren hundertzwanzig Franken pro Kopf, so wie Gott es eingeteilt hat. Aber das ist eine traurige Lage, und unser Eisernes Zeitalter ist recht hart.

Der Mathematiker: Keiner Nation geht es besser, vielen aber schlechter. Glauben Sie, daß im Norden jeder Einwohner über hundertzwanzig Franken verfügen kann? Wenn Hunnen, Goten, Vandalen und Franken soviel gehabt hätten, so hätten sie nicht ihr Vaterland verlassen und wären nicht mit Feuer und Schwert in andere Länder gekommen, um sich dort anzusiedeln.

Der Mann mit den vierzig Talern: Wenn ich Sie weiterreden ließe, so würden Sie mir bald die Überzeugung beibringen, daß ich glücklich sein kann, meine hundertzwanzig Franken zu haben.

Der Mathematiker: Wenn Sie sich einbildeten, glücklich zu sein, so wären Sie es auch.

Der Mann mit den vierzig Talern: Man kann sich doch nicht einbilden, etwas zu sein, was man gar nicht ist, es sei denn, man wäre verrückt!

Der Mathematiker: Ich sagte Ihnen schon, daß Ihnen zu Ihrem Glück und zu Ihrer Zufriedenheit eine Frau fehlt, aber ich möchte hinzufügen, daß sie gleich Ihnen hundertzwanzig Franken Grundrente, das heißt vier Morgen zu je zehn Talern haben müßte. Wenn Ihre Kinder fleißig sind, könnte jedes von ihnen durch seine Arbeit für andere ebensoviel dazuverdienen.

Der Mann mit den vierzig Talern: Also könnten sie nur dadurch zu Geld kommen, daß andere es verlieren.

Der Mathematiker: Dieses Gesetz gilt bei allen Völkern; man kann nur um diesen Preis atmen.

Der Mann mit den vierzig Talern: Und meine Frau und ich müßten die Hälfte unserer Ernte an die gesetzgebende und ausführende Gewalt abliefern, und die neuen Minister würden uns die Hälfte von den Früchten unserer Arbeit wegnehmen und sogar die Hälfte von dem Lebensunterhalt unserer armen Kinder, bevor sie sich selber ihr Brot verdienen können! Bitte sagen Sie mir doch, wieviel Geld unsere neuen Minister auf Grund des göttlichen Rechtes dem Staatssäckel zuführen?

Der Mathematiker: Sie zahlen zwanzig Taler für vier Morgen, die Ihnen vierzig Taler einbringen. Ein reicher Mann, der vierhundert Morgen besitzt, zahlt nach dem neuen Tarif zweitausend Taler, und die gesamten achtzig Millionen Morgen werfen zwölfhundert Millionen Franken oder vierhundert Millionen Taler jährlich für den König ab.

Der Mann mit den vierzig Talern: Das erscheint mir unangebracht und unmöglich.

Der Mathematiker: Sie haben vollkommen recht, und diese Unmöglichkeit ist ein mathematischer Beweis dafür, daß die Logik unserer neuen Minister einen grundlegenden Fehler aufweist.

Der Mann mit den vierzig Talern: Liegt nicht auch eine ungeheuere Ungerechtigkeit darin, mir die Hälfte meines Getreides, meines Hanfs und meiner Schafwolle wegzunehmen und keinerlei Abgaben von denen zu verlangen, die sich zehn-, zwanzig- und sogar dreißigtausend Franken Zinsen mit meinem Hanf verdient haben, aus dem sie Stoffe anfertigten, mit meiner Wolle, die sie zu Tuch verarbeitet haben, und durch mein Getreide, das sie teurer wiederverkauften, als sie es eingekauft haben?

Der Mathematiker: Die Ungerechtigkeit dieser Verteilung ist ebenso augenfällig wie die Unrichtigkeit der Errechnungsweise. Auf der einen Seite muß die Industrie begünstigt werden, aber die blühende Industrie muß ihrerseits auch den Staat unterstützen. Die Industrie hat Ihnen sicher einen Teil Ihrer hundertzwanzig Franken weggenommen und sich angeeignet, indem sie Ihnen Ihre Hemden und Ihren Anzug zwanzigmal so teuer verkaufte, wie sie Ihnen zu stehen gekommen wären, wenn Sie selbst gearbeitet hätten. Der Fabrikant, der sich auf Ihre Kosten bereichert, hat allerdings seine Arbeiter, die selbst nichts hatten, davon bezahlt, aber er hat für sich selbst jährlich einen Betrag zurückgehalten, der ihm schließlich dreißigtausend Franken Zinsen eingebracht hat. Er hat also dieses Vermögen auf Ihre Kosten erworben. Sie können ihm Ihre Erzeugnisse niemals so teuer verkaufen, um sich für das, was er an Ihnen verdient hat, zu entschädigen, denn wenn Sie versuchen würden, Ihre Preise derart zu erhöhen, so würde er die Waren im Ausland billiger einkaufen. Ein Beweis für die Richtigkeit dieser Tatsache ist, daß er immer Besitzer seiner dreißigtausend Franken Zinsen bleibt, während Ihre hundertzwanzig Franken sich oft sogar vermindern, eine Vermehrung dagegen fast ausgeschlossen ist. Es ist also nur recht und billig, daß die anspruchsvolle und gehobene Tätigkeit des Großkaufmanns mehr einbringt als die grobe Arbeit des Landmannes. Ebenso verhält es sich mit den Empfängern von Staatsgeldern. Ihre Steuer betrug, bevor Ihnen unser großer Minister zwanzig Taler abverlangten, höchstens zwölf Franken. Von diesen zwölf Franken behielt der Steuereinnehmer zehn Centimes für sich. Wenn Ihre Provinz fünfhunderttausend Einwohner hat, so verdient er zweihundertfünfzigtausend Franken im Jahr. Gibt er fünfzigtausend davon aus, so hat er nach zehn Jahren zwei Millionen erspart. Es ist nur gerecht, wenn auch er dementsprechend besteuert wird, sonst würde alles drunter und drüber gehen.

Der Mann mit den vierzig Talern: Ich danke Ihnen, daß Sie den

Finanzbeamten so eingeschätzt haben, das hat mir wohlgetan. Aber, da er seinen Reichtum so vermehrt hat, was kann ich tun, um auch mein kleines Vermögen zu vergrößern?

Der Mathematiker: Ich sagte es Ihnen bereits: indem Sie heiraten, indem Sie arbeiten und versuchen, Ihrem Acker einige Garben mehr abzuringen, als er bis jetzt hervorgebracht hat.

Der Mann mit den vierzig Talern: Angenommen, ich hätte viel gearbeitet, alle anderen ebenfalls, und die gesetzgebende und ausführende Gewalt hätte dadurch noch höhere Steuern einziehen können: wieviel hätte dann die Bevölkerung am Ende des Jahres gewonnen?

Der Mathematiker: Gar nichts, es sei denn, daß der Außenhandel sich günstiger gestaltet hätte: die Menschen hätten aber besser gelebt. Jeder einzelne hätte verhältnismäßig mehr Anzüge, Hemden und Möbel gehabt als früher. Der Geldumlauf im Staate wäre größer gewesen, die Gehälter würden mit der Zeit höher, ungefähr im Verhältnis zum Mehrverbrauch an Getreide, Häuten, Fellen und Wein. Man hätte dem König den Mehrwert der Erzeugnisse in Geld gezahlt, und der König wiederum hätte seinen Beamten höhere Gehälter bewilligt; im ganzen aber wäre nicht ein Taler mehr im Reiche gewesen als jetzt.

Der Mann mit den vierzig Talern: Und was verbliebe dem Staat am Ende des Jahres?

Der Mathematiker: Ich wiederhole: nichts. Das geht jedem Staat so. Er häuft keine Schätze an, er hat alles, was er braucht. Jedermann hat Nahrung, Kleidung, Wohnung, Einrichtung, je nach seinem Stande. Wenn der Staat Schätze ansammelt, so entzieht er das Geld, das er hortet, dem Umlauf. Er hat dann ebenso viele Male einen Menschen unglücklich gemacht, wie er vierzig Taler in seinem Tresor aufgespeichert hat.

Der Mann mit den vierzig Talern: Dann wäre also der große Heinrich IV. nur ein Geizhals, ein Knauser, ein Ausbeuter gewesen, denn man hat mir erzählt, daß er in der Bastille mehr als fünfzig Millionen nach unserer heutigen Währung angehäuft hatte.

Der Mathematiker: Er war ein ebenso guter wie kluger und wertvoller Mensch. Er war im Begriff, einen gerechten Krieg zu führen, und wenn er in seiner Schatulle zweiundzwanzig Millionen nach damaligem Wert angesammelt und weitere zwanzig im Umlauf hatte, so ersparte er seinem Volk mehr als hundert Millionen, die ohne diese vorsorglichen Maßnahmen erforderlich gewesen wären. Auf diese Weise sicherte er sich den Erfolg gegenüber einem Feinde, der nicht die gleichen Vorsichtsmaßnahmen getroffen hatte. Diese Wahrscheinlichkeitsrechnung fiel ganz und gar zu seinen Gunsten aus. Seine aufgespeicherten zweiundzwanzig Millionen waren ein Beweis dafür, daß im Reiche ein Überschuß an Bodenerträgnissen vorhanden war und daß folglich niemand an Not litt.

Der Mann mit den vierzig Talern: Mein alter Freund hatte also ganz recht, als er mir sagte, daß man unter der Verwaltung des Herzogs von Sully verhältnismäßig reicher war als unter den neuen Ministern, die die Steuer einheitlich verteilten und mir von vierzig Talern zwanzig weggenommen haben. Bitte sagen Sie mir, gibt es auf der Welt noch eine andere Nation, die die Wohltat der Einheitssteuer genießt?

Der Mathematiker: Jedenfalls keine reiche. Die Engländer, die so selten lachen, haben gelächelt, als sie erfuhren, daß bei uns geistvolle Leute eine solche Maßnahme vorgeschlagen haben. Die Chinesen verlangen von allen Handelsschiffen, die Kanton anlaufen, eine Abgabe. Die Holländer müssen in Nagasaki eine Abgabe entrichten, wenn sie unter dem Vorwand, keine Christen zu sein, in Japan aufgenommen werden wollen. Die Lappen und die Samojeden sind einer Einheitssteuer in Form von Marderfellen unterworfen. In der Republik San Marino erhebt man den Zehnten lediglich, um den Staat auf seiner glanzvollen Höhe zu erhalten.

In unserem alten Europa gibt es einen Staat, dessen Bevölkerung wegen ihrer Rechtlichkeit und Tapferkeit berühmt ist und überhaupt keine Steuern zahlt: das sind die Schweizer. Aber hören Sie, wie es dort zugeht: Das Volk hat sich an die Stelle der Herzöge von Österreich und Zähringen gesetzt. Die kleinen Kantone sind demokratisch, aber sehr arm. Jeder Einwohner bezahlt dort eine bescheidene Summe für die Bedürfnisse der kleinen Republik. In den reichen Kantonen muß der Zins, den früher die Erzherzöge von Österreich und die Großgrundbesitzer forderten, an den Staat entrichtet werden. Die protestantischen Kantone sind doppelt so wohlhabend wie die katholischen, weil dort die Besitztümer der Mönche jetzt dem Staat gehören. Alle, die früher den Erzherzögen von Österreich, den Herzögen von Zähringen und den Mönchen unterstanden, sind heute Untertanen des Staates, an den sie die gleichen Abgaben wie an ihre ehemaligen Herren abführen. Und da die Schweizer im allgemeinen sehr wenig Handel treiben, ist dieser, abgesehen von unbedeutenden Zöllen, keinerlei Belastung unterworfen. Die Leute machen mit den fremden Mächten einträgliche Geschäfte und nehmen auch für einige Jahre im Ausland Stellungen an. Das bringt auf unsere Kosten Geld in ihr Land. Dieser Staat steht in der zivilisierten Welt ebenso einzig in seiner Art da wie der von unseren neuen Gesetzgebern entworfene Steuerplan.

Der Mann mit den vierzig Talern: So werden also die Schweizer nicht auf Grund des göttlichen Rechtes der Hälfte ihres Einkommens beraubt? Und wer vier Kühe hat, braucht nicht zwei dem Staat abzugeben?

Der Mathematiker: Nein, bestimmt nicht. In einem Kanton gibt man von dreizehn Tonnen Wein eine ab und trinkt zwölf selber. In einem anderen Kanton gibt man den zwölften Teil ab und trinkt elf.

Der Mann mit den vierzig Talern: Oh, wäre ich doch Schweizer! Diese verfluchte und ungerechte Einheitssteuer hat mich an den Bettelstab gebracht! Aber sind drei- oder vierhundert verschiedene Steuern, deren Bezeichnung ich nicht einmal behalten und aussprechen kann, gerechter und ehrlicher?

Ist jemals ein Gesetzgeber bei der Gründung eines Staates auf den Gedanken gekommen, geheime Hofräte einzusetzen, die Kohlen abwiegen, Weingefäße eichen, Holz nachmessen, Schweinezungen beschauen und den Salzgehalt der Butter kontrollieren? Hätte ein Gesetzgeber je daran gedacht, eine Armee von Halunken zu unterhalten, die doppelt so groß wie die Armee Alexanders ist und unter dem Oberbefehl von sechzig Generälen das Land verwüstet, jeden Tag Siege davonträgt, Gefangene macht und sie bisweilen unter freiem Himmel oder auf einem kleinen Brettergerüst opfert gleich den alten Skythen, wie mir unser Pfarrer erzählt hat.

Ist solch eine Gesetzgebung, gegen die sich so viele Proteste erheben und die so viel Leid und Tränen bringt, besser als eine, die mir mit einem Schlag und ohne viel Federlesens die Hälfte meines Unterhalts fortnimmt?

Der Mathematiker: Iliacos intra muros peccatur et extra. Est modus in rebus. . . Caveas ne quid nimis.

Der Mann mit den vierzig Talern: Ich habe zwar etwas Geschichte und Mathematik getrieben, aber Lateinisch kann ich nicht.

Der Mathematiker: Das heißt ungefähr: Das Unrecht liegt auf beiden Seiten, wähle immer den goldenen Mittelweg, niemals zuviel von einer Sache.

Der Mann mit den vierzig Talern: Sehr gut, von nichts zuviel, das entspricht meiner Lage. Aber ich habe nicht genug!

Der Mathematiker: Ich gebe zu, daß wir beide, Sie und ich, verhungern und der Staat zugrunde gehen müßte, wenn die neue Verwaltung auch nur zwei Jahre im Amt bliebe. Aber man muß hoffen, daß Gott sich unser erbarmen wird.

Der Mann mit den vierzig Talern: Mit Hoffen verbringt man seine Tage, und man hofft noch über das Grab hinaus. Leben Sie wohl, mein Herr, Sie haben mich belehrt, aber mir will das Herz brechen.

Der Mathematiker: Das ist oft die Auswirkung der Wissenschaft.

Nachdem ich mich bei dem Professor von der Akademie der Wissenschaften für seine Belehrung bedankt hatte, entfernte ich mich recht verwirrt, pries die Vorsehung, murmelte aber vor mich hin: »Nur zweiundzwanzig Taler Rente und nur zweiundzwanzig Jahre zu leben! Ach, wäre doch unser unglückliches Leben noch kürzer!«

Bald darauf stand ich vor einem prächtigen Gebäude. Ich verspürte Hunger, besaß aber nicht einmal den hundertzwanzigsten Teil des Betrages, der von Rechts wegen jedem einzelnen zukommt. Als man mir jedoch sagte, daß dieser Palast das Kloster der ehrwürdigen Karmeliterpater sei, erfüllte mich neue Hoffnung, und ich dachte bei mir: »Wenn diese Heiligen so demütig sind und barfuß gehen, so werden sie wohl auch so barmherzig sein und dir ein Mittagessen geben.«

Ich läutete, ein Karmeliter erschien: »Was willst du, mein Sohn?« – »Brot, ehrwürdiger Vater, die neuen Erlässe haben mir alles genommen.« – »Mein Sohn, wir bitten selbst um Almosen, wir geben keine.« – »Wie, Euer heiliger Orden befiehlt Euch, barfuß zu gehen, Ihr habt ein fürstliches Haus, und Ihr verweigert mir ein kärgliches Mahl!« – »Allerdings, mein Sohn, wir tragen keine Strümpfe und Schuhe, das erspart uns eine Ausgabe. Trotzdem frieren wir an den Füßen nicht mehr als an den Händen, und wenn unser heiliger Orden uns befehlen würde, den Hintern zu entblößen, so würden wir auch da nicht frieren. Und was unser schönes Haus betrifft, so hat uns der Bau keine Schwierigkeiten bereitet, da wir hunderttausend Franken Einnahmen aus den anderen Häusern unserer Straße beziehen.«

»Mein Gott, Ihr habt hunderttausend Franken Einnahmen und laßt mich verhungern! Ihr müßt dann aber fünfzigtausend an die neue Regierung abführen?«

»Gott bewahre uns, ihr auch nur einen Heller zu zahlen. Einzig das Produkt, das fleißige, schwielige, tränenbenetzte Hände dem Boden abgerungen haben, ist der gesetzgebenden und ausführenden Gewalt abgabepflichtig. Die Almosen, die man uns gegeben hat, haben es uns ermöglicht, diese Häuser zu bauen, aus denen wir jährlich hunderttausend Franken Einnahmen beziehen. Aber da diese Almosen von bereits versteuerten Erzeugnissen des Bodens herrühren, können sie nicht zum zweiten Mal mit einer Abgabe belegt werden. Sie haben die Gläubigen geheiligt, die arm geworden sind, indem sie uns bereicherten, und wir betteln weiter und erheben auch weiterhin Abgaben in dem Vorort Saint-Germain zum Heil der Gläubigen.« Mit diesen Worten warf mir der Mönch die Tür vor der Nase zu.

Ich kam an der Kaserne der weißen Musketiere vorbei und erzählte dort mein Erlebnis. Sie setzten mir ein gutes Mittagessen vor und schenkten mir einen Taler. Einer von ihnen schlug vor, das Kloster in Brand zu stecken, aber ein anderer, der weit klüger war, bewies ihm, daß die Zeit noch nicht gekommen sei, und bat ihn, noch zwei oder drei Jahre zu warten.

Audienz bei dem Finanzminister

Da der Finanzminister an diesem Tag Audienz erteilte, ging ich mit meinem Taler zu ihm, um ihm eine Bittschrift zu überreichen.

Im Vorzimmer drängten sich Leute aller Stände und Berufe. Man sah vor allem Menschen mit noch volleren Gesichtern, noch runderen Bäuchen und stolzeren Mienen, als der Mann mit den acht Millionen gehabt hatte. Ich wagte nicht, mich ihnen zu nähern; ich sah sie, aber sie übersahen mich.

Ein Pater, ein großer Zehntherr, hatte einen Prozeß gegen verschiedene Bürger angestrengt, die er »seine Bauern« nannte. Er hatte bereits mehr Einkommen als die Hälfte seiner Pfarrkinder zusammen und war außerdem Lehnsherr. Er behauptete, daß seine Vasallen, die mit unsäglicher Mühe ihr dürres Heideland in Weinberge umgewandelt hatten, ihm den zehnten Teil ihres Weines abliefern müßten, was einschließlich der Arbeitslöhne, der Rebenpfähle, Fässer und Keller mehr als ein Viertel der Ernte ausmachte. »Aber da der Zehnte göttlichen Rechtes ist«, sagte er, »so fordere ich im Namen Gottes von meinen Bauern den vierten Teil ihrer Erträgnisse.« – »Man merkt, was für ein barmherziger Mensch Sie sind«, sagte der Minister zu ihm.

Da mischte sich ein Generalsteuerpächter, der in seinem Amt sehr tüchtig war, ein: »Exzellenz, das Dorf kann dem Pater nichts mehr geben, denn da er im vergangenen Jahr zweiunddreißig Prozent von dem Wein seiner Bauern verlangte und sie außerdem dazu verurteilen ließ, die Getränkesteuer zu bezahlen, sind sie vollständig ruiniert. Ich habe ihr Vieh und ihre Möbel verkaufen lassen, aber sie sind jetzt noch meine Schuldner. Ich erhebe daher Einspruch gegen die Forderungen des ehrwürdigen Paters.«

»In Ihnen kann man wahrhaftig den Nebenbuhler des Paters sehen«, entgegnete der Minister. »Die Nächstenliebe zeigt sich bei dem einen wie bei dem anderen auf die gleich Art und Weise, und Sie erbauen mich alle beide.«

Ein dritter, der ebenfalls Ordensbruder und Lehnsherr war, erwartete einen Urteilsspruch, der ihn in den Besitz des gesamten Vermögens eines Parisers bringen sollte. Der Beklagte hatte aus Versehen ein Jahr und einen Tag in einem Hause gewohnt, das den Rechtsbestimmungen der Toten Hand unterworfen war und mitten in dem Besitztum des Priesters lag. Nach einem Jahr war dieser Mann gestorben, und der Ordensbruder beanspruchte nun »auf Grund göttlichen Rechtes« sein gesamtes Hab und Gut.

Der Minister fand, daß dieser heilige Ordensbruder ebenso gerecht und hochherzig war wie seine beiden Vorgänger.

Ein vierter, ein Domäneninspektor, überreichte eine schöne Denkschrift, in der er sich gegen die Beschuldigung verteidigte, zwanzig Familien an den Bettelstab gebracht zu haben. Sie hatten von ihren Onkeln, Tanten, Brüdern oder Vettern geerbt und mußten dafür Erbschaftssteuern bezahlen. Der Domäneninspektor hatte ihnen klar bewiesen, daß sie ihr Erbteil zu gering eingeschätzt hatten, daß sie viel reicher waren, als sie glaubten. Infolgedessen hatte er sie zur Zahlung des Dreifachen verurteilt, hatte sie durch die hohen Abgaben zugrunde gerichtet und die Familienväter ins Gefängnis werfen lassen. Dann hatte er ihre besten Besitzungen gekauft, ohne einen Pfennig dafür zu bezahlen.

In etwas bitterem Ton sagte der Finanzminister zu ihm: »Euge, Kontrolleur bone et fidelis, quia supra pauca fuisti fidelis, Generalpächter te constituam.« Zu dem neben ihm stehenden Berichterstatter über die Bittschriften sagte er jedoch leise: »Es wäre an der Zeit, diesen heiligen und weltlichen Blutsaugern ihr zu Unrecht erworbenes Vermögen wieder abzunehmen. Es ist dringend nötig, das Volk von ihnen zu befreien, denn es hätte ohne unsere Fürsorge und unsere Gerechtigkeit nur im Jenseits sein Auskommen.«

Männer von höchstem Genie kamen und unterbreiteten dem Minister ihre Vorschläge. Einer war auf den Einfall gekommen, den Geist zu besteuern. »Jeder wird schleunigst bezahlen«, sagte er, »denn niemand will, daß man ihn für einen Dummkopf hält.« – »Sie sind von vornherein von dieser Steuer befreit«, erklärte ihm der Minister.

Ein anderer schlug vor, die Einheitssteuer auf Lieder und auf das Lachen auszudehnen, da das französische Volk bekanntlich das fröhlichste der Welt sei und durch ein Lied über alles getröstet werden könne. Aber der Minister wandte ein, daß seit einiger Zeit kaum noch heitere Lieder verfaßt würden, und er sprach die Befürchtung aus, daß die Menschen, nur um der Steuer zu entgehen, zu ernst werden möchten.

Schließlich kam ein kluger, rechtschaffener Bürgersmann mit dem Vorschlag, dem König dreimal soviel zu geben, indem man das Volk dreimal weniger zahlen lasse. Der Minister riet ihm, erst einmal rechnen zu lernen.

Ein vierter wollte dem König »aus purer Freundschaft« beweisen, daß sein Einkommen lediglich fünfundsiebzig Millionen betrage, daß er ihm indessen zweihundertfünfundzwanzig Millionen verschaffen wolle. »Wenn wir die Staatsschulden bezahlt haben, werde ich mich Ihrer erinnern«, sagte der Minister.

Endlich erschien ein Angestellter des Mannes, der die gesetzgebende Gewalt auf Grund göttlichen Rechtes zur Mitbesitzerin aller Ländereien bestimmt und dadurch dem König zwölfhundert Millionen Einkommen verschafft hatte. Ich erkannte in ihm den Mann, der mich ins Gefängnis hatte werfen lassen, weil ich meine zwanzig Taler nicht bezahlen konnte. Ich fiel dem Minister zu Füßen und bat ihn um Gerechtigkeit. Er brach in lautes Gelächter aus und sagte mir, man habe sich da einen schlechten Scherz mit mir erlaubt. Er befahl, mir hundert Taler Entschädigung zu zahlen, und erließ mir für den Rest meines Lebens jegliche Steuer. »Exzellenz, Gott segne Sie!« sagte ich zu ihm.

Brief an den Mann mit den vierzig Talern

Obwohl ich dreimal so reich bin wie Sie, das heißt, dreihundertsechzig Franken Einkommen habe, schreibe ich Ihnen dennoch wie meinesgleichen, ohne den Dünkel eines vermögenden Mannes hervorzukehren.

Ich habe von Ihrem Mißgeschick gehört und von der Gerechtigkeit, die Ihnen der Finanzminister widerfahren ließ, und beglückwünsche Sie dazu. Bedauerlicherweise habe ich »Der Bürger als Kapitalist« gelesen, wenn mich auch der Titel, der vielen Leuten widerspruchsvoll erscheint, sehr abstieß. Dieser Landsmann nimmt Ihnen zwanzig und mir sechzig Franken Einkommen fort; er billigt jedem Einwohner durchschnittlich nur hundert Franken zu. Ein ebenso hervorragender anderer Zeitgenosse berechnet dagegen unser Einkommen auf hundertfünfzig Franken. Wie ich sehe, hat Ihr Mathematiker die goldene Mitte gewählt. Er gehört also nicht zu den erlauchten Herren, die mit einem Federstrich Paris mit einer Million Einwohner bevölkern und behaupten, daß im Lande fünfzehnhundert Millionen klingende Münze im Umlauf ist, obwohl wir in unseren letzten Kriegen so ungeheuere Summen verloren haben.

Da Sie gern lesen, will ich Ihnen den »Bürger als Kapitalisten« leihen. Aber glauben Sie ja nicht alles, was darin steht! Zum Beispiel führt der Verfasser das Testament des berühmten Ministers Colbert an, weiß aber nicht, daß dies ein lächerliches Machwerk eines gewissen Gatien de Courtilz ist. Er zitiert aus dem »Zehnten« des Marschalls Vauban und hat keine Ahnung, daß er von Boisguillebert herrührt. Er zitiert das Testament des Kardinals Richelieu, ohne zu wissen, daß der Abbé de Bourzéis der Verfasser ist. Er stützt sich auf die Angabe, der Kardinal habe versichert, daß bei einer Verteuerung des Fleisches auch der Sold der Soldaten erhöht werden müßte. Tatsächlich wurde das Fleisch während seiner Amtszeit teurer, aber der Sold wurde nicht erhöht, ein Umstand, der, abgesehen von hundert anderen Beweisen, dafür spricht, daß dieses Buch, das gleich bei seinem Erscheinen dem Kardinal zugeschrieben wurde, ebensowenig sein Werk ist, wie die Testamente des Kardinals Alberoni und des Marschalls de Belle-Isle von diesen verfaßt wurden.

Hüten Sie sich Ihr Leben lang vor Testamenten und Systemen! Ich bin ihnen ebenso zum Opfer gefallen wie Sie. Wenn unsere modernen Gesetzgeber Sie zum Narren gehalten haben, so sind unsere neuen Agronomen noch schlimmer mit mir verfahren. Wenn nicht eine kleine Erbschaft meine Lage gebessert hätte, wäre ich elend zugrunde gegangen. Ich besitze eine Anbaufläche von hundertzwanzig Morgen in der herrlichsten Gegend, aber der Boden ist sehr unfruchtbar. Jeder Morgen wirft nach Abzug aller Unkosten nur einen Taler ab. Als ich in den Zeitungen las, daß ein berühmter Landwirt eine neue Sämaschine erfunden habe, durch die bei geringerer Aussaat eine größere Ernte zu erzielen sei, lieh ich mir schleunigst das nötige Geld und kaufte mir eine solche Maschine. Meine Mühe war umsonst. Ich verlor mein Geld ebenso wie der berühmte Landwirt, der seine Maschine auch nicht mehr benutzt.

Das Unglück wollte es, daß ich die ›Wirtschaftszeitung‹ hielt, die in Paris von Boudet herausgegeben wird. Ich las darin von dem Versuch eines erfinderischen Parisers, der zu seinem Vergnügen seinen Garten fünfzehnmal hatte umpflügen lassen und dann, anstatt Tulpen zu pflanzen, Weizen säte: er erzielte eine großartige Ernte. Ich borgte mir wieder Geld und dachte bei mir: »Du brauchst einfach nur dreißigmal umpflügen zu lassen und wirst das Doppelte von dem ernten, was dieser ehrenwerte Pariser erzielt hat, der sich in der Oper und im Schauspielhaus den Kopf über landwirtschaftliche Probleme zerbrochen hat und mich durch seine Belehrung und sein Beispiel reich macht.«

Nun ist es ein Ding der Unmöglichkeit, in unserer Gegend viermal im Jahre zu pflügen; das rauhe Klima und die plötzlichen Witterungsumschläge lassen das nicht zu. Außerdem hatte ich nach dem Unglück mit der Sämaschine mein Gespann verkaufen müssen. Ich ließ also meine hundertzwanzig Morgen dreißigmal umpflügen und borgte mir dazu alle Pflüge, die in einem Umkreis von vier Meilen aufzutreiben waren. Dreimal umpflügen kostet pro Morgen zwölf Franken, das ist ein feststehender Satz. Ich mußte also das Zehnfache für jeden Morgen bezahlen, und so kosteten mich meine hundertzwanzig Morgen vierzehntausendvierhundert Franken. Meine Ernte, die sich in meiner verwünschten Gegend in einem normalen Jahr auf dreihundert Sester belief, stieg allerdings auf dreihundertdreißig, die mir, den Sester zu zwanzig Franken gerechnet, sechstausendsechshundert Franken einbrachten. Ich verlor siebentausendachthundert Franken, hatte allerdings das Stroh für mich.

Ich wäre ruiniert, zugrunde gerichtet gewesen, wenn nicht ein berühmter Arzt, der in der Medizin ebenso tüchtig war wie ich in der Landwirtschaft, schleunigst eine alte Tante von mir ins Jenseits befördert hätte.

Konnte man es für möglich halten, daß ich noch immer bereit war, mich von Boudets Zeitung verführen zu lassen? Dieser Mann hatte es doch schließlich nicht darauf abgesehen, mich zu ruinieren. Ich las in einem Artikel, man brauche nur viertausend Franken zu wagen, um viertausend Franken Einkommen durch den Anbau von Artischocken zu erzielen. Sicherlich wird mir Boudet in Artischocken das zurückgeben, was ich durch ihn an Getreide verloren habe. Ich gab also meine viertausend Franken aus – aber meine Artischocken fraßen die Feldratten. Ich wurde in meiner Gemeinde wie ein Narr verhöhnt und schrieb einen von Vorwürfen triefenden Brief an Boudet. Statt aller Antwort machte sich dieser Schuft in seiner Zeitung über mich lustig. Er bestritt in unverschämter Weise, daß die Karaiben rot zur Welt kämen. Ich war genötigt, ihm eine Bescheinigung eines ehemaligen königlichen Bevollmächtigten von Guadeloupe zu schicken, daß Gott, ebenso wie er die Neger schwarz, die Karaiben rot auf die Welt kommen ließ.

Aber dieser kleine Sieg änderte nichts an der Tatsache, daß die ganze Erbschaft meiner Tante bis auf den letzten Heller verlorengegangen war, weil ich den neuen Systemen zu sehr vertraut habe. Also, lieber Herr, ich wiederhole: Hüten Sie sich vor den Scharlatanen!

Neue Kümmernisse als Folge der neuen Systeme

(Dieser kleine Aufsatz ist den Aufzeichnungen eines alten Einsiedlers entnommen)

Ich habe festgestellt, daß einige Mitbürger sich ein Vergnügen daraus gemacht haben, Staaten zu regieren und den Platz der Herrscher einzunehmen, während andere sich als Schutzherren der Landwirtschaft aufspielten und wieder andere, noch viel eingebildetere, sich selbst ohne Umschweife zu Göttern machten und durch einen Federstrich das Weltall erschufen, so wie es ehedem der Herrgott durch das Wort tat.

Einer der ersten, die meine Bewunderung erregten, war ein Abkömmling von Thales, namens Telliamed, der mich lehrte, daß Berge und Menschen von den Wassern des Meeres hervorgebracht worden seien. Es habe zuerst schöne Seemenschen gegeben, die später Amphibien wurden. Ihr prächtiger, gabelförmiger Schwanz verwandelte sich in Schenkel und Beine. Ich stand noch völlig unter dem Eindruck der Ovidschen ›Metamorphosen‹ und eines Buches, in dem dargelegt wurde, daß die Menschen Bastarde einer Pavianrasse seien. Es war mir ein ebenso angenehmer Gedanke, von einem Fisch abzustammen wie von einem Affen.

Mit der Zeit stiegen einige Zweifel über diese Abstammungslehre und auch über die Entstehung der Gebirge in mir auf. »Wie, Sie wissen nicht, daß die Meeresströmungen, die ständig zu beiden Seiten Sandablagerungen in einer Höhe von zehn bis zwölf Fuß verursachen, im Laufe von unzähligen Jahrhunderten Gebirge, die nicht aus Sand bestehen und zwanzigtausend Fuß hoch sind, gebildet haben?« fragte er mich. »Sie müssen wissen, daß das Meer ursprünglich den ganzen Erdball bedeckt hat. Ein Beweis dafür ist, daß man auf dem St. Bernhard Schiffsanker gefunden hat, die schon viele Jahrhunderte eher dort lagen, als die Menschen Schiffe gebaut haben. Stellen Sie sich vor, daß die Erde eine Kugel aus Glas ist, die lange Zeit völlig mit Wasser bedeckt war.«

Je mehr er mich belehren wollte, desto ungläubiger wurde ich. »Ja, haben Sie denn noch nicht die Muschelerde in der Touraine gesehen, sechsunddreißig Meilen vom Meere entfernt? Das ist eine Anhäufung von Muscheln, mit denen man den Boden wie mit Mist düngt. Wenn nun also das Meer im Laufe der Zeiten ein ganzes Muschellager sechsunddreißig Meilen vom Ozean entfernt abgelagert hat, warum sollte es nicht mehrere Jahrhunderte hindurch bis zu dreitausend Meilen unseren Erdball überschwemmt haben?«

»Herr Telliamed, es gibt Leute, die fünfzehn Meilen täglich zu Fuß zurücklegen, die aber keine fünfzig schaffen können«, antwortete ich ihm. »Ich glaube nicht, daß mein Garten aus Glas ist, und was Ihre Muschelerde betrifft, so bezweifle ich, daß sie eine Ablagerung von Meermuscheln ist. Es wäre sehr wohl möglich, daß es sich da nur um ein Vorkommen von kleinen Kalksteinen handelt, die oft die Form von Muscheln annehmen, ebenso wie es ja auch Steine gibt, die wohl zungenförmig, aber keine Zungen sind, die Sternformen haben, jedoch keine Sterne sind, die wie Schlangen geringelt erscheinen, doch keine Schlangen sind, die weibliche Körperteile darstellen, aber nichts mit dem Körper einer Frau zu tun haben. Es gibt Dendriten, das heißt Steine, die wie Bäume oder Häuser aussehen, ohne daß diese kleinen Steinchen jemals etwas mit Häusern oder Eichen zu tun gehabt hätten. Wenn das Meer so viele Muschellager in der Touraine zurückgelassen hätte, warum sollte das nicht auch der Fall in der Bretagne, der Normandie, der Picardie und allen anderen Küstenstrichen sein? Ich fürchte sehr, daß die so viel gerühmte Muschelerde ebensowenig vom Meere stammt wie die Menschen. Und wenn das Meer sich über sechsunddreißig Meilen erstreckt hätte, so ist damit noch nicht gesagt, daß es über dreitausend oder auch nur mehr als dreihundert Meilen bedeckt hat und daß sämtliche Gebirge durch das Meer entstanden sind. Man könnte ebensogut sagen, daß der Kaukasus durch das Meer oder daß das Meer durch den Kaukasus entstanden wäre.«

»Aber, Sie Ungläubiger, was halten Sie denn von den versteinerten Austern, die auf dem Gipfel der Alpen gefunden worden sind?«

»Darauf kann ich Ihnen nur erwidern, Herr Schöpfer, daß ich auf dem Gipfel des Mont Cenis weder versteinerte Austern noch Schiffsanker gesehen habe. Ich möchte nur wiederholen, was schon gesagt wurde, nämlich, daß man Austernschalen (die leicht versteinern) in ziemlich großer Entfernung vom Meere gefunden hat, ebenso wie man römische Münzen hundert Meilen von Rom entfernt ausgegraben hat. Ich neige mehr zu der Annahme, daß die Jakobsbrüder einige Muscheln in der

Nähe von Sankt Moritz zurückgelassen haben, als daß ich mir einrede, das Meer habe den St. Bernhard gebildet. – Muscheln gibt es überall, aber können sie nicht ebensogut Überreste von Krusten- und Schalentieren aus unseren Seen und Flüssen sein als von unseren kleinen Seefischen?«

»Warten Sie nur, Sie Ungläubiger, ich werde Sie in der Welt, die ich zu erschaffen gedenke, schon lächerlich zu machen wissen.«

»Das kann Ihnen niemand verbieten, Herr Schöpfer, denn jeder ist Herr in seiner Welt. Aber Sie werden mich niemals davon überzeugen, daß der Erdball, auf dem wir leben, aus Glas ist und daß einige Muschelschalen als Beweis dafür dienen, daß das Meer die Alpen und den Taurus hervorgebracht hat. Sie wissen, daß in den Gebirgen Amerikas überhaupt keine Muscheln zu finden sind. Also haben Sie diese Seite des Erdballs nicht geschaffen, sondern haben sich mit der Alten Welt begnügt. Das ist auch wirklich genug.«

»Aber, mein verehrter Herr, wenn man auch bis jetzt in den Gebirgen Amerikas noch keine Muscheln gefunden hat, so kann man doch immerhin noch welche finden!«

»So kann nur ein Schöpfer sprechen, der sein Geheimnis kennt und seiner Sache sicher ist. Ich lasse Ihnen Ihre Muschelerde, wenn es Ihnen recht ist, vorausgesetzt, daß Sie mir meine Berge lassen. Im übrigen bin ich der demütige und gehorsame Diener Eurer Vorsehung.«

Während ich mich so von Telliamed belehren ließ, erschuf ein als Mensch verkleideter irischer Jesuit – übrigens ein tüchtiger Forscher, der gute Mikroskope besaß – Aale aus Mutterkornmehl. Danach bezweifelte man nicht mehr, daß man aus gutem Weizenmehl Menschen erschaffen könnte, und machte sich sogleich daran, organische Teilchen zu formen, um Menschen zusammenzusetzen. Warum auch nicht? Der berühmte Mathematiker Fatio hatte ja in London Tote auferweckt, und so konnte man wohl in Paris mit Leichtigkeit mittels organischer Teilchen Lebewesen schaffen. Aber leider verschwanden die neuen Menschen ebenso wie die neuen Aale Needhams und flohen zu den Monaden, die sie im erfüllten Raum inmitten der aus kleinsten, gerieften Kügelchen bestehenden Materie antrafen.

Damit ist jedoch nicht gesagt, daß diese Schöpfer von Systemen der Naturwissenschaft nicht große Dienste geleistet hätten. Gott bewahre mich davor, ihre Arbeiten verächtlich zu machen! Man hat sie mit Alchimisten verglichen, die bei der Goldherstellung (die ihnen nicht gelang) gute Heilmittel oder wenigstens sehr interessante Dinge ausfindig machten. Man kann ein außergewöhnlich verdienstvoller Mann sein und sich doch über die Entstehung der Tiere und über den Aufbau der Erde täuschen.

Die menschgewordenen Fische und die in Berge verwandelten Meere haben mir nicht soviel geschadet wie Herr Boudet. Ich beschränkte mich lediglich darauf, im stillen daran zu zweifeln, bis sich ein Lappländer meiner annahm. Er war ein großer Philosoph, der aber niemandem verzieh, eine andere Meinung zu haben. Er ließ mich zunächst die Zukunft vorhersehen, indem er meine Nerven überreizte. Ich steigerte mich derartig in diese Überreizung hinein,daß ich krank wurde, aber er heilte mich, indem er mich vom Kopf bis zu den Füßen mit Pechharz einrieb. Kaum konnte ich wieder gehen, so schlug er mir eine Reise in die südlichen Länder vor, um dort Köpfe von Riesen zu sezieren, was uns, wie er sagte, genau über die Beschaffenheit der Seele informieren würde. Da ich Seefahrten nicht vertrug, brachte er mich freundlicherweise zu Lande dorthin. Er ließ ein großes Loch in die Erdkugel bohren, das direkt bis zu den Patagoniern führte. Wir brachen auf. Am Eingang des Loches brach ich mir ein Bein, das nur mit Mühe wieder geheilt werden konnte. An der Bruchstelle bildete sich neue Knochensubstanz, was ich als sehr angenehm empfand.

All das habe ich bereits in einer meiner Broschüren behandelt, um die gespannt lauschenden Völker der Welt mit diesen großen Dingen bekannt zu machen. Ich bin sehr alt und wiederhole gern meine Erzählungen, damit sie sich dem Gedächtnis der Knaben, für die ich schon sehr lange schreibe, besser einprägen.

Heirat des Mannes mit den vierzig Talern

Als der Mann mit den vierzig Talern seine Kenntnisse so bereichert und sich ein kleines Vermögen erworben hatte, heiratete er ein hübsches junges Mädchen, das hundert Taler Zinseinkommen hatte. Bald darauf fühlte sich seine Frau Mutter. Er suchte seinen Mathematiker auf und fragte ihn, ob seine Frau ihm einen Knaben oder ein Mädchen schenken werde. Der Mathematiker antwortete, daß die Hebammen und Kammerfrauen das gewöhnlich wüßten, daß aber die Naturforscher, die wohl eine Sonnenfinsternis vorhersagen könnten, nicht so aufgeklärt wären. Er wollte weiter wissen, ob sein Sohn oder seine Tochter schon eine Seele hätte. Der Mathematiker entgegnete, diese Frage falle nicht in sein Gebiet, er müsse darüber mit dem Pfarrer sprechen.

Der Mann mit den vierzig Talern, der jetzt schon der Mann mit mindestens zweihundert Talern geworden war, wollte wissen, wo sich sein Kind befinde. »In einem kleinen Beutel zwischen Blase und Mastdarm«, erwiderte sein Freund. »Himmlischer Vater«, rief er aus, »die unsterbliche Seele meines Sohnes wohnt zwischen Urin und noch etwas Schlimmerem!« – »Ganz recht, mein lieber Nachbar, selbst die Seele eines Kardinals hat keine andere Wiege, und dabei spielt man noch den Stolzen und trägt die Nase hoch.«

»Aber, mein Herr Gelehrter, können Sie mir nicht sagen, wie die Kinder entstehen?«

»Nein, mein Freund, das kann ich nicht. Aber wenn Sie wollen, will ich Ihnen sagen, wie die Philosophen darüber denken, das heißt, wie die Kinder *nicht* entstehen.

Erstens ist Seine Hochwürden der Pater Sanchez in seinem ausgezeichneten Ehestandsbuch ganz und gar der gleichen Ansicht wie Hippokrates. Er hält wie an einem Glaubensartikel daran fest, daß Sekrete von Mann und Frau aufeinander zuströmen und sich vereinigen und daß das Kind im gleichen Augenblick entsteht. Er ist so überzeugt von diesem physischen Vorgang, der ihm geradezu sakral erscheint, daß er in Kapitel 21 seines zweiten Buches fragt: Utrum virgo Maria semen emiserit in copulatione cum Spiritu sancto.«

»Ich habe Ihnen schon einmal gesagt, daß ich nicht Lateinisch kann. Wiederholen Sie mir den Ausspruch Sanchez' auf französisch.« Der Mathematiker übersetzte ihm den Text, und beide schüttelten sich vor Entsetzen. Der junge Ehemann fand Sanchez reichlich albern, war aber doch ganz zufrieden mit Hippokrates. Er hoffte, daß seine Frau alle von diesem Arzt angeführten Bedingungen für die Mutterschaft erfüllt hätte.

»Leider gibt es viele Frauen«, sagte sein Nachbar, »die kein Sekret absondern, die nur mit Widerwillen die Umarmungen ihrer Männer über sich ergehen lassen, aber trotzdem Kinder bekommen. Das allein spricht schon gegen Hippokrates und Sanchez.

Außerdem ist es sehr wahrscheinlich, daß die Natur in den gleichen Fällen immer nach den gleichen Prinzipien handelt. Nun aber gibt es manche Tierarten, die sich ohne Begattung fortpflanzen, wie die Schuppenfische, die Austern, die Blattläuse. Die Naturforscher mußten also nach einem Zeugungsmechanismus suchen, der allen Tieren gemeinsam ist. Der berühmte Harvey, der als erster die Blutzirkulation bewiesen hat und dem es gelungen ist, das Geheimnis der Natur zu entdekken, glaubte, es bei den Hühnern gefunden zu haben: sie legen Eier, und er folgerte daraus, daß auch die Frauen Eier legen. Böse Zungen behaupten, daß aus diesem Grunde die Bürger und sogar einige Hofleute ihre Frauen oder Mätressen ›mein Hühnchen‹ nennen und daß die Frauen sehr eitel sind, weil sie möchten, daß die Hähne sie schön finden. Trotz dieser Spöttelei änderte Harvey seine Ansicht nicht, und in ganz Europa galt es als feststehend, daß wir uns aus einem Ei entwickeln.«

Der Mann mit den vierzig Talern: Aber Sie sagten mir doch, daß sich die Natur immer gleichbliebe, daß sie im gleichen Fall immer nach dem gleichen Prinzip handelt. Frauen, Stuten, Eselinnen und Aale legen doch keine Eier. Ich glaube, Sie machen sich über mich lustig.

Der Mathematiker: Die Sie da anführen, legen ihre Eier nicht nach außen, sondern nach innen; sie haben Eierstöcke, wie alle Vögel. Ein Ei löst sich vom Eierstock und wird im Uterus ausgebrütet. Beobachten Sie die Schuppenfische und die Frösche: sie legen Eier, die von dem Männchen befruchtet werden. Walfische und andere Seetiere lassen ihre Jungen aus den Eiern im Uterus ausschlüpfen. Motten, Schaben und die niedrigsten Insekten entwickeln sich unzweifelhaft aus einem Ei. Alles stammt aus einem Ei, und unsere Erdkugel ist ein großes Ei, das alle anderen enthält.

Der Mann mit den vierzig Talern: Wahrhaftig, dieses System scheint der Wirklichkeit am meisten zu entsprechen. Es ist einfach, allgemeingültig, und bei der Mehrzahl der Tiere können wir die Vorgänge selbst beobachten. Ich bin sehr zufrieden damit und möchte kein anderes. Die Eier meiner Frau sind mir sehr wertvoll.

Der Mathematiker: Im Laufe der Zeit hat man dieses System abgelehnt, und man hat die Kinder auf andere Art entstehen lassen.

Der Mann mit den vierzig Talern: Und warum, da doch diese Art so natürlich erscheint?

Der Mathematiker: Weil man behauptet, daß unsere Frauen keine Ovarien haben, sondern nur kleine Drüsen.

Der Mann mit den vierzig Talern: Ich vermute, daß die Leute, die ein anderes System in Umlauf setzten, die Eier in Mißkredit bringen wollten.

Der Mathematiker: Das mag sein. Zwei Holländer kamen auf den Einfall, das Sperma des Mannes und mehrerer Tiere mikroskopisch zu untersuchen. Sie glaubten, darin schon ganz ausgeprägte Lebewesen wahrzunehmen, die sich mit erstaunlicher Schnelligkeit fortbewegten. Solche Gebilde sahen sie sogar im Sperma des Hahnes, und sie zogen daraus den Schluß, daß die Männchen die Hauptarbeit leisteten und die Weibchen gar nichts. Die Weibchen dienten nur dazu, den Schatz zu beherbergen, den ihnen das Männchen anvertraut hatte.

Der Mann mit den vierzig Talern: Eine merkwürdige Sache. Ich hege einige Zweifel in bezug auf diese kleinen Tiere, die so lebhaft in einer Flüssigkeit herumsausen und nachher ganz unbeweglich in den Eiern der Vögel liegen oder, mit Ausnahme einiger Purzelbäume, ebenso unbeweglich neun Monate lang im Leib der Frau. Das erscheint mir unlogisch, und das ist nicht, soweit ich das zu beurteilen vermag, die Art der Natur. Wie sind denn diese kleinen Wesen, die so gute Schwimmer in der bewußten Flüssigkeit sind, gestaltet, wenn ich fragen darf?

Der Mathematiker: Wie Würmchen. Es war vor allem ein Arzt namens Andry, der überall Würmer sah und der durchaus das System Harveys vernichten wollte. Hätte er es gekonnt, so hätte er auch den Blutkreislauf abgestritten, weil ihn ein anderer entdeckt hatte. Zwei Holländer und Herr Andry machten also den Menschen zu einer Raupe, nur um der Onanie verfallen und alle Dinge im Mikroskop sehen zu können. Ihrer Meinung nach sind wir zuerst Würmer wie die Raupen, dann verpuppen wir uns in unserer Hülle in neun Monaten zu einer richtigen Larve und werden endlich zum Menschen, so wie aus der Raupe ein Schmetterling wird. Das wären unsere Metamorphosen.

Der Mann mit den vierzig Talern: So, ist man dabei geblieben? Hat es seitdem nicht wieder neue Moden gegeben?

Der Mathematiker: Man hat es satt bekommen, eine Raupe zu sein. Ein reichlich spaßhafter Philosoph hat in seiner »Physischen Venus« auseinandergesetzt, daß die Anziehungskraft die Kinder erzeuge. Das ginge folgendermaßen zu: Nachdem die Spermatozoen in den Uterus eingedrungen sind, zieht das rechte Auge das linke an, das sich mit ihm in seiner Eigenschaft als Auge zu vereinigen trachtet. Aber es wird daran durch die

Nase, die es auf seinem Wege trifft, gehindert und ist nun genötigt, sich links daneben zu setzen. Ebenso geht es mit den Armen, den Schenkeln und den Beinen, die die Schenkel verlängern. Es ist schwer, bei dieser Hypothese die Lage der Brustdrüsen und des Gesäßes zu erklären. Dieser große Philosoph gesteht dem Schöpfer keinerlei Planmäßigkeit bei der Gestaltung der Lebewesen zu. Er glaubt nicht im entferntesten, daß das Herz dazu da sei, das Blut aufzunehmen und weiterzutreiben, daß der Magen zum Verdauen, die Augen zum Sehen, die Ohren zum Hören geschaffen sind. Das erscheint ihm zu gewöhnlich. Er ist davon überzeugt, daß alles durch die Anziehungskraft geschieht.

Der Mann mit den vierzig Talern: Was für ein Riesennarr! Eine so ausgefallene Idee hat aber doch wohl keine Anhänger gefunden?

Der Mathematiker: Man hat viel darüber gelacht. Das Traurige aber ist, daß dieser Tor den Geistlichen gleicht, die jeden unbarmherzig verfolgen, der über sie lacht.

Andere Philosophen haben noch andere Methoden ersonnen, mit denen sie aber auch nicht mehr Glück gehabt haben. Bei ihnen sucht nicht mehr ein Arm den anderen, läuft nicht mehr ein Schenkel dem anderen nach, sondern es sind kleine Moleküle, winzige Teilchen von Armen und Schenkeln, die sich zusammenfügen. Schließlich wird man nach so viel Zeitverlust doch genötigt sein, wieder auf die Eier zurückzukommen.

Der Mann mit den vierzig Talern: Das sollte mich freuen. Aber was war eigentlich das Ergebnis all dieser Dispute?

Der Mathematiker: Der Zweifel! Wäre diese Frage unter Geistlichen erörtert worden, so wären Bannflüche geschleudert und Blut vergossen worden. Aber unter Naturforschern ist der Friede schnell wiederhergestellt. Jeder hat bei seiner Frau geschlafen, ohne auch nur im geringsten an ihre Eierstöcke oder an ihre Eileiter zu denken. Die Frauen ihrerseits sind schwanger geworden, ohne auch nur danach zu fragen, wie dieses Geheimnis sich vollzieht. Es ist so, wie wenn Sie Getreide säen und nicht wissen, wie das Korn in der Erde Keime treibt.

Der Mann mit den vierzig Talern: Doch, das weiß ich, ich habe es vor langer Zeit gehört: durch Verwesung! Immerhin verspüre ich zuweilen das Gelüst, über alles, was man mir gesagt hat, zu lachen.

Der Mathematiker: Das ist ein sehr gesundes Gelüst. Ich gebe Ihnen den guten Rat, an allem zu zweifeln, ausgenommen daran, daß die drei Winkel eines Dreiecks zwei rechten Winkeln gleich sind und daß Dreiecke, die die gleiche Höhe und Breite haben, untereinander gleich sind, und ausgenommen an solchen Tatsachen, wie zum Beispiel, daß zwei mal zwei vier ist.

Der Mann mit den vierzig Talern: Ja, ich halte es für besonders weise, alle Dinge zu bezweifeln, aber ich bin, seitdem ich vorwärtsgekommen bin und mehr Muße habe, sehr wißbegierig geworden. Ich möchte, wenn mein Wille Arme und Beine in Bewegung setzt, auch über die Federkraft Bescheid wissen, durch die mein Wille sie aus ihrer Lage bringt, denn vorhanden ist eine solche Federkraft doch sicherlich. Ich bin zuweilen ganz erstaunt, daß ich meine Augen heben und senken, meine Ohren aber nicht bewegen kann. Ich denke – und ich möchte meine Gedanken ein wenig kennenlernen, sie mit dem Finger berühren. Das müßte recht merkwürdig sein. Ich möchte herausfinden, ob ich selbst meine Gedanken hervorbringe oder ob Gott sie mir eingibt, ob meine Seele in sechs Wochen oder in einem Tage in meinen Körper gekommen ist und wie sie sich in meinem Hirn niedergelassen hat. Und dann möchte ich wissen, ob ich auch denke, wenn ich fest schlafe oder betäubt bin. Ich zerbreche mir den Kopf, um zu ergründen, wie ein Körper einen anderen hervorbringt. Meine Empfindungen setzen mich noch mehr in Erstaunen. Ich sehe sie als göttlich an, und zwar vor allem die Freude. Ich habe mich sogar schon bemüht, mir einen sechsten Sinn auszudenken, aber es wollte mir nie gelingen.

Die Mathematiker wissen das ja aber alles. Bitte, so belehren Sie mich doch.

Der Mathematiker: Wir sind leider Gottes ebenso unwissend wie Sie. Sie müssen sich an die Sorbonne wenden.

Wie der Mann mit den vierzig Talern, der Vater geworden ist, über die Mönche urteilt

Als der Mann mit den vierzig Talern Vater eines Knaben geworden war, fing er an, sich als eine gewichtige Persönlichkeit im Staat zu fühlen. Er hoffte, dem König wenigstens zehn nützliche Untertanen schenken zu können. Weit und breit gab es keinen geschickteren Korbflechter, und seine Frau war eine ausgezeichnete Schneiderin. Sie war in der Nähe eines großen Klosters, das hunderttausend Franken Einnahmen abwarf, aufgewachsen. Ihr Mann fragte mich eines Tages, warum diese paar Herren so viele Male vierzig Taler verschlungen hätten. »Nützen sie dem Vaterland mehr als ich?« – »Nein, lieber Nachbar.« – »Tragen sie wie ich dazu bei, das Land zu bevölkern?« – »Nein, wenigstens dem Anschein nach nicht.« – »Bestellen sie die Felder? Verteidigen sie den Staat, wenn er angegriffen wird?« – »Nein, sie bitten Gott um Schutz für Sie.« – »Gut, dann will ich meinerseits für sie zu Gott beten; wir wollen uns darin teilen.«

»Wie viele dieser nützlichen Leute, Männer und Frauen, beherbergen wohl die Klöster in unserem Reich?«

»Nach dem Bericht der Klosterverwalter vom Ende des vorigen Jahrhunderts waren es etwa neunzigtausend.«

»Nach unserer früheren Berechnung müßten sie, bei vierzig Talern pro Kopf, nur zehn Millionen achthunderttausend Franken besitzen. Und wieviel haben sie in Wirklichkeit?«

»An die fünfzig Millionen – Messen, Kollekten der Bettelmönche, die tatsächlich eine große steuerliche Belastung für das Volk bedeuten, mit eingerechnet. Hat sich doch ein

Bettelmönch eines Pariser Klosters öffentlich gerühmt, sein Bettelsack sei achtzigtausend Franken Einkommen wert.«

»Und wieviel entfällt auf jeden, wenn man die fünfzig Millionen unter neunzigtausend geschorene Köpfe verteilt?«

»Funfhundertfünfundfünfzig Franken.«

»Das ist eine beträchtliche Summe für eine vielgliedrige Gesellschaft, in der die Ausgaben sich durch die Zahl der Verbraucher verringern, denn es kostet viel weniger, wenn zehn Personen zusammenleben, als wenn jeder Wohnung und Verpflegung für sich hätte.«

»Demnach hätten die ehemaligen Jesuiten, denen man heute vierhundert Franken Pension zahlt, bei diesem Handel tatsächlich verloren?«

»Das glaube ich nicht, denn sie sind fast alle bei Verwandten, von denen sie unterstützt werden. Einige lesen Messen gegen Bezahlung, was sie früher nicht getan haben, andere sind Lehrer geworden, und wieder andere lassen sich von ihren Anhängern unterstützen. So hat sich jeder aus der Affäre gezogen, und vielleicht gibt es heute wenige unter ihnen, die, nachdem sie weltliches Leben und Freiheit gekostet haben, ihre alten Ketten wieder nehmen möchten. Was man auch sagen mag, das Mönchsleben ist nicht beneidenswert. Es ist eine ziemlich verbreitete Anschauung, daß die Mönche sich zusammentun, ohne sich zu kennen, zusammenleben, ohne sich zu lieben, und sterben, ohne betrauert zu werden.«

»Sie glauben also, daß man ihnen einen großen Dienst erweisen würde, wenn man sie zum Austritt aus dem Kloster veranlaßte?« – »Zweifellos würden sie viel dabei gewinnen und der Staat noch mehr. Man würde dem Vaterland Männer und Frauen zurückgeben, die ihre Freiheit unbesonnen in einem Alter geopfert haben, wo einem die Gesetze noch nicht erlauben, über ein Kapital, das zehn Sous abwirft, zu verfügen. Wenn diese lebenden Leichname aus ihren ›Klostergräbern‹ herausgeholt würden – es wäre wirklich eine Auferstehung. Ihre Ordenshäuser würden Rat- und Krankenhäuser oder öffentliche

Schulen werden, oder sie würden zu Fabriken umgebaut. Die Bevölkerungsziffer würde steigen, alle Künste würden mehr gepflegt werden. Man könnte wenigstens die Zahl dieser freiwilligen Opfer verringern, indem man eine bestimmte Zahl der Novizen festsetzte. Das Vaterland hätte mehr nützliche Menschen und weniger unglückliche. Das ist die Ansicht aller Behörden und der einstimmige Wunsch des Volkes, seitdem die Geister aufgeklärt sind. Das Beispiel Englands und vieler anderer Staaten ist ein eindeutiger Beweis für die Notwendigkeit dieser Reform. Was würde England heute machen, wenn es an Stelle von vierzigtausend Seeleuten vierzigtausend Mönche hätte? Je mehr sich die Künste ausgebreitet haben, desto mehr braucht der Staat arbeitsame Untertanen. In den Klöstern gibt es sicherlich begrabene Talente, die dem Staat verlorengehen. Um aber ein Reich zur Blüte zu bringen, bedarf es einer möglichst geringen Zahl von Priestern und möglichst vieler Handwerker. Die Unwissenheit und Unkultur unserer Väter darf für uns nicht maßgebend sein, sondern muß uns vielmehr ermahnen, das zu tun, was sie an unserer Stelle mit unseren Erkenntnissen tun würden.«

»Sie wollen also die Mönche nicht aus Haß, sondern aus Mitleid mit ihnen und aus Liebe zum Vaterlande abschaffen? Ich bin vollkommen Ihrer Ansicht. Ich möchte keinesfalls, daß mein Sohn Mönch würde. Schon der Gedanke, daß ich meine Kinder ins Kloster stecken müßte, würde mich dazu bringen, nicht mehr mit meiner Frau zu schlafen.«

»Welcher gute Familienvater erschauert nicht bei dem Gedanken, seinen Sohn oder seine Tochter für die menschliche Gesellschaft verloren zu wissen? Man nennt es ›die Welt fliehen‹, aber ein Soldat, der flieht, wenn er kämpfen soll, wird bestraft. Wir sind alle Soldaten des Staates; wir stehen im Solde der Gesellschaft, und wir werden Deserteure, wenn wir sie fliehen. Die Mönche sind Vatermörder, die eine ganze Nachkommenschaft ersticken. Neunzigtausend in Klöstern Eingesperrte, die lateinisch kreischen und näseln, könnten dem Staat je zwei Untertanen schenken, das ergäbe hundertachtzigtausend Menschen, die sie im Keim umkommen lassen. Nach Ablauf eines Jahrhunderts ist der Verlust erwiesenermaßen ungeheuer.«

»Warum hat denn das Mönchswesen so überhand genommen?« – »Weil die Regierungen seit Konstantin fast überall verabscheuungswürdig und absurd waren, weil das Römische Reich mehr Mönche als Soldaten hatte und weil es allein in Ägypten hunderttausend gab, die von Arbeit und Abgaben befreit waren; weil die Oberhäupter der heidnischen Völker, die das Kaiserreich zerstörten und Christen geworden waren, um über Christen herrschen zu können, die schrecklichste Tyrannei ausübten; weil man in Massen im Kloster Zuflucht suchte, um den Grausamkeiten dieser Tyrannen zu entgehen, und sich der einen Sklaverei verschrieb, nur um der anderen auszuweichen; weil die Päpste durch die Gründung der verschiedensten Orden heiliger Nichtstuer sich in anderen Staaten zahlreiche Untertanen erwarben; weil ein Bauer sich lieber ›Ehrwürdiger Vater‹ nennen läßt und den Segen spricht, als daß er den Pflug führt; weil er nicht weiß, daß der Pflug würdiger ist als die Kutte; weil er es vorzieht, auf Kosten der Dummen anstatt von ehrlicher Arbeit zu leben, und endlich, weil er beim Eintritt ins Kloster nicht weiß, daß ihn unglückliche Tage voller Langeweile und Reue erwarten.«

»Also, mein Herr, fort mit den Mönchen – zu ihrem eigenen und auch zu unserem Glück. Leider habe ich aber gehört, daß der Lehnsherr meines Dorfes, ein Vater von vier Knaben und drei Töchtern, nicht weiß, wie er seine Kinder unterbringen soll, wenn seine Töchter nicht Nonnen werden.«

»Diese allzuoft wiederholte Begründung ist unmenschlich, unpatriotisch und wirkt zerstörend auf die Gesellschaft. Sobald man von einem Lebenslauf, ganz gleich von welchem, sagen kann, die menschliche Gesellschaft würde vernichtet, wenn jedermann diesen Beruf ergriffe, so ist erwiesen, daß dieser Beruf nichts taugt und daß jeder, der ihn ergreift, sich selbst und damit der menschlichen Gesellschaft, der er angehört, schadet. Es ist klar, daß, wenn alle Jungen und Mädchen ins Kloster eingesperrt würden, die Welt zugrunde gehen müßte. Allein schon darum ist also das Mönchstum der Feind der menschlichen Natur, ganz abgesehen von den schrecklichen Übeln, die es zuweilen verursacht hat.«

»Könnte man nicht das gleiche von den Soldaten behaupten?«

»Sicherlich nicht. Denn, wenn jeder Bürger Waffen trägt, so wie früher in allen Republiken, besonders in Rom, so ist er nur ein um so besserer Landwirt. Der Bürger, der Soldat war, verheiratet sich, er kämpft für Weib und Kind. Gott gebe, daß alle Landleute Soldaten wären und sich verheirateten! Sie würden ausgezeichnete Staatsbürger sein! Ein Mönch dagegen taugt in seiner Eigenschaft als Mönch zu nichts anderem als dazu, den Lebensunterhalt seiner Landsleute zu verschlingen. Das ist eine unbestrittene Tatsache.«

»Aber was soll aus den Töchtern der armen Landedelleute werden, die keinen Mann finden?«

»Das ist tausendmal erörtert worden: Aus ihnen wird daselbe, was aus den Töchtern in England, Schottland, Irland, in der Schweiz, Holland, halb Deutschland, Schweden, Norwegen, Dänemark, der Tatarei, der Türkei, Afrika und beinahe der ganzen übrigen Welt wird. Sie werden weit bessere Gattinnen und Mütter sein, wenn man sich, so wie in Deutschland, daran gewöhnt haben wird, Frauen ohne Mitgift zu heiraten. Eine gute und fleißige Hausfrau wird einem Haushalt mehr nützen als die Tochter eines reichen Mannes, die mehr Geld für unnütze Dinge ausgibt, als sie ihrem Manne eingebracht hat.

Es müßte Heime für alte, kranke und gebrechliche Menschen geben, aber durch den unglaublichsten Irrtum haben wir solche Stifte nur für die Jugend und für wohlgestaltete Menschen. Entgegen allen Gesetzen der Keuschheit zeigt man in den Klöstern zunächst den Novizen beiderlei Geschlechts ihre Nacktheit. Man prüft sie eingehend von vorn und von hinten.

Wollte eine alte, verwachsene Person ins Kloster eintreten, so würde man sie verächtlich behandeln und fortjagen, sofern sie nicht ungeheuere Güter mitbrächte. Es ist so: jede Nonne muß eine reichliche Ausstattung haben, sofern sie nicht die Letzte ihres Klosters sein will. Niemals hat es einen unverzeihlicheren Mißbrauch gegeben.«

»Seien Sie versichert, mein Herr, daß meine Töchter nie ins Kloster gehen werden. Sie sollen spinnen, nähen, klöppeln, sticken lernen und sich sonst nützlich machen. Das Mönchsgelübde halte ich für einen Frevel gegen das Vaterland und auch gegen den, der es ablegt.

Erklären Sie mir doch bitte, wie sich einer meiner Freunde so in Widerspruch zum Menschengeschlecht setzen und behaupten kann, die Mönche seien für die Bevölkerung eines Staates doch sehr nützlich, denn ihre Gebäude seien besser im Stand als die der Gutsherren und ihre Felder besser bestellt.«

»Wer ist denn dieser Freund, der eine so seltsame Behauptung aufstellt?«

»Es ist der ›Menschenfreund‹ oder vielmehr ›der Freund der Mönche‹.«

»Er hat sich einen Scherz erlaubt, denn er weiß sehr gut, daß zehn Familien, deren jede fünftausend Franken Rente aus Ländereien besitzt, hundert-, ja tausendmal mehr nützen als ein Kloster, das ein Einkommen von fünfzigtausend Franken und dazu noch einen geheimen Schatz hat. Er rühmt die schönen Bauten der Mönche, und gerade diese ärgern die Bürger, und ganz Europa hält sich darüber auf. Das Armutsgelübde verurteilt Prachtbauten, ebenso wie das Gelübde der Demut den Hochmut verdammt, und das Gelübde, sein Geschlecht auszulöschen, der Natur widerspricht.«

»Ich fange an, zu glauben, daß man den Büchern gegenüber sehr mißtrauisch sein muß.«

»Man muß es mit ihnen wie mit den Menschen machen: die vernünftigsten aussuchen, sie prüfen und sich nur von den Tatsachen überzeugen lassen.«

Vor einem Monat suchte mich der Mann mit den vierzig Talern auf, schüttelte sich vor Lachen und lachte so herzlich, daß ich auch mitlachen mußte, ohne zu wissen, um was es sich handelte. Man sieht, wie stark der Nachahmungstrieb im Menschen ist, wie sehr uns der Instinkt beherrscht und wie leicht sich elementare Gemütsbewegungen übertragen!

Ut ridentibus adrident, ita flentibus adflent*
humani vultus.

Nachdem er sich beruhigt hatte, erzählte er mir, er hätte soeben einen Mann getroffen, der sich als Obergeheimschreiber des Papstes ausgab. Im Auftrage eines Franzosen hätte dieser Mann einem Italiener, der dreihundert Meilen von hier entfernt wohnt, eine beträchtliche Geldsumme übersandt. Der Franzose hatte vom König ein kleines Lehen erhalten, mußte aber, um sich das Wohlwollen des Königs zu erhalten, dem Italiener die Einkünfte des ersten Jahres abgeben.

»Die Sache stimmt ganz genau«, sagte ich, »aber sie ist gar nicht so spaßig. Frankreich hat an kleinen Abgaben dieser Art jährlich vierhunderttausend Franken zu entrichten, und seit zweieinhalb Jahrhunderten – so lange besteht dieser Brauch schon – haben wir auf diese Weise achtzig Millionen nach Italien ausgeführt.«

»Gerechter Gott«, rief er aus, »wie viele Male sind das vierzig Taler. Der Italiener hat uns also vor zweieinhalb Jahrhunderten unterjocht und uns diesen Tribut auferlegt?«

»Nein«, entgegnete ich, »früher hat er uns einen weit drükkenderen abverlangt. Der jetzige ist nur eine Bagatelle im Vergleich zu dem, den er während einer langen Zeit von unserer armen Nation und allen übrigen Nationen Europas erhoben hat.« Darauf erzählte ich ihm, wie diese »heiligen« Usurpationen zustande gekommen waren, und da er ein wenig Ge-

* Der Jesuit Sanadon hat »adflent« durch »adsunt« ersetzt. Ein Horaz-Liebhaber behauptet, deswegen, weil man die Jesuiten verjagt habe.

schichte kennt und gesunden Menschenverstand hat, begriff er bald, daß wir Sklaven gewesen waren, denen heute noch ein kleines Stück ihrer Kette verblieben ist. Er redete lange und sehr scharf gegen diesen Mißbrauch – aber mit welcher Ehrfurcht sprach er von der Religion im allgemeinen! Wie sehr verehrte er die Bischöfe! Wie aufrichtig wünschte er ihnen viele Male vierzig Taler, damit sie sie in ihren Sprengeln für gute Werke ausgeben könnten!

Er fand es auch wünschenswert, daß alle Landpfarrer genügend oft vierzig Taler besäßen, um anständig leben zu können. »Es ist traurig«, sagte er, »daß ein Pfarrer genötigt ist, sich mit einem Gemeindemitglied um ein paar Getreidegarben herumzustreiten, und daß er nicht eine genügende Besoldung von der Provinzialverwaltung erhält. Es ist eine Schande, daß diese Herren immer mit ihren Gutsherren prozessieren. Diese ewigen Streitigkeiten um angebliche Rechte, um den Zehnten, zerstören die Achtung, die man ihnen schuldet. Der bedauernswerte Landwirt, der den Behörden schon den Zehnten und zwei Sous pro Franken entrichten und außerdem Bürgersteuer, Kopfsteuer und eine Abstandssumme für die Einquartierung bezahlen muß, obwohl er Soldaten in Quartier hatte, diesem armen Kerl wird nun auch noch von seinem Pfarrer der Zehnte seiner Ernte abgenommen, und so wird der Seelsorger in seinen Augen zum Schinder, der ihm das letzte bißchen Fell über die Ohren zieht. Er weiß, daß, wenn man ihm auf Grund göttlichen Rechtes jede zehnte Garbe wegnimmt, er mit diabolischer Grausamkeit auch noch um die Kosten, die der Anbau des Getreides erforderte, betrogen wird. Was bleibt ihm für sich und seine Familie? Tränen, Hungersnot, Enttäuschung, Verzweiflung – und er geht erschöpft und elend zugrunde. Wenn der Pfarrer von der Provinzialverwaltung bezahlt würde, wäre er der Trost seiner Gemeindemitglieder, anstatt von ihnen als Feind angesehen zu werden.«

Der ehrenwerte Mann empfand tiefes Mitleid, als er diese Worte aussprach. Er liebte sein Vaterland und wollte das Beste für sein Volk. Immer wieder rief er: »Was könnte aus unserem Volk werden, wenn nur der ehrliche Wille da wäre.«

Wir gingen zu seinem Söhnchen, dem die frische, blühende Mutter gerade die volle, weiße Brust reichte. Das Kind war sehr niedlich. »Ach«, rief der Vater, »du armes Kind, du hast nur dreiundzwanzig Jahre zu leben und kannst nur vierzig Franken beanspruchen.«

Proportionen

Das Produkt der äußeren Glieder einer Proportion ist gleich dem Produkt der inneren, aber zwei gestohlene Sack Getreide bedeuten für die, die sie entwendet haben, nicht dasselbe wie der Tod der Diebe für den Bestohlenen.

Der Prior von***, dem zwei seiner Knechte zwei Sester Getreide gestohlen hatten, ließ die beiden Delinquenten hängen. Diese Hinrichtung kostete ihm mehr, als seine ganze Ernte wert war, und seit der Zeit will niemand mehr zu ihm als Knecht kommen.

Wenn in den Gesetzen festgelegt wäre, daß diejenigen, die ihrem Herrn Getreide stehlen, ihr Leben lang mit gefesselten Füßen und einer am Halseisen befestigten Schelle seine Felder bestellen müßten, so hätte dieser Prior viel gewonnen.

Die Furcht vor der Strafe soll die Menschen davon abhalten, Verbrechen zu verüben, das ist richtig, aber Zwangsarbeit und dauernde Schande schrecken sie mehr ab als der Galgen.

Vor einigen Monaten wurde in London ein Übeltäter zur Verbannung nach Amerika verurteilt, wo er in einer Zuckersiederei mit Negern zusammen arbeiten sollte. Ebenso wie in vielen anderen Ländern können auch in England die Verbrecher ein Gnadengesuch beim König einreichen, um entweder volle Begnadigung oder Strafmilderung zu erlangen. Der erwähnte Verbrecher bat in seinem Gesuch, gehängt zu werden. Er führte an, daß ihm jegliche Arbeit verhaßt sei und daß er lieber sofort gehängt werden wolle, als sein ganzes Leben Sklavenarbeit in einer Zuckerraffinerie zu verrichten.

Andere mögen anders denken – jeder nach seinem Geschmack! Aber es ist bereits gesagt worden und muß hier wiederholt werden: Ein Gehängter taugt zu nichts mehr, und Strafen sollten doch nützlich sein.

Vor einigen Jahren wurden bei den Tataren zwei junge Leute zum Tode durch Aufspießen verurteilt, weil sie mit dem Hut auf dem Kopf einer Prozession von Lamas zugesehen hatten. Der Kaiser von China, ein sehr geistvoller Mann, sagte, daß er sie verurteilt haben würde, drei Monate lang barhäuptig mit der Prozession herumzuziehen.

»Die Strafen müssen im richtigen Verhältnis zu den Vergehen stehen«, sagt der Marquis Beccaria, aber die Gesetzgeber waren eben keine Mathematiker.

Wenn der Abbé Guyon oder Coger oder die Exjesuiten Nonnotte und Patouillet oder der Predikus La Beaumelle gemeine Schmähschriften verfassen, die von Unwahrheiten und unvernünftigem, geistlosem Zeug strotzen, würde man dann mit ihnen ebenso verfahren wie der Prior mit seinen beiden Knechten mit der Begründung, daß Verleumdung sträflicher sei als Diebstahl?

Würde man über einen Fréron die Galeerenstrafe verhängen, weil er den guten Geschmack verletzt und nur immer gelogen hat in der Hoffnung, dadurch seinen Schankwirt bezahlen zu können? Würde man einen Herrn Larcher an den Pranger stellen, weil er sehr plump war, weil er Irrtum auf Irrtum häufte, weil er die Grade der Wahrscheinlichkeit nicht unterscheiden konnte und weil er behauptete, daß in einer großen Stadt des Altertums, die durch ihre Ordnung und die Eifersucht der Ehegatten berühmt ist, mit einem Wort: in Babylon, wo die Frauen von Eunuchen bewacht wurden, alle Prinzessinnen aus purer Frömmigkeit im Tempel öffentlich ihre Gunst den Fremden für Geld verkauften? Begnügen wir uns damit, ihn selbst dorthin zu schicken, auf daß er sich an Ort und Stelle den

Gefahren aussetzen kann. Laßt uns in allem maßvoll sein, laßt uns Verbrechen und Strafe ins richtige Verhältnis bringen!

Wir wollen auch dem armen Jean-Jacques verzeihen, daß er nur schrieb, um sich zu widersprechen, und daß er, als eine seiner Komödien in einem Pariser Theater ausgepfiffen wurde, diejenigen noch beleidigte, die das Stück hundert Meilen von Paris entfernt aufführten. Wir wollen es ihm nicht nachtragen, wenn er Beschützer sucht und sie schmäht, wenn er gegen Romane eifert und selber Romane schreibt, deren Held, ein alberner Lehrer, von einer Schweizerin, die ein Kind von ihm hat, Geld annimmt und es in einem Pariser Bordell durchbringt. Lassen wir ihn in dem Glauben, Fénelon und Xenophon übertroffen zu haben, indem er einen jungen Mann aus vornehmem Hause durch seine Erziehung für den Tischlerberuf vorbereitet: solche ungereimten Plattheiten rechtfertigen keinen Haftbefehl; zweifelhafte Vergnügungsstätten, wo man gute Bouillon, Aderlässe und Diät bekommt, sind schon genug. Ich hasse drakonische Gesetze, die Verbrechen und Versehen, Bosheit und Torheit im gleichen Maße bestrafen. Wir wollen den Jesuiten Nonnotte, der lediglich die Schuld auf sich lud, dummes Zeug und Pamphlete geschrieben zu haben, nicht ebenso bestrafen, wie die Jesuiten Malagrida, Oldcorne, Garnett, Guignard, Guéret bestraft wurden und wie man den Jesuiten Le Tellier behandeln müßte, der seinen König betrog und ganz Frankreich in Aufregung versetzte. Vor allem müssen wir in jedem Prozeß, jedem Zank und Streit zwischen Angreifer und Beleidigtem, zwischen Unterdrücker und Unterdrücktem unterscheiden. Ein Offensivkrieg ist der Krieg eines Tyrannen; wer sich verteidigt, hat das Recht auf seiner Seite.

Während ich solchen Gedanken nachhing, erschien der Mann mit den vierzig Talern bei mir, ganz in Tränen aufgelöst. Ich fragte ihn teilnahmsvoll, ob sein Sohn, der doch dreiundzwanzig Jahre leben sollte, gestorben sei. »Nein«, antwortete er, »dem Kleinen geht es gut und meiner Frau auch, aber ich bin als Zeuge gegen einen Müller vernommen worden, über den die Folter ersten und zweiten Grades verhängt wurde und dessen Unschuld sich dann doch herausgestellt hat. Ich sah, wie er während der grauenhaften Tortur die Besinnung verlor, ich hörte, wie seine Knochen krachten, vernahm sein Schreien und Wimmern, das mich jetzt noch verfolgt. Mir kommen immer wieder die Tränen, und ich zitterte vor Entsetzen.« Auch ich mußte weinen und begann zu zittern, denn ich bin außerordentlich empfindlich.

Ich erinnerte mich des entsetzlichen Erlebnisses der Familie Calas. Ich sah im Geiste die gute, tugendhafte Mutter vor mir, die Töchter, die als unglückliche Flüchtlinge umherzogen, ihr Haus, das ausgeplündert worden war. Der ehrbare Familienvater, den schon die Folter gebrochen hatte, rang auf dem Rad mit dem Tode und hauchte in den Flammen sein Leben aus. Sein Sohn wurde in Ketten vor die Richter geschleppt, von denen ihm einer zurief: »Wir haben soeben deinen Vater gerädert, und dir soll es ebenso ergehen.«

Ich dachte an die Familie Sirven, die einer meiner Freunde in den vereisten Höhen des Gebirges antraf, wohin sie vor der Verfolgung eines ungerechten und unwissenden Richters geflüchtet war. Mir wurde erzählt, daß dieser Richter die ganze Familie zum Tode verurteilt hatte, da er, ohne auch nur den geringsten Beweis zu haben, den Verdacht hegte, Vater und Mutter hätten mit Unterstützung der beiden Töchter die dritte erwürgt und ertränkt, weil sie fürchteten, daß sie zur Messe gehen wollte. Derartige Urteile stellten für mich das Höchstmaß an Dummheit, Ungerechtigkeit und Grausamkeit dar.

Der Mann mit den vierzig Talern beklagte ebenso wie ich das Menschengeschlecht. Ich hatte gerade die Abhandlung eines Staatsanwalts aus der Dauphiné in der Tasche, die teilweise dieses interessante Thema behandelte. Ich las ihm daraus folgende Stellen vor:

»Gewiß waren es wahrhaft große Männer, die als erste die Last auf sich nahmen, ihre Mitmenschen zu regieren, und die sich auch die Bürde der Volkswohlfahrt auferlegten; die sich dafür, daß sie den Menschen Gutes tun wollten, ihrer Undankbarkeit aussetzten und um der Ruhe eines Volkes willen auf ihre eigene verzichteten; die sich gewissermaßen zwischen die Vorsehung und die Menschen stellten, um ihnen durch ihre Fähigkeiten, durch ihr Können ein Glück zu schaffen, das die Vorsehung ihnen vorzuenthalten schien.

. . . . .

Welcher Beamte, der ein wenig Pflichtgefühl und Sinn für Humanität hat, könnte diese Absichten unterstützen? Kann ein Mensch in der Einsamkeit seiner Studierstube die Augen auf diese Papiere richten, auf diese traurigen Dokumente über Verbrechen und Unschuld, ohne daß ihn Entsetzen und Mitleid packt? Ist es ihm nicht, als hörte er aus diesen unseligen Schriftstücken anklagende Stimmen, die ihn bestürmen, über das Schicksal eines Mitbürgers, eines Ehegatten, eines Vaters oder einer Familie zu entscheiden? Wo gibt es einen so unbarmherzigen Richter, der, wenn er auch nur einen einzigen Kriminalprozeß führt, ungerührt an einem Gefängnis vorbeigehen könnte? Ich bin schuld, wird er sagen, daß an diesem fürchterlichen Ort ein Mensch, der mir ähnlich, vielleicht sogar gleich ist, mein Mitbürger, also ein Mensch wie ich, festgehalten wird! Ich bin es, der ihn dort einsperrt und hinter ihm diese verhaßten Pforten schließt! Vielleicht ist sein Herz voller Verzweiflung, und wenn er meinen Namen ausspricht, schleudert er gleichzeitig Flüche gen Himmel. Sicherlich ruft er gegen mich den großen Richter, der alles sieht und über uns urteilt, als Zeugen an.

. . . . . .

Plötzlich bietet sich meinem geistigen Auge ein schreckliches Schauspiel dar. Der Richter hat die mündliche Vernehmung satt, er will mit Hilfe der Folter verhören. Er ist ungeduldig geworden durch die vielen Untersuchungen, vielleicht gereizt durch die Ergebnislosigkeit. Er läßt Fackeln, Ketten, Hebel und andere Werkzeuge bringen, die erfunden wurden, um die Menschen zu quälen. Ein Scharfrichter mischt sich in die Funktion des Richters ein, um ein Verhör, das ohne Zwang begann, durch Gewalt zu beenden.

Gütige Philosophie, die du nur mit Aufmerksamkeit und Geduld die Wahrheit suchst, hättest du erwartet, daß man in deinem Jahrhundert sich solcher Werkzeuge bedient, um sie herauszufinden? Ist es wirklich wahr, daß unsere Gesetze diese unbegreifliche Methode billigen und der Gebrauch sie heiligt?

. . . . .

Viele Gesetze ähneln Vorurteilen, die öffentlichen Strafen sind ebenso grausam wie die Rache des einzelnen, und die Handlungen, die die Vernunft diktiert, sind nicht weniger unbarmherzig als die der Leidenschaften. Was ist denn nur die Ursache dieses seltsamen Widerspruchs? Der Umstand, daß unsere Vorurteile veraltet sind und unsere Moral von heute ist, daß wir uns ganz von unseren Gefühlen leiten lassen, während wir unseren Ideen gegenüber indifferent sind; daß unsere Genußsucht uns hindert, über unsere wahren Bedürfnisse nachzudenken, und daß wir mehr darauf erpicht sind, unser Leben zu genießen als uns selbst zu erziehen. Mit einem Wort: daß unsere Sitten angenehm, aber nicht gut sind, und daß wir höflich, aber durchaus nicht human sind.«

Diese Fragmente aus der Feder eines beredten Menschenfreundes erfüllten das Herz meines Bekannten mit süßem Trost. Voll tiefer Bewunderung rief er ganz begeistert: »Solche Meisterwerke stammen aus der Provinz? Ich habe gehört, daß es auf der ganzen Welt so etwas nur in Paris gäbe.«

»Ja, nur in Paris werden komische Opern geschrieben«, antwortete ich ihm, »aber in der Provinz gibt es heutzutage viele Richter, die ebenso klar denken und sich mit der gleichen Überzeugungskraft ausdrücken. Früher waren die Größen der Justiz ebenso wie die der Moral recht lächerlich. Doktor Dummkopf plädiert vor Gericht, Harlekin predigt von der Kanzel. Endlich kam die Philosophie zu Wort und sagte: ›Sprecht nur dann in der Öffentlichkeit, wenn ihr neue und nützliche Wahrheiten zu sagen habt, und verkündet sie mit der Beredsamkeit, die euch Gefühl und Vernunft eingeben.‹

›Wenn wir aber nichts Neues zu sagen haben?‹ riefen die Redner. ›Dann schweigt!‹ lautete die Antwort der Philosophie. ›Alle diese schwülstigen Reden, die nichts als Phrasen enthalten, sind wie das Johannisfeuer, das man an dem Tage entzündet, wo Heizung am unnötigsten ist: Es macht keine Freude, nicht einmal Asche bleibt zurück.‹ Wenn doch alle Franzosen gute Bücher lesen würden. Aber obwohl sich der menschliche Geist so stark entwickelt hat, liest man recht wenig, und von denen, die sich hier und da weiterbilden wollen, liest die Mehrzahl sehr schlecht. Meine Nachbarn und Nachbarinnen spielen nach dem Essen ein englisches Spiel, dessen Namen ich nur mit Mühe aussprechen kann. Es heißt ›Whist‹. Verschiedene anständige Bürger, viele harte Köpfe, die sich für gute halten, sagen mit wichtiger Miene, daß Bücher zu nichts taugen. Aber wißt ihr denn nicht, ihr Welschen, daß ihr nur mit Hilfe von Büchern regiert werdet, daß die Zivilverordnung, das Militärgesetzbuch und das Evangelium Bücher sind, von denen ihr dauernd abhängig seid? Lest, bildet euch, denn nur Lektüre fördert die Entwicklung des Geistes, während die Unterhaltung ihn verwirrt und das Spiel ihn beschränkt.«

»Ich habe sehr wenig Geld«, sagte darauf der Mann mit den vierzig Talern, »aber wenn ich einmal ein kleines Vermögen erwerben sollte, werde ich mir bei Marc-Michel Rey Bücher kaufen.«

Die Krankheit

Der Mann mit den vierzig Talern wohnte in einem kleinen Bezirk, in dem seit hundertfünfzig Jahren keine Soldaten in Garnison gelegen hatten. In diesem entlegenen Winkel waren die Sitten ebenso rein wie die Luft.

Man wußte nicht, daß die Liebe anderswo mit einem zerstörenden Gift infiziert sein kann, daß Generationen schon im

Keim verseucht sind und daß die Natur, im Widerspruch mit sich selbst, die Zärtlichkeiten verabscheuungswürdig und die Freuden ekelerregend machen kann. Die Menschen gaben sich der Liebe mit dem Gefühl der Unbekümmertheit hin, das ihrer Unschuld entsprang.

Soldaten kamen – und alles änderte sich!

Zwei Offiziere, ein Feldprediger, ein Korporal und ein Soldat, der eben vom Seminar gekommen war, genügten, um in weniger als drei Monaten zwölf Dörfer zu vergiften. Zwei Kusinen des Mannes mit den vierzig Talern waren über und über mit eitrigen Geschwüren bedeckt, ihre schönen Haare fielen aus, ihre Stimmen wurden heiser, die Lider ihrer starren, erloschenen Augen färbten sich schwarzgrau und schlossen sich nicht mehr, um den erschöpften Gliedern Ruhe zu gönnen, diesen Gliedern, die eine innere Fäulnis zernagte, so wie es Hiob erging, obwohl er niemals an dieser Krankheit gelitten hat.

Der Stabsarzt des Regimentes, ein sehr erfahrener Mann, mußte von der Regierung Hilfe erbitten, um alle Mädchen in der Umgegend heilen zu können. Der Kriegsminister, der immer geneigt war, das schöne Geschlecht zu unterstützen, entsandte junge Feldschere, die mit der einen Hand verdarben, was sie mit der anderen gutmachten.

Der Mann mit den vierzig Talern las damals den philosophischen Roman *Candide,* den Doktor Ralph aus dem Deutschen übersetzt hatte und der eindeutig beweist, daß alles gut ist und daß unmöglich in der denkbar besten aller Welten etwas Derartiges wie Syphilis, Pest, Blasensteine, Skrofeln und Inquisition Einlaß finden kann, in dieser Welt, die eigens für den Menschen geschaffen ist, den König der Tiere und das Ebenbild Gottes, dem er wie ein Wassertropfen dem anderen gleicht.

Er las in der wahren Geschichte Candides, daß der berühmte Doktor Pangloß bei der Behandlung seiner Krankheit ein Auge und ein Ohr eingebüßt hatte. »O weh«, sagte er, »werden meine armen Kusinen nun auch einäugig sein und ohne ihre Ohren herumlaufen?« – »Nein«, sagte der Stabsarzt tröstend.

»Die Deutschen sind schwerfällig, wir Franzosen aber heilen die Mädchen schnell, sicher und auf angenehme Art.«

Tatsächlich wurden die beiden hübschen Kusinen von dem Übel befreit, hatten sechs Wochen lang furchtbar geschwollene Gesichter, verloren die Hälfte ihrer Zähne und starben nach sechs Monaten an der Schwindsucht.

Während der Behandlung führten Vetter und Stabsarzt folgendes Gespräch:

Der Mann mit den vierzig Talern: Ist es denkbar, Herr Stabsarzt, daß die Natur so entsetzliche Qualen mit so notwendigen Freuden verknüpft? So viel Schande bei so viel Herrlichkeit? Kann man sich vorstellen, daß es gefährlicher ist, ein Kind zu zeugen, als einen Menschen zu töten? Kann man nicht wenigstens zu unserem Trost annehmen, daß diese Geißel der Menschheit etwas abnimmt und von Tag zu Tag ungefährlicher wird?

Der Chirurg: Im Gegenteil, sie breitet sich mehr und mehr im ganzen christlichen Europa aus, bis Sibirien erstreckt sie sich. Ich habe mehr als fünfzig Personen daran sterben sehen, darunter einen berühmten General und einen sehr klugen Staatsminister. Wenige schwache Lungen können der Krankheit und den Heilmitteln standhalten. Die beiden verwandten Krankheiten, Blattern und Syphilis, haben es noch mehr als die Mönche darauf abgesehen, das Menschengeschlecht zu vernichten.

Der Mann mit den vierzig Talern: Das wäre ein weiterer Grund, die Mönche abzuschaffen, damit sie als Glieder der menschlichen Gesellschaft den Schaden, den diese Krankheiten anrichten, wiedergutmachen. Bitte sagen Sie mir doch, ob auch die Tiere von dieser Krankheit befallen werden?

Der Chirurg: Weder die eine noch die andere Krankheit kennt man bei Tieren, und es gibt auch kein Mönchstum bei ihnen.

Der Mann mit den vierzig Talern: Man muß also zugeben, daß sie in der besten aller Welten weit glücklicher und klüger sind als wir.

Der Chirurg: Daran habe ich nie gezweifelt. Sie haben überhaupt viel weniger Krankheiten durchzumachen als wir. Ihr Instinkt ist viel sicherer als unsere Vernunft, weder Vergangenheit noch Zukunft quälen sie.

Der Mann mit den vierzig Talern: Sie waren doch Leibarzt eines französischen Gesandten in der Türkei. Ist die Syphilis auch in Konstantinopel sehr verbreitet?

Der Chirurg: Die Franken haben sie in die Vorstadt Pera, wo sie wohnen, eingeschleppt. Ich kannte einen Kapuziner, der, wie Pangloß, von ihr aufgefressen wurde, aber in die Stadt ist sie nicht eingedrungen, da die Franken fast nie dort schlafen. In dieser ungeheueren Stadt gibt es fast keine Freudenmädchen. Jeder reiche Mann hat mehrere Frauen oder tscherkessische Sklavinnen, die immer behütet, immer bewacht werden und deren Schönheit daher nie gefährlich werden kann. Die Türken nennen die Syphilis »Christenseuche«, und das erhöht noch die große Verachtung, die sie für unseren Glauben hegen. Als Ausgleich dafür haben sie aber die Pest, eine ägyptische Krankheit, von der sie wenig Aufhebens machen. Sie bemühen sich nicht einmal, Vorbeugungsmittel anzuwenden.

Der Mann mit den vierzig Talern: Um welche Zeit hat wohl diese Plage ihren Einzug in Europa gehalten?

Der Chirurg: Ungefähr im Jahre 1494, nach der ersten Reise des Christoph Kolumbus zu den unverdorbenen Völkern, die weder Habsucht noch Krieg kannten. Diese einfachen und geraden Menschen waren seit undenklichen Zeiten von dieser Krankheit befallen, ebenso wie der Aussatz unter den Arabern und Juden und die Pest bei den Ägyptern herrschte. Der erste Erfolg, den die Spanier bei der Entdeckung der Neuen Welt errangen, war die Syphilis. Sie fand schnellere Verbreitung als das Silber von Mexiko, das erst viel später in Europa in Umlauf kam. Der Grund dafür ist, daß es damals in allen Städten schöne öffentliche Häuser, Bordelle genannt, gab, die die Regierungen zum Schutz der Frauenehre einrichten ließen. Die Spanier brachten das Gift in diese privilegierten Häuser, aus denen Prinzen und Bischöfe die Mädchen bezogen, die sie brauchten.

Es ist bekannt, daß auf dem Konstanzer Konzil, in dessen Verlauf Johann Hus und Hieronymus von Prag zum Tode auf dem Scheiterhaufen verurteilt wurden, siebenhundertachtzehn Mädchen zur Verfügung standen.

Schon auf Grund dieser Tatsache kann man beurteilen, mit welcher Schnelligkeit die Krankheit alle Länder befiel. Der erste hohe Herr, der daran, im Jahre 1499, starb, war der erlauchte und hochwürdige Bischof und Vizekönig von Ungarn, den der berühmte Arzt Bartolomeo Montanagua aus Padua nicht heilen konnte. Gualtieri behauptet, daß der Erzbischof von Mainz, Berthold von Henneberg, an den Folgen der Syphilis im Jahre 1504 sein Leben aushauchte. Bekanntlich ist auch unser König Franz I. daran gestorben. Heinrich III. bekam sie in Venedig, aber der Jakobinermönch Jacques Clément kam den Folgen der Krankheit zuvor.

Das Pariser Parlement, das immer um das Gemeinwohl besorgt ist, erließ als erstes im Jahre 1496 eine Verordnung gegen die Syphilis, worin allen von der Syphilis Befallenen unter Androhung des Todes durch den Strang der Aufenthalt in Paris verboten wurde. Aber da es nicht so einfach war, Bürgern und Bürgerinnen gerichtlich nachzuweisen, daß sie sich gegen den Erlaß vergingen, hatte er wenig Erfolg, und dem Parlement zum Trotz vergrößerte sich die Zahl der Schuldigen. Hätte man sie aufgeklärt, anstatt sie hängen zu lassen, so gäbe es heute auf Erden keine Syphilis mehr. Aber leider hat man nie daran gedacht.

Der Mann mit den vierzig Talern: Ist es wirklich wahr, daß, wie ich in Candide gelesen habe, in zwei Armeen von je dreißigtausend Mann bestimmt je zwanzigtausend mit dieser Krankheit behaftet sind?

Der Chirurg: Das ist tatsächlich so, und dasselbe gilt auch für die Theologiestudenten der Sorbonne. Was sollen junge Theologen auch anfangen, wenn die Natur deutlicher und mächtiger zu ihnen spricht als die Gottesgelehrtheit? Ich schwöre Ihnen, daß meine Kollegen und ich verhältnismäßig mehr junge Priester als junge Offiziere behandelt haben.

Der Mann mit den vierzig Talern: Sollte es keine Möglichkeit geben, diese Ansteckung, die Europa entvölkert, zu verhüten? Man hat bereits versucht, das Gift der schwarzen Pocken unwirksam zu machen, könnte man das bei dieser Krankheit nicht auch versuchen?

Der Chirurg: Es gibt nur das einzige Mittel, daß alle Fürsten Europas sich verbündeten wie zur Zeit Gottfrieds von Bouillon. Ganz gewiß wäre ein Kreuzzug gegen die Syphilis weit vernünftiger als die, die man früher bedauerlicherweise gegen Saladin, Melik al-Salah und die Albigenser unternommen hat. Es wäre weit besser, sich zusammenzutun, um den gemeinsamen Feind des Menschengeschlechts zurückzudrängen, als nur immer den günstigen Moment abpassen zu wollen, um den Erdball zu verwüsten, die Felder mit Toten zu bedecken und einem Nachbarvolk zwei oder drei Städte und einige Dörfer zu entreißen. Ich spreche gegen mein persönliches Interesse, denn Krieg und Syphilis bringen mir viel ein. Aber man muß vor allem Mensch sein und erst in zweiter Linie Arzt.

Auf diese Weise schulte der Mann mit den vierzig Talern, wie man zu sagen pflegt, »Geist und Herz«. Er beerbte nicht nur seine beiden Kusinen, die sechs Monate nach ihrer Erkrankung starben, sondern auch noch einen entfernten Verwandten, der Pächter der Militärlazarette gewesen war und sich dadurch sehr bereichert hatte, daß er die Verwundeten auf magere Kost setzte. Dieser Mann hatte nie heiraten wollen, besaß aber einen ganz hübschen Harem. Er kümmerte sich um keinen seiner Verwandten, führte ein liederliches Leben und starb in Paris an Verdauungsstörungen. Er war, wie man sieht, dem Staat sehr nützlich.

Unser angehender Philosoph mußte nach Paris reisen, um die Erbschaft seines Verwandten anzutreten. Zunächst machten ihm die Domänenpächter die Erbschaft streitig, aber er gewann glücklicherweise den Prozeß und war großmütig genug, den Armen seines Heimatbezirkes, die nicht vierzig Taler Einkommen besaßen, einen Teil von dem Nachlaß des reichen

Kauzes abzugeben. Danach befriedigte er seinen leidenschaftlichen Wunsch, Besitzer einer Bibliothek zu sein.

Er las jeden Morgen, machte sich Auszüge, und abends fragte er die Gelehrten, um zu erfahren, in welcher Sprache die Schlange zu Eva gesprochen hatte, ob die Seele im Gehirnmark oder in der Zirbeldrüse wohnt, ob der heilige Petrus fünfundzwanzig Jahre in Rom gelebt hätte, welcher spezifische Unterschied zwischen Macht und Herrschaft bestehe und warum die Neger platte Nasen hätten. Außerdem nahm er sich vor, niemals einen Staat zu regieren oder Broschüren gegen neue Verordnungen zu verfassen. Man nannte ihn »Herr André«, das war sein Taufname. Alle, die ihn kannten, lobten seine Bescheidenheit und seine angeborenen und erworbenen guten Eigenschaften. Auf seinem alten, vier Morgen großen Grundstück hatte er sich ein hübsches Haus gebaut. Sein Sohn wird bald so alt sein, um zur Schule zu gehen, aber er möchte, daß er das Harcourt-Gymnasium und nicht das Mazarin-Gymnasium besucht, weil dort der Professor Coger ist, der Schmähschriften verfaßt. Ihm erscheint es ungehörig, daß ein Gymnasialprofessor Pamphlete veröffentlicht.

Seine Frau hat ihm eine sehr hübsche Tochter geschenkt, die er mit einem Gerichtsrat verheiraten möchte, vorausgesetzt, daß dieser Beamte nicht mit jener Krankheit behaftet ist, die der Stabsarzt im christlichen Europa austilgen will.

Großer Streit

Während sich Herr André in Paris aufhielt, war dort ein großer Streit entbrannt. Es handelte sich darum, festzustellen, ob Mark Aurel ein rechtschaffener Mensch gewesen war und ob er in der Hölle, im Fegefeuer oder im Vorhimmel die Auferstehung erwarte. Alle ehrenhaften Menschen ergriffen für Mark Aurel Partei. »Markus Aurelius Antoninus ist immer gerecht, maßvoll, keusch und wohltätig gewesen«, sagten sie. »Er hat freilich im Paradies keinen so schönen Platz wie der heilige Antonius, denn Unterschiede müssen gemacht werden, wie wir gesehen haben. Auf jeden Fall aber ist Kaiser Mark Aurels Seele nicht in der Hölle aufgespießt worden. Sollte sie im Fegefeuer sein, so muß sie herausgeholt werden; man braucht dann nur Messen für den Kaiser zu lesen. Die Jesuiten haben ja nichts zu tun, mögen sie also dreitausend Messen für die Seelenruhe Mark Aurels lesen. Dabei verdienen sie, fünfzehn Sous pro Messe gerechnet, zweitausendzweihundertfünfzig Franken. Im übrigen schuldet man einem gekrönten Haupt Achtung und darf es nicht leichtfertig verdammen.«

Die Widersacher dieser guten Leute behaupteten dagegen, man dürfe Mark Aurel gegenüber keinesfalls nachsichtig sein; er sei ein Ketzer gewesen, und die Karpokratianer und die Aloger wären nicht so schlimm wie er. Er wäre ohne Beichte gestorben, und man müßte einmal ein Exempel statuieren. Es wäre angebracht, ihn zu verdammen, um den Kaisern von China und Japan, den Herrschern Persiens, der Türkei und Marokkos, den Königen von England, Schweden, Dänemark, Preußen, dem Statthalter von Holland und den Stadtschultheißen des Kantons Bern, die alle ebensowenig zur Beichte gingen wie Mark Aurel, mehr Lebensart beizubringen. Verschafft es doch ein unaussprechliches Vergnügen, Dekrete gegen tote Herrscher zu erlassen, weil man sie aus Furcht, den Kopf zu verlieren, nicht gegen Lebende richten kann.

Der Streit nahm ebenso ernte Formen an wie einst der zwischen den Ursulinerinnen und den Annunziaten, die sich darum stritten, wer von ihnen am längsten weichgekochte Eier zwischen den Hinterbacken tragen könnte, ohne sie zu zerbrechen. Man befürchtete ein Schisma wie zur Zeit der hundertundein Ammenmärchen und wie damals, als man gewisse, im Jenseits an den Überbringer zahlbare Wechsel ausstellte. Ein Schisma ist eine ganz schreckliche Sache. Es bedeutet »Meinungsverschiedenheiten«, und bis zu diesem verhängnisvollen Augenblick hatten sich alle Gedanken der Menschen in der gleichen Richtung bewegt. Herr André, der ein ausgezeichneter Staatsbürger war, lud die Führer der beiden Parteien zum Abendessen ein. Er war der beste Gesellschafter, den man sich denken kann, dabei ein sanfter, aber lebhafter Mensch, und seine Heiterkeit war nicht geräuschvoll. Er war ungezwungen und offen und gehörte nicht zu jenen Menschen, die mit ihrem Geist den der anderen in den Schatten stellen wollen. Das Ansehen, das er sich erworben hatte, verdankte er seinem Zartgefühl, seiner Mäßigkeit und seiner ehrlichen Miene, die durchaus überzeugend wirkte. Er hätte es fertiggebracht, einen Korsen und einen Genuesen, den Mufti und einen Erzbischof vergnügt miteinander soupieren zu lassen. Er vereitelte geschickt die ersten Schläge, die sich die Disputanten versetzten, indem er das Thema wechselte und eine sehr nette Geschichte erzählte, die Verdammte und Verdammende gleichermaßen ergötzte. Als sie schließlich etwas in weinseliger Stimmung waren, ließ er sie unterschreiben, daß die Seele des Kaisers Mark Aurel im Status quo, das heißt: »Ich weiß nicht wo«, bliebe, bis zur endgültigen Entscheidung.

Friedlich kehrten die Seelen der Gelehrten nach dem Abendessen in ihren Vorhimmel zurück, und alles blieb ruhig. Dieses Abkommen brachte dem Mann mit den vierzig Talern viele Ehrungen ein, und jedesmal, wenn sich ein sehr hartnäckiger und heftiger Streit zwischen Wissenschaftlern oder Laien erhob, riet man beiden Parteien: »Meine Herren, gehen Sie zu Herrn André zum Abendessen!«

Ich kenne zwei erbitterte Gegner, die sich, weil sie nicht bei Herrn André soupierten, vielen Unannehmlichkeiten aussetzten.

Der verjagte Bösewicht

Der Ruf, den sich Herr André im Schlichten von Streitigkeiten durch gute Soupers erworben hatte, führte vorige Woche einen sonderbaren Besucher zu ihm. Ein finsterer, ziemlich schlecht gekleideter Mann mit krummem Rücken, zur Seite geneigtem

Kopf, verstörtem Blick und sehr unsauberen Händen beschwor ihn, ihn mit seinen Feinden zusammen zum Abendessen einzuladen.

»Wer sind Ihre Feinde?« fragte Herr André. »Und wer sind Sie?« – »Ich muß Ihnen gestehen, daß man mich für einen jener Lümmel hält, die Schmähschriften schreiben, um ihren Lebensunterhalt zu verdienen, und die ›Gott! Gott! Gott! Religion! Religion!‹ rufen, nur um einige kleine Vorteile zu erhaschen. Ich werde beschuldigt, wahrhaft fromme Mitbürger, aufrichtige Anbeter des wahren Gottes, die rechtschaffensten Menschen des ganzen Reiches verleumdet zu haben. Es läßt sich nicht leugnen, daß in der Hitze des Schreibens den Leuten von meinem Beruf häufig kleine Unrichtigkeiten unterlaufen, die man als schamlose Lügen und grobe Irrtümer auslegt. Unser Eifer wird als eine scheußliche Mischung von Betrügerei und Fanatismus angesehen. Man behauptet, dadurch, daß wir den guten Glauben einiger Einfaltspinsel mißbrauchen, zögen wir uns die Verachtung und den Abscheu aller rechtschaffenen, lesekundigen Menschen zu.

Meine Feinde sind die bedeutendsten Gelehrten der berühmtesten Hochschulen Europas, hochgeschätzte Schriftsteller und Bürger, die viel Gutes tun. Kürzlich ist ein Werk von mir herausgegeben worden, das den Titel ›Antiphilosophisches Wörterbuch‹ trägt. Ich hatte die besten Absichten, aber niemand wollte das Buch kaufen. Die Leute, denen ich es schenkte, haben es ins Feuer geworfen und sagten mir, es wäre nicht nur unvernünftig, sondern auch unchristlich und sehr unanständig.«

»Nun gut«, sagte Herr André zu ihm, »machen Sie es ebenso wie diese Leute: Verbrennen Sie das Buch, und sprechen Sie nicht mehr davon. Ich lobe mir Ihre Reue, aber ich kann Sie unmöglich mit geistreichen Menschen zusammen zum Abendessen einladen. Sie können gar nicht Ihre Feinde sein, da sie Ihre Bücher niemals lesen werden.«

»Könnten Sie mich nicht wenigstens mit den Verwandten

des verstorbenen Herrn von Montesquieu aussöhnen, Herr André« fuhr der Heuchler fort. »Ich habe sein Andenken verunglimpft, um den ehrwürdigen Pater Routh zu verherrlichen, der ihn noch in seiner Sterbestunde belästigte und aus dem Zimmer hinausgewiesen wurde!«

»Zum Kuckuck«, rief Herr André, »der hochehrwürdige Pater Routh ist doch längst tot. Soupieren Sie mit dem!«

Herr André kann sehr unhöflich sein, wenn er mit solch einem boshaften und einfältigen Menschenschlag zu tun hat. Er merkte, daß der Heuchler nur mit verdienstvollen Leuten bei ihm essen wollte, um einen Streit vom Zaun zu brechen und sie dann zu verleumden, um Schriften gegen sie zu verfassen und neue Lügen drucken zu lassen. Er jagte ihn aus dem Hause, so wie man Routh aus dem Sterbezimmer des Präsidenten von Montesquieu hinausgeworfen hatte.

Herr André läßt sich nicht leicht täuschen. Wenn er auch als Mann mit den vierzig Talern sehr harmlos und naiv war, so ist er doch sehr vorsichtig geworden, nachdem er die Menschen kennengelernt hat.

Herrn Andrés gesunder Menschenverstand

Wie sehr hat sich Herrn Andrés gesunder Menschenverstand entwickelt, seitdem er Besitzer einer Bibliothek ist! Er behandelt die Bücher wie Menschen: Er wählt aus und läßt sich niemals durch Namen blenden. Was ist es doch für ein Vergnügen, sich für einen Taler belehren zu können und seinen Horizont zu erweitern, ohne aus dem Haus gehen zu müssen! Er preist sich glücklich, daß er in einer Zeit geboren ist, in der die menschliche Vernunft anfängt, sich zu vervollkommnen.

»Wie unglücklich wäre ich«, sprach er zu sich, »wenn ich zur Zeit der Jesuiten Garasse und Guignard oder des Doktor Boucher, des Doktor Aubry und des Doktor Guincestre gelebt hätte oder aber zu jener Zeit, da man die Gegner der Aristotelischen Kategorien zur Galeerenstrafe verurteilte!«

Das Elend hatte Herrn Andrés seelische Spannkraft geschwächt, durch den Wohlstand gewann sie ihre alte Elastizität wieder. Es gibt Tausende solcher Andrés in der Welt, denen nur eine Wendung des Glücksrades fehlt, um aus ihnen wahrhaft verdienstvolle Männer zu machen. Heute ist er über alle Vorgänge in Europa auf dem laufenden, besonders aber über die Fortschritte des menschlichen Geistes.

»Es scheint mir«, sagte er letzten Dienstag zu mir, »als ob die Vernunft in kleinen Tagereisen zusammen mit ihren besten Freundinnen, der Erfahrung und der Toleranz, von Norden nach Süden wandere. Landwirtschaft und Handel begleiten sie. Sie hat sich in Italien vorgestellt, aber die Index-Kongregation hat sie abgelehnt. Sie konnte nichts weiter tun, als heimlich einige ihrer Anhänger zu entsenden, die nun unermüdlich Gutes tun. Noch einige Jahre, und das Land Scipios ist nicht mehr das Land der Harlekine in der Mönchskutte.

In Frankreich hat sie zeitweilig erbitterte Feinde, aber sie besitzt hier auch so viele Freunde, daß sie schließlich doch die Staatsgeschicke lenken wird. Als sie sich in Bayern und Österreich vorstellte, sah sie sich zwei oder drei dicken Perückenköpfen gegenüber, die sie mit dummen und verwunderten Blicken musterten. ›Gnädige Frau‹, sagten sie zu ihr, ›wir haben nie etwas von Ihnen gehört, wir kennen Sie gar nicht.‹ – ›Meine Herren, Sie werden mich mit der Zeit schon kennen- und liebenlernen‹*, antwortete sie ihnen, ›ich bin in Berlin, Moskau, Kopenhagen, Stockholm sehr gut aufgenommen worden, und schon vor langer Zeit wurde ich dank der Unterstützung von Locke, Gordon, Trenchard, von Mylord Shaftesbury und vielen anderen in England naturalisiert. Eines Tages werden Sie mir das auch zugestehen. Ich bin die Tochter der Zeit und setze mein ganzes Vertrauen in meine Mutter.‹

Als sie die Grenze Spaniens und Portugals überschritten hatte und feststellte, daß die Scheiterhaufen der Inquisition nicht mehr so häufig angezündet wurden, dankte sie Gott. Ihre

*Und diese Zeit ist gekommen.

Hoffnung wuchs, als sie sah, daß die Jesuiten vertrieben wurden, jedoch fürchtete sie, daß das Land, auch wenn man es von den Füchsen säuberte, noch lange den Wölfen ausgesetzt sein würde.

Sollte sie noch weitere Versuche machen, in Italien einzudringen, so nimmt man an, daß sie sich zuerst in Venedig niederlassen und im Königreich Neapel aufhalten wird, trotz all des Flüssigwerdens in diesem Lande. Man behauptet, die Vernunft besäße ein unfehlbares Geheimmittel, um die Schnüre einer Krone, die – ich weiß nicht wie – in die einer Tiara verwickelt sind, loszulösen und um die Zelter zu hindern, den Mauleselinnen eine Reverenz zu machen.«

Ich fand diese Unterhaltung mit Herrn André sehr ergötzlich, und je öfter ich ihn sah, desto lieber wurde er mir.

Ein gutes Abendessen bei Herrn André

Gestern abend speisten wir zusammen mit einem Doktor von der Sorbonne, einem berühmten Juden namens Pinto, dem Kaplan der reformierten Kapelle des niederländischen Gesandten, dem Sekretär des griechisch-orthodoxen Fürsten Golizyn, einem kalvinistischen Schweizer Hauptmann, zwei Philosophen und drei geistvollen Damen. Das Essen zog sich sehr in die Länge, und doch stritt man so wenig über religiöse Fragen, als hätte keiner der Gäste je einer Religion angehört. Man muß zugeben, daß wir außerordentlich höflich geworden sind und sehr fürchten, unsere Mitbrüder bei einem Essen zu kränken. Professor Coger, die Exjesuiten Nonnotte, Patouillet und Rotalier und alle Kreaturen dieser Art bilden eine Ausnahme. Diese Lumpenkerle schreiben in einer zweiseitigen Broschüre mehr Flegeleien, als die beste Pariser Gesellschaft bei einem vierstündigen Abendessen an angenehmen und belehrenden Dingen sagen kann. Und das Merkwürdige dabei ist: Sie würden niemals wagen, jemandem das ins Gesicht zu sagen, was sie unverschämterweise drucken lassen.

Die Unterhaltung drehte sich zunächst um einen Scherz aus den »Persischen Briefen«, in denen der Ausspruch mehrerer bedeutender Persönlichkeiten wiederholt wird, daß die Welt nicht nur alle Tage schlimmer wird, sondern sich auch immer mehr entvölkert. Demnach müßte, wenn das Sprichwort: »Je mehr Narren da sind, desto mehr wird gelacht«, auf Wahrheit beruht, das Lachen auf ewig von der Erde verbannt werden.

Der Doktor von der Sorbonne versicherte, daß die Welt sich tatsächlich beinahe in nichts auflöse. Er zitierte den Pater Petau, der darlegte, daß ein einziger Sohn Noahs (ich weiß nicht, ob es Sem oder Japhet war) in weniger als dreihundert Jahren eine Anzahl von Nachkommen gezeugt hätte, die sich im Jahre 285 nach der Sintflut auf sechshundertdreiundzwanzig Milliarden sechshundertzwölf Millionen dreihundertachtundzwanzigtausend Gläubige belief. Herr André fragte, warum es zur Zeit Philipps des Schönen, also ungefähr dreihundert Jahre nach Hugo Capet, nicht sechshundertdreiundzwanzig Milliarden Prinzen des königlichen Hauses gegeben habe. »Weil der Glaube nicht mehr so viele Anhänger hat«, antwortete der Doktor von der Sorbonne.

Man sprach viel von dem hunderttorigen Theben und der Million Soldaten, die mit zwanzigtausend Wagen durch diese Tore auszogen. »Das erscheint mir sehr unglaubhaft«, meinte Herr André; »seitdem ich viel lese, neige ich zu der Vermutung, daß derselbe merkwürdige Geist, der ›Gargantua‹ geschrieben hat, auch der Verfasser aller anderen früheren Geschichten war.«

»Aber schließlich waren Theben, Memphis, Babylon, Ninive, Troja und Seleukia große Städte, und jetzt existieren sie nicht mehr«, sagte einer der Gäste.

»Das stimmt«, entgegnete der Sekretär des Fürsten Golizyn, »aber Moskau, Konstantinopel, London, Paris, Amsterdam und Lyon, die bedeutender sind als Troja, und alle Städte Frankreichs, Deutschlands, Spaniens und des Nordens waren damals Wüsteneien.«

Der Schweizer Hauptmann, ein sehr gebildeter Mann, sagte uns, daß als seine Vorfahren ihre Berge und Schluchten verlassen wollten, um sich von Rechts wegen eines angenehmeren Landes zu bemächtigen, Cäsar mit eigenen Augen die Zahl dieser Auswanderer abschätzte und feststellte, daß sie sich auf dreihundertachtundsechzigtausend belief, Greise, Frauen und Kinder einbegriffen. »Heute hat allein der Kanton Bern die gleiche Zahl an Einwohnern. Das ist nicht ganz die Hälfte der Schweiz, und ich kann Ihnen versichern, daß die dreizehn Kantone mehr als siebenhundertzwanzigtausend Seelen haben einschließlich der Schweizer, die im Ausland Dienste angenommen haben oder Handel treiben. Stellen Sie danach Ihre Berechnungen und Systeme auf, aber eins wird ebenso falsch sein wie das andere.«

Dann wurde die Frage erörtert, ob die römischen Bürger zur Zeit Cäsars ebenso reich waren wie die Pariser zur Zeit des Finanzministers Silhouette.

»Ach, das betrifft mich«, rief Herr André. »Ich bin lange Zeit der Mann mit den vierzig Talern gewesen, und ich glaube, daß die römischen Bürger mehr besaßen. Diese berühmten Straßenräuber hatten die schönsten Länder Asiens, Afrikas und Europas ausgeplündert. Sie lebten sehr üppig von den Früchten ihrer Raubzüge, und doch gab es in Rom Bettler. Ich bin überzeugt, daß es unter diesen Welteroberern viele Leute gab, die, ebenso wie ich, nur über ein Einkommen von vierzig Talern verfügten.«

»Wissen Sie denn«, fragte ihn ein Gelehrter der Akademie der schönen Künste, »daß Lucullus für jedes Abendessen, das er im Apollosaal gab, neununddreißigtausenddreihundertzweiundsiebzig Franken und dreizehn Sous unseres heutigen Geldes ausgab? Daß aber Attikus, der berühmte Epikureer, für seinen Tisch noch nicht einmal zweihundertunddreißig Franken im Monat aufwendete?«

»Wenn das stimmt«, sagte ich, »so wäre er würdig, bei der vor kurzem in Italien gegründeten ›Brüderschaft der Knauserei‹ den Vorsitz zu führen. Ich habe ebenso wie Sie im Florus die unglaubliche Anekdote gelesen, aber wahrscheinlich hat Florus niemals an einem Essen bei Attikus teilgenommen, oder der Inhalt seiner Schriften ist, wie der so vieler anderer, durch die Abschreiber entstellt worden. Niemals wird mich Florus überzeugen können, daß der Freund Cäsars und Pompejus', Ciceros und Antonius', die oft bei ihm zu Gast waren, mit etwas weniger als zehn Louisdor im Monat die Kosten seiner Tafel bestritt!

Wie man Geschichte schreibt, daran ist es zu sehen.«

Jetzt kam auch Madame André zu Wort und erklärte dem Gelehrten, daß es ihr sehr angenehm wäre, wenn er ihre Ausgaben für die Tafel mit dem zehnfachen Betrag veranschlagen könnte.

Ich bin überzeugt, daß dieses Abendessen bei Herrn André gut den monatlichen Aufwand des Attikus verschlungen hat. Und die Damen bezweifelten stark, daß die Soupers in Rom angenehmer gewesen wären als die in Paris. Die Unterhaltung war sehr angeregt, wenn auch reichlich gelehrt. Es wurde weder über neue Moden noch über alberne Angewohnheiten von anderen, noch über die Skandalgeschichten des Tages gesprochen.

Eingehend wurde die Luxusfrage behandelt. Man wollte wissen, ob der Luxus das Römische Reich zerstört hätte, und es wurde nachgewiesen, daß das Ost- und das Weströmische Reich nur durch Glaubensstreitigkeiten und durch die Mönche zerstört worden waren. Tatsächlich war man, als Alarich Rom einnahm, ausschließlich mit theologischen Disputen beschäftigt, und als Mohammed II. Konstantinopel eroberte, verteidigten die Mönche viel lieber das Ewige Licht von Tabor, das sie in ihrem Nabel erblickten, als daß sie die Stadt gegen die Türken verteidigten.

Einer unserer Gelehrten machte eine Bemerkung, die mir sehr zu denken gab: Er sagte, daß diese beiden großen Reiche zerstört wurden, während die Werke Vergils, Horaz' und Ovids noch heute bestehen.

Es war nur ein kleiner Sprung von dem Jahrhundert des Augustus bis zu dem Jahrhundert Ludwigs XIV. Eine Dame fragte, warum bei so viel Geist heute keine Meisterwerke mehr zustande kämen? Herr André begründete es damit, daß man sich im vergangenen Jahrhundert verausgabt hätte. Dieser Gedanke erschien spitzfindig, aber dennoch wahr; er wurde eingehend erörtert. Dann fiel man unbarmherzig über einen Schotten her, der sich erlaubt hatte, Richtlinien des guten Geschmacks aufzustellen und die bewundernswürdigsten Stellen in Racines Werken zu kritisieren, ohne Französisch zu können. Noch strenger verfuhr man mit einem Italiener namens Denina, der den »Geist der Gesetze« verurteilte, ohne ihn zu erfassen, und der vor allem das tadelte, was man an diesem Werke am meisten schätzt.

Das erinnerte uns an die vorgespiegelte Verachtung, die Boileau gegen Tasso zur Schau trug. Einer der Gäste erklärte, Tasso stünde trotz seiner Fehler so hoch über Homer wie Montesquieu trotz seiner noch größeren Fehler über dem Geschwätz von Grotius. Man war empört über diese schlechten, von nationalem Haß und Vorurteilen diktierten Kritiken. Herr Denina wurde so behandelt, wie er es verdiente, nämlich so, wie geistvolle Menschen Pedanten zu behandeln pflegen.

Man konstatierte vor allem, daß die meisten literarischen Arbeiten des gegenwärtigen Jahrhunderts sich ebenso wie die Konversationen mit den Meisterwerken aus dem vergangenen Jahrhundert beschäftigten. Unser Verdienst ist es, über das Verdienst dieser Werke zu sprechen, und wir gleichen darin den enterbten Kindern, die den Besitz ihrer Väter überschlagen. Es wurde allgemein zugegeben, daß die Philosophie große Fortschritte gemacht hat, daß aber Sprache und Stil etwas gelitten hätten.

Die Eigentümlichkeit jeder Unterhaltung besteht darin, von einem Thema auf ein anderes überzugehen. Alle die merkwürdigen, gelehrten und ästhetischen Gesprächsthemen wurden bald von dem großen Schauspiel zurückgedrängt, das die Kaiserin von Rußland und der König von Polen der Welt darboten. Sie bemühten sich, die bedrückte Menschheit aufzurichten und die Gewissensfreiheit in einem Teil der Erde, der weit größer als das ehemalige Römische Reich war, einzuführen. Dieser Dienst, den sie der Menschheit erwiesen, dieses Beispiel, das sie so vielen, sich in Staatskunde für erfahren haltenden Höfen gaben, wurde gebührend gelobt. Man trank auf die Gesundheit der Kaiserin und auf die des Königs und des Reichstagspräsidenten, die beide Philosophen sind, und wünschte ihnen viele Nachahmer. Sogar der Doktor von der Sorbonne bewunderte sie, denn es gibt auch in diesem Kollegium einige Leute mit gesundem Menschenverstand, so wie es früher bei den Böotiern geistvolle Menschen gab. Der russische Sekretär setzte uns durch einen Bericht über die großen Einrichtungen, die in Rußland geschaffen wurden, in Erstaunen.

Es wurde gefragt, warum die Leser die Geschichte Karls XII., der sein ganzes Leben mit Zerstören verbrachte, bevorzugten und nicht die Geschichte Peters des Großen, dessen Leben nur von Arbeit und Schaffen erfüllt war. Wir folgerten, daß geistige Armut und Leichtfertigkeit die Ursachen dieser Vorliebe wären. Karl XII. sei der Don Quichotte, Peter hingegen der Solon des Nordens. Oberflächliche Geister zögen einen übertriebenen Heroismus dem Scharfsinn eines Gesetzgebers vor, und die zahllosen Einzelheiten einer Städtegründung gefielen ihnen weniger als die Kühnheit eines Mannes, der allein mit seinen Dienern zehntausend Türken Widerstand leistete. Und schließlich wollte sich die Mehrheit der Leser lieber amüsieren als sich bilden. So erklärt es sich, daß auf hundert Frauen, die »Tausendundeine Nacht« lesen, nur eine kommt, die zwei Kapitel von Locke liest.

Wovon wurde eigentlich bei diesem Mahle, an das ich noch lange denken werde, nicht gesprochen? Über Schauspieler und Schauspielerinnen, das übliche Thema der Tischgespräche in Versailles und Paris, mußte wohl auch noch ein Wort gesagt werden. Man war sich darüber einig, daß ein guter Deklamator ebenso selten sei wie ein guter Dichter.

Das Abendessen endete mit einem sehr hübschen Lied, das einer der Gäste auf die Damen verfaßte. Ich für mein Teil gestehe, daß ein Gastmahl bei Platon mir nicht mehr Freude gemacht hätte als das bei Herrn und Frau André.

Unsere Stutzer und Stutzerinnen hätten sich zweifellos gelangweilt. Sie behaupten, gute Gesellschafter zu sein, aber weder Herr André noch ich würden jemals mit solchen guten Gesellschaftern zusammen speisen.

DIE PRINZESSIN VON BABYLON

ERSTES KAPITEL

Der alte Belos, der König von Babylon, hielt sich für den bedeutendsten Mann der ganzen Welt, denn alle seine Höflinge sagten es, und seine Geschichtsschreiber bewiesen es ihm. Was diese lächerliche Einbildung entschuldigen konnte, war die Tatsache, daß seine Vorgänger mehr als dreißigtausend Jahre für den Aufbau Babylons gebraucht hatten und er es verschönerte. Sein Palast und sein Park lagen einige Parasangen von Babylon entfernt zwischen den Flüssen Euphrat und Tigris, die diese bezaubernden Gestade bespülten. Das riesige, dreitausend Schritt lange Gebäude ragte bis zum Himmel hinauf. Das flache Dach war von einer fünfzig Fuß hohen weißen Marmorbalustrade umgeben, auf der die Kolossalstatuen aller Könige und aller großen Männer des Reiches standen. Das Dach selbst, welches durchgehend aus zwei mit dicken Bleiplatten belegten Backsteinschichten bestand, war zwölf Fuß hoch mit Erde bedeckt, und darauf hatte man so dicht Oliven-, Orangen-, Zitronen-, Palmen-, Kokos-, Zimt- und andere Gewürzbäume gepflanzt, daß kein Sonnenstrahl auf die schattigen Wege herabfallen konnte.

Das durch hundert hohle Säulen hochgepumpte Wasser des Euphrat füllte in diesen Gärten mächtige Marmorbecken und bildete dann, durch andere Kanäle zurückgeleitet, unten im Park sechstausend Fuß lange Wasserfälle und hunderttausend Springbrunnen von fast unübersehbarer Höhe; darauf floß es zurück in den Euphrat, aus dem es gekommen war. Die Gärten der Semiramis, die einige Jahrhunderte später ganz Asien in Staunen setzten, waren nur eine armselige Nachahmung dieser antiken Wunder, denn zu Semiramis' Zeiten begann das Niveau der Männer und Frauen bedeutend herabzusinken.

Das Bewundernswerteste in Babylon aber, das alles andere in den Schatten stellte, war des Königs einzige Tochter, Formosante. Nach ihren Bildnissen und Statuen hat Praxiteles im darauffolgenden Jahrhundert seine Aphrodite und jene andere Skulptur geschaffen, die man die Venus mit den schönen Hinterbacken nannte. Herrgott, wie sehr unterschied sich das Original von seinen Nachbildungen! Und darum war Belos auch stolzer auf seine Tochter als auf sein Königreich. Sie war achtzehn Jahre alt und brauchte einen Gatten, der ihrer würdig war. Aber wo ihn finden? Ein altes Orakel hatte bestimmt, Formosante dürfe nur demjenigen angehören, der den Nimrod-Bogen spannen könnte. Nimrod, der gewaltige Jäger vor dem Herrn, hatte einen sieben babylonische Fuß hohen Bogen aus Ebenholz hinterlassen, das härter war als das Eisen des Kaukasus, welches in den Schmieden von Derbent verarbeitet wird. Kein Sterblicher hatte seit Nimrod diesen wunderbaren Bogen spannen können.

Außerdem war noch prophezeit worden, daß der Arm, der diesen Bogen spannte, den furchtbarsten und gefährlichsten Löwen, der je im Zirkus von Babylon losgelassen würde, töten sollte. Das war noch nicht alles: Der Bogenspanner und Löwentöter sollte auch alle seine Nebenbuhler niederkämpfen. Vor allem aber mußte er viel Geist haben, sollte der herrlichste und tugendhafteste aller Menschen sein und die größte Seltenheit, die es auf der Erde gab, besitzen.

Es traten drei Könige auf, die den Wettkampf um Formosante wagen wollten: der Pharao von Ägypten, der Schah von Indien und der große Khan der Skythen. Bel bestimmte den Tag des Kampfes und als Ort das weite, von den vereinigten Wassern des Euphrat und Tigris begrenzte Gelände am äußersten Ende des Parkes. Rund um den Kampfplatz errichtete man ein marmornes Amphitheater, das fünfhunderttausend Zuschauer fassen konnte. Dem Amphitheater gegenüber stand der Thron des Königs, der, von seinem ganzen Hofstaat begleitet, mit Formosante erscheinen sollte. Zur Rechten und Linken, zwischen dem Königsthron und dem Amphitheater, befanden sich weitere Throne und Sitze für die drei Könige und alle anderen Herrscher, die das Verlangen hatten, dieser erhabenen Feier beizuwohnen.

Als erster erschien der König von Ägypten auf dem Stier Apis, in der Hand das Sistrum der Isis. Ihm folgten zweitausend Priester, deren Leinengewänder weißer waren als der Schnee, zweitausend Eunuchen, zweitausend Magier und zweitausend Krieger.

Bald darauf kam der König von Indien in einem von zwölf Elefanten gezogenen Wagen an. Er hatte ein noch zahlreicheres und glänzenderes Gefolge als der Pharao von Ägypten.

Als letzter erschien der König der Skythen. Er führte nur ausgewählte, mit Pfeil und Bogen bewaffnete Krieger mit und ritt auf einem prachtvollen Tiger, den er selbst gezähmt hatte und der so groß war wie die schönsten persischen Pferde. Die imponierende, majestätische Gestalt dieses Monarchen stellte seine Nebenbuhler in den Schatten. Seine nackten, kraftstrotzenden weißen Arme schienen ganz dazu geschaffen, den Bogen Nimrods zu spannen.

Die drei Fürsten warfen sich zunächst Belos und Formosante zu Füßen. Der König von Ägypten brachte der Prinzessin die beiden schönsten Krokodile des Nils, zwei Flußpferde, zwei Zebras, zwei ägyptische Ratten und zwei Mumien mit den Büchern des großen Hermes, die er für die größte Seltenheit der ganzen Erde hielt.

Der König von Indien machte ihr hundert Elefanten zum Geschenk, von denen jeder einen Turm aus vergoldetem Holz trug, und legte ihr den von Schakja eigenhändig geschriebenen Weda zu Füßen.

Der König der Skythen, der tatsächlich weder lesen noch schreiben konnte, überbrachte hundert mit schwarzen Fuchsfell-Schabracken bedeckte Schlachtrosse.

Die Prinzessin schlug vor ihren Bewerbern die Augen nieder und verneigte sich mit züchtiger und edler Anmut.

Belos ließ die Monarchen zu den für sie bestimmten Thronen führen. »Hätte ich doch drei Töchter«, sprach er zu ihnen, »dann könnte ich heute sechs Menschen glücklich machen.« Darauf ließ er losen, wer sich als erster an Nimrods Bogen versuchen sollte. Von den drei Namen der Bewerber, die man in einen goldenen Helm gelegt hatte, wurde zuerst der des Königs von Ägypten gezogen, als nächster der des Königs von Indien. Der Skythenkönig maß den Bogen und seine Mitbewerber – und bedauerte nicht, der dritte zu sein.

Während die Vorbereitungen für diese wunderbaren Kraftproben getroffen wurden, boten zwanzigtausend Edelknaben und zwanzigtausend junge Mädchen in bester Ordnung zwischen den einzelnen Sitzreihen den Zuschauern Erfrischungen an. Jeder war der Meinung, die Götter hätten die Könige nur eingesetzt, um alle Tage abwechslungsreiche Feste zu geben; daß ferner das Leben zu kurz sei, um auf andere Weise von ihm Gebrauch zu machen, daß Prozesse, Intrigen, Kriege und Priestergezänk, die das Menschenleben aufzehren, sinnlose und abscheuliche Dinge seien und der Mensch nur zur Freude geboren sei, daß er Vergnügungen nicht dauernd und leidenschaftlich lieben würde, wenn er nicht dazu geschaffen wäre, daß das Wesen der menschlichen Natur darin bestände, zu genießen, und alles übrige Torheit sei. Diese vortreffliche Moral ist allerdings gerade durch die Tatsachen Lügen gestraft worden.

Als die Proben, die über Formosantes Schicksal entscheiden sollten, ihren Anfang nahmen, erschien vor der Schranke ein junger Fremdling, der, wie sein Diener, auf einem Einhorn ritt und auf der Faust einen großen Vogel trug. Die Wachen waren erstaunt, eine Gestalt, die einer Gottheit glich, in einem solchen Aufzuge zu sehen. Es war, wie man später sagte, das Antlitz des Adonis auf dem Körper des Herkules, Majestät mit Anmut gepaart. Seine dunklen Augenbrauen und seine langen blonden Haare bildeten eine in Babylon unbekannte Schönheitskombination und entzückten alle Anwesenden. Alle erhoben sich von den Sitzen, um ihn besser sehen zu können. Alle Damen des Hofes richteten verwunderte Blicke auf ihn, und selbst Formosante, die stets die Augen gesenkt hielt, schlug sie auf und errötete. Die drei Könige erbleichten. Alle Zuschauer, die Formosante mit dem Unbekannten verglichen, brachen in den Ruf aus: »Nur dieser Jüngling kommt auf der ganzen Welt der Prinzessin an Schönheit gleich!«

Die verwunderten Palastdiener fragten ihn, ob er ein König sei. Der Fremde antwortete, er habe nicht die Ehre, er sei aber aus weiter Ferne gekommen, um zu sehen, ob es Könige gäbe, die Formosantes würdig seien. Man führte ihn mit seinem Diener, den beiden Einhörnern und dem Vogel in die erste Reihe des Amphitheaters. Er verneigte sich tief vor Belos, Formosante, den drei Königen und allen Zuschauern und nahm dann errötend Platz. Die beiden Einhörner legten sich zu seinen Füßen nieder, der Vogel setzte sich ihm auf die Schulter, und sein Diener, der einen kleinen Sack bei sich trug, ließ sich an seiner Seite nieder.

Die Proben begannen. Der Nimrod-Bogen wurde aus dem goldenen Behälter herausgenommen, und der Zeremonienmeister, dem zwanzig Bläser voranschritten und fünfzig Edelknaben folgten, überreichten ihn dem König von Ägypten. Dieser ließ den Bogen von seinen Priestern segnen, und nachdem er ihn noch auf den Kopf des Stieres Apis gelegt hatte, zweifelte er nicht mehr daran, daß er den ersten Sieg davontragen würde. Er schritt in die Mitte der Arena, machte einen Versuch, spannte alle seine Kräfte an und drehte und wandte sich derart, daß alle Zuschauer in Gelächter ausbrachen und sogar Formosante lächeln mußte.

Sein Oberpriester näherte sich ihm. »Eure Majestät sollten auf diese nichtige Ehre verzichten, die nur eine Sache der Muskeln und Sehnen ist«, sagte er, »in allem übrigen werdet Ihr den Sieg davontragen. Ihr werdet den Löwen bezwingen, da Ihr das Schwert des Osiris habt. Die Prinzessin von Babylon soll dem geistvollsten Fürsten angehören, und Ihr habt ja schon viele Rätsel gelöst. Sie soll sich dem Tugendhaftesten vermählen, und der seid Ihr, denn Euch haben die Priester Ägyptens erzogen. Der Großzügigste soll triumphieren, und Ihr habt die beiden schönsten Krokodile und Ratten, die es im Delta gibt, zum Geschenk gemacht. Ihr besitzt den Stier Apis und die Bücher des großen Hermes – die größten Seltenheiten der ganzen Welt. Niemand kann Euch Formosante streitig machen.« – »Du hast recht«, sprach der König von Ägypten und begab sich wieder auf seinen Thron.

Der Bogen wurde nun dem König von Indien überreicht. Er hatte vierzehn Tage lang noch Blasen davon und tröstete sich mit der Hoffnung, der König der Skythen werde nicht mehr Glück haben als er.

Darauf versuchte sich der Skythe am Bogen. Er verband Kraft mit Gewandtheit, und unter seinen Händen schien der Bogen etwas biegsam zu werden. Er konnte ihn etwas krümmen, aber ihn zu spannen gelang ihm nicht. Die Zuschauer, die das Äußere dieses Fürsten angenehm berührte, waren über seinen geringen Erfolg enttäuscht und fürchteten, die schöne Prinzessin werde sich niemals vermählen.

Da schwang sich der junge Unbekannte in die Arena hinab und wandte sich an den König der Skythen: »Eure Majestät dürfen sich nicht darüber wundern, daß Ihr keinen vollen Erfolg hattet. Diese Bogen aus Ebenholz werden in meinem Lande verfertigt und müssen besonders gehandhabt werden. Euer Verdienst, ihn gebogen zu haben, ist größer als meines, wenn ich ihn spanne.« Alsdann nahm er einen Pfeil, legte ihn an die Sehne und spannte den Nimrod-Bogen. Der Pfeil flog weit über die Schranken hinaus. Eine Million Hände zollten diesem Wunder Beifall. Babylon hallte von Jubel wider, und alle Frauen sagten: »Welch ein Glück, daß ein so schöner Jüngling so viel Kraft hat.«

Darauf zog er eine kleine Elfenbeinplatte aus seiner Tasche, beschrieb sie mit einer goldenen Nadel, befestigte sie an dem

Bogen und überreichte das Ganze der Prinzessin mit so viel Anmut, daß alle Anwesenden entzückt waren. Dann nahm er bescheiden seinen Platz zwischen seinem Vogel und seinem Diener wieder ein. Ganz Babylon war über alle Maßen erstaunt, die drei Könige waren bestürzt, doch der Unbekannte schien nichts von alledem zu merken.

Formosantes Verwunderung wuchs noch, als sie auf dem am Bogen befestigten Elfenbeintäfelchen im schönsten Chaldäisch das folgende Verslein las:

Der Nimrod-Pfeil den Sieg erringt,
der Liebe Pfeil das Glück Euch bringt.
Ihr tragt ihn! Und das Erdenreich
beherrscht der Sieger, göttergleich.
Drei Könige, die heut Rivalen,
bemühen sich, Euch zu gefallen.
Wie wird sich Euer Herz entscheiden?
Die ganze Welt wird ihn beneiden!

Dieses kleine Madrigal mißfiel der Prinzessin durchaus nicht. Einige Herren des alten Hofes kritisierten es und meinten, früher, in der alten guten Zeit hätte man Belos mit der Sonne und Formosante mit dem Monde verglichen, ihren Hals mit einem Turm und ihren Busen mit einem Scheffel Weizen. Sie behaupteten, der Fremde habe keinerlei Phantasie und halte sich nicht an die Regeln der echten Poesie. Alle Damen jedoch fanden die Verse sehr nett. Sie wunderten sich, daß ein Mann, der den Bogen so gut spannen konnte, so viel Geist besaß. Die Hofdame der Prinzessin sagte zu ihr: »Hoheit, wie nutzlos sind all diese Gaben! Was hilft diesem jungen Mann sein Geist und der Bogen des Belos?« – »Um Bewunderung zu erregen«, erwiderte Formosante. »Ah«, murmelte die Hofdame zwischen den Zähnen, »noch ein Madrigal, und er wird geliebt!«

Inzwischen hatte Belos die Magier befragt und verkündete nun, daß, wenn auch keiner der drei Könige den Bogen Nimrods spannen konnte, er seine Tochter dennoch vermählen müsse. Sie solle demjenigen angehören, dem es gelänge, den großen Löwen niederzustrecken, der eigens für diesen Zweck im Zwinger herangefüttert worden war. Der König von Ägypten, der in der ganzen Weisheit seines Landes erzogen worden war, fand es höchst lächerlich, einen König um seiner Heirat willen einem wilden Tier auszusetzen. Er gab zu, daß der Besitz Formosantes von großem Wert sei, hob aber hervor, daß er die schöne Babylonierin doch niemals heiraten könne, wenn ihn der Kampf mit dem Löwen das Leben koste. Der König von Indien schloß sich der Meinung des Ägypters an. Beide kamen zu der Überzeugung, daß der König von Babylon sie zum Narren hielt und daß man Heere kommen lassen sollte, um ihn zu bestrafen. Man habe genug Untertanen, die es sich zur Ehre anrechneten, ihr Leben im Dienste ihrer Gebieter zu lassen, damit diesen auch nicht ein Haar auf ihren geheiligten Häuptern gekrümmt würde. Mit Leichtigkeit könnte der König von Babylon entthront werden, und das Los sollte dann über das Schicksal der schönen Formosante entscheiden.

Nachdem diese Vereinbarung getroffen war, sandte jeder der beiden Könige eiligst den ausdrücklichen Befehl in sein Land, ein Heer von dreihunderttausend Mann aufzustellen, um Formosante zu entführen.

Indessen stieg der König der Skythen, den Krummsäbel in der Hand, allein in die Arena hinab. Die Reize Formosantes hatten ihn nicht zu heißer Liebe entflammt, bisher war nur der Ruhm seine einzige Leidenschaft gewesen, die ihn auch nach Babylon geführt hatte. Wenn die Könige von Indien und Ägypten sich aus lauter Vorsicht nicht mit dem Löwen einließen, so wollte er beweisen, daß er mutig genug war, diesen Kampf nicht zu scheuen und die Ehre der Kronen wieder reinzuwaschen. Seine hervorragende Tapferkeit ließ es nicht einmal zu, sich des Beistandes seines Tigers zu bedienen. Leicht bewaffnet und mit einem goldverzierten, von drei schneeweißen Pferdeschweifen umflatterten stählernen Helm trat er ganz allein vor.

Der riesigste aller Löwen aus den Bergen des Antilibanon wurde gegen ihn losgelassen. Es schien, als könnten seine furchtbaren Tatzen die drei Könige auf einmal zerreißen und sein mächtiger Rachen sie alle drei verschlingen. Das ganze Amphitheather hallte von seinem fürchterlichen Gebrüll wider. Die beiden stolzen Kämpfer stürzten sich pfeilgeschwind aufeinander. Der kühne Skythe stieß seinen Degen in das Maul des Löwen, aber die Spitze, die auf einen der breiten, unzerbrechlichen Zähne traf, zersprang in Splitter, und das Waldungeheuer schlug, wutentbrannt über die erlittene Verletzung, seine blutbefleckten Tatzen in die Schenkel des Skythenkönigs.

Die Gefahr, die diesen tapferen Fürsten bedrohte, ergriff den jungen Fremdling. Blitzschnell stürzte er sich in die Arena, und mit derselben Geschicklichkeit, mit der späterhin bei unseren Ringelrennen gewandte junge Ritter Mohrenköpfe oder Ringe trafen, schlug er dem Löwen den Kopf ab.

Dann zog er eine kleine Schachtel hervor, reichte sie dem Skythenkönig und sagte: »Eure Majestät finden in diesem Schächtelchen echte Eschenwurz, die in meiner Heimat wächst. Eure ruhmreichen Wunden können damit sehr schnell geheilt werden. Nur der Zufall hat Euch gehindert, den Löwen zu besiegen, und Eure Tapferkeit ist darum nicht weniger bewunderungswert.« Der Skythenkönig, der mehr Sinn für Dankbarkeit als für Eifersucht hatte, dankte seinem Befreier, und nachdem er ihn zärtlich umarmt hatte, begab er sich in sein Quartier, um die Eschenwurz auf seine Wunden zu legen.

Der Unbekannte übergab den Löwenkopf seinem Diener. Nachdem dieser ihn an dem großen Brunnen unterhalb des Amphitheaters gewaschen und alles Blut hatte ablaufen lassen, zog er ein Messer aus seinem kleinen Sack, riß die vierzig Zähne des Löwen aus und setzte an ihre Stelle vierzig gleich große Diamanten.

Sein Herr setzte sich in seiner üblichen bescheidenen Art wieder auf seinen Platz. Er gab seinem Vogel den Löwenkopf und sagte: »Schöner Vogel, lege diese kleine Huldigung Formosante zu Füßen.« Der Vogel überbrachte der Prinzessin in seinen Krallen das schreckliche Siegeszeichen, neigte demütig den Kopf und legte sich vor ihr nieder. Die vierzig Brillanten blendeten aller Augen. Solche Kostbarkeiten waren in dem prächtigen Babylon, wo Smaragde, Topase, Saphire und Granaten als wertvollste Schmuckstücke angesehen wurden, noch unbekannt. Belos und der ganze Hof waren voller Bewunderung, doch der Vogel, der dieses Geschenk herbrachte, überraschte sie noch mehr. Er glich einem Adler, aber seine Augen waren sanft und fromm, während die des Adlers stolz und drohend sind. Sein Schnabel war rosenfarbig und erinnerte etwas an Formosantes schönen Mund. Sein Hals schillerte in allen Farben des Regenbogens, jedoch lebhafter und glänzender, und sein Gefieder leuchtete in tausend verschiedenen Goldschattierungen. Seine Füße zeigten eine Mischung von Silber und Purpur, und der Schweif jener schönen Vögel, die man später vor den Wagen der Juno spannte, kam dem seinen an Schönheit nicht gleich.

Die Aufmerksamkeit und Neugier, die Verwunderung und Begeisterung des ganzen Hofes richteten sich teils auf die vierzig Diamanten, teils auf den Vogel. Er hatte sich auf das Geländer gesetzt zwischen Belos und seine Tochter Formosante, die ihn streichelte, liebkoste und küßte. Er schien ihre Liebkosungen mit Vergnügen und Ehrfurcht entgegenzunehmen. Als die Prinzessin ihn küßte, küßte er sie wieder und sah sie zärtlich an. Er bekam von ihr kleine Kuchen und Pistazien, die er mit seiner silbrigpurpurnen Klaue nahm und überaus anmutig in den Schnabel steckte.

Belos, der die Diamanten aufmerksam betrachtet hatte, glaubte, daß eine seiner Provinzen wohl kaum solch ein kostbares Geschenk ausgleichen könnte. Er befahl, für den Unbekannten noch großartigere Gaben vorzubereiten, als man den drei Königen zugedacht hatte. »Dieser junge Mann ist zweifellos der Sohn des Kaisers von China«, sagte er, »oder des Herrschers von jenem Teil der Erde, den man Europa nennt und

von dem man mir schon erzählt hat, oder er stammt aus Afrika, das ein Nachbarstaat Ägyptens sein soll.«

Er entsandte sogleich seinen Oberstallmeister, der den Fremdling begrüßen und fragen sollte, ob er der Beherrscher oder der Sohn des Herrschers von einem dieser Reiche sei und warum er, da er doch so erstaunliche Schätze besitze, nur mit seinem Diener und einem kleinen Mantelsack erschienen sei.

Als der Oberstallmeister auf das Amphitheater zuging, um sich seines Auftrages zu entledigen, kam wieder ein Diener auf einem Einhorn an, der folgende Worte an den jungen Mann richtete: »Omar, Euer Vater liegt im Sterben; ich bin gekommen, es Euch zu melden.« Der Unbekannte hob die Augen gen Himmel, vergoß heiße Tränen und gab nur zur Antwort: »Wir wollen aufbrechen.«

Nachdem der Oberstallmeister dem Löwenbezwinger, dem Spender der vierzig Diamanten, dem Besitzer des schönen Vogels die freundlichen Begrüßungsworte des Belos ausgerichtet hatte, fragte er den Diener, über welches Reich der Vater des jungen Helden herrsche. Der Diener antwortete: »Sein Vater ist ein alter Schäfer, der im ganzen Lande sehr beliebt ist.«

Während dieses kurzen Gespräches hatte der Unbekannte bereits sein Einhorn bestiegen und wandte sich an den Oberstallmeister: »Erlauchter Herr, wollen Sie die Güte haben, mich Belos und seiner Tochter zu Füßen zu legen. Ich erlaube mir, Formosante um größte Sorgfalt für den Vogel, den ich hierlasse, zu bitten. Er ist so einzigartig wie sie.« Nach diesen Worten ritt er wie ein Blitz davon. Die beiden Diener folgten ihm, und man verlor sie alle drei aus den Augen.

Formosante konnte einen lauten Schrei nicht unterdrücken. Der Vogel wandte seine Augen nach dem Amphitheater, dorthin, wo sein Herr gesessen, und schien sehr betrübt darüber, daß er ihn nicht mehr sah. Dann blickte er die Prinzessin fest an und rieb seinen Schnabel sanft an ihrer schönen Hand, so, als wolle er sich ihrem Dienste weihen.

Als Belos hörte, daß dieser außergewöhnliche junge Mann

der Sohn eines Schäfers sei, war er höchst erstaunt und wollte es nicht glauben. Er sandte ihm Boten nach, doch nach kurzer Zeit wurde ihm berichtet, daß die Einhörner, auf denen die drei Männer ritten, nicht eingeholt werden konnten. Bei dem Tempo, das sie angeschlagen hätten, müßten sie täglich hundert Meilen zurücklegen.

ZWEITES KAPITEL

Alle Welt sprach über dieses seltsame Ereignis und erging sich in endlosen, leeren Vermutungen. Wie konnte der Sohn eines Schäfers vierzig große Diamanten verschenken? Warum kam er auf einem Einhorn angeritten? Es blieb allen unverständlich, und Formosante, die den Vogel immer wieder streichelte, versank in tiefe Träumerei.

Ihre Kusine, Prinzessin Aldea, die sehr gut aussah und fast ebenso schön war wie Formosante, sagte zu ihr: »Liebe Base, ich weiß nicht, ob dieser junge Halbgott der Sohn eines Schäfers ist, aber er scheint mir alle Bedingungen erfüllt zu haben, die an deine Heirat geknüpft sind. Er hat den Nimrod-Bogen gespannt, hat den Löwen bezwungen und hat viel Geist, da er für dich ein so hübsches Gedicht aus dem Stegreif gemacht hat. Und da er dir vierzig riesige Diamanten geschenkt hat, mußt du zugeben, daß er der großzügigste Mann der Welt ist. Sein Vogel ist die größte Seltenheit, die es auf der Erde gibt, und seine Tugend ist unvergleichlich, denn obwohl er bei dir bleiben konnte, ist er ohne Zaudern aufgebrochen, als er von der Erkrankung seines Vater erfuhr. Alle Punkte des Orakels sind erfüllt worden mit Ausnahme der Forderung, er solle seine Nebenbuhler niederschlagen. Aber er hat noch mehr getan: Er hat dem einzigen Mitbewerber, den er zu fürchten hatte, das Leben gerettet. Und wenn er den Kampf mit den beiden anderen aufnehmen soll, so wirst du, glaube ich, nicht daran zweifeln, daß er sie leicht besiegen würde.«

»Alles, was du sagst, ist wohl wahr«, entgegnete Formosante, »aber könnte es möglich sein, daß der größte und vielleicht sogar der liebenswerteste aller Männer der Sohn eines Schäfers ist?«

Die Hofdame mischte sich in das Gespräch ein und sagte, das Wort »Schäfer« werde sehr oft auf Könige angewendet. Man bezeichnete sie als »Schäfer«, weil sie ihre Herden ganz kurz scheren. Zweifellos habe sich der Diener einen schlechten Scherz erlaubt. Der junge Held sei nur deshalb mit einem einzigen Begleiter gekommen, um zu zeigen, wie hoch sein persönlicher Wert über dem Prunk der Könige stehe und daß Formosante keinem anderen als ihm angehören müsse. Statt aller Antwort gab die Prinzessin ihrem Vogel tausend zärtliche Küsse.

Unterdessen waren die Vorbereitungen für ein großes Festmahl zu Ehren der drei Könige und aller Fürsten, die erschienen waren, getroffen worden. Die Tochter und die Nichte des Königs von Babylon sollten die Honneurs machen. Den drei Königen wurden Geschenke überreicht, die der Herrlichkeit Babylons würdig waren. Bevor die Speisen aufgetragen wurden, berief Belos seinen für die Heirat Formosantes zuständigen Rat zusammen und ergriff als großer Politiker das Wort:

»Ich bin alt und weiß weder, was ich tun noch wem ich meine Tochter geben soll«, sprach er. »Der, der sie verdient, ist nur ein kleiner Schäfer; die Könige von Indien und Ägypten sind nur Feiglinge. Der König der Skythen wäre mir ebenfalls recht, doch er hat keine der gestellten Bedingungen erfüllt. Ich will das Orakel noch einmal befragen. Beratet Euch inzwischen untereinander, und wir werden dann nach dem Spruch des Orakels einen Entschluß fassen, denn ein König darf sich immer nur von den ausdrücklichen Anweisungen der unsterblichen Götter leiten lassen.«

Darauf begab er sich in seine Kapelle, wo ihm das Orakel wie üblich in kurzen Worten antwortete: *»Deine Tochter wird sich erst vermählen, nachdem sie die Welt durchstreift hat.«* Belos kehrte verwundert zum Rat zurück und überbrachte diese Antwort.

Orakelsprüche flößten den Ministern größte Ehrfurcht ein, und alle stimmten darin überein – jedenfalls taten sie so –, daß Orakel die Basis der Religion seien, daß die Vernunft vor ihnen schweigen müsse, daß durch sie die Könige über die Völker und die Magier über die Könige herrschten und daß es ohne Orakel weder Tugend noch Ruhe auf Erden gäbe. Nachdem sie die tiefste Verehrung für sie bezeigt hatten, waren fas alle der Meinung, daß dieser Orakelspruch unpassend sei und man ihm darum nicht gehorchen sollte. Für ein Mädchen, und besonders für die Tochter des großen Königs von Babylon, sei nichts unschicklicher, als auf und davon zu gehen, ohne zu wissen, wohin. Dies sei das beste Mittel, überhaupt nicht geheiratet zu werden oder eine geheime, schmachvolle und lächerliche Ehe zu schließen. Mit einem Wort: dieses Orakel hätte keinen Sinn.

Der jüngste der Minister, der Onadas hieß und mehr Geist als alle anderen hatte, sagte, das Orakel meine zweifellos eine Wallfahrt, und er erbiete sich, die Prinzessin zu begleiten. Der Rat pflichtete seiner Ansicht bei, aber jeder wollte ihr Begleiter sein. Der König entschied, die Prinzessin solle in Richtung Arabien nach einem dreihundert persische Meilen entfernt gelegenen Tempel pilgern, dessen Heiliger den Ruf genoß, jungen Mädchen zu glücklichen Ehen zu verhelfen; begleiten solle sie der Älteste des Rates. Nach diesem Beschluß begab man sich zu Tisch.

DRITTES KAPITEL

Inmitten der Gärten, zwischen zwei Wasserfällen, stand ein länglichrunder Pavillon von dreihundert Fuß Durchmesser, auf dessen azurblauer, mit goldenen Sternen besäter Wölbung alle Gestirne mit den Planeten genau nach ihrem Stand dargestellt waren. Diese Wölbung drehte sich wie der Himmel, und zwar durch Maschinen, die ebenso unsichtbar waren wie jene, die die Himmelsbewegungen leiteten. Hunderttausend Fakkeln, die in zylinderförmige Gefäße aus Bergkristall eingeschlossen waren, beleuchteten den Speisesaal von innen und außen. Auf einer Anrichte mit mehreren Aufsätzen standen zwanzigtausend goldene Schüsseln und Teller. Die gegenüberliegenden Stufen waren vollbesetzt mit Musikanten. Zwei weitere stufenförmig aufgebaute Anrichten waren, die eine mit Früchten aller Jahreszeiten, die andere mit Kristallkrügen, in denen alle Weine der Erde funkelten, beladen.

Die Gäste nahmen an einer Tafel Platz, die durch Früchte- und Blumenranken aus Edelsteinen gleichmäßig aufgeteilt war. Die schöne Formosante saß zwischen dem König von Indien und dem König von Ägypten, die schöne Aldea neben dem König der Skythen. Jeder der etwa dreißig anwesenden Fürsten hatte eine der schönsten Damen des Hofes zur Seite. Der König von Babylon saß in der Mitte der Tafel seiner Tochter gegenüber. Er schien erfüllt von dem Kummer über die mißglückte Vermählung, aber zugleich von der Freude, Formosante noch bei sich behalten zu können. Sie bat ihn um die Erlaubnis, ihren Vogel neben sich auf den Tisch setzen zu dürfen, und der König billigte es gern.

Die Tafelmusik, die nun einsetzte, ließ jedem Fürsten doch die Möglichkeit, seine Tischdame gut zu unterhalten. Das Mahl war köstlich und wohlschmeckend. Der Prinzessin wurde ein Ragout serviert, das ihr Vater besonders gern aß. Sie befahl daher, es Seiner Majestät zu bringen, und sogleich ergriff der Vogel mit wunderbarer Geschicklichkeit die Platte und reichte sie dem König. Niemals hatte wohl bei einem Souper größeres Erstaunen geherrscht, und Belos überhäufte den Vogel ebenso mit Liebkosungen, wie es seine Tochter getan. Der Vogel flog an ihre Seite zurück und entfaltete im Flug einen so wundervollen Schweif, seine ausgebreiteten Flügel schimmerten in so leuchtenden Farben, das Gold seines Gefieders erstrahlte so blendend, daß aller Augen an ihm hingen. Die Musikanten hörten auf zu spielen und saßen regungslos da. Niemand aß, niemand sprach, man hörte nur ein bewunderndes Murmeln. Die Prinzessin von Babylon küßte ihn immer wieder während des Mahles, ohne auch nur daran zu denken, daß es Könige in der Welt gäbe. Die Könige von Ägypten und Indien wurden immer ärgerlicher und empörter, und jeder schwur sich, den Marsch seiner dreihunderttausend Mann zu beschleunigen, um sich zu rächen.

Der König der Skythen war in eine Unterhaltung mit der schönen Aldea vertieft. Sein stolzes Herz, das die Vernachlässigung, die Formosante ihm gegenüber bezeigte, ohne Verdruß hinnahm, empfand für sie mehr Gleichgültigkeit als Zorn. »Sie ist schön, das gebe ich zu«, sagte er, »aber sie scheint eine jener Frauen zu sein, die sich nur mit ihrer Schönheit beschäftigen und glauben, alle Sterblichen müßten ihnen dankbar sein, wenn sie sich in der Öffentlichkeit zu zeigen geruhen. In meinem Lande betet man keine Götzen an. Mir wäre eine häßliche, aber freundliche und gefällige Person lieber als diese schöne Bildsäule. Ihr, Gnädigste, habt ebensoviel Reize wie Formosante, und Ihr geruht doch wenigstens, Euch mit dem Fremden zu unterhalten. Ich gestehe Euch mit der Freimütigkeit der Skythen, daß ich Euch den Vorzug gebe.« Und doch täuschte er sich über Formosantes Charakter: Sie war nicht so hochmütig, wie sie schien. Prinzessin Aldea nahm sein Kompliment sehr geschmeichelt auf, und ihre Unterhaltung wurde äußerst interessant. Sie fühlten sich beide höchst befriedigt, und noch bevor die Tafel aufgehoben wurde, war einer des andern sicher.

Nach dem Mahle lustwandelte man im Hain. Der König der Skythen und Aldea versäumten nicht, eine abgelegene Laube aufzusuchen. Aldea, die die personifizierte Offenheit war, sagte zu dem Fürsten: »Ich hasse meine Base durchaus nicht, obgleich sie schöner ist als ich und den babylonischen Thron besteigen wird. Die Ehre, Euch zu gefallen, ersetzt mir die Reize, die ich nicht aufzuweisen habe. Ich ziehe das Land der Skythen mit Euch der Krone von Babylon ohne Euch vor. Aber rechtmäßig steht diese Krone mir zu – wenn es überhaupt Recht in der Welt gibt –, denn ich stamme vom älteren Zweig Nimrods ab, Formosante nur von einem jüngeren. Ihr Großvater hat den meinen enthront und ließ ihn töten.«

»So also steht es um die Kraft des Blutes im Hause Babylon«, sagte der Skythe. »Wie hieß Euer Großvater?« – »Aldeus. Mein Vater, der denselben Namen hatte, wurde mit meiner Mutter in den äußersten Winkel des Reiches verbannt. Da Belos nach ihrem Tode von mir nichts befürchtete, ließ er mich zusammen mit seiner Tochter erziehen, bestimmte aber, daß ich niemals heiraten sollte.«

»Ich will Euren Vater, Euren Großvater und Euch rächen« versicherte der König der Skythen. »Und ich bürge dafür, daß Ihr heiratet. Übermorgen werde ich Euch in aller Frühe entführen, denn morgen muß ich noch mit dem König von Babylon speisen. Wenn ich zurückkomme, werde ich Eure Rechte mit einem Heer von dreimal hunderttausend Mann geltend machen.« – »Das ist mir sehr lieb«, sagte die schöne Aldea, und nachdem sie sich gegenseitig ihr Wort gegeben hatten, trennten sie sich.

Die unvergleichliche Formosante hatte sich schon längst zur Ruhe begeben. Neben ihrem Bett hatte sie für ihren Vogel einen kleinen Apfelsinenbaum in einem silbernen Kübel aufstellen lassen. Die Bettvorhänge waren geschlossen, doch sie hatte nicht die geringste Lust zu schlafen; ihr Herz und ihre Phantasie waren allzu wach. Vor ihren Augen schwebte der entzückende Unbekannte. Sie sah, wie er mit dem Nimrod-Bogen einen Pfeil abschoß, wie er dem Löwen den Kopf abhieb. Sie sagte das Madrigal leise vor sich hin und sah schließlich, wie er auf seinem Einhorn der Menschenmenge entfloh. Da schluchzte sie lauf auf und rief unter Tränen: »Ich werde ihn also niemals wiedersehen! Er wird nicht zurückkehren!«

»Er kommt zurück, Herrin«, antwortete der Vogel vom Apfelsinenbaum herab. »Muß man denn nicht, wenn man Euch erblickt hat, den Wunsch hegen, Euch wiedersehen zu wollen?«

»O Himmel! O ewige Mächte. Mein Vogel spricht reines Chaldäisch!« rief sie, zog den Vorhang auseinander, streckte ihm die Arme entgegen und kniete in ihrem Bett nieder. »Bist du ein auf die Erde herabgestiegener Gott? Bist du der große Ormuzd, der sich unter diesem Gefieder verbirgt? Wenn du ein Gott bist, gib mir den schönen Jüngling wieder!«

»Ich bin nur ein geflügeltes Tier«, erwiderte der Vogel, »aber ich entstamme der Zeit, da noch alle Tiere sprachen und Vögel, Schlangen, Eselinnen, Pferde und Greife sich vertraulich mit den Menschen unterhielten. Vor all den Menschen wollte ich nicht sprechen aus Angst, Eure Hofdamen könnten mich für einen Zauberer halten. Nur Euch will ich mich offenbaren.«

Formosante, die von so vielen Wundern höchst überrascht und begeistert war und am liebsten gleich hundert Fragen auf einmal gestellt hätte, wollte zuerst wissen, wie alt er sei. »Siebenundzwanzigtausendneunhundert Jahre und sechs Monate, Herrin. Ich stamme aus der Zeit der kleinen Himmelsumdrehung, die Eure Magier die ›Präzession der Tagundnachtgleichen‹ nennen, die sich in ungefähr achtundzwanzigtausend Eurer Jahre vollzieht. Es gibt noch unendlich viel längere Umwälzungen, und es existieren auch noch viel ältere Wesen als ich. Vor zweiundzwanzigtausend Jahren lernte ich auf einer meiner Reisen Chaldäisch und habe immer eine große Vorliebe für diese Sprache gehabt. Die anderen Tiere aber, meine Brüder, haben unter Eurem Himmel auf das Sprechen verzichtet.« – »Und warum, mein göttlicher Vogel?« – »Ja, weil die Menschen schließlich die Gewohnheit angenommen haben, uns zu verspeisen, anstatt sich mit uns zu unterhalten und weiterzubilden. Diese Barbaren! Hätten sie nicht überzeugt sein müssen, daß wir, die wir dieselben Organe, dieselben Empfindungen, Bedürfnisse und Begierden haben wie sie, auch gleich ihnen das besitzen, was man eine ›Seele‹ nennt, daß wir ihre Brüder sind und daß man nur Bösewichte in den Topf tun, braten und aufessen darf? Wir sind so weit mit Euch verbrüdert, daß das höchste, das ewige und schöpferische Wesen, nachdem es einen Bund mit den Menschen geschlossen hat*, uns ausdrücklich in diesen Vertrag mit einbezog. Er hat Euch verboten, Euch von unserem Blute zu nähren, und uns, das Eure auszusaugen.

Die Fabeln Eures alten Lokman, die in so viele Sprachen übersetzt worden sind, werden ein ewiges Zeugnis für den beglückenden Umgang sein, den Ihr einstmals mit uns gepflogen habt. Alle beginnen mit den Worten: ›Zu der Zeit, als die Tiere noch sprachen ...‹ Freilich sprechen heute noch viele Eurer Frauen mit ihren Hunden, aber diese haben beschlossen, nicht zu antworten, seit man sie mit Peitschenhieben gezwungen hat, mit auf die Jagd zu gehen und am Mord unserer alten gemeinsamen Freunde, der Hirsche, Rehe, Hasen und Rebhühner mitschuldig zu werden.

Bei Euch gibt es noch alte Gedichte, in denen die Pferde reden, und Eure Kutscher richten jetzt noch tagtäglich das Wort an sie; aber es geschieht mit so viel Roheit, und sie gebrauchen so schändliche Ausdrücke, daß die Pferde, die Euch früher so zugetan waren, Euch heute verabscheuen.

Das Land, in dem Euer bezaubernder Unbekannter, der vollkommenste aller Menschen, wohnt, ist noch das einzige, wo Euer Geschlecht das unsrige liebt und mit ihm redet, und es ist das einzige Land auf der ganzen Erde, wo die Menschen gerecht sind.«

»Und wo liegt dieses Land meines teuren Unbekannten? Wie ist der Name dieses Helden? Wie heißt sein Reich? Ich sage ›sein‹ Reich, denn ich glaube nicht, daß er ein Schäfer ist, ebensowenig wie ich glaube, daß du eine Fledermaus bist.«

»Sein Vaterland, Herrin, ist das Land der Gangariden, dieses tugendhaften und unbesiegbaren Volkes, das das östliche Ufer des Ganges bewohnt. Der Name meines Freundes ist Amazan. Er ist kein König, und ich weiß nicht einmal, ob er sich dazu erniedrigen würde. Er liebt seine Landsleute viel zu sehr, er ist

* Siehe 1. Buch Moses, Kap. 9, und den Prediger Salomo, Kap. 3, Vers 18 und 19.

Schäfer wie sie. Aber bildet Euch nicht ein, daß diese Schäfer den Euren gleichen, die, nur spärlich in zerfetzte Lumpen eingehüllt, Schafe hüten, die weit besser gekleidet sind als sie. Eure Schäfer seufzen unter der Last ihrer Armut und müssen einem Halsabschneider die Hälfte ihres kümmerlichen Lohnes abgeben, den sie von ihren Herren bekommen. Die Gangaridenschäfer sind alle Gleichgeborene und Herren unzähliger Herden, die auf den ewig blühenden Wiesen weiden. Sie werden niemals getötet, denn es wäre ein schweres Verbrechen gegen den Ganges, seinesgleichen zu töten und zu essen. Die Schafwolle, die glänzender und weicher ist als die schönste Seide, ist das wichtigste Handelsobjekt im Orient. Im übrigen bringt das Land der Gangariden alles hervor, was die Wünsche der Menschen zu befriedigen vermag. Die großen Diamanten, die Euch zu schenken Amazan die Ehre hatte, stammen aus einem Bergwerk, das ihm gehört. Das Einhorn, auf dem er angeritten kam, ist das übliche Reittier der Gangariden. Es ist das schönste, stolzeste, schrecklichste und zugleich sanftmütigste Tier, das die Erde trägt. Hundert Gangariden und hundert Einhörner würden genügen, um zahllose Heere aufzureiben. Vor etwa zwei Jahrhunderten war ein König von Indien so töricht und wollte dieses Volk besiegen: Er erschien an der Spitze von zehntausend Elefanten und einer Million Krieger. Die Einhörner durchbohrten die Elefanten, so wie ich auf Eurem Tisch Lerchen auf goldenen Spießen aufgereiht gesehen habe. Die Krieger fielen unter den Schwertern der Gangariden, so wie die Bewohner des Orients mit ihren Händen die Reishalme abmähen. Der König wurde mit mehr als sechshunderttausend Mann gefangengenommen. Er wurde in den heilkräftigen Wassern des Ganges gebadet und mußte sich der landesüblichen Lebensweise anpassen, die darin besteht, sich nur von Pflanzen zu ernähren, die die Natur hervorbringt, um alles, was da atmet, zu erhalten. Die mit Fleisch genährten und mit starken Getränken animierten Menschen haben alle versäuertes, scharfes Blut, das sie auf hundert verschiedene Weisen toll macht. Ihr größter Wahnsinn ist die Sucht, das Blut ihrer Brüder zu vergießen und fruchtbare Landstriche zu verwüsten, um über Leichenfelder zu herrschen. Sechs volle Monate brauchte man, um den König von Indien von seiner Krankheit zu heilen. Als die Ärzte endlich feststellten, daß sein Pulsschlag ruhiger ging und sein Gemüt sich besänftigt hatte, legten sie darüber ein Attest dem Rat der Gangariden vor. Dieser schickte, nachdem er die Meinung der Einhörner eingeholt hatte, humanerweise den König von Indien, seinen einfältigen Hofstaat und seine albernen Krieger in ihr Land zurück. Diese Lehre brachte sie zur Vernunft, und seit dieser Zeit achten die Inder die Gangariden, so wie bei Euch die Unwissenden, die sich belehren lassen möchten, die chaldäischen Philosophen schätzen, denen sie sich nicht gleichstellen können.«

»Sagt mir, teurer Vogel, gibt es bei den Gangariden eine Religion?« fragte die Prinzessin.

»Aber gewiß gibt es eine, Herrin! Wir versammeln uns bei Vollmond, um Gott zu danken: die Männer in einem großen Zedernholztempel, die Frauen – aus Furcht vor gegenseitiger Ablenkung – in einem anderen; alle Vögel in einem Hain, die Vierfüßler auf einem schönen Rasenplatz. Wir danken Gott für alles Gute, das er uns getan hat. Wir haben vor allem ein paar Papageien, die wunderbar predigen.

Das ist das Vaterland meines lieben Amazan, und dort wohne auch ich. Ich hege so viel Freundschaft für ihn, wie er in Euch Liebe entzündet hat. Wenn Ihr auf mich hören wolltet, so würden wir zusammen aufbrechen, und Ihr würdet ihm seinen Besuch erwidern.«

»Wahrhaftig, Vogel, du treibst da ein nettes Handwerk«, entgegnete lächelnd die Prinzessin, die vor Verlangen brannte, die Reise zu unternehmen, und es doch nicht zu gestehen wagte.

»Ich diene meinem Freund«, sagte der Vogel, »und nach dem Glück, Euch lieben zu dürfen, ist das größte, Eurer Liebe zu dienen.«

Formosante wußte nicht mehr, wo sie war; sie fühlte sich der Erde entrückt. Alles, was sie an diesem Tage erlebt hatte, was sie sah, was sie hörte und besonders, was sie in ihrem Herzen fühlte, stürzte sie in einen Wonnetaumel, der weit hinausstieg über den, den die beglückten Muselmanen durchleben, wenn sie, von allen irdischen Gütern befreit, sich im neunten Himmel in den Armen ihrer Huris wiederfinden, umgeben und durchdrungen von himmlischer Verklärung und Glückseligkeit.

VIERTES KAPITEL

Die ganze Nacht über sprach sie von Amazan. Sie nannte ihn nur noch ihren »Schäfer«, und seit jener Zeit haben die Worte »Schäfer« und »Geliebter« bei manchen Völkern die gleiche Bedeutung.

Einmal fragte sie den Vogel, ob Amazan schon eine andere Geliebte gehabt habe. Er antwortete: »Nein«, und sie war außer sich vor Freude. Dann wollte sie wissen, wie er sein Leben verbringe, und hörte ganz begeistert, daß er es dazu verwende, um Gutes zu tun, die Künste zu pflegen, die Geheimnisse der Natur zu ergründen und sich selbst zu vervollkommnen. Dann wieder wollte sie wissen, ob die Seele ihres Vogels derjenigen ihres Geliebten gleiche und warum der Vogel fast achtundzwanzigtausend Jahre gelebt habe, während ihr Geliebter erst achtzehn oder neunzehn Jahre alt sei. Sie stellte hunderterlei Fragen, die der Vogel mit so viel Zurückhaltung beantwortete, daß ihre Wißbegier noch mehr angestachelt wurde. Endlich schloß ihr der Schlaf die Augen und überließ sie dem süßen Wahn der von den Göttern gesandten Träume – Träume, die zuweilen sogar die Wirklichkeit übertreffen und die selbst die ganze Philosophie der Chaldäer kaum zu erklären vermag.

Formosante erwachte erst recht spät. In ihrem Gemach herrschte leichte Dämmerung, als der König, ihr Vater, eintrat. Der Vogel empfing Seine Majestät mit ehrfurchtsvoller Höflichkeit, flog ihm entgegen, schlug mit den Flügeln, reckte den

Hals und flog wieder auf seinen Apfelsinenbaum. Der König setzte sich auf das Bett zu seiner Tochter, die durch ihre Träume noch verschönt war. Sein langer Bart näherte sich ihrem schönen Antlitz, und nachdem er sie zweimal geküßt hatte, sprach er zu ihr:

»Mein teures Kind, du hast gestern keinen Gatten gefunden, wie ich gehofft hatte, dennoch mußt du einen haben, das Wohl meines Reiches erfordert es. Ich habe das Orakel befragt, das, wie du weißt, niemals lügt und das alle meine Schritte lenkt. Es hat mir befohlen, du solltest die Welt durchstreifen. Du mußt dich also auf die Reise begeben.«

»Ach, sicher zu den Gangariden«, sagte die Prinzessin, und als sie diese Worte, die ihr unbedacht entschlüpft waren, ausgesprochen hatte, fühlte sie, daß sie eine Torheit begangen hatte. Der König, der keine Ahnung von Geographie hatte, fragte sie, was sie unter Gangariden verstehe. Sie erfand schnell eine Ausrede. Der König kündigte ihr an, sie müsse eine Pilgerfahrt machen. Ihr Gefolge habe er bereits bestimmt, und zwar den ältesten Staatsrat, den Groß-Almosenpfleger, eine Hofdame, einen Arzt, einen Apotheker, ihren Vogel und dann noch die erforderliche Dienerschaft.

Formosante, die den königlichen Palast ihres Vaters noch nie verlassen und bis zum Tage der drei Könige und Amazans ein sehr ereignisloses Leben in oberflächlichen Vergnügungen nach den Gesetzen des Prunks geführt hatte, war von der Aussicht auf diese Pilgerfahrt entzückt. »Wer weiß«, sagte sie ganz leise zu sich selbst, »ob die Götter meinem teuren Gangariden nicht auch den Wunsch, zur gleichen Kapelle zu wallfahren, eingeben und ob ich nicht das Glück habe, dort den Pilger wiederzusehen.« Sie dankte ihrem Vater zärtlich und sagte ihm, sie habe immer eine heimliche Verehrung für den Heiligen gehegt, zu dem man sie hinsende.

Belos gab seinen Gästen ein ausgezeichnetes Essen, an dem ausschließlich Männer teilnahmen, die aber alle nicht gut zusammenpaßten: Könige, Fürsten, Minister, Priester. Alle waren eifersüchtig aufeinander, alle wogen ihre Worte ab und wußten nicht, was sie mit ihren Nachbarn und mit sich selbst machen sollten. Es war, obgleich man viel trank, ein trübseliges Mahl. Die Prinzessinnen, die beide mit ihrer Reise beschäftigt waren, blieben in ihren Gemächern und aßen dort allein. Formosante ging dann mit ihrem geliebten Vogel in den Gärten spazieren. Um sie zu ergötzen, flog er von einem Baum zum andern, wobei er seinen prächtigen Schweif und sein herrliches Gefieder entfaltete.

Der König von Ägypten, der vom Wein sehr animiert (um nicht zu sagen trunken) war, verlangte von einem seiner Edelknaben einen Bogen und Pfeile. Dieser Fürst war tatsächlich der ungeschickteste Schütze seines Reiches. Wenn er drauflos schoß, so war man am meisten an der Stelle geschützt, nach der er gerade zielte. Der schöne Vogel aber, der ebenso schnell flog wie der Pfeil, geriet in die Schußbahn und fiel blutüberströmt in Formosantes Arme. Der Ägypter brach in ein dummes Gelächter aus und zog sich in seine Behausung zurück. Die Prinzessin stieß herzzerreißende Schreie aus, zerfloß in Tränen und zerfleischte sich Wangen und Brust. Sterbend sagte der Vogel leise zu ihr: »Verbrennt mich und versäumt nicht, meine Asche in das glücklichste Land östlich der alten Stadt Aden oder Eden zu bringen und dort auf einem kleinen Scheiterhaufen aus Zimtrinde und Gewürznelken in der Sonne auszubreiten.« Nachdem er diese Worte gesprochen hatte, hauchte er sein Leben aus. Formosante fiel für lange Zeit in Ohnmacht, und als sie erwachte, brach sie in Schluchzen aus. Ihr Vater, der ihren Schmerz teilte, stieß Verwünschungen gegen den König von Ägypten aus. Er zweifelte nicht daran, daß dieses Ereignis eine unheilvolle Zukunft ankünde, und befragte schleunigst sein Hausorakel. Die Antwort lautete: *»Alles vermischt sich: lebendig und tot; Untreue und Beständigkeit; Verlust und Gewinn; Unheil und Glück.«* Weder er noch sein Rat vermochten diese Worte zu deuten, aber schließlich empfand er die Genugtuung, seiner Glaubenspflicht genügt zu haben.

Während er das Orakel befragte, ließ seine ganz in Tränen aufgelöste Tochter dem Vogel die letzten Ehren erweisen, die er selbst angeordnet hatte. Sie war entschlossen, ihn selbst auf Gefahr ihres Lebens nach Arabien zu bringen. Mit dem Apfelsinenbäumchen, auf dem er geschlafen hatte, wurde er in unverbrennbarem Linnen verbrannt. Formosante sammelte die Asche in einer kleinen goldenen Urne, die über und über mit Karfunkelsteinen und mit Diamanten, die man dem Rachen des Löwen entnommen hatte, besetzt war. Warum konnte sie nicht, anstatt diese traurige Pflicht zu erfüllen, den abscheulichen König von Ägypten verbrennen? Das war ihr größter Wunsch. In ihrem Zorn ließ sie seine beiden Krokodile, die beiden Flußpferde, die beiden Zebras und Ratten töten und die beiden Mumien in den Euphrat werfen. Hätte sie seinen Stier Apis gehabt, so wäre sie nicht anders mit ihm verfahren.

Der König von Ägypten war über diese grobe Beleidigung maßlos empört und brach sofort auf, um seine dreihunderttausend Mann anrücken zu lassen. Als der König von Indien seinen Verbündeten abziehen sah, zog er ebenfalls am selben Tage von dannen in der festen Absicht, seine dreihunderttausend Inder mit dem ägyptischen Heer zu vereinigen. Der König der Skythen ging in der gleichen Nacht mit der Prinzessin Aldea auf und davon. Er war fest entschlossen, an der Spitze der dreihunderttausend Skythen zurückzukehren, um für sie zu kämpfen und ihr das Erbe Babylon wieder zu erringen, das ihr ja zustand, da sie dem älteren Zweige der Herrscherfamilie entstammte.

Die schöne Formosante machte sich um drei Uhr morgens mit ihrer Pilgerkarawane auf den Weg in der festen Hoffnung, sie könne in Arabien den letzten Willen ihres Vogels erfüllen und die unsterblichen Götter würden ihr auf Grund ihrer Gerechtigkeit den teuren Amazan zurückgeben, ohne den sie nicht mehr leben konnte.

So kam es, daß der König von Babylon bei seinem Erwachen niemanden mehr vorfand. »Wie große Feste enden«, sagte er sich, »und welch eine erstaunliche Leere in der Seele zurückbleibt, wenn der Lärm vorüber ist!« Als er jedoch erfuhr, daß die Prinzessin Aldea entführt worden war, erfaßte ihn ein wahrhaft königlicher Zorn. Er befahl, alle Minister zu wecken und den Rat zusammenzurufen. Inzwischen versäumte er nicht, sein Orakel zu befragen, aber er vernahm nichts weiter als die seitdem in der ganzen Welt berühmt gewordenen Worte: »Wenn man die Mädchen nicht verheiratet, verheiraten sie sich selber.«

Unverzüglich wurde der Befehl erteilt, mit dreihunderttausend Mann gegen den König der Skythen vorzugehen. Somit war der schrecklichste Krieg auf allen Seiten entflammt, und entstanden war er durch die Belustigungen des schönsten Festes, das je auf Erden gegeben worden war. Asien sollte durch vier Armeen von je dreihunderttausend Mann verwüstet werden. Man muß zugeben, daß der Trojanische Krieg, der die Welt einige Jahrhunderte später in Staunen setzte, im Vergleich dazu nur ein Kinderspiel war, aber man muß auch in Betracht ziehen, daß der Streit der Trojaner lediglich um ein altes, leichtfertiges Weib entbrannte, das sich zweimal hatte entführen lassen, während es sich in diesem Falle um zwei junge Mädchen und um einen Vogel handelte.

Der König von Indien erwartete sein Heer auf der breiten, prächtigen Straße, die damals direkt von Babylon nach Kaschmir führte. Der König der Skythen und Aldea nahmen die schöne Straße, die nach dem Gebirge Imaus führte. Alle diese Wege sind späterhin durch die Schuld unfähiger Verwaltungen verschwunden. Der König von Ägypten war in Richtung Westen marschiert und rückte auf das kleine mittelländische Meer vor, das die unwissenden Hebräer später das »große Meer« genannt haben.

Die schöne Formosante aber hatte den Weg nach Basra eingeschlagen, der von den hohen, zu allen Jahreszeiten Früchte spendenden Palmen in ewigen Schatten getaucht war. Der Tempel, zu dem sie wallfahrtete, lag mitten in Basra. Der Heilige, dem dieser Tempel geweiht war, war jenem anderen, den man später in Lampsakos anbetete, sehr wesensverwandt. Er verschaffte den jungen Mädchen nicht nur Ehegatten, sondern er vertrat auch des öfteren selbst Gattenstelle. Er war der gefeiertste Heilige ganz Asiens.

Formosante kümmerte sich nicht im geringsten um den Heiligen von Basra; sie verlangte nur nach ihrem Gangariden-Schäfer, dem schönen Amazan. Sie gedachte sich in Basra einzuschiffen und nach dem »Glücklichen Arabien« zu fahren, um dort die Wünsche ihres toten Vogels zu erfüllen.

Als sie beim dritten Sonnenuntergang die Herberge, in der ihre Vorläufer alles für sie hergerichtet hatten, betrat, erfuhr sie schon, daß auch der König von Ägypten dort angekommen war. Durch seine Spione war er über die Reise der Prinzessin unterrichtet worden und hatte daraufhin sofort mit seiner zahlreichen Eskorte eine andere Marschroute eingeschlagen. Bei seiner Ankunft ließ er vor sämtliche Türen Wachen stellen, begab sich in das Zimmer der schönen Formosante hinauf und sagte zu ihr: »Prinzessin, gerade Euch habe ich gesucht. Ihr habt mir in Babylon wenig Beachtung geschenkt, und es ist gerechtfertigt, Hochmut und Launenhaftigkeit zu bestrafen. Ihr werdet die Freundlichkeit haben, heute abend mit mir zu speisen. Ihr werdet mit mir das Bett teilen, und ich will mit Euch so verfahren, daß ich zufriedengestellt bin.«

Formosante sah ein, daß sie nicht die Stärkere war. Sie war sich darüber im klaren, daß der Kluge sich jeweils der Situation anpassen muß, und beschloß, sich durch eine harmlose List des Königs von Ägypten zu entledigen. Sie sah ihn von der Seite an, was man einige Jahrhunderte später als »äugeln« bezeichnete, und sprach zu ihm so bescheiden, so sanft und verwirrt und mit so viel Charme und Anmut, daß es selbst den Weisesten aller Menschen betört und den Scharfsinnigsten blind gemacht hätte.

»Ich gestehe, mein Herr, daß ich immer die Augen niederschlug, wenn Ihr dem König, meinem Vater, die Ehre Eures

Besuches zuteil werden ließet. Ich fürchtete mein Herz, meine allzu kindliche Einfalt, und ich zitterte bei dem Gedanken, mein Vater und Eure Nebenbuhler könnten meine Vorliebe für Euch, die Ihr so wohl verdientet, bemerken. Jetzt kann ich mich meinen Gefühlen überlassen. Ich schwöre bei dem Stier Apis, den ich nach Euch am meisten auf der Welt verehre, daß mich Eure Vorschläge entzückt haben. Bei dem Könige, meinem Vater, habe ich bereits mit Euch gespeist und tue es hier gern noch einmal ohne ihn. Ich möchte Euch nur darum bitten, daß Euer Groß-Almosenpfleger mit uns trinkt, denn er schien mir in Babylon ein sehr angenehmer Tischgenosse zu sein. Ich habe einen vorzüglichen Schiraswein, Ihr müßt beide davon kosten. Euer zweiter Vorschlag ist sehr verlockend, doch einem wohlerzogenen Mädchen aus gutem Hause geziemt es nicht, darüber zu sprechen. Laßt es Euch genügen, zu wissen, daß ich Euch für den größten aller Könige und den liebenswertesten aller Menschen halte.«

Diese Rede verdrehte dem König von Ägypten den Kopf. Er war gern damit einverstanden, daß der Almosenpfleger als dritter an dem Mahle teilnahm. »Ich muß Euch noch um eine Gnade bitten«, sagte die Prinzessin, »erlaubt mir, daß mein Apotheker zu mir kommt. Mädchen haben immer gewisse kleine Unpäßlichkeiten, die bestimmte Mittel erfordern: Kopfschmerzen, Herzklopfen, Koliken und Beklemmungen, die man unter gewissen Umständen einer besonderen Behandlung unterziehen muß. Kurzum: ich brauche meinen Apother dringend, und ich hoffe, Ihr werdet mir diesen kleinen Liebesbeweis nicht verweigern.«

»Prinzessin«, antwortete der König von Ägypten, »obgleich ein Apotheker Absichten hat, die den meinen genau entgegengesetzt sind, und die Erzeugnisse seiner Kunst im Gegensatz zu den meinigen stehen, besitze ich doch zu viel Lebensart, um Euch diese Bitte abzuschlagen. Ich werde anordnen, daß er Euch vor der Abendmahlzeit aufsucht. Ich vermute, Ihr seid von der Reise ein wenig ermüdet. Ihr braucht sicher auch eine

Kammerfrau, und Ihr könnt Euch die kommen lassen, die Euch am liebsten ist. Ich erwarte dann Eure weiteren Befehle.« Er zog sich zurück, und der Apotheker und die Kammerfrau Irla erschienen. Die Prinzessin hatte volles Vertrauen zu ihrer Kammerfrau und befahl ihr, sechs Flaschen Schiraswein für das Abendessen bringen zu lassen und davon auch allen Wachen, die ihre Begleiter gefangenhielten, zu trinken anzubieten. Darauf befahl sie dem Apotheker, in alle Flaschen bestimmte Drogen zu tun, die einen vierundzwanzigstündigen Schlaf verursachten. Mit solchen Drogen war der Apotheker immer versehen und führte den Befehl unverzüglich aus. Nach einer halben Stunde kam der König mit dem Groß-Almosenpfleger, und das Mahl, das sie dann gemeinsam einnahmen, verlief in sehr heiterer Stimmung. Der König und der Priester leerten die sechs Flaschen und gestanden, daß es in Ägypten keinen so guten Wein gäbe. Die Kammerfrau sorgte dafür, daß auch die Diener die aufgetragen hatten, von dem Wein bekamen. Die Prinzessin hütete sich, auch nur einen Schluck von dem Wein zu trinken, und sagte, daß ihr Arzt ihr eine Diät verordnet und jeden Weingenuß verboten hätte. Bald lag alles im tiefsten Schlaf.

Der Almosenpfleger des Königs hatte den schönsten Bart, den ein Mann seines Schlages haben konnte. Formosante schnitt ihn geschickt ab, ließ ihn auf ein schmales Band heften und band ihn um ihr Kinn. Sie hüllte sich in das Gewand des Priesters, legte alle Zeichen seiner Würde an und verkleidete ihre Kammerfrau als Sakristan der Göttin Isis. Nachdem sie noch ihre Urne und ihre Geschmeide an sich genommen hatte, eilte sie an den Wachen vorbei, die gleich ihren Herren schliefen, und verließ die Herberge. Die Kammerfrau hatte dafür gesorgt, daß am Tor zwei Pferde bereitstanden. Von ihrem Gefolge konnte die Prinzessin keinen der Offiziere mitnehmen, weil die Hauptwachen sie nicht durchgelassen hätten.

Formosante und Irla durchschritten das Spalier der Soldaten, die die Prinzessin für den Oberpriester hielten, sie »Hochwürdigster Vater in Gott« anredeten und um seinen Segen baten. Nach vierundzwanzig Stunden, noch bevor der König erwacht war, kamen die beiden Flüchtlinge in Basra an. Sie legten ihre Verkleidung, die leicht Verdacht erregen konnte, ab und mieteten schleunigst ein Schiff, das sie durch die Meerenge von Ormus nach dem schönen Gestade von Aden im ›Glücklichen Arabien‹ brachte. Es war dasselbe Aden, dessen Gärten solchen Ruhm erlangten, daß man sie zum Wohnsitz der Gerechten stempelte. Sie wurden das Vorbild der elysischen Gefilde, für die Gärten der Hesperiden und der Gärten auf den glücklichen Inseln, denn in diesen heißen Gegenden gibt es für Menschen kein größeres Glück als Schatten und Wassergeplätscher. Ewig mit dem höchsten Wesen im Himmel zu leben oder im Garten, im Paradies zu lustwandeln, bedeutete ein und dasselbe für die, die immer reden, ohne einander zu verstehen, und noch keine klaren Begriffe und passenden Ausdrücke haben konnten.

Nach der Ankunft im Glücklichen Arabien war die Prinzessin ausschließlich bestrebt, ihrem geliebten Vogel die letzten Ehren zu erweisen, die er von ihr verlangt hatte. Ihre schönen Hände errichteten einen kleinen Scheiterhaufen aus Gewürznelken und Zimtrinde. Wie groß war ihre Überraschung, als sie den Scheiterhaufen, nachdem sie die Asche des Vogels daraufgestreut hatte, von selbst in Flammen aufgehen sah. Sehr schnell war alles vom Feuer verzehrt, und an Stelle der Asche lag ein großes Ei, aus dem sie ihren Vogel, prächtiger, als er je gewesen war, emporsteigen sah. Das war der schönste Augenblick ihres ganzen Lebens! Nur ein einziger konnte ihr wertvoller sein; sie ersehnte ihn, aber sie wagte nicht, darauf zu hoffen.

»Ich sehe wohl, daß du der Phönix bist, von dem man mir so viel erzählt hat«, sagte sie zu dem Vogel. »Ich sterbe fast vor Staunen und Freude. Ich habe nie an die Auferstehung geglaubt, aber das Glück, das ich erlebt habe, hat mich davon überzeugt.« – »Die Auferstehung, Herrin, ist die einfachste Sache von der Welt«, entgegnete ihr der Vogeld »es ist auch nicht überraschend, daß man nicht nur einmal, sondern zweimal geboren wird. Alles ist Auferstehung in dieser Welt: Die Raupen erstehen als Schmetterlinge auf, ein Kern, den man in die Erde legt, als Baum. Alle in die Erde verscharrten Tiere erstehen als Kräuter oder Pflanzen wieder und dienen anderen Tieren als Nahrung, von deren Körpern sie bald einen Bestandteil bilden: Alle Teilchen, die zu einem Körper gehörten, werden in andere Wesen umgewandelt. Ich bin allerdings das einzige Geschöpf, dem der große Ormuzd die Gnade zuteil werden ließ, in seiner eigenen, unveränderten Wesensart aufzuerstehen.«

Formosante, die seit dem Tage, da sie Amazan und den Phönix zum erstenmal gesehen hatte, nicht aus dem Staunen herausgekommen war, sagte zu ihm: »Ich sehe, daß das große Wesen aus deiner Asche einen dir ähnlichen Vogel erstehen ließ. Aber daß du genau dasselbe Wesen mit derselben Seele sein sollst, das kann ich nicht fassen. Was ist denn aus deiner Seele geworden, während ich dich nach deinem Tode in meiner Tasche herumtrug?«

»Aber, mein Gott, Herrin, warum soll es für den großen Ormuzd nicht ebenso leicht sein, sein Wirken mit einem kleinen Funken meines Ichs fortzusetzen, als dieses erst zu beginnen? Er hat mir ehedem Gefühl, Gedächtnis und Denkkraft gegeben, und er gewährt es mir von neuem. Ob er diese Gunst einem in mir verborgenen Atom des Urfeuers erwiesen hat oder der Gesamtheit meiner Organe, das macht doch im Grunde nichts aus: Der Phönix und die Menschen werden niemals erfahren, wie die Sache zugeht. Die größte Gnade, die mir jedoch das höchste Wesen gewährt hat, ist, daß es mich für Euch neu erstehen ließ. Weshalb soll ich nicht die achtundzwanzigtausend Jahre, die ich noch bis zu meiner nächsten Auferstehung zu leben habe, mit Euch und meinem geliebten Amazan verbringen!«

»Lieber Phönix«, erwiderte ihm die Prinzessin, »bedenke, daß die ersten Worte, die du in Babylon an mich richtetest und die ich niemals vergessen werde, in mir die Hoffnung erweckten, meinen teuren Schäfer, den ich vergöttere, wiederzusehen.

Wir müssen unbedingt zusammen zu den Gangariden wandern und ihn nach Babylon zurückführen.«

»Das ist auch meine Absicht«, sagte der Phönix, »wir dürfen keine Zeit verlieren. Wir müssen Amazan auf dem kürzesten Wege erreichen, das heißt durch die Luft. Im ›Glücklichen Arabien‹ gibt es zwei Greife, vertraute Freunde von mir, die nur hundertfünfzig Meilen von hier entfernt wohnen. Ich will ihnen durch Taubenpost schreiben, dann werden sie noch vor dem Eintritt der Nacht hier sein. Inzwischen haben wir genügend Zeit, eine kleine bequeme Tragsänfte machen zu lassen, mit Fächern, in die Ihr Euren Mundvorrat hineinlegen könnt. Ihr werdet Euch mit Eurer Zofe recht behaglich in dieser Sänfte fühlen. Die beiden Greife sind die kräftigsten, die es gibt. Jeder von ihnen wird eine Lehne der Tragsänfte in seine Krallen nehmen. Aber, wie gesagt, jeder Augenblick ist kostbar.« Er ging sofort mit Formosante zu einem ihm bekannten Möbelhändler, um die Sänfte zu bestellen. Vier Stunden später war sie fertig. In die Fächer wurden Königskuchen und Zwiebäcke, die besser schmeckten als die in Babylon, hineingelegt, ferner Zitronat, Ananas, Kokosnüsse, Pistazien und ein Wein aus Eden, der den Schiraswein an Geschmack so weit übertrifft wie dieser den Suresnes-Wein.

Die Sänfte war leicht, bequem und fest. Die beiden Greife kamen zur festgesetzten Zeit in Eden an. Formosante und Irla nahmen in dem Gefährt Platz, und die beiden Greife hoben es wie eine Feder in die Luft. Der Phönix flog entweder hinterher, oder er ließ sich auf der Rückenlehne nieder. Die beiden Greife steuerten mit der Geschwindigkeit eines Pfeiles, der die Luft durchschneidet, auf den Ganges zu. Nur nachts rastete man einige Augenblicke, um zu essen und die beiden Greife einen Schluck trinken zu lassen.

Endlich landete man bei den Gangariden. Das Herz der Prinzessin, das von Hoffnung, Liebe und Freude erfüllt war, klopfte heftig. Der Phönix ließ das Gefährt vor dem Hause Amazans anhalten. Er wollte ihn sprechen, doch Amazan war seit drei

Stunden abwesend, ohne daß man wußte, wohin er gegangen war.

Selbst in der Sprache der Gangariden gibt es kein Wort, das die Verzweiflung Formosantes ausdrücken könnte. »Oh, das habe ich befürchtet!« rief der Phönix. »Die drei Stunden, die Ihr in dem Wirtshaus auf dem Wege nach Basra mit dem unglückseligen König von Ägypten zugebracht habt, haben Euch vielleicht für immer das Glück Eures Lebens geraubt. Ich fürchte, wir haben Amazan unwiederbringlich verloren.«

Er fragte dann die Diener, ob man seine Mutter begrüßen könnte. Sie antworteten, ihr Gatte sei am Abend vorher gestorben und sie sei für niemanden zu sprechen. Der Phönix, der im Hause sehr angesehen war, ließ die Prinzessin von Babylon trotzdem in ein Empfangszimmer führen, dessen Wände mit elfenbeingestreiftem Orangenholz getäfelt waren. Die Unterschäfer und Unterschäferinnen in langen, weißen Gewändern mit hochroten Gürteln boten ihr in hundert einfachen Porzellankörben hunderterlei köstliche Dinge an, unter denen sich nicht ein einziger verkappter Tierleib befand: Reis, Sago, Grieß, Nudeln, Makkaroni, Eierkuchen, Rühreier, Sahnenkäse, allerhand Gebäck, Gemüse und Früchte von einem Geschmack und einem Duft, wovon man sich unter anderen Himmelsstrichen keine Vorstellung machen kann, und unzählige erfrischende Getränke, mit denen der beste Wein nicht zu vergleichen war.

Während die Prinzessin, auf Rosen gebettet, aß, fächelten sie vier Pfauen, die glücklicherweise stumm waren, mit ihren schimmernden Flügeln. Zweihundert Vögel, hundert Schäfer und hundert Schäferinnen veranstalteten ihr zu Ehren ein zweistimmiges Konzert. Die Nachtigallen, Zeisige, Grasmücken und Finken sangen mit den Schäferinnen den Diskant, die Schäfer Alt und Baß, es war alles wunderschöne Natur. Die Prinzessin gab zu, daß, wenn auch in Babylon mehr Pracht herrsche, die Art der Gangariden doch tausendmal lieblicher und angenehmer sei. Als sie aber diese tröstliche und liebliche

Musik hörte, stürzten ihr Tränen aus den Augen, und sie sagte zu ihrer Gefährtin, der jungen Irla: »Die Schäfer und Schäferinnen hier, die Nachtigallen und Zeisige können lieben, soviel sie wollen, und ich muß meinen Gangariden-Helden entbehren, der meiner zärtlichsten und sehnsüchtigsten Gefühle würdig ist.«

Während sie den Imbiß unter Tränen und plötzlich wieder voll Bewunderung zu sich nahm, wandte sich der Phönix an die Mutter Amazans: »Gnädige Frau, Ihr könnt nicht umhin, die Prinzessin von Babylon zu empfangen. Ihr wißt ...« – »Ich weiß alles«, entgegnete sie, »bis zu ihrem Abenteuer in der Herberge auf dem Wege nach Basra. Eine Amsel hat mir heute morgen alles erzählt, und diese schreckliche Amsel ist schuld daran, daß mein Sohn aus Verzweiflung toll geworden ist und sein Vaterhaus verlassen hat.« – »Ihr wißt also nicht, daß die Prinzessin mich auferstehen ließ?« fragte der Phönix. – »Nein, mein teures Kind, ich hörte von der Amsel, du seist tot, und war untröstlich darüber. Dieser Verlust, der Tod meines Gatten und die plötzliche Abreise meines Sohnes haben mich so erschüttert, daß ich für niemanden zu sprechen war. Aber da mir die Prinzessin von Babylon die Ehre erweist, mich zu besuchen, so führe sie unverzüglich zu mir. Ich habe ihr Dinge von äußerster Wichtigkeit zu sagen und möchte, daß du dabei bist.« Vor dem Eintritt der Prinzessin begab sie sich in ein anderes Gemach. Sie hatte keinen leichten Gang, denn sie war immerhin eine Dame im Alter von annähernd dreihundert Jahren. Jedoch waren noch einige Spuren ihrer Schönheit geblieben, und man konnte sich leicht vorstellen, daß sie um das zweihundertdreißigste bis zweihundertvierzigste Jahr herum reizend ausgesehen hatte. Sie empfing Formosante mit achtungsvoller Vornehmheit und auch mit einer gewissen Betrübnis und einem Ausdruck von Anteilnahme, was die Prinzessin lebhaft beeindruckte.

Formosante sprach ihr zuerst ihr Beileid zum Tode ihres Gatten aus. »Ach«, sagte die Witwe, »sein Hinscheiden hat für

Euch mehr Bedeutung, als Ihr ahnt.« – »Es geht mir wirklich sehr nahe. Er war der Vater meines ...« Bei diesen Worten fing sie an zu weinen. »Nur seinetwegen bin ich hergekommen und habe viele Gefahren erlitten. Um seinetwillen habe ich meinen Vater und den glanzvollsten Hof der ganzen Welt verlassen. Unterwegs bin ich von einem König von Ägypten, den ich verabscheue, aufgehalten worden. Nachdem ich diesem Räuber entkommen bin, habe ich die Lüfte durchquert, um den zu sehen, den ich liebe. Ich bin da, und er flieht vor mir!« Tränen und Schluchzen hinderten sie am Weitersprechen.

»Prinzessin«, sagte die Mutter Amazans zu ihr, »als der König von Ägypten Euch entführen wollte, als Ihr mit ihm in einem Gasthaus auf dem Wege nach Basra speistet, als Euere schönen Hände ihm Schiraswein einschenkten, saht Ihr da nicht eine Amsel im Zimmer umherfliegen?« – »Ja, wirklich, ich erinnere mich. Ich hatte nicht darauf geachtet, aber wenn ich jetzt meine Gedanken zusammennehme, entsinne ich mich sehr wohl, daß in dem Augenblick, als der König von Ägypten aufstand, um mir einen Kuß zu geben, die Amsel mit einem lauten Schrei aus dem Fenster flog und nicht mehr wiederkam.«

»Leider«, rief die Mutter Amazans, »gerade das ist die Ursache unseres Kummers. Mein Sohn hatte diese Amsel ausgesandt, um sich über Eueren Gesundheitszustand und alles, was sich in Babylon zutrug, zu unterrichten. Er gedachte, bald wiederzukommen, sich Euch zu Füßen zu legen und Euch sein Leben zu weihen. Ihr wißt nicht, wie sehr er Euch anbetet. Alle Gangariden sind verliebt und treu, doch mein Sohn ist der leidenschaftlichste und treueste von allen. Die Amsel traf Euch in einer Schenke, wo Ihr höchst vergnügt mit dem König von Ägypten und einem garstigen Priester speistet. Schließlich sah sie, wie Ihr dem Monarchen, der den Phönix getötet hatte und gegen den mein Sohn einen unüberwindlichen Abscheu hegt, einen zärtlichen Kuß gabt. Bei diesem Anblick wurde die Amsel von einer verständlichen Empörung ergriffen. Sie flog davon und verwünschte Eure unheilvollen Liebeleien. Heute ist sie zurückgekommen und hat alles erzählt, in welchem Augenblick aber! O Gott, zu welch unglückseliger Zeit! Gerade zu der Zeit, als mein Sohn mit mir den Tod seines Vaters und des Phönix beweinte, in der Stunde, als er von mir erfuhr, daß er Euer Vetter ist.«

»O Himmel! Mein Vetter! Wie ist das möglich? Durch welchen Zufall? Auf welchem Wege? Ich wäre glücklich darüber und zugleich sehr unglücklich, weil ich ihn gekränkt habe!«

»Mein Sohn ist Euer Vetter, wie ich es Euch sage«, fuhr die Mutter Amazans fort, »und gleich werde ich es Euch beweisen. Aber indem Ihr meine Verwandte werdet, entreißt Ihr mir meinen Sohn. Er wird den Schmerz nicht überleben können, den ihm der Kuß, den Ihr dem König von Ägypten gabt, zugefügt hat.«

»Ach, liebe Tante«, rief die schöne Formosante, »bei ihm und dem mächtigen Ormuzd schwöre ich, daß dieser unglückselige Kuß keine Sünde war, sondern im Gegenteil der stärkste Liebesbeweis, den ich Eurem Sohn geben konnte. Seinetwegen war ich meinem Vater gegenüber ungehorsam, und seinetwegen kam ich vom Euphrat nach dem Ganges. Als ich dem nichtswürdigen Pharao von Ägypten in die Hände gefallen war, konnte ich ihm nur entrinnen, indem ich ihn täuschte. Ich rufe Asche und Seele des Phönix als Zeugen auf, die ich damals in meiner Tasche trug. Sie können mich von jedem Verdacht reinigen. Aber wie kann Euer Sohn, der an den Ufern des Ganges geboren ist, mein Vetter sein, da meine Familie seit vielen Jahrhunderten an den Ufern des Euphrat herrscht?«

»Ihr wißt doch, daß Euer Großonkel Aldeus König von Babylon war und von dem Vater des Belos entthront wurde?« entgegnete die ehrwürdige Gangaridin. – »Ja!« – »Ihr wißt, daß sein Sohn Aldeus eine Tochter, die Prinzessin Aldea, hatte, die an Eurem Hofe erzogen worden ist? Dieser Prinz wurde von Eurem Vater verfolgt und flüchtete unter einem anderen Namen in unsere glückliche Gegend. Er heiratete mich, und aus unserer Ehe stammt der junge Prinz Aldeus-Amazan, der schönste, stärkste, tapferste und tugendhafteste aller Sterblichen, der heute der verstörteste ist. Der Ruf Eurer Schönheit lockte ihn zu den Festen in Babylon, und seit jener Zeit liebte er Euch abgöttisch. Und nun werde ich meinen teuren Sohn vielleicht niemals wiedersehen.«

Darauf ließ sie der Prinzessin alle Urkunden des Hauses der Aldeer vorlegen, aber Formosante sah sie kaum an. »Ach«, rief sie aus, »prüft man, was man wünscht? Mein Herz glaubt Euch! Aber wo ist Aldeus-Amazan, mein Verwandter, mein Geliebter, mein König? Wo ist mein Leben? Wohin hat er sich gewandt! Ich würde ihn in allen Welten suchen, die der Ewige geschaffen hat und deren schönste Zierde er ist. Ich würde ihn auf den Sternen Kanopus, Sheat und Aldebaran suchen und ihn von meiner Liebe und Unschuld überzeugen.«

Der Phönix reinigte die Prinzessin von dem durch die Amsel verschuldeten Verdacht, sie habe dem König von Ägypten aus Liebe einen Kuß gegeben. Es kam jedoch vor allem darauf an, Amazan seinem Irrtum zu entreißen und ihn zurückzubringen. Er schickte Vögel nach allen Himmelsrichtungen aus und setzte die Einhörner in Bewegung. Endlich wurde ihm berichtet, Amazan habe den Weg nach China eingeschlagen. »Gut, brechen wir nach China auf«, rief die Prinzessin. »Es ist keine lange Reise, und ich hoffe bestimmt, Euch in spatestens vierzehn Tagen Euren Sohn zurückzubringen.« Bei diesen Worten vergossen beide, die Mutter des Gangariden und die Prinzessin von Babylon, heiße Tränen der Liebe. Wie oft umarmten sie sich! Welche Herzensergüsse gab es da!

Der Phönix beorderte sofort einen Wagen mit sechs Einhörnern. Die Mutter Amazans stellte zweihundert Reiter zur Verfügung und schenkte der Prinzessin, ihrer Nichte, einige tausend der schönsten Diamanten des Landes. Der Phönix war über das Unglück, das die Schwatzhaftigkeit der Amsel angerichtet hatte, sehr betrübt und befahl allen Amseln, das Land zu verlassen. Dies ist der Grund, weshalb sich an den Ufern des Ganges keine Amsel mehr aufhält.

In weniger als acht Tagen brachten die Einhörner Formosante, Irla und den Phönix nach Cambaluc, der Hauptstadt Chinas. Diese Stadt war größer als Babylon, und ihre Pracht war ganz andersartig. Die neuen Dinge und Sitten hätten Formosante ergötzt, wenn sie nicht voll und ganz mit Amazan beschäftigt gewesen wäre.

Sobald der Kaiser von China erfahren hatte, daß die Prinzessin von Babylon vor einem Stadttor stand, sandte er ihr viertausend festlich gekleidete Mandarine entgegen. Alle fielen vor ihr nieder, und jeder einzelne überreichte ihr eine in goldenen Buchstaben auf ein Stück purpurrote Seide geschriebene Begrüßungsadresse. Formosante sagte ihnen, wenn sie viertausend Zungen hätte, würde sie nicht verfehlen, jedem Mandarin sogleich zu antworten, da sie aber nur über eine verfüge, müsse sie bitten, sich der einen bedienen zu dürfen, um allen zusammen ihren Dank auszusprechen. Sie geleiteten sie ehrfurchtsvoll zum Kaiser, der der gerechteste, liebenswürdigste und weiseste Monarch der ganzen Erde war. Er hatte als erster mit seinen kaiserlichen Händen ein kleines Feld bestellt, um die Landwirtschaft bei seinem Volke in Ansehen zu bringen. Als erster stiftete er einen Tugendpreis, während in allen anderen Ländern die Gesetze – zur Schande sei es gesagt – darauf beschränkt waren, Verbrechen zu bestrafen. Dieser Kaiser hatte gerade aus seinem Staat eine Schar ausländischer Bonzen verjagt, die aus dem Abendland in dem törichten Wahn gekommen waren, ganz China ihre Denkweise aufzwingen zu können, und bereits unter dem Vorwande, Wahrheiten zu verkünden, Reichtümer und Ehren erworben hatten. Als er sie vertrieb, hatte er zu ihnen die folgenden, in den Annalen des Reiches aufgezeichneten Worte gesprochen:

»Ihr könntet hier ebensoviel Unheil anrichten, wie Ihr es anderswo getan habt. Ihr seid gekommen, um dem duldsamsten Volk der Erde Lehren der Unduldsamkeit zu predigen. Ich heiße Euch gehen, damit ich niemals gezwungen bin, Euch zu bestrafen. Ihr werdet mit Ehren bis an die Grenze geleitet werden, und man wird Euch alles geben, was Ihr braucht, um in das Land, aus dem Ihr gekommen seid, zurückkehren zu können. Gehet hin in Frieden, wenn Ihr überhaupt in Frieden leben könnt, und kehret niemals zurück.«

Die Prinzessin von Babylon vernahm mit Freuden diese Worte und dieses Urteil. Sie war nun ganz sicher, am Hofe gut aufgenommen zu werden, da sie weit davon entfernt war, intolerante Ansichten zu haben. Der Kaiser von China, der allein mit ihr tafelte, besaß die Höflichkeit, jede störende Etikette auszuschalten. Sie zeigte ihm den Phönix, der sich, nachdem ihn der Kaiser zärtlich gestreichelt hatte, auf der Lehne seines Sessels niederließ. Gegen Ende der Mahlzeit vertraute ihm Formosante offen den Zweck ihrer Reise an und bat ihn, den schönen Amazan in Cambaluc suchen zu lassen. Sie berichtete ihm von ihren Erlebnissen, ohne die verhängnisvolle Leidenschaft, die ihr Herz für den jungen Helden entflammt hatte, zu verbergen. »Wem sagt Ihr das«, rief der Kaiser von China; »der liebenswürdige Amazan hat mir die Freude gemacht, an meinen Hof zu kommen. Ich war entzückt von ihm. Er ist allerdings tief bekümmert, aber das hat den Zauber seines Wesens nur verstärkt. Keiner meiner Günstlinge hat mehr Geist als er, kein gelehrter Mandarin hat umfassendere Kenntnisse und kein militärischer Mandarin ein kriegerischeres und heldenhafteres Aussehen. Und seine Jugend gibt seinen Fähigkeiten besonderen Wert. Wenn ich das Unglück hätte, so von Tien und Schang-ti verlassen zu sein, daß ich Eroberer sein wollte, so würde ich Amazan bitten, sich an die Spitze meiner Heere zu stellen, und ich wäre sicher, über das ganze Weltall zu triumphieren. Es ist zu schade, daß ihm sein Kummer manchmal den Geist verwirrt.« »O Herr«, rief Formosante errötend in klagendem, vorwurfsvollem Ton, »warum habt Ihr mich nicht mit ihm zusammen speisen lassen? Ihr tötet mich. Laßt ihn doch augenblicklich herbitten!«

»Er ist heute morgen abgereist, Fürstin, und hat nicht gesagt, wohin.«

Formosante wandte sich an den Phönix: »Hast du jemals ein unglücklicheres Mädchen gesehen als mich? – Aber, Majestät«, fuhr sie fort, »weshalb hat er einen so glänzenden Hof wie den Euren so plötzlich verlassen, an dem man, glaube ich, sein ganzes Leben verbringen möchte?«

»Ich will Euch sagen, Fürstin, was vorgefallen ist«, erwiderte der Kaiser. »Eine der liebenswertesten chinesischen Prinzessinnen hat sich leidenschaftlich in ihn verliebt und hat ihn zu einem Stelldichein für heute mittag in ihrem Hause eingeladen. Bei Tagesanbruch ist er abgereist und hat folgende Zeilen hinterlassen, die meiner Verwandten bittere Tränen gekostet haben:

›Schöne Prinzessin chinesischen Geblüts, Ihr verdient ein Herz, das niemals einer anderen als Euch gehört hat. Ich habe den unsterblichen Göttern gelobt, niemals eine andere zu lieben als Formosante, die Prinzessin von Babylon, und sie zu lehren, wie man seine Wünsche durch Reisen bezähmen kann. Sie hat das Unglück gehabt, einem unwürdigen König von Ägypten zu erliegen. Ich bin der unglücklichste aller Menschen! Ich habe meinen Vater, den Phönix und auch die Hoffnung verloren, von Formosante geliebt zu werden. Ich habe meine bekümmerte Mutter und mein Vaterland verlassen, da ich keinen Augenblick mehr da leben wollte, wo ich erfuhr, daß Formosante einen anderen liebt als mich. Ich habe geschworen, die Welt zu durchwandern und treu zu bleiben. Ihr würdet mich verachten, und die Götter würden mich strafen, wenn ich meinen Eid bräche. Ich hoffe, Ihr findet einen Geliebten und seid ebenso treu wie ich.«

»Oh, laßt mir diesen wunderbaren Brief«, sagte die schöne Formosante, »er wird mir ein Trost sein, ich bin glücklich in meinem Leide. Amazan liebt mich! Um meinetwillen verzichtet er auf den Besitz einer chinesischen Prinzessin. Er ist der einzige auf der Welt, der einen solchen Sieg zu erringen vermag. Für mich ist er ein großes Vorbild, aber der Phönix weiß, daß es dessen nicht bedurfte. Es ist sehr grausam, daß man wegen eines unschuldigen Kusses, der nur aus Treue gegeben wurde, seines Geliebten beraubt ist. Wohin hat er sich gewandt? Welchen Weg hat er eingeschlagen? Habt die Güte, es mir zu sagen, und ich breche sofort auf.«

Der Kaiser von China antwortete ihr, er nehme auf Grund der ihm überbrachten Berichte an, daß ihr Geliebter den Weg nach Skythien eingeschlagen habe. Sogleich wurden die Einhörner angespannt, und die Prinzessin nahm nach den herzlichsten Dankesbezeigungen mit dem Phönix, der Kammerfrau Irla und ihrem ganzen Gefolge Abschied vom Kaiser von China.

Als sie in Skythien angelangt war, fiel ihr mehr denn je auf, wie verschieden die Menschen und die Staaten sind und immer sein werden, bis dereinst ein Volk, das aufgeklärter ist als alle anderen, nach tausend Jahren der Finsternis das Licht immer weiter verbreiten wird, bis sich in den Ländern der Barbaren heldenmütige Seelen finden, die Kraft und Ausdauer genug besitzen, um rohe Wesen in Menschen zu verwandeln. In Skythien gab es keine Städte und infolgedessen keine schönen Künste. Man sah nur endlose Steppen, und ganze Völker hausten in Zelten und Wagen. Formosante fragte, in welchem Zelt oder welchem Wagen der König wohne. Man sagte ihr, er sei vor acht Tagen an der Spitze von dreimal hunderttausend Berittenen zum Krieg gegen den König von Babylon aufgebrochen, dessen Nichte, die schöne Prinzessin Aldea, von ihm entführt worden war.

»Er hat meine Base entführt?« rief Formosante. »Auf dieses neue Abenteuer war ich nicht gefaßt. Wie, meine Base, die so überglücklich war, meinem Gefolge anzugehören, ist Königin geworden, und ich bin noch nicht einmal verheiratet!« Unverzüglich ließ sie sich zu den Zelten der Königin führen.

Das unerwartete Wiedersehen in diesem fernen Lande, die seltsamen Ereignisse, die sie sich gegenseitig mitzuteilen hatten, verliehen ihrem Zusammentreffen einen Reiz, der sie vergessen ließ, daß sie sich niemals geliebt hatten. Sie begrüßten sich voller Freude, und obwohl sie keine zärtlichen Gefühle füreinander hegten, waren sie tief gerührt. Weinend fielen sie sich in die Arme, und da ihr Zusammentreffen nicht in einem Palast stattfand, herrschte sogar Herzlichkeit und Offenheit zwischen ihnen.

Aldea erkannte den Phönix und auch die vertraute Irla wieder. Ihrer Base, die ihr Diamanten gab, schenkte sie Zobelpelze. Sie sprachen von dem Krieg, den die beiden Könige gegeneinander führten, und sie bedauerten die Männer, die durch die launischen Einfälle ihrer Herrscher gezwungen wurden, sich um eines Zwistes willen abschlachten zu lassen, der zwischen zwei gesitteten Leuten in einer Stunde geschlichtet werden konnte. Vor allem unterhielten sie sich über den schönen Fremdling, den Löwenbezwinger, den Versemacher, den Spender der kostbarsten Diamanten der Welt, den Besitzer des Phönix, den der Bericht einer Amsel zum unglücklichsten aller Menschen gemacht hatte. »Das ist mein teurer Bruder«, sagte Aldea. »Und mein Geliebter«, rief Formosante. »Du hast ihn sicher gesehen, vielleicht ist er sogar noch hier, denn er weiß, daß er dein Bruder ist. Dich hätte er nicht so plötzlich verlassen wie den Kaiser von China.«

»Ob ich ihn gesehen habe!« rief Aldea. »Mein Himmel, vier ganze Tage sind wir zusammen gewesen. Ach, wie sehr ist mein Bruder zu bedauern. Eine falsche Nachricht hat ihn ganz durcheinandergebracht, und er irrt durch die Welt, ohne zu wissen, wohin! Stell dir vor – dieser Wahn hat ihn so weit getrieben, die Gunst der schönsten Frau ganz Skythiens zurückzuweisen. Gestern ist er abgereist, nachdem er ihr einen Brief geschrieben hat, der sie zur Verzweiflung brachte.« – »Gott sei gelobt!« frohlockte Formosante. »Wieder eine Abweisung mir zuliebe. Mein Glück übersteigt meine Hoffnung, wie mein Unglück alle meine Befürchtungen überboten hat. Laß mir diesen entzückenden Brief bringen, damit ich hier abreise und ihm folge, meine Hände angefüllt mit seinen Opfern. Lebe wohl, liebe Base, Amazan ist bei den Kimmeriern, ich fliege zu ihm hin.«

Aldea fand, daß ihre Base noch närrischer war als ihr Bruder Amazan. Da sie aber diese Krankheit am eigenen Leibe erfahren hatte und die Pracht und Herrlichkeit um des Königs der Skythen willen verlassen hatte und da Frauen sich immer für Narrheiten, deren Ursache Liebe ist, interessieren, empfand sie tiefes Mitgefühl für Formosante, wünschte ihr glückliche Reise und versprach ihr, sich für ihre leidenschaftliche Liebe einzusetzen, wenn sie je das Glück haben sollte, ihren Bruder wiederzusehen.

SECHSTES KAPITEL

Die Prinzessin von Babylon und der Phönix kamen schon nach kurzer Zeit im Reiche der Kimmerier an, das nicht so sehr dicht bevölkert, aber doppelt so groß wie China war. Früher hatte es Skythien sehr geglichen, seit einiger Zeit aber war es ebenso emporgeblüht wie die Reiche, die sich rühmen, anderen Staaten als Vorbild zu dienen.

Nach einigen Tagesmärschen kamen sie in eine sehr große Stadt, die die regierende Kaiserin verschönern ließ. Sie selbst war jedoch nicht anwesend, sie reiste damals von den Grenzen Europas bis zu den Grenzen Asiens, um ihre Staaten mit eigenen Augen zu sehen, um sich ein Urteil über die Mißstände zu bilden und Abhilfe zu schaffen, um das Gedeihen zu fördern und Lehren zu erteilen.

Einer der höchsten Beamten dieser alten Stadt, der von der Ankunft der Babylonierin und des Phönix unterrichtet worden war, beeilte sich, der Prinzessin seine Huldigungen darzubringen und sie im Namen des Landes zu begrüßen, da er überzeugt war, daß seine Gebieterin, die höflichste und herrlichste aller Königinnen, es ihm zu Dank wissen würde, daß er einen so hohen Gast mit den gleichen Aufmerksamkeiten, mit denen sie die Prinzessin überschüttet hätte, empfangen hatte.

Formosante wurde im Palast untergebracht, aus dem man eine Anzahl lästiger Gäste entfernte. Wundervolle Feste wurden ihr zu Ehren veranstaltet. Der kimmerische Edelmann, der ein großer Naturforscher war, unterhielt sich viel mit dem Phönix, wenn die Prinzessin sich in ihre Gemächer zurückgezogen hatte. Der Phönix erzählte ihm, er habe früher schon einmal Kimmerien bereist und erkenne das Land nicht wieder. »Wie konnten nur so tiefgreifende Änderungen in so kurzer Zeit vorgenommen werden?« wollte er wissen. »Es sind noch nicht dreihundert Jahre her, als ich hier eine Wildnis mit all ihren Schrecken sah, und jetzt finde ich an derselben Stelle Kunst, Glanz, Ruhm und feine Lebensart.« – »Ein einziger Mann hat dieses große Werk begonnen, und eine Frau hat es vollendet«, gab der Kimmerier zur Antwort, »eine Frau war eine bessere Gesetzgeberin als die Isis der Ägypter und die Ceres der Griechen. Die meisten Gesetzgeber waren geistig beschränkt und herrschsüchtig; ihr Gesichtskreis ging nicht über das von ihnen regierte Land hinaus. Jeder von ihnen sah sein Volk als das einzige auf Erden an oder als Feind der übrigen Welt. Nur für dieses eine Volk schufen sie Einrichtungen, führten Gebräuche ein, stifteten eine Religion. So sind zum Beispiel die durch ein paar Steinhaufen so berühmt gewordenen Ägypter durch ihren barbarischen Aberglauben verdummt und gesunken. Sie halten die anderen Nationen für unrein und pflegen keinen Umgang mit ihnen. Mit Ausnahme der Höflinge, die sich zuweilen über die Vorurteile des Volkes hinwegsetzen, würde kein Ägypter von einem Teller essen, den zuvor ein Ausländer benutzt hat. Ihre Priester sind grausam und unvernünftig. Besser wäre es, keine Gesetze zu haben und nur auf die Stimme der Natur zu hören, die in unsere Herzen das Gefühl der Gerechtigkeit und Ungerechtigkeit eingegraben hat, als die Menschen solchen unsozialen Gesetzen zu unterwerfen.

Unsere Kaiserin verfolgt völlig entgegengesetzte Ziele. Sie

hält es für nötig, daß ihr großes Reich, in dem sich sämtliche Meridiane vereinigen, mit allen Völkern, die unter diesen Meridianen wohnen, im Einklang steht. Das erste ihrer Gesetze ist die Duldsamkeit gegen alle Glaubensbekenntnisse und Mitgefühl für alle Irrtümer. Ihr überragender Geist hat erkannt, daß, trotz der verschiedenen Art der Gottesverehrung, die Moral überall die gleiche bleibt. Nach diesem Grundsatz hat sie ihr Volk mit allen übrigen Völkern der Welt verbunden, und die Kimmerier betrachten die Skandinavier und Chinesen als ihre Brüder. Sie tat noch mehr, sie wollte, daß diese wunderbare Duldsamkeit, das erste Bindeglied der Menschen, sich auch bei ihren Nachbarn einbürgere. So hat sie die Bezeichnung ›Landesmutter‹ wohl verdient, und wenn sie weiter so handelt, wird man sie einstmals Wohltäterin der Menschheit nennen.

Vor ihrer Regierungszeit entsandten Männer, die bedauerlicherweise zur Macht gelangt waren, Mörderscharen, um unbekannten Volksstämmen das Erbe ihrer Väter zu entreißen und es mit deren Blut zu tränken. Diese Mörder wurden ›Helden‹ genannt, ihre Räubereien waren ›Ruhmestaten‹. Unsere Herrscherin kennt einen anderen Ruhm: sie ließ Heere aufmarschieren, um Frieden zu stiften, um zu verhindern, daß die Menschen einander schaden, um sie zu zwingen, sich zu vertragen. Auf ihre Fahnen hat sie die allgemeine Eintracht aller Völker geschrieben.«

Der Phönix war von allem begeistert, was ihm der Edelmann erzählte. »Ich bin siebenundzwanzigtausendneunhundert Jahre und sieben Monate auf der Welt und habe noch niemals etwas gesehen, was mit Euren Berichten vergleichbar wäre«, sagte er zu ihm und fragte dann nach seinem Freund Amazan. Der Kimmerier erzählte ihm dasselbe, was die Prinzessin von den Chinesen und den Skythen erfahren hatte. Amazan floh alle Höfe, sobald ihm eine Dame ein Stelldichein anbot, bei dem er zu unterliegen fürchtete. Der Phönix berichtete Formosante von diesem neuen Beweis der Treue, den ihr Amazan gegeben und der noch viel erstaunlicher war, da Amazan nicht vermuten konnte, daß die Prinzessin je davon erfahren würde.

Amazan war nach Skandinavien abgereist. In diesen Gegenden überraschten ihn wieder andere Zustände: Königtum und Freiheit bestanden hier nebeneinander in einer Harmonie, die in anderen Staaten unmöglich erschien. Die Landwirte waren an der Gesetzgebung ebenso beteiligt wie die Großen des Reiches, und ein junger Fürst berechtigte zu der großen Hoffnung, sich der Herrschaft über ein freies Volk würdig zu erweisen. Und das merkwürdigste war: der einzige König der Welt, der durch einen besonderen Vertrag mit seinem Volke rechtmäßiger Alleinherrscher war, war zugleich der jüngste und gerechteste aller Könige.

Bei den Sarmaten fand Amazan einen Philosophen auf dem Thron. Man konnte ihn den »König der Anarchie« nennen, denn er war das Oberhaupt von hunderttausend kleinen Königen, von denen jeder mit einem einzigen Wort die Beschlüsse aller anderen zunichte machen konnte. Äolus brauchte nicht mehr Mühe, um alle sich unaufhörlich bekämpfenden Winde im Zaum zu halten, als dieser König aufwenden mußte, um die Geister auszusöhnen. Er glich dem von einem ewigen Sturm umtosten Steuermann, und dennoch zerbarst das Schiff nicht, denn der Fürst war ein ausgezeichneter Lotse.

Während Amazan alle diese von seinem Vaterland so grundverschiedenen Länder durchquerte, wies er standhaft jede Frauengunst, die sich ihm bot, zurück und war noch immer verzweifelt darüber, daß Formosante dem König von Ägypten einen Kuß gegeben hatte. Er hielt stets an seinem Entschluß fest, ihr das Beispiel einer unvergleichlichen, unerschütterlichen Treue zu geben.

Die Prinzessin von Babylon folgte mit dem Phönix der Spur Amazans überallhin und blieb nur immer einen oder zwei Tagesmärsche hinter ihm zurück, ohne daß der eine des Wanderns überdrüssig wurde oder die andere auch nur einen Augenblick versäumt hätte, ihm zu folgen.

Sie durcheilten ganz Germanien und bewunderten die Fortschritte, die Vernunft und Philosophie im Norden gemacht hatten. Alle Fürsten besaßen dort Bildung, alle erkannten die Gedankenfreiheit an. Ihre Erziehung hatte man nicht Menschen anvertraut, denen daran lag, sie zu täuschen, oder die selbst getäuscht worden waren. Man hatte sie zur Beachtung der allgemeinen Moral und zur Verachtung jeden Aberglaubens erzogen. Aus all diesen Staaten war ein unsinniger Brauch, der verschiedene südliche Länder geschwächt und entvölkert hatte, verbannt worden, und zwar die Sitte, zahllose Individuen beiderlei Geschlechts ewig voneinander zu trennen, sie bei lebendigem Leibe in riesigen Kerkern einzugraben und sie schwören zu lassen, niemals Umgang miteinander zu pflegen. Dieser Gipfel des Wahnsinns, der jahrhundertelang gutgeheißen worden war, hatte die Erde ebensosehr verwüstet wie die grausamsten Kriege.

Die Fürsten des Nordens hatten endlich eingesehen, daß, wenn man Gestüte haben wollte, die kräftigsten Hengste nicht von den Stuten getrennt werden durften. Sie hatten auch noch andere ebenso schädliche und eigenartige Irrtümer beseitigt – kurzum, in diesen großen Ländern hatten die Menschen den Mut, vernünftig zu sein, während man sich anderswo noch immer einbildete, sie nur regieren zu können, solange sie Dummköpfe seien.

SIEBENTES KAPITEL

Amazan kam zu den Batavern. Sein kummervolles Herz empfand süße Befriedigung, als er dort ein schwaches Abbild des glücklichen Gangaridenlandes fand: Freiheit, Gleichheit, Reinlichkeit, Überfluß und Duldsamkeit. Die Damen des Landes aber waren so kalt, daß keine, wie sonst überall, ihm Entgegenkommen zeigte. Er brauchte also keinen Widerstand zu leisten. Hätte er sich jedoch diesen Damen genähert, so hätte er sie, eine nach der anderen, bezwungen, ohne daß ihn eine einzige geliebt hätte; aber nichts lag ihm ferner als die Absicht, Eroberungen zu machen.

Formosante hatte ihn bei diesem gefühllosen Volk beinahe eingeholt: Sie kam nur einen Augenblick zu spät.

Amazan hatte von den Batavern so viel Rühmliches von einer Insel, genannt Albion, gehört, daß er beschloß, sich mit seinen Einhörnern dorthin einzuschiffen. Bei günstigem Ostwind trug ihn das Schiff in vier Stunden an die Küste des Landes, das berühmter ist als Tyrus und die Insel Atlantis.

Die schöne Formosante, die ihm an die Ufer der Dwina, der Weichsel, der Elbe, der Weser gefolgt war, gelangte schließlich an die Mündung des Rheins, der seine reißenden Wasser in das Deutsche Meer ergoß. Sie erfuhr, daß ihr teurer Geliebter nach der Küste Albions abgesegelt war; sie glaubte sein Schiff noch zu erblicken, und sie stieß Freudenschreie aus, über die alle batavischen Damen verwundert waren, da sie sich nicht vorzustellen vermochten, daß ein junger Mann solche Freude verursachen konnte.

Um den Phönix machten sie nicht viel Aufhebens, weil sie meinten, seine Federn seien wahrscheinlich nicht so leicht verkäuflich wie die ihrer Enten und Gänse.

Die Prinzessin von Babylon mietete zwei Schiffe, um mit ihrem ganzen Gefolge nach jener glückseligen Insel zu fahren, die den Gegenstand all ihrer Wünsche, den Inhalt ihres Lebens, den Gott ihres Herzens beherbergte.

Ein stürmischer Westwind erhob sich in dem Augenblick, als der getreue und unglückliche Amazan auf den Boden Albions den Fuß setzte. Die Schiffe der Prinzessin von Babylon konnten nicht auslaufen. Formosantes Herz krampfte sich zusammen, bitterer Schmerz, tiefe Schwermut befielen sie. Voller Qual warf sie sich aufs Bett und wartete darauf, daß der Wind umschlug; doch acht ganze Tage blies er so heftig, daß sie in Verzweiflung geriet. Während dieser endlosen acht Tage ließ sie sich von Irla Romane vorlesen. Nicht etwa, daß die Bataver Romane zu schreiben verstanden, doch da sie Händler in der ganzen Welt waren, verkauften sie den Geist anderer Völker ebenso wie alle anderen Waren. Die Prinzessin ließ bei Marc-Michel Rey alle Erzählungen kaufen, die die Ausoner und Welschen geschrieben hatten, deren Absatz aber auf weise Art bei diesen Völkern verboten war, um die Bataver zu bereichern. Sie hoffte, in einer dieser Geschichten Erlebnisse zu finden, die den ihren glichen und die ihren Kummer zu lindern vermochten. Irla las, der Phönix äußerte seine Meinung, und die Prinzessin fand weder in der ›Emporgekommenen Bäuerin‹ noch im ›Sofa‹ noch in den ›Vier Fahr-ed-Dins‹ etwas, das die geringste Beziehung zu ihren Abenteuern gehabt hätte. Jeden Augenblick unterbrach sie die Lektüre und fragte, woher der Wind käme.

ACHTES KAPITEL

Unterdessen war Amazan in seiner mit sechs Einhörnern bespannten Karosse schon auf dem Wege nach der Hauptstadt Albions und träumte von seiner Prinzessin. Plötzlich erblickte er eine Kutsche, die in einen Graben gestürzt war. Die Diener waren weggegangen, um Hilfe zu holen, der Besitzer aber saß ruhig in seinem Wagen und vertrieb sich ohne das geringste Zeichen von Ungeduld die Zeit mit Rauchen, denn damals rauchte man. Er hieß Mylord What's-then, was in der Sprache, in die ich diese Memoiren übersetzte, etwa Mylord Was-tut's bedeutet.

Amazan stieg schnell aus und eilte auf ihn zu, um ihm behilflich zu sein. Seine Kraft war der aller anderen Menschen so sehr überlegen, daß es ihm gelang, den Wagen ganz allein wieder aufzurichten. Mylord Was-tut's begnügte sich zu sagen: »Was für ein starker Mann!« Ein paar Bauernlümmel, die aus der Nachbarschaft herbeigeeilt waren, gerieten in Wut darüber, daß man sie unnötigerweise gerufen hatte, und wollten sich an dem Fremden rächen. Sie bedrohten ihn, riefen ihm »fremder Lumpenhund« zu und wollten ihn schlagen.

Amazan ergriff mit jeder Hand zwei und schleuderte sie zwanzig Schritte weit fort. Die anderen ließen ihn in Ruhe, grüßten ihn und baten um ein Trinkgeld. Er gab ihnen mehr Geld, als sie je gesehen hatten. Mylord Was-tut's wandte sich an ihn: »Ich schätze Sie, essen Sie in meinem Landhaus mit mir zu Mittag. Es liegt nur drei Meilen von hier.« Er stieg in Amazans Wagen, weil seiner durch den Unfall nicht in Ordnung war.

Nach einer Viertelstunde tiefen Schweigens sah er Amazan eine Weile an und sagte: »How d'ye do?«, wörtlich übersetzt: »Wie tun Sie tun?«, dem Sinn nach jedoch: »Wie geht es Ihnen?«, was in allen Sprachen rein nichts besagt. »Sie haben da sechs hübsche Einhörner«, fügte er hinzu und rauchte weiter.

Der Reisende erwiderte, seine Einhörner, mit denen er aus dem Lande der Gangariden komme, ständen ihm zur Verfügung. Dann benutzte er die Gelegenheit, ihm von der Prinzessin von Babylon und dem verhängnisvollen Kuß zu erzählen, den sie dem König von Ägypten gegeben hatte. Der andere antwortete darauf nichts, denn es war ihm völlig gleichgültig, ob es in der Welt einen König von Ägypten und eine Prinzessin von Babylon gab. Auch in der nächsten Viertelstunde fiel kein Wort; dann fragte er schließlich seinen Gefährten wieder, »was er tun tue« und ob man im Lande der Gangariden gutes Roastbeef zu essen bekomme. Der Reisende antwortete ihm mit gewohnter Höflichkeit, daß man an den Ufern des Ganges seine Brüder nicht zu verspeisen pflege.

Er setzte ihm das System auseinander, dem sich viele Jahrhunderte später auch Pythagoras, Porphyrios und Jamblichos anschlossen. Darüber schlief Mylord ein und erwachte erst wieder, als man vor seinem Hause anlangte.

Er hatte eine reizende junge Frau, der die Natur eine Seele gegeben hatte, die ebenso lebhaft und gefühlvoll wie die ihres Gatten gleichmütig war. Einige englische Großgrundbesitzer waren an diesem Tage zum Mittagessen geladen. Unter ihnen waren die verschiedensten Charaktere vertreten, denn da das Land fast immer von Fremden regiert worden war, hatten die Familien, die mit diesen Fürsten gekommen waren, ganz verschiedene Sitten eingeführt. In dieser Gesellschaft gab es äußerst liebenswürdige Menschen, andere zeigten einen überragenden Geist, wieder andere gründliches Wissen.

Die Herrin des Hauses hatte nichts von der unnatürlichen und linkischen Art, von der Steifheit und Prüderie, die man damals den jungen Frauen Albions nachsagte. Sie verbarg keineswegs unter herablassender Haltung oder gekünsteltem Schweigen ihre unproduktiven Gedanken und die beschämende Verlegenheit, nichts sagen zu können. Keine Frau war anziehender als sie. Sie empfing Amazan mit ihrer angeborenen Höflichkeit und Anmut. Die ungewöhnliche Schönheit des Fremden und der schnelle Vergleich, den sie zwischen ihm und ihrem Gatten anstellte, beeindruckte sie sichtlich.

Es wurde aufgetragen. Die Hausherrin ließ Amazan an ihrer Seite Platz nehmen, und da sie von ihm gehört hatte, daß die Gangariden nichts zu sich nehmen, was von den Göttern die himmlische Gabe des Lebens erhalten hatte, setzte sie ihm allerlei Puddings vor. Seine Schönheit, seine Kraft, die Sitten und Gebräuche der Gangariden, der Fortschritt der Künste, die Religion und die Regierung wurden zum Gegenstand einer angenehmen und lehrreichen Unterhaltung während des Mahles, das sich bis in die Nacht hinzog. Mylord Was-tut's trank viel und sprach kein Wort.

Während Mylady nach dem Essen Tee einschenkte und den jungen Mann mit den Augen verschlang, unterhielt er sich mit einem Parlamentsmitglied, denn jedermann weiß, daß es schon damals ein Parlament »Witenagemot« gab, was soviel wie »Versammlung der Gescheiten« heißt. Amazan unterrichtete sich über die Verfassung, Gesetze, die Stärke des Heeres, die Sitten, die Künste, die dieses Land so berühmt machten. Der betreffende Herr äußerte sich folgendermaßen: »Wir sind lange Zeit nackt herumglaufen, obwohl unser Klima nicht sehr warm ist, und lange sind wir von den Menschen, die aus dem alten, von dem Tiberwasser bespülten Lande des Saturn kamen, wie Sklaven behandelt worden. Doch wir haben uns selbst noch viel mehr Übles zugefügt als die, die uns zuerst besiegten. Einer unserer Könige hat sich so weit erniedrigt, sich als Untertan eines Priesters zu erklären, der auch an den Ufern des Tibers wohnt und der ›Alte von den sieben Hügeln‹ genannt wurde. Diese sieben Hügel hatte das Schicksal lange dazu bestimmt, einen großen Teil Europas zu beherrschen, das damals von Barbaren bewohnt wurde.

Nach dieser Zeit der Erniedrigung kamen Jahrhunderte der Grausamkeit und der Anarchie. Unsere Insel, über die mehr Stürme toben als über die umgebenden Meere, ist durch unsere Zwietracht verwüstet und mit Blut getränkt worden. Mehrere gekrönte Häupter wurden zum Tode verurteilt, mehr als hundert Fürsten königlichen Geblüts endeten ihr Leben auf dem Schafott. Ihren Anhängern riß man das Herz aus der Brust und schlug es ihnen um die Ohren. Die Geschichte unseres Landes hätte der Henker schreiben müssen, denn er war es, der alle Ereignisse zum Abschluß brachte.

Es ist noch nicht allzulange her, daß einige Männer, die schwarze Mäntel trugen, und andere, die ein weißes Hemd über ihre Jacken zogen, von tollwütigen Hunden gebissen wurden und nun, um das Unglück vollzumachen, das ganze Volk mit ihrer Tollwut ansteckten. Alle Bürger wurden Mörder oder Ermordete, Henker oder Gehenkte, Erpresser oder Sklaven vom Namen Gottes oder auf der Suche nach dem Heiland.

Wer hätte geglaubt, daß aus diesem schauerlichen Abgrund, diesem Chaos von Mißhelligkeit, Grausamkeit, Unwissenheit und Fanatismus die vollkommenste Regierung, die es wohl heute auf der Welt gibt, hervorgehen könnte? Ein reicher, vielverehrter König, allmächtig, wenn es Gutes, machtlos, wenn es Böses zu tun gilt, steht an der Spitze einer freien, kriegstüchtigen, handeltreibenden und aufgeklärten Nation. Die Großen des Reiches und die Vertreter der Städte teilen sich mit dem Herrscher in die Gesetzgebung.

Wie ein seltsames Verhängnis mutet es an, daß stets Unordnung, Bürgerkrieg, Anarchie und Armut das Land verheerten, als die Könige unumschränkt herrschten. Ruhe, Reichtum und allgemeines Wohlleben zogen erst bei uns ein, als die Könige erkannten, daß sie nicht absolute Herrscher sein dürfen. Alles geriet in Verfall, wenn man über unverständliche Dinge stritt, und alles ging seinen rechten Gang, wenn man sich nicht mehr damit befaßte. Unsere siegreiche Flotte trägt unseren Ruhm über alle Meere, und die Gesetze schützen unseren Besitz, kein Richter kann sie willkürlich auslegen, kein Haftbefehl wird ohne Begründung erlassen. Wie Verbrecher würden wir die Richter bestrafen, die es wagten, einen Bürger zum Tode zu verurteilen, ohne die Zeugen anzugeben, die ihn beschuldigen, und die Gesetze, die ihn verdammen.

Es gibt freilich bei uns immer zwei Parteien, die sich mit der Feder und allerlei Intrigen bekämpfen, doch sie einigen sich stets, wenn es gilt, die Waffen zur Verteidigung des Vaterlandes und der Freiheit zu ergreifen. Diese beiden Parteien überwachen sich gegenseitig, und eine hindert die andere daran, die heilige Grundlage der Gesetze zu verletzen. Sie hassen sich, aber sie lieben den Staat; sie sind zwei eifersüchtige Liebhaber, die der gleichen Geliebten um die Wette dienen.

Dieselben geistigen Fähigkeiten, die uns die Rechte der menschlichen Natur erkennen und schützen ließen, haben es uns ermöglicht, die Wissenschaften auf eine Höhe zu bringen, wie sie für die Menschen erreichbar ist. Eure Ägypter, die tüchtige Mechaniker sein sollen, Eure Inder, die man für große Philosophen hält, Eure Babylonier, die sich rühmen, vierhundertdreißigtausend Jahre lang die Gestirne beobachtet zu haben, die Griechen, die so viele Phrasen und so wenig positive Dinge geschrieben haben, wissen tatsächlich nichts im Vergleich zu unseren kleinsten Schulkindern, die die Erfindungen unserer großen Meister studieren. Wir haben der Natur in dem Zeitraum von hundert Jahren mehr Geheimnisse abgelauscht, als das Menschengeschlecht im Laufe von vielen Jahrhunderten entdeckt hat.

Das ist der heutige Stand der Dinge. Ich habe Ihnen weder das Gute noch das Schlimme verborgen, weder unsere Schandflecken noch unseren Ruhm, und habe nichts übertrieben.«

Als Amazan diese Rede hörte, war er von dem Wunsche erfüllt, sich in die erhabenen Wissenschaften, über die man gesprochen hatte, zu vertiefen. Und wenn seine Leidenschaft für die Prinzessin von Babylon, die Ehrfurcht vor seiner Mutter, die er verlassen hatte, und die Liebe für sein Vaterland nicht so laut zu seinem zerrissenen Herzen gesprochen hätten, so hätte er sein Leben gern auf der Insel Albion verbracht. Aber der unglückliche Kuß, den die Prinzessin dem König von Ägypten gegeben hatte, ließ ihm nicht genügend geistige Freiheit, um sich den hohen Wissenschaften zu widmen.

»Da ich es mir zum Gesetz gemacht habe, die Welt zu durchwandern und mir selber zu entrinnen, liegt mir – ich gestehe es – sehr viel daran, das antike Land des Saturn, das Volk am Tiber und an den sieben Hügeln, dem ihr früher unterworfen waret, kennenzulernen. Es ist zweifellos das bedeutendste Volk der ganzen Welt.« – »Ich rate Ihnen, diese Reise zu machen«, erwiderte der Sohn Albions, »vor allem, da Sie Musik und Malerei lieben. Wir selber tragen öfter unsere Langeweile nach den sieben Hügeln. Sie werden aber sehr erstaunt sein, wenn Sie die Nachkommen unserer Eroberer kennenlernen.«

Das Gespräch dauerte lange, und obwohl der schöne Amazan etwas müde war, sprach er überaus gefällig und mit so einnehmender Stimme, benahm sich so höflich und anziehend, daß die Herrin des Hauses nicht umhinkonnte, ihn auch in ein Gespräch zu ziehen. Sie drückte ihm zärtlich die Hand, während sie sich mit ihm unterhielt, und blickte ihn dabei mit feuchtschimmernden Augen an, mit Augen, die heißes Verlangen aller Sinne erweckten. Sie drängte ihn, zum Abendessen und auch über Nacht zu bleiben. Jedes Wort, jede Bewegung, jeder Blick entflammten ihre Leidenschaft. Als alle anderen sich zurückgezogen hatten, schrieb sie ihm ein Billett, und sie zweifelte nicht daran, daß er ihr in ihrem Bett den Hof machen würde, während Mylord »Was-tut's« in dem seinen schlief. Amazan fand den Mut zu widerstehen: Eine so wunderbare Wirkung verursacht ein Fünkchen Wahnsinn in einer starken und im Tiefsten verwundeten Seele.

Amazan sandte, wie er es immer getan hatte, der Dame eine respektvolle Antwort, in der er seinen heiligen Eid hervorhob und auch die unbedingte Pflicht, die Prinzessin zu lehren, daß sie ihre Leidenschaft bezähmen müsse. Dann ließ er seine Einhörner anspannen und fuhr wieder ins Bataverland; die ganze Gesellschaft blieb in höchster Bewunderung und die Herrin des Hauses in tiefster Verzweiflung zurück. Vor lauter Kummer ließ die Dame den Brief herumliegen, und Mylord »Was-tut's« las ihn am nächsten Morgen. »Was ist das für dummes Zeug«, sagte er achselzuckend und ging mit einigen Trunkenbolden auf die Fuchsjagd.

Amazan fuhr schon auf dem Meere dahin, ausgerüstet mit einer Landkarte, die ihm der gelehrte Sohn Albions geschenkt hatte, als er sich mit ihm bei Mylord »Was-tut's« unterhielt. Ganz erstaunt sah er einen großen Teil der Erde auf einem kleinen Blatt Papier vor sich liegen.

Seine Augen und seine Phantasie verirrten sich auf dieser kleinen Fläche. Er sah den Rhein, die Donau, die Tiroler Alpen, die damals andere Namen hatten, und alle Länder, die er durchqueren mußte, um in die Stadt der sieben Hügel zu gelangen. Vor allem aber blieben seine Augen auf dem Lande der Gangariden haften, auf Babylon, wo er seine geliebte Prinzessin zuerst gesehen, und auf jenem unheilvollen Basra, wo sie dem König von Ägypten einen Kuß gegeben hatte. Er seufzte und vergoß Tränen; aber er sah ein, daß der Sohn Albions, der ihm die Welt im verkleinerten Maßstabe zum Geschenk gemacht, keineswegs unrecht hatte, als er behauptete, die Menschen an den Ufern der Themse seien tausendmal gebildeter als die, die an den Ufern des Nil, Euphrat und des Ganges wohnen. Als er ins Land der Bataver zurückkehrte, fuhr Formosante mit ihren beiden Schiffen, die mit vollen Segeln dahinschossen, gen Albion. Die Schiffe Amazans und Formosantes kreuzten sich, ja, sie berührten sich fast. Die beiden Liebenden waren so nahe beieinander und konnten es doch nicht ahnen. Oh, wenn sie es gewußt hätten! Aber das unerbittliche Schicksal erlaubte es nicht.

NEUNTES KAPITEL

Gleich nachdem Amazan den ebenen, schlammigen Boden im Bataverland betreten hatte, brach er blitzschnell nach der Stadt mit den sieben Hügeln auf. Er mußte den südlichen Teil Germaniens durchqueren, wo er alle vier Meilen auf einen Fürsten, eine Fürstin, Hofdamen und Bettler stieß. Er war über die Koketterie erstaunt, die ihm diese Ehrendamen überall mit deutscher Offenheit entgegenbrachten, und reagierte nur mit bescheidener Ablehnung darauf. Nachdem er die Alpen überschritten hatte, schiffte er sich auf dem Dalmatinischen Meer ein und landete in einer Stadt, die allem, was er bisher gesehen hatte, in keiner Weise glich: Das Meer bildete die Straßen, die Häuser waren ins Wasser gebaut. Die wenigen öffentlichen Plätze, die es in dieser Stadt gab, wimmelten von Männern und Frauen, die zwei Gesichter hatten, das eine, das ihnen die Natur gegeben hatte, und eins aus schlechtbemalter Pappe, die darüberhing, so daß die Leute wie Gespenster aussahen. Die Fremden, die in diese Gegend kamen, kauften sich als erstes solch ein Gesicht, wie man woanders Mützen oder Schuhe kauft. Amazan verschmähte diese unnatürliche Mode und zeigte sich so, wie er war. In dieser Stadt waren zwölftausend Mädchen in das große Buch der Republik eingetragen, Mädchen, die dem Staat großen Nutzen brachten, da sie den angenehmsten und vorteilhaftesten Handel trieben, der je ein Volk bereichert hat. Die gewöhnlichen Kaufleute schickten unter großem Risiko und mit großen Unkosten und Gefahren Stoffe in den Orient; diese schönen Händlerinnen handelten ohne jedes Risiko immer erneut mit ihren Reizen. Sie präsentierten sich alle dem schönen Amazan und hießen ihn die Wahl treffen. Er rief jedoch den Namen der unvergleichlichen Prinzessin von Babylon aus, schwur bei den unsterblichen Göttern, daß sie schöner sei als die zwölftausend venezianischen Mädchen zusammen, und entfloh, so schnell er konnte. »Süße Schelmin«, rief er im Überschwang der Gefühle aus, »ich werde dich lehren, treu zu sein.«

Die gelben Wogen des Tibers, verpestete Sümpfe, abgezehrte, hagere Einwohner in alten durchlöcherten Mänteln, durch die ihre trockene, braune Haut hindurchschimmerte, tauchten schließlich vor ihm auf und verrieten ihm, daß er vor den Toren der Sieben-Hügel-Stadt angekommen sei, der Stadt der Helden und Gesetzgeber, die einen großen Teil der Welt erobert und zivilisiert hatten.

Er hatte sich vorgestellt, daß er am Triumphbogen fünfhundert unter dem Befehl von Helden stehende Bataillone antreffen würde und im Senat eine Versammlung von Halbgöttern, die Gesetze für die Welt aufstellten. Statt der Heere sah er etwa dreißig armselige Kerle, die aus Angst vor der Sonne mit Schirmen auf die Wache zogen. Er kam an einen Tempel, der ihm sehr schön, doch nicht so prunkvoll wie der Tempel Babylons erschien, und war höchst überrascht, als er darin Männer mit Frauenstimmen singen hörte.

»Wirklich«, sagte er, »dieses antike Land des Saturn ist eine spaßige Gegend. Ich habe eine Stadt gesehen, in der niemand sein eigenes Gesicht zeigte, und nun finde ich eine, in der die Männer nicht einmal einen Bart und eine Stimme haben.«

Man erzählte ihm, daß diese Sänger keine Männer mehr seien; man habe sie ihrer Männlichkeit beraubt, damit ihre Lobgesänge auf die zahlreichen verdienstvollen Männer lieblicher klängen. Amazan verstand nichts von diesen Reden. Die Herren baten ihn zu singen. Er sang ein gangaridisches Lied mit der ihm eigenen Anmut; sein Bariton klang sehr schön. »Oh, Signor«, riefen die Herren, »Sie würden einen schönen Sopran haben, wenn ...« – »Wenn? Was wollen Sie damit sagen?« – »Oh, Signor!« – »Nun?« – »Wenn... wenn Sie keinen Bart hätten!« Und nun setzten sie ihm sehr amüsant und mit komischen Gebärden, wie es ihre Art war, auseinander, um was es sich handelte. Amazan war ganz verblüfft. »Ich bin weit herumgekommen«, sagte er, »aber etwas so Unsinniges habe ich noch nie gehört.«

Als man genug gesungen hatte, schritt der Alte von den sieben Hügeln mit großem Geleit zur Tür des Tempels: Mit emporgehobenen Daumen und zwei ausgestreckten und zwei gekrümmten Fingern schnitt er die Luft in vier Teile und sagte dazu in einer Sprache, die man nicht mehr sprach, die Worte: »Der Stadt und der Welt!« Der Gangaride konnte nicht begreifen, daß zwei Finger so weit reichen sollten.

Bald darauf sah er den ganzen Hofstaat des Herrn der Welt vorbeischreiten. Er bestand aus würdevollen Persönlichkeiten, die einen in roten, die anderen in violetten Gewändern. Fast alle blickten den schönen Amazan mit sanften Augen an, machten ihm Verbeugungen, und einer sagte zum anderen: »San Martino, che bel ragazzo! San Pancratio, che bel fanciullo!«

Die Fremdenführer, deren Aufgabe es war, den Fremden die Sehenswürdigkeiten der Stadt zu zeigen, geleiteten ihn gleich vor alte, baufällige Gebäude, in denen nicht einmal ein Maultiertreiber übernachtet hätte; früher waren es aber würdige Denkmale der Größe eines königlichen Volkes. Er sah zweihundert Jahre alte Gemälde, Statuen, die mehr als zweitausend Jahre alt waren, und er hielt sie für Meisterwerke. »Werden bei Euch jetzt noch solche Kunstwerke geschaffen?« – »Nein, Exzellenz«, antwortete ihm ein Fremdenführer, »aber wir verachten die übrige Welt, weil wir diese Seltenheiten bewahren. Wir sind gewissermaßen Trödler, die ihren Ruhm durch die alten Kleider gewinnen, die sie in ihren Läden haben.«

Amazan wollte den Palast des Fürsten ansehen und wurde

hingeführt. Dort traf er Männer in Violett, die die Staatseinkünfte nachzählten: so viel von Donauländern, so viel aus einem anderen an der Loire, am Guadalquivir oder an der Weichsel. »Oh«, rief Amazan, nachdem er seine Landkarte studiert hatte, »Euer Herr hat also, wie die alten Helden der sieben Hügel, Besitzungen in ganz Europa?« – »Nach göttlichem Recht gehört ihm die ganze Welt«, antwortete ihm einer der Violetten, »und es hat sogar eine Zeit gegeben, in der seine Vorgänger fast die Weltherrschaft besaßen. Ihre Nachfolger sind jedoch so großmütig, sich heute mit etwas Geld zu begnügen, das ihnen die Könige, ihre Untertanen, in Form eines Tributes entrichten lassen.«

»Euer Herr ist also wirklich der König der Könige? Ist das sein Titel?« – »Nein, Exzellenz, sein Titel lautet ›Diener der Diener‹; ursprünglich war er Fischer und Türhüter, und deshalb sind auch Schlüssel und Netze das Zeichen der Würde. Er erteilt jedoch allen Königen Befehle. Es ist noch nicht lange her, da sandte er einem König des Keltenlandes hundertundeinen Befehl – und der König gehorchte.«

»Euer Fischer hat also fünf- oder sechstausend Mann entsandt, um seine hundertundein Verordnungen ausführen zu lassen?« wollte Amazan wissen. »Keineswegs, Exzellenz, unser Heiliger Vater ist nicht reich genug, um auch nur zehntausend Soldaten zu unterhalten, aber er hat vier- bis fünftausend göttliche Propheten in den anderen Ländern. Diese Propheten, Eingeborene aller Länder, werden – wie sich's gehört – auf Kosten der Bevölkerung ernährt. Sie verkünden im Namen Gottes, daß mein Herr mit seinen Schlüsseln alle Schlösser zu öffnen und schließen vermag und vor allem die der Geldschränke. Ein normannischer Priester, der bei dem König, von dem ich spreche, das Amt eines Vertrauten seiner Gedanken bekleidet, überzeugte ihn davon, daß er unweigerlich den hundertundein Anliegen meines Herrn zu gehorchen habe, denn Eure Exzellenz müssen wissen, daß eines der Vorrechte des Alten von den sieben Hügeln darin besteht, immer recht zu haben, ob er nun zu sprechen oder zu schreiben geruht.« »Potztausend«, rief Amazan, welch ein merkwürdiger Mann. Ich hätte Lust, mit ihm zu speisen.« – »Exzellenz, auch wenn Ihr König wäret, könntet Ihr nicht mit ihm zusammen an einer Tafel sitzen. Alles, was er für Euch tun könnte, wäre, neben seinem Tisch einen viel kleineren und niedrigeren für Euch decken zu lassen. Aber wenn Ihr der Ehre teilhaftig werden wollt, mit ihm zu sprechen, werde ich bei ihm um eine Audienz nachsuchen vermittels der ›buona mancia‹, die Ihr mir zu geben die Güte haben werdet.« – »Sehr gern!« erwiderte der Gangaride. Der Violette verbeugte sich: »Ich werde Euch morgen bei ihm einführen«, sagte er; Ihr müßt dreimal die Knie beugen und die Füße des Alten von den sieben Hügeln küssen.« Bei diesen Worten brach Amazan in ein so unbändiges Gelächter aus, daß er beinahe erstickt wäre. Er ging hinaus und lachte Tränen, bis er in seiner Herberge angelangt war, und auch dort lachte er noch lange.

Zu seinem Mittagsmahle erschienen zwanzig bartlose Männer und zwanzig Geigenspieler, die ihm zu Ehren ein Konzert veranstalteten. Den ganzen Rest des Tages über huldigten ihm die angesehensten Männer der Stadt. Sie machten ihm noch weit merkwürdigere Vorschläge als den, dem Alten von den sieben Hügeln die Füße zu küssen. Da Amazan ungemein gesittet war, glaubte er anfangs, die Herren hielten ihn für eine Dame, und er klärte sie vorsichtig und höflich über ihren Irrtum auf. Als ihn jedoch zwei oder drei allzu entschlossene Violette ungestüm bedrängten, warf er sie kurzerhand zum Fenster hinaus, ohne seiner Meinung nach damit der schönen Formosante ein zu großes Opfer zu bringen. Er verließ schleunigst diese Stadt des Herren der Welt, wo man einem Greis die große Zehe küssen sollte, so als habe er die Wange am Fuß, und wo man sich jungen Leuten mit noch wunderlicheren Bräuchen näherte.

Amazan, das Vorbild der Standhaftigkeit, reiste von einer Provinz in die andere, wies alle Lockungen zurück, blieb immer der Prinzessin von Babylon treu und bewahrte stets seinen Zorn gegen den König von Ägypten; schließlich gelangte er in die neue Hauptstadt der Gallier. Diese Stadt hatte wie so viele andere alle Grade der Barbarei, der Unwissenheit, der Torheit und des Elends durchgemacht. Ihr erster Name war *Schmutz und Kot* gewesen, dann nahm sie auf Grund des Isiskultes, der bis zu ihr gedrungen war, den der *Isis* an. Ihr erster Senat war eine Verleumdung von Fischern. Lange Zeit war sie Sklavin der Plünderhelden von den sieben Hügeln gewesen, und nach einigen Jahrhunderten hatten sich andere Räuberhelden, die von jenseits des Rheins gekommen waren, ihres kleinen Gebietes bemächtigt.

Die Zeit, die alles ändert, hatte aus ihr eine Stadt gemacht, in der ein Teil sehr vornehm und schön, der andere dagegen etwas gewöhnlich und komisch war: Das war symbolisch für ihre Einwohnerschaft. Innerhalb ihres Stadtbereiches lebten mindestens hunderttausend Menschen, die nichts weiter zu tun hatten, als zu spielen und sich zu amüsieren. Diese Müßiggänger urteilten über die Künste, die andere pflegten, sie wußten nichts von dem, was sich am Hofe zutrug, denn obwohl er nur vier kleine Meilen von ihnen entfernt war, schien es, als ob mindestens sechshundert Meilen zwischen ihnen lägen. Gesellige Freuden, Fröhlichkeit und Leichtfertigkeit waren für sie die einzigen wichtigen Angelegenheiten: Man regierte sie wie Kinder, die man mit Spielzeug überschüttet, um sie am Schreien zu hindern. Wenn man ihnen von den Greueltaten sprach, durch die ihr Vaterland vor zwei Jahrhunderten verwüstet worden war, und den entsetzlichen Zeiten, als die eine Hälfte des Volkes die andere wegen einiger Sophismen niedermetzelte, so sagten sie, das sei wirklich nicht schön gewesen; dann fingen sie wieder an, zu lachen und Gassenhauer zu trillern.

Je höflicher, gefälliger und liebenswürdiger die Müßiggänger waren, desto stärker war der traurige Kontrast zwischen ihnen und den Arbeitenden.

Unter den Arbeitenden oder unter denen, die angeblich zu ihnen gehörten, gab es eine Schar finsterer, halb törichter, halb spitzbübischer Fanatiker, deren bloßer Anblick die Welt verdunkelte. Hätten sie es vermocht, so hätten sie, um sich etwas Ansehen zu verschaffen, den Erdball umgestürzt. Aber das singende und tanzende Völkchen der Müßiggänger scheuchte sie in ihre Höhle zurück, so wie die Vögel die Eulen zwingen, sich in ihren Mauerlöchern zu verkriechen.

Eine kleine Anzahl Arbeitender war Beschützer alter barbarischen Bräuche, gegen die die entsetzte Natur mit lauter Stimme Einspruch erhob. Sie befragten aber nur ihre von Würmern zernagten Bücher, und wenn sie darin einen unsinnigen und schrecklichen Brauch fanden, so galt er ihnen als geheiligtes Gesetz. Durch die feige Gewohnheit, daß man nicht den Mut aufbrachte, eigene Gedanken zu haben, sondern die Ideen aus den Überbleibseln alter Zeiten zu schöpfen, wo man überhaupt noch nicht denken konnte, herrschten in der Stadt der Freude noch gräßliche Sitten. Aus diesem Grunde bestand auch kein richtiges Verhältnis zwischen Vergehen und Strafe. Manchmal ließ man einen Unschuldigen tausendmal den Tod erleiden, um ihn zum Geständnis eines Verbrechens zu zwingen, das er nicht begangen hatte.

Für einen unbesonnenen Streich bestrafte man einen jungen Menschen, wie man einen Gift- oder Vatermörder bestraft hätte. Darüber brachen die Müßiggänger in ein lautes Geschrei aus, aber sie dachten am folgenden Tage schon nicht mehr daran und sprachen nur noch von den neuesten Moden. Dieses Volk hatte ein ganzes Jahrhundert vorüberziehen lassen, in dem die schönen Künste einen Grad der Vervollkommnung erreichten, den man nie zu erhoffen gewagt hatte. Die Fremden kamen damals, wie nach Babylon, in diese Stadt, um die großen Denkmäler der Baukunst, die Wunder der Gärten und die großartigen Werke der Skulptur und der Malerei zu bewundern. Sie waren bezaubert von einer Musik, die ins Herz ging, ohne die Ohren zu betäuben.

Die wahre Dichtkunst, das heißt die natürliche und harmonische, die zum Herzen wie zum Verstande spricht, wurde dem Volk erst in diesem glücklichen Jahrhundert erschlossen. Neue Arten der Redekunst entfalteten ihre erhabenen Schönheiten. Besonders die Theater hallten von Meisterwerken wider, an die kein anderes Volk heranreichte. Der gute Geschmack verbreitete sich schließlich in allen Berufskreisen, so daß es selbst unter den Priestern gute Schriftsteller gab.

Viele Lorbeerbäume, deren Wipfel bis zu den Wolken hinaufreichten, verdorrten bald in der erschöpften Erde, und es blieb nur eine kleine Anzahl übrig, deren Blätter ein fahles, sterbendes Grün zeigten. Der Niedergang wurde durch die Arbeitsleichtigkeit und die Faulheit im Vollenden, durch die Übersättigung mit Schönem und die Vorliebe für Absonderlichkeiten verursacht. Eitelkeit schirmte die Künstler, die die Zeiten der Barbarei wiederaufleben ließen, und eben diese Eitelkeit verfolgte die wahren Talente und zwang sie dazu, ihr Vaterland zu verlassen: die Drohnen vertrieben die Bienen.

Es gab kaum noch wahre Künste, kaum ein Genie. Das Verdienst bestand darin, über die Verdienste des vergangenen Jahrhunderts hin und her zu streiten. Die Kleckser, die die Wände von Schenken beschmierten, kritisierten gelehrt die Gemälde der großen Maler, Papierbesudler entstellten die Werke großer Schriftsteller, Unwissenheit und schlechter Geschmack dingten sich andere Schmierfritzen. In hundert Händen wurden die gleichen Dinge unter verschiedenen Titeln wiederholt, alles war Wörterbuch oder Flugschrift. Ein zeitungsschreibender Priester veröffentlichte zweimal wöchentlich die obskuren Geschichten einiger vom Teufel Besessener, die ganz unbekannt waren, und auch die Geschichten göttlicher Wunder, die in Dachkammern von kleinen Bettlern und Bettlerinnen vollbracht wurden. Andere schwarzgekleidete Expriester, die beinahe vor Wut und Hunger starben, beklagten sich in hundert Schriften, daß man ihnen nicht mehr erlaube, die Menschen zu betrügen, sondern daß dieses Recht Böcken in grauem Fell zustehe. Einige Oberpriester druckten sogar Schmähschriften.

Amazan wußte nichts von alledem, und es hätte ihn, selbst wenn er es erfahren hätte, wenig gekümmert, da er ja nur die Prinzessin von Babylon und den König von Ägypten im Kopfe hatte und auch seinen unverletzten Eid, die koketten Damen in allen Ländern zu verschmähen, in die der Kummer seine Schritte auch immer lenken mochte.

Das ganze leichtlebige, unwissende Volk, das die angeborene Neugierde der Menschen auf die Spitze getrieben hatte, drängte sich lange um seine Einhörner, die gescheiteren Frauen dagegen stürmten die Tür des Gasthauses, um Amazan selber zu sehen.

Er äußerte seinem Wirt gegenüber zunächst den Wunsch, zu Hofe zu gehen, doch einige Müßiggänger der guten Gesellschaft, die zufällig dabeiwaren, sagten ihm, das sei nicht mehr Mode. Die Zeiten hätten sich geändert, und man fände nur noch in der Stadt Vergnügen. Amazan wurde noch für denselben Abend von einer Dame zum Essen geladen, deren Geist und Talente weit über die Grenzen ihres Vaterlandes bekannt waren. Sie hatte auch einige Länder bereist, durch die Amazan gekommen war. Ihm gefiel diese Dame und die Gesellschaft, die er bei ihr antraf, ungemein. Die Freiheit war in diesem Kreise anständig, die Fröhlichkeit keineswegs lärmend, die Kenntnisse wirkten nicht abstoßend und der Geist nicht streng. Er stellte fest, daß die Bezeichnung »Gute Gesellschaft« kein leerer Schall ist, obwohl man sie oft unangebracht anwendet. Am nächsten Tage speiste er in einer ebenso liebenswürdigen, aber weit genußsüchtigeren Gesellschaft. Je mehr ihm die Geladenen behagten, um so zufriedener war man auch mit ihm. Er fühlte, wie sein Herz immer weicher wurde und sich löste, so wie die Gewürze in seiner Heimat auf mäßigem Feuer leicht schmelzen und in köstlichen Wohlgerüchen verströmen.

Nach dem Abendessen besuchte man mit ihm ein entzückendes Schauspiel, das von den Priestern abgelehnt wurde, weil es ihnen die Zuhörer raubte, die sie unbedingt für sich haben wollten. Das Schauspiel war zusammengesetzt aus gefälligen Versen, wunderschönen Liedern, Tänzen, die die Seelenregungen wiedergaben, und aus Dekorationen, die die Augen dadurch, daß sie sie täuschten, bezauberten. Diese Art Lustbarkeit, die so vielerlei Arten in sich vereinigte, trug den fremden Namen »Oper«, was ehemals in der Sprache der sieben Hügel *Arbeit, Sorge, Beschäftigung, Betriebsamkeit, Unternehmen, Tätigkeit, Geschäft* bedeutete. Dieses »Geschäft« begeisterte ihn. Besonders ein Mädchen bezauberte ihn durch ihre klangvolle Stimme und ihre Anmut. Dieses »Geschäftsmädchen« wurde ihm nach dem Schauspiel von seinen neuen Freunden vorgestellt. Als er ihr eine Handvoll Diamanten schenkte, war sie ihm so dankbar, daß sie sich für den Rest des Tages nicht mehr von ihm trennen wollte. Er aß mit ihr zu Abend. Während des Mahles vergaß er seine Zurückhaltung, und nach dem Mal vergaß er auch seinen Eid, stets unempfindlich gegen Schönheit und unerbittlich gegen zärtliche Koketterien zu sein. Welch ein Beispiel menschlicher Schwäche!

Da langte die Prinzessin von Babylon mit dem Phönix, ihrer Kammerfrau Irla und ihren zweihundert auf Einhörnern reitenden Gangariden an. Sie mußten ziemlich lange warten, bis die Tore geöffnet wurden. Sofort fragte sie, ob der schönste, tapferste, geistvollste und treueste aller Männer noch in der Stadt sei, und die Beamten merkten, daß sie von Amazan sprach. Sie ließ sich nach dem Gasthaus, in dem er wohnte, führen. Ihr Herz klopfte vor Liebe, ihre ganze Seele war von der unaussprechlichen Freude durchdrungen, endlich ihren Geliebten, das Muster aller Standhaftigkeit, wiederzusehen. Sie ließ sich nicht hindern, schnurstracks sein Zimmer zu betreten. Die Bettvorhänge waren weit auseinandergeschlagen, und sie fand den schönen Amazan in tiefem Schlaf in den Armen einer hübschen Brünette. Alle beide verrieten ein großes Ruhebedürfnis.

Formosante stieß einen lauten Schrei der Verzweiflung aus, der zwar das ganze Haus durchhallte, aber weder ihren Vetter noch das »Geschäftsmädchen« aufweckte. Sie fiel ohnmächtig in Irlas Arme, und als sie wieder zur Besinnung gekommen war, verließ sie schmerz- und zornerfüllt das verhängnisvolle Zimmer. Irla erkundigte sich, wer das junge Fräulein sei, mit der der schöne Amazan so zärtliche Stunden verbracht hatte. Man sagte ihr, es sei ein äußerst gefälliges »Geschäftsmädchen«, das neben seinen anderen Talenten auch reizend zu singen verstehe. »O gerechter Gott, o allmächtiger Ormuzd!« rief die Prinzessin von Babylon unter Tränen aus, »wer hat mich verraten und für wen! Der Mann also, der um meinetwillen so viele Prinzessinnen zurückwies, hat mich mit einer gallischen Bänkelsängerin betrogen! Nein, diesen Schimpf kann ich nicht überleben!«

»Herrin, so sind nun einmal alle jungen Männer von einem Ende der Welt bis zum anderen«, klärte Irla sie auf, »selbst wenn sie in eine vom Himmel gestiegene Schönheit verliebt wären, würden sie ihr in gewissen Augenblicken doch mit einer Kellnerin untreu werden!«

»Es ist vorbei«, sagte die Prinzessin, »ich will ihn nie mehr wiedersehen. Wir wollen sofort abreisen, die Einhörner sollen eingespannt werden!« Der Phönix beschwor sie, doch wenigstens zu warten, bis Amazan erwacht sei und mit ihr sprechen könnte. »Er verdient es nicht«, antwortete die Prinzessin, »du kränkst mich aufs tiefste. Würde er nicht annehmen, ich hätte dich gebeten, ihm Vorwürfe zu machen, und ich wolle mich mit ihm aussöhnen? Wenn du mich liebst, so füge der Beleidigung, die er mir angetan hat, nicht noch eine hinzu.« Der Phönix, der ja der Tochter des Königs von Babylon sein Leben verdankte, konnte ihr nicht ungehorsam sein. Die Prinzessin reiste sofort mit ihrem gesamten Gefolge ab. »Wohin geht der

Weg, Herrin?« fragte Irla. »Ich weiß es nicht«, entgegnete die Prinzessin, »wir nehmen den ersten besten Weg, den wir finden. Ich bin zufrieden, wenn ich Amazan nie mehr begegne.«

Der Phönix war verständiger als Formosante, da ihn keine Leidenschaft beherrschte, und er tröstete sie unterwegs. Er setzte ihr behutsam auseinander, daß es unrecht sei, sich selbst für die Fehler anderer zu strafen. Amazan habe ihr viele und sehr deutliche Beweise seiner Treue gegeben, und sie müßte ihm wohl verzeihen, daß er sich ein einziges Mal vergessen habe. Amazan sei ein gerechter Mensch, dem Ormuzd seine Gnade versagt habe und der darum künftighin in Liebe und Treue um so beständiger sein werde. Der Wunsch, seine Schuld zu sühnen, werde ihn über sich selbst erheben, und sie würde dadurch um so glücklicher werden. Mehrere hohe Fürstinnen hätten früher ähnliche Seitensprünge verziehen und seien sehr gut dabei gefahren. Er führte ihr solche Beispiele an, und da er eine ungewöhnliche Gabe der Überredung hatte, wurde Formosantes Herz endlich stiller und friedlicher. Sie bereute, daß sie so schnell abgereist war, und fand, daß die Einhörner zu schnell liefen. Sie wagte jedoch nicht umzukehren, und sie schwankte zwischen dem Wunsch, zu verzeihen, und dem Verlangen, ihren Zorn zu zeigen, zwischen Liebe und Eitelkeit. Sie ließ die Einhörner weiterlaufen und durchstreifte so die Welt, wie es ihr das heimische Orakel prophezeit hatte.

Als Amazan erwachte, erfuhr er, daß Formosante und der Phönix nach ihrer Ankuft sofort wieder abgereist waren. Man erzählte ihm von der Verzweiflung und dem Zorn der Prinzessin und auch davon, daß sie geschworen habe, ihm niemals zu verzeihen. »So bleibt mir nichts übrig, als ihr nachzureisen und mir zu ihren Füßen das Leben zu nehmen«, rief Amazan.

Als seine Freunde aus der guten Gesellschaft der Müßiggänger von diesem Zwischenfall hörten, kamen sie herbeigeeilt, und alle suchten ihm zu beweisen, daß es viel gescheiter sei, bei ihnen zu bleiben, und daß nichts mit dem herrlichen Leben zu vergleichen wäre, das sie im Schoße der Künste und in ruhigem, feinem Sinnengenuß führten. Viele Ausländer und sogar Könige hatten diese wohltuende und so gut ausgenutzte Geruhsamkeit ihrem Vaterland und ihrem Thron vorgezogen. Übrigens sei sein Wagen beschädigt und ein Wagenbauer fertige ihm einen modernen an. Der beste Schneider der Stadt habe ihm bereits ein Dutzend Anzüge nach der neuesten Mode zugeschnitten, und jede der geistvollsten und liebenswürdigsten Damen der Stadt, bei denen ausgezeichnet Theater gespielt wurde, habe schon einen Tag festgelegt, an dem sie für ihn ein Fest veranstalten wolle. Unterdessen trank das »Geschäftsmädchen«, während sie ihre Toilette machte, eine Tasse Schokolade, lachte, sang und neckte den schönen Amazan, der nun endlich merkte, daß sie nicht einmal so viel Verstand wie ein Gänschen hatte.

Da Herzlichkeit, Offenheit, Großmut und Tapferkeit die Charakterzüge dieses großen Prinzen waren, hatte er seinen Freunden von seinem Unglück und seinen Reisen berichtet. Sie wußten, daß er der Vetter der Prinzessin war. Er hatte ihnen auch von dem verhängnisvollen Kuß erzählt, den sie dem König von Ägypten gegeben hatte. »Solche kleinen Seitensprünge verzeiht man sich unter Verwandten«, sagten sie, »sonst müßte man ja ein Leben in ewigem Streit verbringen.« Nichts brachte ihn von seinem Entschluß ab, Formosante nachzureisen, aber da sein Wagen nicht reisefertig war, mußte er noch drei volle Tage voller Feste und Vergnügungen mit den Müßiggängern verbringen. Schließlich nahm er Abschied von ihnen, umarmte sie, schenkte ihnen die bestgeschliffenen Diamanten seines Landes und empfahl ihnen, stets leichtlebig und sorglos zu bleiben, wodurch sie noch liebenswürdiger und glücklicher würden. »Die Deutschen«, sagte er, »sind die Greise Europas, die Bewohner Albions stehen im Mannesalter, und die Menschen in Gallien sind Kinder, mit denen ich gern spiele.«

Seinen Führern fiel es nicht schwer, der Prinzessin auf ihrem Wege zu folgen, denn man sprach überall nur von ihr und ihrem großen Vogel. Alle Bewohner waren noch in heller Begeisterung. Die Bevölkerung Dalmatiens und der Mark Ancona erlebten später eine weniger angenehme Überraschung, als sie ein Haus durch die Luft fliegen sahen; an den Ufern der Loire, der Dordogne und der Gironde hörte man lauten Beifall.

Als Amazan am Fuße der Pyrenäen angelangt war, ließen die Priester und Beamten ihm zu Ehren einen Tamburintanz aufführen, sobald er jedoch jenseits der Pyrenäen war, fand er keine Freude und Heiterkeit mehr. Die Lieder, die er hier und da hörte, klangen traurig. Die Bewohner schritten mit ernsten Mienen dahin, hatten Rosenkränze in den Händen und Dolche im Gürtel; das ganze in Schwarz gekleidete Volk schien in Trauer zu sein. Wenn Amazans Diener die Vorübergehenden ansprachen, antworteten sie mit Zeichen; betrat man ein Gasthaus, so bedeutete ihnen der Wirt mit drei Worten, er habe nichts da und müsse erst einige Meilen weit schicken, um die notwendigen Sachen herbeizuschaffen.

Fragte man diese Schweigsamen, ob sie die schöne Prinzessin von Babylon gesehen hätten, so waren sie weniger wortkarg und sagten: »Wir haben sie gesehen. So schön ist sie aber gar nicht, nur dunkelbraune Haut ist schön. Sie brüstet sich mit einem Alabasterhals, das Widerwärtigste, was man sich denken kann. Unter unseren Himmelsstrichen kennt man so etwas kaum.«

Amazan näherte sich der Provinz, durch die der Baetis fließt. Vor nicht ganz zwölftausend Jahren hatten die Tyrier dieses Land entdeckt, etwa zu derselben Zeit, als sie die Entdeckung der großen Insel Atlantis gemacht hatten, die einige Jahrhunderte später wieder im Meer unterging. Die Tyrier trieben Akkerbau in Baetica, das die Eingeborenen brachliegen ließen, weil sie behaupteten, sie brauchten sich um nichts zu kümmern, es sei vielmehr Sache der Gallier, ihrer Nachbarn, die Felder zu bestellen. Die Tyrier hatten Palästiner mitgebracht, die seit der Zeit in allen Gegenden zu finden sind, vorausgesetzt, daß es für sie Geld zu verdienen gibt. Da sie Geld mit fünfzig Prozent ausliehen, hatten sie fast den ganzen Reichtum des Landes an sich gebracht. In den Einwohnern hatte das den Glauben erweckt, die Palästiner seien Hexenmeister, und alle, die wegen Hexerei angeklagt waren, wurden erbarmungslos von einer Schar Priester verbrannt, die man Schnüffler oder Anthropokäer nannte. Die Priester zogen ihnen zunächst eine Art Maskengewand an, nahmen ihnen ihr Eigentum ab und sagten andächtig die Gebete der Palästiner her, während man sie auf langsamem Feuer por amor de Dios briet.

Die Prinzessin von Babylon war in der Stadt, die später Sevilla hieß, an Land gestiegen. Sie hatte die Absicht, auf dem Baetis mit Schiffen weiterzufahren, um über Tyrus nach Babylon zurückzukehren. Sie wollte ihren Vater, den König Belos, wiedersehen und, wenn möglich, ihren treulosen Geliebten vergessen oder ihn zum Gatten fordern. Sie ließ zwei Palästiner, die alle Geschäfte des Hofes erledigten, zu sich kommen und beauftragte sie, ihr drei Schiffe zu mieten. Der Phönix traf alle erforderlichen Abmachungen mit ihnen, und sie kamen nach kurzem Disput auch mit dem Preis überein.

Die Gasthausbesitzerin war sehr fromm, und ihr nicht weniger frommer Mann war ein Vertrauter, das heißt ein Spion der Priesterschnüffler und Anthropokäer. Er unterließ nicht, ihnen mitzuteilen, daß sich bei ihm eine Hexe und zwei Palästiner befänden, die mit dem als großem goldenem Vogel verkleideten Teufel einen Pakt abgeschlossen hätten. Als die Schnüffler überdies erfuhren, daß die Dame eine ungeheure Menge Diamanten besitze, hielten sie sie ohne weiteres für eine Hexe. Sie warteten jedoch erst die Nacht ab, um die zweihundert Ritter und Einhörner, die in großen Ställen schliefen, einzusperren, denn Schnüffler sind ja Feiglinge.

Nachdem sie die Türen fest verrammelt hatten, ergriffen sie

Irla und die Prinzessin. Den Phönix konnten sie jedoch nicht fangen; er flog pfeilgeschwind davon, denn er ahnte, daß er Amazan auf dem Wege von Gallien nach Sevilla finden würde. Er traf ihn an der Grenze von Baetica und berichtete ihm von dem Mißgeschick der Prinzessin. Amazan war so erschüttert und so wuterfüllt, daß er kein Wort herausbringen konnte. Er zog einen goldgestreiften Stahlharnisch über, bewaffnete sich mit einer zwölf Fuß langen Lanze, zwei Wurfspeeren und einem scharfen Schwert, das Fulminante hieß und mit einem einzigen Hieb Bäume, Felsen und Priester zerspalten konnte. Seinen schönen Kopf bedeckte ein goldener, mit Reiher- und Straußenfedern geschmückter Helm. Es war die alte Ausrüstung Magogs, die ihm seine Schwester Aldea auf seiner Reise durch Skythien zum Geschenk gemacht hatte. Die wenigen Begleiter, die er hatte, bestiegen gleich ihm die Einhörner.

Amazan umarmte seinen geliebten Phönix und sagte traurig: »Ich bin schuld. Hätte ich nicht in der Stadt der Müßiggänger mit einem ›Geschäftsmädchen‹ geschlafen, so wäre die schöne Prinzessin von Babylon nicht in diese entsetzliche Lage geraten. Doch auf zu den Anthropokäern!« Nach kurzer Zeit war er in Sevilla. Fünfzehnhundert Häscher bewachten die Tore des Raumes, in dem die zweihundert Gangariden mit ihren Einhörnern ohne Essen und Trinken eingesperrt waren. Zur Opferung der Prinzessin von Babylon, ihrer Kammerfrau Irla und der beiden Palästiner waren alle Vorbereitungen getroffen.

Der Groß-Anthropokäer saß bereits, umgeben von seinen kleinen Anthropokäern, auf seinem geweihten Richterstuhl. Eine Unmenge Einwohner von Sevilla, die alle Rosenkränze an ihren Gürteln hängen hatten, falteten stumm ihre Hände, und die schöne Prinzessin, Irla und die beiden Palästiner wurden mit auf dem Rücken gebundenen Händen und in Maskengewändern hereingeführt.

Der Phönix drang durch eine Dachluke in das Gefängnis ein, dessen Tore die Gangariden schon einzuschlagen versuchten. Der unbesiegbare Amazan brach sie von außen auf, und alle drangen bewaffnet auf ihren Einhörnern heraus. Amazan stellte sich an die Spitze, und es kostete ihn keine Mühe, die Häscher, die Vertrauten und die Anthropokäer niederzuschlagen. Jedes Einhorn spießte Dutzende von ihnen auf einmal auf, Amazans Fulminante hieb alle, die ihm entgegentraten, in zwei Stücke. Das ganze Volk floh in seinen schwarzen Mänteln und schmutzigen Halskrausen auseinander, und jeder hielt die geweihten Perlen por amor de Dios fest in seinen Händen.

Amazan riß mit einer Hand den Groß-Schnüffler von seinem Richterstuhl und warf ihn auf den Scheiterhaufen, der schon vierzig Schritte entfernt errichtet war; auch die kleinen Schnüffler schleuderte er alle einen nach dem anderen dahin. Dann warf er sich Formosante zu Füßen. »Ach, wie liebenswert Ihr seid«, sagte sie, »und wie würde ich Euch vergöttern, wenn Ihr mir nicht mit einem ›Geschäftsmädchen‹ untreu geworden wäret.«

Während sich Amazan mit der Prinzessin aussöhnte und seine Gangariden die Leiber der Anthropokäer auf den Scheiterhaufen warfen und die Flammen bis zu den Wolken emporzüngelten, sah Amazan in der Ferne etwas wie ein Heer auf sich zukommen. Ein greiser Monarch mit der Krone auf dem Haupt zog in einem mit acht Maultieren bespannten Wagen heran; weitere hundert Wagen folgten, die von würdevollen Persönlichkeiten in schwarzen Mänteln und Halskrausen auf sehr schönen Pferden begleitet waren; eine Menge Leute mit fettigen Haaren folgte schweigend zu Fuß.

Amazan scharte zunächst seine Gangariden um sich und drang mit eingelegter Lanze vor. Sobald der König ihn gewahrte, nahm er seine Krone ab, stieg aus dem Wagen, küßte Amazans Steigbügel und sprach zu ihm: »Ihr gottgesandter Mann, Ihr seid der Rächer des ganzen Menschengeschlechts, der Befreier meines Vaterlandes und mein Beschützer. Die geheiligten Ungeheuer, von denen Ihr die Erde gereinigt habt, waren meine Herren im Namen des ›Alten von den sieben Hügeln‹! Ich war gezwungen, ihre verbrecherische Macht zu dulden, denn mein Volk hätte mich verlassen, wenn ich ihre scheußlichen Gewalttaten auch nur eingeschränkt hätte. Von heute ab atme ich wieder frei, ich herrsche wieder, und Euch verdanke ich das!«

Darauf küßte er Formosante ehrerbietig die Hand und bat sie, mit Amazan, Irla und dem Phönix in seinem Wagen Platz zu nehmen. Die beiden Palästiner und Hofbankiers, die vor Schrecken und Dankbarkeit noch auf dem Boden knieten, erhoben sich, und die Schar der Einhörner folgte dem König von Baetica in seinen Palast.

Da die Würde des Königs eines ernsten Volkes erforderte, daß seine Maultiere in langsamen Schritten gingen, hatten Formosante und Amazan vollauf Zeit, ihm ihre Abenteuer zu erzählen. Er unterhielt sich auch mit dem Phönix, bewunderte und küßte ihn wohl hundertmal. Er sah ein, wie unwissend, roh und barbarisch die Völker des Abendlandes waren, die das Fleisch von Tieren verspeisten und ihre eigene Sprache nicht mehr verstanden. Ihm wurde klar, daß allein die Gangariden die ursprüngliche Natur und Würde des Menschen gewahrt hatten. Vor allem gab er zu, daß die grausamsten aller Sterblichen diese schnüffelnden Anthropokäer waren, von denen Amazan die Welt befreit hatte, und darum segnete er ihn und dankte ihm immer wieder. Formosante dachte schon nicht mehr an das Abenteuer mit dem »Geschäftsmädchen«, ihre Seele war nur noch erfüllt von der Tapferkeit des Helden, der ihr das Leben gerettet hatte. Nachdem Amazan über die Unschuld des Kusses, den Formosante dem König von Ägypten gegeben hatte, aufgeklärt und über die Wiedergeburt des Phönix unterrichtet worden war, empfand er eine reine Freude und war von der leidenschaftlichsten Liebe erfüllt.

Man speiste im Palast, und zwar ziemlich schlecht. Die iberischen Köche waren die schlechtesten von ganz Europa, und Amazan riet, Köche aus Gallien kommen zu lassen. Während des Mahles spielten die Musikanten des Königs das berühmte Musikstück, das in späteren Jahrhunderten unter dem Titel

»Folies d'Espagne« bekannt wurde. Nach dem Mahl sprach man über geschäftliche Angelegenheiten.

Der König fragte den schönen Amazan, die wunderschöne Formosante und den schönen Phönix, was sie sich vorgenommen hätten. »Ich habe die Absicht, nach Babylon zurückzukehren«, sagte Amazan, »ich bin vermutlich der Thronerbe und will bei meinem Onkel Belos um meine Base, die unvergleichliche Formosante, anhalten, falls sie nicht lieber mit mir bei den Gangariden leben möchte.«

»Und meine Absicht ist jedenfalls, mich nie mehr von meinem Vetter zu trennen«, ließ sich die Prinzessin vernehmen, »doch ich glaube, daß ich mich zunächst zu meinem königlichen Vater begeben muß, da er mir doch nur erlaubt hat, eine Pilgerfahrt nach Basra zu machen, während ich die ganze Welt durchstreift habe.« – »Und ich werde den beiden guten und hochherzigen Liebenden überallhin folgen«, sagte der Phönix.

»Ihr habt recht«, antwortete der König von Baetica, »aber die Rückkehr nach Babylon ist nicht so leicht, wie Ihr denkt. Täglich erhalte ich Nachrichten aus jenem Lande durch tyrische Schiffe und durch meine palästinischen Bankhalter, die mit allen Völkern der Erde in Verbindung stehen. In der Gegend des Euphrat und des Nil steht alles in Waffen. Der König von Skythien fordert an der Spitze von dreimal hunderttausend berittenen Kriegern das Erbe seiner Frau, die Könige von Indien und Ägypten verwüsten die Ufer des Euphrat und des Tigris mit je dreihunderttausend Mann, um sich dafür zu rächen, daß man sich über sie lustig gemacht hat. Während der König von Ägypten außerhalb seines Landes ist, zerstört sein Feind, der König von Äthiopien, Ägypten mit dreihunderttausend Mann, und der König von Babylon hat erst sechshunderttausend Mann zur Verteidigung aufgebracht.«

»Ich muß gestehen«, fuhr der König fort, »wenn ich von den riesigen Heeren, die der Orient aus seinem Schoße speit, und von ihrer erstaunlichen Pracht sprechen höre, wenn ich sie mit unserer kleinen Schar von zwanzig- bis dreißigtausend Soldaten vergleiche, die nur mit Mühe bekleidet und ernährt werden können, so bin ich versucht zu glauben, daß der Orient lange vor dem Okzident geschaffen wurde. Mir kommt es vor, als seien wir erst vorgestern aus dem Chaos und gestern aus der Barbarei emporgestiegen.«

»Majestät«, erwiderte Amazan, »die Zuletztgekommenen tragen zuweilen den Sieg über die ersten davon. In meinem Lande nimmt man an, daß die Wiege der Menschheit Indien ist, aber ich bin dessen nicht ganz sicher.«

»Und du«, fragte der König den Phönix, »wie denkst du darüber?«

»Majestät, ich bin noch zu jung, um über das Altertum Bescheid zu wissen«, antwortete der Phönix. »Ich lebe erst ungefähr siebenundzwanzigtausend Jahre, und mein Vater, der fünfmal so alt war, erzählte mir, er habe von seinem Vater gehört, daß die Länder des Orients stets dichter bevölkert und reicher gewesen seien als die anderen. Er wußte von seinen Vorfahren, daß alle Generationen der Tiere von den Ufern des Ganges stammten. Aber ich bin nicht so eitel, diese Meinung zu teilen. Ich kann nicht glauben, daß die Füchse Albions, die Murmeltiere der Alpen und die Wölfe Galliens aus meinem Lande kommen. Ebensowenig kann ich mir denken, daß die Tannen und Eichen Eurer Länder von den Palmen und Kokosbäumen Indiens abstammen.«

»Aber woher kommen wir denn?« wollte der König wissen. »Das weiß ich nicht«, erwiderte der Phönix, »ich möchte nur wissen, wohin die schöne Prinzessin von Babylon und mein teurer Freund Amazan gehen könnten.« – »Ich bezweifle sehr, daß er imstande wäre, mit seinen zweihundert Einhörnern so viel Heere von dreimal hunderttausend Mann zu durchbrechen.« – »Warum nicht?« meinte Amazan.

Der König von Baetica fand dieses »Warum nicht?« sehr heldenhaft, er glaubte jedoch, der Heldenmut allein genüge nicht gegen so zahllose Heere. »Ich rate Euch, den König von Äthiopien aufzusuchen«, sagte er, »durch meine Palästiner stehe ich mit diesem schwarzen Fürsten in Verbindung und werde Euch Briefe an ihn mitgeben. Da er ein Feind des Königs von Ägypten ist, wird er überaus glücklich sein, durch ein Bündnis mit Euch unterstützt zu werden. Ich selber kann Euch mit zweitausend äußerst maßvollen und tapferen Soldaten unterstützen, und Ihr könntet die gleiche Zahl unter den Völkern anwerben, die am Fuße der Pyrenäen wohnen und Vaskoner oder Basken heißen. Sendet einen Eurer Krieger auf einem Einhorn mit einigen Diamanten aus, und es wird kaum einen Basken geben, der nicht bereit ist, die Burg, das heißt die Hütte seines Vaters zu verlassen, um Euch zu dienen. Sie sind unermüdlich, mutig und vergnügt, und Ihr werdet mit ihnen zufrieden sein. Bis sie kommen, werden wir Euch zu Ehren Feste veranstalten und Eure Schiffe ausrüsten. Ich kann mich ja für den Dienst, den Ihr mir erwiesen habt, nicht genug erkenntlich zeigen.«

Amazan freute sich des Glückes, Formosante wiedergefunden zu haben und friedlich im Gespräch mit ihr den Zauber ihrer wiedergewonnenen Liebe zu genießen, der beinahe dem der erwachenden Liebe gleichkommt.

Nach kurzer Zeit zog eine stolze und fröhliche Schar von Basken im Tamburintanz heran. Eine andere Truppe stolzer und ernsthafter Iberer stand schon bereit. Der alte dunkelfarbige König umarmte die beiden Liebenden herzlich, ließ ihre Schiffe mit Waffen, Betten, Schachspielen, schwarzen Gewändern, Halskrausen, Zwiebeln, Hammeln, Hühnern, Mehl und so viel Knoblauch beladen und wünschte ihnen eine glückliche Überfahrt, treue Liebe und zahlreiche Siege.

Die Flotte lief das Ufer an, wo, wie es heißt, viele Jahrhunderte später die Phönizierin Dido, die Schwester Pygmalions und Gattin des Sichäus, nachdem sie die Stadt Tyrus verlassen hatte, das stolze Karthago gründete, indem sie eine Stierhaut in Streifen schnitt. So berichteten jedenfalls die bedeutendsten Schriftsteller des Altertums, die doch niemals Märchen erzählten, und die Professoren, die für die Schulknaben geschrieben haben, obwohl es in Tyrus niemals ein Wesen gegeben hat, das – rein griechisch – Pygmalion, Dido oder Sichäus hieß, obwohl es in jenen Zeiten auch gar keinen König in Tyrus gab.

Das herrliche Karthago war noch kein Seehafen, nur einige Numidier lebten dort und trockneten ihre Fische an der Sonne. Man lief Byzacium und die Syrten an, die fruchtbaren Ufer, an denen später Kyrene und Chersones lagen.

Endlich wurde die Mündung des heiligen Nil erreicht. Am äußersten Ende dieser fruchtbaren Gegend lag der Hafen Kanopos, in dem damals schon Schiffe aller handeltreibenden Völker einliefen. Niemand wußte, ob der Gott Kanopos den Hafen geschaffen oder ob die Einwohner den Gott erschaffen hatten, ob der Stern Kanopos der Stadt seinen Namen gegeben oder die Stadt den ihren dem Stern. Man wußte nur, daß Stadt und Stern sehr alt waren, und das ist schließlich alles, was man vom Ursprung der Dinge, welcher Art sie auch sein mögen, wissen kann.

Der König von Äthiopien hatte ganz Ägypten verwüstet und sah nun gerade hier den unbesiegbaren Amazan und die anbetungswürdige Formosante an Land steigen. Amazan hielt er für den Kriegsgott und Formosante für die Göttin der Schönheit. Amazan überreichte ihm den Empfehlungsbrief des Königs von Spanien. Nach unumgänglichem Brauch heroischer Zeiten veranstaltete der König von Äthiopien zunächst wunderbare Feste. Dann sprach man davon, die dreihunderttausend Mann des Königs von Ägypten, die dreihunderttausend Mann des Kaisers von Indien und die dreihunderttausend des großen Khans der Skythen zu vernichten, die alle das ungeheuer große, hochmütige und wollüstige Babylon belagerten.

Die zweitausend Iberer, die Amazan mit sich führte, erklärten, man brauche den König von Äthiopien zur Rettung Babylons nicht, es genüge, daß ihnen ihr König befohlen habe, Babylon zu befreien; sie würden schon allein mit diesem Unternehmen fertig werden.

Die Basken sagten, sie hätten weiß Gott schon genug Kriege

geführt, sie würden die Ägypter, Inder und Skythen ganz allein besiegen und wollten mit den Iberern nur unter der Bedingung zusammen marschieren, daß diese die Nachhut bildeten.

Die zweihundert Gangariden mußten über die Anmaßung ihrer Verbündeten lachen und blieben dabei, daß sie mit hundert Einhörnern alle Könige der Welt in die Flucht schlagen könnten. Die schöne Formosante beruhigte sie durch ihre Klugheit und ihre bezaubernden Reden. Amazan führte dem schwarzen Monarchen seine Gangariden, seine Einhörner, die Iberer, die Basken und seinen schönen Vogel vor.

In kurzer Zeit war alles bereit, über Memphis, Heliopolis, Arsinoë, Petra, Artemita, Sora und Apamea zu marschieren, um die drei anzugreifen und jenen denkwürdigen Krieg zu beginnen, wogegen alle, die die Menschen seither geführt, nur Hahnen- und Wachtelkämpfe gewesen sind.

Jeder weiß, wie der König von Äthiopien sich in die schöne Formosante verliebte und wie er sie im Bett überlisten konnte, gerade als ein süßer Schlummer ihre langen Wimpern umfing. Man erinnert sich, daß Amazan beim Anblick dieses Schauspiels glaubte, Tag und Nacht beieinander schlafen zu sehen; man weiß ferner, daß Amazan vor Entrüstung über die ihm angetane Schmach schnell seine Fulminante zog, dem frechen Neger den ruchlosen Kopf spaltete und alle Äthiopier aus Ägypten verjagte. Sind diese Wunder nicht alle in der Chronik Ägyptens beschrieben?

Mit tausend Zungen hat die Sage überall von den Siegen berichtet, die Amazan mit seinen iberischen Kriegern, seinen Basken und seinen Einhörnern über die drei Könige erfocht. Die schöne Formosante gab der Held ihrem Vater zurück, und er befreite das ganze Gefolge seiner Gebieterin aus der Sklaverei des Königs von Ägypten. Der große Khan der Skythen schwor ihm Vasallentreue, nachdem seine Heirat mit der Prinzessin Aldea bestätigt war. Der unbesiegbare und hochherzige Amazan zog, als Erbe des Königs von Babylon anerkannt, im Triumph mit dem Phönix in die Stadt ein, in der hundert tributpflichtige Könige versammelt waren. Die Festlichkeiten, die anläßlich seiner Vermählung veranstaltet wurden, übertrafen in jeder Beziehung die seinerzeit von König Belos gegebenen. Bei Tisch wurde der gebratene Stier Apis aufgetragen, und die Könige von Ägypten und Indien waren Mundschenke; diese Hochzeitsfeierlichkeiten sind von fünfhundert babylonischen Dichtern verherrlicht worden.

O ihr Musen, gewöhnlich ruft man euch am Anfang seines Werkes an, ich aber flehe erst an seinem Ende zu euch. Doch umsonst wirft man mir vor, ich hätte nur gratias und nicht benedicite gesagt. Musen, ihr werdet trotzdem meine Schutzengel sein. Verhütet, daß vermessene Federfuchser die Wahrheit, die ich den Sterblichen in dieser wirklichkeitsgetreuen Erzählung offenbart habe, durch ihre Märchen verdrehen, so wie sie ›Candide‹, ›Das Naturkind‹ und die keuschen Abenteuer der keuschen Johanna zu fälschen wagten; ein Exkapuziner hat sie durch Verse, die wahrlich eines Kapuziners würdig waren, in batavischen Ausgaben entstellt. Sie sollen nicht meinem Drukker, der eine große Familie hat und nicht weiß, womit er Typen, Papier und Druckerschwärze bezahlen soll, dieses Unrecht antun.

O Musen, gebietet dem abscheulichen Coger Schweigen, diesem Professor der Schwatzhaftigkeit am Mazarin-Gymnasium, der mit den moralischen Reden Belisars und des Kaisers Justinian nicht zufrieden war und üble Schmähschriften gegen diese beiden großen Männer verfaßt hat.

Steckt dem Pedanten Larcher einen Knebel in den Mund, der, obwohl er nicht ein Wort altbabylonisch spricht und nicht, so wie ich, die Ufer des Euphrat und Tigris bereiste, die Unverschämtheit besessen hat, zu behaupten, die schöne Formosante, die Tochter des größten Königs der Welt, die Prinzessin Aldea und alle Damen dieses respektablen Hofes hätten aus religiösen Grundsätzen im großen Tempel von Babylon mit allen Stallknechten Asiens für Geld geschlafen. Dieser Wüstling, euer Feind und der Feind aller Schamhaftigkeit, beschuldigt die schönen Ägypterinnen aus Mendes, sie hätten nur Böcke geliebt, und er plant daher, heimlich eine Reise durch Ägypten zu machen, um endlich Liebesabenteuer zu erleben.

Da er die Gegenwart nicht besser kennt als das Altertum, verbreitet er, in der Hoffnung, sich bei irgendeiner guten Alten einzuschmeicheln, unsere unvergleichliche Ninon habe im Alter von achtzig Jahren mit dem Abbé Gédoyn, der Mitglied der Französischen Akademie und der Akademie der schönen Künste war, geschlafen. Er hat niemals von dem Abt von Châteauneuf gehört und verwechselt ihn mit dem Abbé Gédoyn. Er kennt Ninon nicht besser als die Mädchen von Babylon.

O Musen, ihr Töchter des Himmels, euer Feind Larcher tut Schlimmeres: er ergeht sich in Lobpreisungen der Päderastie und wagt zu behaupten, alle Knaben in meinem Vaterland seien dieser Schändlichkeit ergeben. Er glaubt, sich selbst zu retten, indem er die Zahl der Schuldigen vergrößert.

Edle, keusche Musen, die ihr Pedanterie und Päderastie gleichermaßen verabscheut, schützt mich vor Magister Larcher!

Und Ihr, Meister Langohr, genannt Fréron, der früher ein sogenannter Jesuit war, Ihr, für den der Parnaß bald in Bicêtre und bald in einer Winkelschenke liegt, Ihr, dem man in dem sittsamen Lustspiel ›Die Schottin‹ auf allen Bühnen Europas große Gerechtigkeit widerfahren ließ, Ihr, der würdige Sohn des Pfaffen Desfontaines, der aus seinen Liebeleien mit einem jener schönen Kinder hervorgegangen ist, die, wie der Sohn der Venus, Waffe und Binde tragen und sich gleich ihm in die Lüfte schwingen, wenn auch immer nur bis zur Höhe der Schornsteine, mein teures Langohr, dem ich stets so herzlich zugeneigt war und über das ich nach jener ›Schottin‹ einen Monat lang gelacht habe, ich empfehle Euch meine ›Prinzessin von Babylon‹. Reißt sie recht herunter, damit man sie liest.

Und auch Sie will ich hier nicht vergessen, Sie kirchlichen Zeitungsschreiber, Sie erlauchten Redner der Verzückten, Sie Kirchenvater der von Abbé Bécherand und Abraham Chaumeix gegründeten Religion, verfehlen Sie nicht in Ihren frommen, klugen und beredsamen Kirchenblättern zu erwähnen, daß die Prinzessin von Babylon eine Ketzerin, eine Deistin und Atheistin ist. Versuchen Sie vor allem, Herrn Riballier zu veranlassen, daß die Prinzessin von Babylon von der Sorbonne verdammt wird. Sie werden meinem Verleger, dem ich diese kleine Geschichte zu Weihnachten geschenkt habe, große Freude machen.

AMABEDS BRIEFE

Erster Brief Amabeds an Shastasid, Großbrahmane von Madura

Benares, am zweiten Tage des Mäusemonats
im Jahre 115 652 der neuen Zeitrechnung.*

Licht meiner Seele, Vater meiner Gedanken, der Du die Menschen auf die Bahn des Ewigen leitest, Dir, weiser Shastasid, Ehrerbietung und Gruß zuvor. Nach Deinen weisen Ratschlägen habe ich mich bereits mit der chinesischen Sprache so vertraut gemacht, daß ich mit großem Nutzen ihre »Fünf Kings« lese, die aus der gleichen Zeit unseres »Shastra«, das Du ausdeutest, der Sprüche Zarathustras und der Bücher des ägyptischen Thoth zu stammen scheinen.

Meiner Seele, die sich allezeit vor Dir erschließt, will es erscheinen, als ob diese Schriften nichts mit religiösen Bräuchen zu tun haben, denn wir sind die einzigen, denen Brahma, der Vertraute des Ewigen, etwas von der Empörung der himmlischen Heerscharen, von der Vergebung, die der Ewige ihnen gewährt, und von der Schöpfung des Menschen überliefert hat, während die übrigen Völker, wie mir scheint, von diesen göttlichen Dingen nichts wissen.

Vor allem neige ich zu der Ansicht, daß weder wir noch

*Dieses Jahr entspricht dem Jahr 1512 unserer Zeitrechnung, zwei Jahre nach der Eroberung Goas durch Affonso d'Albuquerque. Die Brahmanen rechneten nämlich 111 100 Jahre zurück bis zur Empörung und zum Fall der himmlischen Wesen und 4552 bis zur Verkündigung des »Shastra«, ihres ersten heiligen Buches, woraus sich für das Jahr 1512 unserer Zählung 115 652 ergibt, eine Zeit, da im Mogulreich Baber regierte, in Persien Ismail al Safi, in der Türkei Selim, in Deutschland Maximilian I., in Frankreich Ludwig XII., in Rom Julius II., in Spanien Johanna die Wahnsinnige, in Portugal Emanuel.

die Chinesen den Ägyptern etwas zu verdanken haben. Sie konnten erst lange Zeit nach uns eine geordnete und gesittete Gesellschaft gründen, da sie erst vor der Bestellung ihrer Felder und der Erbauung ihrer Städte ihren Nil bändigen mußten.

Unser heiliger Shastra ist ja, wie ich zugebe, erst viertausendfünfhundertzweiundfünfzig Jahre alt, doch unsere Denkmäler geben den Beweis, daß die Lehre mehr als hundert Jahrhunderte vor der Veröffentlichung dieses heiligen Buches vom Vater auf den Sohn überliefert worden ist. Ich erwarte hierüber Deine väterlichen Belehrungen.

Nachdem die Portugiesen Goa erobert hatten, sind einige Doktoren aus Europa nach Benares gekommen. Einem von ihnen gebe ich Unterricht in der indischen Sprache, dafür lehrt er mich eine in Europa gebräuchliche Mundart, die »Italienisch« genannt wird. Das ist eine drollige Sprache! Fast alle Worte endigen auf a, e, i, o. Ich erlerne sie leicht, diese Sprache, und werde bald die Freude haben, europäische Bücher lesen zu können.

Dieser Doktor, der Pater Fa tutto heißt, macht einen höflichen und sympathischen Eindruck, und ich habe ihn *Augenweide,* der schönen Adate, vorgestellt, die meine und ihre Eltern mir zur Gemahlin bestimmt haben. Sie lernt mit mir Italienisch, und vom ersten Tage an haben wir das Zeitwort »lieben« konjugiert; für alle anderen Zeitwörter brauchten wir zwei Tage. Nach ihr stehst Du von allen Sterblichen meinem Herzen am nächsten. Ich bete zu Birmah und Brahma, er möge Dir das Leben bis zum Alter von hundertunddreißig Jahren erhalten; darüber hinaus ist es nur eine Last.

Shastasids Antwort

Ich habe, Du Kind meines Geistes, Deinen Brief erhalten. Möge Durga auf ihrem Drachen immerdar ihre zehn Arme, die Besieger aller Laster, über Dich breiten.

Wir sind wirklich (und wir dürfen uns nichts darauf einbilden) das älteste Kulturvolk dieser Erde. Selbst die Chinesen stellen es nicht in Abrede. Die Ägypter sind ein ganz junges Volk, das erst die Chaldäer unterrichtet haben. Wir wollen uns aber nicht rühmen, daß wir die Ältesten sind, sondern wir wollen uns stets bemühen, die Gerechtesten zu sein.

Es wird Dir, mein lieber Amabed, nicht unbekannt sein, daß seit ganz kurzer Zeit eine schwache Vorstellung unserer Enthüllung über den Sturz der himmlischen Heerscharen und die Neuordnung der Welt bis zu den Abendländern gedrungen ist. Darüber finde ich in der arabischen Übersetzung eines syrischen Buches, das erst vor ungefähr vierzehnhundert Jahren verfaßt wurde, folgende Worte: »Auch die Engel, die ihren himmlischen Stand nicht bewahrten, sondern ihre Behausung verließen, hat er behalten zum Gericht des großen Tages mit ewigen Banden in der Finsternis.« Der Verfasser beruft sich dabei auf die Weissagungen eines ihrer ersten Menschen namens Henoch. Du siehst daraus, daß die unkultivierten Nationen nur durch einen schwachen, trügerischen Strahl, der sich aus der Tiefe unseres Lichtes zu ihnen verirrte, erleuchtet wurden.

Mein lieber Sohn, mich erfüllt Todesangst vor dem Einfall europäischer Barbaren in unsere glücklichen Zonen. Ich weiß nur zu genau, wer jener Albuquerque ist, der vom Abendlande in unser der Sonne geweihtes Land kam. Er ist einer der berühmtesten Räuber, die die Welt verwüstet haben. Er hat sich, unter Verletzung von Treu und Glauben, Goas bemächtigt und hat gerechte und friedliebende Menschen in ihrem Blute ertränkt. Diese Okzidentalen wohnen in einem armen Land, das nur sehr wenig Seide, keine Baumwolle, keinen Zucker und keinerlei Gewürze hervorbringt; ja selbst die Erde, aus der wir Porzellan herstellen, fehlt ihnen. Gott hat ihnen die Kokospalme, die die Kinder Brahmas beschattet, beherbergt, bekleidet, nährt und tränkt, vorenthalten. Sie kennen nur ein Getränk, das sie um den Verstand bringt. Ihr wahrer Gott ist das Gold, und diesen Gott suchen sie am anderen Ende der Welt.

Ich will glauben, daß der Doktor, den Du erwähnst, ein Ehrenmann ist, aber der Ewige gestattet uns, diesen Fremden zu mißtrauen. Man sagt: wenn sie in Benares Schafen gleichen, so sind sie in den Gegenden, in denen die Europäer sich niedergelassen haben, Tiger.

Möge es weder für die schöne Adate noch für Dich jemals Grund geben, sich über den Pater Fa tutto zu beklagen! Doch eine geheime Ahnung beunruhigt mich. Lebe wohl! Möge Adate bald, durch die heilige Ehe mit Dir vereinigt, in Deinen Armen himmlische Freuden genießen!

Dieser Brief wird Dir durch einen Banjanen, der nicht vor dem Vollmond des Elefanten abreist, zugestellt werden.

Zweiter Brief Amabeds an Shastasid

Vater meiner Gedanken, ich hatte, noch bevor Dein Banjane an den Ufern des Ganges eintraf, Zeit genug, die europäische Mundart zu erlernen. Der Pater Fa tutto bezeigt mir stets aufrichtige Freundschaft, und ich komme zu der Überzeugung, daß er in keiner Weise jenen Schurken gleicht, deren Bosheit Du mit Recht fürchtest. Das einzige, was mich mißtrauisch machen könnte, ist. daß er mich zuviel lobt und *Augenweide* nie genug; doch sonst erscheint er mir voller Tugend und Salbung. Wir haben zusammen ein Buch aus seinem Lande gelesen, das mir sehr sonderbar vorkam. Es ist eine Universalgeschichte der ganzen Welt, in der kein Wort über unser altes Reich gesagt wird, nichts über die unermeßlichen Länder jenseits des Ganges, nichts über China, nichts über die ausgedehnte Tartarei. Die Schriftsteller in jenem Teil Europas müssen sehr unwissend sein. Ich vergleiche sie mit Dorfbewohnern, die mit Pathos von ihren Hütten reden und nicht wissen, wo die Hauptstadt ist, oder, noch besser, mit den Menschen, die der Meinung sind, daß die Welt an den Grenzen ihres Horizontes endigt.

Was mich am meisten überrascht hat, ist, daß sie die Zeit seit der Erschaffung der Welt ganz anders berechnen als wir. Mein europäischer Doktor hat mir einen seiner heiligen Kalender gezeigt, wonach seine Landsleute seit ihrer Schöpfung jetzt im Jahre 5552, Oder im Jahre 6244, oder im Jahre 6940* – je nach Belieben – leben. Diese Absonderlichkeit hat mich überrascht. Ich fragte ihn, wie man drei verschiedene Zeitpunkte für das gleiche Ereignis nehmen konnte. »Du kannst nicht gleichzeitig dreißig, vierzig oder fünfzig Jahre alt sein«, sagte ich zu ihm, »wie kann also Deine Welt drei verschiedene, sich widersprechende Zeitangaben haben?« Er antwortete mir, diese drei Daten ständen im gleichen Buche, und bei ihnen müßte man Widersprüchen glauben, um den geistigen Hochmut zu demütigen.

In demselben Buche wird über den ersten Menschen namens Adam geschrieben, über einen Kain, einen Methusalem, einen Noah, der Weinstöcke pflanzte, nachdem der Ozean die ganze Weltkugel überschwemmt hatte; ferner über eine Unmenge von Dingen, von denen ich niemals gehört und in keinem unserer Bücher gelesen habe. Die schöne Adate und ich haben darüber gelacht, wenn Pater Fa tutto nicht da war, denn wir sind zu gut erzogen und von Deinen Grundsätzen zu sehr durchdrungen, um über andere Leute in ihrem Beisein zu lachen.

Ich bedaure die unglücklichen Europäer, die erst vor höchstens 6940 Jahren erschaffen sind, während unsere Ära 115 652 Jahre umfaßt. Ich bedaure sie noch mehr, weil sie Pfeffer, Zimt, Gewürznelken, Tee, Kaffee, Seide, Baumwolle, Lack, Weihrauch, Wohlgerüche und alles, was das Leben angenehm machen kann, entbehren müssen: die Vorsehung muß sie schon lange vergessen haben. Am meisten bedaure ich sie aber, weil sie unter so viel Gefahren von so weit her kommen müssen, um uns mit bewaffneter Hand unsere Erzeugnisse wegzunehmen. Man erzählt, daß sie in Calicut nur des Pfeffers wegen entsetzliche Grausamkeiten begangen haben. Das flößt den Indern Ent-

* So weichen der hebräische, der samaritische und der Text der Septuaginta voneinander ab.

setzen ein, die von Natur, da sie behaarte Brüste und Schenkel haben, ganz anders sind als die Europäer. Lange Bärte tragen sie und fressen Fleisch. Sie berauschen sich mit dem gegorenen Saft der Trauben, die, wie sie sagen, von ihrem Noah gepflanzt wurden. Sogar Pater Fa tutto, der sonst so gesittet ist, hat zwei Hühnchen den Hals abgeschnitten, ließ sie in einer Pfanne braten und hat sie dann ohne Erbarmen verspeist. Diese grausame Handlungsweise hat ihm den Haß aller Nachbarn, die wir nur mit Mühe beruhigen konnten, zugezogen. Gott verzeihe mir, aber ich glaube, dieser Fremde hätte, wenn wir es zuließen, unsere heiligen Kühe, die uns Milch spenden, verzehrt. Er versprach uns dann, keinen Mord mehr an Hühnchen zu begehen, sondern sich mit frischen Eiern, Milchprodukten, Reis und mit unseren köstlichen Gemüsen, Pistazien, Datteln, Kokosnüssen, Mandelkuchen, Biskuits, Ananas, Orangen und allem, was unser von dem Ewigen gesegnetes Klima hervorbringt, zu begnügen.

Seit einigen Tagen ist er *Augenweide* gegenüber viel aufmerksamer, und er hat sogar zwei italienische Verse, die auf »o« endigen, für sie verfaßt. Diese Höflichkeit gefällt mir sehr, denn Du weißt, daß ich glücklich bin, wenn man meiner geliebten Adate Anerkennung zollt.

Lebe wohl! Ich beuge mich vor Deinen Füßen, die Dich stets auf den rechten Weg führten, und küsse Deine Hände, die nur immer Wahres geschrieben haben.

Shastasids Antwort

Mein in Birmah und in Brahma geliebter Sohn, Deinen Fa tutto, der Hühnchen tötet und für Deine liebe Adate Verse macht, mag ich durchaus nicht leiden. Gebe Birmah, daß mein Argwohn unbegründet sei!

Ich kann Dir schwören, daß man weder seinen Adam noch seinen Noah, so neu sie auch sind, in irgendeinem Teil der Welt gekannt hat. Selbst in Griechenland, das der Sammelplatz aller

Märchen war, als Alexander sich unseren Grenzen näherte, hat man noch niemals etwas von diesen Namen gehört. Ich wundere mich durchaus nicht, daß solche Weinliebhaber, wie es die Völker des Abendlandes sind, so viel Wesen von jemandem machen, der, wie sie sagen, den Weinstock pflanzte. Doch sei überzeugt, daß Noah in der ganzen wolhlbekannten alten Welt unbekannt geblieben ist.

Allerdings hat es zur Zeit Alexanders in einem Teil Phöniziens ein kleines Volk von Maklern und Wucherern gegeben, das lange in babylonischer Gefangenschaft lebte. Es dachte sich während der Zeit seiner Gefangenschaft eine Geschichte aus, und nur in dieser allein ist von einem Noah die Rede. Als dieses kleine Volk dann später in Alexandrien Vorrechte erhielt, übersetzte es seine Aufzeichnungen ins Griechische. Dann wurden diese ins Arabische übersetzt, und erst in der letzten Zeit haben unsere Gelehrten davon Kenntnis bekommen. Doch diese Geschichte wurde von ihnen ebenso verachtet wie der elende Volksstamm, der sie geschrieben hat.

Es wäre wirklich spaßig, wenn alle Menschen, die Brüder sind, ihre Familienurkunden verloren hätten und wenn diese sich nur bei einem kleinen, aus Wucherern und Aussätzigen bestehenden Zweig der Menschenrasse vorfänden. Ich fürchte, mein lieber Freund, daß die Mitbürger Deines Paters Fa tutto, die sich, wie Du es mir berichtet hast, diese Ideen zu eigen gemacht haben, ebenso töricht und lächerlich wie egoistisch, falsch und grausam sind.

Heirate so bald wie möglich Deine reizende Adate, denn ich wiederhole es: ich fürchte die Fa tuttos mehr als die Noahs.

Dritter Brief Amabeds an Shastasid

Gelobt sei Birmah immerdar, der den Mann für das Weib erschaffen hat. Sei gesegnet, teurer Shastasid, der Du an meinem Glück so großen Anteil nimmst. *Augenweide* gehört mir, ich habe sie geheiratet. Ich bin nicht mehr auf der Erde, ich schwebe im Himmel. Nur Du allein fehltest bei dieser göttlichen Zeremonie. Der Doktor Fa tutto war Zeuge unserer heiligen Gelübde, und obwohl er nicht unserer Religion angehört, hat er keineswegs verschmäht, unseren Gesängen und Gebeten zuzuhören. Er war bei unserer Hochzeitsfeier sehr fröhlich gestimmt. Ich vergehe im Übermaß meiner Glückseligkeit! Du dagegen genießest ein anderes Glück: Du besitzest die Weisheit; doch die unvergleichliche Adate besitzt mich. Mögest Du lange ein glückliches Leben führen ohne Leidenschaften, während die meine mich in ein Meer der Wollust stürzt. Ich kann Dir nichts mehr davon erzählen, sondern ich stürze mich wieder in die Arme Adates.

Vierter Brief Amabeds an Shastasid

Lieber Freund, teurer Vater, wir reisen ab, die süße Adate und ich, um Deinen Segen zu erbitten. Unsere Glückseligkeit wäre unvollkommen, wenn wir dieses Herzensbedürfnis nicht erfüllten. Doch – hältst Du es für möglich? Wir reisen mit Coursom, dem berühmten Kaufmann, und seiner Frau über Goa, das, wie mir Fa tutto erzählte, die schönste Stadt Indiens geworden ist. Der große Albuquerque wird uns dort wie Gesandte empfangen und uns ein Schiff mit drei Segeln zur Fahrt nach Madura zur Verfügung stellen. Fa tutto hat meine Frau zu dieser Reise überredet, und ich war damit einverstanden, sobald sie es wünschte. Fa tutto versichert uns, daß in Goa mehr Italienisch als Portugiesisch gesprochen wird; *Augenweide* brennt vor Verlangen, von einer Sprache Gebrauch zu machen, die sie gerade gelernt hat. Ich teile alle diese Wünsche. Es heißt, daß es Menschen mit zwei verschiedenen Willen gibt; Adate und ich aber haben nur einen, weil wir beide nur eine Seele haben. Wir reisen also morgen ab in der süßen Hoffnung, vor Ablauf von zwei Monaten in Deinen Armen Freudentränen zu vergießen.

Erster Brief Adates an Shastasid

Goa, am fünften Tage des Tigermonats im
Jahre 115 652 der neuen Zeitrechnung.

Birmah, vernimm meine Rufe, sieh meine Tränen, rette meinen teuren Gatten! Brahma, der Sohn Birmahs, trage meinen Schmerz und meine Furcht zu Deinem Vater! Großmütiger Shastasid, der Du weiser bist als wir, Du hattest unser Unglück vorausgesehen. Mein geliebter Amabed, Dein Schüler, mein zärtlicher Gatte, wird Dir nicht mehr schreiben, denn er ist in einer Grube, die die Barbaren »Gefängnis« nennen. Ich kann diese Leute nicht bezeichnen, hier nennt man sie Inquisitoren«, und ich weiß nicht, was dieses Wort bedeutet. Diese Ungeheuer haben meinen Mann und mich am Tage nach unserer Ankunft ergriffen und in zwei verschiedene Gruben eingesperrt, als ob wir gestorben wären. Aber wenn das der Fall wäre, sollte man uns wenigstens gemeinsam begraben. Ich weiß nicht, was sie mit meinem teuren Amabed gemacht haben. Ich fragte meine Menschenfresser: »Wo ist Amabed, tötet nicht ihn, sondern mich.« Sie gaben mir keine Antwort darauf. »Wo ist Amabed? Warum habt ihr mich von ihm getrennt?« Sie blieben stumm und legten mich in Ketten. Seit einer Stunde habe ich etwas mehr Freiheit. Der Kaufmann Coursom hat Mittel und Wege gefunden, mir Papier, Baumwolle, einen Pinsel und Tinte zu verschaffen. Meine Tränen benetzen alles, meine Hand zittert, es wird mir schwarz vor den Augen, ich sterbe ...

Zweiter Brief Adates an Shastasid

Geschrieben im Inquisitionsgefängnis

Göttlicher Shastasid, ich war gestern lange ohnmächtig und konnte meinen Brief nicht zu Ende schreiben. Als ich wieder zur Besinnung kam, faltete ich ihn zusammen und steckte ihn in meinen Busen, der nie die Kinder, die ich von Amabed zu bekommen hoffte, stillen wird, denn ich werde sterben, bevor mir Birmah Fruchtbarkeit gewährt hat.

Heute früh beim Morgengrauen kamen zwei mit Hellebarden bewaffnete Gespenster, die Perlenketten um den Hals trugen und auf der Brust vier kleine über Kreuz gelegte Bänder hatten, zu mir in die Grube. Sie nahmen mich, ohne ein Wort zu sagen, bei der Hand und führten mich in ein Zimmer, in dem sich nichts weiter als ein großer Tisch, fünf Stühle und ein großes Bild befand, das einen ganz nackten Menschen mit ausgebreiteten Armen und gekreuzten Füßen darstellte.

Zugleich traten fünf schwarzgekleidete Personen ein, die über ihren Gewändern weiße Hemden trugen und über diesen Hemden zwei lange Streifen aus buntem Stoff hängen hatten. Vor Schrecken fiel ich auf die Erde. doch wie groß war meine Überraschung, als ich unter diesen fünf Phantomen den Pater Fa tutto sah. Er errötete, als ich ihn ansah, aber dann schaute er mich mit einem so sanften, mitleidigen Ausdruck an, daß ich für einen Augenblick beruhigt war. »Ach! Pater Fa tutto«, redete ich ihn an, »wo bin ich? Was ist aus Amabed geworden? In welchen Abgrund habt Ihr mich geworfen? Es soll Völker geben, die sich von Menschenblut nähren . . . wird man uns töten? . . . Will man uns verschlingen?« Er antwortete mir nur, indem er seine Augen und Hände gen Himmel hob, aber mit so schmerzlicher und sanfter Gebärde, daß ich nicht wußte, was ich davon halten sollte.

Der Vorsitzende dieser Versammlung von Stummen löste endlich die Zunge und richtete folgende Worte an mich: »Stimmt es, daß Sie getauft sind?« Ich war dermaßen von Schmerz und Verwunderung erfüllt, daß ich zuerst gar nicht antworten konnte. Mit schrecklicher Stimme wiederholte er dieselbe Frage. Mein Blut erstarrte, meine Zunge klebte am Gaumen. Zum dritten Male wiederholte er dieselben Worte, und schließlich antwortete ich: »Ja!«; denn man darf niemals lügen. Ich bin wie alle gläubigen Kinder Brahmas im Ganges getauft worden, wie Du, göttlicher Shastasid, und wie auch mein teurer, unglücklicher Amabed. Ja, ich bin getauft, das ist mein Trost, mein Stolz, und ich habe es vor diesen Gespenstern bekannt.

Kaum hatte ich das Wort »Ja!«, das Symbol der Wahrheit, ausgesprochen, als eines der fünf schwarz und weiß gekleideten Ungeheuer »Apostata!« ausrief, und die anderen wiederholten »Apostata!«. Ich weiß nicht, was dieses Wort bedeuten soll, doch sie sprachen es in einem so vorwurfsvollen, entsetzlichen Ton aus, daß meine Hand sich noch verkrampft, während ich es niederschreibe.

Darauf ergriff der Pater Fa tutto das Wort, sah mich immer mit gütigen Blicken an und versicherte ihnen, ich hätte im Grunde genommen eine gute Gesinnung. Er übernehme die Verantwortung, daß sich die Gnade auswirken werde, und er wolle für mein Gewissen einstehen. Er schloß seine Rede, von der ich nichts verstand, mit den Worten: »Io la converterò«, das heißt, soweit ich es zu beurteilen vermag: »Ich werde sie zurückführen.«

»Was«, sagte ich zu mir selbst, »er will mich zurückführen? Was versteht er darunter? Will er damit sagen, daß er mich meinem Vaterlande zurückgibt?« – »Ach, Pater Fa tutto«, flehte ich ihn an, »führt doch den jungen Amabed, meinen geliebten Gemahl, zurück. Gebt mir meine Seele, gebt mir mein Leben wieder!«

Da schlug er die Augen nieder und sprach dann in einer Ecke des Zimmers leise mit den anderen vier Phantomen, die darauf mit den beiden Hellebardenträgern fortgingen. Alle machten vor dem Bilde, das einen ganz nackten Menschen darstellte, eine tiefe Verbeugung; Pater Fa tutto blieb allein mit mir zurück. Er führte mich in ein recht hübsches Zimmer und versprach mir, daß ich, wenn ich seine Ratschläge befolge, nicht mehr in die Grube eingesperrt würde. »Ich bin wie Sie über alles, was geschehen ist, verzweifelt«, sagte er zu mir, »und habe mich, soviel ich nur konnte, dagegen gewandt. Aber unsere heiligen Gesetze haben mir die Hände gebunden. Danken Sie dem Himmel und mir, daß Sie in einem anständigen Raum, den Sie nicht verlassen können, frei sind. Ich werde oft zu Ihnen kommen, Sie trösten und Ihre augenblickliche und zukünftige Glückseligkeit verwirklichen.«

»Ach«, entgegnete ich ihm, »diese Glückseligkeit könnte mir nur mein teurer Amabed schaffen – und er ist in der Grube! Warum hat man ihn eingesperrt! Warum hatte man mich hineingeworfen? Wer sind diese Gespenster, die mich gefragt haben, ob ich getauft bin? Wohin habt Ihr mich geführt? Habt Ihr mich betrogen? Seid Ihr die Ursache aller entsetzlichen Grausamkeiten? Laßt den Kaufmann Coursom zu mir kommen! Er stammt aus meinem Lande und ist ein guter Mann. Gebt mir meine Kammerfrau, meine Begleiterin, meine Freundin Dera, von der man mich getrennt hat, wieder! Ist sie auch in einem Verlies, weil sie getauft ist? Sie soll zu mir kommen! Wenn ich doch Amabed wiedersähe oder sterben würde!«

Er antwortete auf all mein Flehen und auf die Tränen, die es unterbrachen, durch Beteuerungen seiner Dienstfertigkeit und seines Eifers, die mich rührten. Er versprach, mir die Ursachen dieser ganzen schrecklichen Ereignisse auseinanderzusetzen und zu erwirken, daß ich meine arme Dera wiederbekommen sollte, bis es ihm gelungen sei, meinen Mann zu befreien. Er bedauerte mich, ich sah, wie sogar seine Augen feucht wurden, und schließlich entfernte er sich auf einen Glockenton hin aus meinem Zimmer, nachdem er meine Hand ergriffen und sie auf sein Herz gelegt hatte. Das ist, wie Du wohl weißt, das sichtbare Zeichen der unsichtbaren Aufrichtigkeit. Da er meine Hand auf sein Herz legte, wird er mich nicht betrügen. Und warum sollte er mich betrügen? Was habe ich ihm getan, daß er mich verfolgen sollte? Mein Mann und ich sind in Benares doch so gut zu ihm gewesen. Ich habe ihm so viel schöne Geschenke gemacht, als er mir italienischen Unterricht gab. Er hat italienische Verse für mich verfaßt, und er kann mich nicht hassen. Ich will ihn als meinen Wohltäter ansehen, wenn er mir meinen unglücklichen Gemahl wiedergibt, wenn wir beide dieses von Menschenfressern verheerte und bewohnte Land verlassen und in Madura Deine Knie küssen und Deinen heiligen Segen empfangen können.

Dritter Brief Adates an Shastasid

Du erlaubst mir zweifellos, großzügiger Shastasid, daß ich Dir die täglichen Aufzeichnungen meiner unaussprechlichen Qualen sende, denn Du liebst Amabed, Du wirst Mitleid mit meinen Tränen haben und Anteil an einem zerrissenen Herzen nehmen, das seinen untröstlichen Kummer vor Dir ausbreitet.

Man hat mir meine Freundin Dera wiedergegeben, und sie weint mit mir. Die Ungeheuer hatten sie, so wie mich, in eine Grube gesperrt. Wir haben keinerlei Nachricht von Amabed. Wir sind zwar in demselben Haus, aber ein endloser Raum, ein undurchdringliches Chaos liegt zwischen uns. Ich will Dir von Dingen berichten, vor denen Deine Tugend schaudern wird und die Deine gerechte Seele erschüttern werden.

Die arme Dera hatte von einem der beiden Leibwächter, die immer den fünf Menschenfressern vorangehen, erfahren, daß dieses Volk gleich uns getauft wird. Ich begreife nicht, wie unsere heiligen Bräuche zu ihnen dringen konnten. Sie behaupten, daß wir nach dem Ritus ihrer Sekte getauft werden. Durch ihre Unwissenheit ist ihnen nicht einmal bekannt, daß sie erst seit wenigen Jahrhunderten die Taufe von uns übernommen haben. Diese Barbaren bilden sich ein, daß wir ihrem Glauben angehörten und davon abgefallen sind. Das ist die Erklärung für das Wort: »Apostata«, das mir die Menschenfresser mit so viel Roheit zuschrien. Sie sagen, es sei ein großes Verbrechen und der schwersten Strafe wert, eine andere als ihre Religion zu haben. Als der Pater Fa tutto zu ihnen sagte: »Io la converterò«, ich werde sie zurückführen, meinte er damit, daß er mich zu der Religion dieser Räuber zurückführen wolle. Ich begreife nichts davon, mein Geist ist, wie meine Augen, mit Wolken umhüllt.

Vielleicht hat meine Verzweiflung meinen Verstand getrübt. Aber ich kann nicht fassen, wie dieser Fa tutto, der mich so gut kennt, sagen kann, er wolle mich zu einer Religion zurückführen, die ich niemals gekannt habe und die in unserem Lande so unbekannt ist, wie die Portugiesen es waren, als sie das erstemal nach Indien kamen, um mit bewaffneter Hand Pfeffer zu holen. Wir verlieren uns in Mutmaßungen, die gute Dera und ich. Sie glaubt, Pater Fa tutto habe irgendwelche geheimen Absichten, doch Birmah behüte mich davor, ein leichtsinniges Urteil zu fällen.

Ich wollte an den großen Räuber Albuquerque schreiben, um seine Gerechtigkeit zu erflehen und ihn um die Befreiung meines geliebten Mannes zu bitten, aber man erzählte mir, er sei aufgebrochen, um Bombay zu überfallen und auszuplündern. Ist das möglich? Diese Ungeheuer sollten so weit herkommen in der Absicht, unsere Behausungen zu zerstören und uns zu töten, obwohl sie wie wir getauft sind? Man hört aber, daß dieser Albuquerque einige gute Taten vollbracht hat. Doch mir bleibt keine andere Hoffnung mehr als die zu dem Wesen aller Wesen, das die Verbrechen strafen und die Unschuld schützen kann. Heute früh sah ich aber, wie ein Tiger zwei Lämmer verschlang. Ich zittere bei dem Gedanken, vor dem Wesen aller Wesen nicht wertvoll genug zu sein, als daß es mir zu helfen geruhe.

Vierter Brief Adates an Shastasid

Pater Fa tutto verläßt mein Zimmer. War das ein Zusammensein! Welche Verwicklung von Niedertracht, Leidenschaft und Verruchtheit! Das Menschenherz ist also fähig, so viel Gräßliches in sich zu vereinigen! Wie soll ich das einem Gerechten schildern?

Er zitterte, als er eintrat; die Augen hatte er niedergeschlagen. Ich zitterte noch mehr als er. Bald hatte er sich wieder in der Gewalt. »Ich weiß nicht, ob ich Ihren Gemahl retten kann«, sagte er zu mir. »Die Richter haben hier zuweilen Mitleid mit jungen Frauen, aber gegen Männer sind sie sehr streng.«

»Um Gottes Willen, das Leben meines Gatten ist bedroht?« Ich fiel in Ohnmacht. Er suchte nach Stärkungsmitteln, um mich wieder zur Besinnung zu bringen, aber er fand keine. Er schickte meine gute Dera fort, damit sie am anderen Ende der Straße bei einem Banjanen welche kaufen sollte. Inzwischen schnürte er mir die Kleider auf, um mir etwas Luft zu verschaffen. Ich war erstaunt, als ich wieder zu mir kam und seine Hände an meinem Hals und seinen Mund auf meinem fand. Ich stieß einen gellenden Schrei aus und wich vor Entsetzen zurück. Da sagte er zu mir: »Ich sorgte für Sie, wie es die Barmherzigkeit erheischt. Ich mußte Ihre Brust frei machen und überzeugte mich, ob Sie atmen.«

»Ach, sorget lieber dafür, daß mein Mann atmet. Ist er immer noch in der schrecklichen Grube?« – »Nein«, antwortete er mir, »mit viel Mühe ist es mir gelungen, ein angenehmeres Verlies für ihn zu erwirken.« – »Ich frage noch einmal: Welches Verbrechen hat er begangen? Und ich? Wie ist diese schreckliche Unmenschlichkeit zu erklären? Warum verletzt man uns gegenüber die Rechte der Gastfreundschaft der Menschen und der Natur?« – »Unsere heilige Religion fordert von uns diese kleinen Härten. Sie und Ihr Gemahl sind beide beschuldigt, dem Sakrament der Taufe untreu geworden zu sein!«

»Was soll das heißen?« rief ich aus. »Wir sind niemals nach Eurem Ritus getauft worden, sondern im Ganges im Namen Brahmas. Habt Ihr diese Gespenster, die mich ausfragten, zu diesem fluchwürdigen Betrug überredet? Welche Absicht führte Euch dazu?«

Er wies diesen Gedanken weit von sich, sprach mir von Tugend, Wahrheit und Barmherzigkeit, und beinah gelang es ihm auch, für kurze Zeit meinen Argwohn zu zerstreuen, indem er mir versicherte, diese Gespenster seien gute Menschen, Gottesmänner, Seelenrichter, die überall heilige Kundschafter hätten, hauptsächlich bei den Fremden, die nach Goa kommen.

Diese Kundschafter, sagte er, hätten seinen Amtsbrüdern, den Seelenrichtern, vor dem Bilde des nackten Mannes geschworen, Amabed und ich seien nach dem Ritus der portugiesischen Räuber getauft, Amabed sei »apostato« und ich »apostata«.

O tugendreicher Shastasid! Was ich höre und sehe, erfüllt mich immer mit Entsetzen von der Wurzel meiner Haare bis zum Nagel der kleinen Zehe.

»Was! Ihr seid einer von den fünf Gottesmännern, einer von den Seelenrichtern?« fragte ich darauf Fa tutto. »Ja, meine teure Adate, ja *Augenweide,* ich bin einer der fünf Dominikaner, die der Vizegott des Weltalls entsendet, um unumschränkt über Seelen und Körper zu gebieten.« – »Was ist das: ein Dominikaner? Was ist ein Vizegott?« – »Ein Dominikaner ist ein Priester, ein Kind des heiligen Dominikus, ein Glaubensrichter. Und ein Vizegott ist ein von Gott als Vertreter erwählter Priester mit einem Einkommen von jährlich zehn Millionen Rupien, der über die ganze Welt wiederum seine Stellvertreter, die Dominikaner, entsendet.«

Ich hoffe, großer Shastasid, Du wirst mir dieses höllische Kauderwelsch, dieses unverständliche Durcheinander von Albernheiten und Abscheulichkeiten, von Heuchelei und Barbarei erklären.

Fa tutto sagte mir alles mit einer ausdrucksvollen Zerknirschung und Reue und einem Ton von Wahrheit, die zu anderer Zeit ihre Wirkung auf meine einfältige und unwissende Seele nicht verfehlt hätten. Erst richtete er die Augen gen Himmel, dann auf mich. Sie waren lebhaft und voller Weichheit, aber diese Weichheit löste bei mir ein kaltes Entsetzen und Furcht aus. Der Name Amabed ist ununterbrochen auf meinen Lippen und in meinem Herzen. »Gebt mir meinen geliebten Amabed wieder!« Das ist der Anfang, die Mitte und das Ende aller meiner Reden.

In diesem Augenblick kam meine gute Dera zurück und brachte mir Zimt- und Ingwerwasser. Das liebe Geschöpf hat Mittel und Wege gefunden, dem Kaufmann Coursom meine drei ersten Briefe zu übergeben. Coursom reist heute nacht ab, in wenigen Tagen wird er in Madura sein. Der große Shastasid wird mich beklagen, er wird Tränen über das Schicksal meines Mannes vergießen. Er wird mir Ratschläge geben, und ein Strahl seiner Weisheit wird in die Finsternis meines Grabes dringen.

Antwort des Brahmanen Shastasid auf die drei ersten Briefe Adates

Tugendreiche, unglückliche Adate, Gattin meines teuren Jüngers Amabed, Augenweide! Ströme von Tränen habe ich über Deine Briefe vergossen. Welcher der Natur feindliche Dämon hat aus den Höllenschlünden Europas diese Ungeheuer entfesselt, denen Indien zur Beute fällt! Wie ist das möglich! Du zärtliche Gattin meines geliebten Jüngers siehst nicht, daß Pater Fa tutto ein Schurke ist, der Dich in seine Falle gelockt hat. Du merkst nicht, daß er allein Deinen Gatten in eine Grube einsperren und Dich selbst in einer solchen schmachten ließ, damit Du ihm verpflichtet bist, weil er Dich daraus befreit hat. Was wird er als Dank von Dir fordern? Ich zittere mit Dir und gebe diese Verletzung des öffentlichen Rechtes allen brahmanischen Oberpriestern, allen Emiren, allen Radschas, den Nabobs, dem großen Kaiser von Indien selbst, dem erhabenen Baber, dem König der Könige, dem Vetter der Sonne und des Mondes, dem Sohn Mirsamachameds, dem Sohn Semcors, dem Sohn Abuschaids, dem Sohn Miraschas, dem Sohn Timurs bekannt, damit man sich von allen Seiten den Räubereien dieses europäischen Gesindels entgegenstellt. Welch ein Abgrund von Niederträchtigkeit! Niemals erlaubten die Priester von Timur, Dschingis-Khan, Alexander, Oguskan, Sisak, Bacchus, die einer nach dem anderen unser heiliges, friedliches Land unterjochten, solche heuchlerischen Grausamkeiten, im Gegenteil. Alexander hinterließ überall unauslöschliche Spuren seines Edelmutes. Bacchus tat nur Gutes: Er war der Liebling des

Himmels, eine Feuersäule führte nachts sein Heer, und eine Wolke zeigte ihm am Tage den Weg. Er durchschritt trockenen Fußes das Rote Meer, gebot der Sonne und dem Mond stillzustehen, wenn er es für nötig hielt. Zwei göttliche Feuerstrahlen flammten von seiner Stirn, der Engel der Vernichtung stand ihm zur Seite, aber er bediente sich stets nur des Engels der Freude. Euer Albuquerque ist nur mit Mönchen und unredlichen Kaufleuten und Mördern gekommen. Der gerechte Coursom hat mir Dein und auch Amabeds Unglück bestätigt. Könnte ich doch vor meinem Tode Euch beide erretten oder rächen! Möge der ewige Birmah Euch den Händen des Mönches Fa tutto entreißen! Mein Herz blutet über Eure Schmerzen.

Dieser Brief gelangte mit großer Verspätung in die Hände der *Augenweide,* und zwar erst, als sie die Stadt Goa verließ.

Fünfter Brief Adates an den Großbrahmanen Shastasid

Wie soll ich Worte finden, um mein neues Unglück auszudrükken! Wie soll Keuschheit von Schande reden? Birmah hat das Verbrechen mit angesehen und hat es geduldet! Was soll aus mir werden? Die Grube, in der ich eingesperrt war, ist nicht so schauerlich wie mein jetziger Zustand.

Der Pater Fa tutto kam heute morgen, parfümiert und mit einem Talar aus leichter Seide bekleidet, in mein Zimmer. Ich lag noch im Bett. »Sieg!« rief er mir zu. »Der Befehl zur Befreiung Ihres Gatten ist unterzeichnet.« Bei diesen Worten war ich außer mir vor Freude, nannte ihn meinen Beschützer, meinen Vater. Er beugte sich über mich und küßte mich. Ich hielt es zuerst für eine unschuldige Liebkosung, einen keuschen Beweis seiner Güte, doch im gleichen Augenblick schob er meine Decke weg, zog seinen Talar aus und warf sich auf mich wie ein Raubvogel auf eine Taube, machte mit seinen starken Armen jede Bewegung meiner schwachen Arme unmöglich, erstickte die Klagen auf meinen Lippen mit sündigen, feurigen, unerbittlichen Küssen. Welch ein Augenblick! Und warum bin ich nicht gestorben?

Dera kam fast unbekleidet mir zu Hilfe, als nur noch ein Blitzstrahl mir hätte helfen können. O Vorsehung Birmahs, der Blitz schlug nicht ein, und der verabscheuungswürdige Fa tutto konnte den brennenden Tau seines Verbrechens in meinen Schoß ergießen. Nein, selbst Durga mit ihren zehn göttlichen Armen hätte diesen unbezwingbaren Mosasor nicht zu stören vermocht.

Meine teure Dera riß ihn mit aller Kraft zurück, doch stelle dir einen Sperling vor, der mit seinem Schnabel an dem Gefieder eines Geiers zupft, der sich auf eine Taube gestürzt hat, dann hast du das Bild Fa tuttos, Deras und der armen Adate. Um sich an Dera zu rächen, ergriff er auch sie, warf sie mit einer Hand zu Boden, hielt mich mit der anderen zurück und tat ihr erbarmungslos, was er mir angetan hatte. Dann verließ er mit stolzer Miene wie ein Gebieter, der zwei Sklaven gezüchtigt hat, den Raum und rief uns zu: »Wisset, daß ich Euch alle beide auf diese Weise bestrafen werde, wenn Ihr die Widerspenstigen spielt!« Dera und ich wagten eine Viertelstunde lang kein Wort zu sprechen, wagten nicht, uns anzusehen. Schließlich rief Dera: »Ach, meine geliebte Herrin, was ist das für ein Mensch! Sind alle Menschen seines Schlages so grausam wie er?«

Ich dachte jedoch nur an den unglücklichen Amabed. Man hatte mir versprochen, ihn mir zurückzugeben, und man tat es nicht. Mich töten, hieße ihn im Stich lassen, und darum habe ich mich nicht getötet.

Seit einigen Tagen hatte ich mich nur von meinem Schmerz genährt, denn man hatte uns zur gewohnten Stunde kein Essen gebracht. Dera wunderte und beklagte sich darüber, mir aber erschien es schmachvoll, nach dem, was uns geschehen war, zu essen. Dennoch verspürten wir einen schrecklichen Hunger. Nichts wurde uns gebracht, und nachdem wir zuerst vor Kummer ohnmächtig geworden waren, schwanden uns jetzt vor Hunger die Sinne.

Am Abend setzte man uns endlich eine Taubenpastete, eine Poularde und zwei Rebhühner mit einem kleinen Stück Brot und, als Gipfel der Beleidigung, eine Flasche Wein ohne Wasser vor. Das war der schimpflichste Streich, den man zwei Frauen wie uns spielen konnte, nach allem, was wir gelitten hatten. Doch was konnten wir tun? Ich warf mich auf die Knie: »O Birmah! O Wischnu! O Brahma! Ihr wißt, daß die Seele von dem, was in den Körper gelangt, nicht beschmutzt wird. Wenn ihr mir eine Seele gegeben habt, so verzeiht ihr den traurigen Zustand, in dem sich mein Körper befindet, der anderes als Pflanzennahrung zu sich nehmen mußte. Ich weiß, daß es eine schwere Sünde ist, Hühnerfleisch zu essen, doch man zwingt mich dazu. Mögen alle diese Verbrechen auf das Haupt Fa tuttos kommen! Möge er nach seinem Tode in eine unglückliche Inderin verwandelt werden und ich in einen Dominikaner, damit ich ihm alle Schmach, die er mir angetan hat, vergelten kann. Oh, möge ich noch unbarmherziger gegen ihn sein, als er gegen mich gewesen ist!« Entsetze Dich nicht darüber, sondern verzeihe, tugendreicher Shastasid! Wir haben uns an den gedeckten Tisch gesetzt – oh, wie hart ist es, Freuden zu genießen, über die man sich Vorwürfe macht!

Nachschrift. – Gleich nach dem Essen schreibe ich an den Präsidenten von Goa, der »corregidor« genannt wird. Ich bitte ihn, Amabed und mich freizulassen, und setze ihn von allen Verbrechen Fa tuttos in Kenntnis. Meine teure Dera sagt mir, daß sie ihm diesen Brief durch den Häscher der Glaubensrichter, der sie ab und zu besucht und viel Achtung für sie empfindet, zustellen kann. Wir werden sehen, welche Folgen dieser gewagte Schritt bringt.

Sechster Brief Adates

Kannst Du es für möglich halten, weiser Belehrer der Menschen, daß es in Goa Gerechte gibt? Und Don Jeronimo, der Corregidor, ist einer von ihnen. Mein und Amabeds Unglück hat ihn gerührt, Ungerechtigkeit empört ihn, Verbrechen entrüstet ihn.

Er begab sich mit Gerichtsbeamten in das Gefängnis, in dem wir eingesperrt waren. Wie ich höre, heißt diese Höhle »Palast des Glaubensgerichtes«. Du wirst höchst erstaunt sein – man hat ihm den Zutritt verweigert! Die fünf Gespenster erschienen mit ihren Hellebardenträgern vor dem Tor und sagten zu ihm: »Im Namen Gottes, du darfst nicht eintreten.« – »Ich werde im Namen des Königs eintreten«, entgegnete der Corregidor, »es handelt sich um eine königliche Angelegenheit.« – »Nein, um eine heilige Angelegenheit«, antworteten die Gespenster, und Don Jeronimo, der Gerechte, erwiderte darauf: »Ich muß Amabed, Adate, Dera und den Pater Fa tutto verhören!« – »Einen Inquisitor, einen Dominikaner verhören«, rief das Haupt der Gespenster, »das ist eine Freveltat – scommunicao, scommunicao!« Das sollen schreckliche Worte sein, und ein Mensch, gegen den sie ausgesprochen werden, stirbt gewöhnlich nach drei Tagen.

Die beiden Parteien wurden immer wütender und drohten, handgreiflich zu werden. Schließlich begaben sie sich zu dem Obispo von Goa. Ein Obispo ist unter diesen Barbaren ungefähr dasselbe, was Du unter den Kindern Brahmas bist, nämlich ein Intendant der Religion. Er ist violettfarbig gekleidet und trägt an den Händen violette Handschuhe. Auf dem Kopfe hat er an Festtagen einen in zwei Teile gespaltenen Zuckerhut. Dieser Mann hat entschieden, beide Parteien hätten gleicherweise unrecht, und nur ihrem Vizegott stehe es zu, den Pater Fa tutto abzuurteilen. Es wurde vereinbart, daß man ihn mit Amabed, mir und meiner treuen Dera zu seiner Heiligkeit führe. Ich weiß nicht, wo dieser Vizegott wohnt, ob in der Nähe des großen Lama oder in Persien, doch schließlich ist das ja auch nicht wichtig. Ich werde Amabed wiedersehen und mit ihm bis ans Ende der Welt gehen, sei es in den Himmel oder in die Hölle. Ich denke in diesem Augenblick nicht an meine Grube, mein Gefängnis, den Frevel Fa tuttos, seine Rebhühner, die ich feigerweise gegessen habe, und seinen Wein, den ich in meiner Schwäche getrunken habe.

Siebenter Brief Adates

Ich habe meinen süßen Gatten wiedergesehen! Man hat uns wieder vereinigt, ich habe ihn in meinen Armen gehalten! Er hat die Schmach ausgelöscht, mit der mich der verabscheuungswürdige Fa tutto befleckt hat. Gleich den heiligen Wassern des Ganges, die die Seele von jedem Makel reinwaschen, hat er mir ein neues Leben gegeben. Nur meine arme Dera bleibt noch geschändet, doch Deine Gebete und Dein Segen werden ihre Unschuld in ihrem ganzen Glanz wiedererstehen lassen.

Man läßt uns morgen auf einem Schiff, das nach Lissabon segelt, abreisen. Wir kommen in das Vaterland des stolzen Albuquerque, und dort wohnt wahrscheinlich auch jener Vizegott, der zwischen Fa tutto und uns richten soll. Wenn er Vizegott ist, wie man hier allgemein versichert, wird er Fa tutto bestimmt verdammen. Das ist ein kleiner Trost, doch ich sorge mich weniger um die Bestrafung dieses schrecklichen Sünders als um das Glück des süßen Amabed.

Welches ist wohl das Schicksal der schwachen Sterblichen, dieser Blätter, die der Wind verweht! Amabed und ich sind an den Ufern des Ganges geboren. Man schickt uns nach Portugal und wird uns, die wir frei geboren sind, in einer unbekannten Welt richten. Werden wir jemals unser Vaterland wiedersehen? Werden wir die Pilgerfahrt zu Deiner geheiligten Persönlichkeit, die wir beabsichtigten, vollenden können?

Wie können wir, meine liebe Dera und ich, mit dem Pater Fa tutto auf demselben Schiff sein? Dieser Gedanke läßt mich erschaudern. Glücklicherweise habe ich meinen tapferen Mann zu meinem Schutz bei mir. Was soll aber aus Dera werden, die keinen Gatten hat? Doch wir wollen uns der Vorsehung empfehlen.

Von jetzt an wird Dir mein teurer Amabed schreiben, er wird täglich unsere Schicksale aufzeichnen, er wird Dir die neue Welt und den neuen Himmel schildern, die wir sehen. Möge Brahma Dein geschorenes Haupt und die göttliche Vernunft, die er in das Mark Deines Hirnes gelegt hat, lange erhalten!

Erster Brief Amabeds an Shastasid nach der Gefangennahme

Ich zähle also noch zu den Lebenden! Und ich kann Dir selbst schreiben, göttlicher Shastasid! Ich habe alles erfahren, und Du weißt alles. *Augenweide* ist keineswegs schuldig, sie kann es nicht sein. Das Herz und nichts anderes ist voller Tugend. Das Ungetüm Fa tutto, das in Schafskleidern zu uns kam, behauptete frech, er habe Adate und mich in Benares nach dem europäischen Ritus getauft, ich sei »apostato«, *Augenweide* »apostata«. Er schwört bei dem nackten Mann, der hier fast an allen Mauern abgebildet ist, er sei ungerechtfertigterweise angeklagt, meine teure Gattin und die junge Dera vergewaltigt zu haben. *Augenweide* und die sanfte Dera schwören, daß sie vergewaltigt wurden. Die europäischen Geister vermögen diesen dunklen Abgrund nicht zu durchdringen, sie behaupten alle, nur ihr Vizegott, der unfehlbar sei, könne die Wahrheit ergründen.

Don Jeronimo, der Corregidor, läßt uns morgen alle einschiffen, damit wir vor dem seltsamen Wesen, das niemals irrt, erscheinen. Doch dieser große Barbarenrichter hat seinen Sitz nicht in Lissabon, sondern viel weiter entfernt in einer herrlichen Stadt, die Rom heißt. Diese Stadt ist uns Indern gänzlich unbekannt. Was ist das für eine schreckliche Reise! Und was müssen die Kinder Brahmas in ihrem kurzen Leben durchmachen!

Unsere Reisegefährten sind europäische Kaufleute, Sängerinnen, zwei alte Offiziere der königlichen Truppen von Portugal, die in unserem Lande viel Geld verdient haben, ferner Priester des Vizegottes und einige Soldaten.

Es ist ein großes Glück für uns, daß wir Italienisch gelernt haben, das die Umgangssprache aller dieser Leute ist, denn wie könnten wir die portugiesische Mundart verstehen? Aber schrecklich ist es, daß wir mit Fa tutto in dem gleichen Schiff sind. Wir müssen diese Nacht an Bord schlafen, damit wir morgen früh bei Sonnenaufgang abfahren können. Wir werden einen kleinen Raum von sechs Fuß Länge und vier Fuß Breite für meine Frau und Dera haben; man sagte uns, das wäre eine besondere Gunst. Allerhand Reisevorbereitungen müssen getroffen werden. Ist das ein Lärmen, ein unbeschreibliches Getöse! Das Volk stürzt herbei, um uns zu begaffen. *Augenweide* schwimmt in Tränen, Dera zittert. Man muß sich mit Mut waffnen. Lebe wohl! Bete für uns zum Ewigen, der genau vor 115 652 jährlichen Drehungen der Sonne um die Erde oder der Erde um die Sonne die unglücklichen Sterblichen geschaffen hat.

Zweiter Brief Amabeds während seiner Reise

Nach einer eintägigen Seefahrt lag das Schiff vor Bombay, das der Vernichter Albuquerque – hier wird er »Der Große« genannt – eingenommen hat. Zugleich ertönte ein Höllenlärm: Unser Schiff schoß neun Salven ab, die mit ebenso vielen von den Wällen der Stadt erwidert wurden. *Augenweide* und die junge Dera glaubten, ihr letztes Stündlein habe geschlagen. Wir waren alle von dichtem Rauch eingehüllt. Hältst Du es für möglich, weiser Shastasid, daß das Höflichkeitsbezeigungen sind? Auf diese Art begrüßen sich die Barbaren. Eine Schaluppe brachte für Portugal bestimmte Briefe, und dann segelten wir auf das große Meer und ließen die Mündungen des großen Flusses Zonboudipo, den die Barbaren »Indus« nennen, zu unserer Rechten. Wir sahen nur noch das, was die Räuber »Himmel« nennen – obwohl sie des Himmels so wenig würdig sind –, und das große Meer, das sie aus Habgier und Grausamkeit durchkreuzen.

Immerhin scheint der Kapitän ein anständiger und kluger Mann zu sein. Er duldet nicht, daß Fa tutto auf Deck erscheint, wenn wir dort Luft schöpfen; und solange er dort ist, bleiben wir unten. Wir sind wie Tag- und Nachtgestirne, die niemals zusammen am gleichen Himmel erscheinen. Ich denke unaufhörlich über das Schicksal nach, das mit den unglücklichen Sterblichen sein Spiel treibt. Wir fahren auf dem Indischen Meer zusammen mit einem Dominikaner, um in Rom, sechstausend Meilen von unserer Heimat entfernt, abgeurteilt zu werden.

Auf dem Schiff befindet sich eine angesehene Persönlichkeit, Almosenpfleger genannt. Er gibt nicht etwa Almosen, im Gegenteil, man gibt ihm Geld, damit er in einer Sprache, die weder Portugiesisch noch Italienisch ist und von niemandem auf dem Schiff verstanden wird, Gebete spricht. Vielleicht versteht er sie selbst nicht, denn er streitet sich immer mit Fa tutto über den Sinn der Worte. Der Kapitän erzählte mir, der Almosenpfleger sei ein Franziskaner, und da der andere Dominikaner sei, gebiete ihnen ihr Gewissen, niemals der gleichen Meinung zu sein. Ihre beiden Sekten sind geschworene Feinde, und die Anhänger sind auch verschieden gekleidet, um den Unterschied ihrer Meinungen kenntlich zu machen. Der Franziskaner heißt Fa molto. Er leiht mir italienische Bücher, die die Religion des Vizegottes, vor dem wir erscheinen sollen, behandeln. Meine geliebte Adate und ich lesen diese Bücher zusammen, und Dera hört zu. Sie war anfangs dagegen, da sie fürchtete, Brahmas Mißfallen zu erregen. Aber je mehr wir lesen, desto mehr festigen wir uns in der Liebe zu den heiligen Dogmen, die Du die Gläubigen lehrst.

Dritter Brief aus Amabeds Tagebuch

Wir haben mit dem Almosenpfleger Episteln von einem der großen Heiligen der italienischen und portugiesischen Religion gelesen. Sein Name ist Paulus. Du, der Du über alles umfassende Kenntnisse verfügst, kennst zweifellos diesen Paulus. Er ist ein bedeutender Mann. Durch eine Stimme wurde er vom Pferde gestürzt und durch einen Blitzstrahl seines Augenlichtes beraubt. Er rühmt sich, wie ich in einem Gefängnis gewesen zu sein, und er gibt an, er habe fünfmal neununddreißig Peitschenhiebe bekommen, was im ganzen hundertfünfundneunzig Hiebe auf das Hinterteil ausmacht; außerdem dreimal Stockschläge, ohne die Zahl zu nennen. Des weiteren führt er an, er sei einmal gesteinigt worden; das ist schlimm, denn man erholt sich schwerlich davon. Schließlich gibt er unter Eid an, er habe einen Tag und eine Nacht auf dem Grunde des Meeres zugebracht. Ich bedaure ihn sehr, aber zur Belohnung ist er in den dritten Himmel gekommen. Ich gestehe Dir, erleuchteter Shastasid, daß ich mir dasselbe wünsche, selbst wenn ich diesen Ruhm mit hundertfünfundneunzig gutgezielten Rutenhieben erkaufen müßte.

»Schön ist's für Sterbliche, zum Himmel aufzusteigen,
schön fällt sich's selbst von dort herab«,

wie einer unserer liebenswertesten indischen Dichter, der zuweilen sehr erhaben ist, sagt.

Ich stelle auch fest, daß Paulus, so wie ich, zur Aburteilung nach Rom gebracht wurde. Also, teurer Shastasid, Rom hat zu allen Zeiten über alle Sterblichen gerichtet. Diese Stadt muß sicherlich den übrigen Erdteilen weit überlegen sein. Alle Leute, die sich auf unserem Schiff befinden, schwören auf Rom, und in Goa tut man alles im Namen Roms.

Nun weiter. Der Gott unseres Almosenpflegers Fa molto, derselbe Gott wie der Fa tuttos, wurde in einem von Rom abhängigen Lande geboren und starb dort, und er entrichtete seinen Tribut dem Zamorin, der in dieser Stadt herrschte. Erscheint Dir das nicht alles erstaunlich? Mir ist, als träumte ich, und alle Menschen, die mich umgeben, träumten auch.

Unser Almosenpfleger Fa molto hat uns aber noch viel wunderbarere Dinge vorgelesen. Einmal ist von einem Esel, der sprechen kann, die Rede, dann von einem ihrer Heiligen, der drei Tage und Nächte im Bauche eines Walfisches zubringt und sehr schlecht gelaunt herauskommt. Weiter wird von einem Priester erzählt, der in einem von vier feurigen Pferden gezogenen Wagen zum Himmel fährt, um dort zu predigen. Ein Doktor durchschreitet das Meer trockenen Fußes mit zwei oder drei Millionen Männern, die mit ihm fliehen. Ein anderer Doktor läßt Sonne und Mond stillstehen, aber das überrascht mich nicht, denn Du hast mich gelehrt, daß Bacchus das gleiche getan hat. Jedoch am unangenehmsten ist mir, der ich auf meine Reinlichkeit und Schamhaftigkeit stolz bin, der Umstand, daß der Gott dieser Menschen einem seiner Priester befiehlt, auf seinem Brot Menschenmist zu essen, und einem anderen, mit Freudenmädchen gegen Geld zusammen zu schlafen und von ihnen Kinder zu haben.

Ja, es gibt noch Schlimmeres. Dieser gelehrte Mann hat uns auf zwei Schwestern Ohola und Oholiba aufmerksam gemacht. Du kennst sie sicher, da Du doch alles gelesen hast. Dieses Kapitel hat meine Frau so tief empört, daß das Weiße ihrer Augen dabei rot wurde. Ich habe bemerkt, daß die gute Dera bei diesem Abschnitt außer sich geriet. Der Franziskaner Fa molto ist bestimmt ein Lump. Als er aber sah, wie sehr *Augenweide* und ich angewidert waren, schloß er sein Buch und ging hinaus, um über den Text nachzudenken.

Er ließ mir sein heiliges Buch zurück, und ich las aufs Geratewohl einige Seiten darin. O Brahma! O ewige Gerechtigkeit! Was sind das für Menschen? Sie schlafen als Greise alle mit ihren Mägden zusammen. Einer begeht an seiner Schwiegermutter Schändlichkeiten, ein anderer an seiner Schwiegertochter. Dann ist von einer ganzen Stadt die Rede, die mit einem armen Priester wie mit einem hübschen Mädchen umgehen will. Zwei Töchter wieder aus guter Familie machen ihren Vater betrunken, schlafen mit ihm und bekommen Kinder von ihm.

Was mich am meisten entsetzt und mit Abscheu erfüllt hat, ist, daß die Einwohner einer wunderbaren Stadt, denen Gott zwei himmlische Wesen entsandte, die beständig zu Füßen seines Thrones sitzen, zwei reine, im göttlichen Licht erstrahlende Geister..., meine Hand zittert beim Schreiben wie mein Herz... soll ich es sagen? Ja, diese Einwohner taten alles, was sie konnten, um die Boten Gottes zu vergewaltigen. Welch eine abscheuliche Sünde an Menschen! Aber an Engeln? Wie ist so etwas möglich? Teurer Shastasid, laß uns Birmah, Wischnu und Brahma preisen. Wir wollen ihnen danken, daß wir solche unfaßbaren Schandtaten niemals erlebt haben. Es heißt, daß der Eroberer Alexander früher diesen höchst schändlichen Brauch bei uns einführen wollte und daß er vor aller Augen seinen Günstling Hephästion schändete. Gott strafte ihn: Hephästion und er starben in der Blüte der Jahre. Ich grüße Dich, Gebieter meiner Seele, Geist meines Geistes. Adate, meine traurige Adate, empfiehlt sich Deinen Gebeten.

Vierter Brief Amabeds an Shastasid

Am Kap, das man Gute Hoffnung nennt, am
15. des Rhinozerosmonats.

Es ist lange her, seit ich das letzte Mal meine Baumwollblätter auf eine Platte spannte und meinen Pinsel in schwarzen Lack tauchte, um Dir einen genauen Bericht zu geben. Wir haben weit hinter uns zu unserer Rechten den Golf von Bab el Mandeb zurückgelassen, der in das berühmte Rote Meer mündet, dessen Fluten sich ehemals teilten und wie Berge zu beiden Seiten türmten, um Bacchus mit seinem Heer hindurchzulassen. Ich bedauerte, daß wir nicht an den Gestaden des »Glücklichen Arabiens« Anker warfen, an dem Land, das fast so schön wie unseres ist und das Alexander zum Mittelpunkt seines Reiches und zur Handelszentrale der Welt machen wollte. Ich hätte gern Aden oder Eden gesehen, dessen heilige Gärten im Altertum so berühmt waren, und auch das durch seinen Kaffee so bekannte Mokka, der bis jetzt nur in dieser Provinz gedeiht, und Mekka, das der große Prophet der Muselmanen zum Hauptsitz seines Reiches machte und in dem so viele Völker

Asiens, Afrikas und Europas alljährlich zusammenströmen, um einen vom Himmel niedergefallenen schwarzen Stein zu küssen, da doch der Himmel den Sterblichen nicht oft solche Steine schickt. Es ist uns aber nicht erlaubt, unsere Neugier zu befriedigen. Wir fahren immer noch weiter auf dem Meer, um nach Lissabon und von dort aus nach Rom zu gelangen.

Den Äquator haben wir bereits passiert. Im Königreich Malindi, wo die Portugiesen einen bedeutenden Hafen haben, sind wir an Land gegangen. Unsere Schiffsmannschaft hat dort Elfenbein, grauen Amber, Kupfer, Silber und Gold geladen. Jetzt sind wir am großen Kap im Lande der Hottentotten. Diese Völker scheinen keine Abkömmlinge der Kinder Brahmas zu sein. Die Natur hat die Frauen dort mit einer Schürze ausgestattet, die sich aus ihrer Haut bildet. Diese Schürze bedeckt ihre Weiblichkeit, die die Hottentotten anbeten und auf die sie Gesänge und Gedichte verfassen. Diese Völker sieht man vollkommen nackt, eine Mode, die sehr natürlich ist, mir aber weder anständig noch geschickt erscheint. Ein Hottentotte ist sehr zu bedauern, denn ihm bleibt nichts mehr zu wünschen übrig, wenn er seine Hottentottin von vorn und hinten gesehen hat. Der Reiz der Hindernisse fehlt ihm, es gibt nichts Pikantes mehr für ihn. Die Kleider unserer Inderinnen, die aufgeschnürt werden müssen, zeugen von einem überlegenen Geist. Ich bin überzeugt, daß der weise Inder, dem wir das Schach- und Damespiel verdanken, auch die Bekleidung der Damen zu unserer Glückseligkeit erfunden hat.

Wir bleiben zwei Tage auf diesem Kap, das die Grenze der Welt ist und anscheinend den Orient vom Okzident trennt. Je mehr ich über die Hautfarbe dieser Völker nachdenke, über die Naturlaute, deren sie sich an Stelle einer artikulierten Sprache bedienen, um sich verständlich zu machen, über ihr Gesicht und die Schürze ihrer Frauen, um so mehr gelange ich zu der Überzeugung, daß diese Rasse nicht denselben Ursprung haben kann wie wir.

Unser Almosenpfleger behauptet, daß Hottentotten, Neger

und Portugiesen den gleichen Stammvater hätten. Dieser Gedanke ist höchst lächerlich. Ebensogut könnte man sagen, daß die Hühner, Bäume und Kräuter jenes Landes von den Hühnern, Bäumen und Kräutern in Benares oder Peking abstammen.

Fünfter Brief Amabeds

Am Abend des 16. am Kap, das man Gute Hoffnung nennt.

Wieder ein Abenteuer! Der Kapitän ging mit *Augenweide* und mir auf einer Anhöhe spazieren, an deren Füßen das südliche Meer seine Wogen bricht. Der Almosenpfleger Fa molto hat unsere junge Dera ganz heimlich in ein neu erbautes Haus, »Schenke« genannt, geführt. Das arme Mädchen vermutete nichts Arges und glaubte, sie brauche keine Sorge zu haben, da dieser Almosenpfleger kein Dominikaner ist. Nach kurzer Zeit hörten wir Schreie. Denke Dir, Pater Fa tutto war eifersüchtig auf dieses Rendezvous. Wütend betrat er die Schenke, in der zwei Matrosen standen, die auch eifersüchtig waren. Eine schreckliche Leidenschaft ist diese Eifersucht! Die beiden Matrosen und die beiden Priester hatten viel von dem Getränk getrunken, das, wie sie sagen, ihr Noah erfunden hat, während wir behaupten, daß Bacchus der Urheber ist. Es ist ein unheilvolles Geschenk, das nützlich wäre, wenn es nicht so leicht mißbraucht werden könnte. Die Europäer sagen, daß dieses Gebräu ihnen Geist spendet; wie ist das möglich, da es ihnen den Verstand raubt?

Die beiden Seeleute und die beiden europäischen Bonzen haben sich heftig mit den Fäusten bearbeitet; ein Matrose hatte sich Fa tutto vorgenommen, ein anderer den Almosenpfleger, dieser Franziskaner den anderen Matrosen, der zurückgab, was er empfing. Alle vier wechselten jeden Augenblick ihre Gegner, zwei gegen zwei, drei gegen einen, alle gegen alle, jeder fluchte, jeder riß die Unglückliche an sich, die klägliche Schreie ausstieß. Der Kapitän kam durch den Lärm herbeigelaufen und schlug ohne Unterschied auf alle vier Kämpfer ein. Um Dera in Sicherheit zu bringen, nahm er sie mit in seine Kabine, wo sie seit zwei Stunden mit ihm eingeschlossen ist. Die Offiziere und Passagiere, die alle sehr höflich sind, umringten uns und gaben uns die Versicherung, daß die beiden Mönche (so nennen sie sie) nach ihrer Ankunft in Rom vom Vizegott streng bestraft würden. Diese Hoffnung hat uns ein wenig getröstet.

Nach zwei Stunden kam der Kapitän und brachte uns Dera mit vielen Höflichkeitsbezeigungen und Komplimenten, die meiner Frau sehr gefielen, zurück. O Brahma, was für merkwürdige Dinge tragen sich auf Reisen zu! Wieviel klüger wäre es, daheim zu bleiben!

Sechster Brief Amabeds während seiner Reise

Seit dem Abenteuer unserer kleinen Dera habe ich Dir nicht mehr geschrieben. Während der ganzen Fahrt ist der Kapitän ihr gegenüber äußerst gütig gewesen. Ich befürchtete schon, daß er meiner Frau gegenüber zu höflich würde, doch gab sie vor, schon seit vier Monaten schwanger zu sein. Die Portugiesen sehen nämlich schwangere Frauen als geheiligte Personen an, die man nicht betrüben darf. Das ist wenigstens eine löbliche Sitte, die die Ehre Adates schützt. Dem Dominikaner wurde angeordnet, sich niemals vor uns sehen zu lassen, und er hat gehorcht.

Einige Tage nach dem Zwischenfall in der Schenke kam der Franziskaner zu uns, um sich zu entschuldigen. Ich nahm ihn beiseite und fragte ihn, wie er sich so hinreißen lassen konnte, da er doch das Keuschheitsgelübde abgelegt habe. »Allerdings habe ich dieses Gelübde abgelegt«, antwortete er mir, »aber wenn ich gelobt hätte, daß mein Blut niemals in meinen Adern kreisen und meine Nägel und meine Haare niemals wachsen würden, hättet ihr zugegeben, daß ich dieses Gelübde nicht halten könnte. Anstatt daß man uns schwören ließ, keusch zu bleiben, sollte man uns zwingen, es zu sein, und alle Mönche zu Eunuchen machen. Solange ein Vogel Federn hat, fliegt er. Das einzige Mittel, einen Hirsch am Laufen zu hindern, ist, ihm die Läufe abzuschneiden. Seien sie überzeugt, daß so kräftige Priester wie ich, die keine Frauen haben, sich Ausschweifungen hingeben, die die Natur verletzen – und dann nehmen sie heilige Handlungen vor.«

Aus dieser Unterhaltung mit diesem Mann habe ich viel gelernt. Er hat mich über alle Geheimnisse seines Glaubens, die mich sehr in Erstaunen setzten, aufgeklärt. »Der ehrwürdige Pater Fa tutto ist ein Betrüger, der nicht ein Wort von alledem glaubt, was er lehrt«, sagte er mir. »Ich dagegen habe heftige Zweifel, aber ich weise sie ab, lege mir eine Binde über die Augen, scheuche meine Gedanken zurück und gehe in der mir vorgezeichneten Bahn so gut ich eben kann. Alle Mönche stehen vor der Wahl, entweder ihren Beruf durch ihren Unglauben zu verabscheuen oder ihn durch ihre Beschränktheit erträglich zu machen.«

Hältst Du es für möglich, daß er mir nach diesem Geständnis vorgeschlagen hat, Christ zu werden? Darauf erwiderte ich ihm: »Wie können Sie mir eine Religion vorschlagen, von der Sie selbst nicht überzeugt sind, mir, der ich in der ältesten Religion der Welt erzogen worden bin, mir, dessen Glaubenskultus mindestens hundertfünfzehntausenddreihundert Jahre vor dem eurigen und bevor es Franziskaner gab, bestand?« – »Ach, teurer Inder«, antwortete er mir, »wenn es mir gelänge, Sie und die schöne Adate zu Christen zu machen, würde dieser Schurke von einem Dominikaner, der nicht an die unbefleckte Empfängnis der Jungfrau glaubt, vor Ärger platzen! Ihr würdet mir zum Glück verhelfen, ich könnte ›obispo‹* werden; das wäre ein gutes Werk, und Gott würde Euch dafür Dank wissen.«

So findet man, göttlicher Shastasid, unter diesen europäischen Barbaren Männer, die ein Gemisch von Irrtum, Schwäche, Begierde und Dummheit, und andere, die abgefeimte und

* obispo ist portugiesisch und bedeutet »episcopus«, zu deutsch Bischof. Das Wort ist in keinem der vier Evangelien zu finden.

hartgesottene Bösewichte sind. Ich habe *Augenweide* von diesen Gesprächen erzählt, und sie hat mitleidig gelächelt. Wer hätte angenommen, daß wir auf einem Schiff, auf der Fahrt nach den Küsten Afrikas, die Menschen kennenlernen würden!

Siebenter Brief Amabeds

Wie herrlich ist diese afrikanische Küste, aber wie häßlich sind die Einwohner! Was sind es für rohe Menschen! Je mehr die Natur für uns tut, desto weniger tun wir für sie. Keinerlei Kunst ist diesen Völkern bekannt. Es ist fraglich, ob sie von den Affen abstammen oder die Affen von ihnen. Unsere Weisen haben gesagt, der Mensch sei das Ebenbild Gottes: ein komisches Ebenbild des ewigen Wesens mit einer schwarzen Plattnase und wenig oder gar keinem Verstand! Zweifellos wird eine Zeit kommen, in der die Tiere lernen, die Erde gut zu bebauen und sie durch Häuser und Gärten zu verschönern; auch den Lauf der Sterne werden sie kennenlernen. Für alles ist Zeit nötig. Wir nehmen auch für unsere Philosophie einen Zeitraum von 115 652 Jahren an – und bei allem Respekt, den ich Dir schulde, glaube ich, daß wir uns täuschen. Mir scheint, man braucht weit mehr Zeit, um zu der Höhe zu gelangen, auf der wir uns befinden. Rechnen wir zwanzigtausend Jahre für die Erfindung einer leidlich guten Sprache, ebensoviel, um mit einem Alphabet schreiben zu können, ebensoviel für Hüttenkunde, für Ackerbau und Weberei, ebensoviel für Schiffahrt. Wieviel Künste bleiben dann noch übrig, die Jahrhunderte erfordern! Die Chaldäer wollen vierhunderttausend Jahre alt sein, und das ist noch nicht genug.

Der Kapitän hat in einem Lande, das Angola heißt, sechs Neger gekauft, die man ihm zum gleichen Preise wie sechs Ochsen abgab. Dieses Land muß demnach weit besser bevölkert sein als das unsere, da man die Menschen so billig verkauft. Wie ist aber eine so zahlreiche Bevölkerung mit so viel Unwissenheit in Einklang zu bringen?

Der Kapitän hatte einige Musikanten bei sich. Er befahl ihnen, auf ihren Instrumenten zu spielen, und flugs fingen die armen Neger mit fast ebensoviel Taktgefühl wie unsere Elefanten zu tanzen an. Kann man es für möglich halten, daß sie bei so viel Liebe zur Musik nicht eine Geige und nicht einmal einen Dudelsack erfinden konnten? Du, großer Shastasid, würdest mir antworten, daß selbst der Eifer der Elefanten dazu nicht ausgereicht hat und daß man abwarten muß. Darauf habe ich nichs zu erwidern.

Achter Brief Amabeds

Das Jahr geht fast zu Ende, und wir stehen bereits vor Lissabon an den Ufern des Tajo, der seit langem den Ruf hat, Gold in seinen Wassern zu bergen. Wenn es wirklich so ist, wie kommt es dann, daß die Portugiesen so weit fahren, um es zu holen? Alle Europäer erwidern, daß man nie zu viel Gold haben könne. Lissabon ist, wie Du mir sagtest, die Hauptstadt eines sehr kleinen Königreiches. Es ist die Heimat Albuquerques, der uns so viel Böses angetan hat. Ich gebe zu, diese Portugiesen, die einen Teil unserer schönen Länder unterjochten, haben etwas Großes an sich. Ihr Verlangen nach Pfeffer muß Mut und Unternehmungslust hervorgerufen haben. *Augenweide* und ich hatten gehofft, daß wir die Stadt betreten könnten, doch es wurde uns nicht erlaubt, weil wir, wie man sagte, Gefangene des Vizegottes sind und der Dominikaner Fa tutto, der Franziskaner Fa molto, Dera, Adate und ich in Rom abgeurteilt werden sollen.

Man hat uns auf ein anderes Schiff gebracht, das nach der Stadt des Vizegottes fährt.

Der Kapitän, ein alter Spanier, unterscheidet sich in allem von dem Portugiesen, der sich uns gegenüber so höflich benommen hat. Er spricht nur selten und dann sehr einsilbig. An seinem Gürtel trägt er aufgereihte Perlen, die er immer wieder zählt; man sagt, es sei ein Zeichen der Tugend.

Dera vermißt den anderen Kapitän sehr und findet, daß er

viel netter war. Dem Spanier übergab man einen dicken Stoß Akten, Unterlagen für unseren Prozeß in Rom, und ein Schiffsschreiber las alles laut vor. Er behauptet, Fa tutto würde zum Galeerensträfling des Vizegottes verurteilt, und der Almosenpfleger Fa molto würde bei seiner Ankunft gepeitscht werden. Die ganze Schiffsmannschaft ist dieser Ansicht. Der Kapitän hat die Akten eingeschlossen, ohne ein Wort zu sagen. Wir fahren ab. Möge Brahma Erbarmen mit uns haben und Dich mit seiner Gnade überschütten! Brahma ist gerecht, aber es ist eine sehr merkwürdige Sache, daß ich, obwohl ich an den Ufern des Ganges geboren bin, in Rom abgeurteilt werden soll. Man versichert mir indessen, daß es mehr als einem Fremden ebenso ergangen ist.

Neunter Brief Amabeds

Nichts Neues. Die ganze Mannschaft ist schweigsam und trübsinnig wie der Kapitän. Du kennst das indische Sprichwort: »Alles fügt sich den Sitten des Herrn.« Wir sind über ein Meer gefahren, das nur neuntausend Fuß breit ist und zwischen zwei Bergen liegt, und jetzt sind wir auf einem anderen, das mit Inseln übersät ist. Eine dieser Inseln ist recht eigenartig. Sie wird von christlichen Ordensrittern regiert, die einen kurzen Rock und einen Hut tragen und ein Gelübde ablegen, alle, die Mütze und Kleid tragen, zu töten. Sie müssen auch Gebete hersagen. Wir kamen dann an einer weit größeren und sehr schönen Insel vorbei, die Sizilien genannt wird. Früher war sie noch viel schöner. Man spricht von wunderbaren Städten, von denen man nur noch Ruinen sieht. Diese Insel war von Göttern und Göttinnen, von Riesen und Helden bewohnt. Und dort wurde der Blitz geschmiedet. Eine Göttin, Ceres genannt, spendete der Insel reiche Ernte. Der Vizegott hat das alles geändert; man sieht jetzt viele Prozessionen und Beutelschneider.

Endlich sind wir in dem heiligen Land des Vizegottes. In dem Buche des Almosenpflegers hatte ich gelesen, daß dieses Land aus Gold und Azur bestehe, die Mauern aus Smaragden und Rubinen. In den Bächen flösse Öl, aus den Brunnen Milch, und die Felder seien mit Wein bepflanzt, von denen jede Rebe hundert Tonnen Wein ergäbe.* Vielleicht werden wir alles das sehen, wenn wir in der Nähe von Rom sind.

Wir landeten mit großen Schwierigkeiten in einem kleinen, sehr ungünstigen Hafen, den man als »die alte Stadt« bezeichnet. Sie ist ganz und gar verfallen, ist aber sehr bekannt.

Uns wurden mit Ochsen bespannte Karren für unsere Fahrt zur Verfügung gestellt. Diese Ochsen müssen von weit her kommen, denn der Boden zu unserer Rechten und unserer Linken ist nicht bestellt, hier sind nur giftige Sümpfe, Heide und dürres Land. Auf unserem Wege sahen wir nur Leute, die einen halben Mantel anhatten und keine Hemden und die uns stolz um ein Almosen baten. Sie nähren sich, wie man uns erzählt hat, nur von keinen flachen Broten, die man ihnen morgens gratis verabreicht, und sie trinken nur geweihtes Wasser. Ohne diese Trupps von Bettlern, die fünf- oder sechstausend Schritte machen, um durch ihre Klagen den dreißigsten Teil einer Rupie zu bekommen, wäre dieser Bezirk eine öde Wüste. Uns wurde sogar erzählt, daß jeder, der nachts hier vorbeikommt, in Lebensgefahr schwebt. Anscheinend ist Gott erzürnt über seinen Stellvertreter, weil er ihm ein Land zugewiesen hat, das eine Kloake der Natur ist. Wie ich höre, ist diese Gegend früher einmal sehr fruchtbar und schön gewesen und ist erst so verwüstet, seit die Stellvertreter Gottes sich ihrer bemächtigt haben.

* Er will offenbar vom heiligen Jerusalem sprechen, wie es in der getreuen Darstellung des Johannes beschrieben ist, bei Justinus, Tertullian, Irenäus und anderen großen Männern. Man sieht aber, der arme Brahmane hatte davon nur eine sehr unvollkommene Vorstellung.

Ich schreibe dir, weiser Shastasid, auf meinem Karren, um mir die Zeit zu vertreiben. Adate ist sehr erstaunt. Ich schreibe Dir wieder, sobald ich in Rom bin.

Elfter Brief Amabeds

Wir sind am Ziel, wir sind in der Stadt Rom angelangt! Gestern sind wir am hellichten Tage hier angekommen, am dritten des Schafmonats, nach dem hier gültigen Datum am 5. März 1513. Bis jetzt haben wir genau das Gegenteil von dem erlebt, was wir erwarteten.

Als wir an dem Tore St. Pankratius angekommen waren, erblickten wir zwei Kolonnen Gespenster. Die einen waren wie unser Almosenpfleger gekleidet, die anderen wie der Pater Fa tutto. Beiden wurde ein Banner vorangetragen und ein Stab mit der Skulptur eines nackten Mannes, wie der in Goa. Sie gingen paarweise hintereinander und sangen eine Weise, die eine ganze Provinz zum Gähnen bringen konnte. Als diese Prozession an unserem Wagen angelangt war, rief die eine Schar: »Da ist der heilige Fa tutto!«, die andere: »Da ist der heilige Fa molto!« Man küßte ihre Gewänder, und das Volk fiel auf die Knie. »Wieviel Inder habt Ihr bekehrt, ehrwürdiger Vater?« – Fünfzehntausendsiebenhundert«, antwortete der eine . . ., »Elftausendneunhundert«, der andere . . . »Gebenedeit sei die Jungfrau Maria!«

Aller Augen waren auf uns gerichtet, alle umringten uns. »Sind das einige Eurer Neubekehrten, ehrwürdiger Vater?« – »Ja, wir haben sie getauft.« – »Sie sehen wirklich gut aus. Gloria in der Höhe! Gloria in der Höhe!«

Pater Fa tutto und Pater Fa molto wurden, jeder von seiner Prozession, in ein prächtiges Haus geführt, wir aber gingen in eine Herberge. Das Volk kam uns nach, rief: »Cazzo! Cazzo!«, segnete uns, küßte uns die Hände und sagte meiner geliebten Adate, Dera und mir Schmeicheleien. Wir kamen aus dem Staunen nicht heraus.

Kaum waren wir in unserer Herberge, als ein Mann in violettem Gewand, von zwei anderen in schwarzen Mänteln begleitet, erschien, um uns zu unserer Ankunft zu beglückwünschen. Als erstes bot er uns von der »Propaganda« Geld an, falls wir es brauchten. Ich weiß nicht, was unter dieser »Propaganda« zu verstehen ist. Ich antwortete ihm, daß wir mit Geld noch versehen wären und außerdem viele Diamanten besäßen (tatsächlich war ich vorsichtig genug gewesen und hatte in meiner Unterhose meine Börse und eine Schachtel Brillanten versteckt). Da warf sich dieser Mann fast vor mir auf den Boden und behandelte mich wie eine Exzellenz. »Ist Ihre Exzellenz, die Signora Adate, nicht sehr abgespannt von der Reise? Will sie sich nicht zu Bett begeben? Ich fürchte, sie zu stören, doch bin ich stets zu ihren Diensten. Signor Amabed kann über mich verfügen. Ich werde ihm einen Fremdenführer schicken, der ihm zu Diensten steht; er braucht nur zu befehlen. Wollen Sie beide, wenn Sie ausgeruht sind, mir die Ehre erweisen, bei mir eine Erfrischung einzunehmen? Ich werde mir gestatten, Sie in meinem Wagen abholen zu lassen.«

Ich muß gestehen, göttlicher Shastasid, daß die Chinesen nicht höflicher als diese Abendländer sind. Der Herr zog sich dann zurück, und wir schliefen sechs Stunden, die schöne Adate und ich. Als es Abend wurde, holte man uns mit dem Wagen ab, und wir begaben uns zu dem höflichen Mann. Seine Wohnung war hell erleuchtet, und die Bilder, die sie schmückten, waren viel schöner als das mit dem nackten Menschen, das wir in Goa gesehen hatten. Eine sehr zahlreiche Gesellschaft überhäufte uns mit Liebenswürdigkeiten, bewunderte uns Inder, beglückwünschte uns, daß wir getauft worden waren, und bot uns ihre Dienste für die ganze Zeit unseres Aufenthaltes in Rom an. Wir wollten Pater Fa tutto zur Rechenschaft ziehen, aber man ließ uns keine Zeit, davon zu reden. Schließlich brachte man uns in unsere Herberge zurück. Wir konnten uns diesen Empfang, der uns erstaunte und verwirrte, nicht erklären.

Heute haben wir zahllose Besuche empfangen. Eine Prinzessin von Piombino schickte uns zwei Diener mit der Bitte, bei ihr zu Mittag zu speisen, und wir fuhren in einer prächtigen Equipage hin. Der violette Mann war auch da. Ich habe in Erfahrung gebracht, daß das ein hoher Herr ist, und zwar ein Diener des Vizegottes, ein Prälat. Die Prinzessin von Piombino war das liebenswürdigste, reizendste Wesen, das man sich vorstellen kann. Bei Tisch hat sie mir den Platz an ihrer Seite anweisen lassen. Unsere Abneigung, römische Tauben und Rebhühner zu essen, hat sie sehr überrascht. Der Prälat sagte uns, wir müßten, da wir getauft seien, Rebhühner essen und Montepulcianoer Wein trinken, der Vizegott genieße sie auch, und das sei das besondere Merkmal eines wahren Christen.

Die schöne Adate antwortete mit der ihr eigenen Naivität, sie sei nicht Christin, sondern sei im Ganges getauft. »Und wenn auch, gnädige Frau!« rief der Prälat. »Ob im Ganges oder im Tiber oder in einem Bade, das ist doch ganz gleich. Sie gehören zu uns. Sie sind von dem Pater Fa tutto bekehrt worden, und das ist für uns eine Ehre, auf die wir nicht verzichten wollen. Wie überlegen ist doch unsere Religion der Ihren.« Und darauf überhäufte er unsere Teller mit Hühnerflügeln. Die Prinzessin trank auf unsere Gesundheit und unser Wohl. Man überschüttete uns mit so viel Liebenswürdigkeiten, man war so höflich, so fröhlich, so verführerisch, daß Adate und ich, von Begeisterung berauscht (ich bitte Brahma darum um Verzeihung), es uns schließlich ganz köstlich schmecken ließen, aber mit dem festen Vorsatz, uns nach unserer Rückkehr bis zu den Ohren im Ganges reinzuwaschen, um unsere Sünde auszulöschen. Niemand zweifelte daran, daß wir Christen seien. »Pater Fa tutto muß ein bedeutender Missionar sein«, meinte die Prinzessin. »Ich habe große Lust ihn als Beichtvater zu nehmen.« Meine Frau und ich erröteten bei diesen Worten und schlugen die Augen nieder.

Von Zeit zu Zeit ließ Signora Adate durchblicken, wir seien hergekommen, um von dem Vizegott abgeurteilt zu werden, und sie hätte großes Verlangen, ihn zu sehen. »Es ist kein Vizegott da«, erklärte uns die Prinzessin, »er ist gestorben, und augenblicklich ist man dabei, einen anderen zu wählen. Sobald diese Wahl vollzogen ist, wird man Sie Seiner Heiligkeit vorstellen. Sie werden der großartigsten Feier beiwohnen, die Menschen jemals erleben können, und Sie werden zugleich die größte Zierde sein.« Adate gab ihr eine geistreiche Antwort darauf, und die Prinzessin fand viel Gefallen an ihr.

Zu Ende des Mahles hörten wir eine Musik viel schöner (wenn ich es sagen darf) als die in Benares und Madura.

Nach dem Essen ließ die Prinzessin vier vergoldete Wagen anspannen, und uns forderte sie auf, in dem ihren Platz zu nehmen. Sie zeigte uns herrliche Gebäude, Statuen und Gemälde. Am Abend wurde getanzt. Im stillen verglich ich diesen entzückenden Empfang mit dem düsteren Loch, in dem man uns in Goa eingesperrt hatte, und ich konnte gar nicht begreifen, daß dieselbe Regierung, dieselbe Religion mit so viel Zartheit und Annehmlickeit in Rom vorgehen und in der Ferne eine solche Schreckensherrschaft ausüben kann.

Dreizehnter Brief Amabeds

Während die Stadt sich für die Wahl des Vizegottes heimlich in kleine Parteien teilt, die, obwohl sie von dem glühendsten Haß gegeneinander beseelt sind, sich mit einer Höflichkeit behandeln, die wie Freundschaft aussieht, während das Volk die Pater Fa tutto und Fa molto als Günstlinge der Gottheit ansieht und man sich um uns mit einer achtungsvollen Neugier bemüht, stelle ich, teurer Shastasid, tiefsinnige Betrachtungen über die römische Regierung an.

Ich vergleiche sie mit dem Mahl, das uns die Prinzessin von Piombino gab. Der Saal war sauber, angenehm und schön, Gold und Silber glänzten auf dem Kredenztisch, Fröhlichkeit,

Geist und Anmut belebten die Gäste, aber draußen in den Küchenräumen floß Blut und Fett in Strömen. Felle, Federn und Eingeweide von Vierfüßlern und Geflügel waren ganz durcheinander aufgehäuft, erregten Übelkeit und verbreiteten Gestank.

Genauso scheint mir der römische Hof zu sein: innen höflich und schmeichlerisch, außen unruhestiftend und tyrannisch. Wenn wir sagen, daß wir Fa tutto zur Rechenschaft ziehen wollen, fängt man an, leise zu lächeln. Man sagt uns, wir ständen zu hoch über solchen Bagatellen, unsere Regierung schätze uns zu sehr, um zu dulden, daß wir die Erinnerung an ein solches »Possenspiel« festhielten; ferner: Fa tutto und Fa molto seien eine Art sorgfältig abgerichteter Affen, die dem Volk Taschenspielerkünste vormachen müßten, und man beendet solche Gespräche mit Beteuerungen der Achtung und Freundschaft für uns.

Welche Entschlüsse sollen wir fassen, großer Shastasid? Ich glaube, das klügste ist, mit den anderen zu lachen und höflich zu sein wie sie. Ich will Rom gründlich kennenlernen; das ist der Mühe wert.

Vierzehnter Brief Amabeds

Es liegt eine ziemlich lange Zeit zwischen meinem letzten Brief und dem jetzigen. Ich habe gelesen, angesehen, gesprochen und nachgedacht. Ich schwöre Dir, daß es niemals einen größeren Widerspruch auf Erden gegeben hat als zwischen der römischen Regierung und ihrem Glauben. Ich habe gestern mit einem Theologen des Vizegottes darüber gesprochen. Ein Theologe ist an diesem Hofe das, was in einem Hause der niedrigste Diener ist: Er besorgt die groben Arbeiten, schafft die Abfälle weg, und wenn sich darunter irgendein brauchbares Stück findet, legt er es für den Bedarfsfall beiseite.

Ich sagte zu Ihm: »Euer Gott ist in einem Stall zwischen einem Ochsen und einem Esel geboren. In Armut wurde er erzogen, er lebte und starb in Armut, und er befahl seinen Jüngern ausdrücklich die Armut. Er erklärte ihnen, es dürfe unter ihnen keinen ersten oder letzten geben, und derjenige, der den anderen befehlen wolle, müsse ihnen dienen. Indessen sehe ich hier, daß man genau das Gegenteil von dem tut, was Euer Gott will. Selbst Euer Gottesdienst ist von dem seinen gänzlich verschieden. Ihr zwingt die Menschen, Dinge zu glauben, von denen er kein Wort gesagt hat.«

»Das ist schon richtig«, antwortete er mir. »Unser Gott hat unseren Herren nicht buchstäblich befohlen, sich auf Kosten des Volkes zu bereichern und das Besitztum anderer zu rauben, aber er hat es uns bildlich befohlen. Er ist zwischen einem Ochsen und einem Esel geboren, aber drei Könige kamen und beteten ihn in einem Stall an. Die Ochsen und die Esel stellen die Völker dar, die wir belehren, und die drei Könige die Monarchen, die uns untertan sind. Seine Jünger befanden sich in großer Armut, folglich müssen unsere Herren heute überreich sein, denn während die ersten Vizegötter nur einen Taler haben mußten, brauchen die heutigen dringend zehn Millionen Taler. Arm sein bedeutet, nur gerade das Notwendigste zu besitzen; also erfüllen unsere Herren, die nicht einmal das Nötigste haben, das Gebot der Armut auf das gewissenhafteste.

Unser Gott hat niemals etwas geschrieben, also auch nicht über die Dogmen. Da wir aber schreiben können, ist es unsere Sache, Dogmen niederzuschreiben, und deshalb haben wir sie im Laufe der Zeit je nach Bedarf aufgestellt. Wir haben zum Beispiel aus der Heirat das sichtbare Zeichen einer unsichtbaren Handlung gemacht. Daher kommt es, daß alle durch die Heirat hervorgerufenen Prozesse aus allen Teilen Europas vor unserem römischen Tribunal geführt werden, weil wir allein unsichtbare Dinge zu sehen vermögen. Das ist eine reiche Schatzquelle, die sich in unsere geweihte Schatzkammer ergießt, um den Durst unserer Armut zu stillen.«

Ich fragte ihn, ob die geweihte Kammer nicht noch andere Hilfsquellen habe. »In dieser Hinsicht haben wir nichts versäumt«, entgegnete er, »wir ziehen Nutzen aus Lebenden und Toten. Ist zum Beispiel eine Seele verschieden, so schicken wir sie in eine Heilanstalt und lassen sie in der Seelen-Apotheke Medizin schlucken. Sie glauben nicht, wieviel Geld uns diese Apotheke einbringt.« – »Wieso denn, Ehrwürden? Mich dünkt, die Börse einer Seele ist gewöhnlich ziemlich schlaff.«

»Das stimmt, mein Herr, aber die Seelen haben Angehörige, denen viel daran liegt, ihre gestorbenen Verwandten aus der Heilanstalt herauszubringen und sie an einem angenehmeren Orte unterbringen zu lassen. Für eine Seele ist es traurig, eine ganze Ewigkeit mit Arzneischlucken zu verbringen. Wir verständigen uns mit den Lebenden, sie erkaufen die Gesundheit der Seelen ihrer abgeschiedenen Verwandten, teurer oder billiger, je nach Vermögen. Wir verabfolgen ihnen Scheine für die Apotheke. Ich versichere Ihnen, daß dies eine unserer besten Einnahmequellen ist.«

»Aber, Ehrwürden, wie gelangen diese Scheine zu den Seelen?« Er fing an zu lachen. »Das ist Sache der Angehörigen«, meinte er, »und sagte ich Ihnen nicht bereits, daß wir eine unbestreitbare Macht über unsichtbare Dinge haben?« Dieser Theologe erscheint mir sehr umgänglich; ich profitiere viel von ihm und fühle mich schon ganz anders.

Fünfzehnter Brief Amabeds

Du mußt wissen, teurer Shastasid, daß der Fremdenführer, dem mich Ehrwürden empfohlen hat und von dem ich Dir bereits in meinen früheren Briefen erzählte, ein äußerst intelligenter Mann ist, der den Ausländern die Sehenswürdigkeiten des antiken und neuen Roms zeigt. Das eine wie das andere Rom hat bekanntlich über Könige geherrscht, doch die ersten Römer erwarben ihre Macht durch ihr Schwert und die späteren durch ihre Feder. Die militärische Disziplin verschaffte den Cäsaren, deren Geschichte Du kennst, die Herrschaft, während die klösterliche Disziplin diesen Vizegöttern, die Päpste genannt werden, eine andere Art der Herrschaft verleiht. Auf dem gleichen Platz, wo man früher Triumphzüge sah, finden jetzt Prozessionen statt. Die Fremdenführer erklären das alles den Ausländern, denen sie Bücher liefern und auch Mädchen anbieten. Ich für meinen Teil beschränke mich auf die Bücher, da ich meiner schönen Adate nicht untreu werden will (so jung ich auch bin!). Hauptsächlich befasse ich mich mit der Religion des Landes, was mir viel Anregung bietet.

Mit meinem Fremdenführer habe ich die Lebensgeschichte des Gottes von diesem Lande gelesen. Sie ist ganz ungewöhnlich. Er war ein Mann, der mit einem einzigen Wort Feigenbäume zum Verdorren brachte, der Wasser in Wein verwandelte und Schweine ertränkte. Er hatte viele Feinde. Du weißt, daß er in einem kleinen, dem Kaiser von Rom angehörenden Marktflecken geboren war. Seine Feinde waren boshaft und fragten ihn eines Tages, ob sie dem Kaiser ihren Tribut entrichten sollten. Darauf antwortete er ihnen: »Gebet dem Kaiser, was des Kaisers, und Gott, was Gottes ist.« Diese Antwort erschien mir weise, und mein Fremdenführer und ich sprachen gerade darüber, als Ehrwürden eintrat. Ich sagte ihm viel Gutes über seinen Gott und bat ihn, mir zu erklären, auf welche Art die Apostolische Kammer diese Lehre befolge, da sie doch alles für sich nimmt und dem Kaiser nichts gibt. Du mußt bedenken, daß die Römer außer dem Vizegott auch noch einen Kaiser haben, dem sie sogar den Titel »Römischer Kaiser« beilegen. Hierauf antwortete mir der sehr erfahrene Mann: »Wir haben wohl einen Kaiser, aber nur in Form eines Bildes. Er ist aus Rom verbannt und hat hier nicht einmal ein Haus. Wir lassen ihn am Ufer eines großen Flusses wohnen, der vier Monate im Jahre zugefroren ist, in einem Lande, dessen Sprache unseren Ohren weh tut. Unser wirklicher Kaiser ist der Papst, da er in der Hauptstadt des Reiches herrscht. Folglich bedeutet: ›Gebet dem Kaiser‹, ›Gebet dem Papst‹; und ›Gebet Gott‹ bedeutet ebenfalls ›Gebet dem Papst‹, da er tatsächlich Vizegott ist. Er allein ist der Herr aller Herzen und Börsen. Wenn der andere

Kaiser, der an einem großen Fluß wohnt, auch nur ein Wort zu sagen wagte, würden wir alle Anwohner dieses großen Flusses, die hauptsächlich groß von Körper und klein von Geist sind, gegen ihn aufwiegeln, und wir würden auch die andern Könige gegen ihn aufbringen, die sich dann seinen Nachlaß teilen könnten!«

Nun kennst Du, göttlicher Shastasid, den Geist der Römer. Der Papst ist im großen, was der Dalai-Lama im kleinen ist. Wenn er auch nicht unsterblich ist wie der Lama, so ist er während seines Lebens allmächtig, was viel mehr wert ist. Wenn man ihm auch manchmal Widerstand leistet, ihn absetzt, ihm Ohrfeigen verabfolgt, ja ihn sogar in den Armen seiner Geliebten tötet, wie es zuweilen vorgekommen ist, so können diese Zwischenfälle doch seiner Göttlichkeit nichts anhaben. Mag man ihm hundert Peitschenhiebe versetzen, aber man muß stets alles glauben, was er sagt. Der Papst stirbt, die Papstwürde aber ist unsterblich. Es hat schon drei oder vier Vizegötter gleichzeitig gegeben, die sich diese Würde streitig machten. Da wurde die Göttlichkeit unter sie aufgeteilt; jeder erhielt seinen Teil, jeder war in seiner Stellung unfehlbar.

Ich fragte Ehrwürden, durch welche Kunst sein Hof dazu gekommen sei, alle anderen Höfe zu beherrschen. »Es bedarf nur geringer Kunst für Leute von Geist, Dummköpfe zu leiten«, erklärte er mir. Ich wollte noch wissen, ob man sich niemals gegen die Beschlüsse des Vizegottes aufgelehnt habe. Er gestand mir, es habe tatsächlich so verwegene Leute gegeben, aber man habe diese Elenden unschädlich gemacht, und die Aufstände hätten bis auf den heutigen Tag immer nur dazu gedient, die Unfehlbarkeit auf dem Throne der Wahrheit um so mehr zu festigen. Endlich ist ein neuer Vizegott ernannt worden. Die Glocken läuten, man schlägt die Trommeln, die Trompeten schmettern, Kanonen donnern, hunderttausend Stimmen tragen den Lärm weiter. Ich werde Dich über alles, was ich gesehen habe, unterrichten.

Am 25. des Krokodilmonats und am 11. des Monats März, wie man hier sagt, erwählten die rotgekleideten, erleuchteten Männer den unfehlbaren Mann, vor dem ich und *Augenweide* als »apostati« abgeurteilt werden sollen.

Dieser Gott auf Erden nennt sich Leo und ist der zehnte dieses Namens. Er ist ein sehr schöner Mensch von vier- bis fünfunddreißig Jahren und äußerst liebenswürdig. Die Frauen sind in ihn vernarrt. Er war mit einer unreinen Krankheit behaftet, die bis jetzt nur in Europa sehr verbreitet ist, aber durch die Portugiesen auch schon nach Hindustan eingeschleppt wurde. Man glaubte, er würde daran sterben, und deshalb wählte man ihn, damit dieser erhabene Posten bald wieder frei werde; doch er ist wieder gesund geworden und lacht alle aus, die ihn gewählt haben.

Niemals hat es etwas so Prächtiges gegeben wie die Krönung des Papstes. Fünf Millionen Rupien sind ausgegeben worden, um die Bedürfnisse seines Gottes, der so arm gewesen ist, zu befriedigen. Bei dem Lärm dieser Feste konnte ich Dir nicht schreiben. Eins folgte so schnell auf das andere, und man mußte so viel Vergnügungen mitmachen, daß keine Muße blieb.

Der Vizegott Leo hat Belustigungen veranstalten lassen, von denen Du Dir keinen Begriff machen kannst. Eine vor allem, die man »Komödie« nennt, gefällt mir mehr als alle anderen zusammen. Es ist eine Darstellung des menschlichen Lebens, ein lebendes Bild, die Personen sprechen und handeln, sie geben ihr Denken und Trachten zu erkennen, schildern ihre Leidenschaften und rühren das Herz der Zuschauer.

Die Komödie, die ich vorgestern beim Papst sah, führt den Titel ›Mandragola‹. Der Held dieses Stückes ist ein gewandter junger Mann, der mit der Frau seines Nachbarn schlafen will. Er besticht einen Mönch, einen Fa tutto oder Fa molto, mit Geld, seine Geliebte zu verführen und ihrem Gatten eine lächerliche Falle zu stellen. In dem ganzen Stück macht man sich über die Religion lustig, zu der sich Europa bekennt, deren Mittelpunkt Rom und deren Thron der Papststuhl ist. Solche Belustigungen erscheinen Dir vielleicht unpassend, mein teurer, frommer Shastasid. *Augenweide* war empört darüber, doch die Komödie ist so hübsch, daß schließlich das Ergötzen über die Empörung den Sieg davontrug.

Festlichkeiten, Bälle, schöne religiöse Zeremonien und Seiltänzervorführungen folgten abwechselnd und ohne Unterbrechung. Besonders die Bälle waren sehr amüsant. Jeder Eingeladene zieht ein fremdartiges Gewand an und bindet ein Gesicht aus Pappe über das seine. So vermummt, führt man Gespräche, über die man sich totlachen könnte. Während der Mahlzeiten wird sehr angenehme Musik gemacht, kurzum – es ist entzükkend. Man hat mir erzählt, daß ein Vizegott, ein Vorgänger Leos, mit Namen Alexander, der sechste dieses Namens, zur Hochzeit einer seiner Bastardtöchter ein viel extravaganteres Fest veranstaltet hat. Er ließ fünfzig nackte Mädchen tanzen, eine Vorführung, die die Brahmanen niemals veranstaltet haben. Du siehst, jedes Land hat seine Sitten.

Ich umarme Dich ehrfurchtsvoll und verlasse Dich, um mit meiner schönen Adate zum Tanz zu gehen. Möge Birmah Dich mit seinem Segen überschütten.

Siebzehnter Brief Amabeds

Wahrhaftig, großer Brahma, keiner der Vizegötter ist so lustig gewesen wie dieser! Es ist ein Vergnügen, unter seiner Herrschaft zu leben. Der verstorbene, Julius mit Namen, hatte einen ganz anderen Charakter. Er war ein alter, draufgängerischer Soldat, der den Krieg närrisch liebte. Immer zu Pferde, immer mit dem Helm auf dem Kopf teilte er Segen und Säbelhiebe aus. Er griff alle seine Nachbarn an, verdammte ihre Seelen und tötete ihre Körper, soviel er nur konnte. In einem Wutanfall ist er gestorben. Was für ein Teufel von Vizegott war das! Hältst du es für möglich, daß er sich einbildete, mit einem Fetzen Papier in der Hand die Könige ihrer Reiche berauben zu können? Auf diese Weise wollte er den König eines recht hübschen Landes, Frankreich genannt, entthronen. Der König dieses Landes war ein sehr guter Mensch. Hier hält man ihn für einen Dummkopf, weil er nicht glücklich gewesen ist. Dieser arme Herrscher sah sich eines Tages gezwungen, die gelehrtesten Männer seines Reiches um sich zu versammeln, um sie zu fragen, ob es ihm erlaubt sei, sich gegen einen Vizegott zu verteidigen, der ihn auf dem Papier entthronte. Ein Mensch, der solch eine Frage stellt, muß sehr gut sein. Ich äußerte meine Verwunderung dem violetten Herrn gegenüber, der mich in sein Herz geschlossen hat.

»Ist es möglich«, fragte ich ihn, »daß man in Europa so dumm ist?« – »Ich fürchte«, antwortete er mir, »die Vizegötter werden die Willfährigkeit der Menschen so ausnutzen, daß diese schließlich doch noch klug werden.«

Es müßte also religiöse Revolutionen in Europa geben. Was Dich, gelehrter und scharfsinniger Shastasid, wundern wird, ist, daß es unter dem Vizegott Alexander, der vor Julius herrschte, keine gegeben hat. Er ließ ungestraft alle seine Nachbarn morden, hängen, ertränken oder vergiften. Einer seiner fünf Bastarde war der Urheber jener zahlreichen Verbrechen, die ganz Italien mitangesehen hat. Wie konnten die Völker der Religion eines solchen Ungeheuers angehören! Er war der Mann, der die Mädchen ohne jeden überflüssigen Schmuck tanzen ließ. Seine Skandalaffären mußten Verachtung hervorrufen, seine Roheiten tausend Dolche gegen ihn richten, und doch lebte er geehrt und friedlich inmitten seines Hofstaates. Der Grund liegt meiner Ansicht nach darin, daß die Priester an all seinen Verbrechen verdienten und die Völker nichts dabei verloren. Sobald man die Völker zu sehr reizt, zerbrechen sie ihre Ketten. »Hundert Stöße mit dem Rammklotz vermögen den Koloß nicht zu erschüttern, aber ein Kieselstein wirft ihn um«, sagen die klugen Leute, die sich rühmen, hellseherisch zu sein. Endlich sind die Festlichkeiten nun vorbei. Sie dürfen nicht zu zahlreich sein, denn nichts ermüdet so wie außergewöhnliche Dinge, die alltäglich werden. Nur die Bedürfnisse des täglichen Lebens können auf die Dauer befriedigen. Ich empfehle mich Deinen heiligen Gebeten.

Achtzehnter Brief Amabeds

Der Unfehlbare hat *Augenweide* und mich allein sehen wollen, und unser Ehrwürden hat uns in seinen Palast geführt. Er ließ uns dreimal niederknien. Der Vizegott ließ uns seinen rechten Fuß küssen und hielt sich den Bauch vor Lachen. Er fragte uns, ob Fa tutto uns bekehrt habe und ob wir wirklich Christen seien. Meine Frau erwiderte, Fa tutto sei ein unverschämter Mensch, und der Papst lachte noch lauter. Er gab meiner Frau und auch mir zwei Küsse.

Dann ließ er uns zu seinen Füßen Platz nehmen und fragte uns, wie man in Benares um Liebe werbe, in welchem Alter man gewöhnlich die Mädchen verheirate und ob der große Brahma einen Harem habe. Meine Frau errötete, ich antwortete mit respektvoller Bescheidenheit. Darauf verabschiedete er uns, indem er uns das Christentum anempfahl, uns umarmte und uns als Zeichen der Gnade leicht auf das Hinterteil schlug. Als wir hinausgingen, trafen wir die Pater Fa tutto und Fa molto, die den Saum unserer Gewänder küßten. Im ersten Augenblick, der immer das Herz beeindruckt, zuckten meine Frau und ich vor Entsetzen zurück, doch der Violette sagte zu uns: »Sie sind noch nicht ganz eingeweiht. Versäumen Sie nicht, diesen guten Patern tausend Liebkosungen zu erweisen, denn in diesem Lande ist es die größte Pflicht, seine schlimmsten Feinde zu küssen. Sie können sie bei der ersten besten Gelegenheit vergiften, aber bis dahin können sie ihnen nicht genug Freundschaftsbeweise geben.« Ich küßte sie also, aber *Augenweide* machte ihnen eine recht steife Verbeugung. Fa tutto sah sie verstohlen von der Seite an, indem er sich vor ihr bis zur Erde neigte. All das ist so eigenartig und bezaubernd, daß wir unsere Tage mit Staunen hinbringen. Ich zweifle wirklich daran, ob man in Mandura angenehmer lebt als in Rom.

Neunzehnter Brief Amabeds

Keine Strafe für Fa tutto! Gestern morgen ging unsere junge Dera aus Neugier in einen kleinen Tempel. Das Volk kniete, ein Brahma des Landes beugte sich über einen Tisch und wendete dabei dem Volk den Rücken zu. Man sagte, er verkörpere Gott. Sobald er Gott verkörpert hatte, zeigte er sich von vorn. Dera stieß einen Schrei aus und rief: »Das ist ja der Schurke, der mich entehrt hat!« Glücklicherweise sprach sie im Übermaß des Entsetzens und der Überraschung diese Worte auf indisch. Man versicherte mir, wenn das Volk ihre Worte verstanden hätte, so hätte sich der Pöbel auf sie wie auf eine Hexe gestürzt. Fa tutto erwiderte ihr auf italienisch: »Meine Tochter, die Gnade der Jungfrau Maria sei mit dir! Sprich leiser!« Sie kam ganz außer sich zu uns gelaufen und erzählte uns diese Sache. Unsere Freunde gaben uns den Rat, uns nicht zu beklagen. Sie sagten uns, Fa tutto sei ein Heiliger, und man dürfe von einem Heiligen niemals Schlechtes sagen. Was willst Du? Was geschehen ist, ist geschehen. Wir nehmen in Geduld alle Annehmlichkeiten hin, die man uns in diesem Lande zuteil werden läßt. Jeden Tag lernen wir Neues, wovon wir nichts ahnten. Man wird auf Reisen sehr gebildet.

Ein großer Dichter ist an den Hof Leos gekommen, sein Name ist Messer Ariosto. Er liebt die Mönche nicht und spricht folgendermaßen:

»Non sa quel che sia amor, non sa che vaglia
la caritade, e quindi avvien che i frati
sono si ingorda e si crudel canaglia.«

Das heißt auf indisch:

»Modermen sebar eso
la te ben sofa meso.«

Du siehst, wie hoch die indische Sprache, die so alt ist, stets über allen neuen europäischen stehen wird: In vier Worten drücken wir aus, was sie nur schwer mit zehn verständlich machen können. Ich verstehe wohl, daß Ariost die Mönche als Kanaillen bezeichnet, aber ich weiß nicht, warum er behauptet, daß sie keine Liebe kennen. Ach, wir wissen darüber besser Bescheid. Vielleicht meint er, daß sie genießen und nicht lieben.

Zwanzigster Brief Amabeds

Es sind einige Tage verflossen, mein teurer Großbrahma ohne daß ich Dir geschrieben habe. Die Freundlichkeiten, die man uns erweist, sind schuld daran. Unser Ehrwürden gab uns ein ausgezeichnetes Mahl, bei dem wir zwei junge Leute, die vom Kopf bis zu den Füßen in Rot gekleidet waren, kennenlernten. Sie haben die Kardinalswürde, der eine heißt Kardinal Gauneraнte, der andere Kardinal Schurkinetti. Sie sind nach dem Vizegott die größten auf der Welt und werden auch »Stellvertreter des Stellvertreters« genannt. Ihr Recht, das zweifellos göttlich ist, macht sie den Königen gleich und den Fürsten überlegen und gibt ihnen vor allem ungeheure Reichtümer. Sie verdienen wohl das alles, da sie der Welt von großem Nutzen sind. Diese beiden edlen Herren machten uns während des Essens den Vorschlag, einige Tage bei ihnen in ihrem Landhaus zu verbringen. Nachdem sie sich auf die drolligste Art um den Vorzug gestritten hatten, bemächtigte sich Schurkinetti der schönen Adate, ich aber fiel Gauneranteзu, mit der Bedingung, daß am folgenden Tage gewechselt würde und wir uns alle vier am dritten Tage vereinigten. Dera nahm an der Reise teil. Ich weiß nicht, wie ich Dir beschreiben soll, was wir erlebt haben, trotzdem will ich es versuchen. . .

Hier endet das Manuskript der Briefe Amabeds. In sämtlichen Bibliotheken Maduras und Benares hat man vergeblich nach der Fortsetzung dieser Briefe gesucht. Es steht fest, daß keine weiteren existieren.

Sollte also irgendein elender Fälscher jemals den Rest der Abenteuer der beiden jungen Inder drucken unter dem Titel: »Neue Briefe Amabeds«, »Neue Briefe Augenweides«, »Antworten des Großbrahmanen Shastasid«, so kann der Leser überzeugt sein, daß man ihn täuscht und langweilt, wie es in ähnlichen Fällen hundertmal vorgekommen ist.

DER EINÄUGIGE LASTTRÄGER

Unsere beiden Augen machen uns das Leben nicht leichter. Das eine dient uns dazu, die guten Seiten zu sehen, das andere – die schlechten. Viele Menschen haben die üble Angewohnheit, das eine Auge zuzudrükken, und nur recht wenige schließen das zweite, und daher kommt es, daß so viele Leute lieber blind sein möchten, damit sie nicht all das mitanzusehen brauchen, was sich vor ihren Augen abspielt. Glücklich sind die Einäugigen, denen nur das böse Auge fehlt, das alles verdirbt, was es beschaut! Ein Beispiel dafür ist Mesrur.

Nur ein Blinder hätte nicht gesehen, daß Mesrur einäugig war. Er war es schon von Geburt an, aber dieser Einäugige war so zufrieden mit seinem Schicksal, daß es ihm niemals eingefallen wäre, sich ein zweites Auge zu wünschen. Nicht etwa, daß ihn besondere Gaben Fortunas über das Versehen der Natur getröstet hätten, denn er war nur ein einfacher Lastträger und besaß keine anderen Schätze als seine Schultern – aber er war glücklich, und daraus kann man ersehen, daß das Glücklichsein nicht von einem Auge mehr und etwas Mühe weniger abhängt. Verdienst und Appetit entsprachen immer der geleisteten Arbeit. Er arbeitete tagsüber, schlief in der Nacht und lebte in den Tag hinein, so daß die Sorge um die Zukunft ihm nicht die Freude an der Gegenwart verdarb. Er war also, wie wir sehen, Einäugiger, Lastträger und Philosoph zugleich.

Der Zufall wollte es, daß er eine vornehme Prinzessin in einer prächtigen Karosse vorbeifahren sah. Sie hatte zwar ein Auge mehr, aber das hinderte ihn keineswegs, sie sehr schön zu finden, und da die Einäugigen sich von den anderen Männern lediglich dadurch unterscheiden, daß sie ein Auge weniger haben, so verliebte er sich sterblich in sie.

Man könnte wohl sagen, wenn jemand einäugig und Lastträger ist, darf er sich nicht verlieben, vor allem nicht in eine edle Prinzessin und schon gar nicht in eine Prinzessin, die zwei Augen hat. Ich gebe zu, in diesem Falle ist Grund genug, zu befürchten, daß man keine Gegenliebe findet. Es gibt jedoch keine Liebe ohne Hoffnung, und da unser Lastträger liebte, so hoffte er.

Da er mehr Beine als Augen hatte, und da diese Beine gut waren, folgte er vier Meilen weit dem Wagen seiner Göttin, der pfeilgeschwind von sechs kräftigen Schimmeln gezogen wurde. Damals war es Mode, daß die Damen ohne Diener und ohne Kutscher fuhren und selbst lenkten. Die Ehemänner wollten, daß die Damen immer ganz allein fuhren, um ihrer Tugend sicher zu sein – was gerade im Gegensatz zur Meinung der Moralphilosophen steht, die behaupten, daß es in der Einsamkeit keine Tugend gäbe.

Mesrur lief weiter neben den Rädern der Kutsche her. Sein gutes Auge hatte er unablässig der Dame zugewandt, die ganz erstaunt darüber war, daß ein Einäugiger so behende sein konnte. Während er so unter Beweis stellte, daß einem für den Gegenstand der Liebe nichts zuviel wird, lief ein Rotwild, von Jägern verfolgt, über den Weg und erschreckte die Schimmel. Die Pferde gingen durch und rasten mit der Schönen an einen Abgrund. Der neue Anbeter, der noch mehr erschrocken war als die Schöne selbst, schnitt mit bewundernswerter Geschicklichkeit die Stränge durch, und die sechs Schimmel machten allein den gefahrvollen Sprung.

Die Dame, die weiß wie die Pferde geworden war, kam mit dem Schrecken davon. »Wer Sie auch sein mögen«, sagte sie zu ihm, »ich werde niemals vergessen, daß Sie mir das Leben gerettet haben. Verlangen Sie von mir, was Sie wollen: alles, was ich habe, gehört Ihnen.« – »Ach«, entgegnete Mesrur, »ich hätte noch mehr Grund, Ihnen das gleiche anzubieten, doch wäre es viel zuwenig, denn ich habe nur ein Auge, und Sie haben zwei. Aber ein Auge, das Sie anschaut, ist mehr wert als zwei, die nicht in Ihre Augen schauen.« Die Dame lächelte, denn auch Komplimente eines Einäugigen sind Komplimente, und über Komplimente lächelt man geschmeichelt. »Ich würde Ihnen gern ein zweites Auge schenken«, sagte sie zu ihm, »doch allein Ihre Mutter konnte Ihnen ein solches Geschenk machen. Kommen Sie jedenfalls mit mir.« Bei diesen Worten stieg sie aus dem Wagen und setzte den Weg zu Fuß fort. Ihr Hündchen sprang ebenfalls herunter, lief neben ihr her und bellte die seltsame Gestalt ihres Schildknappen an. Die Bezeichnung »Schildknappe« ist eigentlich nicht angebracht, denn er bot ihr vergebens seinen Arm an, den die Dame aber nicht nehmen wollte, weil er ihr wahrscheinlich zu schmutzig war. Wir werden bald sehen, daß sie das Opfer ihrer Reinlichkeitsliebe wurde. Sie hatte sehr kleine Füße und Schühchen, die noch kleiner waren als ihre Füßchen. Weder ihre Füße noch ihre Schuhe konnten also einen langen Marsch aushalten.

Hübsche Füße trösten zwar darüber, daß man nicht gut zu Fuß ist, wenn man sein Leben, umgeben von einer Anzahl von Dienern, auf einem Ruhebett verbringt. Was nützen aber flitterbesetzte Schuhe auf einem steinigen Wege, wo sie von keinem anderen gesehen werden als von einem Lastträger, und noch dazu von einem Einäugigen?

Melinade (so hieß die Dame, und ich hatte allen Grund, den Namen bis jetzt zu verschweigen, da ich ihn noch nicht erfunden hatte) ging weiter, so gut sie konnte. Dabei verwünschte sie ihren Schuhmacher, zerschliß ihre Schuhe, rieb sich die Haut auf und verstauchte sich bei jedem Schritt den Fuß. Ungefähr anderthalb Stunden war sie so in der Gangart einer großen Dame geschritten, ich will sagen, sie hatte schon fast eine Viertelmeile zurückgelegt, als sie müde zusammenbrach.

Der gute Mesrur, dessen Hilfe sie vorher abgelehnt hatte, wagte es kaum, sie ihr jetzt anzubieten, aus Angst, daß er sie durch seine Berührung beschmutzen könnte. Er wußte wohl, daß er nicht sauber war. Die Dame hatte es unverblümt zu verstehen gegeben, und der Vergleich, den er unterwegs zwischen ihr und sich gezogen hatte, brachte es ihm noch klarer zum Bewußtsein. Sie trug ein Gewand aus leichtem Silberstoff, mit Blumenmotiven durchwirkt, das die Schönheit ihrer Gestalt vorteilhaft hervorhob. Er hatte einen Kittel an, der an unzähligen Stellen fleckig, zerrissen und geflickt war. Ausgebessert war er so schlecht, daß die Flicken neben den Löchern saßen, anstatt darauf, wo sie viel richtiger am Platz gewesen wären. Er verglich seine sehnigen, schwieligen Hände mit ihren kleinen Händchen, die so weiß und zart wie Lilien waren. Schließlich hatte er Melinades blondes Haar gesehen, das teils in Zöpfen geflochten, teils in Locken unter einem leichten Gazeschleier hervorquoll, und diesem herrlichen Haar konnte er nichts anderes an die Seite stellen als seine gekräuselte, borstige schwarze Mähne, deren einzige Zierde aus einem zerfetzten Turban bestand.

Melinade versuchte sich aufzurichten, fiel aber wieder hin, und zwar so unglücklich, daß das, was sich Mesrurs Blicken darbot, ihm den Rest seiner Beherrschung raubte, die allein das Antlitz der Prinzessin gezügelt hatte. Er vergaß, daß er Lastträger und einäugig war, er kümmerte sich nicht mehr um den Abstand, den das Schicksal zwischen ihm und Melinade errichtet hatte. Er war sich kaum noch bewußt, daß er ein liebender Mann war, denn er ließ es ganz an dem Zartgefühl fehlen, das – wie behauptet wird – zur wahrhaften Liebe gehört und zuweilen ihren Reiz, noch öfter aber ihre Langeweile erhöht. Er bediente sich der Brutalitätsrechte, die sich aus seinem Lastträgerstand ergaben. Er wurde brutal und glücklich. – Entweder waren der Prinzessin die Sinne geschwunden, ober sie stöhnte über ihr Geschick. Da sie aber gerecht war, segnete sie zweifellos zugleich das Schicksal, weil jedes Unglück auch seinen Trost mit sich bringt.

Die Nacht breitete ihren Schleier über den Horizont und verbarg in ihrem Schatten das wahre Glück Mesrurs und das angebliche Unglück Melinades. Mesrur genoß wirklich die Wonnen eines Liebhabers, aber er genoß sie auf seine Lastträgerart, das heißt – zur Schande der Menschheit – auf die allervollkommenste Art. Jeden Augenblick bekam Melinade einen neuen Schwächeanfall, und jeden Augenblick kam ihr Liebhaber zu neuen Kräften. »Allmächtiger Mohammed!« rief er einmal ganz hingerissen, aber wie ein schlechter Katholik aus. »Zu meiner Glückseligkeit fehlt nur, daß auch sie die Glückseligkeit empfindet, die sie verursacht hat. Gewähr mir, göttlicher Prophet, noch eine Gunst, solange ich in deinem Paradies weile. Laß die Augen Melinades an mir ebensoviel Gefallen finden, wie mein Auge an ihr gefunden hätte, wenn es taghell wäre.« Er beendete sein Gebet und gab sich wieder den Freuden hin. Aurora, die für Liebende immer viel zu früh kommt, überraschte Mesrur und Melinade in derselben Haltung, in der man auch sie einige Minuten vorher mit Tithonos hätte überraschen können. Aber wie sehr war Melinade erstaunt, als sie bei den ersten Morgenstrahlen die Augen aufschlug und sich an einem entzückenden Ort mit einem Jüngling von edler Gestalt wiederfand. Sein Antlitz glich dem Gestirn, dessen Rückkunft die Erde gerade erwartete! Er hatte Rosenwangen und Korallenlippen. Seine großen Augen, die lebhaft und zärtlich leuchteten, drückten Wollust aus und flößten Wollust ein. Sein goldener, mit Juwelen verzierter Köcher hing über seiner Schulter, und nur die Lust ließ seine Pfeile erklirren. Seine langen Lokken, die ein diamantbesetztes Band zusammenhielt, flossen leicht auf seine Schultern herab. Der durchsichtige, mit Perlen bestickte Stoff, aus dem sein Gewand bestand, verbarg nichts von der Schönheit seiner Gestalt. »Wo bin ich, und wer sind Sie?« rief Melinade außer sich vor Verwunderung. »Sie sind bei dem Armen, der das Glück gehabt hat, Ihnen das Leben zu retten, und nun so herrlich für seine Mühe belohnt wird«, gab er zur Antwort.

Melinade war froh und erstaunt, und sie bedauerte nur, daß die Verwandlung Mesrurs nicht schon früher vor sich gegangen war. Sie näherte sich einem prächtigen Palast, der ihren Blick angezogen hatte, und las am Tor die Aufschrift: »Bleibet fern, ihr Ungeweihten, diese Pforten öffnen sich allein dem Herrn des Ringes.« Mesrur kam hinzu und las ebenfalls die Inschrift, aber er sah andere Buchstaben und las die Worte: »Fürchte dich nicht – klopfe.« Er klopfte, und sogleich öffneten sich die Tore mit lautem Geräusch von selbst. Die beiden Liebenden betraten unter dem Klang von tausend Stimmen und tausend Instrumenten die Vorhalle aus parischem Marmor und gelangten sodann in einen prachtvollen Saal, wo seit zwölfhundertfünfzig Jahren ein köstliches Mahl auf sie wartete, ohne daß eines der Gerichte kalt geworden wäre. Sie setzten sich an die Tafel, und jeder von ihnen wurde von tausend Sklaven von erlesener Schönheit bedient. Musik und Tänze würzten das Mahl, und als es beendet war, erschienen alle Genien wohlgeordnet in verschiedenen Gruppen, mit höchst prächtigen, aber auch eigenartigen Gewändern angetan, um dem Herrn des Ringes den Treueid zu leisten und den geweihten Finger, der den Ring trug, zu küssen.

Zur gleichen Zeit lebte in Bagdad ein überaus frommer Muselmann, der sich, da er nicht zu den Waschungen in die Moschee gehen konnte, das Wasser ins Haus bringen ließ, wofür er dem Priester eine kleine Bezahlung leistete. Er hatte gerade die fünfte Waschung hinter sich und schickte sich an, das fünfte Gebet zu beginnen. Seine Dienerin, eine junge, absolut nicht fromme Närrin, entledigte sich des heiligen Wassers, indem sie es aus dem Fenster schüttete. Das Wasser ergoß sich über einen armen Unglücklichen, der, an einen Prellstein gekauert, der ihm als Kopfkissen diente, in tiefem Schlafe lag. Er wurde ganz durchnäßt und erwachte. Es war der arme Mesrur, der aus dem Zauberpalast zurückkam und unterwegs den Ring Salomos verloren hatte. Er hatte seine herrlichen Kleider abgetan und trug wieder seinen Kittel. An Stelle des wunderschönen, goldenen Köchers trug er einen Korb voll Holz, und als Gipfel der Leiden hatte er eines seiner Augen unwiderbringlich verloren.

Plötzlich fiel ihm ein, daß er am Abend vorher eine ziemliche Menge Schnaps getrunken hatte, der ihm seine Sinne umnebelt und seine Phantasie entflammt hatte.

Bis dahin hatte er diesen Trunk wegen seines Geschmacks sehr gern gemocht, und jetzt fing er an, ihn aus Dankbarkeit zu lieben. Wohlgemut kehrte er an seine Arbeit zurück mit dem festen Entschluß, für seinen Verdienst das Mittel zu kaufen, mit dem er Melinade wiederfinden konnte. Jeder andere wäre an seiner Stelle verzweifelt darüber gewesen, daß er ein häßlicher Einäugiger geworden war, nachdem er zwei wunderschöne Augen gehabt hatte, daß ihn die Dienerinnen des Palastes verschmähten, nachdem er die Gunst einer Prinzessin, die schöner als alle Geliebten des Kalifen war, genossen hatte und daß er allen Bürgern von Bagdad Dienste leisten mußte, nachdem er Herr über alle Genien gewesen war. Aber Mesrur hatte ja gerade das Auge nicht, mit dem man die schlechte Seite der Dinge sieht.

DER WEISSE STIER

AUS DEM SYRISCHEN ÜBERTRAGEN VON MAMAKI, DOLMETSCHER DES KÖNIGS VON ENGLAND FÜR ORIENTALISCHE SPRACHEN

ERSTES KAPITEL

Prinzessin Amaside begegnet einem Stier

Die junge Prinzessin Amaside, die Tochter Amasis', des Königs von Tanis in Ägypten, machte mit ihren Hofdamen einen Spaziergang auf dem Wege nach Pelusium. Sie war in tiefe Traurigkeit versunken, Tränen rollten aus ihren schönen Augen. Man kennt die Ursache ihres Schmerzes und weiß auch, wie sehr sie ihrem Vater, dem König, durch ihren Kummer zu mißfallen fürchtet. Der greise Mambres, ein alter Magier und Eunuche der Pharaonen, war bei ihr und verließ sie fast nie. In seiner Anwesenheit war sie auf die Welt gekommen, er erzog sie und unterrichtete sie in allem, was eine schöne Prinzessin von ägyptischen Wissenschaften lernen darf. Ihr Geist glich ihrer Schönheit. Sie war liebreizend und zart und auch empfindsam, und eben diese Empfindsamkeit kostete sie viele Tränen.

Die Prinzessin war vierundzwanzig Jahre alt, während der Magier Mambres annähernd dreizehnhundert zählte. Er war es bekanntlich, der mit dem großen Moses den berühmten Streit hatte, in dem der Sieg lange Zeit zwischen diesen beiden tiefsinnigen Philosophen hin und her schwankte. Die Tatsache, daß Mambres unterlag, war nur auf die sichtbare Protektion der himmlischen Mächte zurückzuführen, die seinen Gegner begünstigte. Mambres konnte nur mit Hilfte der Götter besiegt werden.

Amasis ernannte Mambres zum Oberhofmeister seiner Tochter, und dieser übte sein Amt mit gewohnter Weisheit aus. Die schöne Amaside rührte ihn durch ihre Seufzer. »Oh, mein Geliebter! Mein teurer junger Geliebter!« rief sie zuweilen aus. »Oh, du größter aller Sieger, du vollkommenster und schönster aller Menschen! Ach, seit fast sieben Jahren bist du von der Welt verschwunden. Welcher Gott hat dich deiner treuen Amaside geraubt? Du bist nicht tot, die weisen Propheten Ägyptens stimmen darin überein; doch für mich bist du tot, ich bin allein auf der Welt, die für mich öde geworden ist. Aus welchem seltsamen Grund hast du deinen Thron und deine Geliebte verlassen? Dein Thron war der höchste auf Erden, doch das hat wenig zu sagen, aber ich bete dich an, mein geliebter Ne...« Sie wollte das Wort zu Ende sprechen, aber der weise Mambres, der frühere Eunuch und Magier der Pharaonen, warnte sie: »Hütet Euch, diesen verhängnisvollen Namen auszusprechen. Ihr könntet von einer Eurer Hofdamen verraten werden. Sie sind Euch alle ergeben, und alle schönen Damen machen sich zweifellos einen Verdienst daraus, den edlen Leidenschaften einer schönen Prinzessin zu dienen, doch es könnte immerhin eine Schwätzerin und wohl gar eine Verräterin unter ihnen sein. Ihr wißt, daß Euer königlicher Vater, der Euch sonst sehr liebt, geschworen hat, Euch köpfen zu lassen, wenn Ihr diesen schrecklichen Namen, der Euch immer auf der Zunge liegt, aussprecht. Weint, aber schweigt! Dieses Gebot ist sehr hart, aber Ihr seid in der ägyptischen Weisheit erzogen worden und werdet Eurer Zunge gebieten können. Bedenkt, daß Harpokrates, einer unserer größten Götter, stets den Finger auf dem Mund hat.« Die schöne Amaside weinte also und sprach nicht mehr.

Als sie sich schweigend den Ufern des Nils näherte, sah sie von weitem in einem Gehölz am Flusse eine alte, mit grauen Lumpen bekleidete Frau auf einer Anhöhe sitzen. Sie hatte eine Eselin, einen Hund und einen Bock bei sich. Ihr gegenüber lag eine Schlange, die nicht den gewöhnlichen Schlangen glich, denn ihre Augen strahlten zärtlich und lebhaft, ihr Gesicht war edel und interessant zugleich, ihre Haut schimmerte in den leuchtendsten, zartesten Farben. Ein riesengroßer Fisch, der halb im Fluß lag, war ein weiterer Teil dieser seltsamen Gruppe. Auf einem Zweig saßen ein Rabe und eine Taube. Alle diese Geschöpfe schienen eine ziemlich lebhafte Unterhaltung zu führen.

»Ach«, flüsterte die Prinzessin, »diese Geschöpfe da sprechen zweifellos von der Liebe, und ich darf nicht einmal den Namen meines Geliebten aussprechen!«

Die Alte hielt eine hundert Ellen lange dünne Stahlkette in der Hand, an der ein Stier befestigt war, der auf der Wiese weidete. Dieser Stier war weiß, geschmeidig, kräftig und doch leichtfüßig, was bekanntlich eine Seltenheit ist. Seine Hörner waren aus Elfenbein. Nie hatte man etwas Schöneres in dieser Art gesehen. Pasiphaës Stier und auch der Stier, dessen Gestalt Jupiter annahm, um Europa mit sich fortzunehmen, konnten sich mit diesem herrlichen Tier nicht messen. Selbst die entzückende Färse, in die Isis verwandelt wurde, wäre seiner kaum würdig gewesen.

Als er die Prinzessin sah, lief er so pfeilgeschwind auf sie zu wie ein junges Araberpferd, das die weiten Ebenen und Flüsse des alten Sana durcheilt, um sich mit gespitzten Ohren der prächtigen Stute zu nähern, die sein Herz beherrscht. Die Alte gab sich alle Mühe, ihn zurückzuhalten, die Schlange schien ihn durch ihr Zischen zu erschrecken, der Hund lief ihm nach und biß ihn in die schönen Beine, die Eselin vertrat ihm den Weg und schlug mit den Hinterhufen nach ihm, um ihn zum Umkehren zu veranlassen. Der große Fisch stieg aus dem Nil und drohte, ihn zu verschlingen, der Bock blieb furchtsam und regungslos stehen, der Rabe umflatterte den Kopf des Stieres, als ob er ihm die Augen aushacken wollte, Nur die Taube verfolgte sein Vorhaben mit Neugier und spornte ihn durch leises Girren an.

Bei diesem merkwürdigen Schauspiel versank Mambres in

ernste Gedanken. Unterdessen war der weiße Stier, der die Alte und die Kette hinter sich her zog, schon bei der Prinzessin angekommen, die ganz verwundert und von Furcht ergriffen war. Er warf sich zu ihren Füßen nieder, küßte sie ihr, vergoß Tränen und blickte sie mit Augen an, in denen sich Freude und Schmerz unsagbar mischten. Er wagte nicht zu brüllen, aus Furcht, die schöne Amaside zu erschrecken. Sprechen konnte er nicht, denn ihm war der schwache Gebrauch der Stimme, wie er einigen Tieren vom Himmel verliehen ist, versagt, doch alle seine Handlungen waren sehr beredt. Er gefiel der Prinzessin sehr. Sie fühlte, daß eine kleine Zerstreuung ihren heftigsten Kummer für kurze Zeit verscheuchen konnte. »Das ist ein sehr liebes Tier«, sagte sie, »ich hätte es gern für meinen Stall.« Bei diesen Worten beugte der Stier seine vier Knie und küßte den Boden. »Er hat mich verstanden«, rief die Prinzessin, »und er will mir kundtun, daß er mir gehören möchte. Ach, göttlicher Magier, göttlicher Eunuche, gewährt mir den Trost und kauft dieses schöne Tier. Einigt Euch mit der Alten, der er sicher gehört, über den Preis. Dieses Tier muß mir gehören, verweigert mir diesen unschuldigen Trost nicht!« Alle Hofdamen vereinigten ihre Bitte mit der der Prinzessin. Mambres ließ sich erweichen und begab sich zu der Alten, um mit ihr zu verhandeln.

ZWEITES KAPITEL

Der weise Mambres, der ehemalige Hexenmeister der Pharaonen, erkennt die Alte und wird von ihr wiedererkannt

»Werte Frau«, sagte er zu ihr, »Ihr wißt, daß die Mädchen und besonders die Prinzessinnen Abwechslungen haben müssen. Die Tochter des Königs ist in Euren Stier vernarrt. Bitte verkauft ihn uns, ich werde in Euch bar bezahlen.«

»Mein Herr«, entgegnete ihm die Alte, »dieses kostbare Tier gehört nicht mir. Ich und alle Tiere, die Ihr seht, haben den Auftrag, ihn sorgfältig zu hüten; alle seine Schritte zu überwachen und Rechenschaft darüber abzulegen. Gott bewahre mich, jemals dieses unschätzbare Tier zu verkaufen!« Bei diesen Reden ging Mambres ein noch etwas unklares Licht auf. Er betrachtete aufmerksam die Alte im grauen Mantel. »Ehrwürdige Dame«, sagte er zu ihr, »täusche ich mich, ober haben wir uns schon einmal gesehen?« – »Ich täusche mich nicht«, erwiderte die Alte, »ich habe Euch vor siebenhundert Jahren auf einer Reise von Syrien nach Ägypten gesehen, einige Monate nach der Zerstörung Trojas, als Hiram in Tyrus und Nepherkheres im alten Ägypten herrschten.«

»Ach, meine Dame«, rief der Alte, »Ihr seid die erhabene Hexe von Endor!« – »Und Ihr, mein Herr«, antwortete die Alte und umarmte ihn, »Ihr seid der große Mambres von Ägypten.«

»Oh, welch unerwartetes Zusammentreffen! Welch ein denkwürdiger Tag! O ewiger Ratschluß des Himmels«, rief Mambres, »zweifellos geschieht es nicht ohne den Willen der Vorsehung, daß wir uns hier auf dieser Wiese an den Ufern des Nils in der Nähe der herrlichen Stadt Tanis wiedersehen. Ihr seid es, edle Frau, die an den Ufern des kleinen Jordan so berühmt ist und Schatten heraufzubeschwören vermag!« – »Und Ihr seid es wirklich, edler Herr, der Ihr Euch rühmen dürft, Stäbe in Schlangen, Licht in Finsternis und Flüsse in Blut verwandeln zu können!« – »Ja, edle Frau, aber mein hohes Alter schwächt ein wenig meinen Geist und meine Kraft. Ich weiß nicht, woher Ihr diesen schönen weißen Stier habt und wer diese Tiere sind, die ihn mit Euch bewachen.« Die Alte faßte sich, hob die Augen gen Himmel und antwortete ihm: »Mein teurer Mambres, wir sind vom gleichen Beruf, aber mir ist ausdrücklich verboten, Euch zu sagen, wer dieser Stier ist. Über die anderen Tiere kann ich Euch aufklären. Ihr werdet sie leicht an ihren charakteristischen Zeichen erkennen. Die Schlange ist dieselbe, die Eva überredete, einen Apfel zu essen und ihrem Mann davon zu essen zu geben. Die Eselin sprach auf einem Hohlwege mit Eurem Zeitgenossen Bileam. Der Fisch, der ständig seinen Kopf aus dem Wasser steckt, hat vor einigen Jahren Jonas verschlungen. Der Hund begleitete den Engel Raphael und den jungen Tobias zur Zeit des großen Salmanassar auf ihrer Reise nach Rages in Medien. Der Bock nimmt alle Sünden eines Volkes auf sich. Der Rabe und die Taube befanden sich in der Arche Noah, als das große Ereignis einer allgemeinen Katastrophe eintrat, von der fast die ganze Welt noch nichts weiß. Nun seid Ihr im Bilde. Aber über den Stier könnt Ihr nichts erfahren.«

Mambres hatte mit Ehrfurcht zugehört. Dann sagte er: »Erlauchte Wahrsagerin, der Ewige offenbart was und wem er will. Alle diese Tiere, die mit Euch den weißen Stier bewachen, sind nur Eurem edlen und liebenswürdigen Volk bekannt, das selber in der Welt fast unbekannt ist. Die Wunder, die Ihr und Eure Landsleute und ich und die Meinigen vollbracht haben, werden eines Tages den falschen Weisen viel Anlaß zu Zweifel und Ärgernis geben. Glücklicherweise werden sie bei den wahrhaft Weisen, die in einem kleinen Teil der Welt den Sehern vertrauen, Glauben finden, und mehr ist nicht nötig.«

Als er diese Worte ausgesprochen hatte, zupfte ihn die Prinzessin am Ärmel und sagte: »Mambres, wollt Ihr mir meinen Stier nicht kaufen?« Der Weise, der in tiefes Sinnen versunken war, gab ihr keine Antwort, und Amaside brach in Tränen aus.

Sie wandte sich daraufhin selbst an die Alte: »Meine Teure, ich beschwöre Euch bei allem, was Euch auf der Welt am liebsten ist, bei Vater, Mutter und Amme, die sicher noch leben, mir nicht nur Euren Stier, sondern auch Eure Taube, die ihm sehr zugetan zu sein scheint, zu verkaufen. An Euren anderen Tieren liegt mir nicht, aber ich falle in Trübsinn, wenn Ihr mir diesen entzückenden weißen Stier, der die ganze Freude meines Lebens wäre, nicht verkauft.«

Die Alte küßte ehrfürchtig den Rand ihres Spitzenkleides und sagte: »Prinzessin, mein Stier ist nicht verkäuflich; Euer erlauchter Magier ist darüber unterrichtet. Alles, was ich für Euch tun könnte, wäre, ihn täglich in der Nähe Eures Palastes weiden zu lassen. Ihr könntet ihn streicheln, ihm Biskuits geben und ihn, so wie Ihr es möget, tanzen lassen. Aber er darf den Tieren, die ich bei mir habe und die ihn bewachen sollen, nicht aus den Augen kommen. Wenn er nicht fortlaufen will, werden sie ihm nichts zuleide tun, aber wehe ihm, wenn er doch versuchen sollte, seine Ketten zu zerreißen, so wie er es bei Eurem Anblick tat – dann könnte ich für sein Leben nicht einstehen. Der große Fisch, den Ihr gesehen habt, würde ihn unfehlbar verschlingen und ihn länger als drei Tage in seinem Bauch festhalten. Und die Schlange, die Euch sehr sanft und reizend erscheint, könnte ihm einen tödlichen Biß beibringen.«

Der weiße Stier, der alles, was die Alte sagte, genau verstand, aber selbst nicht sprechen konnte, hörte alle diese Verhandlungen mit unterwürfiger Miene an. Er legte sich nieder, brüllte leise und schien, während er Amaside zärtlich anblickte, sagen zu wollen: »Besuchet mich ab und zu auf der Wiese.« Dann ergriff die Schlange das Wort und sagte: »Prinzessin, ich rate Euch, blindlings alles zu erfüllen, was Euch das Fräulein von Endor gesagt hat.« Die Eselin sprach auch einige Worte und war der gleichen Meinung wie die Schlange. Amaside war betrübt, daß die Schlange und die Eselin so gut sprechen konnten, während der schöne Stier seine edlen und zärtlichen Gefühle nicht auszudrücken vermochte. »Ach, nichts ist am Hofe alltäglicher«, sagte sie leise, »man sieht dort jeden Tag schöne Herren, die gar keine Unterhaltungsgabe besitzen, während häßliche, mißgestaltete Menschen sicher und gewandt auftreten.«

»Diese Schlange ist keine Mißgeburt«, entgegnete Mambres, »gebt Euch keiner Täuschung hin; sie ist vielleicht das wichtigste Geschöpf.«

Der Tag neigte sich, und die Prinzessin mußte sich nach Hause begeben, nachdem sie fest versprochen hatte, am folgenden Tage zur gleichen Stunde wiederzukommen. Ihre Hofdamen waren verwundert und konnten sich all das, was sie gesehen und gehört hatten, nicht zusammenreimen. Mambres war in Gedanken versunken. Die Prinzessin erinnerte sich, daß die Schlange die Alte mit »Fräulein« angeredet hatte, und schloß daraus auf gut Glück, daß sie Jungfrau war. Zugleich empfand sie Kummer darüber, daß sie es selbst noch war – einen ehrenvollen Kummer, den sie ebenso sorgsam wie den Namen ihres Geliebten in sich verbarg.

DRITTES KAPITEL

Die schöne Amaside hat ein geheimes Zwiegespräch mit einer schönen Schlange

Die schöne Prinzessin befahl ihren Hofdamen, über alles zu schweigen, was sie gesehen hatten. Sie versprachen es und hielten es auch wirklich einen ganzen Tag lang. Man kann sich denken, daß Amaside in dieser Nacht wenig schlief. Die Erinnerung an den schönen Stier übte immer wieder einen unerklärlichen Reiz auf sie aus. Sobald sie den weisen Mambres unter vier Augen sprechen konnte, sagte sie zu ihm: »Ach, Weiser, dieses Tier verdreht mir den Kopf!« – »Er nimmt auch den meinen stark in Anspruch«, antwortete Mambres. »Ich sehe wohl, daß dieses Tier weit über seinen Artgenossen steht, vermute ein großes Geheimnis dahinter, befürchte aber ein unheilvolles Ereignis. Euer Vater Amasis ist heftig und argwöhnisch. Diese ganze Angelegenheit macht es nötig, daß Ihr äußerst vorsichtig seid.«

»Ach«, sagte die Prinzessin, »ich bin viel zu neugierig, um vorsichtig zu sein. Neugier ist die einzige Leidenschaft, die in meinem Herzen neben der für meinen verlorenen Geliebten Platz hat. Oh, wüßte ich doch, was es mit diesem weißen Stier, der mich so tief beunruhigt, auf sich hat.«

»Prinzessin«, entgegnete Mambres, »ich sagte Euch bereits, daß mein Wissen mit zunehmendem Alter nachläßt. Aber ich müßte mich sehr täuschen, wenn die Schlange nicht genau wüßte, was Ihr so gern erfahren möchtet. Sie besitzt Geist und versteht sich gut auszudrücken, und sie ist seit langem daran gewöhnt, sich in die Herzensangelegenheiten der Damen einzumischen.« – »Ach«, meinte Amaside, »zweifellos ist es die schöne ägyptische Schlange, die, den Schwanz im Maul, das Symbol der Ewigkeit ist. Sie erhellt die Welt, sobald sie ihre Augen öffnet, und sie verdunkelt sie, wenn sie sie schließt.« – »Nein, Prinzessin.« – »Dann ist es wohl die Äskulapschlange?« – »Nein, auch nicht.« – »Oder ist es vielleicht Jupiter in der Gestalt der Schlange?« – »Keineswegs!« – »Ach! Jetzt weiß ich es: es ist Euer Stab, den Ihr früher einmal in eine Schlange verwandelt habt!« – »Nein, auch der nicht, Prinzessin. Alle diese Schlangen gehören aber der gleichen Familie an. Diese hier hat einen guten Ruf in ihrem Lande, und sie gilt dort als die geschickteste, die es jemals gegeben hat. Wendet Euch an sie! Doch ich mache Euch darauf aufmerksam, daß es ein sehr gefährliches Unternehmen ist. An Eurer Stelle würde ich mich um den Stier, die Eselin, die Schlange, den Fisch, den Bock, den Raben und die Taube nicht weiter kümmern. Doch Eure Leidenschaft reißt Euch hin. Alles, was ich tun kann, ist, voll Mitleid um Euch zu zittern.«

Die Prinzessin beschwor ihn, ihr ein Tête-à-tête mit der Schlange zu verschaffen. Mambres, der ein gutes Herz hatte, willigte ein und machte sich, noch immer in tiefen Gedanken, auf den Weg zu der Wahrsagerin. Er stellte ihr den Einfall der Prinzessin so eindringlich vor, daß es ihm gelang, sie zu überreden. Die Alte sagte ihm, Amaside habe nur zu befehlen. Die Schlange besitze sehr viel Lebensart, sei sehr höflich im Verkehr mit Damen, stehe ihnen mit großer Freude zu Diensten und werde sich zum Rendez-vous einfinden.

Der alte Magier überbrachte der Prinzessin die gute Nachricht, aber er war immer noch ängstlich und sehr bedenklich. »Ihr wollt gern mit der Schlange sprechen, Prinzessin, das kann geschehen, sobald es Euch genehm ist. Vergeßt aber nicht, ihr recht zu schmeicheln, denn alle Tiere sind voller Eigenliebe, vor allem sie. Man sagt sogar, sie sei wegen ihrer übertriebenen Selbstgefälligkeit einmal aus einem sehr schönen Ort vertrieben worden.« – »Davon habe ich nie gehört«, entgegnete die

Prinzessin. – »Das glaube ich wohl«, antwortete der Greis und erzählte ihr dann alle Gerüchte, die über diese berühmte Schlange in Umlauf waren. »Aber Prinzessin«, meinte der Alte, »so merkwürdig auch das Abenteuer ist, das die Schlange erlebt hat: Ihr werdet ihr das Geheimnis nur durch Schmeicheleien entlocken können. In einem Nachbarlande ist man der Meinung, daß sie einmal den Frauen einen verhängnisvollen Streich gespielt hat. So ist es nur gerecht, wenn jetzt eine Frau sie ihrerseits überlistet.« – »Ich werde mein möglichstes tun«, versicherte die Prinzessin.

Sie machte sich dann mit ihren Hofdamen und dem Magier auf den Weg. Diesmal ließ die Alte den weißen Stier ziemlich weit entfernt weiden. Mambres gewährte Amaside volle Freiheit und unterhielt sich mit der Wahrsagerin. Die Ehrendame schwatzte mit der Eselin, die Hofdamen amüsierten sich mit dem Bock, dem Hund, dem Raben und der Taube; der große Fisch jedoch, der jedermann Furcht einflößte, tauchte auf Geheiß der Alten wieder im Nil unter.

Die Schlange begab sich in das Gebüsch zu der schönen Amaside und hatte mit ihr folgende Unterhaltung:

Die Schlange: Ihr könnt Euch nicht vorstellen, Prinzessin, wie sehr ich mich durch die Ehre, die Eure Hoheit mir zu erweisen geruht, geschmeichelt fühle.

Die Prinzessin: Meine Dame, Euer guter Ruf, die Feinheit Eurer Züge und Eure leuchtenden Augen haben mir den Entschluß erleichtert, um ein Tête-à-tête mit Euch zu bitten. Ich habe durch offizielle Berichte, falls sie wahrheitsgetreu sind, erfahren, daß Ihr eine angesehene Persönlichkeit in den himmlischen Gefilden gewesen seid.

Die Schlange: Es ist richtig, Prinzessin, daß ich dort eine recht bevorzugte Stellung hatte. Es wird behauptet, ich sei in Ungnade gefallen, und zwar ist dieses Gerücht zuerst in Indien aufgetaucht. Die Brahmanen haben als erste eine lange Geschichte über meine Abenteuer verfaßt. Ich zweifle nicht daran, daß eines Tages auch die nordischen Dichter ein bizarres Epos daraus machen; offen gestanden eignet es sich auch nicht zu etwas anderem. Aber ich bin noch nicht so heruntergekommen, daß ich auf dieser Welt nicht noch ein ziemlich beträchtliches Gebiet besitze. Ich möchte fast sagen: mir gehört die ganze Welt.

Die Prinzessin: Ich glaube es gern, meine Dame, denn man sagt, Euch sei die Kunst der Überredung eigen, und gefallen heißt herrschen.

Die Schlange: Wenn ich Euch sehe und Euch zuhöre, Prinzessin, spüre ich, daß Ihr über mich eben die Macht besitzt, die man mir über andere Seelen zuschreibt.

Die Prinzessin: Ihr seid, wie mir scheint, eine liebenswürdige Siegerin. Man behauptet, Ihr hättet viele Damen bezwungen und hättet mit unserer gemeinsamen Mutter, deren Namen ich vergessen habe, den Anfang gemacht.

Die Schlange: Man tut mir unrecht: Ich habe ihr den besten Ratschlag der Welt gegeben. Sie schenkte mir ihr Vertrauen, und mein Rat war, sie und ihr Gatte sollten sich an den Früchten des Baumes der Erkenntnis gütlich tun. Ich glaubte, damit dem Herrn aller Dinge zu gefallen. Ein Baum, der dem Menschengeschlecht so nützlich war, schien mir nicht gepflanzt zu sein, um nutzlos dazustehen. Wollte der Herr mit Unwissenden und Narren zu tun haben? Ist der Verstand nicht dazu da, um sich zu vervollkommnen und sich aufzuklären? Muß man nicht Gut und Böse kennen, um das eine zu tun und das andere zu lassen? Man war mir sicher Dank dafür schuldig.

Die Prinzessin: Trotzdem sagt man, daß es schlimme Folgen für Euch gehabt hat. Offenbar sind seit jener Zeit so viele Minister bestraft worden, weil sie gute Ratschläge gegeben haben, und so viele weise Gelehrte und große Geister sind verfolgt worden, weil sie nützliche Dinge geschrieben haben.

Die Schlange: Anscheinend haben Euch meine Feinde diese Märchen erzählt. Sie verbreiten überall, ich sei bei Hofe schlecht angeschrieben, doch ein Beweis dafür, daß ich in hoher Gunst stehe, ist die Tatsache, daß ich, wie Sie selber zugeben, zu Rate gezogen wurde, als der gute Hiob auf die Probe gestellt werden sollte. Ein anderes Mal, als man beschlossen hatte, einen gewissen kleinen König namens Ahab zu überlisten, wurde ich allein mit diesem ehrenvollen Auftrag betraut.

Die Prinzessin: Ach, meine Dame, ich glaube nicht, daß Ihr dazu geschaffen seid, andere zu überlisten. Doch, da Ihr noch immer im hohen Rate seid, dürfte ich Euch um eine Gnade bitten? Ich hoffe, eine so liebenswürdige Dame wird es mir nicht abschlagen.

Die Schlange: Prinzessin, Eure Wünsche sind für mich Befehle. Was wünscht Ihr?

Die Prinzessin: Ich beschwöre Euch, mir zu sagen, was es mit dem schönen weißen Stier für eine Bewandtnis hat. Ich hege unbegreifliche Gefühle für ihn, die mich beglücken und zugleich beängstigen. Man sagte mir, Ihr würdet die Güte haben, mich darüber aufzuklären.

Die Schlange: Prinzessin, die Neugier ist der Menschheit notwendig und besonders Eurem liebenswürdigen Geschlecht; ohne sie würde man in der schmachvollsten Unwissenheit stecken. Ich habe immer, soweit es mir möglich war, die Neugier der Damen befriedigt. Man beschuldigt mich, ich sei nur deshalb so gefällig gewesen, um dem Herrn aller Dinge Ärgernis zu bereiten. Ich schwöre Euch, daß ich stets als einziges Motiv hatte, Eurem Geschlecht gefällig zu sein. Aber die Alte wird Euch gesagt haben, daß für Euch in der Enthüllung dieses Geheimnisses eine gewisse Gefahr liegt.

Die Prinzessin: Oh, das macht mich nur noch neugieriger!

Die Schlange: Daran erkenne ich alle schönen Damen, denen ich gefällig gewesen bin.

Die Prinzessin: Wenn Ihr ein Herz habt, wenn alle Wesen sich gegenseitig Hilfe schuldig sind, so erbarmt Euch meiner und habt Mitleid mit einer Unglücklichen.

Die Schlange: Ihr zerreißt mir das Herz. Ich muß Euch helfen, doch unterbrecht mich nicht.

Die Prinzessin: Ich verspreche es Euch.

Die Schlange: Es war einmal ein junger König, bildschön, verliebt, geliebt …

Die Prinzessin: Ein junger bildschöner König? Verliebt! Geliebt! Und von wem? Und wer war dieser König? und wie alt war er? Was ist aus ihm geworden? Wo ist er? Wo ist sein Reich? Wie heißt er?

Die Schlange: Ich habe kaum angefangen, und schon unterbrecht Ihr mich. Nehmt Euch in acht! Wenn Ihr nicht mehr Selbstbeherrschung habt, so seid ihr verloren.

Die Prinzessin: Ach, Verzeihung, meine Dame. Dieser Fürwitz wird nicht wieder vorkommen. Bitte, fahrt fort.

Die Schlange: Dieser große König, der liebenswerteste und beherzteste aller Männer, der überall siegreich war, wo er seine Waffen ins Treffen führte, träumte häufig, während er schlief, und wenn er seine Träume vergaß, verlangte er, daß seine Magier sich daran erinnerten und ihm sagten, was er geträumt hatte; taten sie das nicht, so ließ er sie alle hängen, und nichts ist gerechter als das. Nun hatte er vor etwa sieben Jahren einen schönen Traum, dessen er sich beim Aufwachen nicht mehr erinnern konnte. Und als ihm ein junger, erfahrener Jude seinen Traum gedeutet hatte, wurde er plötzlich in einen Stier verwandelt, denn …

Die Prinzessin: »Ach, das ist mein geliebter Nebu …«, weiterreden konnte sie nicht, sie fiel ohnmächtig zu Boden. Mambres, der aus der Entfernung zugehört hatte, sah sie umsinken und glaubte, sie sei tot.

VIERTES KAPITEL

Wie man den Stier opfern und die behexte Prinzessin kurieren wollte

Mambres lief weinend zu ihr hin. Die Schlange war von Mitleid erfüllt, sie konnte nicht weinen, aber sie zischte in kläglichem Ton und rief: »Sie ist tot!« Die Eselin wiederholte: »Sie ist tot!« Der Rabe sprach es nach, und alle Tiere, mit Ausnahme von Jonas' Fisch, der immer hartherzig war, schienen von Kummer ergriffen zu sein. Die Ehrendame und die übrigen Hofdamen kamen hinzu und rauften sich die Haare. Der weiße Stier, der in der Ferne weidete und ihr Wehklagen hörte, kam zum Gebüsch gelaufen, schleifte die Alte hinter sich her und brüllte so stark, daß ein Echo widerhallte. Vergebens hatten die Damen über der verscheidenden Amaside ihre Riechfläschchen ausgeleert, die mit allen Parfümarten: Nelken, Myrten, Benzoe, Mekkaduft, Zimmet, Ingwer, Muskat und grauem Amber gefüllt waren. Sie hatte kein Lebenszeichen von sich gegeben, doch sobald sie den schönen weißen Stier an ihrer Seite fühlte, kam sie frischer, schöner und lebhafter wieder zu sich, als sie jemals vorher gewesen war. Sie küßte dieses reizende Tier, das seinen Kopf schmachtend an ihre Alabasterbrust drückte, immer und immer wieder und nannte ihn: »Mein Herr, mein König, mein Herz, mein Leben.« Sie legte ihre Elfenbeinarme um seinen Hals, der weißer war als Schnee. So fest schlingt sich die Weinrebe nicht um die Ulme, der Efeu nicht um die Eiche. Man hörte ihre leisen Seufzer und sah ihre Augen zärtlich aufleuchten und sich dann durch die kostbaren Tränen verdunkeln, die die Liebe vergießen läßt.

Man kann sich vorstellen, wie erstaunt die Ehrendame und die Hofdamen Amasides waren. Gleich nach ihrer Rückkehr in den Palast erzählten sie ihren Liebhabern dieses seltsame Abenteuer, und zwar jede Hofdame in einer etwas anderen Art, was den Reiz erhöht und stets zur Mannigfaltigkeit aller Geschichten beiträgt.

Als Amasis, der König von Tanis, davon hörte, wurde sein königliches Herz von berechtigtem Zorn ergriffen. Ähnlich war die Wut Minos', als er erfuhr, daß seine Tochter Pasiphaë ihre Gunst dem Vater des Minotauros geschenkt hatte. So zitterte Juno, als sie Jupiter, ihren Gemahl, die schöne Kuh Jo liebkosen sah, die Tochter des Flusses Inachos. Amasis ließ die schöne Amaside in ihr Zimmer einsperren und stellte eine

Garde von schwarzen Eunuchen vor die Tür. Dann versammelte er seinen geheimen Rat.

Der große Magier Mambres führte dabei den Vorsitz, doch er genoß nicht mehr dasselbe Ansehen wie früher. Alle Staatsminister waren der Ansicht, daß der weiße Stier ein Zauberer sei. Aber gerade das Gegenteil war der Fall: Er war verzaubert, doch in solchen delikaten Angelegenheiten irrt man sich bei Hofe immer.

Mit Stimmenmehrheit wurde beschlossen, daß die Prinzessin entzaubert und der weiße Stier mit der Alten geopfert werden sollte.

Der weise Mambres wollte das Urteil des Königs und seines Rates nicht umstoßen. Ihm stand das Recht zu, Beschwörungen vorzunehmen, er konnte sie unter einem plausiblen Vorwand aufschieben. Der Gott Apis war gerade in Memphis verschieden; ein göttlicher Stier stirbt wie jeder andere. In Ägypten war es nicht gestattet, jemanden zu beschwören, solange man nicht einen Ersatz für den Verstorbenen gefunden hatte.

Es wurde also im Rat beschlossen, die Ernennung des neuen Gottes in Memphis abzuwarten.

Der gute alte Mambres sah, in welcher Gefahr seine geliebte Prinzessin schwebte, er ahnte, wer ihr Geliebter war. Die Silben »Nebu«, die ihr entschlüpft waren, hatten den Augen dieses Weisen das ganze Geheimnis enthüllt.

Damals gehörte Memphis den Babyloniern. Es war das Überbleibsel ihrer früheren Eroberungen, die sie unter dem größten aller Könige, dessen Todfeind Amasis war, gemacht hatten. Mambres bedurfte seiner ganzen Weisheit, um über die vielen Schwierigkeiten hinwegzukommen. Wenn der König Amasis den Geliebten seiner Tochter entdeckte, mußte sie sterben, wie er geschworen hatte. Der große, junge, schöne König, in den sie verliebt war, hatte ihren Vater entthront, und dieser hatte sein Königreich Tanis erst vor etwa sieben Jahren wiedergewonnen. Seit dieser Zeit wußte man nicht, was aus dem bewunderungswürdigen Monarchen, dem Besieger und Idol der Völker, dem edlen, zärtlichen Liebhaber der reizenden Amaside geworden war. Aber auch wenn man den Stier opferte, würde die schöne Amaside zweifellos vor Kummer sterben.

Was sollte Mambres unter solchen schwierigen Umständen tun? Er suchte nach der Ratsversammlung seine geliebte Pflegebefohlene auf und sagte: »Mein schönes Kind, ich will Euch helfen, aber ich wiederhole, man wird Euch den Kopf abschneiden, wenn Ihr jemals den Namen Eures Geliebten aussprecht.«

»Ach, was liegt mir an meinem Kopf«, antwortete die schöne Amaside, »kann ich nicht den von Nebukad ... küssen! Mein Vater ist ein sehr böser Mann! Er hat mir nicht nur abgeschlagen, mich dem schönen Prinzen, den ich vergötterte, hinzugeben, sondern er hat ihm auch noch den Krieg erklärt. Und als er von meinem Geliebten besiegt worden war, fand er Mittel und Wege, ihn in einen Stier zu verwandeln. Hat es wohl jemals eine schlimmere Bosheit gegeben? Wenn mein Vater nicht mein Vater wäre, wüßte ich nicht, was ich ihm antun würde.«

»Nicht Euer Vater hat ihm diesen grausamen Streich gespielt«, erklärte der weise Mambres, »sondern ein Palästiner, einer unserer alten Feinde, der Bewohner eines kleinen Landes, das zu den vielen Staaten gehört, die Euer erhabener Geliebter bezwungen hat, um sie zu zivilisieren. Solche Verwandlungen brauchen Euch nicht zu überraschen. Ihr entsinnt Euch, daß ich früher weit bessere ausführte: Nichts war damals gebräuchlicher als solche Veränderungen, die heute die Weisen in Staunen setzen. Die wahre Geschichte, die wir zusammen gelesen haben, lehrt uns, daß Lykaon, der König von Arkadien, in einen Wolf verwandelt wurde. Seine Tochter, die schöne Kallisto, wurde in eine Bärin verwandelt, und Jo, die Tochter Inachos', unsere verehrungswürdige Isis, in eine Kuh, Daphne in einen Lorbeerbaum, Syrinx in eine Flöte. Und ist die schöne Edith, das Weib Lots, des zärtlichsten Vaters, den es je gegeben hat, nicht in unserer Nachbarschaft eine große, wunderschöne und reizvolle Salzsäule geworden, die alle Merkmale ihres Geschlechtes behalten und regelmäßig jeden Monat ihre Periode hat, wie es verschiedene berühmte Männer, die sie gesehen haben, bezeugen? In meiner Jugend war ich Zeuge dieser Verwandlung. Ich habe mitangesehen, wie sich fünf mächtige Städte im trockensten und dürrsten Teil der Welt mit einem Schlage in einen schönen See verwandelten. In meiner Jugendzeit stieß man auf Schritt und Tritt auf solche Metamorphosen.

Und wenn Beispiele Euren Schmerz zu lindern vermögen, Prinzessin, so erinnert Euch daran, daß Venus die Kerasten in Stiere verwandelte.« – »Ich weiß es wohl«, antwortete die unglückliche Prinzessin, »aber können Beispiele trösten? Und wenn mein Geliebter tot wäre, würde mich dann der Gedanke trösten, daß alle Menschen sterben müssen?« – »Euer Kummer kann enden«, meinte der Weise, »denn da Euer Geliebter ein Stier geworden ist, seht ihr wohl ein, daß aus dem Stier wieder ein Mensch werden kann. Ich für mein Teil müßte in einen Tiger oder ein Krokodil verwandelt werden, wenn ich die geringe Macht, über die ich noch verfüge, nicht dafür ausnützte, meiner Prinzessin, die der Anbetung der ganzen Welt würdig ist, zu dienen, der schönen Amaside, die ich auf meinen Knien großgezogen habe und der ein unglückseliges Geschick so grausame Prüfungen auferlegt.

FÜNFTES KAPITEL

Der weise Mambres handelt klug

Nachdem der göttliche Mambres der Prinzessin alles vorgebracht hatte, was ihr zum Trost dienen konnte, aber ihren Kummer doch nicht zu lindern vermochte, eilte er zu der Alten. »Freundin«, redete er sie an, »unser Beruf ist wohl schön, aber recht gefährlich: Ihr lauft Gefahr, gehängt zu werden, und Euer Stier könnte verbrannt, ertränkt oder verspeist werden. Ich weiß nicht, was Euren übrigen Tieren geschehen wird, denn wenn ich auch Prophet bin, so weiß ich doch nur recht wenig. Hütet sorgfältig die Schlange und den Fisch! die eine darf nicht aus ihrem Loch herauskriechen, der andere nicht den Kopf aus dem Wasser stecken. Den Stier werde ich in einem meiner Ställe auf dem Lande unterbringen. Ihr sollt dort bei ihm bleiben, da es Euch, wie Ihr sagt, nicht erlaubt ist, ihn allein zu lassen. Der Sündenbock kann gelegentlich als Bußopfer dienen. Wir werden ihn, beladen mit den Sünden aller anderen, in die Wüste schicken. An dieses Verfahren, das ihm nichts schadet, ist er schon gewöhnt, und wenn ein Sündenbock da ist, ist alles gut. Ich bitte Euch nur, leiht mir sogleich den Hund des Tobias, diesen flinken Windhund, und die Eselin Bileams, die besser läuft als ein Dromedar, und auch den Raben und die Taube aus der Arche, die wie ein Pfeil fliegen. Ich will sie in einer äußerst wichtigen Angelegenheit als Boten nach Memphis schicken.«

»Herr, Ihr könnt nach Belieben über den Hund des Tobias, die Eselin Bileams, den Raben und die Taube aus der Arche und über den Sündenbock verfügen«, erwiderte die Alte dem Magier, »aber mein Stier kann nicht in einem Stall schlafen. ›Er aber soll in eisernen und ehernen Ketten auf dem Felde im Grase und unter dem Tau des Himmels liegen und naß werden und soll sich weiden mit den Tieren von den Kräutern der Erde.‹ Er ist mir anvertraut, und ich muß gehorchen. Was würden Daniel, Hesekiel und Jeremias von mir denken, wenn ich meinen Stier anderen überließe? Ich merke, daß Ihr das Geheimnis dieses seltsamen Tieres kennt, doch ich brauche mir nicht vorzuwerfen, daß ich es Euch verraten habe. Ich will ihn weit von dieser unreinen Erde an den See Sirbon führen, weit weg von dem grausamen König von Tanis. Mein Fisch und meine Schlange können mich verteidigen. Ich fürchte niemanden, wenn ich meinem Herrn diene.«

»Meine Teure, der Wille Gottes geschehe«, antwortete der weise Mambres, »vorausgesetzt, daß ich Euren weißen Stier wiederfinde, so ist es mir gleichgültig, ob Ihr ihn an den See

Sirbon, an den See Möris oder an den See von Sodom führt. Ich habe mit ihm und auch mit Euch nur Gutes im Sinn. Doch warum spracht Ihr mir von Daniel, Hesekiel und Jeremias?« – »Ach, Herr«, erwiderte die Alte, »Ihr wißt doch ebensogut wie ich, wie sehr sie an dieser großen Sache interessiert waren. Doch ich darf keine Zeit verlieren, ich möchte nicht gehängt und mein Stier soll nicht verbrannt, ertränkt oder aufgegessen werden. Ich gehe über Kanopos mit meinem Fisch und meiner Schlange an den See Sirbon. Lebt wohl.« Der Stier folgte ihr sehr nachdenklich, nachdem er seinem Wohltäter Mambres den Dank, den er ihm schuldig war, bezeigt hatte.

Der weise Mambres befand sich in einer schrecklichen Unruhe. Er war sich darüber im klaren, daß Amasis, der König von Tanis, über die Leidenschaft, die seine Tochter für dieses Tier empfand, verzweifelt war und annahm, daß sie verhext sei. Sicherlich würde Amasis den unglücklichen Stier überall verfolgen und ihn entweder als Zauberer auf dem Marktplatz in Tanis erbarmungslos verbrennen lassen oder dem Fisch des Jonas ausliefern oder ihn braten und zu Tisch geben. Mambres wollte um jeden Preis der Prinzessin diese Unannehmlichkeiten ersparen.

Er schrieb in heiligen Lettern auf ägyptischem Papier, das damals noch eine Seltenheit war, einen Brief an seinen Freund, den Hohenpriester von Memphis. Hier folgt der genaue Wortlaut:

»Licht der Welt, Stellvertreter der Isis, des Osiris und Horus, Haupt aller Beschnittenen, dessen Altar über allen Thronen der Welt steht, ich erfahre, daß Euer Gott, der Stier Apis, gestorben ist. Ich stelle Euch einen anderen zur Verfügung. Kommt unverzüglich mit Euren Priestern, um ihn anzuerkennen, ihn anzubeten und ihn in den Stall Eures Tempels zu führen. Mögen Isis, Osiris und Horus Euch und die Herren Priester in ihren heiligen und gnädigen Schutz nehmen!

Euer ergebener Freund

Mambres.«

Vorsichtshalber machte er von diesem Briefe vier Abschriften und schloß sie in Behälter aus härtestem Ebenholz ein. Dann rief er vier Boten herbei, die er für diese Mission ausersehen hatte (es waren Eselin, Hund, Rabe und Taube), und sagte zur Eselin: »Ich weiß, wie treu du meinem Amtsbruder Bileam gedient hast; diene mir nun in der gleichen Weise. Kein Pelikan kommt dir im Laufe gleich. Eile, teure Freundin, händige den Brief dem Adressaten selbst aus und komm zurück.« – »So wie ich Bileam diente, will ich Euch auch dienen, Herr«, entgegnete ihm die Eselin, »ich eile und kehre sogleich zurück.« Der Weise steckte ihr den Ebenholzstab ins Maul, und sie schoß wie ein Pfeil davon.

Dann ließ er den Hund des Tobias kommen. »Treuer Hund«, redete er ihn an, »der du besser läufst als der leichtfüßige Achilles, ich weiß, was du für Tobias, den Sohn des Tobias, getan hast, als ihr, du und der Engel Raphael, ihn von Ninive nach Rages in Medien und wieder nach Ninive zurück begleitet habt. Er brachte seinem Vater zehn Pfund Silber, die der Sklave Vater Tobias dem Sklaven Gabael geborgt hatte, denn diese Sklaven waren sehr reich. Befördere diesen Brief, der kostbarer ist als zehn Silberpfunde, an seine Adresse.«

»Herr«, antwortete der Hund, »so wie ich damals dem Boten Raphael folgte, will ich ebenso gern die Bestellung für Euch ausrichten.« Mambres legte ihm den Brief ins Maul und sagte dann dasselbe zu der Taube. Diese antwortete ihm: »Herr, so wie ich einen Zweig in die Arche gebracht habe, werde ich auch Euch Antwort bringen.« Sie nahm den Brief in den Schnabel, und Mambres verlor gleich darauf alle drei aus den Augen.

Mambres wandte sich nun an den Raben: »Ich weiß, daß du den Propheten Elia verpflegt hast, als er sich an dem auf der ganzen Welt bekannten Bache Krith verborgen hielt. Du hast ihm täglich gutes Brot und fette Hühner gebracht; ich aber bitte dich nur, diesen Brief nach Memphis zu bringen.«

Der Rabe antwortete: »Es stimmt, Herr, daß ich Tag für Tag dem großen Propheten Elia, dem Thisbiten, zu essen gebracht habe. Ich sah ihn auf einem von vier feurigen Pferden gezogenen Feuerwagen gen Himmel fahren, was nicht alltäglich ist. Von dem Mahl nahm ich jedoch stets die Hälfte für mich. Gern will ich Euren Brief befördern, vorausgesetzt, daß Ihr mir täglich zwei gute Mahlzeiten zusagt und daß ich für meine Besorgung eine Vorauszahlung in barem Geld bekomme.«

Mambres, der über diese Antwort in Zorn geriet, entgegnete dem Tier: »Du Feinschmecker und Bösewicht, ich wundere mich nicht, daß Apollo dein schwanenweißes Gefieder in ein pechschwarzes verwandelt hat, als du in den Ebenen Thessaliens die schöne Koronis, die unglückliche Mutter Äskulaps, verrietest. Sag mir doch, ob du alle Tage Lendenbraten und Hühner verspeist hast, als du zehn Monate lang in der Arche warst?« – »Herr, wir haben dort sehr gut gelebt«, bestätigte der Rabe. »Zweimal täglich wurde Gebratenes für alle geflügelten Tiere meiner Art serviert. Sie leben ja nur von Fleisch, wie zum Beispiel Geier, Gabelweihen, Adler, Bussarde, Sperber, Ohreulen, Turmfalken und unzählige andere Raubvögel. Die Tische der Löwen, Leoparden, Tiger, Panther, Luxe, Hyänen, Wölfe, Bären, Füchse, Marder und aller fleischfressenden Vierfüßler waren noch viel üppiger gedeckt. Acht Menschen, die einzigen, die damals auf der Welt waren, beschäftigten sich unablässig mit unserer Nahrung und unserer Kleidung; es waren Noah und seine Frau, die kaum mehr als sechshundert Jahre zählten, ihre drei Söhne und deren Frauen. Es war eine Freude, zu sehen, welche Sorgfalt und Reinlichkeit unsere acht Dienstboten darauf verwandten, den großen Appetit von mehr als viertausend Gästen zufriedenzustellen und daneben noch zehn- bis zwölftausend andere Personen, vom Elefanten und der Giraffe bis zu dem Seidenwurm und den Insekten, aufs beste zu versorgen. Mich wundert nur, daß unser Versorger Noah bei allen Nationen, deren Stammvater er ist, unbekannt sein soll; doch schließlich kümmert mich das wenig. Ich war schon einmal bei einem ähnlichen Fest bei Xisuthros, dem König von Thrazien. Solche Dinge ereignen sich von Zeit zu Zeit zur Belehrung der Raben. Kurzum, ich möchte gut essen und recht viel Geld verdienen.« Der weise Mambres hütete sich, einem so anspruchsvollen und geschwätzigen Tier seinen Brief anzuvertrauen. Sie trennten sich beide sehr verstimmt.

Mambres mußte jedoch wissen, was aus dem schönen Stier werden würde, und er durfte die Spur der Alten und der Schlange nicht verlieren. Er beauftragte kluge und zuverlässige Diener mit ihrer Verfolgung, und er selbst begab sich in einer Sänfte an das Nilufer, während er unablässig seinen Gedanken nachhing.

»Wie ist es möglich«, sagte er zu sich selbst, »daß diese Schlange fast die Gebieterin der ganzen Welt ist, wie sie sich selber rühmt und viele Gelehrte es bezeugen, und daß sie trotzdem einem alten Weibe gehorcht? Wie kommt es, daß sie zuweilen dort oben zu Rate gezogen wird, während sie auf der Erde entlangkriecht? Warum fährt sie täglich durch eigene Kraft in die Leiber der Menschen, aus denen viele Weise sie durch ihre Worte austreiben zu können glauben? Und wie geht es zu, daß sie von einem kleinen Nachbarvolk beschuldigt wird, die Menschen verführt zu haben, ohne daß sie etwas davon wissen? Ich bin sehr alt und habe mein Leben lang studiert. Doch hier sehe ich eine Menge nicht zu vereinbarender Dinge, die ich nicht ergründen kann. Ich könnte nicht einmal erklären, was ich selbst erlebt habe, weder die großen Wunder, die ich ehedem vollbracht habe, noch all die anderen, deren Zeuge ich gewesen bin. Wenn ich alles wohl erwäge, neige ich zu der Vermutung, daß diese Welt aus Widersprüchen besteht: ›Rerum concordia discors‹, wie früher einmal mein Meister Zarathustra in seiner Sprache sagte.« Während er sich in diese Metaphysik, die dunkel wie jede Metaphysik war, vertiefte, legte ein Schiffer, ein Trinklied singend, in einem Nachen in seiner Nähe am Ufer an. Drei würdevolle Persönlichkeiten entstiegen dem Kahn. Sie waren nur notdürftig mit schmutzigen und zerrissenen Lumpen bekleidet, doch vermochten diese armen Hüllen ihr erhabenes, majestätisches Wesen nicht zu verbergen. Es waren Daniel, Hesekiel und Jeremias.

SECHSTES KAPITEL

Mambres begegnet drei Propheten und setzt ihnen ein gutes Mahl vor

Diese drei großen Männer, deren Gesichter das prophetische Licht erleuchtete, erkannten in Mambres, dem auch noch einige Strahlen dieses Lichtes verblieben waren, einen ihresgleichen und warfen sich vor seiner Sänfte nieder. Mambres erkannte gleichfalls in ihnen Propheten, doch mehr an ihrer Kleidung als an dem Leuchten, das von ihren erhabenen Häuptern ausging. Er vermutete, daß sie Nachrichten über den weißen Stier einholen sollten. Mit gewohnter Vorsicht stieg er aus der Sänfte und näherte sich ihnen höflich und würdevoll. Er hob sie auf, ließ Zelte aufstellen und ein gutes Mahl bereiten, das seiner Meinung nach den drei Propheten sehr nötig war.

Er ließ die Alte dazu einladen, die nur fünfhundert Schritt entfernt war. Sie folgte der Einladung und brachte den weißen Stier an der Kette mit.

Zwei Suppen wurden aufgetragen, eine Krebs- und eine Königinsuppe. Die Vorspeisen bestanden aus einer Karpfenzungenpastete, Quappen und Hechtlebern, Hühnern mit Pistazien, Trüffeln und Oliven, zwei Truthähnchen in Kraftbrühe mit Krebsen, Ritterlingen und Morcheln und einem Ragout. An Geflügel gab es junge Fasanen und Rebhühner, Hühnchen, Wachteln und Fettammern und vier verschiedene Sorten Salate. Die Zwischengerichte waren köstlich und der Nachtisch ganz auserlesen. Im übrigen hatte der taktvolle Mambres bei der Zusammenstellung des Mahles Sorge getragen, daß es nicht Gekochtes oder Gebratenes vom Rind gab, aus Angst, der unglückliche Monarch, der von fern dem Essen beiwohnte, könne glauben, daß man ihn verspotten wolle.

Dieser unglückliche hohe Fürst graste in der Nähe des Zeltes. Niemals hatte er die verhängnisvolle Verwandlung, die ihn für sieben volle Jahre des Thrones beraubt hatte, schwerer empfunden. »Ach«, sagte er zu sich selbst, »dieser Daniel, der mich in einen Stier verwandelt hat, und diese Hexe von einer Wahrsagerin, die mich bewacht, haben das beste Essen der Welt, und ich, der Beherrscher Asiens, muß Heu fressen und Wasser saufen!«

Man trank viel Wein von Engedi, Tadmor und Schiras. Als die Propheten und die Wahrsagerin etwas in Weinstimmung gekommen waren, sprachen sie sich vertraulicher aus als bei den ersten Gängen. »Ich gebe zu«, sagte Daniel, »daß ich in der Löwengrube nicht so gut gegessen habe.« – »Wie, man hat Euch in die Löwengrube geworfen?« fragte Mambres. »Und wie kam es, daß Ihr dort nicht gefressen wurdet?« – »Mein Herr,« erwiderte Daniel, »Ihr wißt doch, daß Löwen niemals Propheten fressen.« – »Was mich betrifft«, sagte Jeremias, »so bin ich mein ganzes Leben lang Hungers gestorben und habe nur heute ein gutes Essen gehabt. Sollte ich noch einmal zur Welt kommen und mir meinen Stand wählen können, so würde ich, offen gestanden, hundertmal lieber Finanzminister oder Bischof von Babylon als Prophet von Jerusalem sein.«

Hesekiel sagte: »Mir wurde einmal befohlen, ununterbrochen dreihundertneunzig Tage lang auf der linken Seite zu schlafen und während dieser ganzen Zeit nichts anderes zu essen als Brot von Gerste, Hirse, Futterwicken, Bohnen und Weizen, mit etwas darauf, was ich nicht auszusprechen wage. Alles, was ich erreichen konnte, war, es mit Kuhmist zu belegen. Ich gebe zu, daß die Küche des Herrn Mambres delikater ist, doch hat auch das Amt eines Propheten sein Gutes. Der Beweis dafür ist, daß sich tausend Leute damit befassen.«

»Da fällt mir etwas ein«, bemerkte Mambres. »Erklärt mir doch, was Ihr unter Eurer Ohola und Eurer Oholiba versteht, die so viel Wesens von Pferden und Eseln machen?« – »Ach«, erwiderte Hesekiel, »das sind Stilblüten ...«

Nach diesen Herzensergüssen kam Mambres zur Sache. Er fragte die drei Pilger, warum sie sich in die Staaten des Königs von Tanis begeben hätten. Daniel nahm das Wort und sagte, das Babylonische Königreich sei seit Nebukadnezars Verschwinden in Aufruhr geraten. Man habe nach dem Hofbrauch alle Propheten verfolgt, und sie verbrächten ihr Leben damit, einmal Könige zu ihren Füßen zu sehen und ein andermal hundert Riemenhiebe zu bekommen. Sie seien schließlich genötigt gewesen, nach Ägypten zu fliehen, aus Furcht, gesteinigt zu werden. Hesekiel und Jeremias hielten ebenfalls lange Reden in einem so schönen Stil, daß man sie kaum verstehen konnte. Die Wahrsagerin wandte kein Auge von ihrem Stier. Der Fisch des Jonas hielt sich, dem Zelt gegenüber, im Nil, und die Schlange ringelte sich im Grase.

Nach dem Kaffee gingen sie am Ufer des Nils spazieren. Als der weiße Stier die drei Propheten, seine Feinde, sah, brüllte er ganz entsetzlich, stürzte sich ungestüm auf sie, stieß sie mit den Hörnern und hätte sie, da die Propheten immer nur Haut auf den Knochen haben, ganz und gar durchbohrt und getötet, wenn nicht der Herr aller Dinge, der alles sieht und stets Abhilfe schafft, sie auf der Stelle in Elstern verwandelt hätte, die wie vorher weitersprachen. Das gleiche Erlebnis hatten später die Pieriden, und so hat die Fabel die Geschichte nachgeahmt.

Dieser neue Vorfall machte dem weisen Mambres neues Kopfzerbrechen. »Da sind nun«, sagte er, »drei große Propheten in Elstern verwandelt worden. Das soll uns eine Lehre sein, nicht zuviel zu sprechen und stets eine gewisse Zurückhaltung zu wahren.« Er schloß daraus, daß Weisheit mehr wert ist als Beredsamkeit, und er verlor sich, wie es seine Gewohnheit war, in tiefes Sinnen, als ein großartiges und schreckliches Schauspiel seine Blicke auf sich zog.

SIEBENTES KAPITEL

Der König von Tanis kommt. Seine Tochter und der Stier sollen geopfert werden

Staubwirbel erhoben sich von Süden gen Norden. Man hörte den Lärm von Trommeln, Trompeten, Pfeifen, Psaltern, Zithern, Harfen. Mehrere Schwadronen und Bataillone näherten sich mit Amasis, dem König von Tanis, der auf einem Pferd mit scharlachroter, goldgewirkter Schabracke an ihrer Spitze ritt. Die Herolde riefen: »Haltet den weißen Stier, bindet ihn, schleudert ihn in den Nil und werft ihn dem Fisch des Jonas vor, denn der König, unser Herr, der gerecht ist, will sich an ihm rächen, weil er seine Tochter behext hat.«

Der gute alte Mambres versank in tieferes Sinnen als je zuvor. Er erkannte, daß der boshafte Rabe dem König alles hinterbracht hatte und daß die Prinzessin Gefahr lief, den Kopf zu verlieren. Er wendete sich an die Schlange: »Liebwerte Freundin, eile zur schönen Amaside, meiner Pflegebefohlenen, sage ihr, daß sie nichts zu fürchten brauche, was immer geschehen mag, und erzähle ihr Märchen, um ihre Unruhe zu betäuben, denn nur durch Märchen gelangt man in der Welt zum Erfolg.«

Dann warf er sich vor Amasis, dem König von Tanis, auf die Knie und sagte: »O König, ich wünsche Euch ewiges Leben! Der weiße Stier muß geopfert werden, denn Eure Majestät haben immer recht, doch der Herr aller Dinge hat gesagt: ›Dieser Stier darf dem Fisch des Jonas erst vorgeworfen werden, wenn Memphis einen Gott gefunden hat, der an die Stelle seines gestorbenen Gottes tritt.‹ Dann werdet Ihr gerächt und Eure Tochter entzaubert sein. Ihr seid zu fromm, als daß Ihr den Befehlen des Herrn aller Dinge nicht gehorchen würdet.«

Amasis, der König von Tanis, überlegte einen Augenblick und sagte dann: »Der Stier Apis ist tot, seine Seele sei Gott befohlen. Wann, denkt Ihr, wird man einen anderen Stier gefunden haben, der über das fruchtbare Ägypten herrscht?« – »Mein König«, sagte Mambres, »ich bitte Euch nur um acht Tage.« Der König, der sehr fromm war, antwortete: »Es sei Euch gewährt. Ich will acht Tage hierbleiben, und sodann soll der Verführer meiner Tochter geopfert werden.« Er ließ seine Zelte herbeibringen, seine Köche und Musiker kommen und blieb acht Tage an diesem Ort, wie es bei Manetho geschrieben steht. Die Alte war voller Verzweiflung, daß der Stier, den sie bewachte, nur noch acht Tage zu leben haben sollte. Sie ließ jede Nacht Gespenster vor dem König erscheinen, um ihn von seiner grausamen Absicht abzubringen, doch der König erinnerte sich am Morgen nicht mehr der Gespenster, ebenso wie Nebukadnezar seine Träume vergaß.

ACHTES KAPITEL

Die Schlange erzählt der Prinzessin Märchen, um sie zu trösten

Unterdes erzählte die Schlange der schönen Amaside Geschichten, um ihren Kummer zu verscheuchen. Sie schilderte ihr, wie sie früher einmal ein ganzes Volk vom Biß kleiner Schlangen geheilt hatte, indem sie sich am Knopf eines Stockes zeigte. Sie erzählte ihr ferner von der Eroberung eines Helden, der einen so schönen Kontrast zu Amphion, dem Erbauer von Theben in Böotien, bildete. Dieser Amphion lockte mit den Tönen seiner Geige Mauersteine an: ein Menuett genügte ihm, um eine Stadt zu erbauen, der andere aber zerstörte sie nach dem Klang eines Jagdhorns. Er ließ einunddreißig mächtige Könige in einem Bezirk von vier Meilen Länge und Breite hängen, ließ große Steine vom Himmel herabregnen auf ein Bataillon von Feinden, die vor ihm flohen, und nachdem er sie auf diese Weise ausgerottet hatte, gebot er Sonne und Mond im vollen Mittag stillzustehen, um sie noch weiter zwischen Gibeon und Ajalon auf dem Wege nach Bet-Horon auszutilgen nach dem Vorbild des Bacchus, der auf seiner Reise nach Indien Sonne und Mond angehalten hatte.

Die Schlauheit, die jede Schlange haben muß, verbot ihr, Amaside von dem mächtigen Bastard Jephthah zu erzählen, der seiner Tochter den Hals abschnitt, weil er eine Schlacht gewonnen hatte. Das hätte das Herz der schönen Prinzessin zu sehr mit Schrecken erfüllt. Doch sie erzählte ihr die Abenteuer des großen Simson, der tausend Philister tötete, dreihundert Füchse mit den Schwänzen zusammenband und in die Netze eines Mädchens ging, das lange nicht so schön, treu und lieb war wie die reizende Amaside.

Weiter erzählte sie ihr von der unglücklichen Liebe Sichems zu der reizenden sechsjährigen Dina, der glücklicheren Liebe des Boas zu Ruth, ferner von der Judas zu seiner Schwiegertochter Thamar, von Lots Liebe zu seinen beiden Töchtern, die nicht wollten, daß die Welt aussterbe, von Abrahams und Jakobs Neigung zu ihren Mägden, von Rubens Liebe zu seiner Mutter, von Davids zu Bethsabe und von der des großen Königs Salomo, jedenfalls von allem, was dazu angetan ist, den Kummer einer schönen Prinzessin zu verscheuchen.

NEUNTES KAPITEL

Der Schlange gelingt es nicht, die Prinzessin zu trösten

»Alle diese Geschichten langweilen mich«, bemerkte die schöne Amaside, die Geist und Geschmack besaß. »Sie taugen zu nichts anderem, als bei den Irländern von dem verrückten Abbadie oder bei den Welschen von dem Schwätzer Houtteville kommentiert zu werden. Die Märchen sagen mir nichts, die man der Urahne von der Urahne meiner Großmutter erzählte, die von dem weisen Mambres erzogen wurde und den ›Menschenverstand‹ des ägyptischen Philosophen Locke sowie ›Die Matrone von Ephesus‹ gelesen hat. Ich verlange, daß eine Erzählung auf Wahrscheinlichkeit beruht und nicht immer einem Traum gleicht. Sie darf weder trivial noch extravagant sein. Vor allem möchte ich, daß unter dem Schleier der Fabel für geübte Augen eine feine Wahrheit verborgen ist, die der Ungebildete übersieht. Ich habe es satt, von Sonne und Mond zu hören, über die irgendein altes Weib nach Belieben verfügt; von Bergen, die tanzen, von Flüssen, die zu ihren Quellen zurückströmen, und von Toten, die wieder auferstehen. Doch am widerlichsten ist mir, wenn solche Albernheiten noch dazu in einem schwülstigen, unverständlichen Stil geschrieben sind.

Ihr denkt, ein Mädchen, das befürchtet, ihren Geliebten von

einem großen Fisch verschlungen zu sehen und selbst von ihrem eigenen Vater geköpft zu werden, bedarf der Zerstreuung! Versucht doch lieber, mich nach meinem eigenen Geschmack zu unterhalten.«

»Ihr stellt mich da vor eine schwierige Aufgabe«, erwiderte die Schlange. »Früher hätte ich Euch ein paar recht angenehme Stunden bereiten können, doch seit einiger Zeit habe ich mein Gedächtnis und meine Phantasie verloren. Ach, wo ist die Zeit geblieben, da ich jungen Mädchen Zerstreuung bringen konnte! Doch ich will versuchen, mir irgendeine Geschichte ins Gedächtnis zurückzurufen, die Euch gefallen wird.

Vor fünfundzwanzigtausend Jahren saßen der König Gnaof und die Königin Patra auf dem Throne des hunderttorigen Thebens. Der König Gnaof war sehr schön, die Königin Patra noch viel schöner, aber sie bekamen keine Kinder. Da stiftete der König Gnaof einen Preis für denjenigen, der die beste Methode erfände, um das königliche Geschlecht fortzupflanzen. Die medizinische Fakultät und die chirurgische Akademie verfaßten ausgezeichnete Abhandlungen über diese wichtige Frage, aber keine hatte praktischen Erfolg. Man schickte die Königin in Badeorte. Sie verrichtete neuntägige Andachten, sie spendete dem Tempel Jupiter Ammons, von dem das Ammoniumchlorid kommt, viel Geld: alles umsonst. Schließlich stellte sich dem König ein junger Priester von fünfundzwanzig Jahren vor und sagte: ›Majestät, ich glaube, ich verstehe mich auf die Beschwörung, die das bewirkt, was Ihr mit so viel Inbrunst ersehnt. Ich muß Eurer Gemahlin etwas leise ins Ohr sagen, und wenn sie dann nicht fruchtbar wird, lasse ich mich hängen.‹ – ›Ich nehme Euren Vorschlag an‹, entgegnete der König Gnaof. Die Königin und der Priester wurden nun eine Viertelstunde allein gelassen. Die Königin wurde schwanger, und der König wollte den Priester hängen lassen.«

»Mein Gott«, rief die Prinzessin aus, »ich weiß, wo das hinaus soll: Die Geschichte ist zu alltäglich, und überdies verletzt sie meine Keuschheit. Erzählt mir eine ganz wahre, ganz moralische Geschichte, von der ich noch nie etwas gehört habe, ›zur Bildung von Geist und Herz‹, wie der ägyptische Professor Linro sagt.«

»Ich weiß eine, Prinzessin, die ganz wahr ist«, antwortete die Schlange.

»Es waren einmal drei Propheten, alle drei gleich ehrgeizig und mit ihrem Beruf unzufrieden. Ihr Wahn war, König zu werden, denn vom Propheten zum König ist nur eine Rangstufe, und der Mensch strebt stets danach, alle Stufen der Glücksleiter zu erklimmen. Sonst waren ihr Geschmack und ihre Freuden grundverschieden. Der erste hielt seinen versammelten Brüdern, die ihm Beifall klatschten, wundervolle Predigten. Der zweite war sehr musikliebend, und der dritte liebte die Mädchen leidenschaftlich. Der Engel Ituriel erschien ihnen eines Tages, als sie bei Tisch saßen und sich über die Freuden der Regentschaft eines Königs unterhielten.

›Der Herr aller Dinge‹, begann der Engel, ›sendet mich zu euch, um eure Verdienste zu belohnen. Nicht nur Könige sollt ihr sein, sondern ihr sollt auch eure Hauptleidenschaften dauernd befriedigen können. Dich, erster Prophet, mache ich zum König von Ägypten. Du wirst ständig deinen Rat um dich versammeln, der deiner Weisheit und Beredsamkeit Beifall zollen wird. Du, zweiter Prophet, wirst über Persien herrschen und unaufhörlich göttliche Musik hören, und dich, dritter Prophet, ernenne ich zum König von Indien und gebe dir eine reizende Geliebte, die dich nie verlassen wird.‹

Der Prophet, der Ägypten erhielt, berief zunächst seinen geheimen Rat ein, der nur aus zweihundert Weisen bestand. Er hielt ihnen, der Etikette entsprechend, eine lange Rede, die begeistert aufgenommen wurde, und der Monarch kostete die süße Genugtuung, sich an Lobpreisungen zu berauschen, die durch keinerlei Schmeicheleien getrübt wurden.

Nach dem geheimen Rat trat der Rat für auswärtige Angelegenheiten zusammen. Er war weit zahlreicher, und eine neue Rede fand noch mehr Beifall. In den anderen Versammlungen war es ebenso. Er fand keinen Augenblick Muße für Vergnügungen und für die Wonne, Prophet und König von Ägypten zu sein. Der Ruf seiner Beredsamkeit erfüllte die ganze Welt.

Der Prophet und König von Persien ließ sich sofort eine italienische Oper aufführen, deren Chöre von fünfzehnhundert Kastraten gesunden wurden. Ihre Stimmen rührten die Seele bis ins Mark der Knochen, wo sie ihren Sitz hat. Der Oper folgte eine zweite, auf die zweite ohne Unterbrechung eine dritte.

Der König von Indien schloß sich mit seiner Geliebten ein und genoß mit ihr alle Freuden der Liebe. Das Bedürfnis, sie immer zu liebkosen, hielt er für das höchste irdische Glück und beklagte das traurige Geschick seiner beiden Kollegen, von denen der eine ständig vor dem Rate sprechen und der andere dauernd in der Oper sein mußte. Nach dem Verlauf einiger Tage hörte jeder von ihnen vom Fenster aus Holzfäller aus einem Wirtshaus kommen, die in einem nahe gelegenen Wald Holz fällen wollten. Alle hielten ihre süßen Freundinnen, die sie nach Belieben wechseln konnten, im Arm. Unsere Könige baten Ituriel, bei dem Herrn aller Dinge ein gutes Wort für sie einzulegen, damit sie auch Holzfäller werden könnten.«

»Ich weiß nicht«, warf die liebliche Amaside ein, »ob der Herr aller Dinge ihre Bitte erfüllt hat, es kümmert mich auch wenig, aber ich weiß genau, daß ich niemanden mehr um etwas bitten würde, wenn ich mit meinem Geliebten, meinem teuren Nebukadnezar, eingeschlossen wäre.«

Die Mauern des Schlosses hallten von diesem großen Namen wider. Zuerst sagte Amaside nur »Ne ...«, dann »Nebu ...« und »Nebukad ...«, doch schließlich gewann ihre Leidenschaft die Oberhand, und sie sprach, ungeachtet des Eides, den sie dem König, ihrem Vater, geschworen hatte, den verhängnisvollen Namen ganz aus. Alle Hofdamen wiederholten »Nebukadnezar«, und der boshafte Rabe versäumte nicht, den König davon zu benachrichtigen. Das Gesicht Amasis', des Königs von Tanis, verfinsterte sich, weil sein Herz finster war.

Die Schlange, das schlaueste und verständigste aller Tiere, hatte wieder einmal, wie schon oft, in bester Absicht einer Frau Böses getan.

Zornerfüllt entsandte Amasis sofort zur Festnahme seiner Tochter zwölf Häscher, Leute, die stets bereit sind, alle vom König befohlenen Barbareien mit der Begründung auszuführen: »Wir werden dafür bezahlt.«

ZEHNTES KAPITEL

Der Prinzessin will man den Kopf abschneiden und tut es doch nicht

Als die Prinzessin, am ganzen Körper zitternd, im Zelte ihres Vaters anlangte, sagte er zu ihr: »Meine Tochter, du weißt, daß man alle Prinzessinnen töten läßt, die ihren königlichen Vätern ungehorsam sind, weil sonst ein Königreich nicht gut regiert werden könnte. Ich hatte dir verboten, den Namen deines Geliebten auszusprechen, dieses Nebukadnezar, der mein Todfeind war, der mich vor beinahe sieben Jahren entthront hat und jetzt von der Erde verschwunden ist. Du hast dir an seiner Stelle einen weißen Stier auserwählt und hast Nebukadnezar gerufen. Die Gerechtigkeit fordert, daß ich dir den Kopf abschneide.«

»Vater, Euer Wille geschehe«, entgegnete ihm die Prinzessin, »doch gebt mir Zeit, meine Jungfräulichkeit zu beweinen.« – »Die Gerechtigkeit verlangt es«, sagte der König Amasis, »da es ein von allen aufgeklärten und klugen Fürsten anerkanntes Gesetz ist. Ich lasse dir einen ganzen Tag, um deine Jungfräulichkeit zu beweinen, da du sie, wie du sagst, besitzest. Morgen, am achten Tag meines Feldlagers, werde ich den weißen Stier dem Fisch vorwerfen und dir um neun Uhr morgens den Kopf abschneiden.«

Die schöne Amaside erging sich nun am Nil, um mit ihren Hofdamen alles, was von ihrer Jungfräulichkeit übrig war, zu beweinen. Der weise Mambres ging in Gedanken versunken an ihrer Seite dahin und zählte Stunden und Minuten. »Teurer Mambres«, redete sie ihn an, »Ihr habt die Wasser des Nils in Blut verwandelt, wie es Brauch ist, und vermögt doch den Sinn Amasis', meines Vaters, des Königs von Tanis, nicht zu wandeln! Ihr werdet dulden, daß er mir morgen früh um neun Uhr den Hals abschneidet!« – »Das hängt von der Schnelligkeit meines Boten ab«, erwiderte Mambres nachdenklich.

Am folgenden Tage, als die Schatten der Obelisken und Pyramiden auf Erden die neunte Stunde anzeigten, band man den weißen Stier, um ihn dem Fisch Jonas' vorzuwerfen, und brachte dem König seinen großen Säbel. »Ach! ... Ach! ...« dachte Nebukadnezar im tiefsten Herzen. »Ich, der König, bin fast seit sieben Jahren Stier, und kaum habe ich wieder meine Geliebte gefunden, da läßt man mich von einem Fisch verschlingen.«

Noch niemals hatte der weise Mambres so tiefe Betrachtungen angestellt. Er war noch in seine traurigen Gedanken vertieft, als er in der Ferne alles sah, was er erwartet hatte. Eine riesige Menge näherte sich. Ihr voran wurden von hundert Senatoren aus Memphis in einer Sänfte aus Gold und Edelsteinen die drei vereinigten Gestalten Isis, Osiris und Horus getragen, voran gingen hundert Mädchen, die das heilige Sistrum spielten. Viertausend Priester, die geschorenen Häupter mit Blumen umkränzt, ritten auf Nilpferden. Weiter hinten gewahrte man in gleicher Pracht das Schaf von Theben, den Hund von Bubastis, die Katze Phöbes, das Krokodil Arsinoes, den Bock von Mendes und alle niederen Gottheiten Ägyptens, die kamen, um dem großen Stier, dem großen Gotte Apis, der ebenso mächtig war wie Isis, Osiris und Horus zusammengenommen, ihre Huldigungen darzubringen.

Inmitten all dieser Halbgötter trugen vierzig Priester einen ungeheuren Korb mit heiligen Zwiebeln gefüllt, die den Göttern nicht vollkommen gleich waren, aber viel Ähnlichkeit mit ihnen hatten. Auf beiden Seiten dieses von zahlreichem Volk begleiteten Götterzuges ritten vierzigtausend Krieger, mit

Helmen auf dem Kopf, den Säbel an der linken Hüfte, den Köcher auf der Schulter und den Bogen in der Hand.

Alle Priester sangen im Chor mit einer Harmonie, die die Seele erhob und bewegte:

Unser geheiligter Stier ist begraben,
wir werden einen noch schöneren haben.

Und in jeder Pause hörte man die Sistren, Kastagnetten, Trommeln, Psalter, Dudelsäcke und Harfen erschallen.

ELFTES KAPITEL

Die Prinzessin heiratet ihren Stier

Amasis, der König von Tanis, war von diesem Schauspiel so überrascht, daß er seiner Tochter den Kopf nicht abschnitt; er steckte sein Schwert in die Scheide. Mambres sagte zu ihm: »Großer König, die Ordnung der Dinge hat sich gewandelt, Eure Majestät muß mit gutem Beispiel vorangehen. O König, befreit den weißen Stier sofort mit eigener Hand und seid der erste, der ihn anbetet!« Amasis gehorchte und warf sich mit seinem ganzen Volk nieder. Der hohe Priester von Memphis reichte dem neuen Stier die erste Handvoll Gras dar. Die Prinzessin Amaside schmückte seine schönen Hörner mit Gewinden von Rosen, Anemonen, Ranunkeln, Tulpen, Nelken und Hyazinthen. Sie nahm sich die Freiheit, ihn zu küssen, jedoch mit tiefer Ehrfurcht. Die Priester bestreuten den Weg, auf dem man ihn nach Memphis führte, mit Blumen und Palmenzweigen, und der weise Mambres, der immer noch Betrachtungen anstellte, sagte ganz leise zu seiner Freundin, der Schlange: »Daniel verwandelte den Menschen in einen Stier, ich aber habe den Stier in einen Gott verwandelt.«

Alle machten sich in der gleichen Anordnung wieder auf den Weg nach Memphis. Der König von Tanis, der ganz verwirrt war, folgte dem Zuge. Mambres ging an seiner Seite; er sah heiter und gefaßt aus. Die Alte, die sich vor Überraschung noch gar nicht fassen konnte, folgte ebenfalls mit der Schlange, dem Hund, der Eselin, dem Raben, der Taube und dem Sündenbock. Der große Fisch stieg wieder in den Nil. Daniel, Hesekiel und Jeremias, die in Elstern verwandelt waren, beschlossen den Zug. Als man an den Grenzen des Königreiches angekommen war, die nicht weit entfernt lagen, verabschiedete sich der König Amasis vom Stier Apis und sagte zu seiner Tochter: »Meine Tochter, laß uns in unsere Staaten zurückkehren, damit ich dir dort den Kopf abschneide, wie ich es in meinem königlichen Herzen beschlossen hatte, weil du den Namen Nebukadnezars, meines Feindes, der mich vor sieben Jahren entthronte, ausgesprochen hast. Wenn ein Vater geschworen hat, seiner Tochter den Kopf abzuschneiden, muß er seinen Schwur halten. Tut er es nicht, wird er auf ewig in die Hölle geworfen, und ich will nicht, daß ich aus Liebe zu dir verdammt werde.«

»Teurer Vater«, antwortete die schöne Prinzessin dem König Amasis: »Schneidet wem Ihr wollt den Kopf ab, aber mir wird es nicht geschehen. Ich stehe auf dem Boden der Isis, Osiris, des Horus und Apis. Ich werde meinen schönen weißen Stier nicht verlassen, sondern ich will ihn den ganzen Weg entlang mit Küssen bedecken, bis ich seine Gottwerdung in dem großen Stall der heiligen Stadt Memphis mit angesehen habe. Das ist wahrlich eine verzeihliche Schwäche für ein Mädchen meines Standes.«

Kaum hatte sie diese Worte ausgesprochen, da rief der Stier Apis: »Meine teure Amaside, ich werde dich mein Leben lang lieben.« In den vierzigtausend Jahren, seit man Apis anbetete, war es das erstemal, daß man ihn in Ägypten sprechen hörte. Schlange und Eselin riefen: »Die sieben Jahre sind erfüllt.« Alle Priester hoben die Hände zum Himmel. Plötzlich sah man, wie der Gott seine beiden Hinterbeine verlor, die beiden Vorderbeine verwandelten sich in Menschenbeine. Zwei schöne fleischige, muskulöse, weiße Arme kamen aus seinen Schultern. Seine Stierfratze verwandelte sich in das Antlitz eines herrlichen Helden. Er wurde wieder der schönste Mann der Welt und sprach: »Ich will lieber Amasides Geliebter als ein Gott sein. Ich bin Nebukadnezar, der König aller Könige.«

Diese neue Verwandlung setzte alle Welt in Staunen mit Ausnahme des Denkers Mambres. Was aber niemanden wunderte, war, daß Nebukadnezar auf der Stelle die schöne Amaside im Beisein dieser großen Versammlung heiratete.

Er überließ das Königreich Tanis seinem Schwiegervater und machte für die Eselin, die Schlange, den Hund, die Taube und auch für den Raben, die drei Elstern und den großen Fisch schöne Stiftungen als Beweis dafür, daß er ebensogut verzeihen wie siegen konnte. Die Alte erhielt eine beträchtliche Rente. Der Sündenbock wurde für einen Tag in die Wüste geschickt, auf daß alle vergangenen Sünden getilgt würden; danach erhielt er zur Entschädigung zwölf Ziegen. Der weise Mambres kehrte in seinen Palast zurück, um weitere Betrachtungen anzustellen. Nebukadnezar dankte ihm und herrschte von nun an friedlich über die Königreiche Memphis, Babylon, Damaskus, Baalbek, Tyrus, Syrien, Kleinasien, Skythien, die Landschaften Schiras, Mesech, Thubal, Madai, Gog, Magog, Javan, über Sogdiana, Baktrien, Indien und die Inseln.

Die Völker des weiten Reiches riefen jeden Morgen: »Es lebe der große Nebukadnezar, der König der Könige, der nicht mehr Stier ist.« Und seit jener Zeit war es in Babylon Brauch, daß jedesmal, wenn der Herrscher, der von seinen Satrapen, Magiern, Schatzkämmerern oder seinen Frauen gröblich getäuscht worden war, schließlich seine Fehler einsah und seine schlechte Führung besserte, das ganze Volk vor seiner Tür ausrief: »Es lebe unser großer König, der kein Ochse mehr ist!«

WAS DAS GEDÄCHTNIS EINST ERLEBTE

Die denkende Menschheit, das heißt höchstens der hunderttausendste Teil des Menschengeschlechtes, glaubte lange Zeit oder behauptete wenigstens sehr häufig, daß nur unsere Sinne die Quellen unseres Denkens seien und unser Gedächtnis das alleinige Werkzeug, das uns dazu dient, mehrere Gedanken oder mehrere Worte miteinander zu verbinden. Deshalb habe sich Jupiter, der die Natur verkörpert, in Mnemosyne, die Göttin des Gedächtnisses, auf den ersten Blick verliebt, und dieser Verbindung entstammten die neun Musen, die Schöpferinnen aller Künste.

Das angeführte Prinzip, auf dem alle unsere Kenntnisse beruhen, wurde allgemein anerkannt, und sogar die Nonsobre akzeptierte es gleich bei ihrer Gründung, obwohl es sich dabei um eine Lebenswahrheit handelte.

Einige Zeit danach tauchte ein Wortfechter auf, halb Mathematiker, halb Hirngespinstler, der gegen die fünf Sinne und das Gedächtnis argumentierte und zu der kleinen Zahl denkender Menschen sagte: »Ihr habt euch bis jetzt einer Täuschung hingegeben, denn eure Sinne sind in diesem Falle nutzlos. Eure angeborenen Ideen waren da, bevor irgendeiner eurer Sinne sich betätigen konnte. Ihr hattet jedes notwendige Begriffsvermögen, als ihr zur Welt kamt; ihr wußtet alles, ohne jemals etwas wahrgenommen zu haben. Eure Erkenntnis, die ›Seele‹ genannt wird, war sich aller eurer angeborenen Ideen ohne Hilfe des Gedächtnisses bewußt. Also ist das Gedächtnis nutzlos.«

Die Nonsobre verwarf diese Lehre, nicht weil sie lächerlich, sondern weil sie neu war. Doch als dann ein Engländer ausführlich zu beweisen suchte, daß es keine angeborenen Ideen gebe und nichts notwendiger sei als die fünf Sinne, daß das Gedächtnis dem besonderen Zweck diene, die durch die fünf Sinne wahrgenommenen Dinge festzuhalten, verwarf sie ihre eigenen Ansichten, weil ein Engländer sie sich zu eigen gemacht hatte. Infolgedessen befahl sie der Menschheit, die Ideen künftig als angeboren zu betrachten und nicht mehr an die fünf Sinne und das Gedächtnis zu glauben. Anstatt zu gehorchen, machten sich die Menschen über die Nonsobre lustig, die darüber so in Zorn geriet, daß sie einen Philosophen verbrennen lassen wollte, weil er behauptet hatte, man könnte sich unmöglich einen richtigen Begriff von einem Käse machen, wenn man ihn nicht gesehen und nicht gegessen hätte. Dieser Bösewicht wagte sogar noch vorzubringen, daß keine Männer und Frauen Wandteppiche sticken könnten, wenn ihnen Nadeln und Finger zum Einfädeln fehlten.

Die Suijeten taten sich zum erstenmal in ihrem Leben mit der Nonsobre zusammen, und die Sejanisten, die geschworenen Feinde der Suijeten, vereinigten sich für einen Augenblick mit diesen. Sie riefen die ehemaligen obersten Richter, die große Philosophen waren, zu Hilfe, und sie alle taten gemeinsam das Gedächtnis und die fünf Sinne in Acht und Bann und auch den Philosophen, der von diesen sechs Dingen Gutes gesagt hatte.

Als das Urteil von diesen Herren verkündet wurde, befand sich ein Pferd unter den Anwesenden, obwohl es nicht ihrer Rasse angehörte und zwischen ihm und ihnen einige Unterschiede bestanden, zum Beispiel in bezug auf den Wuchs, die Stimme, die Haare und die Ohren. Dieses Pferd, das nicht nur Verstand, sondern auch Sinne hatte, sprach eines Tages darüber in meinem Stall mit Pegasus. Und mit der ihm eigenen Lebhaftigkeit erzählte Pegasus diese Geschichte dann den Musen.

Die neun Musen, die merkwürdigerweise seit hundert Jahren das so lange unkultiviert gebliebene Land, in dem sich dieser Fall zutrug, bevorzugt hatten, waren über alle Maßen entrüstet. Sie liebten ihre Mutter Memoria oder Mnemosyne, der sie all ihr Wissen verdankten, innig, und die Undankbarkeit der Menschen empörte sie. Sie verfaßten keine Satiren auf die ehemaligen obersten Richter, die Suijeten, die Sejanisten und die Nonsobre, weil bekanntlich Satiren niemanden bessern, sondern nur die Dummen aufreizen und noch boshafter machen. Sie ersannen ein Mittel, das sie aufklären, gleichzeitig aber auch bestrafen sollte. Die Menschen hatten das Gedächtnis gelästert, und die Musen entzogen ihnen diese Gabe Gottes, damit sie einmal erfahren sollten, was einem Menschen ohne Gedächtnis widerfährt.

Mitten in einer schönen Nacht geschah es nun, daß sich alle Gehirne verschleierten, so daß am nächsten Morgen alle Menschen aufwachten, ohne sich auch nur im geringsten an die Vergangenheit erinnern zu können. Einige der Richter, die das Schlafzimmer mit ihren Frauen teilten, trieb ein vom Gedächtnis unabhängiger Rest des Instinktes dazu, sich ihnen zu nähern. Die Frauen, die nur selten den Instinkt dafür besitzen, ihren Ehegatten zu umarmen, wehrten die Liebkosungen, die ihren Widerwillen erregten, erbittert ab. Die Männer wurden böse, die Frauen weinten, und in den meisten Fällen kam es zu Tätlichkeiten.

Herren, die eine Nachthaube fanden, bedienten sich ihrer für besondere Bedürfnisse, die weder vom Gedächtnis noch vom Verstand abhängen. Die Damen benutzten die Schalen ihrer Toilettentische für die gleichen Zwecke. Die Dienstboten erinnerten sich nicht mehr an das Abkommen, das sie mit ihren Herrschaften abgeschlossen hatten, und betraten deren Zimmer, ohne zu wissen, wo sie sich befanden. Doch da die Neugierde eine angeborene Eigenschaft der Menschen ist, öffneten sie alle Schubfächer, und da die Menschen von Natur aus den Glanz von Silber und Gold lieben, ohne des Gedächtnisses zu bedürfen, nahmen sie alles, was ihnen in die Hände kam. Die Herren wollten rufen, man solle den Dieb festhalten, doch da der Begriff »Dieb« ihrem Hirn entschwunden war, konnten sie das Wort nicht auf ihre Zunge bringen. Da sie alle ihre Sprache vergessen hatten, stießen sie unartikulierte Laute aus. Es war weit schlimmer als in Babel, wo jeder im Handumdrehen eine neue Sprache erfand. Die angeborene Neigung für hübsche Frauen kam bei den jungen Dienern so mächtig zum Ausbruch, daß diese Verwegenen sich mir nichts, dir nichts auf die ersten besten Frauen und Mädchen – ganz gleich, ob Kellnerin oder Präsidentin – stürzten; und da diese sich der Gebote der Keuschheit nicht mehr erinnerten, ließen sie ihnen völlige Freiheit.

Es sollte gegessen werden, aber niemand wußte mehr, wie das anzufangen war. Niemand war auf dem Markt gewesen, um etwas zu kaufen oder zu verkaufen. Die Diener hatten die Anzüge ihrer Herren, die Herren die der Diener angezogen. Einer musterte den anderen höchst einfältig. Diejenigen, die schlau genug waren, um sich alles Notwendige zu verschaffen (und das waren die Leute aus dem Volke), fanden etwas zum Leben, während den anderen alles fehlte. Der Präsident und der Erzbischof waren ganz nackt, ihre Stallknechte trugen dagegen teils rote Gewänder, teils Amtskleider der Diakonen. Alles stand auf dem Kopf, alles wurde von Hunger und Elend zugrunde gerichtet, weil keine Verständigung möglich war.

Nach einigen Tagen hatten die Musen Mitleid mit der armen Menschheit. Sie sind gutmütig, wenn sie auch bisweilen die Bösen ihren Zorn fühlen lassen. Sie baten ihre Mutter, den Lästerern das Gedächtnis, das sie ihnen genommen hatte, wiederzugeben. Mnemosyne stieg zum Lande ihrer Widersacher hinab, in dem man sie so unerhört beleidigt hatte, und sie sprach zu ihnen: »Ihr Schwachköpfe, ich vergebe euch, doch vergeßt nicht, daß es ohne die Sinne kein Gedächtnis gibt und ohne Gedächtnis keinen Geist.«

Die obersten Richter dankten ihr recht kühl und beschlossen, ihr Vorhaltungen zu machen. Die Sejanisten veröffentlichten das ganze Ereignis in ihrem Blatt, und man merkte, daß sie noch nicht kuriert waren. Die Suijeten zettelten eine Hofintrige an. Magister Coger, der ganz verdutzt über dieses Erlebnis war und nichts davon begriff, lehrte seine Schüler den schönen Satz: »Non magis musis quam hominibus infensa est ista quae vocatur memoria.«

LOBREDE AUF DIE VERNUNFT

GEHALTEN VON HERRN . . .

IN EINER PROVINZHOCHSCHULE

Meine Herren!

Erasmus hat im sechzehnten Jahrhundert das »Lob der Torheit« verfaßt, und Sie beauftragen mich, Ihnen eine Lobrede auf die Vernunft zu halten. Die Vernunft wird tatsächlich erst zwei Jahrhunderte später gefeiert und oftmals noch viel später; ja es gibt sogar Völker, bei denen man sie noch nie wahrgenommen hat.

Zur Zeit der Druiden war sie bei uns so unbekannt, daß sie in unserer Sprache nicht einmal einen Namen hatte. Cäsar brachte sie weder nach der Schweiz noch nach Autun, noch nach Paris, das damals nur ein kleines Fischernest war, und er selbst kannte sie auch nicht. Er hatte so viele hervorragende Eigenschaften, daß für die Vernunft kein Platz mehr war. Dieser großmütige Tor verließ unser verwüstetes Land, um sein eigenes zu verheeren und sich dreiundzwanzig Dolchstiche von dreiundzwanzig anderen erlauchten Toren, die ihm nicht das Wasser reichen konnten, versetzen zu lassen.

Der Franke Chlodwig kam etwa fünfhundert Jahre später, um einen Teil unserer Nation auszurotten und den anderen zu unterjochen. Weder in seinem Heer noch in unseren unglücklichen kleinen Dörfern hat man damals von Vernunft sprechen hören; es galt nur das Recht des Stärkeren.

Wir blieben lange in dieser furchtbaren, erniedrigenden Barbarei versunken, aus der uns auch die Kreuzzüge, die die weitverbreitetste, schlimmste, lächerlichste und unseligste Torheit war, nicht retteten. Sie zogen sich durch Jahrhunderte hin, und ihnen folgte der entsetzliche Wahnsinn des heiligen Bürgerkrieges, der so vielen Menschen, welche die Langue d'oc oder die Langue d'oil sprachen, das Leben nahm. Die Vernunft hütete sich wohl, sich hier zu zeigen.

Damals herrschte in Rom die Politik; als Minister hatte sie ihre beiden Schwestern Habsucht und Schurkerei. In ihrem Auftrag sah man Unwissenheit, Fanatismus und Tollheit durch Europa eilen, denen die Armut überallhin folgte. Die Vernunft verkroch sich mit ihrer Tochter, der Wahrheit, in einem Brunnen. Niemand wußte, wo dieser Brunnen war, und hätte man es geahnt, so wäre man hinabgestiegen, um Mutter und Tochter zu erwürgen.

Nachdem die Türken Konstantinopel eingenommen und die entsetzlichen Leiden verdoppelt hatten, fielen zwei oder drei Griechen auf der Flucht halbtot vor Müdigkeit, Hunger und Angst in diesen Brunnen, oder besser gesagt, in diese Höhle. Die Vernunft nahm sie auf sehr menschenfreundliche Weise auf und gab ihnen ohne Rücksicht auf den Standesunterschied Fleisch zu essen (was sie in Konstantinopel nie gekannt hatten). Sie erhielten von ihr nur ganz wenig Anweisungen, denn die Vernunft ist nicht weitschweifig. Sie mußten ihr schwören, ihren Zufluchtsort nicht zu verraten; danach zogen sie weiter und kamen nach vielen Irrfahrten am Hofe Karls V. und Franz' I. an.

Wie Jongleure wurden sie empfangen, die dazu da sind, den Hofleuten und ihren Damen zwischen ihren Schäferstündchen die Langeweile zu vertreiben. Die Minister ließen sich herab, sie für einige Augenblicke, die sie sich im Drang der Staatsgeschäfte abringen konnten, zu betrachten. Sie wurden sogar vom Kaiser und vom König von Frankreich empfangen, die auf dem Wege zu ihren Mätressen einen Blick auf sie warfen. In kleinen Städten hatten sie mehr Glück, denn dort trafen sie gute Bürgersleute, die, ich weiß nicht woher, noch einen Schimmer von gesundem Menschenverstand hatten.

Dieser schwache Schimmer verlosch in ganz Europa während der Bürgerkriege, die den Kontinent völlig verheerten. Zwei oder drei Funken Vernunft vermochten die Welt inmitten feuriger Fackeln und Scheiterhaufen, die der Fanatismus während so vieler Jahre entzündete, nicht zu erhellen. Die Vernunft und ihre Tochter verbargen sich vorsichtiger denn je.

Die Jünger ihrer ersten Apostel schwiegen mit Ausnahme einiger, die unvorsichtig genug waren, um höchst unvernünftig und zu einer unpassenden Zeit Vernunft zu predigen. Es kostete sie das Leben, wie Sokrates, ohne daß jemand davon Notiz nahm. Man war so sehr mit der Bartholomäusnacht, den Metzeleien in Irland, den Schafotten in Ungarn und den Königsmorden beschäftigt, daß man weder genügend Zeit noch genügend Gedankenfreiheit hatte, um an die kleinen Verbrechen und heimlichen Nöte zu denken, die die Welt von einem Ende zum andern überschwemmten.

Die Vernunft, die von einigen Verbannten, die bei ihr Zuflucht suchten, über alle Ereignisse unterrichtet worden war, wurde von Mitleid erfaßt, obgleich sie nicht sehr weichherzig sein soll. Ihre Tochter, die kühner ist, ermunterte sie, in die Welt zu gehen und den Versuch zu machen, sie zu heilen. Sie tauchten auf und redeten, aber sie trafen so viele böse Menschen, die ein Interesse daran hatten, ihnen zu widersprechen, so viele Dummköpfe, die im Solde dieser Bösen standen, so viel Gleichgültige, die sich allein mit sich selbst und der Gegenwart beschäftigten und sich weder um die Vernunft und ihre Tochter noch um deren Feinde kümmerten, daß sie es für klüger hielten, ihren Zufluchtsort wieder aufzusuchen. Und doch waren von den Samenkörnern, die sie immer bei sich tragen und von denen sie einen Teil ausgestreut hatten, einige aufgegangen, sogar ohne in Fäulnis zu geraten.

Kurze Zeit danach verspürten Vernunft und Wahrheit Lust, nach Rom zu pilgern. Aus Furcht vor der Inquisition verkleideten sie sich und verheimlichten ihre Namen. Gleich nachdem sie angekommen waren, wandten sie sich an den Koch des Papstes Ganganelli, Klemens XIV. Sie wußten, daß er der am wenigsten beschäftigte Koch in Rom war. Man kann sogar sagen, daß er nach ihren Beichtvätern, meine Herren, der größte Müßiggänger seines Standes war.

Nachdem dieser Tropf den beiden Pilgerinnen ein Mahl vorgesetzt hatte, das fast ebenso frugal wie das des Papstes war, führte er sie bei seiner Heiligkeit ein, der gerade die ›Selbstbetrachtungen‹ Mark Aurels las. Der Papst erkannte die Masken und umarmte sie, trotz der Etikette, sehr herzlich. »Meine Damen«, redete er sie an, »wenn ich geahnt hätte, daß Sie hier auf Erden weilen, hätte ich Ihnen den ersten Besuch gemacht.«

Nach der Begrüßung wurde von geschäftlichen Angelegenheiten gesprochen. Schon am nächsten Tage hob Ganganelli die Bulle »In coena Domini« auf, eine der größten Denkwürdigkeiten menschlicher Torheiten, durch die lange Zeit alle Potentaten verunglimpft wurden. Am folgenden Tage entschloß er sich, die Garasse-, Guignard-, Garnett-, Busembaum-, Malagrida-, Paulian-, Patouillet- und Nonnotte-Orden aufzulösen. Ganz Europa hallte von Beifall wider. Am nächsten Tag ermäßigte er die Abgaben, über die sich das Volk beklagt hatte. Er förderte die Landwirtschaft und alle Künste und erwarb sich die Zuneigung all derer, die man als Feinde seines Amtes ansah. Damals war man in Rom der Meinung, es gäbe in der ganzen Welt nur ein Volk und ein Recht.

Die beiden Pilgerinnen nahmen höchst verwundert und sehr befriedigt vom Papst Abschied, der ihnen kein Wachslamm und keine Reliquien, sondern eine schöne Postkutsche schenkte, mit der sie ihre Reise fortsetzen konnten. Vernunft und Wahrheit waren bis dahin an keinerlei Bequemlichkeiten gewöhnt.

Sie bereisten ganz Italien und waren überrascht, daß sie von Parma bis Turin zwischen Fürsten und Republiken an Stelle des Machiavellismus nur den einen Wetteifer fanden, wer von ihnen aus seinen Untertanen bessere, reichere und glücklichere Menschen machen könnte.

»Meine Tochter«, sagte die Vernunft zur Wahrheit, »ich glaube, daß unsere Herrschaft nach einer so langen Gefangenschaft nun wohl anfangen könnte. Einige der Propheten, die uns in unserem Brunnen besucht haben, müssen in Wort und

Werk sehr erfolgreich gewesen sein, da sich auf Erden die Lage der Dinge so geändert hat. Du siehst, alles kommt spät: Durch Abgründe der Unkenntnis und Lüge führte der Weg, ehe du in dein Lichtschloß zurückkehren konntest, aus dem wir beide während so vieler Jahrhunderte vertrieben waren. Uns geschah dasselbe wie der Natur, die zahllose Jahrhunderte hindurch mit einem häßlichen Schleier bedeckt und gänzlich entstellt war, bis ein Galilei, ein Kopernikus, ein Newton kamen, die sie fast unverhüllt darstellten und dadurch die Liebe der Menschen zu ihr erweckten.«

Während sie sich so unterhielten, kamen sie in Venedig an. Dort erregte ihre größte Aufmerksamkeit ein Prokurator von Sankt Markus, der mit einer großen Schere in der Hand vor einem mit Krallen, Schnäbeln und schwarzen Federn bedeckten Tisch stand. »Ach«, rief da die Vernunft, »Gott verzeih mir, illustrissimo Signore, ich glaube, ich sehe hier eine Schere, die ich bei mir hatte, als ich mit meiner Tochter in den Brunnen flüchtete. Wie ist sie zu Eurer Exzellenz gekommen, und was tut Ihr damit?« – »Illustrissima Signora«, antwortete ihr der Prokurator, »es ist schon möglich, daß die Schere früher Eurer Exzellenz gehörte. Uns hat sie vor langer Zeit ein gewisser Fra Paolo gebracht, und wir verwenden sie jetzt dazu, der Inquisition die Krallen zu beschneiden, die Ihr hier auf dem Tisch liegen seht.

Diese schwarzen Federn hier sind von Harpyien, die das Mahl der Republik verspeisen wollten. Wir beschneiden ihnen jeden Tag die Krallen und die Schnabelspitze, denn ohne diese Vorsichtsmaßnahme würden sie schließlich alles verschlingen, und es würde weder für die vernünftigen Großen noch für die Senatoren, noch für die Bürger etwas übrigbleiben.

Wenn Ihr durch Frankreich kommt, findet Ihr in Paris vielleicht die andere Schere bei einem spanischen Gesandten, der sie in seinem Lande für den gleichen Zweck benutzt hat und dafür eines Tages von der Menschheit gepriesen wird.«

Nachdem die beiden Reisenden die venezianische Oper besucht hatten, fuhren sie ab und kamen nach Deutschland. Sie stellten mit Genugtuung fest, daß in diesem Reich, das zur Zeit Karls des Großen nichts als eine riesige, mit Sümpfen bedeckte Waldgegend war, jetzt friedliche Städte aufblühten. Die ehemals armen und unkultivierten Fürsten waren reiche und gebildete Menschen geworden. In alten Zeiten hatte es in diesem Land als Priester nur Zauberer gegeben, die die Menschen auf roh ausgehöhlten Steinen hinopferten. Das Reich, das dann mit Blut überschwemmt war, weil niemand recht wußte, ob es sich um »in«, »cum«, »sub« handelte oder nicht, ließ aber schließlich – worüber man sehr erstaunt war – drei feindliche Religionen friedlich nebeneinander bestehen. »Gott sei gelobt!« sagte die Vernunft. »Diese Leute haben endlich über den Wahnsinn hinweg den Weg zu mir gefunden.«

Vernunft und Wahrheit wurden bei einer Kaiserin eingeführt, die nicht nur vernünftig, sondern, was mehr wert ist, auch wohltätig war. Die Pilgerinnen waren so zufrieden mit ihr, daß sie verschiedene Bräuche, die sie verletzte, übersahen. In ihren Sohn, den Kaiser, waren sie beide ganz verliebt.

Ihr Staunen wuchs, als sie nach Schweden kamen. »Was«, riefen sie, »eine so schwere Revolution ist so schnell gekommen! Sie war so gefährlich und ist so friedlich verlaufen! Und seit diesem großen Tag ist nicht ein einziger vergangen, ohne daß Gutes getan wurde, und all das geschah in einem Zeitalter, in dem so wenig Vernunft herrschte! Wir haben sehr recht getan, unser Versteck zu verlassen, als dieses große Ereignis ganz Europa mit Bewunderung erfüllte!«

Von Schweden aus durcheilten sie Polen. »O Mutter, welch ein Gegensatz!« rief die Wahrheit. »Ich habe wirklich Lust, in meinen Brunnen zurückzukehren. Man sieht, was daraus entsteht, wenn der nützlichste Teil der Menschheit immer vernichtet wird, wenn die Landwirte selbst schlechter behandelt werden, als wie sie ihre Ackerpferde behandeln. Dieses Chaos des Anarchismus konnte nicht anders als mit einem Fiasko enden, wie ganz richtig vorausgesagt worden war. Ich bedauere einen tugendhaften, weisen und humanen Monarchen und wage zu hoffen, daß er einmal glücklich wird, denn die anderen Könige sind es nun geworden. Und ich hoffe auch, Mutter, daß dein Licht seine Strahlen immer weiter verbreitet.

»Laß uns«, fuhr sie fort, »eine günstigere und äußerst überraschende Wandlung anschauen. Wir wollen die unermeßlich weite nördliche Region aufsuchen, die vor achtzig Jahren ganz unkultiviert war, während sie jetzt eine aufgeklärte und unbesiegbare Gegend ist. Wir wollen die Kaiserin begrüßen, die das Wunder einer neuen Schöpfung vollbracht hat.« Sie begaben sich eilends dorthin und mußten zugeben, daß man ihnen nicht zuviel erzählt hatte.

Sie bewunderten immer wieder, wie sehr sich die Welt seit einigen Jahren verändert hatte, und folgerten daraus, daß vielleicht eines Tages Chile und Australien Zentren des guten Tones und Geschmackes sein würden und daß man nach dem Südpol gehen müsse, um Lebensart zu lernen.

Als sie in England ankamen, sagte die Wahrheit zu ihrer Mutter: »Mir scheint, das Glück dieser Nation ist mit dem der anderen nicht zu vergleichen. Sie war törichter, fanatischer, grausamer und unglücklicher als alle anderen Nationen, die ich kenne, aber sie hat es verstanden, sich eine einheitliche Regierung zu schaffen, in der nicht nur alle guten Seiten der Monarchie, sondern auch alle Erfordernisse der Republik gewahrt werden. Ihre Überlegenheit zeigt sich in Sachen des Krieges und auf dem Gebiete der Gesetzgebung, der Künste und des Handels. Lediglich Nordamerika, das sie an dem einen Ende der Welt besiegte, und die sehr schönen indischen Provinzen, die sie am anderen unterjocht hat, haben sie in Verlegenheit gebracht. Wie kann sie diese doppelte Belastung ihres Glückes tragen?« – »Die Bürde ist schwer«, antwortete die Vernunft, »aber wenn diese Nation ein wenig auf mich hört, so wird sie Mittel finden, die ihr die Last leicht machen.«

Schließlich fuhren Wahrheit und Vernunft durch Frankreich. Sie waren früher schon verschiedene Male in diesem Lande aufgetaucht, waren aber verjagt worden.

»Erinnerst du dich, daß es unser sehnlichster Wunsch war, uns in den herrlichen Tagen Ludwigs XIV. in Frankreich niederzulassen?« fragte die Wahrheit ihre Mutter. »Doch die widerwärtigen Händel der Jesuiten und Jansenisten vertrieben uns schnell, und selbst die unaufhörlichen Klagen des Volkes konnten uns nicht zurückrufen. Jetzt höre ich das Freudengeschrei von zwanzig Millionen Menschen, die den Herrn preisen. Die einen sagen: ›Diese Thronbesteigung ist um so erfreulicher, da sie uns nichts kostet‹, während die anderen rufen: ›Luxus ist weiter nichts als Eitelkeit. Doppelte Ämter, überflüssige Ausgaben, übermäßige Verdienste sollen beschnitten werden‹ – womit sie recht haben – und ›Jede neue Steuer muß abgelehnt werden‹ – womit sie unrecht haben, denn jeder einzelne muß für das Glück der Allgemeinheit zahlen.

›Die Gesetze sollen einheitlich sein.‹ Nichts ist wünschenswerter, aber nichts ist schwieriger. ›Man sollte die ungeheuren Besitztümer gewisser Müßiggänger, die das Gelübde der Armut abgelegt haben, an die arbeitende, bedürftige Bevölkerung und besonders an die armen Beamten verteilen. Die Leute von der toten Hand dürfen keine Sklaven von der toten Hand mehr haben. Die Mönche sollen nicht mehr Gerichtsvollzieher spielen und an den Bettelstab gebrachte Waisen aus dem Vaterhaus vertreiben, um mit ihrem Nachlaß Klöster zu bereichern, die Herrenrechte genießen, Herrenrechte, die nicht anderes sind als die Rechte früherer Eroberer. Man wird nicht länger ganze Familien vergeblich an der Pforte eines Klosters, das ihnen alles genommen hat, um Almosen betteln sehen.‹ Gott geb's! Nichts wäre eines Königs würdiger. Der König von Sardinien hat in seinem Land diese scheußlichen Mißbräuche abgeschafft. Gebe Gott, daß sie auch in Frankreich ausgerottet werden.

Mutter, hörst du nicht alle die Stimmen, die sagen: ›Der Ehestand Hunderttausender dem Staate nützlicher Familien soll nicht länger als wilde Ehe bezeichnet werden, und die Kinder aus diesen Ehen sollen nicht mehr vor dem Gesetz Bastarde sein.‹ Die Natur, die Gerechtigkeit und du, liebe Mutter, ihr alle fordert eine weise Regelung dieser wichtigen Sache, eine Regelung, die mit der Ruhe und Ordnung des Staates und mit allen Menschenrechten vereinbar wäre.

›Der Beruf des Soldaten soll von nun an als so ehrenhaft gelten, daß niemand mehr den Versuch machen wird, zu desertieren!‹ Es wäre wohl möglich, aber äußerst schwierig. ›Leichte Vergehen sollen nicht mehr wie große Verbrechen bestraft werden, weil alles im richtigen Verhältnis zueinander stehen muß. Nicht länger sollen auf Grund eines grausamen Gesetzes, dessen unklarer Wortlaut schlecht ausgelegt wird, unvorsichtig und unbesonnen handelnde Kinder in Ketten und Flammen dahinsterben, als hätten sie Vater und Mutter ermordet. Das sollte der oberste Grundsatz der Strafgesetzgebung sein.‹

›Hab und Gut eines Familienvaters darf nicht mehr konfisziert werden, weil die Kinder nicht für die Sünden ihrer Väter Hungers sterben sollen und der König dieser erbärmlichen Konfiskationen nicht bedarf.‹ Vortrefflich wäre das und vor allem der Großmut eines Herrschers würdig.

›Die Folter, die ursprünglich von Straßenräubern ersonnen wurde, um die Überfallenen zur Herausgabe ihrer Schätze zu bewegen, und heute nur bei wenigen Nationen in Gebrauch ist, um einen robusten Missetäter zu retten und einem schwachen Unschuldigen Leib und Seele zu nehmen, soll allein bei Verbrechen gegen den Staat und nur wenn es sich darum handelt, die Mitschuldigen zu entlarven, in Anwendung kommen. Aber solche Verbrechen werden überhaupt nicht mehr begangen werden!‹

Diese Gelübde höre ich überall, und ich, die Wahrheit, werde alle diese bedeutenden Wandlungen in meinen Aufzeichnungen niederlegen.

An den Gerichtshöfen höre ich von allen Seiten noch folgende beachtliche Äußerungen: ›Wir werden nie mehr beide Obergewalten anrufen, da nur eine bestehen kann: die des Königs oder der Gesetze in einer Monarchie, die des Volkes in einer Republik. Die göttliche Macht ist von so grundverschiedener und überlegener Art, daß sie nicht durch eine profane Verquickung mit den Menschenrechten entwürdigt werden darf. Unendliches kann sich nicht mit Endlichem verbinden. Gregor VII. war der erste, der es wagte, das Unendliche zu Hilfe zu rufen, und zwar in seinen unerhörten, bis dahin noch nie vorgekommenen Kriegen gegen Heinrich IV., der ein nur zu endlicher, das heißt zu beschränkter Kaiser war. Lange Zeit haben diese Kriege Europa mit Blut befleckt, bis man schließlich diese beiden Hoch-Ehrwürdigen, die nichts miteinander gemein hatten, trennte. Das war das einzige Mittel, um Frieden zu schaffen.‹ Solche Reden, die alle Staatsminister halten, erscheinen mir sehr bedeutsam. Ich weiß wohl, daß man weder in China noch in Indien, Persien, Konstantinopel, Moskau, London oder sonstwo zwei Gewalten anerkennt. Aber ich verlasse mich da auf dich, Mutter, und schreibe lediglich das, was du mir diktierst.«

Darauf antwortete ihr die Vernunft: »Du weißt wohl, meine Tochter, daß ich ungefähr dasselbe, ja noch viel mehr wünsche. All das erfordert jedoch Zeit und Nachdenken. Wenn mir Kummer bereitet wurde, bin ich stets sehr zufrieden gewesen, daß ich andererseits die Unterstützungen fand, die ich brauchte. Heute bin ich allzu glücklich.

Erinnerst du dich noch der Zeit, da die Welt im tiefsten Frieden lag und fast alle Könige sich die Zeit mit Rätselraten vertrieben und die schöne Königin von Saba dem König Salomo Logogriphen aufgab?« – »Ja, Mutter, das war eine schöne Zeit, aber sie dauerte nicht lange.« – »Nun«, warf die Mutter ein, »die heutige ist weit besser. Damals dachte man nur daran, etwas Geist zu zeigen, während ich jetzt die Beobachtung mache, daß man sich seit zehn oder zwölf Jahren in Europa den Künsten und Tugenden zugewandt hat, welche die Bitternis des Lebens lindern. Im allgemeinen scheint es, als hätte man es darauf angelegt, gründlicher nachzudenken, als man es seit Jahrtausenden getan hat. Du, die niemals lügen konnte, sage mir doch, in welcher Zeit du dich lieber als jetzt in Frankreich angesiedelt hättest?«

»Ich stehe in dem Ruf«, erwiderte die Tochter, »den Leuten, bei denen ich mich aufhalte, gern recht harte Dinge zu sagen, und du weißt wohl, daß ich dazu gezwungen war. Ich gestehe aber, daß ich von der heutigen Zeit nur Gutes sagen kann, wenn auch viele Schriftsteller nur die Vergangenheit loben.

Ich muß der Nachwelt verkünden, daß die Menschen in diesem Zeitalter gelernt haben, sich gegen eine entsetzliche, todbringende Krankheit zu schützen und ihre Schmerzen zu lindern, die Ertrunkenen wiederzubeleben, den Blitz abzuleiten und seine Gefahren zu beseitigen, den festen Punkt zu ersetzen, den man vergebens von Westen nach Osten vorrücken lassen möchte. Und auf moralischem Gebiet ist noch viel mehr unternommen worden. Von den Gesetzen hat man Gerechtigkeit zu fordern gewagt gegen die Gesetze, welche die Tugend zum Tode verurteilt hatten, und man hat diese Gerechtigkeit auch verschiedentlich gefunden. Zu guter Letzt hat man sogar gewagt, das Wort ›Toleranz‹ auszusprechen.«

»So wollen wir uns dieser schönen Tage freuen, liebe Tochter, und hier bleiben, solange sie währen. Und sollten unvermutet Gewitterstürme kommen, so kehren wir in unseren Brunnen zurück.«

JENNIS GESCHICHTE ODER DER WEISE UND DER ATHEIST

ERSTES KAPITEL

Sie möchten gerne etwas Näheres über unseren Freund, den ehrwürdigen Herrn Freind, und seinen eigenartigen Sohn wissen, mein Herr. Die Muße, die ich nun endlich nach dem Rücktritt Mylord Peterboroughs genieße, ermöglicht es mir, Ihren Wunsch zu erfüllen. Sie werden ebenso erstaunt sein, wie ich es war, und werden meine Ansichten teilen.

Sie haben den jungen, unglücklichen Jenni, den einzigen Sohn Freinds, wahrscheinlich nie gesehen. Sein Vater hatte ihn mit nach Spanien genommen, als er im Jahre 1705 Kaplan in unserer Armee war. Sie selbst gingen nach Aleppo, noch bevor der Mylord Barcelona belagerte, aber Sie sagen mit Recht, daß Jennis Aussehen ungemein liebenswürdig und gewinnend war und Mut und Geist verriet. Das trifft ganz und gar zu; wer ihn sah, mußte ihn lieben. Sein Vater hatte ihn zunächst für den geistlichen Beruf bestimmt, da aber der junge Mann gegen diesen Beruf, der so viel Geschicklichkeit, Beherrschung und Diplomatie erfordert, einen Widerwillen hegte, hätte der weise Vater es für töricht, ja sogar für ein Verbrechen gehalten, der Natur entgegenzutreten.

Jenni war noch nicht zwanzig Jahre alt. Er wollte durchaus als Freiwilliger bei dem Angriff auf Montjuich mitmachen, bei dem wir den Sieg errangen und der Prinz von Hessen getötet wurde. Der arme Jenni wurde verwundet, gefangengenommen und in die Stadt gebracht. Ich werde Ihnen nun wahrheitsgetreu erzählen, was ihm nach der Erstürmung von Montjuich bis zur Eroberung Barcelonas widerfuhr. Der Bericht stammt von einer Katalonierin, die etwas zu frei und naiv war; solche Schilderungen können nicht in das Herz eines Weisen eindringen. Ich fand die Aufzeichnungen bei ihr, als ich an der Seite Mylord Peterboroughs in Barcelona einzog. Lesen Sie sie bitte ohne Entrüstung; sie stellen ein wahrheitsgetreues Sittenbild des Landes dar.

Abenteuer eines jungen Engländers namens Jenni,
aufgezeichnet von Doña Las Nalgas

Als man uns erzählte, daß eben die Wilden, die durch die Luft von einer unbekannten Insel gekommen waren, um Gibraltar einzunehmen, im Begriff standen, unsere schöne Stadt Barcelona zu belagern, begannen wir vor der heiligen Jungfrau von Manresa eine neuntägige Andacht zu feiern; das ist sicher die beste Art der Verteidigung.

Das Volk, das so weit herkam, um uns anzugreifen, hat einen sehr schwer auszusprechenden Namen, nämlich »English«. Unser ehrwürdiger Glaubensrichter Don Jeronimo Bueno Caracucarador predigte gegen diese Räuber, und er schleuderte in der Kathedrale Notre-Dame d'Elpino den Bannfluch gegen sie. Er sagte uns, die »English« hätten Affenschwänze, Bärentatzen und Papageienköpfe. Sie sprächen manchmal wie Menschen, pfiffen aber fast immer; außerdem seien sie notorische Ketzer. Die heilige Jungfrau, die sonst Fischern und Fischerinnen hold sei, verzeihe Ketzern niemals; folglich würden sie bestimmt alle ausgerottet, besonders, wenn sie vor Montjuich ständen. Gerade als er seine Predigt beendet hatte, erfuhren wir, daß das Kastell im Sturm genommen war.

Am Abend erzählte man uns, daß wir bei diesem Sturmangriff einen jungen »English« verwundet hätten und daß er sich in unseren Händen befände. In der ganzen Stadt wurde: »Vittoria! Vittoria!« gerufen und Illuminationen veranstaltet.

Doña Boca Bermeja, die die Ehre hatte, die Geliebte des ehrwürdigen Glaubensrichters zu sein, verspürte sehr große Lust, zu erfahren, wie ein solches »English«- und Ketzertier aussähe. Sie war meine intime Freundin, und ich war ebenso neugierig wie sie; aber wir mußten warten, bis der »English« von seiner Verwundung geheilt war, was nicht lange dauerte.

Bald erfuhren wir, daß er bei meinem Vetter Elvob, der bekanntlich der beste Chirurg der Stadt ist, Bäder nehmen mußte. Meine Freundin Boca Bermeja verging vor Ungeduld, dieses Ungeheuer zu sehen. Wir hatten weder Ruhe noch Rast und ließen nicht ab, meinen Vetter zu bestürmen, bis er uns in einem kleinen Ankleidezimmer hinter einem Vorhang versteckte, durch den man die Badewanne sehen konnte. Ohne jedes Geräusch und ohne zu sprechen, traten wir auf den Fußspitzen ein, ja, wir wagten nicht einmal zu atmen gerade in dem Augenblick, als der »English« aus dem Wasser stieg. Sein Gesicht kehrte er uns nicht zu. Er nahm eine kleine Kappe ab, die seine blonden Haare zusammengehalten hatte; nun fielen sie in langen Locken über die herrlichsten Schultern, die ich je in meinem Leben gesehen habe. Seine Arme, seine Schenkel und Beine schienen von der gleichen Vollkommenheit und Feinheit zu sein, wie die des römischen Apollo von Belvedere, von dem mein Onkel, der Bildhauer, einen Abguß besitzt. Doña Boca Bermeja war außer sich vor Staunen und Entzücken. Mir ging es ebenso, und ich konnte mich des Ausrufes: »O, que hermoso muchacho!« nicht enthalten. Als mir diese Worte entschlüpften, wendete sich der junge Mann um. Das war noch weit schlimmer: Wir sahen das Antlitz des Adonis auf dem Körper eines jungen Herkules. Es fehlte nicht viel, und Doña Boca Bermeja und ich wären vor Staunen auf den Rücken gefallen. Ihre Augen strahlten auf und bedeckten sich gleich darauf mit einem leichten Schleier, durch den man Flammen hindurchsprühen sah. Was mit meinen Augen geschah, weiß ich nicht. Als sie wieder zu sich gekommen war, rief sie: »Heiliger Jakobus! Heilige Jungfrau! Sehen Ketzer so aus? Ach, wie man uns angeführt hat!« Wir gingen so spät wie möglich wieder hinaus. Boca Bermeja war gleich von der heftigsten Liebe für das ketzerische Ungeheuer erfüllt. Ich gebe zu, daß sie schöner ist als ich, und ich gestehe ferner, daß ich nun doppelt eifersüchtig war. Ich stellte ihr vor, sie werde in ewige Verdammung kommen, wenn sie den ehrwürdigen Glaubensrichter Don Jeronimo Bueno Caracucarador eines »English« wegen verrate. »Ach, meine liebe Las Nalgas«, sagte sie zu mir (denn ich heiße Nalgas), »ich würde sogar Melchisedek um dieses schönen Jünglings willen verraten.« Sie scheute sich denn auch nicht, das in die Tat umzusetzen. Und da man alles sagen muß: Ich gab heimlich mehr als den Zehnten der Opfergaben. Ein Inquisitionsangehöriger, der täglich vier Messen hörte, um von der Notre-Dame von Manresa die Vernichtung der »English« zu erwirken, erfuhr von unseren Andachtsübungen. Der ehrwürdige Vater Don Caracucarador traktierte uns beide mit der Peitsche. Er ließ unseren geliebten »English« von vierundzwanzig Polizisten der heiligen Hermandad festnehmen, von denen Jenni fünf tötete; von den übrigen neunzehn wurde er gefesselt. Man ließ ihn in einen kleinen, sehr feuchten Keller werfen, und es wurde beschlossen, daß er am kommenden Sonntag zu Ehren unseres Heilandes und der Jungfrau Maria, seiner Mutter, mit einem großen Sanbenito und einer zuckerhutförmigen Kopfbedeckung feierlich verbrannt werden sollte. Don Caracucarador arbeitete eine schöne Predigt aus, konnte sie aber nicht halten, denn gerade an dem Sonntag wurde die Stadt um vier Uhr früh eingenommen. Hier endet der Bericht der Doña Las Nalgas, einer Frau, der ein gewisser Geist, von den Spaniern »agudeza« genannt, nicht fehlt.

ZWEITES KAPITEL

Fortsetzung der Abenteuer des jungen Engländers Jenni und der seines Vaters, des Doktors der Theologie, Mitglied des Parlaments und der Royal Society

Sie wissen, wie bewundernswert das Verhalten des Mylord Peterborough war, als er der Herr von Barcelona wurde, wie er die Plünderung verhinderte und mit welchem Scharfblick er Ordnung in alles brachte, wie er die Herzogin von Popoli den Händen einiger betrunkener deutscher Soldaten, die sie bestahlen und schändeten, entriß. Aber sie können sich wohl die Überraschung, den Schmerz, die Demütigung, den Zorn, die Tränen, den Schreck unseres Freundes Freind vorstellen, als er vernahm, daß Jenni im Gefängnis des Ketzergerichtes schmachtete und für ihn ein Scheiterhaufen errichtet war.

Sie wissen, daß die kühlsten Köpfe bei großen Begebenheiten die erregtesten sind. Sie hätten diesen Vater, den Sie als so ernst und unerschütterlich kennen, zur Höhle der Inquisition stürzen sehen müssen, schneller, als unsere Rassepferde in Newmarket laufen. Fünfzig Soldaten, die ihm außer Atem folgten, blieben immer zweihundert Schritt hinter ihm zurück. Er kam an und betrat die Höhle. Was für ein Augenblick! Wieviel Tränen! Welche Freude! Zwanzig Opfer, die für die gleiche Feier wie Jenni bestimmt waren, sind befreit. Alle diese Gefangenen bewaffneten sich und schlossen sich unseren Soldaten an. In zehn Minuten zerstörten Sie gemeinsam das Ketzergericht und ließen sich auf seinen Ruinen Wein und Schinken der Glaubensrichter schmecken.

Inmitten des Lärms der Fanfaren und Trommelwirbel und des Dröhnens von vierhundert Kanonen, die den Kataloniern unseren Sieg verkünden sollten, hatte unser Freund, Herr Freind, die Ruhe wiedergewonnen, die Sie an ihm kennen. Er war so ruhig wie die Luft an einem schönen Tage nach einem Gewitter. Er erhob sein Herz, das ebenso heiter war wie sein Gesicht, zu Gott, als er plötzlich aus einem Kellerfenster ein schwarzes Gespenst im Chorhemd hervorkriechen sah, das sich ihm zu Füßen warf und ihn um Gnade anflehte. »Wer bist du?« fragte ihn unser Freund. »Kommst du aus der Hölle?« – »Beinahe«, antwortete der andere, »ich bin Don Jeronimo Bueno Caracucarador, der Glaubensrichter. Ich bitte Sie demütig um Verzeihung, weil ich Ihren Herrn Sohn öffentlich verbrennen lassen wollte. Ich hielt ihn für einen Juden.«

»Und wenn er Jude wäre!« entgegnete ihm unser Freund mit seiner üblichen Kaltblütigkeit. »Ziemt es Ihnen, Herr Caracucarador, Leute zu schmoren, weil sie Abkömmlinge einer Rasse sind, die ehemals in einem kleinen steinigen Bezirk, ganz in der Nähe der Syrischen Wüste wohnte? Was geht es Sie an, ob ein Mann eine Vorhaut hat oder nicht und ob er seine Ostern bei Vollmond feiert oder am darauffolgenden Sonntag? Der Mann ist Jude, also muß ich ihn verbrennen, und sein ganzes Hab und Gut gehört mir! Das ist eine sehr schlechte Schlußfolgerung, und so urteilt man in der Royal Society in London nicht.

Wissen sie denn, Herr Caracucarador, daß Jesus Christus Jude war und als Jude geboren wurde, lebte und starb, daß er auch als Jude seine Ostern bei Vollmond feierte und daß alle seine Apostel Juden waren, die nach seinem Leiden und Sterben in den jüdischen Tempel gingen, wie ausdrücklich geschrieben steht. Wissen Sie auch, daß die fünfzehn ersten geheimen Bischöfe von Jerusalem Juden waren? Mein Sohn ist nicht Jude, er ist Anglikaner: Wie sind Sie auf den Gedanken gekommen, ihn zu verbrennen?«

Der Inquisitor Caracucarador, der immer noch zu Herrn Freinds Füßen lag und über dessen reiches Wissen verdutzt war, erwiderte: »Ach! Von alldem lernen wir auf der Universität Salamanka nichts. Noch einmal bitte ich um Verzeihung, aber die eigentliche Ursache ist, daß Ihr Herr Sohn mir meine Geliebte Boca Bermeja genommen hat.« – »Ja, wenn er Ihnen Ihre Geliebte genommen hat«, versetzte Freind, »so ist das eine andere Sache. Man soll niemals etwas wegnehmen, was einem anderen gehört. Trotzdem ist das kein zureichender Grund (wie Leibniz sagt), einen jungen Mann zu verbrennen. Die Strafe muß dem Vergehen entsprechen. Ihr Christen jenseits der Nordsee in der Richtung gen Süden, laßt rascher, als wir in London ein Roastbeef braten, einen eurer Brüder schmoren – sei es den Parlementsrat Anne Du Bourg, sei es Michel Servet, seien es alle, die unter Philipp II., der den Beinamen ›el discreto‹ hatte, Künste betrieben. Aber man lasse mir Fräulein Boca Bermeja holen, damit ich von ihr die Wahrheit höre.«

Boca Bermeja wurde weinend und, wie das so üblich ist, durch ihre Tränen verschönt hereingeführt. »Ist es wahr, mein Fräulein, daß Sie Don Caracucarador zärtlich liebten und mein Sohn Jenni Ihnen Gewalt angetan hat?« – »Gewalt angetan! ... Herr Engländer! ... Ich habe mich ihm aus vollstem Herzen hingegeben! Ich habe nie so etwas Schönes und Liebenswertes gesehen wie Ihren Herrn Sohn, ich schätze Sie glücklich, daß Sie sein Vater sind. Ich bin ihm in jeder Weise entgegengekommen, was er wohl verdiente. Bis ans Ende der Welt werde ich ihm folgen, wenn die Welt ein Ende hat. Ich habe immer im Grunde meines Herzens diesen schändlichen Glaubensrichter verabscheut, der mich und Fräulein Las Nalgas fast blutig gepeitscht hat. Wenn Sie mir das Leben leicht machen wollen, so lassen Sie diesen Bösewicht von einem Priester an meinem Fenster aufhängen, während ich Ihrem Herrn Sohn ewige Liebe schwöre. Wie glücklich wäre ich, wenn ich ihm jemals einen Sohn schenken könnte, der Ihnen ähnlich sieht!«

Tatsächlich ließ Mylord Peterborough, während Boca Bermeja diese naiven Worte sagte, den Glaubensrichter Caracucarador holen, um ihn aufzuhängen. Es wird Sie nicht überraschen, wenn ich Ihnen sage, daß Herr Freind energisch dagegen protestierte. »Ihr gerechter Zorn muß Ihre Großmut respektieren«, sagte er, »man sollte nur dann einen Menschen töten lassen, wenn es für das Heil anderer unbedingt nötig ist. Die Spanier würden behaupten, die Engländer seien Barbaren, die alle Priester töten, die ihnen in den Weg kommen. Das könnte dem

Erzherzog, für den Sie jetzt Barcelona erobert haben, sehr schaden. Ich bin zufrieden, daß mein Sohn gerettet wurde und daß dieser Schurke von einem Mönch sein Amt als Glaubensrichter nicht weiter ausüben kann.« Der weise und barmherzige Freind redete so lange, bis schließlich Mylord sich damit begnügte, Caracucarador auspeitschen zu lassen, so wie dieser Elende es mit Doña Boca Bermeja und Doña Las Nalgas getan hatte. So viel Gnade rührte das Herz der Katalonier. Alle die, die aus den Zellen des Ketzergerichts befreit worden waren, sahen ein, daß unsere Religion unendlich höher steht als die ihre. Fast alle baten, in die anglikanische Kirche aufgenommen zu werden, und sogar einige Studenten der Universität Salamanka, die in Barcelona waren, wollten aufgeklärt werden. Bei den meisten ging das schnell, nur einer von ihnen, Don Inigo y Medroso y Comodios y Papalamiendo, war etwas widerspenstig.

Ich gebe im folgenden den Disput wieder, den unser teurer Freund Freind mit dem Bakkalaureus Don Papalamiendo hatte. Diese vertrauliche Unterhaltung wurde der »Dialog der Aber« genannt. Den Grund hierfür werden Sie beim Lesen leicht herausfinden.

DRITTES KAPITEL

Inhalt des »Aber-Glaubensstreites« zwischen Herrn Freind und Don Inigo y Medroso y Papalamiendo, Bakkalaureus von Salamanka

Der Bakkalaureus: Aber, mein Herr, trotz all der schönen Dinge, die Sie mir eben gesagt haben, werden Sie zugeben, daß Ihre so achtbare anglikanische Kirche nicht vor Don Luther und Don Ökolampadius bestand. Sie sind ganz neu, folglich gehören Sie nicht zum Bau.

Freind: Das ist so, als ob man mir sagte, ich sei nicht der Enkel meines Großvaters, weil ein in Italien lebender Seitenverwandter sich seines Testamentes und meiner Papiere bemächtigt hat. Glücklicherweise habe ich sie wiedergefunden, und es ist klar, daß ich der Enkel meines Großvaters bin. Wir beide, Sie und ich, gehören der gleichen Familie an mit dem Unterschied, daß wir Engländer das Testament unseres Großvaters in unserer eigenen Sprache lesen, daß es euch aber verboten ist, es in eurer zu lesen. Ihr seid Sklaven eines Fremden, wir aber unterstehen nur unserer Vernunft.

Der Bakkalaureus: Aber wenn eure Vernunft euch irreleitet? Ihr glaubt ja nicht an unsere Universität Salamanka, die die Unfehlbarkeit des Papstes ausgesprochen hat und auch sein unbestreitbares Recht über Vergangenheit, Gegenwart, Zukunft und nahe Zukunft.

Freind: Ach! ... Die Apostel glaubten auch nicht daran. Es steht geschrieben, daß Petrus, der seinen Meister Jesus verleugnete, von Paulus hart ausgescholten wurde. Ich will hier durchaus nicht untersuchen, wer von beiden unrecht hatte. Vielleicht hatten sie beide unrecht, wie es fast bei allen Streitigkeiten der Fall ist, aber jedenfalls findet sich keine einzige Stelle in der Apostelgeschichte, wo Petrus als Herr seiner Gefährten und der nahen Zukunft angesehen wurde.

Der Bakkalaureus: Aber gewiß war St. Petrus Erzbischof von Rom, denn Sanchez lehrt uns, daß dieser große Mann zur Zeit Neros dorthin kam und fünfundzwanzig Jahre lang unter demselben Nero, der nur dreizehn Jahre regierte, den erzbischöflichen Thron innehatte. Überdies ist es Glaubenssache, und Don Grillandus, das Urbild der Inquisition, bestätigt es (denn wir lesen niemals die heilige Bibel). Es ist Glaubenssache, sage ich, daß St. Petrus in einem bestimmten Jahre in Rom war, denn er datiert einen seiner Briefe aus Babylon. Und da Babylon unverkennbar das Anagramm von Rom ist, geht klar daraus hervor, daß der Papst auf Grund göttlichen Rechtes Herr der ganzen Erde ist. Ferner haben alle Lizentiaten von Salamanka bewiesen, daß Simon Gotteskraft, erster Magier, Staatsrat des Kaisers Nero, durch seinen Hund Grüße an den heiligen Simon Barjona entsandte, der, seit er in Rom war, St. Petrus genannt wurde. St. Petrus, der ebenso höflich war, schickte gleichfalls Grüße durch seinen Hund an Simon Gotteskraft. Schließlich wetteten sie, wer von ihnen als erster einen Vetter Neros wiedererwecken könnte. Simon Gotteskraft erweckte seinen Toten nur halb, und Simon Barjona gewann die Wette, da er den Vetter ganz aufweckte. Gotteskraft wollte eine Revanche haben, indem er, wie der heilige Dädalus, durch die Lüfte flog, und St. Petrus ließ ihn fallen, so daß er beide Beine brach. Deshalb hat St. Petrus die Märtyrerkrone bekommen, den Kopf nach unten und die Beine nach oben. Es ist also a posteriori bewiesen, daß unser Heiliger Vater, der Papst, über alle gekrönten Häupter herrschen soll und daß er Herr der Vergangenheit, der Gegenwart und aller Zukunft der Welt ist.

Freind: Es ist klar, daß alle diese Dinge zu der Zeit geschehen sind, als Herkules mit einer Handbewegung die Berge Kalpe und Abila trennte und die Meerenge von Gibraltar in seinem Trinkbecher durchfuhr. Doch nicht auf diese Geschichten, so authentisch sie auch sind, gründen wir unsere Religion, sondern auf das Evangelium.

Der Bakkalaureus: Aber, mein Herr, auf welche Stellen des Evangeliums? Ich habe nämlich einen Teil dieses Evangeliums in unseren Heften der Theologie gelesen. Gründet sie sich auf die Stelle, da der Engel aus den Wolken herabstieg, um der Maria zu verkünden, daß sie von dem Heiligen Geist geschwängert werden würde? Oder auf die Reise der Drei Könige und eines Sternes, auf die Ermordung aller Kinder des Landes? Auf die Bemühungen des Teufels, Gott in die Wüste, auf die Zinnen des Tempels und auf den Gipfel eines Berges zu führen, von wo aus man alle Reiche der Welt sehen könnte? Auf das Wunder des auf einer Landhochzeit in Wein verwandelten Wassers? Auf das Wunder der zweitausend Schweine, die der Teufel auf Befehl Jesu in einem See ersäufte? Auf ...

Freind: Mein Herr, wir ehren alle diese Dinge, weil sie im Evangelium vorkommen, und wir sprechen nie davon, weil sie hoch über dem schwachen Menschenverstand stehen.

Der Bakkalaureus: Aber man sagt, Sie nennen die heilige Jungfrau Maria niemals »Mutter Gottes«?

Freind: Wir verehren sie, wir lieben sie, aber wir glauben, daß sie sich wenig um die Titel kümmert, die man ihr hier auf Erden gibt. Im Evangelium wird sie niemals »Mutter Gottes« genannt. Im Jahre vierhunderteinunddreißig gab es auf einem Konzil in Ephesus großen Streit über die Frage, ob Maria »Theotokos« sei und ob, da Jesus Christus zugleich Gott und Sohn der Maria ist, Maria auch zugleich Mutter von Gott dem Vater und Gott dem Sohn sei. wir wollen uns nicht mit den Streitigkeiten von Ephesus befassen, und auch die Royal Society in London läßt sich nicht darauf ein.

Der Bakkalaureus: Aber, mein Herr, Sie sprechen mir da von »Theotokos«. Was ist das, bitte?

Freind: Es heißt: »Mutter Gottes«. Wie, Sie sind Bakkalaureus von Salamanka und sprechen nicht Griechisch?

Der Bakkalaureus: Aber wozu Griechisch! ... Griechisch ..., was kann das einem Spanier nützen? Aber glauben Sie denn, mein Herr, daß Jesus eine Natur, eine Person und ein Wille ist? oder zwei Naturen, zwei Personen und zwei Willen? oder ein Wille, eine Natur und zwei Personen? oder zwei Willen, zwei Personen und eine Natur? oder ...

Freind: Das sind noch immer die Streitfragen von Ephesus, das geht uns nichts an.

Der Bakkalaureus: Aber was geht Sie denn an? Glauben Sie, daß es nur drei Personen in Gott oder drei Götter in einer Person gibt? Stammt die zweite Person von der ersten ab und die dritte von den beiden anderen, oder von der zweiten intrinsecus, oder nur von der ersten? Hat der Sohn alle Eigenschaften des Vaters mit Ausnahme der Vaterschaft? Und entsteht die dritte Person durch Infusion, durch Identifikation oder durch Spiration?

Freind: Das Evangelium behandelt diese Frage nicht, und niemals schreibt St. Paulus das Wort »Dreieinigkeit«.

Der Bakkalaureus: Aber Sie sprechen immer vom Evangelium und niemals von St. Bonaventura noch von Albertus Magnus, noch von Tamburini, noch von Grillandus, noch von Escobar.

Freind: Weil ich weder Dominikaner noch Franziskaner, noch Jesuit bin; ich begnüge mich damit, Christ zu sein.

Der Bakkalaureus: Aber wenn Sie Christ sind, so sagen Sie mir im Vertrauen: Glauben Sie, daß der Rest der Menschheit ewig verdammt ist.

Freind: Es steht mir nicht zu, die Gerechtigkeit Gottes und seine Gnade zu bemessen.

Der Bakkalaureus: Aber wenn Sie Christ sind, woran glauben Sie denn?

Freind: Ich glaube mit Jesum Christum, daß man Gott und seinen Nächsten lieben, seinen Feinden vergeben und Unrecht wiedergutmachen soll. Hören Sie auf mich: Beten Sie Gott an, seien Sie gerecht und wohltätig, dann sind Sie ein guter Mensch. Das sind die Lehren Jesu Christi. Sie sind so wahr, daß kein Gesetzgeber, kein Philosoph jemals andere Prinzipien vor ihm gehabt hat und daß es unmöglich andere geben kann. Diese Wahrheiten haben als Gegner nur unsere Leidenschaften gehabt und werden niemals andere haben.

Der Bakkalaureus: Aber ... Ach ja! ... Was unsere Leidenschaften betrifft ... Ist es wahr, daß Ihre Bischöfe, Ihre Priester und Diakonen alle verheiratet sind?

Freind: Das ist wirklich wahr. Der heilige Josef, der für den Vater Jesu Christi gehalten wurde, war verheiratet. Sein Sohn war Jakobus der Jüngere, mit dem Beinamen »Oblia«, der Bruder unseres Heilandes, der nach Jesu Tod sein Leben im Tempel verbrachte. St. Paulus, der große Paulus, war verheiratet.

Der Bakkalaureus: Aber Grillandus und Molina behaupten das Gegenteil.

Freind: Molina und Grillandus können sagen, was sie wollen; ich ziehe vor, St. Paulus zu glauben, denn er sagt in seinem ersten Brief an die Korinther, Kapitel 9: »Haben wir nicht das

Recht, zu essen und zu trinken? Haben wir nicht auch das Recht, eine Schwester als Ehefrau mit uns zu führen wie die andern Apostel und des Herrn Brüder und Kephas? Oder haben allein ich und Barnabas nicht das Recht, nicht zu arbeiten? Wer zieht jemals in den Krieg auf seinen eigenen Sold? Wer pflanzt einen Weinberg und isset nicht seine Frucht?« usw.

Der Bakkalaureus: Aber, mein Herr, ist es auch wirklich wahr, daß St. Paulus das gesagt hat?

Freind: Ja, er hat es gesagt und noch vieles andere.

Der Bakkalaureus: Aber – das Wunder, dieses Beispiel der wirkenden Gnade ...

Freind: Es ist richtig, mein Herr, daß seine Bekehrung ein großes Wunder war. Ich gebe zu, daß er nach der Apostelgeschichte der grausamste Scherge unter den Feinden Jesu gewesen ist. In der Apostelgeschichte steht, daß er den heiligen Stephanus steinigte. Er sagt selbst, daß, als die Juden einen Jünger Jesu töteten, er es war, der den Urteilsspruch verkündete: »detuli sententiam«. Es trifft auch zu, daß Abdias, sein Jünger, und Julius Africanus, sein Übersetzer, ihn ferner beschuldigen, daß er den Tod des Jakobus Oblia, des Bruders unseres Heilandes, verschuldet habe. Doch seine Gewalttätigkeit macht seine Bekehrung um so bewundernswerter und hat ihn auch nicht gehindert, eine Frau zu finden. Er war verheiratet, wie der heilige Klemens von Alexandria ausdrücklich sagt.

Der Bakkalaureus: Aber er war doch ein würdiger, tapferer Mann, dieser St. Paulus. Ich bedaure, daß er den heiligen Jakobus und den heiligen Stephan getötet hat, und ich bin sehr erstaunt darüber, daß er in den dritten Himmel gekommen ist. Doch fahren Sie bitte fort.

Freind: Nach dem Bericht des heiligen Klemens von Alexandria hatte der heilige Petrus Kinder, zu denen sogar eine heilige Petronella gehört. In seiner Kirchengeschichte erzählt Eusebius, daß der heilige Nikolaus, einer der ersten Jünger, eine sehr schöne Frau hatte und daß die Apostel ihm zum Vorwurf machten, er beschäftige sich zuviel mit ihr und scheine eifersüchtig zu sein ... »Meine Herren«, sagte er darauf zu ihnen, »wer sie mag, darf sie nehmen, ich trete sie ihm ab.«

Nach der jüdischen Staatslehre, die ewig fortbestehen sollte, auf die dann aber die christliche folgte, war die Heirat den Priestern nicht nur gestattet, sondern ausdrücklich befohlen, denn sie sollten vom gleichen Stamm sein, und das Zölibat war eine Art Ehrlosigkeit.

Es ist begreiflich, daß das Zölibat von den ersten Christen nicht als ein sehr reiner und ehrenhafter Stand angesehen wurde, da man unter den auf den ersten Konzilen mit dem Kirchenfluch belegten Ketzern hauptsächlich diejenigen findet, die sich gegen die Heirat der Priester auflehnten, wie zum Beispiel Saturnianer, Basilidianer, Montanisten, Enkratiten und andere »isten« und »iten«. Daher konnte die Frau des heiligen Gregor von Nazianz einen anderen heiligen Gregor von Nazianz zur Welt bringen und sich des unschätzbaren Glückes erfreuen, Frau und Mutter eines Heiliggesprochenen zu sein, ein Glück, das selbst der heiligen Monika, der Mutter des heiligen Augustinus, nicht zuteil wurde.

So könnte ich Ihnen ebenso viele, ja noch mehr alte verheiratete Bischöfe aufzählen, als Sie vordem in wilder Ehe lebende, ehebrecherische und knabenschändende Bischöfe und Päpste hatten, was man heute in keinem Lande mehr findet. Deshalb verlangt auch die griechische Kirche, die Mutter der lateinischen, jetzt noch, daß sich ihre Geistlichen verheiraten, deshalb bin auch ich, der mit Ihnen spricht, verheiratet und habe das schönste Kind der Welt.

Nun sagen Sie mir, mein lieber Bakkalaureus, hat Ihre Kirche denn nicht sieben Sakramente, die sichtbare Zeichen einer unsichtbaren Sache sind? Ein Bakkalaureus von Salamanka genießt also bei der Geburt die Annehmlichkeiten der Taufe, die der Firmung, sobald er Hosen anhat, der Beichte, wenn er einige Jugendstreiche hinter sich hat, oder andere davon reden hört, der Kommunion, die etwas anderes als bei uns ist, sobald er dreizehn oder vierzehn Jahre alt wird; der Ordensweihe, sobald er die Tonsur hat und man ihm eine Pfründe von zwanzig-, dreißig- oder vierzigtausend Piastern Einkommen gibt; und schließlich die des Sakramentes der Letzten Ölung, wenn er krank ist. Sollte man ihn da des Sakramentes der Ehe, sofern er gesund ist, berauben? Besonders, da Gott selbst Adam und Eva verheiratet hat: Adam, den ersten Bakkalaureus der Welt, da er wie Ihr die Weisheit gegessen hatte, Eva, den ersten weiblichen Bakkalaureus, da sie vor ihrem Gatten von dem Baum der Erkenntnis kostete?

Der Bakkalaureus: Ja, wenn es sich so verhält, werde ich nicht mehr »Aber« sagen. Es ist abgemacht, ich trete zu Ihrem Glauben über. Ich werde Anglikaner, heirate eine sittsame Frau, die, solange ich jung bin, vorgibt, mich zu lieben, die mich im Alter pflegen wird und die ich, wenn ich sie überlebe, anständig begraben werde. Das ist besser, als Männer zu verbrennen und Mädchen zu entehren, wie es mein Vetter Don Caracucarador, der Glaubensrichter, getan hat. –

Das ist der wortgetreue Inhalt der Unterhaltung zwischen dem Dr. Freind und dem Bakkalaureus Don Papalamiendo, der seitdem von uns »Papa Dejando« genannt wurde. Zu Papier gebracht wurde dieses Gespräch von Jakob Hulf, einem der Sekretäre des Mylord. Nach dieser Unterhaltung nahm mich der Bakkalaureus beiseite und sagte: »Dieser Engländer, den ich anfangs für einen Menschenfresser hielt, muß ein sehr guter Mann sein, denn er ist Theologe und hat mich in keiner Weise beleidigt.« Ich antwortete ihm, Herr Freind sei tolerant und stamme von der Tochter William Penns, des Gründers von Philadelphia, ab. »Tolerant und Philadelphia«, rief er aus, »noch nie habe ich von diesen Sekten gehört.« Ich klärte ihn auf, aber er konnte mir nicht glauben; es kam ihm vor, als sei er in einer anderen Welt, und damit hatte er recht.

VIERTES KAPITEL

Rückkehr nach London. Jenni beginnt schlecht zu werden

Während unser würdiger Philosoph Freind die Barcelonier aufklärte und sein Sohn Jenni die Barcelonierinnen bezauberte, hatte sich Mylord Peterborough die Gunst der Königin Anna und des Erzherzogs verscherzt, weil er ihnen Barcelona erobert hatte. Die Höflinge warfen ihm vor, er habe diese Stadt gegen alle Vorschriften mit einem Heer eingenommen, das nicht so stark wie die Besatzung war. Der Erzherzog war zuerst sehr erzürnt darüber, und Freund Freind mußte eine den General verteidigende Schrift drucken lassen. Der Erzherzog, der das Königreich Spanien erobern wollte, besaß noch nicht einmal die nötigen Mittel, seine Zeche zu bezahlen. Alles, was ihm die Königin Anna gegeben hatte, war vergeudet. Montecuccoli behauptet in seinen Memoiren, daß dreierlei zum Kriegführen nötig sei: erstens Geld, zweitens Geld, drittens Geld. Der Erzherzog schrieb aus Guadalaxara, wo er sich am 11. August 1706 befand, an Mylord Peterborough einen langen Brief, den er »yo el rey« unterzeichnete und in dem er ihn beschwor, sofort nach Genua zu reisen, um ihm auf seinen Kredit hin hunderttausend Pfund Sterling zu verschaffen, die er für seine Regierung brauchte. So wurde unser Sertorius, nachdem er General der Armee gewesen, Genueser Bankier. Er vertraute seine Nöte Freund Freind an, und beide begaben sich nach Genua, wohin ich ihnen folgte, weil ich mich bekanntlich von meinem Herzen leiten ließ. Ich bewunderte die Geschicklichkeit und den versöhnenden Fleiß meines Freundes in dieser heiklen Angelegenheit und erkannte, daß ein guter Verstand mit allem fertig wird. Unser berühmter Locke war Arzt, der einzige Metaphysiker Europas, und brachte die Währung Englands wieder in Ordnung.

Innerhalb von drei Tagen beschaffte Freind hunderttausend Pfund Sterling, eine Summe, die der Hof Karls VI. in weniger als drei Wochen verbrauchte. Danach mußte sich der General in Begleitung seines Theologen nach London begeben, um sich vor dem versammelten Parlament zu rechtfertigen, weil er Katalonien entgegen den Regeln erobert und sich im Dienst der gemeinsamen Sache zugrunde gerichtet hatte. Die Angelegenheit zog sich, wie alle Parteiangelegenheiten, in die Länge und verschärfte sich bedenklich.

Bekanntlich war Herr Freind, bevor er Priester wurde, Abgeordneter des Parlamentes, der einzige, dem man gestattet hatte, seine beiden unvereinbaren Ämter nebeneinander auszuüben. Als Freind nun eines Tages über eine Rede nachdachte, die er als würdiges Mitglied im Unterhaus halten sollte, wurde eine Spanierin angemeldet, die ihn in einer dringenden Angelegenheit sprechen wollte. Es war Doña Boca Bermeja, ganz in Tränen aufgelöst. Unser guter Freund ließ ihr ein Frühstück auftragen. Sie wischte sich die Tränen ab, frühstückte und sagte dann:

»Sie werden sich erinnern, werter Herr, daß Sie bei Ihrer Abreise nach Genua Ihrem Herrn Sohn befahlen, von Barcelona nach London zu reisen und den Posten eines Schatzkammerbeamten, den er durch Ihren Einfluß erhalten hatte, zu übernehmen. Er schiffte sich auf dem ›Triton‹ zusammen mit dem jungen Bakkalaureus Don Papa Dejando und einigen anderen von Ihnen Bekehrten ein. Sie werden sich nicht darüber wundern, daß ich mit meiner guten Freundin Las Nalgas an der Reise teilnahm. Sie erinnern sich wohl, daß Sie mir erlaubten, Ihren Herrn Sohn zu lieben, und daß ich ihn anbete . . .«

»Ich, liebes Fräulein, ich habe Ihnen dieses kleine Verhältnis nicht erlaubt, ich habe es geduldet. Das ist ein großer Unterschied. Ein guter Vater darf weder der Tyrann seines Sohnes noch sein Verkuppler sein. Die Unzucht zwischen zwei ledigen Menschen galt früher vielleicht als eine Art Naturrecht, das Jenni nach Belieben genießen mag, ohne daß ich mich darum kümmere. Ich störe ihn ebensowenig in bezug auf seine Mätressen wie auf sein Mittag- und Abendessen. Ich gebe zu, daß ich anders dächte, wenn es sich um einen Ehebruch handelte, weil der Ehebruch ein Raub ist. Da Sie aber niemanden schaden, mein Fräulein, habe ich Ihnen nichts zu sagen.«

»Aber es handelt sich doch um einen Ehebruch, mein Herr! Der schöne Jenni läßt mich wegen einer jungen Frau, die nicht so schön ist wie ich, sitzen. Sie begreifen wohl, daß das eine schwere Beleidigung ist.« – »Das ist unrecht von ihm«, erwiderte Herr Freind, und Boca Bermeja erzählte ihm unter Tränen, wie Jenni auf den Bakkalaureus eifersüchtig sei oder Eifersucht vorgetäuscht habe und wie Frau Clive-Hart, die jung verheiratet, sehr dreist, sehr jähzornig, sehr männlich und sehr böse war, sich seiner Zuneigung bemächtigt habe. Er lebe mit Leichtfertigen zusammen, die Gott nicht fürchten, und vernachlässige nun um der Dirne Clive-Hart willen die treue Boca Bermeja, weil die Clive-Hart ein oder zwei Nuancen weißer und rosiger sei als die arme Boca Bermeja.

»Ich werde diese Angelegenheit in Ruhe überprüfen«, entgegnete der gute Freind, »jetzt muß ich wegen Mylord Peterborough ins Parlament.« Er begab sich also ins Parlament, und ich hörte ihn dort eine entschiedene und kurzgefaßte Rede halten, die weder Allgemeinheiten noch Beiworte, noch Phrasen enthielt und in der er weder Zeugen noch Gesetze zu Hilfe rief. Er nahm mehr die Gesetze als Zeugen, zitierte sie und wandte sie auf seinen Fall an. Er behauptete nicht, daß man durch die falsche Anklage, Mylord Peterborough habe die Truppen der Königin Anna aufs Spiel gesetzt, den Glauben des Hofes erschüttert habe, denn es war keine Glaubenssache. An eine »Mutmaßung« verschwendete er nicht die Bezeichnung »Beweisführung«, er ließ es nicht an Ehrerbietung gegenüber der erhabenen Parlamentsversammlung fehlen und verzapfte keine abgeschmackten Scherze. Er nannte Mylord Peterborough nicht seinen Klienten, denn das Wort Klient bezeichnet einen von einem Senator beschützten Bürgersmann. Freind sprach nicht nur bescheiden, sondern auch sehr sicher. Man hörte ihm schweigend zu und unterbrach ihn nicht mit den Worten: »Hear him, hear him!« (Hört, hört!) Das Unterhaus stimmte dafür, daß man Mylord Peterborough danken mußte, anstatt ihn zu verdammen. Mylord widerfuhr die gleiche Gerechtigkeit im Oberhaus, und er traf Vorbereitungen für eine Abreise mit seinem treuen Freund Freind, um dem Erzherzog das Königreich Spanien zu übergeben, was jedoch nicht geschah, aus dem einfachen Grunde, weil in dieser Welt nichts genauso zutrifft, wie man es wünscht.

Als wir das Parlament verließen, hatten wir nichts Eiligeres zu tun, als uns über Jennis Lebensweise zu informieren. Wir erfuhren tatsächlich, daß er mit Frau Clive-Hart und einer Schar Atheisten, die im übrigen geistvolle junge Leute waren, ein liederliches und ausschweifendes Leben führte und daß sie durch ihren leichtfertigen Lebenswandel zu der Überzeugung gelangt seien, daß »der Mensch nicht mehr habe als das Vieh, daß er wie das Vieh zur Welt komme und sterbe, daß er vom selben Staube sei und gleich dem Vieh wieder zu Staub werde und daß es nichts Besseres und Vernünftigeres gebe, als daß ein Mensch fröhlich sei in seiner Arbeit und mit der, die er liebt, zusammenlebt«, wie Salomo am Schluß des dritten Kapitels des ›Koheleth‹, den wir ›Prediger‹ nennen, folgert.

Diese Ideen waren ihnen hauptsächlich von einem gewissen Warburton, einem schamlosen Taugenichts beigebracht. Ich las Verschiedenes aus den Manuskripten dieses Toren. Gott bewahre uns davor, sie eines schönen Tages gedruckt zu sehen. Warburton behauptet, Moses habe nicht an die Unsterblichkeit der Seele geglaubt, und da tatsächlich Moses nie davon sprach, folgerte er daraus, daß dies der einzige Beweis für die Göttlichkeit seiner Mission sei. Diese alberne Folgerung läßt leider den Schluß zu, daß die jüdische Sekte auf falscher Basis beruhte. Die Gottlosen folgern daraus, daß die unsrige, deren Basis die jüdische ist, ebenso falsch sei. Da also die unsrige, die beste von allen, falsch sei, müßten alle anderen noch falscher sein, so daß es folglich keine Religion gebe; daraus haben einige Leute geschlossen, daß es keinen Gott gibt. Wenn man diesen Schlußfolgerungen noch hinzufügt, daß der kleine Warburton ein Intrigant und Verleumder war, so kann man sich vorstellen, wie gefährlich der Verkehr mit ihm sein mußte.

Ein anderer Narr namens Needham, der im geheimen Jesuit ist, geht noch viel weiter. Diese Kreatur bildet sich bekanntlich ein, sie habe aus Roggenmehl und Hammelbrühe Aale erschaffen, und diese Aale sollen sofort ohne Paarung neue Aale erzeugt haben. Unsere Philosophen sind sich darüber im klaren, daß man aus Weizenmehl und Rebhuhnbrühe Menschen machen kann, weil sie einen vornehmeren Ursprung haben müssen als die Aale. Sie behaupten, daß diese Menschen wieder andere erzeugen, daß also nicht Gott den Menschen gemacht hat, daß alles aus sich selbst geschieht, daß man gut ohne Gott auskommen kann, daß es keinen Gott gibt. Bedenken Sie, was für Verwirrungen ein schlechtverstandener ›Koheleth‹ und ein gutverstandener Warburton in so jungen Herzen anrichten können, die ganz von Leidenschaften erfüllt sind und sich nur von ihnen leiten lassen.

Aber noch schlimmer war, daß Jenni bis über beide Ohren in Schulden steckte und sie auf sonderbare Art bezahlte. Als wir im Parlament waren, kam am selben Tage einer seiner Gläubiger zu ihm und forderte hundert Guineen. Der schöne Jenni, der bis dahin einen sehr sanften und höflichen Eindruck gemacht hatte, schlug sich mit ihm und gab ihm statt des Geldes einen ganz ordentlichen Degenhieb. Man befürchtete, der Verwundete werde daran sterben. Jenni lief Gefahr, ins Gefängnis geworfen und trotz der Protektion Mylord Peterboroughs gehängt zu werden.

FÜNFTES KAPITEL
Jenni soll heiraten

Sie erinnern sich, werter Freund, wie bekümmert und entrüstet der verehrungswürdige Herr Freind war, als er erfuhr, daß sein lieber Jenni in Barcelona im Gefängnis des Glaubensrichters schmachtete. Sie können mir glauben, daß er noch viel mehr erschüttert war, als er von dem schlechten Benehmen dieses unglückseligen Kindes, von seinen Ausschweifungen, seiner Verschwendung, seiner Art, Gläubiger zu bezahlen und der Gefahr, gehängt zu werden, hörte. Doch die Selbstbeherrschung dieses ausgezeichneten Mannes ist geradezu erstaunlich; er blieb völlig gefaßt. Sein Verstand regiert sein Herz wie ein guter Meister einen guten Gesellen. Er erledigte alles zur rechten Zeit und handelte vorsichtig, doch mit der gleichen Geschwindigkeit, in der Unvorsichtige einen Entschluß fassen. »Es ist nicht angebracht«, sagte er, »Jenni mit Vorwürfen zu überhäufen; man muß ihn dem Abgrund entreißen.«

Wie Sie wissen, hatte unser Freund gerade am Tage vorher eine erhebliche Summe aus der Erbschaft Georg Huberts, seines Onkels, bekommen. Er holte selbst den berühmten Chirurgen Cheselden. Glücklicherweise war er zu Hause, und wir gingen zusammen zu dem verwundeten Gläubiger. Herr Freind ließ die Wunde untersuchen, sie war nicht lebensgefährlich. Er gab dem Patienten zunächst die hundert Guineen und weitere fünfzig als Schmerzensgeld. Er bat ihn für seinen Sohn um Verzeihung und drückte ihm mit so viel Mitgefühl und Aufrichtigkeit seine Teilnahme aus, daß der arme Kerl ihn in seinem Bett weinend umarmte und ihm das Geld zurückgeben wollte. Es war ein Anblick, der auch den jungen Arzt, der anfängt, sich einen guten Ruf zu schaffen, und dessen Herzensgüte der Geschicklichkeit seines Blickes und seiner Hand entspricht, mit Rührung und Staunen erfüllte. Ich selbst war tief bewegt; nie hatte ich unseren Freund so verehrt und so geliebt wie in diesem Augenblick.

Auf dem Nachhauseweg fragte ich ihn, ob er seinen Sohn nicht zu sich kommen lassen und ihm seine Vergehen vorwerfen wolle. »Nein«, sagte er, »ich möchte, daß er sie fühlt, bevor ich mit ihm darüber rede. Wir wollen heute zusammen zu Abend essen und dabei beraten, was die Rechtschaffenheit mir zu tun gebietet. Beispiele helfen besser als Vorwürfe.«

Vor dem Abendessen ging ich zu Jenni. Ich fand ihn so, wie ich mir jeden Menschen nach seinem ersten Verbrechen vorstelle: blaß, mit verstörten Augen, heiserer und gebrochener Stimme, voll Unruhe; auf alles, was man ihm sagte, gab er verwirrte Antworten. Schließlich erzählte ich ihm, was sein Vater soeben getan hatte. Er blieb unbeweglich, sah mich einen Augenblick starr an, wandte sich um und vergoß ein paar Tränen. Ich nahm es als ein gutes Zeichen und schöpfte große Hoffnung, daß Jenni eines Tages noch ein äußerst rechtschaffener Mann werden könnte. Ich wollte ihn gerade an meine Brust drücken, als Frau Clive-Hart mit einem der Leichtfüße, die seine Freunde waren, eintrat; sein Name war Birton.

»Nun«, sagte die Dame lachend, »ist es wahr, daß du heute jemand umgebracht hast, anscheinend einen sehr lästigen Menschen. Man tut gut daran, die Welt von solchen Leuten zu befreien. Wenn du Lust haben solltest, noch andere umzubringen, so denke bitte zuerst an meinen Mann, denn ich bin seiner schrecklich überdrüssig.«

Ich betrachtete diese Frau vom Kopf bis zu den Füßen. Sie war schön, doch ihr Gesichtsausdruck hatte für mich etwas Unheimliches. Jenni wagte nicht, zu antworten, und schlug die Augen nieder, weil ich da war. »Was fehlt dir nur, lieber Freund?« fragte Birton. »Du scheinst etwas auf dem Kerbholz zu haben. Ich werde deine Sünden in Ordnung bringen. Sieh hier, ein kleines Buch, das ich eben bei Lintot gekauft habe. Es beweist so klar, wie zwei mal zwei vier ist, daß es weder Gott noch Laster, noch Tugend gibt. Das ist tröstlich, komm, wir wollen ein Glas Wein trinken!« Nach dieser sonderbaren Rede ging ich schleunigst fort. Ich legte Herrn Freind schonend nahe, wie sehr sein Sohn seiner Gegenwart und seines Rates bedürfe. – »Ich sehe das wohl ein«, sagte der gute Vater, »doch möchte ich zuvor seine Schulden bezahlen.« Am nächsten Tage war alles beglichen. Jenni kam und warf sich ihm zu Füßen. Halten Sie es für möglich, daß dieser Vater ihm nicht den geringsten Vorwurf machte! Er überließ ihn seinem Gewissen und sagte nur: »Mein Sohn, bedenke, daß es ohne Tugend kein Glück gibt.«

Dann verheiratete er Boca Bermeja mit dem Bakkalaureus aus Katalonien, für den sie, trotz aller um Jenni vergossenen Tränen, eine heimliche Neigung hatte, denn all das läßt sich bei den Frauen wunderbar in Einklang bringen. Man sagt, daß sich in ihren Herzen alle Widersprüche vereinigen. Das kommt zweifellos daher, daß sie ursprünglich aus einer unserer Rippen geschaffen wurden.

Der großzügige Freind bezahlte die Mitgift des Ehepaares. Er brachte alle seine Neubekehrten mit Hilfe der Protektion von Mylord Peterborough unter, denn es genügt nicht, den Menschen die ewige Seligkeit zu verschaffen, man muß auch für ihr leibliches Wohl sorgen.

Nachdem er alle diese guten Taten sehr schnell mit seiner Kaltblütigkeit erledigt hatte, die ich bei ihm immer bewunderte, wußte er keinen anderen Rat, seinem Sohn wieder auf den rechten Weg zu helfen, als ihn mit einem jungen Mädchen zu verheiraten, das aus guter Familie stammte, Anstand, Geist und auch etwas Vermögen besaß. Es war das einzige Mittel, Jenni von dieser schrecklichen Clive-Hart und ihrem Anhang abzubringen.

Man hatte mir von einem Fräulein Primerose erzählt, einer jungen Erbin, die von ihrer Verwandten, der Mylady Hervey, erzogen worden war. Mylord Peterborough führte mich bei Mylady Hervey ein. Ich lernte Fräulein Primerose kennen und hielt sie für durchaus geeignet, alle Ansprüche meines Freundes Freind zu erfüllen. Jenni empfand trotz all seiner Ausschweifungen tiefe Hochachtung, ja sogar Liebe für seinen Vater. Er war vor allem gerührt, daß ihm sein Vater wegen seiner Streiche keinerlei Vorwürfe gemacht und ihm seine Schulden gezahlt hatte, ohne ihn auch nur davon in Kenntnis zu setzen; daß er ihm gelegentlich gute Ratschläge gegeben hatte, ohne einen Verweis hinzuzufügen, und daß er ihm von Zeit zu Zeit seine Freundschaft bewiesen hatte ohne jede Vertraulichkeit, die sie hätte entwerten können – all dieser Dinge war sich Jenni bewußt, der von Natur aus gefühlvoll und äußerst intelligent war. So hatte ich allen Grund zu glauben, daß sein Hang zu Ausschweifungen den Reizen Primeroses und den wunderbaren Tugenden meines Freundes nicht widerstehen könnte.

Mylord Peterborough führte persönlich erst den Vater und dann Jenni bei Mylady Hervey ein. Ich bemerkte, daß die außerordentliche Schönheit Jennis sofort einen tiefen Eindruck auf das Herz Primeroses machte, denn ich sah, wie sie die Augen senkte, wieder aufschlug und errötete. Jenni schien nur höflich zu sein, und Primerose gestand Mylady Hervey ihren Wunsch, diese Artigkeit möchte Liebe sein.

Nach und nach fand der schöne junge Mann alle Vorzüge dieses unvergleichlichen Mädchens heraus, obgleich er noch immer im Banne der unverschämten Clive-Hart stand. Man konnte ihn mit jenem Inder vergleichen, der, als ihn ein Engel zum Pflücken einer himmlischen Frucht aufforderte, von den Klauen eines Drachen zurückgehalten wurde. Die Erinnerung an das, was ich mit angesehen habe, benimmt mir den Atem. Meine Tränen benetzen das Papier. Wenn ich wieder zu mir gekommen bin, werde ich den Faden meiner Erzählung wieder aufnehmen.

SECHSTES KAPITEL
Ein entsetzliches Ereignis

Man war nahe daran, die Heirat der hübschen Primerose mit dem schönen Jenni festzusetzen. Niemals hatte unser Freund Freind eine reinere Freude empfunden, und ich teilte sie. Doch sie sollte bald in ein für mich unbegreifliches Unglück verwandelt werden.

Frau Clive-Hart liebte Jenni, war ihm aber dauernd untreu. Man sagt, das sei das Schicksal aller Frauen, die, da sie die Keuschheit so sehr verachten, die Rechtschaffenheit in den Wind geschlagen haben. Vor allem betrog sie Jenni mit ihrem

Geliebten Birton und einem anderen Leichtfuß vom gleichen Schlage. Sie führten gemeinsam ein ausschweifendes Leben, hatten aber Geist und Ansehen, was vielleicht nur bei unserem Volke zu finden ist. Unglücklicherweise richtete sich ihr Geist hauptsächlich gegen Gott. Frau Clive-Harts Haus war der Sammelpunkt der Atheisten. Wenn sie noch rechtschaffene Atheisten gewesen wären, wie Epikur und Leontion, Lukrez und Memmius oder wie Spinoza, der einer der ehrbarsten Holländer gewesen sein soll, oder wie Hobbes, der seinem unglücklichen Monarchen, Karl I., so treu war ... Aber ...!

Wie dem auch sei, Frau Clive-Hart, die schrecklich eifersüchtig auf die zarte und unschuldige Primerose war, wollte, obwohl sie Jenni niemals treu war, diese glückliche Heirat nicht zulassen. Sie ersann eine Rache, für die es, glaube ich, in unserem alten London, wo doch unsere Väter so mancherlei Verbrechen gesehen haben, kein Beispiel gibt.

Sie wußte, daß Primerose auf ihrem Rückweg aus der Stadt, in der sie mit ihrer Kammerfrau Einkäufe machen wollte, an ihrem Haus vorbeikommen mußte. Inzwischen ließ sie vor dem Hause an einer kleinen unterirdischen Leitung, die das Wasser in ihr Zimmer führte, Arbeiten vornehmen.

Der Wagen Primeroses war auf der Rückfahrt gezwungen, an diesem Hindernis haltzumachen. Die Clive-Hart stellte sich Primerose vor, bat sie, auszusteigen, sich auszuruhen und einige Erfrischungen anzunehmen, bis der Weg wieder frei sei. Die schöne Primerose zitterte bei diesem Vorschlag, doch Jenni stand im Vorraum. Einer instinktiven Anwandlung folgend, die stärker war als die Überlegung, stieg sie aus. Jenni eilte auf sie zu und reichte ihr die Hand. Sie trat ein. Der Gatte der Clive-Hart war ein trunksüchtiger Schwachkopf, der seiner Frau verhaßt und unterwürfig war und sie auch durch seine Dienstfertigkeit belästigte. Er stammelte und bot der Dame, die sein Haus beehrte, sogleich Erfrischungen an und trank dann selbst davon. Frau Clive-Hart trug das Getränk auf der Stelle fort und ließ andere bringen. Inzwischen war die Straße frei geworden.

Primerose bestieg den Wagen und fuhr zu ihrer Mutter zurück. Nach einer Viertelstunde klagte sie über Übelkeit und Schwindel. Man nahm an, daß die Erschütterungen im Wagen diese kleine Unpäßlichkeit verursacht hatten. Aber ihr Unwohlsein wurde von Minute zu Minute schlimmer, und am nächsten Morgen lag sie im Sterben. Herr Freind und ich eilten zu ihr. Das reizende Geschöpf lag blaß und durchsichtig da, von Krämpfen erschüttert, mit verzerrtem Mund. Ihre abwechselnd funkelnden oder erloschenen Augen waren immer starr. Schwarze Flecken entstellten das schöne Gesicht und den Hals. Ihre Mutter war an ihrem Bett ohnmächtig zusammengebrochen. Der hilfreiche Cheselden wendete vergebens alle Mittel seiner Kunst an. Ich kann Ihnen die Verzweiflung Freinds nicht schildern. Ich stürzte in die Wohnung der Clive-Hart und hörte, daß ihr Gatte schon gestorben war und die Frau das Haus verlassen hatte. Ich suchte Jenni, fand ihn aber nicht. Ein Dienstmädchen erzählte mir, daß sich seine Geliebte ihm zu Füßen geworfen und ihn beschworen hatte, sie in ihrem Unglück nicht im Stich zu lassen, daß sie dann mit Jenni und Birton abgereist sei, Man wisse jedoch nicht, wohin.

Ich war niedergeschmettert von so vielen schnell aufeinanderfolgenden Schicksalsschlägen und entsetzlichen Ahnungen, die, wenn ich sie auch verscheuchen wollte, immer wiederkamen, und schleppte mich in das Haus der Sterbenden. Wenn sich auch, sagte ich mir, dieses abscheuliche Weib Jenni zu Füßen geworfen und ihn um Mitleid angefleht hat, so ist er doch keineswegs mitschuldig. Jenni wäre eines so feigen, entsetzlichen Verbrechens unfähig gewesen und hatte keinerlei Interesse oder Beweggrund dafür. Ein solches Vergehen hätte ihn im Gegenteil einer anbetungswürdigen Frau und ihres Reichtums beraubt und ihn der Menschheit gegenüber verabscheuungswürdig gemacht. Er war von Natur ein Schwächling und ließ sich von einer unglücklichen Frau, deren Heimtücke er nicht kannte, unterjochen. Er hatte nicht wie ich die sterbende Primerose gesehen, sonst hätte er nicht das Totenzimmer verlassen, um der Mörderin seiner zukünftigen Frau zu folgen. Von diesen Gedanken zermartert trat ich zitternd bei dem Mädchen ein, das ich nicht mehr am Leben zu finden fürchtete. Sie atmete noch. Der alte Clive-Hart war sehr schnell gestorben, weil sein Körper durch seine Ausschweifungen ruiniert war, doch die junge Primerose, die einen kräftigen Körper und eine reine Seele hatte, war noch am Leben. Sie sah mich und fragte mich mit sanfter Stimme, wo Jenni sei. Bei dieser Frage stürzten mir Tränen aus den Augen, ich konnte ihr nicht antworten, und es war mir unmöglich, mit Jennis Vater zu sprechen. Ich ging hinaus und überließ sie den treuen Händen ihrer Pfleger.

Wir begaben uns zu Mylord Peterborough, um ihn von dem Unglück zu benachrichtigen. Sie kennen ihn ja. Er hat ein gutes Herz für seine Freunde, ist aber hart gegen seine Feinde. Niemals hatte ein so streng aussehender Mann so viel Mitgefühl. Er gab sich sehr viel Mühe, um der Sterbenden zu helfen und um den Aufenthalt Jennis und seiner Schurkin ausfindig zu machen, so wie er sich dafür eingesetzt hatte, dem Erzherzog Spanien zu erobern; doch alle unsere Bemühungen waren vergeblich. Ich fürchtete sogar um Freinds Leben. Wir eilten erst zu Primerose, deren Todeskampf lange dauerte, dann nach Rochester, Dover und Portsmouth. Eilboten wurden nach allen Richtungen entsandt, und wir selbst waren überall, irrten aufs Geratewohl umher, wie Jagdhunde, die die Spur verloren haben. Indessen sah die unglückliche Mutter der unglücklichen Primerose ihre Tochter langsam dahinsterben.

Endlich erfuhren wir, daß eine junge und ziemlich schöne Frau in Begleitung von drei jungen Leuten und einigen Dienern von Newport, in der Grafschaft Pembroke, auf einem kleinen Schiff, das mit Schmugglern auf der Reede gelegen hatte, nach Nordamerika abgefahren war.

Bei dieser Nachricht stieß Freind einen tiefen Seufzer aus, nahm sich aber gleich darauf zusammen und drückte mir die Hand.

»Ich muß also nach Amerika fahren«, sagte er. Voller Bewunderung und mit tränenerstickter Stimme entgegnete ich ihm: »Ich werde Sie nicht verlassen, doch was wollen Sie dort tun?« – »Meinen einzigen Sohn seinem Vaterland und der Tugend wieder zuführen oder mich neben ihm begraben lassen.« Nach allen Anzeichen schien es in der Tat außer Zweifel, daß Jenni es war, der sich mit dieser schrecklichen Frau, mit Birton und anderen Taugenichtsen aus ihrem Gefolge eingeschifft hatte.

Nachdem der gute Vater zu diesem Entschluß gekommen war, verabschiedete er sich von Mylord Peterborough, der bald darauf nach Katalonien zurückkehrte. Wir mieteten in Bristol ein Schiff für die Fahrt nach dem Fluß Delaware und der Bai von Maryland. Da diese Gegenden inmitten der englischen Besitzungen lagen, meinte Freind, man müßte diese Richtung wählen, selbst wenn sein Sohn mehr nach Norden oder Süden gefahren sei. Er versah sich mit Geld, Wechseln und Lebensmitteln und ließ in London einen zuverlässigen Diener mit dem Auftrag zurück, ihm über die Schiffe, die jede Woche nach Maryland und Pennsylvanien fuhren, Nachrichten zu schicken.

Wir fuhren ab. Die Schiffsmannschaft war, als sie Freinds heiteres Antlitz sah, der Meinung, daß wir eine Vergnügungsreise machten. Doch wenn er nur mich um sich hatte, bewiesen mir seine Seufzer seinen tiefen Kummer. Ich freute mich selbst zuweilen insgeheim über die mir zuteil gewordene Ehre, eine so schöne Seele trösten zu dürfen. Der Westwind hielt uns lange Zeit auf der Höhe der Scilly-Inseln zurück, und wir waren gezwungen, unseren Kurs auf Neu-England zu richten. Wie viele Auskünfte holten wir an der ganzen Küste ein! Wieviel Zeit und Mühe ging verloren! Endlich kam der Wind aus Nordosten, und wir drehten gegen Maryland, wo sich Jenni, die Clive-Hart und ihre Genossen aufhalten sollten.

Sie hatten an der Küste länger als einen Monat verbracht und waren in der ganzen Kolonie durch ihren Aufwand, der in diesem Teil der Erde bisher unbekannt war, und durch ihre Ausschweifungen aufgefallen. Dann waren sie verschwunden, und niemand wußte etwas von ihnen. Wir näherten uns der Bai in der Absicht, bis Baltimore zu fahren und dort neue Auskünfte einzuholen.

SIEBENTES KAPITEL
Was sich in Amerika ereignete

Wir fanden auf unserem Wege zur Rechten die weit ausgedehnte Besitzung eines Pflanzers. Sie bestand aus einem niedrigen, bequemen und sauberen Haus, das zwischen einer geräumigen Scheune und einem großen Stallgebäude lag. Das Ganze war von einem Garten umgeben, in dem alle Früchte des Landes wuchsen. Diese Besitzung gehörte einem alten Mann, der uns einlud, bei ihm Aufenthalt zu nehmen. Er sah nicht wie ein Engländer aus, und wir stellten nach seiner Mundart fest, daß er Ausländer war. Wir warfen Anker, gingen an Land und wurden von dem guten Mann, der uns das beste Essen der Neuen Welt vorsetzte, mit großer Herzlichkeit aufgenommen.

Wir sprachen ihm bescheiden unseren Wunsch aus, zu erfahren, wem wir die gute Aufnahme zu verdanken hätten. »Ich gehöre zu denen«, antwortete er, »die Sie als ›Wilde‹ bezeichnen. Ich wurde auf einem der Blauen Berge geboren, die diese Gegend umgrenzen und die Sie vom Westen aus sehen. Eine große, scheußliche Klapperschlange hatte mich als Kind auf einem dieser Berge gebissen. Man hatte mich schon aufgegeben, und ich lag im Sterben. Da kam der Vater des jetzigen Mylord Baltimore hierher, übergab mich seinem Arzt, und ihm verdanke ich mein Leben. Bald konnte ich ihm meine Schuld abtragen, denn ich rettete ihm sein Leben in einem Kampf mit einer benachbarten Horde. Als Belohnung erhielt ich von ihm das Anwesen hier, wo mir ein glückliches Dasein beschieden ist.«

Herr Freind fragte ihn, ob er sich auch zum Glauben des Lord Baltimore bekenne. »Ich habe meinen eigenen«, entgegnete er.

»Warum möchten Sie, daß ich den Glauben eines anderen hätte?« Diese energische, kurze Antwort machte uns nachdenklich. »Sie haben also Ihren eigenen Gott und Ihr Gesetz?« – »Ja«, erwiderte er entschieden, aber ohne Hochmut. »Mein Gott ist dort!«, und er deutete gen Himmel, »mein Gesetz ist hier drinnen«, und er legte die Hand auf sein Herz.

Herr Freind drückte ihm, von Bewunderung ergriffen, die Hand und sagte: »Diese reine Natur weiß mehr davon als alle Bakkalaurei, die in Barcelona mit uns debattiert haben.«

Es drängte ihn, wenn irgend möglich, genaue Nachrichten über seinen Sohn Jenni zu bekommen. Wie ein Zentnergewicht lag ihm dieser Wunsch auf dem Herzen. Er fragte, ob man von einer Schar junger Leute, die in der Umgegend so viel Aufsehen erregten, etwas gehört hätte. »Und ob man mir von ihnen erzählt hat!« rief der Alte. »Ich selbst habe sie gesehen und bei mir aufgenommen, und es hat ihnen so gut bei mir gefallen, daß sie eine meiner Töchter mitgenommen haben.«

Stellen Sie sich das Entsetzen meines Freundes bei dieser Rede vor. »Wie! Ihre Tochter ist von meinem Sohn entführt worden?« rief er ganz erschrocken. »Guter Engländer«, entgegnete ihm der Alte, »beunruhigen Sie sich nicht darüber. Es ist mir lieb, daß der Mann, der meine Tochter mitgenommen hat, Ihr Sohn ist, denn er ist schön, gut gebaut und scheint mutig zu sein. Er hat meine liebe Paruba nicht entführt. Sie müssen nämlich wissen, daß sie Paruba heißt, da dies auch mein Name ist. Hätte er mir meine Paruba entrissen, so wäre das ein Raub gewesen, und meine fünf Söhne, die augenblicklich ungefähr vierzig bis fünfzig Meilen von hier entfernt auf der Jagd sind, hätten diesen Schimpf nicht geduldet. Es ist eine große Sünde, den Besitz anderer zu stehlen. Meine Tochter ist aus freiem Antrieb mit den jungen Leuten fortgegangen. Sie wollte das Land kennenlernen, und das ist eine kleine Freude, die man einem Menschen ihres Alters nicht verweigern darf. Noch vor Ablauf eines Monats wollen die Reisenden sie mir zurückbringen; ich zweifle nicht daran, denn sie haben es mir versprochen.« Diese

Worte hätten mich zum Lachen gebracht, hätte nicht der Kummer, der meinen Freund bedrückte, meine ganze Seele erfüllt.

Am Abend, als wir abreisen und den günstigen Wind ausnützen wollten, kam einer der Söhne Parubas ganz außer Atem mit blassem und verzweifeltem Gesicht an. »Was hast du denn, mein Sohn, woher kommst du? Ich dachte, du wärest auf der Jagd. Was ist dir zugestoßen? Hat dich ein wildes Tier verwundet?« – »Nein, Vater, verwundet bin ich nicht, aber ich sterbe.« – »Aber ich frage dich noch einmal, mein Junge, woher kommst du?« – »Vierzig Meilen von hier, ohne unterwegs zu rasten, aber ich bin tot.« Der Vater, der am ganzen Körper zitterte, ließ ihn ausruhen. Man gab dem Sohn Stärkungsmittel, und alle bemühten sich um ihn: seine kleinen Brüder, seine kleinen Schwestern, Herr Freind und ich sowie unsere Dienerschaft. Als er wieder zu sich gekommen war, fiel er dem guten alten Paruba um den Hals. »Ach«, rief er schluchzend, »meine Schwester Paruba ist kriegsgefangen und wird jedenfalls gefressen werden!« Bei diesen Worten fiel der biedere Paruba um. Herr Freind, der ja auch Vater war, konnte sich am besten in seine Lage versetzen und mit ihm fühlen. Der Sohn Parubas erzählte uns dann, daß eine Schar junger unbesonnener Engländer aus Zeitvertreib Leute vom Blauen Berge angegriffen hätten. »Sie hatten eine sehr schöne Frau und ihre Begleiterin bei sich«, sagte er, »und ich weiß nicht, wie meine Schwester in diese Gesellschaft gekommen ist. Die schöne Engländerin hat man getötet und aufgefressen. Meine Schwester wurde gefangengenommen und wird ebenfalls gefressen werden. Ich komme hierher, um Hilfe gegen die Leute des Blauen Berges zu holen. Ich will sie töten und auffressen, meine liebe Schwester wiederholen oder sterben.«

Nun war die Reihe an Herrn Freind, ohnmächtig zu werden, doch hielt ihn seine übliche Selbstbeherrschung aufrecht. »Gott hat mir einen Sohn gegeben«, sagte er zu mir, »er wird Sohn und Vater wieder zu sich nehmen, sobald der Augenblick, da er seine ewigen Beschlüsse ausführt, gekommen ist. Mein Freund, ich wäre fast geneigt zu glauben, daß Gott bisweilen mit einer sonderbaren, seinen allgemeinen Gesetzen unterworfenen Vorsehung handelt, da er in Amerika Verbrechen bestraft, die in Europa begangen wurden, und die Hexe Clive-Hart gestorben ist, wie sie sterben mußte. Vielleicht hat der erhabene Schöpfer so vieler Welten es so eingerichtet, daß die großen Verbrechen, die auf einem Erdball begangen wurden, zuweilen auf dem Erdball selbst gerichtet werden. Ich wage es kaum zu glauben, wünsche es aber und hoffe, daß dieser Gedanke nicht gegen alle Regeln der guten Metaphysik verstößt.«

Nach den traurigen Grübeleien über so verhängnisvolle, in Amerika sehr übliche Ereignisse faßte Freind seiner Gewohnheit nach schnell seinen Entschluß. »Ich habe ein gutes Schiff«, sagte er zu seinem Gastgeber, »es ist reichlich mit Proviant versehen. Mit der Flut müssen wir den Golf in der Nähe der Blauen Berge erreichen. Meine dringendste Aufgabe ist im Augenblick, Ihre Tochter zu retten. Wir wollen uns zu Ihren alten Landsleuten begeben. Sagen Sie ihnen, daß ich komme, um ihnen die Friedenspfeife zu bringen, und daß ich Penns Enkel bin. Dieser Name wird genügen.«

Dieser im ganzen nördlichen Amerika so verehrte Name erfüllte den guten Paruba und seinen Sohn mit tiefster Hochachtung und größter Hoffnung. Wir schifften uns ein, hißten die Segel und landeten nach sechsunddreißig Stunden in der Nähe von Baltimore.

Kaum hatten wir diesen damals fast unbewohnten kleinen Ort gesichtet, als wir von weitem eine Rotte zahlreicher Bewohner der Blauen Berge entdeckten und beobachteten, wie sie mit Keulen, Äxten und auch mit Musketen bewaffnet, die ihnen die Europäer törichterweise gegen Pelzwerk verkauften, in die Ebene hinabstiegen. Man hörte schon ihr entsetzliches Kampfgeschrei. Von der anderen Seite kamen vier Reiter, hinter ihnen einige Leute zu Fuß. Diese kleine Schar hielt uns für Bewohner von Baltimore, die zum Kampf gegen sie ausgezogen waren. Mit dem Säbel in der Hand stürzten die Reiter auf uns zu, unsere Gefährten rüsteten sich zu ihrem Empfang. Herr Freind, der die Reiter unverwandt angestarrt hatte, erschauerte einen Moment. Plötzlich gewann er aber seine Kaltblütigkeit wieder und sagte mit gerührter Stimme zu uns: »Bewegt euch nicht, liebe Freunde, sondern laßt mich allein handeln.« Und er schritt wirklich allein, ohne Waffen und ganz langsam auf den Trupp zu. Wir beobachteten, wie der Häuptling plötzlich die Zügel losließ, sich zu Boden warf und liegenblieb. Wir stießen einen Schrei der Verwunderung aus und näherten uns: Es war Jenni selbst, der die Füße seines Vaters mit Tränen benetzte, während ihn sein Vater mit zitternden Händen umarmte. Keiner von ihnen konnte ein Wort hervorbringen. Birton und die beiden jungen Reiter, die ihn begleiteten, stiegen von ihren Pferden. Aber Birton, der seinen Charakter nicht verleugnen konnte, sagte: »Bei Gott, mein lieber Freind, Sie habe ich hier nicht erwartet. Sie und ich, wir beide sind für Abenteuer geschaffen. Ich freue mich wirklich, Sie zu sehen.«

Freind wandte sich, ohne ihn einer Antwort zu würdigen, der Armee der Blauen Berge zu, die heranrückte. Er näherte sich ihr mit Paruba, der ihn als Dolmetscher begleitete. »Landsleute«, redete Paruba sie an »Der Nachkomme Penns bringt Euch die Friedenspfeife.«

Auf diese Worte entgegnete der Älteste, indem er Augen und Hände gen Himmel erhob: »Ein Sohn Penns! Daß ich ihm Hände und Füße und seine heiligen Geschlechtsteile küsse! Möge er viele Nachkommen haben, auf daß die Familie Penn ewig lebe! Der große Penn ist unser Manitou, unser Gott. Er war fast der einzige Europäer, der uns nie getäuscht hat und der sich nicht durch Gewalt unserer Länder bemächtigte. Er kaufte das Land, das wir ihm abtraten, und bezahlte es anständig. Er erhielt unter uns die Eintracht aufrecht; er brachte uns Heilmittel gegen die wenigen Krankheiten, die uns der Verkehr mit Europäern eintrug. Er lehrte uns Künste, die wir nicht kannten. Niemals haben wir gegen ihn oder seine Kinder die Kriegspfeife angezündet, für alle Angehörigen der Familie Penn haben wir nur die Anbetungspfeife.«

Nachdem er so im Namen seines Volkes gesprochen hatte, eilte er auf Herrn Freind zu und küßte ihm Hände und Füße; von den weiteren Verehrungsbezeigungen hielt man ihn ab, indem man ihm klarmachte, daß das in England nicht Brauch sei und jedes Land seine eigenen Zeremonien habe.

Freind ließ auf der Stelle etwa dreißig Schinken, ebenso viele große Pasteten und Brathühner, zweihundert Flaschen Pontacq-Wein vom Schiff holen und bat den Kommandanten der Blauen Berge, an seiner Seite Platz zu nehmen. Jenni und seine Gefährten nahmen ebenfalls an dem Freudenessen teil, doch wünschte sich Jenni hundert Fuß unter die Erde. Sein Vater richtete nicht ein Wort an ihn, und dieses Schweigen erhöhte seine Scham.

Birton, dem alles gleichgültig war, zeigte eine leichtfertige Fröhlichkeit. Vor dem Essen äußerte sich Freind dem guten Paruba gegenüber: »Uns fehlt hier ein lieber Mensch, Eure Tochter.« Sogleich ließ der Häuptling der Blauen Berge sie kommen. Kein Haar war ihr gekrümmt worden! Sie umarmte ihren Vater und ihren Bruder so, als wäre sie von einem Spaziergang zurückgekommen.

Ich machte mir die Ungezwungenheit der Unterhaltung zunutze, um zu erfahren, aus welchem Grunde die Krieger der Blauen Berge Frau Clive-Hart getötet und aufgefressen und der Tochter Parubas nichts angetan hatten. »Weil wir gerecht sind«, antwortete der Häuptling. »Diese stolze Engländerin gehörte zu der Truppe, die uns angegriffen hat. Sie tötete einen der Unsrigen meuchlings durch einen Pistolenschuß. Wir haben Paruba kein Leid angetan, da wir erfuhren, daß sie die Tochter eines unserer ehemaligen Kameraden ist und nur hierhergekommen war, um sich zu amüsieren. Man muß jeden mit seiner Münze bezahlen.«

Freind war von diesem Grundsatz gerührt, führte aber an, daß der Brauch, Frauen zu fressen, so tapferer Leute unwürdig sei und daß man bei so viel Tugend kein Menschenfresser sein dürfe.

Der Häuptling der Blauen Berge fragte uns darauf, was wir mit unseren Feinden machten, nachdem wir sie getötet hätten. »Wir begraben sie«, antwortete ich. »Ihr laßt sie also von Würmern fressen. Da verdienen wir doch den Vorzug; unsere Mägen sind würdigere Gräber.«

Birton fand Gefallen daran, die Anschauung der Bewohner der Blauen Berge zu unterstützen. Er sagte, der Brauch, seinen Nächsten in den Topf oder auf den Spieß zu bringen, sei der älteste und natürlichste, da man ihn auf beiden Erdhälften vorgefunden habe, ein Beweis dafür, daß es ein angeborener Gedanke sei. Man habe auf Menschen Jagd gemacht, bevor man die Tiere jagte, weil es viel leichter sei, einen Menschen zu töten als einen Wolf. Wenn die Juden nach ihren lange unbekannten Büchern einen gewissen Abel von einem gewissen Kain töten ließen, so sei das wohl nur geschehen, um ihn zu fressen. Die Juden geben unumwunden zu, daß sie sich mehrfach von Menschenfleisch ernährt haben. Nach den besten Geschichtsschreibern hätten die Juden das blutige Fleisch der Römer verzehrt, die sie in Ägypten, Zypern und Asien bei ihren Aufständen gegen die Kaiser Trajan und Hadrian ermordeten.

Wir ließen ihn diese derben Späße vortragen, in denen leider ein Kern von Wahrheit enthalten sein mochte; jedoch vermißte man dabei die gewählte Sprache der Griechen und den feinen Ton der Römer.

Der gute Freind gab ihm keine Antwort, sondern richtete das Wort an die Bewohner des Landes; Paruba verdolmetschte Wort für Wort. Tillotson hat niemals mit so viel Energie gesprochen und der einschmeichelnde Smalridge niemals mit so viel rührender Anmut. Das große Geheimnis besteht darin, die Zuhörer durch Beredsamkeit zu überzeugen. Er bewies ihnen also, daß diese Gelage, bei denen man sich mit dem Fleisch seines Nächsten sättigt, Geier- und nicht Menschenmahlzeit seien und daß dieser scheußliche Brauch eine das Menschengeschlecht vernichtende Wildheit erzeuge und daß sie aus diesem Grunde weder den Trost der Geselligkeit noch die Bearbeitung des Erdbodens kennen. Schließlich schwuren sie dann bei ihrem großen Manitou in Zukunft weder Männer noch Frauen zu fressen.

So wurde Freind durch eine einzige Unterhaltung mit ihnen ihr Gesetzgeber, so wie Orpheus die Tiger zähmte. Und wenn sich auch die Jesuiten, sooft sie wollen, in ihren ›Denkwürdigen und erbaulichen Schriften‹, die selten eins von beiden sind, Wunder zuschreiben, so werden sie unserem Freunde Freind doch niemals das Wasser reichen können.

Nachdem er die Herren der Blauen Berge mit Geschenken überschüttet hatte, führte er den biederen alten Paruba auf sein Schiff, um ihn mit dem jungen Paruba und seiner Schwester nach Hause zurückzubringen. Die übrigen Brüder Paruba hatten ihre Fahrt in der Richtung nach Carolina fortgesetzt; Jenni, Birton und ihre Gefährten schifften sich ebenfalls mit uns ein. Der weise Freind beharrte noch immer auf seiner Methode, seinem Sohn keinerlei Vorwürfe zu machen, wenn dieser Taugenichts etwas auf dem Kerbholz hatte. Er ließ ihn, wie Pythagoras sagt, sich selbst prüfen und sein Herz zerfleischen. Inzwischen las Freind den Brief, den man ihm aus England geschickt hatte, dreimal hintereinander durch und sah beim Lesen seinen Sohn an, der stets die Augen niederschlug, während von seinem Gesicht Achtung und Reue abzulesen waren.

Birton dagegen war fröhlich und ungezwungen, als sei er im Theater gewesen. Er war ein Charakter nach dem Geschmack des verstorbenen Grafen Rochester, extrem in Schwelgerei, Tapferkeit, Einfällen, Ausdrücken und epikureischer Philosophie. Er fand nur an außergewöhnlichen Dingen gefallen, deren er aber ebenso schnell überdrüssig wurde. Er war von jener Geistesart, die Wahrscheinlichkeiten für Beweise nimmt; dabei verfügte er über größeres Wissen und größere Beredsamkeit als irgendein anderer junger Mann seines Alters, ohne daß er sich der Mühe unterzog, seine Kenntnisse zu vertiefen.

Als wir gemeinsam auf dem Schiffe speisten, sagte Herr Freind unvorsichtigerweise zu mir: »Wahrhaftig, mein Freund, ich hoffe, daß Gott den jungen Leuten bessere Sitten eingeben wird und daß das schreckliche Beispiel der Clive-Hart sie bessert.«

Birton, der diese Worte aufgefangen hatte, sagte in etwas verächtlichem Ton zu ihm: »Ich war schon lange recht unzufrieden über die böse Clive-Hart. Sie ist mir so gleichgültig wie eine fette Poularde, die am Spieß zu braten wäre. Aber glauben Sie denn wirklich, daß es irgendwo ein Wesen gibt, das sich dauernd damit beschäftigt, alle bösen Frauen und lasterhaften Männer, die die vier Teile unserer kleinen Welt be- und entvölkern, zu bestrafen? Haben Sie vergessen, daß unsere abscheuliche Maria, die Tochter Heinrichs VIII., bis zu ihrem Tode glücklich war, und doch hatte sie mehr als achthundert Bürger und Bürgerinnen in den Flammen umkommen lassen unter dem einzigen Vorwand, daß sie weder an die Transsubstantiation noch an den Papst glaubten. Ihr Vater, der fast ebenso grausam war wie sie, und ihr noch verderbterer Gemahl genossen ihr Leben gleichfalls. Der Papst Alexander VI., der verbrecherischste aller Päpste, war zugleich der glücklichste. Mit all seinen Verbrechen hatte er Erfolg, und er starb im Alter von zweiundsiebzig Jahren, mächtig, reich und von allen Königen umschmeichelt. Wo ist also der gerechte und rächende Gott? Bei Gott, nein, es gibt keinen Gott!«

Herr Freind entgegnete ihm mit strenger, aber ruhiger Miene: »Mein Herr, nach meinem Dafürhalten sollten Sie nicht bei Gott selbst schwören, daß dieser Gott nicht existiert. Denken Sie daran, daß Newton und Locke niemals diesen geheiligten Namen ohne eine Gebärde stiller Andacht und Anbetung aussprachen, was von jedermann wahrgenommen wurde.«

»Zum Henker!« rief Birton aus. »Was kümmert mich die Miene, die zwei Männer aufgesetzt haben! Was für ein Gesicht machte Newton denn, als er die Offenbarung St. Johannis auslegte? Und was für eine Grimasse schnitt Locke, als er die lange

Unterhaltung eines Papageis mit dem Prinzen Moritz erzählte?« Darauf sprach Freind die goldenen Worte, die sich mir ins Herz gruben: »Vergessen wir doch die Träume großer Männer, und erinnern wir uns der Wahrheiten, die sie uns gelehrt haben.« Diese Antwort hatte einen regelrechten Wortstreit zur Folge, der interessanter war als das Gespräch mit dem Bakkalaureus von Salamanka. Ich ließ mich in einer Ecke nieder und schrieb alles, was gesagt wurde, auf. Man gruppierte sich um die beiden Streitenden. Der biedere Paruba, sein Sohn und besonders seine Tochter sowie Jennis Kumpane lauschten mit vorgestrecktem Kopf und gespannten Augen. Jenni selbst saß mit gesenktem Kopf da, die Ellbogen auf die Knie gestützt, die Augen mit den Händen bedeckt, und schien in tiefstes Nachdenken versunken.

Ich lasse den Disput hier Wort für Wort folgen.

ACHTES KAPITEL

Dialog zwischen Freind und Birton über den Atheismus

Freind: Ich möchte Ihnen, mein Herr, nicht die metaphysischen Argumente unseres berühmten Clarke wiederholen, sondern Sie nur ermahnen, sie noch einmal zu lesen. Sie werden Sie mehr aufklären, als daß Sie sie beeindrucken. Ich will Ihnen nur Vernunftgründe anführen, die vielleicht besser zu Ihrem Herzen sprechen.

Birton: Das wird mir ein Vergnügen sein. Ich verlange, daß man mich ergötzt und mir Interesse einflößt. Ich hasse Sophismen. Metaphysische Dispute sind wie mit Luft angefüllte Ballons, die sich die Kämpfer gegenseitig zuwerfen. Die Blasen platzen, die Luft strömt aus, und es bleibt nichts übrig.

Freind: Vielleicht hat der verehrte Arianer Clarke im Grunde einige Unklarheiten, einige »Blasen«, vielleicht hat er sich über die Realität des tatsächlichen Unendlichen und des Raumes getäuscht, vielleicht hat er, indem er sich zum Kommentator Gottes machte, zuweilen die Kommentatoren Homers nachgeahmt; sie haben ihm Gedanken eingegeben, auf die Homer nie gekommen ist.

Bei diesen Worten über Unendlichkeit, Raum, Homer und Kommentatoren wollten der biedere Paruba und seine Tochter und sogar einige Engländer auf dem Oberdeck frische Luft schöpfen, doch nachdem Freind versprochen hatte, verständlich zu reden, blieben sie da, und ich erklärte dem alten Paruba ganz leise einige wissenschaftliche Worte, die die Leute von den Blauen Bergen nicht so leicht verstehen konnten wie unsere Doktoren von Oxford und Cambridge.

Freind fuhr also fort:

Es wäre traurig, wenn man, um sich des Daseins Gottes zu vergewissern, ein grundgelehrter Metaphysiker sein müßte. In der komplizierten Wissenschaft des Für und Wider gibt es in England höchstens etwa hundert bewanderte oder verdrehte Köpfe, die fähig wären, diese Tiefe zu sondieren. Der übrige Teil der ganzen Menschheit ist in unüberwindliche Unwissenheit versunken und den tierischen Leidenschaften verfallen, nur von dem Instinkt beherrscht und nur imstande, einigermaßen über die allgemeinen Vorstellungen der fleischlichen Interessen zu urteilen. Wollt Ihr wissen, ob es einen Gott gibt, so braucht Ihr nur die Augen auzutun.

Birton: Aha, ich merke, worauf Sie hinauswollen. Sie nehmen Ihre Zuflucht zu dem alten, abgedroschenen Argument, daß die Sonne sich in fünfundzwanzigeinhalb Tagen um ihre Achse dreht, trotz der absurden Inquisition von Rom; daß uns das Licht, vom Saturn zurückgestrahlt, in vierzehn Minuten erreicht, trotz der absurden Vermutungen eines Descartes; daß jeder Fixstern eine Sonne wie die unsere ist, von Planeten umgeben; daß alle die unzähligen Sterne, in den Tiefen des Weltalls verstreut, den von dem großen Newton entdeckten und nachgewiesenen mathematischen Gesetzen unterliegen; daß ein Katechet den Kindern Gott verkündet und Newton ihn den Weisen beweist, wie ein philosophischer Franzose sagt, der deswegen in seinem komischen Lande verfolgt wurde.

Geben Sie sich nicht die Mühe, mir diese feststehende Ordnung, die in allen Teilen des Weltalls herrscht, vor Augen zu führen; alles, was existiert, muß schließlich einem System angehören. Die seltenere Materie muß sich über die rohere erheben, wie der auf jede Weise Stärkere den Schwächeren unterdrücken muß. Alles, was von stärkerer Bewegung getrieben wird, geht schneller als seinesgleichen, alles ordnet sich von selbst. Es ist ganz überflüssig, daß Sie, nachdem Sie wie Esra eine Menge Wein getrunken haben, mir nach seiner Art ununterbrochen neunhundertundsechzig Stunden lang Vorträge halten, ohne jemals den Mund zu schließen. Ich werde Ihnen deshalb nicht mehr glauben. Verlangen Sie, daß ich ein ewiges, unendliches und unveränderliches Wesen anerkenne, dem es, ich weiß nicht zu welcher Zeit, gefallen hat, Spinnen zu schaffen, um Fliegen zu vernichten? Verlangen Sie, daß ich wie der anmaßende Nieuventyd-Schwätzer sage, »daß Gott uns Ohren gab, um zu glauben, weil der Glaube vom Hörensagen kommt?« Nein, nein, ich glaube diesen Schwindlern nicht, die Dummköpfen ihren Schund teuer verkauft haben. Ich halte mich an das Büchelchen eines Franzosen, wonach außer der Natur nichts vorhanden ist und nichts vorhanden sein kann, wonach die Natur alles macht und alles ist und wonach es unmöglich und völlig widerspruchsvoll ist, daß es etwas gibt, das über allem steht. Mit einem Wort, ich glaube nur an die Natur.

Freind: Und wenn ich Ihnen sage, daß es keine Natur gibt und daß in uns, um uns und hundert Millionen Meilen von uns entfernt alles, ohne jede Ausnahme, Kunst ist!

Birton: Wie? Alles ist Kunst? Das ist mir neu.

Freind: Fast niemand achtet darauf, und doch ist nichts wahrer als das. Ich sage Ihnen immer wieder: Bedienen Sie sich Ihrer Augen, und Sie werden Gott erkennen, ihn anbeten. Denken Sie daran, wie diese ungeheuren Welten, die Sie in ihrer endlosen Bahn kreisen sehen, den Gesetzen einer tiefgründigen

Mathematik folgen. Es gibt also einen großen Mathematiker, den Plato den »ewigen Mathematiker« nannte. Sie bewundern die neuerfundenen Maschinen, die man »Orrerys« nennt, weil Mylord Orrery sie in Gebrauch brachte und die Arbeiter durch seine Großzügigkeit unterstützte. Das ist ein sehr schwaches Abbild unserer Planetenwelt und ihres Umlaufs. Sogar der Wechsel der Sonnenwende und der Tagundnachtgleiche, der uns von einem Tag zum anderen einen neuen Polarstern bringt, sogar dieser Wechsel, dieser so ungemein langsame Lauf, der sich in ungefähr sechsundzwanzigtausend Jahren vollzieht, konnte in unserer Orrery nur von Menschenhänden ausgeführt werden. Diese Maschine ist sehr unvollkommen, man muß sie mit einer Kurbel drehen, und doch ist sie ein Meisterwerk der Geschicklichkeit unserer Handwerker. Beurteilen Sie danach die Fähigkeit und das Genie des ewigen Architekten, sofern man sich dieser unpassenden und schlechtgewählten Bezeichnung dem höchsten Wesen gegenüber bedienen kann.

Ich schilderte Paruba oberflächlich ein Orrery, worauf er sagte: »Macht sich schon in diesem Abbild das Genie bemerkbar, wieviel genialer muß das Original sein. Ich möchte wohl ein Orrery, doch der Himmel ist viel schöner.« Alle Anwesenden, Engländer und Amerikaner, die diese Worte hörten, waren alle von ihrer Wahrheit betroffen und hoben die Hände zum Himmel auf. Birton dachte darüber nach und rief dann: »Was! Alles soll Kunst sein und die Natur nur das Werk eines überlegenen Handwerkers? Wäre das möglich?«

Der weise Freind fuhr fort:

Richten Sie Ihre Augen jetzt auf sich selbst, untersuchen Sie, mit welch erstaunlicher und niemals genügend bekannter Kunst alles innen und außen für Ihre gesamten Bedürfnisse und Wünsche gebildet ist. Ich möchte hier keinen Anatomieunterricht geben, Sie wissen selbst zur Genüge, daß es kein Organ im Körper gibt, das nicht notwendig wäre und bei irgendwelchen

Gefährdungen nicht durch das ununterbrochene Spiel der benachbarten Organe unterstützt wird. Die Unterstützung ist im Körper nach allen Richtungen so gut vorbereitet, daß es nicht eine einzige Ader gibt, die nicht ihre Klappen und Schleusen hätte, um dem Blut die Bahnen zu öffnen. Von den Haarwurzeln bis zu den Fußzehen ist alles Kunst, Vorbereitung, Mittel und Zweck. Und wahrhaftig kann man nur Entrüstung gegen diejenigen empfinden, die die wahren Endzwecke abzuleugnen wagen und in schlechter Absicht und Torheit behaupten, daß der Mund nicht zum Sprechen und Essen da ist, daß weder die Augen zum Sehen noch die Ohren zum Hören, noch die Geschlechtsteile zum Erzeugen wunderbar eingerichtet sind. Diese Vermessenheit ist so toll, daß es mir schwerfällt, sie zu begreifen.

Gestehen wir, daß jedes Tier Zeugnis für den höchsten Schöpfer ablegt. Das kleinste Kraut genügt, um die menschliche Intelligenz zu verwirren: Das ist ebenso wahr, wie es den vereinten Anstrengungen aller Menschen unmöglich ist, einen Halm zum Wachsen zu bringen, wenn der Keim nicht in der Erde liegt. Und man darf nicht sagen, daß die Keime faulen, um Pflanzen wachsen zu lassen, denn diese Albernheiten sind überlebt.

Die Versammlung erkannte die Wahrheit dieser Beweise besser als alles übrige, weil die Beweise greifbarer waren. Birton murmelte vor sich hin: »Sollte man sich der Anerkennung eines Gottes unterwerfen? Nun, wir werden sehen. Wahrlich, man sollte es prüfen.« Jenni war tief in seine Träume versunken und war sehr ergriffen. Unser Freind schloß seine Rede:

Nein, meine Freunde, wir schaffen nichts, wir können nichts schaffen. Es ist uns gegeben, zu ordnen, zu vereinigen, zu trennen, zu zählen, zu biegen, zu messen, aber »schaffen«, welch ein Wort! Es gibt nur ein notwendiges, ein durch sich selbst ewig bestehendes Wesen, das schafft. Hier liegt der Grund, weshalb die Scharlatane, die den Stein der Weisen erfinden wollen, so große Schwachköpfe oder so große Betrüger sind. Sie rühmen sich, Gold zu schaffen, und können nicht einmal Dreck erzeugen.

Gestehen wir also, meine Freunde, daß es ein höchstes, ein notwendiges, ein unerforschliches Wesen gibt, das uns geschaffen hat.

Birton: Und wo befindet sich dieses Wesen? Wenn es ein solches gibt, warum verbirgt es sich? Hat ein Mensch es je gesehen? Muß man sich verbergen, wenn man Gutes getan hat?

Freind: Haben Sie jemals Christoph Wren gesehen, der die St.-Pauls-Kirche in London erbaut hat? Und doch wird dieses Gebäude als das Werk eines sehr geschickten Architekten anerkannt.

Birton: Jeder Mensch kann leicht begreifen, daß Wren mit vielem Geld dieses Gebäude erbaut hat, in dem Burgess uns mit seinen Predigten einschläfert. Wir wissen wohl, warum und auf welche Weise unsere Väter dieses Gebäude errichtet haben. Aber warum und auf welche Weise sollte ein Gott dieses Weltall aus dem Nichts geschaffen haben? Sie kennen den alten Grundsatz des Altertums: »Nichts kann nichts schaffen, nichts kehrt in nichts zurück.« Das ist eine Wahrheit, an der niemals jemand gezweifelt hat. Sogar eure Bibel sagt ausdrücklich, daß euer Gott Himmel und Erde gemacht hat, obwohl der Himmel, das heißt der Vereinigungsplatz aller Gestirne, der Erde weit überlegener ist als die Erde dem kleinsten Sandkorn. Niemals aber hat eure Bibel gesagt, daß Gott Himmel und Erde aus dem Nichts geschaffen hat, und darin wird nicht behauptet, daß Gott der Herr die Frau aus dem Nichts geschaffen hat; er hat sie merkwürdigerweise aus einer Rippe gebildet, die er von ihrem Gatten nahm. Nach der Bibel bestand sogar das Chaos vor der Welt: folglich ist die Materie ebenso ewig wie euer Gott.

Darauf erhob sich ein leises Gemurmel in der Versammlung. Man meinte, Birton könne wohl recht haben, doch Freind gab folgende Antwort:

Ich habe Ihnen, glaube ich, bewiesen, daß es eine Höchste Intelligenz gibt, eine ewige Macht, der wir ein vergängliches Leben verdanken, ich habe aber keineswegs versprochen, Ihnen das »Warum« und »Wieso« zu erklären. Gott hat mir genug Verstand gegeben, um zu begreifen, daß er existiert, doch nicht genug, um genau zu wissen, ob die Materie ihm ewig unterworfen gewesen ist oder ob er sie im Laufe der Zeit entstehen ließ. Was kümmert Sie Ewigkeit oder Erzeugung der Materie, vorausgesetzt, daß Sie einen Gott anerkennen, einen Herrn der Materie und der Menschen? Sie fragen mich, wo Gott ist. Ich weiß es nicht, und ich darf es nicht wissen. Ich weiß, daß er existiert, ich weiß, daß er unser Herr ist, daß er alles schafft und daß wir von seiner Güte alles erwarten dürfen.

Birton: Von seiner Güte! Sie machen sich über mich lustig! Sie haben mir gesagt: »Bedienen Sie sich Ihrer Augen«, und ich sage Ihnen: »Bedienen Sie sich der Ihren.« Werfen Sie nur einen Blick auf die ganze Welt, und stellen Sie fest, ob Ihr Gott gütig ist.

Herr Freind erkannte wohl, daß sie an der gefährlichsten Stelle des Wortstreites angelangt waren und daß Birton einen heftigen Angriff auf ihn vorbereitete. Er merkte, daß die Zuhörer, besonders die Amerikaner, einer Pause bedurften, um weiter zuhören zu können, und er selbst, um weiter sprechen zu können. Er befahl sich Gott, und man ging auf das Oberdeck, trank dort Tee, und dann wurde der Wortstreit wieder aufgenommen.

Über den Atheismus

Birton: Bei Gott, mein Herr, Sie werden, was die Güte anbetrifft, nicht ein so leichtes Spiel haben, wie Sie es in bezug auf Macht und Schaffenskraft hatten. Ich werde Ihnen zunächst von den ungeheuren Mängeln dieser Weltkugel reden, die gerade das Gegenteil von der so viel gerühmten Schaffenskraft sind. Dann werde ich Ihnen die Verbrechen und die andauernden Nöte der Bewohner vor Augen führen, und Sie sollen selbst über die väterliche Liebe urteilen, die Ihrer Meinung nach der Herr für uns hegt.

Ich möchte aber vorausschicken, daß die Leute in Gloucestershire, meiner Heimat, die Pferde, die in ihrem Gestüt geboren werden, auf schöne Weiden bringen. Sie geben ihnen dann einen guten Stall und Hafer und Stroh im Überfluß. Aber sagen Sie mir bitte, welche Nahrung und welchen Schutz hatten all diese armen Nordamerikaner, als wir sie nach so vielen Jahrhunderten entdeckten? Sie mußten dreißig oder vierzig Meilen weit laufen, um etwas zu essen zu bekommen. Die ganze Nordküste unserer alten Welt schmachtet fast unter denselben Nöten, und vom schwedischen Lappland bis zu den nördlichen Meeren Japans schleppen hundert Völker ihr ebenso kurzes wie unerträgliches Leben inmitten ewigen Schnees in entsetzlicher Hungersnot hin.

Die schönsten Gegenden sind unaufhörlich verheerenden Geißeln ausgesetzt. Wir überschreiten Abgründe, die in Flammen stehen und nur mit fruchtbarem Boden bedeckt sind wie Todesfallen. Zweifellos gibt es gar keine andere Hölle, diese aber hat sich schon tausendmal unter unseren Schritten geöffnet.

Man erzählt uns von einer allgemeinen Sintflut, die physikalisch unmöglich ist und über die alle vernünftigen Leute lachen. Aber man tröstet uns wenigstens damit, daß man sagt, sie habe nur zehn Monate gedauert: Sie hätte jene Feuer auslöschen müssen, die inzwischen so viele blühende Städte zerstört haben. Euer heiliger Augustinus berichtet von hundert libyschen Städten, die durch ein einziges Erdbeben in Brand gesteckt und zugrunde gerichtet worden sind. Vulkane haben mehrere Male das schöne Italien zerstört. Als Gipfel des Unglücks sind selbst die bedauernswürdigen Bewohner der Eiszone von diesen unterirdischen Plagen nicht befreit. Die unaufhörlich bedrohten Isländer stehen vor der Hungersnot, haben zur Rechten und zur Linken hundert Fuß Eis und hundert Fuß Feuer auf ihrem Berge Hekla, denn alle großen Vulkane sind auf diesen garstigen Bergen zu finden.

Es ist leicht gesagt, daß die Berge von zweitausend Klaftern Höhe im Vergleich mit der Erde, die dreitausend Meilen Durchmesser hat, nichts zu bedeuten haben, daß sie im Vergleich mit ihr soviel sind wie ein Pünktchen auf einer Apfelsinenschale im Verhältnis zum Umfange der ganzen Frucht; kaum wie ein Fuß auf dreitausend. Ach! Wer sind denn wir, wenn die großen Berge im Vergleich zur Erde soviel sind wie das Ausmaß eines Fußes zu dreitausend Fuß? Wir sind also Tiere, die nicht wahrnehmbar sind, und doch werden wir von allem, was uns umgibt, vernichtet, obgleich unsere unendliche Kleinheit, die dem Nichts so nahe steht, uns anscheinend gegen alle Unfälle decken sollte. Was soll man nach Aufzählung dieser unendlich vielen Städte, die gleich Ameisenhaufen zerstört, wieder aufgebaut und abermals zerstört wurden, was zu jenen Sandwüsten sagen, die Afrika durchziehen und deren glühende durch die Winde zusammengedrängte Sandwellen ganze Armeen verschlungen haben. Was für einen Zweck haben in der Nähe des schönen Syriens diese ausgedehnten Wüsten, die so schrecklich, so unbewohnbar sind, daß die wilden Tiere, die sich »Juden« nennen, im irdischen Paradies zu sein glaubten, als sie von diesen Orten des Schreckens in eine Gegend kamen, in der man ein paar Morgen bebauen konnte?

Nicht genug damit, daß der Mensch, dieses edle Geschöpf, in bezug auf Wohnung, Kleidung und Nahrung so viele Jahrhunderte hindurch so schlecht gestellt war. Er wird, von Urin und Exkrementen umgeben, geboren, um zwei Tage zu atmen. Und während dieser zwei Tage voll trügerischer Hoffnungen und wirklichen Kummers ist sein mit nutzloser Kunst geformter Körper die Beute von Schmerzen, die in dieser gleichen Kunst ihren Ursprung haben: Er lebt zwischen Pest und Syphilis, die Quelle seines Daseins ist vergiftet. Kein Mensch wäre imstande, die Liste aller Krankheiten, die uns verfolgen, im Gedächtnis zu behalten, und doch behauptet ein Schweizer Urologe, er könne sie alle heilen!

Während Birton so sprach, folgte ihm die ganze Versammlung mit Interesse und Ergriffenheit. Der gute alte Paruba sagte: »Wir wollen hören, was der Doktor darauf antworten wird.« Und Jenni sagte mit leiser Stimme: »Wahrhaftig, er hat recht! Es war sehr töricht von mir, mich durch die Reden meines Vaters rühren zu lassen.« Herr Freind ließ diese erste Geschützsalve, die die Einbildungskraft aller frappierte, vorübergehen und sprach dann:

Ein junger Theologe würde auf diese Flut trauriger Wahrheiten mit Sophismen antworten und Ihnen St. Basilius und St. Kyrillus anführen. Ich aber, meine Herren, gestehe unumwunden, daß es viele physische Leiden auf Erden gibt. Ich will ihre Zahl nicht verkleinern, doch Herr Birton hat sehr übertrieben. Ich berufe mich auf Sie, mein lieber Paruba. Ihre Gegend ist für Sie geschaffen, und sie ist nicht so schlecht, da weder Sie noch Ihre Landsleute sie jemals verlassen wollten. Die Eskimos, die Isländer, die Lappländer, Ostjaken und Samojeden haben nie aus ihrem Lande fortgewollt. Die Renntiere, die Gott ihnen für ihre Ernährung, ihre Kleidung und Beförderung gegeben hat, sterben, wenn man sie in eine andere Zone bringt. Die Lappländer sterben ebenfalls in etwas südlicheren Gegenden, das Klima Sibiriens ist zu heiß für sie, und sie würden hier an der Küste, wo wir jetzt sind, verbrennen.

Es ist klar, daß Gott jede Tier- und Pflanzenart an den Platz gesetzt hat, an dem sie sich behaupten kann. Die Neger, diese von der unseren so verschiedene Menschengattung, sind so für ihr Land geboren, daß Tausende dieser schwarzen Tiere starben, als unsere grausame Habsucht sie woandershin transportierte. Das Kamel und der Strauß leben behaglich im Sande Afrikas. Der Stier und seinesgleichen gedeihen in den Ländern mit fettem Boden, wo sich das für ihre Ernährung notwendige Gras unaufhörlich erneuert. Der Gewürznelkenbaum und der Zimtbaum wachsen nur in Indien. Der Weizen gedeiht nur in den wenigen Ländern, in denen Gott ihn wachsen läßt. In ganz Amerika, von Kalifornien bis zur Le-Maire-Straße hat man andere Nahrungsmittel. Wir können in unserem fruchtbaren England ebensowenig wie in Schweden und Kanada Weinbau treiben. Die Leute, die in einigen Ländern ihre religiösen Bräuche auf Brot und Wein gründen, haben nur ihr Klima befragt. Sie tun gut daran, Gott für Speise und Trank, das er ihnen in seiner Güte gab, zu danken, und ihr Amerikaner werdet guttun, ihm für euren Mais, euren Maniok und eure Kassawa zu danken. Auf der ganzen Welt hat Gott die Organe und Fähigkeiten der Tiere, vom Menschen bis zur Schnecke, den Himmelsstrichen angepaßt, in denen er ihnen das Leben gegeben hat. Wir dürfen also nicht immer die Vorsehung anklagen, wenn wir ihr oft Dank schuldig sind.

Wir wollen nun auf die Geißeln, die Überschwemmungen, Vulkane und Erdbeben zurückkommen. Wenn Sie nur diese Nöte in Betracht ziehen und nur eine Zusammenstellung aller Unglücksfälle, die einige Räder der Maschine dieses Weltalls betroffen haben, anführen, so ist Gott in Ihren Augen ein Tyrann. Wenn Sie dagegen an seine unzähligen Wohltaten denken, dann ist Gott für Sie ein Vater. Sie zitieren mit den Rhetor Augustinus, der in seinem Buch ›Über die Wunder‹ von hundert libyschen Städten spricht, die mit einem Schlage vernichtet wurden. Doch bedenken Sie, daß dieser Afrikaner, der sein Leben lang sich selbst widersprach, in seinen Schriften geradezu verschwenderisch mit Übertreibungen umging. Er sah in den Erdbeben wirksame Gnade und zugleich ewige Verdammung aller kleinen Kinder, die ungetauft gestorben sind. Und behauptet er nicht in seiner siebenunddreißigsten Rede, er habe in Äthiopien Menschenrassen gesehen, die wie die Zyklopen ein Auge mitten auf der Stirn hatten, und auch ganze Völker ohne Köpfe?

Wir, die wir keine Kirchenväter sind, dürfen weder von der Wahrheit etwas ableugnen noch etwas hinzutun. Und Wahrheit ist, daß von hunderttausend Ansiedlungen in jedem Jahrhundert höchstens eine durch Feuerbrünste, die zur Formation unserer Weltkugel notwendig sind, zerstört wurde.

Das Feuer ist für das ganze Universum so nötig, daß es ohne Feuer weder Tiere noch Pflanzen, noch Mineralien auf der Erde gäbe und weder Sonne noch Sterne im Weltraum. Dieses unter der obersten Erdschicht ausgebreitete Feuer richtet sich nach den von Gott selbst aufgestellten allgemeinen Gesetzen, und es ist unmöglich, daß daraus irgendein besonderes Unglück entsteht. Man kann nicht einen Handwerker als schlechten Arbeiter bezeichnen, wenn eine ungeheure Maschine, die er selbst konstruiert hat, so viele Jahrhunderte besteht, ohne in Unordnung zu geraten. Wenn ein Mann eine Bewässerungsmaschine erfunden hätte, die eine ganze Provinz fruchtbar machte, würde man dann einen Vorwurf gegen ihn erheben, weil das von ihm zugeleitete Wasser einige Insekten ertränkte?

Ich habe Ihnen bewiesen, daß die Weltmaschine das Werk eines überragend intelligenten und mächtigen Wesens ist: Ihr, die Ihr intelligent seid, werdet es bewundern; Ihr, die Ihr mit seinen Wohltaten überhäuft seid, müßt es lieben.

Aber die Unglücklichen, die zeitlebens zum Leiden verdammt sind, sagt Ihr, die von unheilbaren Krankheiten befallen sind, können sie ihn bewundern und lieben? Ich antworte Euch, meine Freunde, daß diese entsetzlichen Krankheiten fast alle durch unsere Schuld kommen und durch die unserer Väter, die ihren Körper mißbraucht haben, und daß diese Leiden nicht der Fehler des großen Schöpfers sind. In ganz Nordamerika kannte man kaum eine andere Krankheit als die Altersschwäche, bevor wir Euch jenes Wasser des Todes brachten, das wir Lebenselixier nennen und das allen, die zuviel davon trinken, tausenderlei Leiden schafft. Die geheime Krankheit der Karaiben, die ihr jungen Leute Syphilis nennt, war nur eine leichte Unpäßlichkeit, deren Ursache wir nicht kennen und die man in zwei Tagen mit Guajakholz und Schildkrötenbrühe heilte. Die Unenthaltsamkeit der Europäer übertrug dieses harmlose Leiden auf die übrige Welt; bei uns nahm sie einen ernsteren Charakter an und ist eine abscheuliche Geißel geworden. Wir wissen, daß der Papst Julius II., Papst Leo X., ein Erzbischof von Mainz mit Namen Henneberg und König Franz I. von Frankreich daran starben.

Die schwarzen Blattern, die im ›Glücklichen Arabien‹ ihren Ursprung haben, waren nichts als ein leichter Ausschlag, vorübergehende Bläschen ohne Gefahr, eine einfache Reinigung des Blutes. In England aber wurden sie, wie in vielen anderen Ländern, eine lebensgefährliche Krankheit. Unsere Habsucht hat sie in die Neue Welt gebracht, und dadurch ist diese entvölkert worden.

Wir kennen wohl alle das Gedicht Miltons, in dem der einfältige Adam den Erzengel Gabriel fragt, ob er lange leben werde. »Ja«, antwortete ihm der Engel, »wenn du die große Regel beachtest: ›Nichts zuviel‹.« Beachtet alle diese Regeln, meine Freunde! Wagtet ihr denn, an Gott die Forderung zu stellen, jahrhundertelang ein Leben ohne Schmerzen führen zu dürfen, um eurer Gefräßigkeit, eurer Trunksucht, eurer Unenthaltsamheit, eurer Hingabe an niedrige Leidenschaften, die das Blut verderben und notwendigerweise das Leben verkürzen, frönen zu können?

Ich zollte dieser Antwort Beifall, Paruba war ganz befriedigt; Birton aber blieb unbeirrt, und in den Augen Jennis las ich, daß er noch sehr unschlüssig war. Birton antwortete nun:

Da Sie Allgemeinthemen, mit einigen neuen Gedanken ausgestattet, angeführt haben, werde ich mich auch eines Allgemeinthemas bedienen, auf das man niemals anders als mit Geschwätz und Fabeln antworten könnte: Wenn es einen so mächtigen, guten Gott gebe, hätte er nicht das Böse auf die Erde gesandt und hätte nicht seine Geschöpfe dem Schmerz und dem Verbrechen unterworfen. Wenn er das Böse nicht verhindern konnte, ist er machtlos; wenn er es gekonnt und nicht gewollt hat, ist er grausam.

Wir haben nur Aufzeichnungen von ungefähr achttausend Jahren, die die Brahmanen aufbewahrten; die der Chinesen reichen nur fünftausend Jahre zurück. Von gestern wissen wir nur etwas, aber dieses Gestern ist voller Schrecken. Man hat sich von einem Ende der Welt bis zum andern abgeschlachtet, und man war töricht genug, denjenigen, die die größte Zahl ihrer Mitmenschen töten ließen, die Namen Held, Halbgott, Gott beizulegen.

In Amerika waren zwei große zivilisierte Nationen geblieben, die gerade anfingen, den Segen des Friedens zu genießen: da kamen die Spanier und metzelten zwölf Millionen nieder. Sie gingen mit Hunden auf Menschenjagd, und Ferdinand, König von Kastilien, setzte diesen Hunden eine Pension für treue Dienste aus. Die Helden, die Eroberer der Neuen Welt, die so viele waffenlose und nackte Unschuldige niedermetzelten, ließen auf ihrer Tafel Männer- und Frauenkeulen, Schinken und Vorderarme sowie Waden als Ragout servieren. Sie brieten den König Guatimozin von Mexiko am Spieß. Sie stürzten nach Peru, um den König Atahualpa zu bekehren. Ein Priester namens Almagro, dessen Vater ebenfalls Priester war und den man, weil er auch Straßenräuber war, in Spanien zum Tode durch den Strang verurteilt hatte, kam mit einem gewissen Pizarro zu diesem König, um ihm durch die Stimme eines anderen Priesters mitzuteilen, daß ein dritter Priester, namens Alexander VI., der mit Blutschande, Mord und Verrat befleckt war, aus freiem Willen »proprio motu«, und freier Macht nicht allein Peru, sondern auch die Hälfte der Neuen Welt dem König von Spanien geschenkt hätte, daß Atahualpa sich auf der Stelle ergeben müsse, wenn er nicht die Entrüstung der Apostel Petrus und Paulus heraufbeschwören wolle. Und da dieser König nicht mehr von der lateinischen Sprache verstand als der Priester, der die Bulle las, erklärte man ihn auf der Stelle als Ungläubigen und Ketzer. Atahualpa ließ man wie Guatimozin verbrennen, man metzelte sein Volk nieder, und all das tat man, um verhärteten gelben Dreck zu rauben, der nur dazu gedient hat, Spanien zu entvölkern und arm zu machen, denn er war schuld, daß der echte Dreck vernachlässigt wurde, der die Menschen ernährt, wenn er recht gepflegt wird.

Und nun frage ich Sie, mein teurer Herr Freind: Hätte das phantastische und lächerliche Wesen, das man »Teufel« nennt, die Menschen anders gemacht, wenn es sie nach seinem Bilde hätte schaffen wollen? Hören Sie also damit auf, Gott ein so abscheuliches Werk zuzuschreiben.

Dieser Wortschwall machte bei der ganzen Versammlung für Birton Stimmung. Ich sah Jenni insgeheim darüber triumphieren. Alle, einschließlich der jungen Paruba, entsetzten sich vor dem Priester Almagro, vor dem Priester, der die lateinische Bulle gelesen hatte, vor dem Priester Alexander VI. und vor allen Christen, die so viele unbegreifliche Verbrechen aus Frömmigkeit und um Gold zu stehlen, begangen hatten. Ich gestehe, daß ich für Freund Freind zitterte, ich zweifelte an seiner Sache, und doch ließ er sich nicht einschüchtern und antwortete:

Meine Freunde, vergessen Sie nie, daß es ein höchstes Wesen gibt. Ich habe es Ihnen bewiesen, Sie haben mir zugestimmt, und nachdem Sie gezwungen waren, seine Existenz zuzugeben, bemühen Sie sich, Unvollkommenheiten, Laster und Schlechtigkeiten an ihm zu finden.

Es liegt mir fern, Ihnen gleich gewissen Schwätzern zu sagen, daß die Leiden des Einzelnen zum Wohl der Allgemeinheit führen. Diese Überspanntheit ist zu lächerlich. Ich gebe zu, daß es bedauerlicherweise viel psychisches und physisches Leid gibt, doch die Existenz Gottes ist eine Gewißheit, an der alle diese Leiden nichts ändern können. Er kann nicht böse sein, denn welches Interesse hätte er daran, so zu sein? Es gibt entsetzliche Leiden, meine Freunde, aber wir wollen ihre Zahl nicht erhöhen! Es ist mir unmöglich, daß ein Gott nicht gut ist, aber die Menschen sind verderbt, sie machen einen verabscheuungswürdigen Gebrauch von der Freiheit, die ihnen dieses hohe Wesen gegeben hat und geben mußte, das heißt, von der Macht, ihren Willen zu gebrauchen, ohne den sie nichts als Maschinen wären, erschaffen von einem bösen Wesen, um von ihm ruiniert zu werden.

Alle gebildeten Spanier geben zu, daß eine kleine Anzahl ihrer Vorfahren diese Freiheit so mißbrauchte, daß sie Verbrechen begingen, die die Natur schaudern machte. Don Carlos, der zweite dieses Namens, hat, soweit er konnte, die Frevel wiedergutgemacht, die die Spanier unter Ferdinand und Karl V. begingen.

Aber, meine Freunde, wenn es Verbrechen auf Erden gibt, so gibt es doch auch Tugend.

Birton: Ach! ... Tugend! Ein erfreulicher Gedanke! Bei Gott, ich möchte gern wissen, wie die Tugend aussieht und wo man sie finden kann.

Bei diesen Worten konnte ich nicht schweigen, und ich unterbrach Birton: »Sie finden sie bei Herrn Freind, bei dem guten Paruba, bei sich selbst, wenn Sie Ihre Seele von den Lastern, die sie überwuchern, reinigen.« Er errötete und Jenni auch. Dann schlug Jenni die Augen nieder und schien Gewissensbisse zu empfinden.

Sein Vater betrachtete ihn etwas mitleidig und setzte dann seine Rede fort.

Freind: Ja, meine lieben Freunde, es hat immer Tugenden gegeben, wenn es Verbrechen gab. Athen hatte einen Sokrates, aber auch einen Anytos; Rom einen Cato und einen Sulla. Caligula und Nero setzten die Menschheit in Schrecken, aber Titus, Trajan, Antoninus der Fromme und Mark Aurel trösteten sie durch ihre Wohltaten. Mein Freund Sherlock wird dem guten Paruba in wenigen Worten sagen, wer diese Leute, von denen ich spreche, waren. Ich habe glücklicherweise meinen Epiktet in der Tasche: Dieser Epiktet war nur ein Sklave, stand aber in seinen Gefühlen Mark Aurel nicht nach. Höret – und mögen doch alle, die sich unterfangen, Menschen zu belehren, vernehmen, was Epiktet zu sich selbst sagt: »Gott hat mich erschaffen, ich trage ihn in mir. Sollte ich wagen, ihn durch häßliche Gedanken, verbrecherische Handlungen, unwürdige Wünsche zu entehren?« Sein Leben stand mit seinen Reden im Einklang. Mark Aurel, der den Thron von Europa und von zwei anderen Teilen unserer Erdhälfte innehatte, dachte ebenso wie der Sklave Epiktet; der eine wurde niemals durch seine Niedrigkeit gedemütigt, der andere nie durch seine Größe verblendet, und als sie ihre Gedanken niederschrieben, taten sie es nur für sich selbst und ihre Jünger und nicht, um in den Zeitungen gelobt zu werden. Und sind nicht auch in Ihren Augen Locke, Newton, Tillotson, Penn, Clarke, der gute Alte, der »the man of Ross« genannt wird, so wie viele andere auf unserem Eiland und in anderen Gegenden, die ich Ihnen anführen könnte, Muster der Tugend?

Sie sprechen von ebenso grausamen wie ungerechten Kriegen, Herr Birton, deren sich so viele Nationen schuldig machen. Sie haben die von Christen in Mexiko und Peru verübten Scheußlichkeiten angeführt; Sie können die Bartholomäusnacht in Frankreich und das Blutbad in Irland hinzurechnen. Doch gibt es nicht auch ganze Völker, die stets das Blutvergießen verabscheuten? Haben die Brahmanen nicht zu allen Zeiten der Welt dieses Beispiel gegeben? Und, ohne aus dem Lande, in dem wir uns befinden, hinauszugehen, sind wir nicht ganz in der Nähe von Pennsylvanien, wo unsere Philadelphier, die man vergeblich durch die Bezeichnung »Quäker« zu verspotten sucht, immer den Krieg verabscheuten? Haben wir nicht Carolina, wo der große Locke seine Gesetze diktierte? In diesen beiden Ländern der Tugend sind alle Bürger gleich, alle Gewissen frei, alle Glaubensbekenntnisse gut, vorausgesetzt, daß man einen Gott anbetet; hier sind alle Menschen Brüder. Sie haben es mit angesehen, Herr Birton, wie vor dem Namen »Penn« die Bewohner der Blauen Berge, die Sie töten konnten, die Waffen gesenkt haben. Sie empfanden, was Tugend heißt, und Sie beharren darauf, es nicht zu wissen! Wenn die Erde zu gleicher Zeit Gifte wie heilsame Nahrung hervorbringt, wollen Sie sich dann nur von Giften nähren?

Birton: Nun ja, mein Herr, wozu so viele Gifte! Wenn Gott alles geschaffen hat, sind sie sein Werk. Er ist der Herr über alles, er schafft alles. Er führte die Hand Cromwells, der Karls I. Todesurteil unterzeichnete, er führte den Arm des Henkers, der ihm den Kopf abhieb. Nein, ich kann einen mörderischen Gott nicht anerkennen.

Freind: Ich ebenfalls nicht. Hören Sie bitte zu, und Sie werden mir beipflichten, daß Gott die Welt nach allgemeinen Gesetzen regiert. Nach diesen Gesetzen beschloß Cromwell, ein Ungeheuer von Fanatismus und Heuchelei, den Tod Karls I., weil er in seinem Interesse lag und weil notwendigerweise alle Menschen ihr Interesse lieben, aber nicht alle es unter den gleichen Gesichtspunkten betrachten. Nach den Gesetzen der Bewegung, die Gott selbst aufgestellt hat, hieb der Henker diesem König den Kopf ab. Doch sicherlich mordete Gott Karl I. nicht durch einen besonderen Willensakt. Gott war weder Cromwell noch Jeffreys, noch Ravaillac, noch Balthasar Gérard, noch der Betbruder Jacques Clément.

Gott begeht weder, noch befiehlt er, noch erlaubt er Verbrechen, doch er hat den Menschen erschaffen und auch die Gesetze der Bewegung. Diesen ewigen Gesetzen der Bewegung folgt die Hand des barmherzigen Menschen, der sie dem Armen reicht, ebenso wie die Hand des Schurken, der seinen Bruder erwürgt. Auch löscht Gott seine Sonne nicht aus und läßt Spanien nicht im Meer untergehen, um Cortez, Almagro und Pizarro zu bestrafen, die die Hälfte einer Erdkugel mit Blut überschwemmt haben. Er entsendet auch keine Engelscharen nach London und läßt ebensowenig hunderttausend Tonnen Burgunderwein vom Himmel fallen, um seinen lieben Engländern eine Freude zu machen, wenn sie eine gute Handlung begangen haben. Seine allgemeine Vorsehung wäre lächerlich, wenn sie in jedem Augenblick zu jedem Individuum herabstiege. Diese Wahrheit ist so handgreiflich, daß Gott niemals einen Verbrecher auf der Stelle durch einen in die Augen fallenden Schlag seiner Allmacht bestraft; er läßt seine Sonne über Gute und Böse scheinen. Wenn einige Schurken gleich nach ihrem Verbrechen gestorben sind, so starben sie nach allgemeinen Gesetzen, die die Welt leiten. Ich habe in dem dicken Buch eines Franzosen namens Mézeray gelesen, Gott habe unseren großen Heinrich V. an einer Anusfistel sterben lassen, weil er gewagt hatte, sich auf den Thron des allerchristlichsten Königs zu setzen. Nein, er starb, weil die von der Allmacht ausgehenden Gesetze die Materie so geordnet hatten, daß eine Anusfistel dem Leben dieses Helden ein Ziel setzen sollte. Alles Physische einer schlechten Handlung ist die Auswirkung der von der Hand Gottes der Materie eingeprägten allgemeinen Gesetze. Jeder psychische Defekt der verbrecherischen Handlung ist das Resultat der vom Menschen mißbrauchten Freiheit.

Erinnern wir uns doch, ohne uns in Unklarheiten der Metaphysik zu verlieren, daß das Vorhandensein Gottes bewiesen ist; es braucht darüber nicht mehr gestritten zu werden. Wenn Ihr die Existenz Gottes auf Erden ausschaltet, ist dann der Meuchelmord Karls I. eher vom gesetzlichen Standpunkt aus zu rechtfertigen? Wird sein Henker Ihnen dann sympathischer? Gott ist da, das genügt, und wenn er da ist, so ist er auch gerecht. Seien Sie also auch gerecht.

Birton: Und Sie, Herr Freind, der Sie so gut reden, haben Sie das Buch »Über den Menschenverstand« gelesen?

Ihre kleine Beweisführung, über die Mitwirkung Gottes hat Scharfsinn und Kraft, obgleich Sie Gott nicht gänzlich davon freispricht, der Urheber physischen und psychischen Leidens zu sein. Ich bemerke, daß die Art und Weise, wie Sie Gott in Schutz nehmen, Ihren Eindruck auf die Versammlung nicht verfehlt hat. Aber könnte sein Walten nicht so sein, daß die allgemeinen Gesetze nicht so viel Unglück für den einzelnen nach sich zögen? Sie haben mir den Beweis für ein ewiges und allmächtiges Wesen erbracht, und, Gott verzeihe mir, ich habe einen Augenblick befürchtet, Sie würden mich zum Glauben an Gott bringen, aber ich habe bedenkliche Einwände zu erheben ... Vorwärts, Jenni, schöpfen wir Mut, lassen wir uns nicht besiegen.

ZEHNTES KAPITEL
Über den Atheismus

Die Nacht war gekommen, eine schöne Nacht. Das Himmelsgewölbe war von durchsichtigem, klarem Blau, mit goldenen Sternen übersät. Dieses Schauspiel hat für die Menschen stets etwas Ergreifendes und flößt ihnen eine sanfte Träumerei ein. Der biedere Paruba bewunderte den Himmel, wie ein Deutscher die Peterskirche in Rom oder die Oper in Neapel bewundert, wenn er sie zum erstenmal sieht. »Diese Wölbung ist sehr kühn«, äußerte sich Paruba, worauf ihm Freind antwortete: »Mein lieber Paruba, es ist gar keine Wölbung. Dieser blaue Bogen ist nur eine Schicht leichter Wolken, die Gott für den Mechanismus Ihrer Augen so angeordnet und zusammengefügt hat, daß Sie, wo es auch sei, immer im Mittelpunkt stehen, und das, was man Himmel nennt, aber gar kein Himmel ist, sich über Ihrem Kopf runden sehen.«

»Und die Sterne, Herr Freind?« – »Das sind, wie ich Ihnen schon sagte, ebenso viele Sonnen, um die sich andere Welten drehen. Sie sind keineswegs an diesem blauben Gewölbe befestigt; vergessen Sie nicht, daß sie verschieden weit entfernt sind. Der Stern, den Sie hier sehen, ist zum Beispiel zwölfhundert Millionen mal tausend Schritte von unserer Sonne entfernt.« Dann zeigte er ihm das Teleskop, das er mitgebracht hatte. Er ließ ihn unsere Planeten sehen, Jupiter mit seinen vier Monden, Saturn mit seinen fünf Monden und seinem leuchtenden Ring. »Es ist das gleiche Licht«, sagte er zu ihm, »das von allen diesen Weltkugeln ausgeht und zu unseren Augen dringt, von diesen Planeten hier in einer Viertelstunde, von jenem Stern dort in sechs Monaten.« Paruba fiel auf die Knie und rief: »Die Himmel erzählen die Ehre Gottes.« Die ganze Reisegesellschaft hatte sich um den ehrwürdigen Freind geschart, schaute alles an und war voller Bewunderung. Der beharrliche Birton schaute nichts an, trat vor und sprach:

»Nun wohl, es mag sein, daß es einen Gott gibt, ich stimme Ihnen zu. Doch was kümmert das Sie und mich? Was verbindet ein unendliches Wesen mit uns Erdenwürmern? Welche Beziehung könnte zwischen seinem und unserem Sein bestehen? Epikur, der das Vorhandensein von Göttern auf den Planeten zugab, hatte recht, wenn er lehrte, daß sie sich nicht in unsere Dummheiten und Greuel einmischen, daß wir sie weder kränken noch ihnen gefallen könnten, daß sie unser ebensowenig bedürfen wie wir ihrer. Sie erkennen einen Gott an, der des menschlichen Geistes würdiger ist als die Götter Epikurs und alle Götter des Orients und Okzidents. Doch wenn Sie, wie so viele andere, behaupten, daß dieser Gott die Welt und uns zu seinem Ruhm erschaffen hat, daß er früher Tieropfer für seinen Ruhm forderte, daß er zu seinem Ruhm als Zweifüßler auf der Welt erschien, so behaupten Sie meiner Ansicht nach etwas so Abgeschmacktes, daß alle denkenden Menschen darüber lachen müssen. Die Ruhmsucht ist nichts anderes als Hochmut und Hochmut nichts anderes als Eitelkeit: Ein Hochmütiger ist ein Geck, den uns Shakespeare in seinen Dramen vor Augen führt. Diese Eigenschaft kann Gott ebensowenig anstehen wie Ungerechtigkeit, Grausamkeit, Unbeständigkeit. Wenn Gott geruht hat, das Weltall zu erschaffen oder, besser gesagt, es einzurichten, so konnte das doch nur unter dem Gesichtspunkt geschehen, Glückliche dort leben zu lassen. Ich überlasse es Ihnen, darüber nachzudenken, ob er diese Absicht, die einzige, die der göttlichen Natur entsprechen könnte, wirklich durchgeführt hat.

Freind: Ja, zweifellos ist es ihm bei allen rechtschaffenen Seelen gelungen, und eines Tages werden Sie glücklich sein, wenn Sie es heute noch nicht sind.

Birton: Glücklich! Was für ein Traum! Was für ein Ammenmärchen! Wo, wann, wie? Wer hat ihnen das gesagt?

Freind: Seine Gerechtigkeit.

Birton: Kommen Sie mir nur nicht wie so viele andere Phrasendrescher auch noch damit, daß wir, wenn wir nicht mehr sind, ewig weiterleben, daß wir eine unsterbliche Seele haben oder, besser gesagt, daß sie uns besitzt, nachdem zugegeben wurde, daß selbst die Juden, in deren Rechte Sie, wie Sie sich rühmen, eingesetzt worden sind, bis zur Zeit des Herodes niemals eine solche Unsterblichkeit der Seele auch nur vermutet haben. Der Gedanke einer unsterblichen Seele wurde von den Brahmanen erfunden und von den Persern, den Chaldäern und Griechen übernommen, während er bei dem unglücklichen kleinen jüdischen Stamm, dem Träger des abscheulichsten Aberglaubens, lange unbekannt geblieben war. Ach, mein Herr, wissen wir denn überhaupt, ob wir eine Seele haben? Wissen wir, ob die Tiere, deren Blut ihr Leben ausmacht wie unser Blut das unsrige, die, gleich uns, Willen, Gelüste, Leidenschaften, Vorstellungen, Gedächtnis und Geschicklichkeit haben – wissen Sie, frage ich, ob diese Wesen, die ebenso unbegreiflich sind wie wir, eine Seele haben, wie man es von uns annimmt?

Bis jetzt habe ich geglaubt, daß es in der Natur eine wirkende Kraft gibt, von der wir für unseren Körper die Gabe des Lebens empfangen, die Fähigkeit, mit unseren Füßen zu gehen, mit unseren Händen zu greifen, mit unseren Augen zu sehen, mit unseren Ohren zu hören, mit unseren Nerven zu empfinden, mit unserem Kopf zu denken, und daß dies alles zusammen das darstellt, was wir »Seele« nennen, ein unklares Wort, das im Grunde genommen nichts anderes bedeutet als den unbekannten Urquell unserer Fähigkeit. Ich werde diesen geistvollen und mächtigen Urquell, der die ganze Natur belebt, mit Ihnen Gott nennen. Doch hat er geruht, sich uns zu erkennen zu geben?

Freind: Gewiß, durch seine Werke!

Birton: Hat er uns seine Gesetze diktiert, hat er zu uns gesprochen?

Freind: Ja, durch die Stimme unseres Gewissens. Trifft es nicht zu, daß, wenn Sie Ihren Vater oder Ihre Mutter getötet hätten, Ihr Gewissen Sie durch schreckliche und unfreiwillige innere Vorwürfe zerreißen würde? Wird diese Wahrheit nicht vom ganzen Weltall empfunden und bestätigt? Und, wenn wir auf geringere Vergehen zurückgreifen: gibt es ein einziges Vergehen, über das Sie im ersten Augenblick nicht erschrekken, das Sie nicht, wenn Sie es zum erstenmal verüben, erbleichen läßt, und das in Ihrem Herzen nicht den Stachel der Reue zurückließe?

Birton: Ich muß das zugeben.

Freind: Also hat Gott zu Ihrem Herzen gesprochen und Ihnen ausdrücklich befohlen, sich niemals mit einem offenbaren Verbrechen zu beflecken. Und was alle diese zweideutigen Handlungen betrifft, die die einen verdammen und die anderen rechtfertigen, was können wir ihnen gegenüber Besseres tun, als das große Gesetz des Zarathustra zu befragen, auf das in unserer Zeit ein französischer Schriftsteller alle Aufmerksamkeit lenkte? »Wenn du nicht weißt, ob die Handlung, die du vorhast, gut oder schlecht ist, so enthalte dich ihrer!«

Birton: Dieser Grundsatz ist wunderbar und jedenfalls einer der schönsten, das heißt, einer der moralisch nützlichsten, die man je ausgesprochen hat. Das verleitet mich fast, zu glauben, daß Gott von Zeit zu Zeit Weise erweckt, die die verirrten Menschen die Tugend lehren. Ich bitte Sie um Verzeihung, daß ich über die Tugend gespottet habe.

Freind: Bitten Sie dafür das ewige Wesen um Verzeihung, das die Tugend ewig belohnen kann, wie es Übertretungen bestraft.

Birton: Was! Gott sollte mich ewig dafür bestrafen, daß ich mich Leidenschaften hingegeben habe, die er in mich hineingelegt hat?

Freind: Er gab Ihnen Leidenschaften, mit denen man Gutes und Böses tun kann. Ich sage nicht, daß er Sie ewig strafen wird, auch nicht, wie er Sie strafen wird, denn niemand kann etwas davon wissen; ich sage nur, daß er es kann. Die Brahmanen waren die ersten, die sich ein ewiges Gefängnis für jene himmlischen Wesen vorstellten, die sich in seinem eigenen Palast gegen Gott aufgelehnt hatten. Er schloß sie in einer Art Hölle ein, die sie »onderah« nannten; doch nach Ablauf einiger Jahrtausende milderte er ihre Strafe, schickte sie zur Erde nieder und machte sie zu Menschen; und daher kommt unser Gemisch von Lastern und Tugenden, von Freuden und Schmerzen. Diese Vorstellung ist gut ersonnen; die Sage von Pandora und Prometheus übertrifft sie noch. Rohe Völker haben die schöne Pandora-Fabel schlecht nachgeahmt. Diese Erfindungen sind Träume der orientalischen Philosophie. Ich kann Ihnen nur das eine sagen: Wenn Sie unter Mißbrauch Ihrer Freiheit Verbrechen begangen haben, so können Sie doch keinesfalls beweisen, daß Gott unfähig sei, Sie zu bestrafen. Ich traue Ihnen das nicht zu.

Birton: Warten Sie nur! Sie denken, ich kann Ihnen nicht beweisen, daß es dem ewigen Wesen unmöglich ist, mich zu strafen: Wahrhaftig, Sie haben recht. Ich habe mit allen Kräften versucht, mir diese Unmöglichkeit zu beweisen, und das ist mir nie gelungen. Ich gebe zu, daß ich meine Freiheit mißbraucht habe und daß Gott mich dafür züchtigen kann; aber, bei Gott, ich werde nicht bestraft werden, wenn ich nicht mehr bin.

Freind: Der beste Entschluß, den Sie fassen könnten, wäre der, ein rechtschaffener Mensch zu sein, solange Sie leben.

Birton: Ein rechtschaffener Mensch zu sein, solange ich lebe? ... Ja, ich gestehe, Sie haben recht, diesen Entschluß muß ich fassen.

Ich wünschte, lieber Freund, Sie wären Zeuge des Eindrucks gewesen, den diese Reden Freinds auf alle Engländer und Amerikaner machten. Birton, der anfänglich so aufgeblasen und vermessen war, bekam mit einem Male ein nachdenkliches und bescheidenes Aussehen. Jenni, der die Augen voll Tränen hatte, warf sich seinem Vater zu Füßen, und sein Vater umarmte ihn. Das war die letzte Szene dieses so heiklen und interessanten Wortstreits.

ELFTES KAPITEL
Über den Atheismus

Birton: Ich begreife wohl, daß das große Wesen, der Herr der Natur, ewig ist! Aber wir, die wir gestern noch nicht waren, können wir die große Kühnheit besitzen, auf eine künftige Ewigkeit Anspruch zu erheben? Alles um uns vergeht unwiederbringlich, vom Insekt, das die Schwalbe verschlingt, bis zum Elefanten, den die Würmer fressen.

Freind: Nein, nichts vergeht, alles ändert sich nur. Die Keime der Tiere und Pflanzen bestehen, entwickeln sich und pflanzen die Arten fort. Und warum sollte Gott nicht die Kraft, die Sie handeln und denken läßt – welcher Art sie auch sei –, erhalten können? Gott bewahre mich davor, ein System aufzustellen, doch sicherlich gibt es in uns ein Etwas, das denkt und will. Dieses Etwas, das früher Monade genannt wurde, ist nicht wahrnehmbar. Gott hat es uns gegeben, oder, um mich vielleicht richtiger auszudrücken, Gott hat uns ihr gegeben. Sind Sie überzeugt, daß er Sie nicht erhalten kann? Denken Sie darüber nach, überprüfen Sie es. – Können Sie mir dafür irgendeinen Beweis geben?

Birton: Nein, ich habe in meinem Verstand, in allen Büchern der Atheisten und besonders im dritten Gesang des Lukrez danach gesucht. Ich gestehe, ich habe immer nur Wahrscheinlichkeiten gefunden.

Freind: Und auf diese bloßen Wahrscheinlichkeiten hin sollten wir uns allen dunklen Leidenschaften hingeben? Wir würden wie Tiere leben, als Richtschnur nur unsere Gelüste haben und als Zügel nur die Angst vor den anderen Menschen, die durch diese gegenseitige Furcht ewig unsere Feinde wären, denn man will stets das zerstören, was man fürchtet. Denken Sie gut darüber nach, Herr Birton; überlege es dir sorgfältig, mein Sohn Jenni. Von Gott weder Züchtigung noch Belohnung erwarten heißt wahrhaft Atheist sein. Was nützte der Begriff eines Gottes, der über Sie keinerlei Macht hätte? Das wäre, als ob man sagte: Es gibt einen König von China, der sehr mächtig ist. Ich antworte: Möge es ihm in seinem Lande wohl gehen wie mir in dem meinen. Er kümmert mich ebensowenig wie ich ihn. Ihm steht ebensowenig die Gerichtsbarkeit über meine Person zu, wie dem Domherrn von Windsor sie über ein Mitglied unseres Parlamentes ausüben kann. Dann bin ich selbst mein Gott: Ich opfere die ganze Welt meinen Launen, wenn ich dazu Gelegenheit finde; ich bin ohne Gesetz und kenne nur mich. Wenn die anderen Wesen Hammel sind, werde ich Wolf; sind sie Hühner, mache ich mich zum Fuchs.

Ich setze den Fall – Gott verzeihe es mir! –, unser ganzes England bestünde aus lauter Atheisten. Ich gebe zu, daß es mehrere Bürger geben könnte, die, von Natur sanft und ruhig, so reich wären, daß sie nicht ungerecht zu sein brauchten; Bürger, die von der Ehre geleitet würden und infolgedessen um ihr Betragen besorgt wären und somit in Gemeinschaft leben könnten. Sie könnten die schönen Künste, die die Sitten mildern, pflegen und miteinander in Frieden und harmloser Fröhlichkeit rechtschaffener Menschen leben. Doch der arme und leidenschaftliche Atheist, der der Straflosigkeit sicher ist, wäre ein Tor, wenn er seinen Nächsten nicht ermordete, um sein Geld zu rauben. Dann wäre alle Bande der Gemeinschaft zerrissen, alle geheimen Verbrechen überfluteten die Erde gleich Heuschrekken, die, zuerst kaum bemerkt, die Felder verheeren. Das niedrige Volk wäre nur eine Horde von Räubern, von denen man nicht einmal den zehnten Teil während einer Sitzung verurteilen könnte. Sie verbrächten ihr elendes Dasein mit Dirnen in Lasterhöhlen, sie schlügen die Dirnen und prügelten sich gegenseitig; sie fielen trunken neben ihren Humpen nieder, mit denen sie sich ihre Schädel einschlügen, und wachten wieder auf, um zu stehlen und zu morden, und mit jedem neuen Tag würde dieser entsetzliche Kreis von Roheiten wieder beginnen.

Wer könnte die Großen und die Könige in ihrer Rache und ihrem Ehrgeiz, dem sie alles opfern wollen, zurückhalten? Ein König, der Atheist ist, ist gefährlicher als ein fanatischer Ravaillac.

In Italien wimmelte es im fünfzehnten Jahrhundert von Atheisten – und was geschah? Es war ebenso üblich, einen Menschen zu vergiften, wie jemanden zum Abendessen einzuladen, das Messer in das Herz seines Freundes zu stoßen oder ihn zu umarmen. Es gab Lehrmeister des Verbrechens, so wie es heute Musik- und Mathematiklehrer gibt. Man suchte sich die Kirchen aus, um Fürsten vor den Altären zu ermorden. Der Papst Sixtus IV. und ein Erzbischof von Florenz ließen auf diese Weise die beiden angesehensten Fürsten Europas ums Leben bringen. (Lieber Sherlock, erklären Sie doch bitte Paruba und seinen Kindern, was ein Papst und ein Erzbischof ist, und sagen Sie ihnen vor allem, daß es solche Ungeheuer heute nicht mehr gibt). Doch wir wollen fortfahren. Auch ein Herzog von Mailand wurde in einer Kirche ermordet, und die fürchterlichen Scheußlichkeiten eines Alexanders VI. sind allgemein bekannt. Wenn man solche Sitten beibehalten hätte, wäre Italien noch mehr verödet als Peru nach der Eroberung.

Der Glaube an einen Gott, der die guten Taten vergilt, die bösen bestraft und leichte Vergehen verzeiht, ist also für das Menschengeschlecht der nützlichste Glaube. Er ist das einzige Hindernis sowohl für mächtige Menschen, die in unverschämter Weise Staatsverbrechen begehen, als auch für diejenigen, die auf listige Art im geheimen sündigen. Ich rate Ihnen nicht, meine Freunde, diesen notwendigen Glauben durch Aberglauben zu entehren, die ihn verderblich machen könnten. Der Atheist ist ein Ungeheuer, das nur alles verschlingt, um seinen Hunger zu stillen, der Fanatiker ein Ungetüm, das aus Pflichtgefühl die Menschen zerreißt. Ich habe immer beobachtet, daß man Atheisten kurieren kann, aber einen Fanatiker wird man nie ganz und gar heilen. Der Atheist ist ein Mann von Geist, der sich täuscht, aber selbständig denkt, während ein Fanatiker ein brutaler Dummkopf ist, der niemals eigene Gedanken gehabt hat. Ein Atheist schändet Iphigenie, die im Begriff steht, Achilles zu heiraten, doch der Fanatiker erwürgt sie aus Frömmigkeit vor dem Altar und glaubt, daß Jupiter ihm dafür dankbar sei. Der Atheist stiehlt in einer Kirche ein goldenes Gefäß, um Freudenmädchen daraus zu essen zu geben, der Fanatiker veranstaltet in dieser Kirche ein Glaubensgericht und singt aus vollem Halse einen jüdischen Lobgesang, während er Juden verbrennen läßt. Ja, meine Freunde, Atheismus und Fanatismus sind die beiden Pole eines Weltalls voller Wirrnis und Schrecken. Die kleine Zone der Tugend liegt zwischen diesen beiden Polen. Betretet diesen Steg mit festem Schritt, glaubt an einen gütigen Gott und seid selber gut. Das ist alles, was die großen Gesetzgeber Locke und Penn von ihren Völkern verlangen.

Antworten Sie mir, Herr Birton, Sie und Ihre Freunde, was kann uns die Anbetung Gottes, verbunden mit dem Glück, ein rechtschaffener Mensch zu sein, schaden? Wir können alle in dem Augenblick, da ich zu Ihnen spreche, von einer tödlichen Krankheit befallen werden. Wer von uns wünschte sich dann nicht, ein unschuldiges Leben geführt zu haben? Denken Sie daran, wie unser schlimmer Richard III. bei Shakespeare stirbt, wie die Schatten aller, die er getötet hat, kommen, um seine Phantasie zu schrecken. Denken Sie daran, wie Karl IX. von Frankreich nach seiner Bartholomäusnacht sein Leben aushauchte. Umsonst sprach ihn sein Kaplan von Sünden frei, sein Verbrechen zerriß ihn, sein Blut sprudelte aus allen Poren, und all das Blut, das er vergossen hat, schrie gegen ihn. Seien Sie überzeugt, daß es unter all diesen Ungeheuern kein einziges gab, das nicht unter der Qual der Gewissensbisse seufzte und in schrecklicher Verzweiflung endete.

ZWÖLFTES KAPITEL
Rückkehr nach England, Jenni heiratet

Birton und seine Freunde vermochten sich nicht mehr zu halten, sie warfen sich Freind zu Füßen. »Ja«, sagte Birton, »ich glaube an Gott und an Sie.«

Man war schon in der Nähe von Parubas Haus, wo man zum Abendessen blieb. Jenni konnte nichts zu sich nehmen, er hielt sich abseits und zerfloß in Tränen. Sein Vater holte ihn, um ihn zu trösten. »Ach«, sagte Jenni zu ihm, »ich verdiene es nicht, einen solchen Vater zu haben. Ich möchte vor Kummer sterben, daß ich mich von dieser abscheulichen Clive-Hart verführen ließ. Ich bin, wenn auch unschuldig, die Veranlassung zum Tode Primeroses, und als du vorhin vom Vergiften sprachst, überlief mich ein Schaudern. Ich glaubte, Clive-Hart zu sehen, wie sie Primerose das entsetzliche Getränk reichte. O Gott! O Gott! Wie konnte ich so hirnverbrannt sein, einer so schuldbeladenen Person zu folgen. Aber sie hat mich getäuscht, ich war blind. Ich bin erst kurze Zeit, bevor sie von den Wilden gefangengenommen wurde, aus meinem Wahn gerissen worden: In einem Wutausbruch hat sie mir beinahe das Geständnis ihres Verbrechens gemacht. Von diesem Augenblick an graute mir vor ihr, und zu meiner Seelenqual steht mir unausgesetzt das Bild Primeroses vor Augen. Ich sehe sie und höre sie zu mir sagen: ›Ich starb, weil ich dich liebte!‹«

Über Herrn Freinds Antlitz glitt ein Lächeln der Güte, dessen Ursache sich Jenni nicht erklären konnte. Sein Vater sagte ihm, daß nur ein makelloses Leben die begangenen Fehler wiedergutmachen könnte. Er führte ihn zur Tafel wie einen Menschen, den man soeben den Fluten, in denen er sich ertränken wollte, entrissen hat. Ich umarmte ihn, streichelte ihn und sprach ihm Mut zu; wir waren alle sehr ergriffen. Wir setzten den folgenden Tag für unsere Rückkehr nach England fest, nachdem wir der ganzen Familie Paruba Geschenke gemacht hatten. Bei unserem Abschied flossen aufrichtige Tränen. Birton und seine Gefährten, die früher so aufgeblasen waren, machten schon einen ganz vernünftigen Eindruck. Wir befanden uns bereits auf offenem Meer, als Freind zu Jenni in meiner Gegenwart sagte: »Das Andenken an die schöne, tugendhafte und sanfte Primerose ist dir also noch immer teuer, lieber Sohn?« Jenni geriet bei diesen Worten in Verzweiflung. Die Stachel nutzloser und ewiger Reue zerrissen sein Herz, und ich fürchtete, er würde sich ins Meer stürzen.

»Nun«, sagte Freind zu ihm, »tröste dich, Primerose lebt und liebt dich!«

Freind hatte tatsächlich zuverlässige Nachrichten von seinem vertrauten Diener erhalten, der ihm mit jedem Schiff, das nach Maryland fuhr, Briefe gesandt hatte. Herrn Mead, der inzwischen einen ausgezeichneten Ruf wegen seiner Giftkenntnisse erworben hatte, war es gelungen, Primerose den Armen des Todes zu entreißen. Herr Freind zeigte seinem Sohn den Brief, den er selbst so viele Male mit unendlicher Freude gelesen hatte.

Jenni geriet in einem Augenblick vom Übermaß der Verzweiflung zur höchsten Glückseligkeit. Es ist mir unmöglich, Ihnen die Wirkung dieser plötzlichen Wandlung zu beschreiben: Je tiefer es mich ergriff, um so weniger vermag ich es auszudrücken. Es war der schönste Augenblick in Jennis Leben. Birton und seine Gefährten teilten diese reine Freude. Und was soll ich Ihnen noch sagen? Der vortreffliche Freind ist ihnen allen ein Vater geworden. Die Hochzeit des schönen Jenni mit der liebreizenden Primerose wurde bei Dr. Mead gefeiert. Auch für Birton, der sich ganz geändert hatte, fanden wir eine

Frau. Jenni und er sind heute die rechtschaffensten Leute in England. Sie werden mir also zustimmen, wenn ich sage, daß ein Weiser Narren zu kurieren vermag.

DIE OHREN DES GRAFEN VON CHESTERFIELD UND DER PFARRER GOUDMAN

ERSTES KAPITEL

Die Vorsehung regiert unabwendbar alle Dinge dieser Welt – eine berechtigte Schlußfolgerung, zu der ich durch mein Erlebnis gekommen bin. Mylord Chesterfield, der mich sehr schätzte, hatte mir versprochen, sich für mich einzusetzen. Nun war eine gute Pfründe zu vergeben. Aus meinem entlegenen Dörfchen eilte ich nach London, suchte Mylord auf und erinnerte ihn an sein Versprechen. Er drückte mir freundschaftlich die Hand und sagte, ich sähe wirklich schlecht aus. Ich antwortete ihm, mein größtes Leiden sei die Armut, und er erwiderte mir, er wolle mich kurieren lassen, und gab mir gleich einen Brief an Herrn Sidrac mit. Ich zweifelte nicht daran, daß Herr Sidrac der Mann sei, der mir die Einsetzungsurkunde für die Pfarre aushändigen sollte. Ich stürzte zu ihm. Herr Sidrac, der Mylords Hausarzt war, hielt es für unbedingt notwendig, mich gleich zu untersuchen, und versicherte mir, daß er mich ausgezeichnet operieren würde, falls ich Steine hätte.

Mylord war nämlich der Meinung, ich hätte ein schweres Blasenleiden, und er wollte mich in seiner bekannten Güte auf seine Kosten operieren lassen. Er war, ebenso wie sein Bruder, taub, und ich wußte das nicht.

Während der Zeit, die ich verlor, nur um meine Blase gegen Herrn Sidrac zu verteidigen, der mich durchaus untersuchen wollte, kam einer meiner zweiundfünfzig Mitbewerber, die das gleiche Amt haben wollten, zu Mylord. Er erbat und erhielt meine Pfarre.

Ich war in Miß Fidler verliebt und wollte sie heiraten, sobald ich meine Pfarre hätte; aber mein Nebenbuhler erhielt mein Amt und meine Geliebte.

Als der Graf von meinem Mißgeschick und seinem Irrtum erfuhr, versprach er mir, alles wiedergutzumachen. Aber zwei Tage später starb er. Herr Sidrac setzte mir klipp und klar auseinander, daß mein guter Beschützer auf Grund des augenblicklichen Zustandes seiner Organe nicht eine Minute länger leben konnte. Er bewies mir, daß seine Taubheit allein die Folge der ungeheuren Verhärtung seines Trommelfelles gewesen war, und er bot mir sogar an, meine beiden Ohren mittels Spiritus derart zu verhärten, daß ich tauber würde als irgendeiner unserer Pairs.

Ich merkte, daß Herr Sidrac ein sehr gelehrter Mann war. Er brachte mir viel Liebe zur Naturwissenschaft bei. Außerdem sah ich ein, daß er ein sehr wohltätiger Mann war, der mich, falls es notwendig war, kostenlos operieren und alle Gefahren, die meine Blase bedrohen könnten, beseitigen würde.

Ich machte mich also daran, unter seiner Anleitung Naturstudium zu treiben, um mich über den Verlust meiner Pfarre und meiner Geliebten zu trösten.

ZWEITES KAPITEL

Nachdem ich mit Hilfe meiner fünf Sinne, Brillen und Mikroskope viele Beobachtungen in der Natur angestellt hatte, sagte ich eines Tages zu Herrn Sidrac: »Man hält uns zum Narren. Es gibt keine Natur, alles ist Kunst. Eine bewundernswerte Kunst läßt alle Planeten regelmäßig um die Sonne kreisen, während die Sonne sich um sich selbst dreht. Es muß unbedingt jemand, der ebenso gelehrt ist wie die Royal Society in London, alles so wunderbar eingerichtet haben, und man müßte ein Hexenmeister sein, um den Schlüssel zu finden.

Das Fallen und Steigen unserer Themse scheint mir die ständige Wirkung einer nicht minder tiefgründigen und schwer erkennbaren Kunst zu sein.

Tiere, Pflanzen, Mineralien, alles scheint mit Maß, Gewicht, Zahl und Bewegung ausgestattet zu sein. Alles ist Feder, Hebel und Rolle, hydraulische Maschine, chemisches Laboratorium vom Grashalm bis zur Eiche, vom Floh bis zum Menschen, vom Sandkorn bis zu unseren Wolken.

Gewiß ist alles nur Kunst und die Natur ein Hirngespinst.«

»Sie haben recht«, antwortete mir Herr Sidrac, »Sie werden aber ebensowenig mit Ihrer Ansicht durchdringen wie ein Träumer jenseits des Ärmelkanals, der dasselbe behauptete, aber kein Gehör fand.«

»Was mich wundert und mir am meisten gefällt, ist, daß durch diese unbegreiflich scheinende Kunst zwei Werkzeuge ein drittes hervorbringen, und ich bin sehr traurig darüber, daß ich nicht mit Miß Fidler solch ein drittes produzieren konnte. Ich sehe aber ein: es war im ewigen Rat beschlossen, daß Miß Fidler eine andere Maschine als mich in Gebrauch nehmen sollte.«

»Was Sie da äußern«, antwortete mir Herr Sidrac, »ist bereits gesagt worden, aber das ist gut, denn daraus ergibt sich die Wahrscheinlichkeit, daß Sie richtig denken. Ja, es ist sehr erfreulich, daß zwei Wesen ein drittes hervorbringen, doch das trifft nicht bei allen Wesen zu. Zwei Rosen bringen keineswegs, wenn sie sich berühren, eine dritte hervor, zwei Kieselsteine oder Metalle ergeben keine dritten, und doch sind Metalle und Steine Dinge, die die ganze menschliche Geschicklichkeit nicht herzustellen vermöchte. Das große, schöne Wunder, das immer fortbesteht, ist, daß ein Jüngling und eine Jungfrau zusammen ein Kind erzeugen, daß eine Nachtigall mit ihrem Weibchen und nicht etwa mit einer Grasmücke ein Nachtigällchen zeugt. Man sollte die Hälfte seines Lebens damit verbringen, es ihnen gleich zu tun, und die andere Hälfte damit, denjenigen zu preisen, der diese Methode erfunden hat.

In der Zeugung liegen tausend wunderbare Geheimnisse verborgen. Newton sagt, die Natur bliebe sich überall gleich: Natura est ubique sibi consona. In der Liebe ist das falsch. Fische, Reptile und Vögel lieben anders als wir, es gibt dabei eine unendliche Mannigfaltigkeit. Das Entstehen fühlender und handelnder Wesen entzückt mich. Auch die Pflanzen haben ihren Reiz. Ich wundere mich immer, daß ein in die Erde geworfenes Saatkorn mehrere andere hervorbringt.«

»Ach«, sagte ich wie ein Dummkopf, der ich auch damals noch war, »das kommt daher, weil das Saatkorn sterben muß, um wieder zu erstehen, wie man es uns in der Schule gelehrt hat.«

Herr Sidrac korrigierte mich und lächelte geheimnisvoll. »In der Schule mögen sie das wohl lehren«, sagte er mir, »doch heute weiß der kleinste Landwirt, daß das ein albernes Gerede ist.«

»Oh, Herr Sidrac, ich bitte um Verzeihung, aber ich war Theologe, und bekanntlich legt man nicht mit einem Schlage seine Gewohnheiten ab.«

DRITTES KAPITEL

Einige Zeit nach diesen Gesprächen zwischen dem armen Pfarrer Goudman und dem ausgezeichneten Anatomen Sidrac trafen diese beiden sich wieder im St.-James-Park. Der Pfarrer war ganz in Gedanken und Träumen versunken. Er sah zerstreuter aus als ein Mathematiker, der eben eine falsche Berechnung gemacht hat.

»Was ist Ihnen?« fragte ihn Sidrac. »Macht Ihnen die Blase oder der Darm zu schaffen?« – »Nein«, entgegnete Goudman, »diesmal ist es die Gallenblase. Ich habe soeben den Bischof von Gloucester, der ein geschwätziger und unverschämter Pedant ist, in einer schönen Kutsche vorbeifahren sehen, während ich zu Fuß gehen muß; das hat mich geärgert. Ich überlegte mir, wenn ich einen Bischofssitz in unserem Königreich haben wollte, so könnte man zehntausend gegen eins wetten, daß ich ihn nicht bekäme, denn wir haben in England zehntausend Priester. Seit dem Tode des tauben Mylord Chesterfield habe ich niemanden mehr, der mich protegiert. Nehmen wir an, die zehntausend anglikanischen Priester hätten je zwei Mäzene, so könnte man sogar zwanzigtausend gegen eins wetten, daß ich den Bischofssitz nicht erhielte. Das ärgert einen, wenn man darüber nachdenkt.

Ich erinnere mich, daß man mir früher den Vorschlag gemacht hat, als Schiffsjunge nach Indien zu gehen. Man versicherte mir, ich könnte dort mein Glück machen, aber ich fühlte mich nicht dazu berufen, eines Tages Admiral zu werden. Und nachdem ich alle Berufe geprüft habe, bin ich Geistlicher geblieben, ohne irgendwie von Nutzen zu sein.«

»Bleiben Sie dann doch nicht länger Priester«, riet ihm Herr Sidrac, »sondern werden Sie Philosoph. Dieser Beruf erfordert weder Reichtümer, noch wirft er welche ab. Wie hoch ist Ihr Einkommen?« – »Ich habe nur dreißig Guineen Rente, und nach dem Tode meiner alten Tante werde ich fünfzig haben.« – »Aber, mein lieber Goudman, das genügt doch, um frei zu leben und nachzudenken. Dreißig Guineen sind sechshundertdreißig Schilling: das macht ungefähr zwei Schilling pro Tag. Philips brauchte nur einen. Bei diesem sicheren Einkommen kann man alles sagen, was man über die Ostindische Kompanie, das Parlament, unsere Kolonien, den König, das Dasein im allgemeinen und über den Menschen und Gott denkt. Und das macht viel Spaß. Essen Sie mit mir zusammen, dadurch sparen Sie Geld. Wir wollen uns unterhalten, und Ihre Denkfähigkeit wird das Vergnügen haben, sich mittels des Wortes der meinen mitzuteilen. Das ist eine merkwürdige Sache, die die Menschen nicht genügend bewundern.«

VIERTES KAPITEL

Gespräch des Dr. Goudman mit dem Anatomen Sidrac über die Seele und einige andere Dinge

Goudman: Aber, mein lieber Sidrac, warum sagen Sie immer »meine Denkfähigkeit«? Warum nicht einfach »meine Seele«? Das wäre viel kürzer, und ich würde Sie ebensogut verstehen.

Sidrac: Und ich selber würde mich nicht verstehen. Ich fühle und weiß wohl, daß Gott mir die Fähigkeit gegeben hat, zu denken und zu sprechen; aber ich fühle und weiß nicht, ob er mir etwas gegeben hat, was man »Seele« nennt.

Goudman: Wahrhaftig, wenn ich darüber nachdenke, merke ich, daß ich auch nichts darüber weiß, daß ich aber lange Zeit so kühn war, mir einzubilden, ich wüßte etwas. Ich habe gefunden, daß die orientalischen Völker der Seele eine Bezeichnung gaben, die »Leben« bedeutete. Nach ihrem Vorbild verstanden die Römer zuerst unter »anima« das Leben des Tieres. Bei den Griechen sagte man: »Der Atem ist die Seele.« Der Atem ist ein Hauch. Die Römer übersetzten dieses Wort mit »spiritus«. Daher das Wort, das fast bei allen modernen Völkern »Geist« bedeutet. Da nie jemand diesen Hauch gesehen hat, machte man daraus ein Wesen, das niemand sehen oder berühren kann. Man hat gesagt, es wohne in unserem Körper, ohne darin einen Platz zu haben, und es bewege unsere Organe, ohne sie zu berühren. Und was hat man sonst noch alles darüber gesagt! Alle unsere Reden basierten, wie mir scheint, auf Zweideutigkeiten. Ich weiß, daß der kluge Locke zum Beispiel wohl empfunden hat, in welches Chaos diese in allen Sprachen vorkommenden Zweideutigkeiten den menschlichen Verstand gestürzt haben. Er hat der Seele nicht ein Kapitel in dem einzigen vernünftigen Buche, das jemals über Metaphysik geschrieben wurde, gewidmet. Und wenn er zufällig dieses Wort an irgendeiner Stelle gebraucht, bedeutet es bei ihm nur soviel wie Verstand.

Tatsächlich ist sich jedermann wohl bewußt, daß er Verstand hat, daß er Gedanken aufnimmt, zusammenstellt und zerlegt, doch niemand ist sich bewußt, daß in ihm ein anderes Wesen vorhanden ist, das ihm Bewegungen, Empfindungen und Gedanken verleiht. Im Grunde genommen ist es lächerlich, Worte auszusprechen, die man nicht versteht, und etwas als vorhanden anzunehmen, worüber man nicht im geringsten Bescheid weiß.

Sidrac: Da wären wir uns also schon über eine Sache einig, die jahrhundertelang einen Streitgegenstand gebildet hat!

Goudman: Und ich wundere mich, daß wir uns darüber einig sind!

Sidrac: Das ist nicht erstaunlich, denn unsere Absicht ist, die Wahrheit zu suchen. Wenn wir auf der Schulbank säßen, würden wir wie Rabelaissche Gestalten argumentieren. Wenn wir in einem Zeitalter schrecklichster Finsternis, wie sie England lange Zeit einhüllte, lebten, ließe einer von uns vielleicht den anderen verbrennen. Doch wir leben in einem Zeitalter der Vernunft. Wir finden leicht heraus, was die Wahrheit zu sein scheint, und wir wagen, sie auszusprechen.

Goudman: Ja, aber ich fürchte, daß diese Wahrheit nicht viel wert ist. In der Mathematik haben wir Wunder zuwege gebracht, die Apollonius und Archimedes in Staunen setzen und sie zu unseren Schülern machen würden. Aber was haben wir in der Metaphysik gefunden? ... Unsere Unwissenheit.

Sidrac: Und ist das nichts? Sie geben zu, daß das höchste Wesen Ihnen die Fähigkeit gegeben hat, zu fühlen und zu denken, ebenso wie es Ihren Füßen die Fähigkeit gab, zu laufen, Ihren Händen die Möglichkeit, tausenderlei Arbeiten zu verrichten und Ihren Eingeweiden die Kraft, zu verdauen, Ihrem Herzen das Vermögen, Ihr Blut in Ihre Arterien zu pumpen. Wir bekommen alles von ihm. Wir haben uns selbst nichts geben können, und wir werden nie wissen, welcher Hilfsmittel sich der Herr des Weltalls bedient, um uns zu leiten. Ich jedenfalls weiß ihm Dank dafür, daß er mir gezeigt hat, wie wenig ich von dem Ursprung der Dinge weiß.

Man hat stets zu ergründen gesucht, wie die Seele auf den

Körper einwirkt. Man mußte zunächst wissen, ob wir überhaupt eine haben. Entweder hat uns Gott eine geschenkt, oder er hat uns etwas gegeben, das ihr gleichwertig ist. In welcher Weise er das auch getan haben mag, wir stehen jedenfalls in seiner Hand. Er ist unser Herr, das ist alles, was ich weiß.

Goudman: Doch sagen Sie mir wenigstens, was Sie darüber vermuten. Sie haben Gehirne seziert, haben Embryo und Fötus gesehen. Haben Sie dabei irgend etwas entdeckt, was eine Seele hätte sein können?

Sidrac: Gar nichts, und niemals konnte ich begreifen, wie ein unkörperliches und unsterbliches Etwas neun Monate lang in einer übelriechenden Haut, unnötigerweise zwischen Urin und Exkrementen verborgen, wohnen könnte. Es ist mir schwer verständlich, daß diese angeblich bloße Seele vor der Bildung des Körpers existieren soll, denn wozu sollte sie jahrhundertelang, als sie nicht menschliche Seele war, gedient haben? Und wie sollte man sich ein bloß metaphysisches Wesen vorstellen, das eine Ewigkeit lang auf den Augenblick wartet, die Materie für einige Minuten zu beleben? Und was wird aus diesem unbekannten Etwas, wenn der Fötus, den es beleben soll, im Mutterleibe stirbt?

Noch lächerlicher erschien es mir, daß Gott eine Seele in dem Augenblick schaffen sollte, in dem ein Mann mit einer Frau ein Kind zeugt. Ich hielt es für eine Gotteslästerung, daß Gott die Vollziehung eines Ehebruches, einer Blutschande abwarten sollte, um solche Schändlichkeiten mit der Erschaffung von Seelen zu belohnen. Noch schlimmer ist es, wenn man sagt, Gott entnehme unsterbliche Seelen aus dem Nichts, um sie in Ewigkeit unglaubliche Qualen erdulden zu lassen. Wie kann so ein Wesenloses, das nichts Brennbares an sich hat, verbrennen, wie sollten wir einen Ton der Stimme, einen Wind, der vorüberweht, verbrennen können. Und doch hat dieser Ton, dieser Wind, im Augenblick, wenn wir sie wahrnehmen, etwas Wesenhaftes. Aber ein bloßer Geist, ein Gedanke, ein Zweifel? Da hört mein Begriffsvermögen auf. Wohin ich mich auch wende, ich finde nichts als Dunkelheit, Widerspruch, Unmöglichkeit, Lächerlichkeit, Träumereien, Anmaßung, Hirngespinste, Albernheit, Dummheit, Betrug.

Aber ich bin zufrieden, wenn ich mir sage: Gott ist der Herr, der zahllose Sterne kreisen und das Licht leuchten läßt, er ist mächtig genug, uns Gefühle und Gedanken zu geben, ohne daß wir dazu eines kleinen, fremden, unsichtbaren Atoms, »Seele« genannt, bedürfen.

Gott hat zweifellos alle Tiere mit Gefühl, Gedächtnis und Geschicklichkeit ausgestattet. Er hat ihnen das Leben gegeben, und es ist wohl ebenso schön, das Leben oder eine Seele zu schenken. Es ist erwiesen, daß die Tiere leben und Gefühl haben, da sie Empfindungsorgane besitzen. Wenn sie nun dies alles ohne Seele haben, warum wollen wir denn um jeden Preis eine besitzen?

Goudman: Vielleicht aus Eitelkeit. Ich bin überzeugt, daß ein Pfau, wenn er sprechen könnte, sich rühmen würde, eine Seele zu haben, und behaupten würde, seine Seele säße in seinem Schweif. Ich neige gleich Ihnen zu der Annahme, daß Gott uns Menschen, die trinken, laufen, schlafen, fühlen, denken können und voller Leidenschaft, Hochmut und Pein sind, geschaffen hat, ohne uns das geringste von seinem Geheimnis zu offenbaren. Wir wissen in dieser Hinsicht ebensowenig wie die Pfauen, von denen ich soeben sprach. Und der Mann, der gesagt hat, daß wir geboren werden, leben und sterben, ohne zu wissen wie, hat eine große Wahrheit ausgesprochen.

Der Mann, der uns »Marionetten der Vorsehung« nennt, hat uns, wie mir scheint, treffend damit gekennzeichnet, denn es bedarf zu unserem Bestehen einer Unmenge von Bewegungen. Wir selbst haben die Bewegung nicht zustande gebracht, nicht wir haben ihre Gesetze ersonnen. Es gibt ein Wesen, das das Licht schuf, das es in sieben Minuten von der Sonne zu unseren Augen dringen läßt. Nur durch die Bewegung rühren sich meine fünf Sinne, nur durch diese fünf Sinne habe ich Gedanken: folglich ist es der Schöpfer der Bewegung, der mir meine Gedanken verleiht. Und wenn er mir sagen würde, auf welche Weise er sie mir gibt, so würde ich ihm dafür demütig meinen Dank darbringen. Ich bin ihm schon sehr dankbar, daß er mir erlaubt hat, einige Jahre lang das herrliche Schauspiel dieser Welt mitanzusehen, wie Epiktet sagte. Er könnte mich freilich noch viel glücklicher machen, könnte mir eine gute Stellung und meine Geliebte, Miß Fidler, verschaffen, doch schließlich bin ich ihm auch schon für meine Sechshundertdreißig-Schilling-Rente großen Dank schuldig.

Sidrac: Sie sagen, daß Gott Ihnen eine gute Stellung verschaffen und Sie glücklicher machen könnte, als Sie sind. Es gibt Leute, die diesen Gedanken nicht hingehen lassen würden. Erinnern Sie sich nicht daran, daß Sie selbst über die Vorsehung geklagt haben? Ein Mann, der Pfarrer werden wollte, darf sich nicht widersprechen. Sehen Sie denn nicht ein, daß Sie, wenn Sie die Frau und die Pfarre bekommen hätten, wie Sie es sich wünschten, derjenige gewesen wären, der mit Miß Fidler ein Kind gezeugt hätte und nicht Ihr Nebenbuhler? Das Kind, das sie zur Welt gebracht hätte, wäre vielleicht vom Schiffsjungen zum Admiral aufgestiegen, hätte eine Seeschlacht an der Mündung des Ganges gewinnen und schließlich den Großmogul entthronen können. Allein dadurch hätte sich schon die Konstitution des Weltalls ändern können. Hätte Ihr Mitbewerber nicht die Pfarre bekommen und nicht Miß Fidler geheiratet und wären Sie nicht bis zum Tode Ihrer Tante auf sechshundertdreißig Schillinge beschränkt geblieben, so hätte es einer von der unsrigen grundverschiedenen Welt bedurft. Alles ist miteinander verkettet. Und Gott wird die ewige Kette nicht meinem Freund Goudman zuliebe unterbrechen.

Goudman: Als ich von der Vorsehung sprach, war ich auf diese Schlußfolgerung nicht gefaßt, doch wenn es so ist, wie Sie sagen, ist Gott dann nicht ebenso Sklave wie ich?

Sidrac: Er ist ein Sklave seines Willens, seiner Weisheit, der Gesetze, die er aufgestellt hat, und seiner notwendigen Natur. Er kann diese nicht verletzen, da er weder schwach noch unbeständig, noch flüchtig sein kann wie wir, und da das unbedingt ewige Wesen keine Wetterfahne sein darf.

Goudman: Herr Sidrac, das könnte direkt zum Unglauben führen: denn wenn Gott nichts an den Dingen dieser Welt ändern kann, wozu ist es dann nütze, ihn zu preisen und Gebete an ihn zu richten?

Sidrac: Was! Wer heißt Sie denn, Gott anzubeten und ihn zu preisen? Er kann wahrlich Ihre Lobgesänge und Bittgesuche entbehren! Man lobt einen Menschen, weil man ihn für eitel hält, man bittet ihn, wenn man ihn für schwach hält, und man hofft, ihn umstimmen zu können. Wir wollen unsere Pflicht gegenüber Gott erfüllen, ihn verehren und gerecht sein: das ist die wahre Lobpreisung und das wahre Gebet.

Goudman: Herr Sidrac, wir haben über ein weites Gebiet diskutiert, denn, abgesehen von Miß Fidler, haben wir erwogen, ob wir eine Seele haben, ob es einen Gott gibt, ob er sich ändern kann, ob wir für zwei Leben bestimmt sind, ob ... Das sind alles tiefgründige Studien, und vielleicht hätte ich nie über diese Frage nachgedacht, wenn ich Pfarrer geworden wäre. Ich muß diese notwendigen und erhabenen Studien unbedingt noch vertiefen, denn ich habe ja Zeit dazu.

Sidrac: Gut! Morgen erwarte ich Doktor Grou zum Mittagessen. Er ist ein sehr tüchtiger Arzt, hat eine Weltreise mit den Herren Banks und Solander gemacht und wird unbedingt Gott und Seele, Wahres und Falsches, Richtiges und Unrichtiges besser unterscheiden können als alle, die nie aus Coventgarden herausgekommen sind. Außerdem hat Doktor Grou schon in seiner Jugend ganz Europa gesehen, ist Zeuge von fünf oder sechs Revolutionen in Rußland gewesen und hat den Pascha, den Grafen von Bonneval, aufgesucht, der bekanntlich in Konstantinopel ein echter Muselmann geworden ist. Ferner hat er mit dem Papistenprediger MacCarthy, einem Irländer, der sich zu Ehren Mohammeds die Vorhaut abschneiden ließ, in Verbindung gestanden, und auch mit unserem schottischen Presbyterianer Ramsay, der dasselbe mit sich machen ließ, später in

Rußland diente und in Finnland in einer Schlacht gegen die Schweden den Tod fand. Außerdem hatte er Beziehungen zu dem ehrwürdigen Pater Malagrida, der inzwischen in Lissabon verbrannt worden ist, weil die Heilige Jungfrau ihm alles offenbarte, was sie getan hatte, als sie im Leibe ihrer Mutter, der heiligen Anna, war. Sie werden wohl verstehen, daß ein Mann wie Herr Grou, der so viel gesehen hat, der größte Metaphysiker der Welt sein muß. Also auf Wiedersehen morgen bei mir zum Mittagessen.

Goudman: Und übermorgen auch, mein lieber Sidrac, denn wenn man sich bilden will, genügt ein Mittagessen allein nicht.

FÜNFTES KAPITEL

Am folgenden Tage speisten die drei Denker zusammen zu Mittag, und als sie, wie es bei Philosophen üblich sein soll, gegen Ende des Mahles etwas heiterer wurden, vergnügten sie sich damit, von allen Nöten, Torheiten und Schrecken zu sprechen, die die Kreatur Mensch von Australien bis zum Nordpol und von Lima bis Mekka erleidet. Die Mannigfaltigkeit dieser Schrecknisse ist sicherlich sehr amüsant, ein Vergnügen, das freilich Stubenhockern fremd ist und auch Gemeindepfarrern, die nur ihre Kirchturmspitze kennen und glauben, daß der Rest des Weltalls wie die Exchange-Allee in London oder die Rue de la Huchette in Paris aussieht.

»Ich habe beobachtet«, sagte Dr. Grou, »daß trotz der unendlichen Verschiedenheit auf unserer Erdkugel doch alle Menschen, die ich gesehen habe – seien sie nun schwarz, bronzefarbig, rot, braun oder weiß –, einer wie der andere zwei Beine, zwei Augen und einen Kopf auf den Schultern haben, im Gegensatz zu dem, was der heilige Augustinus darüber gesagt hat, der in seiner siebenunddreißigsten Predigt versicherte, Männer ohne Kopf, Einäugige und Einbeinige gesehen zu haben. Ich muß allerdings zugeben, daß es unzählige Menschen-

fresser gibt und daß vorzeiten jedermann Menschenfresser gewesen ist.

Ich bin oft gefragt worden, ob die Bewohner von Neuseeland, die heute das barbarischste aller barbarischen Völker sind, getauft seien. Ich habe geantwortet, ich wisse nichts darüber, jedoch sei es möglich, daß die Juden, die noch barbarischer sind als sie, nicht eine, sondern sogar zwei Taufen gehabt hätten, eine offizielle und eine private in der Wohnung.«

»Natürlich, ich weiß es«, sagte Herr Goudman, »und ich habe hierüber große Dispute gehabt mit Leuten, die glauben, daß wir die Taufe erfunden hätten. Nein, meine Herren, wir haben nichts erfunden, wir haben weiter nichts getan, als Verbesserungen vorzunehmen. Doch sagen Sie mir bitte, Herr Grou, welche von den achtzig oder hundert Religionen, die Sie auf Ihrer Weltreise kennengelernt haben, ist Ihnen als die angenehmste erschienen: die der Seeländer oder die der Hottentotten?

Grou: Auf jeden Fall die der Insel Tahiti. Ich habe die beiden Erdhälften durchreist, doch nirgends habe ich etwas Ähnliches wie Tahiti und seine fromme Königin gefunden. Auf Tahiti ist die Natur zu Hause. Sonst sah ich überall nur Heuchler und Schelme, die die Dummen betrügen, nur Scharlatane, die ihren lieben Nächsten das Geld stibitzen, um zu Ansehen zu gelangen, oder auf schlaue Art Ansehen erwerben, um ungestraft zu Geld zu kommen. Sie versprechen euch Schätze und Freuden, wenn ihr einmal nicht mehr seid, damit ihr es ihnen vergeltet, während sie noch leben.

Wahrhaftig – auf Tahiti gibt es so etwas nicht. Diese Insel ist viel kultivierter als Seeland und das Land der Kaffern, ja, ich wage sogar zu sagen, es ist kultivierter als England, weil die Natur sie mit einem viel fruchtbareren Boden gesegnet hat. Sie gab diesem Lande den Brotbaum, ein nützliches und wunderbares Geschenk, mit dem sie nur einige Inseln der Südsee beglückt hat. Tahiti hat außerdem viel Geflügel, Gemüse und Obst. In einem solchen Lande braucht man nicht seinen Nächsten zu verspeisen, doch es gibt dort ein natürlicheres, süßeres oder allgemeineres Bedürfnis, dessen Befriedigung die Religion Tahitis offiziell anordnet. Es ist zweifellos der achtenswerteste aller religiösen Bräuche. Nicht nur ich, sondern auch die ganze Mannschaft unseres Schiffes waren Zeuge davon. Das sind nicht etwa Missionsmärchen, wie man sie bisweilen in den ›Erbaulichen und denkwürdigen Schriften‹ der ehrwürdigen Jesuiten findet. Dr. John Hawkesworth ist augenblicklich mit der Drucklegung unserer Entdeckungen auf der südlichen Erdhälfte beschäftigt. Ich war der ständige Begleiter Herrn Banks, dieses achtbaren jungen Mannes, der Zeit und Geld opferte, um die Natur der antarktischen Zone zu studieren, während die Herren Dawkins und Wood von den Ruinen Palmyras und Baalbeks zurückkehrten, wo sie die ältesten Kunstdenkmäler ausgegraben hatten, während Herr Hamilton den staunenden Neapolitanern die Geschichte ihres Vesuvs vortrug. Also, ich sah zusammen mit den Herren Banks, Solander und Cook und hundert anderen, was ich jetzt erzählen will:

Die Prinzessin Obeira, die Königin der Insel Tahiti ...«

Der Kaffee wurde aufgetragen, und als man ihn getrunken hatte, fuhr Herr Grou in seinem Bericht fort.

SECHSTES KAPITEL

»Nachdem uns die Prinzessin Obeira mit Geschenken überhäuft hatte, so wie es der Königin von England würdig gewesen wäre, wollte sie, von Neugier getrieben, eines Morgens unserem anglikanischen Gottesdienst beiwohnen. Wir gestalteten ihn so prunkvoll wie nur möglich. Nach Tisch lud sie uns zu ihrem Gottesdienst ein: das war am 14. Mai 1769. Etwa tausend Personen beiderlei Geschlechts, die in respektvollem Schweigen verharrten, standen im Halbkreis um sie herum. Ein hübsches junges Mädchen, nur mit einem reizenden leichten Gewand geschmückt, lag auf einer Estrade, die als Altar diente. Die Königin Obeira befahl einem schönen Jüngling von etwa zwanzig Jahren, das Opfer zu vollbringen. Er sprach etwas wie ein Gebet und bestieg den Altar. Die beiden Opfernden waren halb entblößt. Die Königin lehrte mit majestätischer Gebärde das opfernde Paar die passendste Art, das Opfer zu vollziehen. Alle Tahitier waren so aufmerksam und respektvoll, daß keiner unserer Matrosen die Zeremonie durch unschickliches Lachen zu stören wagte. Das habe ich mit eigenen Augen gesehen, sage ich Ihnen, und unsere ganze Schiffsmannschaft ebenfalls. Die Schlußfolgerung mögen Sie selbst ziehen.«

»Dieses Weihefest setzt mich nicht in Erstaunen«, bemerkte Dr. Goudman. »Ja, ich bin überzeugt, es ist das erste Fest, das die Menschen je gefeiert haben. Ich sehe nicht ein, warum man nicht zu Gott beten soll, wenn man ein Wesen nach seinem Bilde zeugen will, ebenso wie man vor den Mahlzeiten, die zur Erhaltung unseres Körpers dienen, zu ihm betet. Arbeiten, um ein vernunftbegabtes Geschöpf auf die Welt zu bringen, ist die erhabenste und heiligste Handlung. Die ersten Inder, die den Linga, das Symbol der Zeugung, verehrten, dachten ebenso, und auch die alten Ägypter, die den Phallos in der Prozession trugen, und die Griechen, die den Priapos-Tempel errichteten. Wenn es gestattet ist, die erbärmliche kleine jüdische Nation, die plumpe Nachahmerin aller ihrer Nachbarn, anzuführen, so steht in ihren Büchern, daß dieses Volk Priapos anbetete und die Königinmutter des Judenkönigs Asa seine hohe Priesterin war.

Wie dem auch sei, es ist wahrscheinlich, daß niemals irgendein Volk einen Kultus aus Frivolität eingeführt hat noch einführen kann. Im Laufe der Zeiten schleicht sich zuweilen eine Ausschweifung dabei ein, aber die Institution an sich ist stets unschuldig und rein. Unsere ersten Liebesmahle, bei denen sich die Knaben und Mädchen in aller Sittsamkeit auf den Mund küßten, arteten erst viel später in Stelldicheine und Treulosigkeit aus. Wollte Gott, daß ich mit Miß Fidler vor der Königin Obeira in allen Ehren opfern könnte. Das würde bestimmt der schönste Tag und die schönste Handlung meines Lebens sein.«

Herr Sidrac, der bis dahin Stillschweigen bewahrt hatte, weil Goudman und Grou ununterbrochen miteinander gesprochen hatten, trat endlich aus seiner Zurückhaltung heraus und sagte: »Alles, was ich soeben gehört habe, erfüllt mich mit Bewunderung. Die Königin Obeira erscheint mit als die bedeutendste Königin der südlichen Hemisphäre, ich wage nicht, zu sagen, der beiden Hemisphären. Doch bei so viel Ruhm und Glückseligkeit gibt es etwas, was mich schauderte und worüber Herr Goudman eine Andeutung machte, auf die Sie eingegangen sind. Stimmt es, Herr Grou, daß Kapitän Wallis, der vor uns auf diese glückliche Insel kam, die schrecklichste Geißel der Menschheit, die Syphilis, dorthin brachte?« »Leider, ja!« erwiderte Grou. »Die Franzosen beschuldigen uns, und wir beschuldigen sie, und Herr Bougainville sagt, daß die verfluchten Engländer die Königin Obeira mit dieser schrecklichen Krankheit angesteckt haben; Herr Cook aber behauptet, die Königin habe sie von Herrn Bougainville selbst bekommen. Wie dem auch sei, die Syphilis gleicht den schönen Künsten. Man weiß nicht, woher sie kam. Doch mit der Zeit hielt sie ihren Einzug in Europa, Asien, Afrika und Amerika.«

»Ich übe schon lange den Beruf eines Chirurgen aus«, sagte Sidrac, »und ich gebe zu, daß ich der Syphillis den größten Teil meines Vermögens verdanke; aber ich verabscheue sie darum nicht minder. Meine Frau hat sie schon in der Hochzeitsnacht auf mich übertragen, und da sie in allem, was ihre Ehre betrifft, äußerst empfindlich ist, veröffentlichte sie in allen Zeitungen Londons, sie sei zwar von der unreinen Krankheit befallen, sie habe sie aber mit auf die Welt gebracht, und es sei ein altes Familienübel.

Was hat sich die sogenannte ›Natur‹ nur dabei gedacht, als sie dieses Gift in die Quellen des Lebens goß? Es ist bereits ausgesprochen worden, und ich widerhole es, es ist der ungeheuerlichste und abscheulichste aller Widersprüche. Was? Der Mensch sei nach Gottes Ebenbild geschaffen worden, man sagt, *finxit in effigiem moderantum cuncta deorum,* und dabei ist in die Samengefäße dieses Gebildes Schmerz, Ansteckung und Tod gelegt worden. Was wird da aus dem schönen Vers Mylord Rochesters: ›Die Liebe wird die Menschen dahin bringen, im Lande der Atheisten Gottes Lob zu singen.‹«

»Ach«, rief da Dr. Goudman aus, »vielleicht bin ich der Vorsehung Dank schuldig, daß ich meine geliebte Miß Fidler nicht heiraten konnte. Denn weiß man, was daraus geworden wäre? Auf dieser Welt ist man vor nichts sicher. Auf jeden Fall haben Sie mir Ihre Hilfe in allem, was meiner Blase zustoßen sollte, zugesagt, Herr Sidrac.«

»Ich stehe Ihnen zu Diensten«, entgegnete Herr Sidrac, »doch muß man solche bösen Gedanken verscheuchen.«

Goudman schien bei diesen Reden sein Schicksal vorauszusehen.

SIEBENTES KAPITEL

Am nächsten Tage erörterten die drei Philosophen die große Frage: Welches ist die erste Ursache aller menschlichen Handlungen?

Goudman, der immer gleich an den Verlust seines Amtes und seiner Geliebten dachte, erklärte, die Ursache von allem sei Liebe und Ehrgeiz. Grou, der mehr von der Welt gesehen hatte, meinte, es sei das Geld, und der große Anatom Sidrac versicherte, es sei der Nachtstuhl. Seine beiden Gäste waren höchst erstaunt, und der Gelehrte Sidrac begründete seine These folgendermaßen:

»Ich habe stets beobachtet, daß alle Dinge der Welt von der Meinung und dem Willen einer Hauptperson, sei es ein König, ein Premierminister oder ein hoher Angestellter, abhängen. Nun sind diese Meinungen und dieser Wille die unmittelbare Wirkung der Art, wie die sinnlichen Empfindungen in das Kleinhirn und von da in das verlängerte Rückenmark strömen. Diese sinnlichen Empfindungen hängen vom Blutkreislauf ab, das Blut wiederum von der Chylusbildung. Dieser Chylus wird in den Gekrösewindungen verarbeitet. Das Gekröse ist durch dünne Fädchen an den Gedärmen befestigt, und die Gedärme sind, wenn ich mich so ausdrücken darf, mit Kot angefüllt. Nun sind aber trotz der drei starken Häute, mit denen jeder Darm umhüllt ist, die Gedärme wie ein Sieb durchlöchert, denn alles in der Natur ist offen, und selbst ein Sandkorn ist nicht so klein, als daß es nicht fünfhundert Poren hätte. Man könnte tausend Nadeln durch eine Kanonenkugel gehen lassen, wenn es Nadeln gäbe, die fein und stark genug wären. Was passiert also einem Menschen, der an Verstopfung leidet? Die feinsten und dünnsten Bestandteile seines Kotes vermischen sich in den Aselliuschen Adern mit dem Chylus, dringen in die Pfortadern und das Pecquetsche Reservoir ein, gehen durch die Schlüsselbeinader und gelangen in das Herz des feinsten Mannes und der kokettesten Frau. Es ist ein Tropfen Gift, der sich im ganzen Körper verteilt. Wenn dieser Tropfen in die Parenchymen, die Blutgefäße und Drüsen eines griesgrämigen Menschen eindringt, verwandelt sich seine schlechte Laune in blinde Wut. Das Weiße seiner Augen kommt in düstere Glut, seine Lippen pressen sich aufeinander, die Farbe seines Gesichtes wechselt fortwährend. Es sieht aus, als ob er Sie bedrohen will. Hüten Sie sich vor ihm, und wenn er Staatsminister ist, überreichen Sie ihm dann nicht etwa ein Bittgesuch, denn er betrachtet jedes Papier als ein Hilfsmittel, dessen er sich gerne nach dem alten, abscheulichen Brauch der Europäer bedienen möchte. Erkundigen Sie sich vorsichtig und geschickt bei seinem Kammerdiener, ob Exzellenz am Morgen Stuhlgang gehabt hat.

Es ist wichtiger, als man denkt. Die Verstopfung hat oft die blutigsten Vorgänge gezeitigt. Mein Großvater war als Hundertjähriger Cromwells Apotheker. Er hat mir oft erzählt, Cromwell habe acht Tage lang keinen Stuhlgang gehabt, als er seinem König den Kopf abschneiden ließ.

Alle Leute, die in den Angelegenheiten des Kontinents etwas unterrichtet sind, wissen, daß der Herzog von Guise häufig gewarnt wurde, Heinrich III. im Winter bei Nordostwind zu erzürnen. Dieser Herrscher litt dann sehr schwer an Verstopfung. Der Kot stieg ihm in den Kopf, und er war in solchen Zeiten jeder Gewalttat fähig. Der Herzog von Guise beachtete diese klugen Ratschläge nicht, und was geschah ihm? Sein Bruder und er wurden beide umgebracht.

Sein Vorgänger, Karl IX., war der hartleibigste Mann seines Königsreiches. Bei ihm waren Dickdarm und Mastdarm so verstopft, daß schließlich das Blut aus seinen Poren drang. Es ist nur zu bekannt, daß dieses hitzige Temperament eine der Hauptursachen der Bartholomäusnacht war.

Den Gegensatz zu diesen Menschen bilden die Personen von einer gewissen Wohlbeleibtheit, die samtweiche Eingeweide, fließende Galle, leichte und regelmäßige peristaltische Bewegungen haben und sich jeden Morgen ebenso leicht entleeren, wie man spuckt. Diese von der Natur bevorzugten Menschen sind sanft, freundlich, höflich, zuvorkommend, mitfühlend und gefällig. Ein ›Nein‹ aus ihrem Munde klingt freundlicher als ein ›Ja‹ eines Hartleibigen. Die Entleerung hat so viel Gewalt, daß ein Durchfall häufig einen Menschen kleinmütig macht. Dysenterie benimmt den Mut. Verlangen Sie nicht von einem durch Schlaflosigkeit, schleichendes Fieber und fünfzig fäulige Ausleerungen geschwächten Menschen, ein Ravelin bei hellichtem Tage anzugreifen. Deshalb kann ich auch nicht glauben, daß unser ganzes Heer, wie behauptet wird, in der Schlacht von Azincourt Dysenterie hatte und mit aufgeknöpften Hosen den Sieg davontrug. Einige Soldaten werden Durchfall gehabt haben, weil sie sich unterwegs mit unreifen Trauben vollstopften, und die Geschichtsschreiber haben daraus gemacht, daß das ganze erkrankte Heer ›mit entblößten Hintern‹ den Sieg erfocht, was mit Rücksicht auf die jungen französischen Stutzer in ›mit fliegenden Fahnen‹, so wie es der Jesuit Daniel ausdrückte, geändert wurde.

Wie man Geschichte schreibt, daran ist es zu sehen!

So haben auch alle Franzosen einer nach dem anderen wiederholt, daß unser großer Eduard III. sich sechs Bürger von Calais mit dem Strick um den Hals ausliefern ließ, um sie hängen zu lassen, weil sie gewagt hatten, die Belagerung mutig auszuhalten. Schließlich erwirkte aber seine Gemahlin durch ihre Tränen ihre Begnadigung. Diese Romanschriftsteller wissen nicht, daß es in jenen barbarischen Zeiten Brauch war, die Bürger mit dem Strick um den Hals vor ihrem Besieger erscheinen zu lassen, wenn sie ihn zu lange vor einer elenden Festung aufgehalten hatten. Sicherlich lag dem großmütigen Eduard III. nichts ferner, als diesen sechs Geiseln, die er mit Geschenken und Ehrungen überhäufte, den Hals zuzuschnüren. Ich bin all dieser Albernheiten überdrüssig, mit denen so viele sogenannte Geschichtsschreiber ihre Bücher gespickt haben, und auch aller schlechten Schilderungen von Schlachten. Ebenso leicht würde ich glauben, daß Gideon den Sieg mit dreihundert Krügen davontrug, wie in dem Buch der Richter steht. Ich lese Gott sei Dank nur noch Naturgeschichte, vorausgesetzt, daß mich dabei nicht die schlechten Systeme eines Burnet und eines Whiston oder Woodward langweilen oder daß Maillet behauptet, die Irische See habe den Kaukasus hervorgebracht und unsere Erde bestehe aus Glas, oder daß man mir Korallen als Insekten vorstellt oder Scharlatane ihre Träumereien als Wahrheiten aufzutischen wagen. Eine gute Diät, die meine Stimmung im Gleichgewicht hält, gute Verdauung und festen Schlaf hervorbringt, ist mir mehr wert. Trinken Sie heiße Getränke, wenn es friert, und kalte in den Hundstagen; seien Sie mäßig in jeder Beziehung, verdauen Sie, schlafen Sie, schaffen Sie sich Vergnügungen und lassen Sie sich von allem übrigen nicht anfechten.«

ACHTES KAPITEL

Als Herr Sidrac diese weisen Worte ausgesprochen hatte, meldete ein Diener Herrn Goudman, daß der Sekretär des verstorbenen Grafen von Chesterfield unten im Wagen auf ihn warte, um ihn in einer sehr dringenden Angelegenheit zu sprechen. Goudman eilte hinunter, wurde gebeten, einzusteigen, und der Sekretär sagte zu ihm: »Herr Goudman, es ist Ihnen wohl bekannt, was Herrn und Frau Sidrac in der Hochzeitsnacht passierte?«

»Ja, er hat mir soeben von diesem kleinen Erlebnis erzählt.«

»Nun hören Sie! Genau dasselbe passierte der schönen Miß Fidler und ihrem Gatten, dem Herrn Pfarrer. Am nächsten Tage prügelten sie sich, am übernächsten trennten sie sich, und dem Pfarrer wurde sein Amt entzogen. Ich liebe Miß Fidler und weiß, daß sie Sie liebt, daß sie mich aber auch nicht haßt. Ich stehe über dem kleinen Makel, der die Ursache der Scheidung ist. Ich bin verliebt und fürchte nichts. Treten Sie mir Miß Fidler ab, und ich verschaffe Ihnen die Pfarre, die hundertfünfzig Guineen Einkommen bringt. Sie müssen sich aber in zehn Minuten entscheiden.«

»Mein Herr, Ihr Vorschlag ist außergewöhnlich. Ich will die Sache mit meinen Philosophen Grou und Sidrac besprechen und bin im Augenblick wieder bei Ihnen.«

Er eilte zu seinen beiden Ratgebern. »Ich glaube«, sagte er, »daß die Verdauung nicht allein über die Dinge dieser Welt entscheidet, sondern daß Liebe, Ehrgeiz und Geld auch oft mitzusprechen haben.« Dann setzte er ihnen den Fall auseinander und bat sie, ihm sogleich einen Rat zu geben. Beide stimmten darin überein, daß er bei einem Einkommen von hundertfünfzig Guineen jedes Mädchen seiner Gemeinde haben könne und Miß Fidler noch obendrein.

Goudman sah ein, daß diese Entscheidung weise war. Er bekam die Pfarre und besaß Miß Fidler im geheimen, was viel schöner war, als sie zur Frau zu haben. Herr Sidrac stellte ihm bei Gelegenheit seine Dienste zur Verfügung. Goudman ist einer der eifrigsten Priester Englands geworden, und er war mehr denn je überzeugt, daß die Vorsehung alle Dinge dieser Welt bestimmt.

ERLÄUTERUNGEN

DENKWÜRDIGKEITEN AUS DEM LEBEN DES HERRN DE VOLTAIRE AUFGEZEICHNET VON IHM SELBST

›Mémoires pour servir à la vie de M. de Voltaire, écrits par lui-même‹. Geschrieben 1759, im Druck erschienen 1784.

Dieses satirische Kabinettstück, den Ansatz zu einer Autobiographie, verfaßte Voltaire als abrechnende Rückschau auf seine Erlebnisse am Hof Friedrichs II. und die in Enttäuschung verkehrten Hoffnungen, die er in den aufgeklärten preußischen Monarchen gesetzt hatte. Freunde, die ihn auf seinem Genfer Landgut ›Les Délices‹ besuchten und die ihre Freude hatten an den subjektiv gefärbten pikanten Anekdoten, die Voltaire nur zu gern erzählte, regten ihn an, diese niederzuschreiben. Nach seiner Aussöhnung mit dem Preußenkönig verbrannte er das Original. Eine der zwei von seinem Sekretär angefertigten Abschriften zirkulierte jedoch durch Indiskretion des französischen Literaturprofessors La Harpe seit 1768 in den Pariser Salons. Im Druck erschien die Schrift erst postum in mehreren voneinander unabhängigen Ausgaben.

41 *Châtelet,* Gabrielle-Émilie Le Tonnelier de Breteuil, Marquise du (1706–49): vielseitig gebildete frz. Schriftstellerin, die durch Übersetzungen Newtons (s. Anm. zu S. 42) und eigene philosophische und physikalische Arbeiten von sich reden machte.

Breteuil, Louis-Nicolas Le Tonnelier de (1648–1728): franz. Diplomat, seit 1684 Oberzeremonienmeister Ludwigs XIV.

Dacier, Anne (1647–1720): franz. Altphilologin, Verteidigerin der antiken Literatur, besonders Homers, gegen die Abwertungsversuche zeitgenössischer Schriftsteller und Kritiker, die von der Überlegenheit der neueren franz. Literatur überzeugt waren; Übersetzerin der ›Ilias‹ und ›Odyssee‹.

Lukrez, eigtl. Titus Lucretius Carus (gest. 55 v. u. Z.).: röm. didaktischer Dichter, Verfasser des Lehrgedichts ›Von der Natur der Dinge‹, das die Philosophie Epikurs (s. Anm. zu S. 67) veranschaulicht.

König, Samuel (1712–57): deutsch. Mathematiker, seit 1745 Professor der Philosophie, 1747 der Mathematik an der ehemaligen niederländ. Universität in Franeker westl. von Groningen, 1748 von Prinz

Wilhelm IV. von Oranien, niederländ. Statthalter 1747–51, zu seinem Bibliothekar ernannt; Sekretär und Lehrer Mme. du Châtelets.

Oranien, Anna, Prinzessin von (1709–59): Frau Wilhelms IV. von Oranien, seit 1751 niederländ. Statthalterin in Vormundschaft für ihren minderjährigen Sohn.

42 *Maupertius,* Pierre-Louis Moreau de (1698–1759): franz. Mathematiker und Physiker, Entdecker des Prinzips der kleinsten Wirkung; seit 1741 Präsident der Preuß. Akademie der Wissenschaften.

Bernoulli, Jean (1667–1748): schweiz. Mathematiker und Physiker; trug zur Entwicklung der Variations- und Infinitesimalrechnung bei.

Locke, John (1632–1704): engl. Philosoph, Begründer des Sensualismus, der alle menschliche Erkenntnis auf die sinnliche Wahrnehmung zurückführt; wurde zur Grundlage der franz. Aufklärungsphilosophie.

Newton, Isaac (1642–1727): bahnbrechender engl. Mathematiker, Physiker und Astronom, der einen wesentlichen Beitrag zur Entwicklung der mechanistischen Naturwissenschaft leistete, Entdecker der Differential- und Integralrechnung und des Gesetzes von der Schwerkraft; Verfasser der ›Mathematischen Prinzipien der Naturwissenschaft‹ (1687).

Pope, Alexander (1688–1744): einflußreicher engl. klassizistischer Dichter und Essayist.

Tasso, Torquato (1544–95): italien. Renaissancedichter, Verfasser des Kreuzzugsepos ›Das befreite Jerusalem‹.

Ariost, Ludovico (1474–1533): italien. Renaissancedichter, Verfasser des Ritterepos ›Der rasende Roland‹.

Algarotti, Francesco (1712–64): vielseitiger italien. Aufklärungsschriftsteller, Verfasser der populärwissenschaftlichen ›Lehre Newtons für Damen‹ (1736); Freund Voltaires, 1740 von Friedrich II. an den preuß. Hof berufen.

Cirey-sur-Blaise: franz. Ortschaft in der Champagne, an der Grenze des bis 1766 selbständigen Herzogtums Lothringen; Aufenthalt Voltaires 1734–44 im Schloß Mme. du Châtelets.

Leibniz, Gottfried Wilhelm (1646–1716): deutsch. idealistischer Philosoph, Mitentdecker der Differential- und Integralrechnung, Begründer und 1. Präsident der Preuß. Akademie der Wissenschaften; bekannt vor allem durch seine Monadenlehre – die Monaden sind die Ursubstanz alles Existierenden für ihn selbständige und selbsttätige

Einzelwesen, geistige Elemente, die in sich ein Spiegelbild des Universums darstellen – und die Theorie von der »besten aller möglichen Welten« auf der Grundlage der »prästabilierten Harmonie« – einer von Gott vorbestimmten harmonischen Einrichtung der Welt –, die den Widerspruch der Aufklärer, besonders Voltaires, herausforderte.

43 *Clairaut,* Alexis-Claude (1713–65): franz. Mathematiker und Astronom.

›Alzire‹, ›Merope‹ . . . ›Mahomet‹ (1736; 1743; 1742): Tragödien Voltaires.

›Verlorener Sohn‹ (1738): Komödie Voltaires.

eine Abhandlung über die Weltgeschichte: ›Essay über die allgemeine Geschichte und über die Sitten und den Geist der Völker von Karl dem Großen bis zu unseren Tagen‹ (1756), von dem Voltaire einige Abschnitte schon in Cirey entwarf und 1744/45 drucken ließ.

Bossuet, Jacques-Bénigne (1627–1704): franz. Kirchenfürst und Kanzelreder; Verfasser einer ›Abhandlung über die Weltgeschichte‹ (1679) aus theologischer Sicht.

de Honsbrouck, eigtl. van en tot Hoensbroeck: altes niederländ. Mark- und Reichsgrafengeschlecht.

Witt, Jan de (1625–72): niederländ. Staatsoberhaupt 1650–72; nach Ernennung Wilhelms III. von Oranien, späteren engl. Königs 1689–1702, zum Statthalter ermordet.

46 *Beauvau,* Louis-Charles-Antoine, Marquis de (1710–44): franz. Feldmarschall; beim Tod Friedrich Wilhelms I., 1740, zum Beileidsbesuch nach Preußen gesandt.

47 *Katte,* Hans Hermann von (1704–30): preuß. Gardeleutnant; Jugendfreund Friedrichs II.

Keith, Peter Karl Christoph von (1711–56): preuß. Offizier; Leibpage des Kronprinzen Friedrich, der ihn nach seiner Thronbesteigung zum Oberstleutnant beförderte.

Wilhelmine, Friederike Sophie (1709–58): Schwester Friedrichs II.; seit 1731 Frau des Markgrafen Friedrich von Bayreuth.

Markgraf von Bayreuth: Friedrich, 1735–63.

48 *Dieser Soldat:* Fredersdorf (s. Anm. zu S. 67).

49 *Zarewitsch:* Alexei Petrowitsch (1690–1718), russ. Thronfolger, Sohn Peters d. Gr.; wegen hochverräterischer Verbindungen zu reaktionären Adelskreisen zum Tode verurteilt.

Karl VI.: röm.-deutsch. Kaiser 1711–40.

Seckendorff, Friedrich Heinrich, Reichsgraf von (1673–1763): österr. Feldmarschall und Diplomat, im Österr. Erbfolgekrieg in bayr. Diensten; als Gesandter in Preußen Vertrauter Friedrich Wilhelms I.

Kurfürst von der Pfalz: Karl Philipp Theodor, 1743–99.

Wolff, Christian (1679–1754): deutsch. idealistischer Philosoph Leibnizischer Schule.

50 *Martin:* franz. Kunsttischlerfamilie im 18. Jh.; bekannt durch ihre modischen Lackarbeiten in chin. Art.

Keyserling, Dietrich, Freiherr von (1698–1745): preuß. Oberst, enger Freund Friedrichs II.; 1737 von ihm nach Cirey gesandt, um Voltaire nach Preußen einzuladen.

Camas, Paul Heinrich Tilio de (1688–1741): preuß. Oberst; Vertrauter Friedrichs II.

50 *ein Gesandter:* Valori (s. Anm. zu S. 68).

sein Bruder: Heinrich Friedrich Ludwig, Prinz von Preußen (1726–1802), preuß. General und Diplomat.

51 *Bachaumont,* François Le Coigneux de (1624–1702), und *Chapelle,* eigtl. Claude-Emmanuel Luillier (1626–86): franz. Lyriker; verfaßten gemeinsam eine aus Vers und Prosa gemischte humoristische ›Reise in die Provence und ins Languedoc‹.

52 *Danaë:* Königstochter der griech. Sage, der sich Zeus (röm. Jupiter) in Gestalt eines goldenen Regens näherte.

Meuse: Irrtum Voltaires; gemeint ist das kleine Schloß von Moyland.

54 *Androgyn:* Zwitter; im Erosmythos von Platons ›Gastmahl‹ Bezeichnung für die ersten menschlichen Wesen, die zweigeschlechtig waren und ihrer Überhebung wegen auf Geheiß von Zeus in 2 Hälften geteilt wurden.

Desfontaines, Pierre-François Guyot, Abbé (1685 bis 1745): franz. klassizistischer Literaturkritiker; trotz wesentlich gemeinsamer ästhetischer Auffassungen war er mit Voltaire, den er in der Schmähschrift ›Voltairomanie‹ verleumdete,persönlich verfeindet.

Machiavelli, Niccolò di Bernardo dei (1469–1527): florent. Geschichtsschreiber und Staatsrechtstheoretiker; erklärte in seinem ›Fürsten‹ als erster die Politik zu einem selbständigen, religiösen und moralischen Grundsätzen nicht verpflichteten Bereich des gesellschaftlichen Lebens und hielt dementsprechend im Kampf gegen die auseinanderstrebenden feudalen Kräfte jedes Mittel zur Schaffung eines italien. Einheitsstaats für gerechtfertigt.

Duren, Jan van (18. Jh.): niederländ. Buchdrucker und Verleger in Den Haag.

56 *Fleury,* André-Hercule de (1653–1743): franz. Kardinal, 1726–43 Premierminister.

Franz, I. Stephan: röm.-deutsch. Kaiser 1745–65, Mann Maria Theresias; 1729–35 Herzog von Lothringen, 1737–65 Großherzog von Toskana.

57 *Gotter,* Gustav Adolf, Freiherr, später Graf von (1692–1762): preuß. Diplomat, 1732–36 Gesandter in Wien; 1740 schickte ihn Friedrich II. als Unterhändler zuMaria Theresia.

58 *Neipperg,* Wilhelm Reinhard, Graf von (1648–1774): österr. Feldmarschall; nach seiner Niederlage bei Mollwitz abberufen.

Fürst von Anhalt-Dessau, Leopold I., gen. alter Dessauer (1676–1747): preuß. Feldmarschall, Heeresorganisator.

Schwerin, Kurt Christoph, Graf von (1684–1757): preuß. Generalfeldmarschall; fiel im 7jährigen Krieg beim Sturm auf Prag.

Karl XII.: schwed. König 1697–1718, Gegner Peters d. Gr. im Nordischen Krieg 1700–21; Voltaires ›*Geschichte Karls XII.*‹ erschien 1731.

59 *eine epische Dichtung:* die ›Henriade‹ (1723) eine Würdigung der Regierungszeit Heinrichs IV. (s. Anm. zu S. 267).

die cartesianischen Vorurteile: Der Cartesianismus (s. Anm. zu S. 263 *Descartes*) war durch sein Eintreten für die Rechte der menschlichen Vernunft der Ansatzpunkt der neueren Philosophie gewesen. Viele naturwissenschaftliche Theorien von Descartes – z.B die »Wirbeltheorie« zur Erklärung der Planetenbewegung – waren jedoch durch die Forschungen Newtons überholt; in der Erkenntnistheorie war die Vorstellung von den »angeborenen Ideen« ersetzt durch Lockes sensualistische Lehre, daß alles Wissen auf der sinnlichen Wahrnehmung beruht. Voltaire empfand bei seinem Bemühen, die Erkenntnisse Newtons und Lockes in Frankreich zu verbreiten, die Trägheitskraft der inzwischen zu Irrtümern gewordenen Lehre des Cartesianismus als sehr hinderlich.

Aguesseau, Henri-François d' (1668–1751): franz. Kanzler 1737–50.

›*Grundlagen der Philosophie Newtons:* 1738 in Amsterdam erschienen.

Thomas von Aquin (1225–74): italien. scholastischer Kirchenlehrer, Verfasser der ›Summe der Theologie‹, eines philosophisch-theologischen Systems auf aristotelischer Grundlage.

Quesnel, Pasquier (1634–1719): franz. Theologe, Jansenist (s. Anm. zu S. 106).

60 *Richelieu,* Louis-François-Armand de Vignerot du Plessis, Duc de (1696–1788): franz. Heerführer und Diplomat, Marschall von Frankreich.

61 *Pragmatische Sanktion:* das 1713 von Karl VI. erlassene und von den meisten europ. Mächten anerkannte Grundgesetz zur Sicherung der Unteilbarkeit Österreichs durch Eintreten der weiblichen Thronfolge.

Kurfürst von Bayern: Karl Albrecht (s. Anm. zu S. 62 *Karl VII.*).

62 *Karl VII.:* röm.-deutsch. Kaiser 1742–45, als Karl Albrecht bayr. Kurfürst 1726–45; ließ sich 1741 in Prag als König von Böhmen huldigen.

63 *Villars,* geb. Varangeville, Duchesse de: Frau von Claude-Louis-Hector, Duc de Villars (1653–1734), Marschall von Frankreich; Voltaire war ihr ehemaliger Verehrer.

Villeroi, François de Neufville, Duc de (1644–1734), franz. Heerführer, Marschall von Frankreich.

Ludwig XV.: franz. König 1715–74.

Châteauroux, Marie-Anne de Mailly-Nesle, Duchesse de (1717–44): Mätresse Ludwigs XV., die ihren Haß besonders gegen Maurepas richtete.

Maurepas, Jean-Frédéric Phélypeaux, Comte de (1701–81): franz. Marineminister 1725–49.

Boyer, Jean-François (1675–1755): franz. Prälat, seit 1730 Bischof von Mirepoix; persönlicher Feind Voltaires.

Dauphin: Louis (1729–65), Sohn Ludwigs XV., Vater Ludwigs XVI.

Theatinermönch: Mitglied eines asketischen Chorherrenordens, der 1524 vom späteren Papst Paul IV. in Rom gegründet wurde.

65 *Amelot* de Chaillou, Jean-Jaime (1689–1749): franz. Außenminister 1737–44.

66 *Podewils,* Otto Christoph, Graf von (1719–81): preuß. Diplomat; 1741–46 Gesandter in Den Haag.

67 *Marcus Aurelius* Antoninus: röm. Kaiser 161–180; Anhänger des Stoizimus.

Julianus, Flavius Claudius: röm. Kaiser 360–363; gab das Christentum auf und ordnete unbeschränkte Religionsfreiheit an.

67 *Stoizismus:* spätgriech. und -röm. philosophische Schule, die den

Verzicht auf Einwirkung des Menschen auf die äußere Welt, Ergebenheit in das Schicksal, Rückzug auf die eigene Innerlichkeit und die Selbstgenügsamkeit des Weisen in humanistischer Tugendübung lehrte.

Epikur (341–271 v. u. Z.): griech. Philosoph, der als höchstes Lebensziel die bleibende Lust ansah und alles den Seelenfrieden Beeinträchtigende wie Todesangst und Götterfurcht durch Erkenntnis der Zusammenhänge in der Natur zu überwinden lehrte.

Fredersdorf, Michael Gabriel (1708–58): preuß. Schatullenverwalter; Kammerdiener und Sekretär Friedrichs II.

68 *Valori,* Louis-Gui-Henri, Marquis de (1692–1774): franz. Generalleutnant und Diplomat; Vertrauter Friedrichs II. während seines Aufenthalts als Gesandter in Preußen 1739–49 und 1756.

Epaminondas (um 420–362 v. u. Z.): bedeutendster theban. Feldherr und Staatsmann; hier Verwechslung sehr wahrscheinlich mit dem athen. Feldherrn und Staatsmann der Perserkriege Themistokles (um 525–459 v. u. Z.), der auf den Spott gebildeter Mitbürger erwidert haben soll, er könne zwar nicht Leier spielen, wüßte auch nicht mit einer Harfe umzugehen, doch unter seinen Händen wüchse ein kleiner, unscheinbarer Staat zu Größe und Ruhm (Plutarch ›Lebensläufe‹, »Themistokles« 2).

Pesne, Antoine (1638–1757): franz. Porträt- und Historienmaler; seit 1711 preuß. Hofmaler.

priapeisch: wollüstig, nach Priapos, griech. Gott der Fruchtbarkeit und Sinnenlust.

69 *Satyrn:* in der griech. Sage lüsterne Walddämonen mit Bocksohren und Bocksfüßen, Begleiter des Bacchos.

Enkolpios und . . . Giton: der Hauptheld und sein Buhlsklave in dem Sittenromanfragment ›Satirikon‹ des röm. Satirikers Gajus od. Titus Petronius Arbiter (gest. 66).

die Sieben Weisen Griechenlands: Thales, Solon, Periandros, Kleobulos, Chilon, Bias, Pittakos.

Konsistorium: in der protestantischen Kirche Vertretung der Landesfürsten zur Ausübung der geistlichen Gerichtsbarkeit.

Argens, Jean-Baptiste de Boyer, Marquis d' (1704–71): franz. Aufklärungsschriftsteller; ging 1744, empfohlen durch seine ›*Jüdischen Briefe*‹ (1738), eine Staats-, Kirchen- und Gesellschaftssatire in Briefform, nach Preußen zu Friedrich II., von dem er zum Kammerherrn und Akademiedirektor der philosophischen Klasse ernannt wurde.

Pöllnitz, Karl Ludwig, Freiherr von (1692–1775): preuß. Abenteurer, der als Offizier und Höfling in Europa umherzog; seit 1735 in Preußen, wo ihn Friedrich II. zum Kammerherrn, 1740 zum Oberzeremonienmeister ernannte.

70 *Bayle,* Pierre (1647–1706): franz. philosophischer Schriftsteller der Frühaufklärung, Philosophieprofessor in Rotterdam, wohin er als Hugenotte 1681 geflüchtet war; sein Hauptwerk, das 4bändige ›Historische und kritische *Wörterbuch*‹ (1697), das die Lehrmeinungen seiner Zeit vom Standpunkt der Vernunft aus prüft, wurde für die Aufklärer die Bibel des 18. Jh.

71 *Ludwig XII.:* franz. König 1498–1515, vorher *Herzog von Orleans*; bei seiner Thronbesteigung verkündete er vor den Anhängern der Krone, seinen ehemaligen Gegnern in einer Adelserhebung, nach deren Niederschlagung er 3 Jahre im Gefängnis zubringen mußte: »Dem König von Frankreich steht es nicht an, Rache zu nehmen für die Beleidigungen an dem Herzog von Orleans.«

Knobelsdorff, Georg Wenzeslaus von (1699–1753): preuß. Architekt, Erbauer von Sanssouci und der Berliner Oper; urspr. Hauptmann, von Friedrich II., nachdem er von ihm 1740 auf eine Studienreise nach Frankreich geschickt worden war, als Oberaufseher der kgl. Bauten eingesetzt.

Barberina Campanini, eigtl. Barbara Campanina (1721–99): italien. Tänzerin, die 1744–48 in Berlin auftrat; heiratete 1749 Karl, Freiherrn von Cocceji, Sohn des preuß. Großkanzlers Samuel, Freiherrn von Cocceji (1679–1755).

sein italienischer Dichter: Gianpietro Tagliazucchi.

Metastasio (griech. Namensform von Trapassi), Pietro Antonio Domenico Bonaventura (1698–1782): italien. Opern- und Singspieltextdichter; in seiner ›Milde des Titus‹ (1734) läßt er den Kaiser großmütig einem Verschwörer verzeihen.

74 *Titus* Flavius Vespasianus: röm. Kaiser 79–81, dessen Mildtätigkeit ihm den Namen »Liebe und Freude der Menschheit« eintrug.

Sou: niedrige franz. Kupfermünze.

›Äneis‹: röm. Nationalepos von Vergil, das die Sage der Gründung des röm. Reichs darstellt und in der Würdigung der Verdienste von Kaiser Augustus gipfelt.

Livius, Titus (um 59 v. u. Z.–17): röm. Geschichtsschreiber, Verfasser einer Geschichte Roms seit Gründung der Stadt.

König von England und Kurfürst von Hannover: Georg II., 1727–60; Verbündeter Maria Theresias im Österr. Erbfolgekrieg 1740–48.

75 *Fitz-James,* François, Duc de (1709–64): franz. Prälat, seit 1739 Bischof von Soissons; 1742 zum Großalmosenpfleger des Königs ernannt.

Bastard Jakobs II.: James Fitz-James, später Marschall de Berwick (1670–1734), unehelicher Sohn Jakobs II., engl. König 1685–88.

76 *Vadé,* Jean-Joseph (1720–57): franz. Lustspiel- und Gassenhauerdichter.

Poisson, Jeanne-Antoinette, Marquise de Pompadour (1721–64): Mätresse Ludwigs XV.

Lenormand d'Étioles, Charles-Guillaume (1717–90): franz. Unterfinanz-, später General- und Postpächter; Mann von Mme. de Pompadour.

77 *Historiograph:* amtlich beauftragter Geschichtsschreiber.

Stanislaus I. Leszczynski: poln. König 1704–09 und 1733–35, dann Herzog von Lothringen und Bar 1735–66, mit der Residenzstadt *Lunéville* südöstl. von Nancy.

Boufflers, Marie-Françoise-Catherine de Beauvau-Craon, Marquise de (1711–87): eine der geistreichsten Französinnen des 18 Jh.; nach dem Tod von Stanislaus I. treue Freundin Voltaires.

Menoux, Joseph de (1695–1766): franz. religiöser Schriftsteller, Jesuit; Hofprediger von Stanislaus I.

78 *Poncet* de La Rivière, Matthias (1707–80): franz. Prälat, 1742–58 Bischof von Troyes; wegen seiner Auflehnung gegen das Pariser Parlement (s. Anm. zu S. 79) ins damals zu Frankreich gehörige ehemalige Kloster Murbach nordwestl. von Mülhausen verbannt.

79 *Beaumont,* Christophe de (1703–81): franz. Prälat, seit 1746 Erzbischof von Paris; 1752 forderte er die Pariser Geistlichkeit auf, Abendmahl und Sterbesakramente nur dem zu gewähren, der eine Beichtbescheinigung über seine Anerkennung der Bulle Unigenitus (s. Anm. zu S.48) vorwies.

Parlement: oberste franz. Gerichtsinstanz, bei der die Entscheidungen der unteren Justizbehörden angefochten werden konnten; erklärte 1752 die Aufforderung Beaumonts für ungesetzlichen Glaubenszwang und drohte den ihr Folge leistenden Geistlichen Strafe an.

80 *Astolph:* lombard. König in Ariosts ›Rasendem Roland‹, der von der Zauberin *Alcina* behext und gefangen wird.

Marschall von Sachsen, eigentl. Hermann Moritz, Graf von Sachsen (1696–1750): franz. Heerführer, Marschall von Frankreich; bei einem Besuch in Potsdam 1749 von Friedrich II. fürstlich empfangen.

82 *La Mettrie,* Julien Offray de (1709–51): franz. materialistischer und atheistischer Philosoph, von Beruf Arzt, übertrug seim Hauptwerk ›Der Mensch – eine Maschine‹ das mechanische Prinzip vom unabänderlich gesetzmäßigen Ablauf in der Natur auf den Menschen; seiner Lehre wegen verfolgt, floh er 1748 nach Preußen, wo er Vorleser Friedrichs II. und Akademiemitglied wurde.

Dionysios I., d. Ä.: durch Grausamkeit und Hinterlist berüchtigter Tyrann des griech. Stadtstaats Syrakus 405 bis 367 v. u. Z.; beteiligte sich an griech. Festspielen mit selbstgedichteten Chorliedern und einer Tragödie ›Hektors Lösung‹.

83 *Tyrconnel,* Richard Francis Talbot, Duke of (gest. 1752): franz. Diplomat.

84 *Chasot,* Isaak Franz Egmont, Herr von (1716–97): preuß. Oberstleutnant franz. Herkunft; Freund des Kronprinzen Friedrich, 1752 ungnädig entlassen.

ein Buch: ›Briefe des Herrn von Maupertuis‹ (1752).

mathematische Albernheit: das Maupertuissche Prinzip der kleinsten Wirkung, ein Integralprinzip der Mechanik.

ich war der einzige, der seine Stimme erhob: in der Spottschrift ›Diatribe des Dr. Akakia, Leibarzt des Papstes‹ (1752), die Friedrich II. durch Henkershand verbrennen ließ.

85 *Großtürke:* Bezeichnung für den türk. Sultan.

86 *Damoklesmahl:* Damokles, Günstling von Dionysios d. Ä., erhielt die Erlaubnis, einen Tag lang zu herrschen, da er darin das höchste Glück erblickte; als er aber bei einem Mahl ein bloßes Schwert an einem Roßhaar über sich schweben sah, flehte er den Tyrannen an, ihm ein solches Glück zu erlassen

Cochois, Babet: franz. Schauspielsoubrette; von d'Argens, der ihr ein Engagement am Berliner Schauspielhaus vermittelte und sie 1749 heiratete, mit der Jahrmarktstruppe ihres Vaters nach Preußen verpflichtet.

87 *Pistole:* span. Goldmünze seit dem 16. Jh., die von fast allen europ. Ländern übernommen wurde; in Deutschland etwa 5 Talern entsprechend.

Herzogin von Sachsen-Gotha und Altenburg: Luise Dorothea

(1710–67), Frau Friedrichs III., Herzog von Sachsen-Gotha 1732–72; von Voltaire gen. »deutsche Minerva«.

Landgraf von Hessen-Kassel: Wilhelm VIII., 1751–60.

eine meiner Nichten: Marie-Louise Mignot, Dame Denis (1712–90); in 1. Ehe verheiratet mit Nicolas-Charles Denis (gest. 1744).

89 *Allerchristlichster König:* seit dem 17. Jh. offizieller Titel der franz. Könige.

Markgraf von Brandenburg: Friedrich II. war, staatsrechtlich gesehen, König von Preußen (Ostpreußen) und Markgraf bzw. Herzog seiner übrigen Länder.

90 *Lethe:* Unterweltsstrom der griech. Sage; die Verstorbenen, die von seinem Wasser tranken, verloren die Erinnerung an ihr irdisches Leben.

Tencin, Pierre Guérin de (1679–1758): franz. Kardinal, Erzbischof von Embrun, später von Lyon, 1742–51 Premierminister; 1727 führte er den Vorsitz des Provinzialkonzils in Embrun, auf dem Jean Soanen (1647–1740), Bischof von Senez, der gegen die Bulle Unigenitus protestiert hatte, verdammt wurde.

Law (durch Hinzuziehung des engl. Genitiv-S aus »Law's Geld« auch fälschlich »Laß« gesprochen) of Lauriston, John (1671–1729): schott. Bankier und Ökonom, 1720 franz. Finanzminister; durch seine Gründung einer staatlich privilegierten Bank in Paris 1716 und der ›Mississippigesellschaft‹ 1717, eines kolonialen Handelsunternehmens, auf dessen steigenden Aktienkurs hin er ungedecktes Papiergeld ausgab, konnte zunächst ein Teil der hohen franz. Staatsschuld beglichen werden, doch schon 1720 kam es zum Bankkrach, der eine schwere Wirtschaftskrise für Frankreich heraufbeschwor.

91 *Tronchin,* Théodore (1709–81): schweiz. Arzt in Amsterdam, dann in Genf, seit 1766 Modearzt in Paris; Freund Voltaires, Rousseaus, Diderots.

92 *›Weltkind‹* (1736): Verssatire Voltaires, in der er die Vorzüge von Luxus und Reichtum der zivilisierten Welt gegenüber den Lebensidealen des Naturmenschen preist.

93 *Seeräuberkrieg gegen Frankreich:* um Kanada, das Frankreich im Pariser Frieden 1763 an England verlor.

Kaiserin von Rußland: Elisabeth Petrowna, 1741–61.

König von Polen: August III., 1733–63, als Friedrich August II. Kurfürst von Sachsen.

Nivernais, Louis-Jules Mancini Mazarini, Duc de (1716–98): franz. Diplomat, der auch als Lyriker und Versübersetzer hervortrat; 1756 Gesandter in Preußen.

94 *Bernis,* François-Joachim de Pierre de (1715–94): franz. Kardinal und Diplomat, der 1773 wesentlichen Anteil an der Aufhebung des Jesuitenordens hatte, 1757–58 Außenminister; im 18. Jh. auch geschätzt als galanter und beschreibender Lyriker.

95 *Rouillé,* Antoine-Louis, Comte de Jouy (1689–1761): franz. Marineminister 1749–54, Außenminister 1754–58.

Starhemberg, Georg Adam, Fürst von (1724–1807): österr. Diplomat und Innenminister; 1755–66 Gesandter in Paris.

Wetterau: Talmulde zwischen Taunus und Vogelsberg.

1756: Beginn des 7jährigen Kriegs.

96 *18. Juni 1757:* Schlacht bei Kollin.

Kaudinische Pässe: bei der ital. Stadt Caudium nordöstl. von Neapel, wo 321 v.u.Z. ein röm. Heer, das von dem mittelital. Volksstamm der Samniter eingeschlossen worden war, die Waffen ausliefern und durch ein aus 3 Speeren errichtetes Joch hindurch abziehen mußte; gemeint ist die Konvention von Kloster-Zeven 1757, wonach die von den Franzosen geschlagene engl.-hannoveran. Armee nur freien Abzug erhielt unter der Bedingung, daß sie den Kampf einstellte und sich auflöste.

Soubise, Charles de Rohan, Prince de (1715–87): franz. Heerführer, Marschall von Frankreich; Freund Ludwigs XV. und seiner Mätressen Mme. de Châteauroux, Mme. de Pompadour und später Mme. Dubarry.

97 *Zenon* d. J. (um 350–264 v.u. Z.): griech. Philosoph, Begründer der stoischen Schule in Athen.

98 *Philomele:* Dichterischer Name der Nachtigall.

Morpheus: griech. Traumgott.

100 *Chaulieu,* Guillaume Amfrye, Abbé de (1639–1720): franz. anakreontischer Lyriker.

Ixion: thessal. König der griech. Sage, der zur Strafe, daß er sich der Gunst Heras gerühmt hatte, in der Unterwelt von Zeus auf ein sich ewig drehendes glühendes Rad geflochten wurde.

Cumberland, William Augustus, Duke of (1721–65): engl. Heerführer, im 7jährigen Krieg Befehlshaber der engl.-hannoveran. Armee in Nordwestdeutschland; nach seiner Niederlage gegen die Franzosen bei Hastenbeck 1757 unterzeichnete er die Konvention von Kloster-Zeven.

101 *Niederlagen bei Azincourt, Crécy und Poitiers:* im 100jährigen Krieg zwischen England und Frankreich 1337 bis 1453.

104 *bei Breslau:* Schlacht bei Leuthen 1757.

Les Délices: Landgut bei Genf, auf dem Voltaire 1755–58 lebte.

Saint-Évremond, Charles de Marguetel de Saint-Denys de (1610–1703): franz. Literaturkritiker und Satiriker, in seiner skeptisch-freigeistigen Haltung ein Vorläufer der Aufklärer des 18. Jh.

Desmaiseaux, Pierre (1666–1745): franz. Biograph und Literaturkritiker; Verfasser von Lebensbeschreibungen Saint-Évremonds (1711) und Bayles.

Montgon, Charles-Alexandre, Abbé de (1690–1770): franz. Diplomat in span. Diensten; hinterließ ›Denkwürdigkeiten von seinen verschiedenen Verhandlungen am französischen, spanischen und portugiesischen Hof zwischen 1725 und 1731‹ (1742).

Calvin, franz. Chauvin, Jean (1509–64): franz. Reformator aus Noyon in der nordfranz. Landschaft Picardie; wirkte später in Genf. Kernstück seiner Lehre ist der Glaube an die Prädestination (Vorherbestimmung) des Menschen, wonach es eine Anzahl von Erwählten gibt, denen Gott seine Gnade verdienstlos schenkt, und Verworfene, die der Verdammnis nicht entgehen können.

Servet, Michel, eigentl. Miguel Serveto (1511–53): span. Arzt und Theologe, Gegner der Dreieinigkeitslehre; Calvin ließ ihn auf der Flucht durch die Schweiz verhaften und verbrennen.

Theseus: griech. Sagenheld, Nationalheros von Athen; als er zum Raub der Totengöttin Persephone in die Unterwelt hinabstieg und sich ermüdet am Eingang niedersetzte, blieb er am Felsen haften, bis er von Herakles befreit wurde.

Sisyphus: korinth. König der griech. Sage, der in der Unterwelt zur Strafe für seine Frevel einen immer wieder abwärts rollenden Felsblock bergauf wälzen mußte.

105 *Bartholomäusnacht:* Nacht vom 23. zum 24. 8. 1572, in der die Führer der franz. Katholiken, voran die Regentin Katharina von Medici, ihre Anhänger zur Ermordung von etwa 32000 Hugenotten anstifteten.

106 *Fronde:* letzte Oppositionsbewegung des franz. Feudaladels gegen die absolutistische Königsmacht 1648–53; die Erhebung begann mit einer Weigerung des Pariser Parlements, neue Steuerverordnungen der Krone anzuerkennen (»Fronde des Parlements«), und endete in

der 2. Phase (»Fronde der Fürsten«), nach zeitweiliger Besetzung von Paris durch die Aufständischen, mit der endgültigen Niederwerfung von Adel und Parlement.

Beaufort, François de Vendôme, Duc de (1616–69): franz. Frondeführer, dem seine Volkstümlichkeit den Namen »König der Markthallen« eintrug.

ein Weihbischof: Jean-Françoise-Paul de Gondi, Baron de Retz (1613–79), franz. Prälat, einer der Frondeführer, der die Bevölkerung gegen die Regierung aufwiegelte; 1643 zum Bischof geweiht und als Amtsvertreter des Erzbischofs von Paris mit dem Titel eines Erzbischofs von Korinth eingesetzt, seit 1651 Kardinal.

Banknoten für das Jenseits: s. Anm. zu S. 79 *Beaumont.*

Thomas von Canterbury, der hlg., eigtl. Thomas Becket (um 1118–70): engl. Kanzler 1155–62; nach seiner Ernennung zum Erzbischof von Canterbury 1162 wurde er zum einseitigen Verfechter der Vorrangstellung der Kirche gegenüber dem Königtum.

Jansenisten: Anhänger einer auf den niederländ. Theologen Cornelius Jansen (1585–1638) zurückgehenden Glaubensrichtung des 17./18. Jh. in Frankreich, die an die Gnadenlehre von Augustinus (s. Anm. zu S. 119) anknüpfte und sich in Sittenstrenge und Kunstfeindlichkeit äußerte.

Molinisten: Anhänger der von dem span. Jesuitentheologen Luis Molina (1535–1600) begründeten Lehre einer weitgehenden Willensfreiheit des Menschen in der Gnadenwahl, wonach Gott seine Gnade dem zuwendet, von dem er voraussieht, daß er zu seinem Heil selbst beitragen werde, wenn er in den Besitz der Gnade gelangt; hier die Jesuiten, die sich im Streit mit den Jansenisten auf diese Auffassung beriefen.

107 *Damiens,* Robert-François (1715–57): franz. Schwärmer, der 1757 Ludwig XV. durch einen Messerstich verletzte, um ihn an seine Pflicht zu gemahnen, gegen die Jansenisten im Parlement einzuschreiten; er wurde grausam gefoltert und gevierteilt.

108 *Griffet,* Henri (1698–1771): franz. Historiker, Jesuit.

Argenson, Marc-Pierre, Comte de (1696–1764): franz. Kriegsminister 1743–57, Freund der Aufklärer; nach Damiens' Attentat auf Ludwig XV. entlassen.

Joly de Fleury, Omer (1715–1810): franz. Justizbeamter; 1746–68 Staatsanwalt am Pariser Parlement.

ein gewaltiges Nachschlagewerk: die Große Franz. ›Enzyklopädie oder Rationales Wörterbuch der Wissenschaften, Künste und Gewerbe‹ (1751/72/80), das von dem führenden franz. Aufklärungsschriftsteller Denis Diderot (1713–84) herausgegebene umfassende Kompendium der Aufklärung.

109 *Deist:* Anhänger einer aus der Aufklärung hervorgegangenen religionsphilosophischen Anschauung, nach der Gott die Welt nur erschaffen, dann aber ihrer eigenen Gesetzlichkeit überlassen hat.

Théophile de Viau (1590–1626): franz. Lyriker und Dramatiker, Hugenotte; seines obszönen, antireligiösen ›Satirischen Parnasses‹ wegen von den Jesuiten, besonders Garasse (s. Anm. zu S. 110), der Gottlosigkeit beschuldigt und vom Parlement nach langem Prozeß 1623 zum Feuertod verurteilt, 1625 zur Verbannung begnadigt.

Chaumeix, Abraham-Joseph de (um 1730–90): franz. Literaturkritiker, hartnäckiger Gegner der Aufklärer.

ein armseliger Sorbonnedoktor: Claude Yvon (1714–91), franz. Theologe; Mitarbeiter der Enzyklopädie, für die er die Artikel »Seele«, »Atheist«, »Gott« verfaßte.

110 *Bridoie:* Richter, der alle Prozesse mit dem Würfel entscheidet, in dem humoristisch-phantastischen Roman ›Pantagruel‹ des franz. Renaissanceromanautors François Rabelais (um 1494–1553.

Lamoignon, Guillaume II. de, Seigneur de Blancmesnil et de Malesherbes (1683–1772): franz. Kanzler 1750–63; von den Aufklärern bekämpft.

Garasse, der Pater François (1585–1631): franz. Prediger, Jesuit, der in zahlreichen Streitschriften gegen die Freigeister eiferte.

Urteile gegen das Brechmittel: Die medizinische Anwendung des als Brechmittel dienenden Antimons war in Frankreich wegen des Mißbrauchs, der damit getrieben wurde, 1566–1666 durch kgl. Erlaß verboten.

sich nach Chalkis zurückzuziehen: Aristoteles ging nach dem Tod Alexanders d. Gr. auf sein Landgut bei Chalkis, der Hauptstadt der Insel Euböa vor der mittelgriech. Ostküste, da ihn seine Feinde in Athen des Unglaubens beschuldigten.

Helvétius, Claude-Adrien (1715–71): franz. materialistischer Aufklärungsphilosoph, der in seinem Hauptwerk ›Vom Geist‹ das persönliche Interesse als Motiv aller menschlichen Tätigkeit hinstellt.

Sorbonnestall: Die Sorbonne, ehemals die theologische Fakultät der

Universität Paris, führte im 18. Jh. einen erbitterten Kampf gegen die Aufklärungsideen.

111 *König von Portugal:* Joseph I. Emanuel, 1750–77; ein Jahr nach dem Attentat auf ihn 1758, bei dem er durch 2 Schüsse verletzt worden war, wurden die der Anstiftung verdächtigen Jesuiten auf Schiffe geladen und im Kirchenstaat abgesetzt.

souverän in Paraguay: Die Jesuitenmissionen im Gebiet des heutigen Paraguay bildeten im 17./18. Jh. einen nahezu selbständigen Staat.

Luxembourg, François-Henri de Montmorency-Bouteville, Duc de (1628–95): franz. Heerführer unter Ludwig XIV., Marschall von Frankreich.

Turenne, Henri de La Tour d'Auvergne, Vicomte de (1611–75): franz. Heerführer unter Ludwig XIV., Marschall von Frankreich.

112 *Seladon:* Hirt aus dem Schäferroman ›Asträa‹ des franz. Barockromanautors Honoré de Urfé (1567–1625); Inbegriff eines schmachtenden Liebhabers.

Resident: Gesandter niedrigeren Ranges.

Choiseul, Étienne-François, Duc de (1719–85): franz. Diplomat, 1758–61 Außenminister, 1761–70 Kriegs- und Marineminister; Freund der Aufklärer.

113 *Gott von Thrakien:* der griech. Kriegsgott Ares (röm. Mars), als dessen Lieblingssitz die nordgriech. Landschaft Thrakien galt.

Zoilos (4. Jh. v. u. Z.): griech. Sophist, der Homers Epen herabsetzte; Inbegriff eines zugleich kleinlichen und böswilligen Kritikers.

Mävius (1. Jh. v. u. Z.): sprichwörtlich gewordener röm. Dichterling, der Horaz und Vergil zu schmälern suchte.

der Syrakus unterjochte: Dionysios d. Ä.

115 *Soweit, schöne Emilie . . .:* Vers aus der Tragödie ›Cinna‹ des Schöpfers der klassischen franz. Tragödie Pierre Corneille (1606–84); nach der weiblichen Heldin hatte Voltaire Mme. du Châtelet »schöne Emilie« genannt.

17. Dezember: Schreibfehler Voltaires für 17. November.

Daun, Leopold Joseph, Graf (1705–66): österr. Feldmarschall; 21. 11. 1759 zwang er beim Dorf Maxen südl. von Dresden 11 000 Preußen zur Kapitulation.

Fabel vom Milchtopf: von La Fontaine (s. Anm. zu S. 436); eine Frau mit einem Topf Milch auf dem Kopf, den sie in der Stadt verkaufen will, malt sich aus, was sie für den Erlös alles kaufen wird, darunter ein

Kälbchen, dessen Sprünge sie nachahmt, wobei der Topf herunterfällt und zerspringt.

Berryer, Nicolas-René (1703–62): franz. Justizbeamter, 1747 bis 58 Pariser Polizeipräfekt, 1758–61 Marineminister; Günstling Mme. de Pompadours.

Galeote von Saint-Cloud: Im 18. Jh. war es Mode, zum Jahrmarkt von Saint-Cloud am westl. Stadtrand von Paris mit einem Flußboot auf der Seine zu fahren; bei Beginn des 7jährigen Krieges 1756 hatten die Engländer die Franzosen verspottet, ihre Flotte bestände nur aus den Flußbooten u. a. von *Auxerre* südöstl. von Paris, mit dem es durch die Yonne in Handelsverbindung steht, und der Galeote von Saint-Cloud.

Silhouette, Étienne (1709–67): franz. Finanzminister 1759–67, der vergeblich den Finanztiefstand des Landes durch Beschneidung der Adelsvorrechte und durch Einsparungen im kleinen zu heben suchte.

116 *Keith,* George, Lord Marishal (1693–1778): preuß. Diplomat schott. Herkunft, Vertrauter Friedrichs II., 1751–54 Gesandter in Paris.

Seneca, Lucius Annäus (um 5 v. u. Z. – 65): röm. stoischer Moralphilosoph und Tragödiendichter.

Cartouche, eigtl. Louis-Dominique Bourguignon (1693–1721): berüchtigter franz. Dieb; nachdem er über 10 Jahre lang die Umgegend von Paris unsicher gemacht hatte, ergriffen und gerädert.

COSI-SANCTA

Ein kleiner Fehltritt bringt viel Gutes

›Cosi-Sancta, un petit mal pour un grand bien. Nouvelle africaine‹. Geschrieben wahrscheinlich 1747 während eines Aufenthalts bei der Herzogin von Maine, erschienen postum 1784.

119 *Augustinus,* Aurelius (354–430): lat. Kirchenvater, Heiliger, vertrat die Auffassung von der Erwählung einzelner zum Heil nach göttlicher Vorherbestimmung; *›Über den Gottesstaat‹,* eine Verteidigung des Christentums in 22 Büchern, ist sein Hauptwerk. (Die von Voltaire benutzte Erzählung findet sich nicht dort, sondern in der Bibelauslegung ›Von der Bergpredigt des Herrn‹.)

Jansenisten: s. Anm. zu S. 106.

122 *Karmelitermönch:* Mitglied eines 1155 auf dem Berg Karmel in Nordpalästina von dem Kreuzfahrer Berthold von Kalabrien gegründeten Einsiedlerordens.

ZADIG ODER DAS SCHICKSAL
Eine orientalische Erzählung

›Zadig, ou la destinée. Histoire orientale‹. Titel der anonym erschienenen beiden Ausgaben von 1748. Die erste, ebenfalls anonyme Ausgabe von 1747 trug den Titel ›Memnon. Eine orientalische Erzählung‹ (›Memnon. Histoire orientale‹). Verschiedene Kapitel sind später hinzugefügt worden, davon zwei (14 und 15) postum.

127 *Saadi,* Scheich Muslih-ad-Din (um 1215–92): bedeutendster pers. didaktischer Dichter.

Scheraa: Die Zeitgenossen sahen in ihr Mme. de Pompadour (s. Anm. zu S. 76 *Poisson*).

Hedschra (arab.): Mohammeds »Auswanderung« nach Medina 622; Beginn der mohammedanischen Zeitrechnung.

Derwisch: urspr. »Bettler«, dann Bezeichnung für Mitglieder islamitischer Orden.

128 *altchaldäisch:* babylonisch.

Ulugh-Berg: Herrscher des Mongolenreichs Turkestan 1447–49; Förderer von Kunst und Wissenschaft.

›*Tausendundeine Nacht*‹: 1. europ. Übersetzung 1704/17 durch den franz. Orientalisten Antoine Galland (1646–1715).

›*Tausendundein Tag*‹: Nachahmung von ›Tausendundeine Nacht‹ angeblich von einem pers. Derwisch Muklah (um 1675), eigtl. die 1710/12 von dem franz. Arabisten und kgl. Dolmetscher François Pétis de La Croix (1653–1713) wahrscheinlich nach einer türk. Fassung übersetzte arab. Märchensammlung ›Freude nach der Angst‹.

Thalestris: Amazonenkönigin, die sich 330 in Hyrkanien (s. Anm zu S. 140) mit ihren 300 Begleiterinnen dem Heer Alexanders d. Gr. angeschlossen haben soll.

Iskander: pers. Name für Alexander d. Gr.

Königin von Saba: sagenhafte Herrscherin eines antiken südarab. Reichs, die nach arab. Überlieferung ein Liebesverhältnis mit Salomo hatte.

124 *Zarathrustra* (6. Jh. v. u. Z.): altiran. Relgionsstifter. Nach seiner Lehre ist die Welt in die Sphären des Lichts und der Finsternis geteilt, deren Götter, Ormuzd und Ahriman, in nie endendem Streit miteinander liegen; der Mensch hat die Wahl zwischen beiden, wobei sein

Bekenntnis zum Licht das Bekenntnis zur sittlichen Tat bedeutet und sein Glück im Diesseits und Jenseits sichert.

gib auch den Hunden zu essen: Der Hund als Tier Ormuzds genoß bei den Anhängern der altiran. Religion höchste Verehrung.

Obermagier: altiran. Oberpriester.

130 *Imaus:* antiker Name des Himalajas.

131 *Hermes* Trismegistos (griech. »der dreimal Größte«): griech. Name des ägypt. Mondgottes Thoth, der als Lehrer der Weisheit galt; unter den ihm zugeschriebenen magischen Büchern befanden sich angeblich 6 medizinische.

133 *Arnoult* (18. Jh.): franz. Apotheker in Paris, Scharlatan.

Tschinavat: die »Windbrücke«, über die nach der Lehre Zarathustras die Seelen der Toten wandern müssen; für die Guten ist sie so breit wie eine Straße, für die Bösen so schmal wie ein Haar, so daß sie in die Hölle hinabstürzen.

134 *Asrael:* der Todesengel in der mohammedanischen Religion, der die Seelen der Verstorbenen empfängt.

*Zend-*Awesta: Name der heiligen Bücher der Parsen, der ind. Anhänger Zarathustras, die im 8. Jh. aus Persien auswanderten.

wieviel Wasser in einer Sekunde unter einem Brückenbogen hindurchfließt: wahrscheinlich Anspielung auf die von dem franz. Mathematiker und Astronomen Philippe de La Hire (1640 bis 1718) herausgegebene ›Abhandlung über die Bewegung des Wassers und anderer flüssiger Körper‹ des franz. Physikers Edme de Mariotte (um 1620–84) und die vom franz. Physiker und Ingenieur Henri Pitot (1695–1771) erfundene »Pitotsche Röhre« zur Messung der Geschwindigkeit fließenden Wassers.

ob im Mäusemonat ein Kubikzentimeter Regen mehr fällt als im Schafmonat: Das Pariser Observatorium führte seit 1689 Messungen der Niederschlagsmenge durch.

Seide aus Spinnweben oder Porzellan aus zerbrochenen Flaschen herstellen zu wollen: Anspielung auf die ›Untersuchung über die Seide der Spinnen‹ und das Réaumur- oder Glasporzellan, eine Porzellannachahmung aus erhitzter Glasmasse unter Gips- und Sandzusatz, von Réaumur (s. Anm. zu S. 261)

135 *Großer Desturham:* ehemaliges pers. oberstes geistliches Gericht.

136 *Ormuzd* (Ahura Mazda): der Gott des Lichts in der altiran. Religion, oberste Gottheit der Perser.

139 *Yebor:* Anagramm von Boyer (s. Anm. zu S. 63).

140 *Arimazes:* Wortbildung in Anlehnung an Ahriman (Ahramainyu), der Gott der Finsternis in der altiran. Religion, Gegenspieler von Ormuzd.

Harpyien: in der griech. Sage räuberische Plagegeister, halb Mädchen, halb Vogel.

Hyrkanien: antiker Name für die Niederung südöstl. des Kaspischen Meers; ihre Bewohner standen im Ruf der Wildheit.

143 *Obersatrap:* altpers. Oberstatthalter.

146 *Diwan:* türk. Staatsrat.

147 *acht Redeteile:* auf die antiken Grammatiker zurückgehende Einteilung der Wortklassen (Substantiv, Adjektiv, Pronomen, Verbum, Adverb, Präposition, Konjunktion, Interjektion).

Dämonomanie: Wahnvorstellung, von Dämonen besessen zu sein.

148 *Akzidens:* zufälliges Merkmal eines Begriffs oder zufällige Eigenschaft eines Gegenstands, dessen Fehlen den Begriff oder Gegenstand nicht in seinem Wesen verändert.

Monaden: s. Anm. zu S. 42 *Leibniz.*

prästabilierte Harmonie: s. Anm. zu S. 42 *Leibniz.*

Mithra: altiran. Licht- und Treuegott.

149 *aus der Mode gekommen:* Anspielung auf die »comédie larmoyante«, die tränenreiche frühbürgerliche Komödie Frankreichs in der 1. Hälfte des 18. Jh.

156 *Kanopos:* altägypt. Küstenstadt nordöstl. von Alexandrien.

163 *Gangariden:* Bewohner der Gangesufer.

164 *Skythen:* im Altertum Bewohner der südruss. Steppe.

166 *Catahay:* mittelalterliche Bezeichnung für das nördl. China.

167 *Brahma:* höchster ind. Gott, Schöpfer und Lenker der Welt.

Apis: in Memphis verehrte ägypt. Gottheit in Gestalt eines schwarzen Stiers, Verkörperung des Stadtgottes von Memphis, des Weltschöpfers Ptah.

Oannes: sagenhaftes babylon. Urwesen, halb Mensch, halb Fisch, das aus dem Meer tauchte und die Anwohner Ackerbau und Wissenschaft lehrte.

168 *Cambaluc:* Name Pekings (für Khanbalik) bei dem venezian. Ostasienreisenden Marco Polo (1254–1324).

Li (chin.): die gesetzmäßige Ordnung der Natur und die den Menschen erleuchtende Vernunft; Grundbegriff der chin. Aufklärungsphilosophie.

Tien (chin.): der Himmel als die alles Geschehen bestimmende höchste Gewalt; Beiname des Gottes in der altchin. Religion.

Teutates: kelt. Kriegsgott, der durch Menschenopfer geehrt wurde.

Eichenmistel: Hauptzaubermittel der kelt. Priester, der Druiden.

172 *Tidore und Ternate:* Molukkeninseln.

Serendib: arab. Name für Ceylon.

176 *Geist und Herz:* Anspielung auf Charles Rollin (1661 bis 1741), franz. Althistoriker und Lehrmethodiker, Rhetorikprofessor; Verfasser einer Anleitung ›Über die Unterrichtsweise in den schönen Wissenschaften, im Hinblick auf Geist und Herz‹.

177 *Bonzen:* buddhistische Priester.

178 *Sirenen:* in der griech. Sage Fabelwesen in Vogelgestalt mit Mädchenkopf, die den durch ihren Gesang betörten Seefahrern das Leben raubten.

boopes (griech.): rinder-, großäugig.

180 *Peträisches Arabien* (Arabia Petraea): »steiniges Arabien«, die Halbinsel Sinai.

182 *König der Könige:* Titel der Herrscher der Parther und Perser (und Franzosen).

185 *tyrisch:* aus der phöniz. Handelsstadt Tyrus an der libanes. Küste (heute Sur); im Altertum berühmt besonders durch ihre Purpurfärberei mit dem Farbstoff der im Mittelmeer lebenden Purpurschnecken.

188 *Basilisk:* Fabeltier der Antike, eine geflügelte Schlange mit Krone auf dem Kopf, deren Blick töten sollte.

206 *Jesra:* wahrscheinlich Serosh (Srosha), der »Erzengel« in der altiran. Religion, geflügelter Bote zwischen Ormuzd und den Menschen, die er vor den bösen Geistern beschützt.

DIE WELT, WIE SIE IST

Eine Vision Babuks, von ihm selbst berichtet

›Le monde comme il va. Vision de Babouc, écrite par lui-même‹. Geschrieben wahrscheinlich 1747 während eines Aufenthalts bei der Herzogin von Maine, erschienen 1748.

213 *Skythen:* s. Anm. zu S. 164.

Oxus: antiker Name für den Amu-Darja.

Persepolis: 2. Hauptstadt des alten Perserreichs; gemeint ist Paris.

Sinear: biblischer Name für Babylonien (heute Irak Arabi).

106 *Obersatrap:* s. Anm. zu S. 143.

214 *Dareikos:* altpers. Goldmünze.

216 *Piktaver:* gall. Völkerstamm in der westfranz. Landschaft Poitou.

217 *Brunnen:* gemeint sind die »Fontaine des Innocents« an der Ecke der Rue Saint-Denis und der Rue aux Fers und der Brunnen in der Rue de Grenelle in Paris.

ein riesengroßes Gebäude: das »Hôtel des Invalides«, das Asyl für Kriegsversehrte in Paris.

220 *Plebejerkönige:* gemeint sind die franz. Generalpächter, die dem König die in einem bestimmten Gebiet einzuziehende Steuersumme im voraus bezahlten und dafür die Steuereintreibung übernahmen.

222 *Archimandrit:* in Frankreich ehemals Bezeichnung für höhere Geistliche bis zum Erzbischof (in der griech.-orthodoxen Kirche Klostervorsteher).

223 *ein Semimagier:* gemeint ist ein Jansenist (s. Anm. zu S. 106).

Zerduscht: Namensform Zarathustras (s. Anm. zu S. 129) bei den Parsen (s. Anm. zu S. *134 Zend*).

die kleinen Mädchen prophezeien: Anspielung auf die um 1730 als Folge der Unterdrückung der Jansenisten entstandene Bewegung der Konvulsionäre, religiöser Schwärmer, die unter krampfartigen Zukkungen, in die sie sich durch Kasteiungen versetzen ließen, angeblich die Zukunft voraussagten und Wunder an sich geschehen sahen.

der große Lama: gemeint ist der Papst.

227 *ein Minister:* Verschiedene Kommentatoren beziehen die folgenden Äußerungen auf Fleury (s. Anm. zu S. 56).

229 *Teona:* gemeint ist sehr wahrscheinlich Mme. du Châtelet (s. Anm. zu S. 41).

Vestalinnen: jungfräuliche Priesterinnen der röm. Göttin des Herdfeuers Vesta.

231 *Jonas:* alttestamentlicher Prophet; nach der Bibel von Gott beauftragt, den Einwohnern von Ninive den Untergang ihrer Stadt zu verkünden, floh er übers Meer, wurde von einem Walfisch verschluckt und auf sein Flehen zu Gott hin wieder ausgespien, worauf er der Stadt den Untergang verkündete, doch als sie Buße tat und von Gott verschont wurde, zornig den Tod herbeiwünschte (Buch Jonas).

Ninive: Hauptstadt des Assyrerreichs.

›Memnon, ou la sagesse humaine‹. 1749 erschienen unter dem Titel ›Memnon‹.

235 *Amerika war noch nicht entdeckt:* Anspielung auf die aus der Neuen Welt stammende Syphilis.

236 *Satrap:* altpers. Statthalter.

239 *gewisse Dichter und Philosophen:* Viscount Henry Saint John Bolingbroke (1678–1751), engl. politischer und philosophischer Schriftsteller mit aufklärerischen Zügen, 1710–14 Außenminister; Pope (s. Anm. zu S. 46); Anthony Ashley Cooper, Earl of Shaftesbury (1671–1713, engl. Moralphilosoph, der die Ethik von der Religion löste und mit der Ästhetik verband.

BABABEK UND DIE FAKIRE

›Bababec et les fakirs‹. Erschienen 1750 unter dem Titel ›Brief eines Türken über die Fakire und über seinen Freund Bababek‹ (›Lettre d'un turc sur les fakirs et sur son ami Bababec‹).

241 *Brahma:* s. Anm. zu S. 167.

Yogi: Anhänger der ind. philosophischen Lehre Yoga, einer systematisch geübten Anspannung der Geisteskräfte in Versenkung mittels Askese und Kasteiung, die in der Verzückung die Erlösung der Seele von der Wiedergeburt anstrebt.

Gymnosophisten (griech. »nackte Weise«): Bezeichnung der Griechen für die ind. Fakire.

Weda (sanskrit. »das Wissen): Bezeichnung für die ältesten religiösen Bücher der Inder.

›Zend-Awesta‹: s. Anm. zu S. 134.

MIKROMEGAS
Eine naturphilosophische Erzählung

›Micromégas. Histoire philosophique‹. Erschienen 1752 unter dem Titel ›Der Mikromegas des Herrn von Voltaire (›Le Micromégas de M. de Voltaire‹).

245 *Mikromegas* (griech.) »Kleingroß«.

246 *Euklid* (um 300 v. u. Z.): griech. Mathematiker, Verfasser der grundlegenden ›Elemente‹ der Geometrie.

Pascal, Blaise (1623–62): franz. Mathematiker und religiöser Denker, nach Jansen bedeutendster Theoretiker des Jansenismus (s. Anm. zu S. 106); Begründer der Wahrscheinlichkeitsrechnung und Verfasser der gegen die Moral der Jesuiten gerichteten satirischen ›Briefe aus der Provinz‹ und der ›Gedanken‹, Aufzeichnungen zu einer unvollendeten Verteidigung der christlichen Religion.

seine Schwester: Françoise-Gilberte Pascal, Dame Périer (1620 bis 87), Verfasserin eines ›Lebens Blaise Pascales‹.

247 *Herz und Geist:* s. Anm. zu S. 176.

Berline: zuerst in Berlin gebauter 4sitziger Reisewagen; zu Beginn des 18. Jh. in Paris eingeführt.

Derham, William (1657–1735): engl. Theologe, Verfasser der ›Astronomischen Theologie‹, die Gott aus den Wundern der Natur zu beweisen sucht.

Lully, Jean-Baptiste (1632–87): franz. Komponist italien. Herkunft, Begründer der franz. Nationaloper.

248 *Sekretär der Saturn-Akademie:* gemeint ist der führende franz. philosophische Schriftsteller der Frühaufklärung Bernard Le Bovier de Fontenelle (1657–1757), Sekretär der Franz. Akademie der Wissenschaften; im folgenden Gespräch zwischen dem Sekretär und dem Siriusbewohner spielt Voltaire auf Wendungen aus Fontenelles ›Unterhaltungen über die Vielheit der Welten‹ an, einer populärwissenschaftlichen Darstellung des astronomischen Weltbilds von Descartes (s. Anm. zu S. 263).

unsere fünf Monde: Die weiteren 5 Saturntrabanten wurden erst von 1781 an entdeckt.

252 *ein berühmter Bewohner unserer kleinen Weltkugel:* Christian Huygens (1629–95), niederländ. Physiker und Mathematiker, Begründer der Wellentheorie des Lichts.

Castel, Louis-Bertrand (1688–1757): franz. Mathematiker und Physiker, Jesuit.

256 *eine Gruppe von Naturforschern:* die 1736 von Maupertuis (s. Anm. zu S. 42) geleitete Gradmessungsexpedition in der finn. Stadt Torneå an der Nordküste des Bottnischen Meerbusens, die den Beweis für die Polabplattung der Erde erbrachte.

257 *Leeuwenhoek,* Antony van (1632–1723): niederländ. Zoologe; Entdecker der Blutkörperchen und Aufgußtierchen, Mitentdecker der Spermatozoen.

Hartsoeker, Nicolaas (1656–1725): niederländ. Physiker; entdeckte mit dem von ihm vervollkommneten Mikroskop die Spermatozoïden, die männlichen Geschlechtszellen der Pflanzen.

258 *»ich habe die Natur auf frischer Tat ertappt«:* Ausdruck Fontenelles in seiner ›Lobrede auf Herrn von Tournefort‹.

260 *Swift,* Jonathan (1667–1745): engl. Satiriker, Verfasser von ›Gullivers Reisen‹.

261 *was Vergil an Sagenhaftem von den Bienen erzählt hatte:* Im ›Gedicht vom Landbau‹ (4) heißt es, die Bienen pflanzten sich ohne Begattung fort.

Swammerdam, Jan (1637–80): niederländ. Zoologe; untersuchte die anatomische Struktur der Insekten.

Réaumur, René-Antoine Ferchault de (1683–1757): franz. Physiker und Zoologe, bekannt durch das von ihm eingeführte Thermometer; erforschte die Lebensweise der Insekten, wobei er die Gliederung des Bienenstaats in Königin, Drohnen, Arbeitsbienen entdeckte.

262 *niedergemetzelt werden:* Anspielung auf den russ.-türk. Krieg 1735–39.

ein paar Schmutzhaufen: die Krim.

nach Cäsar nennt: Das Wort »Zar« (wie das Wort »Kaiser«) geht auf den Titel Cäsar der röm. Kaiser zurück

263 *Descartes,* lat. Cartesius, René (1596–1650): franz. Philosoph und Mathematiker, durch die Begründung des Rationalismus, der Lehre von der Vorherrschaft der Vernunft, der »Vater des neueren Denkens«, der die Auffassung einer scharfen Trennung zwischen geistiger und körperlicher Welt und die Vorstellung von dem Menschen »angeborenen Ideen« vor jeder Erfahrung vertrat.

Malebranche, Nicole (1638–1715): franz. Philosoph, Vertreter des Okkasionalismus, eines philosophischen Systems theologischen Gepräges, das in Gott die einzige, allumfassende Substanz und zugleich die Vermittlung zwischen den abgeleiteten Substanzen Geist und Materie, Ich und Außenwelt sieht.

Leibniz: s. Anm. zu S. 42.

Locke: s. Anm. zu S. 42.

Peripatetiker: Anhänger der philosophischen Schule des Aristoteles, benannt nach dem Wandelgang (griech. Peripatos), in dem im Umhergehen gelehrt wurde.

Entelechie: zielgerichtetes Entwicklungsvermögen; philosophischer Grundbegriff bei Aristoteles.

'Εντελέχεια ἐστὶ (griech.): »Entelechie ist ...« (Aristoteles ›Über die Seele‹ 2,2).

265 *Tierchen mit viereckiger Mütze:* ein Sorbonneprofessor mit der damals für die Universitätslehre üblichen Kopfbedeckung.

Thomas von Aquino: s. Anm. zu S. 49.

266 *Sekretär:* Fontenelle.

DIE BEIDEN GETRÖSTETEN

›Les deux consolés‹. Erschienen 1756.

267 *Königin von England:* Henriette Maria von Frankreich (1609–69), seit 1625 durch ihre Heirat mit Karl I. (s. Anm. zu S. 423) engl. Königin; während der bürgerlichen Revolution 1642–49 nach Frankreich geflohen, erlebte sie 1649 die Hinrichtung ihres Mannes.

Heinrich IV.: franz. König 1589–1610.

Maria Stuart: schott. Königin 1542–67, katholische Prätendentin auf den engl. Thron; nach ihrer Abdankung von Elisabeth I. in ihrem Zufluchtsland England 1587 hingerichtet.

ein braver Musiker: David Rizzio od. Riccio (um 1533–66), italien. Sänger und Musiker, Sekretär und Günstling Maria Stuarts.

ihr Gatte: Henry Stuart, Lord Darnley (1541–67), 2. Mann Maria Stuarts; auf ihr Betreiben hin ermordet.

Elisabeth I.: engl. Königin 1558–1603; Förderin des Protestantismus.

Johanna von Neapel, I.: Königin 1343–82; ihrer 4. Eheschließung widersetzten sich der Papst und ihr Adoptivsohn, der sie ins Gefängnis warf und erdrosselte.

268 *Hekuba:* in der griech. Sage Frau des troj. Königs Priamos; nach dem Tod fast aller ihrer 19 Söhne im Kampf um Troja und nach Zerstörung der Stadt wurde sie von den siegreichen Griechen als Sklavin mitgeführt.

Niobe: theban. Königin der griech. Sage, Mutter von 7 Söhnen und 7 Töchtern, die Apollon und Artemis zur Strafe für ihren überheblichen Mutterstolz töteten.

GESCHICHTE DER REISEN SCARMENTADOS
Von ihm selbst geschrieben

›Histoire des voyages de Scarmentado, écrite par lui-même‹. Erschienen 1756.

269 *Candia:* italien. Name der Stadt Heraklion an der mittleren Nordküste Kretas.

Iro: Anagramm von Roy, Pierre-Charles (1683–1764), franz. Lyriker und Operntextdichter; mit Voltaire verfeindet.

Minos: in der griech. Sage König von Kreta, dessen Frau Pasiphaë sich in einen Stier verliebte, durch den sie Mutter des Minotaurus wurde, eines menschlichen Ungeheuers mit Stierkopf.

Profondo (italien.): »der Tiefgründige«.

Kategorien des Aristoteles: von Aristoteles erstmals aufgestellte 10 allgemeinste »Aussagen« (Substanz, Quantität, Zeit usw.) über die bezeichnenden Eigenschaften der Dinge als Ordnungsprinzip zur Erkenntnis der Welt.

Olimpia Pamfili, geb. Maldachini (1594–1656): italien. Intrigantin, Schwägerin von Innozenz X., Papst 1644–55; als päpstliche Finanzverwalterin saugte sie den Kirchenstaat aus, so daß es zu Aufständen kam.

270 *Poignardini und Aconiti* (franz./italien.): »Dolchling« und »Eisenhutler« (nach der Pflanze Aconitum oder Eisenhut, deren Wurzelknollen das starke Nervengift Akonitin enthalten)

Ludwig der Gerechte, XIII.: franz. König 1610–43.

Marschall d'Ancre, eigtl. Concino Concini (gest. 1617): italien. Abenteurer, 1610–17 Premierminister der franz. Regentin Maria von Medici während der Minderjährigkeit Ludwigs XIII.; der in Frankreich verhaßte Intrigant fiel einer vom König begünstigten Adelsverschwörung zum Opfer und wurde erschossen, sein Leichnam von der Bevölkerung durch die Straßen geschleift und aufgehängt.

gallikanische Kirche: die katholische Staatskirche Frankreichs., die sich um nationale Selbständigkeit gegenüber dem Papst bemühte.

Bartholomäusnacht: s. Anm. zu S. 104.

der König: Jakob I., engl. König 1603–25.

und das ganze Parlament in die Luft zu sprengen: Anspielung auf die Pulververschwörung 1605, einen Attentatsversuch der unterdrückten engl. Katholiken.

Maria I., die Katholische: engl. Königin 1553–58; im Bestreben, den Katholizismus in England wieder einzuführen, ließ sie über 300 Protestanten verbrennen.

Heinrich VIII.: engl. König 1509–47.

Loch des heiligen Patrick: legendäre Höhle in Westirland, durch die man zum »Fegefeuer Patricks« (um 373- um 463), des irisch. Nationalheiligen, gelangen und in die ein Ritter Owain 1153 hinabgestiegen sein soll.

271 *Barnevelt* (Oldenbarnevelt), Jan van (1547–1619): niederländ. Staatsoberhaupt 1584–1619, Vorkämpfer für die holländ. Unabhängigkeit; als Gegner der monarchischen Absichten des Prinzen Moritz von Oranien, Graf von Nassau (1567–1625), niederländ. Statthalter 1585–1625, wegen seiner Zugehörigkeit zur reformierten Sekte der Arminianer, die Calvins (s. Anm. zu S. 104) Prädestinationslehre verwarf, verhaftet und enthauptet.

Galeonen: 3mastige Segelschiffe der span. »Silberflotte«, die den Edelmetallertrag aus den Bergwerken der amerikan. Kolonien ins Mutterland brachte.

mit Säcken bekleidet: gemeint sind die Sanbenitos (s. Anm. zu S. 298).

272 *Antocha:* Kirche in Madrid mit hölzernem Standbild der Maria, »die alljährlich an ihrem Festtage weint, und das Volk weint mit« (Anmerkung Voltaires in seiner Ausgabe des ›Tagebuchs‹ von Dangeau).

Hieronymiten-Brüder: Mitglieder eines 1370 gegründeten und nach dem hlg. Hieronymus benannten span. Einsiedlerordens.

Heilige Hermandad (span. «Bruderschaft«): im 13. Jh. gebildete span. Schutzpolizei zur Sicherung der Straßen vor Wegelagerern; hier einfach Polizei.

273 *Real:* alte span. Silbermünze.

Bischof von Chiapas (Mexiko): Bartolomé de Las Casas (1474 bis 1566), span. Priester und Geschichtsschreiber, der »Apostel der Indianer«; Verfasser einer ›Kurzen Darlegung über die Ausrottung der Indianer‹ (1552), in der er für die unterdrückten Eingeborenen eintrat. (Eigentliche Memoiren hat er nicht hinterlassen.)

274 *Diwan:* s. Anm. zu S. 146.

Zechine: italien. Goldmünze.

Allah il Allah, eigtl. Lâ ilâha illâ 'llâhu (arab.): »es gibt keinen Gott außer Allah«; wichtigster mohammedanischer Glaubenssatz.

Imam: Vorbeter in der mohammedanischen Moschee.

275 *Dominikanerpatres:* Mitglieder des vom hlg. Dominikus 1216 in Toulouse gegründeten einflußreichsten Bettelordens des Mittelalters, dem 1232 die Vollmachten der Inquisition übertragen wurden und dem die bedeutendsten Kirchenlehrer angehörten.

Sbirren: eigtl. Polizisten im alten Italien.

276 *Macao:* portug. Niederlassung an der südchin. Küste.

Golkonda: Ruinenstadt in Mittelindien.

Aurangzeb: ind. Großmogul (s. Anm. zu S. 331) 1658–1707.

Scherîf: Nachkomme Mohammeds; der Scherîf von Mekka ist oberster Glaubenshüter des Islams.

Kaaba (arab. »Würfel«), von den Mohammedanern gen. Beit' Allah (arab. »Haus Gottes«): heiliges Haus des Islams in Mekka.

Mulei-Ismail: marokkan. Sultan 1672–1729.

PLATONS TRAUM

›Songe de Platon‹. Erschienen 1756.

279 *in Mann und Weib geschieden:* s. Anm. zu S. 54.

›Staat‹ (um 392 v.u.Z.): umfangreicher Dialog Platons, in dem er das Ideal eines von Philosophen gelenkten Staats zur Tugenderziehung des Menschen aufstellt.

in einem Wasserbecken beobachtete: im Altertum übliches Verfahren der indirekten Beobachtung einer Sonnenfinsternis.

Demiurg (griech.): von Platon im Sinn von Weltformer gebrauchter Begriff.

Phidias (um 450 v.u.Z.): bedeutendster griech. Bildhauer der Blütezeit der athen. Kunst.

Zeuxis (um 400 v.u.Z.): griech. Maler.

Dämogorgon: griech. Weltschöpfungsgottheit.

281 *mondlose Nächte:* Die beiden Marsmonde Phobos und Deimos wurden erst 1877 entdeckt. (Bei den *»beiden großen Ringen«* könnte eine Verwechslung vorliegen mit dem des Saturn, den Huygens 1657 als einfachen, Cassini 1675 als 2geteilten erkannt hatte.)

Aus dem Deutschen übersetzt von Dr. Ralph und mit Anmerkungen versehen, die man in der Tasche des Doktors fand, als er im Jahre des Heils 1759 zu Minden starb

›Candide, ou l'optimisme, traduit de l'allemand de Mr. le docteur Ralph avec les additions qu'on a trouvées dans la poche du docteur, lorsqu'il mourut à Minden, l'an de grâce 1759‹. Erweiterter Titel der Ausgabe von 1761. Die erste Ausgabe erschien 1759 anonym in Genf unter dem Titel ›Candide oder Der Optimismus. Aus dem Deutschen übersetzt von Dr. Ralph‹ (›Candide, ou l'optimisme, traduit de l'allemand de Mr. le docteur Ralph‹).

283 *Candide* (franz.): »Treuherz«.

284 *Pangloß* (griech.): »Allreder«.

beste aller Welten: s. Anm. zu S. 42 *Leibniz.*

285 *zureichender Grund:* Nach dem von Leibniz aufgestellten Satz vom zureichenden Grund hat in einer ununterbrochenen Kette von Zuständen jeder folgende seinen Grund im vorangegangenen.

286 *Bulgaren:* das den Hunnen verwandte kriegerische Turkvolk des Mittelalters; gemeint sind die Preußen.

Männer im blauen Rock: preuß. Soldatenwerber (›Candide‹ erschien im 7jährigen Krieg 1756–63).

288 *Dioskurides,* Pedanios (1. Jh.): griech. Arzt in Rom, Verfasser einer bis ins 16. Jh. benutzten ›Arzneimittellehre‹ in 5 Bänden.

Awaren: nomadisierendes Turkvolk des Mittelalters; gemeint sind die Franzosen.

Tedeum: frühchristlicher lat. Hymnus mit den Anfangsworten »Te deum laudamus«, »Dich, Gott, loben wir«.

289 *ein Mann:* ein protestantischer Pfarrer.

290 *Wiedertäufer* (Anabaptisten): christliche Sekte der Reformationszeit, deren Anhänger an eine innere Offenbarung zur Bekehrung des urteilsfähigen Erwachsenen glaubten, die Kindertaufe ablehnten und neue Anhänger zum zweitenmal tauften; durch ein Gemeinschaftsleben im Sinne der Bergpredigt abseits von jedem staatlichen Zwang strebten sie die Verwirklichung des Reiches Gottes auf Erden an.

ein mit einer Seele begabtes, zweibeiniges Geschöpf ohne Gefieder: der Mensch nach der Begriffsbestimmung in den unter Platons Namen überlieferten ›Definitionen‹ (415a; »der Mensch, ein flügelloses, zweibeiniges, plattnageliges Lebewesen«).

292 *Franziskaner:* Mitglieder eines vom hlg. Franz von Assisi (1182–1226) gegründeten Bettelordens, der strenge Einhaltung des Armutsgelübdes forderte.

293 *Koschenille:* mexikan. Schildlausart, ehemals gezüchtet wegen ihres roten Farbstoffs (Karmin).

294 *ein fürchterliches Unwetter:* Anspielung auf das Erdbeben von Lissabon 1755, das etwa 30000 Menschenleben forderte.

295 *a priori* (lat.): von vornherein; unabhängig von der Erfahrung.

297 *Freiheit des Willens:* s. Anm. zu S. 106 *Molinisten.*

determinierter Wille: unfreier Wille; Leibniz vertrat die Auffassung einer weitgehend beschränkten Willensfreiheit.

Autodafé (portug. »Glaubenshandlung«): feierliche Verbrennung der von der Inquisition verurteilten Ketzer.

298 *Sanbenitos* (entstellt aus span. saco benito »Benediktinerkleid«): mit Flammen und Teufeln bemalte Kittel, die von den zur Hinrichtung geführten Opfern der Inquisition getragen wurden.

Mitra: eigtl. die spitze Mütze der Bischöfe.

303 *ob die Nacht vom Sonnabend zum Sonntag unter das mosaische oder ob sie unter das christliche Gesetz fiel:* Der Sabbat der Juden reicht von Freitag- bis Samstagabend, der Sonntag der Christen beginnt um Mitternacht.

304 *Miserere* (lat.): »Erbarme dich«; Anfangswort des in der katholischen Kirche als Buß- und Begräbnislied gesungenen 51. Psalms (»Gott, sei mir gnädig«).

babylonische Gefangenschaft: das jüd. Exil nach der Eroberung Jerusalems durch die Neubabylonier 597 v.u.Z., als der König mit etwa 10000 Angehörigen der Oberschicht, und nach der Zerstörung der Stadt 586 v.u.Z., als weitere 15000 nach Babylon umgesiedelt wurden.

305 *galiläisch:* christlich (nach Galiläa, dem Herkunftsland von Jesus Christus).

306 *Dublone:* alte span. Goldmünze.

Heilige Hermandad: s. Anm. zu S. 272.

307 *Benediktinerprior:* Vorsteher eines Klosters der Benediktiner, des von Benedikt von Nursia (um 480–550) auf dem unteritalien. Berg Monte Cassino gegründeten ältesten Mönchsordens, dessen Regel strengste Klosterzucht forderte.

die ehrwürdigen Jesuitenpatres in Paraguay: Als 1750 Spanien bei einer Grenzreglung Gebiete, die zum Jesuitenstaat (s. Anm. zu S. 111 *souverän in Paraguay*) gehörten, an Portugal vertauschte, leisteten die Jesuiten durch ihre Indianer 1754–58 vergeblich bewaffneten Widerstand.

310 *Salé:* marokkan. Hafenstadt nordöstl. von Casablanca; im 17./18. Jh. Hauptstützpunkt der berberisch. Seeräuber.

in articulo mortis (lat.): im Augenblick des Todes.

Malteserritter: Angehöriger des 1113 bestätigten geistlichen Ritterordens der Johanniter, der seinen Sitz seit 1530 auf Malta hatte.

311 *Mulei-Ismail:* s. Anm. zu S. 276.

312 *O che sciagura d'essere senza cogl*(ioni) (italien.): »Oh, welch Unglück, ohne Hoden zu sein.«

313 *die Geschicke des Staates zu lenken:* Anspielung auf den italien. Sängerkastraten Farinelli, eigtl. Carlo Broschi (1705–82), Günstling der span. Könige Philipp V. und Ferdinand VI.

Dei: Der Titel der 1600–1830 in Algerien herrschenden Befehlshaber der Janitscharen.

314 *Janitscharen-Aga:* Offizier der türk. Garde, die sich urspr. aus zum Islam übergetretenen christlichen Gefangenen zusammensetzte.

Asow: im russ.-türk. Krieg 1735–39 nach 6monatiger Belagerung 1736 von den Russen eingenommen.

Imam: s. Anm. zu S. 274.

315 *Bojar:* russ. Hochadliger.

316 *Robeck,* Johann (1672–1735): deutsch. Philosophieprofessor, der sich in der Weser ertränkte; Verfasser einer ›Philosophischen Erörterung über den berechtigten Ausweg oder den Freitod von Philosophen und Ehrenmännern, auch Juden und Christen‹.

317 *obwohl die Notlüge einstmals bei den Alten gang und gäbe war:* Anspielung aus Sara, die Frau Abrahams (1. Moses 18, 15).

318 *Alcalde:* span. Bürgermeister und Ortsrichter.

Alguacil: span. Gerichts- und Polizeidiener.

319 *Mestizin:* weiblicher Mischling zwischen Weißen und Indianern.

320 *Sponton:* Pike.

321 *Provinzial:* Vorstand einer geistlichen Ordensprovinz.

Ignatius von Loyola (um 1490–1556): span. Adliger, Gründer des Jesuitenordens, Heiliger.

323 *dieser Weinberg des Herrn:* Anspielung auf das biblische Gleichnis vom Weinberg (Matthäusevangelium 20, 1/16).

325 *›Journal de Trévoux‹*, eigtl. ›Denkwürdigkeiten zur Geschichte der Wissenschaften und der schönen Künste‹ (1701/75): die Aufklärung bekämpfende franz. literarische Zeitschrift der Jesuiten.

327 *Pan:* griech. Hirtengott mit Ziegenfüßen, Bocksbart und Hörnern.

Faun: röm. Herdengott; später Pan gleichgesetzt und mit dessen Attributen dargestellt.

Satyrn: s. Anm. zu S. 69.

329 *Eldorado:* sagenhaftes Goldland in Südamerika, nach dem die Spanier Expeditionen ausschickten; hier das peruan. Inkareich.

Cayenne: Hauptstadt von Franz.-Guayana.

330 *große rote Schafe:* Lamas.

331 *Großmogul:* türk.-mongol. Herrscher des 1526 gegründeten mohammedanischen Reichs in Indien.

334 *Raleigh,* Sir Walter (1552–1618): engl. Seefahrer; unternahm 1616 einen Eroberungszug nach Guayana.

339 *Surinam:* Niederländ.-Guayana.

Vanderdendur: gemeint ist sehr wahrscheinlich van Duren (s. Anm. zu S. 54), von dem sich Voltaire geschädigt fühlte.

344 *Sozinianer:* Anhänger der religiösen Lehre des italien. Theologen Lälius (1525–62) und seines Neffen Faustus Socinus (1539–1604), die in Polen eine eigene Kirche begründeten; Gegner der Dreieinigkeitslehre, die trotz grundsätzlicher Anerkennung einer göttlichen Offenbarung der Vernunft eine entscheidende Stimme einräumten und eine vernunftgemäße Bibelauslegung forderten.

345 *Manichäer:* Anhänger des von dem pers. Religionsstifter Mani (um 215–277) begründeten religionsphilosophischen Systems, das in der Verschmelzung altiranischer, buddhistischer und christlicher Vorstellungen ein ewiges Ringen des Lichts mit der Finsternis, des Guten mit dem Bösen lehrte und die Erlösung der Seele vom irdischen Dasein durch strenge Askese zu erreichen suchte.

348 *Nobili:* die italien., besonders venezian. Adelsgeschlechter.

dickes Buch: die Bibel; hier Anspielung auf die Schöpfungsgeschichte (1. Moses 1, 1/10).

349 *ein Gelehrter aus dem Norden:* Maupertuis (s. Anm. zu S. 42 u. S. 256); hier Anspielung auf den ›Kosmologischen Essay‹, in dem er aus

seinem Prinzip der kleinsten Wirkung die Existenz Gottes abzuleiten suchte, da »die von der Mathematik gelieferten Gottesbeweise allen anderen die für die mathematischen Wahrheiten kennzeichnende Überzeugungskraft voraus haben«.

350 *im Jenseits zahlbar:* s. Anm. zu S. 79 *Beaumont.*

351 *ein neues Trauerspiel:* wahrscheinlich Voltaires Tragödie ›Die Waise aus China‹ (1755).

einer der Krittler: Fréron (s. Anm. zu 255).

angeborene Ideen: s. Anm. zu S. 59 *die cartesianischen Vorurteile.*

Elisabeth: s. Anm. zu S. 26.

eine ziemlich banale Tragödie: ›Der Graf von Essex‹ (1678) des franz. Dramatikers Thomas Corneille (1625–1709), Bruder des Schöpfers der klassischen franz. Tragödie Pierre Corneille (1606–84).

352 *Mademoiselle Monime:* Adrienne Lecouvreur (1692–1730), franz. Schauspielerin, die in der Tragödie ›Mithridates‹ von Racine (s. Anm. zu S. 429 *sein Vater*) die Rolle der Monime spielte; das kirchliche Begräbnis verweigerte ihr der franz. Geistliche Jean-Baptiste-Joseph Languet de Gergy (1675–1750), Pfarrer von Saint-Sulpice.

Fréron, Élie-Catherine (1719–76): franz. klassizistischer Literaturkritiker, Professor am Pariser Jesuitenkolleg Louis-le-Grand; als Meister der Polemik bekämpfte er in seiner Zeitschrift ›Literarisches Jahrbuch‹ über 20 Jahre lang die Aufklärer, besonders Voltaire, mit dem er in ständigem Streit lag.

353 *Mademoiselle Clairon,* eigtl. Claire-Joseph Léris (1723–1803): franz. Schauspielerin, die sich als Interpretin der Tragödien Voltaires einen Namen machte.

Pharaospiel: Kartenglücksspiel.

Paroli: Aufwärtsbiegen des Randes einer Spielkarte, die gewonnen hat, wodurch sich der vorhergehende Einsatz verdoppelte. (Danach der Name Marquise von *Parolignac.*)

354 *Gauchat,* Gabriel (1709–74 od. 79): franz. Kirchenschriftsteller, Verteidiger des Christentums; gemeint ist wahrscheinlich der franz. Historiker Claude-Marie Guyon (1699–1771), Verfasser eines gegen Voltaire gerichteten Romans ›Das Orakel der neuen Philosophen‹ (1759/60), von dem dieser vermutete (Brief vom 23. 9. 1760 an Thiériot), er stamme aus der Feder Gauchats.

Trublet, Nicolas-Charles-Joseph (1697–1770): franz. Literat, Archidiakonus und Kanonikus in Saint-Malo, als Anhänger der neueren Literatur Gegenspieler des klassizistischen Voltaire; Verfasser ›Moralischer und literarischer Essays‹ (1735 u. 1768).

356 *Jansenisten:* s. Anm. zu S. 79.

Molinisten: s. Anm. zu S. 79.

359 *Pistole:* s. Anm. zu S. 87.

360 *Atrebatien:* gall. Name der nordfranz. Landschaft Artois, der Heimat von Damiens (s. Anm. zu S. 107).

im Mai 1610: Am 4. 5. 1610 erstach der franz. Schullehrer François Ravaillac (1578–1610) den in den Streitschriften als Feind des Katholizismus angeprangerten Heinrich IV. (s. Anm. zu S. 267); er wurde gevierteilt.

im Dezember 1594: Am 27. 12. 1594 verübte der franz. Jesuitenschüler Jean Châtel (um 1575–94) ein mißlungenes Attentat auf Heinrich IV.; er wurde gevierteilt, die als Anstifter verdächtigen Jesuiten vorübergehend ausgewiesen.

Barigello (italien.): Anführer der Häscher.

361 *ein ziemlich dicker Mann:* John Byng (1704–57), engl. Admiral, der wegen eines fehlgeschlagenen Versuchs, die von den Franzosen im 7jährigen Krieg besetzte Insel Menorca zurückzuerobern, vom Kriegsgericht zum Tode durch Erschießen verurteilt wurde; Voltaire bemühte sich vergeblich, ihn zu retten.

363 *Theatiner:* s. Anm. zu S. 63.

370 *›Äneis‹:* s. Anm. zu S. 74.

Tasso: s. Anm. zu S. 42.

Ariost: s. Anm. zu S. 42.

Mäcenas, Gajus Cilnius (um 69–8 v.u.Z.): röm. Ritter, Förderer der Kunst; Gönner von Vergil und Horaz.

371 *Seneca:* s. Anm. zu S. 116.

Antoninus Pius (»der Fromme«), Titus Aurelius Fulvus Bojonius Arrius: röm. Kaiser 138–161, unter dem Rom die längste Friedenszeit genoß.

Jakobinermönche: in Frankreich Bezeichnung der Dominikaner (s. Anm. zu S. 275) nach ihrem Kloster Sankt-Jakob in Paris.

372 *Milton,* John (1608–74): engl. epischer Dichter, dessen Hauptwerk, das religiöse Epos ›Das verlorene Paradies‹ (1667 in 10, 1674 in 12 Gesängen), den Engelsturz und den Sündenfall behandelt.

Genesis: die biblische Schöpfungsgeschichte (1. Moses).

373 *Platon hat schon vor langer Zeit gesagt:* gemeint ist möglicherweise Seneca (›Briefe an Lucilius‹ 2).

375 *Achmed III.:* türk. Sultan 1703–30; durch einen Janitscharenaufstand zur Abdankung gezwungen.

Mahmud I.: türk. Sultan 1730–54; Nachfolger Achmeds III.

Iwan VI.: russ. Zar 1740–41, von Elisabeth (s. Anm. zu S. 93. *Kaiserin von Rußland*) gestürzt und eingekerkert; 1764 bei einem Befreiungsversuch getötet.

376 *Karl Eduard* Stuart, gen. »junger Prätendent« (1720–88): Enkel des 1688 entthronten engl. Königs Jakob II.; wie sein *Vater* Jakob (III.) Eduard, gen. »alter Prätendent« (16888–1766), bemühte er sich vergeblich, den engl Thron zurückzugewinnen, wurde nach einer Landung in Schottland und anfänglichen Erfolgen 1746 bei Culloden geschlagen, floh nach Frankreich und, 1748 auch dort ausgewiesen, weiter nach Italien.

der König der Polen: August III. (s. Anm. zu S. 93); floh 1756 vor dem Heer Friedrichs II. aus Dresden nach Warschau.

ein König der Polen: Stanislaus I. (s. Anm. zu S. 77).

Sarmaten: antikes iran. Nomadenvolk zwischen Weichsel und Wolga; hier die Polen.

Theodor, Baron Neuhof (1694–1756): deutsch. Abenteurer, April–November 1736 König von Korsika; als Flüchtling in England 1749–56 im Schuldgefängnis.

377 *Zechine:* s. Anm. zu S. 274.

378 *Propontis:* antiker Name des Marmarameers.

Rákóczi, Ferenc II. (1676–1735): ungar. Patriot, Führer des Unabhängigkeitskampfs gegen Österreich 1703–11; nach Niederschlagung des Aufstands ging er nach Frankreich, 1717 weiter in die Türkei, wo er von Achmed III. aufgenommen wurde und seit 1720 in Rodosto am Marmararmeer lebte.

380 *Transsylvanien:* lat. Name Siebenbürgens.

382 *Itschoglan:* Page des Sultans.

384 *Prästabilierte Harmonie:* s. Anm. zu S. 42 *Leibniz*.

386 *morganatische Ehe:* Heirat mit einer nicht gleichgestellten Frau, die nebst den Kindern von den Standesvorrechten des Mannes ausgeschlossen bleibt.

387 *Hohe Pforte:* die Residenz des Sultans; im übertragenen Sinn die Regierung.

388 *Derwisch:* s. Anm. zu S. 76.

Mufti: mohammedanischer Rechtsgutachter nach den geistlichen Gesetzen des Korans.

389 *Sorbet:* im Orient mit Zitrone und Zucker bereitete Limonade aus Granatapfelsaft.

Kaimak: in der Türkei aus siedender Milch bereitete Krem.

Zedratrinde: zitronatähnliches Gewürz.

390 *ut operaretur eum* (lat.): »daß er ihn baute« (1. Moses 2, 15).

GESCHICHTE EINES GUTEN BRAHMANEN

›Histoire d'un bon bramin‹. Geschrieben 1759, erschienen 1761 in Genf.

392 *Brahma:* s. Anm. zu S. 167.

Wischnu: volkstümlichster ind. Gott, der 4armig dargestellt wurde und nacheinander 9 Gestalten (Fisch, Mannlöwe, Krischna, Buddha usw.) annahm, um das Unheil von Göttern und Menschen abzuwenden; in der noch ausstehenden 10. Verwandlung erhoffen die Gläubigen von ihm die Erneuerung der Welt.

DER WEISSE UND SCHWARZE

›Le blanc et le noir‹. Erschienen 1764 in Genf als Teil der Sammlung ›Erzählungen von Guillaume Vadé‹ (›Contes de Guillaume Vadé‹; s. S. 409 Bemerkung NB.).

401 *Wischnu:* s. Anm. zu S. 392.

Brahma: s. Anm. zu S. 167.

408 *Zarathustra:* s. Anm. zu S. 129.

JEANNOT UND COLIN

›Jeannot et Colin‹. Erschienen 1764 in Genf als Teil der Sammlung ›Erzählungen von Guillaume Vadé‹ (›Contes de Guillaume Vadé‹; s. S. 409 Bemerkung NB.).

einer unserer Schöngeister: Fontenelle (s. Anm. zu 141 *Sekretär der Saturn-Akademie*).

sein Nachfolger: gemeint ist Ludwig II., der Stammler, franz. König 877–79, der 3. Nachfolger Karls d. Gr.

Benediktiner: s. Anm. zu S. 352; besonders seit dem 17. Jh. machten sie sich einen Namen durch ihre historischen Forschungen.

415 *alles wissen, ohne etwas gelernt zu haben:* Anspielung auf Molières Komödie ›Die lächerlichen Preziösen‹ 9 (»Leute von Stand wissen alles, ohne jemals etwas gelernt zu haben«).

Chlodwig I., aus dem Geschlecht der Merowinger (466–511): Begründer und 1. König des Frankenreichs.

416 *›Literarisches Jahrbuch‹* (1754/76/90: Zeitschrift Frérons (s. Anm. zu S. 352).

La Fare, Charles-Auguste, Marquis de (1644–1712): franz. Lyriker, Lieblingsdichter der galanten Gesellschaft.

Chaulieu: s. Anm. zu S. 100.

Voiture, Vincent (1598–1648): franz. galanter Lyriker, Modedichter der schöngeistig-preziösen Gesellschaft.

419 *Theatiner:* s. Anm. zu S. 63.

POTPOURRI

›Pot-pourri‹. Erschienen 1765 in Genf. In der Ausgabe der ›Gesammelten Werke Voltaires‹, Kehl 1784, ist diese Erzählung nicht unter die »Romane«, sondern unter die »Schwänke« eingereiht.

Bei den »Aufzeichnungen Merry Hissings« handelt es sich um eine burleske Parodie auf die Geschichte der Kirche.

423 *Polichinelle:* franz. Umbildung des neapolitan. Hanswurst der italien. Stegreifkomödie (Pulcinella), mit Bauch- und Rückenhöcker, Dreieckshut und Prügelstab; im 18. Jh. Hauptgestalt der Marionettentheater auf den Pariser Jahrmärkten.

Brioché, eigtl. Pierre Dattelin (2. Hälfte des 17. Jh.): Pariser Marionettenspieler.

Guillot-Gorju, Bertrand Hardouin de Saint-Jacques (1600–48): franz. Possenspieler am Theater des Hôtel de Bourgogne, der besonders Ärzte darstellte.

Gilles (nach einem Komödianten »Gilles der Tropf«): zugleich hasenfüßiger Tölpel und zweideutiger Spötter auf den Pariser Jahrmarktsbühnen seit 1640.

Gros-René: kupplerischer Diener in Molières Lustspiel ›Liebesgram‹.

Prinz Narr: Oberster einer Narrengesellschaft; im ›Spiel vom Prinz Narren‹ des Schöpfers des franz. politischen Lustspiels Pierre Gringore (um 1475– um 1538) stellt der Prinz Narr den König von Frankreich, die Narrenmutter die Kirche dar.

Narrenmutter: Leiterin der ›Gesellschaft der Narrenmutter‹, einer mittelalterlichen Komödiantentruppe in Dijon, die auf den Straßen Spottlieder sang und Possen aufführte.

Parfaict, François (1698–1753): franz. Theatergeschichtler; Verfasser von ›Denkwürdigkeiten zur Geschichte der Jahrmarktsschaubühnen‹ (1743).

Tabarin, eigtl. Antoine Girard (1584–1626): franz. Spaßmacher, der König der Hanswürste seiner Zeit.

Gros-Guillaume, eigtl. Robert Guérin (um 1554–1633): franz. Possenspieler am Theater des Hôtel de Bourgogne, ein Dickwanst mit mehlgepudertem Gesicht, der Frauen- und Magisterrollen spielte.

Jean-Boudin (franz..): »Hans Blutwurst«.

Daniel, Gabriel, der Pater (1649–1728): franz. Historiker, Jesuit; Verfasser einer ›Geschichte Frankreichs seit Errichtung der französischen Monarchie in Gallien‹ und einer ›Geschichte des französischen Kriegswesens‹.

Pyrrhonismus: Skeptizismus, nach Pyrrhon (360–270 v. u. Z.), Gründer der älteren griech. skeptischen Philosophenschule; im Erscheinungsjahr des ›Potpourri‹ 1765 begann Voltaire die kritische Studie ›*Pyrrhonismus in der Geschichte*, von einem Bakkalaureus der Theologie‹ (1768).

Merry Hissing (engl.): »Fröhlicher Spötter«.

um den Grünspan und die Pillen und Pulver zu beschlagnahmen: 14. 5. 1760, am Jahrestag der Ermordung Heinrichs IV. (s. Anm. zu S. 267).

sie in Portugal eines Königsmords und in Paraguay eines Aufruhrs überführt zu wissen: s. Anm. zu S. 111 *König von Portugal* u. S. 307 *die ehrwürdigen Jesuitenpatres in Paraguay*.

Jansenisten: s. Anm. zu S. 106.

Presbyterianer: rechter Flügel der Puritaner, der engl. Protestanten, die zur evangelischen »Reinheit« des Kults und zur Gleichheit der Priester zurückkehren wollten, in der bürgerlichen Revolution 1642–49.

Karl I.: engl. König 1625–49; in der bürgerlichen Revolution auf Betreiben des linken Flügels der Puritaner, der Independenten, hingerichtet.

425 *ein Schweizer Marktflecken:* gemeint ist Jerusalem.

Orvietan: Pariser Modeallheilmittel des 17. Jh., benannt nach der mittelitalien. Stadt *Orvieto,* dem Geburtsort seines Erfinders, des italien. Scharlatans Gerolamo Ferranti (um 1650), der in Paris damit einen schwunghaften Handel trieb.

Du Marsais, César Chesneau, Sieur (1676–1756): franz. Grammatiker, Lateinprivatlehrer; Verfasser einer ›Neuen Methode zur Erlernung der lateinischen Sprache‹ und der grammatikalischen Artikel der Enzyklopädie (s. Anm. zu S. 108 *ein gewaltiges Nachschlagewerk*).

426 *Montaigne,* Michel Eyquem de (1533–92): franz. skeptischer Moralphilosoph der Renaissance, Verfasser der ›Essais‹; trat für Glaubenstoleranz ein und verurteilte die Hexenprozesse.

Charron, Pierre (1541–1603): franz. Moralphilosoph, Schüler Montaignes; faßte in seiner ›Abhandlung über die Weisheit‹ die Gedanken seines Lehrers in ein System zusammen.

Descartes: s. Anm. zu S. 263.

Gassendi, Pierre (1592–1655): franz. materialistischer Philosoph, Physiker und Mathematiker, Fortsetzer der Lehre Epikurs (s. Anm. zu S. 67).

Bayle: s. Anm. zu S. 70).

Grandier, Urbain (1590–1634): franz. Priester; auf die Beschuldigung hin, Nonnen behext zu haben, von parteiischen Richtern verurteilt und verbrannt.

Gaufridy, Louis (1562–1611): franz. Priester; auf die Beschuldigung hin, ein junges Mädchen behext zu haben, als Zauberer verbrannt.

Sozinianer, s. Anm. zu S. 344.

Wiedertäufer: s. Anm. zu S. 290.

427 *Armenier:* In Armenien besteht seit dem 5. Jh. eine christliche Sonderkirche mit eigenem Dogma und Kult.

›*Agnus Dei*‹ (lat.): »Lamm Gottes« (Bezeichnung für Jesus Christus); Anfangsworte eines katholischen Meßgebets.

Patriarch: Titel des Oberhaupts der griech.-orthodoxen Kirche in Konstantinopel.

Achmed III.: s. Anm. zu S. 375.

Janitscharen: s. Anm. zu S. 314.

Intendanten: seit dem 17./18. Jh. höchste Verwaltungsbeamte in den franz. Provinzen zur Wahrung der Ansprüche der absolutistischen Zentralgewalt.

428 *Unigenitus:* päpstliche Bulle 1713, die aus dem ›Französischen Neuen Testament, mit moralischen Betrachtungen zu jedem Vers‹ von Quesnel (s. Anm. zu S. 59) 101 Sätze verdammte, was dem Jansenismus den Todesstoß versetzte.

Languedocer: Bewohner der alten südostfranz. Provinz Languedoc mit der Hauptstadt Toulouse, wo Provenzalisch gesprochen wird.

neun Bürgerkriege: 10 franz. Religionskriege zwischen Katholiken und Hugenotten 1562–1629.

Blutbad in den Cevennen: Nach Aufhebung des Edikts von Nantes 1685, das 1589 von Heinrich IV. erlassen worden war und den Hugenotten freie Religionsübung und bürgerliche Gleichstellung zugesichert hatte, erhoben sich 1702–13 die hugenottischen Bauern des Cevennengebiets im Aufstand der Kamisarden (von provenzal. camisot »Hemd«; nach den von ihnen bei nächtlichen Angriffen als Erkennungszeichen getragenen weißen Hemden).

Psalmengesang: Der franz. hugenottische Renaissancelyriker Clément Marot (1495–1544) dichtete für seine Glaubensgenossen 80 biblische Psalmen zu franz. Kirchenliedern um (Hugenottenpsalter), die von der Sorbonne verdammt wurden.

429 *»Wohl dem, der deine jungen Kinder ...«:* Psalm 137,9.

wie wir in der Oper alle Heiden sind: Die Operntexte im 17./18. Jh. griffen vorwiegend auf antike Stoffe zurück.

Ovids ›Metamorphosen‹: Nachdichtung von 250 griech. Verwandlungssagen.

Racine, Louis (1692–1763): franz. religiös-didaktischer Lyriker.

sein Vater: Jean-Baptiste Racine (1639–99), größter franz. Tragödiendichter.

David: israel. König um 1000–960 v.u.Z., der nach jüd. Überlieferung als Hauptdichter der biblischen Psalmen gilt.

430 *Gouverneur:* im 14.–17. Jh. höchster militärischer und ziviler Verwaltungsbeamter in den franz. Provinzen; im 18. Jh. in fast allen seinen Befugnissen von den Intendanten abgelöst.

eure Ehen, die Stellung eurer Kinder, das Erbrecht: Die von den Hugenotten außerhalb der katholischen Kirche geschlossenen Ehen wurden als nicht rechtskräftig angesehen, ihre Kinder galten als unehelich und hatten keinen Erbanspruch.

Joly de Fleury: s. Anm. zu S. 108.

Anklageschrift: gegen Rousseaus Erziehungsroman ›Émile oder Übel der Erziehung‹ (1762), 9. 6. 1762 dem Pariser Parlament vorgelegt, das die Verbrennung des Buches und die Verhaftung seines Autors verfügte.

Assouci, Charles Coypeau d' (1605–75): franz. Burleskendichter und Liederkomponist, Verfasser einer Parodie von Ovids ›Metamorphosen‹; in Montpellier angeblich wegen widernatürlicher Unzucht zum Feuertod verurteilt.

Du Bourg, Anne (1521–59): franz. Rechtslehrer in Orleans, seit 1557 geistlicher Rat am Pariser Parlement, Hugenotte; des öffentlichen Eintretens für seine Glaubensgenossen wegen erdrosselt und verbrannt.

Servet: s. Anm. zu S. 104.

Theimus: Glaube an einen überweltlichen, persönlichen Gott als Schöpfer und Lenker der Welt; im ›Glaubensbekenntnis des savoyischen Vikars‹ (›Émile‹ 4) verkündete Rousseau eine »natürliche« Gefühlsreligion, die von der Kirche verurteilt wurde wegen ihres Abweichens vom Offenbarungsglauben, von den Aufklärern wegen ihres Hanges zur Schwärmerei.

431 *Impfung:* Die Schutzimpfung durch Übertragung des Pockenerregers selbst (Variolation) war 1717 durch die engl. Schriftstellerin Mary Wartley Montagu (1698–1762) aus dem Orient in Europa eingeführt worden. (Die Kuhpockenimpfung setzte sich erst 1796 durch.)

Schwerkraft: s. Anm. zu S. 42.

Sämaschine: Der engl. Agronom Jethro Tull (1674–1741) erfand um 1701 (veröffentlicht 1731) die Reihensämaschine (Drillmaschine).

ein bischöflicher Hirtenbrief: wahrscheinlich Anspielung auf den von Jean-François de Chatillard de Montillet-Grenaud, Bischof von Auch 1742–75, zur Verteidigung der Jesuiten erlassenen Hirtenbrief vom 23. 11. 1764, der vom Bordeauxer Parlament verdammt wurde.

432 *Bienfait* (gest. 1744 od. 45): franz. Marionettentheaterbesitzer, der auf den Pariser Jahrmärkten Saint-Germain und Saint-Laurent spielte; gemeint ist der Papst.

Nostradamus, eigtl. Michel de Nostre-Dame (1503–66): franz. Astrologe, der seine lange berühmten dunklen Weissagungen in gereimten ›Hundertzeilern‹ herausgab.

Stimmröhre: zur Nachahmung der heiser-krähenden Stimme Polichinelles.

Carminetta: gemeint ist die weltliche Macht.

433 *Gigogne,* Frau od. Mutter: unerschöpfliche Fruchtbarkeit ver-

körpernde komische Figur auf den Pariser Jahrmarktsbühnen in der 1. Hälfte des 17. Jh.

La Valette, Antoine de (1708–67): franz. Jesuit, seit 1754 Leiter der mittelamerikan. Missionen; wegen eines Verlusts von 2 Mill. Franken in dem von ihm betriebenen Handelsgeschäft 1756 aus dem Jesuitenorden ausgeschlossen.

›*Polyeukt*‹ (1643): christliche Märtyrertragödie des Schöpfers der klassischen franz. Tragödie Pierre Corneille (1606–84); der durch seinen Freund Nearchos neubekehrte armen. Edle Polyeukt, Mann Paulines, der Tochter des röm. Prokonsuls in Armenien Felix, der Anweisung zur Verfolgung der Christen hat, zerschlägt die Tempelstandbilder und wird mit dem Tode bestraft, trotz der Fürbitten Paulines, die selbst ihren Liebhaber Severus, den Günstling von Felix, um Hilfe anfleht.

434 *Lubolier:* Anagramm von Boullier, David-Renaud (1699–1759), niederländ. protestantischer Theologe franz. Herkunft; bekämpfte in Streitschriften die Aufklärer, besonders Voltaire.

Morfyé: Anagramm von Formey, Jean-Louis-Samuel (1711–97), franz. aufklärerischer Philosophieprofessor in Berlin, Hugenotte, Sekretär und Historiograph der Preuß. Akademie der Wissenschaften; Herausgeber (zusammen mit Lenfant, Beausobre und Mauclerc) der Literaturzeitschrift ›*Germanische Bibliothek* oder Literaturgeschichte Deutschlands, der Schweiz und der Nordländer‹ (1720/40).

Urieju: Anagramm von Jurieu, Pierre (1637–1713), streitbarer franz. protestantischer Theologe, der 1681 nach Rotterdam flüchten mußte.

»Leb wohl, du edles, liebenswürdiges Wesen . . .«: eigtl. Dialog zwischen Severus und Pauline (2, 2).

Châtelet: kgl. Gerichtshof in Paris.

Ödipus, ›König: als Muster der antiken Tragödie geltendes Hauptwerk des klassischen griech. Tragödiendichters Sophokles (496–406 v. u. Z.).

435 *einer von Bienfaits Leuten:* gemeint ist Luther (urspr. Augustinermönch).

Levante: die Mittelmeerländer östl. von Italien.

436 *Shakespeare:* gemeint ist die anglikanische Kirche, die reformierte, nur im Kult vorwiegend katholische Staatskirche Englands.

Komische Oper: gemeint ist die gallikanische Kirche (s. Anm. zu S. 170.

Scaramouche: aus der italien. Stegreifkomödie stammende komische Figur in schwarzem Kostüm mit Gitarre, nach dem italien. Komödianten Tiberio Fiorelli, gen. Scaramuccio (gest. 1694), der diese Rolle um 1640 in Paris einführte; gemeint sind wahrscheinlich die Hugenotten.

Arlequin: aus der italien. Stegreifkomödie stammende Hanswurstfigur in buntscheckigem Gewand, mit schwarzer Maske und Pritsche, im 17. Jh. in Frankreich eingeführt, im 18. eine der Hauptgestalten der Pariser Jahrmarktsbühnen; gemeint sind vielleicht die Jansenisten.

Bartholomäusnacht: s. Anm. zu S. 105.

La Fontaine, Jean de (1621–95): größter franz. Fabeldichter; seine 5 Bücher ›Erzählungen und Novellen in Versen‹ (1665/82) sind sinnenfrohe, unterhaltsame Umdichtungen hauptsächlich italien. Renaissancenovellen.

Ist das Klima daran schuld?: Anspielung auf die von Voltaire bekämpfte Theorie vom maßgeblichen Einfluß des Klimas auf die Gesetze eines Volkes im ›Geist der Gesetze‹, dem rechtstheoretischen und rechtshistorischen Hauptwerk des franz. rechts- und geschichtsphilosophischen Aufklärungsschriftstellers Charles de Secondat, Baron de La Brède et de Montesquieu (1689–1755).

437 *»Annaten der französischen Ländereien«:* bis zur Franz. Revolution von Pfründenempfängern an den Papst zu entrichtende einmalige Abgabe in Höhe eines Jahresertrags der Pfründe.

438 *Barjona* (hebr.): Sohn des Jonas; Beiname von Petrus.

Barbara (gest. um 240): christliche Heilige, Märtyrerin, Schutzpatronin der Bergleute; ihr Tag isr der 4. 12.

439 *der Bischof von Pruntrut* (schweiz. Stadt südwestl. von Basel; 1527–1792 Residenz der Bischöfe von Basel): Als Voltaire sich 1754 bei Kolmar im Elsaß niederlassen wollte, drohte ihm der Bischof von Pruntrut mit Exkommunikation; 1761 lehnte der franz. Prälat Jean-Pierre Biord (1719–85), Bischof von Genf 1764–85, sein Gesuch ab, es den Armen des franz. Ländchens Gex nördl. von Genf zu gestatten, auch an Feiertagen zu arbeiten.

Sou: s. Anm. zu S. 74.

Generalpächter: s. Anm. zu S. 120.

440 *die saubere Geschichte mit den Beichtzetteln:* s. Anm. zu S. 79.

Zwangzigstel: ehemalige franz. Steuer in Höhe von 5 % der Einkünfte.

441 *Astolph und Giocondo:* lombard. Herzog und junger Ritter in einer der novellistischen Einlagen des ›Rasenden Rolandes‹ (28) von Ariots (s. Anm. zu S. 42) von La Fontaine in den ›Erzählungen‹ nachgedichtet; beide von ihren Frauen betrogen, ziehen sie auf Rache am weiblichen Geschlecht aus und kehren zurück mit der Einsicht in das Unvermeidliche ihres Geschicks.

WENN BLINDE VON DER FARBE REDEN

›Les aveugles juges des couleurs‹. Titel in der Ausgabe der ›Gesammelten Werke Voltaires‹, Kehl 1784. Erschienen 1766 unter dem Titel ›Kleine Abschweifung‹ (›Petite digression‹) in der Erzählungssammlung ›Der unwissende Philosoph‹ (›Le philosophe ignorant‹) gegen die Scharlatanerie in der Wissenschaft.

INDISCHES ABENTEUER

›Aventure indienne, traduite par l'Ignorant‹. Erschienen 1766 in der Erzählungssammlung ›Der unwissende Philosoph‹ (›Le philosophe ignorant‹) gegen die Scharlatanerie in der Wissenschaft.

445 *Pythagoras* aus Samos (6. Jh. v. u. Z.): griech. Mathematiker und Philosoph, dessen Lehre in der Zahl das wahre Wesen der Dinge sah.

Gymnosophisten (griech. »nackte Weise«): Bezeichnung der Griechen für die ind. Fakire.

446 *mit einem Kuhschwanz in der Hand:* Die ind. Kuh, das Zebu, gilt bei den Hindu als heilig.

das Tier: der Esel.

Silen: satyrhafter Begleiter des Bacchus, ein ewig trunkener Alter mit Glatzkopf.

Erythräisches Meer: altgriech. Name für das Arabische Meer, den nordwestl. Teil des Indischen Ozeans; hier das Rote Meer.

›Orphische Gedichte‹: griech. Götterhymnen und Heldenepen der nachklassischen Zeit, die von den Orphikern, einer Dionysos (Bacchus) verehrenden und der Askese ergebenen Mysteriensekte seit dem 6. Jh. v. u. Z., Orpheus (s. Anm. zu S. 828) zugeschrieben wurden.

447 *Schakja*-Muni (sanskr. »der Weise aus dem Geschlecht der Schakja«): ind. Name Buddhas.

Brahma: höchster ind. Gott, Schöpfer und Lenker der Welt.

Kroton: altgriech. Kolonie in Unteritalien am Golf von Tarent, Sitz der von dem nach dort ausgewanderten Pythagoras gegründeten philosophischen Gemeinde, die sich mit religiösen, moralischen und politischen Fragen befaßte; um 500 v. u. Z. verbrannten die demokratischen Krotoniaten die Schule mit 40 der aristokratischen Pythagoreer.

DAS NATURKIND

›L'Ingénu‹. Erschienen 1767 anonym in Genf.

Voltaire schrieb dazu in einem Brief vom 3. 8. 1767 an d'Alembert: ». . . ich habe das ›Naturkind‹ nicht geschrieben, und ich werde es niemals geschrieben haben; ich bin von der Unschuld einer Taube und möchte die Klugheit einer Schlange haben.« Gleichzeitig aber bemühte er sich um eine Neuauflage in Paris, die unter stillschweigender Duldung der Zensurbehörden noch im gleichen Jahr mit dem Titel ›Der Hurone oder Das Naturkind, zweite Auflage (›Le Huron ou l'Ingénu, seconde édition‹) erschien. Das Buch hatte großen Erfolg und wurde verboten. Am 12. 9. schrieb Voltaire aus Ferney an seinen Freund Damilaville: »Ich kann nicht verstehen, daß man in Frankreich den Druck des Buches ›Das Naturkind‹ von Du Laurens hat gestatten können. Das geht über mein Begriffsvermögen.«

449 *Quesnel,* Pasquier (1634–1719): franz. Theologe, Jansenist (s. Anm. zu S. 482); aus seinem ›Französischen Neuen Testament, mit moralischen Betrachtungen zu jedem Vers‹ wurden 101 Sätze verdammt durch die päpstliche Bulle Unigenitus 1713, was dem Jansenismus den Todesstoß versetzte.

Hurone: Angehöriger eines der ehemals mächtigsten Indianerstämme zwischen Huronsee und Sankt-Lorenz-Strom.

Dunstan (924–988): engl. Prälat, Erzbischof von Canterbury, Heiliger.

Augustinus, Aurelius (354–430): lat. Kirchenvater, Heiliger, vertrat die Auffassung von der Erwählung einzelner zum Heil nach göttlicher Vorherbestimmung; ›Über den Gottesstaat‹, eine Verteidigung des Christentums in 22 Büchern, ist sein Hauptwerk.

Rabelais, François (um 1494–1553): franz. Renaissanceromanautor, Verfasser des humoristisch-phantastischen Romans von der Riesenfamilie ›Gargantua und Pantagruel‹, Ausdruck überschäumender Lebensfreude.

450 *Irokesen:* indian. Sprachfamilie um den Erie- und Ontariosee und am Sankt-Lorenz-Strom.

452 *Bolingbroke,* Henry Saint John, Viscount (1678–1751): engl. politischer und philosophischer Schriftsteller mit aufklärerischen Zügen, 1710–14 Außenminister.

nil admirari« (lat.): »sich durch nichts aus der Fassung bringen lassen«; Vers aus Horaz' ›Episteln‹ (1, 6, 1).

453 *französische Flüchtlinge:* nach der Aufhebung des Edikts von Nantes (s. Anm. zu S. 477); die Erzählung spielt 1689.

Franziskaner: Mitglied eines vom hl. Franz von Assisi (1182–1226) gegründeten Bettelordens, der strenge Einhaltung des Armutsgelübdes forderte.

Algonkin: Angehöriger einer großen indian. Sprachfamilie im nördl. Nordamerika.

455 *anglikanische* Kirche: die reformierte, nur im Kult vorwiegend katholische Staatskirche Englands.

gallikanische Kirche: die katholische Staatskirche Frankreichs, die sich um nationale Selbständigkeit gegenüber dem Papst bemühte.

458 *Tedeum:* frühchristlicher lat. Hymnus mit den Anfangsworten »Te deum laudamus«, »Dich, Gott, loben wir«.

462 *»Bekennet einer dem andern seine Sünden«:* Brief des Jakobus 5, 16.

464 *Kandake:* griech. Form des äthiop. Königinnentitels im Altertum; hier Anspielung auf Apostelgeschichte 8, 27/39.

465 *Juda:* biblischer Ahnherr des gleichnamigen israel. Stammes; hier Anspielung auf 1. Moses 49,11.

466 *fünfzig Mädchen in Frauen verwandelt:* Für die Erlegung des Kithäronischen Löwen wurde Herakles eine Liebesnacht mit den 50 Töchtern des böot. Helden Thespios zum Lohn.

472 *Eurytus:* Nach der griech. Sage versprach Eurytus, König der mittelgriech. Stadt *Öchalia,* seine Tochter *Jole* dem, der ihn und seine Söhne im Bogenschießen überträfe; Herakles besiegte den König und tötete ihn, als er sein Versprechen nicht einlöste.

476 *Wir fliehn der Heimat holde Gebreite, fliehen das Heimatland«:* Vers aus Vergils ›Eklogen‹ (1).

»warum mischen Sie sich also ein?«: Antwort des führenden franz. philosophischen Schriftstellers der Frühaufklärung Bernard Le Bovier de Fontenelle (1657–1757) an einen jansenistischen Tuchhändler aus Rouen.

ein kleiner schwarzgekleiderter Mann: ein protestantischer Pfarrer.

477 *Edikt von Nantes:* 1598 von Heinrich IV. (s. Anm. zu S. 486) erlassenes Gesetz, das den Hugenotten freie Religionsausübung und bürgerliche Gleichstellung zusicherte; 1685 aufgehoben.

Dragoner: Um die Hugenotten zum Übertritt zum Katholizismus zu zwingen, wurden bei ihnen Dragoner einquartiert (»Dragonaden«), die auf Befehl die Einwohner drangsalierten.

Lully, Jean-Baptiste (1632–87): franz. Komponist italien. Herkunft, Begründer der franz. Nationaloper.

Wilhelm III. von Oranien: engl. König 1689–1702.

der regierende Papst: Innozenz XII., 1691–1700.

478 *La Chaise,* François d'Aix de, gen. Pater de (1624–1709): franz. Jesuit, 1675–1709 Beichtvater Ludwigs XIV.; wahrscheinlich beteiligt an der Aufhebung des Edikts von Nantes.

Louvois, François-Michel Le Tellier, Sieur de Châville, später Marquis de (1641–1691): franz. Kriegsminister 1668–91, Heeresreformator; führte die Dragonereinquartierungen bei den Hugenotten durch.

481 *Das Schloß ... am Tournellentor:* die Bastille.

Karl V., der Weise: franz. König 1364–80.

Johann II., der Gute: franz. König 1350–64.

Port-Royal: 1204 gegründetes Frauenkloster südwestl. von Versailles, seit 1636 geistiger Mittelpunkt des Jansenismus und Zufluchtsort seiner Anhänger vor dem Zugriff des Staats; Ergebnis der hier aufblühenden Wissenschaft sind die ›Grammatik von Port-Royal‹ und ›Logik von Port-Royal‹ als Versuche einer logischen Deutung der Sprache. Im Verlauf der seit 1705 durch die päpstliche Bulle Vineam domini verschärften Unterdrückungsmaßnahmen wird 1712 das Kloster niedergerissen.

482 *Jansenisten:* Anhänger einer auf den niederländ. Theologen Cornelis Jansen (1585–1638) zurückgehenden Glaubensrichtung des 17./18. Jh.s in Frankreich, die an die Gnadenlehre von Augustinus (s. Anm. zu S. 449 u. 483 *wirkende Gnade*) anknüpfte und sich in Sittenstrenge und Kunstfeindlichkeit äußerte.

»englische Tropfen«: ehemals aus Opium, Weingeist und Hirschhorn hergestelltes Mittel gegen Epilepsie, Schlaganfall, Lähmung usw.

483 *wirkende Gnade:* Auffassung der Jansenisten von einer den Auserwählten verdienstlos geschenkten göttlichen Gnade, ohne die es kein Heil gibt.

484 *Arnauld,* Antoine, gen. Großer Arnauld (1612–94): franz. Theologe, Wortführer der Jansenisten; Mitverfasser der ›Grammatik von Port-Royal‹ und ›Logik von Port-Royal‹.

Nicole, Pierre (um 1625–95): franz. jansenistischer Theologe und Moralist, Verfasser der ›Moralessays‹ und Mitverfasser der ›Logik von Port-Royal‹.

Rohault, Jacques (1620–75): franz. Physiker cartesianischer Schule (s. Anm. zu S. 831 *Descartes*); wegen seiner ›Physikalischen Abhandlung‹ (1671), die den Menschen als Maschine betrachtet, der Ketzerei beschuldigt.

Malebranche, Nicole (1638–1715): franz. Philosoph, Vertreter des Okkasionalismus, eines philosophischen Systems theologischen Gepräges, das in Gott die einzige allumfassende Substanz und zugleich die Vermittlung zwischen den abgeleiteten Substanzen Geist und Materie, Ich und Außenwelt sieht; in seinem Hauptwerk *›Suche nach der Wahrheit‹* (1674) vertritt er die Ansicht, nur durch göttliche Vermittlung könne der Mensch zu richtigen Vorstellungen von der Erscheinungswelt gelangen.

485 *Pandora:* erstgeschaffene Frau der griech. Sage, zur Strafe für den Feuerraub des Prometheus von Zeus zu den Menschen gesandt; neugierig öffnete sie eine ihr mitgegebene Büchse, aus der sich die darin eingeschlossenen Plagen über die Erde verbreiteten.

Ahriman (Ahramainyu): der Gott der Finsternis in der altiran. Religion, Gegenspieler von Ormuzd.

Ormuzd (Ahura Mazda): der Gott des Lichts in der altiran. Religion, oberste Gottheit der Perser; nach griech. Überlieferung schloß Ormuzd 24 von ihm geschaffene Götter in ein Weltei ein, das ebenso viele von Ahriman geschaffene Götter durchbohrten, »woher die Durchdringung des Guten mit dem Bösen rührt« (Plutarch ›Von Isis und Osiris‹ 47).

Typhon: griech. Name des oberägypt. Schutzgottes Seth, der später zum Prinzip des Bösen wurde.

Osiris: ägypt. Fruchtbarkeitsgott, von Seth ermordet, doch von seiner Frau Isis wiederbelebt, wird er oberster Totengott, während sein Sohn Horus (s. Anm. zu S. 757) seinen überirdischen Thron einnimmt.

486 *Abt von Saint-Cyran:* Jean Du Vergier de Hauranne (1581–1643), franz. Theologe, Freund von Jansen, seit 1620 Abt von Saint-Cyran; als Wegbereiter des Jansenismus 1638–43 eingekerkert.

Jansenius: lat. Namensform von Jansen (s. Anm. zu S. 482 *Jansenisten*).

Klio: griech. Muse der Geschichte.

Melpomene: griech. Muse der Tragödie.

Heinrich IV.: franz. König 1589–1610.

487 *Fezensac, Fezsenaguet und Astarac:* ehemalige Kleinstaaten im Südwesten Frankreichs.

488 *Frankus:* im Epos ›Frankiade‹ des franz. Renaissancelyrikers Pierre de Ronsard (1524–85) Gründer des fränk. Königreichs.

Hektor: Hauptheld des Trojaner.

ein Phrygier: der trojan. Held Äneas, Titelgestalt des röm. Nationalepos ›Äneis‹ von Vergil.

Skythien: im Altertum Steppengebiet nördl. des Schwarzen Meers.

Thukydides (um 455–396 v. u. Z.): griech. Geschichtsschreiber, Verfasser der ›Geschichte des Peloponnesischen Krieges‹.

›Amadis‹ (12. Jh.; 1. Druck 1508): anonymer span. Ritterroman mit phantastisch-abenteuerlicher Handlung, Vorbild des europ. Ritterromans.

489 *Justinian I.:* oström. Kaiser 527–565; gemeint ist Ludwig XV., franz. König 1715–74.

ein Edikt: Die Pariser theologische Fakultät verfaßte 1767 in schlechtem Latein eine ›Prüfung des 'Belisar'‹, eines historischen Romans des franz. Dramatikers und Erzählers Jean-François Marmontel (1723–99).

der größte Feldherr des Jahrhunderts: Belisar (505–565), oström. Feldherr unter Justinian I., Vernichter des nordafrikan. Wandalenreichs.

»Die Wahrheit erstrahlt in ihrem eigenen Glanz ...«: Satz aus dem Toleranzkapitel (15) von Marmontels ›Belisar‹.

490 *Visé,* Jean Donneau de (1638–1710): franz. Lustspielautor und Journalist, Kritiker Molières; in dem von ihm 1672 gegründeten Lite-

raturblatt ›Der galante Merkur‹ hatte er Racine angegriffen (1672, Bd. 1; 1673, Bd. 4).

Racine, Jean-Baptiste (1639–99): größter franz. Tragödiendichter.

Faydit, Pierre Valentin (1640–1709): franz. Theologe und Literaturkritiker; gegen Fénelons ›Telemach‹ verfaßte er die Schmähschrift ›Telemachomanie‹ (1700).

Fénelon, François de Salignac de La Mothe- (1651–1715): franz. pädagogischer und religiöser Schriftsteller, Erzbischof von Cambray, Verfasser des Fürstenerziehungsromans ›Die Abenteuer des Telemach‹, in dem der Held, der Sohn des Odysseus, zum wahren Menschen erzogen, zugleich aber der Absolutismus Ludwigs XIV. kritisiert wird; das Buch wurde verboten, und sein Verfasser, der zudem für Mme. Guyon (s. Anm. zu S. 494) eintrat, fiel vorübergehend in königliche und päpstliche Ungnade.

491 *Fabel von den beiden Tauben:* von Jean de La Fontaine (1621–95), dem größten franz. Fabeldichter (9, 2); reiselustig verläßt eine Taube den geliebten Gefährten, kehrte aber bald voll Reue halb tot und hinkend zurück.

›Tartüff‹ (1664): Charakterkomödie von Molière, in deren Titelgestalt er den auf seinen Vorteil bedachten Heuchler unter christlicher Maske entlarvt.

›Iphigenie‹, ›Phädra‹, ›Andromache‹ und ›Athalia‹: Tragödien von Racine.

›Rhodogyne‹ (1644): Tragödie von Pierre Corneille (1606–84), dem Schöpfer der klassischen franz. Tragödie; vom Dichter selbst als sein bestes Werk angesehen.

492 *›Cinna‹* (1640): Tragödie von Corneille.

493 *Harlay* de Champvallon, François de (1625–95): franz. Prälat, seit 1671 Erzbischof von Paris; Jansenistenfeind.

Bossuet, Jacques-Bénigne (1627–1704): franz. Kirchenfürst und Kanzelredner, Bischof von Meaux; Verfasser einer ›Abhandlung über die Weltgeschichte‹ aus theologischer Sicht.

494 *Mauléon,* Catherine Gary (Garry) de (geb. 1654 od. 55): Vertraute der Familie Bossuet, nach anderen, besonders Voltaire, heimlich verheiratet mit Bossuet vor dessen Priesterweihe.

Guyon, Jeanne-Marie Bouvier de La Motte, Mme. (1648–1717): franz. Mystikerin, Anhängerin des von dem span. Priester Miguel de Molinos (1640–96) ausgehenden Quietismus, einer geistigen Versenkung in Gott ohne äußere Andachtsübung; von Bossuet bekämpft.

496 *Pater Tout-à-tous* (franz.): »Pater Allen-nach-Wunsch«.

499 *Prosper* von Aquitanien, Tiro (um 390– um 463): christlicher Theologe, Schüler von Augustinus, Heiliger.

501 ›*Christlicher Erzieher*‹ (1629): asketische Sittenlehre des franz. Predigers Philippe d'Oultreman (1585–1652), Jesuit.

504 *der heilige Augustinus berichtet:* in der Bibelauslegung ›Von der Bergpredigt des Herrn‹ (vgl. Bd. 1, S. 119 ›Cosi-Sancta‹).

508 Henriade (1723): Epos Voltaires, eine Würdigung der Regierungszeit Heinrichs IV.

514 *Molinismus:* von dem span. Jesuitentheologen Luis Molina (1535–1600) begründete Lehre einer weitgehenden Willensfreiheit des Menschen in der Gnadenwahl, wonach Gott seine Gnade dem zuwendet, von dem er voraussieht, daß er selbst zu seinem Heil beitragen werde, wenn er in den Besitz der Gnade gelangt; hier die Auffassung der Jesuiten, die sich im Streit mit den Jansenisten auf den Molinismus beriefen.

515 *Marillac,* Louis de (1573–1632): franz. Heerführer, Marschall von Frankreich; in eine der Verschwörungen gegen Richelieu verwikkelt, wurde er in Paris hingerichtet.

Richelieu, Armand-Jean du Plessis, Duc de (1585–1642): franz. Kardinal, 1624–42 Premierminister.

Mazarin, Jules, eigtl. Guilio Mazarini (1602–61): franz. Kardinal, 1643–61 Premierminister.

517 *der von mir erwählte Kriegsminister:* Die folgende Charakteristik trifft zu auf den franz. Diplomaten Étienne-François Duc de Choiseul (1719–85), 1758–61 Außenminister, 1761–70 Kriegs- und Marineminister, Freund der Aufklärer.

526 *Croiset,* Jean (1656–1738): franz. Theologe, Jesuit; seine 4 Bände asketischer ›Betrachtungen‹ dienten lange als christliches Hausbuch.

›*Die Blume der Heiligen*‹ (1599): Heiligenlegendensammlung des spanischen Kirchenschriftstellers Pedro de Ribadeneyra (1527–1611), Jesuit.

›L'homme aux quarante écus‹. Erschienen 1768 anonym in Genf.

Im Februar 1768 schrieb Voltaire dazu in einem Brief an François de Chennevières, dem er ein Exemplar übersandte: »Das ist ein Büchlein eines Finanzangestellten, und ich bitte Sie, es denen zu lesen zu geben, die rechnen können. Sagen Sie mir, ob die Berechnungen stimmen, denn ich verstehe nichts davon.« Am 25. November 1773 schrieb er an den Grafen von Milly: »Tatsächlich erinnere ich mich, mein Herr, früher einmal das scherzhafte Büchlein ›Der Mann mit den vierzig Talern‹ geschrieben zu haben. Es wäre aber auch nicht erstaunlich, wenn dieser Gedanke einem anderen gekommen wäre.« Das Buch wurde am 24. September 1768 vom Pariser Parlement, am 29. November 1771 von der Römischen Kurie verdammt.

527 *»das Heute stets beklagt ...«:* Vers aus der ›Dichtkunst‹ (3) von Boileau (s. Anm. zu S. 593).

Heinrich IV.: s. Anm. zu S. 486.

Aufhebung des Edikts von Nantes: s. Anm. zu S. 477.

übelriechendes Pulver aus Amerika: Schnupftabak.

Koschenille: mexikan. Schildlausart, ehemals gezüchtet wegen ihres roten Farbstoffs (Karmin).

528 *Schulden auf unser Rathaus:* franz. Staatsanleihe laut Edikt vom 15. 10. 1522, für die urspr. die Stadt Paris zeichnete.

Felipe el Discreto: Philipp II. (s. Anm. zu S. 799)

529 *daß die gesetzgebende und ausführende Gewalt ... Miteigentümerin meines Grund und Bodens sei:* These des franz. physiokratischen Ökonomen Pierre-Paul Lemercier de La Rivìere de Saint-Médard (1719–92) in seinem Hauptwerk ›Die natürliche und wesentliche Ordnung der politischen Gesellschaften‹.

daß lediglich Grund und Boden besteuert werden sollten: Grundsatz des Physiokratismus, einer in Frankreich entwickelten ökonomischen Richtung der 2. Hälfte des 18. Jh., die nur in der Landwirtschaft einen Mehrgewinn über die Produktionskosten hinaus gelten ließ.

Sester: altes deutsch. Maß = 15 Liter.

530 *Surat:* ind. Hafenstadt nördl. von Bombay; ehemals Welthandelsplatz mit franz. Faktorei.

531 *Pondichéri:* ind. Hafenstadt südl. von Madras; 1674–1954 Hauptstadt der franz. Kolonie in Indien.

532 *Sie haben den Vorschlag gemacht ... mit dem so dringend fehlenden Wasser zu versorgen:* der franz. Mathematiker und Physiker Antoine Deparcieux (1703–68) in 3 ›Denkschriften‹ (1762, 1767, 1768) über die Möglichkeit, das Wasser der Yvette nach Paris zu leiten.

534 *Louisdor:* franz. Goldmünze seit 1641.

536 *bei Fontenoy, bei Lafeld und ... Freiburg* (i. Br.): franz. Erfolge im Österr. Erbfolgekrieg 1740–48.

La Valette, Antoine de (1708–67): franz. Jesuit, seit 1754 Leiter der mittelamerikan. Missionen; wegen eines Verlusts von 2 Mill. Franken in dem von ihm betriebenen Handelsgeschäft 1756 aus dem Jesuitenorden ausgeschlossen.

537 *Parlement:* oberste franz. Gerichtsinstanz, bei der die Entscheidungen der unteren Justizbehörde angefochten werden konnten.

Patouillet, Louis (1699–1779): franz. Jesuit, hartnäckiger Gegner Voltaires, 1756 vom Parlement aus Paris verbannt; hier wahrscheinlich Anspielung auf den von Jean-François de Chatillard de Montillet-Grenaud, Bischof von Auch 1742–75, zur Verteidigung der Jesuiten erlassenen und vom Bordeauxer Parlement verdammten Hirtenbrief vom 23. 11. 1764, nach Voltaire »aufgesetzt von Patouillet und Konsorten«; bei der »Kirchenzeitung« handelt es sich um den von Patouillet gegen die ›Kirchennachrichten‹ (s. Anm. zu S. 659 *ein zeitungsschreibender Priester*) verfaßten ›Nachtrag zu den 'Kirchennachrichten'‹ (1734/48).

Nonnotte, Claude-François (1711–93): franz. Jesuit, Gegner Voltaires, gegen dessen weltgeschichtlichen ›Essay über die Sitten und den Geist der Völker‹ er die ›Kritische Untersuchung oder Widerlegung des 'Buches über die Sitten'‹ verfaßte.

542 *Sully,* Maximilien de Béthune, Baron de Rosny, Duc de (1559–1641): franz. Finanzminister unter Heinrich IV.; ordnete durch strenge Rechnungsführung und gerechte Steuerverteilung das Finanzwesen.

Samojeden: sibir. Volksstamm in den Tundren am Weißen Meer, urspr. nomadisierende Rentierzüchter, Fischer und Jäger.

544 *sechzig Generäle:* gemeint sind die franz. Generalpächter, die dem König die in einem bestimmten Gebiet einzuziehende Steuersumme im voraus bezahlten und dafür die Steuereintreibung übernahmen.

Iliacos intra muros ... (lat.): »Drinnen in Trojas Mauern verübt man Sünden und draußen«; Vers aus Horaz' ›Episteln‹ (1, 2).

Est modus in rebus (lat.): »Maß ist in jeglichem Ding«; Vers aus Horaz' ›Satiren‹ (1, 1).

Caveas ne quid nimis (lat.): »Hüt dich bei allem vor zuviel«; Vers aus den ›Fabeln‹ (2, 5) des röm. Fabeldichters Phädrus (1. Jh.).

545 *Karmelitermönch:* Mitglied eines 1155 auf dem Berg Karmel in Nordpalästina vor dem Kreuzfahrer Berthold von Kalabrien gegründeten Einsiedlerordens.

546 *weiße Musketiere:* nach der Farbe ihrer Pferde benannte franz. Kavallerieeinheit der kgl. Garde.

Zehntherr: geistlicher Grundbesitzer, dem die Abgabe des »Zehnten«, urspr. des 10. Teils (später des 6. und 5.) der landwirtschaftlichen Erzeugnisse, von den Bauern zu entrichten war.

547 *Rechtsbestimmungen der toten Hand.* Nach dem Feudalrecht durften Leibeigene kein Testament aufsetzen (daher »tote Hand«), und ihr Besitz fiel nach ihrem Tod an den Grundherrn zurück; dasselbe trat ein, wenn sich ein Nichtleibeigener länger als ein Jahr im Haus eines Leibeigenen aufgehalten hatte.

548 *»Euge, Kontrolleur bone et fidelis ...«* (lat.): »Ei, du frommer und getreuer Kontrolleur, du bist über wenigem getreu gewesen, ich will dich als Generalpächter einsetzen«; nach dem Matthäusevangelium (15, 21) in der lat. Bibelfassung (»Ei, du frommer und getreuer Knecht, du bist über wenigem getreu gewesen, ich will dich über viel setzen«).

549 *›Der Bürger als Kapitalist‹* (1757): von Jean-Baptiste Naveau.

550 *Colbert,* Jean-Baptiste (1619–83): franz. Finanzminister unter Ludwig XIV.

Courtilz de Sandras, Gatien de (1644–1722): franz. Romanautor und Pamphletist; Verfasser erdichteter Memoiren großer Männer, darunter das ›Politische Testament des gnädigen Herrn J.-B. Colbert‹ (1693).

Vauban, Sébastien Le Prestre, Marquis de (1633–1707): franz. Festungsbaumeister, Marschall von Frankreich; sein heimlich gedruckter (aber nachweislich aus seiner Feder stammender) ›Plan eines königlichen *Zehnten*‹ (1707), einer nach Einkommenshöhe gestaffelten einzigen Steuer für alle Bevölkerungsteile, um das Elend der Masse zu beheben, wurde vom Parlement verdammt und beschlagnahmt.

Boisguillebert, Pierre Le Pesant, Sieur de (1646–1714): franz. Ökonom, Vetter Vaubans, dessen Ansichten über eine Steuerreform er teilte, von ihm stammt das ›Politische Testament des Herrn von Vauban‹ (1707).

Richelieu: s. Anm. zu S. 515; ›Das politische Testament Richelieus‹ (1687) ist wahrscheinlich von ihm selbst verfaßt worden.

Bourzéis, Amable de (1606–71): franz. Prediger und politischer Schriftsteller; Sekretär Richelieus.

Alberoni, Giulio (1664–1752): span. Staatsmann italien. Herkunft, Kardinal, 1717–19 Premierminister, wegen seiner außenpolitischen Mißerfolge gestürzt; das ›Politische Testament des Kardinals Giulio Alberoni‹ (1753) ist das Werk der franz. Literaten Joseph-Marie Durey de Morsan (1717–95) und Jean-Henri Maubert de Gouvest (1721–67).

Belle-Isle, Charles-Louis-Auguste Fouquet, Comte, später Duc de (1684–1761): franz. Heerführer, Marschall von Frankreich; das ›Politische Testament des Marschalls Herzog von Belle-Isle‹ (1761) wird dem franz. Literaten François-Antoine Chevrier (1721–62) zugeschrieben.

ein berühmter Landwirt: Henri-Louis Duhamel du Monceau (1700–82), franz. Ingenieur und Agronom.

551 *Boudet,* Antoine (gest. 1789): franz. Zeitschriftenverleger und Literat; Mitherausgeber der *›Wirtschaftszeitung‹* (1751/72), Fachblatt für Handwerk, Handel und besonders Landwirtschaft.

552 *Karaiben:* indian. Sprachfamilie im nördl. Südamerika.

553 *Thales* von Milet (um 600 v. u. Z.): ältester griech. Naturphilosoph, der als Urpsrung aller Dinge das Wasser annahm.

Telliamed: Kehrlesung von de Maillet (s. Anm. zu S. 886).

Ovidsche Metamorphosen: Nachdichtung von 250 griech. Verwandlungssagen.

554 *was schon gesagt wurde:* von Voltaire selbst in den ›Seltsamkeiten der Natur‹ 12 (1768).

Jakobsbrüder: mittelalterliche Pilger zum legendären Grab des Apostels Jakobus im nordwestspan. Santiago de Compostela; ihr Zeichen waren der Jakobsstab und die Jakobs- oder Pilgermuschel, womit die heimkehrenden Wallfahrer ihre Hüte schmückten.

555 *ein als Mensch verkleideter irischer Jesuit:* Needham (s. Anm. zu S. 811).

Fatio de Duiller, Nicolas (1664–1753); engl. Mathematiker und Astronom schweiz. Herkunft, mit 20 Jahren Mitglied der Londoner

Akademie der Wissenschaften; im Wahn, ein Prophet zu sein, brachte ihn ein öffentlicher Totenerweckungsversuch in London an den Pranger.

Monaden: s. Anm. zu S. 799, *Leibniz.*

556 *ein Lappländer:* gemeint ist der franz. Mathematiker und Physiker Pierre-Louis Moreau de Maupertuis (1698–1759), Entdecker des Prinzips der kleinsten Wirkung; 1736 leitete er die Gradmessungsexpedition in der finn. Stadt Torneå an der Nordküste des Bottnischen Meerbusens, die den Beweis für die Polabplattung der Erde erbrachte.

Patagonier: nomadisierender Indianerstamm in Südargentinien.

eine meiner Broschüren: Voltaires eigene Spottschrift ›Diatribe des Dr. Akakia, Leibarzt des Papstes‹ (1752) gegen Maupertuis, besonders die ›Briefe des Herrn von Maupertuis‹, in denen die angeführten Methoden vorgeschlagen werden.

557 *Sanchez,* Tomás (1550–1610): span. Moratltheologe, Jesuit; Verfasser eines für Beichtväter bestimmten 3bändigen Handbuchs ›Vom heiligen Sakrament der Ehe‹ (1592).

Hippokrates von Kos (um 460–377 v. u Z.): griech. Arzt, der »Vater der Medizin«.

558 *Utrum virgo Maria . . .* (lat.): »Ob die Jungfrau Maria Samen habe ausfließen lassen in der Vereinigung mit dem Heiligen Geiste.«

Harvey, William (1758–1657): engl. Physiologie, Entdecker des Blutkreislaufs 1616; stellte 1651 in seinen ›Darlegungen über die Zeugung der Lebewesen‹ den Satz auf: »Jedes Lebewesen aus einem Ei.«

559 *zwei Holländer:* Antony van Leeuwenhoek (1632–1723), niederländ. Zoologe, Entdecker der Blutkörperchen und Aufgußtierchen, Mitentdecker der Spermatozoen (zusammen mit van Ham), und (nach Voltaire) Nicolaas Hartsoeker (1656–1725), niederländ. Physiker, der mit dem von ihm vervollkommneten Mikroskop die Spermatozoïden, die männlichen Geschlechtszellen der Pflanzen, entdeckte.

560 *Andry,* Nicolas (1658–1742): franz. Arzt, der über die Eingeweidewürmer forschte.

ein reichlich spaßhafter Philosoph: Maupertuis; seine ›*Physische Venus*‹, eine spekulative Zeugungstheorie, erschien 1745.

566 *Konstantin I.,* d. Gr., eigtl. Flavius Valerius Constantinus: röm.

Kaiser 306–337; erklärte das Christentum zur gleichberechtigen Religion.

567 *Tatarei:* mittelalterlicher Name für das mittlere Asien.

568 *der ›Menschenfreund‹:* der franz. Ökonom Victor Riqueti, Marquis de Mirabeau (1715–89), nach seinem physiokratischen Hauptwerk ›Der Menschenfreund oder Abhandlung über die Bevölkerung‹ (1755); seine Ansichten über die Mönche finden sich Bd. 1, 2.

569 *Ut ridentibus adrident...* (lat.): »Wie mit den Lachenden lacht, so weint mit den Weinenden gerne/jegliches Menschengesicht«; Vers aus Horaz' ›Episteln‹ (2, 3, 101/102; ›Von der Dichtkunst‹).

Sanadon, Noel-Étienne (1676–1733): franz. Rhetorikprofessor am Pariser Kolleg Louis-le-Grand-Jesuit; im 18. Jh. geschätzt wegen seiner kommentierten Prosaübersetzung von Horaz.

»adflent«... »adsunt« (lat.): »weinen mit«... »stehen... bei«.

weil man die Jesuiten verjagt habe: 1764, nach mehrjährigen Auseinandersetzungen mit dem Pariser Parlement, das die Statuten des Ordens für unvereinbar mit den Gesetzen des Staates erklärte.

572 *es ist bereits gesagt worden:* von Voltaire selbst 1764 im Artikel »Zivil- und Kirchengesetze« seines ›Philosophischen Wörterbuchs‹, 1766 im ›Kommentar zu dem Buch 'Über Verbrechen und Strafen'‹ von Beccaria (s. Anm. zu S. 572).

zwei junge Leute: Jean-François Le Fèvre, Chevalier de La Barre (1747–66), franz. Offizier aus Abbéville, wegen Religionsmißachtung vom Pariser Parlement, dem er das Geständnis ablegte, Bücher wie Voltaires ›Philosophisches Wörterbuch‹ gelesen zu haben, zum Tode durch das Schwert verurteilt; und Dominique Gaillard d'Étallonde (1747–nach 88), franz. Offizier, der, zusammen mit seinem Freund La Barre angeklagt, nach Preußen entkommen konnte, wo ihn Friedrich II. auf Verwenden Voltaires zum Adjutanten ernannte.

Lamas: buddhistische Priester und Mönche in Tibet; hier katholische Geistliche.

Kaiser von China: gemeint ist Friedrich II. von Preußen; Anspielung auf einen Brief Friedrichs vom 7. 8. 1766 an Voltaire.

Beccaria, Cesare Bonesana, Marchese de (1738–94): italien. Jurist, Verfasser der Aufklärungsschrift ›Über Verbrechen und Strafen‹, das sich gegen Folter und Todesstrafe wendet und großen Widerhall fand.

Guyon, Claude-Marie (1699–1771): franz. Historiker, eifriger Verteidiger der Kirche.

Coger, Abbé François-Marie (1723–80): franz. Theologe, Rhetorikprofessor am Pariser Kolleg Mazzarin und Rektor der Universität Paris; Voltaire verspottete ihn wegen seiner ›Prüfung des 'Belisar'‹ (s. Anm. zu S. 489 *ein Edikt*).

La Beaumelle, Laurent Angliviel de (1726–73): franz. Literat. Jesuitenschüler, der zur reformierten Kirche übertrat; erbitterter Kritiker Voltaires, besonders in seinen ›Bemerkungen zum 'Zeitalter Ludwigs XIV.'‹.

Fréron, Élie-Catherine (1719–76): franz. klassizistischer Literaturkritiker, Professor am Pariser Jesuitenkolleg Louis-le-Grand; als Meister der Polemik bekämpfte er in seiner Zeitschrift ›Literarisches Jahrbuch‹ über 20 Jahre lang die Aufklärer, besonders Voltaire, mit dem er in ständigem Streit lag.

Larcher, Pierre-Henri (1726–1812): franz. Gräzist, Lehrer am Pariser Kolleg Mazarin, seit 1809 Professor für griech. Literatur an der Universität Paris; in seinem ›Nachtrag zu 'Philosophie der Geschichte'‹ (dem 1. Teil von Voltaires ›Essay über die Sitten und den Geist der Völker‹) wies er Voltaire Irrtümer nach, woraus sich eine heftige Fehde entspann.

573 *Jean-Jacques:* Rousseau.

eine seiner Komödien: ›Narziß oder Der Liebhaber seiner selbst‹ (1752); als der franz. Mathematiker und Aufklärer Jean Le Rond d'Alembert (1717–83), Mitherausgeber der Großen Franz. Enzyklopädie, des umfassenden Kompendiums der Aufklärung, in seinem Enzyklopädieartikel »Genf« für die Eröffnung eines Theaters in dieser Stadt eintrat, stellte der Genfer Rousseau in seinem ›Brief an d'Alembert über die Schaubühne‹ die dramatische Kunst als verderblich für die Sitten hin.

ein alberner Lehrer: Saint-Preux, die männliche Hauptgestalt in Rousseaus Liebesroman ›Julie oder Die neue Heloise‹.

Fénelon: s. Anm. zu S. 490.

Xenophon (um 430– um 354 v. u. Z.): griech. Geschichtsschreiber und politischer und philosophischer Schriftsteller; Verfasser eines Fürstenerziehungsromans ›Kyrupädie‹, der den Bildungsweg von Kyros II., d. Ä., pers. König 559–520 v. u. Z., zum idealen Herrscher darstellt.

ein junger Mann: Émile, Titelgestalt von Rousseaus Erziehungroman ›Émile oder Über die Erziehung‹.

Malagrida, Gabriel (1689–1761): portug. Jesuit, Missionar in Brasilien; wegen 2 Schriften, in denen er von angeblichen Gesprächen mit Maria und der hl. Anna berichtete, als ketzerischer Geisterseher in Lissabon erdrosselt und verbrannt.

Oldcorne, Edward, gen. Hall (1561–1606): engl. Jesuit; des Hochverrats angeklagt und gehängt, weil er Teilnehmern an der Pulververschwörung 1605, einem Attentatsversuch der unterdrückten engl. Katholiken, die König und Parlament in die Luft zu sprengen suchten, Unterschlupf gewährt hatte.

Garnett, Henry (1555–1606): engl. Jesuit, Ordensvorstand in England; als Mitwisser der Pulververschwörung, von der er als Beichtgeheimnis erfahren hatte, gehängt.

Guignard, Jean (gest. 1595): franz. Jesuit, Bibliothekar vom Pariser Kolleg von Clermont; wegen Majestätsbeleidigung gehängt und verbrannt.

Guéret, der Pater Jean (gest. 1595): franz. Jesuit, Philosophieprofessor am Pariser Kolleg von Clermon; nach dem mißlungenen Attentat des franz. Jesuitenschülers Jean Châtel (um 1575–94) auf Heinrich IV. mit den übrigen Jesuiten ausgewiesen.

Le Tellier, Michel, gen. Pater Michel (1643–1719): franz. Jesuit, 1708–15 Beichtvater Ludwigs XIV.; bewog den König zur Niederreißung von Port-Royal (s. Anm. zu S. 481), die Geistlichkeit zur Anerkennung der Bulle Unigenitus (s. Anm. zu S. 499 *Quesnel*).

574 *Calas,* Jean (1698–1762): franz. Leinenhändler aus Toulouse, Hugenotte, gerädert auf die falsche Beschuldigung hin, seinen Sohn Marc-Antoine, der Selbstmord begangen hatte, getötet zu haben, um ihn am Übertritt zum Katholizismus zu hindern; Voltaire, der die Frau mit zwei Kindern aufnahm, schrieb seine anklagende ›Abhandlung über die Toleranz anläßlich des Todes von Jean Calas‹ und erzwang 1765 die Wiederaufnahme des Verfahrens und die Ehrenrettung der Familie.

Sirven, Pierre-Paul (1709–77): franz. Lehnsrechtler, Hugenotte, dessen in ein Kloster entführte Tochter Elisabeth wahnsinnig zurückgeschickt wurde und sich 1762 in einem Brunnen ertränkte; die Familie, des Mordes aus religiösen Gründen angeklagt, flüchtete sich zu Voltaire, der nach fünfjährigen Bemühungen die Aufhebung des Urteils durchsetzte.

ein Staatsanwalt aus der Dauphiné: Joseph-Michel-Antoine Servan (1737–1807), franz. Justizbeamter, 1769–72 Staatsanwalt am Parlement von Grenoble in der südostfranz. ehemaligen Provinz Dauphiné, Freund Voltaires; spricht sich in seiner ›*Abhandlung* über die Pflege der Kriminalgerichtsbarkeit‹ (1767) gegen die Folter aus.

577 *Rey,* Marc-Michel (18. Jh.): Buchhändler in Amsterdam.

578 ›*Candide* oder Der Optimismus‹ (1759): Roman Voltaires (s. Bd. 1).

beste aller Welten: s. Anm. zu S. 799 *Leibniz.*

580 *Franken:* Bezeichnung für die Europäer in der östl. Mittelmeerwelt.

Kapuziner: Mitglieder eines 1525 von den Franziskanern (s. Anm. zu S. 453) abgezweigten Mönchsordens, der zur urspr. Bedürfnislosigkeit und Armut zurückkehren wollte.

Pangloß: der optimistische Lehrer Candides in Voltaires gleichnamigem Roman.

die Pest, eine ägyptische Krankheit: Aus dem Altertum wird von Pestepidemien vorwiegend in Ägypten und Syrien berichtet, wo die Seuche im 18. Jh. den Charakter einer Landeskrankheit annahm.

581 *Konstanzer Konzil:* allgemeine Kirchenversammlung in Konstanz 1414–18 zur Überwindung der Glaubensspaltung und Erneuerung des Katholizismus.

Hus, Jan (um 1370–1415): tschech. Reformator, der eine Volksreligion anstrebte; trotz kaiserlichen Geleitbriefs in Konstanz als Ketzer verbrannt.

Hieronysmus von Prag (um 1365–1416): tschech. Theologe, Glaubensgenosse von Hus; nach Rücknahme der Widerrufung seiner Lehre in Konstanz verbrannt.

Vizekönig von Ungarn: István Zápolya (gest. 1499), ungar. Adliger, seit 1492 Palatin des Reiches. (Bischof von Erlau war sein Vorgänger Orbán Doczy).

Montanagua: wahrscheinlich Barolomeo Montagana (gest. 1525), italien. Medizinprofessor in Padua; führte die Syphilis auf astrologische Ursachen zurück und suchte sie durch ausleerende Mittel zu heilen.

Gualtieri, Niccolò (1688–1744): italien. Arzt und Biologe.

Berthold von Henneberg: Kurfürst und Erzbischof von Mainz 1484–1504.

Franz I.: franz. König 1515–47; Förderer der humanistischen Kultur.

Heinrich III.: franz. König 1515–89.

Jakobinermönche: in Frankreich Bezeichnung der Dominikaner (s. Anm. zu S. 694) nach ihrem Kloster Sankt-Jakob in Paris.

Clément, Jacques (um 1567–89): franz. Dominikaner, der 1589 den zu Ende seiner Regierung hugenottenfreundlichen Heinrich III. erstach.

582 *das Gift der schwarzen Pocken unwirksam zu machen:* Die Schutzimpfung durch Übertragung des Pockenerregers selbst (Variolation) war 1717 durch die engl. Schriftstellerin Mary Wartley Montagu (1698–1762) aus dem Orient in Europa eingeführt worden. (Die Kuhpockenimpfung setzte sich erst 1796 durch.)

Gottfried von Bouillon (um 1060–1100): Herzog von Niederlothringen, Führer des 1. Kreuzzugs 1096–99.

Saladin, eigtl. Salah ad-Din Jussuf ibn-Aijub: ägypt. und syr. Sultan 1175–93; eroberte 1187 Jerusalem zurück, was den 3. Kreuzzug 1189–96 zur Folge hatte.

Melik al-Salah, eigtl. Nedschem ad-Din Aijub: ägypt. und syr. Sultan 1240–50; Gegner Ludwigs IX., franz. König 1226–70, im erfolglosen 6. Kreuzzug 1248–54.

Albigenser: Anhänger der streng asketischen, an die Existenz eines guten und eines bösen Gottes glaubenden mittelalterlichen christlichen Sekte der Katharer (griech. »Reine«) in Südfrankreich, benannt nach ihrem Mittelpunkt, der Stadt Albi nordöstl. von Toulouse; in den Albigenserkriegen 1209–29, zu denen der Papst als einem Kreuzzug aufrief, vernichtet.

»Geist und Herz«: Anspielung auf Rollin (s. Anm. zu S. 768 *Linro*).

583 *ein großer Streit:* um Marmontels ›Belisar‹ (s. Anm. zu S. 489 *ein Edikt*).

Mark Aurel, eigtl. Marcus Aurelius Antoninus: röm Kaiser 161–180; Anhänger des Stoizismus.

583/84 *Antonius* d. Gr. (um 250–356): ägypt. Einsiedler, der »Vater des Mönchtums«, Heiliger.

584 *Karpokratianer:* Anhänger einer betont heidnisch-weltfreudigen religiösen Sekte, begründet von dem alexandr. Gnostiker Karpokrates (1. Hälfte des 2. Jh.), Vertreter der aus verschiedensten Glaubensvorstellungen und Lehrmeinungen gemischten spätantiken Mysterienreligion des Gnostizismus, der das Hauptgewicht auf eine tiefere Er-

kenntnis Gottes legte und in seiner ausgeprägt dualistischen Haltung vom Glauben an die Erlösung bestimmt war.

Aloger: Anhänger einer Richtung in der christlichen Kirche Kleinasiens um die Mitte des 2. Jh., die der auf dem Johannesevangelium beruhenden Lehre vom Logos (griech. urspr. »Wort«) als dem göttlichen Weltschöpfungswort und als Bezeichnung für Jesus Christus als dem fleischgewordenen Wort Gottes widersprach.

Ursulinerinnen: Mitglieder einer 1535 von Angela Merici in Brescia gegründeten katholischen Frauengemeinschaft zur Mädchenerziehung und zur Armen- und Krankenpflege.

Annunziaten: Mitglieder eines 1501 von der ehemaligen franz. Königin Johanna von Valois in Bourges gegründeten Nonnenordens, der sich dem Unterricht widmete.

hundertundein Ammenmärchen: gemeint ist die Bulle Unigenitus (s. Anm. zu S. 449 *Quesnel*).

im Jenseits an den Überbringer zahlbare Wechsel: 1752 forderte der franz. Prälat Christophe de Beaumont (1703–81), seit 1746 Erzbischof von Paris, die Pariser Geistlichkeit auf, Abendmahl und Sterbesakramente nur dem zu gewähren, der eine Beichtbescheinigung über seine Anerkennung der Bulle Unigenitus vorwies.

585 *ein Korse und ein Genuese:* Korsika, seit 1300 zum Stadtstaat Genua gehörig, erhob sich in 2 großen Aufständen 1729 und 1755 gegen die Herrschaft seiner Unterdrücker, die daraufhin die Insel 1768 an Frankreich verkauften.

Mufti: mohammedanischer Rechtsgutachter nach den geistlichen Gesetzen des Korans.

Status quo (lat.): gegenwärtiger Zustand.

Zwei erbitterte Gegner: Jesuiten und Jansenisten (s. Anm. zu S. 482).

ein sonderbarer Besucher: der franz. Benediktinermönch Dom Louis-Mayeul Chaudon (1737–1817), Verfasser eines gegen Voltaires ›Philosophisches Wörterbuch‹ gerichteten ›*Antiphilosophischen Wörterbuchs* zwecks Erläuterung und Berichtigung des 'Philosophischen Wörterbuchs'‹ (1767/69).

587 *Montesquieu,* Charles de Secondat, Baron de La Brède et de (1689–1755): franz. rechts- und geschichtsphilosophischer Aufklärungsschriftssteller, Präsident des Parlements von Bordeaux, Verfasser der antiabsolutistischen Gesellschaftssatire ›Persische Briefe‹, des

sozialtheoretischen Geschichtswerks ›Betrachtungen über die Ursachen der Größe der Römer und ihres Niedergangs‹ und seines rechtstheoretischen und rechtshistorischen Hauptwerks ›Vom Geist der Gesetze‹, einer soziologisch begründeten Gesetzgebungslehre, in der er die Gesetze eines Volkes aus seinen natürlichen und geschichtlichen Bedingungen zu erklären sucht und für die staatliche Machttrennung in gesetzgebende, ausübende und rechtsprechende Gewalt eintritt.

Routh, Bernard (1695–1768): in Frankreich lebender irisch. Jesuit, Mitarbeiter am ›Journal de Trévoux‹, der franz. literarischen Zeitschrift der Jesuiten; Chaudons ›Antiphilosophischem Wörterbuch‹ angehängt war der ›Brief des hochehrwürdigen Jesuitenpaters Routh an Hochwürden Gualtiero, Seiner Heiligkeit Nuntius in Paris‹ über die Todesstunde Montesquieus.

Garasse, der Pater François (1585–1631); franz. Prediger, Jesuit, der in zahlreichen Streitschriften gegen die Freigeister eiferte.

Boucher, Jean (1548–1644): franz. Theologe; verteidigte in den Flugschriften ›Vom verdienten Abtreten Heinrichs III.‹ und ›Rechtfertigung Jean Châtels und der Pater Jesuiten‹ die Ermordung Heinrichs III. und das Attentat auf Heinrich IV., den er auch weiterhin in Streitschriften und Predigten angriff.

Aubry, Christoph (gest. 1601): franz. Priester, unerbittlicher Gegner Heinrichs IV.; 1595 in effigie hingerichtet.

Aristotelische Kategorien: von Aristoteles erstmals aufgestellte 10 allgemeinste »Aussagen« (Substanz, Quantität, Zeit usw.) über die bezeichnenden Eigenschaften der Dinge als Ordnungsprinzip zur Erkenntnis der Welt; hier allgemein die Aristotelische Philosophie als Grundlage der christlichen Philosophie des Mittelalters.

588 *Index-Kongregation:* päpstliche Zensurbehörde, die entscheidet, welche Titel auf den ›Index der verbotenen Bücher‹ gesetzt werden.

Scipio Ämilianus, Africanus d. J., Publius Cornelius (um 185–129 v. u. Z.): röm. Feldherr und Konsul; Förderer der griech. humanistischen Kultur in Rom.

Locke, John (1632–1704): engl. Philosoph, Begründer des Sensualismus, der alle menschliche Erkenntnis auf die sinnliche Wahrnehmung zurückführt; wurde zur Grundlage der franz. Aufklärungsphilosophie.

Gordon, Thomas (gest. 1750): engl. polit. Schriftsteller, Verfasser einer ›Verteidigung des Urchristentums‹ vom Standpunkt des Deismus (s. Anm. zu S. 677).

Trenchard, John (1662–1723): engl. politischer Schriftsteller, Kirchen- und Staatsreformer, Deist, Verfasser einer Naturgeschichte des Aberglaubens; gab mit Gordon die politische Wochenzeitschrift ›Der unabhängige Whig‹ (s. Anm. zu S. 649 *zwei Parteien*) heraus.

Shaftesbury, Anthony Ashley Cooper, Earl of (1671–1713): engl. Moralphilosoph, der die Ethik von der Religion löste und mit der Ästhetik verband.

589 *Wölfe:* die Jansenisten.

trotz all des Flüssigwerdens: Anspielung auf die in Neapel aufbewahrte Reliquie des neapolitan. Schutzheiligen Januarius (um 250–305), Bischof von Benevent, zwei Fläschchen mit geronnenem Blut, das angeblich dreimal im Jahr wieder flüssig werden soll.

Tiara: 3reifige Papstkrone.

um die Zelter zu hindern: Der König von Neapel mußte dem Papst einen Vasallentribut von 7000 Talern entrichten, die um den Hals eines Zelters gehängt wurden.

Golizyn, Dmitri III. Alexejewitsch, Fürst (um 1735–1803): russ. Diplomat, 1763–um 73 Gesandter in Paris; Freund Voltaires.

kalvinistisch: nach der Lehre des franz. Reformators Jean Calvin (1509–64), deren Kernstück der Glaube an die Prädestination (Vorherbestimmung) des Menschen ist und wonach es eine Anzahl von Erwählten gibt, denen Gott seine Gnade verdienstlos schenkt, und Verworfene, die der Verdammnis nicht entgehen können.

Rotalier: »Man erzählte mir auch von einem Exjesuiten namens Prost, der in den heiligen Bankrott des Fraters La Valette verwickelt war. Dieser Prost hat sich unter dem Namen Rotalier nach Dôle zurückgezogen« (Anmerkung Voltaires im ›Genfer Bürgerkrieg‹).

590 *›Persische Briefe‹* (1721): von Montesquieu; der Scherz findet sich in Brief 112.

Petau, der Pater Denys (1583–1652): franz. Theologie- und Rhetoriklehrer, Jesuit; fruchtbarer Kirchenschriftsteller.

Philipp der Schöne, IV.: franz. König 1285–1314.

Hugo Capet: franz. König 968–996; Begründer des kapetingischen Herrscherhauses 987–1328

›Gargantua‹ (1532/62): von Rabelais (s. Anm. zu S. 449).

Ninive: Hauptstadt des neuassyr. Reichs.

Seleukia: am Tigris gelegene zeitweillige Hauptstadt des Reichs der Seleukiden, der Nachfolger ihres Gründers Seleukos I., ehemaliger Statthalter Alexanders d. Gr., 305–280 v. u. Z. König von ganz Kleinasien; bis zur Zerstörung 165 mächtigste Handelsstadt Mesopotamiens.

591 *Silhouette,* Étienne de (1709–67): franz. Finanzminister 1759 bis 67, der vergeblich den Finanztiefstand des Landes durch Beschneidung der Adelsvorrechte und durch Einsparungen im kleinen zu heben suchte.

Attikus, Titus Pomponius (109–32 v. u. Z.): reicher röm. Buchhändler, hochgebildeter Freund und Briefpartner Ciceros.

817 *Epikureer:* Anhänger der Lehre Epikurs (s. Anm. zu S. 817).

›Brüderschaft der Knauserei‹: italien. Gemeinschaft von Geizigen, die an den kleinsten Dingen sparten.

592 *Florus,* Lucius Annäus Julius (2. Jh.): röm. Geschichtsschreiber, Verfasser eines Abrisses der röm. Geschichte von der Gründung Roms bis Augustus.

Pompejus d. Gr., Gnäus (106–48 v. u. Z.): röm. Feldherr und Staatsmann; von Cäsar besiegt.

Antonius, Marcus (um 82–30 v. u. Z.): röm. Staatsmann und Feldherr, Anhänger Cäsars; von Augustus besiegt.

Wie man Geschichte schreibt, daran ist es zu sehen: Vers aus Voltaires Komödie ›Karlchen oder Die Gräfin von Givry‹ (1, 7).

Alarich I.: König der Westgoten 395–410; eroberte 410 Rom.

Mohammed II.: türk. Sultan 1451–81; eroberte 1453 Konstantinopel.

Tabor: Berg in Nordpalästina südl. von Nazareth, wo Christus verklärt worden sein soll; die Hesychasten (griech. »Ruhende«), eine mystische Mönchssekte, besonders im 14. Jh. auf dem nordostgriech. Berg Thos, strebten die Vereinigung mit Gott durch unverwandtes Anschauen ihres Nabels an, wobei sie einen Schein zu sehen glaubten, der nach langem Für und Wider auf einer Kirchenversammlung in Konstantinopel 1351 für das unerschaffene *Licht von Tabor* erklärt wurde.

593 *ein Schotte:* Henry Home, Lord Kames (1696–1782), engl. Moralphilosoph und Ästhetiker, in den von Voltaire hier angegriffenen ›Grundbegriffen der Kritik‹ (1763), seinem ästhetischen Hauptwerk, setzt er zugunsten Shakespeares die klassischen franz. Dramatiker herab.

Racine: s Anm. zu S. 490.

Denina, Giacomo Carlo (1731–1813); italien. Historiker, in seiner ›Abhandlung über das wechselhafte Los der Literatur‹ hatte er sich gegen Voltaire geäußert.

›*Geist der Gesetze*‹ (1748): von Montesquieu.

Boileau-Despréaux, Nicolas (1636–1711): franz. Literaturkritiker, Satiren- und Episteldichter, Verfasser der ›Dichtkunst‹, mit der er zum Theoretiker der klassischen Ästhetik wurde; als Anhänger der antiken Literatur ließ er für die Gattung des Epos nur die griech. und röm. Vorbilder gelten, nicht die Phantasieschöpfungen der italien. Renaissancedichter.

Tasso, Torquato (1544–95): italien. Renaissancedichter, Verfasser des Kreuzzugsepos ›Das befreite Jerusalem‹.

Grotius, Hugo, eigtl. Huigh de Groot (1583–1645): niederländ. Naturrechtler, der »Vater des Völkerrechts«.

Kaiserin von Rußland: Katharina II., 1762–96.

594 *König von Polen:* Stanislaus II. August Poniatowski, letzter poln. König 1764–95; Günstling Katharinas II.

Reichstagspräsident: Adam Kasimir, Fürst Czartoryski (1734–1823), poln. Magnat, Anhänger der Reformpartei, 1763 Präsident des Reichstags zur Königsneuwahl.

Böotier: im Altertum als bäurisch-ungehobelt geltende Bewohner der mittelgriech. Landschaft Böotien nördl. von Attika, die jedoch auch Hesiod, Pindar, Epaminondas, Plutarch hervorbrachte.

Karl XII.: schwed. König 1697–1718, Gegner Peters d. Gr. im Nordischen Krieg 1700–21; Voltaires ›Geschichte Karls XII.‹ hatte mehr Anklang gefunden als seine ›Geschichte Rußlands unter Peter dem Großen‹.

Solon (um 640–560 v. u. Z.): athen. Gesetzgeber, einer der 7 Weisen des Altertums.

595 *ein Gastmahl bei Platon:* Anspielung auf Platons Dialog ›Das Gastmahl‹, in dem sich bei einem Festgelage philosophische Geister über das Wesen der Liebe und des Schönen unterhalten.

›La princesse de Babylone‹. Erschienen 1768 anonym in Genf.

597 *Belos* (um 2000 v. u. Z.): sagenhafter assyr. König.

Parasange: altpers. Streckenmaß, etwa 1 ½ km.

Semiramis: griech. Name einer sagenhaften assyr. Königin, deren terrassenförmig »Hängende Gärten« in der Königsburg von Babylon (historisch im 6. Jh. v. u. Z. von Nebukadnezar II. für seine Frau Amythis angelegt) zu den 7 Weltwundern des Altertums zählten.

598 *Praxiteles* (um 400–um 330 v. u. Z.): griech. Bildhauer, Schöpfer der Aphrodite (röm. Venus) von Knidos, altgriech. Hafenstadt an der Südwestspitze Kleinasiens.

»Venus mit den schönen Hinterbacken«: Aphrodite Kallipygos, griech. Statue (3. Jh. v. u. Z.) der sich mit aufgehobenem Gewand rückwärts im Wasser spiegelnden Göttin von einem unbekannten Künstler (Nationalmuseum Neapel).

Nimrod: sagenhafter babylon. König, Gründer des Reichs, »ein gewaltiger Jäger vor dem Herrn« (1. Moses 10, 9).

Derbent: Stadt am mittleren Westufer des Kaspischen Meers.

Skythen: s. Anm. zu S. 488.

599 *Apis:* in Memphis verehrte ägypt. Gottheit in Gestalt eines schwarzen Stiers, Verkörperung des Stadtgotts von Memphis, des Weltschöpfers Ptah.

Sistrum: altägypt. Rasselinstrument im Kultdienst der Göttinnen, besonders der Isis.

Isis: ägypt. Himmelsgöttin, die segenspendende weibliche Hauptgottheit der Ägypter, Schwester und Frau des Osiris (s. Anm. zu S. 485).

Hermes Trismegistos (griech. »der dreimal Größte«): griech. Name des ägypt. Mondgottes Thoth, der als Lehrer der Weisheit galt; ihm wurden 42 magische Bücher aller Wissenszweige zugeschrieben, die das ganze Mittelalter hindurch in hohem Ansehen standen.

Schakja: s. Anm. zu S. 447.

Weda (sanskr. »das Wissen«): Bezeichnung für die ältesten religiösen Bücher der Inder.

600 *Adonis:* von Aphrodite geliebter Jüngling der griech. Sage; Inbegriff jugendlicher Schönheit.

601 *Osiris:* s. Anm. zu S. 485.

603 *chaldäisch:* neubabylonisch.

Madrigal: urspr. italien. Hirtenlied, seit dem 17./18. Jh. kurzes Gedicht witzig-tändelnden Inhalts mit abschließendem Kompliment.

606 *jene schönen Vögel:* Pfauen, bei den Griechen als Sinnbild des Sternhimmels heiliger Vogel Heras (röm. Juno) in ihrer Eigenschaft als Himmelskönigin.

614 *Ormuzd:* s. Anm. zu S. 485.

Magier: Priester der altiran. Religion.

Präzession: Vorrücken, wahrscheinlich Anspielung auf die ›Untersuchungen über die Präzession der Nachtgleichen‹ von d'Alembert (s. Anm. zu S. 583 *eine seiner Komödien).*

Lokman: sagenhafter früharab. Herrscher, Weiser, der als Spruch- und Fabeldichter gilt; eine unter seinem Namen überlieferte Sammlung von 41 Tierfabeln ist eine arab. Übersetzung des griech. Fabeldichters Äsop (um 550 v. u. Z.).

615 *Gangariden:* Bewohner der Gangesufer.

616 *sie werden niemals getötet:* laut brahmanischer Vorschrift, da nach der Lehre von der Seelenwanderung jedes Tier Sitz der Seele eines Verstorbenen sein kann.

618 *Huris:* mohammedanische Paradiesjungfrauen, die den Seligen ewige Freuden schenken.

622 *ein altes, leichtfertiges Weib:* Helena, die zehnjährig von Theseus entführt wurde, später, nach pragmatischer Berechnung Jahrzehnte danach, von Paris, was den Trojanischen Krieg entfesselte.

Imaus: antiker Name des Himalajas.

623 *jener andere:* Priapos (s. Anm. zu S. 879); sein Hauptkultort war die griech. Küstenstadt *Lampsakos* (heute Lapseki) an der Nordwestspitze Kleinasiens.

»Glückliches Arabien«: antiker Name des Jemens.

624 *Schiras:* pers. Provinzhauptstadt nördl. des Persischen Meerbusens, deren Umgegend durch Rosen und Wein berühmt ist.

626 *Elysische Gefilde:* in der griech. Sage paradiesischer Ort jenseits des Ozeans am Westrand der Welt, wohin die Götterlieblinge versetzt wurden.

Gärten der Hesperiden: in der griech. Sage Göttergarten auf einer Insel am Westrand der Welt, wo die Hesperiden, die Töchter des Titanen

Atlas, goldene Äpfel hüteten, die Herakles als 11. seiner 12 Arbeiten rauben mußte.

glückliche Inseln: antike Bezeichnung für die Kanarischen Inseln.

Phönix: ägypt. heiliger Vogel, Verkörperung des Sonnengottes Re, als Sinnbild der Auferstehung gleichgesetzt mit Osiris; nach griech.-röm. Überlieferung verbrannte er sich alle 500 Jahre selbst auf einem Haufen von Gewürzen, um aus der Asche verjüngt neu zu erstehen.

634 *Cambaluc:* Name Pekings (für Khanbalik) bei dem venezian. Ostasienreisenden Marco Polo (1254–1324).

der Kaiser von China: Jung-Tsching, eigtl. Schi-Tsung, 1723–35.

Bonzen: buddhistische Priester, hier die Jesuitenmissionare, die 1723 aus China vertrieben wurden.

635 *Tien* (chin.): der Himmel als die alles Geschehen bestimmende höchste Gewalt; Beiname des Gottes in der altchin. Religion.

639 *Kimmerier:* antikes Reitervolk, das im 2. Jh. v. u. Z. ein Reich an der Nordküste des Schwarzen Meers gründete, im 8. Jh. v. u. Z. von den Skythen nach Südwesten verdrängt; hier die Russen.

eine sehr große Stadt: Moskau, wo Katharina II. die alten Verteidigungswälle in Boulevards umwandeln ließ.

die regierende Kaiserin: Katharina II. (s. Anm. zu S. 594).

um ihre Staaten mit eigenen Augen zu sehen: In einem Brief vom 29. 5. 1767 schrieb Katharina II. an Voltaire: »Ich bin jetzt in Asien, ich wollte das mit eigenen Augen sehen.«

640 *ein einziger Mann:* Peter d. Gr.

Isis: s. Anm. zu S. 599; als Gesetzgeberin, Ehestifterin und Staatenerhalterin galt sie auch als Göttin der sittlichen Weltordnung.

Ceres: röm. Ackerbaugöttin, der griech. Demeter entsprechend, die zugleich als Gesetzgeberin aufgefaßt wurde, da der Ackerbau als Grundlage eines gesitteten Lebens galt.

641 *bei ihren Nachbarn:* den Polen.

642 *ein junger Fürst:* Gustav, schwed. Kronprinz, als Gustav III. schwed. König 1771–92.

der jüngste und gerechteste aller Könige: Christian VII., dän. König 1766–1808, geb. 1749, seit etwa 1770 geisteskrank; bis 1770 stand ihm der aufgeklärte dän. Außenminister Johann Hartwig Ernst, Graf von Bernstorff (1712–72) zur Seite.

Sarmaten: antikes iran. Nomadenvolk zwischen Weichsel und Wolga; hier die Polen.

ein Philosoph: Stanislaus II. (s. Anm. zu S. 594 *König von Polen*).

Äolus: griech. Windgott.

643 *Bataver:* westgerm. Volk im Mündungsgebiet des Rheins; hier die Niederländer.

Albion: ältester Name für England.

Tyrus: phöniz. Handelsstadt urspr. auf einer Felseninsel vor der libanes. Küste (heute Sur); im Altertum berühmt durch Weberei, Purpurfärberei, Glas- und Metallarbeiten.

Atlantis: sagenhaftes Inselreich, das nach Platon im Atlantik versunken sein soll.

645 *Rey:* s. Anm. zu S. 577.

Ausoner: ital. Volksstamm in Mittelitalien; hier die Italiener.

Welsche: die Franzosen; bei Voltaire häufig Bezeichnung für aufklärungsfeindliche Kulturbarbaren.

›*Emporgekommene Bäuerin*‹ (1735): sozialer Entwicklungsroman (als Gegenstück gedacht zu Marivaux' ›Emporgekommenem Bauern‹) des franz. Unterhaltungsromanautors Charles de Fieux, Chevalier de Mouhy (1701–84).

›*Sofa,* eine moralische Geschichte‹ (1745): in Indien spielender schlüpfriger Erfolgsroman des franz. Sittenromanautors Claude-Prosper Jolyot de Crébillion d.J. (1707–77).

›*Vier Fakr-ed-Dins*‹: bekanntestes der 4 Märchen aus der ›Tausendundeine-Nacht‹-Nachahmung ›Feengeschichten‹ (1730) des franz. witzig-satirischen Erzählers und Memoirenautors schott. Abstammung Anthony, Earl of Hamilton (um 1646–1720).

646 *Phytagoras:* s. Anm. zu S. 445; die Pythagoreer glaubten an die Seelenwanderung und aßen kein Fleisch beseelter Wesen.

Porphyrios (um 232– um 304): griech. neuplatonischer Philosoph; in seiner Schrift ›Über Enthaltsamkeit‹ empfiehlt er den Verzicht auf Fleischgenuß.

Jamblichos (gest. um 330): griech. neuplatonischer Philosoph, Schüler des Porphyrios.

»*Witenagemot*« (altengl. »Rat der Weisen«): dem König zur Seite stehende Adels- und Bischofsversammlung bei den Angelsachsen, die der Volksversammlung allmählich ihre Rechte, besonders das der Königswahl, streitig machte.

648 *Saturn:* röm. Bauerngott, der Sage nach alter König Italiens; mit dem *Land des Saturn* ist Italien gemeint.

einer unserer Könige: Johann ohne Land, engl. König 1199–1216; als sich bei einem Streit mit Rom wegen der Einsetzung des Erzbischofs von Canterbury der engl. Adel gegen ihn empörte, demütigte er sich und empfing 1213 sein Land vom Papst als Lehen.

der ›Alte von den sieben Hügeln‹ (nach den 7 Hügeln, auf denen Rom erbaut ist): der Papst; hier Innozenz III., 1198–1216.

einige Männer, die schwarze Mäntel trugen, und andere, die ein weißes Hemd über die Jacken zogen: die Puritaner, die engl. Protestanten, die zur evangelischen »Reinheit« des Kults und zur Gleichheit der Priester zurückkehren wollten, und die Geistlichen der anglikanischen Kirche (s. Anm. zu S. 453); hier Anspielung auf die bürgerliche Revolution 1642–49.

ein reicher, vielverehrter König: Georg III., engl. König 1760–1820.

649 *kein Haftbefehl wird ohne Begründung erlassen:* Anspielung auf die engl. Habeaskorpusakte von 1679, die den Bürger vor Verhaftung ohne richterliche Begründung schützt und den zuwiderhandelnden Justizbeamten mit Strafe bedroht, im Gegensatz zu den franz. Lettres de cachet bis 1790, vom Gericht nicht bestätigten, nur vom Minister unterzeichneten Briefen mit kgl. Siegeln, die zur willkürlichen Festnahme und Einkerkerungen von Mißliebigen dienen konnten.

zwei Parteien: die engl. Parlamentsvertretungen der Tories, urspr. die Königsanhänger, im 18. Jh. die Partei des niederen Landadels, später die Konversativen, und der Whigs, urspr. die Monarchiegegner, im 18. Jh., wo sie die führende politische Rolle spielten, die Partei der Handels- und Industriegroßbürger und der Großgrundbesitzer, später die Liberalen.

652 *eine Stadt:* Venedig.

654 *»Der Stadt* (Rom) *und der Welt«:* lat. »Urbi et orbi«, Segensformel des Papstes für alle Gläubigen.

»San Martino, che bel ragazzo …« (italien.): »Heiliger Martin, welch schöner Junge! Heiliger Pankratius, welch schöner Bursch!«

655 *ursprünglich war er Fischer und Türhüter:* Petrus, den die katholische Kirche seit dem 2. Jh. als 1. röm. Bischof und damit als Stifter des Papsttums ansieht, war Fischer gewesen, bevor er Jünger von Jesus

Christus wurde, der ihm nach dem Matthäusevangelium (16, 19) »des Himmelreichs Schlüssel« anvertraute.

ein König des Keltenlandes: Ludwig XIV.

hundertundein Befehl: gemeint ist die Bulle Unigenitus (s. Anm. zu S. 449 *Quesnel).*

ein normannischer Priester: Le Tellier (s. Anm. zu S. 573); er war aus L'Enanderie in der Normandie gebürtig.

656 *»buona mancia«* (italien.): »gutes Trinkgeld«.

657 *Hauptstadt der Gallier:* Paris; urspr. lat. Name Lutetia (von kelt. luk-teih »Sumpfort«, angelehnt an lat. lutum »Schmutz«) Parisiorum (der Parisier, gall. Volksstamm im mittleren Seinebecken), später lat. Parisia oder Parisii, von Voltaire in Verbindung gebracht mit Isis.

andere Räuberhelden: die Franken.

entsetzliche Zeiten: Anspielung auf die Religionskriege zwischen Katholiken und Hugenotten 1562–1629.

658 *eine Schar finsterer, halb törichter, halb spitzbübischer Fanatiker:* die Geistlichkeit, besonders die Jesuiten.

ein junger Mensch: La Barre (s. Anm. zu S. 572 *zwei junge Leute*).

659 *ein zeitungsschreibender Priester:* die gemeinsamen Verfasser der 1713–93 erscheinenden jansenistischen Zeitschrift ›Kirchennachrichten oder Beiträge zur Geschichte der Bulle Unigenitus‹; hier Anspielung auf die um 1730 als Folge der Unterdrückung der Jansenisten (s. Anm. zu S. 482) entstandene Bewegung der Konvulsionäre, religiöser Schwärmer, die unter krampfartigen Zuckungen, in die sie sich durch Kasteiungen versetzen ließen, angeblich die Zukunft voraussagten und Wunder an sich geschehen sahen.

schwarzgekleidete Expriester: die Jesuiten (s. Anm. zu S. 569).

660 *Böcke in grauem Fell:* die Jansenisten.

eine Dame: Marie-Thérèse Rodet, Mme. Geoffrin (1699–1777), eine der hochgebildeten Französinnen des 18. Jh., in deren Salon sich Künstler und Schriftsteller trafen.

665 *ein Haus:* das »Heilige Haus« (Santa Casa), in dem Maria in Nazareth gewohnt haben und das nach der Legende 1295 von Engeln nach Loreto in der mittelitalien. Provinz Ancona (gegenüber der dalmatinischen Küste) gebracht worden sein soll, wo es in der Wallfahrtskirche Chiesa della Santa Casa verehrt wird.

Baetis: röm. Name des Guadalquivir.

Baetica: röm. Provinz in Südspanien (heute Andalusien).

666 *Anthropokäer* (griech.): »Menschenverbrenner«; Wortbildung Voltaires.

eine Art Maskengewand: Sanbenito (s. Anm. zu S. 796).

por amor de Dios (span.): »aus Liebe zu Gott«.

667 *Fulminante:* span. »die Niederschmetternde« oder franz. »die Blitzende«.

Magog: nach der Bibel (1. Moses 10, 20) Enkel Noahs, der ein Reich südl. des Kaspischen Meers gründete, später (Offenbarung des Johannes 20, 8) einer der Führer der Ungläubigen (zusammen mit Gog).

668 *ein greiser Monarch:* Karl III., span. König 1759–88; Vertreter des aufgeklärten Absolutismus, unter dem 1767 die Jesuiten aus Spanien vertrieben wurden.

669 *iberisch:* span.-portug., nach den Iberern, den ältesten Bewohnern der Pyrenäenhalbinsel.

670 *»Folies d'Espagne«* (franz.): span. Solotanzweise im 3/4 Takt.

672 *Dido:* in der antiken Sage Tochter des Königs Mutto von Tyrus, die nach Ermordung ihres Mannes Sicharbas (lat. *Sichäus*) durch ihren Bruder, den goldgierigen tyr. König *Pygmalion,* nach Nordafrika floh, wo ihr die Bewohner so viel Land verkauften, wie eine Stierhaut einnehme; sie schnitt die Haut in schmale Streifen und umspannte damit den ganzen Baugrund Karthagos.

673 *Numidier:* antikes Hirten- und Reiternomadenvolk im Hinterland des westl. Nordafrikas.

Byzacium: antike Landschaft im heutigen Tunesien, südl. des alten Karthagos.

Kyrene: um 630 v. u. Z. von Griechen gegründete Hauptstadt der antiken Küstenlandschaft Kyrenaika im heutigen östl. Libyen.

Chersones: antike Küstenstadt auf der Landspitze Ras et-Tin im heutigen östl. Libyen, 125 km östl. von Kyrene.

Kanopos: altägypt. Küstenstadt nordöstl. von Alexandrien (angeblich benannt nach dem der griech. Sage nach dort begrabenen Steuermann des von Troja heimkehrenden spartan. Königs Menelaos); ägypt. Gott nach vermutlich irrtümlicher Annahme des lat. Kirchenschriftstellers Tyrannius Rufinus (um 345–410); hellster Stern im südl. Sternbild Carina (benannt nach dem Steuermann des Menelaos).

675 *gratias ... benedicite* (lat.): »danke« ... »segnet«.

›*Candide* oder Der Optimismus‹ (1759): Roman Voltaires (s. Bd. 1);

1761 erschien ein ›2. Teil von Candide‹, zugeschrieben dem franz. Literaten Charles-Claude-Florent Throrel de Campigneulles (1737–1809), 1766 die ›Kakomonade, eine politische und moralische Geschichte. Aus dem Deutschen des Dr. Pangloß, nach seiner Rückkehr aus Konstantinopel übersetzt von diesem selbst‹ von dem franz. Aufklärungsschriftsteller Simon-Nicolas-Henri Linguet (1736–94).

›Das Naturkind‹ (1767): Eine Fortsetzung oder Nachahmung des Romans war nicht zu ermitteln.

ein Exkapuziner: Maubert de Gouvest (s. Anm. zu S. 550 *Alberoni*); 1756 veröffentlichte er in Glasgow (Angabe London) eine »erweiterte« Ausgabe von Voltaires antikirchlichem komischen Heldenepos ›Die Jungfrau von Orleans‹ (1755).

Kapuziner: s. Anm. zu S. 580.

Coger: s. Anm. zu S. 570.

Belisar: s. Anm. zu S. 489 *der größte Feldherr des Jahrhunderts.*

Justinian: s. Anm. zu S. 489.

Larcher: s. Anm. zu S. 572.

676 *Mendes:* altägypt. Stadt im östl. Nildelta, wo die Ortsgottheit in Gestalt eines Ziegenbocks verehrt wurde.

Ninon, eigtl. Anne, de Lenclos (1620–1705): geistreiche franz. Kurtisane, deren Salon der Sammelpunkt der gebildeten Welt war; Förderin des jungen Voltaire.

Gédoyn, Nicolas (1667–1744): franz. Priester, Rhetoriklehrer am Jesuitenkolleg und Übersetzer griech. und röm. Literatur.

Châteauneuf, François de Castagner, Abbé de (gest. 1708): franz. Schöngeist und Diplomat; Pate Voltaires.

Fréron: s. Anm. zu S. 572.

Bicêtre: Irrenanstalt und Krankenhaus südwestl. von Paris.

Die Schottin, ›Das Kaffeehaus‹ oder (1760): satirisches Lustspiel Voltaires, in dem er Fréron in der Gestalt Frélons mit polizeilicher Genehmigung verspottete.

Desfontaines, Pierre-François Guyot, Abbé (1685–1745): franz. klassizistischer Literaturkritiker, der trotz wesentlich gemeinsamer ästhetischer Auffassungen mit Voltaire persönlich verfeindet war; Fréron schloß sich ihm an bei der Herausgabe der Literaturzeitschriften ›Künder des Neuesten vom Parnaß‹ und ›Bemerkungen über die neueren Druckschriften‹.

Sohn der Venus: Armor.

Sie kirchlicher Zeitungsschreiber: s. Anm. zu S. 659 *ein zeitungsschreibender Priester.*

Bécherand (18. Jh.): franz. Konvulsionär, um sein zu kurzes Bein zu verlängern, tanzte er auf dem angeblich wundertätigen Grab des jansenistischen Armenpflegers François de Pâris, gen. Diakon Pâris (1690–1727), dem Anziehungspunkt der Konvulsionäre, und wurde eine Zeitlang in Haft genommen.

Chaumeix, Abraham-Joseph de (um 1730–90): franz. Literaturkritiker, hartnäckiger Gegner der Aufklärung.

677 *Deist:* Anhänger einer aus der Aufklärung hervorgegangenen religionsphilosophischen Anschauung, nach der Gott die Welt nur erschaffen, dann aber ihrer eigenen Gesetzlichkeit überlassen hat.

Riballier, Ambroise (1712–85): franz. Theologe, Syndikus der Sorbonne; kgl. Zensor von Aufklärungsschriften.

AMABEDS BRIEFE

›Les Lettres d'Amabed‹. Erschienen 1769 in Genf. 1779 vom Papst verdammt.

679 *Albuquerque,* gen. d. Gr., Affonso d' (1453–1515): portug. Eroberer, Begründer der Kolonialmacht in Asien, 1509 zum Statthalter von Indien ernannt; das 1510 von ihm eroberte Goa wurde Mittelpunkt der ind. Besitzungen Portugals.

Empörung und ... Fall der himmlischen Wesen: Dämonenaufstand unter Mahisasur (s. Anm. zu S. 697) in der ind. Sage (Markandeyapurana).

›Shastra‹ (sanskr.): »Lehrbuch«; nach Voltaires Quelle (John Zephaniah Holwell ›Denkwürdige historische Begebenheiten aus den bengalischen Provinzen und dem Reich Hindustan...‹, 1765/71; franz. 1768) die 4 Weden (s. Anm. zu S. 611) und die 18 Puranas (5.–10. Jh.), die 2. Hindubibel nach dem Weda.

Mogulreich: 1526 gegründetes mohammedanisches Reich in Indien unter türk.-mongol. Herrschern.

›Fünf Kings‹ (chin. »kanonische Bücher«): die heiligen 5 ältesten chin. Bücher ›I-king‹ (›Buch der Wandlungen‹), ›Schi-king‹ (›Buch der

Lieder‹), ›Schu-king‹ (›Buch der Urkunden‹), ›Tschun-tsiu‹ (›Chronik‹) und ›Tschou-li‹ (›Rituale‹).

Zarathustra (6. Jh. v. u. Z.): altiran. Religionsstifter, der seine Gedanken in 2 Mill. Versen niedergelegt haben soll. Nach seiner Lehre ist die Welt in die Sphären des Lichts und der Finsternis geteilt, deren Götter, Ormuzd und Ahriman, in nie endendem Streit miteinander liegen; der Mensch hat die Wahl zwischen beiden, wobei sein Bekenntnis zum Licht das Bekenntnis zur sittlichen Tat bedeutet und sein Glück im Diesseits und Jenseits sichert.

Thoth: s. Anm. zu S. 599.

Brahma: S. Anm. zu S. 447.

680 *Fa tutto* (italien.): »Tut alles«.

Birmah = Brahma; nach Holwell eigene Gottheit.

Durga: ind. Göttin, Frau des Weltzerstörers Schiwa, wie er zugleich gnädig und schrecklich; als 10armige Dämonenvertilgerin auf einem Löwen (nach Holwell Drachen) reitend.

681 *Chaldäer:* s. Anm. zu S. 603.

»Auch die Engel, die ihren himmlischen Stand nicht bewahrten . . .«: Brief des Judas 6.

Henoch: biblischer Erzvater (1. Moses 5, 18; 21/24), dem die spätjüd. Überlieferung das Buch Henoch (2. Jh. v. u. Z.–1. Jh.) zuschreibt, eine Weltuntergangsvision und Messiasverkündigung, von der erst 1773 eine Abschrift wieder nach Europa gelangte; im Brief des Judas (14/15) heißt es von den Irrlehrern: »Es hat aber auch von ihnen geweissagt Henoch, der siebente von Adam an, und gesprochen: Siehe, der Herr kommt mit viel tausend Heiligen, Gericht zu halten über alle und zu strafen alle Gottlosen . . .«

682 *Banjane:* Angehöriger der Kaufmannskaste in Indien.

eine Universalgeschichte der ganzen Welt: die ›Abhandlung über die Weltgeschichte‹ von Bossuet (s. Anm. zu S. 494)

683 *der samaritische . . . Text:* eine abweichende Fassung der 5 Bücher Moses als heiliges Buch der Samaritaner, einer von den Juden ausgestoßenen ehemaligen Kultgemeinschaft in der mittelpalästin. Landschaft Samaria.

Septuginta: griech Übersetzung des Alten Testaments (3. Jh. v. u. Z.).

685 *ein kleines Volk von Maklern und Wucherern:* die Juden.

babylonische Gefangenschaft: das jüd. Exil nach der Eroberung Jerusalems durch die Neubabylonier 597 v. u. Z., als der König mit etwa 10000 Angehörigen der Oberschicht, und nach der Zerstörung der Stadt 586 v. u. Z., als weitere 15000 nach Babylonien umgesiedelt wurden.

689 *Apostata* (griech. u. italien.): Glaubensabtrünnige(r).

Io la converterò (italien.): »Ich werde sie bekehren.«

694 *Dominikaner:* Mitglieder des vom hl. Dominikus 1216 in Toulouse gegründeten einflußreichsten Bettelordens des Mittelalters, dem 1232 die Vollmachten der Inquisition übertragen wurden und dem die bedeutendsten Kirchenlehrer angehörten.

Vizegott des Weltalls: der Papst.

695 *Nabob:* Titel mohammedanischer ind. Fürsten.

697 *Mosasor,* eigtl. Mahisasur: ind. Büffeldämon, von Durga besiegt.

698 *Wischnu:* volkstümlicher ind. Gott, der 4armig dargestellt wurde und nacheinander 9 Gestalten (Fisch, Mannlöwe, Krischna, Buddha usw.) annahm, um das Unheil von Göttern und Menschen abzuwenden; in der noch ausstehenden 10. Verwandlung erhoffen die Gläubigen von ihm die Erneuerung der Welt.

»corregidor« (span.; portug. corregedor): span. und portug. kgl. Richter und Verwaltungsbeamter eines Landes- oder Kolonialbezirks.

699 *scommunicao,* eigtl. scomunico (italien.): »ich exkommuniziere«.

Obispo: s. S. 710 Fußnote.

703 *Franziskaner:* s. Anm. zu S. 453.

Fa molto (italien.): »Tut viel«.

704 *einer unserer liebenswertesten indischen Dichter:* gemeint ist Philippe Quinault (1635–88), franz. Dramatiker, Textbuchdichter Lullys (s. Anm. zu S. 477), in seiner von diesem vertonten Oper ›Phaeton‹ (4, 2), deren Titelheld aus der griech. Sage, der Sohn des Sonnengotts Helios, die Pferde des von seinem Vater für einen Tag erbetenen Sonnenwagens nicht zu lenken vermochte, so daß Himmel und Erde versengten, bis Phaeton von Zeus durch einen Blitz in die Tiefe geschleudert wurde.

Zamorin: Titel der ehemaligen Herrscher in der südwestind. Hafenstadt Kalikat (heute Kozhikode); hier Pontius Pilatus, röm. Provinzstatthalter von Judäa 26–36.

ein Esel, der sprechen kann: Bileams Eselin (4. Moses 22, 28/30).

705 *einer ihrer Heiligen:* Jonas (Jonas 2/4).

ein Doktor: Moses (2. Moses 14, 21/22).

ein anderer Doktor: Josua (Buch Josua 10, 12/13).

einer seiner Priester: Hesekiel (Hesekiel 4, 12).

ein anderer: Hosea (Hosea 1, 2).

Ohola und Oholiba: 2 hurende Schwestern als Gleichnis für das Volk Israel und Juda (Hesekiel 23).

eine ganze Stadt: Gibea (Buch der Richter 19, 22).

zwei Töchter: die Töchter Lots (1. Moses 19, 4/11).

Hephästion (gest. 324 v. u. Z.): makedon. Reiterführer; engster Freund Alexanders d. Gr.

706 *»Glückliches Arabien«:* s. Anm. zu S. 623.

707 *ein vom Himmel niedergefallener Stein:* der von den Mohammedanern verehrte Hadschar, wahrscheinlich ein Meteorit, der in der Kaaba, dem heiligen Haus des Islams in Mekka, eingemauert ist und von den Gläubigen geküßt wird.

713 *»Alles fügt sich den Sitten des Herrn«:* Vers aus dem ›Panegyrikus auf das 4. Konsulat des Honorius‹ des spätröm. Lobreden- und Ependichters Claudius Claudianus (um 400).

eine dieser Inseln: Malta, seit 1530 Sitz des 1113 bestätigten geistlichen Ritterordens der Johanniter, seitdem Malteser, deren Aufgabe im Kampf gegen die Türken bestand.

von Riesen und Helden bewohnt: Anspielung auf die Abenteuer des Odysseus bei den Kyklopen in Homers ›Odyssee‹.

dort wurde der Blitz geschmiedet: Im späteren Altertum verlegte man die Werkstatt des griech. Feuer- und Schmiedegotts Hephaistos in den Ätna.

Ceres: s. Anm. zu S. 206; Sizilien war eine ihrer Kultstätten.

714 *Justinus,* Marcus Junianus (3. Jh.): röm. Geschichtsschreiber, der einen im Mittelalter viel benutzten Abriß der Weltgeschichte verfaßte.

Tertullian, Quintus Septimius Florens (um 160–um 230); ältester lat. Kirchenschriftsteller, Mitbegründer der katholischen Theologie, später Gegner der Kirche.

Irenäus (um 140– um 200): griech. Kirchenvater, Heiliger.

»die alte Stadt«: Civitavecchia, italien. Hafenstadt 71 km nordwestl. von Rom.

715 *Gloria in der Höhe:* lat. »Gloria in excelsis« (»Ehre sei Gott in der Höhe«; Lukasevangelium 2, 14); katholischer Meßgesang.

Cazzo (italien.): Schwanz.

722 *Apostolische Kammer:* ehemaliges päpstliches Finanzministerium.

ein großer Fluß: die Donau; die Kaiser des Hl. Röm. Reichs Deutsch. Nation residierten seit dem 15. Jh. vorwiegend in Wien.

724 *Leo X.:* Papst 1513–21; Förderer von Kunst, Literatur und Wissenschaft.

eine unreine Krankheit: die Syphilis.

›Mandragola‹ (1524): satirische Sittenkomödie von Machiavelli (s. Anm. zu S. 784); das um 1512 entstandene Stück soll 1520 vor Leo X. uraufgeführt worden sein.

Alexander VI.: Papst 1492–1503; berüchtigt wegen seiner Gewaltpolitik und Sittenlosigkeit.

eine seiner Bastardtöchter: Lucrezia Borgia (1480–1519), in 3. Ehe verheiratet mit Alfonso I. d'Este, Herzog von Ferrara 1505–35, an dessen Hof sie Künstler und Gelehrte versammelte.

725 *Julius II.:* Papst 1503–13.

726 *der König eines recht hübschen Landes:* Ludwig XII., franz. König 1498–1515; ein 1510 von ihm einberufenes Landeskonzil in Tours sprach ihm das Recht zu, Angriffe des Papstes mit Waffengewalt zurückzuweisen, worauf Julius II. Frankreich mit dem Kirchenbann belegte.

einer seiner fünf Bastarde: Cesare Borgia (um 1475–1507), skrupelloser italien. Staatsmann und Feldherr der Renaissance, der ganz Italien in seine Gewalt zu bringen suchte.

728 *Ariost,* Ludovico (1474–1533): italien. Renaissancedichter, Verfasser des Ritterepos ›Der rasende Roland‹.

»Non sa quel che sia amor . . .« (italien.): »Er weiß nicht, was Liebe ist, weiß nicht, was Nächstenliebe für einen Wert hat, und daher kommt es, daß Mönche ein so gieriges und so grausames Gesindel sind«; Verse aus Ariosts Reimepistel ›Satire auf die Ehe‹.

DER EINÄUGIGE LASTTRÄGER

›Le crocheteur borgne‹. Geschrieben wahrscheinlich 1747 während eines Aufenthalts bei der Herzogin von Maine, erschienen 1774.

735 *Aurora:* röm. Name der griech Göttin der Morgenröte Eos, die der Sage nach den schönen trojan. Königssohn *Tithonos* entführte.

736 *parischer Marmor:* im Altertum berühmter reinweißer Marmor von der griech. Zykladeninsel Paros im Ägäischen Meer.

DER WEISE STIER

Aus dem Syrischen übertragen von Mamaki,
Dolmetscher des Königs von England
für orientalische Sprachen

›Le taureau blanc, traduit du syriaque par Mr. Mamaki, interprète du roi d'Angleterre pour les langues orientales‹. Erschienen 1774 in Genf unter dem Titel ›Der weiße Stier. Aus dem Syrischen übertragen von Dom Calmet‹ (›Le toureau blanc, traduit du syriaque par Dom Calmet‹).

Voltaire schrieb dazu in einem Brief vom 13. 10. 1773 an den Chevalier de Lisle: »Ich wäre ärgerlich, wenn ›Der weiße Stier‹ veröffentlicht würde und ich seine Hörner zu spüren bekäme. Ich werde Herrn Chevalier de Chastellux bitten, ihn stets in einem gut verschlossenen Stall zu halten, zu dem die Uneingeweihten keinen Schlüssel besitzen. Es erginge ihm nämlich wie dem fetten Öchsen: Man liefe ihm nach und verspeiste ihn und mich dazu, obwohl ich nicht fett bin.«

739 *Amasis,* eigtl. Ah-mose, II.: ägypt. Pharao 569–526 v. u. Z.

Mambres: Namensform in der lat. Bibelfassung für Jambres, einen der ägypt. Zauberer der Bibel (2. Timotheus 3, 8), die im Auftrag des Pharaos die gleichen Wunder wie Moses verrichten sollten (2. Moses 7, 11/12; 22.8, 3; 14/15).

740 *Harpokrates:* Horus (s. Anm. zu S. 757) in seiner Gestalt als Kind; die Griechen faßten ihn in Mißdeutung seiner Kindergeste des an den Mund gelegten Zeigefingers als Gott des Schweigens auf.

741 *Pasiphaë:* in der griech. Sage Frau des Königs Minos von Kreta, die sich in einen Stier verliebte, durch den sie Mutter des Minotaurus wurde, eines menschlichen Ungeheuers mit Stierkopf.

Europa: in der griech. Sage phöniz. Königstochter, die Zeus in Gestalt eines Stiers nach Kreta entführte.

Isis: s. Anm. zu S. 599; hier die im Altertum mit der kuhköpfigen oder kuhhörnigen Isis gleichgesetzte Jo (s. Anm. zu S. 752).

Sana: ehemaliges arab. Reich um die gleichnamige Hauptstadt des heutigen Jemens.

743 *Hiram I.:* König von Tyrus (s. Anm. zu S. 644) 970–936 v. u. Z.

Nepherkheres: gemeint ist wahrscheinlich Nefererkerê, ägypt. Pharao etwa 2750–2625 v. u. Z.

Hexe von Endor: Totenbeschwörerin der Bibel (1. Samuel 28, 7/25).

die Eselin: s. Anm. zu 724 *ein Esel, der sprechen kann.*

der Fisch: s. Anm. zu S. 704 *einer ihrer Heiligen.*

744 *der Hund:* das »Hündlein« des Helden im apokryphen Buch Tobias der Bibel (6,1. 11,9).

Salmanassar, eigtl. Schulmanu-ascharid, V.: assyr. König 727–722 v. u. Z.

der Bock: ein sinnbildlich mit allen Sünden des Volks Israel beladener und als »Sündenbock« zum Sühnopfer in die Wüste getriebener Ziegenbock der Bibel (3. Moses 16,10; 20/22).

747 *die schöne ägyptische Schlange:* Uräus- oder afrikan. Brillenschlange; als Verkörperung der unterägypt. Schutzgöttin Buto von den Pharaonen in Form eines bronzenen Stirnreifs getragen.

Äskulapschlange: heiliges Tier des Äskulap (s. Anm. zu S. 759).

Euer Stab, den Ihr früher einmal in eine Schlange verwandelt habt: s. Anm. zu S. 739 *Mambres.*

748 *eine lange Geschichte:* s. Anm. zu S. 679 *Empörung und . . . Fall der himmlischen Wesen.*

die nordischen Dichter: Anspielung auf Milton (s. Anm. zu S. 842).

750 *Ahab:* israel. König 875–854 v. u. Z.; nach der Bibel (1. Könige 22, 20/22) von einem »falschen Geist« überredet, gegen Damaskus in den Krieg zu ziehen, wobei er fiel.

752 *Minos . . . Minotauros:* s. Anm. zu S. 741 *Pasiphaë.*

Jo: in der griech. Sage Tochter des Inachos, des 1. Königs der nordostpeloponnes. Stadt Argos, urspr. Flußgott; Geliebte des Zeus, die vor der eifersüchtigen Hera (nach anderer Überlieferung von dem vorsichtigen Zeus selbst) in eine Kuh verwandelt wurde.

753 *Apis:* s. Anm. zu S. 599, in Memphis wurde ein jeweils für göttlich erklärter Stier im Heiligtum des Ptah verehrt.

754 *Lykaon:* arkad. König der griech. Sage, den Zeus in einen Werwolf verwandelte (nach anderer Überlieferung mit dem Blitz erschlug), da er ihm Menschenfleisch vorgesetzt hatte (Ovid: ›Metamorphosen‹ I, 163/243).

Kallisto: in der griech. Sage Gefährtin der Artemis, die von der jungfräulichen Göttin, als diese sie von Zeus schwanger sah, in eine Bärin verwandelt wurde (Ovid ›Metamorphosen‹ 2, 401–530).

Daphne: griech. Nymphe, die von Apollon verfolgt wurde und sich auf ihr Flehen hin in einen Lorbeerbaum verwandelte (Ovid ›Metamorphosen‹ 1, 452/568).

Syrinx: griech. Nymphe, die, von dem Hirtengott Pan verfolgt, in Schilfrohr verwandelt wurde, aus dem sich Pan seine Flöte schnitt (Ovid ›Metamorphosen‹ 1, 689/720).

Edith: Name der Frau des biblischen Ahnherrn *Lot* (1. Moses 19) in der jüd. Überlieferung.

der zärtlichste Vater: Anspielung auf die »Sünde der Töchter Lots« (1. Moses 19, 33/36).

755 *verschiedene berühmte Männer:* Tertullian (s. Anm. zu S. 714) im Gedicht ›Sodom‹ und Irenäus (s. Anm. zu S. 714) in seinem Hauptwerk ›Wider die Irrlehren‹ (4).

Kerasten: in der griech. Sage gehörnte Ureinwohner von Zypern, die Aphrodite zur Strafe, weil sie einen Fremdling getötet hatten, in Stiere verwandelte (Ovid ›Metamorphosen‹ 10, 220/237).

756 *»Er aber soll in eisernen und ehernen Ketten ...«:* Buch Daniel 4, 12; Prophezeiung für Nebukadnezar (s. Anm. zu S. 762) in einem von Daniel gedeuteten Traum des Königs.

Daniel: alttestamentlicher Prophet: als babylon. Gefangener seines Glaubens wegen in eine Löwengrube geworfen, aus der er unversehrt herauskam.

Hesekiel: alttestamentlicher Prophet.

Jeremias (7. Jh. v. u. Z.): alttestamentlicher Prophet; mehrmals im Kerker, weil er den unvermeidlichen Untergang Jerusalems voraussagte.

Sirbon: ägypt. Lagunensee östl. von Port Said (heute Sebcha Bardawil).

757 *Möris:* im Altertum zur Speicherung des überschüssigen Nil-

hochwassers dienender ägypt. Bewässerungsstausee westl. von Fajum (sein Rest heute Birket el Karun).

See von Sodom: das Tote Meer.

Kanopos: s. Anm. zu S. 673.

Osiris: s. Anm. zu S. 485.

Horus: der falkenköpfige ägypt. Nationalgott, Sohn von Isis und Osiris.

758 *Elia* (9. Jh. v. u. Z.): alttestamentlicher Prophet: während einer von ihm vorausgesagten Dürre verbirgt er sich auf Geheiß Gottes (1. Könige 17, 2/6), der ihn bei seinem Lebensende auf einem feurigen Wagen in den Himmel entrückt (2. Könige 2, 11).

759 *Koronis:* thessal. Königstochter der griech. Sage, Geliebte des Apollon, den sie mit einem Sterblichen betrog, wofür sie mit dem Tod bestraft wurde; der bis dahin weiße Rabe, der dem Gott den Treubruch hinterbrachte, trägt als Unglücksbote seitdem ein schwarzes Gefieder (Ovid ›Metamorphosen‹ 2, 534/632).

Äskulap: griech. Gott der Heilkunst, Sohn von Apollon und Koronis.

Xisuthros: in der babylon. Sage letzter König vor der Sintflut, der auf ähnliche Weise gerettet wurde wie Noah.

760 *»rerum concordia discors«* (lat.): »zwieträchtige Eintracht der Dinge«; Vers aus Horaz' ›Episteln‹ (1, 12).

Zarathustra: s. Anm. zu S. 679.

762 *Engedi:* in der Bibel (Hohelied Salomons 1, 14) als Weinort erwähnte palästin. Stadt am mittleren Westufer des Toten Meers.

Tadmor: aram. Name Palmyras (s. Anm. zu S. 874).

Schiras: s. Anm. zu S. 624.

mit etwas darauf: s. Anm. zu S. 705 *einer seiner Priester.*

Ohola und ... Oholiba: s. Anm. zu S. 705.

Nebukadnezar II.: bedeutendster neubabylon. König 604–562 v. u. Z.; Eroberer von Jerusalem.

763 *Pieriden:* 9 Königstöchter der griech. Sage, die von den 9 Musen, die sie zum Wettstreit im Gesang herausgefordert hatten, besiegt und zur Strafe in Elstern verwandelt wurden (Ovid ›Metamorphosen‹ 5, 294/678).

764 *Manetho* (um 280 v. u. Z.): ägypt. Geschichtsschreiber, Oberpriester; Verfasser einer griech. geschriebenen ›Geschichte Ägyptens‹ von 2850 v. u. Z. an, von der Fragmente erhalten sind.

ein ganzes Volk: Israel (4. Moses 21, 6/9).

765 *ein Held:* Josua (Buch Josua 6, 20. 12. 10, 11; 12/13).

Amphion: Held der griech. Sage, Sohn des Zeus und der Königstochter Antiope; mit seinem Zwillingsbruder Zethos ausgesetzt, bemächtigt er sich später Thebens, das er befestigt, wobei sich durch die Zauberkraft seines Leierspiels die Steine von selbst in die Mauer fügen.

Jephthah: israel. Richter der Bibel (Buch der Richter 11, 30/40).

Simson: israel. Richter der Bibel, Nationalheld (Buch der Richter 14/16).

766 *Dina:* Tochter des biblischen Erzvaters Jakob, von *Sichem* verführt (1. Moses 34).

Ruth: alttestamentliche Gestalt, Frau von *Boas* (Buch Ruth 2/4).

Judas: biblischer Ahnherr des israel. Stammes Juda (1. Moses 38, 12/26).

Ruben: biblischer Ahnherr des israel. Stammes Ruben; er »schlief bei Bilha, seines Vaters Kebsweib« (1. Moses 35, 22).

David: israel. König um 1000–960 v. u. Z.; verführte und heiratete *Bathseba,* die Frau des Hethiters Urias (2. Samuel 11, 2/5; 26/27. 12, 24).

Abbadie, Jacques (1654–1727): franz. protestantischer Theologe, Prediger an der franz. Kirche in Berlin, dann in London; Verfasser einer ›Abhandlung über die Wahrheit der christlichen Religion‹.

Houttevielle, Claude-François (1688–1742): franz. Theologe, Kirchengeschichtler; seine ›Wahrheit der christlichen Religion, durch Tatsachen bewiesen‹, stieß auf vielfachen Widerspruch.

Locke: s. Anm. zu S. 588: ›Ein Versuch über den *Menschenverstand*‹ (1690) ist sein Hauptwerk.

›Die Matrone von Ephesus‹: eingestreute Novelle über die Treulosigkeit der Frauen in dem Sittenromanfragment ›Satirikon‹ des röm. Satirikers Gajus od. Titus Petronius Arbiter (gest. 66).

767 *Jupiter Ammon:* röm. Bezeichnung für Ammon, Stadtgott von Theben, etwa 1500–1000 v. u. Z. dem Sonnengott Re gleichgesetzter ägypt. Reichsgott; der Name »Sal ammoniacum« für das in der Libyschen Wüste nahe dem Haupttheiligtum Ammons in der Oase Siwa gefundene Steinsalz wurde später auf das *Ammoniumchlorid* (Salmiak) übertragen.

768 *Linro:* Anagramm von Rollin, Charles (1661–1741), franz. Alt-

historiker und Lehrmethodiker, Rhetorikprofessor; Verfasser einer Anleitung ›Über die Unterrichtsweise in den schönen Wissenschaften, im Hinblick auf Geist und Herz‹.

771 *Sistrum:* s. Anm. zu S. 599.

das Schaf von Theben: der Widder, das heilige Tier Ammons.

der Hund von Bubastis: Das heilige Tier der in der unterägypt. Stadt Bubastis im östl. Nildelta verehrten Ortsgöttin Bastet war die Katze. (Der Hund oder Schakal war das besonders in der oberägypt. »Hundestadt« Kynopolis verehrte heilige Tier des Totengottes Anubis.)

die Katze Phöbes: Die Griechen setzten Artemis, die als Mondgöttin später den Beinamen Phöbe trug, mit Bastet gleich.

das Krokodil von Arsinoë: das Krokodil war das heilige Tier des besonders in der oberägypt. »Krokodilstadt« Arsinoë südl. des Mörissees verehrten Ortsgottes Suchos, eigtl. Sobek.

der Bock von Mendes: s. Anm. zu S. 675 *Mendes.*

774 *Mesech, Thubal, Madai … Magog:* nach den Söhnen des biblischen Stammvaters Japheth (1. Moses 10,2) benannte Völker südl. des Kaspischen und Schwarzen Meers.

Gog: biblischer König von Magog (s. Anm. zu S. 667).

Javan: biblischer Name Griechenlands nach dem Sohn Japheths.

Satrop: altpers. Statthalter.

Magier: s. Anm. zu S. 614.

WAS DAS GEDÄCHTNIS EINST ERLEBTE

›Aventure de la mémoire‹. Erschienen 1775.

775 *Mnemosyne:* griech. Göttin des Gedächtnisses; durch Zeus Mutter der 9 Musen.

Nonsobre (franz.): »Nicht-Nüchterne«; Anagramm von Sorbonne, ehemals der theologischen Fakultät der Universität Paris.

ein Wortfechter: Descartes (s. Anm. zu S. 831).

ein Engländer: Locke (s. Anm. zu S. 588).

776 *Suijeten:* Anagramm von Jesuiten.

Sejanisten: Anagramm von Jansenisten (s. Anm. zu S. 482).

778 *in ihrem Blatt:* ›Kirchennachrichten oder Beiträge zur Geschichte der Bulle Unigenitus‹ (s. Anm. zu S. 659 *ein zeitungsschreibender Priester*).

779 *Coger:* s. Anm. zu S. 572.

»Non magis musis...« (lat.): »Was man Gedächnis nennt, ist den Musen nicht feindlicher gesinnt als den Menschen«; Parodie Voltaires auf das 1772 von der Sorbonne unter dem Rektorat von Coger für den Preis in der lat. Beredsamkeit vorgeschlagene Thema »Was man heute Philosophie nennt, ist Gott nicht feindlicher gesinnt als den Königen«, wozu er 1774 im Artikel »Philosophie« der ›Fragen zur Enzyklopädie‹ schrieb, Coger habe wohl sagen wollen »nicht weniger feindlich«, denn »der arme Teufel sollte doch wissen, daß unsere Akademien weder dem König noch Gott feindlich gesinnt sind«.

LOBREDE AUF DIE VERNUNFT

Gehalten von Herrn... in einer Provinzhochschule

›Éloge historique de la raison, prononcé dans une Académie de province par M. ...‹. Erschienen 1775 unter dem Titel ›Lobrede auf die Vernunft. Gehalten von Herrn von Chambon in einer Provinzhochschule‹ (›Éloge historique de la raison, prononcé dans une Académie de province, par M. de Chambon‹).

781 *Erasmus,* gen. von Rotterdam, Desiderius, eigtl. Gerard Gerards (1466–1536): niederländ. Humanist, »der Voltaire des 16. Jh.s«, bedeutendster Altphilologe der Zeit; sein ›Lob der Torheit‹ (1509) ist eine Satire auf die Unwissenheit, besonders unter der Geistlichkeit.

Chlodwig I. (466–511): Begründer und 1. König des Frankenreichs, das er sich durch Unterwerfung ihm urspr. gleichgestellter fränk. Gaukönige eroberte.

heiliger Bürgerkrieg: s. Anm. zu S. 657 *entsetzliche Zeiten.*

Langue d'oc: die in Südfrankreich gesprochene altprovenzal. Sprache; die Hugenotten waren besonders im Süden ansässig.

Langue d'oil: die in Nordfrankreich gesprochene altfranz. Sprache, aus der sich das heutige Französisch entwickelte.

782 *nachdem die Türken Konstantinopel eingenommen... hatten:* 1453.

Karl V.: röm.-deutsch. Kaiser 1519–56.

Franz I.: s. Anm. zu S. 581.

783 *Bartholomäusnacht:* Nacht vom 23. zum 24. 8. 1572, in der die Führer der franz. Katholiken, voran die Regentin Katharina von Me-

dici, ihre Anhänger zur Ermordung von etwa 32000 Hugenotten anstifteten.

Metzeleien in Irland: Anspielung auf die grausame Niederwerfung des irisch. nationalen Volksaufstands 1649–52 durch Cromwell (s. Anm. zu S. 847).

Schafotte in Ungarn: Anspielung auf das »Eperjeser Blutgericht« 1687 (in der heute osttschechoslowak. Bezirksstadt Prešov, ungar. Eperjes), bei dem mehrere hundert Teilnehmer an einem nationalen Volksaufstand der ungar. Protestanten von den Österreichern hingerichtet wurden.

sogar ohne in Fäulnis zu geraten: s. Anm. zu S. 834 *diese Albernheiten.*

Klemens XIV., eigtl. Lorenzo Ganganelli: Papst 1769–74; löste 1773 den Jesuitenorden auf.

784 *Mark Aurel:* s. Anm. zu S. 583, seine stoischen ›Selbstbetrachtungen‹ legen in einzelnen Gedanken über das rechte Verhalten gegen sich und seine Mitmenschen Zeugnis von seiner edlen Gesinnung ab.

»In coena Domini« (lat: »Beim Mahle des Herrn«): päpstliche »Abendmahlsbulle«, in der alle Ketzer verflucht wurden; ihre jährlich 3malige Verlesung wurde 1770 von Klemens XIV. eingestellt.

Garasse: s. Anm. zu S. 587.

Guignard: s. Anm. zu S. 573.

Garnett: s. Anm. zu S. 573.

Busembaum, Hermann (1600–68): deutsch. Moraltheologe, Jesuit; sein ›Kern der Moraltheologie‹ wurde 1757 vom Toulouser Parlement als eine Rechtfertigung des Fürstenmords angesehen und verbrannt.

Malagrida: s. Anm. zu S. 573.

Paulian: vielleicht Aimé-Henri (1722–1801), franz. Physiker, Jesuit.

Patouillet: s. Anm. zu S. 537.

Nonnotte: s. Anm. zu S. 537.

Machiavellismus: skrupellose Gewaltpolitik, nach Niccolò di Bernardo dei Machiavelli (1469–1527), florent. Geschichtsschreiber und Staatsrechtstheoretiker; erklärte in seinem ›Fürsten‹ als erster die Politik zu einem selbständigen, religiösen und moralischen Grundsätzen nicht verpflichteten Bereich des gesellschaftlichen Lebens und hielt dementsprechend im Kampf gegen die auseinanderstrebenden feudalen Kräfte jedes Mittel zur Schaffung eines italien. Einheitsstaats für gerechtfertigt.

785 *Galilei, Galileo* (1564–1642): italien. Physiker und Astronom, Begründer der modernen Naturwissenschaft; den von ihm verteidigten kopernikanischen Lehren mußte er 1633 abschwören.

Kopernikus, Nikolaus (1473–1543): poln. Astronom, Begründer des nach ihm benannten Weltbilds mit der Sonne als Mittelpunkt des Planetensystems.

Newton, Isaac (1642–1727): bahnbrechender engl. Mathematiker, Physiker und Astronom, der einen wesentlichen Beitrag zur Entwicklung der mechanistischen Naturwissenschaft leistete, Entdecker der Differential- und Integralrechnung und des Gesetzes von der Schwerkraft.

Prokurator von Sankt Markus: Titel der 9 höchsten Staatsbeamten der Republik Venedig.

illustrissimo Signore (italien.): hochverehrter Herr.

Fra Paolo, eigtl. Pietro Sarpi (1552–1623): italien. Politiker und Kirchengeschichtler, Mönch; als theologischer Ratgeber Venedigs kämpfte er gegen den weltlichen Machtanspruch des Papstes.

Harpyien: in der griech. Sage räuberische Plagegeister, halb Mädchen, halb Vogel.

ein spanischer Gesandter: Pedro Pablo Abarca de Bolea, Conde de Aranda (1718–99), span. Diplomat, 1766–73 Premierminister, der die Inquisition einschränkte und 1767 die Jesuiten vertrieb, Freund der Aufklärer; 1773–87 Gesandter in Paris.

786 *»in«, »cum«, »sub«* (lat.): »in«, »mit«, »unter«; Anspielung auf die Lehre Luthers von der Konsubstantiation, nach der im Gegensatz zur Transsubstantiation (s. Anm. zu S. 829) das Brot beim Abendmahl Brot bleibt, »in, mit, unter ihm« aber der Leib von Jesus Christus genossen wird.

eine Kaiserin: Maria Theresia.

ihr Sohn: Joseph II., röm.-deutsch. Kaiser 1765–90; Vertreter des aufgeklärten Absolutismus, der tiefgreifende Reformen durchführte.

eine so schwere Revolution: Staatsstreich Gustavs III. (s. Anm. zu S. 642 *ein junger Fürst*) 1772, durch den er die Herrschaft der Reichsstände stürzte und eine neue Verfassung einführte.

ein tugendhafter, weiser und humaner Monarch: Stanislaus II. (s. Anm. zu S. 594 *König von Polen*).

787 *die Kaiserin:* Katharina II. (s. Anm. zu S. 593 *Kaiserin von Rußland*).

788 *Jansenisten:* s. Anm. zu S. 482 u. 449 *Quesnel.*

da sie uns nichts kostet: Ludwig XVI., franz. König 1774–92, erließ bei seinem Regierungsantritt die »Gebühr anläßlich der erfreulichen Thronbesteigung«.

tote Hand: die Kirche als Eigentümerin von Grundbesitz, der unveräußerlich, für den öffentlichen Verkehr »abgestorben« ist; s. Anm. zu S. 547.

König von Sardinien: Karl Emanuel I., 1730–71, als Herzog von Savoyen Karl Emanuel III.; Vertreter des aufgeklärten Absolutismus, der die geistlichen Güter besteuerte und die päpstlichen Abgaben einbehielt.

Hunderttausende, dem Staate nützliche Familien: die Hugenotten; die von ihnen außerhalb der katholischen Kirche geschlossenen Ehen wurden als nicht rechtskräftig angesehen, ihre Kinder galten als unehelich und hatten keinen Erbanspruch.

789 *unvorsichtig und unbesonnen handelnde Kinder:* Anspielung auf La Barre und d'Étallonde (s. Anm. zu S. 571 *zwei junge Leute*).

790 *Gregor VII.:* Papst 1073–85; vertrat als erster den päpstlichen Weltherrschaftsanspruch.

Heinrich IV.: deutsch. König 1056–85, röm.-deutsch. Kaiser 1085–1106; führte mit Gregor VII. einen 10jährigen wechselvollen Kampf um die Zuständigkeit der Einsetzung der Bischöfe in Deutschland.

Königin von Saba: sagenhafte Herrscherin eines antiken südarab. Reichs, die nach arab. Überlieferung ein Liebesverhältnis mit Salomo hatte.

Logogriphen: Rätsel, bei denen aus den Buchstaben eines Wortes neu zusammengesetzte Wörter erraten werden müssen.

791 *eine entsetzliche, todbringende Krankheit:* die Pocken (s. Anm. zu S. 581).

die Ertrunkenen wiederzubeleben: Der franz. Apotheker Philippe-Nicolas Pia (1721–99), Verwalter der Pariser Krankenhäuser, hatte Rettungsstationen an der Seine eingerichtet und Geräte zur Wiederbelebung von Ertrunkenen erfunden.

den Blitz abzuleiten: 1752 hatte der nordamerikan. Diplomat, volkserzieherische und politische Aufklärungsschriftsteller Benjamin Franklin (1706–90), der Wortführer der amerikan. Unabhängigkeit, den Blitzableiter erfunden.

den festen Punkt zu ersetzen: s. Anm. zu S. 614 *Präzession.*

JENNIS GESCHICHTE ODER DER WEISE UND DER ATHEIST

›Histoire de Jenni ou l'athée et le sage, par Mr Sherloc, traduit par Mr de la Caille‹. Erschienen 1775.

793 *Freind,* John (1675–1728): engl. Arzt; Verfasser von 2 Schriften zur Verteidigung Peterboroughs.

Peterborough, Charles Mordaunt, Earl of (1658–1735): engl. Diplomat und Heerführer, im Span. Erbfolgekrieg 1701–14 Befehlshaber einer engl. Armee in Spanien 1705–07, mit der er Barcelona und Valencia eroberte; weil er entgegen dem Befehl nicht auf Madrid vorrückte, nach England abberufen.

Montjuich: Bergzitadelle von Barcelona; 1705 von den Engländern erstürmt.

Prinz von Hessen-Darmstadt, Georg (1669–1705): österr. Oberst.

794 *Manresa:* span. Stadt 50 km nördl. von Barcelona.

795 *Doña Boca Bermeja* (span.): »Frau Rotmund«.

O, que hermoso muchacho! (span.): Oh, welch schöner junger Mann!

Adonis: s. Anm. zu S. 600.

796 *Nalgas* (span.): Hinterbacken.

Melchisedek: alttestamentlicher Priesterkönig von Jerusalem, dessen »Höchsten Gott« Abraham durch Abgabe des Zehnten anerkannte (1. Moses 14, 18/20).

Heilige Hermandad (span. »Bruderschaft«): im 13. Jh. gebildete span. Schutzpolizei zur Sicherung der Straßen vor Wegelagerern; hier einfach Polizei.

Sanbenito (entstellt aus span. saco benito »Benediktinerkleid«): mit Flammen und Teufeln bemalte Kittel, die von den zur Hinrichtung geführten Opfern der Inquisition getragen wurden.

agudeza (span.): Scharfsinn.

797 *Royal Society:* die 1662 gegründete engl. Akademie der Wissenschaften in London.

Newmarket: engl. Stadt östl. von Cambridge; Zentrum des Pferderennsports.

798 *Anglikaner:* s. Anm. zu S. 455.

799 *Leibniz,* Gottfried Wilhelm (1646–1716): deutsch. idealistischer Philosoph, Mitentdecker der Differential- und Integralrechnung, Begründer und 1. Präsident der Preuß. Akademie der Wissenschaften, bekannt vor allem durch seine Monadenlehre – die Monaden sind als Ursubstanz alles Existierenden für ihn selbständige und selbsttätige Einzelwesen, geistige Elemente, die in sich ein Spiegelbild des Universums darstellen – und die Theorie von der »besten aller möglichen Welten« auf der Grundlage der »prästabilierten Harmonie« – einer von Gott vorbestimmten harmonischen Einrichtung der Welt –, die den Widerspruch der Aufklärer, besonders Voltaires, herausforderte; nach dem von ihm aufgestellten Satz vom *zureichenden Grund* hat in einer ununterbrochenen Kette von Zuständen jeder folgende seinen Grund im vorangegangenen.

Du Bourg, Anne (1521–59): franz. Rechtslehrer in Orleans, seit 1557 geistl. Rat am Pariser Parlement, Hugenotte; des öffentlichen Eintretens für seine Glaubensgenossen wegen erdrosselt und verbrannt.

Servet, Michel, eigtl. Miguel Serveto (1511–53): span. Arzt und Theologe, Gegner der Dreieinigkeitslehre; Calvin (s. Anm. zu S. 589 *kalvinistisch*) ließ ihn auf der Flucht durch die Schweiz verhaften und verbrennen.

Philipp II., der Kluge: span. König 1556–98.

800 *der Erzherzog:* Karl VI. (s. Anm. zu S. 808).

Bakkalaureus: niedrigster akademischer Grad, hier der theologischen Fakultät.

Don Papalamiendo (span.): »Herr Papst-Speichellecker«.

Oekolampadius, eigtl. Heußgen, Johannes (1482–1531): schweiz. Theologe, Vorkämpfer der Reformation.

801 *Es steht geschrieben:* Galaterbrief 2, 11 ff.

Sanchez: s. Anm. zu S. 557.

Grillandus, Pablo: span. Inquisitor, Verfasser eines ›Traktats über die Ketzer und Weissager‹.

Simon Gotteskraft, der Magier: biblischer Zauberer (Apostelgeschichte 8, 9/24); in den apokryphen Schriften zum Neuen Testament, wo er sich selbst als »große Kraft Gottes« bezeichnet, erscheint er als Erzketzer (Petrusakten 9).

Barjona (hebr.): Sohn des Jonas, Beiname von Petrus.

802 *Dädalus:* erfindungsreicher Baumeister der griech. Sage; auf Kreta festgehalten, fertigte er sich Flügel aus Federn und Wachs und entfloh durch die Luft.

a posteriori (lat.): nachträglich; aus der Erfahrung herrührend.

Kalpe und Abila: 2 Felsberge (heute Gibraltar und Ceuta), die nach der griech. Sage Herakles auf dem Weg zu seiner 10. Arbeit, dem Raub der Rinder des 3leibigen Riesen Geryones, als »Säulen des Herakles« auftürmte und in dem vom Sonnengott Helios geliehenen goldenen Sonnenbecher durchfuhr.

803 *Konzil in Ephesus:* allgemeine Kirchenversammlung 431, auf der Maria zur *»Theotokos«* (griech. »Gottgebärerin«) erklärt wurde.

intrinsecus (lat.): im Innern.

Spiration: Art des Ausgehens des Hl. Geistes von Gottvater und Sohn.

804 Bonaventura, eigtl. Johannes Fidanza (1221–74): italien. katholischer Kirchenlehrer und scholastischer Philosoph, Franziskaner.

Albertus Magnus (d. Gr.), eigtl. Albert Graf von Bollstädt (um 1200–80): deutsch. scholastischer Philosoph und kritischer Naturbeobachter, umfassendster Gelehrter des Mittelalters, Dominikaner.

Tamburini, Tommaso (1591–1675): italien. Moraltheologe, Jesuit.

Escobar y Mendoza, Antonio (1589–1669): span. Moraltheologe, Jesuit; Verfasser eines 40bändigen ›Buchs der Moraltheologie‹.

Dominikaner: s. Anm. zu S. 694.

Franziskaner: s. Anm. zu S. 453.

»Oblia« (aram.): »Stütze des Volkes«; Beiname des Jakobus in der ›Kirchengeschichte‹ (2, 23) von Eusebius (s. Anm. zu S. 806).

Molina: s. Anm. zu S. 514.

805 *Kephas* (aram.): »Fels« = Petrus (lat.)

Barnabas: im Neuen Testament Begleiter des Paulus auf dessen 1. Missionsreise.

wirkende Gnade: s. Anm. zu S. 483.

»detuli sententiam« (lat.): »Ich habe das Urteil gesprochen«; nach der lat. Bibelfassung (Apostelgeschichte 26, 10).

Abdias: legendärer Apostelschüler und Bischof von Babylon.

Julius Africanus, Sextus (gest. nach 240): christlicher jüd. Historiker, Begründer der vergleichenden heidnisch-christlichen Chronologie.

Klemens von Alexandria, eigtl. Titus Flavius Clemens Alexandrinus (gest. vor 216): griech. Kirchenlehrer, Verfasser eines ›Erziehers‹, der 1. christlichen Ethik.

Petronella: frühchristliche Heilige; von Petrus adoptiert, daher gen. »Tochter des Petrus«.

Eusebius von Cäsarea, mit Beinamen Pamphili (um 260– um 340): griech. Kirchengeschichtsschreiber, Verfasser einer aufschlußreichen 10bändigen ›Kirchengeschichte‹ bis 323.

806 *Zölibat:* Ehelosigkeit der Geistlichen.

Saturnianer: nach dem syr. Gnostiker (s. Anm. zu S. 584 *Karpokratianer*) Saturninus od. Saturnilus in Antiochia (1. Hälfte des 2. Jh.s) benannte asketische religiöse Sekte der frühchristlichen Zeit, die Ehe und Zeugung als vom Satan herrührend verwarf.

Basilidianer: nach dem syr. Gnostiker Basilides in Alexandrien (um 130) benannte religiöse Sekte der frühchristlichen Zeit, deren Lehre sich auf eine metaphysische Zahlensymbolik gründet.

Montanisten: nach dem als Prophet auftretenden Phrygier Montanus (um 165) benannte religiöse Sekte der frühchristlichen Zeit, die in Erwartung der baldigen Wiederkunft von Jesus Christus zur Errichtung des 1000jährigen Reichs strengste Askese forderte und die 2. Ehe verwarf.

Enkratiten (griech. »Enthaltsame«): dem Gnostizismus nahestehende Sekte der frühchristlichen Zeit, die Fleisch- und Weingenuß verwarf und die Ehe als Sünde auffaßte.

Gregor von Nazianz (um 329–um 390): griech. Kirchenlehrer, Heiliger.

Monika (um 322–387): christliche Heilige, Mutter von Augustinus.

Augustinus: s. Anm. zu S. 449.

807 *Piaster* = Peso; alte span. Silbermünze.

»Papa Dejando« (span.): »Vater Duldsam«.

Penn, William (1644–1718): engl. Philanthrop, Gründer der Quäkerkolonie (s. Anm. zu S. 847) Pennsylvanien (mit Philadelphia als größter Stadt), in der er allgemeine Glaubensfreiheit einführte.

808 *Anna:* engl. Königin 1702–14.

Montecuccoli, Raimund, Graf, Herzog von Melfi (1609–80): österr. Heerführer und Militärschriftsteller; Verfasser von ›Kriegserinnerungen‹ (1703). (Der Ausspruch von den 3 zum Kriegführen nötigen Dingen wird dem Marschall Gian Giacomo Trivulzio zugeschrieben.)

»yo el rey« (span.): »Ich, der König«; Unterschrift der spanischen Könige.

Sertorius, Quintus (um 123–72 v. u. Z.): röm. Feldherr; Gründer eines Sonderreichs in Spanien, das er vergeblich gegen Rom verteidigte.

Locke: s. Anm. zu S. 588.

Karl VI.: röm.-deutsch. Kaiser 1711–40, als Karl III. 1703–13 Gegenkönig Philipps V., span. König 1713–46; suchte im Span. Erbfolgekrieg Spanien für sich zu erobern.

811 *Warburton,* William (1698–1779); engl. theologischer Schriftsteller, seit 1759 Bischof von Gloucester, Gegner Voltaires; Verfasser einer ›Göttlichen Sendung Mosis‹ (1737/41).

Needham, John Turberville (1713–81): engl. Zoologe, von Beruf Priester, Gründer und Präsident der Brüsseler Akademie der Wissenschaften, mit Voltaire in eine Fehde verwickelt wegen seiner ›Physischen und metaphysischen Forschungen über Natur und Religion‹; auf seine mikroskopischen Untersuchungen und seine angebliche Entdekkung, in einem luftdicht verschlossenen erwärmten Gefäß mit Mutterkornmehl oder Hammelbrühe bildeten sich von selbst Aale, die wiederum Aale hervorbrächten, beriefen sich die Anhänger der Urzeugungstheorie, nach der Lebewesen elternlos entstehen könnten.

Cheselden, William (1688–1752): engl. Augenarzt und Chirurg, seinerzeit berühmt durch die Operation eines Blindgeborenen.

814 *Lintot,* Barnaby Bernhard (1675–1736): engl. Verleger.

817 *Epikur* (341–271 v. u. Z.): griech. Philosoph, der als höchstes Lebensziel die bleibende Lust ansah und alles den Seelenfrieden Beeinträchtigende wie Todesangst und Götterfurcht durch Erkenntnis der Zusammenhänge in der Natur zu überwinden lehrte.

Leontion (3. Jh. v. u. Z.): geistreiche athen. Hetäre, Freundin und Schülerin Epikurs, dessen Lehre sie in einer Schrift verteidigt haben soll.

Lukrez, eigtl. Titus Lucretius Carus (gest. 55 v. u. Z.): röm. didaktischer Dichter, Verfasser des Lehrgedichts ›Von der Natur der Dinge‹, das die Philosophie Epikurs veranschaulicht.

Memmius Gemellus, Gajus (1. Jh.): röm. Redner, dem Lukrez sein Lehrgedicht ›Von der Natur der Dinge‹ widmete.

Spinoza, Baruch, eigtl. Bento (lat. Benedictus de) Despiñoza (1632–77): niederländ. Philosoph jüd.-portug. Herkunft, Vertreter des Pantheismus, der Gott mit der Natur gleichsetzt (»Gott oder Natur«).

Hobbes, Thomas (1588–1679): engl. materialistischer Philosoph und Staatstheoretiker; Gegner der bürgerlichen Revolution 1642–49.

Karl I.: engl. König 1625–49; in der bürgerlichen Revolution hingerichtet.

821 *der Vater des jetzigen Mylord Baltimore:* wahrscheinlich Cecilius Calvert, 2. Lord Baltimore (1603–76), engl. Kolonisator, Eigentümer und Gouverneur der nordamerikan. Provinz Maryland.

827 *Trajan,* Marcus Ulpius: röm. Kaiser 98–117; warf 115–117 mehrere Judenaufstände, besonders in Ägypten und auf Zypern, nieder.

Hadrian, Publius Älius: röm. Kaiser 117–138; warf 132–135 den Judenaufstand unter Bar-Kochba (gest. 135) nieder.

Tillotson, John (1630–94): populärer engl. Kanzelredner, Erzbischof von Canterbury.

Smalridge, George (1663–1719): engl. Kirchenschriftsteller und Kanzelredner, Bischof von Bristol.

828 *Orpheus:* Sänger der griech. Sage, dessen zauberkräftigem Leierspiel selbst wilde Tiere, Bäume und Felsen lauschten.

›Denkwürdige und erbauliche Schriften‹: s. Anm. zu S. 874.

Pythagoras: s. Anm. zu S. 445.

Rochester, John Wilmot, Earl of (1647–80): engl. Satiriker, Freigeist.

epikureisch: nach der Lehre Epikurs.

829 *Maria I.,* die Katholische: engl. Königin 1553–58; im Bestreben, den Katholizismus in England wieder einzuführen, ließ sie über 300 Protestanten verbrennen.

Heinrich VIII.: engl. König 1509–47.

Transsubstantiation: in der katholischen Abendmahlslehre die Verwandlung von Brot und Wein in Leib und Blut von Jesus Christus; von den Reformatoren verworfen.

ihr noch verderbterer Gemahl: Philipp II. von Spanien.

Alexander VI.: s. Anm. zu S. 724.

Newton: s. Anm. zu S. 351; seine mystischen ›Bemerkungen über die Prophezeiungen Daniels und der Offenbarung St. Johannis‹ erschienen 1733.

830 *Clarke,* Samuel (1675–1729): engl. rationalistischer Theologe und Moralphilosoph, Verteidiger Newtons und Gegner des Atheismus; wegen seiner ›Biblischen Lehre von der Dreieinigkeit‹ des Arianismus beschuldigt.

Arianer: Anhänger der Lehre des alexandr. Kirchenältesten Arius (um 280–336), wonach Jesus Christus nicht Gott gleich, sondern nur ähnlich ist; 325 auf dem Konzil von Nizäa verdammt.

831 *daß die Sonne sich in fünfundzwanzigeinhalb Tagen um ihre Achse dreht:* Beobachtung Galileis (s. Anm. zu S. 785).

in vierzehn Minuten: nach heutiger Berechnung mindestens 158 Min.

Descartes, lat. Cartesius, René (1596–1650): franz. Philosoph und Mathematiker, durch die Begründung des Rationalismus, der Lehre von der Vorherrschaft der Vernunft, der »Vater des neueren Denkens«, der die Auffassung einer scharfen Trennung zwischen geistiger und körperlicher Welt und die Vorstellung von dem Menschen »angeborenen Ideen« vor jeder Erfahrung vertrat; hier Anspielung auf seine spekulative Anschauung einer zeitlosen Fortpflanzung des Lichts.

832 *ein philosophischer Franzose:* Voltaire selbst in mehreren Schriften zwischen 1742 und 1768.

Esra (5. Jh. v. u. Z.): alttestamentlicher Priester und Schriftgelehrter, Wiederhersteller des jüd. Staats (Buch Esra; Buch Nehemia 8).

Nieuventyd, eigtl. Nieuwendtijdt, Bernard (1654–1718): niederländ. Arzt und Mathematiker; Verfasser einer ›Wahren Nutzung der Betrachtung des Weltalls, zur Überzeugung von Gottlosen und Ungläubigen‹.

das Büchelchen eines Franzosen: ›Das System der Natur oder Über die Gesetze der natürlichen und der geistigen Welt‹ (1770) des franz. materialistischen und atheistischen Aufklärungsphilosophen Paul Heinrich Dietrich, Baron von Holbach (1723–89).

833 *Orrery,* Charles Boyle, Earl of (1676–1731): engl. Generalmajor; der engl. Mechaniker George Graham (1675–1751) widmete ihm sein »Orrery« genanntes Planetarium.

834 *diese Albernheiten:* wahrscheinlich Anspielung auf 1. Korintherbrief 15, 36 »Was du säest, wird nicht lebendig, es sterbe denn« und Johannesevangelium 12, 24 »Wenn das Weizenkorn nicht in die Erde fällt und erstirbt, so bleibt's allein; wenn es aber erstirbt, so bringt es viel Frucht«.

835 *Wren,* Sir Christopher (1631–1723): engl. klassizistischer Baumeister; die Londoner Saint-Pauls-Kathedrale ist sein Hauptwerk.

»Nichts kann nichts erschaffen ...«: Vers aus den ›Satiren‹ (3) des röm. stoischen Satirikers Aulus Persius Flaccus (34–62).

839 *Basilius* d. Gr. (um 330–379): griech. Kirchenvater, Heiliger.

Kyrillus: wahrscheinlich Kyrillus von Alexandrien (um 376–444), griech. Kirchenvater, Heiliger.

Ostjaken: sibir. Volksstamm am mittleren und unteren Ob, Fischer und Rentierzüchter.

Samojeden: s. Anm. zu S. 542.

840 *Le-Maire-Straße:* Meerenge an der Südspitze Südamerikas.

Maniok: brasilian. Wolfsmilchgewächs mit stärkehaltigen Wurzelknollen, die zu Brot verarbeitet, von den Indianern auch zur Herstellung eines bierähnlichen Getränks benutzt werden.

Kassawa = Maniok.

›*Über die Wunder* der Heiligen Schrift‹: von Augustinus.

842 *Guajakholz* od. Pockholz: Hartholz des mittelamerikan. Guajakbaums; früher gegen Syphilis, Ausschlag, Rheumatismus, Gicht angewendet.

Julius II.: s. Anm. zu S. 725.

Leo X.: s. Anm. zu S. 724.

Henneberg: s. Anm. zu S. 581.

Franz I.: s. Anm. zu S. 577.

»Glückliches Arabien«: s. Anm. zu S. 623.

Milton, John (1608–74): engl. epischer Dichter, dessen Hauptwerk, das religiöse Epos ›Das verlorene Paradies‹ (1667), den Engelsturz und den Sündenfall behandelt.

843 *zwei große zivilisierte Nationen:* die Indianer des Aztekenreichs Mexiko und des Inkareichs Peru.

Ferdinand II., der Katholische: König von Aragonien, als gesamtspan. König Ferdinand V. 1479–1516.

Guatimozin: letzter Herrscher des Aztekenreichs 1520–25; von Cortez (s. Anm. zu S. 848) auf glühenden Kohlen gefoltert und gehängt.

Atahualpa: letzter Herrscher des Inkareichs 1532–33; von Pizarro erdrosselt.

Almagro, Diego de (um 1472–1538): span. Konquistador, Gefährte Pizarros. (Priester war Hernando de Luque, Pizarros anderer Gefährte.)

Pizarro, Francisco (1478–1541): span. Konquistador, Eroberer des Inkareichs.

845 *Don Carlos:* Karl II., span. König 1661–1700; wahrscheinlich ist (wenn Karl V. nicht als Karl I. von Spanien mitgezählt wird) Karl III. (s. Anm. zu S. 668) gemeint.

Karl V.: s. Anm. zu S. 742.

846 *Anytos* (5. Jh. v. u. Z.): athen. Gerbereibesitzer und demokratischer Politiker, Ankläger des Sokrates.

Sulla, Lucia Cornelius (138–78 v. u. Z.): röm. Patrizier, 82–79 v. u. Z. Diktator.

Caligula, eigtl. Gajus Julius Cäsar Germanicus: röm. Kaiser 37–41, der dem Cäsarenwahnsinn verfiel.

Titus Flavius Vespasianus: röm. Kaiser 79–81, dessen Mildtätigkeit ihm den Namen »Liebe und Freude der Menschheit« eintrug.

Antonius Pius (»der Fromme«), Titus Aurelius Fulvus Bojonius Arrius: röm. Kaiser 138–161, unter dem Rom die längste Friedenszeit genoß.

Mark Aurel: s. Anm. zu S. 583.

Epiktet (um 50–um 138): griech. stoischer Philosoph, der als freigelassener Sklave in Rom lehrte; die Grundzüge seiner humanitären, asketischen Ethik wurden von einem seiner Schüler im ›Handbüchlein der Moral‹ zusammengefaßt.

»the man of Ross« (engl. »der Mann in Ross«, Kleinstadt in Südwestengland; Bezeichnung Popes in den ›Moralischen Essays‹ 3): der engl. Philanthrop John Kyrle (1637–1724).

Bartholomäusnacht: s. Anm. zu S. 743.

Blutbad in Irland: s. Anm. zu S. 743, *Metzeleien in Irland.*

847 *Quäker* (engl. »Zitterer«; urspr. Spottname): Anhänger einer

1648/50 von dem engl. Handwerkersohn George Fox (1624–91) gegründeten Religionsgemeinschaft, die jede liturgische Ordnung zugunsten innerlicher Frömmigkeit und Erleuchtung verwirft, Eid, Kriegsdienst, Sklaverei ablehnt und tätige Nächstenliebe pflegt; seit 1682 breitete sich die in England verfolgte Sekte unter Penn in Nordamerika aus.

Carolina: südöstl. Landschaft Nordamerikas; für ihren 1660 an 8 engl. Adlige als kgl. Lehen verliehenen südl. Teil arbeitete Locke eine Verfassung aus, die Trennung von Staat und Kirche und Glaubenstoleranz zum Grundsatz hat (doch entgegen seinen späteren staatstheoretischen Schriften noch an monarchisch-aristokratischen Gesichtspunkten festhält).

Cromwell, Oliver (1599–1658): führender engl. Staatsmann und Heerführer der bürgerlichen Revolution, 1653–58 Oberhaupt der Republik.

Jeffreys, George, Baron (1644–89): engl. Justizbeamter, seit 1682 oberster Richter, der während der Bemühungen um die Wiederherstellung des Königtums in den »blutigen Gerichtssitzungen« 1685 etwa 300 Aufständische zum Strang und 1000 zur Verbannung verurteilte.

Ravaillac, François (1578–1610): franz. Schullehrer, der 1610 den in Streitschriften als Feind des Katholizismus angeprangerten Heinrich IV. (s. Anm. zu S. 486) erstach; er wurde gevierteilt.

Gérard, Balthasar (1558–84): franz. Katholik, der 1584 den protestantischen niederländ. Statthalter Wilhelm I. von Oranien (1533–84), den Führer des Unabhängigkeitskampfes gegen Spanien, erschoß; er wurde gevierteilt.

Clément: s. Anm. zu S. 581.

848 *Cortez,* Hernando (1485–1547): span. Konquistador, Eroberer des Aztekenreichs.

Mézeray, François Eudes de (1610–83): franz. Historiker, Verfasser einer ›Geschichte Frankreichs‹.

Heinrich V.: engl. König 1413–22; nahm im 100jährigen Krieg zwischen England und Frankreich 1337–1453 nach seinem Sieg bei Azincourt 1415 den Titel eines Königs von Frankreich an.

›*Über den Menschenverstand* oder Natürliche Ideen im Gegensatz zu den übernatürlichen‹ (1772): von Holbach.

850 *Saturn mit seinen fünf Monden:* Die weiteren 5 Saturntrabanten wurden erst von 1781 an entdeckt.

»Die Himmel erzählen die Ehre Gottes«. Psalm 19, 2.

852 *Zarathustra:* s. Anm. zu S. 779.

ein französischer Schriftsteller: Voltaire selbst in mehreren Schriften zwischen 1762 und 1772.

853 *Pandora:* s. Anm. zu S. 485.

854 *Monade:* s. Anm. zu S. 799.

856 *Sixtus IV.:* Papst 1471–84, unter dem Günstlingswirtschaft und Ämterkäuflichkeit blühten; Erbauer des Sixtinischen Kapelle.

Erzbischof von Florenz: gemeint ist Francesco de Salviati (gest. 1478), italien. Prälat, 1474–78 Bischof von Pisa.

die beiden angesehensten Fürsten Europas: Lorenzo I. de Medici, der Prächtige (1449–92), Oberhaupt der Republik Florenz 1469–92, und sein Bruder Giuliano de Medici (1453–78); in der »Verschwörung der Pazzi« verbanden sich die Mitglieder der einflußreichen florent. Familie Pazzi mit Salviati zum Sturz der Medici und verübten 1478 im Einverständnis mit Sixtus IV. im Dom von Florenz ein Attentat auf die beiden Brüder, bei dem Lorenzo verwundet, Giuliano erstochen wurde.

Herzog von Mailand: Galeazzo Maria Sforza, 1466–76; der von den Zeitgenossen als Nero verschriene Fürst fiel den Dolchen von 3 jungen adligen Verschwörern in der Mailänder Stephanskirche zum Opfer.

857 *Richard III.:* engl. König 1483–85; in Shakespeares gleichnamigem Königsdrama (um 1593) erscheinen Richard am Vorabend der Schlacht bei Bosworth, in der er fällt, die Geister aller, die er ermorden ließ, um auf den Thron zu gelangen.

Karl IX.: franz. König 1560–74; gab seine Zustimmung zur Bartholomäusnacht und starb 24jährig, von Gewissensbissen und blutigen Visionen gequält, an der Schwindsucht.

›Les oreilles du comte de Chesterfield et le chapelain Goudman‹. Erschienen 1775 in Genf.

861 *Chesterfield,* Philip Dormer Stanhope, Earl of (1694–1773): engl. Literat und Diplomat, 1746–48 Außenminister; Verfasser geistreicher pädagogischer ›Briefe an seinen Sohn‹, in denen er seinem Lobredner Voltaire nach als einziger Engländer die Kunst zu gefallen als erste Lebenspflicht anempfohlen hat.

862 *Royal Society:* s. Anm. zu S. 797.

863 *Träumer jenseits des Ärmelkanals:* der »Philosoph« in Voltaires ›Fragen zur Enzyklopädie‹ 1771, Artikel »Natur«.

864 *Newton:* s. Anm. zu S. 785.

Bischof von Gloucester: Warburton (s. Anm. zu S. 811).

865 *Philips,* John (1676–1709): engl. klassizistischer Dichter; Verfasser eines komischen Heldenepos ›Der kostbare Schilling‹, in dem er den Unterschied zwischen dem Glücklichen, der »ihn« besitzt, und dem armen Dachkammerpoeten, der von den Gläubigern bedrängt wird, besingt.

866 *Locke:* s. Anm. zu S. 588.

das einzige vernünftige Buch: ›Ein Versuch über den Menschenverstand‹ (1690), Lockes Hauptwerk.

867 *Rabelaissche Gestalten:* die pedantischen scholastischen Doktoren, deren Lehren den jungen Gargantua nur um so dümmer machen, in ›Gargantua‹ von Rabelais (s. Anm. zu S. 449).

Apollonius von Perge (um 262–um 190 v. u. Z.): griech. Mathematiker und Astronom, Verfasser eines grundlegenden Werks über die ›Kegelschnitte‹.

Archimedes (um 287–212 v. u. Z.): bedeutendster griech. Mathematiker und Physiker.

869 *der Mann:* Voltaire selbst in den ›Fragen zur Enzyklopädie‹ 1774, Artikel »Leidenschaft«.

870 *Epiket:* s. Anm. zu S. 846.

871 *Banks,* Sir Joseph (1743–1820): engl. Forschungsreisender, Botaniker; Teilnehmer an der 1. Weltreise Cooks (s. Anm. zu S. 874).

Solander, Daniel Carlsson (um 1735–82): schwed. Botaniker, Teilnehmer an der 1. Weltreise Cooks.

Coventgarden: Platz im Zentrum Londons, seit Mitte des 17. Jh.s Hauptblumen- und -gemüsemarkt.

Bonneval, Claude-Alexandre, Comte de, nach seinem Übertritt zum Islam 1730 Achmed Pascha (1675–1747): franz. Offizier, Abenteurer; ging 1729 in die Türkei, wo er Pascha mit 3 Roßschweifen wurde und vergeblich die Armee zu reformieren suchte.

Presbyterianer: Mitglieder der schott. reformierten Staatskirche seit 1560, die sich von der anglikanischen Kirche (s. Anm. zu S. 455) durch strengen Kalvinismus (s. Anm. zu S. 589), einfachen Kult und demokratische Gemeindeordnung unterscheidet.

872 *Malagrida:* s. Anm. zu S. 573.

Augustinus: s. Anm. zu S. 449.

874 *›Erbauliche und denkwürdige Schriften‹:* Missionsberichte der Jesuiten.

Hawkersworth, John (um 1715–73): engl. Literat und Zeitschriftenherausgeber; veröffentlichte von Cooks 1. Weltreise einen ›Bericht über eine Reise rund um die Welt 1769–71‹ (1773) nach den Tagebüchern von Cook und Banks.

Wood, Robert (um 1717–71): engl. Archäologe; veröffentlichte die Ergebnisse seiner großen Forschungsreise durch Kleinasien und Syrien zusammen mit Dawkins in den ›Ruinen von Palmyra‹ und ›Ruinen von Baalbek‹.

Palmyra: antike Handelsstadt in der nördl. Syrischen Wüste, um 250–272 Hauptstadt des selbständigen palmyren. Reichs; 273 von den Römern zerstört (heute Tadmor).

Baalbek: Stadt in Libanon nördl. von Damaskus mit berühmten Tempeln aus der röm. Kaiserzeit.

Hamilton, Sir William (1730–1803): engl. Diplomat und Archäologe, an den Ausgrabungen in Pompeji und Herculaneum beteiligt; Verfasser von ›Beobachtungen über den Vesus, den Ätna und andere Vulkane‹ (1772).

Cook, James (1728–79): engl. Entdeckungsfahrer, der 3 Erdumseglungen unternahm; auf seiner 1. Weltreise 1768–71 beobachtete er auf Tahiti das Vorübergehen der Venus an der Sonne.

anglikanisch: s. Anm. zu S. 455.

Linga (sanksr. »Geschlechtsglied«): in Indien verehrtes Fruchtbarkeitssymbol Schiwas (s. Anm. zu S. 680 Durga).

Priapos: griech. Gott der Fruchtbarkeit und Sinnenlust.

Asa: König von Juda 910–870 v. u. Z.; setzte seine Mutter Maacha ab, »weil sie ein Greuelbild gemacht hatte der Aschera«, der kanaäisch. Göttin des Geschlechtslebens (1. Könige 15, 13).

876 *Wallis,* Samuel (1728–95): engl. Seefahrer, auf seiner Entdekkungsreise durch den Stillen Ozean kam er 1767 nach Tahiti.

Bougainville, Louis-Antoine de (1729–1811): franz. Seefahrer; unternahm 1766–69 die franz. Erdumseglung, wobei er mehrere Südseeinseln entdeckte.

finxit in effigiem moderantum cuncta deorum (lat.): »Er [Prometheus] formte [den Menschen] als Abbild der alles beherrschenden Götter«; Vers aus Ovids ›Metamorphosen‹ (1, 83).

Rochester: s. Anm. zu S. 828.

877 *Chylus:* in die Blutbahn gelangender milchig-flüssiger, mit den aufgesogenen Nahrungsstoffen durchsetzter Inhalt der Lymphgefäße des Dünndarms bei Verdauung fettreicher Speisen.

878 *Cromwell:* s. Anm. zu S. 847.

sein König: Karl I. (s. Anm. zu S. 817).

Guise, Heinrich I. de Lorraine, 3. Duc de (1550–88): franz. Heerführer, Mitanstifter der Bartholomäusnacht und Führer der gegen die Hugenotten gebildeten katholischen Liga von 1576; über die wachsende Macht des nach der Krone Strebenden beunruhigt, ließ ihn der zu Ende seiner Regierung hugenottenfreundliche Heinrich III. zusammen mit seinem *Bruder* Louis II. de Lorraine, Kardinal de Guise (1555–88) ermorden.

879 *Heinrich III.:* s. Anm. zu S. 581.

Karl IX.: s. Anm. zu S. 857.

Bartholomäusnacht: s. Anm. zu S. 783.

Dysenterie: Ruhr.

Ravelin: dreieckiges Außenwerk mit feindwärts gerichteter Spitze bei Befestigungsanlagen.

Azincourt: entscheidender Sieg der Engländer über die Franzosen 1415 im 100jährigen Krieg 1337–1453.

Daniel, Gabriel, der Pater (1649–1728): franz. Historiker, Jesuit; Verfasser einer ›Geschichte Frankreichs seit Errichtung der französischen Monarchie in Gallien‹ und einer ›Geschichte des französischen Kriegswesens‹.

Wie man Geschichte schreibt, daran ist es zu sehen: s. Anm. zu S. 592.

880 *Eduard III.:* engl. König 1327–77, der nach Aussterben des kapetingischen Herrscherhauses (s. Anm. zu S. 590 *Hugo Capet*) Anspruch auf den franz. Thron erhob und damit den 100jährigen Krieg einleitete; nach unverbürgter Überlieferung verschonte er Calais, das 11 Monate lang seiner Belagerung widerstanden hatte, nur dank der Aufopferung von Eustache de Saint-Pierre und 5 anderen der angesehensten *Bürger von Calais,* die barhäuptig und bloßfüßig, nur im Hemd und mit einem Strick um den Hals die Schlüssel der Stadt übergaben und allein durch Fürsprache der Königin dem Zorn Eduards entgingen.

Gideon: israel. Richter der Bibel, Sieger über den arab. Volksstamm der Midianiter (Buch der Richter 7, 16).

Burnet, Thomas (um 1635–1715): engl. Priester und Schullehrer; Verfasser einer ›Biblischen Lehre von der Erde‹ (1684/90), in der er eine phantastische Weltentstehungstheorie aufstellte.

Whiston, William (1667–1752): engl. Priester und Mathematiker; Verfasser einer ›Neuen Erdtheorie‹ (1696), in der er die wissenschaftlichen Erkenntnisse mit der Bibel in Einklang zu setzen suchte.

Woodward, John (1665–1728): engl. Geologe; Verfasser einer ›Abhandlung über die Naturgeschichte der Erde und dessen, was sie in ihrem Schoße birgt, vornehmlich an Mineralien, desgleichen über die des Meeres, der Ströme und Quellen‹ (1695), in der er auf den biblischen Sintflutbericht ein wissenschaftliches System zu gründen suchte, wonach das Erdinnere mit einer unvorstellbaren Wassermenge angefüllt sei

Maillet, Benoît de (1656–1738): franz. Diplomat und Orientreisender; Verfasser einer Schöpfungsgeschichte unter dem Titel ›Telliamed oder Gespräche zwischen einem indischen Philosophen und einem französischen Missionar‹ (1748).

Zu dieser Ausgabe

insel taschenbuch 209
Voltaire, Sämtliche Romane und Erzählungen

Der Text folgt der Ausgabe: Voltaire, Sämtliche Romane und Erzählungen. Aus dem Französischen übersetzt von Ilse Lehmann. Dieterich'sche Verlagsbuchhandlung, Leipzig 1948 und 1950. Die »Denkwürdigkeiten aus dem Leben des Herrn de Voltaire« wurden von Hans Balzer, das »Potpourri« von Rolf Müller übersetzt. Die Erläuterungen stammen von Rudolf Noack und Rolf Müller. Die Illustrationen von Moreau le Jeune wurden Band 8 der Ausgabe: »Œuvres complètes de Voltaire. Avec des notes et une notice historique sur la vie de Voltaire. Paris, M D CCC XLVI.« entnommen.

Von der fünften Auflage (1988) an erscheint diese bisher zweibändig vorgelegte Ausgabe mit neuem Umschlagmotiv in einem Band.

Französische, spanische, italienische Literatur
insel taschenbuch

Pietro Aretino: Kurtisanengespräche. Aus dem Italienischen von Ernst Otto Kayser. it 948

Honoré de Balzac: Die Frau von dreißig Jahren. Aus dem Französischen von Werner Blochwitz. it 460

– Das Mädchen mit den Goldaugen. Aus dem Französischen von Ernst Hardt. it 60

– Tolldreiste Geschichten. Aus dem Französischen von Benno Rüttenauer.

– Über die Liebe. Sein Weltbild in seinen Werken. Zusammengestellt von Stefan Zweig. it 715

Giambattista Basile: Das Märchen aller Märchen. ›Der Pentamerone‹. Deutsch von Felix Liebrecht. 5 Bde. it 354

Charles Baudelaire: Die Blumen des Bösen. Übertragen von Carlo Schmid. it 120

Pierre Augustin Caron de Beaumarchais: Die Figaro-Trilogie. Aus dem Französischen von Gerda Scheffel. it 228

Die Wahrheiten des G. G. Belli. Römer, Huren und Prälaten. Aus dem Italienischen von Otto Ernst Rock. it 754

Hector Berlioz: Groteske Musikantengeschichten. Aus dem Französischen von Elly Ellès. it 859

Giovanni di Boccaccio: Das Dekameron. Mit 110 Holzschnitten der italienischen Ausgabe von 1492. Deutsch von Albert Wesselski. Übertragung der Gedichte von Theodor Däubler. 2 Bde. it 7/8

Pierre de Bourdeille Seigneur Brantôme: Das Leben der galanten Damen. 2 Bde. it 586

Miguel de Cervantes Saavedra: Der scharfsinnige Ritter Don Quixote von der Mancha. Mit einem Essay von Iwan Turgenjew und einem Nachwort von André Jolles. Mit Illustrationen von Gustave Doré. 3 Bde. it 109

– Die Novellen. Übersetzt von Konrad Thorer. it 1007

Hernán Cortés: Die Eroberung Mexikos. Übersetzungen von Mario Spiro und C. W. Koppe. it 393

Alphonse Daudet: Briefe aus meiner Mühle. Aus dem Französischen von Alice Seiffert. it 446

– Tartarin von Tarascon. Aus dem Französischen von Paul Stefan. Mit 45 Zeichnungen von Emil Preetorius. it 84

Denis Diderot: Erzählungen und Gespräche. Aus dem Französischen von Katharina Scheinfuß. it 554

– Jakob und sein Herr. In der Übersetzung von Mylius. Herausgegeben von Horst Günther. it 772

– Die Nonne. Mit einem Nachwort von Robert Mauzi. it 31

152/1/4.87

Französische, spanische, italienische Literatur
insel taschenbuch

Denis Diderot: Rameaus Neffe. Ein Dialog. Le Neveu de Rameau. Zweisprachige Ausgabe. Übersetzt von Goethe. it 775

Alexandre Dumas: Der Graf von Monte Christo. Bearbeitung einer alten Übersetzung von Meinhard Hasenbein. it 266

– Die Kameliendame. Aus dem Französischen von Walter Hoyer. it 546

Gustave Flaubert: Bouvard und Pécuchet. Aus dem Französischen von Georg Goyert. Mit Illustrationen von András Karakas. it 373

– Drei Erzählungen. Trois Contes. Zweisprachige Ausgabe. Übersetzt und herausgegeben von Cora van Kleffens und André Stoll. it 571

– Lehrjahre des Gefühls. Geschichte eines jungen Mannes. Aus dem Französischen von Paul Wiegler. it 276

– Madame Bovary. Revidierte Übersetzung aus dem Französischen von Arthur Schurig. it 167

– November. Aus dem Französischen von Ernst Sander. it 411

– Reisen in den Orient. Ägypten, Nubien, Palästina, Syrien, Libanon. Aus dem Französischen von Reinhold Werner und André Stoll. it 619

– Salammbô. Aus dem Französischen von Georg Brustgi. it 342

– Die Versuchung des heiligen Antonius. Aus dem Französischen von Barbara und Robert Picht. it 432

Anatole France: Blaubarts sieben Frauen und andere Erzählungen. Aus dem Französischen von Irmgard Nickel. Mit Illustrationen von Lutz Siebert. it 510

Federico García Lorca: Die dramatischen Dichtungen. Aus dem Spanischen von Enrique Beck. it 3

Edmond und Jules de Goncourt: Tagebücher. Übertragen und herausgegeben von Justus Franz Wittkop. Mit zeitgenössischen Abbildungen. it 692

Victor Hugo: Notre-Dame von Paris. Aus dem Französischen von Else von Schorn. it 298

Choderlos de Laclos: Schlimme Liebschaften. Ein Briefroman. Übertragen und eingeleitet von Heinrich Mann. Mit 13 zeitgenössischen Illustrationen. it 12

Madame de Lafayette: Die Prinzessin von Clèves. Roman. Aus dem Französischen von Julia Kirchner. it 768

Bartolomé de Las Casas: Kurzgefaßter Bericht von der Verwüstung der Westindischen Länder. Herausgegeben von Hans Magnus Enzensberger. it 553

152/2/4.87

Französische, spanische, italienische Literatur
insel taschenbuch

Alain René Le Sage: Die Geschichte des Gil Blas von Santillana. Aus dem Französischen von Konrad Thorer. it 949

Pierre Carlet de Marivaux: Das Spiel von Liebe und Zufall und andere Komödien. Aus dem Französischen von Gerda Scheffel. it 805

Guy de Maupassant: Bel-Ami. Aus dem Französischen von Josef Halperin. Mit zeitgenössischen Illustrationen. it 280

– Die Brüder. Novelle. Aus dem Französischen von Ernst Weiß. Mit Illustrationen von Géo Duouis. it 712

– Das Haus Tellier und andere Erzählungen. Aus dem Französischen von Helmut Bartuschek und Karl Friese. Mit zeitgenössischen Illustrationen. it 248

– Pariser Abenteuer und andere Erzählungen. Aus dem Französischen von Helmut Bartuschek und Karl Friese. Mit zeitgenössischen Illustrationen. it 106

– Unser einsames Herz. Roman. Aus dem Französischen von Josef Halperin. it 357

Louis Sébastien Mercier: Mein Bild von Paris. Aus dem Französischen und herausgegeben von Jean Villain. Mit zeitgenössischen Kupferstichen. it 374

Prosper Mérimée: Carmen. Novelle. Aus dem Französischen von Franz Schnabel. it 361

Jules Michelet: Die Frauen der Revolution. Herausgegeben und übersetzt von Gisela Etzel. Mit zahlreichen Abbildungen. it 726

Comte de Mirabeau: Der gelüftete Vorhang oder Lauras Erziehung. Roman. Aus dem Französischen von Eva Moldenhauer. it 32

Jean-Baptiste Poquelin Molière: Der Menschenfeind. Aus dem Französischen von Hans Magnus Enzensberger. it 401

Michel de Montaigne: Essays. Herausgegeben von Ralph-Rainer Wuthenow. Revidierte Fassung der Übertragung von Johann Joachim Bode. it 220

Ippolito Nievo: Pisana oder Die Bekenntnisse eines Achtzigjährigen. Roman. Aus dem Italienischen von Charlotte Birnbaum. it 880

Blaise Pascal: Größe und Elend des Menschen. Aus den Pensées. Auswahl, Übersetzung und Nachwort von Wilhelm Weischedel. it 441

– Gedanken. Über die Religion und über einige andere Gegenstände. Pensées. Übertragen, herausgegeben und mit einem Nachwort versehen von Ewald Wasmuth. it 1008

Jan Potocki: Die Handschrift von Saragossa. Herausgegeben von Roger Caillois. Aus dem Französischen von Louise Eisler-Fischer, aus dem Polnischen von Maryla Reifenberg. Mit Bildern von Francisco Goya. 2 Bde. it 139

152/3/4.87

Französische, spanische, italienische Literatur
insel taschenbuch

Abbé Prévost: Manon Lescaut. Geschichte des Ritters Des Grieux und der Manon Lescaut. Illustrationen von Franz von Bayros. it 577

François Rabelais: Gargantua und Pantagruel. Mit Illustrationen von Gustave Doré. 2 Bde. it 77

Jean-Jacques Rousseau: Bekenntnisse. Aus dem Französischen von Ernst Hardt. it 823

– Zehn botanische Lehrbriefe für eine Freundin. Aus dem Französischen und herausgegeben von Ruth Schneebeli-Graf. Mit Illustrationen von P. J. Redouté. it 366

George Sand: Geschichte meines Lebens. Auswahl aus ihrem autobiographischen Werk. Herausgegeben von Renate Wiggershaus. it 313

– Indiana. Aus dem Französischen von A. Seubert. Mit einem Essay von Annegret Stopczyk. it 711

– Lélia. Roman. it 737

– Lucrezia Floriani. Roman. Aus dem Französischen von Anna Wheill. it 858

Madame de Sévigné: Briefe. Herausgegeben und übersetzt von Theodora Von der Mühll. Mit zeitgenössischen Kupferstichen. it 395

Anne Germaine Madame de Staël: Über Deutschland. Vollständige und neu durchgesehene Fassung der deutschen Erstausgabe von 1814 in der Gemeinschaftsübersetzung von Friedrich Buchholz, Samuel Heinrich Catel und Julius Eduard Hitzig. it 623

Stendhal: Die Kartause von Parma. Vollständige Ausgabe. Aus dem Französischen von Walter Widmer. it 307

– Rot und Schwarz. Vollständige Ausgabe. Übersetzt von Walter Widmer. it 213

– Über die Liebe. Aus dem Französischen und mit einer Einführung von Walter Hoyer. it 124

Paul Verlaine: Galante Feste. Fêtes Galantes. Zweisprachige Ausgabe. Aus dem Französischen von Hans-Joachim Weitz. Mit Zeichnungen von Robert Pudlich. it 938

Voltaire: Candide oder der Optimismus. Mit 26 Federzeichnungen von Paul Klee. it 11

– Philosophisches Wörterbuch. Herausgegeben und eingeleitet von Kahrlheinz Stierle. it 855

– Sämtliche Romane und Erzählungen. Mit Illustrationen von Moreau le jeune. 2 Bde. it 209/210

– Zadig oder das Schicksal. Aus dem Französischen von Ilse Lehmann. Mit vierzig Radierungen von Marcus Behmer. it 121

152/4/4.87

Französische, spanische, italienische Literatur
insel taschenbuch

Emile Zola: Germinal. Aus dem Französischen von Armin Schwarz. Mit Illustrationen von Renate Sendler-Peters. it 720

– Nana. Aus dem Französischen und mit einem Nachwort von Erich Marx. Mit Illustrationen von Renate Sendler-Peters. it 398

152/5/4.87

Kunst, Musik, Leben und Werk
insel taschenbuch

Lou Andreas-Salomé. Leben. Persönlichkeit. Werk. Eine Biographie von Cordula Koepcke. it 905

Aus der Kunst des polnischen Volkes. Herausgegeben von Willy Fleckhaus. Mit zahlreichen Fotografien. it 448

Johann Sebastian Bach. Leben und Werk in Daten und Bildern. Herausgegeben von Klaus Peter Richter. it 788

Johann Sebastian Bach. Eine Lebensgeschichte von Charles Sanford Terry. Deutsch von Alice Klengel. it 802

Ernst Batta: Obelisken. Ägyptische Obelisken und ihre Geschichte in Rom. Mit zahlreichen Abbildungen. it 765

Alban Berg. Leben und Werk in Daten und Bildern. Herausgegeben von Erich Alban Berg. it 194

Besuche im Städel. Betrachtungen zu Bildern. Herausgegeben von Klaus Gallwitz. Mit biographischen Notizen von Dolf Sternberger. it 939

Heinrich Bornkamm: Das Jahrhundert der Reformation. Gestalten und Kräfte. it 713

Bertolt Brecht. Leben und Werk im Bild. Mit autobiographischen Texten, einer Zeittafel und einem Essay von Lion Feuchtwanger. it 406

Jean Anthèlme Brillat-Savarin: Physiologie des Geschmacks oder Betrachtungen über das höhere Tafelvergnügen. it 423

Die Schwestern Brontë. Leben und Werk in Texten und Bildern. Herausgegeben von Elsemarie Maletzke und Christel Schütz. it 814

Hans Carossa. Leben und Werk im Bild. Herausgegeben von Eva Kampmann-Carossa. it 348

Caspar David Friedrich: Auge und Landschaft. Zeugnisse in Bild und Wort, interpretiert von Gerhard Eimer. it 62

Goethes Gedanken über Musik. Eine Sammlung aus seinen Werken, Briefen, Gesprächen und Tagebüchern. Herausgegeben von Hedwig Walwei-Wiegelmann. it 800

Van Gogh in seinen Briefen. Herausgegeben und mit einem Nachwort versehen von Paul Nizon. Mit Abbildungen. it 177

Heinrich Heine. Leben und Werk in Daten und Bildern. Von Joseph A. Kruse. it 615

Hermann Hesse. Leben und Werk im Bild. Herausgegeben von Volker Michels. it 36

Ödön von Horváth. Leben und Werk in Daten und Bildern. Herausgegeben von Traugott Krischke und Hans F. Prokop. it 237

Christoph Wilhelm Hufeland: Makrobiotik oder Die Kunst, das menschliche Leben zu verlängern. Mit einem Brief Immanuel Kants sowie einem Nachwort von Rolf Brück. it 770

157/1/5.87

